Printed by
Libri Plureos GmbH · Friedensallee 273
22763 Hamburg · Germany

9 781957 756127

رولاک

ایک ناول

رفاقت حیات

غزل سرا ڈاٹ آرگ

ریاست ہائے متحدہ امریکہ

Copyrights

Copyright © 2024 by Rafaqat Hayat

All rights reserved. No part of this book may be reproduced or transmitted in any form or by any means, electronic or mechanical, including photocopying, recording, or by any information storage and retrieval system, without permission in writing from the author.

GhazalSara Dot Org, LLC

Title:	Rolaak
Subtitle:	Ek Urdu Novel
Author:	Rafaqat Hayat
Format:	Hardcover
Cover Art:	MM
Published By:	GhazalSara Dot Org, LLC
Published:	January 2024 (First Edition)
ISBN:	978-1-957756-12-7
Contact:	ghazalsara.org@outlook.com

Scan this QR Code with your phone now!

Printed and bound in the U.S.A.

انتساب

آصف فرخی کے نام

1

اپنی گزری زندگی میرے لیے ہمیشہ ابہام میں چھپی رہتی، اگر میرا ذہن وہ ہیجان خیز، ملال بھرے، سنگین اور اذیت ناک واقعات کھنگالنا شروع نہ کرتا، جنھیں اپنی یادداشت میں ازسرِنو زندہ کرنے کے بعد میرے شعور و لاشعور کی پنہائیوں سے ابہام دھیرے دھیرے چھٹنے لگا، لیکن یہ طویل، تھکا دینے والا، جاں کاہ عمل، مجھے ایک اذیت پسندی کے علاوہ ایک غلیظ قسم کی لت میں مبتلا کر گیا۔ اپنی گزری زندگی اور اس میں شامل لوگوں سے جڑی تفصیلات کریدنے، ان میں جھانکنے، انھیں جوڑ کر واقعات یاد کرنے اور اپنی بساط کے مطابق ان کا تجزیہ کرنے کی لت۔ اس عمل کے دوران کئی بار میری یادداشت نے ساتھ چھوڑ دیا اور میرا ذہن روح پر کچوکے لگاتا رہا۔ مجھے محسوس ہوتا رہا کہ زندگی سے بڑھ کر مہمل، لغو اور فضول چیز شاید اس دنیا میں کوئی اور نہیں۔ زندگی، میری بے کار زندگی کے سوا۔

اس وقت میری عمر بائیس تئیس سال سے زیادہ نہیں، مگر لگتا ہے کہ میری اصل عمر کا تعین کوئی نہیں کرسکتا۔ شاید میں دنیا کا پہلا انسان ہوں، جسے خدا نے اس کے گناہ کے بدلے جنت سے دھتکار کر زمین پر بے یار و مددگار چھوڑ دیا، یا پھر ایک وبا سے ختم ہوتی دنیا کا آخری آدمی، جو ایڑیاں رگڑ کر اپنی موت کا انتظار کر رہا ہے۔

میں اس وقت جہاں پر ہوں، وہاں میرے چاروں طرف پتھر کی اونچی دیواروں اور بلند و بالا آہنی دروازوں کا ایک غیر مختتم سلسلہ دور تک پھیلا ہے۔ تین چار برس پہلے جب مجھے یہاں لایا گیا تو میرے سان گمان میں نہ تھا کہ یہاں قریب سے ایک دریا گزرتا ہے، مَیں جسے دیکھ نہیں سکتا، صرف سن سکتا ہوں اور اس کے بارے میں سوچ سکتا ہوں۔ مَیں نہیں جانتا، کب اور کس لمحے وہ دریا میرے اندر آ گیا اور میری تلاطم خیز زندگی سے مل کر سنگت کرنے لگا۔

میری کہانی کا محلِ وقوع اسی دریا کے بائیں کنارے پر واقع ایک شہر، جو اپنی بوسیدہ عظمت اور گھن لگی قدامت کے نیچے دبا سسکیاں لے رہا ہے۔ وہ شہر اور اِس کے باسی، ایک بدترین زمانہ حال میں جیتے ہوئے ماضی کی مبہم پرچھائیں معلوم ہوتے ہیں۔ سنا ہے کہ کبھی یہ بے وفا دریا، اِس شہر کی قدم بوسی کرتا تھا، جس کی مہربانی کے طفیل یہ صدیوں پہلے آباد ہوا تھا اور اس کے روٹھ کر دور چلے جانے پر برباد ہو گیا تھا لیکن اس کی بربادی کا یہ عمل آج تک جاری ہے اور اسے پاتال بُرد کرتا جا رہا ہے۔

میری قسمت، جو میری مرضی کے بغیر ترتیب دی گئی، اس میں اسی خرابے کا مکین ہونا لکھا تھا۔ ہمارے جدا جدا نصیب

شاید کسی مقصد کے تحت یا اس کے بغیر ہی، آپس میں جوڑ دیئے گئے۔ مَیں اس حقیقت سے انکار نہیں کر سکتا کہ مَیں اور میرا شہر، پہلے دن سے ایک دوسرے کے جوڑ کے نہیں تھے۔

جب مجھے باہر کے دریا کی کھسر پھسر سنائی نہیں دیتی تو میں اپنی تنہائی کے دریا میں ڈوبنے ابھرنے لگتا ہوں۔ مَیں اس وقت جہاں پر ہوں، وہاں اونچی دیواروں کے بیچ، انسانی آوازوں کا غوغا ہر وقت بلند ہوتا رہتا ہے، جو مجھے اچھا نہیں لگتا۔ مَیں اپنے آپ کو ان کی آوازوں کی کرختگی اور سفاکی سے بچانے کی کوشش کرتا ہوں تا کہ اپنے ذہن میں دوڑتے، شور مچاتے خیالوں کے دھول اڑاتے بگولوں میں سے راستہ بنا کر اس پہلی یاد تک پہنچ سکوں اور اسے دریافت کر سکوں، جس نے میرے بچپن پر گہرا اثر ڈالا تھا۔ میری ذات کی ٹوٹ پھوٹ وہیں سے شروع ہوئی تھی۔ اُس یاد تک پہنچنے کے لیے مجھے نکیلی آوازوں کے درمیان ایک سرنگ نکالنی پڑتی ہے، کیوں کہ وہ یاد صرف ایک سِرا ہے، میری زندگی کی الجھی ہوئی اُس ڈور کا، مَیں جسے سلجھانا چاہتا ہوں۔

میں کڑکتی دھوپ سے اٹی وہ دوپہر اپنے ذہن میں لانے کی کوشش کرتا ہوں، جو میرے لیے حیرتوں کا جہان لیے ہوئے تھی۔ میرے بابا کا معمول تھا کہ وہ گرمیوں میں ظہر کی اذان کے بعد اپنی دکان بند کر کے قیلولہ کرنے کے لیے گھر آ جاتے اور عصر کی اذان کے فوراً بعد دوبارہ شاہی بازار چلے جاتے اور عشا کی اذان تک دکان پر رہتے۔

جس دوپہر کا ذکر ہے، اُس دن میں اور اماں، بابا کو گھر پر سوتے ہوئے چھوڑ کر خالہ رشیدہ کے گھر میلاد میں شرکت کے لیے، اپنے گھر کا دروازہ معمولی سا بھیڑ کر سنسان گلی میں نکل آئے تھے۔

مَیں نے تب محلے کی مسجد میں قاعدہ پڑھنا شروع ہی کیا تھا، اس لیے مجھے چھوٹا بچہ ہونے کی وجہ سے ایسی محفلوں میں سپارہ پڑھنے کی چھوٹ ہوتی۔ جب کبھی محلے میں قرآن خوانی ہوتی یا میلاد شریف، میرے لیے ان میں دلچسپی کا واحد سامان آخر میں تقسیم ہونے والے موتی چور کے لڈو، بالوشاہی یا نان خطائی وغیرہ ہوتے۔ اس کے علاوہ دیگر تمام کارروائی مجھے بیزار کن لگتی۔ مَیں وہاں چپ چاپ بیٹھا، جماہیاں لیتا ہوا تھوڑی دیر کے فرار کی ترکیبیں سوچتا رہتا۔ ایسی جگہوں سے تھوڑی دیر کا فرار بھی کتنا مزیدار ہوتا تھا! میں دھیرے سے کھسکتا ہوا، کبھی اس گھر کی چھت پر یا پھر چپکے سے دروازے سے نکل کر گلی میں چلا جاتا اور وہاں بے مقصد گھومتا پھرتا۔ کبھی کبھار اتفاق سے کوئی ہم جولی مل جاتا تو تھوڑی دیر کے فرار کا لطف دوبالا ہو جاتا۔

اس روز کڑی دوپہر کی وجہ سے ویران گلی سے گزرتے ہوئے اماں نے ہمیشہ کی طرح میرا دایاں ہاتھ مضبوطی سے تھام رکھا تھا اور وہ تیزی سے قدم اٹھاتے ہوئے چل رہی تھیں، جب کہ مَیں ان کے ساتھ تقریباً گھسٹ رہا تھا۔ مَیں ان دنوں کی حیرانی ابھی تک بھول نہیں سکا کہ سیاہ برقعہ پہننے کے باوجود وہ تیز تیز کیسے چل لیتی تھیں؟ ان کا اٹھتا ہوا ایک قدم، میرے دو یا تین قدموں کے برابر تھا۔

خالہ رشیدہ سے اماں کی دوستی تھی۔ ان کا گھر دو چھوٹی گلیوں کی دوری پر تھا۔ وہ پرانی طرز کے ایک بڑے مکان میں رہتی

تھیں، جس کے دروازے کی لکڑی پر بنے، دھول میں اٹے قدیم نقش و نگار ہمیشہ میری توجہ اپنی طرف کھینچ لیتے تھے۔ دو پٹ والے اس دروازے کا ایک پٹ اتنا بھاری تھا کہ تب میں اپنی تمام زور آزمائی کے باوجود اسے نہیں کھول پاتا تھا، جب کہ اماں اسے ایک ہی دھکے سے پورا کھول لیا کرتیں۔ اس روز بھی میری ناکامی کے بعد انہوں نے ایک زوردار دھکے سے وہ بھاری دروازہ پورا کھول دیا تھا۔

ہم جب اندر داخل ہوئے تو وہاں نیم تاریک، ہال نما کمرے میں فرش پر دریاں بچھی تھیں۔ جن پر بیٹھی چند عورتیں اپنے اپنے سپارے ہاتھوں میں لیے انہیں پڑھتے ہوئے، دھیرے دھیرے ہل رہی تھیں اور ان کی قرات کی بھنبھناہٹ دھیمی دھیمی سنائی دے رہی تھی۔ کمرے کی فضا اگربتیوں کے دھوئیں اور تیز خوشبو سے بوجھل تھی۔ گلی میں شدت سے محسوس ہوتی گرمی کا اس کمرے میں شائبہ تک نہ تھا جس کی ایک وجہ چھت والے پنکھے تھے اور دوسری وجہ اس مکان کی گارے مٹی اور کچی اینٹوں سے بنی موٹی موٹی دیواریں تھیں، باہر کی گرمی میں جنہیں عبور کر کے اندر داخل ہونے کی سکت نہ تھی لیکن پھر بھی مجھے اس معطر چھاؤں بھرے ماحول میں آرام سے بیٹھنا دشوار ہو رہا تھا۔

میری خوش نصیبی کہ اماں کمرے میں داخل ہوتے ہی باہر جانے والے راستے کے قریب سمٹ کر بیٹھ گئیں۔ بیٹھتے ہی انہوں نے فوراً سپارہ اٹھایا اور اسے پڑھنے میں مصروف ہوگئیں۔ عورتوں کی آمد وہاں اب بھی جاری تھی اور تھوڑی دیر بعد پورا کمرہ خواتین سے بھر گیا تھا۔ کچھ دیر بعد اماں مجھے وہیں پر چھوڑ کر ذرا فاصلے پر اپنی جاننے والی عورتوں کے پاس جا بیٹھی تھیں، جس کی وجہ سے مجھے وہاں سے تھوڑی دیر کے فرار کا موقع مل گیا۔

مجھے ادھ کھلے دروازے سے باہر نکلنے میں دشواری نہیں ہوئی اور میں کمرے کی آسودہ فضا سے نکل کر تیز دھوپ سے بھری ہوئی گلی میں آ گیا، جو اس وقت خالی دکھائی دے رہی تھی۔ اس کے باوجود میں ایک لمحہ پچھتائے بغیر اپنی پیشانی پر ہاتھ رکھ کر بلاوجہ دائیں بائیں دیکھنے لگا۔ اس وقت وہاں اگر میرے سوا کوئی اور موجود تھا تو وہ صرف ایک لُوسی کتا تھا، جو ایک بدرو کے پاس لیٹا وحشت کے ساتھ اپنے پنجے سے پیٹ کھجا رہا تھا۔

وہ گلی دونوں طرف سے لمبی تھی اور دور تک جاتی تھی۔ اس کا ایک سرا بل کھاتا ہوا شاہ جہانی مسجد کے گرد پھیلے ہوئے پاڑوں تک جاتا، جب کہ دوسرا سِرا آگے جا کر قومی شاہراہ سے جا ملتا۔ وہ گلی جس سمت سے تھوڑی پختہ تھی، اس جانب گرمی کی مار سہتی زمین سے عجیب لہریں اٹھ رہی تھیں۔ وہ شفاف سی لہریں تھیں لیکن ان کے پار کا منظر دھندلا دکھائی دے رہا تھا۔ ان لہروں کے بارے میں اماں نے بتایا تھا کہ یہ اصل میں جن بھوت ہیں، جو لہروں کی شکل میں دوپہر کے وقت گلیوں کے سونے پن سے خوش ہو کر ناچتے پھرتے، اپنے معمولاتِ زندگی انجام دیتے ہیں۔ اس طرح کے جن بھوت درحقیقت انسان کے دوست ہیں، انہیں کچھ نہیں کہتے مگر اس کے باوجود مجھے اس لمحے ان کے بارے میں سوچتے ہوئے خوف محسوس ہوا۔ وہ لہریں مجھ سے خاصی دوری پر تھیں، اس لیے میں اپنے خوف کو زیر کرنے میں کامیاب ہو گیا۔ گلی میں دیواروں کے نیچے ذرا سی چھاؤں بالکل اسی طرح دھوپ سے سہم کر ٹھہری تھی جیسے اس گلی کے پرانے مکان گرنے کے خوف سے

ملکے سے آگے جھکے ہوئے تھے۔

لُوسی کتا مجھے کھسیانی نظروں سے دیکھتا، اب پیٹ کے بجائے اپنی گردن کھجاتا ہوا ایک طرف چل دیا۔ مَیں اپنا جسم دھوپ سے بچانے کی خاطر دیواروں کے ساتھ مختصر سے سائے میں چلنے کا کھیل کھیلنے لگا۔ یہ کھیل ایک ایسی ہی دوپہر، جب میرے بابا نے مجھے کچھ خریدنے کے لیے بازار بھیجا تھا، مَیں نے خود کو بہلانے کے لیے ایجاد کر لیا تھا۔ مَیں دیواروں سے بمشکل نیچے اتری چھاؤں میں اچھلتا کودتا گلی کے نکڑ تک چلا گیا۔ اس مقام پر پہنچ کر ایک راستہ اس گلی کو اس طرح قطع کرتا کہ چوراہا سا بن گیا تھا۔ یہاں پہنچ کر میں رک گیا اور ٹھٹھک کر دائیں طرف دیکھنے لگا۔ بازار سے اس طرف آنے والے راستے پر، مَیں نے سفید گھنگریالے بالوں اور بھیانک چہرے والے ایک بہت کالے، ادھیڑ عمر کے مقامی شیدی کو اپنی جانب ننگے پاؤں بھاگ کر آتے ہوئے دیکھا۔ مجھے نہیں پتا کہ ہوش محمد شیدی اس کا جدِامجد تھا کہ نہیں، لیکن میں اتنا ضرور جانتا ہوں کہ اس شہر میں شیدیوں کی آبادی صرف شیدی محلے تک محدود نہیں ہے۔ اس شیدی کے گول سے چہرے پر عجیب سی اذیت کے آثار نظر آ رہے تھے۔ جو اسے ہیبت ناک بنا رہے تھے۔ اس کا میلا کچیلا کرتا پسینے کی وجہ سے اس کے نحیف بدن سے چپکا ہوا تھا۔

دوپہر کے سناٹے اور خاموشی کی وجہ سے مَیں نے خود ہی قیاس کر لیا کہ وہ مجھے پکڑنے میری طرف آ رہا تھا اور اس کا مجھ سے فاصلہ بھی زیادہ نہیں رہ گیا تھا۔ وہ مجھ سے بس دو تین جست کی دوری پر تھا۔ مَیں نے ایک انجانے ڈر کے زیرِ اثر، خود کو اس سے بچانے کے لیے سوچے سمجھے بغیر وہاں سے دوڑ لگا دی۔

دوڑتے ہوئے میں خالہ رشیدہ کے گھر جانے کے بجائے، ذرا سی دیر میں سیدھا اپنے گھر کے سامنے پہنچ گیا۔ اپنے دو منزلہ مکان کے مختصر سائے میں، دروازے کے پاس ہانپتے ہوئے مَیں نے بمشکل پیچھے مڑ کر دیکھا تو شیدی اب بھی مجھے اپنی جانب آتا دکھائی دیا۔ شاید اس وقت مَیں نے یہی سوچا تھا کہ بابا کو اس لمحے بے آرام کرنے کا مطلب ان کی ڈانٹ اور گالیاں سننے کے سوا کچھ نہیں ہو گا۔ اس کے باوجود مَیں نے اپنے حواس پر طاری ڈر کی وجہ سے نہ چاہتے ہوئے بھی اپنے گھر کے دروازے کو دھیرے سے دھکا دے دیا۔

مجھے اندر کی کنڈی اترنے کا ہلکا سا چھنا کا سنائی دیا اور وہ جادو کے دروازے کی طرح چرچرائے بغیر کھلتا چلا گیا۔ اندر داخل ہوتے ہی مَیں نے آہستگی سے کنڈی چڑھائی تو اچانک مجھے خیال آیا کہ اماں نے اور مَیں نے جاتے ہوئے دروازہ بھیڑا تھا تو یہ خود بخود اندر سے کنڈی کیسے لگ گئی؟

شیدی کے ڈر کے زیرِ اثر، یہ خیال فوراً میرے ذہن سے محو ہو گیا کیوں کہ مجھے سخت پیاس لگ رہی تھی اور میں اپنی دھڑکنوں کے شور سے کان ہٹا کر اس پاگل آدمی کے قدموں کی آہٹ سننے کی کوشش کر رہا تھا۔ نجانے کیوں یہ خوف میری جان نکالے دے رہا تھا کہ کہیں وہ شیدی دروازے کو دھکا دے کر اندر داخل نہ ہو جائے، لیکن یہ میرا وہم تھا۔ اچانک گھر کی پہلی منزل سے، جہاں بابا نیند کر رہے تھے، مجھے پہلے ان کی دھیمی اور مبہم سی بڑبڑاہٹ اور اس کے فوراً بعد، ایک

ہلکی سی نسائی سسکی سنائی دی۔

میں اب یہ سوچتا ہوں کہ مجھے وہ آوازیں سننے کے بعد، پانی پینے کے لیے اوپر جانا نہیں چاہیے تھا مگر میں کیا کرتا۔ میرا حلق سوکھا ہوا تھا لیکن پیاس کی شدت کے ساتھ اب مجھ میں ایک تجسس بھی اپنا سر ابھار چکا تھا۔ مَیں دبے پاؤں، آواز پیدا کیے بغیر لکڑی کے زینے پر آہستگی سے چڑھنے لگا۔ ہمارے اس گھر میں الگ سے کوئی کمرہ نہیں کیوں کہ یہ پرانے زمانے کا مٹی اور لکڑی سے بنا ہوا گھر تھا۔ جس کا نچلا، کمرہ نما حصہ مہمانوں کے لیے مخصوص تھا اور اوپر کی منزل پر ہم لوگ رہتے تھے۔

بابا نے ہنستے ہوئے دبے دبے لہجے میں ایک گندی گالی دی۔ ''رنڈی، آج میں آہستہ آہستہ تجھے ذبح کر دوں گا''۔ اِس کے جواب میں ایک مدھم سی نسائی کھلکھلاہٹ سنائی دی۔

میں ہولے سے ایک ایک سیڑھی پر پاؤں دھرتا ہوا اس مقام تک پہنچ گیا، جہاں سے اوپری منزل والا پورا کمرا دکھائی دینے لگا۔ مَیں نے احتیاط سے اپنا سر ذرا اونچا کرتے ہوئے بابا کے تخت کی طرف دیکھا تو بھونچکا رہ گیا۔ میرے بابا پلنگ پر ننگ دھڑنگ الٹے لیٹے ہوئے تھے۔ مَیں ان کے جسم کو بخوبی جانتا تھا اس لیے فوراً پہچان گیا۔ ان کے نیچے کوئی عورت آہستگی سے کسمسا رہی تھی۔ اس کا چہرہ اور بدن بابا کے جسم کے نیچے ہونے کی وجہ سے دکھائی نہ دے رہا تھا۔ مجھے صرف اس کی ہلتی ہوئی پتلی ٹانگیں دکھائی دے رہی تھیں۔

وہ کون تھی؟ کب اور کس طرح یہاں آئی تھی؟ مَیں یہ سوچ ہی رہا تھا کہ اچانک میری کوئی آہٹ پاتے ہی بابا نے پلٹ کر سیڑھیوں کی جانب دیکھا اور ان کی نگاہ سیدھی میری آنکھوں سے ٹکرا گئی۔ مَیں ان کی اس نظر کو آج بھی اپنے خیال کے پردے پر دیکھتا ہوں تو دہل کر رہ جاتا ہوں۔ ان کی نظر نے سرعت سے اپنا رنگ بدلا اور غصے کی معراج تک جا پہنچی۔

مجھے نہیں معلوم اس وقت میرا دل کس زور سے دھڑکا لیکن اتنا یاد ہے کہ مجھے اپنی پیاس یاد رہی اور نہ ہی اس شیدی کا کوئی خیال باقی رہا۔ مَیں الٹے پاؤں سیڑھیاں پھلانگتا نیچے اتر کر دروازے سے باہر نکل کر پہلے سے زیادہ رفتار سے بھاگتا چلا گیا۔ جیسے کوئی شیدی نہیں بلکہ سچ مچ کا کوئی خوف ناک بھوت میرے پیچھے لگ گیا ہو۔

میں تیز رفتاری سے دوڑتا ہوا اس چوراہے پر جا کر ٹھہر گیا جہاں سے شیدی آتا دکھائی دیا تھا۔ میرا دل اس زور سے دھڑک رہا تھا جیسے کسی بھی لمحے وہ پسلیوں سے باہر آ گرے گا۔ مجھے ذرا کی ذرا میں فیصلہ کرنا تھا کہ مَیں خالہ رشیدہ کے گھر پر موجود اپنی اماں کے پاس جاؤں یا پھر کہیں اور کا رخ کروں۔

میں اب یہ سوچتا ہوں کہ اگر میں اس وقت اماں کے چلا جاتا تو شاید بہتر ہوتا۔ بابا کے قہر کا سامنا کرتے ہوئے مجھے اماں کی کمزور ڈھال میسر تو آ جاتی لیکن پھر یہ سوچ کر کہ جو کچھ مَیں نے دیکھا اور سنا، اسے اماں کو کیسے بتاؤں گا اور پھر ان کے ساتھ گھر جا کر بابا کا سامنا کیسے کروں گا، مَیں نے ڈر سے کانپتے ہوئے اماں کے پاس نہ جانے کا فیصلہ کیا۔ میرے دل کے ساتھ دھڑکنے والا خوف اتنا مہیب تھا کہ چوراہے پر کچھ ثانیے کھڑا رہنے کے بعد میرے قدم خود بخود شاہ جہانی مسجد کی طرف اٹھتے چلے گئے۔

میں ناہموار گلی میں تیز رفتاری سے دوڑتا ہوا، بیکری کی بھٹی، اس سے چند قدم آگے واقع قدیم اور کھنڈر نما دیر مسجد اور اس سے آگے واٹر سپلائی کی بلند و بالا ٹینکی کے قریب سے گزرتا ہوا شاہ جہانی مسجد کے گرد بنی ہوئی بیرونی دیوار تک جا پہنچا۔ میری سانسیں پھولی ہوئی تھیں اور میرے کپڑے پسینے کی وجہ سے جسم کے ساتھ چپک گئے تھے۔ میری صاف ستھری چپل اور میرے پاؤں مٹی سے اٹ چکے تھے۔ میرا چہرہ پسینے سے چپچپا ہو رہا تھا۔

مسجد کی بیرونی دیوار کے اندر پہنچ کر اپنا آپ تھوڑا محفوظ لگنے لگا۔ مَیں اس کے ساتھ چلتا ہوا مسجد میں داخل ہونے والے بائیں دروازے تک پہنچ گیا۔ وہاں سے سبزہ زار میں داخل ہو کر میں مسجد کے عقبی حصے کی طرف بڑھتا چلا گیا۔ یہاں پہنچ کر میں مسجد کی پتھر کی دیوار سے پیٹھ لگا کر اس کے سائے میں پختہ اینٹوں کے فرش پر بیٹھ گیا۔

میرے حواس پوری طرح ماؤف تھے۔ مَیں کچھ بھی سوچنے سمجھنے کی حالت میں نہیں تھا۔ ابھی تک بابا کی قہر آلود نگاہ میرے تعاقب میں تھی اور میرا دم نکالے دے رہی تھی۔ ایک لحظے کے لیے مجھے خیال آیا کہ اس وقت بابا کے ساتھ موجود وہ عورت کون تھی؟ اماں اور میری غیر موجودگی میں وہ میرے گھر تک کیسے پہنچ گئی؟ یہ سوال میرے ذہن میں ایک پل کے لیے ابھر کر اچانک کہیں غائب ہو گئے۔ گرچہ اس عورت کی وہاں موجودگی کا خیال میرے لیے کسی حد تک لذت انگیز، مبہم اور پراسرار سے تجسس سے بھرا ہوا تھا، لیکن میں اس کے بارے میں زیادہ دیر تک سوچ نہیں پایا۔

میں دیوار سے پیٹھ لگائے خود کو بے بس و ناچار محسوس کر رہا تھا۔ مجھے لگ رہا تھا کہ مجھ سے کوئی سنگین جرم سرزد ہو گیا تھا، جس کی سزا سے بچنے کے لیے میں چاہے کتنے جتن کیوں نہ کر لوں، اب میرا اُس سے بچنا محال ہے۔ وہ شاید پہلا موقع تھا جب مَیں نے خود کو دنیا میں پوری طرح اکیلا محسوس کیا۔ اس مکمل تنہائی نے میرا نازک دل کچھ اس انداز سے مسلا تھا کہ مسجد کی دیوار کے سائے میں بیٹھے میری آنکھوں سے گرم آنسو بہنے لگے۔ میرا سر خود بخود گھٹنوں کے اندر جھکتا چلا گیا۔ آنسو گالوں سے پھسل پھسل کر قمیص کی آستینوں میں جذب ہوتے چلے گئے۔

دوپہر ڈھل چکی تھی لیکن ابھی تک ماحول میں حدت باقی تھی۔ کچھ دیر بعد مسجد کے لاؤڈ اسپیکر کھلنے اور مائیک پر مولوی کے ٹھک کرنے کی آوازیں سنائی دیں۔ مَیں سمجھ گیا کہ عصر کی اذان ہونے والی ہے۔ مَیں نے سوچا کہ گھر پر بابا شاید دکان پر جانے کی تیاری کر رہے ہوں گے۔ مجھے کچھ اور وقت یہیں گزار کر اس کے بعد گھر جانا چاہیے۔ یہی سوچتے ہوئے میں اپنی قمیص کے دامن سے اپنی آنکھیں صاف کرنے لگا، جن میں آنسو تو خشک ہو چکے تھے لیکن ان کی جگہ ایک جلن نے لے لی تھی۔ اسی دوران عصر کی اذان بلند ہونا شروع ہو گئی۔

کچھ دیر مسجد کی دیوار سے لگ کر بیٹھے رہنے کے بعد مجھے عجیب بے چینی ہونے لگی تھی۔ مجھے یہ ڈر لاحق ہونے لگا کہ اگر کسی نے آ کر یہاں اکیلے بیٹھنے کا سبب پوچھ لیا تو میں کیا جواب دوں گا۔ یہ بات سوچ کر میں وہاں سے اٹھنے پر مجبور ہو گیا۔ مَیں آہستہ آہستہ چلتا ہوا مسجد کے پیش رخ کے روبرو آ گیا۔ نماز کی ادائیگی کے لیے نمازی آنے لگے تھے۔ مَیں قدم اٹھاتا ہوا سبزہ زاروں کے بیچ سے گزرتی پختہ روش پر چلتا ہوا دائیں گیٹ سے باہر نکل آیا۔

گھر واپس آتے ہوئے مَیں نے مختلف راستہ استعمال کیا۔ مسجد کی بیرونی دیوار میں نصب آہنی سلاخوں والے دروازے سے نکل کر میں اس کے مقابل واقع ایک چھوٹی سی کچی گلی میں چلا گیا۔ یہ گلی مٹی کے ایک مختصر ٹیلے کی طرف جاتی تھی، جس پر دائیں جانب ایک بہت بڑا لیکن پرانا سا ایک مکان بنا ہوا تھا۔ بائیں جانب مٹی کا ٹیلہ نیچے اتر کر ایک کچی سڑک سے مل جاتا تھا۔ راستے کے طور پر استعمال ہونے کی وجہ سے اس ٹیلے کی مٹی دب کر سخت ہو گئی تھی۔ ٹیلے سے اتر کر کچی سڑک پر آتے ہی دائیں جانب کمہاروں کا بہت بڑا خاندان آباد تھا جب کہ بائیں طرف گوالے رہتے تھے۔ دونوں خاندانوں نے کچی یا پکی اینٹوں کی چار دیواری اٹھانے کا تکلف کرنے کے بجائے کیکر، ببول اور کانٹوں والے دوسرے پیڑوں کی شاخیں کاٹ کاٹ کر اپنے گھروں کے گرد ایک باڑھ سا بنا دی تھی۔ مَیں کچی سڑک کے دونوں جانب بنی اس باڑھ کے بیچ سے گزرتا دھیرے دھیرے اپنے گھر کی طرف بڑھنے لگا۔ یہ راستہ طوالت میں بہت کم تھا لیکن میری قدم اٹھانے کی رفتار بہت سست تھی۔

اس خیال سے میری ڈھارس بندھی ہوئی تھی کہ بابا اس وقت گھر سے جا چکے ہوں گے اور اماں میلاد سے واپس آ چکی ہوں گی۔ اماں کی ہلکی پھلکی ڈانٹ ڈپٹ اور باز پرس سے نمٹنا میرے لیے زیادہ مشکل نہیں ہو گا۔ البتہ بابا کی قہر بھری آنکھوں اور غصے کا جھاگ اڑاتے لہجے کا موہوم سا خیال بھی میرا پیشاب خطا کرنے کے لیے کافی تھا۔ مَیں جوں جوں گھر کے قریب ہوتا جا رہا تھا، میرا دل بوجھل ہوتا جا رہا تھا، کیوں کہ یہ اندیشہ بھی کہیں موجود تھا کہ ہو سکتا ہے، بابا میری خاطر داری کرنے کے لیے دکان پر نہ گئے ہوں۔

جیسے جیسے گھر سے میرا فاصلہ کم ہوتا جا رہا تھا، ویسے ویسے میرا حوصلہ بھی جواب دیتا جا رہا تھا۔ اب سوچتا ہوں تو احساس ہوتا ہے کہ انسان کی سب سے بڑی بد نصیبی شاید یہی ہے کہ وہ ایک گھر میں پیدا ہوتا ہے اور اسے پیدا کرنے والے یعنی اس کے ماں باپ اسے پال پوس کر بڑا کرتے ہیں۔ وہ اسے پروان چڑھاتے ہوئے اپنی من پسند زنجیروں میں اسے اس طرح جکڑتے ہیں کہ بعد میں اس کی بہترین صلاحیتیں ان ہی زنجیروں کو توڑتے ہوئے ضائع ہو جاتی ہیں۔ کاش انسانوں نے باہم مل کر اپنے بچوں کی پرورش کے لیے گھر کے سوا کوئی اور ادارہ بھی بنایا ہوتا، تو شاید مجھ جیسے کتنے لوگ بربادی کی دلدل میں اترنے سے بچ جاتے۔

کچی سڑک سے مَیں جیسے ہی دائیں جانب مڑا تو مجھے اپنے گھر کا عقبی حصہ نظر آنے لگا تھا۔ یہ گھر ایک ترچھی سی گلی کے سرے پر ہونے کی وجہ سے ایک تکونی قطعۂ زمین پر بنا ہوا تھا۔ شاید اسی لیے تعمیر کے وقت یہ تین کے بجائے پانچ کونوں والا گھر بن گیا تھا۔ اپنے گھر کی جھلک دیکھتے ہی میرا دل بیٹھنے لگا۔ مَیں پھر بھی اپنی ہمت مجتمع کر کے کسی نہ کسی طور آگے بڑھتا رہا۔ مَیں نے میلاد والے گھر سے نکلنے کے بعد سے اب تک پانی نہیں پیا تھا اور نہ ہی کچھ کھایا تھا، اسی لیے ان کڑے لمحوں میں اپنے وجود میں بہت کمزوری محسوس کرنے لگا تھا۔ مَیں ایک ایسی صورتِ حال میں پھنسا تھا، جس کا بوجھ سہنے کی ہمت اب مجھ میں باقی نہیں تھی۔

میں چھوٹے چھوٹے قدم اٹھاتا ہوا گھر کی دیواروں کے قریب پہنچ کر تھک کر رک گیا۔ مَیں دیواروں سے کان لگا کر

آوازیں سننے کی کوشش کرنے لگا۔ دو تین لمحے گزر گئے لیکن ایک خالی پن کے سوا کچھ بھی محسوس نہ ہوا۔ ترچھی گلی میں کھلنے والی نچلے کمرے کی کھڑکیوں پر ایسے گرد جمی ہوئی تھی جیسے وہ کئی برسوں سے کھلی ہی نہ ہوں۔ جب کہ انہیں گاہے بگاہے بابا اور وہاں بیٹھنے والے ان کے دوست کھولتے اور بند کرتے رہتے تھے۔ مَیں ان کھڑکیوں کے قریب سے بہت ہولے سے چلتا ہوا گزرا۔ حتیٰ کہ اس کے سرے تک پہنچ گیا۔ اس دوران مَیں نے اپنا سر اٹھا کر گھر کی اوپر والی منزل پر بھی نظر ڈال لی مگر اوپر کی کھڑکیوں سے اندر پھیلی ہوئی تاریکی کے سوا کچھ نظر نہیں آتا تھا۔

میں ترچھی گلی کے اس سرے پر کھڑا ہو کر دائیں بائیں دیکھنے لگا، بہت دیر پہلے جہاں سے مَیں شیدی کے خوف سے بھاگتا ہوا گھر کے اندر داخل ہوا تھا، جس کے بعد اِس گھناؤنی صورتِ حال کے عفریت نے مجھے دبوچ لیا تھا۔ مَیں ادھ کھلے دروازے سے اندر داخل ہوا تو مَیں نے دروازہ دھیرے سے بھیڑ دیا اور وہاں کھڑا ہو کر ایک بار پھر اوپر کی طرف کان لگا کر کچھ سننے کی کوشش کرنے لگا۔

باورچی خانے سے اسٹوو جلنے کی شُر شُر سن کر مجھے کچھ تقویت ملی۔ اس کے باوجود مَیں نے آہستہ آہستہ پاؤں سیڑھیوں پر رکھے اور پھونک پھونک کر قدم بڑھاتا اوپر چڑھتا چلا گیا۔ زینے کی ملائم گول لکڑیوں کے بیچ سے اوپر کے کمرے کا بغور جائزہ لیتے ہوئے میں تقریباً باورچی خانے کے نزدیک پہنچ گیا۔ بابا کو موجود نہ پا کر مَیں نے اطمینان کی ٹھنڈی سانسیں لیں۔ جی چاہا سیڑھیوں پر ہی گر جاؤں لیکن پیاس سے میری جان نکلی جا رہی تھی۔ مَیں اوپر پہنچ کر سیدھا گھڑونچی کے نزدیک چلا گیا۔ وہاں پڑا ہوا اسٹیل کا کٹورا اٹھا کر مَیں نے جیسے ہی مٹکا کھینچ کر اس کا پانی کٹورے میں انڈیلا، اسی وقت اماں باورچی خانے سے نکل آئیں۔ مَیں نے انہیں اپنے پیچھے آتے، محسوس کرتے ہوئے ایک ہی گھونٹ میں پانی سے بھرا کٹورا خالی کر دیا۔ کوئی بھی بات کرنے سے پہلے اماں نے میرا دایاں کان اپنے ہاتھ میں لے کر اتنی زور سے مروڑا کہ میری چیخ نکلتے نکلتے رہ گئی۔ اگلے ہی لمحے انہوں نے میرا کان چھوڑ دیا لیکن اس کے بعد مجھ سے تابڑ توڑ سوالات پوچھنے لگیں کہ مَیں انہیں میلاد میں چھوڑ کر کیوں اور کہاں چلا گیا؟ اگر وہاں سے چلا ہی گیا تھا تو اپنے گھر کیا لینے آیا تھا؟ اور اس کے بعد اتنی دیر سے کہاں آوارہ گردی کر رہا تھا؟

اس دوران میں پانی کے تین کٹورے غٹاغٹ پی گیا تھا اور اچانک میرے پیٹ میں ہلکا سا مروڑ اٹھنے لگا تھا۔ تب اچانک اماں نے میرے چہرے کی طرف دیکھا تو ان کے چہرے کے تاثرات فوراً تبدیل ہونے لگے۔ انہوں نے فوراً میرا ہاتھ تھاما اور مجھے کھینچتی ہوئی لکڑی کے اس تخت پر بیٹھ گئیں، جہاں مَیں نے بابا کو لیٹے ہوئے دیکھا تھا۔ انہوں نے مجھے اپنے سامنے کرتے ہوئے میرا چہرہ اپنے ہاتھوں میں لے لیا اور پوچھنے لگیں۔

''قادر! تمہارا رنگ کیوں کالا پڑ گیا؟ تم کہاں آوارہ پھرتے رہے تھے؟ بتاؤ؟ تمہیں یہ کیا ہو گیا؟ تم اتنے ڈرے اور مُنحمیل کیوں لگ رہے ہو؟''

میں انہیں پورا واقعہ سنانا چاہتا تھا لیکن نجانے کس لیے میرا اعتماد ڈگمگایا ہوا تھا کہ وہ میرے بتائے ہوئے پر یقین بھی کریں

گی کہ نہیں۔ مَیں نے ان کا شک ختم کرنے کی کوشش کی کہ مَیں کہیں بھی آوارہ نہیں گھوم رہا تھا۔

انہوں نے مجھے بتایا کہ بابا نے میرے میلاد والے گھر سے نکل کر آوارہ گھومنے پر ان کی سرزنش کرتے ہوئے اور انہیں گالیاں دیتے ہوئے، سختی سے تاکید کی تھی کہ آئندہ وہ میرا اچھی طرح خیال رکھیں۔

یہ سننے کے بعد میں اپنا سر جھکائے، ایک عجیب سی ندامت اور جھجک محسوس کرتے ہوئے انہیں پیش آنے والے اصل واقعے کی تفصیل سنانے لگا کہ کس طرح ویران گلی میں اس لمبوترے پاگل شیدی کو دیکھ کر میں ڈر کے مارے بھاگتا ہوا گھر تک پہنچا اور اس کے بعد زینے سے چھپ کر مَیں نے اس کمرے میں کیا دیکھا۔

وہ سب بتانے کے بعد جیسے میرے دل سے ایک بڑا بوجھ اتر گیا اور میرے چہرے کی رنگت کے ساتھ میری حرکات و سکنات معمول پر آنے لگیں لیکن اب چہرے کا رنگ اڑنے کی باری میری اماں کی تھی۔ انہوں نے مجھ سے اوپر تلے کئی مرتبہ پوچھ ڈالا کہ بابا کس کے ساتھ لیٹے ہوئے تھے؟ وہ عورت کون تھی؟ مَیں انہیں بتا بتا کر عاجز آ گیا کہ مَیں اُس کی صورت نہیں دیکھ سکا۔ اس کے باوجود انہیں میرے انکار پر یقین نہیں آیا۔ ان کا خیال تھا کہ مَیں بابا کے خوف کی وجہ سے اس عورت کا نام لینے سے ہچکچا رہا تھا۔

اماں زیرِلب بابا کو برا بھلا کہتی ہوئیں، ان کی گالیوں کا حساب بے باق کرتیں، دھیرے دھیرے چلتیں باورچی خانے کے اندر چلی گئیں۔ مَیں بھی ان کے پیچھے وہاں جا کر ان سے کھانے کا تقاضا کرنے لگا کیوں کہ مجھے زور کی بھوک لگ رہی تھی۔ انہوں نے اپنی جان چھڑانے کے لیے میلاد والے گھر سے لفافے میں ملنے والی بالوشاہی اور نان خطائی اٹھا کر مجھے دے دی اور خود بڑبڑاتی ہوئی آٹا گوندھنے میں مصروف ہو گئیں۔ ان کی بڑبڑاہٹ ایک سوگوار دُھن کی طرح دیر تک میرے کانوں میں بھنبھناتی رہی۔

میں نہیں جانتا کہ ایسا کیوں ہوتا ہے؟ وہ تمام باتیں جن میں تلخی چھپی ہوتی ہے یا کوئی بِس بھرا ہوتا ہے، عمر کی منزلیں طے کر لینے کے بعد وہ ہمارے ذہن کے گڑھے میں گر کر کہیں گم ہو جاتی ہیں۔ لاکھ کوشش کے باوجود وہ ذہن کی سطح پر نہیں آتیں بلکہ کسی مین ہول کی گہری تہہ میں رینگتے مگر نظروں سے اوجھل رہنے والے کیڑوں کی طرح ہمیشہ سامنے آنے سے گریزاں رہتی ہیں۔ ان زہر بھری باتوں کو دھیان میں لانا، انہیں یاد کرنا، ان کے بارے میں سوچنا یا ان کی کوئی تصویر بنانا ہرگز آسان نہیں ہوتا کیوں کہ طویل عرصہ گزرنے کے بعد، ان سب کی کایا کلپ ہو جاتی ہے۔ پھر وہ نہ تو اس جگہ رہتی ہیں، جہاں وہ پہلے موجود تھیں اور نہ ہی بالکل ویسی رہتی ہیں، جیسی وہ درحقیقت ہوا کرتی تھیں۔

کوئی اندازہ نہیں کر سکتا میری مشکل کا اور کوئی محسوس نہیں کر سکتا میری اذیت کو، جو اپنا ماضی کھرچتے ہوئے اور اسے کھودتے ہوئے میں اٹھا رہا ہوں لیکن افسوس کہ زیادہ یادیں میرے ہاتھ نہیں لگ سکیں۔ جس یاد کو مَیں نے ابتدائی یاد کہا ہے ہو سکتا ہے کہ وہ ابتدائی نہ ہو لیکن میں اسے اولیّت دیتا ہوں۔

بالوشاہی اور نان خطائی کھانے کے بعد بھی میری بھوک ختم نہیں ہوئی۔ مَیں نے ضد کر کے اماں سے رات کا کھانا وقت

سے پہلے تیار کروالیا اور کھانا کھانے کے بعد میرے اعصاب پر غنودگی چھاتی چلی گئی۔ اپنی چارپائی پر لیٹتے ہی میں نیند کی آغوش میں چلا گیا۔

پتا نہیں، رات کا کون سا پہر تھا، جب اماں اور بابا کے زور سے چیخنے کی وجہ سے اچانک میری نیند ٹوٹ گئی۔ مَیں نے ذرا سی آنکھیں کھول کر آس پاس دیکھا تو کمرے میں اندھیرا پھیلا ہوا تھا۔ اس اندھیرے میں اماں اور بابا کے سائے آپس میں دست و گریبان نظر آ رہے تھے۔ اچانک مجھے اماں کی چٹیا نظر آئی جو بابا کے ہاتھ میں تھی۔ اور ان کا دوسرا ہاتھ بار بار اوپر اٹھتا ہوا اماں کے چہرے پر پڑ رہا تھا۔ ہر بار جب وہ ان کے منہ پر لگتا تو اس کی چٹاخ کے ساتھ اماں کی چیخ بھی سنائی دیتی تھی۔

وہ زار و قطار روئے جا رہی تھیں اور روتے ہوئے بار بار پوچھ رہی تھیں۔ ''تم کس کے ساتھ سوئے تھے؟ میری غیر موجودگی میں تمہارے پاس آنے والی وہ عورت کون تھی؟ میں رشیدہ کے گھر اللہ کا کلام پڑھ رہی تھی اور عین اسی وقت تم میرے گھر میں زناکاری کر کے اسے پلید کر رہے تھے۔ مجھے تم پر پہلے بھی شک تھا تم کچھ دوسری عورتوں کے چکر میں بھی رہ چکے ہو۔'' اماں کی نحیف آواز میں دل گداز لرزش تھی۔

بابا ان کے سوالوں کا سیدھا جواب دینے کے بجائے ہٹ دھرمی سے انہیں گندی گالیاں دیئے جا رہے تھے اور انہیں اپنے بھاری ہاتھوں سے پیٹے جا رہے تھے۔ بابا کے لہجے میں شدید نفرت اور مجنونانہ جھلاہٹ تھی۔ ان کی بھاری آواز اماں کی منحنی اور باریک آواز پر حاوی تھی۔

چارپائی پر لیٹے لیٹے اپنی نیم وا آنکھوں سے اماں کی درگت بنتے دیکھ کر میرا دل بھر آیا۔ مجھے افسوس ہوتا رہا کہ اگر میں انہیں بابا کے بارے میں کچھ نہ بتاتا تو بہتر ہوتا۔ اس کے ساتھ مجھے یہ ڈر بھی لاحق تھا کہ بابا چارپائی سے اٹھا کر مجھے بھی دو جھانپڑ رسید نہ کر دیں۔ یہی سوچتے ہوئے میں ایک بار پھر میں گہری نیند میں چلا گیا۔

صبح جب میری آنکھ کھلی تو کمرے میں دن کی روشنی پھیلی تھی۔ مَیں نے اپنی ادھ کھلی آنکھوں سے بابا کو آئینے کے سامنے کھڑے شیو بناتے دیکھا تو فوراً اپنے بدن کو ہلنے جلنے سے روک کر دم سادھے چارپائی پر پڑا رہا۔ مَیں ان کا سامنا کرتے ہوئے ڈر رہا تھا۔ اس لیے چاہتا تھا کہ ان کے گھر سے چلے جانے کے بعد بستر سے اٹھوں۔

اماں باورچی خانے سے چائے کے دو پیالے اپنے دونوں ہاتھوں میں لیے باہر آئیں اور بالکونی کے پاس کھلنے والے دروازے کے قریب، لکڑی کے تخت پر پیالے رکھ کر بیٹھ گئیں۔ بابا بھی شیو سے فارغ ہو کر تولیے سے چہرہ صاف کرتے ہوئے ان کے نزدیک آ کر بیٹھ گئے۔ وہ دونوں اپنے اپنے پیالے اٹھا کر چائے پینے لگے۔

بابا نے کھنکار کر گلا صاف کرنے کے بعد کہنا شروع کیا۔ ''میں نہ صرف تیرا گھر والا بلکہ اس گھر کا مالک بھی ہوں۔ مَیں نے تجھے اور اپنے بیٹے کو رہنے کے لیے چھت دی ہوئی ہے۔ اور اس کے ساتھ ساتھ میں تم دونوں کے سارے اخراجات بھی اٹھا رہا ہوں۔ میرا جو فرض بنتا ہے میں وہ پورا کر رہا ہوں۔ اس کے علاوہ میں جو کچھ بھی کرتا ہوں، تیرا اس سے کوئی لینا دینا نہیں ہے۔ سمجھی؟''

''ہاں تم جو کچھ بھی کرتے رہو۔ اپنے ہی گھر میں باہر کی عورتوں سے بھاگر ڈال کر سوتے رہو۔ یہی مطلب ہے تمہارا''۔

''تم جو بھی سمجھو۔ مَیں یہ سب کچھ کرتا رہوں گا۔ تم چاہو تو اس گھر میں رہو، اور چاہو تو اسے چھوڑ کر چلی جاؤ''۔ بابا نے صاف گوئی سے کام لیتے ہوئے اپنا دوٹوک فیصلہ سنا دیا۔

اماں نے ان کے فیصلے کے خلاف منمناتے ہوئے کچھ احتجاج کرنا چاہا مگر بابا نے چائے کا پیالہ تخت پر رکھا اور تولیہ کندھے پر ڈالتے، اٹھ کر غسل خانے کی طرف چلے گئے۔ اماں وہیں بیٹھ کر کچھ دیر تک انہیں اپنے دھیمے لہجے میں برا بھلا کہتی رہیں، حتیٰ کہ غسل خانے سے پانی گرنے کی آواز سنائی دینے لگی۔

وہ خالی پیالے اٹھا کر باورچی خانے کے اندر چلی گئیں۔ غسل کے بعد کپڑے پہنتے ہی بابا نے دکان جانے کا اعلان کیا۔ اس روز اماں نے ان کے اعلان کے جواب میں مکمل خاموشی اختیار کی۔ تھوڑی دیر بعد بابا ناشتہ کیے بغیر زینے کی سیڑھیاں اتر کر گھر سے باہر چلے گئے۔

مَیں نے جب پوری آنکھیں کھولیں تو اسی وقت اماں میرے قریب سے آہیں بھرتی ہوئی گزریں۔ تخت پر بیٹھ کر انہوں نے مجھے بستر سے اٹھتے دیکھا تو ان کے اداس چہرے پر خوشی کی ایک لہر آ گئی۔ مَیں بھی ان کی طرف دیکھ کر نہ چاہتے ہوئے بھی مسکرا دیا اور اٹھ کر دوڑتا ہوا ان کے ڈھیلے سے سینے سے لگ گیا۔

اب سوچتا ہوں کہ میری اماں جو شاید اس لمحے اُسی پرانے دُھرانے تخت پر بیٹھی اپنی بے نور ہوتی ہوئی آنکھوں سے اپنے خالی گھر کے در و دیوار تک رہی ہوں گی۔ شاید ان کے دل میں ایک دن مجھ سے ملنے کی کوئی امید کروٹیں لے رہی ہو گی۔ لیکن اب میں دوبارہ کبھی ان سے ملنا نہیں چاہتا، ان سے اپنی نظریں ملانا نہیں چاہتا، ان کے پاس رہنا نہیں چاہتا۔ گرچہ مجھے اب تک ان کے بازوؤں کی وہ پُرخلوص گرفت یاد ہے، لیکن اس کے باوجود میں ان کے سدا کے کمزور بازوؤں کو سہارا دینے کے لیے بھی واپس جانا نہیں چاہتا۔

2

میں آلتی پالتی مار کر بیٹھا، لکڑی کے فرش پر، کوئلے سے چوکور خانے بنا کر جھاڑو کے تنکوں اور ٹوٹے ہوئے بٹنوں کے ساتھ ''نوٹن'' کھیلنے کی کوشش کر رہا تھا، جب اچانک بابا میرے سر پر آ کر کھڑے ہوئے۔ مَیں انہیں اپنے اوپر کھڑا دیکھ کر گھبرا گیا۔ کل کے بعد ان سے پہلی بار سامنا ہو رہا تھا۔ مجھ میں ان کی طرف دیکھنے کی ہمت نہ تھی۔ اس لیے میں سر نیچا کیے پریشانی سے فرش پر بنا ہوا ''نوٹن'' کا زائچہ اپنے ہاتھوں سے رگڑ رگڑ کر مٹانے لگا۔ مجھے اپنے ہاتھ کالے ہونے کی پروا تک نہ تھی۔

اچانک بابا اپنے مخصوص طنز یہ انداز میں کہنے لگے۔ ''میری اور اپنی اَمڑ کی لڑائی کروانے کے بعد ایسے بنا ہوا ہے جیسے تُو نے کچھ کیا ہی نہیں۔ بتا، تجھے تیری ماں نے میری جاسوسی کرنے کے لیے بھیجا تھا ناں؟''

میری نظریں اماں کی تلاش میں ادھر ادھر بھٹکنے لگیں، کیوں کہ وہی اس تفتیش سے میری جان بچا سکتی تھیں۔ بابا کے سوال کے جواب میں، مَیں اپنی گردن نفی میں ہلانے لگا تو انہوں نے اوپر سے میرے ہلتے ہوئے سر پر اپنا ہاتھ رکھ کر اور اسے کچھ دبا کر ہلنے سے روک دیا۔ پھر اپنے ہاتھ کی پانچوں انگلیاں سر میں زور سے کھبوتے ہوئے مجھے اوپر کی طرف اٹھایا اور میں ان کی طویل قامت کے نیچے اپنا سر جھکائے کھڑا ہو گیا۔ ان کی انگلیوں کی گرفت سے میری کھوپڑی دکھنے لگی۔ مَیں ڈر کے مارے سہم کر نیچے لکڑی کے فرش پر ادھ مٹے زائچے کے ساتھ بابا کی چپل دیکھنے لگا، جس میں سے ان کے گہرے سانولے پاؤں جھانک رہے تھے جب کہ اس دوران ان کی کرخت انگلیاں میرے سر میں سوراخ کیے دے رہی تھیں۔ مَیں روہانسا ہو چکا تھا اور کچھ ہی دیر میں میری آنسو سے بہنے والے تھے۔

''دیکھ، میری طرف دیکھ''۔ انہوں نے اچانک میرا سر چھوڑ کر میری ٹھوڑی پکڑ لی اور مجھے اپنے چہرے کی طرف دیکھنے پر مجبور کیا۔ مَیں نے دیکھا کہ ان کا چہرہ تازہ دم لگ رہا تھا اور اس پر غصے کے آثار دکھائی دے رہے تھے۔ ان کی آنکھوں میں میرے لیے اپنائیت نہیں بلکہ سختی تھی۔ مَیں اپنی ٹھوڑی ان کی مٹھی کی گرفت سے چھڑوانے کے لیے اسے دھیرے سے ہلانے لگا۔

اسی لمحے وہ دوبارہ گویا ہوئے۔ ''تجھے پہلی اور آخری بار نصیحت کر رہا ہوں کہ آئندہ ایسا کوئی منظر دیکھ کر، اگر تُو نے

اپنی اماں یا کسی اور کو جا کر کچھ بھی بتایا تو سمجھ لینا کہ وہ دن تیری زندگی کا آخری دن ہو گا۔ آج تجھے چھوڑ رہا ہوں لیکن یاد رکھنا، تب نہیں چھوڑوں گا، سمجھا''۔

یہ کہتے ہوئے انہوں نے میری ٹھوڑی چھوڑ دی اور گھور گھور کر مجھے دیکھنے لگے۔

مجھے ٹھوڑی میں درد ہو رہا تھا۔ مَیں نے اپنا سر اثبات میں ہلانے سے اجتناب کیا، جو انہیں تھوڑا سا ناگوار لگا۔ جس کے بعد انہوں نے مجھے آنکھیں دکھاتے ہوئے پھر پوچھا۔ ''بول، بتائے گا کسی کو بھی؟ ہاں؟ بتائے گا؟''

اس مرتبہ نہ چاہتے ہوئے بھی میرا سر نفی میں خود بخود گھومنے لگا اور میرے منہ سے دھیرے سے بے اختیار نکلا۔ ''نہیں بتاؤں گا۔'' یہ سن کر بابا کی تھوڑی تشفی ہو گئی۔ اس کے بعد انہوں نے تخت پر بیٹھتے ہوئے مجھ سے اماں کے بارے میں دریافت کیا تو مَیں نے بتایا کہ وہ کپڑے بچھانے کے لیے چھت پر گئی ہوئی ہیں۔ یہ سن کر بابا تخت پر دراز ہو گئے۔

میرا خیال تھا کہ جس طرح اماں نے انہیں صبح ناشتے کے بغیر دکان روانہ کر دیا تھا، شاید وہ انہیں دوپہر کا کھانا بھی نہیں دیں گی۔ لیکن یہ میری خام خیالی تھی۔ اماں نے چھت سے اترتے ہی بابا کو تخت پر پسرے ہوئے دیکھا تو بالکل اسپاٹ لہجے میں ان سے ہاتھ دھونے کے لیے کہا۔

مجھے معلوم تھا کہ اب وہ سہ پہر کے بعد ہی گھر سے جائیں گے۔ ان کے قریب، ان کی نظروں کے سامنے رہتے ہوئے میں اپنا آپ گھٹا گھٹا ہوا سا محسوس کر رہا تھا۔ کچھ دیر پہلے انہوں نے جو باتیں کی تھیں، ان کی وجہ سے میرا ان کے نزدیک رہنا دوبھر ہو رہا تھا۔

اماں جیسے ہی باورچی خانے سے بابا کے لیے کھانا نکالنے گئیں، مَیں آہستگی سے زینہ اتر کر نچلے کمرے کی جانب چلا گیا اور وہاں پڑی ہوئی ایک پرانی الماری کا ایک پٹ کھول کر کھڑا ہو گیا، جس میں مَیں نے اپنے کنچے ایک ڈبے میں سنبھال کر رکھے ہوئے تھے۔ مَیں نے ڈبے میں سے چن کر اچھے، ملائم اور چمک دار کنچے نکالے اور اپنے کسی ہم جولی کی تلاش میں چپکے سے گھر سے نکل گیا۔

میں ترچھی گلی سے ہوتا آگے بڑھا تو میری نظر بائیں جانب بنے ہوئے ایک دو منزلہ مکان کے ساتھ واقع خالی پلاٹ پر پڑی تو مَیں نے دیکھا کہ سلیم وہاں اکیلا کھڑا زمین پر پھیلے ہوئے کنچوں پر اپنا نشانہ پکا کرنے کی مشق کر رہا تھا۔ مَیں تیزی سے چلتا اس کے پاس پہنچ گیا۔

مجھے اب بھی یاد ہے کہ سلیم قد کاٹھ اور تنومندی کے لحاظ سے مجھ پر فوقیت رکھتا تھا اور عمر میں بھی مجھ سے کچھ بڑا تھا۔ وہ اکثر مجھ سے کشتی لڑتے ہوئے مجھے چاروں شانے چت کر دیتا تھا مگر کنچے بازی میں اس کا نشانہ بہت خراب تھا اور وہ ہمیشہ مجھ سے ہار جاتا تھا۔ اسے ایک بہت گندی عادت تھی کہ وہ ہارنے کے بعد بالکل اچانک اٹھتا اور میری تشریف میں انگلی کر کے فوراً بھاگ کھڑا ہوتا۔ مجھے اس کی یہ حرکت بہت گندی لگتی۔ اس لیے میں اکثر غصے میں اس کا پیچھا کرتا اور جب میں اسے پکڑنے اس کے قریب پہنچتا تو اس کی پیٹھ کو زور سے دھکا دے دیتا، جس کی وجہ سے وہ زمین پر جا گرتا۔ بعض اوقات جب

وہ میرے ہاتھ نہ آپاتا تو میں بے چارگی سے زمین سے مٹی کا ایک ڈھیلا یا کوئی پتھر اٹھا کر اسے دے مارتا۔

اس دن کی یاد ایک ایسے شفاف بلور کی طرح میرے ذہن میں روشن ہے، جس کے آر پار دیکھنا ممکن ہوتا ہے۔ اس دن سلیم کہیں سے ایک ٹیڑھا بھینگا سا بنٹولا لے آیا تھا، جو کھیل کے دوران ہر بار میرے کنچوں پر ٹھیک نشانے سے لگ رہا تھا۔ مَیں نے کئی بار اس پر دھاندلی کا الزام لگایا کہ وہ چھوٹے کنچوں کے کھیل میں موٹا سا بنٹولا لے آیا تھا۔ مجھے خطرہ لاحق ہونے لگا تھا کہ اس طرح وہ مجھے ہرا کر میرے سارے کنچے ہتھیا لے گا۔ مَیں کھیل سے بھاگنا چاہتا تھا لیکن میں ڈر بھی رہا تھا کہ اگر مَیں نے کھیل ادھورا چھوڑ کر بھاگنے کی کوشش کی تو سلیم نہ صرف مجھے پیٹے گا بلکہ زبردستی میرے کنچے بھی ہتھیا لے گا۔

دھیرے دھیرے اپنے کنچے کم ہوتے دیکھ کر میرا خون کھول رہا تھا لیکن بھلا ہو اس حسین اجنبی لڑکی کا، جو شاید بازار کی طرف سے راستہ بھول کر اس جانب آ نکلی تھی اور ہم دونوں اپنا کھیل چھوڑ کر اسے دیکھنے میں مصروف ہو گئے تھے۔ وہ ہماری ہم عمر معلوم لگتی تھی لیکن وہ بلا کی خوبصورت اور پیاری تھی۔ اس کے حسن کی وہ البیلی سی چھب اب بھی میرے ذہن میں محفوظ ہے۔ وہ ہم دونوں سے قد میں کچھ لانبی اور دبلی پتلی تھی اور اس کا چہرہ سرخ و سفید تھا۔ وہ اپنے رنگین گھاگھرے اور پھول دار چادر کی وجہ سے بلوچ لگ رہی تھی۔

جب اس بلوچن نے ہم سے شاہ جہانی مسجد کا راستہ پوچھا تو ہم اسے راستہ بتانے کے بجائے اسے دیکھ کر مبہوت رہ گئے۔ تب تک ہم نے اپنے محلے میں کم از کم ایسی حسین لڑکی نہیں دیکھی تھی۔ ہماری طرف سے کوئی جواب نہ پا کر وہ خود بخود وہاں سے آگے بڑھتی کچی سڑک کی جانب چلتی چلی گئی تھی۔ اس نے اپنی کمر پر ایک پوٹلی لٹکا رکھی تھی، جس سے مَیں نے اندازہ لگایا کہ وہ مضافات میں واقع کسی گاؤں سے کچھ خریداری کرنے شہر آئی تھی اور اب واپس جا رہی تھی۔ چند لمحوں بعد حواس بحال ہونے کے بعد سلیم نے بتایا کہ وہ مسجد سے آگے شہر سے باہر جاتی سڑک پر واقع کچی جھونپڑیوں والے علاقے میں رہتی تھی اور وہ اسے پہلے بھی دیکھ چکا تھا۔

اُس لڑکی کے آگے بڑھ جانے کے بعد سلیم نے اپنے کنچے جلدی سے اپنی جیب میں ٹھونستے ہوئے مجھے بھی ایسا کرنے کی ہدایت کی، جس پر عمل کرتے ہوئے مَیں نے بھی اپنے کنچے بغلی جیب میں بھر لیے۔ اس کے بعد سلیم نے مجھے اس کے پیچھے چلنے کے لیے کہا۔ یوں ہم دونوں نے ایک ایک ہاتھ اپنی بھاری جیبوں پر رکھتے ہوئے بلوچن کا تعاقب کرنے کے لیے دوڑ لگا دی۔

وہ ہمیں کمہاروں اور گوالوں کے گھروں کے بیچ سے گزرتی کچی سڑک پر دکھائی نہیں دی۔ شاید وہ تیز رفتاری سے چلتی ہوئی دور نکل گئی تھی، اسی لیے وہ ہمیں کچھ آگے واقع واٹر سپلائی کی ٹنکی کے پاس بھی نظر نہیں آئی۔ مَیں نے مایوس ہو کر سلیم سے واپس چلنے کے لیے کہا لیکن وہ مزید آگے جا کر اسے ڈھونڈنے پر بضد تھا۔ نہ چاہتے ہوئے مجھے بھی اس کا ساتھ دینا پڑا۔

ہم پاگلوں کی طرح اس کی تلاش میں کبھی دوڑنے لگتے اور کبھی تیز قدموں سے چلنے لگتے۔ مسجد کی بیرونی دیوار کے اندر والی ویران سڑک پر وہ ہمیں جاتی ہوئی نظر آ گئی۔ وہ ہوا کے دوش پر قدم رکھتی جا رہی تھی مگر اس بات سے یقیناً بے خبر تھی

کہ مَیں اور میرا دوست اپنے خفیہ عزم کے ساتھ اس کا پیچھا کر رہے تھے۔ وہ خفیہ عزم کیا تھا؟ یہ صرف سلیم جانتا تھا جب کہ مجھے اس کا تھوڑا بہت اندازہ ہی تھا۔ اس بلوچ لڑکی کے نگاہوں میں آتے ہی سلیم نے مجھے اپنی رفتار مزید بڑھانے کے لیے کہا تو مَیں نے اور تیز تیز چلنا شروع کر دیا لیکن وہ بھاگتا ہوا مجھ سے کافی آگے نکل گیا۔

وہ دوڑتے ہوئے بار بار محتاط نظروں سے دائیں بائیں دیکھتا جا رہا تھا۔ اس کے قریب پہنچ کر مَیں نے سلیم کی آنکھوں میں جھانکا تو وہاں مجھے ایک مجنونانہ چمک دکھائی دی، جس کی وجہ سے اس کے گال تمتمانے لگے تھے۔ وہ مجھ سے پہلے بلوچن کے نزدیک تر پہنچ گیا تو میں ذرا فاصلے پر ٹھہر کر دیکھنے لگا کہ میرا دوست اپنے خفیہ عزم کی تکمیل کیسے کرتا ہے۔ شاید لڑکی نے اپنے تعاقب میں دوڑتے قدموں کی آواز سن لی تھی، اسی لیے وہ ٹھٹھک کر مڑی اور ایک جگہ ساکت ہو گئی۔ اس کے گمان میں بھی نہ تھا کہ سلیم بے دھڑک اس کے برابر پہنچ کر شوق بھری نظر سے اسے دیکھنے لگے گا۔ سلیم نے اس کی تعریف میں ایک دو بازاری جملے کہے۔ ''ڈاہڈی ٹھاہو کی چھوری آں۔ ہمیں قتل کر کے کدھر جا رہی ہو۔''

یہ جملے سن کر لڑکی حیرت اور خفگی کے ملے جلے تاثر سے اسے گھور رہی تھی کہ اچانک میرے اوباش یار نے اپنا داہنا ہاتھ اوپر اٹھایا۔ وہ لڑکی ناراضی سے اسے گھورتے ہوئے گالیاں دینے لگی تھی۔ ''خدا کی مار پڑے، کبھی چھوکری نہیں دیکھی کیا، جا جا کر اپنی بہن سے عشق کر۔'' لڑکی کی گالیاں سن کر میں ہنسنے لگا۔ اس دوران سلیم نے شتابی سے لڑکی کی پشت کے پاس جا کر اپنا ہاتھ اس کی تشریف کی طرف بڑھایا۔ لڑکی نے ہٹنا چاہا مگر سلیم کا ہاتھ اس کی پشت سے ہوتا اس کی شلوار میں گھُس چکا تھا۔ میرے منہ سے بے ساختہ نکلا۔ ''حرامی کہیں کا''۔

اب لڑکی کے منہ سے ننگی گالیوں کا فوارہ بہنے لگا لیکن سلیم اپنا کام دکھا چکا تھا۔ اس نے اپنی شہادت والی انگلی سے اسے زوردار گِدی لگائی تھی، جس پر وہ غصے سے پاگل ہو کر چیخنے لگی تھی بلکہ وہ اپنا ہاتھ اٹھا کر اسے مارنے کے لیے بھی دوڑی لیکن سلیم فوراً مڑ کر بھاگتا ہوا اس کی پہنچ سے بہت دور نکل گیا۔ لڑکی کے ہاتھ اسے مارنے کی کوشش میں اٹھے رہ گئے۔ وہ بے بسی سے اسے ماں اور بہن کی گالیاں دینے لگی۔ اس نے زمین سے ایک دو پتھر اٹھا کر ہماری طرف پھینکے، جو ہمیں نہیں لگ سکے۔

میں اور سلیم برق رفتاری سے دوڑتے ہوئے وہاں سے دور پہنچ گئے۔ مَیں نے جان بوجھ کر انجان بنتے ہوئے پوچھا۔ ''تم نے اس کے ساتھ کیا کیا؟'' میرا سوال سن کر وہ کھلکھلا کر ہنسا۔ ''اس کے ساتھ وہی کچھ کیا، جو تمہارے ساتھ کرتا ہوں''۔ اس کا جواب مجھے اچھا نہیں لگا اور مَیں نے اسے حرامی کہا۔ یہ بھی حقیقت ہے کہ تب میں اس کی جرأت اور اس انوکھی واردات سے مرعوب ہوا تھا۔ مَیں اس کے ساتھ ایسی مزید وارداتوں میں شریک ہونا چاہتا تھا مگر افسوس کہ کچھ دنوں بعد اس کے والد کا تبادلہ ہو گیا اور وہ ان کے ساتھ بڑے شہر چلا گیا اور پھر اس سے کبھی میری ملاقات نہ ہو سکی۔ اس کی صحبت میں حاصل ہو چکے تجربات سے مَیں نے بعد کی زندگی میں کچھ فائدہ اٹھانے کی چند ناکام کوششیں کیں۔

اب سوچتا ہوں کہ کاش سلیم کے والد کا تبادلہ نہ ہوا ہوتا اور وہ میرے شہر میں میرے ساتھ پل کر جوان ہوتا تو شاید میری بعد کی زندگی، اس کی جرأت مند طبیعت سے تھوڑی سی جرأت ادھار لے لیتی۔

اس کے بعد کچھ مہینے گزر گئے اور گرمیوں کے بعد سردیاں بھی رخصت ہونے لگیں۔ مجھے محلے کی مسجد میں قاعدہ پڑھتے ہوئے تقریباً ایک سال ہونے والا تھا۔ میرا قاعدہ ختم ہونے کے قریب تھا اور اس کے بعد مجھے قرآن مجید کا آخری پارہ ''عم'' شروع کرنا تھا۔

بہار کی آمد آمد تھی جب ایک دن بابا دکان سے گھر آئے تو میرے لیے سلیٹ، تختی اور پہلی جماعت کا قاعدہ لیتے آئے۔ انہوں نے نرمی سے بات کرتے ہوئے مجھے بتایا کہ وہ کل صبح مجھے اسکول میں داخل کروانے لے جائیں گے۔ یہ بات سن کر زیادہ خوش میری اماں ہوئیں۔ وہ یہ سنتے ہی مجھے کھینچ کر اپنی گود میں لے کر چارپائی پر بیٹھ گئیں اور میرے گالوں پر بوسے نچھاور کرتے ہوئے میرے مستقبل سے وابستہ اپنے خواب اور اپنی خواہشات سنانے لگیں۔ بابا کی جانب سے اسکول بھیجنے کا اعلان مجھے اچھا نہیں لگا تھا۔ مجھے محسوس ہوا کہ وہ مجھے سزا کے طور پر وہاں بھیجنا چاہتے تھے۔

اگلے روز اماں نے بہت سویرے مجھے نیند سے جگا دیا۔ مَیں بستر پر بہت دیر تک اینڈھنا چاہتا تھا لیکن انہوں نے مجھے کانوں سے پکڑ کر چارپائی سے اترنے کا حکم دیا۔ صبح کی سردی کے باوجود مجھے غسل خانے لے جا کر ٹھنڈے پانی سے نہلایا گیا۔ مجھے یاد ہے، نہانے کے دوران میں زار و قطار روتا رہا تھا، جس پر اماں نے غصے میں ایک تھپڑ بھی رسید کر دیا تھا۔ اس کے بعد میں نئے کپڑے پہن کر کھڑا بہت دیر تک کپکپاتا رہا تھا، پھر مجھے اماں نے ابلا ہوا انڈا کھلایا اور دھواں چھوڑتی گرم چائے ساسر میں ڈال کر اس پر پھونکیں مار کر ٹھنڈی کر کے مجھے پلائی۔ ان کی پھونکوں سے ساسر میں پھیلی چائے میں خفیف لہریں اٹھتی رہیں۔ اس وقت مجھے اندازہ ہو گیا کہ آج کا دن میرے گزرے ہوئے تمام دنوں سے قطعی مختلف تھا کیوں کہ میرے والدین میری نئی اور مختلف زندگی کی شروعات کرنے جا رہے تھے۔ میری اماں کے چہرے پر طمانیت کا ایسا تاثر تھا، جو مَیں نے پہلے نہیں دیکھا تھا اور بابا کے چہرے پر بھی ایک خاص نوعیت کی سنجیدگی تھی اور وہ مسلسل سگریٹ پیے جا رہے تھے۔

کچھ دیر بعد انہوں نے سگریٹ فرش پر پھینک کر اسے پاؤں تلے مسل دیا۔ مَیں سہمی نظروں سے انہیں دیکھتا رہا۔ میرے لیے کوئی بستہ نہیں خریدا گیا تھا، نہ ہی کوئی کاپی، بلکہ اماں نے قاعدہ اور کالے رنگ کی ایک سلیٹ میرے ہاتھ میں تھما دی اور اس کے ساتھ ایک بھورے رنگ کی سلیٹی بھی میری جیب میں ڈال دی اور مجھے ان چیزوں کی حفاظت کرنے کی نصیحت کرتی رہیں۔ اس کے بعد جب بابا نے مجھے اپنے بازوؤں میں اٹھایا تو اماں اور اپنے گھر سے دوری اور ایک اجنبی جگہ پر جانے کے خیال سے میری آنکھوں سے موٹے موٹے گرم آنسو بہنے لگ گئے۔ اماں نے میرے آنسو پونچھتے ہوئے میری پیشانی چوم کر سر پر ہاتھ پھیرتے ہوئے مجھے رخصت کیا۔

گھر سے نکلتے ہوئے مَیں نے بہت واویلا کیا اور آٹھ آٹھ آنسو بہائے۔ گلی میں پہنچ کر مَیں نے بابا کے بازوؤں سے نکلنے کے لیے کئی بار مچل مچل کر اپنے ہاتھ پیر چلائے مگر میرے لیے ان کی مضبوط گرفت سے نکلنا ناممکن تھا۔ گلی سے گزرتے ایک دو لوگوں نے مجھے روتے ہوئے دیکھا تو مسکرائے بنا نہیں رہ سکے۔ مجھے ان کا مسکرانا اچھا نہیں لگا۔ اسی لیے کچھ دیر تک ہچکیاں لینے کے بعد مَیں نے خود بخود رونا بند کر دیا۔ دو مختصر سی گلیوں سے آگے بڑھنے کے بعد بابا نے مجھے اپنے بازوؤں

سے الگ کر کے نیچے اتار دیا اور میں بار بار اپنی ناک سُنکتا ہوا ان کے ساتھ چلنے لگا۔

ہم خالہ رشیدہ کے مکان کے قریب سے گزرے تو مجھے ان کے گھر کا منقش دروازہ بند دکھائی دیا۔ صبح کے وقت اس گلی میں تھوڑی سی آمد و رفت تھی۔ ایک کباڑیا ''ٹین ڈبے والا۔ ٹین ڈبے والا'' کی آوازیں لگاتا پھِر رہا تھا۔ اس طویل گلی کا کچھ حصہ ڈھے چکے گھروں کے ملبے اور کچھ حصہ قدیم طرز کے مکانوں پر مشتمل تھا۔ آدھے گھر مٹی اور لکڑی جب کہ دیگر آدھے سیمنٹ، پتھر اور اینٹوں سے بنے ہوئے تھے۔ اس گلی سے دائیں اور بائیں جانب کچھ دوسری گلیاں نکلتی تھیں۔

ہم دائیں طرف ایک گلی میں مڑ گئے، جو کافی کشادہ تھی اور سیدھی شاہی بازار جاتی تھی۔ اس گلی میں ایک جانب ایک بہت اونچا اور آگے تک پھیلا ہوا پرانی طرز کا مکان بنا ہوا تھا۔ اس کی تعمیر میں مٹی، لکڑی اور پتھر استعمال کیا گیا تھا۔ اس کی پہلی منزل، جس پر لکڑی کی جھروکا نما طویل بالکونی بنی ہوئی تھی، زمین سے اچھی خاصی بلندی پر نظر آ رہی تھی۔

بازار کی دکانوں کا سلسلہ پہلے سے شروع ہو جاتا تھا۔ دائیں جانب ایک فوٹو گرافر کی دکان تھی جو اس وقت بند پڑی تھی البتہ اس کے برابر والی بیکری کھلی ہوئی تھی۔ اس کے علاوہ اونٹ، گدھے، گھوڑے اور دیگر مویشیوں کے ساز و سامان اور سنگھار کی چیزوں کی دکان کھلی تھی، جس کا ناٹا اور کبڑا سا بوڑھا مالک دروازے کی چوکھٹ اور اس کے پٹوں پر فروخت کا سامان لٹکا رہا تھا۔

ان دکانوں سے آگے شاہی بازار کا چوک آتا تھا، جس میں شہر کی سبزی منڈی واقع تھی اور اس کے دائیں بائیں مارکیٹوں اور دکانوں کا نہ ختم ہونے والا سلسلہ تھا، جو دونوں جانب سے شہر کے آخری کونوں تک چلا جاتا تھا۔ لڑکوں کا سرکاری سندھی پرائمری اسکول، شاہی بازار کے چوک میں سبزی منڈی کے قریب سے آڑی ہو کر شاہ کمال کے مزار کی طرف نکلتی ایک نسبتاً پختہ سڑک پر واقع تھا۔ اس وقت بازار میں تھوڑا سا رش تھا۔ کچھ گدھا گاڑیاں، سوزوکیاں اور چھکڑے بازار میں سبزی منڈی کے آس پاس کھڑے تھے، کچھ ادھر ادھر رواں دواں تھے۔

ہم سبزی منڈی کے قریب سے گزرے تو سردی کی وجہ سے سبزیوں کی گاڑھی سی بو سارے میں پھیلی ہوئی تھی۔ سبزی منڈی کے ساتھ گوشت منڈی واقع تھی۔ وہاں زمین پر کتے، بلیاں اور چوہے جب کہ آسمان پر چیلیں اور کوے منڈلا رہے تھے۔

شاہ کمال کے مزار کی جانب آگے بڑھنے کے بعد اسکول کی، پیلے پتھر سے بنی ہوئی، انگریزی حرف U سے مماثلت رکھتی دو منزلہ عمارت سڑک پر ہی ایک چھوٹی چار دیواری کے اندر بنی ہوئی تھی۔ عمارت کی چوٹی پر سندھی میں جلی حروف میں اسکول کا نام لکھا ہوا تھا۔ ہم لوہے کے پھاٹک سے اس چار دیواری کے اندر داخل ہوئے۔ کچی زمین پر چلنے کے بعد ہم کچھ سیڑھیاں چڑھ کر ایک برآمدے میں پہنچے، جس کے ایک طرف ہیڈ ماسٹر کا کمرہ بنا ہوا تھا۔ اس کمرے کے سوا اسکول کے دیگر تمام کمروں سے طالب علموں کا شور سنائی دے رہا تھا۔ اس شور کے بیچ بیچ کبھی کسی استاد کی دہاڑ بھی سنائی دے جاتی تھی۔

ہم ہیڈ ماسٹر کے کشادہ کمرے میں داخل ہوئے۔ اندر ایک طرف کھڑکیوں کے پاس ایک بڑے میز کے اُس طرف ایک

منحنی سا شخص اخبار پڑھنے میں مصروف تھا۔ مَیں نے سر اٹھا کر دیواروں کی طرف دیکھا جہاں کچھ تصویریں، چارٹ اور نقشے لگے ہوئے تھے۔ میز پر بچھی ہرے رنگ کی چادر کے اوپر حاضری کے دو رجسٹروں کے برابر میں ایک گلوب رکھا تھا اور اس کے ساتھ بازو جتنا، گول گول پیلے رنگ کا بید پڑا ہوا تھا، مَیں جسے بہت غور سے دیکھتا رہا۔ اسے دیکھنے کے بعد مَیں نے تین چار مرتبہ بابا کی طرف دیکھا تو ان کی توجہ پوری طرح سے ہیڈ ماسٹر کی طرف مبذول تھی۔ مَیں میز پر بید کی موجودگی کا سبب کچھ سمجھ رہا تھا اور کچھ نہیں۔

ہماری آہٹ سن کر ہیڈ ماسٹر صاحب نے اپنے چہرے سے اخبار ہٹا کر قریب کی نظر کا اپنا چشمہ اتار کر ہماری طرف کچھ اس طرح دیکھا کہ ان کی دونوں آنکھیں ہمیں دیکھنے کے بجائے کہیں اور دیکھتی محسوس ہوئیں۔ بابا نے علیک سلیک کے بعد آنے کا سبب بتایا تو ہیڈ ماسٹر نے فوراً انہیں بیٹھنے کے لیے کہا۔ بابا فوراً کرسی پر بیٹھ گئے جب کہ مَیں ان کے بازو کے برابر میں کھڑا ہو گیا۔ ہیڈ ماسٹر اپنی بھینگی آنکھوں، اپنی بڑھی ہوئی سفید شیو، اپنے ہونٹوں پر پھیلی مونچھوں اور اپنے دبلے پن کی وجہ سے مجھے کسی اور ہی دنیا کی مخلوق لگ رہا تھا۔

ہیڈ ماسٹر دو چار ضروری باتیں پوچھنے کے بعد اٹھ کر کھڑا ہو گیا اور دیوار کے ساتھ لگی ایک الماری کھول کر اس میں سے کچھ نکالنے لگا۔ آدھی الماری کھول کر اس نے میری طرف دیکھتے ہوئے بابا سے سوال کیا کہ وہ داخلہ کون سی جماعت میں کروانا چاہتے ہیں۔ بابا نے تھوڑا سوچتے ہوئے جواب دیا۔ ''کچی پٹی یعنی پہلی جماعت میں''۔

اس نے بابا کے سامنے سندھی میں چھپا ہوا ایک فارم رکھا، جسے بھرنے کے لیے بابا کے پاس قلم نہیں تھا جس پر ہیڈ ماسٹر نے میز کے دراز سے ایک بال پین نکال کر ان کی طرف بڑھایا۔ بابا نے فارم اٹھا کر پڑھنا شروع کر دیا، پھر آہستہ آہستہ اسے بھرنے لگے۔ اس دوران ہیڈ ماسٹر دوبارہ اخبار اٹھا کر اس کی ورق گردانی کرنے لگا۔ خاصی دیر کھڑا رہنے کی وجہ سے اب میری ٹانگوں میں درد ہونے لگا تھا۔

ابا نے فارم بھرنے کے بعد اپنی جیب سے پانچ روپے کا نوٹ نکال کر، فارم کے ساتھ ہیڈ ماسٹر کی طرف بڑھایا تو اس نے وہ لیتے ہوئے بال پین سے اس پر دستخط کیے اور پیسے میز کے دراز میں رکھتے ہوئے اس میں سے ایک مہر نکالی۔ پھر اس نے اپنا پورا منہ کھولا اور وہ مہر منہ کے پاس لے جا کر، ایک زوردار سانس باہر نکالی اور پھر جلدی سے مہر فارم کے نچلے حصے پر ثبت کر دی۔ فارم پر ہلکی نیلی روشنائی میں سندھی کے چند حروف ابھرے ہوئے نظر آنے لگے۔ اس کے بعد اس نے میز کے دراز کی جانب ذرا سا جھک کر کوئی بٹن دبایا، جس کے بعد ایک زور کی گھنٹی بجی، جسے سنتے ہی میرا دل کانپ کر رہ گیا۔

گھنٹی بجنے کے نتیجے میں کچھ دیر بعد چھوٹے سے قد اور گٹھے ہوئے جسم کا ایک شخص لمبے ڈگ بھرتا ہوا اندر داخل ہوا اور اپنی بھاری آواز میں سلام کرتا ہوا مؤدبانہ کھڑا ہو گیا۔ ہیڈ ماسٹر نے میری طرف اشارہ کرتے ہوئے اسے کچھ کہا، اس کے بعد وہ بظاہر میرے والد کی طرف دیکھنے لگا لیکن اس کی آنکھیں دیوار پر بھٹک رہی تھیں۔

میں ابھی کھڑا ہیڈ ماسٹر کی باتوں کا مطلب سمجھنے کی کوشش کر رہا تھا کہ اچانک مَیں نے خود کو ہوا میں بلند ہوتے ہوئے محسوس

کیا۔ آنے والے شخص نے مجھے اپنے بازوؤں میں اٹھالیا تھا اور میں سلیٹ اور قاعدے سمیت اس کی تحویل میں جا چکا تھا۔ مَیں نے فوراً دہاڑیں مار کر رونا شروع کر دیا اور اپنے ہاتھ پاؤں ہلاتا ہوا، اپنے بابا کو زور زور سے پکارنے لگا لیکن وہ شخص مجھے اٹھائے ہوئے کمرے سے باہر نکل گیا۔ میرے والد بے نیازی سے دوسری طرف دیکھنے لگے تھے۔

میں اپنا گلا پھاڑ کر پوری شدت کے ساتھ چلا رہا تھا، جو اس شخص پر ناگوار گزر رہا تھا۔ وہ غصے میں بڑبڑاتا مجھے ڈانٹنے لگا۔ وہ برآمدے سے گزر کر بائیں جانب مڑا اور پھر ایک راہداری سے گزر کر زینہ چڑھنے لگا۔ اس دوران مجھے اٹھائے ہوئے اس بے چارے کی سانسیں پھول گئیں۔ سیڑھیاں چڑھ کر اوپر پہنچنے کے بعد اس نے مجھے اپنے بازوؤں سے آزاد کرتے ہوئے نیچے اتار دیا اور غصے سے مجھے گھورنے لگا۔ میرا داخلہ کروانے کے بعد میرے بابا مجھے اسکول والوں کے رحم و کرم پر چھوڑ کر چلے گئے تھے اور میں انہیں یاد کر کے دیر تک روتا رہا تھا۔

میں کھڑا سہمی ہوئی نظروں سے اوپر کی درمیانی راہداری میں دائیں بائیں بنے ہوئے کمروں کی جانب دیکھنے لگا، جن سے لڑکوں کے شور شرابے کے بیچ کسی طالبِ علم کے رونے کی آواز بھی واضح طور پر سنائی دے رہی تھی۔ مجھے اچانک دھکا سا لگا، جب اس شخص نے میرا ہاتھ پکڑ کر مجھے ایک طرف کھینچنے کی کوشش کی۔ مَیں اس کے ساتھ نہیں جانا چاہتا تھا، اس لیے میں مزاحمت کرتے ہوئے فرش پر بیٹھ گیا لیکن وہ ظالم مجھے گھسیٹتا ہوا ایک ہال نما کمرے میں لے گیا۔

وہاں میرے بہت سے ہم عمر فرش پر بیٹھے ہوئے اپنا سبق زور زور سے پڑھ رہے تھے، وہ سارے اپنا سبق چھوڑ کر حیرت بھری نظروں سے مجھے گھورنے لگ گئے۔ ایک لڑکے نے، جو سب سے آخری قطار میں کتاب اپنے گھٹنے پر رکھ کر بیٹھا ہوا پڑھ رہا تھا، ہمدردی سے میری طرف دیکھا اور ذرا سا کھسک کر میرے بیٹھنے کے لیے جگہ بنانے لگا۔ لیکن میں دروازے کے پاس ہی بیٹھا رہا۔ اسکول کے پٹے والے نے جماعت کے استاد کو میرے بارے میں کچھ بتایا اور پھر فوراً واپس چلا گیا۔

میری ہچکی ابھی تک بندھی ہوئی تھی اور آنکھوں سے مسلسل آنسو جاری تھے۔ مَیں خود کو گھسیٹ کر تھوڑا آگے ہو کر، اس لڑکے کے قریب بیٹھ گیا، جس نے مجھ سے ہمدردی جتائی تھی۔ کلاس ٹیچر جو میری آمد کی وجہ سے خاموش ہو گیا تھا، پھر سے جماعت کے لڑکوں کو سبق پڑھانے لگا۔ وہ طویل قامت اور مضبوط کاٹھی کا شخص تھا اور اس کا ایک پیر مڑا ہوا تھا، جس کی وجہ سے وہ آدھے ڈوبے ہوئے بحری جہاز کی طرح ایک طرف جھکا ہوا کھڑا تھا۔

ابھی تک میری سسکیاں جاری تھیں اور ناک سے پانی بھی رِس رہا تھا مَیں جسے بار بار اپنی قمیص کی آستین سے صاف کر رہا تھا۔ استاد نے غصیلے لہجے میں مجھے اپنی سسکیاں روکنے کے لیے کہا لیکن اس کی ڈانٹ سن کر مَیں نے اور زیادہ رونا شروع کر دیا جس پر اس نے مجھے کھڑا ہونے کا حکم دے دیا۔ مَیں اپنی ناک سُنکتا، اپنا قاعدہ اور سلیٹ سینے سے لگائے دھیرے سے اٹھ کر کھڑا ہو گیا۔

مجھے توقع تھی کہ استاد مجھے بہلا پھسلا کر چپ کروانے کی کوشش کرے گا لیکن معاملہ اس کے برعکس ہوا۔ وہ میرے روبرو آکر کھڑا ہو گیا اور مجھے گھور کر دیکھنے لگا۔ اس نے دھمکی آمیز لہجے میں مجھے رونا بند کرنے کے لیے کہا۔ مَیں ابھی خاموش

ہونے کی کوشش کر رہا تھا کہ اس نے میرے نزدیک آ کر بالکل غیر متوقع طور پر ایک زوردار تھپڑ میرے داہنے گال پر جڑ دیا۔ اس کے تھپڑ کی شدت اتنی زیادہ تھی کہ مَیں اپنا توازن برقرار نہ رکھ سکا اور برابر والے لڑکے کے اوپر جا گرا۔ مجھے مار پڑتی دیکھ کر وہ بے چارہ بھی سہم گیا تھا۔

آس پاس بیٹھے کچھ لڑکوں کو نجانے کیوں میری اس درگت پر ہنسی آ رہی تھی لیکن وہ اسے زبردستی روکنے کی کوشش کر رہے تھے، جب کہ بعض خوف زدہ نظروں سے مجھے دیکھ رہے تھے۔ استاد نے آگے بڑھ کر، ذرا سا جھک کر، مجھے گریبان سے پکڑ کر زبردستی فرش سے اٹھایا اور اپنی بھڑاس نکالتے ہوئے مجھے مزید دو چانٹے رسید کیے۔ جن کا مجھ پر وہی اثر ہوا جو پہلے کا ہوا تھا۔ وہ مجھے فرش پر گرا ہوا چھوڑ کر، اپنی جگہ واپس جا کر پھر سے طالب علموں کو سبق پڑھانے لگا۔

استاد کے اپنی جگہ واپس جانے کے بعد مَیں نے اس لڑکے کی طرف دیکھا تو اس مرتبہ مجھے اس کی آنکھوں میں ہمدردی کے بجائے لاتعلقی نظر آئی۔ شاید وہ استاد کے رویئے سے ڈر گیا تھا۔ کچھ طالبِ علم زیرِ لب مسکراتے، کھیسیں نکالتے میری جانب دیکھ رہے تھے۔

تین کرارے تھپڑ کھانے کے بعد میں بالکل سُن ہو گیا تھا۔ میرے ہونٹ سوکھ کر آپس میں اس طرح چپک گئے، جیسے وہ کبھی کھلے ہی نہ ہوں، البتہ میری آنکھیں پوری طرح کھلی ہوئی تھیں۔ مَیں کلاس روم کے دروازے کے پاس فرش پر بیٹھا، نہ استاد کا سبق سن رہا تھا اور نہ اسے دیکھ رہا تھا۔ صبح میری اماں نے مجھے جو صاف کپڑے پہنائے تھے، وہ پوری طرح مٹی میں لتھڑ چکے تھے اور میرا جو حال ہوا تھا، اس کی وجہ سے مجھے یقین تھا کہ اگر وہ مجھے اس وقت دیکھ لیتیں تو پہچان نہ پاتیں۔

پہلے دن میں جتنی دیر تک اسکول میں رہا، چھٹی کا انتظار کرتا رہا۔ آدھی چھٹی کے وقت سب لڑکے خوشی سے ہلا گلا کرتے ہوئے جماعت سے باہر نکل گئے لیکن میں نہیں گیا۔ مَیں اکیلا ہی کمرے میں گم صم بیٹھا رہا۔ آدھے گھنٹے بعد جب دوبارہ کلاس لگی تو خاصی دیر تک استاد کلاس میں واپس نہیں آیا۔ اس لیے تمام لڑکے آپس میں باتیں کرتے، ایک دوسرے سے چھلیں کرتے رہے۔ ایک دو لڑکوں نے مجھ سے بات کرنے کی کوشش کی لیکن مَیں نے انہیں کوئی جواب نہ دیا۔ ایک لڑکا کچھ دیر تک میرا مذاق اڑاتے ہوئے مجھے پڑنے والی مار پر میرے ردِّعمل کی نقل اتارتا رہا، جس سے دوسرے طالبِ علم محظوظ ہوتے قہقہے لگاتے رہے۔ ان کے قہقہوں کے دوران اچانک استاد پھر سے کلاس میں وارد ہو گیا تو سب نے اس طرح چپ سادھ لی جیسے وہ کبھی گویا ہی نہ ہوئے تھے۔

ہمارے کلاس ٹیچر کافی دیر تک ریاضی اور سندھی کا مضمون پڑھانے کے بعد کمرے سے چلے گئے۔ ان کے جانے کے بعد لڑکے پہلے دھیمے لہجوں میں آپس میں باتیں کرنے لگے، پھر آہستہ آہستہ ان کے لہجے بلند تر ہوتے چلے گئے۔ کچھ وقت گزرنے کے بعد بجنے والا جب چھٹی کا گھنٹہ بجا تو کلاس سے نکل کر بھاگنے والوں میں، مَیں سب سے آگے تھا۔ مَیں تیزی سے کمرے سے باہر آ کر زینہ اترتا چلا گیا، پھر نچلے برآمدے سے دوڑتا ہوا اسکول کی عمارت سے نکل گیا۔ نچلی منزل پر واقع جماعتوں کے لڑکے مجھ سے پہلے ہی پھاٹک سے باہر پہنچ چکے تھے۔

اسکول سے سبزی منڈی تک اونٹ کے رنگ والے کپڑوں میں ملبوس طالب علموں کا ہجوم نظر آتا تھا۔ جب میں شاہی بازار کے چوک سے آگے نکلا، تو اس طرف آنے والے چند طلبا ہی مجھے نظر آئے۔ مَیں جب جھروکا نما طویل بالکونی والے مکان سے آگے نکل کر اپنے گھر کے راستے کی جانب بڑھا تو وہ طلبا بھی راستے میں نکلنے والی گلیوں کی طرف مڑ کر غائب ہو گئے۔ اب میں مٹی سے لتھڑے اپنے کپڑے جھاڑ کر صاف کرنے میں آزاد تھا۔ مَیں چلتے ہوئے بار بار اپنی شلوار اور قمیص کو ہاتھوں سے صاف کرنے کی کوشش کرتا رہا۔

میں جب اپنی گلی میں پہنچا تو مَیں نے گھر کی بالکونی میں اپنی اماں کو اپنا منتظر پایا۔ مجھے دیکھتے ہی وہ خوشی سے اپنا ہاتھ ہلانے لگیں، مَیں بھی انہیں دیکھ کر بے ساختہ ہنسنے لگا۔ گھر پہنچتے ہی اماں نے مجھے اپنے بازوؤں میں لے لیا اور میرے گالوں کو بے پناہ چومنے لگیں۔ جب انہوں نے مجھ سے اسکول میں گزرے وقت کے بارے میں پوچھا تو میرا دل بھر آیا اور وہاں پہنچنے والی تکلیف آنسوؤں کی صورت خود بخود میری آنکھوں سے بہنے لگی۔ یہ دیکھ کر اماں پریشان ہو گئیں۔ انہوں نے مجھ سے رونے کا سبب پوچھا تو مَیں نے ہچکیاں لیتے ہوئے صرف اتنا کہا۔ ''میں کل سے اسکول نہیں جاؤں گا''۔ اماں نے جب اس کی وجہ پوچھی تو مَیں نے سسکیاں لیتے ہوئے اٹک اٹک کر انہیں استاد کی پٹائی کے بارے میں بتا دیا۔

یہ سننے کے بعد میری اماں میرے بجائے استاد کی طرف داری کرنے لگیں اور استاد کی مار کو میرے لیے اعزاز کی بات کہنے لگیں۔ ان کے مطابق استاد کو طالبِ علم کی بھلائی کے لیے اسے پیٹنے کا پورا حق حاصل تھا۔ مَیں نے انہیں سمجھانا چاہا کہ میری کوئی غلطی بھی نہیں تھی لیکن وہ اپنی بات پر اڑی رہیں۔

جب انہوں نے مجھے بتایا کہ آج میری پسند کا سالن شوربے والا آلو گوشت بنایا ہے، تو میری بھوک جو اسکول کے خوف کی وجہ سے کہیں غائب ہو گئی تھی، چمک اٹھی۔ مَیں نے اپنے ہاتھ دھونے بھی گوارا نہ کیے اور میں اپنی پسند کے کھانے پر ٹوٹ پڑا۔

کچھ ہی دیر میں بابا بھی دکان سے گھر پہنچ گئے۔ جب مَیں نے انہیں استاد کی پٹائی کے بارے میں بتایا تو وہ زور زور سے ہنسنے لگے۔ مَیں ان کی ہنسی دیکھ کر حیران رہ گیا۔ ان کے خیال میں، مَیں نے کلاس میں ضرور کوئی الٹی سیدھی حرکت کی ہو گی، جس کی وجہ سے استاد غصے میں آ گیا ہو گا۔ اماں کی طرح بابا کا رویہ بھی میرے لیے ناقابلِ فہم تھا۔ دوپہر کا کھانا کھانے کے بعد وہ قیلولہ کرنے کے لیے تخت پر دراز ہو گئے۔ مَیں فرش پر نوٹُن کھیل کا زائچہ بنا کر تنکوں اور ٹوٹے ہوئے بٹنوں کی مدد سے اکیلا کھیلنے لگا۔ اس دوران اماں بھی آرام کی غرض سے چارپائی پر سو گئی تھیں۔

نیند سے جاگنے کے بعد سہ پہر کی چائے پیتے ہوئے بابا نے اعلان کیا کہ وہ کچھ دیر بعد مجھے اپنے ساتھ لے کر جائیں گے۔ ان کا یہ اعلان سن کر مجھے تھوڑی خوشی ہوئی اور میں پس و پیش کیے بغیر ان کے ساتھ جانے کے لیے تیار ہونے لگا۔ تھوڑی دیر گزرنے کے بعد میں ان کی انگلی تھامے ہوئے گھر سے نکلا۔ شاہی بازار جانے کے لیے انہوں نے اپنے معمول کے راستے کے بجائے دبیر مسجد والا راستہ اپنایا تو مَیں نے حیرت سے سوال کر ڈالا جس کے جواب میں انہوں نے بتایا کہ اپنی

دکان پر جانے سے پہلے ہم کپڑے کی دکان پر جائیں گے، جہاں سے وہ میرے لیے اسکول یونیفارم کا کپڑا خریدیں گے۔

مجھے یاد ہے کہ اسکول کا نام سن کر میں اپنا دل مسُوس کر رہ گیا تھا۔ اُس زمانے میں، مَیں جب بھی اپنے بابا کے ساتھ چلتے ہوئے ان کی طرف دیکھتا تھا تو وہ مجھے اپنے آپ سے بہت بلند اور ایک دوری پر دکھائی دیتے تھے۔ ایسی دوری پر جس تک رسائی مجھے ناممکن محسوس ہوتی تھی۔ میرے ننھے منے دل اور دماغ میں اسکول کے خلاف اور بابا کے سخت گیر رویئے کے خلاف جو دبا دبا احتجاج سر اٹھا رہا تھا، انہیں اس کی کوئی آواز تک سنائی نہیں دے رہی تھی۔

ہمارے احساسات، تیز بارش کے دوران اس کے پانی سے زمین پر بنتے مٹتے بے شمار بُلبُلوں جیسے ہوتے ہیں، سو اس دن بھی بازار تک پہنچتے پہنچتے اسکول کی دہشت میرے ذہن سے یکایک غائب ہوگئی اور میں کچھ دیر کے لیے بازار کی گہما گہمی دیکھنے میں مصروف ہوگیا۔ مجھے اس بات کی پوری توقع تھی کہ کپڑوں کی خریداری کے علاوہ بابا ضرور کوئی مزے کی چیز بھی کھلائیں گے اور جیب خرچ بھی دیں گے۔

کپڑوں کی دکان کا مالک شاید بابا کا جاننے والا تھا، اس نے مصافحے کے بعد ہمیں بیٹھنے کے لیے اسٹول پیش کیے اور بابا کے لیے چائے اور میرے لیے ابریشم کا شربت منگوایا، جسے مَیں نے چسکیاں لے لے کر پیا۔ سرخ رنگ کا یہ شربت مقامی طور پر تیار ہوتا تھا اور اس میں چاندی کے ورق کے باریک ریشے ڈلے ہوتے تھے اور یہ میٹھا میٹھا فرحت بخش لگتا تھا۔

مجھے سمجھ نہیں آسکی کہ سرکاری پرائمری اور ہائی اسکولوں میں طلبہ کے یونیفارم کا رنگ اونٹ کی کھال کے رنگ جیسا کیوں ہوتا تھا۔ شاید طالب علموں اور صحرائی جہاز کے بیچ کوئی ایسی خفیہ مماثلت موجود رہی ہو، جس کا مجھے علم نہ ہو۔ جس کی وجہ سے اسے کیمل کلر کہا جاتا تھا۔ مَیں نے اپنی زندگی میں جتنے بھی اونٹ دیکھے ان کی جلد کو جلے ہوئے بھورے یا مسخ شدہ پیلے رنگ کا ہی پایا، جب کہ اسکولوں میں یونیفارم کے طور پر پہنے جانے والے کپڑوں کے رنگ کا اونٹ کے حقیقی رنگ سے دور کا تعلق بھی مجھے کبھی نظر نہیں آیا۔

دکاندار نے پانچ چھ رنگ کے کپڑے ہمارے سامنے پھیلا دیے اور فی گز کپڑے کی قیمت بتانے لگا۔ جس کے بعد بابا نے ایک تھان کی طرف اشارہ کیا تو وہ اس میں سے کپڑا کاٹنے کے لیے اسے اپنے گز سے ناپنے لگا، پھر اسے قینچی سے کاٹ کر اس نے کپڑا بابا کو تھما دیا۔

وہاں سے اٹھ کر ہم بازار میں دائیں جانب چلنے لگے۔ کچھ دور جا کر ہم بائیں ہاتھ پر واقع ایک تنگ گلی میں مڑ گئے جس میں درزیوں کی بہت سی دکانیں بنی ہوئی تھیں۔ گلی کے بیچوں بیچ بہتی ہوئی کشادہ بدرو اور اس کے آس پاس کی زمین کترنوں اور لیروں سے بھری ہوئی تھی۔ ہم ایک چھوٹی سی دکان میں داخل ہوگئے، جو بیڑی کے دھوئیں سے بھری تھی۔ ایک ادھیڑ عمر درزی بڑی سی مشین پر جب کہ ایک کم عمر لڑکا جو اس کا شاگرد لگ رہا تھا، چھوٹی مشین پر بیٹھا ہوا تھا۔ ہمیں دیکھ کر ادھیڑ عمر والے نے جلدی سے بیڑی کا کش لے کر اس کے باقی ماندہ ٹکڑا اچھال کر دکان سے باہر گلی کی نالی کی طرف اچھال دیا۔ اس نے بابا سے چائے پانی کا پوچھا تو انہوں نے نفی میں جواب دیا۔ پھر وہ فیتے سے میرا ناپ لینے لگا۔ اس کے بعد اس نے

بابا کو دو دن بعد سلا ہوا سوٹ لے جانے کے لیے کہا۔ درزی سے فارغ ہو کر میں بابا کے ساتھ ان کی دکان پر چلا آیا۔ بابا نے جیب سے چابیاں نکال کر پہلے دکان کے دو پٹ والے لکڑی کے دروازے پر لگے ہوئے تالے کھولے اور پھر دونوں پٹوں پر بندھی ہوئی چھوٹی رسیاں باری باری دیوار سے باندھ دیں۔

میرے بابا مقدس قرآنی آیات، مقدس نام اور مقامات، مزارات، اولیائے کرام کی شبیہوں، مقدس اور مشہور دعاؤں اور دیگر اقسام کی مقدس تصاویر وغیرہ کے لیے لکڑی، اسٹیل، اور دیگر دھاتوں کے فریم بنایا کرتے تھے۔ وہ اس کام میں بہت طاق تھے اور اس کے حوالے سے شہر بھر میں اچھی ساکھ اور شہرت رکھتے تھے۔

سورج، بازار کی چند منزلہ عمارتوں کے پیچھے ڈھلک گیا تھا، جس کی وجہ سے بازار میں ہر طرف چھاؤں ہو گئی تھی۔ شہر کے گردوپیش کے دیہاتوں سے آنے والے خریدار اب بازار میں بہت کم رہ گئے تھے۔ مقامی لوگوں کی گہما گہمی بھی اب ختم ہوتی جا رہی تھی۔ بابا دکان میں اپنی مخصوص پیڑھی، جھاڑن سے صاف کر کے اس پر بیٹھ گئے جب کہ مَیں ان کے سامنے رکھی چوکی پر بیٹھا۔ شام کی وجہ سے دکان کے اندر روشنی خاصی کم لگ رہی تھی۔ بابا نے بھلمنساہت سے میری طرف دیکھتے ہوئے مجھ سے پوچھا: ''کیا تم اکیلے گھر واپس چلے جاؤ گے؟ کیوں کہ مَیں رات آٹھ بجے تک یہیں رہوں گا۔''

ان کا سوال سن کر مَیں نے اثبات میں سر ہلا دیا۔ تب انہوں نے اپنی جیب میں ہاتھ ڈال کر ایک روپے کے دو نوٹ نکال کر میری طرف بڑھائے اور مجھے تھماتے ہوئے سیدھا گھر جانے کی تاکید کی۔ مَیں دکان سے نکلا تو خود کو قدرے آزاد محسوس کر رہا تھا۔ مَیں نے پُنھل کے ہوٹل کے سامنے واقع پان، سگریٹ کی دکان سے آٹھ آنے کی چند ٹافیاں اور بقیہ آٹھ آنے کی میٹھی سپاریاں خریدیں اور اپنے گھر کی طرف جانے والے سیدھے راستے پر چل دیا۔

گھر پہنچ کر اماں نے جیسے ہی مجھ سے کپڑے کی خریداری کے متعلق سوال کیا، مَیں نے انہیں پوری روداد کہہ سنائی۔ اس روز اسکول جانے اور دن بھر آرام نہ کرنے کی وجہ سے مَیں بہت تھک گیا تھا، اس لیے رات کا کھانا کھاتے ہی گہری نیند سو گیا۔

اگلی صبح پھر مجھے سویرے جگایا گیا۔ اسکول جانے کا سنتے ہی مَیں نے اس بات پر واویلا شروع کر دیا کہ مَیں اسکول نہیں جاؤں گا۔ ماسٹر مجھے زور زور سے مارے گا۔ کل بھی اس نے میری پٹائی کی تھی۔ میرے شور مچانے کا میرے والدین پر کوئی اثر نہیں ہوا۔ اماں مجھے کھینچتی ہوئی غسل خانے لے گئیں اور بہتے ہوئے نل سے میرے جسم پر قدرے خنک پانی کے ڈبے ڈالنے لگیں۔ اس دوران بھی میں زار و قطار روتا رہا۔ کچھ دیر بعد شاید بابا کا دل پسیج گیا اور اماں کے اصرار پر وہ میرے ساتھ اسکول جانے پر رضامند ہو گئے۔ ہم دونوں نے جلدی جلدی ساتھ ناشتہ کیا اور گھر سے نکل گئے۔

صبح کی اسمبلی ختم ہو چکی تھی، اس لیے سارے طلبا اور استاد کلاسوں میں موجود تھے۔ اسکول پہنچ کر بابا ہیڈ ماسٹر کے پاس جانے کے بجائے میرے ساتھ سیدھے پہلی منزل پر واقع میری کلاس میں گئے۔ مَیں ان کے ساتھ سہما سہما کمرے میں داخل میں ہوا۔ میرے سب ہم جماعتوں نے تمسخرانہ نظروں سے میری طرف دیکھا لیکن آج مجھے ان کی پروا نہیں تھی۔ میرے بابا میرے ساتھ موجود تھے۔ کلاس ٹیچر اپنی جگہ چھوڑ کر دروازے کے پاس کھڑے میرے بابا کے پاس آ گیا اور

ان سے خوش مزاجی سے باتیں کرتے ہوئے، مجھے ہم مکتبوں کے ساتھ بیٹھنے کا کہہ کر وہ ان کے ساتھ برآمدے میں چلا گیا۔

اس اثنا میں ایک دو لڑکوں نے مجھے بُزدلی کا طعنہ دیا کہ ایک ہی دن کی مار کھانے کے بعد میں اپنے بابا کو اسکول لے آیا۔ وہ بڑے فخر سے بتانے لگے کہ وہ استاد کے ہاتھوں کئی مرتبہ پِٹ چکے تھے لیکن مجال ہے کہ انہوں نے کبھی اپنے گھر والوں کو اس کی بھِنک پڑنے دی ہو۔

میرے کلاس ٹیچر سے کچھ دیر باتیں کرنے کے بعد میرے بابا چپکے سے باہر سے ہی واپس چلے گئے۔ مَیں نے جب استاد کو اکیلے اندر آتے دیکھا تو مجھے مایوسی ہوئی۔ مَیں تھوڑی دیر تک بار بار دروازے سے باہر جھانکتا رہا۔ اس دوران اس وقت میری حیرت کی کوئی انتہا نہ رہی جب میرا استاد میرے قریب آ گیا اور میرے بالوں میں شفقت سے ہاتھ پھیرتے ہوئے مجھے کلاس میں پڑھائے جانے والے سبق کی طرف متوجہ کرنے لگا۔ مَیں نے توجہ دینے کی بہت کوشش کی لیکن ہر مرتبہ میری نظروں کے سامنے ان کا پچھلے دن والا غصے سے بھرا ہوا چہرہ آ جاتا تھا۔

اب میں سوچتا ہوں کہ اگر اس نے پہلے دن اپنے تیز تھپڑوں سے میری دعوت نہ کی ہوتی تو شاید میں اسکول کی پڑھائی سے متنفر نہ ہوتا اور اپنی تعلیم پر زیادہ توجہ دیتا، لیکن ایسا نہ ہو سکا۔ اس کے وہ تھپڑ اکثر مجھے اپنے خوابوں میں اور کبھی کبھار بیداری کے لمحات میں یاد آتے رہے۔ اس استاد کی محبت و شفقت کا ہلکا سا عکس بھی میرے ذہن کے کسی گوشے میں محفوظ نہ رہ سکا۔ مجھے یہ خیال بھی اکثر آتا ہے اور میں اس بارے میں کوئی فیصلہ نہیں کر پاتا بلکہ متذبذب ہو جاتا ہوں کہ بنی نوع آدم نے اپنے ہم جنسوں کی تربیت کے لیے درس و تدریس کا یہ نظام وضع کر کے، واقعی کوئی احسن کام نہیں کیا۔ میری ناقص رائے میں انسان کے لیے اس کی زندگی سے بڑھ کر کوئی بڑا استاد آج تک پیدا نہیں ہوا۔ ہماری یہ بدنصیبی کچھ کم عظیم نہیں کہ ہمارے والدین اپنی زندگی میں جو کام نہیں کر پاتے، اپنی اولادوں سے، اسے احسن طریقے سے انجام دینے کی بلند و بالا توقعات وابستہ کر لیتے ہیں۔ میرے معاملے میں مِن و عَن یہی ہوا۔

3

میں باقاعدگی سے اسکول جانے لگا۔ ماسٹر کی مار کا خوف دھیرے دھیرے دل سے جاتا رہا۔ اپنے ہم جماعتوں کی طرح میں بھی ڈانٹ ڈپٹ، بید اور پِیلُوں کی سونٹی کی پٹائی کا عادی بن کر ڈھیٹ ہوتا چلا گیا۔ اس کے علاوہ ماسٹر کبھی زیادہ غصے میں آ کر دائیں ہاتھ سے زوردار تھپڑ بھی جڑ دیتا، جس کی وجہ سے چہرے پر پانچ انگلیاں چھپ جاتیں اور کچھ دیر کے لیے دماغ سُن ہو کے رہ جاتا اور کان دیر تک سائیں سائیں کرتے رہتے۔ زیادہ تر لڑکے اس جھانپڑ کی شدت برداشت نہ کر پاتے اور زمین پر ڈھے جاتے۔ طالبِ علم کے اس طرح گرنے کا منظر بڑا مزے دار ہوتا اور اسے دیکھ کر لڑکوں کی ہنسی چھوٹ جاتی لیکن ان کے لیے استاد کی موجودگی میں کھل کر ہنسنا محال ہوتا۔ اس لیے ان کی ہنسی کے فوارے دھیرے دھیرے بہتے رہتے۔ سزا پانے والا لڑکا ماسٹر کے جانے کے بعد دیر تک چوٹ والی جگہ سہلاتا رہتا اور اپنے ہم جولیوں کی طرف دیکھ کر نہ چاہتے ہوئے بھی مسکرا دیتا۔ ظاہر ہے، میرے ہم جماعت ہونے کی وجہ سے، وہ ماسٹر کی مار، دھتکار اور پٹائی میں میرے شریک تھے، بلکہ کہا جا سکتا ہے کہ ہم ایک دوسرے کے رازوں میں شامل ہو چکے تھے۔ اس لیے جماعت کی چار دیواری کے باہر ہم بھائی بندی کا مظاہرہ کرتے ہوئے کبھی اپنے ساتھی کا پول نہیں کھولتے تھے۔

اب سوچتا ہوں تو عجیب لگتا ہے کہ ہمیں ایک ہی کمرۂ جماعت کی چار دیواری میں ایک ہی استاد لگاتار پانچ برسوں تک پڑھاتا رہا۔ حاضری لینے سے مضامین پڑھانے تک، پرچہ بنانے سے امتحان لینے تک، نتیجہ بنانے سے اس کا اعلان کرنے تک، سارے کام وہ اکیلا کرتا تھا۔

ماسٹر ابراہیم شہر کے آخری کونے پر واقع محلہ اسلام پورے سے ملحق ایک آبادی میں رہتا تھا۔ اس کا ایک پاؤں مڑا ہوا تھا لیکن اس کے باوجود وہ سائیکل پر آتا جاتا تھا۔ کلاس کے وہ لڑکے جو اکثر اس کی مار کی زد پر رہتے، وہ اپنا انتقام لینے کی غرض سے اکثر آدھی چھٹی کے دوران اس کی سائیکل کے پہیوں کی ہوا نکال دیا کرتے۔ چھٹی پر جب وہ اپنی سائیکل کے پاس آ کر اس کے پچکے ہوئے پہیے دیکھتا تو منہ ہی منہ میں گالیاں بکتا۔ اسے پریشان ہوتا دیکھنا ہم سب کو بہت اچھا لگتا۔ لیکن وہ اگلے دن صبح سویرے جماعت میں داخل ہوتے ہی سب لڑکوں کو کھڑا کر دیتا اور گرج دار لہجے میں دھاڑتا کہ جس کسی نے بھی اس کی سائیکل کے پہیوں سے ہوا نکالی تھی، وہ خود ہی بتا دے، ورنہ پوری کلاس ایک ڈنڈے کی سزا کی مستحق ہو گی۔

لفظ ’سزا‘ سن کر کلاس کے لڑکے جی ہی جی میں ہنستے، کیوں کہ سب پر اس کی تمام سزائیں وقت گزرنے کے ساتھ بے اثر ہو چکی تھیں۔ ہم سب ڈھیٹ بن کر چپ چاپ کھڑے رہتے۔ جب اس کی گرج دار آواز تھمتی، تو وہ ڈنڈا اٹھا لیتا اور باری باری ہر لڑکے سے اپنا ہاتھ کھولنے کے لیے کہتا۔ سب طالبِ علم مزے کے ساتھ اپنی ہتھیلیوں پر ایک ایک ڈنڈا کھا لیتے۔ ہتھیلیوں پر کچھ دیر تک تھوڑی جلن ہوتی، پھر وہ ختم ہو جاتی۔ یوں بھی ہماری ہتھیلیاں ڈنڈے کھا کر سخت اور کھردری ہو چکی تھیں۔

ایک دن آدھی چھٹی کے دوران میں اپنے ہم جماعت شکور کے ساتھ چھولے کھا رہا تھا کہ اچانک مجھے خیال آیا کہ ماسٹر ابراہیم کی سائیکل کے پہیے سے ہوا نکال کر اس سے اس کے سفاک اور وحشیانہ طرزِ عمل کا انتقام لینا چاہیے۔ مَیں نے اسے ارادے میں شریک کیا تو اس نے بھی تائید میں سر ہلا دیا۔ جب آدھی چھٹی ختم ہونے لگی تو شکور نے مجھ سے کہا کہ اپنے خیال کو عملی جامہ پہنانے کا بہترین موقع یہی تھا لیکن نجانے کیوں استاد کو پریشان کرنے کا سنہری موقع ملتے ہی میری ہمت جواب دے گئی۔ مَیں نے مایوسی سے اس کی طرف دیکھتے ہوئے کہا کہ یہ کام میرے بس کا نہیں۔

مجھے ناکام دیکھ کر شکور نے یہ مشکل کام اپنے سر لے لیا۔ مَیں نے اسے روکنے کی کوشش کی لیکن اس نے ایک نہ سنی اور اس جانب بڑھتا چلا گیا جہاں ماسٹر ابراہیم کی سائیکل کھڑی تھی۔ سائیکل کے پاس جا کر وہ احتیاط سے اردگرد دیکھ کر اس کے پچھلے پہیے کے پاس جا کر بیٹھ گیا اور آہستگی سے اس کا وال ڈھیلے کرنے لگا۔ وہ ابھی اس کی ہوا نکال ہی رہا تھا کہ نجانے کس طرح اسکول کے بروہی پٹے والے نے اُسے یہ کرتے دیکھ لیا اور اس نے شور مچانے کے بجائے دبے پاؤں چلتے ہوئے اس کے قریب جا کر اس کی گردن دبوچ لی۔ اس نے پوری کارروائی اتنی شتابی سے انجام دی کہ مَیں نے بھی اسے تب دیکھا جب وہ شکور پر گرفت کر چکا تھا، اس لیے میں اپنے دوست کی کوئی مدد نہ کر سکا۔ شکور نے اس کے شکنجے سے نکلنے کے لیے کافی ہاتھ پاؤں مارے لیکن بے سود۔ بروہی اسے گریبان سے پکڑ کر زبردستی کھینچتا ہوا اسٹاف روم کی طرف لے گیا۔

یہ منظر دیکھ کر میرے ہوش اڑ گئے۔ مجھے یقین ہو چلا کہ شکور کے ساتھ میں بھی پھنس گیا۔ وہ لازمی طور پر ماسٹر کو بتا دے گا کہ اس شرارت کا خیال اس سے پہلے مجھے سجھائی دیا تھا۔ مَیں ابھی یہی سوچ رہا تھا کہ پٹے والے نے آدھی چھٹی ختم ہونے کا گھنٹہ بجا دیا۔ مَیں بوجھل قدموں سے اسکول کی عمارت کی جانب چل دیا۔ برآمدے سے گزرتے ہوئے مَیں نے اسٹاف روم کی جانب نظر ڈالی تو وہاں شکور مجھے مرغا بنا ہوا دکھائی دیا۔ ماسٹر ابراہیم کے ساتھ دیگر اساتذہ بھی اس کے لتے لینے کے ساتھ اس کی پٹائی کر رہے تھے۔

یہ دل دہلا دینے والا منظر دیکھنے کے بعد میں خوف سے کانپتا اور لرزتا ہوا اسکول کے اکلوتے زینے کی طرف بڑھا اور سیڑھیاں چڑھتا ہوا اپنی جماعت میں پہنچ گیا۔ شکور کے پکڑے جانے کی خبر پوری جماعت میں پھیل چکی تھی اور سب اس کے بارے میں چہ مگوئیاں کر رہے تھے۔ مَیں چپ چاپ اپنی جگہ پر بیٹھ گیا اور اپنے پکڑے جانے کا انتظار کرنے لگا۔ ایک ساتھی طالبِ علم نے مجھ سے پوچھا۔ ’’آدھی چھٹی کے وقت شکور تمہارے ساتھ چھولے کھا رہا تھا۔ تم نے اسے روکا کیوں نہیں؟‘‘ مجھے بتانا پڑا کہ مَیں نے اسے روکنے کی کوشش کی تھی، لیکن وہ نہیں مانا۔

ہر طالب علم کے ایک دوسرے سے اونچا بولنے کی وجہ سے ایک غوغا مچا ہوا تھا۔ کچھ دیر بعد ماسٹر ابراہیم شکور کو گردن سے پکڑے ہوئے کلاس روم میں داخل ہوا تو سب اپنی جگہوں پر ٹھیک طرح بیٹھتے ہوئے یکسر خاموش ہو گئے۔ ماسٹر کا گندمی چہرہ سیاہی مائل ہو رہا تھا اور اس کی ناک غصے سے عجیب طرح پھڑک رہی تھی۔ اس نے شکور کو ہم سب کے سامنے لا کر حقارت سے دھکا دیا۔ ابھی وہ بے چارہ فرش پر گرا ہی تھا کہ اگلے ہی لمحے اسے فوراً کھڑا ہونے کا حکم دیا۔

ابھی وہ اپنے کپڑے جھاڑ کر مشکل سے اٹھا ہی تھا کہ استاد نے اپنا بید ہاتھوں میں لے لیا اور اسے اپنے قریب آنے کا حکم دیا۔ شکور ڈرتا ہوا دو قدم آگے بڑھا۔ اس وقت اس کے چہرے پر خوف، اذیت، ہزیمت اور ذلت کا ایک ایسا تاثر موجود تھا، جیسا پکڑے جانے والے چور یا مجرم کے چہرے پر ہوتا ہے۔ اسٹاف روم میں بننے والی درگت کی وجہ سے وہ بری طرح کانپ رہا تھا۔ اس کے باوجود اس کی آنکھوں میں ایسی سرکشی نظر آ رہی تھی جو شاید اسے اپنے ہم مکتبوں کے سامنے استاد سے گڑگڑا کر معافی مانگنے سے روکے ہوئے تھی۔ مجھے اس کی طرف دیکھتے تکلیف ہو رہی تھی۔ اس پر بیتنے والی اس کیفیت کو مَیں پوری شدت سے محسوس کر رہا تھا اور میرا دل زور سے دھڑک رہا تھا۔ شکور کے منہ سے صرف ایک جملہ نکلنے کی دیر تھی، جس کے بعد مجھے بھی اس کے ساتھ کھڑا کر دیا جانا تھا اور پھر جو کچھ بھی ہوتا، ہم دونوں کے ساتھ ہوتا۔ جتنے ڈنڈے اسے پڑتے، اتنے ہی مجھے بلکہ شاید اس سے زیادہ۔ میری دھڑکنیں، کسی گھڑیال کی سوئیوں کی طرح میری سماعت میں شور کر رہی تھیں، جن کا شور میرا دم نکالے دے رہا تھا۔

ماسٹر نے غصے سے بے قابو ہو کر ایک وحشت سے شکور کے ہاتھوں پر ڈنڈے برسانا شروع کر دیئے۔ جیسے ہی اس کے ایک ہاتھ پر ڈنڈا پڑتا، اس کے منہ سے ایک دردناک سسکی نکلتی اور وہ فوراً اپنا ہاتھ اپنی بغل میں لے کر اسے سہلانے لگتا۔ اس دوران اس کا پورا جسم تکلیف سے بار بار دہرا ہوتا۔ ابھی وہ اپنا ایک ہاتھ سہلا رہا ہوتا کہ استاد گرج کر اسے دوسرا ہاتھ سامنے کرنے کا حکم دے دیتا۔ دھیرے دھیرے اس کی آنکھوں میں کچھ دیر پہلے نظر آنے والی سرکشی غائب ہوتی چلی گئی اور اس کی جگہ وہ رحم طلب نظروں سے ماسٹر ابراہیم کی طرف دیکھتا اور پھر کانپتے ہوئے دوسرا ہاتھ آگے کر دیتا۔ یہ اذیت ناک منظر کچھ دیر ہمارے سامنے دوہرایا جاتا رہا۔

اس روز کلاس کے لڑکے اپنی ہنسی بھول گئے۔ سب کے چہروں پر سنجیدگی طاری تھی، جب بھی اسے ڈنڈا پڑتا، سارے لڑکے ایک ساتھ بھاری سانس لیتے۔ تھوڑی دیر بعد ماسٹر نے تھک کر ہانپتے ہوئے اپنا بید ایک طرف پھینک دیا اور کرسی پر بیٹھ گیا۔ ہم سب نے اطمینان کی، جب کہ شکور نے سکھ کی سانس لی۔ وہ اپنے دونوں ہاتھ باری باری اپنے جسم پر رگڑ کر انھیں سہلانے کی کوشش کر رہا تھا۔ اس دوران اس نے میری جانب دیکھا تو میں اس سے اپنی نظر نہ ملا سکا اور مَیں نے اپنا سر ندامت سے نیچے جھکا لیا۔

ماسٹر نے روکھے انداز سے اسے بیٹھنے کے لیے کہا تو وہ دھیرے سے اپنے ہاتھ اور اپنی پیٹھ سہلاتا، اپنے سامنے بیٹھے لڑکوں کے بیچ ڈگمگا کر چلتا ہوا میرے برابر خالی جگہ پر آ کر بیٹھ گیا کیوں کہ اس کا بستہ میرے پاس پڑا ہوا تھا۔ وہ دیوار سے

ہلکی سی پشت لگا کر بیٹھ گیا اور وقفے وقفے سے اپنے ہاتھ کھول کر انہیں دیکھنے لگا۔ آڑی ترچھی، سرخی مائل، گہری اور موٹی لکیریں اس کی سفید ہتھیلیوں پر ابھری ہوئی دکھائی دے رہی تھیں۔ مَیں رک نہ سکا اور بے اختیار اپنا ہاتھ بڑھا کر مَیں نے اس کی ہتھیلی چھونا چاہی لیکن شکور نے دھیرے سے بتایا کہ اس طرح اس کا درد بڑھ جائے گا۔ مَیں نے سرگوشی کرتے ہوئے اپنا نام نہ لینے پر اس کا شکریہ ادا کیا۔ اس نے ایک دل گداز نگاہ سے میری جانب دیکھا اور دھیرے سے بولا۔ ''تیری غلطی نہیں تھی۔'' اس کے یہ کہنے کے باوجود میرے دل سے بوجھ نہیں ہٹ سکا۔ مَیں اداس تھا اور میرا دل ملال سے بھرا ہوا تھا۔ دیگر طلبا اسے مرعوب اور ہمدرد نظروں سے دیکھ رہے تھے۔ میرے خیال میں اتنی عالی شان اور مفصل پٹائی کا ڈٹ کر سامنا کرنے کے بعد شکور اس دن اپنے سارے ہم جماعتوں سے بلند اور ممتاز ہو گیا تھا اور سب کو اس کی ہمت پر رشک آ رہا تھا۔

استاد اپنی کرسی پر بیٹھنے کے بعد سڑے ہوئے لہجے میں شکور کے علاوہ پوری جماعت سے مخاطب ہو کر کہنے لگا کہ اگر آئندہ کسی نے ایسی حرکت کی تو وہ شکور کی طرح ہر ایک کی چمڑی ادھیڑ کر رکھ دے گا۔ اس کے بعد اس نے سائنس کی کتابیں کھولنے کے لیے کہا اور اگلے ہی ثانیے ہم سب اس کی کرخت آواز کے پیچھے طوطوں کی طرح ٹائیں ٹائیں کرتے اپنا سبق پڑھنے لگے۔

چھٹی کے بعد اسکول سے نکلتے ہی میں شکور کے ساتھ ہو لیا۔ جماعت کے کئی لڑکوں نے اس کے لیے خیر سگالی کے کلمات ادا کیے۔ سبزی منڈی پہنچنے کے بعد مَیں نے شکور کو شاہی بازار کا مشہور میمن بابا کا فالودہ کھلانے کی پیش کش کی، جو پُنہل کے ہوٹل کے پاس ایک ٹھیلے پر بکتا تھا۔ میرے پاس دو روپے تھے جو کافی تھے۔ شکور پہلے ہچکچایا، لیکن پھر اس نے حامی بھر لی۔ ہم دونوں سبزی منڈی سے دائیں جانب مڑ گئے۔

شکور کلاس ماسٹر پر برہم تھا اور اسے برا بھلا کہہ رہا تھا۔ مَیں بھی اس کی تائید میں اپنا سر ہلاتا جا رہا تھا۔ مجھے اس سے ہمدردی تھی۔ اس نے میرا نام صیغۂ راز میں رکھ کر مجھ پر احسان کیا تھا۔ اس نے چلتے چلتے بتایا کہ پٹائی کے دوران اس کی قوت گویائی خوف سے سلب ہو گئی تھی اور وہ پٹائی کے دوران خود کو گونگا سمجھتا رہا تھا۔ اس کی یہ بات سن کر مَیں نے اس کی گردن کے گرد اپنا بازو ڈال دیا اور اسے یقین دلانے کی کوشش کرنے لگا کہ آج سے مَیں اس کا بھائی اور پکا دوست ہوں۔ کچھ ہی دیر بعد مجھے محسوس ہوا کہ میری دل جوئی اس کی اداسی ختم کرنے میں کوئی مدد نہیں کر رہی تو مَیں نے اپنا ہاتھ ہٹا لیا۔

دوپہر کے وقت بازار میں رونق تھی۔ خریدار دکانوں کے اندر اور باہر، سیٹھوں اور ان کے ملازمین سے مول تول کرتے نظر آ رہے تھے۔ میمن بابا کا میٹھا کھوئے والا فالودہ کھاتے ہوئے شکور خود بخود چہک کر باتیں کرنے لگا۔ ''تم نے بتایا تھا کہ تمھارے بابا کی دکان بازار میں ہے۔ وہ کہاں ہے؟'' مَیں نے ہاتھ کے اشارے سے اسے بتایا کہ وہ وہاں سے کچھ دوری پر واقع ہے۔ اس نے مجھ سے کہا کہ وہ مجھے اپنا دوست اور بھائی تب مانے گا، جب میں اسے سید پاڑے میں واقع اس کے گھر تک چھوڑ کر آؤں گا۔ اس کی یہ بات مجھے اچھی نہ لگی لیکن میں اسے کچھ بھی نہ کہہ سکا اور اسے گھر تک چھوڑنے کے لیے تیار ہو گیا۔

فالودہ کھانے کے بعد ہم نے اپنے بستے سنبھالے اور پُنہل کے ہوٹل کے سامنے سے اندر جاتی ایک گلی میں داخل ہو گئے، جو کچھ آگے جاکر دائیں جانب مڑ گئی۔ یہ نئی گلی پوری طرح سایہ دار تھی کیوں کہ اس کے دونوں جانب اونچے مکان بنے ہوئے تھے۔ مَیں نے اس کے محلِ وقوع پر ذرا سا غور کیا تو اندازہ ہوا کہ گلی کچھ آگے جاکر ایک قدیم اور وسیع مسجد کے برابر سے ہوکر ایک نسبتاً کشادہ سڑک پر نکلتی تھی۔ شکور کا گھر اس طرف کافی آگے جاکر واقع تھا۔ اس نے مجھے بتایا کہ اس کے والد مکلی میں واقع ایک سرکاری دفتر میں کلرک تھے اور شام سے پہلے گھر واپس نہیں آتے تھے۔ اس لیے وہ گھر پہنچنے کے بعد شام تک گلی کے لڑکوں کے ساتھ پٹھو گرم یا کرکٹ کھیلتا تھا۔ اس نے یہ بھی بتایا کہ وہ ماسٹر ابراہیم کی پٹائی والی بات اپنے والد کو ضرور بتائے گا۔ اس پر میں فوراً بولا کہ اس کے والد، ماسٹر کو نہیں بلکہ اسے ہی غلط سمجھیں گے کیوں کہ سائیکل کے ٹائر سے ہوا نکالتے ہوئے اسے بروہی پٹے والے نے پکڑا تھا۔ اس بات میں وزن پاکر وہ چپ سا ہو گیا۔ مَیں نے اسے سمجھایا کہ اگر اس نے اپنے والد کو ساری بات بتا دی اور پھر اس کے والد ماسٹر سے باز پرس کرنے اسکول آگئے تو سارے ہم جماعتی اس کے بعد کئی روز تک اس کا ریکارڈ لگاتے رہیں گے۔ اس نے منہ بناتے ہوئے جواب دیا کہ اسے کسی کی کوئی پروا نہیں تھی۔ اس کے بعد ہم دونوں کافی دیر تک چپ چاپ چلتے، آگے بڑھتے رہے۔ اب مجھے اپنے گھر کی فکر ستانے لگی تھی کیوں کہ میرے بابا دوپہر کو دکان بند کر کے گھر آجاتے تھے۔ مَیں دل ہی دل میں ان کی جانب سے پوچھے جانے والے ممکنہ سوالوں کے جواب سوچتا اس کے ساتھ چلتا جارہا تھا۔

ہم کافی دیر چلنے کے بعد سیدوں کے پاڑے میں پہنچ گئے۔ یہاں زیادہ تر مکانات پختہ اور جدید طرز کے تھے۔ ایسے مکانوں کی تعداد شہر کے اس حصے میں بڑھتی جارہی تھی۔ وہاں پہنچ کر شکور ایک جگہ رک گیا اور ایک مکان کی جانب اشارہ کرتے بتانے لگا کہ وہ یہاں رہتا تھا۔ وہ سرخ اینٹوں سے بنا ہوا ایک نسبتاً چھوٹا گھر تھا۔ جب اس نے مجھ سے اندر چلنے کے لیے کہا تو مَیں نے چونک کر اس کی طرف دیکھا اور نفی میں اپنا سر ہلا کر اس سے جانے کی اجازت مانگی، جو اس نے فوراً دے دی۔ اس سے مصافحہ کرنے کے بعد میں واپس مڑ گیا۔

آتے ہوئے مَیں نے وسیع مسجد کی بیرونی دیوار کے ساتھ چلتے ہوئے سڑک کی طرف جانے والے راستے کا انتخاب کیا۔ تیز دھوپ میں لمبا فاصلہ طے کرنے کی وجہ سے میری قمیص پسینے سے بھیگ گئی تھی۔ مَیں اپنی آستین پیشانی سے رگڑ کر پسینہ صاف کر رہا تھا۔ مَیں ابھی تھوڑی دور تک ہی چلا تھا کہ ایک کشادہ بنگلے نے میری توجہ اپنی جانب کھینچ لی۔ ایسا خوب صورت بنگلہ مَیں نے پہلے نہ دیکھا تھا۔ اس کی دیواریں سفید جب کہ کھڑکیاں دروازے بھورے رنگ کے تھے۔ اس کا دروازہ لوہے کا تھا اور اس کی کھڑکیاں سڑک کی طرف کھلی ہوئی تھیں، جنہیں دیکھ کر مجھے خیال آیا کہ اس گھر کے لوگ صبح وشام اپنے کمروں اور بالکونی سے وسیع مسجد کے سبزہ زاروں کا نظارہ کرتے ہوں گے۔ کیسے خوش نصیب اور حسین ہوں گے وہ لوگ! بنگلے کے آگے چھوٹا سا باغیچہ بنا ہوا تھا، جسے تین جانب سے سبز باڑ سے گھیرا ہوا تھا اور چوتھی طرف مکان کا دروازہ تھا۔ اس کشادہ سی باڑ میں نیم اور شرینہہ کے دو قد آور درخت لگے ہوئے تھے جن کی شاخیں ہوا سے دھیرے دھیرے

ہل رہی تھیں۔ دو تین کیاریوں میں کچھ پودے بھی تھے جن میں سدا بہار، گیندے اور گلاب کے پھول کھلے ہوئے تھے۔

وہ سفید گھر، اس کے بام و در اور اس کے باہر مختصر باغیچہ دیکھ کر مجھے تازگی اور فرحت کا احساس ہونے لگا۔ مَیں اپنا راستہ چھوڑ کر شرینہہ کے گھنے پیڑ کے نیچے گھاس پر بیٹھ گیا اور سستانے لگا۔ اس کی گھنی چھاؤں کے نیچے مجھے آسودگی محسوس ہوئی اور آنکھیں مندنے لگیں۔ مَیں نے گھاس پر اپنا جسم تھوڑا سا پیچھے گھسیٹ کر شیشم کے تنے کے ساتھ اپنی پیٹھ لگائی کیوں کہ مَیں بہت تھک گیا تھا۔

اچانک کوئی کھڑکی کھلی اور اس کی دھیمی سی چرچراہٹ میری سماعت سے ٹکرائی اور مَیں نے بنگلے کی پہلی منزل کی طرف دیکھا۔ اگلے ہی لمحے اس کھڑکی میں سے سفید اور نازک سی کلائیاں باہر نکلیں، اس کے بعد ایک سات آٹھ سال کی گوری اور صحت مند لڑکی کا شاداب چہرہ دکھائی دیا۔ گھاس پر نیم دراز جب مَیں نے اسے دیکھا تو دنگ رہ گیا۔ اس کی نظریں مسجد کے سبزہ زاروں کی جانب تھیں جب کہ میری آنکھیں اس کے معصوم چہرے پر ٹکی ہوئی تھیں۔ جب اس نے میری طرف دیکھا تو میں اس کی تاب نہ لا کر نیم کے تنے پر چڑھتی ہوئی گلہری دیکھنے لگا۔ وہ سیٹی نما آوازیں نکالتی تنے پر دوڑتی چلی جا رہی تھی۔ شاید اس لڑکی نے مجھے دیکھ کر پکارا تو مَیں نے بمشکل اپنا سر اٹھا کر اوپر کی طرف دیکھا تھا۔ اس نے مجھ سے دریافت کیا کہ مَیں کون ہوں اور باغیچے میں تنے سے پیٹھ لگائے کیوں بیٹھا ہوں؟ میرے منہ سے بے ساختہ نکلا۔ ''میں پیاسا ہوں۔'' میری بات سننے کے بعد وہ کھڑکی سے ہٹ گئی۔ مَیں سمجھا کہ وہ اب نہیں آئے گی لیکن کچھ دیر بعد وہ لوٹ آئی۔ مَیں اس کے ہاتھ میں پانی سے بھرا جگ دیکھ کر ہڑبڑاتا ہوا اٹھ کھڑا ہوا۔ اس نے ہنستے ہوئے ایک بے نیازی سے، جگ سے پانی نیچے گرانا شروع کر دیا، جب کہ مَیں اٹھ کر اپنا منہ کھول کر اسے اپنے حلق میں اتارنے کی کوشش کرنے لگا لیکن وہ میرے منہ میں گرنے کے بجائے میرے چہرے سے ٹکرا کر، میرے کپڑوں پر اور زمین پر گرتا جا رہا تھا۔ مَیں اس دوران اس کی شوخ، بے باک اور کھلنڈرے انداز سے ہنسی دیکھتا رہا۔ اس کی ہنسی اسی لمحے آنکھوں کے ذریعے میرے دل اور دماغ میں ہمیشہ کے لیے محفوظ ہو گئی۔ ایک بیش قیمت اور گراں قدر یاد کی صورت۔

مجھے محسوس ہونے لگا تھا کہ اس کی ہنسی سے بڑھ کر حسین چیز دنیا میں شاید ہی کوئی ہو گی۔ مَیں چاہتا تھا کہ ابد تک اس کے کھنکتے ہوئے سُر مجھے ہمیشہ سنائی دیتے رہیں۔ لیکن پانی کا جگ ختم ہوتے ہی ایک جھپاکے کے ساتھ غائب ہو گئی اور اگلے ہی لمحے مجھے زور سے کھڑکی بند ہونے آواز سنائی دی۔ مَیں کافی لمحوں تک اپنی گردن بار بار اٹھا کر اس کھڑکی کی طرف دیکھتا رہا۔

میں اپنی دھن میں کھڑا تھا کہ اچانک کوئی نوکیلی سی چیز مجھے اپنے پیٹ میں چبھتی محسوس ہوئی۔ مَیں فوراً ہڑبڑا کر دیکھا تو اپنے قریب سندھی ٹوپی پہنے ایک سفید ریش بزرگ کو لاٹھی کے سہارے کھڑے اپنی جانب سوالیہ نظروں سے دیکھتے ہوئے پایا۔ مَیں اپنے حواس مجتمع کرنے میں لگا تھا کہ اچانک وہ اپنی گرج دار آواز میں گویا ہوا۔ ''اڑے چھورا، تو ادھر کیا کر رہا ہے، میرے بنگلے کے سامنے''۔ اس کی بات سن کر میں حیرانی سے کچھ دیر تک اس کے نورانی چہرے کی طرف دیکھتا رہا۔ پھر سر کھجاتے ہوئے مَیں نے کچھ کہنا چاہا لیکن اس نے ترش روئی اور حقارت سے مجھے دھتکارا: ''چل بھٹ یہاں

سے۔۔دوبارہ نظر آیا تو۔''

اس کی دھمکی سے ڈر کر میں فوراً وہاں سے نکل کر مین روڈ کی طرف چل دیا لیکن چلتے ہوئے بار بار مڑ کر دیکھتا رہا کہ شاید ایک بار پھر وہ کھڑکی کھل جائے اور وہ لڑکی جھانکتی نظر آ جائے، لیکن میں آگے تک چلتا چلا گیا اور وہ دوبارہ دکھائی نہ دی۔

آگے چل کر سیدھی طرف ایک اور حویلی نما بنگلہ اور اس سے ملحقہ ایک بہت بڑی امام بارگاہ دکھائی دیئے۔امام بارگاہ کے صحن کے بیچ بہت بلندی پر سیاہ رنگ کا ایک بڑا سا علم لگا ہوا تھا۔وہ عَلم اس وقت ہوا سے دھیرے دھیرے پھڑ پھڑا رہا تھا۔مَیں دھیرے دھیرے چلتا ہوا سڑک تک آیا تو دل سے مجبور ہو کر آخری بار پلٹ کر دیکھا اور مایوسی سے اپنا سر ہلاتے آگے بڑھ گیا۔مَیں نے گھر پہنچنے کے لیے مختصر راستے کا انتخاب کیا۔جب میں اپنی گلی میں پہنچا تو عین اسی لمحے محلے کی مسجد سے عصر کی اذان بلند ہونے لگی۔۔

مجھے اب تک سمجھ نہیں آ رہی تھی کہ وہ بنگلہ، اس کا چھوٹا سا باغیچہ، وہ کھڑکی، وہ لڑکی اور اس کی شوخ و شنگ ہنسی، وہ جگ سے گرتا پانی۔وہ سب چیزیں دیکھنے کے بعد اگلی چند روز تک انہیں یاد کرتے میں اپنے رگ و پے میں ایک سرور اور خواب آگیں نشہ محسوس کرتا رہا، جو شاید اس سے پہلے کبھی نہیں کیا تھا۔یہ سب کیا تھا؟ کیوں تھا؟

گھر میں داخل ہوتے ہوئے میں بابا اور اماں کے خدشوں بھرے سوالات کے جواب دینے کے لیے پوری طرح تیار نہیں تھا۔مَیں جوں ہی زینہ چڑھ کر اوپر پہنچا تو میرے بابا نے جو ابھی تک گھر پر موجود تھے، مجھے دیکھتے ہی اماں کو طنزیہ انداز میں مخاطب کرتے ہوئے انہیں میرے آنے کی اطلاع دی۔اماں فوراً باورچی خانے سے نکل آئیں اور مجھے دیکھتے ہی برس پڑیں۔

انہوں نے سخت انداز سے میری سرزنش کی، مجھے ڈانٹا پھٹکارا لیکن اس روز میں عجیب سی کیفیت میں تھا، اس لیے ان کے غصے نے مجھ پر کوئی اثر نہیں کیا۔مَیں نے پرسکون انداز میں انہیں بتا دیا کہ مَیں اپنے ایک دوست کو اس کے گھر چھوڑنے چلا گیا تھا، اس لیے آج اتنی دیر ہو گئی۔انہوں نے مجھے آئندہ کبھی کسی دوست کو اس کے گھر چھوڑنے سے سختی سے منع کیا۔ مَیں نے اثبات میں سر ہلا کر ان کی تائید کرتے ہوئے اپنی جان چھڑائی۔

کچھ دیر بعد بابا دکان چلے گئے۔اماں نے عصر کی نماز پڑھنے کے بعد مجھے کھانا نکال کر دیا۔مَیں نے صبح ناشتے کے بعد سے کچھ نہیں کھایا تھا۔ٹینڈے کے روکھے سالن کے ساتھ روٹی کے نوالے چباتے ہوئے میرا ذہن بار بار اسی مکان کی طرف جا رہا تھا۔پیٹ بھر کر کھانا کھانے کے بعد پانی کا ایک کٹورا پیا تو مجھے عجیب سی سستی نے آ لیا اور میں کچھ ہی دیر میں چارپائی پر ڈھیر ہوتا چلا گیا اور اس کے بعد نجانے کب تک بے سدھ سوتا رہا تھا۔رات گئے اچانک میری آنکھ کھلی تو کمرے میں تاریکی تھی۔کھلی ہوئی کھڑکیوں سے آتی ہوا گھر بھر میں سرسراتی پھرتی تھی۔قریب سے اماں کی سانسوں اور بابا کے خراٹوں کا دوگانا سنائی دے رہا تھا۔

جاگنے کے کچھ دیر بعد میرا ذہن رات کی اس کیفیت سے ہم آہنگ ہو گیا۔مَیں نے آنکھیں بھینچ کر دوبارہ سونے کی کوشش کی لیکن بے سود۔مَیں نے کھڑکیوں کی طرف کروٹ لے لی اور ان کے چوکھٹوں سے باہر دیکھنے کی کوشش کرنے لگا۔اسی

اثنا میں میرے ذہن کے پردے پر وہ حسین خواب دھیرے دھیرے سرکنے لگا۔ اپنی پوری جزئیات کے ساتھ۔ اس بار میں اس لڑکی کے چہرے کی ایک جھلک پانے میں بھی کسی حد تک کامیاب ہو گیا تھا۔ وہ گھنے سیاہ بالوں، گہرے نقوش والی پُرکشش سانولی لڑکی معلوم ہوئی۔

رات کے نجانے کون سے پہر یہ سب سوچتے ہوئے میرے جی نے چاہا کہ اسی وقت اپنی کھاٹ سے اتر کر اپنے گھر سے نکلوں اور اس بنگلے کے سامنے پہنچ جاؤں۔ یہ خواہش اتنی زبردست تھی کہ مَیں چارپائی سے اٹھ کر بیٹھ گیا اور اپنی چپلیں ڈھونڈنے لگا۔ چپل پہن کر مَیں نے گھڑونچی پر رکھے گھڑے سے کٹورے میں پانی نکالا اور بیٹھ کر پینے لگا۔ کٹورا گھڑونچی پر رکھنے کے بعد مَیں نے باہر جانے کا ارادہ کسی وجہ کے بغیر ملتوی کر دیا اور دوبارہ بستر پر لیٹ گیا۔

کھڑکیوں کے چوکھٹوں کے باہر صبح کی روشنی پھیلتی گئی، مختلف اقسام کے پرندے فضا میں چہکنے لگے۔ ان میں سے کچھ تو کھڑکیوں میں بیٹھ کر باقاعدہ آپس میں گفت و شنید کرنے لگے تھے۔ ان کے لہجے شوخ اور آوازیں تیکھی سی تھیں۔

منجن سے اپنے دانت صاف کرنے کے بعد جب میں چائے کا پیالہ تھامے چارپائی پر آ کر بیٹھا تو سامنے تخت پر بیٹھ کر چائے کے ساتھ سگریٹ پیتے ہوئے میرے بابا مجھ سے کہنے لگے۔ ’’کل کی آوارہ گردی پر تجھے معاف کر دیا تھا، لیکن رات تیرا اس طرح مدہوش ہو کر سونا شک میں ڈال رہا ہے۔ دیکھ، سیدھی طرح بتا دے۔ تو کہیں بری صحبت میں تو نہیں پڑ گیا؟ بتا مجھے؟‘‘

مجھے ناچار شکور کی پٹائی والا واقعہ انہیں سنانا پڑا۔ وہ سناتے ہوئے مَیں نے جان بوجھ کر ماسٹر کی سائیکل سے ہوا نکالنے والی بات گول کر دی۔ میرا مدعا سننے کے بعد انہوں نے مجھے تاکید کی کہ آئندہ کسی بھی دوست سے ہمدردی جتانے کی کوئی ضرورت نہیں۔ اماں نے باورچی خانے سے نکل کر ان کی بات کی پرزور تائید کی۔

میں اسکول جلدی پہنچ گیا اور جماعت میں بیٹھ کر شکور کا انتظار کرتا رہا کہ تاکہ اس کے گھر سے واپسی پر پیش آیا واقعے اسے سنا سکوں۔ پہلا پیریڈ شروع ہونے کا گھنٹہ بجنے تک کلاس میں شکور کے سوا تقریباً سارے لڑکے موجود تھے۔ مجھے اس کی غیر حاضری کی توقع نہیں تھی۔ جب دوسرا پیریڈ شروع ہوا تو بروہی ہماری کلاس میں آیا اور ماسٹر ابراہیم سے مخاطب ہو کر کہنے لگا۔ ’’ہیڈ ماسٹر صاحب بلا رہے ہیں۔ شکور کے باپ نے شکایت کی ہے۔ وہ آیا ہوا ہے۔‘‘

یہ سن کر ماسٹر کے چہرے کا رنگ ایک لمحے کے لیے اترا لیکن اس نے خود کو سنبھال کر چپڑاسی سے کہا کہ وہ کچھ دیر میں آ رہا ہے۔ اس کے جانے کے بعد ماسٹر ابراہیم اپنا سر جھکائے کسی بحری جہاز کی طرح ہلتے ہوئے اپنے قدم اٹھاتا کلاس سے باہر نکل گیا۔ اس کے جاتے ہی سب لڑکے شکور کے حوالے سے اپنی قیاس آرائیاں کرنے لگے۔

ہمیں توقع تھی کہ ماسٹر صاحب جلد واپس آ جائیں گے لیکن معاملہ اس کے برعکس ہوا۔ کلاس میں ہر لڑکا اونچے سروں میں بے تکان بولے جا رہا تھا۔ کچھ لڑکے شکور کے اس عمل کو بزدلی قرار دے رہے تھے کہ اس نے اسکول کی بات اپنے گھر والوں تک کیوں پہنچا دی؟ مردانگی مار کھا کر برداشت کرنے میں ہے، شکایت لگانے میں نہیں جب کہ مَیں ان سے الگ تھلگ یہ

جاننے کے لیے بے تاب ہو رہا تھا کہ شکور آج کلاس میں آئے گا یا کل؟

خاصی دیر گزرنے کے بعد ماسٹر ابراہیم جب واپس آیا تو اس کا چہرہ کسی اندرونی جذبے سے سیاہ ہو رہا تھا۔ وہ آتے ہی کرسی پر چپ چاپ بیٹھ گیا۔ سب طالبِ علم آنکھوں میں ایک دوسرے سے ایسے سوالات پوچھنے لگے، مَیں بھی جن کے جواب جاننے کے لیے بے قرار تھا۔

آدھی چھٹی کے دوران سب کچھ پتا چل گیا۔ شکور کے والد نے ماسٹر ابراہیم کے ساتھ شدید بدتمیزی کی تھی اور اس کے ساتھ اس نے ہیڈ ماسٹر کو بھی آڑے ہاتھوں لیا تھا۔ وہ غصے میں شکور کا اسکول چھوڑنے کا سرٹیفکیٹ بنوا کر لے گیا تھا اور اب اسے مکلی میں واقع پرائمری اسکول میں داخل کروایا جائے گا۔

یہ سب جان کر، ایک طرف خوشی ہوئی کہ اس کے والد نے ماسٹر کے ساتھ بالکل ٹھیک کیا، لیکن اس کے ساتھ یہ دکھ بھی ہوا کہ شکور مجھ سے ملے بغیر چلا گیا۔ اسے کم از کم ایک بار اپنے ہم جماعتوں سے ملنے کلاس میں ضرور آنا چاہیے تھا۔

اس کے اسکول چھوڑ کر جانے کے بعد، مَیں بھی کچھ دنوں تک سید پاڑے کی طرف نہیں جا سکا۔ لگ بھگ دو ہفتوں بعد جمعے کی سہ پہر مَیں نے گھر سے نکل کر وہاں کا رخ کیا۔ شکور سے ملنے سے زیادہ، مَیں وہ بنگلہ دیکھنے کے لیے پرجوش تھا۔ اسی لیے مَیں نے پہلے اس طرف کا رخ کیا۔ وہاں پہنچ کر مَیں نے دیکھا کہ نیم اور شیشم کے قد آور پیڑوں کی شاخیں اور ان کے پتے ویسے ہی دھیرے دھیرے ہل رہے تھے۔ سدابہار، گیندے اور گلاب کے پھول ویسے ہی بہار دے رہے تھے۔ زمین پر گھاس ویسے ہی بچھی ہوئی تھی اور اس دن کی طرح مجھے استراحت کے لیے بلا رہی تھی، لیکن مَیں نے کچھ دیر تک اس بنگلے کے آس پاس منڈلانے پر اکتفا کیا اور بار بار اس کھڑکی کی جانب دیکھتا رہا جہاں سے گورے گورے اور نازک بازو اس دن مجھے دکھائی دیئے تھے۔ وہ کھڑکی دوبارہ کھلنی تھی نہ کھلی۔ مجھے یقین سا ہونے لگا کہ وہ گزرا ہوا واقعہ ایک خواب تھا، حقیقت نہیں تھا یا پھر میرے ذہن کا تراشا ہوا افسانہ تھا۔

میں وہاں سے بوجھل دل لیے اپنے دوست کی طرف چلا گیا لیکن اس سے ملنے پر ذرا بھی لطف نہیں آیا، گرچہ اس نے مجھے اپنے گھر کے اندر لے جا کر ایک کمرے میں بٹھا دیا تھا۔ اس نے پہلے چائے اور پھر پانی پلایا مگر وہاں بیٹھے بیٹھے مجھے سخت بے چینی ہوتی رہی۔ مغرب کی اذان ہونے لگی تو مَیں نے اس سے اجازت چاہی۔ وہ مجھے اپنی گلی کے نکڑ تک چھوڑنے آیا۔ مَیں نے اس سے ہاتھ ملایا اور وہاں سے چلا آیا۔

اس کے بعد میں اور شکور ایک دوسرے کے لیے اجنبی بنتے چلے گئے۔ اب طویل وقفوں میں، سرِراہ ہونے والی ملاقاتوں میں مصافحے اور علیک سلیک کے بعد ہمارے پاس، بات کرنے کے لیے کچھ بھی نہ ہوتا تھا۔ ایک ہچکچاہٹ تھی جو آہستہ آہستہ لاتعلقی میں تبدیل ہوتی چلی گئی اور مستقل دوری ہمارا مقدر بن گئی، لیکن اس روز کلاس روم میں ماسٹر ابراہیم کے ہاتھوں ہوئی اس کی پٹائی، آج بھی ایک ڈراؤنے خواب کی صورت مجھے یاد ہے۔ کبھی کبھی اسے مار پڑنے کا وہ منظر، اس کی دبی، گھٹی سسکیاں اور بید کی چوٹوں سے کانپتا ہوا اس کا بدن یاد آتا ہے تو پورے بدن میں تکلیف کی ایک رَو دوڑ جاتی ہے۔

دوسری طرف وہ ست رنگا خواب، جس نے میری پھیکی سی زندگی پر لذت و سرور کے چند چھینٹے پھینکے تھے، اس کی اثر پذیری بھی دھیرے دھیرے زائل ہوتی چلی گئی۔ اس کی یاد ایک کسک بن کر میری رگوں میں بہتے لہو میں رواں ہو گئی۔

4

میرے بابا اپنی ذات انصاری بتاتے تھے۔ ماضی میں وہ بھٹی راجپوت کہلاتے تھے اور ہندوستان میں ان کا آبائی وطن جیسل میر تھا۔ امکان موجود ہے کہ اسلام قبول کرنے سے پہلے اور بعد میں بھی ان کی برادری کے لوگ کھتری یا جنگ جو رہے ہوں، لیکن تین سوا تین سو سال پہلے ان کا قبیلہ روز گار کی تلاش میں جیسل میر سے نکل کر سندھ اور بہاول پور کے علاقے میں پھیل گیا تھا۔ بابا بتاتے تھے کہ سندھ آنے کے بعد ان کی برداری کے لوگوں نے مختلف ہنر اور پیشے اختیار کرنے شروع کر دیئے۔ بابا کے خاندان والوں نے پتھروں پر کندہ کاری سیکھی، محلات، قلعہ جات، کوٹھیوں اور مقبروں کی تزئین و آرائش کے کام سے وابستہ رہے۔ وہ اپنی آبائی زبان بھول کر لاڑ کے علاقے میں رائج مقامی زبان بولنے لگے۔

جب کہ اماں کے گھر والے چوہڑ جمالی نام کے ایک شہر میں رہتے تھے اور ذات کے منگی کہلاتے تھے۔ وہ اکثر بتایا کرتی تھیں کہ منگی دو طرح کے ہوتے ہیں۔ ایک ٹھک ٹھک اور دوسرے شُو شُو۔ ٹھک ٹھک بڑھئی ہوتے ہیں اور شُو شُو موچی۔ مجھے نہیں پتا کہ میری اماں کے رشتے دار کون سے منگی تھے۔ لیکن میرے نانا پیشے کے لحاظ سے حجام تھے۔ وہ افیم کھانے اور جوا کھیلنے کے شوقین تھے۔ جب وہ جوان تھے تب ایک آدھ ایکڑ زمین کے مالک ہوا کرتے تھے، جسے انہوں نے بیچ کر کھا لیا تھا۔ چند ایک بار اماں نے مجھے بتایا تھا کہ وہ روٹی اور گوشت کھا کر نہیں، سبزیاں اور گھاس پھوس کھا کر جوان ہوئی تھیں۔ یہ ان کی خوش نصیبی تھی کہ ان کی شادی بابا جیسے درمیانے درجے کے دکاندار سے ہو گئی۔

بابا نے فریم سازی کا ہنر اپنے والد سے سیکھا۔ وہ بتایا کرتے کہ ان کے اجداد مساجد و مقابر کی تزئین و آرائش میں طاق ہوا کرتے تھے۔ ان کے خاندان سے تعلق رکھنے والے بہت سے کاشی گر اور صناع مشہور گزرے ہیں۔ کبھی کبھار وہ ان کے نام بھی لیا کرتے تھے، جو مجھے بالکل یاد نہ رہ سکے۔

بابا کے والدین کا انتقال ان کے بچپن میں ہو گیا تھا۔ ان کے والد نے ترکے میں ایک مکان کے علاوہ ایک دکان چھوڑی۔ شہر میں ان کے والد کے اکلوتے بھائی کے علاوہ ان کا کوئی اور رشتے دار نہ تھا۔ بابا نے کم عمری میں فریم سازی کے کام میں مہارت حاصل کر لی تھی، جب وہ جوان ہوئے تو ان کے تایا کو ان کی شادی کی فکر ستانے لگی۔ خاندان میں شادی کے لیے کوئی لڑکی دست یاب نہیں تھی۔ تایا کے ایک دوست چوہڑ جمالی میں حجام کی دکان کرتے تھے اور بہت غریب تھے۔ انہوں

نے وہاں بابا کے رشتے کی بات چلائی اور یوں وہ ان کی شادی کروانے میں کامیاب ہو گئے۔

میری پیدائش سے پہلے اماں صرف ایک دفعہ حاملہ ہوئی تھیں۔ وہ شاید ان کی شادی کا دوسرا یا تیسرا سال تھا۔ اماں کے مطابق وہ اس وقت ناتجربہ کار تھیں، اس لیے گھر کا کام کاج کرنے میں ان سے کوئی بے احتیاطی ہو گئی یا پتا نہیں، انہوں نے کوئی گرم چیز کھالی یا کوئی وزنی چیز اٹھائی، جس کے سبب ان کا حمل گر گیا۔ اس کے بعد انہیں دوبارہ حاملہ ہونے میں دو سال لگ گئے اور پھر جا کر اس رذیل دنیا میں میری آمد ہوئی۔

میری پیدائش کا واقعہ، جسے میں اپنی بربادی کا نقطہ آغاز سمجھتا ہوں، اماں نے مجھے کئی مرتبہ سنایا تھا۔ ایک روز رات گئے اچانک انہیں دردِ زہ نے گھیر لیا اور وہ تکلیف سے کلبلانے لگیں۔ بابا انہیں تڑپتا ہوا دیکھ کر دوڑتے ہوئے مائی تھاپی کے دروازے پر گئے اور اس کی منت سماجت کر کے گھر لے آئے۔ اس نے بابا کو فوراً اوپر والے کمرے سے نکال کر نیچے بھیج دیا۔ اماں کے بقول، کچھ ہی دیر میں ان کی حالت غیر ہونے لگی، جسے دیکھ کر دایہ کے ہاتھ پاؤں پھول گئے۔ وہ دوڑی ہوئی بابا کے پاس گئی اور کہنے لگی کہ اسے عین اسی وقت ایک معاون عورت کی سخت ضرورت آ پڑی ہے کیوں کہ اس کے بقول بچہ اپنی اماں کے پیٹ میں الٹے رخ پر تھا اور اسے اکیلے باہر نکالنا اس کے بس سے باہر تھا۔ اس کی بات سن کر ابا کی سمجھ میں کچھ نہیں آ رہا تھا کہ ایسے آڑے وقت میں کسے بلائیں۔ انہوں نے مائی تھاپی سے درخواست کی کہ اگر وہ خود کسی کو لا سکتی ہے تو برائے مہربانی لے آئے۔ تب مائی تھاپی آدھی رات کے وقت باہر گئی اور کچھ دیر میں ایک دبلی پتلی سی عورت کو اپنے ساتھ لے آئی۔

دایہ نے اس عورت کے ساتھ مل کر مجھے اپنی اماں کے پیٹ سے بمشکل باہر نکالا۔ اماں کے بقول، پیدا ہونے کے بعد دو تین روز تک میں بالکل خاموش رہا۔ رونا تو در کنار، منہ سے غوں غاں کی آوازیں بھی نہیں نکال رہا تھا، جس سے انہیں خدشہ لاحق ہو گیا کہ شاید میں پیدائشی گونگا ہوں۔ وہ مجھے ہسپتال لے جانے کے بارے میں سوچنے لگیں۔ پیدائش کے بعد تیسرے یا چوتھے دن مَیں نے بالکل اچانک زور زور سے رونا شروع کر دیا، تو ان میں جان آ گئی اور ان کا خدشہ غلط ثابت ہو گیا۔

اب سوچتا ہوں کہ کاش میں پیدا ہی نہ ہوا ہوتا، اگر ہو ہی گیا تھا تو کاش گونگا، بہرا اور نابینا ہوتا۔ مجھے سمجھ نہیں آتی کہ لوگ زندگی کو نعمت اور دنیا کو حسین کیوں سمجھتے ہیں؟ میرے نزدیک یہ منحوس زندگی کوئی نعمت نہیں، ایک لعنت ہے۔ اور یہ دنیا۔۔۔ یہ جہنم کا وہ پچھواڑا ہے، جہاں خدا انسانوں کو آوارہ چھوڑ کر ہمیشہ کے لیے فراموش کر چکا ہے۔

مجھے اسکول جاتے ہوئے چار یا پانچ برس ہو گئے تھے، جب میری اماں تیسری مرتبہ حاملہ ہوئیں۔ اماں ایک اور بیٹے کی خواہش مند تھیں، جب کہ بابا ایک بیٹی کے باپ بننا چاہتے تھے۔ اس موضوع پر اماں سے ان کی ہلکی پھلکی نوک جھوک بھی ہوتی رہتی تھی۔ ابتدائی دو تین مہینے تو عافیت سے گزر گئے لیکن چوتھے مہینے کے شروع ہوتے ہی اماں کی طبیعت بگڑنے لگی اور دھیرے دھیرے ان کے لیے پلنگ سے اتر کر چلنا دوبھر ہوتا چلا گیا۔

وہ عورت جسے میری پیدائش کی رات مائی تھاپی، اپنی مدد کے لیے بلا کر لائی تھی، اس کا نام حسینہ تھا۔ وہ اس کے بعد گاہے

بگاہے ہمارے گھر آتی جاتی رہتی تھی۔ جب کبھی بھی اماں کی طبیعت خراب ہوتی وہ حسینہ کو بلا بھیجتیں اور وہ ان کے ایک ہی بلاوے پر حاضر ہو جاتی۔ اماں کبھی پیسوں اور کبھی گھر کے سامان سے بساط بھر اس کی مدد کر دیا کرتی تھیں، جس کے عوض وہ ہمارے گھر کے چھوٹے موٹے کام کر دیتی تھی۔

ایک دن میں اسکول سے واپس آیا تو اماں نے مجھے مدرسے جانے سے منع کر دیا، کیوں کہ ان کی طبیعت زیادہ خراب تھی۔ پچھلے کچھ دنوں سے دوپہر اور رات کا کھانا بابا ہوٹل سے لا رہے تھے۔ اماں کے لیے اٹھ کر باورچی خانے جانا بھی ممکن نہ رہا تھا۔ اسی لیے انہوں نے مجھے حسینہ کے گھر دوڑا دیا تا کہ اسے بلا کر لے آؤں۔

وہ دبیر مسجد کے کھنڈر سے کچھ آگے دائیں جانب واقع گوالوں کے پاڑے میں رہتی تھی۔ زیادہ فاصلہ نہ ہونے کی وجہ سے مَیں بلا جھجک اس کے گھر چلا گیا اور اسے بلا کر لے آیا۔

اسے دیکھتے ہی اماں کے نیم جان جسم میں تھوڑی سی جان آ گئی۔ انہوں نے کمزور سے لہجے میں اسے اپنا دکھڑا سنانے کے بعد درخواست کی کہ وہ اگلے پانچ مہینوں کے لیے ہمارے گھر کے سارے کام سنبھال لے اور اس کے عوض وہ جو معاوضہ لینا چاہتی ہے وہ انہیں بتا دے۔ حسینہ یہ بات سن کر سوچ میں پڑ گئی۔

بابا جو اب تک تخت پر چپ چاپ بیٹھے ہوئے تھے، انہوں نے اماں کی بات کی تائید کرتے ہوئے اسے پانچ سو روپے مہینہ تنخواہ کی پیش کش کی، جو اماں کو زیادہ معلوم ہوئی۔ انہوں نے حسینہ سے چار سو روپے لینے پر اصرار کیا تو وہ ان کا لحاظ رکھتی ہوئی مان گئی۔ اس نے طے کیا کہ وہ صبح آٹھ بجے سے دوپہر یا سہ پہر تک کام کرنے آیا کرے گی اور اس دوران کھانا پکانے سے لے کر جھاڑو پونچھا اور کپڑوں کی دھلائی تک، سارے کام کیا کرے گی۔

اس کے بعد پانچ مہینے تک کے لیے گھر کے تقریباً سارے ہی امور حسینہ کے ہاتھ میں چلے گئے جب کہ اس دوران میری اماں پوری طرح بستر پر رہ کر بہ دِقت اپنے آپ کو سنبھالنے کی کوشش میں تھیں۔

وہ میرے گزرے ہوئے لڑکپن کے جمعے کا ایک دن تھا اور اس دن چھٹی تھی۔ اس لیے میں اور بابا دونوں گھر پر تھے۔ پورے گھر میں تیز اور گاڑھا سا دھواں پھیلا تھا اور توے پر جلے ہوئے تیل کی بُو سے فضا بوجھل ہو رہی تھی، جو باورچی خانے کے راستے گھر بھر میں پھیل رہی تھی، جہاں حسینہ چولہے کے پاس بیٹھی سب کے لیے سورج مکھی کے تیل میں پراٹھے پکا رہی تھیں اور انڈے تل رہی تھیں۔ مَیں بھی وہیں چوکی پر بیٹھا بے صبری سے اس کی طرف دیکھ رہا تھا۔ اس نے پہلے پراٹھے پر تلا ہوا انڈا رکھ کر مجھے دیا، تو میں اپنی چھابی اٹھائے ہوئے باورچی خانے سے نکل گیا اور باہر چارپائی پر بیٹھ کر کھانے لگا۔

اماں اپنی مخصوص کھاٹ پر دراز تھیں، جب کہ بابا شاید اس وقت اپنے بستر پر تکیے سے کہنی لگائے نیم دراز بیٹھے ہوئے تھے۔ حسینہ نے باری باری اماں اور بابا کو ان کی جگہوں پر ناشتہ دیا۔ اماں اس کی اس خدمت پر اسے کچھ دیر تک دعائیں دیتی رہیں۔ ہمیں ناشتہ کروانے کے بعد اس نے باورچی خانے میں اکیلے بیٹھ کر ناشتہ کیا۔ ناشتے سے فراغت ہوئی تو اس نے سیڑھیوں پر رکھا ہوا جھاڑو اٹھا لیا اور زینے کی پہلی سیڑھی سے صفائی کرتی ہوئی اوپر تک آ گئی اور کمرے کے لکڑی کے

فرش پر جھاڑو لگانے لگی۔ اس دوران میں خود کو اس کی طرف دیکھنے سے روک نہیں پا رہا تھا۔ نگاہیں خود بخود اس کی طرف کھنچتی چلی جاتی تھیں۔

میں اپنی پیدائش کے دن سے ہی اسے بخوبی جانتا تھا اور اپنے ہاں آتے جاتے دیکھ کر بڑا ہو رہا تھا۔ لیکن جیسے جیسے میں بڑا ہو رہا تھا، ویسے ویسے غیر محسوس طریقے سے اپنے آس پاس موجود عورتوں سے متاثر ہو رہا تھا۔ مَیں نہیں جانتا، یہ اثرات مثبت تھے یا منفی؟ بس اتنا جانتا ہوں کہ وہ تھے ضرور، ورنہ مجھے حسینہ جیسی عورت میں اتنی کشش کیوں محسوس ہوتی؟

ویسے اب سوچتا ہوں تو وہ اپنے نام کی طرح حسینہ بالکل نہیں لگتی لیکن اس وقت نجانے کیوں بالکل اچانک مجھے اس میں دلچسپی محسوس ہونے لگی تھی۔ وہ پتلی کاٹھی کی مگر اٹھتے ہوئے قد کی عورت تھی۔ اس کی آنکھیں چھوٹی چھوٹی اور چمک دار تھیں جب کہ چہرہ کچھ لمبوترا سا تھا۔ اس کے چہرے کی سنولائی ہوئی سفید جلد دکھنے میں نرم نرم سی محسوس ہوتی۔ اس کے ہونٹوں پر غور کرتے ہوئے میرا حلق خشک ہونے لگتا۔ اس کے وجود میں اس کے چہرے سے نمایاں تر چیز ایک اور تھی، اور وہ تھا اس کا کشادہ اور گداز سینہ۔ جو ہر پل اس کے لباس سے اڈ کر باہر آنے کو بے تابِ نظر آتا تھا۔ جب وہ جھاڑو لگا رہی ہوتی تھی تو اس کے سینے پر دو نرم اور بڑی سی گیندیں ایک دوسرے کو دبانے اور پچکانے میں لگی رہتی تھیں۔ یہ عمل جھاڑو لگا چکنے کے بعد پونچھا لگاتے ہوئے زیادہ سرعت اور تندی کے ساتھ ہوتا تھا۔ مجھے دھڑ کا سا لگا رہتا تھا کہ وہ گیندیں نکل کر باہر ہی نہ آ جائیں۔

چھٹی والے دن، جب وہ گھر پر کاموں میں مصروف ہوتی اور میری اماں پر غنودگی طاری ہوتی تو میرے بابا پلنگ پر لیٹے رہتے اور دیر تک نہیں اٹھتے تھے۔ ان کے اور حسینہ کے مابین اس دوران کوئی گفتگو نہیں ہوتی تھی لیکن پھر بھی نجانے کیوں مجھے لگتا تھا کہ وہ دونوں ایک دوسرے سے باتیں کرتے رہتے تھے۔ بابا کے ہونٹوں پر اکثر اوقات مسکراہٹ اور آنکھوں میں کوئی شرارت چھپی رہتی تھی۔ وقفے وقفے سے وہ کبھی پورا اور کبھی ادھورا جملہ نہایت دھیمی سرگوشی میں حسینہ کی طرف پھینکتے تھے اور وہ بھی آہستگی سے اس کا جواب دے دیا کرتی تھی۔ وہ اکثر کسی نہ کسی گانے کی دھن گنگناتی رہتی۔ ایسے میں جب بھی میں بابا کی آنکھوں کی جانب غور سے دیکھتا تھا تو وہ مجھے حسینہ کی چھاتیوں کے ساتھ گھومتی دکھائی دیتیں، انہیں دیکھتے ہوئے وہ پھیل کر بڑی ہو جاتیں اور کبھی سکڑ کر بہت چھوٹی سی ہو جاتیں۔

اب سوچتا ہوں تو لگتا ہے کہ حسینہ ہوا کے تیز جھونکے کی طرح گھر میں داخل ہوتی تھی اور آناً فاناً سارے کام کر کے چلی جاتی تھی۔ اس کے پاؤں بے آواز سے لگتے، اس کی باتیں اور تمام لہجے بھی بے آواز سے تھے، وہ تقریباً سبھی کام بے آواز طریقے سے کرتی تھی، مگر اس کا جسم تھا جو ہر وقت شور مچاتا رہتا تھا۔ مَیں اس کے جسم کی آواز سننے کا عادی ہوتا جا رہا تھا اگرچہ اس کا جسم جو باتیں کرتا تھا وہ میری سمجھ میں نہیں آتی تھی لیکن اس کے باوجود وہ ناقابلِ فہم باتیں مجھے رس بھری اور سریلی معلوم ہوتیں اور اپنی طرف کھینچتیں۔

پہلے مہینے اماں کی طبیعت زیادہ خراب رہی، اس کے بعد آہستہ آہستہ وہ تھوڑی بہتر ہونے لگیں۔ انہوں نے اٹھ کر گھر

میں چلنا پھرنا شروع کر دیا۔ ایک دن باورچی خانے میں جا گھسیں اور کچا پکا کھانا بھی بنا ڈالا۔ بابا نے انہیں آرام کرنے کا مشورہ دیا تو انہوں نے حسینہ کو ہی دو تین دن کے لیے چھٹی پر بھیج دیا۔ اماں کو شاید حسینہ میں بابا کی بڑھتی ہوئی دلچسپی کے بارے میں شک ہو گیا تھا۔ اسی لیے جب وہ دو دن کے بعد دوبارہ کام پر آئی تو اس کے ساتھ ان کا رویہ سخت ہو گیا تھا۔ اماں اس سے وہ کام بھی کروانے لگی تھیں جو اس نے پہلے نہیں کیے تھے مثلاً دروازوں اور کھڑکیوں کی صفائی، غسل خانے اور بیت الخلا کی صفائی، اور اسی نوع کے دوسرے کام۔ ان کے ہر حکم کو حسینہ چپ چاپ سنتی اور اس پر فوراً عمل کرنے لگ جاتی۔

مجھے یاد تھا کہ پہلے چند روز تک اماں ہر وقت اس کی تعریفیں کرتے ہوئے نہیں تھکتی تھیں۔ لیکن ایک ماہ بعد وہ سلیقے سے کیے گئے اس کے ہر کام پر نکتہ چینی کرنے لگیں۔ اماں بالکل نہیں چاہتی تھیں کہ وہ زیادہ وقت ہمارے گھر پر گزارے۔ اماں کی ان سب کارروائیوں سے بابا بظاہر لاتعلق رہتے تھے۔ اماں نے ان سے کبھی پوچھ گچھ نہیں کی اور نہ ہی کوئی شکایت کی۔ ان کے آپس کے تعلقات بظاہر معمول پر تھے۔ وہ ہنس کر باتیں کرتے تھے اور رات کو ایک ہی بستر پر سو بھی جاتے تھے۔ مَیں یقین سے کچھ نہیں کہہ سکتا کہ بابا کی حسینہ میں دلچسپی کا آغاز کب ہوا؟ اور ان کے تعلق کی شروعات کس طرح ہوئی؟

میں اور اماں ایک رات محلے میں ہونے والی تقریب سے جلدی لوٹ آئے اور چمگادڑوں سے اٹی اپنی نیم اندھیری گلی میں کھڑے دیر تک اپنے گھر کا دروازہ کھٹکھٹاتے رہے۔ رات کی خاموشی میں اماں نے گھر کی پہلی منزل سے آتی بابا اور حسینہ کی گھبرائی ہوئی آوازیں پہچان لی تھیں۔ انہوں نے فوراً اپنا برقعہ اتار کر ہاتھ میں پکڑ لیا اور گلی میں کھڑے ہوئے اونچے لہجے میں بابا کا نام لے لے کر پکارنے لگیں۔ مَیں دروازے سے کان لگائے اندر ہوتی کھٹ پٹ اور دھپ دھپ سننے کی کوشش کرتا رہا۔ کچھ دیر گزرنے کے بعد بالآخر بابا گھر کی بالکونی میں نمودار ہوئے اور انہوں نے گرج کر اماں کو خاموش رہنے کا حکم دیا لیکن وہ چپ ہونے کے بجائے انہیں اور زیادہ برا بھلا کہنے لگیں۔ بابا کے قدموں کی سیڑھیاں اترنے کی آواز ہمیں صاف طور پر سنائی دی۔ میرا دل زور سے دھڑکنے لگا تھا اور ایک سنسنی جسم میں پھیلتی چلی جا رہی تھی۔ کنڈی اتر کر ایک چھناکے سے نیچے گری اور دروازہ چرچرا کر کھلتا چلا گیا۔

حسینہ بابا کے پیچھے سمٹی ہوئی فرار ہونے کا راستہ ڈھونڈ رہی تھی کہ اچانک اماں نے فوراً اندر گھستے ہی اس کی چٹیا پکڑ لی اور اسے اتنی زور سے کھینچا کہ وہ بے چاری سیدھی فرش پر جا گری۔ اس کے منہ سے ایک سسکی نکلی۔ اماں دونوں ہاتھوں سے اسے مارتے ہوئے اس سے گتھم گتھا ہو گئیں۔ یہ سب دیکھ کر میرے اوسان خطا ہو گئے۔ سمجھ نہیں آ رہی تھی کہ کیا کروں؟ کہاں جاؤں؟

بابا نے تیزی دروازہ بند کیا اور اپنے زور آور بازوؤں سے ایک ہی جھٹکے سے ان دونوں کو علیحدہ کیا۔ پھر انہوں نے اماں کے چہرے پر دو زوردار تھپڑ لگائے اور کڑک دار لہجے میں انہیں چند کراری گالیاں دیتے ہوئے اسی وقت اوپر کی منزل پر جانے کا حکم دیا۔ ان کے انکار پر بابا نے انہیں زور سے دھکا دیا تو نیچے گرتے ہوئے اماں کے منہ سے ایک دل دوز چیخ نکلی۔ حسینہ کو فرار ہونے کا موقع مل گیا اور اس نے بھاگنے میں دیر نہیں لگائی۔ وہ چشم زدن میں دروازے سے نکل

کر اندھیری گلی غائب ہو گئی۔

اماں زینے کے قریب پڑی سسک رہی تھیں۔ بابا انہیں سر کے بالوں سے پکڑ کر زبردستی کھینچتے ہوئے زینے کی سیڑھیوں پر گھسیٹتے ہوئے اوپر کی طرف لے گئے۔ اس دوران اماں کا جسم سیڑھیوں پر بری طرح گھسٹتا رہا۔ مَیں جو پرانے صوفے کے پیچھے چھپ گیا تھا، وہاں سے نکل کر دھیرے دھیرے ان کے پیچھے اوپر جانے لگا۔ یہ سوچ کر میرا پیشاب خطا ہو رہا تھا کہ کہیں اماں کو چھوڑ کر، وہ مجھے ہی تختۂ مشق نہ بنا لیں۔

اماں بابا اور ان کے پورے خاندان اور حسینہ کو لگاتار مغلظات بکتی رہیں۔ بابا انہیں بار بار چپ ہونے کے لیے کہہ رہے تھے لیکن وہ رک نہیں رہی تھیں، جس کی وجہ سے بابا کا جنون بڑھتا جا رہا تھا۔ حمام دستے کا ڈنڈا، جھاڑو اور چمٹا، جو بھی بابا کے ہاتھ لگا، اس سے انہوں نے اماں کی خوب ٹھکائی کی۔ اماں نڈھال ہو کر فرش کے ایک کونے پر گری ہوئی تھیں۔ ان کے منہ سے تیز کراہیں اور سسکیاں نکل رہی تھی۔ وہ شدید غصے سے کچھ کہہ رہی تھیں، جو سمجھ نہیں آ رہا تھا۔ ان کی آواز زیادہ چلانے کی وجہ سے بیٹھ گئی تھی اور اس وقت شدید نفرت کے زیرِ اثر ایک بڑبڑاہٹ میں تبدیل ہو گئی تھی۔ کچھ دیر بعد ان کے پورا وجود لرزنے، کانپنے لگا اور وہ اپنے پیٹ پر ہاتھ دونوں ہاتھ رکھ کر بے طرح تڑپنے لگیں۔ ان کی منہ ایسی دل دوز چیخیں نکلنے لگیں کہ مجھے لگنے لگا کہ خدانخواستہ ان کی جان نکلنے والی ہے۔

بابا نے ان کی اس کیفیت کو اہمیت نہیں دی اور وہ کمرے کی تمام کھڑکیاں بند کرنے لگ گئے تاکہ کوئی محلے دار جھانک کر دیکھ نہ سکے۔ مَیں تنہا بلکتا اور سسکتا رہا۔ تھوڑی دیر بعد بابا غصے میں سر ہلاتے ہوئے گھر سے باہر چلے گئے۔ تب میں دھیرے دھیرے چلتا ہوا تخت کے قریب فرش پر، دوہری پڑی ہوئی اماں کے پاس پہنچا۔ مَیں نے بڑی مشکل سے ان کے سر کو اٹھانے کی کوشش کی۔ مَیں نے جب ان کے چہرے کی طرف غور سے دیکھا۔ وہ گہرا سیاہ لگ رہا تھا۔ ان کی آنکھیں گہری سرخ نظر ہو گئی تھیں۔ انہوں نے اپنی بے بسی اور لاچاری چھپانے کے لیے آنکھیں زور سے میچ لیں۔ وہ میری مدد بھی لینا نہیں چاہتی تھیں۔

میں فرش سے اٹھ کر، چارپائی پر لیٹنے کے لیے بہت اصرار کرنے لگا تو وہ کراہتی ہوئی ہولے سے اٹھنے لگیں۔ مَیں نے بڑھ کر ان کے ہاتھ تھام لیے، لیکن ان کے لیے کھڑا ہونا مشکل تھا۔ انہیں پیٹ میں شدید تکلیف ہو رہی تھی۔ وہ جھکی ہوئی حالت میں اٹھیں اور دو قدم چل کر اپنی چارپائی پر گر گئیں۔ مَیں ان کے سرہانے بیٹھ کر کچھ باتیں کر کے ان کا درد بانٹنے کی کوشش کرتا رہا لیکن وہ مجھے جواب دینے کے بجائے، اپنے پیٹ پر ہاتھ رکھے کراہتی رہیں۔ مجھے اس وقت کچھ اور سجھائی نہ دیا اور میں ان کے پائنتی بیٹھ کر ان کے پیر اور ٹانگیں دبانے لگا۔

رات ابھی زیادہ نہیں ڈھلی تھی۔ کھڑکیاں بند ہونے کے باوجود باہر گلی سے وقفے سے گزرتے اکا دکا راہ گیروں کے تیز اور سست رفتار قدموں کی آوازیں سنائی دے رہی تھیں۔ کمرے میں بلب کی زرد روشنی پھیلی تھی، جس میں کبھی کوئی پتنگا پھڑپھڑاتا ہوا دکھائی دے جاتا تو کبھی کوئی مکھی اڑتی نظر آ جاتی۔ میرے کانوں کے آس پاس منڈلاتے مچھر دھیمے سروں

میں بھنبھنا رہے تھے۔سو واٹ بلب سے پھیلنے والی روشنی کا ہالہ کمرے میں کچھ پراسرار سے سائے بنا رہا تھا۔ان میں سب سے عجیب تر سایہ میرا اور اماں کا تھا، جو اس وقت دیوار پر بن رہا تھا۔اماں ایک قبر کی طرح بالکل سیدھی پڑی نظر آ رہی تھیں اور میں ان کے پائینتی کسی سوگوار کی طرح سمٹا ہوا بیٹھا تھا۔مَیں نے کئی مرتبہ ان کا حال پوچھا مگر ہر بار وہ اپنا منہ پھیرے کراہتی رہیں۔ان کے چھوٹے نرم سے پیر دباتے دباتے مجھے شاید اونگھ سی آ گئی۔مَیں ان کے پیروں پر ہی اپنا سر دے کر سو رہا۔اس لیے مجھے بابا کے واپس آنے کی خبر نہ ہو سکی۔

اچانک کسی نے میرے کندھوں کو ہلایا تو مَیں نے چونک کر آنکھیں کھول دیں۔بابا کو نزدیک کھڑے دیکھ کر میں ڈر سا گیا لیکن انہیں پہچانتے ہی میرا ڈر ختم ہو گیا۔انہوں نے مجھے فوراً اپنی چارپائی پر جا کر سونے کے لیے کہا تو میں اماں کی کھاٹ سے اتر کر نیند میں ننگے پاؤں وہاں تک گیا اور اپنے بستر پر سونے کے لیے لیٹ گیا۔

بابا نے دو تین بار اماں کا نام لے کر انہیں مخاطب کیا۔ان کی طرف سے کوئی جواب نہ پا کر وہ انہیں جھنجھوڑنے لگے۔اس دوران پہلی بار اماں کی نحیف سی آواز سنائی دی۔وہ کراہتی ہوئی صرف اتنا کہہ پائیں۔ ’’تم نے اپنی یار کے چکر میں میرے ہونے والے بچے کو مار دیا۔وہ میرے اندر تڑپ تڑپ کر ختم ہو گیا۔اور اب میں بھی جا رہی ہوں۔اللہ وائی۔‘‘ ان کی بات سن کر بابا نے جو کچھ کہا وہ میری سمجھ میں نہ آ سکا، کیوں کہ میرے پپوٹے بہت بوجھل ہو کر خود بخود بند ہونے لگے تھے اور گہری نیند نے مجھے آ لیا تھا۔

صبح جاگنے کے بعد میری نظر کھڑکیوں کی طرف گئی تو انہیں بند پا کر مجھے رات والا واقعہ اپنی جزئیات کے ساتھ یاد آ گیا۔مَیں نے کروٹ لے کر پیچھے دیکھا تو اماں اپنی چارپائی پر تھیں، نہ بابا اپنے تخت پر۔دونوں میں سے کسی کو اپنی جگہ پر نہ پا کر میں پریشانی سے اٹھ بیٹھا۔مَیں نے پہلے باورچی خانے اور اس کے بعد غسل خانے میں جا کر جھانکا۔پھر پہلے زینے سے اتر کر نچلی منزل پر گیا تو گھر کا دروازہ کھلا ہوا دکھائی دیا۔اس کی کنڈی ہوا سے ہل رہی تھی اور گلی میں خاموشی تھی اور زمین پر بکھری گرد اور کچرا ہوا سے اڑتے ہوئے چکر کاٹ رہا تھا۔مَیں دروازہ بھیڑ کر اوپر آ گیا۔سب سے پہلے مَیں نے چارپائیوں پر چڑھ کر ساری کھڑکیوں کے پٹ وا کر دیئے۔اس کے بعد میں بالائی زینے سے اوپر چھت تک بھی کر دیکھ کر آ گیا۔وہ کہیں بھی نہیں تھے۔

مجھے اسکول جانا تھا لیکن جو صورتِ حال مجھے درپیش تھی، وہ میرے لیے یکسر ناقابلِ فہم تھی۔ان حالات میں اسکول جانے کا سوچا بھی نہ جا سکتا تھا۔دنیا میں اچانک تنہا اور بے آسرا رہ جانے کے خیال نے میرے اندر کروٹ لی اور ایک آسیب کی صورت میرے دل و دماغ پر پھیلتا چلا گیا۔

اسی دوران کسی کے سیڑھیاں چڑھنے کی آواز نے مجھے اپنی طرف متوجہ کر لیا۔مَیں چارپائی سے اٹھ کر نچلے زینے کی طرف بھاگا تو بابا کو دیکھ کر مجھ میں جان سی آ گئی۔وہ مجھے دیکھ کر مسکرائے اور انہوں نے میرا ہاتھ مضبوطی سے پکڑ لیا۔مَیں ان سے اماں کے بارے میں پوچھنے لگ گیا۔

انہوں نے بتایا کہ رات ان کی طبیعت زیادہ خراب ہوگئی تھی، اس لیے وہ انہیں صبح سویرے کوئی سواری نہ ہونے کی وجہ سے اپنے ہاتھوں میں اٹھاکر ڈاکٹر کے پاس لے گئے، کیوں کہ اماں کے لیے ایک قدم چلنا بھی محال ہوگیا تھا۔ وہ اس وقت عقیلی محلے میں واقع ڈاکٹر عقیلی کے ہسپتال میں موجود تھیں اور ان کا علاج چل رہا تھا۔ بابا کی طرف سے یہ سننے کے بعد میں اماں سے ملنے کے لیے مچلنے لگا اور بابا سے ضد کرنے لگا کہ وہ مجھے اسی لمحے ان کے پاس لے جائیں۔ بابا نے مجھ سے وعدہ کیا کہ تھوڑی دیر بعد وہ مجھے اپنے ساتھ لے جائیں گے۔ یہ سنتے ہی مَیں نے غسل خانے میں جاکر اپنا منہ صابن سے دھویا اور دانت بھی صاف کیے۔ اس کے بعد ایک گندے کپڑے سے اپنی چپل صاف کرکے ان کے ساتھ چلنے کے لیے تیار ہوگیا جب کہ بابا ابھی چلنے کے لیے تیار نہ تھے۔ وہ اپنے تخت پر نیم دراز کچھ سوچنے میں مصروف تھے۔ اس دوران انہوں نے دو سگریٹ پھونک ڈالے۔ پھر جاکر انہوں نے اپنی چپل پہنی اور چلنے کے لیے اٹھ کھڑے ہوئے۔

زینے سے اترنے سے پہلے انہوں نے مجھ سے تالے کے بارے میں پوچھا۔ ان کے خیال میں خالی گھر کی حفاظت کے پیشِ نظر تالا لگاکر جانا ضروری تھا۔ مَیں نے اس کی تلاش میں آس پاس نظر دوڑائی تو مجھے باورچی خانے کے دروازے پر خاصی اوپر ایک کیل میں وہ اٹکا ہوا نظر آ گیا۔ میرے بتانے پر بابا نے اسے وہاں سے اتار کر اسے دیکھا تو اس کی چابی بھی اس کے اندر ہی موجود تھی۔ نچلے دروازے کے دونوں پٹ اچھی طرح بند کرنے کے بعد بابا نے اس کی چوکھٹ پر لگی ہوئی کنڈی پر تالا چڑھایا اور اس میں چابی گھمانے کے بعد اسے اپنی جیب میں رکھ لیا۔

ہم دونوں گلی میں چلنے لگے۔ کچھ آگے جاکر ایک دو محلے داروں سے آمنا سامنا ہوا تو انہوں نے بابا کی ڈھارس بندھانے کے لیے چند جملے کہے۔ بابا نے ہاتھ جوڑ کر ان کا شکریہ ادا کیا اور پھر ہم آگے بڑھ گئے۔ بیکری کے قریب سے گزرتے ہوئے بابا نے مجھے بتایا کہ وہ دبیر مسجد سے کچھ آگے جاکر کھڑے ہوجائیں گے اور انتظار کریں گے جب کہ مجھے گوالوں کے پاڑے میں جاکر حسینہ کو بلاکر لانا ہوگا۔ مَیں یہ سنتے ہی گوالوں کے مکانوں کی طرف چل دیا۔

دبیر مسجد کے عین سامنے بنی ہوئی ڈھینگر اور خار دار کانٹوں کی طویل باڑ کے ساتھ ہی ایک کچا راستہ اندر جاتا تھا۔ صبح اور شام دو وقت گوالوں کی گائے، بھینسیں اور بکریاں اسی راستے سے نکل کر شاہ جہانی مسجد کی بیرونی دیوار کے ساتھ چلتی سڑک کے پار واقع پیلُوں کے جنگل میں نکل جاتی تھیں۔ ان کی آمد و رفت کی وجہ سے یہ راستہ گوبر کا ہم رنگ نظر آرہا تھا۔ اندر داخل ہوتے ہی ہمیشہ کی طرح مویشیوں کے پیشاب اور گوبر کی تیز بدبو ناک اور منہ سے اندر داخل ہوئی۔ کچھ آگے جاتے ہی گوالوں کے مکان قطار میں بنے ہوئے تھے اور ان کے سامنے ہی صحن میں ہر ایک کے اپنے اپنے مویشی بندھے ہوئے تھے۔ سب گوالے مویشیوں کو ان کی چراگاہ کی طرف لے جانے کے لیے تیار کرنے میں مصروف تھے۔ اس لیے میری طرف کوئی متوجہ نہ ہوا۔ گوالوں کے مکانوں کے آخری کونے میں واقع ایک کمرے پر مشتمل گھر میں حسینہ اپنے یتیم بیٹے کے ساتھ رہتی تھی۔

وہ اس وقت ہینڈ پمپ کے نیچے اپنے ننگ دھڑنگ دو سالہ بیٹے کو بٹھا کر نہلانے میں مصروف تھی۔ اس نے مجھے دیکھتے

ہی ہینڈ پمپ کا دستا اپنے ہاتھ سے چھوڑ دیا اور میری طرف متوجہ ہو کر تیز تیز قدم اٹھاتی ہوئی میرے پاس آ گئی۔ مَیں نے ذرا سا جھینپتے ہوئے جلدی جلدی اسے بابا کا پیغام سنایا اور بتایا کہ وہ دبیر مسجد کے پاس اس کا انتظار کر رہے ہیں۔ اس دوران اس کا بیٹا اپنی لُلی کے ساتھ کھیلتے ہوئے بار بار ہماری طرف دیکھتا رہا۔ بات کر کے مَیں نے غور سے اس کے بیٹے کی پھنود یکھی تو وہ ابھی تک نہیں کٹوائی گئی تھی۔

بابا کا ذکر سنتے ہی حسینہ کے چہرے پر خوشی کی چمک سی آ گئی۔ اس نے مجھے کچھ دیر رکنے کے لیے کہا اور خود جاکر ایک عورت سے بات کرنے لگی۔ اس کی بات سن کر وہ عورت سر ہلاتی، اس کے ساتھ چلتی ہوئی ہینڈ پمپ کے پاس آ کھڑی ہوئی اور اس کے بچے کو نہلانے لگی۔ حسینہ اپنے دوپٹے سے ہاتھ پونچھتی ہوئی میرے قریب آئی اور مجھے ساتھ چلنے کے لیے کہا۔ جب میں اس کے ساتھ چلتا گوالوں کے مکانوں کے آگے سے گزر رہا تھا تو مَیں نے مرد و زن کی بہت سی آنکھیں اپنی طرف اٹھتے ہوئے دیکھیں۔ آنکھوں کا اس طرح اٹھنا کچھ خلافِ معمول لگ رہا تھا۔ عمر کے اُس حصے میں ان نگاہوں کو پڑھنا میرے لیے آسان نہ تھا۔

ہمیں آتے دیکھ کر بابا فوراً ہمارے قریب آ گئے۔ حسینہ نے اس طرح بلائے جانے کا مطلب پوچھا تو انہوں نے مختصر الفاظ میں اسے اماں کی حالت اور اپنی پریشانی کے بارے میں بتایا۔ ’’ گھر میں کھانے پکانے والا کوئی نہیں۔ ادھر بیوی کو بھی کھانا چاہیے۔ مجھے اور میرے بیٹے کو بھی۔ ‘‘ یہ سن کر حسینہ نے اثبات میں سر ہلا دیا۔ بابا نے جیب سے گھر سے چابی نکالتے ہوئے اس کی طرف بڑھائی اور اس سے درخواست کی کہ جب تک ان کی بیوی ہسپتال سے واپس نہیں آ جاتی تب تک گھر کے سارے کام کاج اسے کرنے ہوں گے۔ حسینہ نے اماں کی صحت کے بارے میں تاسف کا اظہار کرتے ہوئے گھر کی چابی ہاتھ میں لے لی۔ بابا نے اپنی جیب سے پچاس روپے کا ایک نوٹ نکال کر اسے دیا تو اس نے محتاط نظروں سے آس پاس دیکھتے ہوئے وہ نوٹ بھی لے لیا۔ جاتے جاتے کہنے لگی کہ تھوڑی دیر میں ایک دو ضروری کام نمٹانے کے بعد وہ ہمارے گھر چلی جائے گی۔ اس کی یہ بات سن کر بابا نے تائید میں اپنا سر ہلایا اور ہم دبیر مسجد سے عقیلی محلے کی جانب چلنے لگے۔

عقیلی محلہ یوں تو خاصا پھیلا ہوا تھا لیکن ڈاکٹر عقیلی کا گھر اور ان کا ہسپتال ایک طویل اور تنگ لیکن سایہ دار گلی میں ایک دوسرے کے آمنے سامنے واقع تھے۔ ہم اس گلی میں داخل ہوئے تو ایک تیز بو ہمارے نتھنوں میں داخل ہوئی۔ ہسپتال اور گھر کے ساتھ بہنے والی دونوں بدروؤں میں ہسپتال کا فضلہ پڑا سڑ رہا تھا۔ ان میں سرنجیں، ڈرپیں، خالی شیشیاں اور نجانے کیا کیا نالیوں میں بھرا ہوا تھا۔

ہم باپ اور بیٹا اپنی ناک پر ہاتھ رکھتے ہوئے اس ہسپتال میں داخل ہوئے، جو چار یا پانچ کمروں پر مشتمل تھا۔ ہم جب ہسپتال کے استقبالیہ کمرے میں داخل ہوئے تو وہاں اتنا گہرا سایہ تھا کہ چند لمحوں کے لیے ہماری آنکھوں کو کچھ سجھائی نہ دیا۔ ایک دو ثانیوں کے بعد جب ہم اس سایہ دار جگہ کو دیکھنے کے قابل ہوئے تو وہاں ایک میز اور چند کرسیاں پڑی ہوئی دکھائی دیں۔ دیواروں پر ادویات بنانے والی کمپنیوں کے اشتہار چسپاں تھے۔ ایک بڑی عمر کا لڑکا کرسی پر ٹانگیں چڑھائے

بیٹھا ہوا تھا۔ اس نے بابا کو دیکھتے ہی سر ہلا کر ان سے علیک سلیک کی۔ بابا وہاں رکے بغیر آگے بڑھ گئے اور میں ان کے پیچھے چلتا ہوا اس کمرے تک پہنچا جہاں میری اماں ایک چارپائی پر سمٹی ہوئی موجود تھیں۔ وہ کمرا کشادہ نہیں تھا۔ اس کی دیواروں پر سفیدی کی ہوئی تھی۔ چھت کے ایک کونے پر ہوادان بنا ہوا تھا، جہاں سے تازہ ہوا کے جھونکوں کے ساتھ روشنی بھی کمرے میں آ رہی تھی۔

جس چارپائی پر اماں پڑی تھیں، اس کے ساتھ کھڑے ایک اسٹینڈ پر ایک ڈرپ لگی ہوئی تھی، جس میں موجود محلول قطرہ قطرہ اس سے ملحق پلاسٹک کی نلی میں گرتا اور اس سے گزرتا اماں کے بدن میں جا رہا تھا۔ بابا نے اماں کے کاندھے پر ہاتھ رکھ کر انہیں اپنی آمد کی اطلاع دی تو انہوں نے کروٹ لے کر ہماری طرف دیکھا۔ مجھے دیکھتے ہی ان کے بے جان چہرے پر کچھ دیر کے لیے زندگی کی ایک لہر نظر آئی، جو ان کے مجھ سے ہاتھ ملانے کے بعد اچانک کسی اندرونی احساس کے زیرِ اثر غائب ہو گئی۔ مَیں حیرت سے ان کا چہرہ تکتا رہا۔ وہ غم زدہ اور نڈھال لگ رہی تھیں۔

ایک ادھیڑ عمر کی مڈوائف کمرے میں آئی اور بابا کو اپنے ساتھ لے کر چلی گئی۔ مَیں اور اماں اس کمرے میں تنہا رہ گئے۔ انہوں نے مجھے چپل اتار کر چارپائی پر بیٹھنے کے لیے کہا تو مَیں نے فوراً ان کے حکم کی تعمیل کی۔ وہ اداس نظروں سے کچھ دیر مجھے تکتی رہیں پھر انہوں نے اپنا رخ دوسری طرف پھیر لیا۔ مَیں ان کے کمزور جسم کو دیکھ کر حیران ہو رہا تھا کیوں کہ کل تک مجھے ان کا بدن پھولا پھولا اور بڑا سا دکھائی دے رہا تھا لیکن اب اچانک اسے کیا ہو گیا تھا؟ وہ اتنا لاغر کیسے ہو گیا؟ مَیں ان کے قدرے بڑے بڑے پیروں کو غور سے دیکھنے لگا، جن کے تلووں پر زردی پھیلی ہوئی تھی۔ ان کی ایڑیوں پر ننھی ننھی سی دراڑیں نمایاں نظر آ رہی تھیں۔

کچھ دیر کے بعد بابا کمرے میں لوٹ آئے۔ اماں نے ان سے بس اتنا ہی پوچھا کہ وہ ہسپتال سے گھر واپس کب تک جائیں گی۔ بابا نے جواباً کہا کہ انہیں شام تک یہیں پر رہنا ہو گا، اس کے بعد چھٹی ملے گی۔ چند لمحوں بعد بابا ہمارے لیے کھانا لانے کے لیے ایک بار پھر باہر چلے گئے۔

کمرے میں وافر ہوا ہونے کی وجہ سے مجھے ہلکی سی خنکی محسوس ہونے لگی۔ یہ خنکی اتنی خوش گوار تھی کہ تھوڑی ہی دیر میں جماہیوں سے میرا منہ بار بار کھلنے لگا۔ اماں کے پائینتی پڑے پڑے مجھے نیند آنے لگی اور میں وہیں پر سو گیا۔

خاصا وقت گزرنے کے بعد جب مجھے جگایا گیا تو چند لمحوں تک سمجھ نہیں آئی کہ مَیں کہاں پر ہوں؟ مجھے یہ پتا چلنے میں تھوڑی دیر لگی۔ مَیں اٹھا تو مَیں نے دیکھا کہ اماں اٹھ کر بیٹھی ہوئی کھانا کھا رہی تھیں، جو بابا گھر سے ٹفن بکس میں لائے تھے۔ بابا چارپائی کے ایک کنارے پر ٹکے ہوئے ان کے ساتھ کھانے میں شریک تھے۔ مَیں نے بھی اپنی آنکھیں مل کر نوالہ لینے کے لیے روٹی کی طرف اپنا ہاتھ بڑھا دیا۔ کھانا کھاتے ہوئے معاً مجھے خیال آیا کہ اگر اس وقت اماں کو پتا چل جائے کہ وہ جو کھانا کھا رہی تھیں، وہ حسینہ کے ہاتھوں کا بنا ہوا تھا، تو ان کا ردِّ عمل کیا ہو گا؟ انہیں ہسپتال تک پہنچانے میں اسی کا ہاتھ تھا لیکن میرے ذہن میں یہ خیال آ کر گزر گیا اور میں سلیقے سے کٹے اور تلے ہوئے آلو کھاتے ہوئے حسینہ کے

ہاتھوں کے ذائقے کی داد دینے لگا۔

کھانے سے فارغ ہونے کے بعد بابا نے ٹفن بکس کو سمیٹ کر بند کر دیا اور اسے اماں کے سرہانے رکھ دیا۔ مڈ وائف آئی اور اس نے اماں کی کلائی پر لگی ہوئی ڈرپ کی سرنج نکالی اور اسپرٹ میں لپٹا ہوا روئی کا ایک پھاہا کلائی پر چھوڑ دیا۔ اماں نے اسے دیر تک اسی جگہ پر دبائے رکھا۔ بابا نے مجھے دو روپے دیتے ہوئے باہر جا کر قلفی یا کوئی اور مزے کی شے کھانے کی اجازت دی تو میں تھوڑی دیر کے لیے ہسپتال سے باہر نکل گیا۔

5

بابا صبح سویرے اماں کو اپنے بازوؤں میں اٹھا کر ہسپتال لائے تھے لیکن مغرب سے پہلے جب ہم وہاں سے نکلنے لگے تو بابا نے ایک بار پھر انہیں اپنے بازوؤں میں اٹھا کر گھر تک لے جانے کی پیش کش کی، جسے انہوں نے اپنا سر ہلا کر جھٹک دیا۔ صبح سے اب تک مَیں نے سارا وقت ہسپتال میں ان دونوں کے ساتھ گزارا تھا لیکن اس دوران اماں کو بابا سے کوئی بات کرتے نہیں دیکھا تھا۔ بابا ہر کچھ دیر بعد کوئی نہ کوئی بات کہتے رہے لیکن اماں نے ان کی کسی بات کا جواب دینا ضروری نہیں سمجھا۔ وہ ان سے نظریں ملانے سے بھی گریز کر رہی تھیں۔ اس لیے ہسپتال والی گلی میں وہ بابا کے بجائے میرے کندھے پر ہاتھ رکھ کر دھیرے دھیرے قدم اٹھا رہی تھیں۔

پورا راستہ اوبڑ کھابڑ تھا۔ ناہموار زمین پر کہیں کسی پتھر کی نوک ابھری تھی، کہیں کسی اینٹ کا سرا یا اس کا کوئی روڑا اچانک پیروں سے ٹکراتا تھا۔ کہیں کوئی بدرو منہ کھولے ہوئے تھی تو کہیں اس سے امڈ کر باہر آنے والا پانی کھڑا تھا۔ آسمان پر روشنی ہولے ہولے کم ہوتی جا رہی تھی۔ کوئی پرندہ اپنے گھونسلے کی طرف جاتا ہوا بھی دکھائی نہیں دیتا تھا۔ گرد و پیش کے سارے گھروں میں بلب روشن ہو چکے تھے۔ گلیوں میں اکادکا کھمبوں پر ہی کوئی بلب جلتا ہوا نظر آتا تھا۔ گلیوں میں نیچی پروازیں کرنے والے چمگادڑ ظاہر ہونا شروع ہو گئے تھے اور مجھے ان سے بہت ڈر لگتا تھا۔ مَیں نے سن رکھا تھا کہ وہ انسانی کانوں سے چپک جاتے تھے اور سارا خون پی جاتے تھے۔ اس لیے میں بار بار محتاط نظروں سے آگے اور پیچھے دیکھتا ہوا چل رہا تھا۔

اماں کے لیے چلنا ازحد دشوار ہو رہا تھا۔ چند قدم اٹھانے کے بعد وہ کچھ دیر سستانے کے لیے رک جاتیں تو مجھے بھی ان کے ساتھ رکنا پڑ جاتا۔ بابا جو ہم سے آگے آگے چل رہے تھے، ہمیں دیکھ کر وہ بھی ٹھیر جاتے۔ گلیوں میں تیز ہوا مٹی اڑاتی اور مکانوں کے در و دیوار سے اپنا سر ٹکراتی پھرتی تھی۔ ہوا اس قدر تیز تھی کہ چلتے ہوئے دو بار میرے قدم ڈگمگا گئے اور مَیں نے خود کو گرنے سے بچایا۔ بابا کسی بھی موقع پر ہمارے پاس یا برابر نہیں آئے، وہ فاصلہ رکھتے ہوئے بس آگے ہی آگے چل رہے تھے۔ اسی لیے وہ گھر والی گلی میں ہم سے پہلے پہنچ گئے اور ہم ابھی بہ مشکل پیچھے دبیر مسجد کے پاس پہنچے تھے۔ وہاں سے اچانک مَیں نے دیکھا تو بہت آگے بابا رک کر کسی سے باتیں کرتے ہوئے نظر آئے۔ دور سے مَیں نے بابا کا سایہ تو پہچان لیا لیکن ان کے ساتھ کھڑا دوسرا سایہ نہ پہچان سکا۔ اس نے کوئی چیز بابا کے ہاتھ میں تھمائی اور پھر وہ ہماری

طرف آنے لگا۔ جب وہ ہمارے قریب سے گزری تو نیم تاریکی میں اس کی ہلکی چھب سے مَیں نے اسے پہچان لیا۔ اسی لمحے مَیں نے اماں کی طرف دیکھا تو وہ اپنے ہی حال میں گم نظر آئیں۔ آہیں بھرتی ہوئی اور کسی اندرونی تکلیف سے کراہتی ہوئی اور دِقت کے ساتھ خود کو سنبھال کر قدم اٹھاتی ہوئی۔

گھر پہنچتے ہی وہ اپنی چارپائی پر ڈھے گئیں۔ کچھ دیر بعد مجھے ان کی تیز سسکیاں سنائی دیں تو مَیں نے حیرت سے بابا کی طرف دیکھا۔ وہ میری حیرت نظر انداز کرتے اپنے تخت پر بیٹھ گئے اور جیب سے سگریٹ نکال کر اسے دیاسلائی سے سلگا کر کش لینے لگے۔ مَیں نے اماں کے نزدیک ہو کر ان کے کان میں سرگوشی سے پوچھا کہ آپ کیوں رو رہی ہیں؟ تب اچانک نجانے کیوں ان کے رونے کی آواز کچھ اور تیز ہو گئی۔ اسی بیچ ان کے منہ سے دل دوز لہجے میں یہ جملہ نکلا: ''تمہارا بھائی دنیا میں آنے سے پہلے ہی اللہ کو پیارا ہو گیا۔''

جب اماں نے مجھے یہ بات بتائی تو میں کچھ دیر تک چھوٹے بھائی کے بارے میں سوچنے لگ گیا۔ میرے دل میں یہ خواہش موجود تھی کہ میرا ایک چھوٹا بھائی ہونا چاہیے۔ مَیں جس کے ساتھ کھیل سکتا، بات چیت کر سکتا۔ اسے بازوؤں میں اٹھا کر گھوم پھر سکتا۔ اسے ہنسا سکتا اور رلا سکتا۔ لیکن اب، اس حال میں جس میں کہ اب میں ہوں، مَیں شکر بجالاتا ہوں کہ وہ دنیا میں اپنی پہلی سانس لینے سے پہلے ہی چلا گیا۔ وہ مجھے اپنے آپ سے زیادہ ذہین معلوم ہوتا ہے۔ مَیں نے دنیا میں اتنا سارا جی لینے کے بعد کون سی کمائی کر لی، جو وہ کر لیتا۔

اگلی صبح اماں اور بابا کی بلند آہنگ آوازوں کے شور سے مَیں اپنی چارپائی پر آنکھیں ملتا ہوا اٹھ کر بیٹھ گیا۔ اماں اپنی چارپائی پر اپنی کمر پکڑے بیٹھی ہوئی تھیں، جب کہ بابا اپنے تخت پر براجمان تھے۔ بابا کے تیور دیکھ کر لگ رہا تھا کہ وہ کوئی فیصلہ کن بات کہنے والے ہیں۔ مجھے جاگتے ہوئے دیکھ کر وہ رکے نہیں بلکہ دھڑلے سے کہنے لگے۔ ''تو میری زال اور منکوحہ ہے۔ تیرے سامنے اعتراف کرنے میں کوئی حرج نہیں۔ میرا بیٹا بھی سن رہا ہے تو بے شک سن لے!۔ میں تیرے بغیر تو رہ سکتا ہوں لیکن اس کے بغیر، نہیں۔ اگر میں چاہوں تو تجھے گھر سے نکال کر یا نکالے بغیر ہی، اس سے نکاح کر کے اسے یہاں لے کر آجاؤں۔ اگر میں یہ کروں تو کوئی میرا کیا بگاڑ سکتا ہے۔ تو کیا کر سکتی ہے، بتا؟''

نقاہت اور کمزوری کی وجہ سے اماں ان کا مقابلہ کرنے سے قاصر تھیں۔ وہ انہیں یاد دلانے کی کوشش کرتی رہیں کہ کس طرح بابا کے چاچا نے ان کے والد کے پاس جا کر ان کی منت سماجت کر کے ان کا رشتہ مانگا تھا۔ یہ سن کر بابا نے فوراً کہا۔ ''تیرا باپ بھی میرا کچھ نہیں بگاڑ سکتا۔ اور نہ کوئی تیرا رشتے دار میرا کچھ اکھاڑ سکتا ہے، سمجھی۔ لیکن پھر بھی میں تجھے طلاق نہیں دے رہا۔ تین لفظ ہی تو ہیں۔ دے سکتا ہوں لیکن نہیں۔ اور نہ تجھے اپنے گھر سے نکال رہا ہوں۔ صرف یہ چاہتا ہوں کہ وہ جب یہاں آئے تو تُو اپنے کان اور آنکھیں بند کر لیا کر، اگر وہ تجھے اتنی ہی زہر لگتی ہے۔ سمجھی۔''

اماں نے سر ہلا کر انکار کیا۔ اس کی وجہ سے ان کا حمل ضائع ہوا تھا۔ اس وقت وہ جس اذیت سے دوچار تھیں، وہ بابا اور اس کی ہی دی ہوئی تھی۔ اس کے باوجود وہ دھونس دھمکی پر اترے ہوئے تھے اور کھل کر بدمعاشی دکھا رہے تھے۔ انہیں

اپنی بہتر معاشی حالت اور اپنے جسم میں چھپی طاقت پر گھمنڈ تھا اور وہ اس وقت جس کا ننگا اظہار کر رہے تھے۔ وہ اماں کی ہر دلیل روندتے جا رہے تھے۔ اپنی کسی چھپی ہوئی خواہش کے گھوڑے پر سوار بگٹٹ دوڑے جا رہے تھے۔ اماں اپنی موجودہ صورتِ حال میں ان کا مقابلہ نہیں کر سکتی تھیں، اس لیے وہ ان کی اندھی خواہش کے گھوڑے کے سُموں تلے آ کر بری طرح روندی جا رہی تھیں، کچلی جا رہی تھیں۔ ان کے سب جذبات، احساسات، خیالات، ان کا مان سمان اور سب ارمان بری طرح مسلے جا رہے تھے۔ ان شدید ترین لمحوں میں بھی، مَیں اپنی اماں کے وجود میں ہونے والی ٹوٹ پھوٹ کو محسوس تک نہ کر سکا، ان کی ڈھارس نہ بندھا سکا اور ان سے تسلی کا ایک حرف نہ کہہ سکا۔

شاید یہ میری عمر کا وہی زمانہ تھا، جب میرے اندر اماں کی ظلم اور اذیت سہنے کی عادت کے خلاف ایک عناد پیدا ہونا شروع ہو گیا تھا۔ مَیں یہ چاہتا تھا کہ وہ بابا کی بچھائی ہوئی بساط الٹ کر رکھ دیں، اپنے حالات کے دھارے کو پلٹ کر رکھ دیں لیکن وہ ہر بار رو دھو کر اپنے حالات کے ساتھ ایک نیا سمجھوتا کر لیتی تھیں۔ بابا کی زیادتیوں اور ستم ظریفیوں کے باوجود میرے دل میں اماں کے لیے کوئی ہمدردی پیدا نہیں ہو سکی۔ میرے ذہن میں ایک بھی ایسی یاد محفوظ نہیں ہے کہ مَیں نے اپنی ماں کے غم کو بانٹنے کی کوئی حقیقی کوشش کی ہو اور کبھی ان کی ہمت بندھانے کے لیے کوئی جملہ کہا ہو۔ مجھے اماں کے دکھوں کے کوہِ گراں کے سامنے اپنی ہر بات مہمل، لغو اور بے معنی لگتی تھی۔ ان کے غموں کی سرحد میری اس عمر کی کیفیت کی حدوں سے بہت دور کہیں واقع تھی۔ جس کی تلخ ہواؤں اور گرم موسموں کو محسوس کرنا، تب شاید میرے بس میں ہی نہ تھا۔

اب سوچتا ہوں تو لگتا ہے کہ اماں اپنی زندگی کے کسی دور میں حسین عورت نہیں رہی تھیں۔ ان کی قامت اٹھتے اٹھتے اچانک دب کر رہ گئی تھی اور ان کے جسم کی ہڈیوں پر زندگی بھر گوشت کبھی نہ چڑھ سکا۔ اس کی وجہ کم کھانے کی عادت ہرگز نہیں تھی کیوں کہ وہ کھانا ڈٹ کر کھاتی تھیں اور بہت زیادہ کھاتی تھیں۔ بابا جب کبھی مرغی، مچھلی، بکری یا گائے کا گوشت لاتے تھے تو اچھی اچھی بوٹیاں اماں اپنے لیے الگ کر لیتی تھیں جس کی وجہ سے اکثر بابا سے اور مجھ سے ان کی لڑائی ہوتی تھی۔ غریب اور پس ماندہ خاندان سے تعلق کی بنا پر وہ اپنی پرانی عادتیں چھوڑ نہیں سکی تھیں۔ اب بھی وہ اکثر چائے کے برتن کی تہہ میں بچ جانے والی پتی چھپ کر کھا لیا کرتی تھیں۔ انہیں دو چیزوں کی لت پڑی ہوئی تھی۔ ایک اپنی ناک میں ناس ڈالنے اور دوسری ہونٹوں کے پیچھے نسوار دبانے کی عادت۔ ان کی پیشانی اور گالوں پر چند گہری لکیریں تھیں۔ بابا کے بقول یہ لکیریں شادی کے وقت بھی اسی طرح موجود تھیں اور عمر گزرنے کے باوجود ان میں کوئی تبدیلی واقع نہیں ہوئی تھیں۔ ان کے ہونٹوں کے پیچھے ایک دانت ٹوٹا ہوا تھا اور بقیہ دانت انتہائی میلے کچیلے رہتے تھے، جنہیں صاف کرنے کے بارے میں انہوں نے کبھی نہیں سوچا تھا۔

گھر کی چیزوں کو سنبھالنے اور ترتیب سے رکھنے کا سلیقہ انہیں کبھی نہیں آ سکا۔ لوہے کی مضبوط الماری کے ہوتے ہوئے وہ روزمرہ کے خرچ کے لیے ملنے والے روپے اپنے دوپٹے کی چُوک (گرہ) سے باندھتی تھیں اور اکثر بھول کر اسی دوپٹے کو دھو بھی ڈالتی تھیں اور پیسوں کی ضرورت پڑنے پر اسے کپڑوں کے ڈھیر میں ڈھونڈتی پھرتی تھیں۔ دو مزید جگہوں کو

بھی کبھی کبھار وہ اس مقصد کے لیے استعمال کرتی تھیں۔ مجھے شروع سے بہت کم جیب خرچ ملتا تھا لیکن پیسے چھپانے کے لیے ان کی محفوظ جگہوں کا پتہ چلنا میرے لیے بہت فائدہ مند رہتا تھا۔ مجھے جب روپوں کی ضرورت ہوتی تو میں ان کے سوتے ہوئے ان کے دوپٹے کی چُوک کھول کر پیسے نکال لیتا تھا اور انہیں پتا نہیں چلتا تھا۔ زمین پر گرے ہوئے روپے بھی ہمیشہ مجھے ہی ملتے اور میں ان کے بارے میں اماں کو کبھی نہیں بتاتا تھا۔

بابا نے دیوار پر ایک بہت بڑا آئینہ لگایا ہوا تھا، جس پر کنگھی پاؤڈر، اور دوسری چیزیں رکھنے کی جگہ بنی ہوئی تھی لیکن اماں اس آئینے کو کبھی کبھار ہی استعمال کرتی تھیں۔ وہ ہمیشہ باورچی خانے کے روشن دان سے آتی دھوپ میں چوکی پر بیٹھ کر اپنے بال بنایا کرتی تھیں۔ وہاں انہوں نے تین چار کونوں والا ٹوٹا ہوا آئینہ رکھ چھوڑا تھا وہ جس میں اپنا چہرہ دیکھ کر بعض اوقات پاؤڈر اور کریم وغیرہ لگا لیا کرتی تھیں۔ اکثر کھانا کھاتے ہوئے سالن کی پلیٹ سے لمبے لمبے بال نکلتے تھے، جنہیں دیکھ کر بابا ان پر گالیوں کی بوچھاڑ کر دیتے تھے۔ گھر کے میلے کچیلے کپڑے غسل خانے کے بجائے باورچی خانے میں پڑے رہتے تھے۔ اب میں سوچتا ہوں کہ اگر حسینہ کام کاج کے بہانے سے ہمارے ہاں نہ آتی تو ہمارے گھر کا نقشہ کباڑ خانے سے مختلف نہ ہوتا۔

اماں کبھی اپنے آپ کو اپنے شوہر کے لیے پُرکشش نہیں بنا سکیں۔ ڈھنگ کے کپڑے خرید کر پہننا اور بننا سنورنا انہیں بالکل نہیں آتا تھا۔ وہ اپنے سر میں کڑوا تیل استعمال کرتی تھیں جس سے ہر وقت ان کے سر کے بال چپڑے رہتے اور ان سے تیل کی ناگوار سی بُو آتی رہتی۔ وہ ٹوتھ پیسٹ کے بجائے دنداسے کی مدد سے دانت صاف کرتی تھیں، اسی لیے ان کے ہونٹوں پر ہر وقت گہرا کتھئی رنگ چپکا رہتا تھا۔

اماں کو اپنے پھوہڑپن اور اپنی بدصورتی کا کبھی احساس نہیں ہو سکا۔ جب میں دو تین سال کا تھا تب بابا اپنے کسی دوست سے تصویر کھینچنے کے لیے کیمرا مانگ کر لائے اور انہوں نے اماں کی کچھ تصویریں کھینچیں مگر ان کی کوئی تصویر اچھی نہیں آ سکی تو وہ اس پر بابا سے شدید ناراض ہو گئی تھیں کہ انہوں نے جان بوجھ کر ان کی تصویریں خراب کھینچی تھیں۔ میرے خیال میں ان دونوں کے بیچ زندگی بھر محبت کے بجائے مجبوری کا رشتہ قائم رہا۔ ایسا رشتہ جسے توڑنا یا ختم کرنا دونوں فریقوں کے نزدیک عظیم گناہ کے برابر تھا۔ ہاں البتہ بابا اس ڈوری کے ایک سرے کو ہاتھ میں پکڑ کر چوری چھپے ہر قسم کا چھوٹا موٹا گناہ جائز سمجھتے تھے۔

شاید کوئی دن ایسا گزرتا ہو، جب وہ اپنے آپ پر ہونے والی زیادتیوں کی گنتی ایک دوسرے کو یاد نہ کرواتے ہوں۔ ان کے جھگڑوں کا اختتام ہمیشہ بابا کی چیخ و پکار اور اماں کی بے کار سسکیوں پر ہوتا تھا۔ ان کے درمیان باقاعدہ صلح کبھی نہیں ہوتی تھی۔ شاید وہ جانتے تھے کہ پوری زندگی ایک ساتھ گزارتے ہوئے اختلافات اور تلخیوں سے مفر نہیں تھا، اسی لیے آدھ پون گھنٹے کی خاموش ناراضی کے بعد وہ ایک دوسرے سے معمول کی باتیں کرنے لگتے تھے، جیسے کچھ ہوا ہی نہیں تھا۔

ہسپتال سے آنے کے بعد اماں کی طبیعت ٹھیک نہیں تھی۔ پہلی صبح بابا نے خود چائے بنا کر انہیں پلائی تھی لیکن ان سے

جھگڑنے کے بعد وہ ناشتہ کیے بغیر دکان پر چلے گئے تھے۔ اماں اپنی چارپائی پر منہ موڑے پڑی تھیں۔ مَیں کچھ دیر ان کے اٹھنے کا انتظار کرتا رہا پھر مَیں نے خود ہی باورچی خانے جاکر دیگچی میں بچی ہوئی چائے گرم کرنی شروع کر دی۔ اماں کی طبیعت کی خرابی کی وجہ سے بابا نے مجھے اسکول جانے کی تاکید نہیں کی تھی، اس لیے وہ بھی چھٹی کا دن تھا۔ چائے پیتے ہوئے میری نظر برتنوں والی الماری کے اوپر رکھے آٹے کے تھال پر چلی گئی، جو ایک رکابی سے ڈھکا ہوا تھا۔ مَیں چائے کا پیالہ ہاتھ میں لیے ہوئے اٹھا اور رکابی ہٹا کر تھال دیکھا تو وافر مقدار میں گندھا ہوا آٹا پڑا ہوا نظر آیا۔ مجھے فوراً خیال آیا کہ کل حسینہ گوندھ کر چلی گئی ہوگی، تاکہ اماں کو روٹی پکانے میں دقت نہ ہو، لیکن اماں تو کل شام سے اپنی چارپائی سے نیچے ہی نہیں اتری تھیں۔ یہ سوچتے ہی مَیں نے چائے ختم کر کے پیالہ فرش پر رکھ دیا اور باورچی خانے سے نکل کر اماں کے سِرہانے جا بیٹھا اور ان سے روٹی پکانے کی فرمائش کرنے لگا۔ مَیں نے انہیں بتایا کہ حسینہ بہت سارا آٹا گوندھ کر گئی ہے۔ آپ کو صرف ایک روٹی پکانی ہے۔

اماں کا جسم واقعی کمزور ہو گیا تھا۔ انہیں چارپائی سے اتر کر کھڑا ہونے میں تھوڑی سی دقت ہوئی۔ کھڑی ہونے کے بعد انہوں نے پہلے غسل خانے جاکر اپنے منہ ہاتھ دھوئے۔ اس کے بعد باورچی خانے میں چلی گئی۔ آٹے کا بھرا ہوا تھال دیکھ کر انہیں غصہ آیا اور وہ بڑبڑا کر حسینہ کو کوسنے دینے لگیں۔ مَیں نے استفسار کیا کہ حسینہ نے زائد آٹا گوندھ کر اچھا کام کیا ہے۔ میرے منہ سے اس کی تعریف سنتے ہی وہ مجھے بھی برا بھلا کہنے لگیں۔

انہوں نے ایک روٹی بنا کر مجھے آم کے اچار کی دو پھانکیں ساتھ دے دیں۔ مَیں رکابی اٹھائے اپنی چارپائی پر چلا گیا اور مزے سے کھانے لگا۔ مجھے بھوک زیادہ لگ رہی تھی، اس لیے ایک روٹی ختم کرنے کے بعد ایک بار پھر اماں کے پاس گیا۔ وہاں چنگیر میں بہت سی روٹیاں دیکھ کر میں حیران ہوا۔ مَیں نے پوچھا کہ اتنی روٹیاں کس کے لیے بنا رہی ہیں۔ جس کا جواب انہوں نے یہ دیا۔ ''تیرے بابا کی یار کے لیے''۔ میں اپنے لیے ایک اور روٹی لے کر واپس چلا گیا لیکن جب تک اماں نے سارا آٹا گوندھ کر اس کی روٹیاں نہ بنا ڈالیں، انہیں چین نہیں پڑا۔

پیٹ بھرنے کے بعد میرے لیے گھر پر ٹک کر رہنا محال ہو رہا تھا لیکن اماں نے آٹا ختم کرنے کے بعد اپنی چارپائی پر دراز ہوتے ہی مجھے اپنی ٹانگیں دبانے کا حکم دیا۔ ان کی حکم عدولی کا نتیجہ ان کے غیظ و غضب اور گالیوں کی صورت برآمد ہونے کے ڈر سے مَیں ان کی ٹانگیں دبانے لگا۔ وہ سیدھی لیٹی تھیں، اس لیے ان کی سخت سخت ہڈیوں کو دبانا مجھے مشکل لگ رہا ہے۔ کچھ دیر میں ان سے دبوانے کی رشوت کے طور پر کچھ پیسے طلب کرنے لگا تو انہوں نے اپنے دوپٹے کی چُوک سے کھول کر مجھے ایک روپے کا نوٹ نکال کر دیا اور بقیہ نوٹوں کو واپس باندھ دیا۔

میں ایک روپیہ پاتے ہی انہیں بتا کر گھر سے نکل گیا اور بازار جانے والی طویل گلی کے راستے میں واقع حنیف میمن کی دکان سے مَیں نے میٹھی سپاری اور کچھ ٹافیاں خریدیں اور پھر اپنے محلے میں واپس آ گیا۔ یہاں مجھے شانی اور بالا مل گئے جو گلی ڈنڈا کھیل رہے تھے۔ مَیں بھی ضد کر کے ان کے ساتھ کھیل میں شامل ہو گیا۔ اسی دوران مَیں نے بابا کو خلاف توقع

گھر کی طرف جاتے ہوئے دیکھا تو نجانے کیوں میرا ماتھا ٹھنک کے رہ گیا تھا۔

میں دوستوں کے ساتھ کھیل میں مگن رہا۔ پہلے وہ دونوں میری پدی لگاتے رہے۔ اس کے کچھ ہی دیر بعد ڈنڈا میرے ہاتھ لگ گیا اور میں ان دونوں کی پدی لگانے لگا اور صرف دو ہی باریوں میں، مَیں نے گلی محلے کی مسجد سے آگے تک پہنچا دی۔ بالا اور شانی بری طرح جُز بُز ہو رہے تھے۔ انہیں وہاں سے ڈنڈار کھے جانے والی جگہ نظر ہی نہیں آ رہی تھی۔ انہوں نے گلی اٹھا کر تکے سے پھینکی تو وہ بجلی کے کھمبے سے لگ کر داہنی طرف دبیر مسجد جانے والی گلی میں جا پڑی۔ اب میرے پاس تین مزید باریاں آ گئی تھیں، مَیں چاہتا تو گلی کو تین باریوں میں شاہ جہانی مسجد کے قریب پہنچا سکتا تھا لیکن کھمبے کی وجہ سے وہ گلی کو محلے کی مسجد کے پاس سے دوبارہ پھینکنا چاہتے تھے اور میں اس کے لیے تیار نہ تھا۔ مَیں ان دونوں سے جھگڑا کرنے لگا۔ مجھے کھیلتے ہوئے وقت گزرنے کا احساس نہ ہوا اور سہ پہر آ گئی۔

اسی دوران ایک نکلتے ہوئے قد کی عورت اچانک میرے قریب سے گزری تو میں پہلی نظر میں اسے پہچان ہی نہ سکا۔ وہ میرے گھر کی طرف مڑی تو میں چونک کے رہ گیا اور اگلے لمحے میں کھیل اور دوستوں کو چھوڑ کر بھاگتا ہوا اس کے پیچھے ہو لیا۔ اس کے بدن سے دل فریب خوشبو نکل کر پھیل رہی تھی۔ اس کا لباس گلابی رنگ کا تھا اور اس کی کلائیوں میں چوڑیاں کھنک رہی تھیں۔ اس کے دوپٹے پر گوٹہ کناری لگی ہوئی تھی اور اس نے سنہری تلے والی گُل کاری کی چپل پہنی ہوئی تھی جو چلتے ہوئے ایک دل گداز آواز پیدا کر رہی تھی۔ جب مَیں نے لپ اسٹک سے رنگے ہوئے ہونٹوں اور اس کے تنے ہوئے سینے کے ابھار کو غور سے دیکھا تو مجھے پہچاننے میں دیر نہ لگی کہ وہ حسینہ تھی۔

وہ مجھے اپنے قریب دیکھ کر پراسراریت سے مسکراتے ہوئے بابا کے متعلق پوچھنے لگی تو میں اسے جواب دینے کے بجائے، ایک خوشی کے ساتھ اس کی آمد کی خبر اپنے بابا کو دینے کے لیے گھر کے اندر بھاگتا چلا گیا اور سیڑھیاں پھلانگتا، ہانپتا کانپتا ہوا تخت کے پاس جا کر رک گیا۔ مَیں نے انہیں بتایا کہ حسینہ دروازے پر ان کا انتظار کر رہی تھی۔

بابا خود چل کر دروازے تک گئے اور وہاں اس کے ساتھ بڑے تپاک سے ملے اور اس کے ساتھ زینہ چڑھتے ہوئے پہلی منزل والے کمرے میں آئے۔ اماں اپنے سر پر پٹی باندھے چارپائی پر دراز تھیں، وہ بھی پہلی نظر میں حسینہ کو نہیں پہچان سکی تھیں لیکن جب پہچان لیا تو انہوں نے مصافحے کے لیے اپنا روکھا سا ہاتھ آگے کر دیا۔ جب کہ وہ جھک کر تقریباً زبردستی اماں سے گلے ملی جب کہ اماں یکسر لاتعلقی سے سے پیش آئیں۔ وہ اماں کے پاس بیٹھ گئی اور ان کے ساتھ پیش آ چکے المیے کے حوالے سے تعزیت کرنے لگی۔ اماں نے اپنے نوزائیدہ کی ہلاکت کا سارا الزام حسینہ اور بابا کے سر پر لگایا۔ جسے سن کر بابا ڈھٹائی کے ساتھ ہنس کر کہنے لگے۔ ''عاشق اور معشوق کے بیچ آئے گی تو کچلی ہی جائے گی نا۔ کتنا سمجھایا ہے تجھے۔ شاید اب سمجھ گئی ہو گی؟'' یہ سن کر اماں اور زیادہ بڑبڑانے لگیں اور انہیں برا بھلا کہنے لگیں۔ بابا نے بلند لہجے سے ایک ہی بار انہیں اس زور سے ڈانٹا کہ اماں بے عزت ہونے کے خوف سے چپ ہو کے رہ گئیں۔

بابا انہیں نظر انداز کرتے ہوئے حسینہ کے ساتھ چہک چہک کر باتیں کرنے لگے۔ اماں نے حسینہ سے کھانے کا پوچھا اور

نہ پینے کا۔ بابا نے مجھے چائے بنانے کا حکم دیا تو حسینہ نے خود ہی چائے بنانے کے لیے اپنی خدمات پیش کر دیں لیکن اماں نہیں چاہتی تھیں کہ وہ باورچی خانے میں داخل ہو۔ اس لیے انہوں نے جلدی سے حامی بھر لی اور باورچی خانے میں جا کر ان کے لیے چائے بنانے لگیں۔

اس دوران بابا حسینہ کے ساتھ اس کے مرحوم شوہر کے بارے میں بات چیت کرنے میں مصروف تھے، جو ایک گوالا تھا۔ شادی کے بعد اس کے پاس دو بھینسیں، ایک گائے، چار بکریاں اور پانچ مرغیاں ہوتی تھیں۔ دودھ بیچ کر ان کا اچھا گزارا ہو جایا کرتا تھا۔ شوہر کی موت کے بعد حسینہ کی ناتجربہ کاری کی وجہ سے ایک بھینس کوئی غلط چیز کھانے سے ہلاک ہو گئی اور گائے کسی مرض میں مبتلا ہو کر ایک دن تڑپ تڑپ کر مر گئی، وہ بتانے لگی۔ وہ اس گائے سے بہت پیار کرتی تھی۔ اس کی موت کے بعد وہ کئی دن تک اداس رہی۔ اب وہ گائے اکثر اس کے خوابوں میں آنکلتی اور ہمیشہ اس سے رسی تڑوا کے بھاگ جاتی، لیکن اب لے دے کر اس کے پاس اپنے شوہر کے مکان کے علاوہ دو بکریاں اور تین مرغیاں ہی باقی بچی تھیں۔ اس لیے اب اس نے اپنے بچے کا پیٹ پالنے کے لیے مختلف صاحبانِ حیثیت کے گھروں پر جا کر کام کاج کرنا شروع کر دیا تھا۔ اس سے اس کی اچھی گزر بسر ہو جاتی تھی۔ اسے افسوس تھا کہ اس کے محلے کے بعض مرد اور عورتیں اسے شک کی نظر سے دیکھتے تھے۔ کچھ عورتیں اسے دوسری شادی کا مشورہ بھی دے رہی تھیں۔

میں ان کی باتیں سن رہا تھا اور آنکھوں کے جو اشارے وہ ایک دوسرے کو کر رہے تھے، وہ بھی دیکھ رہا تھا۔ کچھ دیر بعد اماں ٹرے میں ان کے لیے چائے لے آئیں۔ مَیں اپنا چائے کا پیالہ باورچی خانے سے جا کر اٹھا لایا۔

حسینہ ایک بار پھر اماں کی طرف متوجہ ہوئی اور انہیں یقین دلانے کی کوشش کرنے لگی کہ ان کے حمل کا اسقاط اس کی وجہ سے نہیں ہوا۔ اس کی وجہ ان کے شوہر کا غصہ سے باہر ہو جانا تھی۔ بابا یہ بات سن کر حسینہ کو جھاڑ پلانے لگے کہ اس نے کیوں گڑا مردہ اکھیڑنا شروع کر دیا ہے۔

اس دوران وقت گزرنے کا پتا ہی نہیں چلا اور دھیرے دھیرے شام کے گہرے سائے کھڑکیوں کے راستے گھر اندر تک پھیل گئے۔ گرد و پیش کی مساجد سے مغرب کی اذان بلند ہونے لگی۔ بابا نے آنکھوں سے اسے کوئی اشارہ کیا اور وہ جانے کے لیے اٹھ کھڑی ہوئی۔ اماں سے ہاتھ ملاتے ہوئے اس نے رخصت مانگی اور سیڑھیوں کی طرف بڑھ گئی۔ ابھی وہ زینے کے درمیان میں ہی ہو گی کہ بابا بھی اٹھ کر اس کے پیچھے سیڑھیاں اترنے لگے۔ کچھ ہی دیر میں وہ دونوں آگے پیچھے نیچے اترے اور دروازے سے باہر نکل گئے۔

ان کے نیچے اترنے سے پہلے میں اپنے گھر کی بالکونی میں پہنچ گیا تھا اور نیم تاریک گلی میں دیکھ رہا تھا کہ میرے بابا آگے چل رہے تھے اور وہ ان کے پیچھے جا رہی تھی۔ پھر وہ دبیر مسجد کی جانب مڑ گئے۔ مَیں نے اماں سے پوچھا کہ وہ دونوں کہاں چلے گئے؟ اماں نے غصے سے جواب دیا۔ ''دھول چاٹنے۔'' یہ جواب سن کر میں اپنا دل مسوس کر رہ گیا۔ اماں مجھے ڈانٹنے لگیں کہ مَیں نے اُس موئی کے آنے کے بارے میں بابا کو کیوں بتایا تھا۔ مجھے کیا پڑی تھی اس کی بات ماننے کی۔ مَیں سر

جھکائے، چپ چاپ اماں کی ڈانٹ کھاتا رہا۔

کچھ دیر بعد رات کا کھانا کھا کر میں سو گیا۔ شاید وہ زندگی کی پہلی رات تھی جب مَیں نے پہلی بار اپنے خواب میں ایک برہنہ عورت دیکھی۔ اس کے نسائی اعضا اتنے بھرپور اور ترغیب آمیز تھے کہ مَیں اس پر بمشکل ایک دو چھچھلتی سی نظریں ہی ڈال سکا اور سوتے میں پسینے میں شرابور ہو گیا۔

صبح نیند سے جاگا تو مَیں نے دیکھا کہ بابا اپنی مخصوص جگہ بیٹھے سگریٹ کے سوٹے لگا رہے تھے۔ اماں باورچی خانے میں بیٹھی آٹا گوندھ رہی تھیں۔ بابا کی آنکھیں سرخ اور سیاہ گال سرخی مائل ہو رہے تھے۔ مَیں انہیں سلام کرتا ہوا اٹھا اور اس کے بعد اماں کو بھی صبح کا سلام کیا۔ غسل خانے سے منہ ہاتھ دھو کر جیسے باورچی خانے پہنچا تو بابا نے مجھے اسکول جانے کے لیے تیار ہونے کا حکم دے دیا۔ مَیں نے حیض بیض کی کوشش کی لیکن بابا نے بیٹھے بیٹھے ڈانٹ کر مجھے بالکل سیدھا کر دیا اور میں اپنا اسکول یونیفارم ڈھونڈنے لگا جو میلے کچیلے کپڑوں میں رل مل گیا تھا۔ تیاری کے دوران میں بار بار اپنے بابا کے چہرے کے طرف دیکھتا رہا، مبادا وہاں پر لکھا ہوا نظر آ جائے کہ وہ دونوں کل کہاں چلے گئے تھے۔ بالوں میں کنگھی کرتے ہوئے مجھ سے رہا نہ گیا اور مَیں نے ان سے پوچھ ہی ڈالا۔ ''آپ کہاں چلے گئے تھے کل؟'' بابا نے جواب دینے کے بجائے مجھے کھا جانے والی نظر سے گھورا تو میں دوسری طرف دیکھنے لگ گیا۔ اماں کی دبی دبی ہنسی نے میری الجھن میں مزید اضافہ کر دیا۔

اسکول میں سارا وقت میں حسینہ کے بارے میں سوچتا رہا۔ وہ کل جس طرح تیار ہو کر آئی تھی، اس سے پہلے وہ کبھی نہیں آئی تھی اور کل وہ جتنی خوش نظر آ رہی تھی، پہلے کبھی اتنی خوش نظر نہیں آئی تھی۔ وہ بابا پر واری جا رہی تھی اور دوسری طرف بابا کا حال اس سے بھی برا تھا۔ مغرب کی اذان کے فوراً بعد وہ دونوں چلے گئے۔ لیکن کہاں گئے؟ اور کیوں؟

بے کار باتیں سوچ سوچ کر میرا سر چکراتا رہا۔ اسکول کے بعد گھر پہنچ کر مَیں نے ایک بار پھر اماں کو کریدنے کی کوشش کی لیکن انہوں نے کچھ بتا کر ہی نہ دیا اور جلدی جلدی میرے کپڑے تبدیل کر کے مجھے سپارہ پڑھنے مسجد بھیج دیا۔ جہاں سے واپس آتے آتے سہ پہر ختم ہونے لگی۔

میں سوچتا ہوا آ رہا تھا کہ سپارہ گھر پر رکھ کر ایک دو گلیوں میں مٹر گشت کر کے گم شدہ حسینہ کی ایک آدھ جھلک پانے کی کوشش کروں گا۔ ایک طرف اسے دیکھنے کی بے پناہ خواہش تھی اور دوسری طرف کہیں بہت دور یہ احساس بھی موجود تھا کہ اس عمر میں ایسی خواہش رکھنا یا اس کے بارے میں زیادہ سوچنا درست نہیں ہے۔ سپارہ باورچی خانے والی الماری پر رکھ کر میں باہر جانے کی تیاری کرنے لگا۔ اچانک کسی نے باہر والے دروازے کو اتنی زور سے دھکا دیا کہ کنڈی کا چھنا کا اوپر تک سنائی دے گیا۔ مَیں اپنے ہاتھوں میں کنگھی تھامے سیڑھیوں کی طرف دیکھنے لگا۔ کوئی تیز تیز چڑھتا ہوا اوپر آ رہا تھا۔

پچھلے روز کی طرح بن ٹھن کر اتراتی ہوئی، شوخ رنگ کپڑے پہن کر اپنی ادائیں دکھاتی اور اپنے بھونڈے سے میک اپ پر اٹھلاتی ہوئی حسینہ اوپر والے کمرے میں پہنچ گئی اور اسے دیکھتے ہی میرے ہاتھ سے کنگھی گر گئی۔ اس وقت اماں سر پر دوپٹہ باندھے تخت پر لیٹی تھیں۔ وہ اسے دیکھتے ہی آپے سے باہر ہو گئیں اور اس بے چاری پر موٹی موٹی گالیوں کی بارش

کرنے لگیں۔ وہ بھی شاید اماں کے مزاج کو سمجھ گئی تھی، اس لیے اس نے جوابی کارروائی سے پوری طرح گریز کیا اور مسکرا کر ان کی طرف دیکھتی رہی اور چپ چاپ سب کچھ سنتی رہی۔

میں باہر جانے کا ارادہ ترک کر کے اماں کے پاس تخت پر جا بیٹھا۔ اس دن بھی وہ پُرکشش دِکھ رہی تھی۔ مَیں نے اماں سے کہا کہ وہ بے چاری بے قصور تھی، سارا الزام تو بابا کے سر جانا چاہیے تھا جو اسے پٹا کر اپنے ساتھ کہیں لے گئے تھے۔ مَیں نے اماں کو سرگوشی میں سمجھایا کہ کل سے آپ نے کسی کام کو ہاتھ نہیں لگایا۔ جس کی وجہ سے پورا گھر گندا ہو رہا تھا۔ آپ اگر چاہیں تو حسینہ سے گھر کے سارے کام کروا سکتی ہیں۔ انہوں نے فوراً ہی میرے مشورے پر عمل شروع کر دیا۔

کچھ دیر بعد مجھے اندازہ ہوا کہ شاید حسینہ بھی ہمارے گھر پر زیادہ وقت گزارنا چاہتی تھی، اسی لیے اماں کے کہتے ہی وہ آستینیں چڑھا کر فوراً کام میں لگ گئی۔ اس نے پہلے جھاڑو دی پھر پونچھا لگایا۔ اس کے بعد باورچی خانہ صاف کیا اور سارے برتن بھی دھو ڈالے۔ اس تمام وقت میں سائے کی طرح اس کے ساتھ لگا رہا۔

وہ بات جو مجھے کل سے پریشان کیے ہوئے تھی، ایک موقعے پر خود بخود میرے ہونٹوں سے پھسل کر باہر آ گئی۔ میرا جواب دینے کے بجائے وہ کچھ دیر تک ہنستی رہی۔ پھر اس کے جواب نے میری ساری کرید پر ہی اوس ڈال دی۔ کہنے لگی۔ ''اپنے بابا سے پوچھنا یہ بات۔'' اماں جو تخت پر آرام کر رہی تھیں، کسی نامعلوم احساسِ جرم کے زیرِ اثر اچانک اٹھ کر کھڑی ہو گئیں۔ تھوڑی دیر خواہ مخواہ کمرے میں ٹہلنے کے بعد وہ باورچی خانے میں حسینہ کے قریب آ کر ایک چوکی پر بیٹھ گئیں۔ حسینہ مٹی کے تیل کا چولھا صاف کر رہی تھی اور میں اس کے نزدیک یونہی کھڑا ہوا تھا۔ اماں حسینہ کو اپنی بیماری کے متعلق بتانے لگیں۔ اس کے بعد اس سے اپنے کل کے رویئے پر معذرت کرنے لگیں اور اس کے ساتھ کچھ ہی دیر میں ان کے درمیان اس طرح باتیں ہونے لگیں، جیسے ان کے بیچ کوئی ناگوار بات ہوئی ہی نہ ہو۔

مغرب کا وقت قریب آتے ہی مجھے بابا کے گھر لوٹ آنے کا دھڑکا سا لگنے لگا۔ وہ مغرب کی اذان کے کچھ دیر بعد دکان سے گھر پہنچ جاتے تھے۔ وہی ہوا کہ مغرب کی اذانیں تھمنے کے کچھ دیر بعد ہی سیڑھیوں پر بابا کے جانے پہچانے قدموں کی آواز سنائی دینے لگی۔ اماں اور حسینہ کو ایک ساتھ باورچی خانے میں بیٹھے اور باتیں کرتے دیکھ کر انہوں نے کسی گانے کے بول گنگنا دیئے، جنہیں سن کر اماں فوراً ان سے ناراض ہو گئیں۔ پہلے جیسی بننے کی کوشش کرتے ہوئے انہوں نے اپنا دوپٹہ دانتوں میں دبا لیا۔ جس کا مطلب تھا کہ وہ اب کسی سے بات نہیں کریں گی اور پھر انہوں نے واقعی چپ سادھ لی۔

بابا نے حسینہ کو چائے بنانے کا حکم دیا۔ اس نے ہم سب کے لیے چائے بنائی۔ بابا اور وہ دونوں تخت پر ایک دوسرے کے قریب بیٹھ کر سڑکیاں لگاتے رہے۔ بابا شوخی سے ہنستے ہوئے حسینہ کی تعریفیں کیے جا رہے تھے۔ ان کی آنکھوں میں چمک تھی اور گال کسی اندرونی جذبے سے تمتما رہے تھے۔ حسینہ بھی دھیمے لہجے میں تیز تیز باتیں کیے جا رہی تھی۔

اماں ابھی تک باورچی خانے سے باہر نہیں نکلی تھیں، شاید وہ ان دونوں کے باہر جانے کا انتظار کر رہی تھیں۔ مَیں اس وقت ایک ٹوٹی ہوئی کرسی کے کنارے پر بیٹھا آہستگی سے چائے پیتا حسینہ اور بابا کی طرف کن اکھیوں سے دیکھے جا رہا تھا اور سمجھنے

کی کوشش کر رہا تھا کہ ان کے درمیان کیا چل رہا تھا۔تھوڑی دیر بعد بابا اور حسینہ کل کی طرح سیڑھیوں سے نیچے اترے اور گلی میں چلے گئے۔ مَیں نے انہیں بالکونی سے گلی میں اسی طرح آگے اور پیچھے چل کر جاتے ہوئے دیکھا۔ کچھ دور جا کر وہ دبیر مسجد کی طرف مڑ گئے۔انہیں اس طرف جاتے دیکھ کر مجھے نجانے کیا ہونے لگا۔ مَیں فوراً بالکونی سے نکل کر سیڑھیوں کی طرف بھاگا۔اماں مجھے بلاتی رہ گئیں لیکن میں گلی میں دوڑتا ہوا اس مقام تک جا پہنچا جہاں سے دائیں جانب دبیر مسجد کی طرف راستہ جاتا تھا۔اس طرف گھپ اندھیرا تھا، جس میں بہت دور دو سائے آگے پیچھے چلے جا رہے تھے۔اماں بالکونی میں کھڑی مجھے بلائے جا رہی تھیں۔ویسے بھی اس سے آگے جانے کی ہمت اس وقت میں اپنے اندر بالکل نہیں پاتا تھا۔مَیں چند لمحوں تک وہاں کھڑا درد بھری سسکیاں لیتا رہا، پھر گھر واپس آ گیا۔

6

سہ پہر کے بعد حسینہ کا آنا اور شام ڈھلنے کے بعد بابا کے ساتھ رات گئے تک کے لیے کہیں چلے جانا، اب معمول بن گیا۔ پہلے کبھی وہ ایک ملازمہ کی طرح چپ چاپ اور سہمی ہوئی آتی تھی، لیکن اب آہستہ آہستہ اس کا رویہ بدلنے لگا۔ جب اس کا جی چاہتا، وہ ہمارے گھر آدھمکتی اور پھر بہت دیر تک جانے کا نام نہیں لیتی۔ وہ اماں کی ہدایت یا حکم کے بغیر ہی چپ چاپ، گھر کے سارے کام کرنے شروع کر دیتی۔ کام سے تھک کر وہ تھوڑی دیر کے لیے ایک چارپائی پر لیٹ جاتی۔ لیٹے لیٹے بعض اوقات اسے جھپکی سی آجاتی اور سو جاتی۔ اسے چادر اوڑھ کر یا اس کے بغیر سوتے ہوئے دیکھنا میرے لیے ایک خاص تجربہ ہوتا تھا۔ اس کے کولھے، اس کے سینے کی طرح کشادہ اور وسیع تھے۔ اس کے پیروں سے کولھوں تک کی چڑھائی اور پھر بل کھاتی اس کی کمر کے نشیب سے گردن کی ڈھلان تک کا سارا علاقہ اس کی سانسوں کے زیروبم سے خفیف طور پر ہلتا رہتا۔ جب اس پر نیند غالب آجاتی تو وہ اپنے وجود کو سمیٹنے کی کوششیں ترک کر کے بے سدھ ہو جاتی۔ وہ سیدھی لیٹی ہوتی یا کروٹ کے بل، دونوں صورتوں میں میرے لیے نظارے کا سامان ہوتا تھا۔ اماں اسے اس طرح پڑا دیکھ کر بڑبڑاتی رہتیں اور بدطینت نظروں سے اس کے غنودہ وجود کو گھورتی رہتیں۔

مغرب کی اذان ہوتے ہی اماں کی قوتِ برداشت جواب دے جاتی اور وہ اسے جھنجھوڑ کر نیند سے بیدار کر دیتیں اور خداوندِ کریم کے عذاب سے ڈرانے کی کوشش کرتیں۔ وہ انگڑائی لے کر اٹھتی اور اماں کی باتوں پر مسکراتی ہوئی غسل خانے کی طرف چلی جاتی۔ منہ ہاتھ دھو کر وہ کنگھی سے اپنے بال سنوارنے لگتی۔ کچھ ہی دیر بعد بابا دکان بند کر کے گھر پہنچ جاتے۔ اماں کے ہاتھ کی بنی چائے پیتے اور حسینہ کے ساتھ سیڑھیاں اتر کر باہر چلے جاتے۔

حسینہ اکثر مجھے اماں سے چھپ کر جیب خرچ دینے لگی اور مجھے دکان بھیج کر طرح طرح کی کھانے کی چیزیں منگوانے لگی جیسے پان، میٹھی چھالیہ، چورن، ٹافیاں اور املی وغیرہ۔ ان دنوں وہ کچھ زیادہ ہی چٹوری ہو رہی تھی۔ وہ خود بھی کھاتی لیکن آدھی سے زیادہ چیزیں اماں کو دے دیا کرتی۔ اماں شروع میں تو اس سے چیزیں لینے میں تھوڑے نخرے کرتیں مگر پھر آہستہ آہستہ انہیں کھانے لگتیں۔ اس کے باوجود کوئی دن خالی نہیں جاتا جب ان کے درمیان کھٹ پٹ نہ ہوتی۔ اماں کو جتنی گالیاں ازبر تھیں وہ روز حسینہ کو دے ڈالتیں۔ وقت گزرنے کے ساتھ ساتھ وہ بھی اماں کے ساتھ زبان درازی کرنے لگی۔

اس کی گالیاں اماں کی گالیوں سے زیادہ زوردار اور وزنی ہوتی تھیں۔ اسی لیے اماں اس کے سامنے اکثر شکست کھا جاتیں۔

نجانے کیوں وہ میرا بہت خیال رکھتی۔ میرے اسکول سے لوٹنے پر وہ جب کبھی گھر پر موجود ہوتی، تو مجھے اپنے بازوؤں میں بھر کے وہ میرے گالوں پر بوسہ دیتی اور اس کے بعد مجھے گلے سے لگا کر زور سے بھینچتی۔ وہ میرے کندھے سے میرا بستہ اتار کر اپنے ہاتھ میں لے لیتی۔ مَیں چارپائی پر بیٹھتا تو وہ فرش پر بیٹھ کر میرے جوتوں کے تسمے کھولنے لگ جاتی اور میرے پیروں سے جوتے اتار کر انہیں چارپائی کے نیچے رکھ دیا کرتی۔ میرے اسکول کے کپڑے بدلنے تک وہ دوپہر کا کھانا لگا دیتی اور میرے قریب بیٹھ کر مجھے زیادہ سے زیادہ کھانا کھانے پر مجبور کرتی رہتی۔ میری اماں یہ سارے کام کبھی نہیں کرتی تھیں۔

میں اپنے دل میں ابھی تک ایک قلق سا محسوس کرتا ہوں کہ حسینہ مجھے نہلانے کے بہانے کبھی اپنے ساتھ غسل خانے لے کر کیوں نہیں گئی۔ شاید میری عمر بڑھنے کے ساتھ ساتھ میرا قد بھی نکلنے لگا تھا، لیکن یہ بھی حقیقت ہے کہ جب کبھی وہ ہمارے گھر کے غسل خانے میں نہانے کے لیے جاتی تو میں اماں سے نگاہ بچا کر غسل خانے کے دروازے کی درزوں میں سے جھانک کر اسے دیکھنے کی کوشش کرتا تھا۔ مَیں اس کے بدن کی خواہش میں سلگتے اپنے روز و شب کو ابھی تک فراموش نہیں کر سکا۔ تب میں مشکل سے گیارہ برس کا ہوا تھا۔ اپنی کم عمری اور ناتجربہ کاری کے باوجود مَیں نے اسے چھونے اور اس کا قرب حاصل کرنے کی بے شمار چھوٹی بڑی کوششیں کیں اور میں اس کے معمولی اور غیر معمولی لمس پانے میں کامیاب بھی ہوا۔ وہ لمس لڑکپن سے بلوغت کی طرف سفر کے دوران ہمیشہ میرے لیے اہم سرمایہ رہا۔ وہ جتنی دیر تک میرے گھر میں رہتی، مَیں اس کے اردگرد منڈلاتا رہتا اور مجھے ان دنوں اپنے گلی کے دوستوں کی یاد نے بھی تنگ کرنا چھوڑ دیا تھا اور میں گھر سے باہر کہیں نہیں جاتا تھا۔

کہاں وہ پہلے شرمائی شرمائی سی رہتی تھی اور اب اماں سے تو تکار کرتے ہوئے اس کی زبان نے ان سے بھی تیز چلنا شروع کر دیا تھا۔ حسینہ سے باتیں کرتے ہوئے میں اکثر جھینپ جاتا تھا۔ اس کے آگے میری زبان تتلانے لگتی تھی۔ اسی لیے مَیں نے کم بات کرنا اپنا شعار بنا لیا۔ اس سے بہت کم باتیں کرتا۔ بس اس کے وجود کی متحرک خوشبو میں گھر بھر میں گھومتا رہتا۔ اس کے لباس کے رنگوں میں گم رہتا، جس پر ہمیشہ مختلف رنگوں کے دیدہ زیب پھول بوٹے بنے ہوتے۔ وہ سستے اور مصنوعی قسم کے زیورات استعمال کرتی اور آئے دن انہیں تبدیل کرتی رہتی۔ بھانت بھانت کے جھمکے، بندے، ہار اور انگوٹھیاں۔ اس کے پاس سونے سے بنا اصلی زیور ایک ہی تھا، اور وہ تھی پازیب، جسے وہ اپنے شوہر کی یادگار بتایا کرتی تھی اور اسی لیے اسے بہت کم پہنتی تھی۔ اس کی کلائیوں میں ہمیشہ رنگ برنگی چوڑیاں نظر آتیں جو ہر وقت چھنک کر شور مچایا کرتیں۔ وہ ہمیشہ تلے والی بلوچی چپل پہنتی تھی۔ اس کی شخصیت میں کئی اور پُرکشش چیزیں بھی تھیں، جو مجھے اس کے گرد بھنورے کی طرح منڈلانے پر مجبور کرتی تھیں۔

میں اپنی جانب سے پوری احتیاط برت رہا تھا لیکن اناڑی پن کی وجہ سے کوئی نہ کوئی حماقت ایسی سرزد ہو گئی کہ بابا اور اماں کو میری اس دل بستگی پر شک ہو گیا۔ انہوں نے حسینہ کی غیر موجودگی میں مجھے تنبیہ کی کہ مَیں آئندہ اس کے پاس نظر

آنے کے بجائے اسکول کی کتابیں پڑھتا نظر آؤں۔ اماں یہ سن کر بڑبڑانے لگیں کہ اس چڑیل نے ان کے شوہر کے ساتھ بیٹے پر بھی جادو کر کے گھر پر قبضہ جما لیا اور انہیں ان کے گھر میں ہی ایک اجنبی بنا کر رکھ دیا۔ جب دیکھو منہ اٹھا کر چلی آتی ہے۔ بابا نے ان کا منہ بند کرنے کے لیے ایک موثر کارروائی کرتے ہوئے ان کے باپ دادا پردادا کی شان میں مُغلظات بکیں اور ایک زوردار دھمکی کی مدد سے انہیں چپ کروانے میں کامیاب ہو گئے۔

اماں جو اب تک گھر پر پیش آنے والے واقعات برداشت کر رہی تھیں، وہ ہر روز تھوڑی دیر کے لیے اپنا برقعہ پہن کر گھر سے نکل کر چپکے سے محلے کی عورتوں کے پاس جانے لگیں۔ وہ جس گھر میں جاتیں، وہاں چھوٹتے ہی بابا اور حسینہ کا قصہ سنانا شروع کر دیتیں۔ وہ ان کے آگے اپنے شوہر کی بے وفائی کا دکھ بیان کرنے لگ جاتیں، بعض اوقات فرطِ غم سے بین کرنے لگتیں اور یہ پیش گوئی تکرار سے دوہراتیں کہ ان کا شوہر جلد ہی انہیں گھر سے نکال اور طلاق دے کر حسینہ سے شادی کر لے گا۔

حسینہ کو محلے کے کچھ گھروں میں سے کام کاج ملا ہوا تھا، لیکن اماں کی لگائی بجھائی کے بعد تھوڑے ہی عرصے میں محلے کے ہر چھوٹے بڑے فرد کو بابا اور حسینہ کے معاشقے کا پتہ چل گیا جس کی وجہ سے محلے کے سارے گھروں سے اسے فارغ کر دیا گیا اور ان سب نے اپنے گھروں میں اس کے آنے پر پابندی لگا دی۔ چند پڑوسی بابا کو سمجھانے کی غرض سے ان کے پاس آئے تو پڑوسیوں کی زبانی ان کے علم میں آیا کہ اماں محلے میں جا کر کیا گل کھلا کر آئی تھیں۔ بابا نے محلے کے لوگوں کو یہ کہہ کر واپس کر دیا کہ یہ ان کا ذاتی اور گھریلو مسئلہ ہے، انہیں دخل دینے کی کوئی ضرورت نہیں۔ بابا نے انہیں بتایا کہ معمولی رنجش کو ان کی بیوی نے غلط رنگ دے دیا تھا۔ محلے والوں کی باتیں سن کر بابا غصے میں بھرے ہوئے گھر پہنچے تو حسینہ کو دیکھتے ہی ان کا غصہ کافور ہو گیا۔ لیکن پھر بھی انہوں نے اماں کو برا بھلا کہہ کر، ان پر طعن و تشنیع سے اپنے دل کی بھڑاس نکالی۔

اماں کو شوہر کی بے وفائی سے زیادہ افسوس یہ تھا کہ وہ ان کے شوہر کو کنگال کر کے رکھ دے گی۔ انہیں خدشہ تھا کہ بابا حسینہ پر پانی کی طرح روپیہ بہا رہے تھے اور وہ اپنا سارا بناؤ سنگھار اور دوسری عیاشیاں بابا کے پیسوں سے ہی کرتی تھی۔

محلے میں بدنامی ہونے کے بعد بابا نے انتقاماً اماں کی طرف سے اپنا ہاتھ کھینچ لیا اور سودا سلف کے لیے گھر کا تمام خرچ حسینہ کو دینے لگے۔ اب ہمارے گھر کے لیے سودا سلف اور ضرورت کی دیگر چیزیں وہی لانے یا منگوانے لگی۔ گھر کا پورا نظام اس کے ہاتھوں میں دے دیا گیا۔ اس کے باوجود مَیں نے حسینہ کو فضول خرچی کرتے ہوئے نہیں دیکھا۔ وہ بابا کے دیئے ہوئے پیسوں کو احتیاط سے خرچ کرتی، وہ اپنی ساری چیزیں اپنے روپوں سے خریدتی۔ مَیں نے محلے کے کسی بڑے لڑکے سے سنا تھا کہ شہر کے دو سیٹھوں کے ساتھ اس کے گہرے مراسم چل رہے تھے، جو انہی دنوں قائم ہوئے تھے۔ وہ اسے بہت کچھ دیتے ہوں گے، اسی لیے وہ اکثر میرے لیے بھی نت نئی چیزیں لے کر آتی تھی۔ ٹافیاں، بسکٹ، کھلونے، کپڑے وغیرہ۔ اس کے علاوہ اس نے بابا کو بھی بہت سے قیمتی تحفے دینے شروع کر دیئے تھے۔ گھوڑا مارکہ بوسکی کا جوڑا، مہنگی اجرک، عطر، پرفیوم اور گھڑی وغیرہ۔

وہ بابا سے شدید محبت کرنے لگی تھی، اس لیے وہ ان کی ہر بات مانتی اور ان کا ہر حکم بجالاتی، جیسے وہ اس کے حقیقی شوہر ہوں۔ وہ ان کی وجہ سے پیدا ہونے والی ساری تلخیاں اور تکلیفیں چپ چاپ سہار گئی۔ جب وہ ہمارے گھر آتی، محلے کی عورتیں کھڑکیوں سے چھپ چھپ کر اسے دیکھتیں اور اپنے دروازوں کی اوٹ میں کھڑی ہو کر آپس میں اشارے کرتیں۔ مرد اسے گھورتے اور فحش جملے کستے۔ جوان لڑکے اسے دیکھ کر شور مچاتے اور زمین سے کنکریاں اٹھا اٹھا کر اس پر پھینکتے۔ ان سب باتوں کے باوجود وہ بابا سے ملنے کے لیے لگاتار آتی رہی۔

اس کے ساتھ لوگوں کا یہ رویہ پہلے نہیں تھا۔ یہ گھر گھر جا کر ان کے خلاف نفرت بھڑکانے کی اماں کی تحریک کے سبب ہوا تھا۔ ہمارے محلے میں اس کے ساتھ ہونے والا برتاؤ مجھے اچھا نہیں لگ رہا تھا۔ ایک بار میں ایک بڑے لڑکے سے الجھ پڑا وہ میرے بابا اور حسینہ کے بارے میں گندی بات کر رہا تھا۔

گلی محلے کی مخالفت کی وجہ سے ان کے تعلقات میں بس اتنا فرق آیا تھا کہ ان دونوں نے ایک ساتھ گلی سے گزرنا چھوڑ دیا اور ملنے کے لیے کوئی اور جگہ مقرر کر دی اور وہاں سے آگے کا رستہ وہ دونوں مل کے طے کرتے۔ مجھے اپنی سب کوششوں کے باوجود علم نہیں ہو سکا کہ وہ کس مقام پر، کون سے محلے میں، کس کے گھر پر اپنے وصال کی آسودہ گھڑیاں گزارتے تھے۔

ایک شام مغرب سے کچھ پہلے میں گھر پر اپنی تختی پر ملتانی مٹی لگا کر اسے صبح اسکول لے جانے کے لیے تیار کر رہا تھا کہ وہ اچانک بنی ٹھنی وارد ہوئی۔ مَیں نے جب سو واٹ کے بلب کی روشنی میں اسے دیکھا تو وہ مجھے پریشان نظر آئی۔ اماں نے اس سے رسمی بات چیت کے بعد چپ سادھ لی۔ مَیں وقفے وقفے سے اس سے باتیں کرتا رہا۔ اس کے بیٹے سانول کے بارے میں پوچھتا رہا، جو اب پانچ سال کا ہونے والا تھا اور وہ اسے اسکول داخل کروانے کے بارے میں سوچ رہی تھی۔

محلے کی مسجد سے اذان بلند ہونے لگی۔ گلی سے نمازیوں کی اکا دکا ٹولیاں گزرنے کی آوازیں آنے لگیں۔ اماں نے بھی وضو کر کے جانماز بچھا لیا۔ حسینہ کے مانگنے پر مَیں نے اسے دو مرتبہ پانی پلایا۔ نماز پڑھنے کے بعد اماں مجھے حنیف میمن کی دکان سے ہلدی اور گرم مصالحہ لانے کے لیے بھیجنے لگیں تو مَیں نے باہر کے اندھیرے کا بہانہ کر کے دکان پر جانے سے انکار کرنے لگا۔ دھیرے دھیرے اماں کا اصرار غصے میں تبدیل ہونے لگا تو بالکل اچانک حسینہ نے میرے ساتھ چلنے کی حامی بھر لی۔ اس نے کہا کہ تھوڑی دیر میں مسجد سے نمازی چلے جائیں گے تو وہ میرے ساتھ حنیف کی دکان پر چلی جائے گی۔ اماں کو اس کی یہ بات ناگوار لگی۔ وہ مجھے اس کے ساتھ نہیں بھیجنا چاہتی تھیں۔ لیکن ہلدی اور گرم مصالحے کے بغیر رات کا سالن تیار نہیں ہو سکتا تھا، اس لیے کچھ وقت گزرنے کے بعد ہم دونوں سیڑھیوں سے اتر کر باہر چلے گئے۔

تیز ہوا گلی کے فرش اور آس پاس کے مکانوں کے دیوار و در سے ٹکراتی، شور مچاتی پھرتی تھی۔ گلی میں بیشتر جگہ اندھیرا تھا۔ آسمان دھندلا سا نظر آ رہا تھا۔ کئی چھوٹی بڑی گلیوں کو کاٹتی یہ گلی بالکل سیدھی جاتی تھی۔ کہیں کہیں اکا دکا کھمبوں پر بلب تھے اور کسی کسی گھر سے ہی تھوڑی سی روشنی باہر آ رہی تھی۔ چمگادڑ مکانوں کی چھتوں سے نیچی پروازیں کر رہے تھے۔ میرا دھیان بار بار ان کی طرف جا رہا تھا۔ حسینہ مجھے حوصلہ دے رہی تھی۔

جاتے ہوئے اس نے مجھے بتایا کہ اس سے ایک سنگین غلطی ہو گئی ہے، جو میرے بابا کے علم بھی آچکی ہے۔ اس لیے اسے آج بابا کا سامنا کرتے ہوئے ڈر لگ رہا تھا۔ پتا نہیں، ان کا رویہ کیسا ہو۔ مَیں اس کی یہ بات اور اس میں چھپی ہوئی سنگینی کو تب پوری طرح بالکل نہ سمجھ پایا اور چلتے چلتے وہ دکان آ گئی۔

حنیف میمن کی دکان زمین سے اوپر واقع تھی۔ گلی کی بدرو کے ساتھ ہی سیڑھیاں اوپر بنی دکان پر جاتی تھیں اور دوسری طرف سے اتر جاتی تھیں۔ سیڑھیاں چڑھنے کے بعد حسینہ باہر رک گئی اور میں اندر چلا گیا۔ اس کی دکان کشادہ نہیں تھی اور اندر سے ہی پیچھے گھر کا دروازہ بھی لگتا تھا جو دن میں اکثر کھلا ہوتا تھا اور اس کی ماں یا بہن گھر میں کام کرتی پھرتی نظر آتی تھیں۔ اس وقت پچھلا دروازہ بند تھا۔ بلب کی زرد روشنی میں ماحول آسیبی محسوس ہو رہا تھا۔

ہلدی اور گرم مصالحہ لے کر واپس آتے ہوئے مجھے اس کی بات سمجھ آنے لگی۔ مَیں نے اسے تجویز دی کہ اگر اسے زیادہ ڈر لگ رہا تھا تو وہ بھاگ کر اپنے گھر چلی جائے، بابا اس کے پاس وہاں نہیں پہنچ سکتے۔ میری بات سن کر وہ ہنسنے لگی۔ ''آج تو بچ جاؤں گی۔ لیکن کل کیا ہو گا، اور پھر پرسوں، ترسوں؟'' اس کا میرے پاس کوئی جواب نہیں تھا۔ وہ پہلی بار مجھے اپنائیت سے بتانے لگی کہ وہ میرے والد سے محبت کرتی تھی اور ان کی وجہ سے اس نے سیٹھوں کو بھی چھوڑ دیا تھا۔ لیکن اب ایک گڑبڑ ہو گئی تھی، جسے وہ مجھ سے چھپا رہی تھی۔

ہم گھر واپس پہنچے تو ہم نے دیکھا کہ معمول کے خلاف بابا ابھی تک واپس نہیں آئے تھے۔ اماں نے حسینہ سے کہہ دیا کہ انہیں لگتا ہے کہ وہ آج دیر سے آئیں گے۔ وہ اپنے دوست کے ساتھ کہیں چلے گئے ہوں گے۔ اس نے اماں کو جواب دیا کہ وہ بابا سے ملے بغیر نہیں جائے گی۔ اماں اسے زبردستی گھر سے نہیں نکال سکتی تھیں، اس لیے بڑبڑا کر چپ ہو گئیں۔

تھوڑی دیر بعد دروازے کی آہنی کنڈی کے چھناکے نے گھر پر طاری خاموشی توڑی اور اس کے بعد زینے سے بابا کے ڈگمگاتے قدموں کی آواز سنائی دی۔ پچھلے چند برسوں سے بابا دھیرے دھیرے شراب پینے کے عادی ہو گئے تھے۔ اماں نے اس کا الزام بھی حسینہ پر لگایا۔ بابا جب ہانپتے ہوئے اوپر پہنچے تو ان کی نگاہ خود بخود سیدھی اس کی طرف چلی گئی اور وہ اسے دیکھ کر چونک پڑے۔ انہوں نے اپنا تھیلا چارپائی پر رکھ دیا اور خود بھی وہیں بیٹھ گئے۔

وہ خفگی سے حسینہ سے پوچھنے لگے کہ وہ اس وقت یہاں کیا کر رہی تھی؟ اس نے جواب میں نچلی منزل پر بیٹھ کر کچھ باتیں کرنے کی خواہش کا اظہار کیا۔ جسے بابا نے فوراً رد کر دیا اور اسے اسی لمحے جانے کے لیے کہا۔ وہ قریب آ کر ان کے پیروں میں گر گئی اور ان سے معافی مانگنے لگ گئی۔ بابا نے اپنے پاؤں اٹھا کر چارپائی پر رکھ لیے۔ وہ منمناتی ہوئی ان کی منت سماجت کرنے لگی لیکن بابا نے اسے نفرت سے دھتکارا۔

یہ سب دیکھ کر اماں حیرانی میں تھیں کیوں کہ یہ صورتِ حال ان کے گمان سے باہر تھی لیکن چند ثانیوں بعد یہ معاملہ جیسے ہی ان کی سمجھ میں آیا، انہوں نے آگے بڑھ کر حسینہ کو اس بازو کے پکڑا اور اسے باہر کا راستہ دکھانے کی کوشش میں لگ گئیں۔ وہ لگاتار روتی ہوئی، اپنے دونوں ہاتھ جوڑ کر بابا کے سامنے گڑگڑاتی رہی لیکن ان کا دل پسیج کر نہ دیا۔ وہ نشے میں ہونے کے

باوجود اس سے بے اعتنائی برت رہے تھے اور بار بار اسے جان چھوڑنے کا کہہ رہے تھے۔

میرے لیے یہ سارا منظر دل گداز تھا۔ مَیں اپنے اندر مُٹھیاں بھینچ رہا تھا اور دانت کچکچا رہا تھا۔ اماں اور بابا کے اس کے عمل کے خلاف میرے اندر عجیب سالاوا ابل رہا تھا، جسے باہر نکلنے کے لیے کوئی راہ نہیں مل رہی تھی اور میں خود کو پوری طرح بے بس محسوس کر رہا تھا۔ کچھ دیر بعد حسینہ روتی دھوتی چلی گئی لیکن جاتے ہوئے وہ اپنی سسکیاں، ہچکیاں، آہیں، ٹھنڈی سانسیں اور نمکین آنسو ہمارے گھر کے اسی کمرے میں چھوڑ گئی۔ مَیں جب گہری نیند سویا تو یہ سب چیزیں میرے خواب میں، بھٹ شاہ پر اک تارا بجاتے، لطیف کا کلام گاتے، فقیروں کے گلے سے نکلتی، سوز و گداز سے معمور، دل کو چیر کے رکھ دینے والی صداؤں کی صورت بھٹکتی رہیں۔ مَیں ریت کے ٹیلوں پر بھٹکتا رہا اور ان پر اڑتے ہوئے بگولوں کے پیچھے بھاگتا رہا۔ صبح نیند سے جاگا تو میرا حلق خشک ہو رہا تھا اور میں تھکاوٹ محسوس کر رہا تھا۔

میں اماں سے اسکول نہ جانے کے لیے ضد کرنے لگا، اسی دوران حسینہ اچانک وارد ہوئی۔ وہ ایک بار پھر بابا کو منانے کے لیے اپنے حربے استعمال کرنے لگی۔ اس نے ڈھیروں آنسو بہا ڈالے اور ہزار بار منت سماجت کر لی۔ وہ بابا کے ساتھ نچلی منزل پر رکھے پرانے صوفوں پر گھنٹوں کھسر پھسر کرتی رہی۔ اماں اور میں اس کی دبی دبی سسکیاں اور آہیں سنتے رہتے۔ اماں اس کی یہ حالت دیکھ کر بہت خوش تھیں، اسی لیے انہوں نے مجھے اسکول سے چھٹی کرنے کی اجازت دے دی۔ تھوڑی دیر بعد بابا نے اسے گھر سے نکال باہر کیا اور اوپر آ کر دکان جانے کے لیے تیار ہونے لگے۔ انہیں دیر ہو گئی تھی۔ ان کے جانے کے بعد اماں کو جھپکی لیتے دیکھ کر میں دبے پاؤں گھر سے نکل گیا۔ مَیں حسینہ کو ڈھونڈ کر بابا کی اس سے ناراضی کا سبب پوچھنا چاہتا تھا، جو وہ کل شام مجھے بتاتے بتاتے رہ گئی تھی، لیکن میں اپنے محلے کے آس پاس کی گلیوں میں خاصی دیر تک بھٹکتا رہا لیکن وہ مجھے دکھائی نہ دی۔

حسینہ کے بغیر گزرتے ان دنوں میں اماں کے چہرے سے افسردگی کا سایہ چھٹنے لگا اور اب ان کے ہونٹوں پر ایک خفیہ مسکراہٹ چپکی رہنے لگی، جس نے مجھے مختلف اندیشوں میں ڈال دیا۔ اماں کی روز مرہ زندگی سے ختم ہوتی دلچسپی لوٹ آئی اور ان کی مٹھی سے نکلتی چیزوں پر دھیرے دھیرے ان کی گرفت پھر سے مضبوط ہونے لگی۔ بابا جو ہر وقت ان سے خفا اور دور رہتے تھے، اب ان کے ساتھ بھی وقت گزارنے لگے۔

ایک دن بابا اماں کے لیے مرزا کمپنی کی نئی چپل خرید کر لائے۔ انہوں نے پھر سے گھر چلانے کے لیے اماں کو رقم دینی شروع کر دی۔ ایک شام وہ مجھے اور اماں کو شاہجہانی مسجد کی سیر کروانے بھی لے گئے اور ہم نے پوری شام وہیں گزاری۔ اماں نے ایک بار پھر اپنے بستر سے اٹھ کر راتوں کو بابا کے پاس جانا شروع کر دیا۔

حسینہ اس کے باوجود کبھی کبھار ہمارے ہاں آتی رہی۔ وہ اماں کے سامنے گڑگڑاتی، انہیں اپنے احسان یاد دلاتی اور ان سے درخواست کرتی کہ وہ کسی طرح اپنے شوہر کے دل سے اس کے لیے پیدا ہونے والی نفرت کو نکال دیں۔ اماں نے اپنے جی میں اس کی مدد نہ کرنے کی ٹھان لی تھی، اسی لیے وہ ہر بار اسے دھتکارتی رہیں اور آہستہ آہستہ ایک دن اس نے ہمارے

گھر آنا ہمیشہ کے لیے چھوڑ دیا۔

اس کے بارے میں مجھے اپنے کچھ دوستوں اور بعض محلے داروں کے ذریعے بہت سی نئی باتوں کا علم ہوا تو میری حیرت اور زیادہ بڑھ گئی۔ اس نے اپنے شوہر کے فوت ہونے بعد ہمارے گھر کام کرنا شروع کیا تھا۔ اسے ہمارے یہاں سے جو رقم ملتی، وہ اسی پر گزارہ کرتی۔ اس کی حالت اچھی نہیں تھی۔ وہ ہفتوں ایک ہی لباس میں رہتی، جس کا رنگ اڑا ہوتا اور بہت سی جگہوں پر پیوند بھی لگے ہوتے۔ وہ ایک چپل کو ایک برس تک گھسیٹتی رہتی تھی۔ شاید تب اس کے شوہر کا بھی نیا نیا انتقال ہوا تھا۔ اسے آہستہ آہستہ اماں کی وجہ سے محلے کے دوسرے گھروں میں کام ملنا شروع ہو گیا۔

اس کے بعد، چند مسکراہٹوں، چند پیار بھرے نرم فقروں اور چند کڑکتے ہوئے نوٹوں کی وجہ سے بابا کو حسینہ کا قرب حاصل کرنے میں کوئی دشواری نہیں ہوئی۔ بابا کا رویہ بھی اس کے ساتھ، وقت گزرنے کے ساتھ بدلتا رہا۔ ابتدا میں وہ بہت پر جوش، سرگرم اور جذباتی ہوا کرتے تھے۔ اسی لیے انہوں نے کئی مرتبہ اس کی وجہ سے اماں پر بدترین تشدد کیا۔ جس کی وجہ سے ان کا تیسرا حمل گر گیا اور وہ ہمیشہ کے لیے بانجھ ہو گئیں۔ ابتدا میں وہ حسینہ کی گھریلو ضروریات پوری کرنے کے ساتھ اسے اضافی رقم بھی دیا کرتے تھے، لیکن بعد میں حسینہ کے نت نئے مردوں سے بڑھتے میل ملاپ کی وجہ سے بابا نے اس سے نہ صرف ہاتھ کھینچنا شروع کر دیا بلکہ خود بھی ایک کھنچاؤ محسوس کرنے لگے۔

اماں کے واویلے اور ہاہاکار کے بعد حسینہ کو محلے کے تمام گھروں سے جواب دے دیا گیا تھا تو اسے کوشش کے باوجود کسی گھر میں کوئی کام نہیں مل سکا تھا۔ حسینہ نے اس صورتحال کے بارے میں بابا کو سب کچھ بتایا ہوا تھا، اس لیے وہ مشکل وقت میں ان سے مدد بھی مانگتی رہی مگر انہوں نے زیادہ مدد نہیں کی بلکہ وہ اس سے ملنے سے بھی کترانے لگے۔ مختلف گھروں میں کام کرتے ہوئے حسینہ کو مردوں کی گھورتی بھوکی نگاہوں سے اندازہ ہو گیا تھا کہ بہت سے مرد اس سے تعلقات رکھنا چاہتے تھے۔ وہ دبے دبے لفظوں اور سرگوشیوں میں اسے مختلف پیشکش کرتے رہتے تھے۔ سیٹھ روشن وہ پہلا شخص تھا جس سے روپے لے کر حسینہ نے پہلی بار اپنا جسم کسی تیسرے آدمی کے حوالے کیا تھا۔ اس کے بعد اس کی زندگی میں بہت سے مرد آئے تھے۔ اس نئے کام کی وجہ سے زیادہ آمدنی ہونے لگی تھی اسی لیے حسینہ کا مرجھایا ہوا چہرہ کھل اٹھا اور غربت کا ماس چڑھی ہڈیوں پر اصلی گوشت پوست ظاہر ہونے لگا تو وہ اور زیادہ پُرکشش ہوتی چلی گئی۔ اس کے بعد میرے بابا اس سے ناراض ہو گئے۔

میں کئی مہینوں تک شہر کی گلیوں میں اس کی ایک جھلک پانے کے لیے اسے ڈھونڈتا رہا اور مکانوں میں جھانک کر اسے کھوجتا رہا مگر وہ کہیں دکھائی نہ دی۔ حسینہ کے حوالے سے مجھے صرف یہ کرید تھی کہ اس سے بابا کی ناراضی کی اصل وجہ معلوم کروں؟ طویل عرصے بعد سنگ تراش محلے کی ایک گلی میں اس سے میرا آمنا سامنا ہوا تو میں اسے دیکھ کر مسکرانے لگا۔ جواباً وہ بھی مسکراتی میرے قریب آ گئی اور میرے گالوں پر چٹکی لیتی ہوئی اماں اور بابا کے بارے میں پوچھنے لگی۔ مَیں نے رسمی جواب دینے کے بعد اس سے وہ سلگتا ہوا سوال پوچھ لیا جو مجھے تنگ کر رہا تھا۔

مجھے یاد ہے کہ میرا سوال سن کر وہ پہلے تلخی سے مسکرائی اور پھر آہ بھرتے ہوئے کہنے لگی ''تیرے بابا کا مجھ سے دل بھر گیا۔ مَیں نے اپنا سب کچھ جو اسے دے دیا تھا۔'' یہ کہہ کر وہ میرے سر کے بالوں میں اپنائیت سے انگلیاں پھیرتی آگے بڑھ گئی۔ مَیں نے جب پلٹ کر دیکھا تو وہ گلی کا موڑ مڑ کر جا چکی تھی۔

اس کے بعد حسینہ پر کئی اور طرح کے ستم ٹوٹنے کا علم ہوا۔ گوالوں نے آپس میں گٹھ جوڑ کر کے اسے اس کے شوہر کے گھر سے زبردستی نکال کر، اس کا سامان اپنے محلے سے باہر پھینک دیا۔ اس کے بعد وہ کچھ عرصہ شہر کے چند محلوں میں کرائے کے مکانوں میں رہتی رہی۔ پھر وہ ایک بوڑھے زمین دار کی بیوی بن کر، ہمیشہ کے لیے شہر چھوڑ کر، گھوڑا باڑی نامی شہر میں واقع اس کی حویلی میں منتقل ہو گئی۔ اس کے بعد اس کی کوئی خبر نہیں مل سکی۔

7

ہمارا مکان، شاہی بازار کے وسطی حصے سے شمال کی جانب پھیلے، گلیوں کے طویل اور پیچیدہ سلسلے کے بالکل آخر میں واقع تھا۔ اس سلسلے کی آخری گلی ہمارے مکان کے پاس سے نکلتی اور آگے جاکر آخری تعمیرات یعنی بھینسوں کے باڑے اور گندم کے سرکاری گودام پر جاکر ختم ہو جاتی، جو دوسرے ضلع اور چھوٹے شہروں، دیہات کی طرف جانے والی سڑک پر بنا ہوا تھا۔ سرکاری گودام کے قریب سے سڑک عبور کر کے سامنے، ایک وسیع قطعہ زمین تھا، جس کے عقب میں پیلوں کا طویل جنگل دور تک پھیلا ہوا تھا۔ گودام کے مخالف سمت میں دائیں طرف ایک پتلی سی سڑک، ایک قدیم کنویں اور بابا بخاری کے مزار اور اس سے متصل ایک چھوٹے سے قبرستان کے کونے سے بل کھاکر، پیلوں کے جنگل کے پاس سے گزرتی آگے ہائی اسکول کی پیلے پتھر سے بنی عمارت کی طرف جاتی ہوئی نظر آتی تھی۔ اسکول کی عمارت میرے گھر کی چھت سے دکھائی دیتی تھی اور انگریزی کے حرف 'Z' سے مشابہ تھی۔

یہ ان دنوں کی بات ہے جب میں پانچویں جماعت پاس کرنے کے بعد شہر کے واحد ہائی اسکول میں چھٹی جماعت میں داخلہ لے چکا تھا۔ مَیں روزانہ ہائی اسکول پڑھنے جاتا تھا۔ سیم و تھور کی ماری سفید و سیاہ زمین پر پیلوں کا چھدرا سا جنگل اسکول کے میدان کے اطراف، دور تک پھیلا ہوا تھا۔ اس وسیع خالی میدان پر، آئے دن مختلف قسم کے خانہ بدوش قبائل کا اپنا ڈیرہ جماتے اور پھر یہ جگہ خالی کر کے کسی اور قصبے یا شہر کا رخ کرتے۔ یہ زیادہ تر باگڑی، بھیل، جوگی یا ماڑیچے وغیرہ ہوتے تھے، جن کی آمد پر پورا میدان جھگیوں سے بھر جاتا تھا اور وہاں ایک بستی آباد ہو جاتی تھی۔ شہر کے اکثر لوگ انہیں ہندو قرار دیتے تھے کیوں کہ وہ اپنے اجداد کے مذاہب جین مت اور بدھ مت ترک کر کے ہندو مت میں آچکے تھے۔

ان کی آمد کے بعد سب سے پہلے ان کے مرد، اپنے بندر، کتے، ریچھ، سانپ اور نیولے اپنے ساتھ لے کر میدان سے نکلتے تو سیدھے پلنگ پاڑے کی گلیوں میں وارد ہوتے اور صدائیں لگاتے گزرتے۔ ''تماشا دیکھ لو، تماشا۔'' جس قسم کا تماشا وہ دکھاتے تھے، میرے محلے کی مائیں اسے اپنے بچوں کے لیے خطرناک سمجھتی تھیں۔ اس لیے انہیں ہمارے محلے میں تماشا دکھانے کا موقع نہ ملتا تھا اور وہ آگے بڑھ جاتے تھے۔ ان کے گزرنے کے کچھ دیر بعد ان کی عورتیں رنگ برنگے کپڑے پہنے ہوئے، اپنے دونوں بازوؤں پر چادروں میں لپٹے ہوئے گٹھڑ اٹھائے ہوئے محلے میں داخل ہوتیں۔ ان کے گٹھڑوں میں

عورتوں اور بچوں کی دلچسپی کی بہت سی اشیا ہوا کرتیں۔ ان عورتوں کی صدائیں ان کے آدمیوں کی نسبت سریلی ہوتیں۔ ان کی بول چال کی زبان شہر والوں کے لیے ناقابلِ فہم تھی لیکن اس کے برعکس وہ سب کے سب مقامی زبان فرفر بولنا جانتے تھے۔

وہ ہمارے پاڑے سے ہوتے ہوا تے دن بھر پورے شہر کا چکر لگاتے، تمام گلیوں میں جوتیاں چٹخاتے اور دردر کی خاک چھانتے۔ واپسی پر بھی ان کا آخری پڑاؤ ہماری گلی میں ہوتا، جہاں وہ اپنی چیزوں کی فروخت سے ہو چکی کمائی کا حساب کتاب کرتے۔ یہ لوگ ہمیشہ میلے کچیلے اور پھٹے پرانے کپڑوں میں دکھائی دیتے۔ ان میں سے شاید چند ایک ہی جوتے پہننے کا تکلف کرتے ورنہ زیادہ تر ننگے پاؤں رہتے۔

ان کی عورتیں بڑی تیز طرار ہوا کرتیں، ان میں سے کچھ شہر آ کر بھیک مانگتیں، بعض اشیا فروخت کرتیں اور کچھ جسم فروشی سے گزارہ کرتیں۔ مَیں نے سن رکھا تھا کہ ان کے مردوں کو ان کی بدن فروشی پر کوئی اعتراض نہیں ہوتا اور وہ ان کے سامنے اپنی جھگیوں میں ہی اپنے معشوقوں اور گاہکوں کو دادِ عیش دینے چلی جاتیں۔

تب انہیں اپنی گلی میں دیکھ کر مجھے ان میں عجیب کشش محسوس ہوتی تھی۔ یہ بولتے بہت زیادہ تھے اور ہمیشہ آپس میں نوک جھوک کرتے رہتے تھے۔ محلے کی دوسری ماؤں کی طرح میری امی بھی مجھے ان کے پاس جانے سے روکتی تھیں۔ انہوں نے مجھے ان لوگوں سے وابستہ بچوں کے اغوا کی کہانیاں سنائی تھیں۔ مَیں وہ ساری کہانیاں غور سے سنتا تھا، اس لیے دھیرے دھیرے میں ان لوگوں کے لیے ایک خوف اور تعصب کا اسیر ہوتا چلا گیا۔ جب کسی ویران گلی میں مجھے ان جیسا کوئی آدمی نظر آتا میں فوراً دوڑ لگا دیتا اور پھر پیچھے مڑ کر بھی نہ دیکھتا۔

مجھے لالی سے بہت سی باتیں کرنی تھیں، شکایتیں کرنی تھیں، اپنی ناراضی کا اظہار کرنا تھا۔ اسے بتانا تھا کہ اس نے میرے ساتھ زیادتی کی تھی۔ اس روز اسے شہر کی طرف نہیں آنا چاہیے تھا۔ اگر وہ شہر آ ہی گئی تھی تو اسے ہماری گلی میں نہیں آنا چاہیے تھا۔ کیا ہوا کہ وہ تیز بارش میں بھیگ کر ٹھٹھرنے کانپنے لگی تھی اور اس کے گہرے سرخ ہونٹ، ٹھنڈ سے نیلے پڑ گئے تھے۔ اس نے بے خبری میں میرا دل کچل کے رکھ دیا تھا، جس میں شاید اس کے لیے محبت بھری ہوئی تھی۔ ایک نابالغ لیکن طوفانی ہواؤں اور بارشوں سے زیادہ شدید محبت۔

ایک طرف میری اماں اور شہر کے سبھی لوگ، تیز بارشوں اور آندھیوں کے تھم جانے پر شکرانے کے نوافل ادا کرنے کے ساتھ ہو چکے نقصانات کا تخمینہ لگا رہے تھے اور دوسری طرف لالی کے چلے جانے کی وجہ سے میرے بابا اور میں، ایک جیسی آگ میں جل رہے تھے۔ دونوں ہر ہر پل باگڑن کے بارے میں، یہی سوچ رہے تھے کہ وہ کہاں چلی گئی؟ مَیں نے بابا کو پہلی بار اتنی بے قراری میں دیکھا تھا۔ وہ سگریٹ پر سگریٹ پھونکتے ہوئے لمبی سانسیں بھرتے رہتے تھے۔ وہ لیٹے لیٹے اچانک اٹھ بیٹھتے اور کمرے میں ٹہلنے لگ جاتے۔ جب کبھی گلی کی طرف سے کوئی نسوانی آواز سنائی دیتی تو وہ فوراً سلاخوں والی کھڑکیوں کے پاس جا کر باہر جھانکنا شروع کر دیتے۔ جس کی عادت انہیں لالی کی آواز سن کر پڑی تھی۔ وہ بہت دیر تک سلاخوں سے چپکے رہتے۔ انہوں نے اماں کے لیے لالی سے ڈھیر ساری چوڑیاں خریدی تھیں، انہوں نے جنہیں استعمال

تک نہیں کیا تھا اور جو گھر کے کونوں کھدروں میں بکھری پڑی تھیں۔ بابا چار پائیوں، کرسیوں اور مختلف چیزوں کے نیچے ہاتھ مار مار کر ٹوٹی ہوئی اور ثابت چوڑیوں کو ڈھونڈ ڈھونڈ کر نکالتے اور انہیں جمع کرنے لگ جاتے۔ مجھے یاد ہے کہ لالی کی دو چار چوڑیاں مَیں نے بھی اپنی جیب میں اس کی نشانی کے طور پر چھپا کر رکھی ہوئی تھیں۔

بابا کی پریشانی دیکھ کر مجھے غصہ آتا رہتا، مَیں اپنے دل ہی دل میں انہیں برا بھلا کہتے ہوئے دانت کچکچاتا رہتا۔ سارا وقت گھر میں کرنے کو کچھ نہیں ہوتا تھا، پھر بھی دن جیسے تیسے گزر جاتا تھا۔ شام کٹھن ہوتی تھی لیکن وہ بھی گزر ہی جاتی تھی۔ مَیں بالکونی کے دروازے سے چپکا گلی میں دیکھتا رہتا تھا حتیٰ کہ ہر طرف رات پھیل جاتی اور کھڑکیوں سے دکھائی دینے والا منظر تاریکی میں گم ہو جاتا۔ ایسے میں ساری مانوس آوازیں اجنبی بن کر ڈرانے لگتی تھیں۔ کیچڑ میں بھاگتے قدموں کی تھپاتھپ، گزرتی ہوئی سائیکل کے مڈ گارڈ کی چرچراہٹ، چمگادڑوں کے پروں کی پھڑپھڑاہٹ۔ یہ ساری آوازیں جناتی معلوم ہوتیں، آسیبوں بھری لگتیں۔ اماں اور بابا ذرا فاصلے پر اپنی اپنی چار پائیوں پر لیٹے رہتے۔ اب وہ آپس میں بہت کم بولتے۔ اماں کو نیند کے لیے زیادہ انتظار نہیں کرنا پڑتا تھا اور وہ آنکھیں موندتے ہی سو جاتی تھیں، جب کہ بابا رات بھر کروٹیں بدلتے اور کھانستے رہتے اور اس کے باوجود سگریٹ بھی پیتے رہتے۔ مَیں اپنے بستر پر لیٹتے ہی نجانے کس طرح اچانک نیند کے کھوہ میں جا گرتا اور علی الصبح جاگتا۔

اٹھنے کے بعد میں آنکھیں مسلتا ہوا سیدھا باورچی خانے جاتا تا کہ وہاں سے برتن اٹھا کر اور اماں سے پیسے لے کر باڑے سے دودھ لے آؤں، جو اس وقت بھینسوں کی چوائی کے بعد وہاں پر فروخت کیا جاتا تھا۔ ایک دن سویرے میری آنکھ کھلی تو مَیں نے دیکھا کہ بابا مجھ سے پہلے دودھ لا چکے تھے اور میرے جاگنے سے پہلے چائے بھی بنا چکے تھے اور باورچی خانے میں چوکی پر بیٹھے اکیلے چائے پی رہے تھے۔ اس کے بعد چند روز کے لیے بابا کا یہی معمول بن گیا۔ ان کے اس معمول پر مجھے غصہ آتا اور میں اپنے اندر کڑھتا رہتا۔ مجھے لگتا کہ وہ اسی بہانے خانہ بدوشوں کے ڈیرے پر بھی نگاہ ڈال آتے ہوں گے۔ شاید انہوں نے لالی کو دیکھا ہو یا اس سے ان کی ملاقات ہو گئی ہو۔ مَیں دن بھر ایسی باتیں سوچتا رہتا۔ ان دنوں مَیں نے کئی دفعہ گھر سے باہر نکلنے کی کوشش میں ابا کے ہاتھوں مار کھائی۔ ان کے علاوہ اماں کا بھی اصرار تھا کہ مجھے باہر نہیں جانا چاہیے۔

یہ اس دن کی بات ہے جب خلافِ معمول جھکڑ اور بارش دونوں تھمے ہوئے تھے اور سورج نکلا ہوا تھا۔ لالی کو دیکھنے اور اس سے ملنے سے پہلے میری ملاقات، اس کی سریلی، پراثر اور مدبھری آواز سے ہوئی تھی۔ جب اس نے ہماری گلی سے گزرتے ہوئے اپنی چوڑیاں اور دیگر نسوانی سامان بیچنے کے لیے اپنی مخصوص تان اڑائی تھی، تو اُس لمحے اس کی آواز مجھے اپنے گھر کے در و دیوار میں اس طرح گونجتی محسوس ہوئی، جیسے وہ زینے کی سیڑھیوں سے یا باورچی خانے سے آ رہی ہو۔ ’’رنگ برنگی کچ کی چوڑی۔ دریا کے اس پار کی۔‘‘

مجھے یاد ہے کہ اس وقت میں لکڑی کے تخت پر بیٹھا اپنی نوٹ بک پر جھکا ریاضی کا کوئی سوال حل کرنے میں مصروف تھا

لیکن اس کی رس بھری آواز سنتے ہی سارے فارمولے میرے ذہن سے اُڑن چھُو ہو گئے اور میرا قلم لکھتے لکھتے رک گیا۔ مَیں بار بار اپنے آس پاس دیکھنے لگا۔ میرا دھیان اس طرف بالکل نہیں گیا کہ یہ آواز باہر گلی سے آ رہی تھی اور میں اچانک گم صم ہو کر اپنا بستہ سمیٹنے لگ گیا تھا۔

وہ لہک دار شوخ، معصوم اور انتہائی باریک آواز ایک تواتر کے ساتھ سنائی دے کر خاموش ہو گئی تھی۔ وہ صدا گلی محلے کی عورتوں کو کانچ کی رنگ برنگی چوڑیوں اور دیگر چیزوں سے متعارف کروانے کے لیے لگائی گئی تھی، جسے سنتے ہی نوخیز لڑکیوں، جوان اور ادھیڑ عمر عورتوں اور بڑی بوڑھیوں نے اپنی کھڑکیوں، بالکونیوں، جھروکوں اور دروازوں سے جھانکنا شروع کر دیا تھا۔ کسی عورت نے اسے بلاوا دے کر گلی میں رکوا لیا۔ ذرا سی دیر میں اس کے اردگرد محلے بھر کی عورتوں کا مجمع لگ گیا۔ میری امی نے بھی کھڑکی سے لگ کر گلی میں جھانکنا شروع کر دیا اور میں بھی اپنا بستہ پھینک کر ان کے پیچھے جا کھڑا ہوا۔ مجھے اپنے گھر کی پہلی منزل سے اس کا چہرہ دکھائی نہیں دے رہا تھا صرف جسم نظر آ رہا تھا، جو بہت سی عورتوں کے بیچ میں گھرا ہوا تھا۔ شاید اس لمحے میرے دل میں اس حسین آواز والی کا چہرہ دیکھنے کی خواہش ماند پڑ گئی کیوں کہ میرے سامنے محلے کی کچھ ایسی لڑکیوں کے چہرے آ گئے تھے۔ جو بچپن کے دنوں میں میرے ساتھ کھیلتی رہی تھیں لیکن اب میری نگاہوں سے یکسر غائب ہو گئی تھیں۔ سب نے اپنی آستینیں پیچھے سرکا کر اپنی نازک کلائیاں، چوڑیاں پہننے کے لیے آگے کر رکھی تھی۔ لالی ان کی کلائیاں مضبوطی سے پکڑ کر انہیں ان کی پسند کی چوڑیاں پہنا رہی تھی۔ کچھ عورتوں نے اس سے اپنی ضرورت کی کئی چیزوں کی فرمائش کر ڈالی، جس پر لالی اگلے روز پھر آنے کا وعدہ کر کے چلی گئی اور وہ جاتے ہوئے اپنی لہکتی ہوئی مترنم آواز میں وہی چوڑیاں بیچنے والا گیت گانے لگی، جس کی بازگشت میں آج بھی اپنے کانوں میں سنتا ہوں۔

اگلے دن، شام ڈھلنے سے پہلے میں اپنی چھت پر احتیاط سے قدم رکھتا ٹہل رہا تھا۔ ہمارے گھر کی چھت گارے مٹی سے بنی ہوئی تھی، اس لیے وہ بعض جگہوں سے پوپلی ہو گئی تھی۔ اس کی لپائی کیے ہوئے عرصہ گزر گیا تھا۔ مَیں آسمان پر اڑتی پتنگوں اور قریبی چھتوں پر ٹہلتی لڑکیاں دیکھ رہا تھا۔ سارا آسمان بادلوں سے ڈھکا ہوا تھا سورج لگاتار کوشش کے بعد نمودار ہوا تو اس کی دھوپ کا رنگ تبدیل ہو چکا تھا۔ اس کی ہفت رنگ شعاعوں نے آسمان پر رنگ پاشی کر دی تھی۔ وہ کہیں سے سفید، کہیں سے سرخ اور کہیں سے نیلا ہو رہا تھا۔ پرندے اکیلے اور اپنی ڈاروں کے ساتھ اڑتے پھرتے تھے۔ ہوا کے تیز جھونکے انہیں کبھی دائیں جانب لے جاتے اور کبھی بائیں جانب۔ مجھے بہت دور سے کٹی ہوئی ایک پتنگ اپنی جانب آتی ہوئی نظر آئی۔ اسے آتے دیکھ کر میں اسے لوٹنے کی تیاری کرنے لگا تھا کیوں کہ اس کے ساتھ لٹکی ہوئی لمبی ڈور مجھے دکھائی دے گئی تھی۔ ایک لمحے کے لیے ڈور کا سرا آ کر میری چھت پر گرا لیکن وہ تیز ہوا میں جھولتا آگے بڑھ گیا۔ مَیں نے چھلانگ مار کر اسے پکڑنے کی کوشش کی مگر ناکام رہا لیکن ذرا فاصلے پر دوسری گلی میں کچھ لڑکوں نے لوٹنے کی کوشش میں اس خوبصورت پتنگ کو پھاڑ ڈالا۔ یہ منظر دیکھ کر ناکامی کی وجہ سے میری طبیعت مکدر ہونے لگی لیکن اسی لحظے لالی کی موسیقی بھری آواز نے میری توجہ اپنی جانب کھینچ لی، جسے سنتے ہی میں چھت کی منڈیر کی جانب کھنچتا چلا گیا۔

اس شام بھی، اُس پُرکشش و پُرادا باگڑن کے گلی میں آتے ہی اس کے گرد محلے کی خواتین کا جمگھٹا لگ گیا۔ وہ ان کے بیچوں بیچ پھسکڑا مار کر بیٹھی کسی ملکہ کی طرح بار بار کھلکھلا کر ہنس رہی تھی، قہقہے لگا رہی تھی۔ ہر ایک عورت کی تعریف کرتے ہوئے وہ خوبصورت جملے بول رہی تھی۔ ''بھین میری جیجل بھین، ہر شے تیرے لیے ہے''۔ تمام عورتوں کی آنکھوں میں حرص بھری چمک تھی۔ وہ لالی کے سامان سے بھرے گٹھڑ کو مسلسل گھورے جا رہی تھی، جن میں رکھے ہوئے ڈبوں میں ان کی دلچسپی کی چیزیں بھری ہوئی تھیں۔ لالی بڑی مشاقی سے چوڑیاں ضائع کیے بغیر ان کی کلائیوں کو شوخ رنگ چوڑیوں کی مہین آوازوں سے آراستہ کرتی جا رہی تھی۔

میں چھت سے اتر کر نچلی منزل پر چلا گیا، جہاں پر امی گزرے ہوئے دن کی طرح کھڑکی کے ساتھ چپکی باہر جھانک رہی تھیں۔ مَیں نے ان سے پوچھا کہ وہ بھی نئی چوڑیاں کیوں نہیں خرید لیتیں؟ انہوں نے کوئی جملہ کہے بغیر ہوئے نفی میں سر ہلا دیا۔

مَیں نے اس شام ایک نئی بات نوٹ کی اور وہ یہ کہ لالی نے اپنی کلائیوں میں چوڑیوں کے بجائے، پورے بازو میں لال اور پیلے رنگ کے پلاسٹک کے کڑے پہنے ہوئے تھے۔ اس کا لباس بہت پرانا اور عجیب سا تھا۔ مَیں نے وہ لباس عام عورتوں کو پہنتے کبھی نہیں دیکھا تھا۔ وہ ہر وقت ایک بڑے سے گھاگھرے میں ہی نظر آتی۔ دھلائی کی کثرت کی وجہ سے جس کے تمام رنگ اڑ چکے تھے۔ اس کا سامان والا گٹھڑ بھی انتہائی بوسیدہ لگتا تھا۔ مَیں کچھ دیر تک نسوانی آوازوں سے چہکتی گلی میں جھانکنے کے بعد چپ چاپ نیچے اتر گیا اور اپنے مکان کی اوٹ میں چھپ کر بہت قریب سے وہ منظر دیکھنے لگا۔ عورتوں کے جھرمٹ میں فلک ناز بھی تھی جو بہت عرصے بعد گلی میں دکھائی دے رہی تھی، مَیں اسے تاڑتا ہی رہا لیکن اس نے ایک بار بھی میری طرف نہیں دیکھا۔ وہ اپنی خریداری میں مگن تھی، لیکن تھوڑی دیر کے بعد جب اس کی نگاہ مجھ پر پڑی تو شرما کر اپنے گھر کی طرف بھاگ گئی۔

تمام عورتیں اپنی پسند کی چوڑیاں پہن کر چلی گئیں تو لالی اکیلی بیٹھی رہ گئی۔ وہ بکھری ہوئی چوڑیاں سمیٹتی رہی اور انہیں باریک رسی سے باندھ کر ڈبوں میں رکھ کے انہیں بند کرتی رہی، جب وہ یہ کام کر چکی تو اس نے اطمینان کا سانس بھرتے ہوئے اپنی جیبوں سے مڑے تڑے اور کسیلے نوٹ نکالے اور انہیں سینت سینت کر رکھنے لگی، ایسا کرتے ہوئے وہ بار بار گلی کے دونوں طرف دیکھتی جا رہی تھی، لیکن دیوار کے کونے کی اوٹ میں ہونے کی وجہ سے وہ مجھے نہیں دیکھ سکی۔

روپوں کو اپنے سینے کے اندر ہاتھ ڈال کر محفوظ مقام پر رکھنے کے بعد وہ روانہ ہونے کے لیے اٹھ کھڑی ہوئی۔ اس نے اپنا گٹھڑ اٹھا کر اپنے کندھے سے لٹکایا اور گودام کی طرف چل پڑی۔ جب وہ تھوڑا آگے جا چکی تو میں بھی اس کے پیچھے پیچھے چلنے لگا، مگر اس دوران اس نے ایک بار بھی مڑ کر نہیں دیکھا تو میں مایوس ہو کر اسے گلی کے موڑ پر چھوڑ کر واپس آ گیا۔

میں گھر تو گیا لیکن اس شام لالی کو نزدیک سے دیکھنے کے باوجود میرا اشتیاق پورا نہیں ہو سکا۔ مجھے یاد ہے کہ اس کے پیچھے چلتے ہوئے مَیں نے عجیب و غریب کشش محسوس کی تھی۔ پتہ نہیں اس کی آواز تھی یا اس کا جسم، جو مجھے شدت سے اپنی

طرف کھنچتا تھا۔ اس کے گھاگھرے کی چولی تنگ سی تھی۔ اس کی کمر اور پشت کا درمیانی حصہ سمندر کی لہر کی اٹھان جیسا تھا اور اس کے اٹھتے ہوئے ہر قدم کے ساتھ ہلتا اور تھرکتا تھا۔ اس کی تھرکن میں عجیب وحشت تھی۔

چھٹی کے دن میں اپنے ایک دوست سے ملنے قاضی محلے جا رہا تھا۔ جب میں امام بارگاہ کے قریب پہنچا تو وہاں آس پاس کی ایک گلی سے مجھے لالی کی مخصوص گنگناتی آواز سنائی دی۔ مَیں نے اسی وقت اپنے دوست کے پاس جانے کا ارادہ ملتوی کر دیا اور گرد و پیش کی گلیوں میں اسے ڈھونڈنے لگا۔ وہ مجھے سیدوں کے بہت بڑے مکان کے سامنے دکھائی دے گئی۔ ایک بار پھر مَیں نے چپ چاپ اس کے پیچھے چلنا شروع کر دیا۔ میری نگاہ اس کی پشت کی اٹھان پر جمی ہوئی تھی، جسے دیکھ کر میرے دل کی دھڑکن تیز تر ہو گئی تھی اور خون میں گرمی سرسرانے لگی تھی۔ وہ جس طرف جاتی گلیوں کے آوارہ بچے اس کے گرد منڈلانے لگتے اور اس سے اپنا تھیلا کھول کر چیزیں دکھانے کا تقاضا کرتے۔ وہ نرمی سے انہیں ٹالتی ہوئی آگے بڑھتی جا رہی تھی۔

سونارا بازار کی تنگ گلی میں بچوں نے اس کا پیچھا چھوڑ دیا۔ یہاں سناروں کی بہت سی دکانیں آمنے سامنے بنی ہوئی تھیں اور لوگوں کی آمد و رفت بھی زیادہ رہتی تھی۔ کئی چلبلے دکاندار اور ان کے سیلز مین، لالی کو دیکھتے ہی اس پر فقرے کسنے لگ گئے۔ چند ایک نے اسے چائے پینے کی دعوت بھی دے ڈالی اور بعضوں نے تو اسے دکان میں اندر آ کر بیٹھنے کی پیش کش بھی کی۔ لالی نے سب کو فرداً فرداً ایسے کرارے اور مرچیلے جواب دیئے کہ بولنے والا فوراً چپ ہو کر اپنی بغلیں جھانکنے لگ گیا۔ وہ اپنے بازو ہلاتی، اپنا گٹھڑ جھلاتی اور اپنے کولھے مٹکاتی سونارا بازار کے بیچ سے ایک عجیب شان سے گزرتی آگے بڑھ گئی۔ میں چاہتا تھا کہ وہ سامنے والی گلی میں چلی جائے، لیکن وہ شاہی بازار کی طرف مڑ گئی۔ مَیں اس سے فاصلہ رکھ کر احتیاط سے چل رہا تھا لیکن ساتھ ہی مجھے یہ ڈر بھی تھا کہ وہ کہیں بھیڑ میں گم نہ ہو جائے۔ وہ شاہی بازار میں کچھ دور چلتی چلی گئی۔ پھر وہ ایک جگہ ٹھہر کر آس پاس اچٹتی سی نگاہ ڈال کر، بازار سے دائیں جانب نکلنے والی ایک سایہ دار گلی کی جانب مڑ گئی۔

یہ رنگوں والی گلی کے نام سے مشہور تھی۔ یہاں درزیوں اور دوپٹے رنگنے والوں کی دکانوں کی بہتات تھی۔ یوں تو اس قدیم شہر کی ہر گلی اپنی الگ آب و ہوا، الگ خوشبو اور فضا رکھتی تھی اور اسی کی بنا پر اسے دوسری گلیوں سے مُمیّز کیا جاتا تھا۔ اس کے علاوہ شاہی بازار کے آس پاس کی ساری گلیاں اپنی کچھ مخصوص دکانوں اور لوگوں کی وجہ سے بھی پہچانی جاتی تھیں۔ درزیوں اور دوپٹے رنگنے والوں نے بھی چبھتے ہوئے اوباش فقروں کے ساتھ لالی کو خوش آمدید کہا۔ اس کے پیچھے چلتے ہوئے میں حیران تھا کہ وہ کسی کی بات کا برا نہیں مانتی اور محض انہیں ٹالنے کے لیے کوئی پٹاخا سا جملہ پھینکتی ہوئی آگے بڑھ جاتی تھی۔ رنگوں والی گلی کی، دکانوں کا سلسلہ پیچھے رہ گیا اور ہم ایسی گلیوں کی جانب بڑھتے چلے گئے، جہاں بہت کم چہل پہل ہوتی تھی۔

مَیں نے جب اپنی گلی میں پہلی مرتبہ لالی کو دیکھا تھا تو یہ سمجھا تھا کہ وہ شہر کی جس گلی میں بھی قدم دھرتی ہو گی، وہاں کی عورتیں اور جوان لڑکیاں اپنے گھروں سے نکل کر اس کے گرد ہجوم کر دیتی ہوں گی، لیکن اس دن مجھے معلوم ہو گیا کہ تمام گلیوں میں اس کا استقبال ایک ہی طرح نہیں کیا جاتا تھا۔ بہت سی گلیوں میں اس کی آواز سن کر عورتیں کھڑکیاں تک نہیں

کھولتی تھیں اور بعض میں صرف دروازے کی اوٹ سے جھانک لیتی تھیں۔ مجھے ان عورتوں کی بے رخی پر بہت غصہ آیا اور مَیں نے لالی کے لیے ہمدردی محسوس کی، جو صبح سے شام تک چوڑیاں بیچنے کے لیے شہر بھر کی خاک چھانتی پھرتی تھی۔

شیدی محلے کی ایک کڈھب سی گلی میں داخل ہوتے ہی لالی نے حسبِ عادت چوڑیاں اور نسوانی سامان بیچنے کے لیے اپنی سریلی تان اڑائی۔ اس گلی میں اس کی دوسری تان پر ہی چند مکانوں کے دروازوں کی کنڈیاں اتر گئیں اور ان کے دونوں پٹ وا ہوتے چلے گئے۔ الجھے ہوئے گھنگریالے بالوں اور گول، سوتے جاگتے، کالے اور کتھئی چہروں والی کئی جوان اور ادھیڑ عمر عورتیں باہر نکل آئیں۔ انہوں نے اپنائیت بھرے لہجوں میں گلے مل کر لالی کا استقبال کیا اور وہ ناہموار گلی کے درمیان زمین پر بیٹھ گئی تو سب نے اسے چاروں طرف سے گھیرے میں لے لیا۔ اس نے اپنے کندھے پر لٹکا گٹھڑ احتیاط سے نیچے رکھا اور اپنی بھوک پیاس کی دہائی دیتے ہوئے ان سے پانی مانگنے لگی۔ بڑی عمر کی عورتوں نے فوراً دو نوعمر لڑکیوں کو پانی اور چائے لانے کے لیے بھیج دیا۔ انہوں نے لالی سے وعدہ کیا کہ اگر وہ انہیں اچھا مال دکھائے گی تو اسے اچھا سا کھانا بھی کھلایا جائے گا۔ یہ سنتے ہی لالی نے خوش ہو کر دو چار ڈبے نکالے اور انہیں کھولتے ہوئے اس نے نئی نویلی چوڑیوں کی بے پناہ تعریف کی۔ کانچ کی رنگ برنگی چوڑیاں دیکھ کر شیدی عورتوں کی چھوٹی بلور جیسی آنکھیں چمکنے لگیں۔

لالی کو پانی پیتے دیکھ کر مجھے بھی پیاس لگ گئی۔ مَیں بہت دور سے اس کے پیچھے چلتا آ رہا تھا۔ اب شیدی محلے سے میرا گھر بھی زیادہ فاصلے پر نہیں تھا لیکن اس طرف جانے کو میرا جی نہیں چاہ رہا تھا۔ مجھے خانہ بدوش عورت کے پیچھے گھومتے مزہ آ رہا تھا۔ شیدی محلے کی اس گلی کے وسط میں سیمنٹ کے اونچے تھڑے پر دو بڑے بڑے مٹکے رکھے ہوئے تھے، جن کے ساتھ بندھی ہوئی دو زنگ آلود زنجیروں میں پیتل کے دو گلاس لٹک رہے تھے۔ مَیں پانی کی اس سبیل کے پاس چلا گیا جو راہ گیروں کی پیاس بجھانے کے لیے بنائی گئی تھی، ٹھنڈے پانی کے دو گلاس پی کر میں وہیں تھڑے پر بیٹھ گیا اور لالی کی چلتی پھرتی دکانداری دیکھنے لگا۔

شیدی عورتیں اپنے مخصوص سندھی لہجے میں لفظوں کو اس طرح کھینچ کھینچ کر ادا کر رہی تھیں، جیسے غُلیل میں پتھر رکھ کر کھینچ کر مارا جاتا ہے۔ ان کی نوک دار اور کٹیلی آوازیں میرے کان میں داخل ہو رہی تھیں لیکن ان بھدّی آوازوں کے بیچ لالی کی خوبصورت آواز الگ سی چہکتی سنائی دے رہی تھی۔ وہ اپنے رس بھرے سندھی لہجے میں ان عورتوں سے دوستانہ لہجے میں مخاطب تھی اور انہیں قائل کرنا چاہتی تھی۔ اس کی دلیلوں کے سبب تمام عورتوں نے اس کی چوڑیاں دیکھ کر اپنی پسندیدگی کا اظہار کیا۔ کچھ کو اس نے ادھار پر مال دیا اور کچھ کو نقد ادائیگی پر۔ ان سب کے بے حد اصرار کے باوجود لالی نے ان شیدی عورتوں کی جانب سے کی جانے کی گئی کھانے کی پیش کش قبول نہیں کی۔ اس نے صرف چائے اور پانی پینا ہی قبول کیا۔

اس گلی سے ہونے والی آمدنی کو اپنے سینے کے نہاں خانے میں چھپانے کے بعد وہ اٹھ کھڑی ہوئی۔ اسے اس طرح پیسے چھپا کر رکھتے ہوئے دیکھنا مجھے اچھا لگتا تھا۔ پھر وہ اپنی پرستار عورتوں کے ہجوم سے نکل کر تنہا چلنے لگی۔ مَیں بھی اٹھ کر کھڑا ہو گیا اور اس سے فاصلہ رکھ کر اس کی پشت دیکھتے ہوئے اس کے پیچھے قدم اٹھانے لگا۔ وہ مختلف وقفوں سے چوڑیاں بیچنے

کے لیے صدا لگاتی، مَیں جسے پورے انہماک سے سنتا اور اپنی سماعت میں جذب کر لیتا۔

اب بھی کبھی کبھار جب مجھے لالی کا خیال آتا ہے تو اس کی آواز کی لہریں میرے وجود کے آس پاس پھیل جاتی ہیں اور دھیرے دھیرے اس کا سراپا میری نگاہوں کے سامنے آ جاتا ہے۔ وہ دراز قد، وہ چلتے وقت اس کے کولھوں کی نرم گرم اور تھرکتی سی حرکت، جسے دیکھ کر میری دھڑکنیں ساکت ہو جاتیں تھیں۔ وہ سانولی رنگت اور تیکھے نقوش والا چہرہ، جو ہر آن بدلتے تاثرات کی قوسِ قزح سے ہمہ وقت رنگین رہتا تھا۔ وہ گہرے سرخ ہونٹ، وہ بھرے ہوئے گال اور وہ عجیب و غریب سرمستی سے چمکتی آنکھیں۔ اس کی آواز مجھے اس کے جسم کی گہرائیوں تک لے جاتی ہے اور میں سوچتا ہوں کہ اس کے ساتھ، میرا تھوڑے سے دنوں کا یہ بے نام سا رشتہ عمر بھر کے لیے مجھے کس لیے یاد آتا رہے گا۔

مَیں نے جب لالی کو کمہاروں کی بستی کی طرف جاتے دیکھا تو اپنا راستہ بدل لیا۔ اب میں تھک چکا تھا اور اس آوارہ گردی سے میرا جی اچاٹ ہو گیا تھا۔ ویسے بھی اسے چکر کاٹ کر میری ہی گلی سے گزرنا تھا۔ مَیں اپنے محلے میں اس کی آمد کے بارے میں سوچتا اپنے گھر کی طرف چل پڑا لیکن مجھ سے پہلے وہ میری گلی میں داخل ہو گئی اور اپنے مخصوص انداز میں چوڑیاں بیچنے والا گیت گھگیائی سی آواز میں گانے لگی، جسے سن کر اس شام کسی مکان کا دروازہ نہیں کھلا اور نہ ہی کسی کھڑکی کی چٹخنی یا کنڈی اتری، البتہ گھروں کے اندر سے دبی دبی سرگوشیاں ضرور سنائی دینے لگیں۔ پہلے دو دنوں میں ہی محلے بھر کی عورتوں نے لالی سے بہت کچھ خرید لیا تھا۔ ان کے لیے روزانہ خریداری ممکن نہیں تھی کیوں کہ سب لوگ کم آمدنی والے تھے۔

اگلے دن صبح سے ہوا گھٹی گھٹی سی تھی، کسی درخت کا پتا ہلتا تھا اور نہ گلیوں کے کچرے کا کوئی تنکا اڑتا تھا، ہر چیز اپنی جگہ ساکت ہو گئی تھی۔ مَیں نے پورا دن ایک بے چینی کے ساتھ اسکول میں گزارا۔ اسکول آتے اور جاتے ہوئے طویل پیدل راستے کی وجہ سے مَیں نے آسمان کو غور سے دیکھا تھا۔ صبح کے وقت وہ نیلا ہو رہا تھا مگر دوپہر کو اچانک وہ گدلا اور مٹیالا ہوتا چلا گیا۔ بظاہر کہیں کوئی بادل دکھائی نہیں دیتا تھا۔ بس ذرا شمال کی طرف سے گہرا سیاہ ہو رہا تھا اور اس طرف سے خفیف سرسراہٹیں بھی سنائی دے رہی تھیں اور مٹی کی تیز اور گہری، سوندھی سوندھی سی خوشبو چاروں جانب پھیلی تھی۔ آدھے راستے میں ہوا ذرا ذرا کھلنے لگی اور اس کے جھونکے ٹھنڈے ٹھنڈے سے محسوس ہونے لگے۔ مَیں جب گھر پہنچا تو بابا دکان سے آ چکے تھے اور نچلی منزل پر آرام کر رہے تھے۔ میرے لیے دروازہ بھی انہوں نے ہی کھولا تھا۔ بستہ رکھنے، جوتے اور کپڑے اتارنے کے بعد مَیں نے دوپہر کا کھانا کھایا۔

اچانک اماں نے مجھے تمام کھڑکیاں اور دروازے بند کرنے کو کہا تو مَیں نے ان سے اس کی وجہ پوچھی۔ وہ نہایت تشویش سے کہنے لگیں کہ آندھی آنے والی تھی۔ مَیں نے فوراً ان کے حکم کی تعمیل میں کمرے کی ساری کھڑکیاں بند کر دیں۔ اس کے بعد میں کھاٹ پر لیٹ گیا اور سونے کی کوشش کرنے لگا۔ تھوڑی دیر گزرنے کے بعد مَیں نے تیز ہوا کی شونکتی آوازیں سنیں اور آس پاس کے مکانوں کی چھتوں سے، بے کار چیزوں کے گرنے کا شور سنا۔ محلے کے لوگ بلند لہجوں میں چیخ کر باتیں کر رہے تھے لیکن لگتا تھا کہ ان کی آوازیں بہت دور سے آ رہی تھیں۔

میں اپنی کھلی آنکھوں سے لکڑی کے دروازوں اور کھڑکیوں کو حیرانی سے دیکھ رہا تھا۔ یوں لگتا تھا کہ جیسے کوئی جن یا دیوانہیں زور زور سے دھکے دے رہا تھا اور اگلے لمحے وہ ان کے تار و پود بکھیر رکھ دے گا۔ کئی بار چٹخنیاں اترتے اترتے رہ گئیں۔ یہ منظر دیکھ کر میں سہم گیا اور اماں کے قریب جا بیٹھا۔ وہ میرا ڈر محسوس کر کے مسکرائیں اور میرے بالوں میں ہاتھ پھیرنے لگیں۔ انہوں نے بتایا کہ ذرا سی دیر میں یہ جھکڑ تھم جائے گا لیکن باہر جھکڑ کے ساتھ طوفانی بارش بھی شروع ہو چکی تھی۔

ایک نہ تھمنے والے شور کے درمیان کہیں سے، کسی کے دروازہ پیٹنے کی آواز، اچانک ایک تواتر کے ساتھ سنائی دینے لگی۔ مَیں اماں کا چہرہ تکنے لگا، ہم دونوں سمجھ نہیں سکے کہ آواز کہاں سے آرہی تھی؟ کہیں دور سے یا ہماری گلی سے۔ جب دروازہ پیٹنے کے ساتھ ایک نسوانی آواز بھی سننے میں آنے لگی تو اماں نے مجھ سے کہا کہ مَیں جاکر نیچے والا دروازہ کھول دوں۔ مَیں سیڑھیاں اتر کر نیچے جا رہا تھا کہ مَیں نے بابا کو دروازہ کھولتے دیکھا۔ دروازہ کھلتے ہی ہوا کے شدید جھونکے بھی اندر داخل ہونے لگے اور میں سیڑھیوں پر کھڑا ان کی شدت اور خنکی محسوس کرنے لگا۔ اگلے ہی لمحے مجھے ایک مانوس نسوانی آواز اور لہجہ سنائی دیئے۔ اس کے بعد مَیں نے بابا کو ذرا پیچھے ہٹتے ہوئے اور لالی کو دروازے سے اندر داخل ہوتے ہوئے دیکھا۔

اسے اس کے چہرے سے پہچاننا مشکل تھا کیوں کہ اس کا پورا لباس اور جسم نہ صرف دھول میں اٹا ہوا تھا بلکہ بری بھیگا ہوا بھی تھا۔ باہر تیز آندھی کے ساتھ تیز بارش بھی ہو رہی تھی۔ اس نے منت سماجت کرتے ہوئے بابا سے طوفان کے تھمنے تک گھر میں ٹھہرنے کی اجازت مانگی۔ انہوں نے بلا جھجک اثبات میں سر ہلایا اور جلدی سے آگے بڑھ کے دروازہ بند کر دیا۔ مَیں ان کی طرف سے واپس جانے کا اشارہ پانے کے باوجود کچھ دیر تک بت بنا وہاں کھڑا رہا لیکن پھر بادل نخواستہ پہلی منزل پر گیا اور اماں کو لالی کے آنے کی اطلاع دے دی، جسے سنتے ہی وہ کچھ بے چین سی ہو گئیں، شاید ان کے دل میں چوڑیاں دیکھنے اور پہننے کی خواہش سر اٹھانے لگی تھی۔

اماں بے تاب ہو کر لالی کے پاس نچلی منزل پر جا پہنچیں اور اسے اپنے ساتھ اوپر لے آئیں۔ انہوں نے لالی کی رنگ برنگی چوڑیوں کی تعریف کی اور اس کی آواز کو سراہا۔ بارش میں بری طرح بھیگ جانے کی وجہ سے اس کا گندمی چہرہ نیلا اور سیاہ ہو رہا تھا۔ وہ بری طرح کانپ رہی تھی۔ اماں نے فوراً اسے ایک بڑی سی چادر اوڑھا کر چارپائی پر بٹھا دیا۔ اس نے چائے پینے کی فرمائش کی، جسے پورا کرنے کے لیے اماں باورچی خانے میں چلی گئیں۔ لالی نے اٹھ کر اپنا منہ ہاتھ دھوئے اور اس کے بعد باورچی خانے میں آ کر اماں کے پاس بیٹھ گئی۔ وہ بار بار ان کا شکریہ کرنے کے ساتھ ساتھ تیل والے چولھے پر ہاتھ سینکنے لگی، جس سے اس کے چہرے کی اصل رنگت دھیرے دھیرے بحال ہوتی چلی گئی۔

چائے کی خوشبو سونگھ کر بابا اوپر چلے آئے۔ اب آندھی تھم چکی تھی لیکن تیز بارش جاری تھی۔ بادلوں کے آپس میں ٹکرانے اور گرجنے کے ساتھ تیز بارش کے چھپاکوں کا شور بڑھتا ہی جاتا تھا۔ اماں چائے بناتے ہوئے متواتر آیت الکرسی پڑھ رہی تھیں کیوں کہ انہیں مکان کے گرنے کا دھڑکا بھی لگا ہوا تھا۔

چائے پیتے ہوئے بابا کے کہنے پر لالی نے اپنے بڑے سے تھیلے سے چوڑیوں کے پانچ ڈبے نکالے اور اماں کو اپنے پاس

بٹھا کر دیدہ زیب رنگوں کی چوڑیاں انہیں پہنانے لگیں۔ بابا اس کی موجودگی میں اچانک کچھ زیادہ ہی شوخ ہونے کے ساتھ متواتر بولنے لگے۔ ان کے ذو معنی جملے سن کر اماں بھی شرمانے لگتی تھیں۔

لالی مسکراتی ہوئی گہری نظروں سے بار بار ان کی طرف دیکھے جا رہی تھی۔ اس کے اور بابا کے درمیان ایک خاموش گفتگو جاری تھی۔ بابا کی آنکھیں سکڑتی پھیلتی مختلف اشارے کر رہی تھیں۔ وہ بار بار مونچھوں کو تاؤ دیتے تھے اور اب تو دو عورتوں کی موجودگی میں، وہ اپنی ناف کے نیچے بھی آزادی سے کھجانے لگ گئے تھے۔ ان کے ہونٹ بے شمار زاویے بناتے کوئی بات کہنے کی کوشش کر رہے تھے۔ لالی کے گالوں پر کئی مرتبہ سرخی پھیل گئی، اس کے ہونٹوں پر کپکپی سی دوڑ گئی اور اس کی آنکھیں کسی جذبے سے چمکنے لگ گئی تھیں۔ وہ محتاط تھی لیکن اس کے باوجود وہ بابا پر مہربان نظر آتی تھی۔ اس نے اماں کی دی ہوئی چادر اتار کر پھینک دی تھی۔ اس کا لباس اب پوری طرح سوکھ چکا تھا۔ اچانک اس نے اپنی ٹانگوں کو اس طرح ہلایا کہ اس کی سانولی پنڈلیاں اس کے گھاگھرے سے نکل کر عریاں ہو گئیں اور اس نے بہت دیر تک ان کو ڈھانپنے کی کوشش نہیں کی۔ مَیں نے دیکھا کہ لالی کے ہونٹوں، آنکھوں اور پورے چہرے پر ایک نیا ہی رنگ پھیلتا چلا جا رہا تھا۔

اماں نے دونوں بازوؤں میں چار درجن چوڑیاں پہنیں لیکن بابا نے ان کے لیے تقریباً چار درجن مزید چوڑیاں خریدیں۔ انہوں نے لالی سے کہا کہ وہ نئے رنگ اور نئے ڈیزائن کی مزید چوڑیاں لے کر آئے۔ لالی نے دو روز بعد آنے کا وعدہ کر لیا۔ بابا نے اسے زائد روپے دینے کی کوشش کی مگر اس نے لینے سے انکار کر دیا اور اپنے ڈبے سمیٹ کر انہیں اپنے تھیلے میں رکھنے لگی۔

تیز بارش اب ہلکی پھلکی بوندا باندی میں تبدیل ہو گئی تھی۔ جب وہ اسے چھوڑنے کے لیے نیچے والے دروازے تک گئے تو رخصت ہوتے وقت لالی نے ایک نشیلا قہقہہ لگایا، جس کی کھنک کچھ دیر تک میری سماعت میں گونجتی رہی۔ اس کے جانے کے بعد شام تک بابا کسی لوک گیت کی دھن گنگناتے رہے۔ ان کی گنگناہٹ سن کر نجانے کیوں میرا خون سلگتا رہا۔ مجھے یاد ہے کہ مَیں نے وہ شام افسردگی میں گزاری تھی۔

میرا خیال ہے کہ اس روز لالی سے بابا کا پہلی بار سامنا ہوا تھا اور وہ انہیں بھا گئی تھی۔ شاید اسی لیے ابا نے اپنے معمولات میں تبدیلی کر کے سہ پہر کے بعد گھر پر رہنا شروع کر دیا۔ وہ عام دنوں میں دوپہر کے کھانے کے بعد قیلولہ ضرور کرتے مگر لالی سے ملاقات کی خواہش میں انہوں نے پرانی عادت بھی ترک کر دی۔ وہ شام تک سارا وقت بے چینی سے گزارتے۔ کبھی اوپر اور کبھی نیچے کی منزل پر ٹہلتے رہتے۔ نیچے والے کمرے کی کھڑکیاں، جنہیں کھولنے کی زحمت بہت کم کی جاتی تھی، ابا گھر پہنچتے ہی انہیں کھول دیتے اور گلی سے گزرنے والے ہر شخص کو غور سے دیکھتے۔ باہر سے آتی کوئی بھی نسوانی آواز سنتے ہی وہ کھڑکیوں کے نزدیک جا کھڑے ہوتے مگر اگلے ہی لمحے مایوس ہو کر اپنی جگہ پر بیٹھ جاتے تھے۔ پہلی بار ہمارے گھر آنے کے بعد لالی نے ہماری گلی کا رخ کرنا ہی چھوڑ دیا تھا۔ اسے آئے دو سے زائد ہفتے گزر چکے تھے۔

مجھے یاد ہے کہ شہر کا موسم اگلے چند روز میں حیرت انگیز تبدیلیوں سے گزرا تھا۔ پہلے جھکڑ کے بعد تین جھکڑ اور چلے تھے۔

جس کی وجہ سے شہر کے لوگوں کا ناقابل تلافی نقصان ہوا تھا۔ بہت سے پرانے اور خستہ مکان منہدم ہو گئے تھے اور بہت سوں کی کھڑکیاں اور دروازے ٹوٹ گئے تھے۔شہر کے اندر اور باہر بہت سے درخت اپنی جڑوں سے اکھڑ کر راستوں میں پڑے ہوئے تھے۔بجلی کی تاریں اڑ گئی تھیں اور بے شمار کھمبے زمین بوس ہو گئے تھے۔شہر کے تمام گھروں کے تمام کونوں کھدروں میں ریت اور مٹی جا گھسی تھی۔ کچھ روز تک کھانا کھاتے ہوئے ہر آدمی اپنے منہ کے اندر ریت کو محسوس کرتا رہا تھا۔ مجھے یاد ہے کہ ان جھکڑوں کے بعد کئی روز تک لوگ ایک دوسرے کو پرانے شہروں کی بربادی کی داستانیں سناتے رہے تھے۔

آندھیوں سے پہلے ہوا بند ہو جاتی اور چاروں طرف حبس پھیل جاتا۔ آسمان زیادہ تر گرد آلود رہتا اور سورج دھول کی تہوں میں چھپ کر اپنی مٹیالی روشنی زمین پر پھینکتا۔ بادل آندھیوں کے ساتھ اڑتے ہوئے آتے اور اپنا سارا پانی برسا کر آن کی آن میں غائب ہو جاتے۔طوفان تھمنے کے بعد آسمان دھیرے دھیرے رنگ بدل کر اپنے اصلی رنگ میں آ جاتا اور سورج غروب ہوتے وقت لالوں لال ہو کر فلک پر سرخی کے بڑے بڑے بے شمار دھبے چھوڑ جاتا۔ تیز ہواؤں اور برسات کے دوران کسی پرندے کی چہکار سنائی نہیں دیتی تھی۔ مَیں سوچتا تھا کہ شاید وہ بھی آسمان میں جا کر چھپ گئے ہوں گے لیکن جھکڑ کے تھمنے کے بعد فضا دھیرے دھیرے پرندوں کی سریلی آوازوں سے بھرنے لگتی تھی۔ یوں لگتا تھا کہ جیسے وہ طوفان کی غارت گری کا قصہ سنا رہے ہوں۔ راتوں کو ستارے آسمان پر ٹمٹماتے اور چاند اپنا سفر جاری رکھتا۔ ان راتوں کی ہوا بڑی مدھم اور جھکولے بہت نرم سے تھے۔

لالی کی گمشدگی کے بعد میں کئی روز تک اس بات پر حیران ہوتا رہا تھا کہ آندھیوں اور تیز بارشوں کے دوران خانہ بدوشوں نے شہر کیوں نہیں چھوڑا؟ جب ہوائیں شہر کی تمام چیزوں کو اڑائے پھرتی تھیں اور آسمان سے چھاجوں پانی برستا تھا تو لگتا تھا کہ دیواروں کے سوا ہر چیز ہواؤں کے ساتھ ہمیشہ کے لیے غائب ہو جائے گی۔ انہوں نے وہ دشوار اور ناممکن عرصہ سرکاری گودام کے احاطے میں رہ کر کیوں نہیں گزارا۔

مجھے بہت بعد میں جا کر معلوم ہوا کہ موسم کی یہ ساری تبدیلیاں میرے خلاف ایک سنگین سازش تھیں۔ ان تبدیلیوں نے ہی لالی کو مجبور کیا کہ وہ میرے گھر کے دروازے پر دستک دے اور یوں اس کی ملاقات میرے بابا سے ہو جائے۔ اس ملاقات کے بعد مجھے محسوس ہو گیا تھا کہ لالی پر میری اجارہ داری ہمیشہ کے لیے ختم ہو گئی تھی۔ مَیں اسے اپنی دریافت سمجھتا تھا جس کے سبب وہ تھوڑے دنوں تک میرے خواب و خیال پر چھائی رہی تھی۔

لالی سے پہلی ملاقات کے بعد بابا پر اگلی تین شامیں بہت بھاری گزری تھیں۔ لالی کی مترنم آواز سننے اور اسے دیکھنے کا سودا ان کے سر میں سما چکا تھا۔ وہ شام ڈھلنے سے پہلے گھر سے نکل جاتے تھے اور آدھی رات کو واپس آتے تھے۔ وہ کسی سے کوئی بات نہیں کرتے تھے۔ اماں کی کلائیوں میں لالی سے خریدی ہوئی چوڑیوں کی جھنک سنتے تو ایک آہ بھر کے رہ جاتے۔ ان کے دل کے حال کا اماں کو بھی زیادہ پتہ نہیں تھا۔ اس لیے انہوں نے دو تین بار بابا کو چھیڑا تو وہ ان پر برس پڑے۔ اس کے بعد امی نے ہونٹ کھولنے بند کر دیئے۔ وہ تین دن ہمارے گھر میں بڑے خاموش گزرے۔ ہر کوئی دوسرے سے

خفا لگتا اور اپنے دل میں دوسرے کے لیے عناد چھپائے لگتا۔

چوتھے روز دوپہر کے کھانے کے بعد بابا قیلولہ کرنے کے بجائے گھر سے نکل گئے۔ان کے جاتے ہی میرے سر میں بھی نجانے کیا سمائی کہ مَیں بھی ان کے بعد نکل گیا اور ان سے دور رہ کر ان کا تعاقب کرنے لگا۔

وہ پہلے سیدھے مین روڈ پر واقع گندم کے گودام کے پاس واقع خانہ بدوشوں کے عارضی ٹھکانے کی طرف گئے اور کچھ دیر تک اس کے آس پاس منڈلا کر لالی کو دور سے ہی تلاش کرتے رہے۔ جب وہ انہیں وہاں نظر نہیں آئی تو سڑک پر چلتے ہوئے شاہ جہانی مسجد کی طرف جانے لگے۔ مَیں سڑک کنارے لگے سفیدوں کے درختوں کی اوٹ میں چھپتا، ان سے دوری رکھ کر ان کے پیچھے چلتا رہا۔ آٹے کی بڑی چکی سے آگے وہ شاہجہانی مسجد کے پاس والی تنگ اور سنسان سڑک کی طرف مڑ گئے جو سیدھی بازار کی طرف جاتی تھی۔ واٹر سپلائی کی بڑی ٹینکی کے قریب لالی اپنی برادری کی عورتوں کے ساتھ گپیں لگاتی اور اپنا گٹھڑ جھلاتی سامنے سے اسی طرف آتی دکھائی دے گئی۔ بابا اسے دیکھتے ہی تیزی سے اس کی جانب بڑھنے لگے۔ مَیں یہ منظر دیکھتے ہی دائیں طرف واقع فان گیس کے دفتر کے پاس چھپ کر انہیں دیکھنے لگا۔

بابا لالی کے قریب پہنچ کر ٹھہر گئے اور اسے اس کی ہم جولیوں کے سامنے اشارہ کر کے اپنی طرف بلانے لگے۔ان کا اشارہ دیکھ کر لالی ٹھٹھک گئی تھی لیکن اس نے ان کے قریب آنے سے اجتناب برتا تھا۔ وہ انہیں قریب دیکھ کر پہلے مسکرائی تھی اور اس کے بعد اس نے ایک زوردار قہقہہ لگایا تھا جس کا مطلب اس کی سہیلیاں فوراً سمجھ گئی تھیں اور وہ اسے ٹہوکے دے دے کر کچھ پوچھنے لگ گئی تھیں۔ اس نے اور بابا نے آنکھوں میں ایک دوسرے کو کوئی اشارہ کیا، جس کے بعد لالی اپنی سہیلیوں کے ساتھ ہنستی بولتی آگے نکل آئی اور میرے قریب سے گزری۔ مَیں نے ایک سرد آہ بھرتے ہوئے اس کی طرف دیکھا۔ مَیں اس کے لیے کوئی بھی نہیں تھا۔

بابا کچھ دیر تک واٹر سپلائی کی ٹینکی کے قریب کھڑے اسے جاتے ہوئے دیکھتے رہے، پھر وہ دبیر مسجد کی جانب مڑ گئے اور میں کمہاروں کی بستی کی طرف۔

مجھے یاد ہے کہ وہ رات بڑی خوش گوار تھی۔ دھیمی ہوا چل رہی تھی۔ آسمان پر کوئی بادل نہیں تھا اور ستارے چمک رہے تھے۔ پھر نجانے کون سے لمحے، بالکل اچانک تیز ہوائیں چلنے لگیں اور بادلوں نے آسمان پر ڈیرہ جما لیا اور بوندا باندی کا ایک طویل سلسلہ شروع ہو گیا، جس کی وجہ سے شہر کی تمام عمارتوں کے انہدام کا خطرہ پیدا ہو گیا تھا۔ گھٹتی بڑھتی بارش کی وجہ سے اگلے دن میں اسکول نہیں گیا۔ اس دن بابا بھی خلافِ توقع دیر تک سوتے رہے، جب کہ اماں باورچی خانے میں مصروف تھیں۔

اماں نے باورچی خانے سے نکل کر تمام کھڑکیاں بند کر دیں، جس کی وجہ سے پورا کمرہ اندھیرے میں ڈوب گیا۔ کھڑکیوں کی جھریوں سے داخل ہوتی روشنی بہت کمزور تھی۔ گرچہ بارش کا پانی کھڑکیوں کے راستے کمرے میں داخل نہیں ہوا تھا، اس کے باوجود سارا کمرہ گیلا گیلا محسوس ہو رہا تھا۔ خنکی کی وجہ سے مجھے بھی خفیف سی کپکپی ہو رہی تھی۔ مَیں باورچی خانے

میں چولھے کے پاس جابیٹھا۔اماں نے کوئی بات کیے بغیر میکانکی انداز میں پتیلی سے چائے نکال کر پیالے میں ڈال دی اور میں وہ پیالہ اٹھا کر چائے کے سڑپے لینے لگا۔ گھر سے باہر گرتے ہوئے پرنالوں کا شور بوندا باندی کی آواز پر حاوی تھا، البتہ وقفے وقفے سے بادلوں کی گھن گرج سنائی دے جاتی تھی۔

باباجب نیند سے جاگے تو انہوں نے بھی تیز بارش کی وجہ سے دکان پر جانے کا ارادہ ملتوی کر دیا۔انہوں نے حسبِ عادت چائے کے تین پیالوں کے ساتھ تین سگریٹ پیے۔اس کے بعد تقریباً دس پندرہ منٹ لیٹرین میں گزار کر وہ باہر نکلے تو آسودگی محسوس کر رہے تھے۔انہوں نے امی سے دوپہر کا کھانا بنانے کے لیے کہا اور خود نچلی منزل پر چلے گئے۔انہوں نے حسبِ عادت گلی کی جانب کھلنے والی ساری کھڑکیاں کھول دیں اور صوفے پر بیٹھ کر گلی میں گرتی بوندوں کا رقص دیکھنے لگے۔

غالباً دوپہر سے پہلے دروازے پر دستک سنائی دی۔ بابا اس وقت ہمارے ساتھ بیٹھے کھانا کھا رہے تھے۔وہ کھانا بیچ میں چھوڑ کر سیڑھیوں پر بھاگتے نیچے اتر گئے۔انہیں اس طرح بھاگ کر جاتے دیکھ کر میں اور اماں حیران تھے۔ کچھ دیر بعد جب نچلی منزل سے کھنکھناتا ہوا نسوانی لہجہ سنائی دیا تو میں سمجھ گیا کہ لالی آئی ہوئی تھی۔اماں نے مجھے نیچے جاکر دیکھنے کا اشارہ کیا تو مَیں نے انہیں بتادیا کہ چوڑیاں بیچنے والی ابا سے ملنے آئی تھی۔

انہیں میری بات پر یقین نہیں آیا۔وہ خود اٹھ کر زینے کی دو چار سیڑھیاں اتر کر دیکھنے کے لیے گئیں تو فوراً الٹے قدموں واپس آئیں اور دوپٹہ دانتوں میں دبا کر مسکرانے لگیں۔مَیں نے ان سے نیچے جاکر مداخلت کرنے اور شور مچانے کے لیے کہا تو انہوں نے ایک عجیب سی بے نیازی کے جواب دیا: ''کرنے دے عیش باپ کو''۔ان کے اس جواب پر مجھے شک گزرا کہ اس بار وہ بابا کے ساتھ مل گئی ہیں، اسی لیے انہیں کھل کھیلنے کی اجازت دے دی ہے۔

اماں کے آگے احتجاج کرنے کے بجائے، مَیں کان لگا کر نچلی منزل پر ہونے والی آہٹیں سننے کی کوششیں کرتا رہا۔ان آہٹوں کے ساتھ خفیف سی سرگوشیاں بھی تھیں۔لالی کی آواز ابا کی آواز پر غالب تھی۔اس کی آواز کے اتار چڑھاؤ میں خفگی اور غصہ چھپا ہوا تھا۔ابا کی آواز میں منت اور التجا تھی۔ کچھ دیر بعد ان باتوں کی آوازیں آنا بند ہو گئیں۔مَیں نے اور اماں نے موہوم سی آوازیں سننے کے لیے اپنے کان کھڑے کر لیے۔

میرے چہرے پر سنجیدگی طاری تھی اور میرے دل کی دھڑکن تیز ہو گئی تھی۔میرے پورے جسم میں کوئی شے سنسناتی ہوئی دوڑ رہی تھی۔ مَیں نے اماں کی طرف دیکھا تو وہ مسلسل مسکرائے جا رہی تھیں، پھر یکایک ان پر ہنسی کا دورہ پڑ گیا۔لگاتار پاگلوں کی طرح ہنستے رہنے کے بعد ان کی ہنسی یک دم تھم گئی۔اس کے بعد وہ اپنی کلائیاں چارپائی کے پایوں سے ٹکرانے لگیں۔انہوں نے کلائیوں میں پہنی ساری چوڑیاں توڑ ڈالیں، جو فرش پر ٹکڑے ٹکڑے ہو کر تمام کمرے میں پھیل گئیں۔ان کے چہرے پر شدید غم کے آثار دکھائی دے رہے تھے اور مجھ پر تو گویا سکتے جیسی کیفیت طاری تھی۔

دھیرے دھیرے نچلی منزل سے آتی وہ موہوم سی آوازیں تھم گئیں اور آہستہ آہستہ وہاں خاموشی پھیل گئی۔

کچھ دیر بعد دروازہ چرچراتا ہوا کھلا اور اگلے ہی لمحے لالی کا نشیلا سا قہقہہ سنائی دیا اور اس کے بعد میرے بابا کی اوباش ہنسی

گھر کے در و دیوار میں گونج کر رہ گئی۔ لالی کا قہقہہ اور پھر بابا کی اوباش ہنسی سن کر میں بھاگتا ہوا اماں کے پاس چلا گیا تھا اور انہوں نے مجھے اپنے سینے سے لگالیا۔ اس کے بعد دروازے کی کنڈی ایک چھناکے سے کھلی اور لالی ''اللہ وائی'' کہتی ہوئی باہر نکل گئی۔ بابا نے جواباً خدا حافظ کہا اور اسے رخصت کرنے کے لیے اس کے ساتھ گلی میں چلے گئے۔

امی کا یخ بستہ سینہ میرے کھولتے ہوئے سینے کو قرار نہیں دے سکا، اس لیے وہ آگ آج تک اپنی جگہ قائم ہے بلکہ میرے اندر کہیں سلگ رہی ہے کسی انگارے میں چھپ کر۔

ہائی اسکول کے پہلے سال، مَیں نے معلوم کرنے کی بہت کوشش کی لیکن کچھ پتہ نہیں چل سکا کہ جیتی جاگتی ''لالی باگڑن'' اچانک کہاں غائب ہوگئی اور کیسے؟ وہ کہاں سے آئی اور کہاں چلی گئی؟ میں کچھ عرصے تک اس کا سراغ ڈھونڈنے میں مصروف رہا۔ مَیں اپنے آپ کو یہ تسلی دیتے ہوئے اسے فراموش کرنے میں لگا رہا کہ وہ ایک خانہ بدوش عورت تھی، جو بارشوں اور طوفانی جھکڑوں کے لمبے سلسلے کے تھمتے ہی اپنے ساتھیوں کے ہمراہ کسی اور جگہ کوچ کرگئی تھی لیکن اس کے باوجود میں اسے بہت ڈھونڈتا رہا شہر میں موجود خانہ بدوشوں کے سارے ٹھکانوں پر، آس پاس کے گوٹھوں میں اور میلوں ٹھیلوں میں، لیکن اس کا کوئی پتا نہیں ملا۔ صرف اتنا معلوم ہو سکا کہ طوفانی بارش تھمنے کے بعد سرکاری گودام کے سامنے والے میدان پر لگا خانہ بدوشوں کا پڑاؤ اٹھ گیا تھا۔ اس کے بعد، اس نے کہاں کا رخ کیا اور کس طرف گیا، آج تک یہ خبر نہیں مل سکی۔

8

لالی کے قبیلے والے پھر کبھی واپس نہ آئے اور ویسا شدید مون سون بھی پھر نہ آیا۔ میری اداسی دھیرے دھیرے چھٹنے لگی۔ کچھ عرصے تک دل میں اِک ہُوک سی، جو مجھے بے چین کیے رہتی تھی، وہ دھڑکنوں کی روانی میں گم ہوتی چلی گئی۔ مَیں اپنے اسکول اور دوستوں میں مصروف ہو کر دھیرے دھیرے اس چوڑیاں بیچنے والی کو بھولتا چلا گیا لیکن جب کبھی مجھے شہر میں باگڑی عورتیں بھیک مانگتی نظر آتیں تو ناگہاں اس کی یاد کچھ دیر کے لیے دلگیر کر دیتی۔ اسی کے ساتھ بابا پر آنے والا غصہ جھاگ کی طرح بیٹھتا چلا گیا۔ تب اس کے سوا کچھ اور ممکن بھی نہیں تھا۔ اماں نے بھی چند روز احتجاج کیا، انہیں برا بھلا کہتی رہیں، پھر وہ بھی معمول کے گورکھ دھندے میں الجھتی چلی گئیں۔

ایک جمعرات کو بابا شام ڈھلے تک گھر واپس نہیں آئے۔ عام طور پر وہ جلدی لوٹ آتے تھے، اس لیے اس روز ان کے واپس نہ آنے کی وجہ سے مَیں پریشان ہو گیا۔ میری پریشانی کی کوئی خاص وجہ نہ تھی۔ بس شام کے بعد انہیں گھر پر دیکھنے کی عادت سی پڑ گئی تھی۔ مَیں دل ہی دل میں تشویش میں مبتلا تھا اور اپنی پریشانی کا اظہار اماں سے بھی نہ کر پا رہا تھا۔ ان کا اطمینان دیکھ کر مجھے حیرت ہو رہی تھی۔ وہ اپنے کاموں میں مصروف تھیں۔ سالن پکانے کے بعد وہ مغرب پڑھنے کی تیاری کر رہی تھیں۔ اذان سے پہلے ہی انہوں نے وضو کر لیا اور مصلے پر جا کر بیٹھ گئیں۔ ان کے سر پر مچھروں کا چھوٹا سا جھنڈ بھنبھنا رہا تھا مگر وہ سورۂ یٰسین پڑھنے میں منہمک تھیں۔ مَیں بھی کچھ دیر اسکول کی کتابیں پھرولتا رہا، پھر اس کے بعد انہیں بستے میں بند کر کے بیٹھ گیا۔

کھڑکیوں سے باہر شام کی روشنی معدوم ہوتی جا رہی تھی۔ کمرے کی نیم تاریکی دیکھ کر مَیں نے سارے بلب روشن کر دیئے۔ ہمارے گھر کے بجلی کے تمام بورڈ لکڑی کے پرانے اور زرد چوکھٹوں والے تھے۔ کالے رنگ کے موٹے سے بٹن کو نیچے کرنے کے لیے بہت زور لگانا پڑتا تھا۔ مَیں ہمیشہ یہ کام کرتے ہوئے ڈرتا تھا کیوں کہ بجلی کا کرنٹ لگنے کا خدشہ لاحق ہوتا تھا۔ سو واٹ کے تین یا چار بلبوں کی روشنی میں ہمارے گھر کی فضا آسیبی ہو جاتی تھی۔ زرد اور پھیکی روشنی ہر طرف پھیل جاتی تھی۔

گھر کی بالکونی بہت خستہ حال ہوتی جا رہی تھی۔ کچھ جگہوں سے فرش کی لکڑیاں ٹوٹ گئی تھیں اور مٹی بھی اکھڑ سی گئی تھی۔ اسی لیے ہم نے بالکونی کا استعمال بہت کم کر دیا تھا۔ روشنی اور ہوا کی خاطر اس کا دروازہ تمام دن کھلا رہتا تھا۔ مَیں کم

عمر تھا، اس لیے مجھے اماں بالکونی پر کھڑا ہونے سے روکتی نہ تھیں بلکہ صرف احتیاط سے کھڑا ہونے کی نصیحت کرتی تھیں۔

سرمئی آسمان آہستہ آہستہ تاریک ہو گیا اور مغربی افق پر ایک ستارہ ٹمٹمانے لگا۔ گلی کے نکڑ پر بجلی کے کھمبے پر بلب روشن ہو چکا تھا لیکن اس کی روشنی فضا میں تحلیل ہو کر زمین پر کم ہی پہنچ رہی تھی۔ ذرا فاصلے پر واقع مسجد سے نمازی نکلتے ہوئے نظر آ رہے تھے۔ اماں نے دعا مانگنے کے بعد مصلا سمیٹا تو میں بالکونی سے ان کے پاس جا کھڑا ہوا۔ مَیں نے بابا کے متعلق دریافت کیا تو انھوں نے بتایا کہ وہ فجر کے بعد گھر آئیں گے اور وہاب شاہ بخاری کے مزار پر رات گزاریں گے۔ یہ سن کر مجھے حیرت ہوئی کہ بابا کو اچانک مزار پر شب بسر کرنے کی کیا سوجھی۔

اس کے بعد بابا کا معمول بنتا چلا گیا کہ وہ جمعرات کی رات وہاب شاہ بخاری صحابی کے مزار پر گزار کر صبح کے وقت گھر لوٹتے اور دوپہر تک خوب نیند کرتے رہتے۔ جمعے کو چھٹی ہوتی تھی لیکن اس کے باوجود وہ جمعہ کی نماز نہیں پڑھتے تھے۔ وہ غسل کیے بغیر اور نئے دھلے ہوئے کپڑوں کے اہتمام کے بغیر پورا دن گزار دیتے۔ مجھے یاد ہے کہ بعض دفعہ اماں مجھے نہلا دھلا کر زبردستی جمعے کی نماز پڑھنے کے لیے شاہ جہانی مسجد بھیج دیا کرتی تھیں۔ ایسے میں بابا بھی ان کی ہاں میں ہاں ملاتے مجھے تاکید کرنے لگ جاتے تھے۔ اس بات پر مجھے غصہ آتا تھا کہ وہ خود تو نماز پڑھتے نہیں تھے اور مجھے نصیحت کرتے تھے۔

بابا مزار سے گھر آتے ہوئے کوئی نہ کوئی سوغات لے کر آتے۔ مکھانے، بتاشے، ریوڑیاں، بھُگیاں، بالوشاہی، گلاب یا موتیے کے پھول، عطر یا چند کتابچے، جن میں وہاب شاہ بخاری کے معجزے بیان کیے گئے تھے۔ بابا مزار کی باتوں کا ذکر گھر پر کم ہی کرتے۔ اماں کے پوچھنے پر بھی وہ بہت کم ہونٹ کھولتے۔ انھوں نے صرف اتنا بتایا کہ وہ مزار کی مسجد میں نفل پڑھتے تھے یا قرآن پاک کی تلاوت کرتے تھے اور وہاں پر موجود اللہ کے چند برگزیدہ بندوں کی باتیں سنتے رہتے تھے۔

میں تب تک صرف دو مرتبہ مکلی گیا تھا۔ وہاں جا کر میرے تجسس اور مہم جوئی کے جذبے کو زبردست تحریک ملتی تھی۔ مَیں اپنے بابا سے اپنا ہاتھ چھڑا کر اس وسیع و عریض قبرستان میں بھاگتا پھرتا تھا۔ بڑے بڑے چبوتروں پر بنی ہوئی قبریں، اونچے اونچے مقبرے اور ان کے کشادہ ہال اور تنگ و تاریک زینے، ان تمام چیزوں میں مجھے عجیب سی کشش محسوس ہوتی تھی۔ وہاب شاہ بخاری کا مزار قبرستان میں واحد تھا جہاں ہمیشہ لوگوں کا ہجوم رہتا تھا۔ اسی لیے اس کی دیکھ بھال اور تزئین و آرائش، دوسری عمارتوں سے زیادہ کی جاتی تھی۔ باقاعدگی سے صفائی ہوتی اور رنگ و روغن بھی کیا جاتا۔ وہاں کا فرش سنگِ سیاہ اور سفید مرمر کے پتھروں سے بنا تھا۔ مجھے وہاں بھیانک سی شکلوں والے عجیب و غریب لوگ بھی دکھائی دیئے، مَیں جنھیں دیکھ کر ڈرتا رہا اور ایسے میں بابا کا ہاتھ مضبوطی سے تھام لیتا تھا۔ وہاں بہت سی عورتیں یہاں وہاں گھومتی نظر آئیں، جن کے بال کھلے ہوئے اور بے ترتیب تھے اور جو مردانہ آواز میں بات کرتیں اور بھاگ بھاگ کر مزار کے فرش پر اتنے زور سے پٹخنیاں کھاتیں کہ ان کے جسم کے فرش پر پٹخ کر گرنے کی زوردار آواز سنائی دیتی تو میں دہل کر رہ جاتا۔ مَیں ان سے دور رہ کر سہمی نظروں سے انھیں دیکھتا رہتا۔

ایک جمعرات کی سہ پہر ہمارے گھر میں دو مہمانوں کی آمد ہوئی، مَیں جنھیں بالکل نہیں جانتا تھا۔ وہ شہر چوہڑ جمالی سے

آئے تھے اور اماں کے رشتے دار تھے۔ ان میں ایک عمر رسیدہ بوڑھا شخص تھا اور دوسری جوان لڑکی تھی۔ مجھے اماں سے معلوم ہوا کہ وہ بوڑھا شخص جس کا نام مانجھی تھا، وہ ان کا پھوپھی زاد بھائی تھا اور وہ لڑکی صغراں اس کی پوتی تھی۔ مانجھی ایک غریب زمین دار تھا، جس کے پاس صرف دو ایکڑ زمین تھی اور وہ اسے اپنے پانچ بیٹوں کے ساتھ مل کر کاشت کرتا تھا اور یوں بمشکل ایک بڑے خاندان کی کفالت ہو پاتی تھی۔ نہ وہ خود پڑھا لکھا تھا اور نہ ہی کسی بیٹے نے تعلیم حاصل کی تھی۔ صغراں اس کے سب سے بڑے بیٹے اللہ ڈنو کی بیٹی تھی۔ وہ اسے علاج کی خاطر یہاں لایا تھا۔ مانجھی کے بقول اس پر کسی جن کا سایہ ہو گیا تھا۔ اس نے اماں کو اپنے سوگوار لہجے میں اس واقعے کی پوری تفصیل بتائی۔

صغراں، ایک رات اپنی رشتہ دار عورتوں کے ساتھ کسی دوسرے گاؤں میں ہونے والی شادی سے واپس آ رہی تھی۔ دو ڈیڑھ میل کا پیدل فاصلہ تھا۔ رات کے اس پہر چاروں طرف سناٹا تھا لیکن وہ عورتیں قہقہے لگاتی اور ایک دوسرے کے ساتھ ہنسی مذاق کرتی آ رہی تھیں۔ ان کے ساتھ موجود مرد انہیں ڈانٹ رہے تھے مگر وہ انہیں خاطر میں نہیں لا رہی تھیں۔ راستے میں ایک چھوٹی نہر پڑتی تھی جس کے پل کے پاس کھجور کے درختوں کا ایک چھوٹا سا جھنڈ تھا۔ مانجھی اور دیگر تمام لوگوں کا یقین تھا کہ درختوں کا وہ جھنڈ جنوں اور چڑیلوں کا مستقل ٹھکانہ تھا۔ اس رات باتوں باتوں میں ساری عورتیں یہ بات بھول گئیں۔ ان کی آوازوں کا ہنگامہ سن کر جنوں اور چڑیلوں کے آرام میں شدید خلل واقع ہوا۔

صغراں سے صرف یہ غلطی ہوئی کہ وہ سب سے آخری کھجور کے درخت کے پاس پیشاب کرنے بیٹھ گئی اور ایک جوان جہان قسم کا جن جو اپنی بے آرامی پر مضطرب تھا، وہ صغراں کی جوانی دیکھ کر دنگ رہ گیا اور اس پر فریفتہ ہو گیا۔ وہ جب گھر پہنچی تو اس کے ہاتھ پیر ٹھنڈے پڑ گئے اور وہ فوراً بے ہوش ہو گئی۔ اسے اگلی شام تک ہوش نہیں آیا لیکن جب اس کی آنکھ کھلی تو وہ اپنے آپ میں نہیں تھی اور اول فول بک رہی تھی۔ اس کی آنکھیں پیشانی تک پھیل گئی تھیں اور اس کی زبان منہ سے باہر لٹکنے لگی تھی اور دیر تک اس میں سے جھاگ نکل کر اس کے چہرے پر پھیلتا رہا تھا اس کی یہ حالت جس کسی نے بھی دیکھی اس نے فوراً یہی کہا کہ اس پر جن چڑھ گیا ہے۔ ابتدائی کچھ دنوں تک گوٹھ کی بڑی بوڑھیاں اس کا جن اتارنے کے لیے اپنے دیسی ٹوٹکے آزماتی رہیں۔ انہوں نے کئی مرتبہ اسے مرچوں اور مصالحوں کی دھونی دی، ڈنڈے سے اسے مارا پیٹا کہ شاید مار کھا کر جن اس کا بدن چھوڑ کر نکل جائے۔ مگر وہ بھی کوئی ڈھیٹ تھا اور اسے چھوڑنے پر تیار نہیں تھا۔

مانجھی نے آنکھوں پر ہاتھ رکھ کر قسمیں اٹھاتے ہوئے بتایا کہ جس وقت جن کو جلال آتا تو صغراں کی اصل آواز غائب ہو جاتی اور اس کے گلے سے بھاری بھرکم مردانہ آواز نکلنا شروع ہو جاتی، جو نہ صرف اس سے اپنے عشق کا اظہار کرتی بلکہ محبت بھرے بیت اور روائیاں بھی سناتی ہے۔ بقول مانجھی کے، اس نے ایسی دل سوز آواز میں کبھی کسی کو ایسا کلام پڑھتے ہوئے نہیں سنا۔ جب گاؤں بھر کے لوگ تھک کر ہار گئے اور صغراں کی حالت میں کوئی فرق ظاہر نہیں ہوا تو اس کے بعد مانجھی نے علاقے کے پیروں فقیروں سے رجوع کرنا شروع کیا۔

وہ اسے ساتھ لیے علاقے کے مزاروں اور آستانوں پر گیا مگر وہ ٹھیک نہیں ہو سکی۔ شاہ یقیق کے مزار پر کسی بزرگ نے

مانجھی کو مشورہ دیا کہ وہ اسے وہاب شاہ بخاری کی درگاہ پر لے جائے۔ اس کی درگاہ پر سومار جنڑی نام کا ایک آدمی رہتا تھا جس کے قبضے میں بہت سارے جنات تھے وہ صغراں کا جن با آسانی نکال دے گا۔

یہ سب سننے کے بعد مجھے صغراں سے ڈر لگنے لگا۔ بظاہر وہ عام سی لڑکی دکھائی دیتی تھی۔ تقریباً اٹھارہ برس کی دبلی پتلی، گندمی رنگت اور درمیانی قامت والی۔ وہ خوبصورت اور پُرکشش نہیں تھی۔ اس کے چہرے پر ہر وقت زردی پھیلی رہتی اور اس کی بڑی بڑی آنکھوں میں اداسی کے سائے نظر آتے۔ وہ کھوئی کھوئی رہتی اور یوں لگتا کہ آس پاس کی چیزوں کو دیکھتے ہوئے بھی اس کی نگاہیں کچھ نہیں دیکھتی تھیں۔ جب بھی کوئی اس سے مخاطب ہوتا تو وہ اس کی آواز سن کر چونک پڑتی تھی۔ ایسے میں وہ اپنے سر کو دوپٹے سے اچھی طرح ڈھک لیتی اور قمیص کے دامن کو بار بار سمیٹتی رہتی۔

اماں برسوں بعد اپنے پھوپھی زاد بھائی سے مل کر خوش تھیں۔ انہوں نے مانجھی کی بپتا سن کر اسے ہر طرح کی مدد اور تعاون کا یقین دلایا۔ وہ دونوں کھانا کھانے کے بعد قیلولہ کرنے کے لیے لیٹے تو بہت دیر تک نیند کرتے رہے۔

بابا دکان سے لوٹے تو ان کی ملاقات باپ بیٹی سے ہوئی۔ وہ مانجھی سے فراخ دلی سے پیش آئے۔ انہوں نے اس کے خاندان کے تمام افراد کا حال احوال پوچھا۔ مانجھی خان نے سب کے بارے میں تفصیل سے بتاتے ہوئے، بابا سے شکایت کی کہ انہوں نے چوہڑ جمالی کو بالکل فراموش کر دیا تھا۔ برسوں گزر گئے اور وہ ان سے ملنے تک نہیں آئے۔ بابا نے معذرت کرتے ہوئے اپنی زندگی کی الجھنوں کا ذکر چھیڑ دیا اور اسے اپنی مصروفیات کے بارے میں بتانے لگے۔ اس کے بعد مانجھی ان سے فصلوں، موسموں اور میلوں ٹھیلوں کی باتیں کرنے لگا۔ اس نے بتایا کہ پچھلے دو برسوں میں پانی کی شدید قلت کے باعث کپاس اور گندم کی فصلیں خراب ہو گئیں۔ نہروں میں پانی بہت کم ہوتا جا رہا تھا اور پھر رہی سہی کسر بے وقت کی بارشوں نے پوری کر دی تھی۔ آب پاشی کے محکمے والوں کی بے ایمانی کے ذکر کے بعد وہ انہیں اپنے چہیتے مرغے مٹھل کی کارگزاریوں کے قصے سنانے لگا، جس نے تعلقے بھر میں ہونے والی مرغوں کی پندرہ لڑائیوں میں سے گیارہ میں فتح حاصل کی تھی۔ مٹھل کے متعلق باتیں کرتے ہوئے مانجھی کی آنکھیں چمکنے لگی تھیں اور اس کا لہجہ مسرت سے بھرا ہوا تھا۔ اس نے اپنے چہیتے مرغے کے جسم کا بیان اتنی مبالغہ آرائی سے کیا کہ مجھے محسوس ہونے لگا کہ وہ کسی زور آور پہلوان کا ذکر کر رہا تھا۔

مانجھی کی باتیں بابا نے مصنوعی دلچسپی کے ساتھ سنیں۔ اس نے سب سے آخر میں بابا کو اپنی آمد کے اصل مقصد سے آگاہ کیا۔ اسی وقت بابا نے چونک کر پہلی مرتبہ کھاٹ پر سر جھکائے بیٹھی صغراں کو غور سے دیکھا۔ بابا نے مانجھی کو بتایا کہ سومار کچھ دنوں کے لیے شاہ لطیف کے مزار پر حاضری دینے گیا ہوا تھا۔ اس کے آنے میں ایک ہفتہ لگ جائے گا۔ اس کے بعد بابا نے اسے سومار جنڑی کے بارے میں کچھ باتیں بتائیں، جنہیں سن کر مانجھی کیا، ہم سب حیران رہ گئے۔ سومار جنڑی کے بارے میں مشہور تھا کہ اس کے قبضے میں تقریباً بارہ جن تھے۔ وہ سب کے سب اس کے قبضے میں آنے سے پہلے ہندو، یہودی اور عیسائی تھے۔ جنہیں اس کے مسلمان جن شامات نے الٹا لٹکا کر اور موچڑے مار مار کر زبردستی اسلام قبول کروایا تھا۔ اب وہ سب پکے مسلمان بن چکے تھے اور شامات جن نے انہیں نماز اور قرآن پڑھنا سکھا دیا تھا۔ سومار ہر روز ان سے

قرآن شریف کی تلاوت سنتا تھا۔

سومار طویل عرصے تک جنگلوں، ویرانوں میں چلہ کشی کرتا رہا تھا۔ ایک جن پر قابو پانے کے لیے تقریباً چالیس روز تک چلہ کشی کی جاتی تھی۔ سومار ایک گول دائرہ کھینچ کر اس میں بیٹھ گیا تھا اور مختلف وظائف اور سورتیں پڑھتا تھا۔ اس دوران جنات روپ بدل بدل کر اسے ڈرانے دھمکانے کی کوششیں کرتے رہے۔ وہ کبھی حسین عورت کے روپ میں آتے اور کبھی شیش ناگ کے، کبھی ببر شیر کے روپ میں، تو کبھی خونخوار بھیڑیئے کے۔ مگر سومار اپنی مستقل مزاجی اور جرأت کے ساتھ اپنے چلے میں ڈٹا رہا۔ چلے سے باہر کبھی بجلیاں کڑکتیں اور کبھی بادل گرجتے۔ کبھی آندھیوں کی آوازیں سنائی دیتیں تو کبھی پہاڑوں کے پھٹنے کی۔ بابا نے مزید بتایا کہ کئی مرتبہ اس کا دل خوف سے کانپنے لگا، وہ اتنا زیادہ ڈر گیا کہ چلہ کشی چھوڑ چھاڑ کر بھاگ جانے کے بارے میں سوچنے لگا مگر اس نے اپنے آپ کو روکے رکھا کیوں کہ چلے سے باہر نکلنا اپنے آپ کو موت کے حوالے کرنے کے مترادف تھا۔ سومار جب شامات جن پر قبضہ کر چکا تو شامات کی مدد سے اس نے دوسرے جنات کو بھی اپنے قبضے میں لینا شروع کر دیا۔ بابا نے بتایا کہ سومار کبھی چپل نہیں پہنتا۔ وہ ہمیشہ پرانے لباس میں رہتا اور اسے جہاں کہیں بھی جانا ہوتا تو وہ سفر کرنے کے لیے ایک گدھا گاڑی استعمال کرتا۔ اس کی یہ سادگی اس کی مجبوری بھی تھی کیوں کہ اگر وہ بھی عام لوگوں کی طرح رہنا شروع کر دے تو جنات بھاگ جائیں گے۔ وہ جنات ہر وقت سومار کے ساتھ رہتے اور اس کے سوا کسی کو دکھائی نہیں دیتے تھے۔

مانجھی بابا کی باتیں حیرت بھری دلچسپی سے سن رہا تھا، اس کی آنکھیں پھٹی کی پھٹی اور منہ کھلا رہ گیا تھا۔ بیچ بیچ میں وہ بے معنی جملے بول کر اپنی حیرانی کا اظہار کرتا رہا۔ بابا نے اسے یقین دلایا کہ وہ صغراں کا علاج کروانے کی پوری کوشش کریں گے۔ انہوں نے یہ بتا کر اس کی تسلی کرنی چاہی کہ شہر میں سومار کے علاوہ کچھ اور لوگ بھی جنات نکالنے کا طریقہ جانتے ہیں۔

گھر میں مہمانوں کی پہلی رات ان کے لیے خاص کھانے کا اہتمام کیا گیا جو دیسی مرغی کے گوشت اور شوربے کے سالن پر مشتمل تھا۔ کھانا پکنے کے دوران باورچی خانے میں صغراں نے اماں کا ہاتھ بٹایا۔ کام کرتے ہوئے وہ اماں سے سرگوشیوں میں باتیں بھی کرتی رہی۔ مَیں نے دیکھا کہ وہ تین مرتبہ مسکرائی بھی تھی اور اس دوران اس کی زرد آنکھوں میں ایک روشنی سی ٹمٹما کر رہ گئی تھی۔

اگلے چند دنوں میں اماں صغراں کو لے کر ایسی عورتوں کے پاس گئیں جو عاملہ کی حیثیت سے مشہور تھیں۔ ان خواتین نے اسے کچھ تعویذ لکھ کر دیئے تھے، جنہیں اماں اسے روز پانی میں گھول کر پلاتیں۔ تعویذ پیتے ہوئے وہ نخرے نہیں کرتی تھی، بس چپ چاپ پی لیتی تھی، مگر اس کے باوجود اس کے چہرے پر پھیلی سخت گیری اور درشتی ختم ہونے کا نام نہیں لیتی تھی۔

میں نجانے کیوں اس بات کا منتظر تھا کہ کب اس پر دورہ پڑے گا اور اس کے منہ سے جھاگ نکلے گا اور اس کے اندر چھپا ہوا جن اپنی مردانہ آواز میں بیت سنائے گا؟ میری یہ خواہش بہت دنوں تک پوری نہیں ہوسکی۔ گرچہ صغراں کے رویئے اور طور طریقے میں اچنبھے کی کوئی بات نہیں تھی مگر پھر بھی میں اسے کن اکھیوں سے دیکھتا رہتا تھا۔ مَیں اس سے گفتگو کرنا چاہتا

تھا، اس سے اس کی زندگی کے بارے میں پوچھنا چاہتا تھا مگر ہر مرتبہ اس کے ساتھ بولتے ہوئے میں جملہ ادھورا چھوڑ کر خاموش ہو جاتا تھا۔ مَیں نے دوسرے دن ہی یہ محسوس کر لیا تھا کہ وہ گھر کے تمام لوگوں میں سے صرف مجھے ہی اپنائیت کی نظر سے دیکھتی تھی۔ اسی لیے وہ مجھے بھاؤ یعنی بھائی کہہ کر مخاطب کرتی تھی اور مجھے جو کشش، اس کے خلوص اور محبت سے کہے گئے لفظ ''بھاؤ'' میں محسوس ہوتی تھی، وہ کبھی دوسرے لفظوں میں محسوس نہ ہوئی۔

صغراں بہت کم باتیں کرتی۔ اگر کرتی بھی تھی تو زیادہ تر اماں کے ساتھ، جو اسے مختلف کاموں میں مصروف رکھتی تھیں۔ اس کی یہ وجہ نہیں تھی کہ وہ اس کا دھیان بٹانا چاہتی تھیں بلکہ اصل وجہ یہ تھی کہ وہ اپنی ذمہ داریوں سے بھاگنا چاہتی تھیں۔ حسینہ کی وجہ سے انہیں کاہلی کی عادت پڑ گئی تھی۔ صبح کے وقت صغراں ہی پورے دن کا آٹا گوندھتی، سالن بھی وہی بناتی، گھر کے تمام حصوں میں جھاڑو بھی وہی لگاتی۔ ایک بار مَیں نے اماں سے دبے لہجے میں احتجاج کیا کہ مہمان سے کام کروانا اچھی بات نہیں مگر انہوں نے یہ دلیل پیش کی کہ وہ ان کی بھانجی ہے، کوئی غیر نہیں۔ سو ان کی مرضی، اس سے جو کام کروائیں۔ یہ سن کر میں چپ ہو کے رہ گیا۔

صغراں نے مجھ سے پہلی گفتگو اپنے چھوٹے بھائیوں کے بارے میں کی، جو اسے میری طرح کے لگتے تھے۔ نجانے کیوں بات چیت شروع ہوتے ہی وہ مجھے اور زیادہ اچھی لگنے لگی۔ اس کے آس پاس رہ کر زیادہ سے زیادہ وقت گزارنے کی خواہش کی وجہ سے مَیں نے گھر سے نکلنا بند کر دیا۔ اس کی آنکھیں اور اس کی مسکراہٹ مجھے پسند آنے لگے۔ گرچہ وہ بہت کم مسکراتی تھی اور اکثر مسکراتے ہوئے اپنی مسکراہٹ بھینچنے یا دبانے کی کوشش کرتی تھی۔

شاید وہ پہلی لڑکی تھی جو جسم کے بجائے کسی اور گہری وجہ سے مجھے پسند آئی تھی، شاید بڑی بہن کی حیثیت سے کیوں کہ میری کوئی بہن نہ تھی۔ اسی لیے میں اس سے اپنا تعلق نبھانے کی کوشش میں لگا رہتا، مجھے جو بھی جیب خرچ ملتا، اس سے مَیں اس کے لیے مختلف چیزیں لے کر آتا۔ ٹافی، قلفی اور ایسی ہی دوسری چیز، جسے وہ بڑے شوق سے کھاتی۔ اس نے مجھے بتایا کہ ایسی چیزیں اس نے اپنے گوٹھ میں کبھی نہیں کھائی تھیں۔

صغراں کو شہر کی لڑکیوں کی طرح بننا سنورنا نہیں آتا تھا۔ وہ میک اپ کے بارے میں بھی معمولی سا جانتی تھی۔ وہ دھیمے رنگوں کے عام کپڑے پہنتی تھی۔ مَیں نے شروع میں ہی محسوس کر لیا تھا کہ وہ بابا سے خوف کھاتی تھی۔ ان کی موجودگی میں وہ ہنسنا بولنا ترک کر دیتی اور دانستہ کوشش کرتی کہ ان کے سامنے بھی کم سے کم آئے۔ اس نے ابتدائی دنوں میں بابا سے کوئی بات نہیں کی اور نہ ہی انہوں نے اس سے کچھ کہا۔ مَیں اس صورتِ حال پر دل میں خاصا مطمئن تھا۔

میرے بابا نے دوپہر کا قیلولہ کچھ عرصہ پہلے ترک کر دیا تھا۔ اس لیے مانجھی صبح ان کے ساتھ گھر سے نکلتا اور شام کو واپس آتا۔ وہ اپنی پوتی اماں کے سپرد کر کے بے پروا ہو گیا تھا۔ وہ دوپہر تک دکان پر بابا کے ساتھ گپیں لگاتا رہتا۔ سہ پہر کے وقت بابا اسے گھمانے پھرانے کے لیے جاتے کیوں کہ وہ سیر سپاٹے کا شوقین تھا۔ پہلے دن بابا نے اسے شاہی بازار دکھایا۔ اس کے بعد وہ اسے شاہ جہانی مسجد لے کر گئے۔ اگلے دنوں میں بابا اسے شہر کے گلی کوچوں میں بکھرے مزارات پر لے

گئے اور اس کے بعد مکلی کے قبرستان کی باری آئی۔

شام ڈھلے جب وہ گھر لوٹتا تو اپنی سیر کا احوال جزئیات کے ساتھ اماں اور صغراں کو سناتا۔ وہ اپنے آپ کو ملامت کرتا کہ وہ اس سے پہلے یہاں کیوں نہیں آیا۔ وہاب شاہ بخاری کے مزار پر خلیفے کی اس بات نے اس پر شدید اثر کیا تھا کہ مکہ معظّمہ کے بعد اگر دنیا بھر میں اگر دوسرا کوئی مقدس علاقہ ہے تو وہ یہی قبرستان ہے کیوں کہ یہاں نو سو ننانوے بزرگانِ دین کی قبریں موجود ہیں صرف ایک پیر کے مزار کی کمی رہ گئی ورنہ اس قبرستان کی حیثیت کچھ اور ہی ہوتی۔

ایک شام میں اور اماں صغراں کو شاہ جہانی مسجد کی سیر کرانے لے گئے۔ مسجد کے چار جانب سبزہ زاروں کے وسیع قطعے تھے۔ ان کشادہ سبزہ زاروں کے بالکل بیچ میں وسیع و عریض مسجد کھڑی تھی، جس کی دیواریں پیلے پتھر سے بنی ہوئی تھیں۔ ہم دیواروں کے ساتھ چلتے، اس دروازے تک پہنچے جو صندل کی لکڑی کا تھا اور اس پر بہت سے نقش و نگار بنے ہوئے تھے۔ ہم نے اپنے جوتے اتار کر ہاتھوں میں پکڑے اور اندر داخل ہوئے تو تیز خنک ہوا ہمارے چہروں سے ٹکرانے لگی۔ اماں اور صغراں کے دوپٹے پھڑ پھڑانے لگے۔ انہوں نے بمشکل انہیں اڑ جانے سے روکا۔ اماں اور صغراں کسی ضرورت کے بغیر بڑے سے حوض کے گرد وضو کے لیے سنگِ زرد سے بنی نشستوں پر بیٹھ گئیں اور نل کھول کر چہرے پر پانی کے چھینٹے مارنے لگیں۔ مَیں نے منت سماجت کر کے انہیں وہاں سے اٹھایا۔ اس کے بعد ہم مسجد کے وسیع و عریض صحن اور گنبدوں کے نیچے بنے گلیاروں میں گھومنے لگے۔

عصر کی باجماعت نماز پڑھی جا چکی تھی۔ جماعت سے رہ جانے والے لوگ یہاں وہاں کھڑے نماز پڑھتے نظر آتے تھے۔ بہت سے کم عمر بچے صحن میں بھاگتے پھرتے تھے۔ عورتیں بلند لہجوں میں باتیں کر رہی تھیں اور قہقہے لگا رہی تھیں۔ ان کی آوازیں گنبدوں میں سفر کرتی چاروں جانب پھیل رہی تھیں۔ مسجد کے صحن میں چاروں جانب طرف بنی محرابوں پر فارسی اور عربی میں کچھ عبارتیں لکھی ہوئی تھیں۔ ہم اس جگہ جا کر تھوڑی دیر کے لیے بیٹھ گئے جہاں سرخ اینٹوں سے خطبات کے لیے مسجد کا منبر بنا ہوا تھا۔

میں اس شام شوخی میں تھا اور زیادہ بول رہا تھا۔ شاید میری زود گوئی کی وجہ سے صغراں بھی کھلتی چلی گئی۔ مَیں نے پہلی بار اس کے قہقہے کی دل نشین کھنک سنی اور اس کے لہجے کے مختلف تیور محسوس کیے۔ اس دوران اس کی آنکھوں میں جاگزیں اداسی بھی کچھ دیر کے لیے چھٹ گئی۔ وہ مسجد کی تمام چیزوں کو دلچسپی سے دیکھتی رہی۔ جب مَیں نے اسے بتایا کہ کسی بھی گنبد کے نیچے لگائی جانے والی آواز کی بازگشت سارے گنبدوں میں دیر تک گونجتی رہتی ہے، تو اس نے تجربہ کرنے کے لیے زور سے چیخ ماردی۔ اس کی غیر متوقع چیخ سن کر میں اور اماں دو تین لمحوں کے لیے پریشان ہو گئے مگر اسے ہنستا ہوا دیکھ کر ہم مطمئن ہو گئے۔

بڑے گنبد کے نیچے نیم تاریکی تھی۔ مسجد کا بوڑھا شیدی چوکیدار، اپنے مخصوص پراسرار طریقے سے فرش پر ڈنڈا مارتا ہوا ہمارے قریب سے، ہمیں گھورتا ہوا گزرا۔ اسے دیکھ کر صغراں بری طرح سہم گئی اور اس نے اسی لمحے واپس جانے کی ضد

شروع کر دی۔ مَیں نے دیکھا کہ تھوڑی دیر کے لیے اس کے چہرے پر پھیلنے والی خوشی کی دھنک یکایک غائب ہو گئی اور وہ پہلے کی طرح کٹھور ہو گئی۔ اس کی بات مانتے ہوئے میں اور اماں اس کے ساتھ دھیرے دھیرے چلتے گنبد سے نکل کر صحن میں چلنے لگے۔ اس کی آنکھوں میں پرانی اداسی لوٹ آئی اور وہ بار بار دائیں بائیں اور آگے پیچھے دیکھنے لگی۔ اماں نے اس کی دل جوئی کرتے ہوئے سمجھایا کہ وہ کوئی خطرناک آدمی نہیں بلکہ مسجد کا چوکیدار تھا، جو صبح سے شام تک مسجد کی دیکھ بھال کے لیے یونہی گھومتا رہتا تھا۔ اس سے خوفزدہ ہونے کی ضرورت نہیں۔ مَیں نے بھی اس کی حوصلہ افزائی کے لیے چند جملے کہے۔ وہ ہماری باتیں سنتے ہوئے اپنا سر بار بار ہلا رہی تھی لیکن اس کی سراسیمگی ختم نہیں ہو سکی۔

مسجد سے باہر نکلتے ہی ہم نے ہاتھوں میں پکڑی چپلیں نیچے پھینک کر پہن لیں۔ اماں کی فرمائش پر ہم فواروں کی قطار کے ساتھ چلنے لگے، لیکن اس وقت تمام فوارے بند تھے اور ان کے حوض سوکھے ہوئے تھے۔ اماں بہت دنوں کے بعد گھومنے نکلی تھیں، اس لیے وہ زیادہ سے زیادہ وقت باہر گزارنا چاہتی تھیں۔ وہ ہمیں مین روڈ والے مرکزی آہنی گیٹ کے پاس لے گئیں، جہاں خوانچہ فروش اور ٹھیلے والے کھانے پینے کی چیزیں بیچ رہے تھے۔ اماں نے کٹے ہوئے ناریل کے ٹکڑے، گرما گرم چنے اور تھوڑی سی ربڑی خریدی۔ ہم نے یہ سب چیزیں ایک سبزہ زار پر بیٹھ کر کھائیں۔

مسجد کی سیر کے دوران مَیں نے شدت سے محسوس کیا کہ ہم جس طرف بھی جاتے تھے، وہاں کھڑے ہوئے مرد اور جوان لڑکے ہمیں گھورنے لگ جاتے۔ ان کی نظریں سب سے زیادہ صغراں کی جانب مائل تھیں۔ ان کی اس حرکت پر مجھے جی ہی میں طیش آتا رہا اور مَیں نے انہیں کئی مرتبہ گھور کر دیکھا بھی، مگر وہ بہت ڈھیٹ واقع ہوئے تھے۔ جب ہم سبزہ زار پر بیٹھ کر چنے اور ربڑی کھا رہے تھے، تو لڑکوں کی ایک ٹولی ہمارے آس پاس منڈلانے لگی۔ وہ لڑکے اپنے منہ میں انگلیاں ڈال کر سیٹیاں بھی بجا رہے تھے۔ مجھے ان کی اس حرکت پر غصہ آ رہا تھا جب کہ اماں کو ان کی بالکل پروا نہیں تھی۔ مَیں نے محسوس کیا تھا کہ مردوں کی گھورتی ہوئی نگاہیں دیکھ کر صغراں گھبرا گئی تھی۔ اس کی گھبراہٹ دیکھتے ہوئے مَیں نے اماں سے گھر چلنے پر اصرار کیا۔

شام ڈھلنے والی تھی جب ہم چھوٹے گیٹ سے باہر نکلے۔ سڑک پر تھوڑی دیر چلنے کے بعد ہمیں کسی سپیرے کی بین کی لہراتی ہوئی آواز سنائی دی۔ ذرا فاصلے پر ایک سپیرا اپنی پٹاری کھول کر بیٹھا ہوا بین بجا رہا تھا اور اس کے گرد چند شوقین مزاج لوگ کھڑے ہوئے سانپ کا ناچ تھے۔ مجھے بھی بین کی آواز پر ناچتے اور لہراتے سانپ کا منظر دیکھنا اچھا لگتا تھا۔ مَیں اماں اور صغراں سے کچھ دیر انتظار کرنے کا کہہ کر سانپ دیکھنے چلا گیا۔

کالا بھجنگ سپیرا اپنے منہ اور پھیپھڑوں کا زور لگا کر اونچے سروں میں بین بجا رہا تھا۔ بین کی آواز تیز اور کاٹ دار تھی۔ وہ بین بجاتے ہوئے ایک ہاتھ سے پٹاری کو ہلاتا جاتا تھا، جس میں بند شیش ناگ نے پٹاری کے دائرے میں رینگنا شروع کر دیا تھا۔ آہستہ آہستہ اس کے جسم کی بے چینی بڑھنے لگی۔ اس سانپ کے جسم پر کالے اور چمک دار دھبے نظر آ رہے تھے۔ اس کے جسم کی تیز حرکت اور اس کے منہ سے سنائی دیتی دھیمی شونکار سن کر ہجوم ذرا سا پیچھے ہٹنے لگا۔ مَیں بھی دو چار قدم

پیچھے ہٹ گیا۔ ناگ کچھ دیر بعد اپنا پھن پھیلا کر اٹھ کھڑا ہوا۔ پھر یکایک سپیرے نے بین بجانی بند کر دی اور اسے ہاتھوں میں اٹھا لیا۔ اس نے سانپ کا منہ کھول کر اس کے بے ضرر ہونے کا اعلان کیا مگر اس کی بات پر کسی کو یقین نہیں آ رہا تھا۔

میں جوگی کے ہاتھ میں بل کھاتا اور لہراتا ناگ حیرت بھری نگاہ سے دیکھ رہا تھا کہ ایک شخص نے میرے کندھے پر ہاتھ رکھ کر مجھے پیچھے کی طرف متوجہ کیا۔ میری اماں میرا نام لے کر مجھے بلا رہی تھیں۔ مَیں نے پلٹ کر دیکھا تو حیران رہ گیا کہ صغراں سڑک پر چت پڑی ہوئی تھی اور اس کے بازو اور ٹانگیں بری طرح ہل رہے تھے، جیسے اس پر کوئی دورہ پڑ گیا ہو۔ اماں اس پر جھکی اس کے گال تھپتھپا رہی تھیں۔ مَیں بھی اسی لمحے بھاگ کر ان کی مدد کو پہنچا۔ انہوں نے گھبراہٹ کے عالم میں میرے کان میں سرگوشی کی: ''اس کے جن کو یہیں تماشا کرنا تھا۔ اسے حال آ گیا ہے۔''

میں اس کا اینٹھا ہوا چہرہ دیکھ کر پریشان ہو گیا۔ اس کی آنکھیں پھیلی ہوئی تھیں اور منہ پورے کا پورا کھلا ہوا تھا۔ مَیں نے اور اماں نے بڑی دقت سے اسے اٹھا کر بٹھایا مگر وہ اپنے ہوش میں نہیں تھی اور اس کی گردن، بار بار ایک طرف کو ڈھلک جاتی تھی۔ اس کے منہ سے نکلتا لعاب اس کی ٹھوڑی سے پھلتا، گردن سے ہوتا اس کے کپڑوں میں جذب ہو رہا تھا۔ چند لمحوں کے بعد اس کا تھوک جھاگ آلود ہو گیا۔

سپیرے کے گرد ہجوم میں سے چند لوگ ہمارے پاس آ کھڑے ہوئے اور تشویش بھری نگاہوں سے زمین پر پڑی ہوئی صغراں کو دیکھنے لگے۔ میری سمجھ میں اس وقت کچھ نہیں آ رہا تھا کہ کیا کیا جائے؟ اماں کی مدد سے مَیں نے اسے کھڑا کرنے کی کوشش کی مگر وہ کھڑی نہ ہو سکی اور نیچے آ رہی۔ اس کا جسم یکسر بے جان ہو گیا تھا۔

چند لحظوں بعد اچانک اس میں جان پڑتی چلی گئی اور وہ اٹھ کر سڑک پر اپنی ٹانگیں پسارے عجیب انداز سے بیٹھ گئی۔ اماں نے آگے بڑھ کر اسے گھر چلنے کے لیے کہا تو اس کے منہ سے عجیب سی مردانہ آواز نکلی۔ جسے سن کر آس پاس کھڑے لوگ بھی گھبرا گئے۔ اس نے اماں کو ڈانٹا۔ اس کے بعد وہ لوگوں سے مخاطب ہو کر پوچھنے لگی کہ میرا پیار بھرا کلام سنو گے؟ سب نے حیرت بھری نظروں سے اسے دیکھتے ہوئے اثبات میں اپنے سر ہلا دیے۔

صغراں کی آنکھیں چڑھی ہوئی تھیں اور اس میں سے آتی مردانہ آواز اب اونچے سروں میں اپنا کلام پڑھنے لگی تھی۔ کھڑے ہوئے لوگ جسے ایک محویت سے سننے لگے۔ کلام پڑھتے ہوئے مردانہ آواز کی تمام کرختگی ختم ہو گئی اور وہ نرم و ملائم اور پرسوز ہوتی چلی گئی۔ اس آواز نے کئی راہ گیروں کے قدم جکڑ لیے اور وہ سڑک پر بیٹھی صغراں کے گرد دائرہ بنا کر کھڑے ہو گئے۔ سب کے سب اس کا کلام سن کر عقیدت سے اپنا سر ہلانے لگے تھے۔

اتنے میں مسجد سے مغرب کی اذان بلند ہونے لگی۔ میری اور اماں کی پریشانی بڑھتی جا رہی تھی۔ مسجد کے گیٹ سے چند مکرانی عورتوں برآمد ہوئیں۔ اماں نے انہیں دیکھ کر ایک بہن کی حیثیت سے انہیں اپنی مدد کے لیے پکارا تو وہ دوڑتی ہوئی ہمارے پاس پہنچ گئیں۔ انہوں نے سب سے پہلے ہمارے قریب کھڑے مردوں کو دھتکار کر بھگایا۔ اذان کی آواز سن کر جن بھی خاموش ہو گیا تھا۔ انہوں نے اچھی طرح صغراں کے ہاتھوں اور پیروں کو مسلا، جس کی وجہ سے اس کی آنکھوں

میں زندگی کا تاثر پیدا ہوگیا اور اس کے جسم کی اضطراری کیفیت میں کمی واقع ہوگئی۔ان مکرانی عورتوں نے بار بار یہ بات کہی کہ اس چھوکری پر کسی جن کا سایہ ہے اور اسے کسی عامل کو دکھانے کی ضرورت ہے۔

صغراں نے اس حالت میں دو چار بے معنی جملے کہے تو میں اس کی آواز سن کر حیران رہ گیا۔اب وہ پھر سے بھاری مردانہ آواز میں بول رہی تھی۔ مَیں اور اماں اسے سہارا دے کر بڑی دشواری سے گھر تک لے کر آئے۔اس کے جسم کو زیادہ تر مَیں نے سنبھالا تھا اور ایسے میں کئی مرتبہ میرے ہاتھ اس کے پیٹ، پستانوں اور کمر کو چھوتے اور دباتے رہے تھے۔ مَیں ان کی نرمی کو محسوس کرتا رہا تھا مگر میرے خون کی رفتار میں کوئی فرق نہیں پڑا۔ گرچہ میں نسوانی لمس کی حرارت اور اس کی اثر انگیزی کا دھندلا سا شعور ضرور رکھتا تھا۔ بہت بعد میں یہ سوچ کر مجھے حیرت ہوتی رہی۔

ہم نے گھر پہنچتے ہی اسے کھاٹ پر لٹا دیا۔اس کی کھلی ہوئی آنکھیں ابھی تک بے حرکت تھیں اور وہ لگاتار چھت کی کڑیاں تکے جا رہی تھیں۔اس کے منہ سے جھاگ بہنا کبھی رک جاتا اور کبھی یہ عمل تیز ہو جاتا۔اس کا چہرہ بالکل زرد دکھائی دے رہا تھا۔اس کے سانولے ہونٹ سیاہی مائل ہو گئے تھے۔اس کا سینہ دھونکنی کی طرح چل رہا تھا اور اسے بار بار سر سے پیر تک تشنجی دورے پڑ رہے تھے۔اس کا جسم بار بار چارپائی پر اچھل رہا تھا۔اس کے حلق سے وہی اجنبی آواز نکل رہی تھی، جسے سن کر میں خوفزدہ ہو رہا تھا۔اماں نے فوراً علاج کے طور پر دو تعویذ پانی میں گھول کر اسے پلا دیئے۔اس کے بعد وہ سرسوں کے تیل سے اس کے تلوے مسلنے لگیں۔ مَیں نے محسوس کیا کہ اماں کے ہاتھ بھی کانپ رہے تھے اور ڈر کے مارے ان کی ہوائیاں بھی اڑی ہوئی تھیں۔

اس شام کی گمبھیرتا اور ہیبت ناکی کا گہرا تاثر ابھی تک میرے ذہن میں محفوظ ہے۔صغراں بان کی کمزور پایوں والی کھاٹ پر پڑی ہوئی تھی۔اس کے بال بکھرے ہوئے تھے اور جسم چارپائی پر پھیلا ہوا تھا۔اسے ٹھیک کرنے کی اماں کی کوششوں سے کھاٹ ہچکولے کھاتی ہلنے لگ تھی۔اماں نے بتایا کہ اس کی یہ حالت سپیرے کی بین سن کر ہوئی تھی۔اسے سنتے ہی اس کے ہاتھ پاؤں ڈھیلے پڑ گئے اور وہ سڑک پر گر گئی۔

ہم دونوں کا خیال تھا کہ جتنے لوگوں نے یہ واقعہ اپنی آنکھوں سے دیکھ لیا تھا، اس کے بعد اس کا شہر بھر میں پھیل جانا ممکن تھا۔اس لیے ہم ماں بیٹے نے آپس میں طے کیا کہ یہ بات بابا اور مانجھی کو بالکل نہیں بتائی جائے گی۔انہوں نے مجھے ان کے سامنے چپ رہنے کی ہدایت کی تو مَیں نے بھی تائید میں اپنا سر ہلا دیا۔

کمرے میں سو واٹ کے بلب کی دھندلی روشنی پھیلی تھی۔صغراں کے منہ سے نکلتی بے معنی بڑبڑاہٹ اور اماں کی سانسوں کی آوازیں مل کر عجیب تاثر پیدا کر رہی تھیں۔میرا دل ایک انجانے ڈر سے بے قابو ہوا جا رہا تھا۔ دھیمے پن سے سرسراتی ہوا کھڑکیوں کے راستے داخل ہو کر کمرے میں خفیف سی کھلبلی مچا رہی تھی۔ باہر تاریکی پھیل چکی تھی اور تمام جانی پہچانی چیزیں اب گہرے سایوں اور ہیولوں میں تبدیل ہو گئی تھیں۔گلی میں اڑتے ہوئے چمگادڑ کھڑکیوں کے قریب سے گزرتے دکھائی دے رہے تھے۔ مَیں بہت دیر تک لکڑی کے تخت پر گم صم اور پریشان بیٹھا رہا۔

مانجھی اور بابا کے گھر لوٹنے کے بعد صغراں کی طبیعت اور زیادہ خراب ہونے لگی۔ اس کی سانسیں شدید تیز رفتار ہوتی چلی گئیں، اس کے حلق سے عجیب خرخراہٹ سنائی دینے لگی اور اس کے چہرے کے تاثرات یکسر تبدیل ہو گئے۔ اس پر ایک حیرت انگیز اور جلالی کیفیت طاری ہو گئی۔ اس کا پورا بدن کپکپا رہا تھا مگر وہ کپکپاہٹ کسی نحیف شخص کی نہیں تھی بلکہ اسے دیکھ کر لگتا تھا جیسے وہ ابھی اٹھ کر کسی کا گلا دبوچ لے گی۔ اس کی آنکھیں پیشانی پر چڑھی ہوئی تھیں۔ وہ تمام جسم کی قوت لگا کر مردانہ آواز میں فحش جملے بول رہی تھی۔ کسی نامعلوم ہستی کو گالیاں دے رہی تھی۔ اس کی آواز گمبھیر اور بھاری بھر کم تھی اور جب وہ بولتی تو لگتا کہ اس کا گلا پھٹ جائے گا کیوں کہ ایسے میں اس کے گلے کی رگیں تن جاتیں اور اس کے ہاتھوں کی مٹھیاں بھنچ کے رہ جاتیں۔

اس کی آوازیں ہمارے گھر سے نکل کر آس پاس کے مکانوں تک پھیلتی چلی گئیں۔ کئی لوگ جھانک جھانک کر دیکھنے لگے۔ اماں اور بابا سے مخاطب ہو کر اس کی بابت سوالات کرنے لگے۔ بابا بات چیت کا یہ انداز سخت ناپسند کرتے تھے جب کہ اماں کو کھڑکیوں میں کھڑے ہو کر پڑوسنوں سے باتیں کرنا اچھا لگتا تھا۔

رات گئے جا کر اسے قرار آیا۔ جب اس نے نیند کے لیے سکون سے اپنی آنکھیں بند کیں تو ہم سب نے سکھ کا سانس لیا۔ اگلی صبح میں اسکول جانے کے لیے تیار ہو رہا تھا تو وہ چادر اوڑھ کر چارپائی پر گہری نیند سو رہی تھی۔ چھٹی کے بعد واپس آنے پر جب مَیں نے دروازے پر دستک دی تو دروازہ کھولنے صغراں آئی۔ مَیں اسے دیکھ کر اس سے ڈرتا ہوا اس کے قریب سے گزرا اور بھاگتا ہوا زینہ چڑھ کر اوپر والے کمرے میں جا پہنچا۔ مَیں نے بستہ چارپائی پر پھینک دیا اور جلدی سے اماں کے پاس باورچی خانے میں جا کر بیٹھ گیا۔ مَیں نے اماں کو اپنے خوف کے بارے میں کچھ نہیں بتایا لیکن انہوں نے میرا چہرہ دیکھ کر میری اندرونی حالت کا اندازہ لگا لیا۔ انہوں نے مسکراتے ہوئے مجھے بتایا کہ صغراں اب ٹھیک ہو گئی ہے۔ اتنے میں وہ بھی آ گئی، وہ پہلے مجھے دیکھ کر مسکراتی رہی، پھر اس نے مجھے حکم دیا کہ اسکول یونیفارم تبدیل کر کے منہ ہاتھ دھولوں تو اس کے بعد مجھے کھانا دیا جائے گا۔

مَیں نے غسل خانے جا کر جلدی ہاتھ دھوئے اور کھاٹ پر بیٹھ گیا اور ذرا سی دیر میں وہ میرے لیے کھانا لے آئی۔ مَیں چپ چاپ کھانا کھاتا رہا اور کل شام والے واقعے کے بارے میں اس سے کوئی بات نہیں کی۔ وہ بھی میرے پہلو میں خاموش اور کھوئی کھوئی سی بیٹھی رہی۔

مانجھی اگلے دن اچانک اپنے گاؤں چلا گیا۔ اس نے رخصت کی اجازت مانگتے وقت اماں اور بابا کو ان ضروری کاموں کی طویل فہرست سنائی، جو اس کی عدم موجودگی کے سبب وہاں ادھورے پڑے تھے۔ اس نے صغراں کی صحت یابی کی ذمہ داری پوری طرح اماں کو سونپ دی تھی۔ اس نے اماں کے خلوص اور محبت پر اعتماد کا اظہار کیا تھا۔ اس نے کہا تھا کہ یہ گھر اس کا اپنا تھا، اسی لیے وہ بے پروا ہو کر اپنی پوتی کو یہاں چھوڑے جا رہا تھا۔

اس نے اماں سے مخاطب ہوتے ہوئے کہا کہ انہوں نے اپنی آدھی زندگی ایسے شہر میں گزار دی، جہاں ان کا کوئی سگا

رشتے دار اور عزیز نہیں رہتا۔ اس نے اپنی کوتاہی کا بھی اعتراف کرتے ہوئے کہا کہ گاؤں والوں نے یہ سوچ کر ان سے کنارہ کشی کر لی کہ ان کے بابا نے ان کی شادی برادری سے باہر کر دی تھی۔ سو اب وہ گوٹھ والوں کے رویئے کی تلافی کرنا چاہتا تھا۔ وہ چاہتا تھا کہ صغراں اپنا علاج کروانے کے ساتھ ساتھ کچھ عرصہ ہمارے گھر رہ کر اماں کی خدمت چاکری کرے اور ان کی تنہائی دور کرے۔ اس نے جانے سے پہلے اپنی پوتی کو خاص طور سے اس کی نصیحت کی۔

مانجھی کو رخصت کرنے کے لیے بابا لاری اڈے تک اس کے ساتھ گئے۔ اس نے دو ہفتے بعد آنے کا وعدہ کیا۔ اس نے بابا سے کئی بار یہ درخواست کی تھی کہ سومار جتری کے بھٹ شاہ سے لوٹتے ہی وہ صغراں کو اس کے پاس لے جا کر اس کا جن اتروائیں۔

مانجھی کے جانے کے بعد صغراں نے ہنستے ہوئے بتایا کہ اس کے دادا کو گوٹھ میں کوئی ضروری کام نہیں تھا بلکہ تین چار مختلف جگہوں پر مرغوں کی لڑائیاں ہونے والی تھیں اور وہاں اس کے دادا کی شرکت ناگزیر تھی۔ مرغوں کی لڑائی اس کے لیے زندگی اور موت کا مسئلہ تھی۔ اماں اپنے پھوپھی زاد بھائی کے اس جھوٹ پر دیر تک ہنستی رہیں۔

ہفتے بعد کی ایک سہ پہر موسم خوش گوار تھا۔ آسمان بادلوں سے اٹا تھا سورج شدت سے ایک لحظہ چمکتا اور پھر بادلوں کی اوٹ میں چھپ جاتا تھا۔ دھوپ چھاؤں کا کھیل جاری تھا۔ مَیں صغراں کی وحشت سے گھبرا کر گلی میں نکل گیا اور محلے کے لڑکوں کے ساتھ پٹھو گرم کھیلنے لگا۔ مَیں اپنی ہر باری پر گیند سے نشانہ لے کر پٹھو پھوڑ دیتا اور اس کے بعد مخالف ٹیم کے ہاتھوں میں گیند آنے سے پہلے پہلے اسے جوڑ بھی دیتا۔ باقی لڑکوں کے نشانے خراب تھے وہ کبھی کبھار پٹھو پھوڑ پاتے تھے۔ ایک بار مَیں نے پٹھو ذرا سا ٹیڑھا بنا دیا، جس کی وجہ سے وہ گیند لگے بغیر ہی نیچے گر کر بکھر گیا۔ گیند جیسے ہی مخالف ٹیم کے ایک لڑکے کے پاس آئی، اس نے پکڑ کر زور سے میری پیٹھ پر زور سے ٹکا دی۔ مَیں نے احتجاج کیا تو انہوں نے مجھ پر دھاندلی کا الزام لگا کر کھیل سے ہی باہر نکال دیا۔

میں کچھ دیر منہ بسورتا ان کے آس پاس منڈلاتا رہا، پھر گلی کی مٹی پر رینگتے ہوئے، پڑوس میں رہنے والے رفیق میمن کے ایک من موہنے سے بچے نے میری توجہ اپنی جانب کھینچ لی۔ مَیں اس کے نزدیک جا کر اسے دلچسپی سے دیکھنے لگا۔ اس نے جانگیے پر سرمئی رنگ کا کرتا پہنا ہوا تھا۔ اس کا جسم صحت مند اور نرم و نازک سا تھا۔ شاید اس کے ننھے منے بازوؤں، ٹانگوں اور گالوں کا گداز پن تھا، جو میری اس میں کشش کا باعث تھا۔

وہ بڑی سنجیدگی سے زمین پر جھکا، اپنے ہاتھوں سے مٹی کرید رہا تھا۔ وہ اس بات سے بے نیاز تھا کہ اس کا جسم اور اس کے کپڑے گندے ہو رہے ہیں۔ جب اس نے مٹی کا ایک چھوٹا سا ڈھیلا اٹھا کر منہ میں ڈالنا چاہا تو مَیں نے ہشکارتے ہوئے اسے منع کر دیا۔ بچے کا ہاتھ جہاں پر تھا، وہیں رک گیا۔ اس نے خفگی سے میری طرف دیکھتے ہوئے وہ ڈھیلا میری طرف ہی پھینک دیا۔

کچھ دیر بعد اس نے اپنے دونوں ہاتھ اس طرح میری طرف بڑھائے، جیسے وہ چاہتا ہو کہ مَیں اسے اپنے بازوؤں میں

اٹھالوں۔ مَیں نے بلا تردّد اسے زمین سے اٹھالیا۔ اسے اٹھاکر بازوؤں میں لیتے ہی مجھے محسوس ہوا کہ روئی اور ریشم سے بنا کوئی وجود میرے ہاتھوں میں آ گیا ہو۔ میرے پاس آ کر وہ رویا بھی نہیں۔ مَیں اس کے سرخ و سفید گالوں پر چٹکیاں لیتا رہا اور بار بار انہیں چومتا رہا۔ دفعتاً ایک خیال نے مجھے اکسایا کہ اس بچے کو صغراں کے پاس لے جاکر اس کا ردِعمل دیکھتا ہوں اور یوں میں اسے اپنے ساتھ گھر لے آیا۔ اس وقت اماں دوسری منزل پر کسی کام میں مصروف تھیں، جب کہ صغراں تخت پر چت لیٹی ہوئی تھی۔ اس کا جسم بالکل سیدھا تھا اور گردن ایک جانب ڈھلکی ہوئی تھی۔ اس کی آنکھیں ایک کھڑکی پر جمی اسے گھور رہی تھیں۔ مَیں بچے کو لے کر اس کے پاس چلا گیا۔

اسے اپنی جانب متوجہ کرنے کے لیے دو چار فقرے بولے مگر اس نے میری طرف دیکھا تک نہیں۔ مَیں نے بچے کو اس کے پہلو میں بٹھایا تو وہ چونک پڑی۔ مَیں نے دیکھا کہ اس کی آنکھیں بدلی ہوئی تھیں اور چہرے پر عجیب سا تناؤ تھا۔ اس نے بچے کو اس طرح اٹھایا جیسے وہ کوئی بے جان چیز ہو اس کے ہاتھوں کی سختی محسوس کرتے ہی بچہ سہم گیا اور مدد کے لیے میری طرف دیکھنے لگا۔ اس لمحے میرے گمان میں بھی نہیں تھا کہ تھوڑی دیر بعد کیا واقعہ پیش آنے والا تھا۔

پٹھو گرم کھیلنے کی وجہ سے میرا حلق خشک ہو رہا تھا اور چپل اتار کر بھاگنے کی وجہ سے میرے پاؤں پر مٹی جمی ہوئی تھی۔ مَیں نے بچہ صغراں کے پاس رہنے دیا اور خود گھڑونچی پر رکھے مٹکے سے پانی پینے لگا۔ اس کے بعد پاؤں دھونے کے لیے غسل خانے میں گھس گیا اور پانی گراتے ہوئے ایک پاؤں، دوسرے سے رگڑ کر انہیں صاف کرنے لگا۔

اتنے میں مجھے باہر لکڑی کے فرش پر دوڑتے قدموں اور بچے کے زور سے رونے کی آوازیں سنائی دیں۔ مَیں فوراً غسل خانے سے نکلا تو صغراں اور بچے دونوں ہی کمرے میں نہیں تھے لیکن بچے کے رونے کی آواز لگاتار آ رہی تھی۔ میری نگاہ باورچی خانے کے دروازے پر جاکر ٹھہر گئی۔ بچے کے چیخنے کی آوازیں اندر سے آ رہی تھیں۔ مَیں دروازے کی طرف لپکا اور اس کی درزوں میں سے اندر جھانک کر دیکھنے کی کوشش کرنے لگا۔ مَیں نے ایک درز میں سے جھانکا کہ وہ بچے کو اس کے پیروں سے پکڑ کر الٹا لٹکائے ہوئے تھی اور اس کا سر نیچے کی طرف لٹک رہا ہے۔ یہ دیکھتے ہی میں دھک سے رہ گیا مَیں نے اسی آن اماں کو بلایا۔ وہ دوسری منزل سے اتر کر میرے پاس آ کھڑی ہوئیں۔ مَیں نے جب انہیں سارا ماجرا سنایا تو انہوں نے اپنا سر پیٹ لیا۔

ہم دونوں نے پہلے تو صغراں کی منت سماجت کی کہ وہ باورچی خانے سے نکل آئے اور بچہ ہمارے حوالے کر دے۔ اماں نے اسے خدا، اس کے نبی اور اولیا کرام کے واسطے دیئے مگر اس پر کسی بات کا اثر نہیں ہوا۔ وہ بھاری بھرکم مردانہ آواز میں ہمیں دھمکیاں دیتی رہی کہ مَیں بچے کو مار دوں گا۔ اس کا گلہ دبا دوں گا۔ اس کا خون پی جاؤں گا۔ اس کی غصیلی آواز دھیرے دھیرے مزید غضب ناک ہوتی جا رہی تھی۔ جسے سن کر میری اور اماں کی جان خوف سے نکلی جا رہی تھی۔ مَیں دروازے کو دھکے دینے لگا مگر اندر سے کنڈی چڑھی ہوئی تھی۔ اماں روہانسی ہو کر بار بار مجھے کوس رہی تھیں کہ مَیں خوامخواہ پرایا بچہ گھر لے آیا تھا۔ اگر اسے کچھ ہو گیا تو اچھی خاصی بدنامی ہو جائے گی۔ انہوں نے ہاتھ جوڑ کر آنسو بہاکر صغراں سے التجا کی مگر

اس کے سر پر جنون سوار تھا۔

وہ باورچی خانے میں بچے کو پیروں سے پکڑ کر الٹا ہلائے جا رہی تھی، یہ منظر دیکھ کر میری سٹی گم ہو گئی۔ مَیں نے اماں کو دروازے سے پرے ہٹایا اور خود بھی چند قدم پیچھے ہٹ کر مَیں نے تقریباً بھاگتے ہوئے لکڑی کے دروازے کو اپنے کاندھے سے زور سے ٹکر ماری۔ ایک زوردار دھماکا ہوا مگر دروازہ نہیں کھلا۔

اماں نے عاجز آ کر مایوسی سے اگلے لمحوں میں پیش آنے والی ناگہانی کے ڈر سے اپنے کانوں پر ہاتھ رکھ لیے۔ مَیں دروازے کو دوسری ٹکر مارنے کی تیاری کر رہا تھا کہ اچانک کنڈی اترنے کی آواز سنائی دی۔ اگلے ہی لمحے دروازہ کھلا اور وہ بچے کو اپنے کندھے سے لگائے ہوئے باہر نکلی۔ اس کے چہرے پر ایسی معصومیت تھی، جیسے کہ اس نے معمولی سی غلطی کی ہو اور اس پر شرمندگی کا اظہار کر رہی ہو۔ اماں نے فوراً آگے بڑھ کر اس کے ہاتھوں سے بچہ چھین لیا۔ مسلسل رونے سے اس کا سفید رنگ سیاہ پڑ گیا تھا۔ انہوں نے اسی آن بچہ مجھے تھماتے ہوئے حکم دیا کہ اسے اس کے گھر چھوڑ آؤں۔ مَیں بھی بچے کو فوراً ہاتھوں میں سنبھالتے ہوئے تیز رفتاری سے زینہ اترنے لگا۔ میرے بازوؤں میں آنے کے بعد اس نے یکایک رونا بند کر دیا، اپنی آنکھیں میچ لیں اور گہری نیند سو گیا۔ ظاہر ہے کہ وہ بیچارا الٹا لٹکائے جانے کی وجہ سے تھک کر ٹوٹ گیا تھا۔ مَیں نے رفیق میمن کے گھر کا دروازہ بجا کر بچے کو اس کی ماں کے حوالے کیا۔

اگلے دن، شام سے پہلے جب کمرے میں ابھی نیم تاریک سوگواری نہیں پھیلی تھی اور کھڑکیوں سے باہر مکانوں کی دیواروں پر ابھی زرد اور سرخ روشنی دکھائی دے رہی تھی اور چمگادڑوں کے پروں کی پھڑپھڑاہٹ سنائی دینے میں ابھی کچھ دیر تھی۔ مَیں محلے کے لڑکوں کے ساتھ وانجھی وٹی کھیل کر جب گھر واپس آیا تو صغراں کو دیکھ کر دنگ رہ گیا۔

وہ پہلے کبھی اتنی پُرکشش نظر نہیں آئی تھی۔ شاید وہ کچھ دیر پہلے ہی غسل خانے سے نکلی تھی اور اس کے گیلے بال اس کی کمر پر بکھرے ہوئے تھے اور ان میں رِستا ہوا پانی اس کی قمیص میں جذب ہو رہا تھا۔ اس کے بھیگے جسم کی وجہ سے اس کے ہلکے جامنی لباس پر کئی گیلے اور بڑے دھبے دکھائی دے رہے تھے۔ سب سے بڑا دھبہ اس کی پیٹھ پر تھا جس کی وجہ سے قمیص بدن سے چپکی ہوئی تھی۔ اس کا چہرہ نجانے کیوں سنہری ہو رہا تھا اور اس میں سے لال شعاعیں نکل رہی تھیں۔ اس کی آنکھیں نیم وا تھیں، جنہیں دیکھ کر لگتا تھا کہ وہ گرد و پیش کی دنیا سے پوری طرح بے نیاز اور اپنے آپ میں گم ہے، شاید اس لمحے وہ جانتی تھی کہ اس کے حسن اور کشش کے آگے سب کچھ ہیچ تھا، حتیٰ کہ مَیں بھی۔

وہ ایک کھڑکی کے نزدیک جا کھڑی ہوئی اور تولیے سے اپنے بال سکھانے لگی۔ باہر سے آتی روشنی اس کے لباس کے اگلے حصے پر گر رہی تھی، جس کی وجہ سے اس کے جسم کے خال و خد تھوڑے اجاگر ہو گئے تھے۔ مَیں نے پانی کی ایک بے چین سی بوند دیکھی اور اس کی حرکت، وہ بوند اس کے بالوں سے پھسل کر اس کی گردن سے گزرتی ہوئی اس کے سینے میں جذب ہو گئی۔ یہ منظر دیکھ کر میرے لیے وہاں کھڑا رہنا دشوار ہو گیا اور میں اماں کے پاس باورچی خانے میں چلا گیا جہاں وہ رات کا کھانا بنانے میں مصروف تھیں۔

مجھے معلوم نہیں تھا کہ یہ شام اپنے ساتھ زندگی بھر کی کسک اور پچھتاوا لانے والی تھی۔ آنے والے برسوں میں، جن سے نجات پانی مشکل تھی۔ میری وجہ سے اس بچے کی زندگی خطرے میں پڑ گئی تھی لیکن میری ہی کوشش سے وہ بچ بھی گیا تھا۔ اس واقعے کے ردِعمل کے طور پر، بعد میں ایک ایسا واقعہ پیش آیا جس کا عذاب اور ثواب ہمیشہ میرے دل کی دھڑکنوں کو بوجھل کرتا رہا، اسے ماتم کدے میں تبدیل کرتا رہا اور میرے ذہن و دل میں ایک ایسی جنگ برپا کرتا رہا۔ جس نے میرا سکون غارت کر دیا اور راتوں کی نیند چھین لی۔ اس شام مجھ پر پہلی مرتبہ صغراں کے پوشیدہ حسن کا سربستہ راز کھلا اور مَیں نے پہلی بار اسے شوق بھری نگاہوں سے دیکھا۔

گھر کے دروازے پر دستک ہوئی مَیں نے نیچے جاکر دروازہ کھولا۔ بابا دکان سے واپس آئے تھے۔ وہ میرے گال تھپتھپا کر زینہ چڑھنے لگے۔ مَیں نے دروازہ بند کیا اور ان کے پیچھے پیچھے زینے کے بالائی حصے تک پہنچا۔ وہ دو چار لمحوں کے لیے اسی جگہ کھڑے رہ گئے جہاں کچھ دیر پہلے میں کھڑا رہ گیا تھا۔ انہوں نے اپنی زیرک آنکھوں سے صغراں کو دیکھا تو ان کی آنکھوں میں ایک جذبے کی لہر ابھر کر ڈوب گئی۔ ایک خفیف مسکراہٹ کو انہوں نے اپنے ہونٹوں میں چھپا لیا۔ میری موجودگی کو محسوس کر کے وہ چونکے اور انہوں نے میری طرف دیکھا تو میں ان کے برابر میں کھڑا تھا۔ وہ آگے بڑھے اور تخت پر جا بیٹھے۔ صغراں ان کی آمد سے پوری طرح آگاہ تھی لیکن اس نے مڑ کر ان پر بس ایک چھچھلتی سی نظر ڈالی اور پھر بے نیازی سے اپنے بال سکھانے لگی۔

رات کے کھانے کے دوران اماں نے انہیں بچے والا واقعہ سنایا، جسے سننے کے بعد بابا نے مجھ سے باز پرس کی، پھر وہ صغراں کے ساتھ بات چیت کرنے لگے۔ اس دوران انہوں نے بتایا کہ سومار جنتری لوٹ آیا تھا اور وہ کل صبح، اسے اس کے پاس لے کر جائیں گے۔ اماں نے جب ان کے ساتھ جانے کی خواہش کا اظہار کیا تو بابا نے دوٹوک لہجے میں انہیں منع کر دیا۔ آخر ان کا بھی صغراں سے کوئی رشتہ تھا۔

اگلے روز مَیں نے بعد از دوپہر اسکول سے گھر پہنچتے ہی اماں سے صغراں کے بارے میں پوچھا تو انہوں نے بتایا کہ وہ صبح نو بجے سے بابا کے ساتھ گئی ہوئی ہے۔ انہوں نے فکرمندی سے اپنی تشویش کا اظہار کیا کہ انہیں آنے میں دیر ہو گئی تھی۔ اماں کا جواب سننے کے بعد میرا اضطراب دوچند ہو گیا۔ مَیں نے اپنا بستہ کھاٹ پر پھینک دیا اور اسکول یونیفارم تبدیل نہیں کیا۔ مجھ سے پریشانی میں دوپہر کا کھانا بھی نہیں کھایا گیا۔

تھوڑی دیر گزرنے کے بعد ایک آٹو رکشا کی کھڑکھڑاتی بھدّی آواز گلی میں گونجنے لگی۔ وہ آواز نزدیک تر آتی گئی اور ہمارے مکان کے نیچے آکر تھم گئی۔ مَیں نے کھڑکی سے جھانکا تو بابا اور صغراں رکشے سے اترتے ہوئے دکھائی دیئے۔

گھر میں داخل ہوتے وقت مَیں نے ان دونوں کے چہروں کو غور سے دیکھا تو مجھے بابا کی آنکھوں میں معمول کی طمانیت نظر آئی لیکن وہ جلال چانڈیو کا کوئی گیت گنگنا رہے تھے۔ صغراں خاموش تھی مگر اس کی آنکھوں میں ایک ایسی غیر متوقع

مسرت انگیز چمک تھی، جو مجھے اس سے پہلے دکھائی نہیں دی تھی۔ مجھے محسوس ہوا کہ بابا اسے سومار جنتری کے پاس لے کر نہیں گئے تھے۔شاید وہ اس کے ساتھ کسی تفریحی مقام، کینجھر جھیل وغیرہ پر گھومتے رہے تھے۔جب اماں نے صغراں سے پوچھا کہ اس کا علاج کیسا رہا؟ تو وہ پریشان ہوگئی اور کوئی بات نہیں بتا سکی۔ بابا نے بیچ میں آ کر اماں کے سوال کا جواب تفصیل سے دیا جسے سن کر اس کے چہرے سے بھی پریشانی کے آثار ختم ہونے لگے۔

اگلے کچھ دن گھر میں جو صغراں دکھائی دیتی رہی، وہ پہلے والی سے یکسر مختلف اور الگ تھی۔اس کے سوکھے گالوں سے ایک سرخی سی پھوٹنے لگی تھی جو اس کے چہرے کی زردی کے ساتھ مل کر کوئی نیا، ان دیکھا رنگ بنا رہی تھی۔ وہ رنگ اسے ایک عجیب سی تابناکی عطا کر رہا تھا، جس کی وجہ سے وہ مجھے بہت پُرکشش محسوس ہونے لگی تھی۔اس کے ہونٹ بھی شاداب دکھائی دے رہے تھے۔اس کی ناک جو پہلے بدنما سی لگتی تھی، اب کسی سبب کے بغیر وہ اچھی لگنے لگی تھی۔

اس کے ساتھ ساتھ نجانے کیوں مجھے یہ محسوس ہونے لگا کہ وہ بابا پر زیادہ توجہ دینے لگی تھی۔وہ اکثر کن اکھیوں سے انہیں دیکھتی۔ جب وہ گھر پر ہوتے تو اس کا دھیان ان کی جانب لگا رہتا۔جب وہ اماں سے پانی مانگتے تو ان سے پہلے صغراں انہیں پانی دے چکی ہوتی۔ جب انہیں چائے کی طلب ہوتی تو وہ اماں سے پہلے ہی باورچی خانے میں جا کر چولھے پر چائے کا پانی چڑھا دیتی۔ مجھے لگا کہ وہ غیر محسوس طریقے سے مجھ سے دور ہوتی جا رہی تھی۔

چند روز بعد کی بات ہے کہ مَیں اسکول سے لوٹا تو اماں کے ذریعے پتا چلا کہ بابا اسے آج پھر سومار جنتری کے پاس لے گئے ہیں۔ آج اماں کے لہجے میں کوئی فکرمندی نہیں تھی جس کی وجہ سے مجھے تشویش ہونے لگی۔ مَیں اپنے گھر کی جھلنگا سی بالکونی میں جا کھڑا ہوا، جہاں تیز دھوپ پڑ رہی تھی۔ مَیں دھوپ میں نجانے کتنی دیر کھڑا شاہی بازار کی طرف جاتے راستے کو دیکھتا رہا، جس پر سے وقفے وقفے سے اکا دکا راہ گیر گزر رہے تھے۔

اپنی گلی کے نکڑ سے اس طرف آتے ہوئے تانگے کو دیکھ کر میں چونکا۔اس تانگے میں جتا ہوا گھوڑا دلکی چال چلتا ہمارے گھر کے عین نیچے آ کر کھڑا ہوگیا۔ بابا نے اتر کر تانگے والے کو کرایہ ادا کیا۔

صغراں تانگے سے اتری تو چند قدم چل کر، گھر کی دہلیز پار کر کے، زینے کے پاس ہی زمین پر بیٹھ گئی۔ مَیں بالکونی سے دوڑتا ہوا نیچے پہنچا تو بابا کو پہلی بار خود سے نظریں چراتے ہوئے پایا۔صغراں زمین پر پیروں کے بل بیٹھی کسی تکلیف میں مبتلا تھی۔ کچھ دیر بعد وہ ہمت کر کے اٹھی اور قدرے تیزی کے ساتھ زینہ چڑھتی ہوئی اوپر چلی گئی۔اوپر پہنچتے ہی وہ ایک چارپائی پر بیٹھی اور جلدی سے اپنی چپل اتار کر کروٹ کے بل لیٹ گئی۔

اس کی خراب حالت دیکھ کر اماں دوڑی دوڑی آئیں تو بابا نے اشارے سے انہیں بات کرنے سے منع کر دیا۔وہ انہیں باورچی خانے کی طرف لے گئے اور تھوڑی دیر تک وہاں ان کے ساتھ کھسر پھسر کرتے رہے۔ بعد میں، مجھے اماں کی زبانی معلوم ہوا کہ سومار جنتری نے اس کا جن نکال دیا تھا، اس لیے اس کی حالت ایسی ہوگئی تھی۔ دو چار دن میں یہ ٹھیک ہو جائے گی۔ میں جب اسے دیکھتا تو وہ مجھ سے نظریں چرانے لگتی۔اس کے چہرے پر پرانا زرد رنگ دوبارہ لوٹ آیا اور آنکھوں

میں ایک بار پھر پرانی اداسی چھاگئی۔ مَیں نے محسوس کیا کہ وہ نڈھال سی تھی۔ وہ سارا وقت کھاٹ پر لیٹی رہی اور ٹھنڈی سانسیں بھرتی رہی۔ یوں لگتا کہ جیسے وہ کسی اندرونی غم سے گھلی جارہی تھی۔

بابا تھوڑی دیر کے بعد گھر سے چلے گئے۔ مَیں اور صغراں اکیلے رہ گئے۔ مَیں اس سے باتیں کرنا چاہتا تھا لیکن مجھے لگ رہا تھا کہ ہمارے بیچ طویل فاصلے حائل ہو چکے تھے، جنہیں پاٹنا اب ہم دونوں میں سے کسی کے بس میں نہیں تھا۔

اس کے بعد وہ جتنے دن بھی ہمارے ہاں رہی، بابا کی طرف دیکھنے یا ان سے کوئی بات کرنے سے مکمل گریز کرتی رہی۔ حتیٰ کہ پانچ چھ روز بعد جب انہوں نے سومار جنتری کے پاس دوبارہ چلنے کے لیے کہا تو صغراں نے جانے سے انکار کر دیا۔ اس کے انکار پر اماں کو تھوڑا سا شک ہوا۔ انہوں نے اکیلے میں کئی دفعہ اسے کریدنے کی کوشش کی لیکن اس نے کوئی ایسا بیان نہیں دیا، جو بابا کے خلاف جاتا ہو۔ لیکن اماں نے اس کے بعد بابا سے بھی بات کی، لیکن وہ اصل حقیقت کہاں بتانے والے تھے۔

مانجھی دو ہفتوں کے بعد گوٹھ سے آیا اور صغراں کو لے کر چلا گیا۔ اسے واپس لے جاتے ہوئے اماں اور بابا کے ساتھ اس نے اصولی اتفاق کیا کہ صغراں کا مرض لاعلاج تھا، لیکن عمر بڑھنے کے ساتھ ساتھ اس کے ختم ہونے کا امکان موجود تھا۔ مانجھی نے رخصت ہوتے ہوئے ہمیں اپنے گاؤں آنے کی پرخلوص دعوت دی، جسے قبول تو کر لیا گیا لیکن اس پر کبھی عمل درآمد نہیں کیا جا سکا۔

اس کے جانے کے بعد دل گیر کر دینے والی جو اداسی مجھے دھیرے دھیرے کچوکے دیتی رہی، اسے میں آج بھی محسوس کرتا ہوں۔ وہ اداسی اب بھی میرے اندر کہیں کونے کھدرے میں دبی پڑی ہے۔ وہ جب اپنا سر اٹھاتی ہے تو میں آہ سی بھر کر رہ جاتا ہوں۔

9

گھر سے صغراں کے چلے جانے کے بعد میں باقاعدگی سے اسکول تو جاتا تھا مگر پڑھائی سے میرا دل اچاٹ ہو گیا تھا۔ استادوں کے لیکچر کے دوران میرا ذہن غائب رہتا، وہ جب مجھ سے کوئی سوال پوچھتے تو میں جواب نہیں دے پاتا جس کی وجہ سے اکثر مجھے سزا دی جاتی۔ کبھی ڈنڈے سے پٹائی ہوتی یا کبھی مرغا بنا دیا جاتا، کبھی بینچ پر ہاتھ اٹھا کر کھڑے ہو جاتا یا کبھی کلاس روم سے ہی نکال دیا جاتا۔ ان کی سزائیں اب میرے لیے کوئی اہمیت نہیں رکھتی تھیں۔ مَیں ان کے ذریعے اپنی قوتِ برداشت کا امتحان لیتا تھا۔ ایک مرتبہ ریاضی کا کام مکمل نہ ہونے پر ماسٹر شفیع نے اپنے جسم کی پوری طاقت سے مجھے بیس ڈنڈے مارے۔ مار کھانے کے بعد میں نہ تو رویا اور نہ ہی مَیں نے گڑگڑا کر ان سے معافی مانگی۔ مجھے حیرت اس بات پر تھی کہ میرے جسم کی ہڈیاں پوری طرح سلامت تھیں اور کہیں کوئی بڑی چوٹ نہیں آئی تھی۔ یہ واقعہ نجانے کس طرح جماعت سے نکل کر اسکول میں پھیل گیا مگر جب مجھ سے دوسری جماعتوں کے لڑکوں اور استادوں نے پوچھ تاچھ کی تو مَیں نے تردید کر دی کہ ایسا کچھ بھی نہیں ہوا۔

میری تردید سے ماسٹر شفیع بہت متاثر ہوا اور اس کے بعد اس نے مجھے پیٹنا چھوڑ دیا گرچہ میری کاپیاں ادھوری رہنے لگی تھیں۔ بے دھیانی میں اوراق موڑنے سے میری کتابیں خستہ ہوتی جا رہی تھیں۔ گھر میں کپڑے نہ بدلنے کی وجہ سے میرا یونیفارم میلا کچیلا رہنے لگا اور بے احتیاطی کے سبب میرا بستہ ادھڑنے لگا تھا۔ مَیں جتنی دیر اسکول میں رہتا، اپنی چیزوں کو اپنے ہاتھوں سے نقصان پہنچاتا رہتا۔ میرا جیومیٹری بکس غارت ہو گیا اور میرے قلم کی نِب ٹوٹ گئی۔

میں ان دنوں اسکول کے قید خانے سے نکلنے کے لیے ہر وقت بے تاب رہتا۔ آدھی چھٹی کے وقت میری کوشش ہوتی کہ اپنے ہم جماعتوں سے دور، کسی الگ تھلگ جگہ پر وقت گزاروں، چونکہ اسکول شہر سے باہر واقع تھا، اس لیے ویران گوشے ڈھونڈنا کوئی مشکل کام نہ تھا۔ مَیں نے کھیل کے وسیع میدان کے شمال میں واقع ایک چھوٹے سے قبرستان میں اپنے لیے جائے پناہ ڈھونڈ لی تھی۔ اس قبرستان کی ساری قبریں مٹی کی بنی ہوئی تھیں۔ وہاں پیلوں اور کیکر کے درختوں کا مختصر سا جھنڈ تھا، مَیں جن کے سائے میں آدھی چھٹی کا وقت گزارتا اور گھنٹہ بجنے کی آواز سنتے ہی اسکول کی سمت بھاگ کھڑا ہوتا۔ پہلے میں کبھی کبھار ہی اسکول سے بھاگا کرتا تھا مگر ان دنوں آہستہ آہستہ یہ میری عادت بنتی چلی گئی۔ پانچویں پیریڈ میں

کلاس ٹیچر دوسری حاضری لیا کرتا اور جو لڑکے غائب ہوتے، وہ ان کی فہرست بناتا اور اگلے روز انہیں پیلوں کی ہری ہری چابکوں سے سزا دیتا، مَیں جس کی پروا کم ہی کرتا تھا۔ مَیں اسکول سے بھاگ کر زیادہ تر وقت شاہ جہانی مسجد میں گزارتا، اس کے گنبدوں کے ٹھنڈے سائے میں مجھے سکون ملتا اور میں اپنے سر کے نیچے کتابیں رکھ کر تھوڑی دیر کے لیے سو بھی جایا کرتا۔ اس طرح مجھے وقت کا پتہ ہی نہ چلتا اور میں جاگنے کے کچھ دیر بعد ہی گھر پہنچ جاتا۔

ان دنوں ہمارے اسکول میں نقل کرنے کی بہت آزادی ہوتی تھی۔ استاد صاحبان شاگردوں کی مدد کے لیے پیش پیش ہوتے تھے۔ وہ پیسہ بٹورنے کے لیے امتحان سے ایک رات پہلے پرچہ آؤٹ کروا لیتے اور وہ پرچہ رات بھر میں پورے شہر کے محلوں میں گردش کرتا رہتا۔ اسی لیے مَیں نے باآسانی آٹھویں جماعت کا امتحان پاس کر لیا۔ میرے گھر والوں کو میرے امتحان پاس کرنے کی کوئی خوشی نہیں ہوئی۔

اب میری اکثر دوپہریں اور شامیں، بالائی منزل والے کمرے میں پڑی ایک جھلنگا چارپائی پر دراز ہو کر گھنٹوں اردو کے جاسوسی ناولوں کی ورق گردانی میں گزرنے لگی تھیں۔ پچھلے کچھ ہفتوں سے مَیں ان ناولوں کی لت میں بری طرح گرفتار ہوتا چلا جا رہا تھا۔ اب میرا دن کا بیشتر وقت اسی مشغلے میں گزرنے لگا۔ مَیں ہر روز بابا سے چھپ کر ایک جاسوسی ناول اپنی شلوار کے نیفے میں اڑس کر اسکول لے جانے لگا۔ خالی پیریڈ میں یا آدھی چھٹی کے وقت یا اسکول سے بھاگنے کی صورت میں، مَیں ان کے مطالعے سے خود کو بہلاتا رہتا۔ وہ ناول اتنے دلچسپ ہوتے تھے کہ مَیں نے چند مہینوں میں ہی کئی ناول پڑھ ڈالے اور میری پڑھنے کی رفتار ایک دن فی ناول تک پہنچ گئی۔

ہمارے محلے کے کئی گھروں میں بلیک اینڈ وائٹ اور رنگین ٹی وی آچکے تھے، جب کہ ہمارے گھر میں کبھی ریڈیو بھی نہیں رہا۔ اس لیے مجھے اردو کے جاسوسی ناولوں کی وہ دنیا بہت دل فریب اور پُرکشش لگتی۔ ناول کا سرغنہ ہیرو اپنی ٹیم کے ارکان کے ساتھ خوش مزاجی سے پیش آتا، ان کا خیال رکھتا اور ان کے لیے پریشان بھی ہوتا بلکہ موقع پڑنے پر ان کی جان بچانے کے لیے اپنی زندگی بھی داؤ پر لگا دیتا۔ سب کے سب کردار وطن کی محبت میں سرشار، ہر دشوار مشن باآسانی سر کر لیتے۔ ان ناولوں کے کرداروں سے ملتے جلتے کسی ایک حقیقی انسان سے زندگی میں کبھی ملاقات نہیں ہو سکی اور مجھے اس کی حسرت ہی رہی۔ بعد میں مجھے لگتا رہا کہ یہ خیالی اور فرضی دنیا لاکھ دلفریب اور غیر حقیقی سہی لیکن اصلی جہانِ رنگ و بو بھی اپنی بوقلمونیوں اور رنگینیوں کی وجہ سے کچھ کم دل فریب نہیں۔ یہ جیسا بھی ہے، کڑوا، ترش اور تلخ، مگر ہے تو اصلی، جب کہ ان ناولوں میں حقیقی زندگی کا بھولے سے بھی کہیں گزر تک نہ تھا۔

ان دنوں شہر میں ایک کتب فروش ایسی کتابیں کرائے پر دیا کرتا تھا، جن کا کرایہ وہ ایک روپیہ فی دن وصول کرتا تھا۔ مَیں اپنا جیب خرچ اسی مصرف میں لانے لگا۔ میرے بابا بلاوجہ جاسوسی ناولوں کا مطالعہ ناپسند کرتے تھے۔ ان ناولوں کے سرورق پر چھپے خواتین کے خاکوں کی وجہ سے ان کا خیال تھا کہ ان ناولوں میں فحش مواد بھی ہوتا ہوگا۔ انہوں نے مجھ پر یہ کتابیں پڑھنے کی پابندی عائد کر دی۔ اسی لیے میں ان سے چھپ چھپ کر پڑھتا رہتا۔ مجھے اماں کی موجودگی کی پروا نہیں ہوتی تھی

کیوں کہ مَیں جو کتاب بھی پڑھتا، وہ یہی سمجھتی رہتیں کہ مَیں اسکول کے کام میں مصروف ہوں۔

ایک شام نیچے والی منزل کا دروازہ کھلا رہ گیا، اسی لیے بابا خاموشی سے اوپر تک آ پہنچے اور مجھے خبر تک نہ ہوئی۔ انہوں نے میرے بہت قریب آ کر کتاب کے متعلق پوچھا تو مجھ سے کوئی جواب نہیں بن پڑا اور مَیں نے کتاب ان کے ہاتھ میں تھما دی۔ جسے انہوں نے فوراً دو حصوں میں پھاڑ کر بالکونی سے باہر پھینک دیا۔ مجھے کتاب کے پھٹنے پر افسوس کرنے کا موقع بھی نہیں ملا کہ انہوں نے میری دھنائی شروع کر دی۔ شاید انہیں کسی طرح میرے اسکول سے بھاگنے کی اطلاع بھی مل گئی تھی، اسی لیے اس شام وہ بہت طیش میں تھے۔ میرے دونوں گال سرخ کرنے اور سر کے بال اچھی طرح کھینچنے کے بعد انہوں نے فیصلہ صادر کیا کہ مَیں اگلے روز اسکول سے فارغ ہونے کے بعد شام تک دکان پر رہوں گا اور وہاں رہ کر فریم سازی کا ہنر سیکھوں گا۔ انہوں نے اوپر کی منزل پر جا کر تلاشی لی اور جو ناول ان کے ہاتھ آیا انہوں نے اسے پھاڑ کر پھینک دیا۔ ان کے اوراق گھر بھر میں اڑتے رہے، جنہیں دیکھ دیکھ کر میں کڑھتا رہا۔

اگلی دوپہر اسکول سے گھر پہنچتے ہی اماں نے ٹفن بکس میرے ہاتھ میں پکڑا دیا اور مجھے دکان جانے کے لیے کہا۔ مَیں نے ٹفن بکس لیتے ہوئے ان سے صرف اتنا کہا کہ آپ شام تک کے لیے اکیلی ہو جائیں گی۔ انہوں نے مسکراتے ہوئے جواباً کہا تھا کہ دن بھی تو اکیلے گزارتی ہوں، جب تم اسکول ہوتے ہو۔ اس وقت مَیں نے ان کے چہرے پر تنہائی کا گمبھیر سایہ پھیلتے ہوئے دیکھا۔ انہوں نے میرا ماتھا چوم کر اور سر پر ہاتھ پھیرتے ہوئے مجھے دوپہر کے وقت رخصت کیا۔

اس کے بعد کی زندگی میں میرے اندر یہ احساس مزید گہرا ہوتا چلا گیا کہ میری اماں کبھی اپنی زندگی میں وہ پر وقار مقام حاصل نہ کر پائیں، جسے ہر شادی شدہ عورت اپنا ازلی و ابدی حق سمجھتی ہے۔ مَیں اور بابا انہیں کبھی وہ محبت اور عزت نہیں دے سکے، جس کی وہ مستحق تھیں۔

مجھے دکان میں داخل ہوتے دیکھ کر بابا نے کام سے ہاتھ کھینچ لیا مَیں نے ایک چوکی پر ٹفن بکس رکھا تو بابا نے فوراً مجھے پانی سے خالی جگ تھما دیا اور کہا کہ جا کر نزدیکی مسجد کے نل سے ٹھنڈا پانی بھر لاؤں۔ شہر کے بازار میں مختلف مقامات پر چند ہینڈ پمپ لگے ہوئے تھے، مگر ان میں کھارا پانی آتا تھا۔ اس لیے بازار کے اکثر دکاندار مسجد خضر حیات کے وضو خانے میں لگے ہوئے نلوں سے پانی بھرتے تھے کیوں کہ ان میں واٹر سپلائی کا میٹھا پانی آتا تھا۔ مسجد ہماری دکان کے پیچھے والی گلی میں واقع تھی۔ یہ بھی ایک قدیم مسجد تھی، جسے کسی مغل عہدیدار نے بنوا کر اپنے نام سے منسوب کر دیا تھا۔ پوری مسجد سرخ اینٹوں کی بنی ہوئی تھی مگر محکمہ اوقاف والوں نے اس پر سفیدی پھروا کر اس کے حسن کو پامال کر ڈالا تھا۔

اس مسجد میں اس سے پہلے میں صرف دو بار گیا تھا۔ اسی لیے میں خالی جگ اٹھائے مسجد میں داخل ہوتے جھجک رہا تھا۔ مسجد کے سایہ دار صحن میں فرش پر لیٹے ایک بزرگ نے وضو خانے کی طرف اشارہ کرتے ہوئے مجھے پانی بھرنے کی اجازت دی تو میری ہچکچاہٹ ختم ہو گئی اور میں اعتماد سے وضو خانے کی طرف چلا گیا۔ ظہر کی باجماعت نماز ختم ہوئے دیر ہو چکی تھی، اس کے باوجود کچھ لوگ صحن میں یہاں وہاں نماز پڑھتے نظر آ رہے تھے۔

میں پتھر کی سل پر بیٹھ گیا اور اپنا جگ بھرنے لگا۔ اس روز مجھے پتہ چلا کہ بازار کے دکاندار اور دوسرے لوگ رفعِ حاجت کے لیے بھی اسی مسجد کا بیت الخلا استعمال کرتے تھے، جو دروازے کے بائیں جانب بنا ہوا تھا اور لوگ وہاں کثرت سے آجا رہے تھے۔ مَیں نے نل سے اپنا جگ بھرا اور اسے اٹھائے ہوئے واپس دکان پر پہنچ گیا۔

پانی کا ایک گلاس بھر کر بابا اٹھ کھڑے ہوئے اور منہ میں پانی ڈال کر پہلے کُلی کرنے لگے۔ پانی کو منہ میں اچھی طرح گھمانے کے بعد انہوں نے بازار میں کُلی کی اور دکان کے شٹر کے پاس بیٹھ کر اپنے منہ ہاتھ دھونے لگے۔ اس کے بعد وہ چوکی پر آبیٹھے اور ٹفن بکس کھولنے لگے۔ انہوں نے مجھے اپنی مخصوص آرام دہ پیڑھی پر بیٹھنے کا اشارہ کیا، جس پر ہمیشہ وہ خود بیٹھا کرتے تھے۔

میں کبھی ان کی جگہ پر نہیں بیٹھا تھا۔ مَیں شرماتے اور مسکراتے ہوئے وہاں بیٹھ گیا۔ بابا نے مجھے بھی اپنے ساتھ کھانے کے لیے کہا تو مَیں نے نفی میں سر ہلاتے ہوئے انہیں بتایا کہ مَیں نے گھر پر کھانا کھالیا تھا۔ بابا کی پیڑھی پر بیٹھے ہوئے میرا دل ان کے لیے احترام اور محبت کے ملے جلے جذبوں سے بھر گیا۔

وہ کھانا کھاتے ہوئے مجھ سے باتیں بھی کرتے جاتے تھے۔ ان کی باتیں سنتے ہوئے میرے جذبات خود بخود تبدیل ہوتے چلے جا رہے تھے۔ وہ دھیمے لہجے میں مجھ سے مخاطب تھے کہ زندگی تیز ہوتی جا رہی ہے اور مہنگائی بڑھتی جا رہی ہے۔ اسی لیے انہوں نے دوپہر کو گھر جا کر قیلولہ کرنا ترک کر دیا اور پورا دن یہیں پر گزارنے لگ گئے۔ وہ مجھے تاکید کرنے لگے کہ پڑھنے کے ساتھ میں اگر یہ ہنر بھی سیکھ لوں تو میں زندگی بھر بے روزگار نہیں رہوں گا۔ مَیں اثبات میں سر ہلاتے ہوئے ان کی باتیں غور سے سنتا رہا۔ پھر ہمت کر کے مَیں نے ایک ایسی بات کہہ دی جسے سن کر بابا کے ماتھے پر تیوری سی چڑھ گئی۔ اماں گھر میں سارا دن اکیلی رہتی ہیں۔ ان کے پاس خود کو بہلانے کے لیے ٹی وی یا ریڈیو میں سے کوئی چیز ہونی چاہیے۔ ان سے کوئی جواب نہ بن پڑا تھا۔

مَیں نے پہلے دن نہ کچھ سیکھا اور نہ دکان پر کوئی کام نہیں کیا، سوائے اس کے کہ دو چار مرتبہ بابا کو جب کسی چیز کی ضرورت پڑی تو مَیں نے وہ چیز اٹھا کر انہیں تھما دی۔ انہوں نے مجھے بتایا کہ شہر کے معزز ترین خاندان کے سربراہ نے بہت خاص قسم کا آرڈر دیا تھا جس کی تکمیل کے لیے ایک ہفتے کی مہلت ملی تھی۔ وہ چاہتے تھے کہ پہلے یہ کام ختم ہو جائے، اس کے بعد وہ مجھے باقاعدہ فریم سازی سکھانا شروع کریں گے، سو تب تک مجھے اسی طرح ان کا ہاتھ بٹانا ہوگا۔

وہ پنج تن پاک کے پانچوں ناموں کے لیے علیحدہ، بڑے اور قیمتی فریم بنانے میں مصروف تھے۔ ہر نام سنہری رنگ سے لکھا ہوا تھا اور اسے سیاہ رنگ کے کپڑے پر چسپاں کیا ہوا تھا۔ اپنا کام کرتے ہوئے بابا کے چہرے پر عقیدت کا ایسا رنگ تھا، جو مَیں نے پہلے کبھی نہیں دیکھا تھا۔

وہ انہماک سے اپنے کام میں مصروف تھے۔ چند گاہک جو خالی فریم اور خوبصورت مناظر کی تصویریں خریدنے آئے تھے۔ مَیں نے محسوس کیا کہ انہوں نے میری موجودگی کو کوئی اہمیت نہیں دی اور سارا مول تول بابا سے کیا۔ ان کے لیے

مطلوبہ تصویریں ڈھونڈنے کے لیے مَیں نے جب ساری تصویریں کھنگالیں، تو مجھے بہت سی خوش رنگ اور پُرکشش تصاویر دکھائی دیں۔ گاہکوں کے جانے کے بعد میں ہر تصویر غور سے دیکھتا رہا۔ مَیں یہ بات سوچ کر بہت حیران ہوا کہ بابا کو اپنے گھر میں کوئی خوبصورت تصویر لگانے کا خیال کبھی کیوں نہیں آیا تھا۔ ہمارے گھر کی ساری دیواریں خالی تھیں اور ان پر سفیدی کیے ہوئے بھی زمانہ گزر گیا تھا۔

بازار کی اپنی رفتار تھی اور اپنے اتار چڑھاؤ۔ صبح کے وقت وہ کسی نہر کی طرح دھیمے پن سے بہتا۔ اکادکا لوگ ہی یہاں گھومتے نظر آتے۔ آہستہ آہستہ وہ ایک پرشور ندی میں تبدیل ہونے لگتا۔ دوپہر سے پہلے لوگوں کا ہجوم اتنا بڑھ جاتا کہ اسے بپھرے ہوئے دریا سے تشبیہ دی جا سکتی تھی۔ شام ڈھلنے تک دھیرے دھیرے وہ اپنے صبح کے خاموش پن کی طرف واپس لوٹنے لگ جاتا۔

مسجد خضر حیات میں مغرب کی اذان ہوئی تو بابا نے اپنا ہاتھ کام سے روک دیا اور اپنے اوزار سمیٹنے میں لگ گئے۔ انہوں نے مجھے دو روپے جیب خرچ دیتے ہوئے گھر جانے کے لیے کہا۔ انہیں کسی کام سے کہیں اور جانا تھا۔ مَیں ٹفن بکس اٹھائے دکان سے نکلا تو جان بوجھ کر گھر کی طرف جانے والے طویل راستہ منتخب کر کے اس پر چل پڑا۔ اس راستے میں بازار کی مرکزی نوعیت کی اور سب سے پر رونق گلی پڑتی تھی، جس کے کونے پر دو ہوٹل بنے ہوئے تھے، جن سے آگے آڈیو اور وڈیو کیسٹوں کی آٹھ دس دکانیں بنی ہوئی تھیں۔ ان دکانوں کے دروازے شیشے کے بنے ہوئے تھے اور ان پر بھارتی فلموں کے بڑے بڑے خوش رنگ پوسٹر لگے ہوتے تھے۔ نجانے کیوں مجھے حسین چہروں اور عریاں جسم والی تصویروں میں بڑی کشش محسوس ہوتی تھی۔ مَیں نے کبھی انہیں ذرا دیر ٹھہر کر غور سے نہیں دیکھا بلکہ ہمیشہ چلتے ہوئے انہیں نظر بھر کر دیکھنے کی کوشش کرتا رہا اور ان دل موہ لینے والی صورتوں کو اپنی آنکھوں میں بسانے کی ناکام کوششیں کرتا رہا۔

شام ڈھلتے ہی بازار کی بیشتر دکانیں بند ہونے لگی تھیں۔ آسمان پر تاریکی اور زمین پر سائے گہرے ہونے لگے تھے۔ مَیں جب روشنیوں سے جگمگاتی اس گلی سے گزرنے لگا تو اچانک میری مڈبھیڑ ایک خوبصورت چہرے اور بے بی کَٹ والی ایک لڑکی سے ہو گئی۔ مَیں دکانوں کے شیشوں پر لگی رنگین تصویروں میں گم چلتا جا رہا تھا، اس لیے میں اس سے ٹکرانے ہی والا تھا کہ اس نے ہشکارتے ہوئے مجھے اپنی طرف متوجہ کیا۔ مَیں اسے اپنے بہت قریب دیکھ کر چونکا اور فوراً اس کے لیے راستہ چھوڑ دیا۔ اس نے مسکراتے ہوئے مجھے نگاہ بھر کر دیکھا اور فوراً آگے نکل گئی۔ مَیں نے بھی ہڑبڑاہٹ میں چند قدم اٹھائے۔ اسے واپس مڑ کر دیکھنے کا خیال مجھے تھوڑی دیر بعد آیا اور مَیں نے مڑ کر دیکھا تو وہ دور جا چکی تھی۔ اس کی دل نشین مسکراہٹ نے میرے وجود میں گھنٹیاں سی بجا دی تھیں اور کچھ دیپ جلا دیئے تھے۔ بہت سے نامعلوم لیکن حسین رنگ میری نگاہوں کے آگے یکایک لہرانے لگے تھے۔ مَیں خود کو ٹھٹھو نگر میں نہیں بلکہ الف لیلی کے بغداد میں گھومتے محسوس کرنے لگا۔ نئے، شوخ اور تازہ محسوسات کی یہ قوسِ قزح رستے بھر میرے ساتھ چلتی رہی۔

وہ جوانی کی دہلیز پر قدم رکھتی، دبلی پتلی اور نازک سی لڑکی تھی۔ اس کے چہرے کی سفید رنگت سے سرخ کرنیں پھوٹ

رہی تھیں۔ اس کا سینہ ابھی نمایاں نہیں تھا لیکن اس کے باوجود اس میں کوئی ایسی کشش تھی، مَیں جس سے اپنے آپ کو بچا نہیں سکا اور اس کی طرف کھنچتا چلا گیا۔ اس لڑکی سے ہونے والی معمولی سی مڈبھیڑ نے آنے والے چند دنوں میں واقعات کا ایک دل چسپ سلسلہ پیدا کیا، جو آج بھی میرے دل سے ایک گرہ کی طرح بندھا ہوا ہے۔ ایک ایسی گرہ جس سے میری زندگی کی کچھ شیریں، اور تلخ، کچھ امرت بھری اور زہریلی یادیں بندھی ہوئی تھیں۔

پہلے ہر روز مجھے کوئی نہ کوئی چیز خریدنے بازار جانا پڑتا تھا مگر اب تو باقاعدگی سے دکان پر جانے کی وجہ سے مَیں بہت سا وقت بازار میں ہی گزارنے لگ گیا تھا۔ اس لیے میں پُرامید تھا کہ مجھے اس لڑکی کو دوبارہ دیکھنے کا موقع ضرور ملے گا کیوں کہ میرا اندازہ تھا کہ بازار آنا جانا اس کے معمولات میں شامل ہے۔

مجھے بابا کے ساتھ زیادہ رہنے کی عادت نہیں تھی لیکن اب آدھا دن ان کی کڑی نظروں کے سامنے گزارنا پڑ رہا تھا۔ اس لیے میں ہر وقت اپنے آپ کو بہت بے چین محسوس کرتا تھا۔ اپنی بے چینی ختم کرنے کے لیے مَیں نے کئی طریقے ایجاد کیے۔ مَیں حسین مناظرِ فطرت کی دیکھی ہوئی تصویریں بار بار دیکھتا، ان کا تجزیہ کرتا اور اپنے ذہن میں تین بہترین تصویروں کا انتخاب کرتا۔ ایک تصویر جسے میں فراموش نہیں کرسکتا، اس میں ایک کم عمر لڑکے کی پیٹھ دکھائی گئی تھی اور اس کی ابتر حالت کو اس کے لباس کی بوسیدگی سے ظاہر کیا گیا تھا۔ اس کے کندھے پر ایک پوٹلی لٹک رہی تھی وہ لڑکا ایک اسکول کے کلاس روم میں جھانک رہا تھا جہاں صاف ستھرے کپڑوں والے صحت مند لڑکے پڑھائی میں مصروف تھے۔ ایک اور تصویر تہہ بہ تہہ گرتے ہوئے آبشار کی تھی، اسے دیکھ کر پانی کی نیلگوں سفیدی آنکھوں کو بھلی لگتی تھی۔ اسی طرح ایک تصویر پہاڑیوں کے عقب میں ڈوبتے ہوئے سورج کی تھی۔ ان کے علاوہ کچھ مقدس مذہبی مقامات کی تصویریں بھی تھیں، مَیں جنھیں ہمیشہ ایک مصنوعی عقیدت سے دیکھتا تھا۔ درحقیقت وہ تصویریں مجھے کبھی اچھی نہیں لگیں۔ اس کے علاوہ قرآنی آیات اور مقدس ناموں کی خطاطی کے نمونے تھے، مَیں جن میں دلچسپی تو لیتا تھا مگر واجبی سی۔ یہ نمونے ہمیشہ مجھے ناقابلِ فہم لگتے۔ تھوڑے دنوں میں مجھے پتہ چل گیا تھا کہ مقدس مقامات والی تصویروں اور قرآنی آیات کی خطاطی کے نمونوں کی فریم سازی کی مانگ سب سے زیادہ تھی اور سب سے قیمتی فریم بھی ان ہی کے لیے بنوائے جاتے تھے۔

ان چیزوں کے علاوہ مجھے چلتا ہوا بازار ہر وقت اپنی طرف کھینچتا تھا، جہاں ذرا سی دیر بعد ایک نیا چہرہ دکھائی دیتا تھا۔ غالباً تصویروں کو غور سے دیکھنے کی وجہ سے مجھے انسانی چہرے ٹٹولنے کی بھی عادت پڑتی چلی گئی۔

بازار آنے والی اکثر خواتین برقعے میں ہوتیں۔ چند ایک نوعمر لڑکیوں کے علاوہ زیادہ تر مرد ہی گھومتے پھرتے دکھائی دیتے۔ بوڑھے اور جوان جو ضرورت کی چیزوں کی خریداری میں سرگرداں نظر آتے۔

میں دکان پر سہما سہما اور خاموش رہتا تھا اور تمام وقت نظریں بچا بچا کر بابا کو دیکھتا رہتا تھا، جو کبھی شیشہ اور کبھی لکڑی کاٹنے میں مصروف ہوتے تھے۔ انہوں نے مجھے سمجھایا کہ اس دھندے میں سب سے اہم کام کٹائی کا تھا اور وہ بھی شیشے کی کٹائی کا جسے ایک ایسے آلے کی مدد سے کاٹا جاتا تھا جس میں ہیرے کا باریک ٹکڑا لگا ہوتا تھا۔ ہیرے کا وہ باریک ٹکڑا شیشے پر ایک لکیر

کھینچ دیتا، پھر احتیاط سے شیشہ اس لکیر کے مطابق کاٹ لیا جاتا۔ بابا اس کام میں طاق ہو چکے تھے۔ ان کے ہاتھ تیز رفتاری سے کام کرتے تھے اور ان سے کوئی غلطی نہیں ہوتی تھی۔ ہر آدھے گھنٹے کے بعد وہ سگریٹ سلگاتے اور اپنے کام میں مگن رہتے۔ وقفے وقفے سے وہ میری طرف بھی ایک سنجیدہ نظر ڈالنا نہ بھولتے۔ ان کی آنکھیں زیادہ تر زرد رہتی تھیں اور کبھی سرخ ہو جاتیں۔ مجھے بعض اوقات محسوس ہوتا تھا کہ جیسے وہ مجھ سے کوئی خاص بات کہہ رہی ہوں، ایسی بات میں جسے آج تک سمجھ نہیں پایا اور جو شاید ہر باپ کی آنکھیں اپنے بیٹے سے کرتی تھیں۔

مجھے دکان کی نیم سیاہ اور نیم زرد فضا کی عادت پڑتی چلی گئی۔ سو واٹ کے بلب کی روشنی ناکافی تھی۔ دکان کی بعض جگہیں اور وہاں پر رکھی ہوئی بہت سی چیزیں نیم تاریکی میں چھپی رہتی تھیں۔ بعض اوقات سامنے رکھی چیزیں بھی نظر نہیں آتی تھیں۔ دھوپ براہِ راست دکان میں داخل نہیں ہوتی تھی کیوں کہ سامنے قطار سے تین چار منزلہ عمارتیں بنی ہوئی تھیں۔ جب سورج نصف النہار پر پہنچتا تو تھوڑی سی دیر کے لیے دکان میں سنہری روشنی داخل ہو جاتی اور مختلف شیشوں اور آئینوں سے ٹکرا کر سارا ماحول روشن کر دیتی۔ دکان کی دیواروں، چھت اور فرش پر مختلف طرح کی مبہم اور تجریدی شکلیں ابھر کر دکھائی دینے لگتیں۔ لیکن دھوپ کی یہ چکاچوند ایک آدھ گھنٹے بعد ختم ہو جاتی تھی۔

بازار میں جس جگہ ہماری دکان تھی، وہاں آس پاس کریانے کی، اجناس کی، مصالحہ جات اور پھولوں، پھلوں، سبزیوں اور فصلوں کے بیجوں کی دکانیں اور اس سے ذرا فاصلے پر ایک چھوٹا سا ہوٹل بھی واقع تھا۔ سب کی سب دکانیں پرانی اور خستہ تھیں۔ بازار میں شہر کے گرد و نواح میں پھیلے ہوئے دیہاتوں سے آئے سادہ لوح گاہکوں کا ہجوم دن بھر لگا رہتا تھا اور بہت زیادہ خرید و فروخت ہوتی تھی، اس کے باوجود کوئی دکاندار اپنی کاروباری جگہ کی بہتری کے بارے میں نہیں سوچتا تھا۔ جب کبھی کوئی دکاندار بابا سے ملنے آتا تو وہ دونوں ہمیشہ حالات کی ابتری کا رونا روتا رہتا۔ بابا شیشے کی بڑھتی قیمتوں کے بارے میں فکرمندی کا اظہار کرتے اور دوسرا اپنے مطلب کی چیزوں کی گرانی پر کڑھتا۔ انہیں میونسپلٹی والوں کے رویئے سے بھی شکایت تھی جو دکانوں کا کرایہ بڑھانے پر تلے ہوئے تھے۔

اس لڑکی کو دوبارہ دیکھنے کی خاطر، مَیں جس کے بارے میں کچھ نہیں جانتا تھا، مَیں نے اس گلی سے گزرنا معمول بنا لیا۔ وہاں پورا دن انڈین فلمی گانے بجا کرتے۔ دکاندار وڈیو فلمیں چیک کرنے کے لیے وی سی آر چلاتے رہتے، جس کی وجہ سے گلی میں فلموں کے مکالموں کی آوازیں بھی گونجتی رہتیں۔ شہر کے سارے اوباش آوارہ گرد لڑکے صبح سے شام تک اسی گلی میں گھومتے رہتے یا ان دکانوں کے باہر رکھی ہوئی بینچوں پر گپیں لگاتے رہتے۔ ان لڑکوں کی وجہ سے مَیں ڈرتا ہوا اُس گلی سے گزرتا رہا۔ لیکن وہ لڑکی تین روز تک مجھے نظر نہیں آئی تو مَیں نے اسے آس پاس کی گلیوں میں ڈھونڈنا شروع کر دیا مگر وہاں بھی اس کا کوئی سراغ نہیں ملا۔ مَیں نہیں جانتا کہ اسے دیکھنے کے لیے اتنا بے قرار کیوں ہو رہا تھا؟ مَیں نے اسے صرف ایک مرتبہ راستے میں ہی تو دیکھا تھا؟ جس طرح میں اور لوگوں کو دیکھتا رہتا تھا۔ میرے وہ چند روز اسی لڑکی کے بارے میں سوچتے ہوئے گزرے۔

ایک سہ پہر بابا نے مجھے سگریٹ خریدنے کے لیے بھیجا۔ سگریٹ والے کی مانڈلی ہماری دکان سے زیادہ فاصلے پر نہ تھی لیکن میرے سر میں نجانے کیا دھن سمائی کہ مَیں مرکزی گلی کی طرف نکل گیا اور اتفاق سے اس گلی کے سرے پر ہی مجھے وہ بے بی کٹ لڑکی دکھائی دے گئی۔ اس نے اودے رنگ کے پھول دار کپڑے پہنے ہوئے تھے۔ وہ اس وقت گلی سے بازار میں داخل ہو رہی تھی، اس لیے ہماری آنکھیں چار نہ ہوسکیں۔ وہ بازار میں دائیں طرف چلنے لگی اور میں بھی سوچے سمجھے بغیر بائیں طرف اس کے متوازی چلنے لگا۔

بازار میں خاصی بھیڑ تھی، اس کے باوجود وہ لڑکی بہت تیز رفتاری سے چل رہی تھی، جس کی وجہ سے مجھے بھی اپنی رفتار بڑھانی پڑی۔ وہ حیرت انگیز طور پر سرعت کے ساتھ لوگوں سے ٹکرائے بغیر ان کے بیچ سے گزرتی آگے بڑھتی رہی، جب کہ مَیں زیادہ تیزی دکھانے کی وجہ سے دو مرتبہ راہ گیروں سے ٹکرا گیا اور گرتے گرتے بچا۔ وہ آگے آگے چلتی جارہی تھی۔ بہت سی دکانیں گزر کر پیچھے رہ گئیں لیکن وہ کہیں رکنے کا نام نہیں لے رہی تھی۔

مجھے بابا کا خیال بھی تنگ کر رہا تھا لیکن اس کے باوجود مَیں نے اس کا تعاقب جاری رکھا۔ تیز دھوپ کی وجہ سے میرا چہرہ اور پورا جسم پسینے میں بھیگ گئے۔ میری سانسیں پھولنے لگیں اور شاہی بازار کی تنگ سی گلی میں مجھے عجیب سی گھٹن محسوس ہونے لگی۔ خوانچے والوں، سائیکلوں، اسکوٹروں اور گدھا گاڑیوں کا تانتا بندھا ہوا تھا۔ بھانت بھانت کی بولیاں ماحول میں گونج رہی تھیں۔ بہت سی بدبوئیں اور خوشبوئیں فضا میں گڈمڈ ہو رہی تھیں۔ کسی موقع پر بھی، مجھے اس لڑکی سے آگے نکلنے کی ہمت نہیں ہوسکی۔ کئی مرتبہ میں اس کے بہت نزدیک پہنچ گیا لیکن ہر بار مَیں نے اپنی رفتار کم کر دی۔ چلتے ہوئے اس نے ایک مرتبہ بھی اپنے دائیں بائیں نہیں دیکھا۔ مَیں دل ہی دل میں خوف زدہ بھی تھا کہ کوئی جاننے والا، مجھے اس کا پیچھا کرتے رنگے ہاتھوں نہ پکڑ لے اور میری شکایت بابا یا اماں سے نہ لگا دے۔

سبزی منڈی والے چوک سے پہلے بساطیوں کی تین چار دکانیں ایک ساتھ واقع تھیں۔ وہ ان میں سے ایک کے اندر چلی گئی اور میں باہر کھڑا ہو کر اسے دیکھنے لگا۔ یہ تھوڑی دیر کا انتظار میرے لیے اعصاب شکن تھا۔ اس نے بساطی کے لڑکے کے سامنے ایک ادا کے ساتھ اپنی بند مٹھی کھولی، جس میں سے کپڑوں کی چند رنگ برنگی کترنیں برآمد ہوئیں۔ اسے ان کے مطابق دھاگہ خریدنا تھا۔ بساطی کا لڑکا ہنس ہنس کر نلکیوں کے ڈبے اس کے سامنے کھولنے لگا تاکہ وہ کترنوں سے دھاگے کی مماثلت اچھی طرح پرکھ لے۔ بساطی کے لڑکے کی ہنسی برداشت کرنا میرے لیے مشکل ہو رہا تھا اور مجھے اس پر سخت غصہ آنے لگا تھا۔

میں تھوڑی دیر تک دکان کے قریب کھڑا رہا۔ شاید اس نے مجھے دکان کے اندر سے دیکھ لیا تھا کیوں کہ دکان سے نکل کر وہ، رنگ برنگے دھاگوں کے لچھے اور نلکیاں ایک لفافے میں لیے، میرے کندھے سے اپنا کندھا ٹکراتی ہوئی آگے بڑھ گئی۔ ٹکر معمولی سی تھی لیکن میں بس گرنے والا ہی ہوگیا۔ پھر خود کو سنبھال کر حیرت سے اس کی طرف دیکھتا، خود کو سنبھالتا ہوا، اس کے پیچھے چل دیا۔ وہ اب واقعی میری طرف توجہ دینے لگی تھی۔ واپس جاتے ہوئے اس نے کئی مرتبہ مڑ کر میری جانب دیکھا۔ ہر بار اس کے ہونٹوں پر ایک مسکراہٹ رقصاں دکھائی دی۔ چلتے ہوئے اس کے بازو کسی عجیب ترنگ میں ہلتے

رہے اور اس کی اونچی گردن بار بار ادھر ادھر گھومتی رہی۔

میں نہیں جان سکا کہ اس کے یہ اشارے کس لیے تھے؟ اور ان کا مطلب کیا تھا؟ واپسی پر مجھے راستہ طے ہو جانے کی خبر تک نہ ہوئی، بس یوں لگا جیسے ہم دونوں ہوا کے دوش پر اڑتے یک دم پُنھل کے ہوٹل کے پاس پہنچ گئے، جہاں سے مرکزی گلی نکلتی تھی۔ جب اس گلی کے کونے پر مَیں نے الوداعی نظر سے اس کی طرف دیکھا تو اس نے اس کا جواب ایک دل نشین مسکراہٹ سے دیا اور میرا دل خوش فہم امیدوں سے بھرتا چلا گیا۔

میں چند لمحے بازار میں کھڑا ایک سحر کے زیرِ اثر اسے گلی میں جاتے ہوئے دیکھتا رہا۔ اس کے بعد مَیں نے وہاں سے اپنی دکان تک کا فاصلہ ایک عجیب سرمستی میں طے کیا لیکن بابا کو دکان کے باہر کھڑا دیکھتے ہی میری روح فنا ہونے لگی۔ وہ بازار میں کھڑے میری راہ دیکھ رہے تھے۔ ان کی آنکھیں غصے سے سرخ تھیں۔ مَیں جیسے ہی ان کے قریب پہنچا تو انہوں نے میرے کان زور سے پکڑ لیے۔ انہوں نے بھرے بازار میں مجھے دو زوردار چانٹے رسید کیے، جن سے میرے گال سلگ اٹھے۔ مَیں سر بازار رونا نہیں چاہتا تھا مگر پھر بھی میری آنکھوں سے خود بخود آنسو بہہ نکلے۔ آس پاس کے دکاندار اور راہ گیر، سب میری طرف دیکھنے لگے تھے۔ اس کے بعد میں دکان کے اندر جا بیٹھا اور مَیں نے اپنا چہرہ اپنے ہاتھوں میں چھپا لیا۔ بابا نے موٹی گالیاں دیتے ہوئے مجھ سے پوچھ تاچھ کی تو مَیں نے جھوٹ بول دیا کہ مجھے ایک ہم جماعت مل گیا تھا اور میں اس کے ساتھ سبزی منڈی تک چلا گیا تھا۔ یہ سن کر ان کا غصہ دوچند ہو گیا اور انہوں نے خوب کوسنے دیئے۔ اس کے بعد شام تک ہمارے درمیان کوئی بات نہیں ہوئی اور دکان بند کرنے کے بعد میں ان کے ساتھ ہی گھر واپس گیا۔

بازار میں ہر عمر کی بھکارنیں دن بھر گھومتی رہتی تھیں اور وہ بھیک لیے بغیر دکانداروں کا پیچھا نہیں چھوڑتی تھیں۔ ان کے لباس اکثر پرانے، بوسیدہ اور تنگ سے ہوتے تھے، جن میں سے ان کے جسم جھانکتے رہتے تھے۔ دکاندار اکثر ان سے فحش کلامی کرتے، وہ جس کا ترکی بہ ترکی جواب دیا کرتیں۔ پوری طرح جوان بھکارنیں مجھے دیکھنے میں اچھی لگتی تھیں کیوں کہ ان کے بدن کسے ہوئے اور پیچ وخم والے ہوتے۔ ان کے نظارے سے آگے کی خواہش مجھے کبھی نہ ہو سکی کیوں کہ وہ ہمیشہ گندی مندی رہتی تھیں۔

دکان پر باقاعدگی سے آنے کی وجہ سے مجھے اندازہ ہو گیا کہ بابا ان بھکارنوں میں بہت دلچسپی لیا کرتے تھے۔ جواں سال بھکارنیں ان کا خاص ہدف ہوتی تھیں، وہ انہیں دکان پر روک کر کچھ دیر تک لازمی باتیں کرتے اور اس دوران تسلی کے ساتھ اپنے اعضائے مخصوصہ بھی سہلاتے رہتے۔ ان سے زیادہ تر باتیں وہ دھیمے لہجے میں کرتے مگر کبھی کبھی کوئی فحش جملہ میرے کان میں بھی پڑ جاتا، جسے سن کر میرے لیے ہنسی ضبط کرنا دشوار ہو جاتا۔

ایک سانولی رنگت اور کسرتی بدن والی بھکارن تقریباً ہر روز آتی اور کچھ وقت دکان پر گزارتی۔ وہ بابا کو ساری مانگنے والیوں کے لچھے دار قصے اور معاشقے سنایا کرتی۔ وہ جب ہماری دکان پر آتی تو آس پاس کے دکاندار ایک دوسرے کو معنی خیز نگاہوں سے دیکھ کر مسکراتے اور آپس میں اشارے بھی کرتے۔ چند روز بعد مجھے معلوم ہو گیا کہ اس بھکارن کے ساتھ

بابا نے جسمانی تعلق بھی رکھا ہوا تھا۔

ہماری دکان کے داہنی طرف ایک تنگ سی گلی میں انہوں نے ایک کمرہ کرائے پر لے رکھا تھا۔ وہ ہر دوسرے تیسرے دن کسی نہ کسی بھکارن کو وہاں لے جاتے۔ وہ سانولی اور کسرتی جسم والی عورت بابا کے لیے، نوعمر اور نوخیز بھکارنیں بھی لاتی اور اس کے بدلے بابا سے بطور انعام بخشش بھی پاتی۔ بابا میری موجودگی کی پروا کیے بغیر، دکان میرے حوالے کر کے چلے جاتے اور تقریباً آدھ پون گھنٹے کے بعد واپس آ جایا کرتے۔

بازار کی ایک گلی میں کمرہ لے کر دن دہاڑے ایسی واردات کرنا آسان کام نہ تھا۔ بدنامی کے ساتھ ساتھ گرفتاری کا امکان بھی تھا۔ بہت عرصے کے بعد میری سمجھ میں یہ بات آئی تھی کہ بدنامی کا ڈر وہ شخص محسوس کرتا ہے جو گناہ اور جرم کی دنیا میں نو وارد ہو۔ گھاگ آدمی کبھی کسی چیز کی پروا نہیں کرتا۔ بابا کے ساتھ کچھ ایسا ہی معاملہ تھا۔

انہوں نے پہلے یہ کمرہ اپنے ایک دوست کے ساتھ مل کر کرائے پر لیا ہوا تھا۔ کسی اختلاف کی وجہ سے انہوں نے اپنے اس دوست سے قطع تعلق کر لیا تھا۔ اس لیے یہ کمرہ اب پوری طرح بابا کے تصرف میں تھا۔ آس پاس کے دو چار دکاندار جو بابا کے خیر خواہ تھے، انہوں نے کئی مرتبہ انہیں سمجھانے کی کوشش کی تھی کہ اس کمرے کا استعمال مناسب نہیں تھا، کیوں کہ ان کے خیال میں کوئی بھی ان کی مخبری کر سکتا تھا۔ بابا نے ان کا مشورہ ماننے سے انکار کرتے ہوئے، دو ایسے دکانداروں سے یارانہ گانٹھ لیا تھا، جو ان ہی جیسی عادات کے مالک تھے۔ بابا نے سانولی رنگت اور کسرتی بدن والی بھکارن کی اپنے دوستوں سے بھی ملاقات کروادی تھی، وہ ان کے لیے بھی نئی نئی سانولی فقیرنیاں لے کر آنے لگی تھی۔ کوئی بھی دوست ایسی عورت کو استعمال نہیں کرتا تھا، جس کے ساتھ ان میں سے کوئی ایک بھی مباشرت کر چکا ہوتا تھا۔ تینوں دوستوں کی شہرت دھیرے دھیرے پورے بازار میں پھیلتی چلی گئی۔

اس روز بابا کے طمانچے اور گالیاں مجھے میری آوارہ گردی سے نہیں روک سکے۔ ابھی تک مجھے پتہ نہیں تھا کہ وہ لڑکی کون سے محلے میں رہتی تھی اور اس کا مکان کون سی گلی میں واقع تھا؟ کچھ اور ضروری باتیں بھی تھیں، جن کے بارے میں مجھے کچھ معلوم نہیں تھا۔ اب میرے لیے یہ سب پتا چلانا بہت ضروری ہو گیا تھا۔

شہر کا بازار جمعے کو بند ہوتا تھا کیوں کہ اس روز چھٹی ہوتی تھی۔ سب دکاندار اہتمام کے ساتھ شہر کی مساجد میں جمعے کی نماز ادا کرتے اور اس کے بعد دوپہر کا کھانا کھا کر شام تک قیلولہ کرتے یا اینٹینا اور بُوسٹر کے ذریعے، ٹی وی پر مسلم ملک عمان سے آنے والی بھارتی فلم، اپنے سب گھر والوں کے ساتھ مل کر دیکھتے، جو صرف جمعے کی نماز کے بعد تین بجے سہ پہر شروع ہو کر شام تک ختم ہوتی۔ جن لوگوں کے پاس ٹی وی نہیں تھے، انہیں دکھانے کے لیے بھی خصوصی اہتمام کیا جاتا تھا، اگرچہ اب لوگوں کی تفریح کے لیے وی سی آر بھی آ چکا تھا لیکن اس کا کرایہ پچاس روپے فی فلم تھا جو بہت مہنگا لگتا تھا۔

جمعے کے سوا میرے پاس دکان سے چھٹی کرنے کا موقع نہیں تھا۔ مَیں نے کچھ دن دکان بند ہونے کے بعد اس لڑکی کا کھوج لگانے کی سر توڑ کوشش کر ڈالی، جس میں مجھے کامیابی حاصل نہ ہو سکی کیوں کہ روزانہ شام کے بعد وڈیو فلموں اور وی سی

آر کی دکانوں کے سوا تقریباً سارا بازار بند ہو جاتا تھا اور لوگ بھی اپنے گھروں سے نکلنا کم کر دیتے تھے۔ خاص طور پر بچوں اور لڑکیوں کے باہر نکلنے پر تو پابندی لگا دی جاتی تھی۔ صرف بڑی عمروں کے لوگ اور جوان لڑکے ادھر ادھر ٹہلتے گھومتے نظر آتے تھے۔ اس لیے اندھیرا پھیلنے کے بعد اس بے بی کٹ لڑکی کا دکھائی دینا بہت مشکل تھا۔ مَیں کئی مرتبہ اسے ڈھونڈنے کی مہم پر نکلا اور اندھیرے میں بازار کے آس پاس کی ویران گلیوں کی خاک چھانتا رہا۔ ناکام ہونے کے بعد مَیں نے شام سے پہلے اس لڑکی کو ڈھونڈنے کا منصوبہ بنایا اور اب مجھے کسی قسم کے نتیجے کی بھی کوئی پروا نہیں رہی تھی۔

ایک دوپہر میں ٹفن بکس اٹھائے دکان کی طرف جا رہا تھا۔ مَیں بازار جانے کے لیے جو راستہ استعمال کرتا تھا، اس پر دائیں اور بائیں طرف بہت سی چھوٹی، بڑی، تنگ اور کشادہ گلیاں نکلتی تھیں۔ آس پاس کے محلوں کے لوگ بازار کے لیے یہی راستہ استعمال کرتے تھے لیکن دوپہر اور شام کے وقت یہ راستہ عام طور پر ویران رہتا تھا۔ تیز دھوپ کی وجہ سے اس راستے پر مکانوں کے آڑے ترچھے سائے پڑتے تھے۔ خاموشی کے سبب ہوا کی سرسراہٹ صاف سنائی دیتی تھی۔ دھول، مٹی اور کوڑا کرکٹ گلیوں سے اڑ اڑ کر اس راستے پر جمع ہو جاتا تھا۔ گرے ہوئے کھنڈر نما مکانوں کے ملبے سے گرد کے مرغولے اٹھتے رہتے۔

ابھی میں بمشکل حنیف میمن کی دکان تک پہنچا تھا کہ وہ پرکٹی مجھے داہنی طرف ایک گلی سے آتی ہوئی نظر آ گئی۔ اسے دیکھ کر میں خوش گوار حیرت سے اس کی جانب دیکھنے لگا اور میرے قدم اسی جگہ ساکت ہو گئے۔ مجھے دیکھ کر وہ اپنے دل کش انداز میں مسکرانے لگی۔ وہ ہوا کے جھونکے کی طرح میرے نزدیک سے گزری اور بازار کے رخ پر چلنے لگی۔ مَیں بھی ٹھنڈی سانسیں بھرتا اور اپنی آنکھیں مچمچاتا ہو، اس کے پیچھے ہو لیا۔ وہ اپنی لمبی گردن کو بار بار جھٹکتی، اپنے بازو ہلاتی، میرے آگے چلتی رہی۔ اس نے کئی بار مڑ کر دیکھا۔ اسے متوجہ کرنے کے لیے میں مصنوعی انداز میں کھانستا رہا۔ مَیں مشہور فلمی گانے نسبتاً اونچی آواز میں گنگنانے لگا، جن میں محبوب کے حسن کی تعریف کے ساتھ محبت کا اظہار بھی شامل تھا۔ شاید یہ میری گنگناہٹ کا اثر تھا یا کوئی اور وجہ تھی کہ اس کے ہونٹوں پر حسین مسکان بازار شروع ہونے تک برقرار رہی بلکہ بعض دفعہ اسے میرے گانے سے گدگدی سی بھی ہوتی رہی اور وہ اپنی ہنسی روکتے ہوئے پلٹ کر بار بار میری طرف دیکھتی رہی۔

میرے ہاتھ میں ٹفن بکس دیکھ کر شاید اس نے اندازہ لگا لیا تھا کہ مَیں زیادہ دور تک اس کا تعاقب نہیں کر پاؤں گا اور مجھے بھی یہی نظر آ رہا تھا۔ بازار شروع ہوتے ہی اس نے مڑ کر مجھے الوداعی نظر سے دیکھا اور اس سمت چلنے لگی جس طرف بساطی کی دکان واقع تھی لیکن میں پُنھل کے ہوٹل سے چند قدم آگے بڑھ کر رک گیا لیکن کچھ لمحے گزرنے کے بعد میرا رخ اپنی دکان کے بجائے بساطی کی دکان کی جانب ہوتا چلا گیا۔

رستے بھر اسے مَیں نے خبر نہ ہونے دی کہ مَیں دور سے اس پر نظر رکھتا ہوا اس کا تعاقب کر رہا تھا، حتیٰ کہ وہ بساطی کی دکان کے اندر چلی گئی۔ جب مَیں نے آگے بڑھ کر جھانکا تو بساطی کا لڑکا نظر نہیں آیا اور اس کا بوڑھا باپ اسے دھاگے، لیسیں اور دیگر سامان دکھانے میں مصروف دکھائی دیا۔ مَیں دکان سے ذرا سا پیچھے ہو کر کھڑا ہو گیا۔ میرا ارادہ تھا کہ جیسے ہی

وہ نکلے گی، مَیں اس سے ٹکراتا ہوا گزر جاؤں گا۔

وہ جیسے ہی نکلی تو اس کی نگاہ سیدھی مجھ پر پڑی۔ اسی لمحے مَیں نے ٹکرانے کا خیال ترک کر دیا اور بازار میں تقریباً اس کے ساتھ ساتھ چلنے لگ گیا۔ مجھے اپنے نزدیک دیکھ کر وہ گھبرا گئی اور اپنی رفتار بڑھا کر مجھ سے آگے نکل گئی۔ مَیں نے اپنی رفتار کم کر دی اور وہ مجھ سے دور ہونے لگی۔ جب اس نے مڑ کر دیکھا تو مجھے خود سے کافی دور پا کر آنکھوں سے مجھے تیز چلنے کا اشارہ کرنے لگی۔ اشارہ پاتے ہی میں ایک بار پھر اس کے قریب پہنچ گیا لیکن اس بار میں محتاط ہو کر، ایک مخصوص فاصلے پر چل رہا تھا۔ اسی دوران ایک بار پھر پُنھل کا ہوٹل آ گیا۔ اس بار مَیں نے ہاتھ اٹھا کر اسے اللہ وائی کہا، پھر وہ مسکراتی ہوئی اپنے گھر کی طرف چلی گئی اور میں اپنی دکان کی طرف۔ اس سے الگ ہو کر مَیں نے سوچا کہ آج اس کی گلی کا پتہ چل گیا، اب تھوڑے ہی دنوں میں اس کے مکان کا پتا بھی مل جائے گا۔

دکان پہنچنے پر بابا نے میرے دیر سے آنے پر باز پرس کی تو مَیں نے اسکول سے دیر سے آنے کا بہانہ بنا کر اپنی جان چھڑائی اور مسجد سے پانی کا جگ بھرنے کے لیے چلا گیا۔

بابا نے شام ڈھلنے سے پہلے ہی مجھے دکان سے چھٹی دے دی۔ انہوں نے سہ پہر کے وقت اپنے ایک خوانچہ فروش دوست گھنشام داس کے ساتھ مل کر دکان میں ہی سادہ شراب کی پوری بوتل ختم کر دی تھی، جس کے بعد سے ان کا مزاج خوش گوار ہو گیا تھا۔ انہوں نے مغرب ہونے سے پہلے مجھے پانچ روپے کا نیا، کڑ کتا ہوا نوٹ دیا اور ٹفن بکس تھماتے ہوئے اسی وقت گھر چلے جانے کے لیے کہا۔

اس روز میں نجانے کیا سوچ کر دست کاری اسکول والی گلی میں، جو ہماری دکان کے پاس ہی پڑتی تھی، داخل ہو گیا۔ شاید میرے لاشعور میں دبا کوئی خیال یا احساس مجھے اس طرف لے گیا۔ اس گلی میں لڑکیوں کا سلائی اور کڑھائی سیکھنے کا ایک اسکول واقع تھا۔

بہت سی لڑکیاں جہاں کہیں بھی ہوں، ان کے لیے چڑیوں کی طرح چہچہانا ناگزیر ہوتا ہے۔ اس لیے وہ گلی بھی دن بھر شوخ، مستی بھری رسیلی نسوانی آوازوں سے چہکتی رہتی تھی۔ مَیں جب کبھی اس گلی سے گزرتا تو مجھے محسوس ہونے لگتا کہ میری سماعت یکایک تیز ہو گئی ہے۔ مَیں ہر مرتبہ یہاں سے گزرتے ہوئے اسکول کے بند دروازے سے اندر جھانکنے کی کوشش کرتا تھا لیکن مجھے کبھی کچھ دکھائی نہیں دیا تھا۔ اس کے باوجود میرا تخیل زرق برق لباسوں کی سرسراہٹ، نرم و نازک ہونٹوں کی کھلکھلاہٹ سن کر ذہن میں نت نئی نازک مورتیں بناتا رہتا، جن کی جگمگاہٹ سے میرے اندر کی تاریکی تھوڑی دیر کے لیے چھٹ جاتی اور میں ان خیالی پریوں کے پُر نُور ہیولوں سے نکلتی، بہتی خوشبو کی پھوار میں دو چار لمحے سانس لے کر آگے بڑھ جاتا۔

میں دست کاری اسکول کے بھاری بند دروازے کے نزدیک سے گزر کر ذرا سا آگے بڑھا تھا کہ مجھے اپنی پشت سے دروازہ کھلنے کی زوردار چرچراہٹ سنائی دی۔ شاید کسی نے دروازے کو دھکا دے کر کھولا تھا۔ دروازہ کھلنے کی یہ بھونڈی سی

آواز سمع خراش ثابت ہوئی۔ مَیں نے فوراً مڑ کر دیکھا تو لڑکیوں کی ایک ٹولی چہکتی اور آپس میں ایک دوسرے چپکی ہوئی، اسکول کی سیڑھیوں سے اترتی گلی میں آئی۔ ان سب کی مترنم ہنسی اور ان کی سرگوشیوں کے زمزمے نے دروازے کی بھدّی چرچراہٹ کی تلافی کر دی۔

ایک ساتھ بہت سی لڑکیوں کو دیکھ کر میں ہڑ بڑا گیا اور میرے چلنے کی رفتار خود بخود تیز ہو گئی۔ دفعتاً مجھے پیچھے سے ایک پھلجڑی نما قہقہہ سنائی دیا اور اس کے فوراً بعد چند طنزیہ جملے میرے کانوں میں داخل ہوئے، جنہیں سن کر میرا پورا جسم سنسنانے لگا۔ تیز چلنے کی خواہش کے باوجود میرے قدم بھاری ہونے لگے۔ دیکھا بھالا راستہ لمحہ بھر کے لیے اجنبی دکھائی دینے لگا۔ مجھے معلوم نہیں تھا کہ وہ لڑکی کون تھی؟ لیکن اسی لمحے شک ہوا کہ یہ شرارت اس پرکٹی کے سوا اور کوئی نہ کر سکتا تھا۔ میرے قدم نجانے کیوں ڈگمگانے لگے اور میں ان کے آگے دقت کے ساتھ دھیرے دھیرے چلنے لگا۔

ان میں سے دو لڑکیاں راستے میں پڑنے والی ایک نیم تاریک سی گلی میں ٹولی سے علیحدہ ہو گئیں، جس کی وجہ سے باتوں کی چہکار میں تھوڑی کمی واقع ہو گئی۔ کچھ دور جا کر اپنی پرانی ڈگر پر پہنچ کر میرا اعتماد بحال ہونے لگا کیوں کہ اس وقت یہاں لوگوں کی چہل پہل زیادہ تھی۔ اکا دکا سائیکلیں اور چھکڑے بھی رواں تھے۔

ابھی شام ڈھلی نہیں تھی۔ غروب ہوتے سورج کی لال اور سنہری روشنی مغربی افق پر پھیلی تھی اور باقی آسمان ابھی گہرا نیلا تھا۔ آگے کی طرف کچھ فاصلہ طے کرنے کے بعد اپنی پشت پر خاموشی چھا جانے کی وجہ سے مجھے گمان گزرا کہ وہ لڑکیاں اب میرے پیچھے موجود نہیں تھیں۔ مَیں نے مڑ کر دیکھا تو وہ بے بی کٹ لڑکی ایک گلی کے کونے پر اپنی سہیلیوں کو خدا حافظ کہہ رہی تھی۔

اب اس کے ساتھ صرف ایک لڑکی رہ گئی تھی۔ شاید اسی لیے وہ خاموش ہو گئی تھیں۔ مجھے اپنے پیچھے آتے ان کے قدموں کی ہلکی سی چاپ سنائی دے رہی تھی۔ میرے دل میں یہ خواہش مچل رہی تھی کہ بار بار مڑ کر دیکھوں لیکن مَیں نے اپنے آپ کو روکا ہوا تھا کیوں کہ وہ اکیلی نہیں تھی۔ پتہ نہیں میرے دیکھنے سے اس کی سہیلی کیا نتیجہ نکالے؟ ذرا دیر کے بعد ان کے پیروں کی آواز اچانک تھم گئی اور وہ دونوں آپس میں جملوں کا تبادلہ کرنے لگیں۔ مَیں فوراً سمجھ گیا کہ وہ اپنی آخری سہیلی کو رخصت کر رہی تھی۔ مَیں نے اپنی چلنے کی رفتار مزید کم کرتے ہوئے اپنی گردن کو ذرا سا خم دے کر پیچھے دیکھا تو وہ اپنی دوست سے مصافحہ کر رہی تھی۔

اس کی سہیلی ایک بغلی گلی میں غائب ہو گئی تو مَیں نے ذرا اعتماد سے مڑ کر اسے دیکھا تو پرکٹی مسکراتے ہوئے اپنی ناک سکیڑنے لگی۔ اس کا یہ عجیب اشارہ دیکھ کر میں اپنے آپ کو مسکرانے سے نہیں روک سکا۔ مَیں آہستہ آہستہ چلنے لگا اور وہ شاید مجھ سے بھی آہستہ چل رہی تھی کیوں کہ اس کی گلی نزدیک تر آتی جا رہی تھی۔ اب مَیں نے بار بار گردن موڑ کر اسے دیکھنا شروع کر دیا تھا۔ مَیں نے محسوس کیا کہ اس کے ہونٹوں سے مسکراہٹ غائب ہو گئی تھی اور اب وہ ایک پریشانی سے میری طرف دیکھ رہی تھی۔ اسے الجھن میں ڈال کر مجھے بہت مزا آنے لگا۔ مَیں اس سے اپنا بدلہ لیتے ہوئے محظوظ ہو رہا

تھا۔اس کی گلی کے کونے پر پہنچ کر میں ٹھہر گیا اور اپنا رخ سیدھا کر کے اس کی طرف دیکھنے لگا۔

جس گلی میں وہ رہتی تھی، اس میں سارے مکانات قدیم وضع کے یعنی مٹی اور لکڑی کے بنے ہوئے تھے۔کہیں کہیں ان کی تعمیر میں زرد پتھر بھی استعمال ہوا تھا۔ان دو منزلہ مکانوں کی خاص بات یہ تھی کہ ان میں کوئی جھروکا یا بالکونی نہیں تھی صرف کھڑکیاں اور دروازے تھے اور ان سب کی چھتوں پر، ہوا کے رخ پر، لکڑی کے بڑے بڑے مگھ (ہوادان) بنے ہوئے تھے۔یہ ایک بند گلی تھی۔

وہ پرکٹی اپنے جسم کے اندر سمٹتی، کسمساتی، دبے پاؤں چلتی، سر جھکائے میری طرف دیکھے بغیر، میرے قریب سے گزری۔ مَیں اسے نیم پختہ گلی میں چلتے ہوئے دیکھتا رہا۔تھوڑا سا آگے جاکر وہ داہنی طرف بنے ہوئے تیسرے مکان کے آگے ٹھہر گئی۔مَیں نے دیکھا کہ اپنے گھر کے پاس پہنچ کر اس کی آنکھوں میں وہی پرانی چمک اور ہونٹوں پر وہی شوخ مسکان پھر سے لوٹ آئی، اس نے اپنی ناک سکیڑتے ہوئے مجھے پھر وہی اشارہ کیا، جسے میں سمجھ ہی نہ سکا اور وہ اپنے گھر کی جانب بڑھ گئی۔مَیں نے لکڑی کا بھاری دروازہ کھلنے کی چوں چراں سنی اور ایک لمحے کے بعد وہ اس دروازے میں گم ہو گئی۔

میں اپنے گھر کے راستے پر مستانہ وار چلتے ہوئے ایک گیت گنگنانے لگا۔جس گلی میں۔۔

10

اب میں، اپنے لڑکپن اور اوائل شباب میں پیش آنے والے واقعات کے بارے میں سوچتا ہوں تو حیرت سے دوچار ہو جاتا ہوں۔ اس لڑکی کے معاملے میں میرے ساتھ جو کچھ پیش آیا، وہ میں ہی جانتا ہوں۔ اسے تکتے ہوئے میرے اندر کیا کیا اتھل پتھل ہوتی تھی، کیسے کیسے جھکڑ چلتے تھے، یہ کوئی دوسرا جان ہی نہیں سکتا۔ اس کا تعاقب کرتے ہوئے اور اس کے نزدیک سے گزرتے ہوئے، پتا نہیں کیوں مجھے محسوس ہوتا کہ آس پاس کے تمام لوگ آنکھیں پھاڑے مجھے گھور رہے ہیں، ان کی انگلیاں میری طرف اشارے کر رہی ہیں، وہ میری حماقت کے بارے میں باتیں کرتے ہوئے ہنس رہے ہیں یا قہقہے لگا رہے ہیں۔ اپنے شہر کی گلیوں میں، اس تتلی کے گرد منڈلاتے ہوئے یہ باتیں سوچ کر میری سانسیں خشک ہونے لگتی تھیں۔ لیکن خوف اور ڈر کے متوازی ایک اور جذبہ بھی میرے دل میں مچلتا اور مجھے کچوکے دیتا رہتا۔ یہ جذبہ میرے لیے نیا نہیں تھا۔ مَیں اپنے بچپن سے اس کی کسک، شدت، تلخی اور اس کی خلش سے بخوبی واقف تھا۔ مَیں نے اس کی تمام پرتوں کو نزدیک سے دیکھا اور بُھگتا تھا۔ شاید یہ دنیا بھر کے عاشقوں کی اجتماعی بدنصیبی تھی کہ رقیب کے وجود کے بغیر، ان کا عشق مکمل نہیں ہوتا۔ قلب و ذہن، بدن اور روح جلانے کے لیے وہ کہیں نہ کہیں سے آ ہی دھمکتا ہے۔

وہ لڑکی جب کسی گلی سے گزرتی، بازار میں چلتی اور کسی دکان سے چیزیں خریدتی تو آس پاس موجود تمام لڑکے اور مرد اسے گھور کر دیکھنے لگ جاتے، ان کی آنکھیں اس فتنے کی تاب نہ لا کر پھٹی کی پھٹی رہ جاتیں اور ان کے منہ مکھیوں سے بھر جاتے۔ نوجوان لڑکے اس پر فقرے اچھالتے، اسے آنکھیں مارتے اور سیٹیاں بجا بجا کر اسے متوجہ کرنے کی کوشش کرتے۔ ان کی نازیبا حرکتیں دیکھ کر میرا خون کھولتا۔ مجھے شدید غصہ آتا لیکن اتنی بڑی اکثریت کے سامنے میں اپنا آپ بے بس محسوس کرتا۔ لیکن جب میں خود کو ان کی جگہ پر رکھ کر دیکھتا تو اپنے آپ کو ان سے مختلف بھی نہیں پاتا تھا کیوں کہ مَیں بھی راہ چلتی عورتوں کو چور نظروں سے یا کن اکھیوں سے ہی سہی، دیکھتا ضرور تھا اور اگر دیکھ نہیں پاتا تھا تو کم از کم دیکھنے کی خواہش دل میں مچلتی ضرور تھی۔

میں اپنے لڑکپن میں صغراں اور لالی سے متعارف ہوا تھا۔ ان دونوں سے میرا کوئی جسمانی تعلق نہیں تھا لیکن میری زندگی میں انہوں نے زبردست ہلچل پیدا کی۔ شاید میں ان کے جسموں سے ہمکنار ہونا چاہتا تھا مگر مَیں نے کسی بھی موقع پر کسی

سے اپنی حقیقی خواہشات کا اظہار نہیں کیا تھا بلکہ صغراں کے جسم کو چھونے کے بہت سے مواقع بہم تھے لیکن مَیں نے کسی سے فائدہ نہیں اٹھایا۔ اب میں سوچتا ہوں تو مجھے لگتا ہے کہ میری ہچکچاہٹ اور گھبراہٹ کی دو وجوہات تھیں: ایک تو بابا کی بے جا اور بے تحاشہ مار پیٹ، جس نے میرا اپنے اوپر اعتماد ختم کر دیا اور مجھے اندر تک سہادیا تھا اور مجھ سے قوتِ عمل چھین لی۔ اسی لیے میں کبھی کوئی کھنڈت نہیں ڈال سکا اور ڈالتا بھی کیسے؟ بابا جسمانی طور پر مجھ سے کہیں زیادہ طاقت ور تھے۔ ان سے میری نفرت اور میرا غصہ، دونوں مجھے اندر ہی اندر سے دیمک کی طرح چاٹتے رہے اور مجھے کھوکھلا، کمزور اور ناکارہ بناتے رہے۔

جس عرصے میں وہ بے بی کٹ لڑکی میری زندگی میں داخل ہوئی تو اس وقت میری تنہائی کچھ خیالی اور بے وجود عورتوں کے تصور سے آباد تھی۔ مَیں نہیں جانتا کہ وہ کہاں سے آئی تھیں اور کس طرح میری تنہائی میں داخل ہو گئی تھیں؟ بہر حال ان تصوراتی عورتوں نے طویل عرصے تک مجھے مسحور کیے رکھا۔ وہ تمام ایک دوسرے سے بڑھ کر خوبصورت تھیں اور ان کے اعضا ایسے تھے جیسے کہ مَیں نے کبھی کسی جیتی جاگتی عورت کے بھی نہیں دیکھے۔ مَیں اپنی تنہائیوں میں ان کی دھیمی سرگوشیاں سنتا اور بعض اوقات ان کی کھلکھلاہٹیں میری سماعتوں میں رس گھولتی رہتیں۔ مَیں دن کے وقت ان کے چہرے اور ان کے جسم نہیں دیکھ پاتا تھا اور نہ ہی ان کے لباسوں کے شوخ رنگ مجھے نظر آتے تھے۔ مَیں صرف ان کی خوشبو سونگھتا تھا اور دیوانگی کے عالم میں رات ڈھلنے کا انتظار کرتا تھا۔ وہ سب مجھے رات کو اپنی طرف بلاتی تھیں، جو طویل دن گزارنے کے بعد ہی میسر آپاتی تھی۔ شاید ان ہی دنوں مَیں نے رات کے حسن اور اسرار کو پہلی بار محسوس کیا۔ مَیں تمام دن ان چلبلی اور بے حجاب عورتوں سے ملنے کو بے قرار رہتا۔ جب رات ڈھلتی تو وہ مجھے آوازیں دے کر بلاتیں، اشارے کرتیں، دھیرے دھیرے اپنے خدوخال مجھ پر واضح کرتی چلی جاتیں۔ مَیں اپنے بستر پر عالمِ خواب میں بے چینی سے کروٹیں لے کر ان سے وصل میں مصروف رہتا تھا۔

صبح اٹھنے پر میری ناف سے زبردست ٹیسیں اور مروڑ اٹھتے۔ یوں لگتا کہ جیسے میرے جسم کی کوئی اہم چیز اپنی جگہ پر نہیں رہی۔ کوئی نوک دار چیز اندر ہی اندر تکلیف پہنچاتی۔ مَیں بستر پر بے شمار کروٹیں بدلتا رہتا۔ کوئی پھانس سی پہلے تو اٹکی رہتی لیکن پھر یکایک فوارے کی دھار کی طرح خارج ہو جاتی۔ مَیں جب اپنے بستر اور شلوار پر بڑا سا دھبہ دیکھتا تو چکرا سا جاتا۔ جس رات یہ سب ہوتا، اس کے اگلے دن میرا جسم نڈھال رہتا اور اعضا ٹوٹے پھوٹے لگتے۔ اسکول جانے کو جی نہیں چاہتا مگر پھر بھی اسکول جانا پڑتا۔ اسکول میں، مَیں ہر کام بے دلی سے کرتا اور جماہیوں سے میرا منہ پھٹا جاتا۔ ایسے دنوں میں، مَیں آدھی چھٹی میں بھاگ کھڑا ہوتا اور جا کر شاہ جہانی مسجد میں پناہ لیتا۔ اس کی محرابوں کے بیچ، ٹھنڈے فرش پر پڑا اینڈتا رہتا اور دوپہر ہونے پر گھر کی طرف بھاگ جاتا۔

اس کیفیت میں سب سے زیادہ دشوار کام مجھے دکان پر جانا اور وہاں شام تک وقت گزارنا لگتا۔ ایک روز میں دوپہر کے کھانے کے بعد گہری نیند سو گیا اور دکان نہ جا سکا تو اس شام بابا نے دکان پر نہ آنے کی وجہ سے میری ٹھکائی کر دی۔

اس گلی سے گزرتے ہوئے وڈیو فلموں کی دکانوں کے شیشوں پر لگے اداکاراؤں کے نیم عریاں پوسٹر دیکھ کر میرا بدن عجیب طرح سنسنانے لگتا۔ ایک روز میں ان میں سے ایک دکان کے قریب سے گزر رہا تھا کہ میری نظر، بھارتی اداکاراؤں کی پوسٹ کارڈ سائز کی رنگین تصویروں پر پڑ گئی۔ ہر کارڈ کی قیمت ایک روپیہ تھی۔ میری جیب میں اس وقت تین روپے تھے۔ مَیں نے تقریباً سارے کارڈ اچھی طرح دیکھنے کے بعد تین تصویریں خریدیں۔ آہستہ آہستہ یہ خریداری میرا معمول بنتی گئی۔ مَیں نے بہت سے کارڈ جمع کر لیے۔ مَیں انہیں گھر میں چھپا کر رکھتا تھا اور ہمیشہ تنہائی میں دیکھتا تھا۔ مَیں نے انہیں چھت پر ایک اینٹ کے نیچے دبا کر رکھا ہوا تھا۔ کچھ عرصہ گزر جانے کے بعد ہولے ہولے میری لذت کے ساتھ جرم اور گناہ کا عجیب وغریب احساس خود بخود منتھی ہوتا چلا گیا۔ یوں اس لذیذ عمل میں اذیت ناکی کا زہر بھی شامل ہونے لگا۔ مَیں طویل عرصہ گزر جانے کے باوجود اس عادت کو چھوڑ نہیں سکا تھا۔

بے بی کٹ لڑکی سے گاہے بگاہے راستوں میں ہونے والی مڈبھیڑوں نے گناہ کے احساس کی آنچ کو نجانے کیوں تیز تر کر دیا۔ اسے دیکھتے ہوئے اور دیکھنے کے بعد میرے اندر عجیب سی ٹوٹ پھوٹ ہونے لگی۔ مجھے محسوس ہونے لگا کہ میرا سارا اعتماد ختم ہو کے رہ گیا۔ اس سے بات کرنے کی کوشش میں مجھ پر جھلاہٹ طاری ہو جاتی اور میں سوچتا کہ مَیں کیوں کر اس معاملے میں الجھتا چلا جا رہا تھا۔ شاید مجھے اس لڑکی سے محبت نہیں تھی کیوں کہ مَیں آج تک اس لفظ کے معنی نہیں سمجھ سکا۔ کیا یہ ہمارے جسم کی ضرورت کا دوسرا نام ہے یا پھر یہ کوئی ارفع واعلیٰ جذبہ ہے جو ہمارے دل اور ہماری روح کی پہنائیوں میں کہیں سرسراتا اور رینگتا ہے؟ اکثر و بیشتر میں یہ سوچتا کہ لوگ اس عظیم جذبے کو محسوس کرنے کی اہلیت سے ہی محروم ہو چکے ہیں کیوں کہ ہمارے ذہنوں میں ہر لحہ خون کی سنسناہٹ گونجتی رہتی ہے، جو صنفِ مخالف کے جسم پر غالب آنے اور اسے ریزہ ریزہ کر دینے کی خواہش میں ہمہ وقت بے قرار رہتی ہے۔ خون کی یہ تندو تیز سنسناہٹ محبت کے سوا کوئی دوسری چیز ہے کیوں کہ محبت تو لطیف و نازک اور وجدانی کیفیت ہوتی ہے جو آدمی کو اس کی جسمانی خواہشات سے وقتی طور پر بلند کر دیتی ہے جب کہ مَیں کبھی اپنے بدن کے چکر سے باہر نہیں نکل سکا۔

الجھن، اذیت اور جھنجھناہٹ کے باوجود اس کے تعاقب سے، مَیں اپنے آپ کو روکنے میں ناکام رہا۔ کوئی اندھا اور شدید جذبہ ہر وقت مجھ پر غالب رہنے لگا تھا۔ مَیں جلد از جلد اس معاملے کو طے کرنا چاہتا تھا یا اسے یکسر ختم کرنا چاہتا تھا تا کہ کسی نتیجہ خیز صورتِ حال تک پہنچا جا سکے۔ نجانے کیوں بارہا اس کی آنکھیں دیکھ کر مجھے احساس ہونے لگا تھا کہ وہ بھی یہی چاہتی تھی۔

پہلے پہل ہم چپ چاپ، ایک دوسرے کو دیکھتے رہے، ایک دوسرے کے آس پاس پروانوں کی طرح منڈلاتے رہے اور ایک دوسرے کے دور و نزدیک سے گزرتے رہے۔ ہمارا تعلق خاموشی کا تعلق تھا، اسی لیے اب تک گفتگو کے مرحلے میں داخل ہو سکا تھا اور نہ ہی اب تک کسی جانب سے پیار اور اپنائیت بھرے فقرے بولے گئے تھے لیکن یہ بھی حقیقت تھی کہ ہم دونوں ایک دوسرے کی آوازوں کا زیر و بم محسوس کرنا اور ایک دوسرے کی ہنسی کی کھنک سننا اور ایک دوسرے کے لہجوں کے اتار چڑھاؤ سماعت کرنا چاہتے تھے۔ ایک دوسرے کی خوشبو سونگھنا چاہتے تھے اور بانہوں میں بانہیں ڈال کر

مستانہ وار ناچنا چاہتے تھے، مگر اب تک ان تمام چیزوں کے لیے کوئی موقع بہم نہ ہو سکا تھا۔ ہاں کبھی کبھار گلی کی تنہائی میں ہم کسی گانے کی دھن گنگنا لیتے، تھوڑا بہت ہنس لیتے، چند دبے دبے قہقہے لگا لیتے۔ ہم اپنی آنکھیں مچمچا کر، منہ سے زبان باہر نکال کر، اپنی پیشانی پر شکنیں ڈال کر اور اپنے ہونٹ گول کر کے دھیمی سیٹیاں بجا کر اپنے دلوں کی کیفیت ایک دوسرے تک پہنچاتے تھے۔ ہم دونوں نے انسان کے ایجاد کردہ الفاظ استعمال کیے بغیر ہی ایک دوسرے کے دل کے تار جھنجھنا دیئے تھے۔ ہماری یہ معصوم سی حرکتیں ہمارے تعلق خاطر کا ایک خام اظہار تھیں اور دل کا حال ایک دوسرے تک پہنچا دیتی تھیں لیکن شاید اب ہم اس سے زیادہ کے تمنائی تھے۔ ہمیں اشارے کنائے برتتے ہوئے اب بہت دن ہونے لگے تھے۔

ایک سہ پہر بابا نے تین فریم کی ہوئی تصویریں، اخبار میں لپیٹ کر اور انہیں ایک سُتلی سے باندھ کر، مجھے تھمائیں اور انہیں شاہ مبین کے مزار کے متولی تک پہنچانے کے لیے کہا۔ وہ محلہ جس میں وہ مزار واقع تھا، وہ صاحبِ مزار کے نام کی نسبت سے شاہ مبین پاڑا کہلاتا تھا۔ مَیں نے وہ تصویریں اٹھا کر اپنی دکان سے نکل کر پُنھل کے ہوٹل کا رخ کیا۔ وہاں سے گزرتے ہوئے مَیں نے اپنی معشوق کو گلی میں دور تک دیکھا لیکن وہ دکھائی نہ دی۔ آگے چل کر شاہی بازار میں بائیں طرف خالی جگہ پر ایک بہت اونچا سیاہ عَلم لگا ہوا تھا، جس کے ساتھ بہت اوپر ایک چمکتا ہوا آہنی پنجہ بنا ہوا تھا، جس پر مقدس نام لکھے ہوئے تھے۔ عَلم کے نیچے ایک مختصر سا چبوترا تھا۔ اس کے پاس سے ایک ڈھلان نما راستہ، شہر کے مغرب میں واقع گلیوں کے طویل سلسلے کی جانب نکلتا تھا۔ اس سے مایوس ہو کر میں اس جانب چلنے لگا۔

ڈھلان نما راستے سے آگے، کچے پکے مکانوں کی دیواروں کے بیچ سے گزرتی ٹیڑھی میڑھی گلیاں، سایہ دار اور ٹھنڈی تھیں اور کوئی گلی ایسی نہ تھی، جس میں سے کوئی چھوٹی اور بڑی کھلی ہوئی بدرو نہ گزرتی ہو۔ ان بدرووَں کا جال پورے شہر کی دیواروں کے ساتھ پھیلا ہوا تھا۔ یہ نظام موئنجو ڈرو کے زمانے سے آج تک اسی طرح قائم دائم تھا۔ بیسویں صدی کے اختتامی برسوں میں بھی کسی صوبائی یا ضلعی انتظامی ادارے کو اس نظام کی تبدیلی کا خیال تک نہ آیا تھا۔ اب اکثر گھروں کے پاخانوں میں فلیش سسٹم یا ڈبلیو سی آتی جا رہی تھی لیکن اب بھی بہت سے گھروں میں پرانا نظام چل رہا تھا۔ ایسے گھروں کے بیت الخلاؤں کے بالکل نیچے، کھلے ہوئے لکڑی یا سیمنٹ کے چوکھٹے بنے ہوتے، جنہیں میونسپلٹی کے ہندو بھنگی روز آ کر صاف کیا کرتے تھے۔ پیدل چلتے ہوئے ان کھلے ہوئے چوکھٹوں کی طرف دیکھنا خاصی تکلیف کا باعث ہوتا تھا اور گلیوں سے گزرتے ہوئے نہ چاہتے ہوئے بھی نظر ان کی طرف چلی جاتی تھی۔ یہ شہر دنیا کے سامنے ایک عظیم تاریخی شہر کے طور پر مشہور تھا، جہاں چپے چپے پر اسلامی دور کے آثار بکھرے تھے۔ اس خطے میں اسلام کی طرف پہلا دروازہ جس دیبل کی جانب سے کھلا تھا، وہ یہاں سے زیادہ دوری پر واقع نہیں تھا لیکن آج یہ علاقہ محض کھنڈروں، پرانے مکانوں کے ملبے، بدرووَں اور کھلے ہوئے پاخانوں کے شہر میں تبدیل ہو چکا تھا۔ کہا جاتا تھا کہ کبھی یہاں دین کی تعلیم دینے والے سینکڑوں مدارس قائم تھے، جن سے بڑے بڑے جیّد علما نکل چکے تھے اور اب میرے زمانے میں بھی یہاں اسکول اکا دکا اور دینی مدارس زیادہ دکھائی دیتے تھے۔ حد تو یہ تھی کہ اس شہر کے زندہ مکینوں کی آبادی والے علاقوں سے زیادہ جاذبِ نظر، پُرکشش اور

خوبصورت وہ مقابر دکھائی دیتے تھے جو مکلی کے شہرِ خموشاں میں بنے ہوئے تھے، جن کے برعکس شہر کی آبادی والے سبھی علاقے دیدۂ عبرت نگاہ بنے ہوئے تھے۔

باباکی دی ہوئی تصاویر، شاہ مبین کے مزار کے متولی کے حوالے کرنے کے بعد میں وہاں سے لوٹتے ہوئے سوچ رہا تھا کہ شاہ مبین کتنی آرام دہ اور صاف ستھری جگہ پر اکیلے محوِ استراحت تھے۔ دو مختلف سمتوں سے مزار میں داخلے کے دروازے تھے اور اندر کشادہ صحن تھا جس کے ایک طرف مسجد بنی ہوئی تھی اور دوسری جانب برآمدے کے ساتھ ایک کشادہ ہال میں شاہ مبین کا روضہ تھا۔

وہاں سے واپسی پر مَیں نے مغل پاڑے والے راستے کا انتخاب کیا۔ یہاں کی تنگ سی گلیوں میں دو جگہ دو مختصر زینے پڑتے تھے اور دوسرے زینے پر دائیں بائیں نکلتی گلیوں کی وجہ سے ایک چوراہا سا بن گیا تھا۔ مَیں اس تنگ سے چوراہے سے آگے بڑھا تو مجھے دائیں طرف سے خلاف توقع ایک چیختی ہوئی کچی نسائی آواز سنائی دی، جسے سنتے ہی میں اس چوراہے کی طرف پلٹ کر دیکھنے لگا۔ مَیں دیکھنا چاہتا تھا کہ وہ کون تھی اور کسے بلا رہی تھی؟ دو تین لمحوں بعد جب مَیں نے صدا لگانے والی کو اپنے قریب دیکھا تو مجھے اپنی آنکھوں پر یقین نہیں آیا۔ اس سے پہلے کہ وہ اور میں بے ساختگی سے آپس میں کچھ علیک سلیک کرتے، اچانک گلی میں واقع گھر سے دو مرد برآمد ہوئے اور ہمیں گھور کر دیکھتے ہوئے آگے بڑھ گئے۔ ہم نے بھی عافیت اسی میں جانی کہ چپ چاپ ان کے پیچھے بازار کی طرف چل دیں۔

کچھ آگے جاکر وہ اچانک ایک بغلی گلی میں مڑ کر غائب ہو گئے۔ تب سوچے سمجھے بغیر پلٹ کر دیکھنے لگا۔ اس کے قدموں کی رفتار مدھم پڑ گئی۔ وہ میرے قریب آ کر رک گئی۔ گلی کے کنارے پر بدرو میں بہتے گندے پانی کے شور پر میرے دل کی دھڑکن یکایک غالب آ گئی۔ اس نے میری طرف دیکھا اور مسکراتی ہوئی میرا حال دریافت کرنے لگی۔ اس کی دیدہ دلیری سے مَیں دنگ رہ گیا، شاید اسی لیے میری گویائی کی طاقت سلب ہو کر رہ گئی۔ اگلے ہی لمحے گلی کے کونے سے کسی کے کھانسنے کی آواز سنائی دی، تو میں سہم کر اس جانب دیکھنے لگا۔ اسے بھی شاید میری حالت کا پتا چل گیا۔ وہ ہنسی میں لوٹتی ہوئی میرے آگے چلنے لگی اور میں اپنی بے بسی پر کڑھتا اور اپنی کمزوری پر خود کو ملامت کرتا ہوا اس کے پیچھے چل دیا۔ بازار پہنچتے ہی نجانے کیوں اس نے آنکھوں ہی آنکھوں میں مجھے اپنے پیچھے آنے سے منع کیا جو میرے لیے حیران کن تھا اور فوراً مسجد خضر حیات والی گلی کی اور بڑھتی چلی گئی۔ مجھے مجبوراً اپنی دکان کا رخ کرنا پڑا۔ مَیں کچھ دیر اسے جاتے ہوئے دیکھتا رہا اور اس کے غائب ہوتے ہی اپنی دکان کی طرف چل دیا۔ چلتے ہوئے میں بار بار افسوس سے اپنا سر ہلاتا رہا اور خود کو برا بھلا کہتا رہا کیوں کہ مَیں نے نہ صرف اس سے بات کرنے بلکہ اس کا نام پوچھنے کا موقع بھی ضائع کر دیا تھا۔ اتنے دن گزرنے کے باوجود ہم ابھی تک ایک دوسرے کے نام سے بھی آشنا نہ تھے۔ اس کے بعد مَیں نے اپنا سارا وقت کرب اور اذیت میں گزارا۔

آئندہ شام ڈھلنے سے پہلے یوں ہی مَیں نے بابا سے گھر جانے کی چھٹی مانگی تو وہ مجھے باآسانی مل گئی۔ دکان سے نکلنے کے کچھ دیر بعد میں دست کاری اسکول کے باہر موجود تھا لیکن بازار سے نکلتی اس چھوٹی سے گلی میں کھڑے ہو کر انتظار کرنا

ناممکن تھا کیوں کہ میری دکان بھی وہاں سے نزدیک پڑتی تھی۔ اس لیے مجھے اس سے ملحقہ مسجد والی گلی میں ٹہلتے ہوئے انتظار کی صعوبت سے گزرنا پڑا۔

دست کاری اسکول سے جب لڑکیوں کی پہلی ٹولی اسکول سے نکل کر مسجد والی گلی کی طرف آئی تو میں لپک کر اس کی جانب بڑھا لیکن چند قدم چلنے کے بعد مجھے پتہ چل گیا کہ وہ اس ٹولی میں شامل نہیں تھی۔ مَیں پھر اپنی جگہ لوٹ آیا اور انگاروں پر پاؤں دھرتے ہوئے اس کا انتظار کرنے لگا کیوں کہ مجھے ان دکانداروں اور خوانچے والوں سے ڈر لگ رہا تھا، جن سے بابا کی دوستی یا سلام دعا تھی۔ اسکول کا دروازہ چرچراتا ہوا کھلا اور مَیں نے دیکھا کہ وہ خلاف توقع بالکل اکیلی باہر نکلی۔ اس بار مجھے دیکھ کر نہ وہ مسکرائی اور نہ اس کی آنکھوں میں کوئی چمک نظر آئی۔ وہ میرے قریب آئی اور ایک تاسف سے میری طرف دیکھتی اس دن کی طرح کھڑی ہو گئی۔ آنکھوں میں جھانکتے ہوئے بالکل اچانک سنجیدگی سے کہنے لگی کہ ایک ڈرپوک لڑکے کو کبھی کسی لڑکی کا پیچھا نہیں کرنا چاہیے۔

اس کی یہ بات سنتے ہی میرے پاؤں زمین میں دھنس گئے۔ عین اسی لمحے مجھے اپنی پشت سے ایک جانی پہچانی آواز سنائی دی۔ وہ تو اپنی بات کہہ کر آناً فاناً گلی کے سرے تک پہنچ کر، اگلے لمحے غائب ہو گئی لیکن میں اسی جگہ ساکت کھڑا رہا، جیسے میں بالکل سُن ہو کر رہ گیا ہوں۔ مَیں ابھی اسی کیفیت میں تھا کہ ایک بھاری بھرکم ہاتھ میرے کندھے پر آ گرا۔ مَیں نے بوکھلا کر پیچھے دیکھا تو بابا کا دوست گھنشام داس اپنے پیلے دانت نکال کر ہنس رہا تھا، ہنستے ہوئے اس کی چھوٹی آنکھیں اندر کو دھنس گئی تھیں اور اس کی توند ہل رہی تھی۔ شاید اس نے مجھے لڑکی سے بات کرتے دیکھ لیا تھا۔ اس لیے اس نے چھوٹتے ہی مجھ سے اس کے بارے میں سوال کیا۔ اس کا سوال سنتے ہی مجھے وہ جملہ یاد آیا لیکن اب کچھ نہیں ہو سکتا تھا۔ اب اس کی جگہ میرے سامنے گھنشو موجود تھا۔ مَیں نے کوئی جواب دیئے بغیر اسے گھور کر دیکھا۔ اس سے علیک سلیک کی اور پھر اس طرح آگے بڑھ گیا، جیسے کچھ ہوا ہی نہیں تھا۔

بابا جب شام کے بعد گھر لوٹے تو انہوں نے مجھ سے کوئی بات نہیں کی۔ ویسے بھی اب وہ مجھ سے کبھی کبھار ہی بولتے تھے مگر ان کی دن کی خاموشی اور طرح کی ہوتی تھی اور رات کی خاموشی اور طرح کی۔ ان کی رات کی خاموشی سے مجھے ڈر لگتا تھا۔ اس رات وہ مجھے گہری نظروں سے تکتے رہے اور بار بار اپنی مونچھوں کو تاؤ دیتے رہے۔ سوتے وقت انہوں نے اماں سے معمول کی کھسر پھسر کرتے ہوئے تین چار مرتبہ میرا نام لیا، جو مجھے اپنی چارپائی پر سنائی دے گیا۔

غالباً وہ مجھے الزام دے رہے تھے اور اماں کمزور لہجے میں میرا دفاع کر رہی تھیں اور میں سوچ رہا تھا کہ یہ سب حرامزادے گھنشو کا کیا دھرا ہے؟ مجھے اس سے بات کر کے اسے بابا سے یہ شکایت لگانے سے روکنا چاہیے تھا۔ شاید وہ میری بات مان لیتا لیکن جن لمحوں میں وہ مجھے وہاں ملا تھا، وہ میری زندگی کے نازک اور حساس لمحے تھے۔ مجھے اپنا ہوش نہیں تھا کیوں کہ وہ مجھ پر اپنے جملے کا تازیانہ برساتی چلتی بنی تھی۔

میں پریشانی کے عالم میں اپنے بستر میں کروٹیں لیتا رہا اور صبح تک مجھے نیند نہیں آ سکی کیوں کہ بابا کا یہ طرزِ عمل میرے

لیے بہت انوکھا تھا۔ پہلے وہ ہر ناگوار بات پر فوراً اماں کی اور میری پٹائی شروع کر دیتے تھے، جب کہ اس مرتبہ پیٹنا تو درکنار انہوں نے مجھے گالیاں بھی نہیں دی تھیں اور یہی بات مجھے پریشان کر رہی تھی۔ مجھے محسوس ہو رہا تھا کہ ان کے دماغ میں کوئی کھچڑی پک رہی ہے۔ یہی سوچتے ہوئے اس رات میں سو گیا۔

اگلی دوپہر، اسکول سے آنے کے بعد جب میں دکان پر پہنچا تو وہاں گھنشام داس پہلے سے موجود تھا۔ دکان میں پھیلی بو سے مجھے پتہ چل گیا کہ بابا اور وہ ٹھرا پی رہے ہیں۔ گھنشام داس شہر کے جنوب میں واقع ایک گاؤں سے ٹھرا خرید کر لایا کرتا تھا۔ وہ اکثر سائیکل پر وہاں جاکر بابا کے لیے یہ خدمت بجالاتا تھا لیکن وہ جب بھی واپس لوٹتا تو پسینے میں شرابور ہوتا۔ دکان پر پہنچ کر وہ جلدی جلدی گلاس اور جگ دھوتا اور بھاگ کر برف والے سے آدھا سیر برف لے آتا۔ وہ شراب کی تھیلی جگ میں الٹ کر اسے اچھی طرح ٹھنڈا کرتا، جس کے بعد بابا اور وہ آمنے سامنے بیٹھ کر چسکیاں لے کر ٹھرا پیا کرتے تھے۔

دکان میں داخل ہوتے ہی وہ دونوں اپنی سرخ آنکھوں سے مجھے گھور کر دیکھنے لگے۔ ان کے چہرے تمتمار ہے تھے اور ان پر پسینے کے ننھے قطرے دکھائی دے رہے تھے۔ میرے ہاتھ میں ٹفن بکس دیکھ کر گھنشو مسکرایا اور اگلے ہی لمحے اس نے ایک بلند بانگ نعرہ لگا دیا: ''جھولے لعل''۔ شاید اسے بھوک لگی تھی، اسی لیے وہ اپنی خوشی کا اظہار کر رہا تھا۔ اس نے ٹفن بکس فوراً میرے ہاتھ سے لے لیا اور اسے ایک خالی چوکی پر رکھ کر کھولنے لگا۔ بابا نے میرے لیے ایک بھی خیر مقدمی جملہ نہیں بولا تھا۔ وہ آہستگی سے شراب پیتے ہوئے، کھانا کھانے لگے۔ کھانے کے دوران گھنشو نے مجھ سے کل والی ملاقات کے بارے میں کوئی بات نہیں کی۔ وہ شوخی میں آکر شراب اور کھانے کے ساتھ بابا کی بھی تعریفیں کرنے لگا۔ اس نے دو ایک جملے میری تحسین میں بھی کہہ ڈالے، جنہیں سن کر میں اپنی مسکراہٹ نہیں روک پایا۔ کھانے سے اپنا ہاتھ کھینچنے کے بعد وہ اپنی قمیص کے دامن سے ہاتھ پونچھ کر، اپنا منہ بھی اسی سے صاف کرتا ہوا اٹھ کھڑا ہوا اور ڈکارتا ہوا دکان سے نکل گیا۔

اس کے جانے کے بعد بہت دیر گزر گئی اور میں صرف بابا کی بھاری سانسوں کی آواز سنتا رہا۔ اس روز انہوں نے مجھ سے کوئی کام کرنے کے لیے نہیں کہا۔ مَیں خود ہی چیزیں اٹھا اٹھا کر یہاں سے وہاں رکھتا رہا اور انہیں ترتیب دینے کی کوشش کرتا رہا۔ مَیں دیواروں پر ٹنگے گرد آلود فریموں کو صاف کرنے کے لیے اٹھا تو بابا نے مجھے ہاتھ کے اشارے سے صفائی کرنے سے منع کر دیا اور اپنے پاس بلایا۔ مَیں ان کے قریب ایک چوکی پر بیٹھ گیا تو انہوں نے بھی کام سے اپنا ہاتھ روک دیا، جیسے وہ مجھ سے کوئی اہم بات کرنے والے تھے۔ اگلے ہی لمحے دیا سلائی سے سگریٹ سلگاتے ہوئے وہ مجھ سے مخاطب ہوئے: ''مجھے پتہ چل گیا ہے کہ تو دکان کے بعد کہاں گھومتا پھرتا ہے، رولاک۔''

انہوں نے جس آواز اور لہجے میں مجھ سے بات کی، وہ میرے لیے نیا اور غیر متوقع تھا۔ وہ سگریٹ کا ایک لمبا کش لیتے ہوئے ایک تاسف کے ساتھ مجھ سے مخاطب ہوئے: ''مجھے دکھائی دے رہا ہے کہ تو جوان ہو رہا ہے لیکن اس کا یہ مطلب نہیں کہ تو شہر کی لڑکیوں کے پیچھے، گلیوں میں جوتیاں گھساتا پھرے۔'' وہ مجھے سمجھاتے رہے۔ ان کے خیال میں میرا یہ عمل کسی طرح مناسب نہیں تھا اور پھر یہ ہم جیسے شُرفا کو تو بالکل زیب نہیں دیتا تھا۔

یہ سن کر میں جی ہی جی میں اپنے آپ سے سوال کرنے لگا کہ ہم کہاں کے اور کس طرح کے شُرفا تھے۔ ہمارے طرزِ عمل، ہمارے رویئے، ہمارے رہن سہن اور بات چیت سے، مجھ پر تو یہ کبھی ظاہر نہ ہو سکا کہ ہم ایسے تھے، بلکہ مَیں نے جب بھی اپنے شہر والوں کے اطوار کا جائزہ لیا تو وہ سب لوگ بھی مجھے شریف معلوم نہ ہوئے۔ بابا میری طرف دیکھتے ہوئے بار بار جتاتے رہے کہ مجھے ان کی یہ بات ہمیشہ کے لیے گرہ سے باندھ لینی چاہیے۔ باتیں کرتے ہوئے اور سگریٹ پیتے ہوئے اچانک انہیں کھانسی کا پھندا لگ گیا۔ مَیں نے فوراً اٹھ کر انہیں پینے کے لیے پانی دیا۔ اس کے بعد جا کر وہ اپنا گلا صاف کرنے کے قابل ہو سکے۔

اس مرتبہ وہ سیدھے اصل بات پر آ گئے۔ ''کل اس دو ٹکے کے گھنشو نے جب مجھے تیری عاشقی معشوقی کے بارے میں بتایا تو مجھے یوں لگا کہ جیسے اس نے بھرے بازار میں میری شلوار اتار دی۔ مَیں نے اسے سختی سے منع تو کیا ہے کہ وہ یہ بات ہمیشہ کے لیے پی جائے۔ مگر وہ موالی ہونے کے ساتھ باتونی بھی ہے۔ جہاں جائے گا، اس قصے پر نمک مرچ چھڑک کر دوسروں کو ضرور سنائے گا۔ اس وجہ سے بازار میں میری عزت پھوٹی کوڑی کی بھی نہ رہے گی اور یہ سب کچھ تیری وجہ سے ہو گا۔ تو میرا اکلوتا بیٹا ہے، اس لیے میں نہیں چاہتا کہ تو ایسے اوباش دھندوں میں الجھ کر پٹڑی سے اتر جائے۔ مَیں چاہتا ہوں کہ تو دل لگا کر پڑھائی کرے اور شہر میں میرا نام روشن کرے۔''

وہ سنجیدگی سے مجھ سے کہتے رہے: ''آج کے بعد تجھے دکان پر آنے کی کوئی ضرورت نہیں۔ تو گھر میں رہ کر محنت سے پڑھائی کر۔ دیکھ یہ تیری پہلی غلطی ہے، اس لیے تجھے معاف کرتا ہوں، لیکن اگر آئندہ مجھے پتہ چلا کہ تو اس طرح لڑکیوں کے پیچھے گھوم رہا ہے یا مَیں نے کبھی تجھے گلیوں میں رلتے ہوئے دیکھا تو اپنے انجام کی فکر کرنا''۔ انہوں نے مجھے اسکول سے آنے کے بعد سارا وقت گھر پر رہنے کی تاکید کی۔ ان کی یہ تاکید دھمکی آمیز تھی۔ اس کے بعد انہوں نے سگریٹ کا آخری کش لے کر اس کا ٹکڑا پاؤں کے نیچے مسل دیا۔

مجھے ان کی کئی باتوں سے اختلاف تھا اور میں چاہتا تھا کہ وہ مجھے بھی بولنے کا حق دیتے تاکہ میں اپنے خیالات کا اظہار کر سکتا لیکن بابا نے مجھے بولنے کا حق نہیں دیا۔ کبھی کسی معاملے میں میری رائے معلوم کرنے کی زحمت گوارا نہیں کی۔ انہوں نے ہمیشہ اپنا فیصلہ صادر کیا اور وہ بھی دو ٹوک انداز میں۔ جب کبھی مَیں نے اختلاف کی کوشش کی انہوں نے فوراً مجھے چپ کروا دیا۔ اس کے باوجود اس روز دکان سے نکلتے ہوئے میں ان کی باتوں کے بارے میں سوچ رہا تھا، جنہوں نے اس وقت مجھے متاثر کیا تھا اور مَیں نے اپنے دل کی گہرائی میں خود کو تھوڑی دیر کے لیے مجرم بھی گردانا تھا۔ وہ نہیں چاہتے تھے کہ مَیں ان کی طرح چوٹی کارنڈی باز بنوں، وہ مجھے کچھ اور بنانا چاہتے تھے مگر کیا؟ یہ نہ تو انہیں معلوم تھا اور نہ ہی مجھے۔ تعلیم کے حصول کے لیے مجھے پہلے پرائمری اسکول اور مدرسے بھیجا گیا۔ ان دونوں جگہوں پر مجھ پر بہیمانہ تشدد کر کے مجھے اس کا عادی بنا دیا گیا، جس کی وجہ سے پڑھنے سے ہی دل اچاٹ ہو گیا۔ گھر میں بھی تقریباً ویسی ہی صورتِ حال تھی۔ پانچویں جماعت پاس کرنے کے بعد ہائی اسکول پہنچا تو مجھے بہت امید تھی کہ مجھے یہاں انسان کا بچہ سمجھا جائے گا لیکن یہاں بھی پہلے

جیسی ایذا رسانی کا شکار ہوتے ہوئے اب مجھے چار سال ہو چکے ہیں اور اس نئے عقوبت خانے سے رہائی میں صرف ایک سال رہ گیا تھا۔ اس کے بعد مجھے کیا کرنا تھا؟ کہاں جا کر رذیل اور لُوسی کتا بن کر کس کی لاتیں اور ٹھوکریں کھانی تھیں؟ کس سے نت نئی غلیظ گالیاں سننی تھیں؟ مجھے بالکل معلوم نہ تھا۔

بابا کی بھاری آواز میری سماعت میں گونج رہی تھی، ان کا دھیما دھیما لہجہ مجھے یاد آ رہا تھا اور میں بازار میں چلتے ہوئے ان کا یہ جملہ زیرِ لب دہراتا جا رہا تھا۔ ''میں جانتا ہوں کہ تم جوان ہو رہے ہو۔'' یہ جملہ بڑبڑاتے ہوئے میرے ہونٹوں پر ایک مدھم مسکراہٹ پھیل گئی۔ انہوں نے اس جملے کی صورت کسی نہ کسی طرح پہلی مرتبہ میرے وجود کا اعتراف تو کیا تھا، ورنہ میں تو اس سے پہلے یہی سمجھتا رہا کہ مَیں کوئی سایہ ہوں یا ادنیٰ غلام ہوں، جو صرف ان کا حکم ماننے اور چھوٹے موٹے کاموں کی انجام دہی کے لیے پیدا ہوا تھا۔ انہوں نے اس جملے کے ذریعے پہلی بار میری ذات کا اثبات کیا تھا، جسے محسوس کر کے میرا سینہ بلاوجہ پھولے جا رہا تھا۔ مَیں آگے بڑھتا گیا۔ دست کاری اسکول والی گلی کو دیکھتے ہوئے مَیں نے آہ بھری اور اپنے آپ کو اس طرف جانے سے بمشکل روکا۔ مجھے محسوس ہونے لگا کہ بابا نے سخت ناانصافی سے کام لیتے ہوئے مجھ پر الزام لگایا تھا کہ مَیں شہر بھر کی لڑکیوں کے پیچھے آوارہ گھومتا رہتا تھا۔ جب کہ حقیقت یہ تھی کہ مَیں صرف ایک لڑکی کو پسند کرتا تھا اور اس کے تعاقب میں بس دو چار گلیوں میں ہی گھومتا پھرتا تھا۔ مَیں اس وقت فیصلہ نہیں کر پا رہا تھا کہ مجھے کیا کرنا چاہیے؟ یعنی اس معاملے کو جاری رکھنا چاہیے یا ہمیشہ کے لیے ختم کر دینا چاہیے۔ مجھے بے بی کٹ لڑکی کا وہ جملہ بھی شدت سے یاد آتا رہا، جس میں اس نے مجھے بزدلی کا طعنہ دیا تھا۔ کیا میں واقعی ایسا تھا؟

اگلے کچھ دن مجھے اپنے گھر پر گزارنے پڑے۔ اب مجھے گھر بھی نحوست کا مارا ہوا محسوس ہونے لگا تھا۔ اس کے باوجود اسکول سے واپسی کے بعد میں کہیں نہیں جاتا تھا۔ وہ دن ایک بوجھل خالی پن سے بھرے ہوئے تھے۔ شام ہوتے ہی یادوں کے چمگادڑ مجھ سے چمٹ جاتے اور رات بھر میرا خون چوستے رہتے۔ مَیں بستر پر پڑا سسکتا اور تڑپتا رہتا۔ بابا باقاعدگی سے دکان سے لوٹنے کے بعد اماں سے میری مصروفیات کے متعلق تفصیل سے پوچھتے۔ جب وہ بتاتیں کہ مَیں دوپہر سے شام تک سکول کی پڑھائی کرتا رہا تو وہ یہ سن کر خاصے مطمئن سے ہو جاتے اور مجھے شاباشی دیتے۔

عموماً دوپہر کے کھانے کے بعد اماں کے ساتھ میں بھی قیلولہ کرنے لگا۔ تین چار بجے سو کر اٹھنے کے بعد وہ شام کی چائے بناتیں، جسے ہم دونوں باورچی خانے میں ساتھ بیٹھ کر پیتے۔ اس کے بعد میں چھت پر چلا جاتا اور آسمان پر اڑتے بادل اور شفق کے رنگ دیکھتا رہتا۔ ان میں چھپی تصویریں اور نت نئی شکلیں ٹٹولنا مجھے اچھا لگتا۔ گرد و پیش کی چھتوں پر حرکت کرتے رنگین ملبوسات میری توجہ کھینچتے تو میں انہیں دیکھ کر ہاتھ ہلاتا، اچھلتا اور ان کی جانب ہوائی بوسے روانہ کرتا مگر یہ فضول سرگرمی تاریکی پھیلنے سے کچھ دیر پہلے ختم ہو جاتی اور شام ڈھلنے کے بعد آسمان اور آس پاس کی سب چیزیں، جب اپنی شوخی اور اصل رنگت کھونے لگتیں، تب میں نیچے اتر آتا۔ کمرے میں بلب کی پیلی روشنی میں، باورچی خانے میں بیٹھ کر اماں کی آہیں اور بے کار اداس باتیں سنتا رہتا۔ ان کی آواز مجھے خوابیدہ معلوم ہوتی۔ وہ اپنی گزری ہوئی زندگی کرید کرید کر

مجھے ایک ایسے گاؤں اور اس کے لوگوں کے بارے بتاتیں، مَیں جہاں کبھی نہ جا سکا اور ان لوگوں سے بھی کبھی مل نہ سکا۔ ان کے بقول آدھے سے زیادہ بزرگ مر کھپ گئے ہوں گے لیکن اب بھی اکثر ان کے نانا اور دادا، ان کے خوابوں میں ان کی مزاج پرسی کے لیے تواتر سے آتے رہتے تھے۔

میرے لیے اماں کی ساری باتیں بے کشش تھیں کیوں کہ وہ کئی بار کی سنی ہوئی تھیں۔ مَیں انہیں خود کلامی کرتے چھوڑ کر دیوار پر لٹکا بستہ اتارتا اور لکڑی کے تخت پر بیٹھ کر پڑھنے کی کوشش کرتا۔ نصاب کی ساری کتابیں مجھے بے مزہ لگتیں، مَیں کبھی بیالوجی کی کتاب کھولتا اور کبھی مطالعہ پاکستان کی۔ کبھی ریاضی کا کوئی سوال حل کرنے کی کوشش کرتا تو کبھی انگریزی کا سبق پڑھتا۔ کوئی کتاب مجھے اپنی طرف نہیں کھینچتی اور تھوڑی دیر کے بعد میں بستے کو دیوار میں گڑھی کیل پر لٹکا دیتا۔ میرا جی چاہتا کہ پھر سے اردو میں جاسوسی اور دوسری کہانیاں پڑھنی شروع کر دوں، اس طرح کم از کم وقت تو اچھا گزر سکتا تھا۔

دن کے تمام پہروں میں، میرے لیے سب سے زیادہ مزیدار رات کے آخری پہر ہوتے تھے۔ مَیں اپنی پورے دن کی بدمزگی کا ادھار ان ہی میں سے ایک پہر میں چکایا کرتا۔ مَیں اپنے ذہن کی دنیا میں ان تمام نسائی چہروں اور جسموں کا جمگھٹا لگا لیتا، جن کی تصویریں میرے پاس جمع تھیں۔ اس عمل سے کچھ دیر لذت تو ملتی تھی لیکن اس کے بعد ایک خلجان سا پیدا ہونے لگتا تھا۔ فارغ ہونے کے بعد جب میرا جسم ٹوٹنے لگتا اور اس کی پور پور میں تھکن سمانے لگتی تو آنکھوں میں بھری نیند مجھے خود بخود آ لیتی۔ ہر نئی صبح میرے بدن کی پور پور میں سمائے میٹھے درد کی صورت، مجھ سے شب کی اس لذت کا خراج وصول کرتی۔ مَیں بستر چھوڑنے سے پہلے اپنے آپ کو سمیٹتا ہوا احتیاط سے چلتا غسل خانے جاتا۔ بہت بے دلی سے ناشتہ کر کے بستہ اٹھا کر میں اسکول کے لیے گھر سے نکل جاتا۔

گھر پر دن گزارتے ہوئے کوشش کے باوجود اس لڑکی کی یاد میرے ذہن سے نکل نہیں سکی اور میں اس کا چہرہ اور اس کا دبلا پتلا جسم فراموش نہیں کر سکا۔ بازار کے آس پاس کی گلیوں میں، وہ ٹوٹی پھوٹی سی ملاقاتیں میری نگاہوں میں گھومتی رہیں، مَیں انہیں شمار کر کے بار بار یاد کرتا رہا۔ پہلی، دوسری، تیسری۔ اب تک میں سمجھتا رہا تھا کہ ہر ملاقات دوسری سے بہت مختلف تھی، لیکن مَیں نے جب ان کی جزئیات کھنگالیں تو محسوس ہوا کہ ساری ملاقاتیں ایک جیسی تھیں۔ صرف اس آخری ملاقات کے سوا جس میں اس نے مجھے ڈرپوک کہا تھا۔ مَیں بار بار اس کے متعلق سوچتا۔ اس کے ہونٹوں سے نکلا ہوا جملہ میرے دل میں پیوست تھا۔ وہ ایک لڑکی ہو کر گلی کے بیچ کھڑی ہو کر بے خوفی سے ہم کلام ہو سکتی تھی، میری آنکھوں میں آنکھیں ڈال کر مجھ سے بات کر سکتی تھی اور مجھے شرمندہ کر سکتی تھی۔ اس نے بالکل ٹھیک کہا تھا کہ مَیں واقعی بزدل تھا مگر میں کیا کرتا، یہ آسیب میری روح سے چمٹ چکا تھا اور میرے خون میں رچ بس چکا تھا۔ مَیں نے ایک عذاب ناک لمحے میں، اپنی تنہائی سے باہر آنے کے لیے اپنے والد کی حکم عدولی کا فیصلہ کر لیا۔

11

عصر کی اذان کے بعد گھر کے کونوں کھدروں میں چھپی اداسی رینگتی ہوئی سارے میں پھیلنے لگی تو مجھے بستر میں لیٹے ہوئے محسوس ہونے لگا کہ دکھائی نہ دینے والے انواع و اقسام کے بے شمار کیڑے مکوڑے میرا خون چوس رہے ہیں اور دور تک مجھے ان سے بچانے والا کوئی نہیں۔ مَیں نے وہ شام اور پھر رات ان حشرات کے لیے تر نوالہ بنتے ہوئے گزاری۔ اس سے اگلی سہ پہر مجھے سگریٹ پینے کی زبردست اکساہٹ پیدا ہونے لگی۔ مَیں نہیں جانتا کہ اس کا سبب کیا تھا؟ اپنے والد سے انتقام یا ان جیسا بننے کی اندھی آرزو؟ اپنی بے قراری یا اذیت سے نجات پانے کی زبردست خواہش؟ اس وحشت بھری کیفیت سے چھٹکارا پانے کی خاطر میں گھر سے ایک بے قراری سے نکلا۔ میری جیب میں بارہ آنے تھے۔ مَیں اپنی گلی سے نکل کر شاہ جہانی مسجد کی طرف جاتے راستے پر چلنے لگا۔ واٹر سپلائی کی ٹینکی کے پاس واقع چھوٹی سی مانڈلی سے مَیں نے، جھجکتے ہوئے پہلی بار اپنے لیے ایک سگریٹ خریدا اور ماچس بھی لی۔ دونوں چیزیں جیب میں رکھتے ہوئے، مَیں نے محتاط نظروں سے آس پاس دیکھا کہ کہیں میرے بابا کا کوئی شناسا تو موجود نہیں تھا۔ میرے لیے کسی جگہ آرام سے بیٹھ کر سگریٹ پینا ممکن نہیں تھا۔ اس لیے میں شاہ جہانی مسجد کے اطراف میں بنے ویران راستے پر چلنے لگا۔ تیز ہوا کی وجہ سے مَیں نے تین چار تیلیاں ضائع کر کے اپنی سگریٹ تو سلگا لی لیکن اس کا پہلا کش لیتے ہی مجھے کھانسی آ گئی۔ یوں لگا جیسے گلے میں کوئی تیز کڑوی چیز اٹک کر رہ گئی ہو اور اس کی کڑواہٹ میرے حلق میں اندر تک سرایت کر گئی ہو۔ کھانس کھانس کر میری آنکھوں سے آنسو بہنے لگے اور خون کی گردش تیز ہونے کی وجہ سے مجھے پسینہ آ گیا۔ اس کے باوجود میں زبردستی سگریٹ پیتا رہا۔ میرا سر چکرانے لگا تھا اور پورا جسم یکایک بوجھل ہو گیا تھا، اس لیے مَیں نے چند ہلکے سے کش لینے کے بعد اسے پھینک دیا اور اس کے بعد ایک آہنی دروازے سے داخل ہو کر مسجد کے لان میں جا بیٹھا۔

اس کے بعد روزانہ ایک یا دو سگریٹ پینا میرا معمول بنتا چلا گیا۔ کچھ دنوں تک میں مسجد کے پاس جا کر سگریٹ پیتا رہا، لیکن پھر آہستہ آہستہ گھر کی چھت پر جا کر چوری چھپے بھی پینے لگا۔ ایک سہ پہر چھت پر سگریٹ پی کر نیچے اترا تو اماں سے باتیں کرتے ہوئے، انھیں میرے منہ سے نکلتی سگریٹ کی بو سنگھائی دے گئی۔ انھوں نے اپنے نتھنے پھیلا کر تین چار لمبی سانسیں لیں اور مجھ سے پوچھا تو مَیں نے انکار میں سر ہلا دیا۔ اس سے ان کی تشفی نہیں ہوئی۔ میرے نزدیک آ کر انھوں نے

میرے جسم کو سونگھا، اس کے بعد میرا داہنا ہاتھ اپنی ناک کے پاس لے جاکر اسے بھی سونگھا۔ مَیں نے انہیں یقین دلانے کی بہت کوشش کی کہ مَیں نے سگریٹ نہیں پی مگر وہ نہیں مانیں، پھر اچانک انہوں نے میری جیب پر ہاتھ مارا اور میں ماچس کی ڈبیا میں بجتی تیلیوں کی وجہ سے پکڑا گیا۔ انہوں نے مجھے خوب ملامت کی اور برا بھلا کہا۔ میرے پاس اپنی صفائی کے لیے کوئی وجہ نہیں تھی، اس لیے میں ان کی خوشامد کرنے لگا کہ وہ بابا کو اس بارے میں کچھ نہ بتائیں۔ شام سے پہلے مَیں نے انہیں نسوار کی دو پڑیاں رشوت کے طور پر دیں۔ انہوں نے بڑی مشکل سے وعدہ کرلیا کہ وہ بابا سے کچھ نہیں کہیں گی۔

شام سے رات تک کا وقت عافیت میں گزر گیا۔ بابا کے گھر آنے پر اماں نے میری کارگزاری کے متعلق انہیں کچھ نہیں بتایا تو میں مطمئن ہو گیا۔ سونے سے پہلے مچھر بھگانے والی جلیبی جلائی اور نیچے والے دروازے کی کنڈی اچھی طرح دیکھ کر بتیاں بھی مَیں نے بجھائیں۔ اماں اور بابا کی رات کی کھسر پھسر کو مَیں نے سنجیدگی سے نہیں لیا اور اپنے بستر پر لیٹ کر اپنی لذت بھری فینتاسی میں گم ہو گیا۔

صبح سویرے بابا نے مجھے نیند سے جھنجھوڑا تو میں فوری طور پر کچھ سمجھ نہیں سکا کہ کیا واقعہ پیش آ گیا ہے۔ مَیں اٹھ کر غسل خانے کی طرف جانے لگا تو بابا نے میرا راستہ روک لیا۔ مَیں جماہی لے کر ان کی طرف دیکھنے لگا تو انہوں نے مجھ سے سگریٹ پینے کے بارے میں سوال پوچھا۔ پہلے تو میں نفی میں جواب دیتا رہا لیکن جب مَیں نے باورچی خانے میں اماں کو مسکراتے ہوئے دیکھا تو اقرار کے سوا میرے پاس کوئی راستہ نہیں بچا۔ اسی وقت بابا نے غصے میں آتے ہوئے میرے بال پکڑ لیے اور زور سے مجھے دو طمانچے جڑ دیئے۔ مَیں نے روتے ہوئے صرف اتنا کہا۔ ''اماں نسوار لیتی ہیں اور آپ سگریٹ پیتے ہیں تو اگر مَیں نے بھی پی لیا تو کیا ہوا؟''

میری اس بات نے بابا کو اور بھڑکا دیا۔ مجھے لوفر اور رولو کہتے ہوئے وہ مجھ پل پڑے۔ ان کے زوردار تھپڑ اور گھونسے کھا کر میں فرش پر جاگرا تو انہوں نے ٹھوکریں مارنی شروع کر دیں۔ اماں نے بڑی مشکل سے آ کر انہیں روکا۔ ایسی عزت افزائی کے بعد میں اسکول جانا نہیں چاہتا تھا لیکن بابا نے مجھے زبردستی بھیج دیا۔ واپسی پر مَیں نے اماں سے ان کے دوغلے پن کی شکایت کی تو وہ ہنستے ہوئے معصومیت سے کہنے لگیں۔ ''میں اپنے شوہر سے کوئی بات چھپا نہیں سکتی۔ اگر میں اس سے کوئی بات چھپاؤں تو مجھے لگتا ہے کہ مَیں اس سے بے وفائی کر رہی ہوں۔'' انہوں نے نسوار کی چٹکی ہونٹوں کے پیچھے دباتے ہوئے ڈانٹا کہ مجھے باپ کے سامنے زبان چلانے کی کیا ضرورت تھی؟ اگر میں چپ رہتا تو کم سزا ملتی۔ واقعی مَیں نے زندگی میں پہلی بار بابا سے مار کھاتے ہوئے، ان کے آگے اپنا دفاع کرنے کی معمولی سی کوشش کی تھی۔ مَیں حیران تھا کہ مجھ میں اتنی جرأت کہاں سے آ گئی۔ شاید یہ کسی پیچیدہ اور گہری چیز کا ردِعمل تھا جو ایک خاموشی سے میرے لاشعور میں پل رہی تھی۔

قیلولے کے لیے لیٹنے کے بعد جب اماں خراٹے لینے لگیں تو میں چپکے سے گھر سے نکل کر اس گلی کی جانب چل دیا، جس میں اماں کی دوست رہتی تھیں اور جو آگے جاکر سبزی منڈی اور پرائمری اسکول کی طرف نکل جاتی تھی۔ دوپہر کے وقت اس طرف عموماً سناٹا رہتا تھا۔ صبح بابا سے پڑنے والی مار نے میرے اندر غصہ اور سرکشی پیدا کر دی تھی، جس کی وجہ سے

میرے لیے ناگزیر ہوتا جارہا تھا کہ ان کے پس پشت ہی سہی، ان کے احکامات کی دھجیاں اڑادوں۔ ان کا زہریلا، کٹیلا لہجہ میری سماعت میں گونج رہا تھا۔ لوفر، رولو، رولاک۔

وہ ستمبر کی ایک تیکھی سہ پہر تھی اور اس کی چبھتی دھوپ چاروں طرف پھیلی ہوئی تھی۔ تمام سائے دیواروں کی قید سے آزاد ہو کر پسرنے لگے تھے اور گرم ہوا کے جھونکوں کی خفیف سرسراہٹ صاف سنائی دے رہی تھی۔ گلی کی نکڑ پر پہنچ کر میں نے جیب سے سگریٹ نکالا اور ماچس کے پھٹے ہوئے کاغذ پر دیاسلائی زور سے رگڑ کر جلائی اور سگریٹ سلگاتے ہی ایک لمبا کش لیا۔

تمباکو نے میرا دماغ کچھ دیر کے لیے ماؤف کر دیا اور میرے اعصاب شل ہونے لگے۔ میں دھیرے دھیرے قدم اٹھاتا گلی میں آگے تک چلتا چلا گیا۔ گلی کے سونے پن میں ایک منہدم حویلی کے کھنڈر کی سوگوار خاموشی گھلی ملی ہوئی تھی۔ نجانے کیوں اس لمحہ مجھے محسوس ہوا کہ یہ سکوت ایک فریب تھا۔ ذراسی دیر میں یہ خاموش گلی زندگی بھری آوازوں سے گونجنے لگے گی لیکن اس وقت اس کھنڈر میں چھپے پرندوں کی چہچہاہٹ کے سوا کوئی آواز سنائی نہیں دے رہی تھی۔ میں اس حویلی کے ملبے میں جھانکتا، ہولے ہولے اپنے قدم بڑھاتا گلی کے آخری سرے تک جا پہنچا اور پھر آگے تک بے مقصد چلتا چلا گیا۔ اطراف میں کچے پکے مکان بنے ہوئے تھے۔ ایک مختصر سی امام بارگاہ کے اندر لگا ہوا ایک اونچا عَلم مدھم ہوا سے لہرا رہا تھا۔ امام بارگاہ کا لکڑی کا دروازہ چوپٹ کھلا ہوا تھا اور اندر کا احاطہ بالکل خالی تھا۔ میں نے اس احاطے سے ملحق گلی کی جانب دیکھا تو وہاں اچانک مجھے بوائے کٹ لڑکی دکھائی دے گئی تو میں بری طرح چونکا اور اپنی آنکھیں مچمچا کر اسے دیکھنے لگا۔ وہ امام باڑے کے ساتھ واقع کشادہ گلی سے نکل کر سبزی منڈی کی طرف جارہی تھی۔ میں سمجھ گیا کہ اس کا رخ بساطی کی دکان کی جانب تھا اور اسے یہاں سے خریداری کے بعد دست کاری اسکول جانا تھا۔ اسے دیکھ لینے کے بعد میں خود کو اس کے پیچھے جانے سے نہ روک سکا۔ وہ اسی طرح اپنی گردن جھٹکتی اور اپنے بازو ہلاتی چلی جارہی تھی۔ اس نے گہرے نیلے رنگ کا لباس پہنا ہوا تھا۔ وہ مجھ سے خاصے فاصلے پر تھی، اس لیے مجھے اس کے قریب پہنچنے کے لیے چلنے کی رفتار بڑھانی پڑی۔

اونچے جھروکے والے ایک مکان کے پاس، اس کی جانب تیزی سے بڑھتے میرے قدموں کی آہٹ اس کے کان پڑ گئی۔ اس نے گردن کو ہلکا سا خم دے کر مڑ کر دیکھا تو مجھے اپنے سے کچھ دور پا کر وہ ششدر رہ گئی۔ اس کی حیرت نے اس کے قدم روک لیے اور میں اس دوران اس کے نزدیک پہنچ گیا۔ اس بار میں نے اعتماد سے اس کی آنکھوں میں جھانکا اور مسکراہٹ خود بخود میرے ہونٹوں پر پھیل گئی۔ وہ بھی جواباً مسکرائی مگر اس کی مسکان روکھی پھیکی تھی اور اس میں پہلے سی دل کشی اور رعنائی نہیں تھی۔ اچانک مجھے یاد آیا کہ اتنے دن گزر جانے کے باوجود مجھے اس کا نام تک معلوم نہیں تھا۔

وہ چھوٹتے ہی شکایت کرنے لگی کہ میں اتنے روز سے کہاں تھا۔ میں نے وہ بتانے کے بعد ہمت کر کے اس سے پوچھا کہ کیا اس نے ان دنوں مجھے یاد کیا؟ خلافِ توقع اس نے اپنا سر اثبات میں ہلایا، جس سے میری ہمت افزائی ہوئی۔ اس نے جلدی جلدی مجھے بتایا کہ پچھلی ملاقات کے بعد میرے اچانک گم ہو جانے پر اسے تشویش تھی۔ وہ سمجھنے لگی تھی کہ شاید میں شہر چھوڑ کر چلا گیا۔

اس کی سانسیں بھی میری سانسوں کی طرح پھولی جا رہی تھیں، اور اس کے ہونٹوں، ناک اور پیشانی پر پسینے کے ننھے قطرے دکھائی دے رہے تھے۔ اس کی جلد سفید تھی اور اس کے پورے چہرے اور اس کی ذرا سی اونچی گردن پر ایک ملائمت سی پھیلی نظر آ رہی تھی، جسے انگلیوں کی پوروں سے چھو لینے کو جی چاہتا تھا۔ مَیں نے سوال کرنے کی کوشش کی اور اس میں کامیاب بھی ہو گیا، جس کے جواب میں وہ پہلے زور سے ہنسی پھر بتانے لگی کہ یہ سچ تھا کہ کئی لڑکے راستے میں اس کا پیچھا کرتے رہتے تھے، اسی وجہ سے کبھی کبھار اسے راستہ بدلنا پڑ جاتا تھا۔ اس راستے سے آنے کا کوئی اور سبب نہیں تھا۔ امام باڑے کی طرف سے آتے لوگ دیکھ کر اسے اور مجھے کچھ خطرے کا احساس ہوا جس کی وجہ سے مَیں نے عجلت میں اس سے اس کا نام پوچھ ہی لیا۔ جواب دینے کے بجائے اس نے الٹا مجھ سے میرا نام پوچھا تو میں کسی ہچکچاہٹ کے بغیر اسے بتایا ''قادر۔ اور تمہارا؟''

''ماروی'' کہہ کر وہ بے ساختہ ہنستی ہوئی شاہی بازار کے رخ پر اس طرح چلی کہ میرے لیے اس کے پیچھے جانے کے سوا کچھ اور ممکن نہ رہا۔ اس کا نام دھیان میں لانے سے آج بھی نجانے کتنی گھنٹیاں اور جلترنگ بجنے لگتے ہیں اور ان گنت رنگوں کی قوسِ قزح نظروں کے آگے لہرا جاتی ہے لیکن میں جب شاہ جو رسالو کے سُر سسّی میں ماروی کی کہانی یاد کرتا ہوں تو میرے دل پر آج بھی ایک زوردار گھونسا لگتا ہے۔

اس نے پہلے بساطی کی دکان سے کچھ دھاگے، پائپنگ، بکرم وغیرہ کی خریداری کی اور پھر وہاں سے نکل کر شاہی بازار میں چلنے لگی۔ راستے میں پڑنے والی شربت کی ایک دکان کی وجہ سے اس کی رفتار دھیمی پڑتی دیکھ کر میں جلدی سے اس دکان کے پاس جا کر کھڑا ہو گیا۔ شیشے کے گلاسوں میں سیکرین ملا نارنجی شربت ہم دونوں نے جلدی سے غٹاغٹ پیا۔ مَیں نے اسے اشارے سے پیسے دینے سے منع کرتے ہوئے اپنی جیب سے آٹھ آنے کا سکہ نکال کر دکاندار کی طرف بڑھا دیا۔ اس کے بعد مَیں نے اسے شاہی بازار کے بیچ سے گزرنے کے بجائے، اس کی عقبی گلیوں کے ذریعے دست کاری اسکول تک چلنے کا اشارہ کیا تو اس نے تائید میں سر ہلا دیا۔

ماروی، بازار میں چلتی ہوئی تفریحی کتابوں اور رسائل کی دکان کے پہلو سے ہو کر دائیں طرف ایک ڈھلان پر واقع تنگ سی گلی میں داخل ہو گئی۔ یہاں پتے کی بیڑیاں اور اس کے ساتھ چند جوتے بنانے والوں کی دکانیں تھیں۔ اس لیے وہاں رچی بسی ہوئی چمڑے کی تیز بُو، گلی کے بیچ بہتی ایک بدرو سے اٹھتے بھبھکوں کے ساتھ مل کر تیز ناگوار سی بدبو بنا رہی تھی۔ گلی میں دو تین بلیاں اپنے پنجوں سے بدن کھجاتی گھوم رہی تھیں۔ ہم دونوں اپنی ناکیں سکوڑ کر جلدی سے وہاں سے گزر کر آگے بڑھے۔

ڈھلان کی بلندی پر اس گلی کے بائیں جانب نکلنے والی ایک اور گلی شاہی بازار کے عقب میں چلتی ہوئی بہت آگے تک جاتی تھی۔ پختہ اینٹوں سے بنی ہوئی یہ کشادہ گلی دور جا کر ایک مقام پر اس راستے کو بھی قطع کرتی تھی جو شاہی بازار کی جانب سے آتا تھا۔ تمام راستے ہم نے احتیاط سے کام لیتے ہوئے ایک دوسرے سے اتنا فاصلہ رکھا کہ کسی کو دیکھ کر شک نہ ہو

سکے۔ چند لوگوں یا ہجوم کی موجودگی میں ہمارا آپس میں بات کرنا ممکن نہیں تھا، اس لیے ہم ایک دوسرے کو اپنے ہاتھوں اور چہرے کی مدد سے کچھ اشارے کرتے رہے۔ اس دوران مجھے پہلی بار محسوس ہوا کہ ماروی بظاہر دبلی پتلی تھی لیکن اس کا ڈھیلا ڈھالا سا لباس، اس کے بدن کے ایک دو مقامات پر، ذرا سا تنگ ہو کر ہلکے سے کچھ ابھار نمایاں کر دیتا تھا جنہیں مَیں نے جھروکے والے مکان کے پاس کھڑے ہو کر بغور دیکھا تھا تو دیکھتا رہ گیا تھا۔

دست کاری اسکول کے قریب پہنچ کر مجھے گھنشام داس کے ساتھ اپنے بابا یاد آئے تو میری سِٹی گم ہونے لگی۔ اسی لیے مَیں نے اسکول جاتی گلی کے کنارے پر ہی اس کی طرف اشارہ کرتے ہوئے اسے خدا حافظ کہا اور مسجد خضر حیات کی جانب بڑھ گیا۔ ماروی کا مسکرا کر اپنا ہاتھ ہلاتے ہوئے اسکول جانا مجھے آج بھی یاد ہے۔ مسکراتے ہوئے اس کی آنکھیں میں خوشی تھی اور اس کے ہونٹوں کی خفیف جنبش سے اس کے چہرے کے گرد بے پناہ کشش کا ایک ہالہ سا بن گیا تھا، جس کی تاب لانا میرے لیے ممکن نہیں تھا۔

میں اسے چھوڑ کر آگے بڑھا تو خوشی سے میری ہنسی تھمتی نہیں تھی۔ مَیں اپنے بدن پر ہونے والا تشدد بھول کر، اس کے ساتھ گزرے ان بیش قیمت لمحوں کے عطا کردہ، دکھائی نہ دینے والے پروں کی مدد سے اَن دیکھی فضاؤں میں اڑتا ہوا آگے بڑھتا چلا گیا۔ مَیں نے یکسر فراموش کر دیا کہ آج صبح مجھے جو سزا ملی تھی، اس کا موجب کوئی اور نہیں بلکہ میری اماں تھیں۔ مجھے یاد آیا کہ وہ اس وقت گھر میں اپنے قیلولے سے اٹھنے والی ہوں گی اور اٹھنے کے بعد مجھے گھر میں نہ پا کر پریشان ہو جائیں گی اور پھر چائے بنا کر میرا انتظار کرتی رہیں گی لیکن ان لمحات میں مجھے اپنی اماں کی پروا تھی اور نہ ہی بابا کی اور نہ رات یا صبح کے وقت، میری منتظر ایک نئی دھنائی یا پٹائی کی۔ ماروی نے میری زندگی کو وہ لحظے عطا کیے تھے کہ اب میں عمر بھر کے لیے بخوشی مصلوب ہونے کے لیے بھی تیار ہو سکتا تھا۔

خضر حیات مسجد کے مقابل واقع ایک چھوٹے سے مندر کے قریب سے نکلتی ایک گلی سے گزر کر مَیں نے اپنا رخ مچھلی مارکیٹ کی طرف کر لیا۔ مَیں نے طے کیا تھا کہ اس کی چھٹی کے بعد اسے چھوڑنے کے بعد ہی اپنے گھر واپس جاؤں گا۔ باہر وقت گزارنے کے لیے میری جیب میں اس وقت ڈیڑھ روپیہ موجود تھا اور وہ کافی تھا۔ مچھلی منڈی کے آس پاس وڈیو گیم اور کیرم بورڈ وغیرہ کی بہت سی دکانیں تھیں۔ یہاں پہنچ کر میں ان میں سے ایک میں گھس گیا اور ایک ڈیڑھ گھنٹے تک وڈیو گیم کھیلتا رہا۔ ریسلنگ والے گیم کے دوران میں اپنے مخالف کے سر اور دھڑ پر لگاتار وار پر وار کرتا رہا۔ جب میری جیب میں پیسے ختم ہو گئے تو میں وہاں سے نکل آیا۔ مَیں ہوا کے دوش پر برق رفتاری سے اڑتا ہوا دست کاری اسکول سے ملحقہ گلی میں واپس پہنچا۔ مَیں اسکول والی گلی میں جانے سے محترز تھا اور ابھی کوئی فیصلہ نہیں کر پا رہا تھا کہ اچانک اسکول والی گلی سے نکلتی لڑکیوں کی ایک ٹولی بائیں طرف مڑتی ہوئی نظر آئی، جس میں شامل ماروی کو مَیں نے اس کی پہلی جھلک سے ہی پہچان لیا۔ بائیں طرف مڑنے سے پہلے اس نے اپنی گردن گھما کر مسجد کی طرف جاتے راستے کی اور دیکھا تو ناگاہ اس کی نظریں میری نگاہوں سے ٹکرا گئیں۔ اس کے بعد ایک مسکراہٹ کوندے کی طرح اس کے چہرے پر نور کی تجلی بکھیر کر یکا یک غائب ہو

گئی۔اس بار مَیں نے ان کے پیچھے چلنے کا فیصلہ کیا کیوں کہ اس میں ایک فائدہ یہ تھا کہ مَیں اس کی سہیلیوں کی نظر میں آنے سے بچا رہ سکتا تھا۔ پہلے والی ترتیب کے ساتھ یکے بعد دیگرے لڑکیاں ایک ایک کر کے اپنی گلیوں کا رخ کرتی رہیں۔ مَیں کشادہ گلی میں دھیرے دھیرے ان کے پیچھے چلتا رہا۔ تیز ہوا ان کے سروں کے بالوں اور ان کے لباسوں کے ساتھ چھیڑ چھاڑ کر رہی تھی، وہ چلتے ہوئے جنہیں سنبھالنے کے جتن کر رہی تھیں۔ کبھی کسی کا دوپٹہ اڑنے لگتا اور کبھی کسی کا جُوڑا ہوا سے کھلنے لگتا۔اس دوران اس کی دو سہیلیاں چلتے ہوئے متواتر پیچھے کی طرف دیکھ رہی تھیں۔ مَیں سمجھا کہ شاید انہیں ماروی سے میرے ربطِ خاص کا پتا چل گیا ہے۔اس خیال سے میرے دل میں گدگدی سی ہونے لگی کہ وہ اپنے رازوں میں کسی کو تو شریک کرتی ہوگی اور میرے بارے میں کسی سے تو باتیں کرتی ہوگی۔ اسی لیے میں ان کے مڑ کر دیکھنے سے محظوظ ہوتا رہا۔ کچھ دیر بعد جب مجھے اپنے پیچھے سے ایک زوردار سیٹی سنائی دی تو مَیں نے پلٹ کر دیکھا۔ مجھ سے بڑی عمر کے دو لڑکے، ایک دوسرے کے کندھوں پر ہاتھ رکھ کر چلتے ہوئے میرے قریب پہنچ گئے تھے۔انہیں دیکھ کر میں گھبرا سا گیا، کیوں کہ اب میرے آگے وہ لڑکیاں اور پیچھے یہ دو لفنگے موجود تھے۔ میرے لیے بھاگنا محال تھا۔

ماروی نے ایک دو بار پلٹ کر دیکھا تو مَیں نے اشارے سے اسے اپنی تشویش سے آگاہ کرنے کی کوشش کی، جس پر اس نے اپنی ایک مسکان میری جانب اچھالی، جسے ان لڑکوں سے پہلے مَیں نے وصول کیا لیکن مجھے اندیشہ تھا کہ اس کی مسکراہٹ کی چھب ان دونوں نے بھی دیکھی تو ہوگی۔اس کے بعد اس کے ساتھ موجود دو لڑکیاں جب اپنی گلی کی جانب مڑنے لگیں تو وہ دونوں لڑکے بھی ان کے پیچھے اسی جانب چلے گئے۔ یوں مَیں نے سکھ کی سانس لی۔

ماروی نے اپنی گلی کے کونے کے قریب پہنچ کر اپنی رفتار کم کر دی۔ مَیں اس کے نزدیک پہنچا تو وہ دھیمے لہجے میں مجھے خدا حافظ کہہ کر اپنی گلی کی جانب قدم بڑھانے لگی۔ نجانے کیا سوچ کر میں بھی اس کے ساتھ ساتھ چل پڑا تو وہ حیرانی سے میری جانب دیکھنے لگی اور دھیمے لہجے میں بڑبڑاتی مجھے وہاں سے جانے کے لیے کہنے لگی۔ مَیں نے جواباً اثبات میں سر ہلاتے ہوئے اپنا ہاتھ اس کی طرف بڑھا دیا۔ مَیں اس سے گلی میں سرِعام مصافحہ کرنے کا تمنائی تھا۔ اپنی طرف بڑھا ہوا میرا ہاتھ دیکھ کر اس نے فوراً چاروں طرف نظر ڈالی۔ اتفاق سے ہمارے قریب کوئی موجود نہیں تھا۔اس نے اپنے سامان والے تھیلے کی آڑ میں اپنا ہاتھ آگے بڑھا دیا۔ ہمارے ہاتھ ابھی ٹھیک سے ملنے بھی نہ پائے تھے کہ اس نے فوراً اپنا ہاتھ کھینچ لیا۔ وہ مجھے پاگل کہتی ہوئی اپنے گھر کی جانب چلی گئی۔ مَیں وہیں کھڑا اپنے ہاتھ پر بکھرا اس کے ہاتھ کا لمس کریدتا رہ گیا۔ مجھے اس کا ہاتھ بیک وقت نرم گرم اور ٹھنڈا محسوس ہوا تھا۔اس نے آگے جا کر اپنے گھر کے قریب پہنچ کر پلٹ کر دیکھا تو مجھے وہیں کھڑا پا کر اس نے مجھے وہاں سے جانے کا اشارہ کرتے ہوئے اپنے ہاتھ جوڑ دیئے۔ مَیں نے مسکراتے ہوئے اسی وقت اپنے گھر کی راہ لی۔

اتنی دیر سے گھر واپس آنے پر اماں نے میری سرزنش کی۔ مَیں انہیں من گھڑت وضاحتیں دینے لگا کہ ایک دوست اپنے کام سے مکلی جا رہا تھا، مجھے زبردستی ساتھ لے گیا، اس لیے دیر ہوئی۔ لیکن اماں کا مطالبہ تھا کہ مجھے بتا کر جانا چاہیے تھا۔

اس مرتبہ مَیں نے ان سے درخواست نہیں کی کہ وہ اس بارے میں بابا کو کچھ نہ بتائیں۔

شام سے رات ہو گئی۔ اماں کے جاگنے تک میں بھی جاگتا رہا۔ مجھے یہ اندیشہ ستاتا رہا کہ کب وہ بابا سے میری گھر سے طویل غیر حاضری کی شکایت لگائیں اور اس کے بعد کب مجھے بابا کی گالیاں اور کوسنے سننے کو ملیں۔ سزا کے بارے میں سوچتے سوچتے مجھے نیند نے آدبوچا اور میں سو گیا۔

اس شب میں اپنے خوابوں میں کسی بیدِ مجنوں کی طرح لرزتا، کانپتا رہا۔ کسی غلام گردش جیسے مقام پر ایک سایہ میرا تعاقب کرتا رہا اور میں دیواروں کے پیچھے چھپتا، اس کے خوف سے دوڑتا بھاگتا رہا۔ ایک بار جب وہ میرے قریب پہنچ گیا، اتنا قریب کہ ہاتھ بڑھا کر مجھے پکڑ سکتا تھا۔ تب اچانک میری آنکھ کھل گئی۔ میرے دل کی دھڑکن بہت تیز تھی۔ کچھ دیر تک مجھے سمجھ ہی نہیں آسکا کہ مَیں اس وقت کس مقام پر ہوں؟ کچھ وقت گزرنے کے بعد مجھے سمجھ آ گئی اور میں ایک بار پھر گہری نیند سو گیا۔ صبح اٹھنے کے بعد مَیں نے حسبِ معمول بابا اور اماں کو سلام کیا اور اس کے بعد اسکول جانے کی تیاری کرنے لگا۔ مَیں نے اماں کے ساتھ باورچی خانے میں بیٹھ کر ناشتہ کیا۔ تب وہ مجھے دھیمے لہجے میں کہنے لگیں: ''مجھے احساس ہو گیا ہے کہ اب تم بڑے ہوتے جا رہے ہو۔ مجھے اپنی نظروں کے سامنے، تمھیں اپنی طرح ذلیل ہوتے اور مار کھاتے دیکھنا اچھا نہیں لگتا۔ اس لیے مَیں نے آئندہ بابا سے تیری شکایت نہ لگانے کا فیصلہ کیا ہے۔'' ان کی یہ بات سن کر میرے دل میں ان کی قدر بڑھ گئی اور جو تشویش پچھلی شب میرے اعصاب پر سوار رہی تھی، دھیرے دھیرے مٹتی چلی گئی۔

ناشتے کے بعد مَیں نے اپنا اسکول بیگ اپنی کمر پر لٹکایا اور اماں اور بابا سے خدا حافظ کہتا ہوا گھر سے نکل گیا۔ اگلے کچھ دنوں تک میں باقاعدگی سے سہ پہر اور شام کے وقت اپنے شہر کی کچی پکی، کشادہ و نیم کشادہ گلیوں اور بازار میں، مکانوں، مسجدوں اور دکانوں کے آس پاس ماروی کے گرد ایک بھنورے کی طرح منڈلاتا رہا۔ اب ہمیں یہ محسوس ہونے لگا تھا کہ یہ بے ترتیب ملاقاتیں اور بے ربط باتیں ہماری تسکین اور آسودگی کے لیے ناکافی تھیں۔ اب ہمیں کوئی اور طریقہ ڈھونڈنا تھا تاکہ ہم تھوڑے اطمینان کے ساتھ کہیں بیٹھ کر ایک دوسرے سے کچھ کہہ سن سکیں لیکن میرے شہر میں ایسا موقع آسانی سے ملنا دشوار تھا۔ افسوس صد افسوس کہ میرے شہر کی تاریخ سات سو سال پرانی ہے لیکن یہاں کے باسی آج تک غیر شادی شدہ مرد و زن کے میل ملاپ اور ان کی باہمی بات چیت کے لیے کوئی شریفانہ طریقہ ایجاد نہیں کر سکے۔ کس کام کی یہ نام نہاد تاریخ اور اس کی تہذیب اور تمدن؟ جسے محض کنواروں کے وصال سے ہر دم اپنے انہدام کا خطرہ لاحق رہتا ہے۔ جہاں ایسا میل ملاپ یکسر غیر قانونی، ناجائز اور گناہ میں لتھڑا ہوا قرار دیا جاتا ہے اور انہیں کاروکاری کر کے مار دیا جانا مکمل طور پر ٹھیک سمجھا جاتا ہے۔ شاید اسی لیے میرے شہر کے مکینوں نے اپنے مکانوں کی دیواریں بہت اونچی رکھی ہوئی ہیں اور اکثر گھروں کے توہوادان بھی بند رکھے جاتے ہیں۔

میرے شب و روز ماروی کے بارے میں سوچتے ہوئے گزر رہے تھے۔ اس کے ہونٹ بہت باریک اور نازک تھے۔ اس کی ناک چھوٹی مگر تیکھی سی تھی۔ آنکھیں قدرے بڑی اور گہرائی کی حامل تھیں۔ اس کی جلد تر و تازہ گلاب کی پتیوں کی

مانند نرم محسوس لگتی تھی۔ ایک روز اس کے ساتھ ایک ویران گلی سے گزرتے ہوئے مَیں نے تجویز دی کہ ہمیں ایک دوسرے کو خط لکھنے چاہئیں کیوں کہ اس طرح راستوں میں ملتے رہنے سے ہم شہر والوں کی نظروں میں آتے جارہے تھے۔ چند ایک لوگ اور دکاندار ہمیں دیکھ کر آپس میں معنی خیز اشارے کرنے لگے تھے۔ یہ چیزیں اس کے مشاہدے میں بھی آچکی تھیں، اس لیے اس نے میری تجویز کی تائید کر دی۔

اگلے دن جب میں اسکول سے لوٹا تو آسمان پر بادل چھائے ہوئے تھے اور معتدل ہوا چل رہی تھی۔ اسی لیے میں دوپہر کا کھانا کھا کر، اماں سے پڑھائی کرنے کا کہہ کر اپنا بیگ اٹھائے چھت پر چلا گیا۔ مَیں نے بیگ چھت کے کچے فرش پر رکھا اور اس میں سے ایک کاپی نکالی اور اپنا قلم ہاتھ میں لے کر سوچنے لگا کہ خط میں اسے کیا لکھوں؟ مَیں دیر تک اپنا سر جھکائے بیٹھا سوچتا رہا لیکن مجھے ایک جملہ بھی سجھائی نہ دے سکا۔ مجھے شدید حیرت ہونے لگی کہ جس لڑکی کے لیے میرے دل میں ہمہ وقت جذبوں کی باڑھ اُمڈتی رہتی تھی، اب اس کی خاطر مجھ سے دو جملے تک لکھے نہیں جارہے تھے۔ تب اچانک میرا ذہن ان فلمی گانوں اور شعروں کی طرف چلا گیا، جن میں پیار کے جذبات کے ساتھ محبوب کے حسن کی تعریفیں بھی کی گئی تھی۔

ماروی کا گھرانہ کاٹھیاواڑی میمن تھا جب کہ ہم لوگ سندھی تھے۔ وہ گرلز ہائی اسکول میں اردو میڈیم میں پڑھتی تھی اور میں سندھی میڈیم میں۔ مجھے سمجھ نہیں آرہی تھی کہ اسے خط سندھی میں لکھوں یا اردو میں۔ میری اردو کی لکھائی اتنی اچھی نہیں تھی۔ مَیں اردو میں چھپنے والی کہانیاں اور کتابیں با آسانی پڑھ لیتا تھا لیکن مجھے اردو لکھنے کا کوئی تجربہ نہیں تھا۔ مَیں دو تین گھنٹے چھت پر گزار کر نیچے اتر آیا۔ مجھے خود پر غصہ آنے لگا کہ مَیں نے اسے یہ مشورہ ہی کیوں دیا تھا۔

میرے محلے میں ملی جلی آبادی رہتی تھی یعنی مقامیوں کے ساتھ کاٹھیاواڑی میمن، اردو بولنے والے اور چند پنجابی گھرانے بھی رہتے تھے۔ اس طرح میرے کچھ دوست ایسے تھے جو اردو میڈیم میں پڑھتے تھے۔

اگلے دن اسکول میں آدھی چھٹی کے دوران اپنے محلے میں رہنے والے اور اردو سیکشن میں نویں جماعت کے طالبِ علم عارف سے ملا اور اسے اکیلے میں لے جا کر مَیں نے محبت نامہ لکھنے کے حوالے سے اس کی مدد طلب کی۔ پہلے تو وہ میری بات سن کر زور زور سے ہنسا۔ پھر کہنے لگا: ''معشوق کو خط لکھنے کی ایک پوری تکنیک ہوتی ہے۔'' مَیں نے پوچھا۔ ''وہ کیا ہوتی ہے؟'' وہ بتانے لگا کہ کسی لڑکی کے نام خط کیسے شروع کیا جاتا ہے۔ اسے ہمیشہ میری جان، میری زندگی، میرے خوابوں کی شہزادی وغیرہ سے مخاطب کرنا چاہیے۔ اس کے بعد ایک دعا دینی چاہیے کہ تم ہمیشہ خوش رہو، مسکراتی رہو۔ پھر جا کر اپنی حالت یا جذبات کا اظہار کرنا چاہیے اور اس کے حسن کی بے محابا تعریف بھی، کیوں کہ اس سے لڑکیاں بہت خوش ہوتی ہیں۔

اس کی باتیں سن کر میں اس کے تجربے سے بہت متاثر ہوا۔ مجھے اس سے پوچھنا ہی پڑا۔ ''عارف، تم نے یہ ساری باتیں کیسے اور کہاں سے سیکھیں؟'' اس نے مجھے ٹی وی پر چلنے والے بعض ڈراموں اور وی سی آر پر دیکھی ہوئی چند انڈین فلموں کی کہانیاں جلدی جلدی سنائیں۔ اس نے مجھے بتایا کہ بازار سے فلمی کہانیوں کے کتابچے ملتے ہیں سستے داموں، وہ اس حوالے سے کام آسکتے ہیں۔ ساتھ ساتھ ایک دو ڈائجسٹوں کے نام بتاتے ہوئے مجھے مشورہ دیا کہ مَیں وہ ڈائجسٹ پڑھنا

شروع کر دوں۔ ہر چیز ان میں لکھی ہوئی مل جائے گی۔ مَیں نے اس کا شکریہ ادا کرتے ہوئے اسے اس بات کو صیغۂ راز میں رکھنے کی درخواست کی۔

چھٹی کے بعد مَیں نے کھانا کھا کر بازار کا رخ کیا اور ' آدابِ عرض ' نامی ایک ڈائجسٹ خرید لایا۔ اس میں رومانوی کہانیاں اور اسی قسم کی شاعری چھپی ہوئی تھی۔ مَیں وہ ڈائجسٹ بیگ میں ڈال کر اماں سے پڑھنے کا بہانہ کر کے چھت پر چلا گیا اور وہاں ایک اینٹ پر بیٹھ کر اپنا پہلا محبت نامہ لکھنے لگا۔ مَیں اپنے اصل جذبات سمجھے اور انہیں اندر سے کریدے بغیر، عامیانہ انداز میں اپنے جذبوں کا خام اظہار کرنے لگا۔ مَیں نے کاغذ کے ٹکڑے پر چند نثری جملوں کے ساتھ ساتھ رومانی گیتوں کے نامکمل ٹکڑے اور ادھورے اور بے تکے شعر لکھے۔ مَیں نے اسے اپنی زندگی قرار دے کر کھل کر اپنی محبت کے اظہار کی کوشش کی۔ پہلا خط لکھتے ہوئے دو گھنٹے سے زائد وقت صرف ہو گیا۔ اس کے مکمل ہونے کے بعد اسے دو مرتبہ اچھی طرح پڑھا اور پھر مَیں نے اسے بیالوجی کی موٹی سی کتاب میں چھپا کر رکھ دیا۔

اگلے دن اسکول میں عارف سے مڈبھیڑ ہوئی تو اس نے مجھے دیکھتے ہی پوچھا۔ ''خط لکھ لیا یا میں لکھ کر دے دوں۔ '' تب مجھے خیال آیا کہ مَیں نے اپنی طرف سے جو تحریر اردو میں لکھی تھی وہ دراصل سندھی رسمُ الخط میں تھی۔ تب میں اسے فوراً اپنی کلاس میں لے گیا اور بیالوجی کی کتاب سے خط نکال کر اس کے سامنے رکھ دیا۔ اس نے جلدی جلدی میرے سندھی املا کا اردو میں سلیس ترجمہ کر دیا، جسے مَیں نے پڑھا تو وہ مجھے اچھا لگا۔ عارف کی اس مہربانی کے عوض میں اسے زبردستی اسکول کے میدان میں شاہ جی کے چاٹ کے ٹھیلے پر لے گیا اور اسے چاٹ کھلائی۔ اس دوران عارف مجھے اپنے ایک معاشقے کی روداد سناتا رہا۔

اسکول کی چھٹی کے بعد جب میں گھر پہنچا تو کھانے کے بعد چھت پر جا کر عارف کا لکھا ہوا اپنے ہاتھ سے نئے کاغذ پر لکھنے لگا۔ اس کے بعد ڈائجسٹ نکال کر اس میں سے ایک کہانی ذرا بلند لہجے میں پڑھنے لگا تاکہ میرا اردو کا لب ولہجہ عارف جیسا صاف ستھرا ہو جائے اور اس میں چھپا ہوا سندھی پن غائب ہو جائے۔ لیکن یہ کام اتنا آسان نہیں تھا۔ تب مجھے خیال آیا کہ وہ بھی تو کاٹھیاواڑی میمن تھی، اگر میں سندھی ہوں تو کیا ہو گیا؟ اس کے بعد مَیں نے اردو پڑھنے کی مشق کرنی بند کر دی۔ اب اگلا اہم مرحلہ اس تک خط پہنچانے کا تھا۔ مَیں نے طے کیا کہ دست کاری اسکول سے چھٹی کے بعد اس کے گھر کے قریب یہ رقعہ اس کے ہاتھوں میں تھمایا جانا آسان تھا کیوں کہ عین مغرب سے پہلے اس کی گلی ویران ہوتی تھی۔ یہی سوچ کر میں عصر کے بعد اماں سے دوستوں کے ساتھ کھیلنے کا بہانہ بنا کر گھر سے نکل گیا۔ ماروی سے گلیوں میں مختصر بات چیت کرنے کی وجہ سے مجھے یہ عمل زیادہ دشوار معلوم نہیں ہو رہا تھا۔ اسی لیے مَیں نے دست کاری اسکول والی گلی میں جانے کے بجائے، بازار کی سمت جاتی بڑی گلی میں ہی رہنے کا ہی فیصلہ کیا۔ مَیں کچھ دیر وڈیو فلموں کی دکانوں کے آس پاس منڈلاتا رہا اور فلموں کے پوسٹر دیکھتا پُنھل کے ہوٹل تک چلا گیا۔ وہاں سے واپسی پر دھیرے دھیرے چلتا اس مقام پر جا پہنچا جہاں سے دست کاری اسکول کی جانب گلی جاتی تھی۔ مَیں اس جگہ چند لمحوں کے لیے کھڑا ہو گیا۔

چھٹی کا وقت ہو رہا تھا۔ کچھ ہی دیر میں ماروی اپنی ہم جولیوں کے ساتھ آتی ہوئی نظر آ گئی۔ اس نے مجھے فوراً دیکھ لیا۔ کسی جانب سے وہ دونوں لڑکے بھی وہاں آ دھمکے جنہیں دیکھ کر مَیں نے گھر والے رستے پر چلنا شروع کر دیا۔ میرے پیچھے ماروی اور اس کی سہیلیاں آ رہی تھیں، اور ان کے پیچھے وہ لڑکے۔

مَیں نے بہ دقت بس دو ہی بار گردن موڑ کر پیچھے دیکھا۔ جب تک ماروی کی آخری دو سہیلیاں اپنی گلی میں نہیں مڑ گئیں، تب تک ان لڑکوں سے جان نہیں چھوٹ سکی۔ اب ماروی اور میں اکیلے ایک دوسرے کے روبرو موجود تھے۔ تب مَیں نے اپنی جیب سے خط نکال کر اس کی طرف بڑھا دیا۔ وہ پہلے تو مسکرائی لیکن اس نے پھر گھبرا کر تیزی سے میرے قریب آ کر میرے ہاتھ سے وہ خط لے لیا اور فوراً اپنے گلی میں اپنے مکان کی جانب چلی گئی۔

12

اگلی شام وہ ٹھیک اسی مقام پر جب مجھے اپنا خط تھمانے لگی تو اسے وصول کرتے ہوئے میرے ہاتھ ٹھنڈے پڑ گئے اور دل بے قابو سا ہونے لگا۔ مَیں نے رقعہ ہاتھ میں پکڑتے ہی فوراً جیب میں ڈال دیا اور ممنون نگاہوں سے اس کی طرف دیکھنے لگا۔ وہ اشارے سے سلام کرتی ہوئی اپنی گلی کی طرف مڑ گئی اور میں اپنے گھر کی طرف۔ اس کا لکھا اولین خط مَیں نے اپنے گھر کی نچلی منزل پر صوفے پر لیٹ کر کئی بار پڑھا اور اسے بار بار چوما اور پھر اسے وہیں پر ایک پرانی الماری کے خفیہ خانے میں ہمیشہ کے لیے محفوظ کر لیا۔ اب ہمارے درمیان خط و کتابت شروع ہو گئی تھی جس سے مجھے اپنی اردو لکھت بہتر بنانے کا موقع ملنے لگا۔ پہلے خط کے بعد مَیں نے عارف سے پھر کبھی مدد نہیں مانگی۔ یہ الگ بات کہ وہ جب بھی کہیں مجھے ملتا، خود اپنی مدد کی پیش کش کرتا۔

ماروی دن میں گرلز ہائی سکول جاتی تھی اور سہ پہر میں دست کاری اسکول۔ کچھ عرصے سے میرے دل میں یہ خواہش مچل رہی تھی کہ کسی ایک صبح میں اپنے اسکول جانے کے بجائے ماروی کے ساتھ چلتا ہوا اسے اس کے اسکول چھوڑنے جاؤں۔ چند روز بعد اپنی اس سوچ کو عملی جامہ پہناتے ہوئے میں ایک دن ذرا سویرے تیار ہو کر اپنے گھر سے بظاہر اسکول کے لیے روانہ ہوا۔ مَیں نے حسبِ معمول اونٹ کے رنگ والا یونیفارم پہنا ہوا تھا اور اپنی کمر پر نیلے رنگ کا ایک چھوٹا سا بیگ لٹکایا ہوا تھا۔ مَیں نہیں جانتا تھا کہ وہ کتنے بجے گھر سے نکلتی ہے، اس لیے اس کی گلی کے پاس پہنچ کر میں الجھن میں گرفتار ہو گیا۔

میرے اسکول کے بیشتر لڑکے اور اساتذہ یہی راستہ استعمال کرتے تھے کیوں کہ یہ راستہ شاہی بازار سے نکل کر ایک کشادہ اور طویل گلی سے ہوتا ہوا سیدھا مین روڈ اور اس کے ساتھ واقع خالی میدان اور پِیلُوں کے جنگل کی طرف جاتا تھا۔ مَیں ماروی کی گلی کے مقابل واقع دوسری گلی میں جا کھڑا ہوا اور اس کے مکان کی طرف ٹکٹکی باندھنے کے ساتھ ساتھ مرکزی گلی سے گزرتے لوگوں پر بھی نگاہ رکھنے کی کوشش کرنے لگا۔

میں اندر ہی اندر اس خدشے سے بھی کانپ رہا تھا کہ اگر وہ مجھ سے پہلے اسکول جا چکی ہوئی تو پھر کیا ہو گا؟ مجھے پورا دن آوارہ گردی کرتے ہوئے یا شاہ جہانی مسجد میں چھپ کر گزارنا پڑے گا۔ ابھی میں یہی باتیں سوچ رہا تھا کہ مجھے سامنے والی گلی سے لکڑی کی بھاری کنڈی اترنے اور ایک دروازے کے چرچرا کر کھلنے کی آواز سنائی دی۔ مَیں نے بے قراری سے

اس طرف دیکھا تو اس مکان سے ایک ساتھ ماروی جیسی دو لڑکیاں برآمد ہوئیں اور وہ تیزی سے چلتی ہوئی مرکزی گلی کی طرف آنے لگیں۔ وہ دونوں ہلکے نیلے رنگ کی قمیص اور سفید شلوار پہنے ہوئے تھیں اور ان کی قمیصوں پر انگریزی حرف 'وی' جیسی ایک سفید پٹی بھی لٹک رہی تھی۔ ان دونوں کے چہروں میں حیرت انگیز مشابہت دیکھ کر میں تھوڑی دیر کے لیے دنگ رہ گیا اور بالکل نہیں پہچان سکا کہ ان میں سے ماروی کون تھی؟ بظاہر دونوں کے چہروں کے نقوش اور ان کے قد کاٹھ مجھے ایک جیسے لگ رہے تھے۔

کچھ دیر بعد میں عالم حیرت سے نکلا، تو وہ اپنی گلی سے نکل کر مرکزی گلی میں شاہی بازار کے رخ پر جا چکی تھیں۔ مَیں تقریباً بھاگتے ہوئے ان کے پیچھے لپکا۔ میرے دوڑتے قدموں کی آواز سن کر ماروی نے مڑ کر دیکھا تو اس کے ہونٹوں پر ابھرتی مانوس مسکراہٹ اور اس کی آنکھوں کی مخصوص چمک سے مَیں نے اسے شناخت کر لیا۔ اس نے مجھے اشارہ کیا، جس کا مطلب تھا کہ مَیں اس وقت یہاں کیا کر رہا تھا؟ مَیں نے اسے سمجھانے کی کوشش کی کہ تمہیں اسکول تک چھوڑنے جا رہا ہوں۔ اس کے بعد مَیں نے دیکھا کہ اس کی پیشانی پر بل سے پڑ گئے اور وہ کچھ گھبرائی سی محسوس ہونے لگی۔

دھیرے دھیرے مجھے دونوں بہنوں کے جسموں کی بناوٹ کے ساتھ ساتھ ان کی حرکات و سکنات کا فرق بھی معلوم ہونے لگا۔ ماروی زیادہ دبلی اور پھرتیلی تھی۔ وہ بے نیازی سے پاؤں اٹھاتی اور گردن کو دائیں بائیں ہلا کر آس پاس کی چیزیں غور سے دیکھتی ہوئی چل رہی تھی، جب کہ اس کی بہن کا بدن کچھ بھرا بھرا تھا اور ڈھیلے ڈھالے کپڑوں میں اس کی پشت دائیں بائیں سرکتی ہوئی محسوس ہو رہی تھی۔ وہ اپنے آپ میں سمٹی، زمین پر نظریں جمائے، نپے تلے قدموں سے چل رہی تھی۔ مجھے سارے راستے اس کی بہن کا چہرہ غور سے دیکھنے کی مہلت نہ مل سکی، ورنہ ہو سکتا تھا کہ ان کے چہروں میں بھی کافی فرق ہوتا۔

خضر حیات مسجد سے آگے ماروی بازار سے گزر کر جانا چاہتی تھی لیکن اس کی بہن اس کا بازو پکڑ کر اسے یوسف زئی محلے کی گلیوں کی طرف لے گئی۔ اس سے مجھے اندازہ ہوا کہ وہ ماروی کی بڑی بہن تھی۔ مَیں ان سے مناسب فاصلہ رکھتے ہوئے ان کے پیچھے چلا جا رہا تھا۔

صبح کے وقت آسمان پر ہلکے سے بادل سورج کے ساتھ آنکھ مچولی کھیل رہے تھے۔ زمین پر کبھی چھاؤں پھیل جاتی تو کبھی دھوپ۔ اکتوبر کی تیز ہوا یوسف زئی محلے کی کشادہ گلیوں میں، قدیم مکانات کے در و دیوار سے ٹکراتی، گلیوں میں گھومتی، فراٹے بھرتی اپنے اندر ہلکی سی خنکی سموئے سردیوں کے جلد آنے کا پتا دے رہی تھی۔ رات بھر گرتی اوس کی وجہ سے گلیوں کی مٹی بھیگی بھیگی سی تھی۔

لڑکیوں کا ہائی اسکول تقریباً شہر کے دوسرے کونے پر واقع تھا۔ پر پیچ گلیوں کے سلسلے میں، مَیں ان کے پیچھے کبھی آہستہ اور کبھی تیز رفتاری سے چلتا رہا۔ صبح کے اس وقت کچھ مکانوں کے دروازے کھلے ہوئے اور کچھ کے نیم وا تھے۔ ان میں سے گھروں کے اندر کی زندگی کی جھلکیاں دکھائی دے رہی تھیں۔ کسی گھر کے صحن میں بچے چولھے کے گرد بیٹھے روٹی بننے کا انتظار کر رہے تھے اور اپنی ماں کی گھُرکیاں سن رہے تھے۔ کہیں کوئی سفید ریش بزرگ بے چینی سے ٹہلتے نظر آتے۔

کہیں سے ماں بیٹے میں تکرار کی آوازیں سنائی دیتیں اور کہیں سے کسی لڑکی کی کنواری آواز میں کوئی سریلا گیت سنائی دے جاتا۔ کچھ کھلی اور ادھ کھلی کھڑکیوں سے کمروں کے نیم روشن مناظر جھانک رہے تھے۔ مَیں یہ سب دیکھتا ہوا ان بہنوں سے تھوڑی دوری اختیار کرتے ہوئے ان کے پیچھے پیچھے چلا جا رہا تھا۔

اس نسبتاً چھوٹے شہر کی تمام کچی پکی، چھوٹی بڑی، تنگ اور کشادہ گلیاں، یوں تو صرف گزر گاہ کا کام دیتیں اور دیکھنے میں بھی بظاہر ایک جیسی معلوم ہوتیں، بالکل ان دونوں بہنوں کی طرح، لیکن ذرا سا غور کرنے پر ہر گلی کی اپنی علیحدہ اور منفرد شخصیت نمایاں ہونے لگ جاتی۔ ان مٹیالی، سرمئی اور کہیں کہیں پیلی یا بھوری سی زمین پر بنے ان گلی کوچوں کی یہ انفرادیت، ان میں بنے مکانوں کی ساخت، ان کے الگ طرزِ تعمیر اور در و دیوار پر استعمال ہونے والے رنگ و روغن کے باعث تھی۔ کچھ گلیاں روشن اور وسعت کی حامل تھیں اور کچھ تنگ و تاریک، کچھ چمک دار اور رنگین نظر آتیں جب کہ کچھ بجھی بجھی اور روکھی پھیکی سی لگتیں۔ ان میں چند گلیاں ایسی بھی تھیں، جن کی اپنی کوئی شخصیت یا انفرادیت نہیں تھی۔ ایسی گلیاں بے چاری کہلائے جانے کی مستحق معلوم ہوتی تھیں۔ بعض گلیاں اپنے کھلے پن کے ساتھ راہ گیروں کا استقبال کرتیں اور بعض انہیں دیکھتے ہی منہ بسورنے لگ جاتیں۔ نجانے کیوں مجھے محسوس ہوتا کہ بعض گلیاں دھیمے اور دبے لہجوں میں گزرنے والوں کے کانوں میں سرگوشیاں کرتیں، کچھ انہیں دیکھ کر ہنستیں، مسکراتیں اور ان کی آمد پر قلقاریاں مارتیں اور کچھ راہ چلتوں کو دیکھ کر ٹھنڈی آہیں بھرتیں اور سسکیاں لیتیں۔ مجھے محسوس ہوتا کہ لوگوں کی اکثریت ان گلیوں کے رنج و محن، خوشی اور اداسی سے یکسر بے نیاز، ان پر توجہ دیئے اور ان کے بارے میں رتی بھر سوچے بغیر، انہیں رات دن استعمال کرنے کی عادی تھی۔ بچے، بوڑھے، جوان، ہر طرح کے مرد و زن رات دن انہیں اپنے قدموں تلے روندتے اور یہاں سے وہاں اور وہاں سے کہیں اور آتے جاتے رہتے۔ یہ ہمیشہ ان کے پیروں تلے بچھ بچھ جاتیں اور ہمیشہ انہیں ان کی منزل تک پہنچاتیں۔

مجھے ماروی کی بہن اور راہ گیروں پر ظاہر کرنا تھا کہ مَیں کسی بہت ضروری کام سے کہیں جا رہا تھا اور اسکول سے بھاگا نہیں تھا۔ ماروی وقفے وقفے سے پلٹ کر میری جانب دیکھتی تو اس سے نگاہیں ملنے سے میرے اندر ایک توانائی بھرا اعتماد بھر جاتا، جو اسے پا لینے کی خاطر کوئی بھی مشکل مول لینے کے لیے پوری طرح تیار تھا۔ یہ حقیقت تھی کہ دھیرے دھیرے سے میرے دل سے گزرتے لوگوں کا ڈر جاتا رہا اور میں خود کو ایک جوان مرد سمجھنے لگا جو اپنی مرضی کا مالک ہوتا ہے۔ اب میری زیادہ توجہ اس کی بہن کی جانب ہو گئی تھی، جس نے اب تک صرف ایک آدھ بار ہی مڑ کر دیکھا تھا اور وہ بار بار ماروی سے کھسر پھسر کیے جا رہی تھی، جو فاصلے کی وجہ سے مجھے سنائی نہیں دے رہی تھی۔ ماروی بھی اسے ترکی بہ ترکی جواب دیئے جا رہی تھی۔ مجھے گمان گزرا کہ اس کی بہن کو میرے تعاقب کے بارے میں بھنک پڑ گئی تھی۔ اس لیے میں ان دونوں سے اپنی لاتعلقی دکھانے کے لیے گلیوں کی چیزوں کو غور سے دیکھتا جا رہا تھا۔ بعض مکان اپنی گلی کی سطح سے نیچے زمین کے اندر دھنسے ہوئے تھے اور بعض زمین کی سطح سے بہت اونچے بنے ہوئے تھے۔ مجھے خیال آنے لگا کہ ساون بھادوں میں ان نچلے مکانوں کا کیا حال ہوتا ہو گا۔ ہمارے راستے میں دو مسجدیں، تین مزارات اور کئی پرانے مکانوں کے ملبے کے ڈھیر آئے،

ہم جن کے نزدیک سے گزرتے ہوئے آگے بڑھ گئے۔

گرلز ہائی اسکول اور گرلز کالج ایک ہی سڑک پر ایک دوسرے سے جڑے ہوئے تھے۔ہم ایک ترچھی لیکن وسیع گلی سے نکل کر اس سڑک پر آ گئے، جو زیادہ کشادہ نہیں تھی، پھر بھی فراٹے بھرتی تیز ہوا ہمارے بالوں اور کپڑوں سے اٹھکیلیاں کرنے لگی تھی۔ان بہنوں کے سینوں پر لگی سفید پٹیاں پھڑ پھڑانے لگیں۔ یہاں اسکول اور کالج واقع ہونے کی وجہ سے کئی برقعہ، دوپٹہ اوور چادر پوش لڑکیوں کی ٹولیاں نجانے کہاں کہاں سے نکل کر اس جانب رواں دواں تھیں۔ بیشتر لڑکیاں اپنے بھائیوں اور باپوں کے ساتھ وہاں پہنچ رہی تھیں۔ کچھ ان بہنوں جیسی بھی تھیں، جن کے چاہنے والے بھنوروں کی طرح ان کے گرد منڈلا رہے تھے۔

چند قدم بعد ہی اسکول کی دیوار شروع ہو گئی، جس کا پیلا رنگ اڑ کر غائب ہو چکا تھا اور اس کا پلستر جھانک رہا تھا۔ دیوار کی تہہ کو سیم وتھور چاٹ رہی تھی۔تھوڑا سا آگے جا کر اسکول کا مرکزی لیکن زنگ آلود، آدھا کھلا ہوا آہنی دروازہ دکھائی دینے لگا تھا۔اس کے باہر اسکول کا چوکیدار میلے کچیلے کپڑے پہنے ہوئے کھڑا اپنے فرائض انجام دے رہا تھا۔مختلف سمتوں سے آتی لڑکیوں کی ٹولیاں اس کے پاس سے گزر کر دروازے سے اندر داخل ہو رہی تھیں۔ وہ ان سب سے بے نیازی پیش آ رہا تھا اور سب سے ایک ہی طرح مخاطب ہو رہا تھا۔ ''آجاؤ امڑ، میری جی جل ماں، چلو اندر چلو''۔

میں ایک ساتھ بہت سی لڑکیاں دیکھ کر اپنے ذہن کو منتشر ہونے اور اپنی نگاہوں کو ادھر ادھر بھٹکنے سے نہیں روک سکا۔ مَیں پہلی بار اتنی تعداد میں جوان لڑکیاں دیکھ رہا تھا۔ مَیں نجانے کیوں ان خاص لمحوں کے دوران ایک عجیب احساسِ کمتری میں مبتلا ہو کر افسردہ ہونے لگا۔ وہ خوشی، سرمستی اور فسوں جو سارے رستے میرے رگ وپے میں ہمکتا رہا تھا اور مجھے ایک سرشاری سے ہمکنار کرتا رہا تھا یکایک ہوا میں اڑ کر غائب ہو گیا اور میری جذباتی دنیا میں کھلبلی سی مچ گئی۔ مجھے لگنے لگا کہ میرا خون مساموں سے پھوٹ کر سڑک پر بہنے لگے گا۔ مَیں نے اپنا سر ہلا کر ماروی کی طرف دیکھتے ہوئے اسے اللہ وائی کہا، اس نے جواباً اپنے ہاتھ سے مجھے ہلکا سا اشارہ کیا۔

میری چھٹی اکارت نہیں گئی تھی کیوں کہ مَیں نے نہ صرف ماروی کا گھر سے نکلنے کا وقت معلوم کر لیا تھا بلکہ اس کے اسکول کا پتہ بھی چلا لیا تھا مگر اس کے باوجود اپنی بے مائیگی کا احساس مجھے کچلے جا رہا تھا۔ مَیں یہ سوچے جا رہا تھا کہ کیا ماروی کے سبب کی جانے والی اس خواری کا کوئی مقصد بھی تھا یا اس کی کوئی منزل بھی تھی؟ مَیں جو اپنا وقت اس کے خیالوں میں رہتے ہوئے گزارنے کا عادی ہوتا چلا جا رہا تھا کہ کیا اس کا کچھ حاصل بھی تھا؟ یہ اور اس طرح کے اور کئی سوالات مجھے تنگ کرنے لگے۔

اس روز میری بے چینی بڑھتی چلی گئی اور ختم نہیں ہو سکی۔ مَیں نے خود کو اطمینان دلانے کی بہت کوشش کی مگر خود کو مطمئن نہیں کر سکا۔ مَیں کچھ آگے جا کر مختلف گلیوں سے ہوتا نیشنل ہائی وے کی طرف جانے والی سڑک پر پہنچ گیا۔ اس سڑک پر ایک سیم نالی آتی تھی، جس کے پاس سے ایک کچا سا راستہ مکلی کی پہاڑی پر واقع عید گاہ کی طرف جاتا تھا۔ اس راستے میں ہائی وے پر واقع ایک بڑے گراؤنڈ کے بالکل پیچھے ایک بیابان جیسی جگہ تھی، جس پر کہیں کہیں کھجور کے ٹنڈ منڈ

درخت کھڑے ہوئے تھے۔

اکتوبر کی دھوپ تیز نہیں تھی لیکن چلتے رہنے کی وجہ سے میرے ماتھے اور کمر پر پسینہ آ گیا تھا۔ اس راستے کے کونے پر ایک ڈھلان اوپر چڑھتی سیدھی عید گاہ کے پاس جاتی۔ ڈھلان چڑھتے ہوئے تیز ہوا، اب جس میں دھوپ کی حدت شامل ہوتی جا رہی تھی، مجھے پیچھے دھکیلنے لگی۔ مَیں دھیرے دھیرے چلتا عید گاہ کے وسیع و عریض فرش تک پہنچ گیا۔ فرش کے آخر میں ایک طویل دیوار کے دونوں کونوں پر دو مینار بنے ہوئے تھے جب کہ اس کے بالکل وسط میں ایک سائبان تلے عید گاہ کا منبر بنا ہوا تھا۔ اس سائبان تلے کچھ دیر ستانے کے لیے میں جوتوں سمیت خالی پڑی عید گاہ کے فرش پر چلتا ہوا منبر تک پہنچا اور اس کی سیڑھیوں پر ڈھے سا گیا کیوں کہ چلتے رہنے کی وجہ سے مجھے تھکن محسوس ہونے لگی تھی۔

تیز ہوا کے جھونکے منبر کی دیوار سے ٹکرا رہے تھے۔ بیٹھنے کی وجہ سے میرا پسینہ جلدی خشک ہو گیا۔ ایسا خوش گوار دن میری زندگی میں پہلے کبھی نہیں آیا تھا، جس کا آغاز اس قدر سہانا ہوا تھا لیکن اب مجھے اس کے سہانے پن کی قیمت چکانی پڑ رہی تھی۔ اسکول سے ٹُلا مارنے کی وجہ سے دوپہر تک خوار پھرنا اب میرا مقدر تھا۔

خاصی دیر سے مجھے تیز پیاس لگ رہی تھی۔ مجھے یاد آیا کہ یہاں سے تھوڑا سا آگے ہی ہمارے نبی پاک ﷺ کے موئے مبارک اور ایک پتھر پر حضرت علی کے قدموں کے نشان والی جگہ واقع ہے۔ مَیں کئی برس پہلے اپنی اماں کے ساتھ یہاں آ چکا تھا۔ یہ جگہ مولا علیؓ قدم کے نام سے مشہور تھی۔ مَیں عید گاہ کے فرش سے اتر کر سڑک پر آیا تو دائیں جانب پیلے پتھروں سے بنا ہوا ایک چھوٹا سا مندر دکھائی دیا۔ مندر بھی کیا تھا بس پوجا پاٹ کے لیے ایک چھوٹی سی جگہ بنی ہوئی تھی۔ اس کی چھت سے بندھی ہوئی ایک گھنٹی دکھائی دے رہی تھی۔ مندر کے اندر ہندوؤں کے اوتاروں کی کچھ رنگین اور مقدس تصاویر لگی ہوئی تھیں۔

مولا علیؓ قدم کے بالکل باہر نیم کے ایک گھنے پیڑ کے نیچے پڑی بڑی بڑی مٹی کی ہودیوں سے ایک سبیل بنی ہوئی تھی۔ ہر ہودی کے ساتھ ایک زنجیر سے پانی پینے کا لوہے کا مگ بندھا ہوا تھا۔ مَیں نے ایک مگ اچھی طرح کھنگالنے کے بعد اس میں پانی پیا تو وہ ٹھنڈا محسوس ہوا۔ مَیں نے کھڑے کھڑے پانی کے دو مزید مگ غٹا غٹ پیے، جس کے بعد مجھے اپنا پیٹ کچھ پھولتا سا محسوس ہونے لگا۔ بہت دیر پیدل چلنے کی وجہ سے بھوک بھی لگنے لگی تھی۔

اسی دوران میرے جی میں آئی کہ کیوں نہ یہاں پر ماروی کو ہمیشہ کے لیے پانے کے لیے ایک منت مان لی جائے۔ سنا تھا کہ یہاں مانی ہوئی منتیں پوری ہوتی تھیں۔ مَیں مولا علیؓ قدم کی عمارت کے اندر چلا گیا۔ اندر ہال نما کمرے میں شیشے کے بہت بڑے بکسوں کے اندر ایک طرف موئے مبارک اور دوسری طرف ایک بڑا سا پتھر جس پر لمبے چوڑے پیر کا واحد نقش بنا ہوا تھا، پڑے ہوئے تھے۔ مَیں نے اپنی ذاتی غرض کی تکمیل کے لیے دعا مانگتے ہوئے ان چیزوں کو چوما اور کچھ دیر بعد وہاں سے باہر نکل آیا۔

باہر آنے کے بعد ایک عجیب سا خیال پریشان کرنے لگا کہ یہ چیزیں، جو دور دراز کے علاقوں سے تعلق رکھنے والی ان عظیم

ہستیوں سے منسوب تھیں، اس خرابے تک کیسے پہنچ گئیں؟ مجھے یاد آیا کہ مائی مکلی، جس کے نام سے اتنا بڑا قبرستان منسوب ہے، سنا ہے کہ وہ روز یہاں سے مدینہ دودھ لسی فروخت کرنے جایا کرتی تھی۔ پھر وہاب شاہ بخاری صحابی بابا کا مشہور مزار بھی تو ہے۔ اس علاقے کے روابط عرب دنیا سے گہرے مراسم رہے تھے اور اسی وجہ سے یہ مقدس اشیا یہاں تک پہنچی ہوں گی۔

اب مجھ میں واپس گرلز اسکول تک جانے کی تاب بالکل نہ تھی، سو مَیں نے ہائی وے سے بس میں سوار ہو کر جانے کا فیصلہ کیا۔ اسکول کارڈ کی وجہ سے بسوں میں سفر کے دوران کرائے کی پوری یا آدھے کرائے کی رعایت عام تھی۔ سڑک پر بسیں دو مختلف اطراف سے آتی تھیں۔ ایک کراچی سے اور دوسرے میر پور بھٹورو اور گھوڑاباڑی کی جانب سے۔ مَیں کراچی سے آنے والی ایک بس میں سوار ہو کر اپنے شہر پہنچا اور بسوں کے سرکاری اڈے کے پاس چھلانگ مار کر اترا تو خود کو دوسرے علاقے سے آنے والا محسوس کرنے لگا۔

تقریباً چھٹی کے وقت میں گھر پہنچا تو اماں خوش ہوئیں کہ بیٹا اسکول سے پڑھ کے آیا ہے۔ انہوں نے مجھے گرما گرم کھانا پیش کیا۔ کھانا کھاتے ہی جماہیوں سے میرا منہ پھٹنے لگا اور میں اپنی چارپائی پر گہری نیند سو گیا۔ اس دن کی آوارگی اور تعاقب نے اتنا مزا دیا کہ مَیں شام ڈھلے تک خوابوں میں کھویا رہا۔ اس دوران اماں نے بارہا مجھے نیند سے جگانے کی کوشش کی لیکن وہ کامیاب نہ ہو سکیں۔ مغرب کے تھوڑی دیر بعد جب بابا گھر واپس آئے تو انہوں نے مجھے جگایا اور مجھ سے اسکول کا احوال پوچھا۔ بتانے لگے کہ میرے اسکول کا وائس پرنسپل آج ان کی دکان پر آیا تھا اور انہیں اسکول کے لیے پچیس تصویریں فریم کروانے کا ٹھیکا دے کر گیا ہے۔ تصویریں اسکول والے خود دیں گے جب کہ فریم سازی کا کام بابا کو کرنا تھا۔ یہ سن کر مجھے پریشانی ہونے لگی کہ کہیں انہیں میرے اسکول سے ٹُلے کے بارے میں بھی پتا تو نہیں چل گیا، لیکن خیر گزری انہوں نے ایسا کوئی عندیہ نہیں دیا جس سے لگتا کہ انہیں معلوم تھا۔ وہ ایک بڑا ٹھیکا ملنے پر مسرور اور مطمئن تھے لیکن میں جو اپنے دل ہی دل میں اگلے دن بھی گرلز ہائی اسکول جانے کا پروگرام بنا رہا تھا، یہ سب سن کر سٹپٹا گیا اور مجھے اپنا جانا موخر کرنا پڑا۔

اگلے دن سکول سے چھٹی کے بعد، مَیں ماروی کے محلے کے قریب رہنے والے ایک ہم جماعت سے ملنے گیا اور باتوں باتوں میں اس سے پتا چلایا تو معلوم ہوا کہ ماروی کے بابا کا نام الحاج محمد اسمٰعیل تھا اور وہ شہر کا بہت پرانا زرگر تھا اور شاہی بازار میں اس کی دکان سونارا گلی میں واقع تھی۔ وہ کثیر العیال تھا اور پانچ بیٹوں اور سات بیٹیوں کے باپ تھا۔ اس کی سب بیٹیاں حسن وکشش میں اپنی مثال آپ تھیں۔

اس کے بعد میں ایک دن خصوصی طور پر سونارا گلی میں اسے دیکھنے کے لیے گیا تو وہ ناٹے قد کا، بھاری ڈیل ڈول والا شخص دکھائی دیا۔ اس کے چہرے کی رنگت سرخ وسپید تھی، اس کی سفید داڑھی اس کے سینے پر نیچے تک آتی اور بات کرتے ہوئے بار بار ہلتی۔ اس کی آنکھیں بڑی تھیں، جنہیں پہلی بار دیکھ کر مجھے ڈر لگا تھا۔ اس نے اپنے بیٹوں کو ان کی مرضی کے مطابق، شاہی بازار کی مختلف گلیوں میں الگ دکانیں کھول کر دی تھیں۔ پانچ بیٹوں اور تین بیٹیوں کی شادیاں کر چکا تھا۔ ماروی سب سے چھوٹی تھی۔ وہ آٹھویں جماعت میں پڑھتی تھی جب کہ اس سے بڑی بہن یاسمین نویں جماعت کی طالبہ تھی۔

ماروی کو دیکھے بغیر تین دن گزر گئے تو میں عجیب سی بے چینی محسوس کرنے لگا۔مختلف خیالات مجھے پریشان کرنے لگے۔ تب مَیں نے شام کے وقت چھت پر بیٹھ کر اسے ایک خط لکھنا شروع کیا۔جس کے ابتدائی حصے میں، مَیں نے اس سے معذرت کی کہ پچھلے تین دن سے اس کے دیدار کے لیے حاضر نہ ہو سکا اور اس کے خوش گوار تعاقب سے خود کو محروم رکھا۔ اس کے بعد مَیں نے اسے جتانے کی کوشش کی کہ ہم کب تک اس طرح راستوں اور گلیوں میں ملتے رہیں گے۔ہمیں ناگزیر طور پر کسی جگہ پر مل بیٹھنے کی کوئی صورت نکالنی چاہیے تاکہ ایک دوسرے سے اپنے دل کا حال کہہ سن سکیں۔

خط مکمل ہوتے ہوتے شام ڈھلنے لگی۔پہلی منزل سے اماں مجھے آوازیں دے کر بلانے لگیں۔مَیں نے جلدی سے خط کی عبارت شروع سے آخر تک پڑھی اور اسے تہہ کر کے سندھی کی کتاب میں چھپا کر رکھ دیا۔بابا کو اسکول کے لیے تصویریں فریم کرنے کا ٹھیکا ملنے کی وجہ سے اگلے دن میرے لیے ٹُلا مارنا مشکل ہو گیا تھا۔اس لیے اسکول سے گھر آنے کے بعد میں شام پانچ بجے دست کاری اسکول سے ماروی کی چھٹی کا انتظار کرتا رہا۔

میں جب گھر سے نکلا تو خواہش کر رہا تھا کہ ایسے وقت پر اس کی گلی کے قریب پہنچ جاؤں، جب وہ اپنی تمام سہیلیوں سے الگ ہو کر اپنے گھر کی راہ لے رہی ہو۔لیکن جب میں وہاں پہنچا تو وہ مجھے دکھائی نہیں دی۔ بازار جاتی اس مرکزی گلی میں زیادہ دیر ٹھہرنا کسی طرح مناسب نہیں تھا سو میں بازار کے رخ پر دھیرے دھیرے آگے بڑھنے لگا۔راستے میں پڑنے والی حنیف میمن کی دکان کے پاس پہنچ کر وہ مجھے اپنی سہیلیوں کے ساتھ آتی ہوئی دکھائی دے گئی۔ مجھے دیکھتے ہی اس کی سہیلیاں اسے اپنی کہنیاں مار مار کر چھیڑنے لگیں، جس پر وہ تھوڑا سا لجاتی ہوئی ہنسنے لگی۔مَیں انھیں دیکھتے ہی میمن کی دکان کے پاس رک گیا اور الٹے قدموں چلتا واپس پلٹ گیا۔

ماروی نے اپنی سہیلیوں کو باقاعدہ اپنے ہاتھوں سے دھکا دے کر انھیں ان کے گھر جانے والی گلی کی جانب دھکیلا اور اس کے بعد وہ اکیلی چلتی ہوئی میری طرف آنے لگی۔مَیں اس کی گلی میں مڑ کر چند قدم آگے بڑھ کر ٹھہر گیا اور وہ جیسے ہی میرے نزدیک پہنچی مَیں نے اپنا ہاتھ اس کی طرف لے جاتے ہوئے اس کے سامنے اپنی بند مٹھی کھول دی۔میری ہتھیلی پر رکھا ہوا خط اس نے ترنت اٹھا لیا اور شکایت آمیز لہجے میں دھیرے سے پوچھنے لگی کہ کہاں رہ گئے تھے؟ مَیں نے مختصراً جواب دیا کہ خط میں سب لکھ دیا ہے۔جس پر وہ قدرے زور سے کھکھلا کر ہنسی۔مَیں نے آہستگی سے کہا: ''کل اس کا جواب چاہیے۔''اس نے اپنا سر نفی میں ہلاتے ہوئے کہا؛ ''کل نہیں، پرسوں ملے گا جواب۔'' اتنا کہہ کر وہ آگے بڑھ گئی۔مَیں چند ثانیے کھڑا اسے دیکھتا رہا پھر وہاں سے اپنے گھر کی طرف چل دیا۔اس کی بے پروا، کھلنڈری ہنسی میری سماعت میں دیر تک کسی مندر کی گھنٹی کی طرح بجتی رہی۔

رات سونے کے لیے چارپائی پر لیٹے ہوئے میرا ذہن اس کے ساتھ ہونے والے مختصر مکالمے کی نت نئی تاویلیں کھوجتا رہا کہ اس نے کل کے بجائے پرسوں جواب دینے کے لیے کیوں کہا تھا؟ لیکن اس نے جس طرح میری خاطر اپنی سہیلیوں کو دھکا دے کر ان کی گلی کی جانب دھکیلا اور جس طرح مجھے ہنستے ہوئے رخصت کیا، میرے دل نے میرے ذہن کی

ساری تاویلیں جھٹلا کر ایک طرف پھینک دیں اور مجھے سمجھایا کہ بلا سبب بدگمان ہونا اچھی بات نہیں ہوتی۔ دل کی اسی تسلی نے مجھے تھپک تھپک کر گہری نیند سلا دیا۔

اگلا پورا دن گزارنا میرے لیے سخت دشوار تھا جو آدھا سکول میں رہ کر اور آدھا گلی محلے کے دوستوں کے ساتھ کھیلنے کے باوجود بڑی مشکل سے کٹا۔ مجھے رہ رہ کر یہی خیال آتا رہا کہ وہ مجھ سے ملاقات کے لیے حامی بھرے گی یا انکار کر کے میرا دل توڑ دے گی۔ دن گزرنے کے بعد اندھیرا پھیلا تو ایک بار پھر وسوسوں کے بے شمار چمگاڈر میرا خون چوسنے آ پہنچے۔ مَیں اپنے بستر پر نجانے کب تک اکیلا تڑپتا، سسکتا رہا۔ رات گئے مجھ سے ذرا سے فاصلے پر میرے بابا اور اماں بے فکر نیند میں ڈوبے خراٹے لے رہے تھے۔ مَیں نصف شب تک اکیلا جاگتا رہا پھر میرے پپوٹے خود بخود بوجھل ہوتے چلے گئے۔

اس دن خدا خدا کر کے اسکول ختم ہوا اور میں گھر پہنچا۔ دوپہر کا کھانا کھانے کے بعد چھت پر چلا گیا لیکن میرے وجود کو کسی پل قرار نہیں آ رہا تھا۔ رات ٹھیک طرح نہ سونے کی وجہ سے پورا بدن ان دو پٹڑیوں کی طرح سنسنا رہا تھا، جن پر سے کوئی ریل گزر گئی ہو۔ نومبر کے مہینے میں میری سانسیں گرم دھونکنی کی طرح چلنے لگتی تھیں اور مجھے بار بار گمان گزرنے لگتا کہ مجھے تاپ چڑھ گیا ہے۔ دل کی دھڑکنیں بے قابو ہوئی جا رہی تھیں۔ چھت سے اتر کر میں غسل خانے میں جا گھسا اور کپڑے اتار کر پانی کے نل کے نیچے بیٹھ گیا۔ پانی قدرے ٹھنڈا محسوس ہو رہا تھا اور نہاتے ہوئے کپکپی سی ہونے لگی تھی۔ مَیں نے اپنے عضو کی طرف دیکھا جو سمٹا اور مرجھایا ہوا تھا۔ مَیں نے صابن اٹھایا اور اس سے اپنے ہاتھ میں جھاگ بنا کر اپنے عضوِ خاص کو تھام کر زور زور سے مشت زنی کرنے لگا۔ کچھ ہی دیر میں وہ کسی فوجی کی طرح اکڑ کر کھڑا ہو گیا اور اس کے کچھ بعد جب انزال کے قطرے فرش پر گرنے لگے تو میں پوری طرح نڈھال ہو چکا تھا۔ مَیں نل کے نیچے بیٹھ گیا اور اس کے پانی کی موٹی سی دھار مجھے سر سے پاؤں تک بھگوتی چلی جا رہی تھی۔ مَیں تھکا ہارا خاصی دیر تک اس کے نیچے بیٹھا رہا۔ جب میں کپڑے پہن کر باہر نکلا تو پہلے والی جان لیوا کیفیت ختم ہو چکی تھی اور اس کی جگہ ایک میٹھی میٹھی تھکن نے لے لی تھی۔ اگر میں اس لمحے چارپائی پر لیٹ جاتا تو شاید اگلی صبح ہی میری آنکھ کھلتی۔

اماں ابھی تک قیلولہ کرتی سو رہی تھیں۔ مجھے کچھ پیسوں کی ضرورت تھی کیوں کہ اسکول کے لیے ملنے والا جیب خرچ آدھی چھٹی کے دوران پورا صرف ہو گیا تھا۔ مَیں نے پہلے باورچی خانے کی الماری میں رکھے ہوئے چینی، پتی اور مصالحوں کے ڈبے کھول کر دیکھے تو کسی میں بھی پیسے دکھائی نہیں دیئے۔ اس کے بعد مَیں نے مہمانوں کے لیے خاص برتنوں میں جھانک کر دیکھ لیا لیکن وہاں بھی کچھ نہ ملا۔ آخر میں جب مایوس ہو کر باورچی خانے سے نکلا تو اماں کا دوپٹہ ان کی چارپائی سے نیچے لٹکتا ہوا دکھائی دیا اور اس کے کونے پر ایک چُوک سی بندھی نظر آئی۔ مَیں دبے پاؤں چلتا چارپائی کے پاس جا کر بیٹھ گیا اور وہ چُوک کھولنے لگا۔ اس میں کل پچیس روپے بندھے ہوئے تھے۔ مَیں پانچ روپے نکال کر بقیہ بیس روپے گرہ سے باندھ دیئے۔ مَیں نے سوچ لیا تھا کہ جب اماں مجھ سے اس کے بارے میں پوچھیں گی تو میں صاف مُکر جاؤں گا۔

ابھی دست کاری اسکول سے ماروی کی چھٹی ہونے میں خاصا وقت باقی تھا۔ مَیں شاہ جہانی مسجد کے پاس بنی مانڈلی سے ایک

سگریٹ لے کر خالی سڑک پر چلتا چلا گیا۔ ماچس کی ڈبیا سے دیا سلائی جلا کر مَیں نے سگریٹ سلگایا اور دھیرے دھیرے اس کے کش لینے لگا۔ چند کش لینے کے بعد میرے ذہن میں ایک غبار سا چھاتا چلا گیا اور کچھ دیر کے لیے میں خود کو بالکل تازہ دم محسوس کرنے لگا۔ سگریٹ ختم ہو جانے کے بعد مسجد کے گرد بنی سڑک کے ایک گیٹ سے نکل کر مَیں نے شاہی بازار جانے والے کشادہ راستے کا رخ کیا۔

اس راستے پر اجناس اور دیگر اشیائے صرف فروخت کرنے والے بیوپاریوں کے گودام بنے ہوئے تھے۔ یہ راستہ کشادہ ہونے کے سبب یہاں ٹرکوں کی آمد و رفت رہتی تھی، جن سے سامان اتار کر ان گوداموں میں رکھا جاتا تھا اور اس کے بعد گدھا گاڑیوں یا ہاتھ گاڑیوں (جنہیں مزدور اپنے ہاتھوں سے کھینچتے) کے ذریعے اسے شاہی بازار میں واقع دکانوں تک پہنچایا جاتا تھا۔

خضر حیات مسجد کے قریب پہنچ کر میرا ماتھا ٹھنکا کہ کہیں میرے بابا یا ان کا کوئی دوست مجھے یہاں نہ دیکھ لے کیوں کہ ان کی دکان یہاں سے قریب ہی واقع تھی۔ یہ سوچ کر میں مسجد والی گلی سے بالکل سیدھا مرکزی گلی میں آ گیا اور اس مختصر سے چوراہے کے کونے پر بنی ہوئی حجام کی دکان میں جا گھسا۔ حجام اس وقت خالی بیٹھا ہوا اپنے دانتوں میں خلال کر رہا تھا۔ وہ مجھے دیکھ کر بال کٹوانے کے بارے میں پوچھنے لگا۔ مَیں اسے نفی میں جواب دیتے ہوئے زنگار کھائے بڑے آئینے کے سامنے پڑے ہوئے کنگھوں میں سے ایک اٹھا کر بلا وجہ اپنے بال بنانے لگا۔ بال بناتے ہوئے، مَیں دست کاری اسکول سے آنے والا راستہ بھی دیکھتا رہا۔ حجام کے ہاتھ میں پرانی سی گھڑی دیکھ کر مَیں نے اس سے وقت پوچھا تو اس نے بتایا کہ پانچ بجنے والے ہیں۔

حجام کی دکان سے نکل کر میں اپنے گھر کی طرف دھیرے دھیرے چلنے لگا۔ حنیف میمن کی دکان سے مَیں نے ایک سونف سپاری خریدی تا کہ اپنے منہ سے سگریٹ کی بو ختم کی جا سکے۔ اس کی دکان کی سیڑھیاں اترتے ہوئے مَیں نے ماروی کو اس کی سہیلیوں کے ساتھ آتے ہوئے دیکھ لیا اور میں دھیرے دھیرے ان کے آگے چلنے لگا۔ وہ آج بھی اسے چھیڑتی ہوئی آ رہی تھیں۔ ان کے جملے میرے کان میں پڑے تو میں خود کو مسکرانے سے نہ روک سکا۔ ''چل ری ماروی، تیرا عمر آ گیا۔ اڑے عمر نہیں، اسے پُنہوں کہو۔''

مَیں نے اپنے قدموں کی رفتار تیز کر دی اور اس کی گلی میں ایک مکان کی دیوار کی اوٹ میں کھڑا ہو کر اس کا انتظار کرنے لگا۔ اپنی ہم جولیوں سے جان چھڑا کر جب وہ اپنی گلی میں آئی تو مجھے سامنے دیکھ کر پھولی نہ سمائی۔ مَیں نے اسے چھیڑتے ہوئے پوچھا: ''تمہاری سہیلیاں تمہیں کیا کہہ رہی تھیں؟'' وہ ہنس کر کہنے لگی ''ان کی بکواس کرنے کی عادت ہے۔'' مَیں نے ہنستے ہوئے دہرایا۔ ''بکواس؟'' جس پر وہ اور زیادہ ہنسنے لگی۔ مَیں نے پوچھا کہ میری امانت کہاں ہے؟ کہنے لگی کہ بھول گئی۔ یہ سن کر میں پریشان ہو گیا۔

وہ اچانک ہنستی ہوئی اپنے گھر کی جانب دوڑی تو مجھے کچھ سمجھ نہیں آئی کہ اسے کیسے آواز دے کر روکوں؟ کچھ دور جا کر وہ

خود ہی رک گئی اور پلٹ کر مجھے ایک نظر دیکھنے لگی، اس کے بعد اس نے میری نظروں کے سامنے کوئی چیز نیچے گرائی اور اس کی طرف اشارہ کرتی، مسکرا کر تیز تیز چلتی ہوئی اپنے گھر کی جانب بڑھ گئی۔

مَیں نے غور سے زمین پر دیکھا تو وہاں تہہ کیا ہوا ایک سفید کاغذ پڑا دکھائی دیا، جسے مَیں نے فوراً آگے بڑھ کر اٹھالیا۔ اسے اٹھاتے ہوئے نجانے کیوں فرطِ جذبات سے میرے ہاتھ کانپنے لگے۔ ایک عجیب سی خوشی سے میرا پورا وجود لرزنے لگا۔ مَیں نے اس کی طرف دیکھا تو وہ اپنے گھر کی دہلیز پار کر کے اندر جا چکی تھی۔ لکڑی کا بھاری دروازہ بند ہونے کی کھڑکھڑاہٹ دھیان سے سنتے ہوئے میں جیسے ہی مرکزی گلی جانب پلٹا، تو اپنے سامنے ایک ناٹے قد کے، کیم شحیم، سیاہ داڑھی والے گورے سے شخص کو کھڑا دیکھ کر میں سٹپٹا گیا۔ فوری طور پر مجھے کچھ سجھائی نہ دیا اور مَیں نے اسے تمیز سے سلام کیا۔ جس پر وہ میری طرف غور سے دیکھتے اور دھیرے سے سلام کا جواب دیتے ہوئے مجھ سے استفسار کرنے لگا کہ مَیں اس گلی میں کیا کر رہا تھا؟ اس سے جان چھڑانے کی خاطر مَیں نے کہا: ''اپنے دوست عارف سے مل کر واپس جا رہا ہوں، جو اس گلی کے آخری مکان میں رہتا ہے۔''

مجھے ڈر تھا کہ کہیں اس نے مجھے زمین سے خط اٹھاتے اور ماروی سے باتیں کرتے نہ دیکھ لیا ہو لیکن میرے اندیشے کے برخلاف اس نے میرا جواب سن کر اثبات میں سر ہلاتے ہوئے مجھے وہاں سے جانے کے لیے کہا۔ اس کی آنکھوں میں میرے لیے ایک ٹھوس سرد مہری تھی۔ مَیں جلدی سے اس کے سامنے سے سٹک گیا کہ وہ کہیں دوبارہ پوچھ گچھ شروع کر کے مجھ سے میرا شجرہ پوچھنے نہ لگ جائے۔

اس شخص کی آنکھیں، ناک، ہونٹ اور اس کی سفید رنگت صاف بتا رہی تھی کہ وہ ماروی کا بڑا بھائی تھا۔ مجھے حیرت ہو رہی تھی کہ میرے شہر میں جتنے بھی کاٹھیاواڑی میمن آباد تھے، سب کے چہروں کے رنگ سفید اور نقوش باریک اور نازک تھے۔ اس کے برعکس مقامی لوگوں کی جلد کا رنگ کیکر کی چھال جیسا گہرا تھا اور ان کے نقوش بھدے اور کھردرے تھے۔ شاید اسی لیے مجھے ان کی لڑکیاں، سندھی اور رشیدی لڑکیوں سے زیادہ پُرکشش اور حسین معلوم ہوتی تھیں۔ ان کی عورتوں کے جسم بھی اکثر بھرے بھرے اور خم دار ہوتے۔ ماروی کے بھائی کے ڈر کی وجہ سے میرا ذہن ادھر ادھر بھٹکتا رہا اور کچھ دور تک مجھے اس کا خط یاد نہیں آیا۔

مرکزی گلی میں واقع چھوٹی سی محمدی مسجد کے پاس مَیں نے اپنی جیب پر ہاتھ رکھ کر اسے ٹٹولا جیسے وہاں کوئی بیش قیمت ہیرا پڑا ہو۔ عین اسی لمحے مسجد کے لاؤڈ اسپیکر سے، مسجد کے ضعیف مولانا کی کپکپاتی آواز میں مغرب کی اذان بلند ہونے لگی۔ مَیں گلی کے چوراہے تک پہنچا تو دو چار نمازی اس طرف آتے ہوئے دکھائی دیئے۔ ان سے علیک سلیک کے بعد میں اپنے گھر کی جانب بڑھ گیا۔

اماں بالکونی پر کھڑی شاید میری راہ دیکھ رہی تھیں۔ وہ مجھے گھر کے نیچے دیکھتے ہی بڑبڑانے لگیں اور جب میں زینہ چڑھ کر اوپر پہنچا تو وہ مجھے ڈانٹتے ہوئے پانچ روپے کے گم شدہ نوٹ کا پوچھنے لگیں لیکن اس بار مَیں نے بھی اپنے پروں پر پانی

پڑنے نہیں دیا اور ان سے کچھ دیر بحث کرتا رہا۔ تکرار کی لاحاصلی سے تنگ آ کر انہیں اپنی نماز یاد آنے لگی۔ مجھے بھی پتا تھا کہ وہ پانچ روپے گم ہونے کی شکایت بابا سے نہیں لگائیں گی، کیوں کہ وہ کئی بار انہیں پیسے دوپٹے کی گرہ سے باندھنے سے منع کر چکے تھے۔ وہ کئی مرتبہ ان سے ڈانٹ بھی کھا چکی تھیں لیکن وہ اپنی عادتوں کی اسیر تھیں اور انہیں بدلنا ان کے لیے ناممکن تھا۔

مَیں نے کھانے کے بارے میں پوچھا تو انہوں نے جواباً کہا کہ بابا کے آنے بعد ملے گا۔ مَیں یہ سن کر مطمئن ہو گیا اور گھڑونچی پر رکھے مٹکے سے کٹورے میں پانی نکال کر پینے لگا۔ اس کے بعد مَیں نے اسکول کے بستے سے ایک کتاب نکالی اور چارپائی پر دیوار سے تکیہ لگا کر لیٹ گیا۔ مَیں نے اعتماد سے ماروی کا خط نکال کر اس کتاب میں رکھ لیا اور اسے دھیرے دھیرے پڑھنے لگا۔

اس نے مجھے پری، محبوب، دلبر وغیرہ کہہ کر مخاطب کیا تھا۔ اس نے دو تین شعر بھی لکھے تھے، جن کے بعد اس نے اپنی محبت کا یقین دلاتے ہوئے میرا ساتھ نبھانے کا وعدہ کیا تھا اور میری خواہش کی تکمیل کرتے ہوئے اس نے مجھ سے ملنے پر آمادگی ظاہر کی تھی۔ یہ پڑھ کر میری دھڑکنیں تیز تر ہونے لگیں۔ اس نے نہ صرف ملنے کی حامی بھری تھی بلکہ ملاقات کے لیے مقام، وقت اور دن بھی تجویز کر دیا تھا۔ ''جمعہ، سہ پہر ساڑھے تین بجے، شاہ ابراہیم کے مزار پر۔'' خط کے آخری الفاظ، میرے وجود کے معبد میں گھنٹی کی طرح بار بار بجتے رہے: ''تمہاری ماروی''۔ خوشی میرے اندر سے نکل کر پھیلتی چلی گئی اور مجھے بے طرح ہنسی آنے لگی۔ اماں نے جانماز سمیٹ کر مجھے جب چِڑیا کہہ کر مخاطب کیا تو مَیں نے چونک کر ان کی طرف دیکھا۔ وہ پوچھنے لگیں کہ مَیں اتنی زور سے کس لیے ہنس رہا تھا؟ کتاب میں ایسا کیا لکھا ہے؟

مَیں نے بات بنانے کے لیے انہیں وتایو فقیر کا ایک سبق آموز لطیفہ سنایا، جس میں وہ میلے کپڑے پہن کر ایک دعوت میں جاتا ہے تو دربان اسے روک لیتے ہیں۔ لیکن جب وہ اچھے کپڑے پہن کر جاتا ہے تو دربان اس سے اچھی طرح پیش آتے ہیں اور تب وہ لوگوں کے سامنے اپنی آستینیں شوربے میں ڈبو دیتا ہے، جس پر لوگ پوچھتے ہیں کہ تم یہ کیا کر رہے ہو؟ وہ جواب دیتا ہے کہ ساری شان اور حیثیت ان کپڑوں کی ہے، میری نہیں۔ اس لیے انہیں کھانا کھلا رہا ہوں۔

اماں یہ سن کر ہنسنے لگیں۔ اسی اثنا میں بابا سیڑھیاں چڑھ کر اوپر آئے تو ہم دونوں نے سعادت مندی سے ان کا حال احوال پوچھا۔ اماں نے فوراً ان سے دکان والا تھیلا لے لیا اور مجھے انہیں چپل پیش کرنے کے لیے کہا، جو مَیں نے فوراً جھک کر چارپائی کے نیچے سے نکال کر ان کے سامنے رکھ دی۔ اس کے بعد مَیں نے اپنی کتاب اٹھا کر بستے میں رکھی اور اسے اس کی مخصوص جگہ پر ٹانگ دیا۔

13

اگلے دن اپنی جماعت میں، اپنے ساتھی طالب علموں سے چھپ چھپ کر، مَیں وہ خط بار بار پڑھتا رہا جس کی وجہ سے میرے پاس بیٹھے ہوئے دو ہم جماعتوں کو مجھ پر شبہ گزرنے لگا کہ میرے پاس کوئی پریم پتر ہے، جسے میں بار بار جیب سے نکال کر پڑھ رہا ہوں۔ جب وہ مجھ سے اصرار کر کے مانگنے لگے تو میں محتاط ہو گیا۔ آدھی چھٹی کے وقت جب جماعت لڑکوں سے خالی ہو گئی تو مَیں نے اپنا بستہ اٹھا کر قمیص کے نیچے لگایا اور اسکول کے بائیں جانب کے زینے سے چپکے سے نیچے اتر گیا۔

یہ بایاں زینہ جس سمت اترتا تھا، وہاں بالکل سامنے ہی بروہیوں کا ایک گوٹھ اور اس سے دائیں جانب فاصلے پر کچھ اسکول ٹیچرز کے گھر بنے ہوئے تھے۔ اس سے نیچے اتر کر میں بائیں جانب اس رستے پر چلنے لگا جو بیراج کالونی کے بیچ سے ہو کر گزرتا تھا۔ بیراج کالونی کے درمیان سے گزرتی پتلی سڑک کے دونوں جانب کچھ دوری پر محکمہ آب پاشی کے اہل کاروں کے رہنے کے لیے پیلے مکانات بنے ہوئے تھے اور ان سب کی خاصیت یہ تھی کہ ہر مکان کے پچھواڑے ایک پائیں باغ بنا ہوا تھا۔ یہ کالونی ایک چار دیواری کے اندر بنی ہوئی تھی۔ سڑک پر سفیدے اور نیم کے اکا دکا درخت کھڑے ہوئے تھے۔ جن کے بیچ سے ہو کر میں مین سڑک پر اس مقام سے نکلا، جہاں سامنے ہی تھانہ بنا ہوا اور اس سے آگے محکمہ آب پاشی کے دفاتر بھی واقع تھے، جن کے ساتھ ہی ایک پٹرول پمپ واقع تھا، جس سے سامنے ایک تراہا بنتا تھا۔ مَیں وہاں سے شاہ جہانی مسجد کی جانب چل دیا۔

مسجد کے بڑے گنبد کے پیچھے واقع سبزہ زار میں لگے ہوئے نیم کے ایک گھنے پیڑ کے نیچے مَیں نے اپنا اسکول بیگ گھاس پر پھینک دیا اور اس میں سے خط والی کتاب نکال کر اپنے بستے پر اپنا سر ٹکا کر لیٹ گیا۔ کتاب کھول کر مَیں نے پہلے خط چوما، کیوں کہ اس پر حروف اور الفاظ ماروی نے اپنی نازک انگلیوں میں قلم دبا کر لکھے تھے۔ اس خط کو دیکھ کر مجھے اس کی قربت کا احساس ہو رہا تھا، لگ رہا تھا کہ وہ میرے بہت نزدیک تھی، اتنی زیادہ کہ مَیں اسے محسوس کر سکتا تھا۔ مَیں نے لیٹے لیٹے نیم کی شاخوں سے جھانکتے گہرا نیلا آسمان دیکھا، ان پر بیٹھ کر شور مچاتے اور پھڑکتے ہوئے پرندوں کو دیکھا، تیز ہوا سے ہلتی، سرسراتی اور ٹوٹ کر نیچے گرتے نیم کی پتوں کو دیکھا تو مجھے لگا کہ وہ سب آج میری طرح مست الست تھے۔

آسمان، پرندے، نیم کی پتیاں اور ایک اناڑی عاشق۔

اچانک ذہن میں ایک برا خیال کوندا اور مجھ پر طاری اس نئی اور تازہ دم سرشاری کی کیفیت کو پامال کرنے لگا۔ مَیں نے خود کو تسلی دیتے ہوئے کہا کہ ایسا کچھ نہیں ہو گا۔ تصویروں کے فریم بنانے کے سلسلے میں میرے بابا اس دوران اسکول نہیں جائیں گے۔ یہ سوچتا ہوا میں اٹھا، اور مسجد کے اندر جا کر اس کے وسیع حوض کے گرد بنی پتھریلی نشستوں میں سے ایک پر بیٹھ کر، پیتل کا نل کھول کر اپنے چہرے پر پانی کے چھینٹے مارنے لگا۔

ماروی سے میری ملاقات پورے دو دن کی مسافت پر تھی اور یہ دن گزارنے سخت مشکل تھے۔ گھر میں دوپہر کے کھانے کے بعد مجھے آرام نہیں آ رہا تھا، جب کہ اماں مجھے زبردستی سلانے پر بضد تھیں اور سہ پہر کو میرے باہر جانے پر معترض بھی۔ ان کا خیال تھا کہ آوارہ گھومنے سے میری صحت خراب ہو جائے گی۔ ان کے اصرار سے تھک کر میں چارپائی پر آنکھیں موند کر لیٹ گیا اور ان کے خراٹوں کے گونجنے کا انتظار کرنے لگا۔ خراٹوں کی اکتا دینے والی آواز سنتے ہوئے میرے پپوٹے خود بخود بوجھل ہوتے چلے گئے۔

میں جس زبردست قسم کی ہیجانی اور جذباتی کیفیت میں مبتلا تھا، میرے سب کے سب خواب اسی کیفیت کے عکاس ہوتے تھے۔ گویا کوئی فلم تھی جو ٹکڑوں میں بٹ کر، الگ سین کی صورت میرے ذہن کے پردے پر چلتی رہتی۔ ان خوابوں کے ذریعے مجھے پتا چلا کہ مَیں جس طرح اپنی عام زندگی میں ڈرا سہما سا رہتا تھا، اپنے خوابوں میں اس سے کہیں زیادہ دبو اور بزدل واقع ہوا تھا۔ کسی خواب کا کوئی بھی ٹکڑا ایسا نہیں تھا، مَیں جس میں دوسروں کے خوف سے آزاد تھا یا مجھے ان کا خطرہ یا اندیشہ نہیں تھا۔ اماں کے بار بار جھنجھوڑنے پر جب میں جاگا تو کھڑکیوں سے باہر شام ڈھل رہی تھی۔ چڑیوں اور دوسرے پرندوں کا شور بڑھا ہوا سا محسوس ہو رہا تھا۔ چمگادڑ اپنے مسکنوں میں نکل کر میرے دل و دماغ پر شب خون مارنے کے لیے تیار اور مستعد تھے۔ مَیں اپنی آنکھیں مسلتا ہوا جاگا تو اماں نے بتایا: ''آج رات کا کھانا پکانے کے لیے گھر میں کچھ نہیں ہے۔ جلدی سے جاؤ اور جا کر مسور کی دال لے آؤ۔'' میں جانا نہیں چاہتا تھا کیوں کہ اتنی طویل نیند کے باوجود میں خود کو تھکا ہوا محسوس کر رہا تھا۔

میں گھر سے نکلا تو ہوا کچھ زیادہ ٹھنڈی محسوس ہوئی۔ ماحول تاریک اور گمبھیر تھا۔ چمگادڑ میرے سر پر محو پرواز تھے۔ گلیوں میں چہل پہل کم ہو گئی تھی۔ مَیں تیزی سے چلتا ہوا حنیف میمن کی دکان پر پہنچا اور وہاں سے مسور کی دال خریدی۔ دال خرید کر واپس آتے ہوئے ماروی کی گلی کے نزدیک سے گزرتے ہوئے مَیں نے اس کے مکان کی جانب دیکھا، جس میں وہ بچپن سے اب تک رہتی آئی تھی اور اس وقت بھی اس کے اندر موجود تھی۔ کسی ہندو کا چھوڑا ہوا یہ قدیم، تین منزلہ مکان، ایک میمن سنارے کی کنجوسی، جس کے در دیوار سے ٹپک رہی تھی اور جو اپنے پانچ شادی شدہ بیٹوں اور چار کنواری بیٹیوں کے ساتھ اس میں مقیم تھا۔ میرا جی چاہا کہ اس مکان کی کھڑکیوں کے نیچے جا کر کھڑا ہو جاؤں۔ میرے تاریک دل میں یہ موہوم سی امید ٹمٹما رہی تھی کہ شاید وہ ان میں سے کسی کھڑکی سے باہر جھانک لے۔ اس کے مکان کی دہلیز پر لگے بلب کی پھیکی سی

روشنی کے ہالے میں دو پتنگے اڑتے پھر رہے تھے۔ مَیں سوچنے لگا کہ کاش میں ایک پتنگا ہوتا تو اس کے گھر میں داخل ہو کر گھومنا کتنا سہل ہو جاتا۔ مَیں خود کو ایسے ہی بہلاتا پھسلاتا ہوا آگے بڑھ گیا۔

اسکول میں جمعرات کو آدھی چھٹی ہو جاتی تھی، سو میں بارہ بجے گھر پہنچ گیا۔ پرسوں شام سے اب تک وہ کاغذ جس پر اس نے خط لکھا تھا، مَیں نے اتنی مرتبہ کھولا اور تہہ کیا تھا کہ اب وہ تقریباً پھٹنے کے قریب ہو چکا تھا۔ دوپہر کی تنہائی اور خاموشی میں چھت پر اسے ایک دفعہ اور پڑھتے ہوئے مجھے خیال آیا کہ اب تک مجھے اس خط کا جواب دے کر اپنی آمد کی تصدیق کر دینی چاہیے تھی۔ ایسا نہ ہو کہ وہ یہ سمجھ بیٹھے کہ مَیں اس سے ملنے کے لیے نہیں آ رہا۔ اس خیال نے مجھے کچھ دیر کے لیے تشویش میں مبتلا کر دیا۔ اسی گومگو کے عالم میں، مَیں نے سوچا کہ یہ کام خط لکھے بغیر بھی ہو سکتا تھا۔ یہی بات سوچ کر میں زینے سے اتر کر نیچے آیا تو اماں حسبِ معمول قیلولہ کرتی گہری نیند میں کھوئی تھیں۔ انہیں سوتا چھوڑ کر اور گھر کا دروازہ اچھی طرح بھیڑ کر میں باہر نکل گیا۔

مرکزی گلی میں چلتے ہوئے، ابھی میں اپنے معشوق کی گلی سے پیچھے ہی تھا کہ اس جانب سے، اپنے چہرے اور سر پر رنگین چادر اوڑھ کر آگے بڑھتی ہوئی ایک لڑکی نظر آئی۔ چادر سے مَیں دھوکا کھا گیا اور سمجھا کہ وہ کوئی اور تھی، لیکن جب وہ دائیں طرف ایک گلی کی جانب بڑھی تو مجھے اس پر ماروی ہونے کا گمان گزرا اور وہ وہی تھی۔ مَیں فوراً لمبے ڈگ بھرتا ہوا اس کے قریب پہنچ گیا۔

گلی میں مکانوں کے پھیلے سائے میں بالکل اچانک مجھے اپنے قریب دیکھ کر وہ کچھ گھبرا سی گئی لیکن پھر مسکراتی ہوئی خود کو سنبھالنے لگی۔ اس کی مسکراہٹ کی دل کشی سے نظریں چرا کر مَیں نے سرگوشی میں اس سے کہا: ''کل سہ پہر تین بجے، شاہ ابراہیم کے مزار پر۔'' اس نے ہنستے ہوئے میرے الفاظ دہرا دیئے۔ اس کے بعد مَیں نے اپنے سر کو جنبش دیتے ہوئے اسے اللہ وائی کہا اور محتاط طریقے سے ادھر ادھر دیکھتا، اس سے دور ہٹتا چلا گیا۔ کچھ دوری پر میری نظر اس کی جانب گئی تو اس نے بھی سر ہلا کر مجھے وداع کیا اور دو قدم آگے بڑھ کر اپنی سہیلی کے گھر کا دروازہ بجانے لگی۔

میں بازار کی طرف جانے کے بجائے واپس آ گیا اور گھر کے بجائے شاہ جہانی مسجد کی طرف چل دیا۔ مانڈلی سے دو سگریٹ اور ماچس خرید کر مسجد کے سبزہ زار میں جا بیٹھا اور وہاں سگریٹ پیتا رہا اور سوچتا رہا کہ اب میں جوان ہو چکا تھا۔ ایک لڑکی مجھ سے محبت کا دم بھرتی تھی۔ مجھے اپنے اور اس کے حوالے سے کوئی منصوبہ بندی کرنی چاہیے تھی۔ لیکن کیسی منصوبہ بندی؟ اور کس لیے؟ یہ غور طلب سوال تھے مگر اس وقت مجھے ان کی زیادہ پروا نہیں تھی اور میں صرف اپنے زمانہ حال میں رہنا چاہتا تھا۔ گرچہ میرا مستقبل ایک دبیز دھند میں لپٹا تھا، جس کے اس پار دیکھنا میرے لیے ممکن نہیں تھا مگر میں اتفاقاً ملنے والی اس عارضی خوشی پر نازاں تھا۔

جمعہ کا دن تقریباً ہر گھر میں اہتمام کے ساتھ گزارا جاتا تھا۔ اس دن عام تعطیل ہوتی، اس لیے سبھی مرد اپنے گھروں پر موجود ہوتے اور ان کی بیویاں ان کی خوشنودی کے لیے مزے دار اور چٹ پٹے پکوان تیار کرتیں۔ جمعے کی نماز پڑھ کر

سب گھر والے مل کر کھانا کھاتے اور اس کے بعد زیادہ بزرگ قیلولہ کرنے لگ جاتے اور چلبلے جوان اپنے اینٹینے گھما کر اپنے ٹی وی سیٹ پر اومان ٹی وی پکڑنے کی کوشش میں مصروف ہو جاتے، جہاں سے پڑوسی ملک کی کوئی فلم یا گیت مالا کا پروگرام نشر ہونے والا ہوتا۔ بعض لوگ قومی ٹی وی پر چلنے والی ریسلنگ یا کوئی کرکٹ میچ دیکھتے اور کچھ وی سی آر پر اپنی پسند کی فلمیں دیکھتے۔

میرے بابا کبھی کبھی کے نمازی تھے مگر اس جمعہ وہ نماز پڑھنے گئے تو مجھے ان کے ساتھ مسجد جانا پڑا۔ اس دوران مَیں نے انہیں بتا دیا کہ آج اسکول کے گراؤنڈ میں میرا کرکٹ میچ تھا اور مجھے شام ذرا دیر سے واپس آنا تھا۔ انہوں نے اجازت دے دی۔ شاہ جہانی مسجد میں نماز پڑھنے کے بعد مَیں نے گھر پہنچ کر بابا اور اماں کے ساتھ دوپہر کا کھانا کھایا اور پھر اپنے جوتے پہننے لگ گیا۔

شاہ ابراہیم کا مزار لڑکیوں کے ہائی اسکول اور کالج کے تقریباً عقب میں ایک ویران مقام پر واقع تھا اور اکثر و بیشتر اجاڑ پڑا رہتا تھا۔ شہر میں شاید ان کے مریدوں کی تعداد کم تھی، اسی لیے منت مانگنے والے ادھر کا رخ کم کم ہی کرتے۔ اس کا سبب شہر میں موجود دوسرے بڑے بزرگوں کے مزارات تھے، جہاں لوگوں کا تانتا بندھا رہتا تھا۔ رستے بھر مجھے ایک بات پر حیرت اور دوسری پر افسوس ہوتا رہا۔ حیرت کی بات یہ تھی کہ آخر کیا وجہ تھی کہ لڑکوں کا ہائر سیکنڈری اسکول مشرق میں شہر سے بالکل باہر واقع تھا جب کہ لڑکیوں کا اسکول اور کالج مغرب کی سمت شہر کے تقریباً آخری سرے پر واقع تھا۔ ان تعلیمی اداروں کے درمیان رکھا گیا یہ طویل، غیر فطری فاصلہ اس بات کی غمازی کرتا تھا کہ لوگ فطرت کو بھول بھال کر مذہبی عقیدوں اور علاقائی رسم و رواج میں لپٹی ہوئی نام نہاد جدید تعلیم کے متمنی اور خواہاں تھے۔ اس کے لیے مرد و زن کو ایک دوسرے سے کوسوں دور رکھنا ناگزیر تھا اور افسوس کی بات یہ تھی کہ ماروی نے ملنے کے لیے کتنی دور افتادہ جگہ منتخب کی تھی، جس تک پہنچنے کے لیے گلیوں کی ایک طویل بھول بھلیاں سے گزرنا لازم تھا۔ کاش ہم ایک ساتھ چلتے ہوئے وہاں تک جا پاتے اور اس طرح یہ راستہ تو آرام سے کٹتا۔

میں جب پورے شہر سے گزر کر وہاں پہنچا تو مجھے تیز پیاس لگ رہی تھی۔ اس مزار کے گرد ایک چھوٹی اور خستہ دیوار تھی۔ دیوار سے اندر کا منظر دکھائی دیتا تھا اور سڑک کی طرف ایک دروازہ بھی تھا، جو اس وقت چوپٹ کھلا ہوا تھا۔ مَیں دروازے سے اندر داخل ہوا تو ایک وسیع احاطے کے بیچ ایک مختصر سی چھت کے نیچے ایک بڑے سے چبوترے پر لوہے کے جنگلے کے اندر ایک بہت بڑی قبر بنی ہوئی تھی، جو میلی کچیلی سرخ و سبز چادروں میں لپٹی ہوئی تھی۔ ان چادروں پر لکھی سفید مقدس آیات گرد و غبار کی وجہ سے مٹ گئی تھیں۔ گلاب کی سوکھی سڑی پتیوں کا ڈھیر وہاں پڑا تھا۔ فرش پرندوں کی بیٹوں سے اٹا تھا۔ احاطے میں ایک طرف پانی کا نلکا لگا ہوا تھا، جو سوکھا پڑا تھا۔ مَیں نے اس کے قریب ہی گھڑونچی پر رکھے پرانے مٹکوں کی تہہ میں جھانک کر دیکھا تو مجھے وہاں تھوڑا سا پانی دکھائی دیا۔ مَیں نے ایک مٹکے کو الٹا کر مٹی کا کٹورا بھرا اور پھر کچھ دیر تک پانی میں تیرتی گرد کے بیٹھنے کا انتظار کرتا رہا اور اس کے بیٹھ جانے کے بعد مَیں نے احتیاط سے وہ پانی پی تو لیا لیکن

میرا منہ ایک نمکین ذائقے سے بھر گیا۔

میں مقررہ وقت سے پہلے پہنچ تو گیا تھا لیکن اندر ہی اندر ڈر بھی رہا تھا کہ اگر کسی نے پوچھ لیا کہ یہاں کیا کر رہا ہوں، تو اسے مطمئن کرنے کے لیے میرے پاس کوئی جواب نہیں تھا۔ مَیں وقت گزاری کے لیے احاطے میں ٹہل کر آس پاس کا جائزہ لینے لگا۔ مزار کے تین جانب سیم اور تھور کی ماری زمین کا غیر آباد علاقہ تھا، جس پر کہیں سیاہ پانی کھڑا تھا اور کہیں سفید سی موٹی پپڑیاں سطح پر ابھری ہوئی تھیں۔ اس روکھے پھیکے منظر کے پیچھے ایک پہاڑی واقع تھی، جو بہت دور تک پھیلی ہوئی تھی۔ جس راستے سے مَیں یہاں تک پہنچا تھا وہ نیم پختہ اور ناہموار تھا اور اس کے ایک جانب جھونپڑیوں کی طویل قطار تھی۔

میں ماروی کے بارے میں سوچتا رہا کہ بظاہر عام دکھائی دینے والی لڑکی، مجھ سے زیادہ حوصلہ مند اور بہادر نکلی۔ اس نے نہ صرف میری بے اعتمادی ختم کی بلکہ میرے اندر چھپی ہوئی سرکشی کو بھی ہوا دی۔ مَیں نے اپنے آپ سے کہا کہ اب مجھے کسی سود وزیاں کی پروا نہیں کرنی چاہیے۔ میری زندگی کا محور اور مرکز صرف اس کا خیال تھا، اس کا وجود تھا، اس کے سوا اب کسی اور ذی روح سے، کم از کم روئے زمین پر میرا کوئی ناتا نہیں تھا۔

میں احاطے میں کافی دیر تک ٹہلتا رہا۔ ہر طرف نومبر کی نرم دھوپ پھیلی تھی۔ ایک جانب دیوار کے پاس پرندوں کے پینے کے لیے برتنوں میں پانی پڑا تھا۔ کچھ کبوتر ان کے آس پاس پھدک رہے تھے۔ احاطے کے گرد دیوار چھوٹی ہونے کی وجہ سے سڑک پر ہونے والی چہل پہل دکھائی دے رہی تھی۔ وقفے وقفے سے گزرنے والے لوگ حیرت اور رشک بھری نظروں سے میری جانب دیکھتے ہوئے گزر رہے تھے۔ شاید وہ سوچ رہے تھے کہ یہ سانولا نوجوان دن کے اس پہر اکیلا یہاں کیا کر رہا تھا؟ میری بے چینی بڑھنے لگی تھی۔

میں دائیں راستے پر نظریں جمائے کھڑا تھا لیکن جب اتفاق سے بائیں طرف جو دیکھا تو وہاں اس پتلی سڑک پر لکڑیوں، سرکنڈوں، گھاس پھوس اور مختلف جھاڑ جھنکار کی مدد سے بنی جھونپڑیوں اور مٹی، پتھر اور لکڑی کے مکانوں کے بیچ سے بالکل اچانک شوخ نیلا رنگ میری آنکھوں کے سامنے لہرایا تو میں چونک کر پوری توجہ سے اس طرف دیکھنے لگا۔ گہرے نیلے کپڑوں میں ملبوس ماروی کو مَیں نے فوراً پہچان لیا۔ اسے شناخت کرتے ہی میری شریانوں میں لہو کی رفتار تیز تر ہو گئی اور میری کنپٹیاں پھڑ پھڑانے لگیں۔ وہ مجھ سے ملنے کے لیے میری جانب آ رہی تھی۔ دیوار مختصر ہونے کی وجہ سے اس نے بھی مجھے دور سے دیکھ لیا اور اس کے ہونٹوں پر مسکراہٹ پھیلتی چلی گئی۔ مَیں بھی خود کو مسکرانے سے نہ روک سکا اور روکتا بھی تو کیوں؟ اچھی بری اس دنیا میں آنے کے بعد بے شمار نفرتوں کی یورش کے بیچ، محبت کے کھیل میں یہ میری پہلی کام یابی تھی لیکن یہ کیسی کام یابی تھی؟ ہم ایک اجاڑ اور ویران مزار پر مل رہے تھے اور ہمارے پاس جلانے کے لیے اپنے ناموں کے چراغ تھے اور نہ منت کے لیے باندھے جانے والے دھاگے، چادر تھی نہ تقسیم کرنے کے لیے کوئی شیرینی۔

ان محرومیوں کا خیال رفع دفع کر کے مَیں تلخی سے مسکرا دیا اور اسے اپنی طرف آتے ہوئے دیکھتا رہا۔ اس نے بدن پر پھول دار چادر اوڑھی ہوئی تھی اور محتاط نظروں سے آس پاس دیکھتی ہوئی مزار کی طرف بڑھتی چلی آ رہی تھی۔ احاطے میں

داخل ہونے سے پہلے اس نے ایک محتاط نگاہ ادھر ادھر ڈالی، اس کے بعد دروازے سے اندر داخل ہو گئی۔

اس کے اندر آتے ہی ہماری نظریں ایک دوسرے سے ٹکرائیں اور ایک دوسرے میں جذب ہونے لگیں۔ یہ پہلی بار تھا کہ شہر کی ہنگامہ خیز گلیوں اور بازاروں سے ہٹ کر ایک گوشۂ تنہائی میں قدرے سکون کے ساتھ ہم ایک دوسرے کی جانب دیکھ رہے تھے۔ اس لیے ہمارا یہ دیکھنا معمول سے یکسر مختلف تھا۔ ہم دونوں کچھ دیر کے لیے پلکیں جھپکانا تک بھول گئے تھے۔

مجھے جب ذرا ہوش آیا تو مَیں نے سوچے سمجھے بغیر مصافحے کے لیے اپنا ہاتھ آگے بڑھا دیا، جسے دیکھ کر وہ ذرا ہچکچائی۔ اس سے پہلے کہ مجھے اپنی غلطی کا احساس ہوتا، اس نے بھی دھیرے سے اپنا نازک سا ہاتھ آگے کر دیا۔ جب اس کی ہتھیلی نے میری ہتھیلی کو چھوا تو میں اس کے نازک سے ہاتھ کی نرمی محسوس کیے بغیر نہ رہ سکا۔ اگلے ہی لمحے اس نے اپنا ہاتھ الگ کر لیا اور بے قراری سے آس پاس دیکھنے لگی۔

اس نے احاطے میں اگی ہوئی خود رو سبز جھاڑیوں کے پتے توڑ کر صاحبِ مزار کی بوسیدہ چادر پر رکھے اور اس سے ذرا فاصلے پر کھڑی ہو کر اپنے ہاتھ فضا میں بلند کر کے دعا مانگنے لگ گئی۔ اسی اثنا میں دو چار ننگ دھڑنگ بچے احاطے میں داخل ہو کر میرے اور اس کے ارد گرد منڈلانے لگے۔ یہ سب شیدی بچے تھے، جن کے چہروں کے نقوش گہرے اور بھدے تھے لیکن جن کی گہری سیاہ جلد کی انوکھی چمک اپنی چھب دکھا رہی تھی۔ وہ ہم دونوں کو دلچسپی سے گھورے جا رہے تھے۔ مَیں نے انہیں ڈانٹ کر بھگانے کی کوشش کی تو وہ مجھ سے پیسے مانگنے لگے۔ مَیں نے جلدی سے جیب سے دونوں چونیاں نکال کر ان کے حوالے کر دیں۔ جنہیں پاتے ہی وہ خوشی کے ساتھ وہاں سے ٹل گئے۔

ان کے جانے کے بعد ہم دونوں شاہ ابراہیم کے مزار کے ساتھ اپنی پشت لگا کر ٹوٹے پھوٹے فرش پر اس طرح بیٹھ گئے کہ احاطے کے باہر سڑک سے گزرنے والا کوئی شخص ہمیں دیکھ نہ سکے۔ ہم دونوں مزار کی اوٹ میں چھپ گئے تھے۔ میرے نتھنوں میں گرد و پیش کے ماحول سے اٹھتی سیم و تھور کی جو بساند بس گئی تھی، ماروی کے پہلو میں بیٹھتے ہی وہ بھک سے اڑ گئی اور میری سانسوں میں ایک خوش گوار لیکن مانوس مہک پھیلتی چلی گئی۔ مزار کے احاطے میں پھدکتے کبوتروں کی غٹرغوں، فاختاؤں کی گھُو گھُو، چڑیوں کی چہچہاہٹ اور کوؤں کی کائیں کائیں میں یکایک اضافہ ہو گیا۔ ہمیں لگنے لگا کہ وہ سب ایک کورس میں کوئی راگ الاپنے میں مصروف تھے۔ سہ پہر کی خنک ہوتی مدھم ہوا جھاڑیوں میں سرسرا رہی تھی۔

ہم اپنائیت بھرے لہجوں میں ایک دوسرے سے بے تکلفانہ مخاطب ہونے لگے۔ مَیں نے چھوٹتے ہی اس سے شکایت کر دی: ''ماروی، تم نے ملنے کے لیے اتنی دور یہ مزار ہی کیوں ڈھونڈا؟ کیا ہم شاہ جہانی مسجد یا شاہ کمال کے مزار پر نہیں مل سکتے تھے؟''

میرا سوال سن کر وہ مسکرائی اور کہنے لگی: ''میرے اکلوتے ماموں یہاں نزدیک ہی واقع محلہ اسلام پور میں رہتے ہیں اور مہینے میں ایک یا دو بار میں اپنی اماں کے ساتھ یہاں آتی ہوں۔ مجھے اپنے گھر سے زیادہ آزادی اپنے ماموں کے ہاں نصیب ہوتی ہے۔''

میں پوچھے بغیر نہ رہ سکا۔ ''تمہارے ماموں کیا کرتے ہیں؟''

وہ بتانے لگی: ''وہ کپڑے کے بیوپاری ہیں اور اپنے آبائی گھر میں رہتے ہیں۔ جو نانا کا بنایا ہوا ہے۔''

مجھے اس کی گلی میں اس کے ایک بھائی سے ہونے والی اپنی مڈبھیڑ یاد آ گئی۔ اپنے بھائی سے میرے ملنے کا سن کر وہ لرز کر رہ گئی اور مجھ سے اس کے حلیے کے متعلق سوال کرنے لگی۔ جب میں حلیہ بتا چکا تو وہ اندازہ لگانے لگی کہ اس کے پانچ بھائیوں میں سے وہ کون سا ہو گا۔ بھائی کا سننے کے بعد اس کی پریشانی میں اضافہ ہو گیا اور میں ہونقوں کی طرح اس کا چہرہ تکنے لگا۔ مَیں اس کے ماتھے پر شکنیں دیکھنا نہیں چاہتا تھا لیکن ان میں اضافہ ہوتا جا رہا تھا اور میرے پاس انہیں شمار کرنے کے سوا کوئی چارہ نہیں تھا۔

وہ ایک تاسف کے ساتھ کہنے لگی کہ ہمیں آئندہ ملنے میں احتیاط سے کام لینا ہو گا کیوں کہ اس کے گھر میں اس کی والدہ، اس کی بہنیں، بھائی اور بابا پچھلے کچھ عرصے سے اس کے باہر نکلنے پر پابندی لگانے پر اصرار کرنے لگے تھے۔ ان کے مطابق اب وہ خاصی بڑی ہو چکی تھی اس لیے اسے بازار اور دکانوں پر نہیں جانا چاہیے تھا۔ اسے لگ رہا تھا کہ بہت جلد اسے اور اس کی بہن کو برقعہ پہنا دیا جائے گا کیوں کہ اس کی بڑی شادی شدہ بہنوں کے ساتھ یہی کچھ پیش آ چکا تھا۔ اسکول کے علاوہ ان کی آمد و رفت دست کاری اسکول تک محدود ہو کر رہ جائے گی۔ اسے یقین تھا کہ وہ کالج میں تعلیم حاصل نہیں کر سکے گی کیوں کہ اس کی پانچ بڑی بہنیں پرائمری تعلیم کے بعد گھر بٹھا دی گئی تھیں۔ اس کی بعض بھابیوں نے اسکول کی شکل بھی نہ دیکھی تھی۔

وہ کھلکھلا کر ہنستے ہوئے بتانے لگی کہ آٹھویں جماعت کے بعد اسکول میں اس کے دو سال باقی رہ جائیں گے، اس کے بعد اسے گھر بٹھا دیا جائے گا۔ کالج جانے کی بھی اسے کوئی خواہش نہیں تھی۔ مَیں نے اس سے کہا۔ ''دنیا میں اسکولوں اور مدرسوں سے زیادہ سڑی ہوئی اور کوئی جگہ نہیں ہے۔ کیوں کہ قصائیوں جیسے استادوں کی وجہ سے ماحول تقریباً مچھی مارکیٹ جیسا ہی ہو گیا تھا۔''

وہ یہ جان کر بہت حیران ہوئی کہ مَیں اپنے والدین کی اکلوتی اولاد تھا۔ اس کے خیال میں اس سے بڑی عیاشی کوئی اور نہیں ہو سکتی تھی کیوں وہ خود بارہ بہن بھائیوں میں سب سے آخری نمبر پر تھی۔ گھر میں سب سے چھوٹا ہونے کی بنا پر ہر کوئی اس پر اپنا حکم چلاتا تھا۔ اماں، بابا، بھائی، بھاوجیں، شادی شدہ بہنیں اور بہنوئی اور ان کی اولادیں، سب کا خیال رکھنا اس پر لازم تھا۔ اسی لیے وہ اپنی زندگی سے بیزار تھی۔

مَیں نے اسے بتایا کہ مَیں بھی اپنے آپ سے اور اپنی زندگی سے بہت بیزار رہتا تھا۔ یہ سن کر وہ حیرت سے میرا منہ تکنے لگی۔ مَیں نے اس کی یہ حیرانی ختم کرنی چاہی۔ ''دیکھو، میرے گھر میں تقریباً ہر وقت تنہائی کا راج رہتا ہے، میری اماں ایک آسیب کی طرح موجود رہتی ہیں، میری اور بابا کی خدمت پر مامور۔ اور ہم دونوں کے درمیان تنہائی دوڑتی بھاگتی رہتی ہے۔ وہ تنہائی میری اماں کو کچھ نہیں کہتی لیکن مجھے بہت زور سے کاٹتی تھی اور میرا دل نوچتی رہتی تھی۔ تمہاری باتیں سن کر مجھے رشک آ رہا ہے۔ کاش میرا گھر بھی لوگوں اور آوازوں سے بھرا ہوا ہوتا۔''

یہ سن کر وہ الٹا مجھ سے کہنے لگی کہ اسے مجھ پر رشک آرہا تھا۔ کیوں کہ اسے بار بار بازار کے چکر لگانے کا کوئی شوق نہیں تھا۔ یہ اس کی بھابھیاں تھیں جو اسے گھر میں چین نہیں لینے دیتی تھیں۔ انہیں اپنے لیے اور اپنے بچوں کے کپڑوں کی سلائی کے لیے اکثر مختلف چیزوں کی ضرورت پڑتی رہتی تھی۔ سب بچوں اور عورتوں کے کپڑے گھر پر ہی سیے جاتے تھے۔ وہ خود بازار جا نہیں سکتی تھیں اور اسی لیے اپنی چھوٹی نند کو دوڑائے پھرتی تھیں۔ اس نے بتایا کہ وڈیو سینٹر کی مارکیٹ میں بیٹھے ہوئے شیرازی لڑکے اسے بالکل اچھے نہیں لگتے۔ وہ آتے جاتے اس پر فقرے اچھالتے تھے۔ ان کی وجہ سے اسے بساطی کی دکان پر جانے کے لیے دوسرے راستے اپنانے پڑتے تھے۔ یہ سن کر مَیں نے اس کی ہمت اور حوصلے کی داد دی، کیوں کہ اس کے علاوہ شاید چند ہی اور لڑکیاں تھیں، جن کے دم سے مشٹنڈے مردوں کے بازار کی رونق قائم تھی۔

ہم دونوں باتوں میں مصروف تھے کہ اچانک ایک بوڑھی شیدی عورت آکر ہمارے سامنے کھڑی ہو گئی۔ ہم دونوں اس پر پہلی نظر ڈالتے ہی سہم گئے۔ جھریوں سے اٹے گہرے سیاہ چہرے، سر پر چپکے ہوئے سفید گھنگریالے بالوں اور ڈھیلے ڈھالے سے بوسیدہ لباس میں وہ ہمیں کوئی جادوگرنی لگ رہی تھی۔ اس کی آنکھیں کنچوں جیسی گول اور چمک دار تھیں اور وہ تجسس سے ہمیں دیکھے جا رہی تھیں۔ اس نے اپنی نحیف آواز میں ہمیں اس طرح کشادہ دلی سے بھلی کار کہا جیسے وہ یہاں کی مجاور تھی۔ پھر وہ ہم سے چائے پانی کا پوچھنے لگی تو ہم نے نفی میں سر ہلا کر جواب دیا کہ ہمیں کچھ نہیں چاہیے۔ اس کے بعد وہ آسمان کی طرف ہاتھ اٹھا کر ہمیں دعائیں دینے لگی۔ اس کی بھلمنساہت دیکھ کر ہم دونوں کا ڈر جاتا رہا۔ وہ بتانے لگی کہ وہ یہاں قریب ہی ایک جھونپڑی میں رہتی تھی۔ مَیں نے جیب سے ایک روپے کا نوٹ نکال کر اس کی طرف بڑھایا تو اس نے فوراً لے لیا اور صاحبِ مزار کے گن گاتی ہوئی وہاں سے چلی گئی۔

مَیں نے ماروی کو اس کی جرأت کی داد دینے کے بعد اپنے ٹوٹے پھوٹے لفظوں میں اس کے حسن کی تعریف کرنے لگا تو وہ میری باتیں سنتی ہوئی غور سے مجھے دیکھنے لگی۔ مَیں اپنے پہلو میں اس کے قرب سے انتہائی مسحور تھا۔ میرے لیے ابتدا میں اس کی آنکھوں میں جھانکنا مشکل ہو رہا تھا مگر دھیرے دھیرے میرا اعتماد بڑھتا گیا۔ مَیں نہ صرف اس کا چہرہ غور سے دیکھنے لگا بلکہ اس کے جسم پر بھی اپنی نگاہیں ڈالنے لگا۔ اس کی آنکھیں شفاف اور چمک دار تھیں۔ اس کی جلد کی سفید رنگت سے سرخ شعاعیں نکل رہی تھیں۔ اس کے ملائم ہونٹ ہلکے گلابی تھے۔ وہ دبلی پتلی تھی اس لیے اس کے لباس سے اس کے جسم کا کچھ پتا نہیں چل رہا تھا۔ اس کے باوجود اسے چھونے اور اس کے لباس کو ٹٹولنے کی زبردست خواہش میرے اندر مچل رہی تھی، مَیں جسے متواتر دبا رہا تھا۔

آسمان پر شام کے رنگ گہرے ہونے لگے تھے اور ہماری باتیں ختم ہونے میں نہیں آرہی تھیں۔ ہم شہر کی گلیوں، راستوں اور بازاروں میں ہونے والی خاموش ملاقاتوں کا ذکر کرتے رہے۔ اس کے بعد وہ اچانک میری شخصیت کے بارے میں اپنی رائے کا اظہار کرنے لگی۔ اس کا خیال تھا کہ مَیں دوسرے لڑکوں سے مختلف تھا۔ مَیں راہ چلتی لڑکیوں کو گھورنے اور ان پر کوئی جملہ اچھالنے یا انہیں بلاوجہ چھیڑنے کی کوشش نہیں کرتا تھا۔ مجھے جی ہی جی میں ہنسی آنے لگی۔ مَیں اس کی یہ غلط فہمی

دور کرنا چاہتا تھا لیکن پھر مجھے خیال آیا کہ اس کی ضرورت ہی کیا تھی؟

اچانک وہ مجھے راز کی بات بتانے لگی کہ وہ سر راہ کئی بار مجھے دیکھتی رہی تھی لیکن ہر بار میں اسے نظر انداز کرتا ہوا، اپنی دھن میں چلتا ہوا آگے بڑھ گیا تھا، شاید اسی لیے اس نے مجھے پسند کر لیا تھا۔ بظاہر مجھے اس بات پر یقین نہیں آیا لیکن اس کے چند تعریف بھرے لفظوں نے میرے اندر کھلبلی مچا دی تھی۔ مَیں خود کو ہمیشہ فضول اور لوفر سمجھتا رہتا تھا، لیکن اس نے پہلی بار میرے اندر اہمیت کا احساس پیدا کیا تھا۔ مَیں جو ہر وقت اپنی ذات کی نفی کر کے اسے مسخ کرتا رہتا تھا، اس نے پہلی مرتبہ اس کا اثبات کیا تھا۔ اس کی ان باتوں کی وجہ سے مَیں تھوڑے عرصے تک اپنے آپ کو وقیع سمجھتا رہا۔

میرے لیے ماروی وہ پہلی ہستی بن گئی، جس نے مجھے اپنے ہونے کا شعور دیا اور مجھے احساس دلایا کہ اس بکھری ہوئی دنیا میں کوئی ایسی ذات موجود تھی جو نہ صرف مجھے اہم سمجھتی تھی بلکہ مجھے سراہتی اور پسند بھی کرتی تھی۔ اس کا سیدھا سا مطلب یہ بھی نکلتا تھا کہ اب میں تنہا اور اکیلا نہیں رہا۔ اس نے میری ذات کا بنجر خانہ آباد کر دیا تھا۔ وہ ایک ایسا بادل تھی، جس کی نرم بوندوں کی نمی اب بھی، ایک طویل عرصہ گزر جانے کے باوجود مجھے اپنے دل میں چھپی محسوس ہوتی ہے۔

سورج دھیرے دھیرے ہمارے سامنے چھوٹی پہاڑی کی کگار پر آ کر ٹک گیا۔ پہاڑی کا سایہ پھیلتے پھیلتے، زمین پر آلتی پالتی مارے بیٹھے ہم دونوں تک آ پہنچا تو ہم نے بڑھتی ہوئی خنکی کی وجہ سے ایک ساتھ جھرجھری لی اور ایک دوسرے کی جانب دیکھ کر بلاوجہ کھلکھلا کر ہنس پڑے اور پھر اپنے کپڑوں سے مٹی جھاڑتے ہوئے مزار سے جانے کے لیے اٹھ کھڑے ہوئے۔ اپنی پہلی بھرپور ملاقات کی خوش گوار اور حسین یاد اس مزار پر چھوڑ کر ہم دونوں لکڑی کے خستہ دروازے سے نکل کر پتلی سی ایک سڑک پر آ گئے، جو اسلام پور محلے کی طرف جاتی تھی۔

شام ڈھلنے سے پہلے چھوٹے شہروں کی زندگی میں ایک ابال اور تیزی سی آ جاتی ہے کیوں کہ رات پڑتے ہی لوگوں کی زیادہ تر بیرونی سرگرمیاں تقریباً ختم ہی ہو جاتی ہیں اور انہیں اپنے گھروں تک محدود ہونا پڑتا ہے۔ اسی لیے سڑک پر کچھ زیادہ چہل پہل دکھائی دے رہی تھی۔ کبھی کوئی سائیکل گزرتی تو کبھی کوئی گدھا گاڑی۔ تین شیدی نوجوانوں کی ایک ٹولی کالج کی دیوار سے پیٹھ لگا کر آپس میں کسی بات پر بحث کر رہی تھی۔ ہمیں دیکھ کر انھوں نے بحث روک دی اور گھور کر ہماری جانب دیکھنے لگے۔ ان کے علاوہ سڑک پر بھی ہر شخص ہمیں مشتبہ نظروں سے دیکھتا ہوا گزر رہا تھا۔

مشتبہ نظریں جیسی بھی ہوں، ہمیشہ چبھتی ہیں اور ہمیں شکوک میں مبتلا کرتی ہیں۔ ان کا اشتباہ بھانپتے ہی ہم دونوں نے چپ سادھ لی اور محتاط ہو کر آگے بڑھنے لگے۔ جھونپڑیوں کی مختصر قطار کے ختم ہونے کے بعد کچھ آگے جا کر اسلام پور محلے کے قدیم مکانوں کی قطار شروع ہوتی تھی۔ شام کے سائے گہرے ہو گئے تھے، جب دائیں جانب پڑنے والی ایک گلی کے کونے پر اس نے میری جانب الوداعی نظر سے دیکھا تو میں اسی وقت ٹھہر گیا اور سر ہلا کر اسے گلی میں جانے کا اشارہ کرنے لگا۔ گلی ٹیڑھی میڑھی لیکن کشادہ تھی۔ اکا دکا مکانوں کے باہر بلب روشن تھے، جن کی مدد سے کچھ دور تک دیکھنا ممکن تھا۔ اس نے گلی میں مڑتے ہوئے مجھے وہاں سے چلے جانے کا اشارہ کیا لیکن میں کھڑا رہا کیوں کہ مَیں چاہتا تھا کہ وہ میرے

سامنے اپنے ماموں کے گھر میں داخل ہو جائے، سو میں اسے جاتے ہوئے تکتا رہا۔ اس نے گلی میں بہت آگے جا کر پلٹ کر دیکھا تو مَیں نے ہاتھ ہلا کر اسے خدا حافظ کیا اور وہاں سے آگے بڑھ گیا۔

14

مکانوں کی اونچی نیچی، آڑی ترچھی دیواریں، اندھیرے، نیم تاریکی اور ہلکے گہرے سایوں میں لپٹی ہوئی گلیاں، مکانوں کی چھتوں سے نیچی پرواز کرتے ہوئے چمگادڑ، جوتے گھسیٹ کر چلتے ہوئے لوگ، میرے لیے یہ سب چیزیں یکایک غائب ہوگئیں۔ بس ایک ملن کی خوشبو تھی، جو مجھے ہر طرف پھیلی محسوس ہو رہی تھی۔ وہ جا چکی تھی لیکن لگ رہا تھا کہ وہ میرے ساتھ تھی، میرے پہلو میں قدم سے قدم ملا کر چل رہی تھی۔ اس کی سانسوں کا زیروبم مجھے اپنے کانوں کے نزدیک محسوس ہو رہا تھا اور وہ اپنی سرگوشیوں کے زمزمے مسلسل میری سماعتوں میں انڈیل رہی تھی۔ میں ایک نئے نشے میں دھت قدم اٹھاتا پلنگ پاڑے کی جانب اڑتا ہوا جا رہا تھا۔ مجھے پورے شہر سے پیدل گزرنا پڑا اور گھر پہنچنے تک نصف گھنٹے سے کچھ زائد وقت لگا، جسے میں نے اپنے خیالوں کے غیر مرئی اڑن کھٹولے پر سوار ہو کر با آسانی طے کیا۔

میں ایک سرشاری میں اپنے گھر کی دہلیز تک پہنچا اور ادھ کھلے دروازے سے اندر داخل ہو کر اسے زور سے بھیڑتے ہوئے کنڈی چڑھا دی۔ اس کے بعد میں سیڑھیاں چڑھتا ہوا اوپر پہنچا تو بابا کو تخت پر گہری نیند میں گم پایا۔ چارپائی پر دراز اماں، مجھے دیکھ کر بڑبڑاتی ہوئی اٹھ کر بیٹھ گئیں اور دیر سے آنے پر باز پرس کرنے لگیں۔ ان کی تسلی کی خاطر میں نے انہیں بتایا کہ میچ ختم ہونے کے بعد سب دوست ایک جگہ بیٹھ کر باتیں کر رہے تھے، اس لیے دیر ہوگئی۔

غسل خانے سے منہ ہاتھ دھو کر کمرے میں آیا تو اماں میرا کھانا نکال کر میری کھاٹ پر رکھ چکی تھیں۔ مجھے تیز بھوک لگ رہی تھی، سو میں بے صبری سے کھانا کھانے لگ گیا۔ اماں کچھ تھکی تھکی سی لگ رہی تھیں اور جماہیوں سے ان کا منہ پھٹا جا رہا تھا، اس لیے وہ مجھے کھانے کے برتن باورچی خانے میں رکھنے کی ہدایت کر کے اپنی چارپائی پر جا کر لیٹ گئیں۔

روٹی چبانے کے دوران، اپنے جبڑوں کی یکساں آواز سنتے ہوئے میں خالی خالی نظروں سے زرد روشنی میں پھیلا منظر دیکھتا رہا۔ بلب کے پاس کچھ پتنگے اڑ اڑ کر بلب سے ٹکرا رہے تھے۔ دھیرے دھیرے بابا کے خراٹے سارے میں گونجنے لگے تھے جب کہ اماں بھی نیند کے عالم میں اپنی دھیمی خراخراہٹ کے ذریعے ان کی سنگت کرتی جا رہی تھیں۔ ہلکی سی تیز مگر ٹھنڈی ہوا بند کھڑکیوں اور دروازوں سے ٹکراتی شور مچاتی پھرتی تھی اور زبردستی رخنوں اور درزوں سے اندر داخل ہو رہی تھی، جس کی وجہ سے خنکی بڑھتی چلی جا رہی تھی۔

ابھی رات زیادہ نہیں گزری تھی لیکن لگ رہا تھا کہ آدھی سے زیادہ بیت چکی تھی۔ کھانے کے بعد میں باورچی خانے میں برتن رکھ رہا تھا تو پانی کی نکاسی کے لیے بنے سوراخ سے، جس کے ذریعے پانی گلی سے گزرنے والی بدرو میں جا گرتا تھا، یخ ہوا کے جھونکے اندر داخل ہونے کے لیے دھکم پیل کر رہے تھے۔ برتن رکھتے ہوئے مَیں نے جھرجھری سی لی اور دروازہ بند کرتا ہوا اپنی چارپائی پر آ کر لیٹ گیا۔

نیند کوسوں دور تھی۔ اماں اور بابا کے خراٹوں کے ساتھ ساتھ پاس اور دور کی آوازیں میری سماعت میں کھُد بُد کرنے لگیں۔ یہ سب آوازیں سنتے سنتے میرا دھیان ماروی کی نرم اور مہین سی آواز کی طرف چلا گیا۔ مجھے اسکول کے سامنے پِیلُوں کے جنگل میں کوکتی ہوئی کوئل یاد آ گئی، جس کے پاس یکسانیت کی ماری ایک ہی آواز تھی، جسے وہ ہر کچھ دیر بعد الاپتی رہتی تھی، جب کہ ماروی کے پاس شوخیوں بھرے، کھنکتے چھنکتے، دھڑکتے سنسناتے، ہوا کی سرگوشیوں کی طرح مدھم، لطیف، سریلے اور کبھی تند و تیز، موسیقی کے راگوں کے اتار چڑھاؤ جیسے ان گنت لب و لہجے تھے، وہ پوری شام جن میں مجھ سے ہم کلام ہوتی رہی تھی۔

دھیرے دھیرے میرا ذہن شاہ ابراہیم کے مزار سے پشت لگا کر میرے نزدیک بیٹھی ماروی کے چہرے کی معمولی جزئیات یاد کرنے لگا جو مجھے غیر معمولی محسوس ہوتی رہی تھیں۔ شربتی ہنسی ہنستے ہوئے کے اس کے پتلے اور نازک سے ہونٹ ایک دوسرے الگ ہو کر کھل جاتے تھے اور ان کے پیچھے اس کے نازک سفید دانت اور ہلکی گلابی زبان دکھائی دینے لگتی تھی۔ ایسے میں اس کی آنکھوں میں پیدا ہونے والی چمک دیدنی ہوتی، جس میں معصوم بچوں کی سی شوخی جھلکتی۔ اس کے ہونٹ کبھی سکڑ کر گول ہو جاتے، کبھی ادھ کھلے رہ جاتے۔ اس کی چادر بار بار اس کے سر سے پیچھے ڈھلک جاتی اور اس کے بال پھسل کر پیشانی پر آ جاتے۔ نزدیک سے دیکھنے پر مجھے اس کی سفید پیشانی، اس کی ناک اور ہونٹوں کے بیچ ہلکی سی لکیریں نظر آتی رہیں۔ اس کی پتلی اور لمبی سی گردن پر میل کی ہلکی سی لکیریں بھی دکھائی دیتی رہیں مگر اس کے باوجود اس کی سپیدی میں کوئی کمی واقع نہیں ہوئی تھی۔ اس کے ساتھ بیٹھ کر اپنا اور اس کا موازنہ کرتے ہوئے وہ مجھے خود سے بہتر اور افضل محسوس ہوتی رہی تھی۔ اپنے احساسِ کمتری کو چھپاتے ہوئے میں بار بار جھینپ رہا تھا۔

اس کے ہاتھ نازک اور انگلیاں مخروطی تھیں، اس نے مزار پر قریب آ کر میری طرف دیکھتے ہوئے مردانہ وار جنہیں میری طرف بڑھایا تھا اور ہم نے مصافحہ کیا تھا۔ اس کے ہاتھ کا لمس ہمیشہ کے لیے میری ہتھیلی میں رہ گیا تھا۔ مجھے خبر تک نہ ہوئی، مَیں اپنے دائیں ہاتھ کو چومتے چومتے نجانے کب اپنی رضائی کے اندر گہری نیند میں چلا گیا۔

اگلے دو تین روز تک مَیں نے بازار والی گلی کا رخ ہی نہیں کیا۔ اسکول سے آ کر زیادہ تر وقت گھر پر یا اپنی گلی میں ہی گزارتا رہا۔ پہلے دن عصر کی اذان کے بعد جب مَیں نے وضو کر کے اماں سے جائے نماز مانگی تو انہوں نے حیرت سے پوچھا:

''تمہیں اچانک خدا کیسے یاد آ گیا؟''۔ میں جواب دینے کے بجائے ہنسنے لگا تھا۔

مجھے ماروی کی جانب سے ایک اطمینان سا ہو گیا تھا لیکن، اس کے ساتھ ہی ایک بے کلی بھی تھی کہ کہیں وہ مجھ سے چھن

نہ جائے، کسی اور کی نہ ہو جائے۔ اس بے کلی کا شائبہ دوسری شب بستر پر لیٹے ہوئے میرے ذہن میں یوں ہی کلبلایا اور میری نیند کافور ہو کر رہ گئی۔ مجھے خود پر غصہ آنے لگا کہ ان دو دنوں میں، جاکر اسے دیکھا کیوں نہیں؟ راستے میں اس سے آنکھیں چار کیوں نہیں کیں؟ محبت شاید ایک ایسی بازی ہے جس میں جو بھی ذرا سا چُوکا، مات کھا گیا۔ مجھے ہوش مندی سے اس کی نگرانی کرنی ہوگی۔ اپنی محبت کو پروان چڑھانا ہوگا۔ مَیں دیر تک ایسی باتیں سوچ سوچ کر اپنے آپ کو ہلکان کرتا رہا۔

اگلے دن دوپہر کا کھانا کھاتے ہی میں اماں سے بہانہ بنا کر گھر سے رفوچکر ہو گیا۔ دست کاری اسکول اور خضر حیات مسجد سے آتی گلی کے سامنے واقع حجام کی دکان پر جاکر مَیں نے کنگھی اٹھائی اور اپنے بال بنانے لگا۔ بڑے آئینے میں اپنے چہرے کو غور سے دیکھتے ہوئے مَیں نے اس سے نظر بچا کر تبت سنو کی شیشی کھولی اور تھوڑی سی کریم نکال کر اپنے چہرے پر مل دی اور وہاں سے باہر آ گیا۔

میں وڈیو سینٹر زوالی گلی سے دکانوں کے شیشوں پر آویزاں بھارتی فلموں کے رنگین پوسٹر زدیکھتا گزر رہا تھا کہ اچانک پیچھے سے میرے کان پر کوئی چیز ٹکرائی۔ مَیں نے فوراً پلٹ کر دیکھا تو توقع کے بالکل خلاف مجھے ماروی دکھائی دے گئی۔ اس نے کچھ آگے جاکر اپنی لمبوتری گردن موڑ کر میری جانب دیکھا اور اپنی آنکھوں کے کونے سکیڑتے ہوئے مجھے اپنے پیچھے آنے کا اشارہ کیا۔ اسے دیکھتے ہی میرے خون کی گردش میں ایک ابال سا آیا اور میں فوراً اس کی اور چلنے لگا۔

پُنہل کے ہوٹل کے قریب سے گزر کر وہ بازار میں داخل ہو گئی اور کچھ آگے جاکر بائیں طرف ایک چڑھائی جس کے بیچوں بیچ ایک بہت بڑا اور اونچا سیاہ رنگ علم لگا ہوا تھا، اس کے قریب پہنچ کر ماروی نے ایک مرتبہ پھر میری طرف دیکھا اور اطمینان کرتی ہوئی ڈھلان چڑھنے لگی۔ اس سے اتر کر ہم آگے بڑھے تو بازار اور اس کا شور و شغب دھیرے دھیرے پیچھے رہ گئے اور ہم قدیم محلوں کی طرف جاتی تنگ اور کشادہ گلیوں کے ایک طویل سلسلے میں داخل ہو گئے۔

دن بہ دن موسم بدل رہا تھا اور ہوا خنک تر ہوتی جا رہی تھی۔ دھوپ اپنی حدت کھو رہی تھی۔ اس لیے ان سایہ دار گلیوں میں، جو کہیں پر کچی تھیں، کہیں پر اینٹوں اور پتھروں سے بنی ہوئی، اچھی خاصی ٹھنڈ محسوس ہو رہی تھی۔ ہم دونوں معمول کے کپڑے پہنے ہوئے ایک دوسرے کے پہلو بہ پہلو اور کبھی تھوڑی سی دوری رکھ کر چلتے آگے بڑھتے رہے۔

اس نے مجھے بتایا کہ وہ شاہ کمال روڈ پر کڑھائی کرنے والی ایک عورت کے گھر سے کپڑے لینے جا رہی تھی۔ مَیں خود کو اس پر جملہ کسنے سے نہیں روک سکا: ''تم دست کاری اسکول کیا کرنے جاتی ہو؟'' وہ یہ سن کر ہنس پڑی اور اس کے گالوں میں گڑھے سے بننے لگے۔ وہ وضاحت دینے لگی: ''وہ کپڑے میری بھابیوں کے ہیں، میرے نہیں۔''

دھانی رنگ کے لباس میں وہ اس دن زیادہ پُرکشش لگ رہی تھی۔ اس سے پہلے کہ مَیں اس کے لباس کی شکنوں کا غور سے مشاہدہ کرتا، وہ چلتے چلتے میرے قریب آ گئی اور اپنے ہاتھ سے میری طرف ایک چاکلیٹ بڑھائی، جو سنہری ورق میں لپٹی ہوئی تھی اور اس پر عربی زبان میں کچھ لکھا ہوا تھا۔ اس کا شکریہ ادا کرتے ہوئے مَیں نے وہ فوراً اس سے لے لی اور اس پر چڑھا ورق اتار کر اسے کھانے لگا۔ مَیں نے نجانے کیا سوچ کر اس کا ورق چپکے سے اپنی جیب میں رکھ لیا تھا۔ چاکلیٹ

کھاتے ہوئے میں اس کے ذائقے کی تعریف کرنے لگا۔ وہ تھوڑا اترا کر بتانے لگی کہ وہ اس کے چچا سعودیہ سے لائے تھے۔ مَیں نے اعتراف کیا کہ ایسی چیز مَیں نے کبھی کسی مقامی دکانوں پر نہیں دیکھی تھی۔

شاہ مبین کے مزار والی گلی سے نکل کر ہم شاہ کمال روڈ پر آ گئے۔ دائیں جانب کچھ دور تک چلنے کے بعد اس نے مجھے روڈ پر ہی ٹھہرنے کے لیے کہا اور خود تیزی سے چلتی ہوئی ایک چھوٹی سی گلی میں واقع ایک کچے سے مکان کے اندر چلی گئی۔ مَیں دائیں سے بائیں ٹہلتے اس کا انتظار کرنے لگا۔ کچھ ہی دیر بعد وہ مکان سے نکل کر آتی ہوئی دکھائی دے گئی۔

ہم نے واپسی کے لیے سبزی منڈی سے ہو کر جانے والا راستہ منتخب کیا۔ مَیں نے اس کا بدلہ چکانے کے لیے ایک دکان سے بہت سی ٹافیاں خریدیں اور سب کی سب اس کی مٹھی میں دبا دیں۔ بادل نخواستہ اسے وہ قبول کرنی پڑیں۔

راستے میں ہونے والی اس مزے دار مڈ بھیڑ کے بعد میں اگلی تین سہ پہریں دست کاری اسکول جانے والے راستے پر کسی پتنگے کی طرح اس کے آس پاس منڈلا کر اس کا دیدار کرتا رہا۔ مسکرا مسکرا کر اس کی آنکھوں میں جھانکتا رہا۔ اس کے سرخ و سفید چہرے کو کبھی گلابی اور کبھی لال ہوتے دیکھتا رہا۔ چوتھی سہ پہر گھر واپس آتے ہوئے میں اداس ہونے لگا کہ اس طرح راستوں، گلیوں میں ملنے کے بجائے ہمیں ایک بار پھر شاہ ابراہیم کے مزار پر مل کر کچھ وقت ساتھ گزارنا چاہیے۔ یہ سوچ کر مَیں نے جمعے کی نماز کے بعد چھت پر بیٹھ کر اسے ایک خط لکھا، جس میں دوسری بار ملنے کی خواہش کے اظہار پر زور دیا تھا۔

وہ خط مَیں نے ہفتے کی شام اسے تھماتے ہوئے جلدی جواب دینے کی درخواست کی۔ جس پر وہ اثبات سے سر ہلاتی ہوئی اپنے گھر کی طرف چلی گئی۔ جواب دینے میں اس نے دو دن لگا دیے۔ تیسرے دن جب سہ پہر کو وہ راستے میں خط گراتی ہوئی آگے بڑھی تو میں اسے دوڑ کر اٹھا لیا اور الٹے قدموں اپنے گھر چلا آیا اور دبے پاؤں چلتا ہوا اندر داخل ہوا۔ نچلی منزل حسبِ معمول خالی پڑی تھی۔ مَیں نے بلب جلانے کے بجائے ایک کھڑکی کھولی اور اس سے آتی روشنی میں اس کا خط نکال کر پڑھنے لگا۔ اس کی لکھائی قابلِ رشک تھی۔ کئی جگہوں پر اس نے اعراب بھی لگا رکھے تھے۔ اس نے اپنا پیار جتاتے ہوئے دوسری بار اس دور افتادہ مزار پر ملنے سے معذرت کر لی تھی۔ اس کے خیال میں اس مزار پر ملنا ہم دونوں کے لیے خطرناک ہو سکتا تھا۔ یہ پڑھ کر میرا دل ڈوبنے لگا۔ اس نے آگے لکھا کہ اس کی رائے میں آدھے پونے گھنٹے کی مختصر ملاقات کے لیے شاہ جہانی مسجد بہتر جگہ تھی۔ یہ پڑھ کر میری دم توڑتی آس پھر سے زندہ ہو گئی۔ اس نے جمعہ کی سہ پہر تین بجے مسجد کے عقبی حصے میں واقع سبزہ زار میں مجھ سے ملنا طے کر لیا۔

عام طور پر جمعہ کی نماز تک مسجد میں مقامی لوگوں کا ہجوم رہتا تھا شہر بھر کے لوگ یہ نماز اپنے محلوں میں واقع چھوٹی مساجد کے بجائے شاہ جہانی مسجد میں پڑھنے کو ترجیح دیتے تھے۔ اس لیے نماز کے دوران اس کا کشادہ صحن، اس کی راہ داریاں اور بڑے گنبدوں کے نیچے تک کی جگہ لوگوں سے بھر جایا کرتی تھی۔ چھٹی کا دن ہونے کی وجہ سے کراچی اور حیدر آباد سے سیاحت کے لیے آنے والوں کی ٹولیاں کشادہ سبزہ زاروں میں پیڑوں تلے چادریں بچھائے شام تک وہاں موجود رہا

کرتیں۔ اس دن میرے شہر کے شوقین نظر باز بڑے شہروں سے ویگنوں اور چھوٹی بسوں میں اپنے گھر والوں کے ساتھ وارد ہونے والی جوان اور حسین لڑکیوں اور خواتین سے آنکھیں لڑانے کے لیے ان کے آس پاس منڈلاتے رہتے۔ بڑے شہروں کے چھوٹے چھوٹے گھروں میں رہنے والی ڈھلتی عمر کی خواتین تو اپنے شوہروں کے پہلو سے لگی رہتیں جب کہ ان کی لڑکیاں آپس میں کھیلنے لگ جاتیں یا بار بار مسجد کے سبزہ زاروں کے چکر لگاتیں یا مسجد کے اندر گھومتی رہتیں۔ کبھی کبھی یہاں چینی، جاپانی اور یورپی سیاح بھی گھومتے پھرتے دکھائی دے جاتے۔ ان کی خواتین اپنے جدید ملبوسات کی وجہ سے مقامیوں کے لیے دلچسپی کا باعث ہوتیں مگر وہ کبھی کبھار ہی آیا کرتیں۔

میرا معمول تھا کہ نماز ادا کر لینے کے بعد میں بابا کے ساتھ ہی گھر واپس آ جاتا تھا لیکن اس روز مسجد سے نکلتے ہوئے مَیں نے ایک دوست سے ملنے کا بہانہ بنایا تو انہوں نے مشکوک نظروں سے میری طرف دیکھتے پوچھا کہ کون سا دوست ہے؟ مَیں نے نام بتایا تو ان کا شک ختم ہو گیا اور مجھے اجازت مل گئی۔

میں دوبارہ مسجد کے اندر چلا گیا۔ مسجد کا صحن دوڑتے بھاگتے بچوں کی آوازوں سے گونج رہا تھا۔ مسجد کا بوڑھا شیدی چوکیدار اپنا ڈنڈا لہرا لہرا کر انہیں مسجد کی حرمت کا خیال رکھنے کی تاکید کر رہا تھا لیکن کوئی بھی اس کی بات نہیں سن رہا تھا۔ اسے لوگوں پر ڈنڈا چلانے کی اجازت نہیں تھی، اس لیے وہ اپنے دانت کچکچاتا ہوا کچھ دیر بعد خود ہی تھک ہار کر باہر چلا گیا۔ اندر بڑے گنبد کے سامنے کی دیوار پر لگے ہوئے وال کلاک پر مَیں نے وقت دیکھا تو ڈھائی بج رہے تھے۔ مجھے اطمینان ہوا کہ اس کی آمد میں ابھی پورے تیس منٹ باقی تھے۔ یہ سوچتے ہوئے میں دائیں جانب کی راہداری سے سبزہ زار کی طرف کھلنے والے لکڑی کے تنگ دروازے سے باہر نکل گیا۔

میں چلتا ہوا بڑے گنبد کے عقب میں واقع سفیدے اور نیم کے اونچے درختوں سے بھرے سبزہ زار میں پہنچ گیا۔ پیڑوں کی زرد پتوں سے خالی ہوتی شاخیں دھیمی ہوا میں ہلکورے لے رہی تھیں۔ اس طرف اکا دکا لوگ ہی سبزے پر بیٹھے دکھائی دے رہے تھے۔ خالی جگہ دیکھ کر میں ایک پیڑ کے تنے کے قریب گھاس پر لیٹ گیا اور آسمان کی طرف دیکھنے لگا جو گہرا نیلا ہو رہا تھا۔ پت جھڑ کے سبب گھاس پر درختوں کے سوکھے زرد پتے اڑتے پھر رہے تھے۔ شاخوں سے اٹکے ہوئے باقی ماندہ پتے گول گول چکر کھاتے نیچے آ رہے تھے۔ چند پتے میرے جسم پر بھی آ کر گرے۔ چڑیاں اور لالیاں ڈالیوں پر پھدکتی پھرتی تھیں۔ کسی گلہری کی تیز آواز سنائی دے رہی تھی اور اس کے ساتھ ہی کوئل کی بھی۔ آسمان پر بہت دور کوئی جہاز اپنے دھوئیں کی لکیر چھوڑتا ہوا مغرب کی سمت بڑھتا چلا جا رہا تھا۔

میں ماروی کا انتظار کر رہا تھا اور لیٹے لیٹے میری نظریں چاروں طرف گھوم رہی تھیں۔ پختہ فرش پر پہلے اس کے پاؤں پڑتے نظر آئے اور اس کے بعد دھیرے دھیرے اس کا سراپا۔ آج اس نے کتھئی سوٹ پر سفید چادر اوڑھی ہوئی تھی اور لمبے ڈگ بھرتی ہوئی میری جانب آ رہی تھی۔ مَیں اسی آن اپنے کپڑے جھاڑتا اٹھ کھڑا ہوا۔ وہ میرے قریب آ کر مستفسرانہ نظروں سے مجھے دیکھنے لگی۔ جس کا مطلب میں یہ سمجھا کہ وہ بیٹھنے کی جگہ کے بارے میں جاننا چاہ رہی ہے، جہاں ہم آرام

سے بیٹھ کر کچھ دیر بات کرسکیں۔ مجھے افسوس ہونے لگا کہ یہ بات پہلے میرے دھیان میں کیوں نہیں آئی۔ مَیں آس پاس طائرانہ نگاہ ڈالنے لگا۔

نیم کے ایک دوسرے کے قریب لگے ہوئے دو پیڑوں کی درمیانی جگہ کو غور سے دیکھتے ہوئے مَیں نے اسے وہاں چل کر بیٹھنے کا اشارہ کر دیا۔ وہ جگہ اسے بھی مناسب معلوم ہوئی اور ہم ان درختوں کے تنوں سے پیٹھ لگا کر آمنے سامنے بیٹھ گئے۔

ایک عوامی جگہ پر ملنے کی وجہ سے اس نے پچھلی بار کی طرح مصافحے کے لیے ہاتھ نہیں بڑھایا اور اپنی ٹانگیں سمیٹ کر، آلتی پالتی مار کر گھاس پر بیٹھ گئی۔ اس نے اپنی ڈھیلی سی قمیص کا دامن پھیلا کر اس سے اپنی ٹانگیں ڈھکنے کے بعد، اپنے سر پر چادر درست کی، پھر اپنے لبوں پر دل نشین مسکراہٹ سجا کر میری طرف دیکھنے لگی۔ مَیں جو ایک محویت سے اس کے وجود کے طلسم کدے کو چپکے سے تکے جا رہا تھا، ہڑبڑا کر رہ گیا۔

ہم نے بہت جلد یہ محسوس کر لیا کہ ہمارے قریب سے یا فاصلے سے گزرنے والا ہر شخص ہمیں تاکتا ہوا گزر رہا تھا بعض لوگ تو اپنی گردنیں موڑ کر بھی دیکھ رہے تھے۔ اس وجہ سے مجھے کچھ پریشانی ہونے لگی۔ اس نے مجھے مشورہ دیا کہ مَیں آس پاس دیکھنے کے بجائے صرف اس کی طرف دیکھوں تو بہتر ہو گا۔ یہ سن کر میں ہنسنے لگا۔

اس کے چہرے کی ملائمت، نرمی اور شادابی کا، اس قدر نزدیک سے مشاہدہ کرنے سے اچھا کام اور کیا ہو سکتا تھا لیکن اس کی اجلی سفید رنگت، اس میں سے جھانکتے گلابی اور سرخ ڈوروں کی تاب لانا میرے بس میں نہیں تھا۔ اس کے رخسار و لب پر اگے ہوئے سنہری بال دیکھ کر میری حالت غیر ہوئی جاتی تھی۔

وہ مجھ سے پوچھتی رہی کہ مَیں گھر پر کیسے وقت گزارتا ہوں؟ کیا مصروفیت رہتی ہے؟ کیا لکھتا پڑھتا ہوں؟ مَیں اس سے نظریں ملائے بغیر ادھر ادھر دیکھتا جواب دیتا رہا۔ مَیں نے اسے بتایا کہ اس کے بارے میں سوچتے رہنے کے سوا اب مجھے کسی دوسری چیز میں مزا ہی نہیں آتا۔ یہ بات سن کر وہ ہنستے ہوئے بولی کہ اس کے پاس ایسی فالتو چیزوں کے لیے وقت نہیں ہوتا۔ وہ میرے بارے میں زیادہ نہیں سوچتی تھی لیکن جب اسے میرا خیال آتا تھا تو یہ سوچ کر اچھا لگتا تھا کہ ایک سانولا سا لڑکا اسے پسند کرتا تھا اور اس سے ملنے کے لیے بے چینی سے اس کا انتظار کرتا تھا۔

میں اس سے پوچھنے لگا کہ مَیں تو سانولا سا ہوں لیکن یہ بتاؤ کہ تم کاٹھیاواڑی میمن لڑکیاں اتنی گوری اور حسین کیوں ہوتی ہو؟ شہر میں رہنے والی سب مقامی اور غیر مقامی عورتیں نازک پن اور حسن میں کاٹھیاواڑنوں کی گرد کو بھی نہیں پہنچتی تھیں۔ میری یہ بات سن کر وہ ہنسی سے لوٹنے لگی۔ اس کے مطابق گورے رنگ والا ہر آدمی ضروری نہیں کہ خوب صورت بھی ہو۔ اسے اپنی برادری کے گورے، گول مٹول اور فربہ لڑکے اچھے نہیں لگتے تھے۔ اس کے خیال میں سانولا مرد زیادہ وجیہہ اور پُرکشش ہوتا تھا۔ اُس کی اِس بات نے مجھ میں تھوڑا سا تفاخر کا احساس ابھار دیا جس کی وجہ سے مَیں خوش ہو گیا۔

ایک چھولے بیچنے والا آوازہ لگاتا ہوا سامنے سے گزرا تو مَیں نے اسے روک لیا۔ وہ ہمارے قریب آ بیٹھا اور اخباری کاغذ پر چھولے رکھ کر، ان پر نمک مرچ چھڑکنے لگ گیا۔ اس نے آلو کاٹ کر اس کے چند ٹکڑے ملا کر، ان پر لیموں چھڑک کر،

چھولوں سے بھرا ہوا کاغذ میری جانب بڑھایا۔ جسے لے کر مَیں نے ماروی کو کھانے کے لیے پیش کر دیا۔ اپنے لیے چھولے لینے کے بعد مَیں نے اسے دو روپے ادا کیے تو وہ چلا گیا۔

ہمارے درمیان ایک دوسرے کو چھیڑتے ہوئے دبے دبے شریر لہجوں میں بات چیت جاری تھی۔ دھیمی ہوا پیڑوں کے پتوں سے اٹھکیلیاں کر رہی تھی۔ حدت سے عاری، سہ پہر کی دھوپ جماہیاں لیتی دھیرے دھیرے ڈھلتی جا رہی تھی۔ مسجد کی دیواروں، گنبدوں اور پیڑوں کے سائے طویل ہوتے جا رہے تھے۔ مسجد کے صحن سے بچوں اور عورتوں کا شور سنائی دے رہا تھا۔ باہر سبزہ زاروں کے ساتھ بنی روشوں پر لڑکے بالے دوڑتے پھر رہے تھے۔

میں لمحہ لمحہ اسے خود میں جذب کرنے کی کوشش کر رہا تھا۔ اس نے میری اوبڑ کھابڑ سی زندگی کو ایک ایسی راہ سجھا دی تھی جس کے آخر میں وہ نور کے ایک منارے کی طرح روشن اور منور نظر آتی تھی، میری طرف اپنی بانہیں پھیلائے، مجھے اپنی اور بلاتی ہوئی۔ مَیں گرد و پیش سے پوری طرح بے نیاز بے اختیار اسے تکے جا رہا تھا اور اس کی جانب کھنچے جا رہا تھا۔ مَیں نے اس کا ایک ہاتھ اپنے دونوں ہاتھوں میں لے لیا اور اسے بے قراری سے، شدت سے چومنے لگ گیا۔ قریب تھا کہ مَیں اس کے پورے وجود کو اپنے بازوؤں کے حصار میں لے لیتا کہ ایک راہ گیر ہم پر فقرہ چست کرتا ہوا گزر گیا۔ ''اصلی عبادت تو ادھر ہو رہی ہے''۔ فقرہ سنتے ہی ماروی نے اپنا ہاتھ پیچھے کھینچ لیا۔ اس کے روشن چہرے پر ایک پرچھائیں آ کر گزر گئی۔ مَیں بھی ذرا پیچھے ہٹ کر، نیم کے کھردرے تنے سے پیٹھ لگا کر بیٹھ گیا۔ وہ بھی مجھ سے ہٹ کر، سمٹ کر بیٹھ گئی اور گھبرائی نظروں سے اپنے سامنے دیکھنے لگی۔

میرا رخ دائیں سمت سے آنے والوں کی طرف تھا جب کہ وہ بائیں جانب سے آنے والوں کو دیکھ رہی تھی۔ مجھے اپنے کیے پر ندامت ہو رہی تھی۔ میری نظر اس پر پڑی تو وہ ایک لحظہ بہت مطمئن اور سرشار دکھائی دی لیکن اگلے ہی لمحے اس کا پورا وجود عجیب طرح سے لرزا، اس کی آنکھیں پھیلتی چلی گئیں اور اس کے منہ سے بے اختیار نکلا۔ ''مارے گئے''۔ اس کا چہرہ یکایک سیاہ پڑ گیا اور وہ تقریباً کانپتی ہوئی جلدی سے سیدھی اٹھ کر کھڑی ہو گئی۔ مَیں بھی اسے دیکھتا ہوا ہڑبڑا کر کھڑا ہو گیا اور ادھر ادھر دیکھنے لگا۔ وہ خوف زدہ نظروں سے میری طرف دیکھتی ہوئی چلائی۔ ''میرا بھائی۔''

مَیں نے اس کے ناٹے قد کے باریش اور صحت مند تن و توش کے مالک بھائی کو، جس سے ایک بار پہلے بھی میری مڈبھیڑ ہو چکی تھی، ایک سانڈ کی طرح چنگھاڑتے، غصے کا جھاگ اڑاتے ہوئے، بھاگ کر اپنی جانب آتے دیکھا۔ ''کیا کر رہی ہے تو یہاں؟''

''بھاگو، ماروی۔'' مَیں نے چیخ کر کہا۔ میری چیخ نے اسے ڈر کی کیفیت سے نکالا اور اسی آن اس نے سوچے سمجھے بغیر دائیں طرف اور مَیں نے بائیں جانب تیز دوڑ لگا دی۔ اس کا رخ شہر کی جانب نکلنے والے راستے کی طرف تھا جب کہ میرا سیدوں کے بنگلے اور امام بارگاہ کی طرف۔

اس کے بھائی نے مجھے اپنی سمت آتے ہوئے دیکھا تو اس نے مجھے پکڑنے کے لیے اپنے دونوں ہاتھ پھیلا لیے لیکن

میں اس کے ایک ہاتھ کے نیچے سے نکلتا ہوا اس کے پاس سے بھاگ نکلا۔ وہ ایک لحظے کو یہ فیصلہ کرنے کے لیے ٹھٹھکا کہ اسے اپنی بہن کے پیچھے جانا چاہیے یا میرے پیچھے۔ اس نے پلٹ کر میرے پیچھے آنے کا فیصلہ کیا۔

تیزی سے دوڑتے ہوئے مسجد کے گیٹ سے نکلتے ہی میں سامنے کی دیوار کے بیچ اس پار جانے کے لیے بنی سیڑھیوں پر بھاگتا ہوا چڑھ گیا اور رسیدوں کے بنگلے کے ساتھ دوڑتا ہوا چلا گیا۔ وہ مجھے گالیاں بکتا ہوا میرے تعاقب میں تھا لیکن میں اس کی پہنچ سے دور نکل آیا تھا۔ اس کا مجھ تک پہنچنا مشکل تھا۔ جب میں امام بارگاہ کے قریب پہنچا تو وہ پیچھے راستے میں رک کر، زمین سے پتھر اٹھا کر میری طرف اچھالنے لگا۔ اس کے پھینکے دو پتھر، زناٹے کے ساتھ میرے سر کے قریب سے گزر گئے۔ اگر ان میں سے ایک بھی لگ جاتا تو شاید میں وہیں گر کر ڈھیر ہو جاتا۔

سڑک پر واقع امام بارگاہ کے گیٹ سے مَیں دائیں جانب مڑ گیا۔ مسجد کے سامنے سے بھاگتے ہوئے مَیں نے پلٹ کر دیکھا تو وہ مجھے بہت پیچھے ایک جگہ کھڑا ہانپتا ہوا دکھائی دیا۔ وہ بہت پیچھے رہ گیا تھا لیکن میں اس کے باوجود دوڑتا چلا جا رہا تھا۔ مجھے اس بات پر اطمینان تھا کہ وہ ماروی کے پیچھے جانے کے بجائے میرے تعاقب میں آیا اور میں اسے جُل دینے میں کامیاب ہو گیا۔

گندم کے گودام کے قریب پہنچ کر میں ٹھہر گیا اور اپنی سانسیں درست کرنے لگا۔ میری دھڑکنیں اتنی بپھری ہوئی تھیں کہ لگتا تھا دل سینے سے اچھل کر باہر آ گرے گا۔ کچھ دیر بعد جب میری سانسیں بحال ہونے لگیں تو مجھے ایک بار پھر ماروی کا خیال ستانے لگا۔ وہ اس وقت کہاں ہوگی؟ اس کے بھائی کے گھر پہنچنے پر کیسا ہنگامہ برپا ہوگا؟ اس پر کیا بیتے گی؟ میرے ذہن میں یک دم کئی ایسے سوال ابھرنے لگے، میرے لیے جن کے جواب پانا تو ایک طرف، ان کے بارے میں سوچنا بھی اس وقت ناممکن ہو رہا تھا۔ مجھے محسوس ہو رہا تھا کہ ہم دونوں سے سخت بے احتیاطی ہوگئی تھی، ہمیں جمعے کے دن وہاں نہیں ملنا چاہیے تھا کیوں کہ اس روز وہاں لوگوں کی آمد و رفت زیادہ ہوتی تھی۔ اگر ہم وہاں کسی اور دن ملتے تو شاید یہ سب رونما نہ ہوتا۔ لیکن اب کچھ نہیں ہو سکتا تھا؟ میں اندر سے اتنا سہم گیا تھا کہ اس وقت اس لرزا دینے والے واقعے کے نتائج کا اندازہ لگانا بھی میرے لیے از حد مشکل تھا۔ میرا دل بوجھل تھا۔ جسم تھکن سے چور ہو رہا تھا۔ دماغ کچھ بھی سوچنے کے قابل نہیں تھا۔ ناچار میں گودام کے پاس سے گھر کی طرف نکلنے والے راستے پر اپنے تھکے ماندے قدموں سے چل پڑا۔

گھر کے دروازے پر پہنچ کر میں رک گیا اور بازار جانے والی گلی کی طرف دیکھنے لگا۔ میرا اندازہ تھا کہ مسجد سے باہر نکلنے کے بعد ماروی نے اپنے گھر جانے کے لیے یہی راستہ استعمال کیا ہوگا۔ وہ دبیر مسجد کے پاس سے گزر کر یہاں تک آئی ہو گی اور پھر بازار کی طرف جاتی گلی میں مڑ گئی ہو گی۔ وہ اندیشوں، وسوسوں اور شبہات میں گھرے اپنے ننھے سے دل کے ساتھ یہاں سے کس طرح گزری ہو گی؟ اس پر کیسی ہیبت اور سراسیمگی طاری ہوگی؟ میں خود کو سمجھانے لگا کہ نہیں، وہ بہادر اور ہمت والی تھی۔ وہ اپنے بھائی کی طرف سے لگائے جانے والے الزامات کا بھرپور دفاع کرے گی اور اس کے سانڈ نما بھائی کو منہ کی کھانی پڑے گی۔

جب میں گھر میں داخل ہوا تو محلے کی مسجد سے عصر کی اذان بلند ہو رہی تھی۔ دکان بند ہونے کی وجہ سے بابا گھر پر ہی موجود تھے اور اماں ان کے پائینتی بیٹھی ان کے پیر دبا رہی تھیں۔ مجھے دیکھتے ہی بابا سرزنش کرنے لگے کہ مَیں جمعہ کی نماز کا گیا ہوا اب واپس لوٹ رہا تھا۔ مَیں نے بہانہ بنا کر انہیں ٹالنا چاہا۔ اماں نے مجھ سے چائے کا پوچھا تو مَیں نے اثبات میں سر ہلا دیا۔ بابا مجھے پڑھائی پر توجہ دینے کی تاکید کرنے لگے۔ ان کے خیال میں، مَیں پڑھائی پر توجہ نہیں دے رہا تھا اور اپنے فضول مشاغل میں اپنا وقت برباد کر رہا تھا۔ مَیں نے گھگھیاتے ہوئے انہیں یقین دہانی کروانے کی کوشش کی لیکن وہ مطمئن نہ ہو سکے۔

اماں جس پل میرے سامنے چائے لے کر آئیں، عین اسی لمحے بابا نے یہ سوال داغ دیا: ''ارے کیا تُو نے اس چھوکری سے ملنا چھوڑ دیا کہ نہیں؟'' انہیں ماروی کا نام معلوم نہیں تھا، اسی لیے اسے چھوکری کہہ رہے تھے۔ اماں ان کا سوال سن کر زیرِلب مسکرانے لگیں۔ ان کے منہ سے بے اختیار نکلا۔ ''جیسا باپ ویسا ہی بیٹا''۔ بابا یہ سن کر انہیں آنکھیں دکھانے لگے۔

مَیں نے بابا کو نفی میں جواب دیتے ہوئے اماں کے ہاتھ سے چائے کا پیالہ لیا تو میرا ہاتھ کانپنے سے تھوڑی سی چائے چھلک کر نیچے گر گئی۔ اماں یہ دیکھ کر زور سے ہنسنے لگ گئیں ''میرا بیٹا جوان ہو گیا ہے، اب اس کے لیے کوئی چھوکری تو دیکھنی پڑے گی نا۔''

یہ سن کر بابا ان پر چڑھ دوڑے: ''ابھی ہائی اسکول پاس نہیں کیا، کوئی کام دھندا ابھی نہیں، اور ابھی سے ایسی باتیں کرنے لگ گئی، تیری ساس مرے۔'' اماں نے جواب دیا: ''وہ تو کب کی مر کھپ گئی۔ تمہاری دکان کے ہوتے اسے روزگار کی کیا فکر ہے، بتا؟'' وہ میری جانب سے صفائی دینے لگ گئیں: ''اب تو یہ گھر میں بھی نماز پڑھنے لگ گیا ہے۔'' یہ سن کر بابا خوش ہو گئے۔ مَیں سڑکیاں لے کر چائے پینے کے ساتھ یہ سوچنے لگا کہ شاہ جہانی مسجد میں پیش آچکا واقعہ اگر خدانخواستہ بابا کے علم میں آ گیا تو یہ میرا کیا حشر کریں گے؟

میں عجیب تذبذب میں تھا۔ لحظہ بہ لحظہ میرا خوف اندر سے نکل کر میرے چاروں طرف پھیلتا جا رہا تھا۔ ماروی کے پانچ بھائی تھے اور باپ شہر کا مشہور زرگر تھا۔ مجھے سوچنا پڑ رہا تھا کہ آنے والے دنوں میں کس طرح بازار کا رخ کیا کروں گا؟ ہر نکڑ، ہر موڑ، ہر گلی سے گزرتے ہوئے مجھے ان سے مڈبھیڑ کا ہمہ جہت خوف مستقل دامن گیر رہنے والا تھا۔ مَیں سوچ جا رہا تھا کہ کیا آج کے بعد میری اور ماروی کی زندگی پہلے جیسی رہے گی یا پھر اس میں کوئی بڑی اتھل پتھل ہونے والی تھی؟ سوالوں کی غیر مختتم قطار کے سامنے فی الوقت میرے پاس ایک بھی جواب نہیں تھا اور میں ان کے تیز تند بہاؤ میں بہتا جا رہا تھا۔

مَیں نے پہلے مغرب اور اس کے بعد عشا کی نماز پڑھ ڈالی لیکن میرے جی کو قرار نہیں آ سکا۔ اس کے بعد رات کا کھانا کھا کر بستر پر لیٹ گیا۔ اب اس سانحے کو پیش آئے کافی وقت گزر گیا تھا۔ ماروی کے گھر میں اب تک سب کچھ کہا سنا جا چکا ہو گا۔ اس سے اچھی طرح باز پرس ہو چکی ہو گی۔ فیصلے سنائے جا چکے ہوں گے۔ مذہب، قرآن اور حدیث کی روشنی میں اسے اس کے اصل فرائضِ منصبی اچھی طرح یاد کروا دیئے ہوں گے۔

وہ رات مجھ پر سخت گراں تھی۔شہر بھر کے گدھ اور چمگادڑ میرے دل سے چُسڑ چُسڑ میرا خون پی رہے تھے۔ ہر طرف خون کے فوارے چھوٹ رہے تھے۔ بستر اور چارپائی بھر گئے۔ وہ ٹپک ٹپک کر نیچے گرنے لگا اور لکڑی کے فرش پر بہتا سیڑھیوں پر سے پھسلتا، نیچے تک جا رہا تھا۔ دروازے سے باہر نکل رہا تھا۔ گلی میں پھیل رہا تھا۔ ایک سے دوسری میں، تیسری، چوتھی گلی میں۔ بازار میں، مسجدوں میں، ہر جگہ۔شہر بھر میں باڑھ آ گئی تھی خون کی۔ کیا یہ صرف میرا خون تھا جو ہر جگہ پھیل گیا تھا یا اس میں ماروی کا خون بھی شامل تھا؟

صبح اماں نے مجھے جگانے کے لیے جیسے ہی میرے ماتھے پر اپنا ہاتھ رکھا تو ان کی چیخ نکل گئی۔ بابا دوڑتے ہوئے ان کے پاس آئے اور پوچھنے لگے کہ کیا ہوا؟ انہوں نے فکرمندی سے انہیں بتایا کہ مجھے زور کا تاپ چڑھا ہوا ہے۔ مجھے بس یہی کچھ یاد تھا۔ اس کے بعد شاید وہ دونوں مل کر مجھے جھنجھوڑتے رہے لیکن میں غنودگی میں تھا اور اول فول بکے جا رہا تھا۔ وہ مجھے عقیلی ہسپتال لے گئے۔ جہاں مجھے ڈرپ اور انجیکشن لگائے گئے، جس کی وجہ سے دوپہر تک میری حالت بہتر ہونے لگ گئی۔ چند گھنٹے وہاں گزارنے کے بعد اماں اور بابا مجھے گھر لے آئے۔ میری وجہ سے بابا اب تک دکان پر نہیں جا سکے تھے۔ وہ ناغہ نہیں کرنا چاہتے تھے، اس لیے وہ دوپہر کا کھانا کھائے بغیر چلے گئے۔

ان کے جانے کے بعد مجھے ایک خیال آیا اور میں لرز کر رہ گیا۔ چھوٹے شہروں کے باسیوں کی کئی مشترکہ بدنصیبیوں میں سے ایک یہ بھی ہے کہ یہ سب کے سب ایک دوسرے کو سات پشتوں تک جانتے ہیں۔ کچھ عجب نہیں تھا کہ جلد یا بدیر ماروی کے والد الحاج محمد اسمٰعیل اور ان کے پانچ بیٹوں کو پتا چل جائے گا کہ مَیں کس کا بیٹا ہوں؟ میرے باپ کی دکان کہاں ہے اور گھر کہاں واقع ہے؟ میں نقاہت اور کمزوری سے گھائل نجانے کیا کیا سوچتا رہا اور تھوڑی دیر بعد اپنی بھاری اور بوجھل سوچوں کی تاب نہ لا کر ایک بار پھر گہری نیند میں چلا گیا۔

عصر کی اذان سے ذرا پہلے اماں نے مجھے جگاتے ہوئے منہ ہاتھ دھو کر آنے کے لیے کہا۔ انہوں نے میرے لیے کھچڑی بنائی تھی۔ مَیں چارپائی سے اترا تو کمزوری کی وجہ سے چلتے ہوئے ٹانگوں میں درد ہو رہا تھا۔ غسل خانے میں ٹھنڈا پانی ناگوار لگ رہا تھا اور روشن دان سے آنے والی سرد ہوا ہڈیوں میں چبھ رہی تھی۔ مَیں ہاتھ دھو کر، جلدی سے کلی کر کے باہر آ گیا۔ اماں نے تھالی میں چمچ کے ساتھ گرم کھچڑی لا کر مجھے دی۔ مَیں چارپائی کے اوپر بیٹھ کر دھیرے دھیرے کھانے لگا۔ میرا جسم بے جان ہو رہا تھا۔ ذہن بالکل ماؤف تھا۔ اوپر تلے کھچڑی کے کئی چمچ کھانے سے میرے وجود میں توانائی کی ایک رو دوڑتی چلی گئی۔ میرے اعصاب بحال ہونے لگے۔

کچھ دیر بعد نچلی منزل کا دروازہ کنڈی کے چھناکے کے ساتھ کھلا اور اگلے ہی لمحے لکڑی کے زینے پر کسی کے تیزی سے چڑھنے کی دھم دھم سنائی دینے لگی۔ اماں اور میں چونک کر ایک دوسرے کی جانب دیکھنے لگے، کیوں کہ بابا تو مغرب کے بعد گھر آیا کرتے تھے۔ پھر یہ زینے میں کس کے قدموں کی آواز سنائی دے رہی تھی؟ بابا سیڑھیوں سے اوپر آئے تو اماں ان کی حالت دیکھتے ہی گھبرا کر اٹھ کھڑی ہوئیں۔ کھچڑی کا چمچ میرے ہاتھ سے نیچے گر گیا۔

بابا نے کل جمعے کی نماز کے لیے جو دھلا ہوا لباس پہنا تھا، اس کا گریبان تار تار ہو رہا تھا اور اس کے نیچے ان کی بنیان پھٹی ہوئی نظر آ رہی تھی۔ ان کا چہرہ سوجا ہوا تھا اور اس پر گہرے نشان نمایاں تھے۔ ان کی ایک آنکھ سوجی ہوئی نظر آ رہی تھی۔ اوپر پہنچتے ہی وہ میرے سامنے کھڑے ہو کر مجھے کھا جانے والی نظروں سے گھورنے لگ گئے۔ اماں نے انہیں بیٹھنے کے لیے کہا تو انہوں نے نفی سر ہلا کر منع کر دیا۔ انہوں نے پریشانی سے بابا سے پوچھا کہ ان کے ساتھ یہ سب کیا ہوا ہے؟ کس نے کیا ہے؟ انہوں نے میرے طرف اشارہ کرتے ہوئے جواب دیا۔ ''تمہارے بیٹے نے۔''

ان کا جواب سن کر اماں سے زیادہ میری حالت خراب ہونے لگی۔ اماں کی سمجھ میں کچھ نہیں آ سکا۔ وہ بابا سے الجھنے لگ گئیں: ''یہ تو بیمار ہے، دوپہر سے لیٹا ہوا اب اٹھا ہے۔'' اماں کی یہ وضاحت سن کر بابا بھڑک اٹھے۔ ''کل یہ مجھ سے اور تم سے جھوٹ بول رہا تھا۔ جمعے کی نماز کے بعد یہ اپنی یار سے ملنے گیا تھا اور اس کی اُسی یار کے بھائیوں نے آج بھرے بازار میں مجھے مارا، پیٹا اور گالیاں دیں۔ کل یہ اس کے ساتھ مسجد میں گھوم رہا تھا۔ بول خبیث۔ کل بڑا شریف بن رہا تھا۔ آج سامنے آ گئے تیرے لچھن۔ تھُو ہے تجھ پر۔ تیری سات آل اولاد پر۔ لوفر کہیں کا۔ رولاک۔'' وہ اسی لمحے اپنی چپل اٹھا کر مجھ پر پِل پڑے۔

میں پہلے ہی بخار سے ادھ موا ہو رہا تھا، چپ چاپ ان کی ضربیں کھانے لگا۔ کھچڑی پلیٹ سے نکل کر پورے بستر اور رضائی پر پھیل گئی۔ وہ میرے سر پر، چہرے پر اور کندھوں پر لگاتار اپنی بھاری چپل سے مارتے رہے اور گالیاں بکتے رہے۔ چپل ان کے ہاتھ سے چھوٹ گئی تو تھپڑ اور گھونسے مارنے لگے۔ اماں نے دراندازی کی کوشش کی تو بابا نے انہیں زور سے دھکا دے دیا۔ وہ فرش پر جا گریں۔

مجھے لگ رہا تھا کہ میرا آخری وقت آ پہنچا تھا موت کے فرشتے کے پروں کی پھڑ پھڑاہٹ مجھے اپنی سماعت کے قریب سنائی دے رہی تھی۔ ان کی مار پیٹ سے میری حالت مزید ابتر ہو گئی تھی۔

بہت دیر تک جب وہ مجھے مار مار کر تھک گئے تو ہانپتے کانپتے اور ڈگمگاتے ہوئے جا کر اپنے تخت پر بیٹھ گئے۔ کچھ دیر تک لمبی سانسیں لیتے رہے پھر خود کو مجتمع کر کے وہ دکان پر پیش آنے والا پورا واقعہ سنانے لگے کہ بھرے بازار میں کس طرح ان کی بے عزتی کی گئی تھی اور اب یہ بات پورے شہر میں پھیل گئی تھی۔

میں اپنے بستر پر نیم جان پڑا ہوا سوچ رہا تھا کہ ماروی پر جو گزری ہو گی، مجھے اس کا پتا کیسے چلے گا؟ کیا وہ پہلے کی طرح دست کاری اسکول جائے گی یا نہیں؟ کیا وہ دسویں جماعت تک اپنی تعلیم پوری کر پائے گی یا نہیں؟ ایک کے بعد دوسرے سوال کا سانپ مجھے ڈس رہا تھا اور بدن میں پھیلتے اس زہر کے زیرِ اثر میری آنکھیں مندتی چلی جا رہی تھیں۔

15

میں کئی روز تک اپنے گھر سے نہیں نکلا۔حتیٰ کہ بالکونی میں یا کھڑکیوں کے پاس کھڑے ہو کر باہر بھی نہیں جھانکا۔ جب میرا کوئی دوست یا ہم جماعت مجھ سے ملنے کے لیے آتا تو میں اپنے احساسِ جرم و ندامت کی وجہ سے اس کا سامنا کرنے سے گریز کرتا۔ میرے اصرار پر اماں مجھ سے ملنے کے لیے آنے والے ہر لڑکے کو واپس لوٹا دیتیں۔ اس کے باوجود کوئی دن خالی نہیں گیا جب مَیں نے اپنے بابا کی گالیاں اور اماں کے زہر بھرے جملے نہ سنے ہوں۔ خیر، ان سب کا تو میں عادی ہو چکا تھا لیکن بابا کے ساتھ جو کچھ اس دن پیش آیا تھا اس کے بعد میں بھی خوف زدہ ہو گیا تھا۔ مجھے یہ خدشہ ہر وقت ستاتا رہتا کہ ماروی کے بھائی مجھے شہر بھر میں ڈھونڈتے پھر رہے ہوں گے اور اگر میں ان کے ہاتھ آ گیا تو وہ میرا حشر بابا سے بھی بدتر کریں گے۔ اپنی درگت بننے کا خیال ہی مجھے لرزا دینے کے لیے کافی تھا۔

میری اماں نے میرا یہ خوف محسوس کر لیا، جس کے بعد انہوں نے مجھے کوسنے دینے بند کر دیئے۔ انہیں مجھ پر ترس سا آنے لگا۔ وہ مجھے بہانے بہانے سے باہر بھیجنے کی کوشش کرتیں، لیکن میرا یہ ڈر کچھ دنوں تک مجھ پر حاوی رہا۔ انہیں ماروی کے ساتھ میرے تعلق کی کہانی سننے کے بعد اس میں دلچسپی پیدا ہو گئی تھی۔ انہیں جب موقع ملتا وہ مجھ سے پوچھنے لگتیں۔ ''کیسی ہے وہ؟ کیا بہت حسین ہے؟ کیا وہ تم سے ملتی بھی تھی؟'' ان کے معصومیت بھرے سوالات کے جواب دیتے ہوئے مجھے محتاط رویہ اختیار کرنا پڑتا تھا کیوں کہ میرے منہ سے نکلی ہر بات با آسانی ان کے ذریعے بابا تک پہنچ سکتی تھی۔ اس لیے میں ماروی سے اپنے ملنے ملانے کا ذکر گول کر جاتا تھا لیکن اماں کے سامنے اس کی خوب صورتی کی تعریفیں کیے بنا رہ نہیں پاتا تھا۔ اس کی تعریفیں سن کر اماں خوش ہوتی تھیں۔ انہوں نے ایک دو بار پیش کش کی کہ مَیں انہیں اس کے گھر لے کر جاؤں۔ وہ اس کے والدین سے میرے لیے اس کا رشتہ مانگیں گی اور مجھے اس کا گھوٹ اور اسے میری کنوار بنائیں گی۔ مَیں یہ بات ماننے کے لیے بالکل تیار نہیں تھا کیوں کہ انہیں وہاں لے کر جانا کسی طرح خطرے سے خالی نہیں تھا۔ پھر جب بابا کو پتا چلتا تو وہ الگ درگت بناتے اور، وہاں وہ لوگ پتا نہیں کیا سلوک کرتے؟ مَیں ان کی ہر ایسی بات کی حوصلہ شکنی کرتا رہا۔ میری ہٹ دھرمی دیکھ کر دھیرے دھیرے اماں کی اس میں دلچسپی ختم ہوتی چلی گئی۔

مَیں ماروی اور خود پر بیتی اس واردات کو صیغۂ راز میں رکھنا میں چاہتا تھا۔ یہ میرے اور اس کے ذاتی معاملات تھے لیکن

اب یہ قصہ زبانِ زدِ عام ہو گیا تھا۔ ہم دونوں کی آپس کی بات کا یوں کھُل جانا مجھے تو بہت کھَل رہا تھا۔ اس پورے قصے کو کسی کے ساتھ بانٹنا، یا کسی کو سنا کر اپنا ہم راز بنانا، میرے لیے بہت مشکل تھا۔ مجھے تو اپنے گھر میں جان کے لالے پڑے ہوئے تھے۔ میرا بیشتر وقت چھت اور بالائی زینے پر بنی نیم چھتی پر جاں کنی کے عالم میں گزرتا رہا۔

اس دوران اسکول کی سردیوں کی چھٹیاں گزر گئیں اور نئے سال کے آغاز پر کلاسیں شروع ہو گئیں، تو مجھے بھی اسکول جانا پڑا۔ نویں جماعت کا امتحان سر پر تھا اور میرا دل پڑھائی سے پوری طرح بھر چکا تھا۔ اسکول میں ہم جماعتوں کی پھبتیاں اور فقرے بازی مجھے متاثر نہیں کر سکی۔ مَیں نے انہیں کوئی اہمیت نہیں دی کیوں کہ میرا ذہن اب بالکل واضح ہو چکا تھا کہ مَیں نے کوئی غلط کام نہیں کیا تھا۔ مجھے یہ احساس بھی تھا کہ تنگ کرنے والوں کی اکثریت کو ان کی زندگیوں میں ابھی تک کسی لڑکی سے محبت کرنے کا تجربہ ہوا ہی نہیں تھا۔ مَیں تو اپنی محبوبہ کے ساتھ شہر کے بازار اور گلیوں میں گھومتا رہا تھا اور اس کے قرب سے لطف اندوز ہوتا رہا تھا۔ ایسا نادر موقع مجھے چھیڑنے والوں کی زندگی شاذ ہی آیا ہوگا۔ اسی لیے وہ سب مجھے حسد اور جلن کے مارے ہوئے لگتے تھے جو مجھ پر جملے اچھال کر اپنی ناآسودہ خواہشوں اور اپنی محرومیوں کی تسکین کرنا چاہتے تھے۔ مجھے زیادہ حیرت اپنے ان استادوں پر ہوئی جو مجھے اسٹاف روم میں بلا کر اس واقعے کو کریدنے کی کوشش کرتے رہے۔ مجھے اندازہ ہو گیا کہ وہ صرف مزا لینا چاہتے تھے۔ سو مَیں نے ان کے آگے سچ بول کر ہی نہیں دیا۔ مجھے حیرت ہو رہی تھی کہ ہر کوئی اس واقعے میں اتنی دلچسپی کیوں لے رہا تھا۔ ان کا اس سے کیا لینا دینا تھا۔ وہ اس تجسس میں کیوں مارے جا رہے تھے کہ مَیں اس لڑکی کے جسم سے ہم کنار ہوا کہ نہیں؟ اور اگر ہوا بھی تو کتنی بار؟ وہ کیسی تھی؟ کتنی نرم گرم؟ بعض سوال سن کر میں اندر تک کھول اٹھتا۔ انہیں تلخ جواب دے کر چپ کرنے کی کوشش کرتا۔

ماروی سے میل جول کے دوران اور اس سے بچھڑنے کے بعد کے واقعات کا ایک بوجھ سا میرے دل پر جمع ہوتا جا رہا تھا، جسے کسی نہ کسی ہم راز دوست کے سامنے اتارنا بہت ضروری تھا۔ اس بوجھ سے میرے اعصاب شَل ہوتے جا رہے تھے۔ پہلی بار ماروی کے چہرے پر نمودار ہونے والے خوف کی پرچھائیں، اس کے بھائی کی غراہٹ، ماروی کا اٹھ کر جانا اور اس کے بھائی کا میرا پیچھا کرنا اور اس کے بعد سے اب تک جو کچھ پیش آتا رہا، وہ بار بار میرے ذہن میں ایک فلم کی طرح چلنا شروع ہو جاتا اور پھر میں اپنے آپ میں نہ رہتا۔ اپنی شدید خواہش کے باوجود ماروی کو نہ دیکھ سکنے کی مجبوری، میرا خون چوسے جا رہی تھی۔ ہر وقت ذہن ایسی باتوں میں الجھا رہتا۔ رات کو نیند میں ڈراؤنے خواب الگ پریشان کرتے۔

ایک دن آدھی چھٹی کے دوران میں اسمبلی کے میدان میں خشک فوارے کے گرد بنی دیوار پر اکیلا بیٹھا تھا کہ عارف میرے پاس آ کر بیٹھ گیا۔ یہ میرا وہی دوست تھا جس نے ماروی کو پہلا خط لکھنے میں میری مدد کی تھی۔ اس نے میرے کندھے پر ہاتھ رکھ کر میرا حال پوچھا تو مجھے لگا کہ وہ میرا غم بانٹنا چاہتا تھا۔ ادھر ادھر کی دو چار باتوں کے بعد وہ مجھے کریدنے لگا کہ میرے ساتھ حقیقت میں ہوا کیا تھا؟

مَیں نے صاف صاف کہہ دیا کہ یہ بات کرنے کے لیے یہ جگہ اور وقت مناسب نہیں تھا۔ ہمیں شام میں کسی ہوٹل پر مل

بیٹھنا چاہیے۔ اس نے آس پاس منڈلاتے لڑکے دیکھ کر میری بات سے اتفاق کرتے ہوئے اپنا سر ہلا دیا۔ ''میں تیرے پاس آؤں گا چار بجے۔''

عارف اپنے قول کا پابند نکلا اور ٹھیک وقت پر میرے پاس پہنچ گیا۔ بالکونی سے اسے دیکھتے ہی میں زینہ اتر کر اپنے گھر سے نکلا اور اس کے ساتھ شہر کے بس اسٹینڈ کی جانب چل دیا۔ مَیں راستے میں ہی اسے اپنی محبت کی کہانی تفصیل سے سنانے لگا۔ اس نے اچھا سامع ہونے کا ثبوت دیتے ہوئے بیچ میں مداخلت نہیں کی بلکہ کچھ باتیں سن کر رشک اور حیرت سے اس کا منہ کھلا رہ گیا۔ اسے یقین ہی نہیں آ رہا تھا کہ مَیں شہر کے ویران مغربی کنارے پر واقع شاہ ابراہیم کے مزار پر اس سے ملاقات بھی کر چکا تھا۔

دربار ہوٹل پہنچتے ہی اس نے جلدی سے چائے کے دو پیالے لانے کے کہا، پھر ہم دونوں ایک میز پر آمنے سامنے بیٹھ گئے۔ میری باتوں میں اس کا تجسس بڑھتا جا رہا تھا۔ اس نے اپنی بے چینی چھپاتے ہوئے مجھ سے ایک سوال کیا: ''کیا تُو نے کسی بھی موقعے پر اسے چھونے یا چومنے کی کوشش نہیں کی؟'' مَیں نے نفی میں جواب دیا تو وہ ہنسنے لگ گیا۔ اس سے ہنسی کا سبب پوچھا تو وہ اپنے مخصوص انداز میں بولا۔ ''تبھی تو۔''

''کیا تبھی تو؟'' وہ اتراتے ہوئے مزید کہنے لگا: ''اگر تم نے اسے متعدد مرتبہ چھوا یا چوما ہوتا تو تمہاری محبت کی شدت اُسے اپنے بھائیوں اور باپ سے لڑنے اور ٹکرانے پر بھی تیار کر دیتی۔ وہ تمہاری خاطر ان سب سے بھِڑ جاتی اور انہیں ٹھکرا کر تمہارے ساتھ تمہاری دنیا میں ہمیشہ کے لیے چلی آتی۔''

اس کی یہ بات سن کر میں پریشان ہو گیا اور اس سے پوچھے بغیر نہ رہ سکا: ''محبت میں چھونا اور چومنا کیوں ضروری ہوتا ہے؟'' تب وہ سنجیدگی سے اپنی آنکھیں گھماتے ہوئے کہنے لگا۔ ''ابے اس کے بغیر تو محبت ہوتی ہی نہیں ہے۔ فلموں میں ہیرو ہیروئن سے دوستی ہو جانے کے بعد پہلے اس کے ساتھ اچھی طرح موج مستی کرتا ہے۔ پھر جب ظالم سماج راستے میں آتا ہے تو ہیروئن، اپنے ہیرو کی خاطر گھر بھی چھوڑ دیتی ہے۔''

اس کی حیران کرنے والی باتیں سن کر مَیں نے ترنت جواب دیا: ''یہ سب فلمی باتیں ہیں۔ ایسا حقیقت میں ممکن ہی نہیں ہے۔ یہاں کوئی ایسی جگہ ہی نہیں ہے جہاں پر کسی لڑکی سے دو گھڑی شرافت سے بات چیت کی جا سکے۔'' مَیں نے اوپر اوپر سے کہہ تو دیا لیکن حقیقت یہی تھی کہ مَیں ماروی کے ساتھ یہ سب کرنے کی شدید خواہش رکھتا تھا لیکن اپنی کم ہمتی اور بزدلی کی وجہ سے اسے اپنے بازوؤں میں نہیں لے سکا تھا۔ ہماری کوئی بھی ملاقات پوری تنہائی میں نہیں ہوئی تھی۔ ہم زیادہ تر تو سرِ راہ گزر یا عوامی مقامات پر ہی ملتے رہے۔ اس کے باوجود مَیں نے عارف کی اس بات کو ضرورت سے زیادہ سنجیدہ لے لیا اور اداسی سے افسوس کرنے لگا کہ مَیں نے ماروی کے ہونٹ چومنے کی کوشش کیوں نہیں کی۔ اگر میں کوشش کرتا تو شاید کامیاب بھی ہو جاتا لیکن یہ ایک ایسی محرومی بن گئی، جس کے ساتھ مجھے اپنی آئندہ پوری زندگی گزارنی تھی۔

ہوٹل کے باہر قومی شاہراہ پر شام اترنے لگی تھی۔ سرمئی سڑک گرد و غبار سے اٹی ہوئی تھی۔ مختلف گاڑیاں گزر رہی تھیں۔

چائے ختم کیئے ہمیں کافی دیر ہو گئی تھی۔ عارف میری اداسی کا سبب بھانپ چکا تھا۔ اس لیے واپسی پر وہ میری دل جوئی کرتا رہا۔ مجھے مشورہ دیتا رہا کہ مَیں کچھ عرصہ بازار کا رخ نہ کروں تو بہتر ہے کیوں کہ اس کے بھائی مجھے ڈھونڈتے پھر رہے تھے۔ میرے بابا کی توہین کر کے ان کے دل کو قرار نہیں آیا تھا۔

عارف کے مشوروں کے برعکس، چند روز اسکول جانے سے میرا خوف کم ہوتا چلا گیا اور مَیں نے جھجکتے اور ڈرتے ہوئے بازار کی طرف جانا شروع کر دیا۔ مجھے اپنے محلے اور شہر میں بھی اس واقعے کی ٹوہ لینے والوں کی کمی محسوس نہیں ہوئی۔ مَیں جہاں سے گزرتا لوگ میرے جانب اشارے کر کے آپس میں باتیں کرنے لگتے۔ مجھے اور میرے والد کو گھٹیا القابات سے پکارتے، لیکن مجھے ان کی پروا نہیں تھی۔ بازار کی طرف آتے اور جاتے ہوئے مجھے بس ہر وقت، ماروی کے اس سانڈ نما بھائی سے اچانک مڈ بھیڑ ہو جانے کا دھڑ کا لگا رہتا تھا۔

ماروی کے ساتھ گزرے چند مہینوں کی خوش گوار یادوں اور اس کے خیالوں کے سوا میرے ذہن میں کچھ بھی نہیں تھا۔ اس کے علاوہ میرے اندر یہ خواہش بھی زور پکڑتی جا رہی تھی کہ اس بے چاری پر میری وجہ سے جو کچھ بیت چکا تھا، اس کا کھوج لگاؤں اور کسی بھی وسیلے سے اس تک رسائی حاصل کرنے کی کوشش کروں۔ گر چہ ان حالات میں یہ سب ناممکن لگ رہا تھا لیکن اس کے باوجود میں اس سے مل کر صرف ایک بار اس کا حال دریافت کرنا چاہتا تھا۔ اسے اپنی آنکھوں سے صحیح و سالم اور پہلے کی طرح خوش باش دیکھنا چاہتا تھا۔

یہی باتیں سوچ کر ایک دن میں ہمت کر کے، دست کاری اسکول جانے کے لیے ماروی کے وقت سے ذرا پہلے، اپنے گھر سے بے اختیار ہو کر نکل پڑا۔ وہ سہ پہر تین بجے سے کچھ پہلے اپنے گھر سے نکلتی تھی۔ مَیں بالکل ٹھیک وقت پر اس کی گلی کے قریب پہنچ گیا۔ اس کی دو سہیلیوں کو مَیں نے سامنے والی گلی میں اپنے گھروں سے نکلتے ہوئے دیکھا تو مَیں نے اپنا رخ ان کی طرف کر لیا۔ وہ مجھے دیکھ کر پہلے تو سہم گئیں، پھر اعتماد سے چلتی ہوئی میرے قریب سے گزرنے لگیں تو میں خود کو ان سے بات کرنے سے نہیں روک سکا۔

''کیا آپ بتا سکتی ہیں کہ ماروی سکول جا رہی ہے کہ نہیں؟'' مَیں نے محتاط نظروں سے دائیں بائیں دیکھتے ہوئے دھیرے سے ان کی جانب اپنا سوال اچھالا جسے سنتے ہی دونوں کے ماتھوں پر سلوٹیں پڑ گئیں۔ ان میں سے ایک نے فوراً تلخی سے جواب دیا۔ ''اسے گھر میں قید کروا کے پوچھ رہے ہو کہ اسکول جا رہی ہے کہ نہیں؟'' اس کی مہین آواز میں غصے کی لرزش مجھے واضح محسوس ہو رہی تھی۔ دوسری لڑکی نے اسے کھینچ کر چلنے کے لیے کہا تو میرے منہ سے بے اختیار نکلا۔ ''کیسی قید؟'' اس نے پلٹ کر جلے بھُنے انداز میں مجھے جواب دیا۔ ''اس کے دونوں اسکول چھوٹ گئے، ہمیشہ کے لیے۔ اب خوش ہو جاؤ تم۔'' وہ آگے بڑھ گئی جب کہ میرے پاؤں اسی جگہ زمین میں دھنس گئے۔ مَیں کچھ دیر تک وہیں ساکت کھڑا رہ گیا۔ مَیں نے ماروی کے گھر کی جانب دیکھتے ہوئے ایک آہ بھری۔ جی چاہا کہ اس کے گھر کے دروازے کے پاس سے گزر کر دیکھوں۔ کیا پتا ادھ کھلے دروازے سے اس کی ایک آدھ جھلک دکھائی دے جائے؟ میں اپنے آپ کو

اس کے گھر کی جانب بڑھنے سے نہیں روک سکا۔

میں اپنی سوالی نگاہیں لیے اس کے در کے سامنے کھڑا تھا کہ اندر سے کسی نے ایک چھناکے کے ساتھ اس کی کنڈی نیچے اتاری تو مَیں نے امید بھری نظروں سے دروازے کی طرف دیکھا۔ پہلی نظر میں، میری حیرت کی کوئی حد نہ رہی جب مَیں نے ماروی کو اپنا چہرہ دروازے سے باہر نکالتے ہوئے دیکھا۔ اس سے پہلے کہ مَیں اسے کوئی اشارہ کرتا، اگلے ہی لمحے مجھے اپنی غلطی کا احساس ہوگیا کہ وہ اس کی بہن تھی۔ مجھے دیکھتے ہی اس کے تیور بدل گئے۔ اس کی آنکھیں غصے سے مجھے گھورنے لگیں، اس نے زمین پر تُھوکا اور دروازہ بند کر کے واپس چلی گئی۔ اس نے جس طرح اپنی نفرت اور حقارت کا اظہار کیا، اس سے میرے دل کو ٹھیس پہنچی اور میں اسی لحظے تیزی سے وہاں سے سٹک گیا۔

مانڈلی سے ایک سگریٹ اور ماچس خرید کر میں شاہ جہانی مسجد پہنچ گیا۔ بڑے گنبد کے پیچھے واقع سبزہ زار تک چلتا چلا گیا اور ان دو نیم کے پیڑوں کے بیچ جا بیٹھا جہاں اس دن ماروی کے ساتھ بیٹھا ہوا باتیں کر رہا تھا۔ اس دن کی طرح آج یہاں چہل پہل نہیں بلکہ خاموشی تھی۔ خنک، دھیمی ہوا پیڑوں پر بچی رہ گئی اکا دکا پتیوں سے چھیڑ چھاڑ کر رہی تھی۔ ان کے تنوں اور شاخوں پر گلہریاں پھدکتی اور شور مچاتی پھر رہی تھیں۔ کبوتر، لالیاں اور چڑیاں سب اپنی اپنی بولیاں بول رہے تھے۔ مسجد کا سِیدی چوکیدار ڈنڈا فرش پر مارتا ہوا گزرا تو اس نے ہاتھ اٹھا کر سلام کیا تو مَیں نے بھی جواباً ہاتھ اٹھا دیا۔ کچھ دیر بعد مسجد کے لاؤڈ اسپیکر سے عصر کی اذان بلند ہونی شروع ہوگئی۔ پیش امام کی آواز خاصی سماعت خراش تھی، اس لیے جب تک وہ سنائی دیتی رہی، میرے لیے باقی سب آوازیں پس منظر میں چلی گئیں۔

میں نیم کے پیڑوں کے پاس بیٹھا سگریٹ پیتا ہوا، بار بار اس تنے کی جانب دیکھنے لگتا تھا جس سے پیٹھ لگا کر اس دن ماروی بیٹھی ہوئی تھی لیکن اب اس جگہ سے اس کی یاد ہمیشہ کے لیے چپک کر رہ گئی تھی۔ جی چاہا کہ مَیں یہاں کوئی یادگار بناؤں لیکن میں کوئی شاہ جہان نہیں بلکہ ایک معمولی فریم ساز کا بیٹا تھا اور میں صرف اس تنے پر چھری چاقو سے گود کر اس کا نام لکھ سکتا تھا یا دو دِل بنا سکتا تھا۔ فی الحال میرے پاس چھری تھی اور نہ چاقو، بس سلگتی ہوئی سگریٹ تھی، جسے مَیں نے نہ چاہتے ہوئے بھی اپنی کلائی پر رکھ کر زور سے مسلا تو اپنی کھال جلنے کی تیز جلن سے، میرے منہ سے ایک سسکاری سی نکل گئی اور پھر دونوں آنکھوں میں آنسوؤں کی ایک جھڑی لگ گئی، جس کے گرم گرم قطرے میرے دونوں گالوں پر پھسلتے چلے گئے۔

مَیں نے سگریٹ ایک طرف پھینک دی اور کچھ دیر تک بازوؤں میں اپنا سر دیے روتا رہا۔ آنسو تھمنے کے بعد یوں لگا کہ پورے وجود پر کئی دنوں سے جو بوجھ لدا ہوا تھا وہ کچھ کم ہوگیا لیکن دل سے ابھی تک ٹیسیں اٹھ رہی تھیں۔ اب اس حقیقت کو ماننے کے سوا میرے پاس کوئی راستہ بچا نہیں تھا کہ آنے والے ماہ و سال میں شہر کی گلیوں، محلوں اور بازاروں میں اب ماروی مجھے کبھی دکھائی نہیں دے گی۔ اس کا دبلا پتلا، زندگی کے رنگوں سے معمور وجود اب کبھی میری وحشت کی ماری آنکھوں کے سامنے نہیں آئے گا۔ ہم ایک ہی شہر میں رہتے ہوئے ہمیشہ ایک دوسرے سے بے خبر اور اوجھل رہیں گے۔ کاش زندگی اسی مقام پر تھم جاتی، ختم ہو جاتی تو کتنا اچھا ہوتا۔ مَیں مر جاتا یا میری جُون بدل جاتی اور میں کوئی پیڑ یا

کتابن جاتا۔ ایسی ہی مایوسی بھری باتیں سوچتے سوچتے شام ڈھلنے کے نزدیک آپہنچی اور پرندوں کا بڑھتا ہوا شور میرے لیے ناقابلِ برداشت ہوتا چلا گیا۔

تیسرا اور آخری سگریٹ سلگانے کے بعد مجھے اٹھ کر کھڑا ہونا پڑا کیوں کہ سورج ڈوب چکا تھا اور آسمان سے شفق غائب ہو چکی تھی۔ مَیں ابھی مسجد سے باہر نکلنے والے دروازے کے پاس ہی تھا کہ مغرب کی اذان ہونے لگی۔ مَیں اپنے پاؤں گھسیٹتا ہوا گھر کی طرف چل دیا۔

اتنی دیر سے واپس لوٹنے پر اماں نے مجھ سے پوچھ تاچھ کی۔ انہیں ڈر تھا کہ مَیں کہیں پھر سے ماروی کے چکر میں نہ پڑ جاؤں۔ مَیں نے ان کی تسلی کروانے کی پوری کوشش کی کہ ایسا بالکل نہیں ہو گا لیکن اس کے باوجود انہیں دھڑکا لگا ہوا تھا۔ وہ بابا سے ایک دو مرتبہ مجھے اسکول سے ہٹا کر دکان پر اپنے ساتھ رکھنے کے لیے بھی کہہ چکی تھیں۔ مَیں بھی اسکول کی پڑھائی میں اپنی دلچسپی کھو چکا تھا لیکن میں فی الحال دوبارہ دکان پر جانے کے لیے بھی تیار نہیں تھا۔ وہاں کسی وقت، میری درگت بنائی جا سکتی تھی۔ ماروی کے بھائیوں کا سامنا کرنے کے خیال سے میری روح فنا ہونے لگتی تھی، پھر اس کی سہیلیوں سے ہونے والی مڈبھیڑ اور اس کی بہن کا نفرت انگیز انداز دیکھنے کے بعد تو میرا دل یہ شہر چھوڑنے کو چاہنے لگا تھا۔ مَیں نے کچھ سوچتے ہوئے اماں کے اطمینان کی خاطر انہیں سمجھانا چاہا کہ اب سے مَیں اپنی پڑھائی پر توجہ دینا شروع کر دوں گا اور وہ بابا کو مجھے دکان پر لگانے کی بات دوبارہ نہ کریں تو بہتر ہو گا۔ کچھ دیر کی بحث کے بعد میں انہیں قائل کرنے میں کامیاب بھی ہو گیا۔

نویں کے امتحان قریب آتے جا رہے تھے، اس لیے مَیں نے اماں سے کہا کہ وہ جس وقت تہجد کی نماز پڑھنے کے لیے اٹھتی تھیں، تب مجھے بھی جگا دیا کریں۔ اس کے بعد وہ مجھے جگانے لگ گئیں۔ مَیں نے پھر سے پڑھائی پر سنجیدگی سے توجہ دینے کا فیصلہ کر لیا تھا۔ مَیں بستر سے اٹھ کر غسل خانے میں ہاتھ منہ دھو کر جب پڑھنے بیٹھتا، تو ڈیڑھ دو گھنٹوں تک بڑی دلجمعی سے پڑھتا رہتا اور تین چار صفحوں کے لمبے چوڑے سوال بھی آدھے پون گھنٹے میں یاد کر لیتا۔ مَیں جملوں کو صرف دو تین مرتبہ دہراتا اور وہ میرے حافظے میں محفوظ ہو جاتے۔ شاید اس کی وجہ وہ پرسکون خاموشی تھی جو اس وقت چاروں اور پھیلی ہوتی تھی۔ بابا کے تیز اور مدھم خراٹے اور اماں کے سانسوں کی آوازیں مجھے بالکل تنگ نہیں کرتی تھیں۔

کمرے کے کونے میں اماں، مصلے پر سمٹی بیٹھی تہجد پڑھتی رہتیں اور اس کے بعد آہستگی سے مصلا تہہ کر کے اسے اس کی جگہ پر رکھ دیتیں۔ پھر وہ داہنی طرف کی ایک کھڑکی کھول کر اس کے سامنے کھڑی ہو جاتیں اور مسلسل کوئی سورت یا کوئی دعا پڑھتی رہتیں۔ ان کے حرکت کرتے ہونٹوں سے کھس پھس کی آوازیں سنائی دیتیں۔ تھوڑی دیر کے بعد وہ دوبارہ جا کر اپنی کھاٹ پر لیٹ جاتیں اور چند ہی لمحوں بعد انہیں نیند گھیر لیتی اور ان کے دھیمے سے خراٹے سنائی دینے لگتے۔

کھلی ہوئی کھڑکی سے، بہار کی آمد کا اعلان کرتی، ہلکی سی خنک اور دھیمی ہوا کے جھونکے سرسراتے ہوئے کمرے میں داخل ہوتے اور سارے گھر میں پھیل جاتے۔ ان جھونکوں میں ایک سہانی تازگی کے ساتھ ایک عجیب خوشبو سی بھی محسوس ہوتی۔ ایک ہی رات میں یہ ہوا شہر کی فضا کی تمام کثافتیں دھو ڈالتی تھی اور جانے کون سے علاقوں کی خوشبوؤں سے بھرا،

اپنا دامن یہاں آ کر خالی کر جاتی تھی۔ صبح کے اس حصے میں میری سانسیں اور دھڑکنیں اپنی فطری رفتار پر کام کرتی رہتیں اور میں امتحان میں آنے والے ممکنہ سوالوں کا رٹا لگاتا رہتا۔

ان تمام صبحوں کے لیے، مَیں نورانی روشنی سے معمور ایک تاثر ابھی تک اپنے ذہن کے کسی گوشے میں محسوس کرتا ہوں۔ گرچہ اس وقت میں سو واٹ کے بلب کی زرد روشنی میں کتاب پر جھکا گردان کرتا رہتا۔ اماں اور بابا اپنی چارپائیوں پر سوئے ہوئے دکھائی دیتے۔ دونوں مختلف مزاج رکھتے تھے لیکن اس وقت ان کے چہروں پر پھیلی معصومیت دیکھ کر نجانے کیوں میرے دل میں ان کے لیے ہمدردی پیدا ہونے لگتی تھی۔

پڑھائی کے دوران مجھے رہ رہ کر ماروی کا خیال بھی آتا اور میں سوچتا کہ وہ اس وقت اپنے کمرے میں نرم بستر پر آسودہ نیند سو رہی ہو گی یا ہو سکتا ہے کہ وہ بے چینی سے کروٹیں لے رہی ہو۔ اس کے ذہن کے پردے پر نجانے کیسے خواب چل رہے ہوں گے۔ کیا پتا، اس کا کوئی خواب میرے بارے میں بھی ہو، لیکن میں اس کے بارے میں کچھ بھی نہیں جان سکتا۔ اس کا وجود اپنی دل کش اور مسحور کن جزئیات سمیت اب میری رسائی سے یکسر باہر ہو چکا تھا۔ اس کی نقل و حرکت گھر کے دائرے تک محدود کی جا چکی تھی۔ یک لخت اسے دونوں اسکولوں سے ہٹا دیا تھا۔ اس کی آزادی پر قدغن لگائی جا چکی تھی۔ اب اگر کبھی وہ کسی کام سے گھر سے باہر بھی جائے گی تو بھاری بھرکم برقعے میں جائے گی۔ ان سب باتوں کا سب سے زیادہ تکلیف دہ پہلو، میرے لیے یہ تھا کہ اس کے ساتھ ہونے والی تمام زیادتیوں کا قصوروار صرف میں تھا۔ مَیں نے ہی پہلی ملاقات کے بعد دوسری بار ملنے کے لیے اس سے اصرار کیا تھا اور وہ انکار نہیں کر سکی تھی۔

یہ سب باتیں سوچتے ہوئے مجھے اپنی پڑھائی بھول بھول جاتی تھی۔ دل سے آہیں اٹھتیں اور میں تلملاتا ہوا اٹھ کر کھڑکی کے پاس جا کھڑا ہوتا اور نیچے تاریک گلی میں بلا سبب جھانکتا رہتا۔ جوں جوں صبح نزدیک آتی جاتی، اماں اور بابا کے ساکت جسموں میں خود بخود حرکت پیدا ہونے لگتی۔ روشنی کی پہلی کرن کھلی ہوئی کھڑکی سے کمرے میں داخل ہوتی پھر دھیرے دھیرے کمرے میں روشنی میں اضافہ ہوتا چلا جاتا اور تھوڑا سا وقت گزرنے کے بعد کمرہ روشنی سے بھر جاتا اور پورا منظر خود بخود تبدیل ہو جاتا۔ تب میں اٹھ کر سیاہ رنگ کا بٹن دبا کر بلب بجھا دیا کرتا۔

دوسری مرتبہ بھی اماں پہلے جاگتی تھیں، وہ آنکھیں مسلتے ہوئے دوپٹے کی چُوک سے بندھے مڑے تڑے نوٹ کھول کر مجھے تھما دیتیں اور میں اپنی کتاب بند کر کے باورچی خانے میں کیل پر لٹکتا ہوا اسٹین لیس اسٹیل کا صاف ستھرا کرمنڈل اتار کر باڑے سے دودھ لینے چلا جاتا۔

گلیوں کی زمین اور اس کی مٹی رات بھر گرنے والی اوس سے پوری طرح گیلی ہو جاتی تھی۔ اس لیے چلتے ہوئے مٹی چپلوں سے چپک جاتی اور ان کے ہلکے اسفنج کو بھاری کر دیتی، جس پر مجھے کھڑے ہو کر اپنی چپل کو جھاڑنا پڑ جاتا۔ گلیوں کی بدرووں میں پانی تلملاتا، شور مچاتا بہتا رہتا، اس کا مدھم شور کان پڑتا اور بدبو کے بھبکوں کی وجہ سے مَیں اپنی ناک سکوڑتا ہوا آگے بڑھ جاتا۔

صبح کے وقت گلیوں کا سوناپن بھلا لگتا کیوں کہ ابھی شہر پر غنودگی طاری ہوتی۔ بھینسوں کا باڑہ ایک بے ترتیب اور ابتر سی جگہ تھی، اس کی دیواریں گھاس پھوس اور کانٹے دار جھاڑیوں کی تھیں اور اس کا کمزور سا لکڑی کا پھاٹک ہر وقت کھلا رہتا تھا۔ باڑے کی زمین پر ہر طرف پیلی گھاس اور گوبر بکھری تھی۔ ایک طرف جھونپڑی نما چھپر کے نیچے تقریباً سات بھینسیں کھڑی ہوتی تھیں۔ ہر بھینس کے آگے ایک کھرلی میں چارہ پڑا تھا وہ بار بار جس میں منہ مار کر جگالی کرتی تھی۔ گوالا میلی کچیلی بالٹی اٹھائے کبھی ایک بھینس کے تھنوں سے دودھ نکالتا اور کبھی دوسری کے۔ ایسے وقت زیادہ تر بھینسیں شانت رہتیں اور کوئی ایک آدھ نہایت بے دلی کے ساتھ زور سے ڈکراتی رہتی۔ دودھ دوہنے والے گوالے کے تن پر صرف دھوتی اور بنیان ہوتی جب کہ باڑے کا مالک صاف ستھرے کپڑوں میں چارپائی پر بیٹھا اسٹیل کی بہت بڑی بالٹی سے دودھ نکال کر گاہکوں دیتا اور ان سے پیسے وصول کرتا۔ مَیں بھی سیدھا اسی کے پاس جاتا، وہ ہمیشہ مسکرا کر میری طرف دیکھتے ہوئے میرے ہاتھ سے کرمنڈل لیتا اور ایک پوئے سے دو سیر دودھ ناپ کر اس میں ڈال دیتا۔ وہ نہایت کنجوس آدمی تھا اور محض اپنا بھرم دکھانے کے لیے دودھ کے چند زائد قطرے ڈال دیتا۔ باڑے میں کبھی بھی گاہکوں کی بھیڑ نہیں ہوتی تھی بلکہ وہ اکا دکا آتے رہتے تھے۔ مَیں اس کے ہاتھ میں پیسے تھما کر احتیاط سے کرمنڈل اٹھائے نپے تلے قدموں سے چلتا لوٹ آتا۔ راستے میں کرمنڈل میں دودھ چھلکتا رہتا مگر میں اسے باہر نہیں گرنے نہیں دیتا۔

واپس آنے کے بعد چولہے پر ابلتی چائے کی خوشبو کو مَیں نے زینے پر ہی سونگھ لیتا۔ باورچی خانے پہنچتے ہی اماں دودھ کا کرمنڈل میرے ہاتھ سے لے لیتیں اور اسے تھوڑا الٹا کر اس میں سے تھوڑا سا دودھ چائے کی پتیلی میں انڈیل دیتیں۔ اس وقت تک بابا بھی جاگ چکے ہوتے۔ وہ چارپائی پر کمر آگے کو جھکائے بیٹھے صبح کا پہلا سگریٹ پی رہے ہوتے۔ ان کی صبح کا آغاز اسی آسن سے ہوتا۔ ان کے چہرے پر درد سے ملتی جلتی کوئی کیفیت ہوتی، جو پاخانے سے لوٹنے کے بعد ان کے چہرے سے غائب ہو جاتی۔

بابا سے میرے تعلقات کبھی معمول کے مطابق نہیں رہے۔ ہم باپ بیٹا بظاہر ایک ہی گھر میں ساتھ ساتھ رہتے رہے۔ ہمارے درمیان جب بھی کوئی جھڑپ ہوتی تو وہ پوری طرح یک طرفہ ہی ہوتی یعنی وہ مجھ پر حملے کرتے رہتے اور میں اپنے دفاع کی کمزور سی کوشش میں لگا رہتا یا پھر منحنی سا احتجاج کرتا وہ جس پر کوئی کان نہ دھرتے۔ عام حالات میں بھی ہمارے بیچ مکالمہ بالکل نہیں رہا۔ اگر کبھی ہوا بھی تو یک طرفہ ہوا یعنی وہ مجھ سے کوئی چیز طلب کرتے یا کوئی کام انجام دینے کا حکم دیتے تو میں خاموشی سے، حیض بیض کیے بغیر اس کی تعمیل کر دیتا۔ امتحان کے قریب آتے آتے بابا کا لب ولہجہ دھمکی آمیز ہونے لگتا۔ فیل ہونے کی صورت میں وہ مجھے گھر سے نکالنے کی دھمکیاں دیتے۔ طمانچے، ٹھوکریں اور بید سے پٹائی معمولی قسم کی دھمکیاں تھیں، مَیں نے جن سے مرعوب ہونا چھوڑ دیا تھا۔

دسویں جماعت تک پہنچتے پہنچتے گھر سے نکالنے کی دھمکی بھی اپنا اثر کھونے لگی کیوں کہ محلے میں اپنے والدین کی ایسی ہی دھمکیوں سے تنگ آ کر میرے دو ہم عمر لڑکے اپنے گھروں سے بھاگ گئے تھے شاید ان کے والدین کا برا حال دیکھ کر بابا

نے مجھے یہ دھمکی دینی آہستہ آہستہ بند کر دی۔

بابا جب بھی اپنی محرومی کا ذکر کرتے تو ان کی تان ہمیشہ اس بات پر ٹوٹتی۔ ''تم خوش نصیب ہو، رہنے کے لیے گھر ملا ہوا ہے۔ تم جہاں رہتے ہو وہاں اسکول موجود ہیں، تمہاری فیس باقاعدگی سے ادا کی جاتی ہے اور دوسری ضرورتیں پوری کرنے میں کوتاہی نہیں برتی جاتی۔ تمہارا کام صرف پڑھنا ہے۔ اگر تم یہ کام بھی صحیح طرح نہیں کرتے تو تم بڑے بدبخت ہو''۔

بابا کے بارے میں ایک بات یقینی طور پر کہی جا سکتی تھی کہ ان کی زیست تلخیوں، محرومیوں اور پریشانیوں سے بھری ہوئی تھی۔ شاید ان کے ذہن میں زندگی کا جو مثالی تصور تھا وہ اسے کبھی عملی جامہ نہیں پہنا سکے۔ اسی لیے وہ اپنا مثالی تصور مجھ پر تھوپنے کی کوشش کرتے رہتے تھے۔ ان کی خواہش تھی کہ مَیں بالکل ویسا بن جاؤں جیسے وہ کبھی نہ بن سکے اور جو کچھ وہ خود بن گئے تھے، اس میں سراسر ان کی اپنی بالک ہٹ، مرضی اور من مانی کا دخل زیادہ تھا۔ اس کے باوجود وہ مجھے اس قسم کی آزادی دینے کے لیے بالکل تیار نہیں تھے۔ وہ چاہتے تھے کہ مَیں ان کے ہاتھ میں کٹھ پتلی بنا رہوں، اپنی مرضی اور اپنے خیالات سے دست بردار ہو جاؤں، کسی بھی معاملے میں اختلاف ظاہر نہ کروں بلکہ ہر بات پر اثبات میں سر ہلاتا رہوں۔ وہ مجھے اپنی زندگی کے سائے سے بھی دور رکھنا چاہتے تھے تاکہ میں ایک الوہی اور پاک صاف روشنی میں نشوونما پا سکوں جو میرے اطراف میں کہیں بھی نہیں تھی۔ میرے آس پاس تو بس ایک گھُپ اندھیرا تھا، جس میں سب لوگ ہی ٹامک ٹوئیاں مار رہے تھے اور اپنا اپنا وقت گزار رہے تھے۔

ماروی سے بچھڑے ہوئے ایک سال ہو گیا تھا اور اب دسویں جماعت کا امتحان سر پر آ گیا تھا۔ اسے بھولنا ناممکن تھا، اس لیے مَیں نے اس کی یادوں کے ساتھ جینا سیکھ لیا تھا۔ جب بھی اس کی گلی کے قریب سے گزرتا تو اس کے گھر کو دیکھ کر دل سے ایک ہوک ضرور اٹھتی۔ اس عرصے میں جب بھی دکان پر بابا کے ساتھ میرے کام کرنے کی بات ہوئی، مَیں اسے ٹالتا رہا لیکن بابا نے ایک دن اپنا حتمی فیصلہ سنا دیا کہ میٹرک کے امتحان کے بعد میں کل وقتی طور پر دکان کے کام میں ان کا مددگار بن جاؤں گا۔

جس روز میرا پہلا پرچہ تھا اس سے پہلے کی رات میں ٹھیک طرح سو نہیں سکا۔ میرا ذہن ایک عجیب کشمکش سے دوچار رہا۔ مَیں اس رات مشت زنی نہیں کرنا چاہتا تھا کیوں کہ میرا خیال تھا کہ اس کا امتحان پر منفی اثر پڑے گا۔ میرا جسم معمولی سے دباؤ سے کپکپانا شروع کر دے گا اور انگلیوں اور بازوؤں کے جوڑ، تھوڑی سی لکھائی کے بعد ہی دکھنے لگ جائیں گے۔ حاضر دماغی مفقود ہو جائے گی اور یادداشت میں محفوظ سوالوں کے جملے گڈمڈ ہو کر الجھ جائیں گے اور شاید میں سوال کا صحیح جواب نہ لکھ سکوں گا۔ ان خدشات کی وجہ سے مَیں خود کو روکتا رہا، اپنے آپ کو قائل کرنے کی کوشش کرتا رہا لیکن میری گرم سانسوں کی وجہ سے میرا جسم دہکنے لگا۔ صبح تک نجانے کتنی کروٹیں بدلیں مگر نیند نہیں آ سکی۔

اسکول جانے کے لیے گھر سے نکلا تو جسم سن ہو رہا تھا راستے میں ملنے والے جن لڑکوں سے بھی مَیں نے مصافحہ کیا سب نے میرے ہاتھ کی حرارت کو محسوس کرتے ہوئے پوچھا: ''بخار تو نہیں ہے؟'' ان کے استفسار کو مَیں نے ہنسی میں

ٹال دیا۔ نوٹس بورڈ پر اپنا رول نمبر ڈھونڈنے میں مجھے کافی پریشانی ہوئی۔ میرا رول نمبر ڈرائنگ ہال میں لگا تھا، اس لیے میں وہاں جاکر دوسری قطار کی پانچویں ڈیسک پر جا بیٹھا۔ میرے ہم جماعت شور مچا رہے تھے۔ اسکول کے ہیڈ ماسٹر تین استادوں کی معیت میں ہال میں داخل ہوئے تو فوراً سب لڑکوں نے چپ سادھ لی۔ ہیڈ ماسٹر نے پان چباتے ہوئے اور بار بار اپنی چاند پر ہاتھ پھیرتے ہوئے کچھ رسمی ہدایات دیں، جنھیں سنتے ہوئے ان کے ماتحت استاد سر ہلاتے رہے۔ اپنی پتلون کی جیبوں میں ہاتھ ٹھونس کر ہیڈ ماسٹر ہال سے چلے گئے تو پھر سے دھیمی دھیمی سرگوشیاں سر اٹھانے لگیں جو ذرا سی دیر میں ایک بھنبھناہٹ میں تبدیل ہوگئیں۔ پہلے کاپیاں تقسیم کی گئیں اور اس کے بعد سوال نامہ بانٹا گیا۔ خلافِ توقع سوال نامہ بہت آسان نکلا اور اسے پڑھتے ہی مَیں نے سکھ کا سانس لیا۔ مَیں نے آہستہ آہستہ جواب لکھنے شروع کیے اور مقررہ وقت سے آدھ گھنٹہ پہلے تمام جواب لکھ ڈالے۔ نقل کے لیے مَیں نے بہت سے کاغذات اپنی جرابوں میں چھپا رکھے تھے۔ ان میں سے دو ہی پرزے کام کے نکلے اور مَیں نے ان کو من وعن کاپی پر اتار دیا۔ تین استادوں میں سے صرف ایک ہال کے اندر تھا اور وہ لڑکوں کو سلیقے سے نقل کرنے کی ہدایات دے رہا تھا۔ باقی دو استاد راہداری میں کرسیاں ڈالے گپ بازی میں مشغول تھے۔ مَیں نے انھیں کاپی دینا چاہی تو انھوں نے لینے سے انکار کر دیا اور کہنے لگے کہ کاپی پندرہ منٹ کے بعد واپس کی جاسکتی ہے۔ مَیں اپنی کرسی پر واپس آ بیٹھا۔ اس دوران میں ارد گرد بیٹھے اپنے ہم جماعتوں کی مدد کرنے لگا۔ مَیں نے کتابوں سے جواب پھاڑ پھاڑ کر انھیں دیئے اور چند ایک کی کاپیوں پر اپنے ہاتھ سے جواب تحریر کیے۔ آخری آدھے گھنٹے میں ڈرائنگ ہال میں نقل کا ہنگامہ انتہا تک پہنچ گیا تھا اور وہاں سے نکلتی آوازیں راہداری کے آخری کونے تک جا رہی تھیں۔ جب تین گھنٹے کا وقت مکمل ہوگیا تو مختلف کمروں سے نکلنے والے لڑکے بلند لہجوں میں باتیں کرنے لگے۔ مَیں نے اسکول کی دو منزلہ عمارت سے اترنے کے لیے دوسرے کونے پر واقع سیڑھیوں والا راستہ استعمال کیا کیوں کہ اس طرف زیادہ ہجوم نہیں تھا۔

دسویں جماعت کا آخری پرچہ گزر گیا اور مَیں نے سمجھا کہ مجھے اونٹ کے رنگ جیسے لباس سے، صبح کی بیداری اور تیاری سے، بستہ لٹکا کر بھاگم بھاگ اسکول پہنچنے سے، اسمبلی کی قطار میں کھڑا ہونے سے اور استادوں کی پٹائی اور گالم گلوچ سے نجات مل گئی۔ مجھے لگا کہ مَیں تمام ذمہ داریوں سے آزاد ہوگیا۔ آزادی کا یہ احساس ہر جماعت کے امتحان کے بعد ہوتا تھا لیکن دسویں جماعت کے امتحان کے بعد کا یہ احساس مختلف نوعیت کا تھا اس میں وسعت اور ہمہ گیری تھی۔ شاید اس لیے بھی کہ لڑکپن کا دور اب پوری طرح ختم ہو رہا تھا اور حقیقی طور پر جوانی شروع ہو رہی تھی، خود سر اور مغرور جوانی۔

مجھے توپیلُوں کے جنگل کے پاس بہت بڑے میدان میں واقع انگریزی حرف 'Z' جیسی ہائی اسکول کی دو منزلہ عمارت آج بھی قید خانے جیسی لگتی ہے۔ ماسٹر شفیع جیسا جلاد، جو پیلُوں کے چابک سے لڑکوں کی کھال ادھیڑ تا تھا، جو لڑکوں کو زبردستی اپنے پاس ٹیوشن پڑھنے پر مجبور کرتا تھا اور سب سے چکنے لڑکوں کو پھانسنے کی کوشش میں رہتا تھا۔ اب اس سے بھی گلو خلاصی ہوگئی تھی۔

امتحان کے بعد چند روز مَیں نے گھر پر سوتے ہوئے، بے چینی سے کروٹیں لیتے ہوئے اور نت نئے حسین چہروں کو خیالوں میں دریافت کرتے ہوئے صرف کیے۔ میرے لیے خود سے کوئی نسوانی چہرہ اور اس کا جسم تراشنا بہت مشکل تھا۔ میرے تخیل میں جتنی بھی عورتیں تھیں ان کا تعلق آس پاس کی دنیا سے ضرور رہا تھا۔ ان میں سے کچھ میری واقف کار تھیں اور کچھ کو مَیں نے اخبارات، رسائل اور فلموں میں دیکھا تھا۔ فراغت کے تھوڑے دنوں کے بعد مجھے محسوس ہونے لگا کہ یہ تمام چہرے پرانے ہو گئے اور ان کی تصویروں میں میرے لیے کشش ختم ہو گئی۔

ایک دوست کے توسط سے مجھے پتہ چلا کہ مچھی مارکیٹ کے پاس دو منی سینما گھر کھل گئے تھے۔ جہاں ٹرپل ایکس فلمیں دکھائی جاتی تھیں۔ مَیں پہلے کبھی وہاں نہیں گیا تھا، اس لیے ایک دن ادھر کا رخ کیا۔ وہ دونوں منی سینما گھر ایک دوسرے کے آمنے سامنے واقع تھے۔ وہ تنگ و تاریک اور گھٹن زدہ دکانوں میں بنے ہوئے تھے، جن کے اندر قطار وار بینچیں لگی ہوئی تھیں، جن پر حرارت اگلتے مضطرب جسم، ایک دوسرے سے چپک کر بیٹھے ہوئے ٹی وی اسکرین پر چلتے ہوئے عریاں مناظر سے محظوظ ہو رہے تھے۔

ٹی وی اور وی سی آر، بالکل سامنے بہت اونچے میز پر پڑے ہوتے تھے۔ ٹی وی سے نکلتی دھندلی سی روشنی کمرے میں پھیلی رہتی تھی جو نزدیک بیٹھے آدمی کو پہچاننے کے لیے بھی ناکافی ہوتی تھی۔ اندر کی فضا پان اور سگریٹ کی بساند سے اٹی رہتی تھی۔ ان دونوں منی سینما گھروں کا مالک ایک ہی آدمی تھا اور وہ اپنے تین ملازموں کے ساتھ دروازوں پر کھڑا رہتا اور ٹکٹ کے پیسے وصول کرتا تھا۔ ہر فلم کے ختم ہونے کے بعد آدھے گھنٹے کا وقفہ ہوتا اور اس کے بعد نئی فلم شروع کر دی جاتی۔

میں جب پہلی مرتبہ وہاں گیا تو مجھے اندر کے ماحول سے گھن محسوس ہوئی۔ میرے ساتھ بیٹھے تمام لوگوں کے جسم بدبودار تھے۔ کوئی پان کی پیک مار رہا تھا اور کوئی ہونٹوں میں نسوار دبا رہا تھا۔ چرس کے سگریٹ کا استعمال بھی آزادانہ ہو رہا تھا۔ گردن اونچی کر کے خاصی دور پڑا ہوا ٹی وی دیکھنا بھی ایک تکلیف دہ عمل تھا لیکن فلم میں جنسی عمل شروع ہوتے ہی کراہت کا سارا احساس کہیں غائب ہو جاتا اور میں فلم کے سحر انگیز مناظر میں کھو جاتا۔

ان فلموں کے ذریعے مجھے نئے چہرے اور نئے جسم تو مل گئے لیکن ساتھ ساتھ میری جنسی اشتہا میں بھی اضافہ ہونے لگا اور وہ دیوانگی کی حدوں کو چھونے لگی۔ مَیں پہلے دن میں صرف ایک بار مشت زنی کرتا تھا مگر اب تین بار کرنے کے بعد بھی میری خواہش ختم نہیں ہوتی تھی۔ ہر مرتبہ اس عمل کے بعد مجھے شدید جھنجھلاہٹ ہوتی اور میں اپنے آپ کو برا بھلا کہتا اور اس عمل سے خود کو باز رکھنے کی کوشش کرتا مگر یہ سودا میرے سر سے اترنے کے بجائے بڑھتا ہی گیا اور اس میں عجیب سی شدت پیدا ہوتی چلی گئی۔

اب سوچتا ہوں تو مجھے واضح طور پر محسوس ہوتا ہے کہ ان فلموں کی وجہ سے میرے ذہن و دل کی دنیا جو پہلے ہی میرے گرد و پیش رونما ہونے والے واقعات کی وجہ سے پامال ہو چکی تھی، اور زیادہ بربادی کا شکار ہوئی۔ میری معصومیت غارت ہو کے رہ گئی اور میں جنس مخالف سے تعلق کی لطیف اور عمیق ترین باریکیاں اور گہرائیاں محسوس کرنے سے ہمیشہ کے لیے محروم ہو گیا۔

میری زندگی کا وہ دور یقینی طور پر سیاہ دور کہلائے جانے کا مستحق تھا۔ ماروی میری زندگی سے ہمیشہ کے لیے جاچکی تھی اس سے جدائی کے بعد کچھ عرصے تک میں اپنے اندر خوبصورت کیفیات کو محسوس کرتا رہا گرچہ ان میں درد تھا، تکلیف اور اور کسک تھی لیکن وہ سب چیزیں نجانے کیوں مجھے اس وقت عزیز بھی تھیں۔ مَیں نے ماروی کے تصور کو بھی آلودہ کر دیا، مَیں نے خیال ہی خیال میں اس کے ساتھ وہ سب کچھ کیا جو حقیقی زندگی میں کرنے کا سوچ بھی نہیں سکتا تھا جس کے نتیجے میں گناہ کا عذاب ناک احساس پیدا ہوا جو میری روح کو اندر ہی اندر سے چاٹنے لگا۔ مشت زنی کی کثرت کے ساتھ گناہ کا یہ احساس دھیرے دھیرے شدت اختیار کرتا چلا گیا۔

16

ایک شام میں مغرب کی نماز کے بعد اپنے گھر لوٹ رہا تھا۔ آسمان پر تاریکی پھیلنے لگی تھی اور شفق کے تیز رنگوں پر سیاہی غالب آچکی تھی۔ آڑی ترچھی گلیاں ویران تھیں اور ٹیڑھے میڑھے مکان سر جوڑ کر کھڑے ہوئے طویل قامت بھوتوں کی قطار جیسے معلوم ہو رہے تھے۔ بجلی کے کھمبے پر لٹکے بلب کی پیلی پیلی مدھم روشنی بھی آسیبی لگتی تھی۔ وہ زمین پر مختصر سا زرد ہالہ بناتی، جس کے بیچ کھڑے آدمی کو ذرا سے فاصلے سے پہچاننا بھی تقریباً ناممکن ہوتا تھا۔

میں اپنے گھر کے نزدیک واقع چوراہے سے مڑ کر اپنی گلی کی طرف چلنے لگا۔ دو چار قدم آگے بڑھنے کے بعد مجھے پیچھے سے کسی کے گھسٹتے ہوئے، تھکے ماندے قدموں کی مانوس آواز سنائی دی لیکن میں رکا نہیں، جب تک کہ پیچھے سے میرا نام پکارا نہیں گیا۔ ''قادر''۔ مَیں نے ٹھہر کر دیکھا اور بابا کو نیم تاریکی میں پہچان لیا۔ وہ دن کا تمام وقت دکان پر گزارنے کے بعد گھر لوٹ رہے تھے۔ ان کے داہنے ہاتھ میں ایک تھیلا تھا جس میں اوزار بھرے ہوئے تھے۔

مَیں نے جلدی سے بڑھ کر ان سے تھیلا لے لیا۔ وہ مجھے دیکھ کر شفقت سے مسکرائے۔ ان کی خفیف سی مسکراہٹ نے ان کے تھکاوٹ سے مرجھائے چہرے کا تاثر تبدیل کر دیا۔ ان کا مسکراتا چہرہ کبھی کبھار ہی اچھا لگتا تھا۔ گھر کے دروازے تک وہ سر نیہوڑائے میرے پیچھے چلتے رہے۔ اس دوران انہوں نے مجھ سے معمول کے مطابق دو تین سوالات پوچھے، مَیں نے جن کے جواب لاتعلقی سے دیئے۔ میرے پانچ وقت نماز پڑھنے پر انہوں نے اپنا اطمینان ظاہر کرتے ہوئے میری تعریف کی۔

گھر کے دروازے پر دستک دینے کے بعد ہم نے چند لمحے دروازہ کھلنے کا انتظار کیا اور اماں کے سیڑھیاں اترنے کی آواز سنی اور اس کے بعد کنڈی کھلنے کی بھی۔ گھر کی دہلیز پر اماں نے مسکراتے ہوئے ہمارا استقبال کیا۔ مسکرانے کے باوجود ان کے چہرے کی ویرانی اور سوگواری ختم نہیں ہوسکی۔ اندر داخل ہو کر مَیں نے دروازہ بند کیا اور ان کے پیچھے سیڑھیاں چڑھنے لگا۔

بابا تخت پر لیٹ کر سگریٹ پینے لگ گئے جب کہ اماں باورچی خانے میں مصروف تھیں۔ مَیں یوں ہی ہاتھ پر ہاتھ دھرے کھاٹ پر بیٹھا ہوا تھا۔ مجھے بھوک لگ رہی تھی۔ مَیں وقفے وقفے سے بابا پر ایک آدھ نگاہ ڈال لیتا۔ کچھ دیر بعد مجھے محسوس ہوا کہ بابا تواتر کے ساتھ میری جانب دیکھ رہے تھے، میری چھٹی حس نے مجھے احساس دلایا کہ وہ مجھ سے کوئی بات کہنے والے ہیں، کوئی خاص بات۔

انہوں نے مجھے اپنے پاس بلایا تو میں تخت پر ان کے پاس جا بیٹھا۔ پہلے وہ مجھ سے امتحان کے نتیجے کے بارے میں پوچھنے لگے تو مَیں نے بتایا کہ نتیجہ تقریباً تین چار مہینے کے بعد آئے گا۔ پھر انہوں نے کہا کہ میرے لیے یہ بہتر ہو گا کہ مَیں یہ عرصہ دکان پر کام کرتے ہوئے گزاروں۔ ان کے خیال میں فراغت بہت بری شے تھی اور آدمی کو ناکارہ بنا دیتی تھی۔ اس لیے میرے واسطے ضروری تھا کہ کام کروں۔ انہوں نے مزید کہا کہ کل سے دکان میں کھولا کروں گا اور ان کے آنے سے پہلے اس کی صفائی کروں گا اور چیزوں کو ترتیب سے رکھوں گا۔ یہ سن کر مَیں نے اثبات میں سر ہلایا تو وہ مزید کہنے لگے کہ جب وہ دکان پر پہنچیں گے تو میں گھر لوٹ آؤں گا اور اس کے بعد ان کے لیے دوپہر کا کھانا لے کر دوبارہ جاؤں گا اور شام تک وہیں ٹھہرا رہوں گا۔

کچھ دیر بعد مَیں نے اماں کے ساتھ مل کر تخت پر کھانا لگایا اور ہم تینوں مل کر کھانے لگ گئے۔ اماں بابا کے اس فیصلے پر خوشی سے پھولے نہ سما رہی تھیں اور بار بار میرے جوان ہونے کی بات کر رہی تھیں۔ مجھے اپنے باپ کا بازو بننے کی تلقین کر رہی تھیں۔ مَیں سنتے ہوئے بادلِ ناخواستہ اپنا سر ہلاتا جا رہا تھا۔ نجانے کیوں مجھے محسوس ہونے لگا کہ بابا دکان کا کام بانٹنا اور مجھے اپنے ساتھ اس میں مستقل طور پر شریک کرنا چاہتے تھے۔ کھانے کے بعد میں جب بستر پر لیٹا تو بابا کی باتیں سوچتے ہوئے مجھے گہری نیند نے آ لیا۔

جب اگلی صبح میں تیار ہو کر، اوزاروں والا ذرا سا بھاری تھیلا اٹھا کر دکان کے لیے گھر سے نکلنے لگا تو اس وقت بابا تخت پر بیٹھے چائے پی رہے تھے۔ گلی میں تھوڑی دور تک چلنے کے باوجود تخت پر بیٹھے ہوئے بابا کا سراپا میری نگاہوں کے سامنے لہراتا رہا، جو مجھے کسی مزار پر بیٹھے مجذوب یا کسی افیمی کی یاد دلاتا رہا۔ تھوڑا سا آگے بڑھ کر مجھے محسوس ہوا کہ میرے آس پاس پھیلی وہ صبح، میری پچھلی صبحوں سے کافی مختلف تھی۔ مَیں نے آسمان کی نیلاہٹ کو دیکھا، دھوپ کی رنگت کو ٹٹولا اور گلیوں کی مٹی سے غائب ہوتی نمی کو کریدا۔ کوئی چیز مختلف نہیں تھی لیکن محسوس ہو رہی تھی۔ مَیں یہ فرق سمجھنے کی کوشش کرتا رہا مگر کچھ سمجھ نہ آ سکا۔ ایک بے نام احساس رگ و پے میں سمایا ہوا تھا جس کی وجہ سے مَیں بلا وجہ اپنا سینہ تان کر چل رہا تھا۔

اس راہ سے جاتے ہوئے میرے لیے ماروی کی گلی سے کترا کر گزرنا ممکن نہیں تھا۔ اسے مجھ سے بچھڑے تقریباً سوا سال بیت چکا تھا۔ بسیار کوششوں کے باوجود میں اب تک اس کی ایک جھلک پانے میں بھی ناکام رہا تھا۔ اس کے باوجود ایک نامعلوم کشش مجھے اس کی گلی کی جانب لے گئی اور مَیں نے ذرا سی دیر میں وہاں کی ساری مقدس چیزوں پر ایک چھچھلتی نظر ڈال کر انہیں اپنے ذہن میں تازہ کر لیا۔ اس کی گلی کی ٹھنڈی چھاؤں، زمین کی نمیدہ مٹی، اس پر پھدکتی ہوئی چڑیاں اور لالیاں، اس کا مکان اور اس دروازے کے باہر سے گزرتی بدرو، کھڑکیاں اور دروازے، جو ہر گھڑی اسے دیکھتے اور اس کی آواز سنتے تھے۔ وہ چار دیواری جس کے اندر اس کا وجود میری نگاہوں سے اوجھل لیکن زندہ اور متحرک موجود تھا۔ اتنا عرصہ گزر جانے کے بعد میں دھیرے دھیرے مایوس ہوتا جا رہا تھا کہ اب شاید ہی کبھی اسے دیکھ سکوں۔

اس گلی کی جزئیات اب تک میرے ذہن میں محفوظ ہیں لیکن گزرے ہوئے بے پناہ وقت نے ان پر ایسا غلاف چڑھا دیا

کہ وہ چیزیں مجھے اکثر اوقات غیر زمینی اور غیر حقیقی معلوم ہونے لگتی ہیں۔ میری یادداشت میں اب بھی وہ گلی ایک ایسی روشنی سے جگمگاتی ہے، جس کی لَو ایک لحظے کے لیے میرے اندر کی تاریکی پر غالب آ کر میرے احساس کی دنیا کو منور کر دیتی ہے اور اسی لمحے میری بوجھل سانسوں کے ملبے تلے دبے ہوئے میرے سینے سے اک لطیف سی آہ نکلتی ہے۔ ایسی ہی تلخ و شیریں یادوں کے سہارے اب میرے شب و روز گزر رہے ہیں۔ ان میں گم ہو کر مجھے زنجیروں کی جھنکاریں، بند ہوتے اور کھلتے آہنی دروازوں کی کنڈیوں کا شور اور آپس میں تکرار کرتے، لڑتے جھگڑتے آدم زادوں کا ہنگامہ سنائی نہیں دیتا۔ مَیں اپنی گزری ہوئی زندگی مسلسل کریدے جا رہا ہوں، جیسے کوئی دیوانہ اپنے ناخنوں سے پختہ دیوار کرید کر اپنی انگلیاں لہولہان کر لیتا ہے۔ کم و بیش میری بھی یہی کیفیت ہے لیکن میرا لہو جم کر سرد ہو چکا ہے۔

ماروی کی گلی سے آگے بڑھ کر میں تلخ سانسیں لیتا ہوا بازار کے قریب جا پہنچا۔ وی سی آر اور وڈیو کیسٹوں کی دکانوں والی گلی میں جب مَیں نے اپنا سر اٹھایا اور اس گلی کے اختتام پر اور سامنے بازار کی دکانوں کے عقب میں ابھرے ہوئے مکانوں کے سلسلے کی طرف دیکھنے لگا تو وہاں کسی خالی جگہ پر جگالی کرتا ہوا ایک اونٹ ایک دائرے میں چلتا نظر آنے لگا۔ مجھے اس وقت صرف اس کی گردن دکھائی دے رہی تھی جو دکانوں سے کچھ ہی اوپر کسی کٹھ پتلی کی طرف اٹکی ہوئی حرکت کرتی نظر آ رہی تھی۔ چلتے ہوئے اونٹ کا بڑا سا منہ لگاتار جگالی کرتا جا رہا تھا۔ اس منظر نے مجھے حیران کر دیا کیوں کہ اس طرف کوئی کنواں بھی نہیں تھا، پھر وہاں اونٹ کی موجودگی کا جواز کیا تھا؟ ایک سال پہلے تک یہ وہاں موجود نہیں تھا۔ مجھے بالکل معلوم نہیں تھا کہ وہ کتنے روز سے وہاں پر تھا۔ اس سے پہلے میں بارہا اس جگہ سے گزر کر بازار میں داخل ہو چکا تھا۔ وہ کس طرح اب تک میری نگاہ سے اوجھل رہ سکتا تھا اور اب کس طرح اچانک ایک مجسم حقیقت کا روپ دھار کر میرے سامنے آ گیا تھا۔ میرا تجسس مجھے کھینچ کر اس طرف لے گیا۔

بازار میں جس جگہ پنجتن پاک کا علم لگا تھا، وہاں پر مجھے بائیں جانب سے گھنگروؤں اور گھنٹیوں کی آواز سنائی دی۔ ذرا سا آگے بڑھنے پر مجھے پورے اونٹ کی جھلک دکھائی دے گئی۔ وہ زمین سے چھت تک لگی ہوئی ایک موٹی تازی لکڑی سے بندھا ہوا، اسی کے گرد گھوم رہا تھا اور مجھ سے چار پانچ سال چھوٹا ایک شیدی لڑکا دائرے کے مرکز پر بیٹھا ہوا اس میں موٹے موٹے بیج ڈالتا جا رہا تھا۔ دائرے کے مرکز کے نیچے سے نکلتی تیل کی دھار ایک پیپے میں جمع ہو رہی تھی۔ اب میں سمجھ گیا تھا کہ یہ کولھو کا اونٹ تھا۔ مَیں یہ منظر کچھ دیر تک دیکھتا رہا۔ دفعتاً ایک چبھتی ہوئی ناگوار سی بو میرے نتھنوں میں داخل ہوتی چلی گئی۔ مَیں نے فوراً انگلیوں سے اپنی ناک بند کر لی۔ اتنے میں کولھو پر بیٹھے ہوئے لڑکے نے مجھے دیکھ لیا اور اس نے دیوار کی طرف منہ کر کے کچھ کہا تو اندر سے ایک نیم برہنہ مکرانی برآمد ہوا۔ وہ مجھے دیکھ کر دور سے چلانے لگا۔ اس کی بھیانک شکل دیکھ کر اور کرخت آواز سنتے ہی مجھے مجبوراً وہاں سے بھاگنا پڑا۔

ایسا نہیں تھا کہ مَیں زندگی میں پہلی بار اونٹ دیکھ رہا تھا لیکن یہ ضرور تھا کہ اس کا یہ مصرف مجھے پہلی بار نظر آیا تھا۔ شاید اسی لیے اپنی دکان کی طرف جاتے ہوئے مجھے لگ رہا تھا کہ آج اس کا یوں نظر آنا ایک برا شگون تھا۔ مجھے محسوس ہونے

لگا کہ کوئی منحوس واقعہ پیش آنے والا تھا۔ کیسا واقعہ؟ مجھے اس وقت ماروی کے پانچ بھائیوں کے علاوہ اور کوئی بات سجھائی نہیں دے رہی تھی۔ ان کے بارے میں سوچتے ہوئے میرا خون خشک ہونے لگتا تھا۔ یہ حقیقت تھی کہ شاہ جہانی مسجد میں پیش آئے اس واقعے کے بعد سے اب تک مَیں نے بازار کا رخ بہت کم کیا تھا۔ اس لیے میں سوچنے لگا کہ شاید بابا کی تذلیل سے ان کا کلیجا ٹھنڈا نہ ہوا ہو اور وہ ابھی تک مجھ سے انتقام لینے کا ارادہ کیے بیٹھے ہوں۔ یہ باتیں سوچتے ہوئے میری سانسیں پھولنے لگ گئیں۔

اپنی دکان کے پاس پہنچ کر مَیں نے اپنی سانسیں درست کرتے ہوئے جیب میں چابیوں کا گچھا ٹٹولا کہ وہ کہیں راستے میں تو نہیں گر پڑا مگر نہیں وہ میرے پاس ہی تھا۔ اسے جیب سے نکال کر میں چابیاں دیکھ کر دروازے پر لگے ہوئے تالے باری باری کھولنے لگا۔ دروازہ لکڑی کے دو پٹوں پر مشتمل تھا۔ شہر میں لوہے کے شٹر لگانے کا رواج ابھی عام نہیں ہوا تھا۔ صرف چند بڑے دکانداروں نے کھلتے اور بند ہوتے وقت چرچراتے اور شور مچاتے شٹر لگوانے شروع کیے تھے کیوں کہ ان کی دکانیں ایسے قیمتی سامان سے بھری رہتی تھیں شہر کے چور اور ڈاکو جس میں کشش محسوس کرتے تھے۔ اپنی دکان کے دروازے کے دونوں پٹ کھولنے کے بعد مَیں نے انہیں رسی کی مدد سے دیوار میں گڑھے کیلوں سے باندھ دیا تاکہ وہ ہوا کے زور سے خود بخود بند نہ ہو جائیں۔

صبح کے وقت اگر کوئی دکان کھول کر دیکھی جائے تو وہ آپ کو میلی کچیلی اور کچرے سے اٹی ہوئی دکھائی دے گی بلکہ یہ کہنا مناسب ہوگا کہ وہ کباڑ خانہ معلوم ہوگی، کیوں کہ ہر دکاندار صبح کے وقت اسے کھولتے ہوئے ایک بار ہی اس کی صفائی کرتا ہے اور اس کے بعد شام تک گاہکوں کی آمد و رفت جاری رہتی ہے۔ شام ہوتے ہوتے دکان کا فرش مٹی اور باہر سے اڑ کر آنے والے کوڑے سے بھر جاتا ہے، وہ جسے صاف کیے بغیر اپنے گھر چلا جاتا ہے۔

مَیں نے اوزاروں والا تھیلا دیوار پر لگے ایک کیل پر لٹکا دیا اور اس کے بعد جھاڑو ڈھونڈنے لگا جو مجھے کونے میں پڑی ہوئی ایک بڑی سی تصویر کے پیچھے رکھی ہوئی مل گئی۔ وہ جھاڑو گھسی پٹی اور ناقابلِ استعمال تھی، اس کے باوجود میں اس سے صفائی کرنے لگا۔ وہ بار بار دکان کے کھردرے فرش میں پھنس جاتی۔ اسی لیے ذرا سی دیر میں اس کی وجہ سے اتنا گرد و غبار دکان سے نکل کر بازار کی جانب پھیلا کہ برابر والا پرِ دکاندار آ پہنچا۔

وہ فصلوں، پھولوں اور پھلوں کے بیج فروخت کرنے والا، نیم گنجے سر پر سفید بالوں والا بوڑھا، شمس میمن تھا۔ وہ ایک ہاتھ سے اپنی دھوتی سنبھالتا اور دوسرا اپنی پیشانی پر ٹکائے اڑتی ہوئی گرد میں جھانک کر دیکھتا، بڑبڑاتا ہوا بابا کو برا بھلا کہنے لگا۔ کھڑے کھڑے اچانک اسے زور کی چھینک آئی اور وہ گرتے گرتے بچا۔ ابھی وہ سنبھل رہا تھا کہ دکان کی دھول میں سے مجھے برآمد ہوتے دیکھ کر وہ نجانے کیوں ایک قدم پیچھے ہٹ گیا۔ اس کی آنکھوں میں حیرت کے ساتھ خوف بھی تھا، وہ جسے چھپانے کے لیے ایک ہونق ہنسی ہنسنے لگا۔ مَیں نے اسے سلام کیا تو اس کا جواب دینے کے بعد وہ مجھے بتانے لگا کہ اسے یہی لگا کہ میرے بابا جھاڑو دے رہے تھے لیکن دکان سے نکلتے غبار سے مجھے برآمد ہوتے ہوئے دیکھ کر وہ ششدر و

پیچ میں پڑ گیا کہ بابا کا قد اتنا چھوٹا اور جسم اتنا دبلا کیسے ہو گیا۔ اپنی حماقت پر وہ زبردستی مجھ سے تاڑی لگاتا، اپنی بات پر خود ہی قہقہہ لگا کر لطف لیتا، اپنی دکان کی طرف چل دیا۔

میں اس کی حماقت پر مسکراتے ہوئے اپنے کام میں مشغول رہنے کے ساتھ بازار سے گزرنے والوں پر بھی برابر نظر رکھے ہوئے تھا۔ مجھے ڈر تھا کہ مَیں کہیں ماروی کے بھائیوں کے ہاتھوں بے موت نہ مارا جاؤں۔ مَیں نے فریموں میں فٹ کی جانے والی تصویروں سے بچنے والے غیر ضروری کاغذ، کونوں کھدروں میں بکھرے ہوئے سگریٹ کے ٹوٹے اور غیر ضروری لکڑی کے ٹکڑے جمع کر کے ان کی مدد سے دکان کے باہر ایک چھوٹی سی ڈھیری لگا کر اسے دیا سلائی دکھادی۔ کریانہ مرچنٹ روشن کھتری جلتی آگ دیکھتے ہی اپنا حقہ گرم کرنے کے لیے بھاگتا ہوا آ پہنچا۔ اس کے دوسرے ہاتھ میں چمٹا بھی تھا۔ وہ مجھے شاباشی دیتا لکڑی کے ٹکڑوں کے انگاروں میں تبدیل ہونے کا انتظار کرنے لگا۔ وہ کبھی اپنا ہاتھ ہلا کر کمزور سی آگ کی آنچ تیز کرنے کوشش کرتا اور کبھی اپنے منہ سے پھونکیں مارنے لگتا۔ وہ اپنے تمباکو سے بھرے حقے میں جلد از جلد دہکتے ہوئے کوئلے بھر کر اس کے کش لگانا چاہتا تھا۔ اس کی بے صبری دیکھ کر میں مسکرائے بغیر نہ رہ سکا۔

جھاڑو دینے کے بعد مجھے خیال آیا کہ دکان کے کچے پکے فرش پر پانی کا چھڑکاؤ بھی ہونا چاہیے کیوں کہ کھردار فرش حد درجہ مٹیالا دکھائی دے رہا تھا۔ مَیں کچھ دیر پہلے روشن کھتری کو اپنی دکان میں پانی چھڑکتے دیکھ چکا تھا۔ مَیں نے اپنی دکان کے اندر بہت سی چیزیں ٹٹول ڈالیں لیکن بالٹی یا کوئی ایسا برتن نہیں مل سکا جس میں چھڑکاؤ کے لیے پانی ڈالا جا سکے۔ مَیں کریانہ مرچنٹ سے بات کرنے ہی والا تھا کہ مجھے بازار کا ماشکی اپنی کمر پر پانی کی مشک ڈھوئے آتا دکھائی دیا۔ وہ سفید گھنگریالے بالوں والا کالا بھجنگ مکرانی تھا، جھک کر چلنے کی وجہ سے جس کی کمر خمیدہ ہو چکی تھی۔ اس کی پیشانی پر گہری سیاہ لکیریں ابھری ہوئی نظر آرہی تھیں۔ وہ صبح سے شام تک بازار میں کمر پر پانی کی مشک لٹکائے گھومتا ہوا نظر آتا تھا۔ اس کا اصلی نام شاید کسی کو معلوم نہیں تھا کیوں کہ سب لوگ اسے ماشکی کہہ کر ہی مخاطب کرتے تھے۔ مَیں نے بھی اسے اسی نام سے زور سے پکارا۔

روشن کھتری اپنا حقہ گرم کرنے کے بعد اپنی دکان کی گدی پر جا بیٹھا تھا۔ بہشتی میری آواز سن کر میرے قریب آ کھڑا ہوا اور اپنے ہونٹوں پر ایک کڈھب سی مسکراہٹ سجائے میری جانب غور سے دیکھنے لگا۔ اس نے اپنی مشک اتار کر میری دکان کے تھڑے پر رکھ دی اور اپنی منحنی سی آواز میں مجھ سے اس طرح باتیں کرنے لگا جیسے میری اس سے پرانی شناسائی تھی۔ پانی کی چھاگل اس نے اپنی پیٹھ سے اتار دی تھی لیکن اس کے باوجود وہ اپنی کمر جھکائے بمشکل اپنی گردن اٹھا کر مجھ سے مخاطب ہو رہا تھا۔ ''بابا! تم مجھے نہیں جانتے ہو گے لیکن میں تمھیں جانتا ہوں۔ مشک اٹھائے گلی گلی جاتا ہوں۔ سب کو جانتا ہوں۔ تم ایسے آدمی کے بیٹے ہو، ہر شخص جس کا جانو ہے۔ پتہ نہیں تم کیسے چھوکرے ہو؟ لیکن دکھنے میں شریف لگتے ہو اور اپنے بابا سے مختلف۔ تم میرے لیے میرے اپنے بار جیسے ہو۔ میری بات غور سے سنو! اپنے بابا کو ہمیشہ کے لیے گھر بٹھالو تو بہت اچھا ہو گا، ہاں، مَیں سچ کہہ رہا ہوں، شاہ کمال کی قسم۔ اب تم جوان جہان ہو۔ اپنی دکان اچھی طرح چلا لو گے۔ مگر دیکھو! تم شرافت کی زندگی گزارنا، رنڈی بازی کی نہیں۔ اتنا اچھا اور صاف ستھرا کام ہے تمھارا۔ مَیں جب بھی تمھاری دکان پر

مقدس مقامات اور ناموں والی تصویریں دیکھتا ہوں تو آہ بھر کے رہ جاتا ہوں۔ میری بات کا برا مت منانا، مَیں زیادہ باتیں کرنے کا عادی نہیں ہوں لیکن پتا نہیں کیوں تمھیں دیکھ کر باتیں کرنے کو میرا جی چاہا۔ یہ اپنے بابا کو مت بتانا، ہاں۔ ساری عمر خدمت گاری کی ہے میں نے۔ مَیں نہیں چاہتا کہ وہ بھرے بازار میں میرا گریبان پکڑے۔'' وہ ایک خفقانی سی ہنسی ہنسنے لگا تو اس کے پیلے پیلے دانت نظر آنے لگے۔

اس کے بعد مَیں نے فوراً اس سے دکان کے اندر چھڑکاؤ کرنے کی درخواست کر دی۔ اس نے میری جانب دیکھتے ہوئے اپنے مخصوص انداز میں مسکراتے ہوئے اپنی مشک اٹھا کر دوبارہ اپنی پیٹھ پر لاد لی۔ ''ویسے تمھارے بابا نے کبھی مجھ سے اپنی دکان میں چھڑکاؤ نہیں کروایا، لیکن یاد رکھو، پانی سب گناہ دھو دیتا ہے، اس لیے آج سے تمھاری دکان پاک صاف ہو جائے گی۔ پھر اسے ہمیشہ پاک رکھنا تمھارا کام ہو گا۔ سمجھا کیا؟''

عجیب اتفاق تھا کہ میرے پاس اسے اجرت دینے کے لیے چار آنے بھی نہیں تھے۔ اپنی جیبیں ٹٹولنے کے بعد میں ذرا سا گھبرا گیا اور ندامت محسوس کرنے لگا لیکن اس دوران وہ دکان کے اندر داخل ہو کر اپنی مشک کا منہ کھول چکا تھا اور فرش پر پانی گرا کر چھڑکاؤ کرنے لگا تھا۔

مَیں نے جلدی سے اسے بتا دیا کہ میرے پاس اسے اجرت دینے کے لیے پیسے نہیں تھے، اس لیے وہ بعد میں آ کر اپنے پیسے لے جائے۔ اس اثنا میں وہ چھڑکاؤ ختم کر چکا تھا۔ میری بات سن کر اس نے چمڑے کی ڈوری سے چھاگل کا منہ بند کرنے کے بعد مجھ سے کہا۔ ''میرا خیال ہے کہ آج تم نے پہلی بار اپنی دکان کھولی ہے اور مَیں نے پنجتن پاک کا نام لے کر اس میں پہلا چھڑکاؤ کیا ہے، اس لیے میں تم سے ایک ٹیڈی پائی نہیں لوں گا۔ جب تمھاری دکان کی بوہنی ہو جائے تو چار آٹھ آنے کسی فقیر کو دے دینا بس۔'' وہ اپنی بات پوری کر کے دکان سے نکلا اور خضر حیات مسجد کی طرف چل پڑا۔ مَیں اس کی جھکی ہوئی کمر پر ڈولتا مشکیزہ دیکھتا رہا۔ اس کی باتوں نے تھوڑی دیر کے لیے میری قوتِ گویائی سلب کر لی تھی۔ مَیں اپنے ہونٹوں سے اس مکرانی ماشکی کا شکریہ ادا نہیں کر سکا۔ لیکن میرا دل اس کے لیے تشکر کے جذبات سے بھر گیا اور میں مسکراتا ہوا اپنی دکان میں داخل ہوا جو پانی کے چھڑکاؤ کی وجہ سے اب مٹی کی خوشبو سے مہک رہی تھی۔

میں اس گدی پر بیٹھ گیا، جس پر ہر روز بابا بیٹھا کرتے تھے۔ مَیں جو کولھو کا اونٹ دیکھ کر اسے بدشگونی سمجھتے ہوئے اندر ہی اندر ڈر رہا تھا لیکن اس ماشکی کی باتوں نے مجھ میں اعتماد بھر دیا تھا۔ میرا سارا خوف یک دم غائب ہو گیا۔ مَیں نے بیٹھے بیٹھے ہاتھ بڑھا کر دیوار پر لٹکا ہوا تھیلا اتارا اور اسے اپنی جھولی میں رکھ کر اس میں سے فریم سازی کے اوزار نکال کر دیکھنے لگا۔ مجھ میں پیدا ہونے والے اس نئے اعتماد نے بابا کو دکان سے بے دخل کر کے مجھے مالک بنا دیا تھا۔ اس لیے مجھے حق پہنچتا تھا کہ مَیں ہر چیز ٹٹول کر دیکھوں۔ مجھے شیشہ کاٹنے والا اوزار سب سے اچھا لگتا تھا لیکن وہی اوزار تھیلے میں نہیں تھا کیوں کہ وہ سب سے قیمتی اور مہنگا اوزار تھا۔ اکثر اوقات بابا اسے گھر لے جاتے اور صبح کو اپنے ساتھ واپس لاتے۔ شاید انھوں نے کل شام کسی وقت یا آج صبح وہ اوزار تھیلے سے نکال لیا تھا۔ مجھے ان پر سخت غصہ آنے لگا کہ انھیں اپنے بیٹے پر اب بھی پورا اعتماد

نہیں تھا۔ مَیں نے تھیلا واپس اس کی جگہ پر لٹکا دیا اور منہ بسورے ہاتھ پر ہاتھ رکھ کر بیٹھ گیا۔

دن چڑھ آیا تھا اور تمام دکانیں کھل چکی تھیں۔ بازار میں مقامی اور باہر سے آنے والے خریدار کافی تعداد میں پہنچ گئے تھے۔ مَیں گدی پر بیٹھا دکان کے دروازے کے وسیع چوکھٹے سے بازار کی چلت پھرت دیکھ رہا تھا جس میں بھانت بھانت کی شکلوں، رنگ برنگے لباسوں اور ایک دوسرے سے انتہائی مختلف لہجوں والے لوگ تھے۔ اس ہجوم میں جب کوئی عورت نظر آتی تو میں اسے پوری آنکھوں سے دیکھنے کی کوشش کرتا شہر کی عورتیں بازار سے گزرتے ہوئے اپنی نگاہیں نیچی رکھتے ہوئے تیز رفتاری سے قدم اٹھاتے ہوئے چلتیں، اس دوران وہ بار بار اپنا دوپٹہ، چادر یا نقاب اس طرح ٹھیک کرتیں، جیسے کوئی بڑھ کر ان چیزوں کو نوچ کر اتار دے گا۔ وہ ان کی مدد سے اپنا جسم چھپاتی ہوئی گزرتیں، وہ آپس میں اور دکانداروں کے ساتھ بھی سرگوشیوں میں بات کرتیں۔ اس کے باوجود بازار کے لوگ انہیں گھورتے اور اپنی آنکھوں سے ان کے کپڑوں میں چھید کرنے کی کوشش کرتے۔

اچانک ایک حاملہ بھکارن میری دکان میں گھس آئی اور ہاتھ پھیلا کر بھیک مانگنے لگی۔ اس کے پیٹ کی ایک جھلک دیکھتے ہی میرا سر خود بخود جھک گیا اور میں اسے نظر انداز کرنے کی کوشش کرنے لگا لیکن وہ دکان کے دروازے کے بیچوں بیچ کھڑی تھی اور مجھ پر اس کا سایہ پڑ رہا تھا۔ وہ مجھے رئیس اور سیٹھ بننے کی دعائیں دے رہی تھی۔ مَیں نے ادبداتے ہوئے ایک دو بار کہا کہ میرے پاس ایک پیسہ بھی نہیں ہے لیکن اسے میری بات پر یقین نہیں آیا اور وہ میرے نزدیک تر آ گئی۔ اس کا بے ڈھب جسم میری آنکھوں میں گھسنے لگا۔ اس کا پرانا لباس بہت باریک تھا جس میں سے اس کے جسمانی اعضا صاف دکھائی دے رہے تھے۔ معاً وہ مزید آگے بڑھی اور جھک کر میری ٹھوڑی اپنے ہاتھ سے چھونے لگی تو میں خفیف ہو کر یک دم پیچھے ہٹا۔ لیکن میری نگاہ نے اس کی چھاتیوں کو ایک دوسرے سے ٹکراتے ہوئے دیکھ لیا۔ چند لمحوں کے بعد اس بھکارن کی سمجھ میں آ گیا کہ اس کا واسطہ ایک کنگلے سے پڑا تھا۔ پھر وہ اپنا منہ بناتی ہوئی اور مجھے کوستی ہوئی باہر چلی گئی۔ اس کے چلے جانے کے بعد یکے بعد دیگرے کچھ گاہک دکان پر آئے۔ کچھ نے مقدس مقامات اور کچھ نے خوب صورت فطری مناظر والی تصویریں خریدیں۔ بوہنی ہونے کے بعد مَیں نے کچھ اطمینان کی سانس لی۔

مجھے گدی پر بیٹھا دیکھ کر گھنشام داس کی طرح کچھ دوسرے لوگ بھی بلا وجہ بابا کے بارے میں تشویش میں مبتلا ہو گئے۔ وہ سب یہ سمجھے کہ شاید بابا بیمار پڑ گئے یا ان کے ساتھ کوئی حادثہ پیش آ گیا، جس کی وجہ سے وہ دکان پر نہیں آئے۔ مَیں نے ان کے خدشات دور کرتے ہوئے انہیں بتایا کہ وہ گھر پر موجود تھے اور تھوڑی دیر میں دکان پر آنے والے تھے۔ میرے بتانے پر بھی گھنشو کی تسلی نہ ہوئی اور کافی دیر تک بابا کی آمد کا وقت پوچھتا رہا۔ وہ بازار میں پکوڑے، سموسے اور سیو کا ٹھیلا لگاتا تھا۔ وہ چولھے پر آگ کی ہلکی آنچ میں تیل کی کڑھائی چڑھانے کے بعد میرے پاس آ کر بیٹھ گیا تھا۔ اس کی عادت تھی کہ وہ اپنے گاہکوں کو تازہ اور گرما گرم چیزیں فروخت کرتا تھا۔ وہ اپنا مال پہلے سے بنا کر تیار نہیں کرتا تھا بلکہ گاہکوں کے سامنے چیزیں تل کر انہیں دیتا تھا۔ مَیں اس سے بات کرنے سے گریز کر رہا تھا لیکن وہ ٹلنے کا نام نہیں لیتا تھا۔

اس نے اپنی جیب سے ایک سگریٹ نکالی اور مجھ سے پوچھے بغیر اپنی ہتھیلی پر اس کا تمباکو بکھیرنے لگا۔ پھر خالی ہو چکا سگریٹ کان میں اڑس کر تمباکو کو ہتھیلی پر دوسرے ہاتھ کے انگوٹھے سے رگڑ رگڑ کر مسلتا رہا اور اس کی صفائی کرتا رہا۔ اس کے بعد اس نے دیاسلائی کے کونے پر چرس لگا کر اسے ایک تیلی جلا کر گرم گیا تو اس کی خوشبو دکان میں پھیلتی چلی گئی۔ مَیں نے اسے سونگھا تو وہ مجھے ناگوار محسوس نہیں ہوئی لیکن مَیں نے اس کے باوجود ناگواری سے اس کی طرف دیکھا۔ ''یہ کیا ہے؟'' میرا سوال سن کر گھنشام داس مسکرانے لگا۔ اس نے بھرا جانے والا تازہ سگریٹ سلگا کر پہلے بڑے انہماک سے کش لگایا اور پھر مجھے غور سے دیکھنے لگ گیا۔ ''کہنے کو یہ ایک درویشانہ اور صوفی قسم کا نشہ ہے کیوں کہ یہ بہت سی برائیوں سے بچاتا ہے۔ آدمی ہر وقت اپنے دھیان میں گم رہتا ہے۔ باہر کے شور شرابے سے اثر نہیں لیتا۔ لیکن اس کا یہ مطلب نہیں ہے کہ تم اسے پینے لگ جاؤ۔'' وہ ہنستے ہوئے میری جانب دیکھنے لگا۔

اس کا یوں دیکھنا مجھے برا لگ رہا تھا۔ وہ تلخی سے مسکرایا اور دوبارہ کہنے لگا۔ ''ابھی تم بچے ہو لیکن سب سمجھ جاؤ گے۔ تم ایک چھوکری کے عشق میں پہلے ہی خوار ہو چکے ہو۔ مجھے امید ہے کہ تم اپنے باپ کا نام ضرور روشن کرو گے۔ اس سے چار آٹھ ہاتھ آگے ہی رہو گے۔ کیوں ایسا ہی ہے نا؟'' اس کی مسکراہٹ زہریلی ہنسی میں تبدیل ہو گئی۔ میرے پاس اس کی بات کا کوئی جواب نہیں تھا۔ شاید اسی وجہ سے اسے مزید بہت کچھ کہنے کی شہ مل گئی۔

''آج تمھیں تمہارے باپ کی اصلیت بتاتا ہوں۔ وہ جی بھر کے پاجی ہے اور نیت کا کھوٹا۔ بے ایمان کہیں کا۔ کوئی دھرم نہیں اس کا۔ ہر دفعہ عورت میں لے کر آتا ہوں لیکن کمرے میں وہ لے جاتا ہے۔ کچی شراب کے لیے میں گوٹھوں میں خوار ہوتا ہوں مگر مجھے تلچھٹ کے سوا کچھ نہیں ملتا۔ جو اپنی گھر والی اور بیٹے کا نہیں، وہ کسی کا بھی نہیں۔ ہونہہ۔'' اس نے باقی ماندہ سگریٹ جلدی سے اوپر تلے کش لے کر ختم کیا اور اٹھ کر تیزی سے دکان سے باہر چلا گیا۔ ٹھیلے پر کڑاہی میں تیل کی تڑتڑاہٹ یہاں تک سنائی دینے لگی تھی اور ایک دو گاہک اس کا انتظار کر رہے تھے۔

میرا وہ دن کافی مختلف اور غیر متوقع تھا۔ پے در پے انوکھی باتیں ہو رہی تھیں۔ مَیں ان کے بارے میں سوچنا چاہتا تھا اور ان کا تال میل جوڑ کر دیکھنا چاہتا تھا کہ ماشکی اور گھنشو کی باتوں اور اونٹ دکھائی دینے کے اشاروں کا مطلب کیا تھا؟ مجھے اس پر سوچنے کی مہلت نہیں مل سکی اور بابا کی آمد سے پہلے دکان پر گنتی کے چند اور گاہک آ گئے۔ ایک نوجوان آدمی نے سفید چہروں والے خوبصورت بچوں کی تین تصویریں خریدیں۔ اس کے جانے کے بعد میں سوچتا رہا کہ یہ تصویروں والے گول مٹول گورے گورے بچے آخر کون سی دنیا میں رہتے تھے؟ مَیں نے اپنے شہر میں ان جیسا کوئی بچہ کبھی نہیں دیکھا۔ ایک اور گاہک میں جسے اچھی طرح جانتا تھا، اس نے جب سفید پتھروں سے کسی چٹان پر بنے خوب صورت محل نما گھر کی تصویر خریدی تو میں بہت حیران ہوا کیوں کہ وہ پلنگ پاڑے کی ایک غلیظ گلی میں ایک جھونپڑی میں رہتا تھا۔

تھوڑی سی دیر میں میری جیب میں پچاس روپے جمع ہو گئے تھے۔ اسی لیے مَیں نے بازار میں گھومتے چائے والے سے اپنے لیے ایک پیالی چائے منگوائی۔ کچھ دیر بعد وہ شیشے کی ایک گلاسی میں چائے لے آیا، جو ابھی میں پی ہی رہا تھا کہ

میرے بابا بھی پہنچ گئے۔

انہوں نے مجھ سے تصویروں کی فروخت کے بارے میں پوچھا تو مَیں نے تفصیل بتاتے ہوئے اپنی جیب سے پانچ روپے کے دو اور دس کے چار نوٹ نکال کر ان کے حوالے کر دیئے۔ مَیں احتراماً گدی سے اٹھ کھڑا ہوا۔ وہ میری کارگزاری پر خوشی کا اظہار کرتے ہوئے اپنی جگہ پر بیٹھ گئے۔ انہوں نے شیشے کاٹنے والا اوزار نکال کر سامنے رکھ دیا۔ انہوں نے مجھے پانچ روپے جیب خرچ دے کر گھر جانے کے لیے اور ظہر کے بعد کھانا لانے کے لیے کہا۔

میں اپنے گھر چل دیا۔ اماں نے دروازہ کھولتے ہی میری پیشانی چومنی شروع کر دی۔ انہوں نے دکان سے متعلق مجھ سے کئی سوال پوچھے، مَیں نے مسکراتے ہوئے جن کے جواب دیئے۔ انہیں میرے جسم اور لباس سے میری سگریٹ نوشی کا پتہ چل گیا لیکن انہوں نے مجھ پر یہ بات ظاہر نہ ہونے دی۔ اپنی خجالت مٹانے کے لیے میں غسل خانے میں چلا گیا۔ یہاں مَیں نے رگڑ رگڑ کر اپنا ہاتھ اور منہ دھویا اور بے شمار کُلیاں کر ڈالیں۔ اس کے بعد مَیں نے اماں سے کہا کہ جب وہ دوپہر کا کھانا بنا چکیں تو مجھے نیند سے جگادیں۔

17

سوا گھنٹے کے بعد خود بخود میری آنکھ کھل گئی۔ اماں ابھی تک دوپہر کے کھانے کے لیے باورچی خانے میں مصروف تھیں۔ مَیں آنکھیں مسلتا ہوا ان کے پاس جا بیٹھا۔ انہوں نے کریلے کا سالن بنایا تھا، مَیں جس کے ساتھ چار گرما گرم روٹیاں کھا گیا۔ پیاز اور ٹماٹر کے مصالحے کے ساتھ تلے ہوئے کریلے مزا دے گئے تھے۔ کھانے کے بعد میں قیلولہ کرنا چاہتا تھا لیکن اماں مجھ سے اصرار کرنے لگیں کہ مَیں دکان پر جا کر بابا کو کھانا دے آؤں۔

کھانے سے بھرا ٹفن بکس لے کر جب میں گلی میں نکلا تو دن بھر میرے ذہن میں پلنے والے وسوسے ایک بار پھر سر اٹھانے لگے۔ صبح سے بدشگونی کا ناگوار خیال جو اب تک اندر کہیں چھپا ہوا تھا ایک مرتبہ پھر سر اٹھانے لگا۔ کچھ دیر کمرے میں ٹہلنے کے بعد، اماں کو بتا کر میں زینے کی سیڑھیاں اترتا باہر نکل گیا۔

جب میں وڈیو کی دکانوں والی گلی سے اونٹ کا منہ دیکھتا ہوا شاہی بازار میں داخل ہوا تو مجھے وہاں معمول سے بہت زیادہ لوگ دکھائی دیئے۔ مَیں نے اپنی دکان کی جانب نگاہ کی تو اس جانب بھی ایک بڑا ہجوم نظر آیا۔ یہ ہجوم بالکل ویسا تھا جیسا تماشا کرتے ہوئے مداری کے گرد جمع ہوتا ہے۔ لوگ دائرے میں کھڑے مرکز میں ہونے والا تماشا دیکھنے میں محو تھے۔ اس وقت بازار میں ایسا کیا ہو رہا تھا کہ سب لوگ متجسس اور پرجوش دکھائی دے رہے تھے۔ ان کی گھومتی ہوئی آنکھوں میں چمک تھی۔ آگے بڑھتے ہوئے مَیں نے محسوس کیا کہ میرے چند شناسا دکاندار حیرت بھری نگاہوں سے مجھے گھور رہے تھے۔ اچانک ان میں سے بعض مجھے دیکھ کر آپس میں سرگوشیاں کرنے لگے اور جو لوگ مجھے نہیں جانتے تھے انہیں میرے بارے میں بتانے لگے۔ اس پر مجھے قدرے حیرانی ہوئی کیوں کہ مَیں اتنا اہم کبھی نہیں رہا تھا کہ وہ میرے بارے باتیں کرتے۔ ماروی سے معاشقے نے مجھے شہر میں شہرت تو دلا دی تھی لیکن اس سے کہیں زیادہ پختہ شہرت بابا کے حوالے سے تھی۔ ان کا اکلوتا بیٹا ہونے کے سبب۔

چند قدم آگے بڑھنے کے بعد میں بازار میں کھڑے ہوئے شیخ حاجی اسمٰعیل کو دیکھ کر چونکا۔ وہ چاول کے ایک بیوپاری سیٹھ کے کندھے پر ہاتھ رکھ کر اس سے محوِ گفتگو تھا۔ شیخ مجھے جانتا تو اچھی طرح تھا لیکن چہرے سے پہچانتا بالکل نہیں تھا۔ اسی کا فائدہ اٹھا کر مَیں نے تیزی سے اس کے قریب سے گزرنا چاہا لیکن چند قدم آگے چل کر مجھے اس کے پانچوں بیٹے ایک

طرف کھڑے دکھائی دیے۔ انہیں ایک ساتھ دیکھ کر میں سٹپٹا گیا کیوں کہ ماروی کا وہ بھائی بھی، جس نے اس کے ساتھ مجھے شاہ جہانی مسجد میں دیکھا تھا، وہاں موجود تھا اور اپنے دانتوں میں خلال کر رہا تھا۔ اس نے مجھے مخاصمانہ نظر سے گھورا تو مَیں نے گھبرا کر جلدی سے آگے بڑھنا چاہا۔ جس پر اس نے مجھے حرامی کہتے ہوئے زوردار قہقہہ لگایا۔ اس کے قہقہے کے بعد کئی اور قہقہے بلند ہوئے۔ پھر ہر طرف سے غلیظ جملوں کی بارش ہونے لگی۔ مَیں وہاں سے نکلنا چاہتا تھا لیکن اچانک ان میں سے ایک میرا راستہ روک کر کھڑا ہو گیا اور دوسرے نے فوراً آگے بڑھ کر میرا گریبان پکڑ لیا۔ وہ مجھے ایک اور گالی دیتے ہوئے مجھ پر پِل پڑا۔ اس نے میرے گالوں پر یکے بعد دیگرے دو تین زوردار طمانچے رسید کیے۔ اس کے بعد وہ پانچوں بھائی مجھے گھیر کر کھڑے ہو گئے اور باری باری اپنے دل کا غبار نکالنے لگے۔ کسی نے مجھے بالوں سے پکڑا، کسی نے گریبان سے، کوئی آگے کی طرف مجھے کھینچنے لگا اور کوئی پیچھے کی طرف۔ مجھ پر تھپڑوں اور مکوں کی بارش ہونے لگی۔ ذرا سی دیر میں مار کھا کر میں پوری طرح نڈھال ہو گیا اور ٹفن بکس میرے ہاتھوں سے چھوٹ کر کہیں گر کر کھو گیا۔ ان کی نرغے سے نکلنے کی میری ہر کوشش ناکام ہو گئی۔ مجھے محسوس ہونے لگا کہ وہ مجھے جان سے مار ڈالیں گے۔

کچھ دیر بعد شیخ حاجی اسمٰعیل اور کچھ دوسرے بزرگوں کی مداخلت پر مجھے چھوڑ دیا گیا لیکن جب انہوں نے اسے میرے بارے میں بتایا کہ مَیں کون تھا تو میرا نام سن کر اس کی سفید اور کشادہ پیشانی پر ایک ساتھ کئی شکنیں ظاہر ہوتی چلی گئیں۔ وہ کینہ توز نظروں سے مجھے گھورتے ہوئے طنزیہ انداز میں مسکرایا۔ ''اِس چھورے کی اتنی ٹھکائی بہت ہے۔ اس کے حرامی باپ کے ساتھ کچھ دیر بعد جو ہونے والا ہے، مجھے یقین ہے اسے دیکھ کر یہ ضرور سبق ضرور سیکھے گا۔ کیوں بچہ؟ اب چل بھُٹ۔ آگے جا کر اپنے باپ کا حشر دیکھ لے۔'' اس نے آنکھیں نکال کر میری طرف دیکھا تو میرا سر جھک گیا۔ جس پر آس پاس کھڑے سب دکانداروں نے فلک شگاف قہقہے لگانے شروع کر دیئے۔

کچھ ہی دیر میں انہوں نے میری ٹھیک ٹھاک درگت بنادی تھی۔ میرے سر کے بال بکھر گئے تھے۔ تھپڑوں کی وجہ سے میرا چہرہ سوجا ہوا تھا۔ کندھے، پسلیوں اور کمر میں لگنے والے مکوں کی وجہ سے بدن میں کئی جگہوں پر درد ہو رہا تھا۔ اسی لیے مجھے اس وقت شیخ اسمٰعیل کی بکواس سمجھ میں نہیں آسکی۔ یہ سب میرے لیے ناقابلِ فہم تھا۔ مَیں چاہتا بھی تو ان سب کا جواب نہیں دے سکتا تھا۔ وہ تعداد میں زیادہ تھے اور بازار کے سبھی دکاندار ان کے ساتھ ملے ہوئے دکھائی دے رہے تھے۔ ان کے تیور خطرناک تھے۔ اسی وجہ سے گالیاں اور مار کھانے کے باوجود میں ان سے نظریں چراتا، ڈگمگا کر چلتا ہوا ان کے آگے سے سٹک گیا۔

بازار میں دن گزار کر مجھے اندازہ ہو گیا تھا کہ لوگ بابا کے متعلق کیا رائے رکھتے تھے اور ان کے بارے میں کیا سوچتے تھے۔ مَیں حیران تھا کہ بابا اتنے برسوں سے ان کے ساتھ مل کر اپنی کاروباری زندگی گزارتے آرہے تھے اور تقریباً سبھی سے ان کے دوستانہ مراسم تھے لیکن اس کے باوجود وہ سب بابا کو قبول کرنے سے گریزاں تھے۔ ویسے تو ہر آدمی کے اندر ایک علت باز ہوتا ہی ہے جو ہمہ وقت نت نئے طریقوں سے عیش یاب ہونا چاہتا ہے۔ بازار کا ہر دکاندار اندر سے ایسا ہی

تھا لیکن میرے بابا کھل کر کھیلنے کے عادی تھے۔ بے پروائی اور ایک کھلنڈرے پن کے ساتھ۔ اسی لیے بعض انتہا پسند ان سے عداوت رکھتے تھے۔

بازار میں بھیڑ اتنی زیادہ تھی کہ اپنی دکان تک پہنچنا میرے لیے ممکن نہیں رہا تھا۔ بازار میں گھومنے والے چھورے مجھ پر طنز یہ جملے اچھال رہے تھے۔ کئی فحش فقرے میرے کان پڑے لیکن میں انہیں نظر انداز کرتا آگے بڑھا۔ چند قدم آگے جا کر میری آنکھوں نے جو منظر دیکھا، مَیں اسے زندگی بھر فراموش نہیں کر سکا۔ وہ آج بھی میری یادداشت میں اپنی جزئیات سمیت محفوظ ہے۔

چند قدم آگے بڑھ کر مجھے اندازہ ہوا کہ مجمعے میں دکاندار شامل تھے اور گاہک بھی، مسجد خضر حیات کا پیش امام اور مدرسے کے معلم اور ان کے طالبِ علم بھی، خوانچہ فروش اور راہ گیر بھی، حتیٰ کہ دکانوں کے اوپر بنے مکانوں کی کھڑکیوں، بالکونیوں اور جھروکوں سے کئی عورتوں اور بچوں کے بھی متجسس چہرے گلی میں جھانک رہے تھے۔ حیرت سے ان سب کے منہ کھلے ہوئے تھے اور آنکھیں کچھ دیکھنے کے شوق سے بھری ہوئی تھیں۔ ان سب کی بے شمار آنکھیں ہجوم کے بیچوں بیچ، ایک دائرے میں کھڑے چند انسانوں پر جمی ہوئی تھیں۔

یہ دائرہ پانچ طویل قامت اور ہٹے کٹے لوگوں نے بنا رکھا تھا جن کے چہروں پر بے ترتیب اور گھنی سیاہ داڑھیاں تھیں اور جنھوں نے اپنے سروں پر چھوٹی چھوٹی کتھئی رنگ کی ٹوپیاں پہنی ہوئی تھیں۔ وہ ایک وسیع حلقہ بنائے کھڑے تھے اور اس حلقے کے درمیان میرے بابا کسی مجرم کی طرح اپنا سر جھکائے اور اپنے ہاتھ پیٹھ پر باندھے کھڑے ہوئے تھے۔ کچھ دیر بعد انہوں نے اپنا پہلو بدلا تو مجھے پشت پر ان کے ہاتھوں پر بندھی ہوئی کھردری رسی دکھائی دے گئی۔

شہر کی قدیم کوتوالی کے کچھ شحیم کارکنان اور مسجد خضر حیات کا پیش امام مجمعے کو رفع دفع کرنے کے لیے شور مچا رہے تھے لیکن ان کی چیخ و پکار کا اثر الٹا ہو رہا تھا اور تماش بینوں کی تعداد بڑھتی جا رہی تھی۔ وہ سب یہ جاننے کے لیے بے چین ہو رہے تھے، جو کچھ اس وقت ان کے آگے ہو رہا تھا، اس سب کا انجام کیا ہونے والا تھا؟

مگر میں یہ جاننا چاہتا تھا کہ آخر میرے بابا سے کون سا نیا گناہ سرزد ہو گیا کہ سب لوگ ان پر طعن و تشنیع کی بارش کر رہے تھے۔ صبح جب وہ دکان پر آئے تھے تو انہوں نے ہلکے آسمانی رنگ کا لباس پہنا ہوا تھا۔ اس وقت اس پر کوئی شکن نہیں تھی لیکن اب ان کے کالر سے دامن کے نیچے تک بے شمار شکنیں دکھائی دے رہی تھیں۔ دو تین جگہوں پر تو مٹی کے دھبے بھی تھے۔ ان کے پھٹے ہوئے گریبان پر میری نظر سب سے آخر میں گئی۔ یہ دیکھ کر اس شام کا منظر میری آنکھوں میں گھوم گیا، جب وہ ماروی کے بھائیوں سے مار کھا کر گھر واپس آئے تھے۔

انہیں دیکھ کر مجھے افسوس ہونے لگا۔ میرا دل کٹنے لگا اور مجھے ان پر بہت رحم آنے لگا۔ مَیں ان سے ذرا سے فاصلے پر بہت سے لوگوں کے درمیان کھڑا بے چینی اور پشیمانی سے ان کی طرف دیکھتا رہا۔ ان کا سانولا چہرہ کسی گمبھیر جذبے کے زیرِ اثر سیاہ پڑ چکا تھا۔ وہ پیش امام کے پاس بار بار جا کر ان سے کچھ کہتے لیکن وہ ہر بار نفی میں اپنا سر ہلا کر انکار کرنے لگتا۔

سر بازار میرے ساتھ جو کچھ ہو چکا تھا اور میرے بابا کے ساتھ ہونے والا تھا، اس کی وجہ سے کھڑے کھڑے مجھ پر رقت سی طاری ہونے لگی۔ جی چاہنے لگا کہ دھاڑیں مار کر اونچے بین کرنے لگ جاؤں، لیکن میں خود کو کسی نہ کسی طرح سنبھالے کھڑا رہا۔ جب ہجوم چند لمحوں کے لیے خاموش ہوا تو مجھے ایک عورت کی سسکیوں کی دلدوز آواز سنائی دی۔ وہ برقعہ اوڑھے بابا کے پہلو میں چھپی ہوئی تھی اور روتی ہوئی لگاتار انہیں کوسنے دیئے جا رہی تھی۔ وہ کون تھی اور ان کے پہلو میں کس لیے کھڑی تھی اور کس بات پر انہیں کوسنے دے رہی تھی؟

میں خواہش کے باوجود بابا کے نزدیک نہیں جا سکا اور اپنے بچپن کی طرح ان کی قمیص کا دامن کھینچ کر انہیں اپنی طرف متوجہ نہیں کر سکا۔ بابا نے ایک مرتبہ بھی آنکھ اٹھا کر اس جانب نہیں دیکھا، جہاں میں کھڑا ہوا تھا۔ اگر وہ اس طرف دیکھتے تو مجھے یقین تھا کہ ان کی نگاہ فوراً مجھ پر پڑ جاتی۔ مَیں ان سے بیس پچیس قدموں کی دوری پر تھا۔ میرے پیچھے کئی لوگ دھکم پیل کر رہے تھے۔ مجھے ڈر تھا کہ دھکوں کی وجہ سے مَیں کوتوالی کے کارکنوں کے ساتھ نہ جا لگوں۔ مَیں بڑی مشکل سے اپنے آپ کو روک رہا تھا۔

ان کارکنوں کی باہمی گفتگو سن کر مَیں نے اندازہ لگایا کہ وہ قاضی عبداللطیف ٹھٹھوی کا انتظار کر رہے تھے جو قاضی القضا ہونے کے ساتھ کوتوالِ شہر بھی تھا۔ پتا نہیں اسے یہ عہدہ کس نے تفویض کر رکھا تھا؟ شاید یہ کسی قدیم دور کی کوئی یادگار یا کوئی مقدس رسم تھی، جسے قاضی ٹھٹھوی اور اس کے چند پیروکار اب تک بہ زعمِ خود جاری رکھے ہوئے تھے۔ گرچہ قاضی کی عمر تقریباً اسی برسوں سے تجاوز کر چکی تھی، اس کے باوجود وہ ہمیشہ جائے واردات پر پہنچنا اپنا فرض سمجھتا تھا۔ بے شک جائے واردات شہر کے کسی دور دراز کونے میں کیوں نہ واقع ہو۔

ہمارے شہر میں طویل عرصے تک قانون کے دو نظام ایک دوسرے کے متوازی چلتے رہے۔ ایک جو مغلوں کے قدیم اقتدار سے منسوب چلا آ رہا تھا اور دوسرا عام دیوانی قانون۔ قدیم قانون کی رو سے شاہ جہانی مسجد میں جمعہ کی نماز پڑھانے والا مفتی، شہر کا قاضی القضا بھی ہوا کرتا تھا جب کہ دوسرا دیوانی قانون پینل کوڈ کے تحت کام کرتا تھا۔ سب شہری جانتے تھے کہ جس شخص کو قاضی نے سزا دے دی، پولیس اس میں دخل نہیں دیتی تھی۔ وقت گزرنے کے ساتھ قاضی کا قانون کمزور اور اس کا دائرہ انتہائی محدود ہوتا جا رہا تھا اور اس کے پاس اختیارات بھی برائے نام رہ گئے تھے۔

عام طور پر قاضی کے لیے رمضان کا مہینہ بہت مصروف گزرتا۔ ان دنوں چوری چھپے چلنے والے ہوٹل اور ان پر کھانا کھانے والے کھوجا مار، کم بیش روزانہ اس کے سامنے لائے جاتے، جن میں اکثریت ہندوؤں کی ہوتی۔ قاضی سرِعام ان کی توہین کرتا اور انہیں مسلمان ہونے کا مشورہ دیتا۔ ان کے لیے عام طور پر قمچیوں یا کوڑوں کی سزا تجویز کرتا۔ وہ گھوڑے پر سوار ہو کر اپنے ملزموں کو شہر کے گلی کوچوں میں لیے لیے پھرتا اور رستے بھر اپنے ہاتھ سے ان کی پشت پر قمچیاں لگاتا تاکہ دوسرے لوگ عبرت پکڑیں اور پابندی سے روزے رکھیں اور دین کا احترام کریں۔ قاضی کے پاس معمولی چوری چکاری اور زنا کے مجرم کبھی کبھار ہی آتے۔ جتنا عرصہ قاضی عبداللطیف زندہ رہا، یہ قانون بھی چلتا رہا۔

مَیں نے ہجوم کے بیچ میں کھڑے کھڑے آسمان کی طرف دیکھا تو اس کی نیلی رنگت دھیمی پڑ گئی تھی اور وہاں کوے اور گدھ نیچی پرواز میں اڑتے نظر آ رہے تھے۔ بھیڑ میں شامل لوگوں کے چہرے کسی جوش و جذبے سے تمتما رہے تھے اور ان کے لباس پسینے کی وجہ سے ان کے جسموں سے چپکے تھے۔ بہار رخصت ہو چکی تھی اور گرمیوں کی آمد آمد تھی۔ بڑھتے پھیلتے ہجوم میں کبھی خفیف سرگوشیاں بھنبھناتیں، کبھی دھیمے لہجے سنائی دیتے اور کبھی کوئی بلند آہنگ آواز میں بابا کو سرِ عام گالیاں دینے لگتا۔ دوسرے لوگ نہ صرف اس کی تائید کرتے بلکہ وہ سخت سزا کا مطالبہ کرتے تاکہ کوئی اور شخص ایسا کرنے کی جرأت نہ کر سکے۔ کوئی کہتا کہ اسے سنگسار کیا جائے اور کوئی پھانسی کا مطالبہ کرتا۔

لوگوں کا بڑھتا غم و غصہ دیکھ کر مجھ پر گھبراہٹ طاری ہونے لگی تھی اور یہ ڈر لاحق ہونے لگا کہ یہ لوگ سرِ بازار بابا کو پیٹنا شروع نہ کر دیں یا انہیں کوئی اور نقصان نہ پہنچا دیں کیوں کہ وہ سب ان کی مخالفت میں یک جا ہو چکے تھے۔ وہ بابا کو توہین آمیز القابات سے پکار رہے تھے۔ کوئی انہیں زانی کہہ رہا تھا تو کوئی حرام کار، کوئی شرابی کہہ رہا تھا تو کوئی رنڈی باز۔ ان کے ترش و تلخ جملے سن کر میرا خون کھول رہا تھا۔ بار بار شدید غصے اور شرم کی وجہ سے میرا چہرہ سرخ ہو گیا تھا اور میں اپنے دانتوں سے بار بار اپنا نچلا ہونٹ چبائے جا رہا تھا۔ کچھ دیر بعد میرے اس ہونٹ سے خون رسنے لگا۔

میں وہاں سے بھاگ جانا چاہتا تھا لیکن میرے پاؤں جیسے زمین میں دھنسے ہوئے تھے اور میرے جسم کا وزن شاید کئی گنا بڑھ گیا تھا۔ مَیں نے ذرا سی دیر میں معززینِ شہر سے جتنی برہنہ اور فحش گالیاں یہاں کھڑے ہو کر سن لی تھیں، وہ بابا کی ان تمام گالیوں سے بہت کم تھیں جو وہ ساری عمر مجھے اور اماں کو نکالتے رہے تھے۔

کوتوالی کے کارکنوں کا حلقہ ہجوم کے دھکوں کی وجہ سے سکڑتا جا رہا تھا۔ حفاظت کے طور پر انہوں نے برقعہ پوش عورت اور میرے بابا کو تقریباً اپنے بازوؤں میں لے لیا تھا۔ اسی دوران ناگاہ ایک کارکن کا ہاتھ برقعہ پوش عورت کا جسم اپنے حصار میں لیتا ہوا نظر آیا۔ اس کارکن نے زور سے اپنے بازوؤں میں بھینچ لیا تھا۔ اسے دیکھ کر ہجوم میں شامل کچھ لوگ بھی اس عورت کے ساتھ دست درازی کرنے کی کوشش میں اپنے ہاتھ اس کی طرف بڑھانے لگے۔ کارکنوں کا دائرہ اور لوگوں کا ہجوم آپس میں گڈمڈ ہونے لگے تو کئی مردوں کے ہاتھ سرِ بازار اس عورت کا بدن نوچنے کے لیے اس کی طرف بڑھتے چلے گئے۔

اس عورت نے اس زیادتی پر چیخ چیخ کر احتجاج کیا تو بہت سے قہقہے ایک ساتھ بلند ہوئے۔ کئی لوگ بابا کو بھی اپنی کہنیاں چبھو رہے تھے اور کوئی ان کے بال پکڑ کر کھینچتا تھا تو پیچھے سے ان کی گدی پر تھپڑ مارتا تھا۔ ایک چھوٹے قد کا موٹا آدمی لوگوں کے سروں پر چڑھ کر آگے بڑھنے کی کوشش کرنے لگا۔ اس نے برقعہ پوش عورت سے نقاب اتارنے کی فرمائش کر ڈالی بلکہ کھلے عام کوتوالی کے کارکنوں سے اس کا دیدار کروانے کی فرمائش کرنے لگا۔ دیگر لوگ بھی اس کی ہم نوائی میں شور مچانے لگے۔ کارکنوں نے اس کی لاف زنی سے تنگ آ کر پورا زور لگا کر اسے پیچھے کی طرف دھکیل دیا، جس پر وہ منہ کے بل زمین پر جا گرا۔ اسے گرتا دیکھ کر ایک ہنسی کا فوارہ پھوٹ نکلا اور سب لوگ ہنسنے لگے۔

بپھرا ہوا ہجوم دیکھ کر کوتوالی کے کارکن خوفزدہ تھے۔ اب تک انہوں نے اپنی لاٹھیاں استعمال کرنے سے گریز کیا تھا

لیکن لوگوں کی واہیات باتوں اور اوچھے ہتھکنڈوں سے زچ ہو کر ایک کارکن کی تاب جواب دے گئی اور اس نے بالکل اچانک آنکھیں بند کر کے چاروں طرف لاٹھی چلانا شروع کر دی۔ مَیں نے زمین پر بیٹھ کر بڑی مشکل سے اپنے آپ کو اس کی گھومتی بے آواز لاٹھی کی زد میں آنے سے بچایا اور تقریباً رینگتے ہوئے پیچھے کی طرف ہٹنے لگا کیوں کہ لوگ فوراً اپنی اپنی جگہیں چھوڑ کر پیچھے سرک گئے تھے۔ اس کے بعد کوتوالی کے دوسرے کارکنوں نے بھی لاٹھیاں لہرا کر مجمع کو ہٹانا شروع کر دیا۔ تھوڑی سی دیر میں ہجوم خاصا پیچھے ہٹ گیا اور بہت سی زمین خالی ہو گئی۔

مَیں نے بابا کو ٹھنڈی سانسیں بھرتے ہوئے دیکھا۔ ہجوم کا غم و غصہ دیکھ کر وہ خوف زدہ ہو گئے تھے۔ انہوں نے پہلی بار نگاہ اٹھا کر مجمع کی طرف دیکھا، تمام لوگ ان کے جاننے والے تھے اور بہت سے تو ان کے یار اور ہم نوالہ و ہم پیالہ بھی رہ چکے تھے مگر اس پل وہ سب مطلق اجنبی بنے ہوئے تھے اور انہیں ایسے گھور رہے تھے جیسے ان کے پرانے دشمن ہوں۔ ان کی آنکھوں سے ایک ناقابلِ تفہیم نفرت جھلک رہی تھی۔

جب بابا کی پہلی نظر مجھ پر پڑی تو اس کے بعد کچھ لمحوں کے لیے ان کی آنکھیں ایسی جھکیں کہ مجھے لگا کہ وہ زیرِ زمین جانے کے لیے کوئی راستہ ڈھونڈ رہے تھے۔ اس لحظہ مجھے اپنے آپ پر سخت غصہ آیا۔ مجھے یہاں موجود نہیں ہونا چاہیے تھا، مجھے یہاں سے بھاگ جانا چاہیے تھا۔ عجیب حالت ہو رہی تھی میری کہ بھاگنا بھی چاہتا تھا اور ٹھہرنا بھی۔

مجھے دیکھنے کے کچھ دیر بعد بابا نے کوتوالی کے کارکن کو اپنے پاس بلایا اور میری طرف اشارہ کرتے ہوئے اس کے کان میں کچھ کہنے لگے۔ وہ کارکن توجہ سے ان کی بات سنتا رہا اور میری سمت اٹھی ان کی انگلی کا اشارہ سمجھنے کی کوشش کرتا رہا۔ اگلے ثانیے وہ اثبات میں سر ہلاتا ہوا میری طرف آیا۔ مَیں کئی لوگوں کے درمیان پھنسا تھا۔ اس نے اپنا ہاتھ میری طرف بڑھایا تو مَیں نے اسے تھام لیا۔ وہ مجھے ہجوم سے نکال کر بابا کے پاس لے جانے لگا تو چند لوگوں نے مجھ پر بھی پھبتیاں کسنی اور فقرے اچھالنے شروع کر دیئے، جنہیں سن کر میرا چہرہ لال ہونے لگا۔ مجھ میں مجمع کی بے شمار نگاہوں کے سامنے بابا کا سامنا کرنے کی تاب نہیں تھی۔ میرا پورا جسم سنسنا رہا تھا اور پاؤں میں ڈگمگاہٹ سی در آئی تھی۔

ان کے نزدیک پہنچ کر ایک احساسِ جرم کی وجہ سے مَیں ان کی طرف نہیں دیکھ سکا۔ مَیں اپنے خیالوں میں گم تھا کہ انہوں نے ذرا جھک کر میری پیشانی پر بوسہ دیا۔ ان سے ایک وارفتہ معانقے اور ان کی جانب سے میری پیشانی پر ثبت کیے گئے گرم بوسے نے نجانے کس طرح اچانک میری کایا کلپ کر دی۔ میرے سارے وسوسے اور ڈر ختم ہونے لگے۔ میرے اندر شرم اور جھجک کا نام و نشان نہ رہا۔ مَیں چند لمحوں تک اپنی آنکھیں بابا کے چہرے پر جمائے انہیں دیکھتا رہا۔ ان کے ہونٹ عجب طرح کپکپا رہے تھے اور ان کی زرد آنکھوں سے نمی جھلک رہی تھی۔ وہ ایک دوبار وارفتگی سے میری طرف دیکھتے ہوئے اپنے کندھے اچکا کر رہ گئے۔ مَیں نے اس وقت بابا کے لیے اپنے دل میں جس قسم کے ولولہ خیز، پُرخلوص اور رقیق جذبات محسوس کیے، اس کے بعد ساری زندگی شاید پھر کبھی ان کے لیے ایسے جذبات میرے دل میں پیدا نہیں ہوئے۔

انہوں نے میرا حوصلہ بڑھانے کے لیے لرزتی ہوئی سرگوشی میں میرے بائیں کان میں چند جملے کہے جنہیں سن کر میرے

دل میں ان کے لیے ہمدردی کا طوفان امڈنے لگا۔ ''مجھ سے جلتے ہیں سب۔حسد کرتے ہیں۔سب نے مل کر پھنسایا ہے مجھے۔گھات لگا کر گھیرا ہے۔'' یہ سن کر میرا خون کھولنے لگا اور میں شدید حقارت سے گردوپیش پھیلے ہجوم کی جانب دیکھنے لگا۔اگر میرے ہاتھ میں کوئی مہلک ہتھیار آجاتا تو میں اس کی مدد سے اپنی اور ان کی بے عزتی کا حساب اسی وقت سرِ بازار چکا دیتا اور کئی لوگوں کی جان لینے سے بھی دریغ نہ کرتا۔

بابا نے آخر میں مجھ سے جو سب سے اہم بات کہی وہ دکان کے بارے میں تھی کہ ہجوم چھٹتے ہی اسے بند کرنے میں دیر نہ لگاؤں۔ان سے بات کر کے مَیں واپس اپنی جگہ پر جانے لگا تو انہوں نے مجھے آواز دے کر روک لیا اور تلخی سے مسکراتے ہوئے میرے کان کے پاس آکر بولے کہ مَیں اماں کو اس واقعے کے بارے میں کچھ نہ بتاؤں کہ انہیں خوامخواہ دکھ ہو گا۔ مَیں نے دوپہر کے کھانے سمیت کھو جانے والے ٹفن بکس کے بارے میں چاہتے ہوئے بھی نہ بتا سکا۔

اماں سے متعلق ان کی بات سن کر مجھے احساس ہوا کہ مَیں نے بہت دیر سے ان کے بارے میں بالکل نہیں سوچا۔ مجھے یقین تھا کہ اب تک انہیں اس واقعے کے بارے میں کچھ خبر نہیں ہو گی کیوں کہ اب وہ گھر سے بہت کم نکلتی تھیں۔بس کبھی کبھار کوئی پڑوسن ان سے ملنے گھر آجاتی تھی، اس لیے اگر انہیں کسی نے بتا دیا، تو کیا ہو گا؟ اماں کبھی کبھار سامنے والے گھر کی عورتوں کے ساتھ کھڑکی میں کھڑے ہو کر باتیں بھی کر لیا کرتی تھیں، اگر ان میں سے کسی نے اس لرزا دینے والے واقعے کا ذکر چھیڑ دیا، تو؟ مجھے محسوس ہوا کہ اگر مَیں نے بابا کے حکم کی تعمیل کرتے ہوئے ان کو یہ بات نہ بتائی تب بھی جلد یا بدیر کہیں نہ کہیں سے انہیں معلوم ہو جانا تھا۔جس سے انہیں دلی صدمہ تو پہنچنا ہی تھا ہی اور مجھ سے زندگی بھر شکایت الگ رہنی تھی۔میرے لیے ان کے ردِعمل کے بارے میں قیاس آرائی کرنا ممکن نہیں تھا کیوں کہ ان دونوں کے ناخوش گوار تعلقات کی پوری تاریخ سے مَیں خوب واقف تھا۔انہیں اپنے شوہر کی اس نئی بدنامی سے دکھ پہنچے گا یا انہیں اپنے مجرم کی گرفتاری پر خوشی ہو گی، مَیں یقین سے کچھ نہیں کہہ سکتا تھا۔

امام بارگاہ کی طرف سے ڈھول بجنے کی آواز سنائی دیتے ہی ہجوم میں شامل لوگوں کی گردنیں مڑ کر اس جانب دیکھنے لگیں جدھر سے وہ آواز سنائی دے رہی تھی۔ بے شمار متجسس آنکھیں ایک آدھ فرلانگ کی دوری سے اس جانب آتے اُس مختصر جلوس اور اس میں شامل افراد کو دیکھنے لگ گئیں۔ان سب کی آنکھوں میں تجسس کے ساتھ ایک میکانکی قسم کی عقیدت اور احترام بھی جھلکتا نظر آرہا تھا۔ان کے ہونٹ جو کچھ دیر پہلے تیز تیز باتیں کر رہے تھے، اب بڑے دھیمے پن سے سرگوشیاں کرنے لگے تھے۔وہ جلوس ابھی فاصلے پر ہی تھا مگر اس کے باوجود انہوں نے ہٹ کر اس کے لیے راستہ خالی کرنا شروع کر دیا تھا۔ڈھول کی تھاپ نزدیک سے نزدیک تر آتی جا رہی تھی۔

ڈھول بجانے والا ایک مکرانی تھا اور اس نے اپنے وزن کے برابر ڈھول رسی کی مدد سے اپنی گردن میں لٹکایا ہوا تھا۔اس کا سر اور اس کا سینہ دونوں ڈھول پر جھکے ہوئے تھے۔وہ اپنے ہاتھوں سے مخصوص وقفوں سے ڈھول پیٹتا آگے بڑھ رہا تھا۔ اس کے پیچھے چار شیدی پالکی بردار ایک رنگین پالکی اٹھائے چلے آرہے تھے۔اس پالکی کے ریشمی پردے بوسیدہ ہو چکے

تھے اور ان کی چنٹیں بھی صاف نظر آ رہی تھیں لیکن ان پردوں کے شوخ رنگ دور سے ہی آنکھوں میں چبھنے لگے تھے۔

پالکی پر قاضی الحاج عبداللطیف ٹھٹھوی سوار تھے۔ چاروں شیدی پالکی بردار ان کا وزن اٹھانے سے ہلکان دکھائی دے رہے تھے۔ پالکی برداروں کے ساتھ آٹھ محافظ بھی چل رہے تھے، جو سب کے سب شیدی تھے اور وہ سب ادھ ننگے اور قمیصوں کے بغیر تھے۔ اسی وجہ سے ان کا آدھا سیاہ دھڑ پسینے کی وجہ چمکتا ہوا نظر آ رہا تھا۔ یہ جلوس آہستگی سے گھسٹتا اس مقام کی جانب بڑھتا آ رہا تھا جہاں کوتوالی کے کارکن بابا اور برقعہ پوش عورت کو اپنے نرغے میں لیے کھڑے تھے۔

ڈھول کی ہر تھاپ اور اس جلوس کے آگے بڑھتے قدموں کے ساتھ میرا دل ڈوب رہا تھا اور میرے پیٹ میں تیز مروڑ اٹھ رہا تھا۔ مَیں بے چینی سے کھڑا بار بار پہلو بدلتا اپنے پاس کھڑے بابا کی طرف دیکھ رہا تھا، جن کا سانولا چہرہ گہرا سیاہ ہو رہا تھا اور ان کی آنکھوں میں گہری ناامیدی اور مایوسی نظر آ رہی تھی۔ ان کی یہ حالت دیکھ کر میں سوچ رہا تھا کہ کاش میں ان کے لیے کچھ کر سکتا۔

قاضی عبداللطیف کا قدیم خاندانی مکان شہر کے جنوب میں واقع تھا لیکن وہ مسجد خضر حیات اور شاہ جہانی مسجد جانے کے لیے ہمیشہ شمالی راستہ استعمال کرتا تھا کیوں کہ راستے میں شہر کی سب سے بڑی امام بارگاہ پڑتی تھی۔ قاضی کٹر سنی العقیدہ شخص تھا۔ جب اس کی پالکی امام بارگاہ کے نزدیک سے گزرتی تو اس کے محافظ اور پالکی بردار با آواز بلند کلمہ طیبہ کا ورد کرنے لگتے اور ساتھ ہی نعرے بھی لگاتے۔ ان کی آوازوں کے ساتھ قاضی کی بھاری بھر کم آواز بھی شامل ہو جاتی جسے سنتے ہی ارد گرد کے بہت سے سنی حضرات بھی اس میں شامل ہو جاتے۔ آج بھی ایسا ہی کیا گیا تھا۔ لوگ پالکی کو راستہ دینے کے لیے خود بخود ایک طرف ہٹتے جا رہے تھے۔

جلوس نزدیک آ پہنچا تو پالکی بردار اسے اتارنے کے لیے آس پاس جگہ تلاش کرنے لگے۔ کوتوالی کے کارکنوں کے کہنے پر انہوں نے پالکی ہماری دکان کے سامنے ٹھیک اس مقام پر روکی، جہاں تھوڑی دیر پہلے تل دھرنے کی بھی جگہ نہیں تھی لیکن اب سب لوگ آس پاس کی دکانوں کی طرف سمٹ کر کھڑے ہو گئے تھے۔ ایک محافظ نے آگے بڑھ کر پالکی کا پردہ ہٹایا تو قاضی کا ضعیف لیکن سرخ و سفید چہرہ دکھائی دیا۔

مَیں نے ہمیشہ پچھلی صفوں سے کھڑے ہو کر قاضی کو شاہ جہانی مسجد کے منبر پر جمعے کی نماز کا خطبہ دیتے ہوئے دیکھا تھا۔ مجھے کم عمر ہونے کی وجہ سے اگلی قطاروں میں کھڑے ہونے کی اجازت نہیں تھی۔ اس لیے میں کبھی اس کا چہرہ اچھی طرح نہیں دیکھ سکا تھا۔ اس کے باوجود وہ بالکل ویسا ہی تھا جیسا کچھ دیر پہلے میرے ذہن نے سوچا تھا۔ اس کے سر پر سفید عمامہ بندھا ہوا تھا۔ اس کی بھنویں، پلکیں اور داڑھی بالکل سفید ہو چکی تھی۔ آنکھوں پر موٹے شیشوں والی عینک تھی۔ قاضی نے گھوڑا مارکہ بوسکی کا ڈھیلا ڈھالا کرتا اور لمبے گھیر والی شلوار پہنی ہوئی تھی۔ اس کے ہاتھوں میں چمک دار بانس کی نفیس چھڑی تھی مگر اس کے باوجود اس کے ہاتھ رعشے کی وجہ سے بری طرح کانپ رہے تھے۔ تین شیدی محافظوں نے قاضی کو پالکی سے باہر نکلنے میں مدد دی تو تب کہیں جا کر وہ زمین پر اپنے پاؤں ٹکانے میں کامیاب ہو سکا۔ وہ بے چارا اس معمولی سی مشقت

سے ہی ہانپ کر رہ گیا لیکن اپنی سانسوں کو درست کرنے میں اسے زیادہ دیر نہیں لگی۔

میرا دل بری طرح دھڑکنے لگا تھا۔ نجانے کس طرح اسی پل میری یادداشت میں دور کہیں چھپی ایک پرانی بات مجھے یاد آنے لگی۔ مَیں گرد و پیش کے ماحول سے چند لمحوں کے لیے کٹ کر اس کے بارے میں سوچنے لگا۔ مجھے یاد نہیں کہ وہ مَیں نے کسی سے سنی تھی یا وہ میرے ذہن کی کوئی اختراع تھی لیکن وہ تھی بڑی ہولناک بات۔ اتنی زیادہ کہ اس کے خیال سے ہی میرا جسم سو سال کے بوڑھے کی طرح کمزور ہو کر کانپنے لگا۔

میرے ذہن میں ایک متحرک تصویر تھرتھرانے لگی جس میں شدید گرمی سے تپا ہوا ایک صحرا تھا اور چاروں طرف ریت سے اٹھتی گرم لہریں تھیں اور شونکارتی ہوئی تیز لو کے ظالم تھپیڑے تھے۔ کتوں کی وحشیانہ بھونکاہٹ کانوں کے پردے پھاڑ رہی تھی۔ اجنبی دیس کے چند اجنبی لوگ عجیب کپڑوں میں ملبوس، حلقہ بنائے کھڑے ہوئے تھے۔ ان کے سامنے ریت میں ایک آدمی کی قامت جتنا گہرا گڑھا کھودا جا رہا تھا۔ جب گڑھا کھودا جا چکا تو سب نے باری باری اس کا معائنہ کیا اور اثبات میں سر ہلاتے ہوئے اپنی اپنی جگہ پر جا کھڑے ہوئے۔ ایک شخص جو بھاری بھرکم سنگلوں سے بندھا ہوا تھا اور جس کی چیخوں اور کراہوں کی آواز واضح طور پر سنائی دے رہی تھی۔ اسے گھسیٹ کر گڑھے کے پاس لایا گیا اور اسے اس کی مرضی کے خلاف گڑھے میں دھکیل کر گردن تک ریت میں دھنسا دیا گیا۔ اجنبی دیس کے چند اجنبی لوگ اس کی بے بسی پر قہقہے لگانے لگے۔ کتوں کا ایک غول جسے پتہ نہیں کتنے دنوں سے بھوکا رکھا ہوا تھا، وہ مسلسل غرا رہا تھا اور ان کے کھلے ہوئے جبڑوں میں ان کے نوکیلے دانت نظر آ رہے تھے۔ ان کی باہر کو نکلی زبانوں سے رال ٹپک کر ریت میں جذب ہو رہی تھی۔ اس غول کو زنجیروں سے آزاد کر دیا گیا اور وہ ریت میں دھنسے آدمی کی گردن پر ٹوٹ پڑا اور اسے لہولہان کرنے لگا۔ تمام صحرا میں اس شخص کی چیخیں، آہستہ آہستہ کتوں کی بھونکار اور لوگوں کے قہقہوں پر غالب آتی اور دور تک پھیلتی چلی گئیں۔

نہ چاہتے ہوئے بھی اس منظر کی جزئیات میری روح کو لرزانے لگیں۔ مجھے قاضی عبداللطیف اور اس کے تمام چیلے ان جلاد صفت لوگوں جیسے معلوم ہونے لگے، جنہوں نے ایک جیتے جاگتے انسان کی بھیانک موت کا منظر قہقہے لگاتے ہوئے دیکھا تھا۔ مَیں دل ہی دل میں بابا کی سلامتی کی دعائیں مانگنے لگا۔ مَیں نے اپنی ناقص مذہبی معلومات کی بنا پر خیال کر لیا تھا کہ ہر وہ شخص جو عورت سے مباشرت کرتے ہوئے پکڑا جائے مذہب کی رو سے ایسی سزا کا مستحق سمجھا جاتا ہے۔

قاضی اپنے بھاری جسم کا سارا وزن چھڑی پر ڈالے بمشکل ٹیڑھا ہو کر کھڑا تھا۔ اس کے محافظ، کوتوالی کے کارکنان، مسجد کا پیش امام اور ڈھولچی سب کے سب ہاتھ باندھے اس کی طرف دیکھ رہے تھے۔ قاضی نے غصیلی نگاہ سے بابا کی طرف دیکھتے ہوئے بے حد ناگوار لہجے میں کڑوے کسیلے الفاظ استعمال کرتے ہوئے زنا کاری کے متعلق ان عذاب ناک سزاؤں کا ذکر کیا جو موت کے بعد انسان کو اس جرم کے بدلے قیامت کے دن سنائی جائیں گی۔ اس کے جملوں سے دوزخ کی آگ کے شعلے نکل رہے تھے جن کی حدت کو محسوس کرتے ہوئے آس پاس سارے لوگ سہمے کھڑے تھے۔

تھوڑی دیر بعد شہر کی مساجد سے عصر کی اذان سنائی دینے لگی تو اس کے احترام میں قاضی صاحب نے چپ سادھ لی

اور اس کے ختم ہونے تک سر جھکائے کھڑے رہے۔ اس کے بعد قاضی نے مسجد چل کر نماز پڑھنے اور اس کے بعد اپنا فیصلہ سنانے کا اعلان کیا۔ پھر وہ اپنے محافظوں کی معیت میں، دو مکرانیوں کے سہارے چلتا نزدیک واقع مسجد خضر حیات کی طرف چل دیا۔ اس کے پیچھے کوتوالی کے کارکن تھے جو برقعہ پوش عورت اور بابا کے گرد حلقہ بنائے دھیرے دھیرے پیچھے چل رہے تھے۔

میں اپنی دکان کے پاس کھڑا رہ گیا۔ اب لوگوں کا ہجوم اپنی جگہ سے سٹکنے لگا۔ کچھ لوگ اپنے کاموں پر واپس چلے گئے اور کچھ نے مسجد کی راہ لی۔ مَیں اپنے آپ کو ان کے دھکوں سے بچاتا اپنی دکان کی جانب بڑھا۔ مَیں نے وہاں بکھری ہوئی چیزیں سمیٹیں اور انہیں ان کی جگہ سلیقے سے رکھ کر مَیں نے دروازے کے دونوں پٹ بھیڑ دیئے اور تالے لگا کر مَیں نے بھی مسجد کا رخ کیا۔

مسجد کا صحن اور اندرونی ہال لوگوں سے بھرا ہوا تھا۔ تمام لوگ سنت نماز پڑھ چکے تھے اور فرض پڑھنے کے لیے تکبیر کے منتظر تھے۔ مَیں نے ادھر ادھر نگاہ دوڑائی لیکن مجھے بابا کہیں دکھائی نہیں دیئے۔ ان کا فیصلہ عصر کی نماز کے بعد سنایا جانا تھا، اس لیے میں وضو خانے کی طرف جانے کے بجائے مسجد سے باہر نکل آیا۔

ایک مانڈلی سے سگریٹ خرید کر میں ایک ہوٹل میں جا بیٹھا۔ ایک بینچ پر بیٹھتے ہی مَیں نے سگریٹ جلایا اور اس کے لمبے کش لینے لگا۔ اس ہوٹل کا عملہ بابا کی وجہ سے مجھے بخوبی جانتا تھا۔ لیکن اس لمحے مجھے کسی کی کوئی پروا نہیں تھی۔ مَیں ان کی طرف دیکھے بغیر اپنے آپ میں گم تھا۔ بابا کی گرفتاری کی وجہ سے جو صورتِ حال پیدا ہو گئی تھی، پتہ نہیں کیوں مجھے وہ ایک طرف الم ناک اور پریشان کن لگ رہی تھی لیکن دوسری طرف بہت دلچسپ بھی معلوم ہو رہی تھی۔ اس لیے کہ مَیں اب تک اپنے بابا اور اماں کی نظروں میں بے کار اور بے مصرف سی کوئی شے سمجھا جاتا رہا تھا لیکن ان غیر معمولی حالات کے سبب مجھے کلیدی قسم کی اہمیت حاصل ہو گئی تھی۔ بابا کے ان جملوں کو جو انہوں نے ہجوم کے بیچ سرگوشیوں میں مجھ سے کہے تھے، انہیں یاد کر کے مَیں خود کو اپنے گھر کا مرکزی کردار تصور کرنے لگا تھا۔ میری ذمہ داری میں اضافہ ہو گیا تھا لیکن اس وقت میں ان سب معاملات کو ٹھیک طرح سمجھ بھی نہیں پا رہا تھا۔ مَیں یہ بھی نہیں جانتا تھا کہ مَیں اپنے بابا کی مدد کیسے کر سکتا تھا۔ ان ہی خیالوں میں مجھے سگریٹ ختم ہونے کا احساس نہیں ہوا اور میز پر رکھی چائے بھی ٹھنڈی ہو چکی تھی، مَیں نے جسے دو تین لمبے گھونٹ لے کر ختم کیا اور پیسے ادا کر کے ہوٹل سے نکل کر مسجد کی جانب بڑھا۔

مسجد کے صدر دروازے پر کافی تعداد میں لوگ جمع دیکھ کر مجھے حیرت ہوئی۔ مَیں بڑی مشکل سے راستہ بناتا ہوا مسجد میں داخل ہوا۔ نماز ختم ہو چکی تھی اور اس وقت قاضی عبداللطیف مسجد کے وسیع ہال میں منبر پر بیٹھا گواہوں کے بیانات سن رہا تھا۔ صحن اور ہال لوگوں سے بھرے تھے۔ مَیں صحن میں بہت آگے تک نہیں جا سکا اور ایک جگہ کھڑا ہو کر اسپیکر سے سنائی دیتی قاضی کی رعشہ زدہ آواز سننے لگا۔ اس نے ایک کے بعد دوسرے گواہ سے اپنا بیان دینے کے لیے کہا تو لوگ ایک دوسرے کو اس گواہ کا نام بتانے لگے، جسے سن کر مجھے پہلے پہل بالکل یقین نہیں آیا۔ مَیں اسے دور سے دیکھ کر شناخت کرنا چاہتا تھا

لیکن مجھے بھیڑ میں اس گواہ کا چہرہ نظر نہیں آ سکا۔صرف اس کی گھٹی گھٹی سی آواز سنائی دیتی رہی۔غور سے سننے کے باوجود اسپیکر میں ہونے والے شور اور میمنی انداز میں جلدی جلدی بولی جانے والی سندھی کا کوئی لفظ اور کوئی جملہ سمجھ نہیں آ سکا۔

ہجوم کے بیچ سرسراتا ہوا وہ نام مجھ تک پہنچ ہی گیا۔شیخ حاجی اسمٰعیل۔اس نے بابا کو زنا کاری کا عادی مجرم قرار دیتے ہوئے اپنی گواہی مکمل کی۔ مجھے معلوم نہیں ہو سکا کہ اس نے کس طرح دوسرے لوگوں کے ساتھ مل کر بابا کو رنگے ہاتھوں پکڑوایا لیکن اب مجھے اپنی دکان کے آس پاس اس کی اور اس کے بیٹوں کی موجودگی کے سبب کا پتا چل گیا تھا۔انہوں نے شاہی بازار کے اس حصے میں اپنی برادری کے لوگوں کے ساتھ مل کر ایک سازش بنی اور بابا اس میں پھنس گئے۔ مَیں سوچ رہا تھا کہ اگر اس واقعے کے بعد بھی ان کے دلوں میں انتقام کی آگ ٹھنڈی نہ ہوئی تو ان کا اگلا قدم کیا ہو گا؟ کیا وہ مجھے بھی اپنا نشانہ بنائیں گے؟ ماروی کے ساتھ میرے تعلقات کے طشت از بام ہونے کی وجہ سے بابا کی گرفتاری عمل میں آئی تھی۔ میرے لیے خود کو اس سارے معاملے میں قصوروار قرار دیتے ہوئے تکلیف سی ہو رہی تھی۔ ماروی کے والد اور بھائیوں نے سوا سال تک اپنے دل میں انتقام چھپائے رکھا اور موقع دیکھتے ہی زوردار وار کر دیا۔

میں قاضی کی تقریر کا ایک لفظ نہیں سن سکا۔فیصلہ سناتے وقت اس نے زوردار لہجہ اختیار کیا، جس کی وجہ سے اس کی آواز سنائی دینے کے بجائے صرف اسپیکر کا شور ہی کھڑ کھڑاتا رہا۔صد شکر کہ اس نے ابا کو جو سزا سنائی، وہ اس سے بہت مختلف تھی جس کا تصور مجھے پریشان کرتا رہا تھا۔قاضی کی جانب سے سنائی جانے والی سزا اگرچہ بدترین تھی لیکن اس کے باوجود مَیں نے اس لمحہ اطمینان کا سانس لیا کہ کم از کم ان کی جان کو کوئی گزند نہیں پہنچے گی اور وہ زندہ رہیں گے لیکن شہر بھر میں ان کی عزت ہمیشہ کے لیے خاک میں مل جائے گی۔

مسجد کے صحن میں قاضی کے فیصلے پر تحسین کے نعرے بلند ہونے لگے۔ پالکی بردار محافظ اور مسجد کا عملہ گلے پھاڑ کر نعرے لگا تا رہا جب کہ دوسرے لوگ مذہبی جذبے کی رو میں بہتے ان نعروں کے جوشیلے جواب دیتے رہے۔مسجد کے اطراف کی تمام چھتیں، ممٹیاں اور منڈیریں عورتوں اور بچوں سے بھری ہوئی تھیں۔لوگوں کی اکثریت خوشی کا اظہار کر رہی تھی لیکن چند لوگ ایسے بھی تھے جنھیں اس واقعے پر افسوس ہو رہا تھا اور وہ آدمی کی جبلت اور اس کی خواہشوں پر ملامت کر رہے تھے۔ایک شخص نے حضرتِ آدم اور بی بی حوا کے جنت سے نکالے جانے کی کہانی چھیڑ دی جسے سن کر دوسرے لوگ اپنا سر دھنتے رہے۔ایک آدمی اپنے دوست کو مائی پگلی کے ساتھ قبرستان میں ہونے والے جبری زنا کا قصہ سنا رہا تھا۔ یہ سب لوگ میرے اطراف میں تھے اور ہر کوئی اپنی بے تکی ہانک رہا تھا۔مَیں اس کوشش میں تھا کہ کسی طرح منبر کے پاس پہنچ جاؤں کیوں کہ میرا خیال تھا کہ بابا کو وہاں پر موجود ہونا چاہیے تھا۔

مسجد کے صدر دروازے کے باہر گلی میں ڈھول بجنا شروع ہوا تو بہت سے لوگ بھی باہر نکل گئے۔ مجھے مسجد کے ہال میں داخل ہونے کے بعد منبر کے قریب پہنچنے میں کوئی دشواری نہیں ہوئی۔دھیرے دھیرے لوگ ہال سے باہر آنے لگے تھے کیوں کہ وہاں گھٹن تھی اور روشنی بھی بہت کم تھی۔اسی لیے جب مَیں نے بابا کو دیکھا تو وہ مجھے ایک وجود کے بجائے ایک

ہیولے کی طرح دکھائی دیئے۔ پھر اس نیم تاریک ماحول میں میرے غور سے دیکھنے پر کہیں جا کر ان کا سانولا چہرہ میری آنکھوں میں نمایاں ہو سکا۔ مَیں نے سکھ کی سانس لی لیکن مجھے یہ بھی معلوم تھا کہ کوئلے کے ساتھ ان کے چہرے پر کالک ملنے کی رسم کی ادائیگی میں اب زیادہ وقت نہیں رہ گیا تھا۔

18

مسجد کے ہال میں منبر پر بیٹھے ہوئے قاضی نے قرآن شریف پر بابا سے ہاتھ رکھوا کر آئندہ ایسا گناہ نہ کرنے کا حلف لیا۔ بابا نے مقدس کتاب پر ہاتھ رکھتے ہوئے آئندہ ایسی کوئی خطا نہ کرنے کی قسم اٹھائی۔ اس کے بعد قاضی نے اپنی عدالت کی کارروائی ختم کرنے کے اعلان کے ساتھ بابا کو دی جانے والی سزا پر فی الفور عمل کرنے کا حکم دیا۔ جس کے بعد شیدی محافظ شور مچا مچا کر لوگوں کو ہال سے باہر نکالنے لگے تا کہ قاضی عبداللطیف مسجد کے صدر دروازے پر پہنچ کر سزا کی رسم کی باقاعدہ شروعات کر سکے۔ قاضی اپنے خادمین کے سہارے منبر سے اترا اور سمندر میں ڈولتی ہوئی کشتی کی طرح دائیں بائیں جھک کر چلتا صحن کی طرف بڑھنے لگا۔

صحن میں مسجد کا عملہ اپنی چھڑیاں لہراتا لوگوں کو ہٹانے کی کوشش کر رہا تھا کیوں کہ قاضی عبداللطیف کے لیے خاص طور پر ایک گھوڑا منگوایا گیا تھا۔ اسے اس پر سوار ہو کر سزا والے جلوس کی قیادت کرنی تھی۔ لوگوں کے بیچ گھرا ہونے کی وجہ سے گھوڑے کے بدکنے کا احتمال تھا۔ ایک شیدی محافظ نے بڑی مشکل سے اسے قابو میں کیا ہوا تھا۔ وہ سفید براق گھوڑا بے چینی سے پہلو بدلتے ہوئے دھیرے دھیرے ہنہنا رہا تھا۔

خادمین قاضی کو تھامے ہوئے صدر دروازے کے پاس پہنچے۔ اسی دوران مسجد کا پیش امام پسے ہوئے کوئلے سے بھری ایک تغاری اٹھائے ہجوم کے بیچ سے گزرتا قاضی کے قریب آ گیا۔ اس کے پیچھے کوتوالی کا ایک کارکن بھی چلا آ رہا تھا۔ اس نے اپنے ہاتھوں میں بدبودار اور بوسیدہ جوتوں کے دو ہار اٹھا رکھے تھے۔ جنہیں دیکھ کر پہلے تو مجھے کچھ حیرت ہوئی لیکن بعد میں مجھے ان کا مصرف سمجھ آ گیا۔

قاضی نے اپنا کپکپاتا دایاں ہاتھ تغاری میں ڈال کر پسے ہوئے کوئلے سے اپنی مٹھی بھری اور اس کے بعد آہستگی سے اسے بابا کے چہرے پر ملنے لگا۔ وہ ایسا کرتے ہوئے بلند لہجے میں ساتھ ساتھ یہ بھی کہتا جا رہا تھا۔ ''زانی پر لعنت''۔ ہجوم فوراً اس کا جواب دیتا۔ ''بے شمار۔'' میں نے یہ منظر دیکھتے ہی اپنی آنکھیں بند کر لیں اور اپنا منہ دوسری طرف پھیر لیا۔ یہ صرف بابا کی نہیں، میری اور میرے خاندان کی بھی تذلیل تھی۔ ایک ناقابلِ تصور تذلیل۔ جس نے ہمیں ایک ساتھ انسانی درجے سے گرا کر کتے سے بھی بدتر مخلوق بنا دیا تھا۔

بابا کے چہرے پر کالک ملی جاتی دیکھ کر ہجوم ہنستا رہا، قہقہے لگاتا رہا اور ان پر فقرے چست کرتا رہا۔ اس کے بعد قاضی کو ایک صاف کپڑا دیا گیا جس سے وہ اپنا ہاتھ صاف کرنے لگا۔ اب اسے گھوڑے پر سوار ہونا تھا۔ اس سلسلے میں اس کے خادموں نے اس کی مدد کی اور اسے اپنے ہاتھوں سے اٹھا کر گھوڑے کی پیٹھ پر بٹھا دیا۔ اس کے بیٹھنے پر گھوڑا ایک دو بار زور سے ہنہنایا اور اچھلا لیکن اس کے بعد وہ اپنا سر جھکا کر تابع دار انداز میں کھڑا ہو گیا۔

اس دوران کوتوالی کے کارکن اور دوسرے لوگ بار بار بابا کے چہرے پر کالک ملتے رہے۔ چند لوگوں نے پسا ہوا کوئلہ ان کے سر پر بھی ڈال دیا۔ اب ان کے چہرہ، کان، ناک اور گردن سب پر کوئلے کے ذرات چپکے ہوئے تھے۔ ان کے ساتھ کی گئی یہ بدسلوکی سراسر ناانصافی پر مبنی تھی۔ ان کا حلیہ بری طرح بگاڑ دیا گیا تھا۔ ہر کوئی ان پر لعن طعن کر رہا تھا۔ کچھ لوگ انہیں دھکے دینے کے ساتھ چماٹیں بھی مار رہے تھے۔ بوسیدہ بدبودار جوتوں کا غلیظ ہار ان کے گلے میں ڈالنے کے بعد مار پیٹ کے عمل میں اضافہ ہوتا چلا گیا جسے روکنے والا کوئی نہیں تھا۔

ان کے ساتھ پکڑی گئی برقعہ پوش عورت کے ساتھ سزا میں نرمی یہ برتی گئی کہ اس کے چہرے پر کالک نہیں ملی گئی بلکہ اسے صرف جوتوں کا ہار پہنایا گیا۔ اس رسم کے بعد مسجد کے صدر دروازے کے باہر بہت دیر تک اس کا جسم کئی مردوں کے ہاتھوں کے نرغے میں رہا، جو اس کے مختلف اعضائے بدن کو نوچتے اور دباتے رہے۔ اس بے چاری کے جسم کا شاید ہی کوئی حصہ مردوں کے ہاتھوں کی دسترس سے بچا رہ گیا ہو گا۔ اس کا احتجاج اور اس کی چیخ پکار ہجوم کے ہنگامے میں دب کے رہ گئی۔

قاضی گھوڑے پر سوار ہو کر صدر دروازے سے بازار جانے والی گلی میں آگے بڑھا۔ میرے بابا کی ہتک کرتے ہجوم اور اس کے پیچھے برقعہ پوش عورت کے جسم پر دراز دستی کرنے والے گروہ نے بھی اپنا رخ قاضی کے پیچھے کر لیا۔

بابا کی یہ درگت بنتی دیکھ کر میری آنکھوں میں آنسو نکل آئے۔ مَیں ان سب کو روکنا چاہتا تھا مگر روک نہیں سکتا تھا۔ بابا کو ان کے چنگل سے نکال کر دور لے جانا چاہتا تھا مگر ایسا کرنا یکسر ناممکن تھا۔ مَیں نے بابا کو آج تک کبھی روتے ہوئے نہیں دیکھا تھا لیکن اس وقت وہ پورے شہر کے سامنے بے کسی کی تصویر بنے دھاڑیں مار کر رو رہے تھے۔ ان کی دلدوز کراہیں اور چیخیں میرا جگر شق کر رہی تھیں۔ لوگ مجھ پر بھی تھُو تھُو کر رہے تھے۔ مَیں کسی کونے میں اپنے آپ کو چھپانا چاہتا تھا لیکن بادل نخواستہ مجھے بھی اسی جانب چلنا پڑا، جدھر قاضی کا گھوڑا اور ہجوم روانہ ہوئے تھے۔

بازار کے سرے پر پہنچ کر ایک مکرانی محافظ کو ہجوم کی طرف سے بابا اور عورت کے ساتھ روا رکھے جانے والے سلوک پر غصہ آ گیا۔ وہ قاضی کا خاص محافظ تھا، اس لیے وہ چلا چلا کر لوگوں کو منع کرنے لگا کہ لوگ گناہ گاروں کو ایذا پہنچا کر اپنے گناہوں میں اضافہ نہ کریں لیکن کسی نے اس کی ایک نہ سنی۔ انبوہ میں شامل افراد اپنے اس عمل کو ثواب سمجھ کر انجام دے رہے تھے۔

دھیرے دھیرے میں ہجوم سے پیچھے رہ گیا اور یہ سوچنے لگا کہ گھر کی طرف لوٹ جاؤں یا جلوس کا تعاقب کروں۔ مَیں بازار سے یوسف زئی محلے کی طرف جانے والے کشادہ راستے کے بیچوں بیچ بہت دیر تک گومگو کے عالم میں کھڑا رہا۔ میرے بابا نے بند کمرے میں واردات کی تھی، اس لیے انہیں سزا بھی اسی پردہ پوشی سے ملنی چاہیے تھی، یوں سرِعام توہین آمیز اور

مضحکہ خیز طریقے سے نہیں۔

میں راستے کے درمیان کھڑا تھا کہ مجھے پیچھے سے گدھا گاڑی والے کے چیخنے کی آواز سنائی دی۔ وہ گدھا گاڑی تیز رفتاری سے میری طرف بڑھ رہی تھی میَں نے ایک طرف ہو کر خود کو اس سے بچایا۔ قاضی کا جلوس بہت آگے جا چکا تھا۔ مَیں نے بازار کی اور دیکھا تو وہاں ہر چیز معمول کے مطابق لگ رہی تھی۔ مَیں نے لوگوں کی طرف دیکھا تو ان کی آنکھوں میں مجھے اپنے لیے نفرت، خفگی اور مغائرت دکھائی دی۔ مَیں جلدی سے اسی جانب چل دیا، جہاں سے ڈھول کی آواز مدھم سی سنائی دے رہی تھی۔

لڑکیوں کے ہائی اسکول کے پاس مَیں نے جلوس کو جالیا۔ وہ جس ترتیب سے مسجد سے نکلا تھا ابھی تک اسی ترتیب سے چلا جا رہا تھا۔ مَیں سب سے آخر میں برقعہ پوش عورت کے گرد لوگوں کے ہجوم میں شامل ہو گیا۔ اس برقعہ پوش عورت کو بابا کے مقابلے میں کم سزا اس لیے دی گئی تھی کیوں کہ وہ ایک خاتون تھی۔ قاضی نے سزا سناتے ہوئے اپنی تقریر میں کہا تھا کہ اس کی مجبوری اسے گھارو شہر سے یہاں کھینچ لائی تھی لہٰذا اسے کل صبح کا سورج طلوع ہونے سے پہلے یہ شہر چھوڑ کر چلے جانا ہو گا۔ اس کے بعد اگر وہ کبھی یہاں دکھائی دی تو اسے اس سے بھی زیادہ کڑی سزا دی جائے گی۔ مَیں جلوس کے پچھلے حصے میں چلتے ہوئے نجانے کیوں اسی کے بارے میں سوچتا رہا۔ مَیں نے دل میں تہیہ کیا کہ اس ہزیمت کے ختم ہونے کے بعد میں بابا اور اس کے تعلق کی نوعیت کا پتہ چلانے کی کوشش کروں گا کہ وہ سرسری یا عام قسم کا تھا یا اس میں کوئی گہرائی بھی تھی۔

اسلام پور محلے میں شاہ ابراہیم کے مزار کے پاس پہنچتے پہنچتے جلوس کی وسعت میں اضافہ ہو گیا تھا۔ جلوس جہاں سے گزرتا گلی محلوں کے لوگ یوں ہی تفریح کی غرض سے شامل ہو جاتے۔ راستے میں پڑنے والی مساجد کے پیش امام صاحبان اور مدرسوں کے طالب نکل نکل کر اس میں شریک ہوتے چلے گئے۔ یہ تمام لوگ سفید رنگ گھوڑے پر سوار قاضی کا دایاں ہاتھ چوم کر اسے اپنی آنکھوں سے لگا کر جلوس میں شامل ہوتے رہے۔

چلتے ہوئے کوتوالی کے کارکنوں نے دیگر شیدی محافظوں کے ساتھ مل کر بابا اور اس عورت کو پوری طرح اپنی تحویل میں لے لیا تھا تا کہ شر پسند لوگ انہیں مزید کوئی جسمانی تکلیف نہ پہنچا سکیں۔ یہ دیکھ کر مجھے کچھ اطمینان سا ہوا کہ اب انہیں کوئی تھپڑ یا چماٹیں نہیں مار سکتا تھا۔ شیخ حاجی اسمٰعیل کے بیٹے اپنے یاروں کی ٹولی کے ساتھ لگاتار ان پر فحش جملے کس رہے تھے اور انہیں گالیاں دیئے جا رہے تھے۔ مَیں ان مشٹنڈوں سے نگاہیں چراتا جلوس کے پچھلے حصے میں دھیرے دھیرے چل رہا تھا۔ یہ اسی راستے پر گام زن تھا جس پر چل کر میں پہلی مرتبہ ماروی سے ملنے آیا تھا۔

شاہ ابراہیم کے مزار کے سامنے قاضی عبداللطیف نے اپنے محافظوں کو ایک اشارہ کیا تو انہوں نے اس کا گھوڑا وہیں پر روک لیا۔ شام ڈھلنے میں زیادہ وقت نہیں رہ گیا تھا۔ آدھے آسمان پر پھیلی شفق کی سرخی ہولے ہولے ماند پڑ رہی تھی۔ ہوا میں حدت ختم ہو چکی تھی اور اس میں مدھم سی خنکی شامل ہو چکی تھی۔ شاید قاضی نے بھی محسوس کر لیا کہ مغرب کی نماز سے پہلے آدھے شہر کا چکر لگانا تقریباً ناممکن تھا کیوں کہ مضافاتی علاقوں کی آبادی میں اضافہ ہو چکا تھا۔ بہت سی ایسی گلیاں اور محلے وجود

میں آ چکے تھے، جنہیں قاضی جیسا بہت کم گھومنے پھرنے والا آدمی شاید پہلی بار دیکھ رہا تھا۔ پھر قاضی کے بڑھاپے نے بھی اسے تھکا دیا تھا۔ آخر اس کی عمر اسی برس سے زیادہ تھی اور یہ ساری عمر اس نے نمازیں پڑھانے، خطبے دینے، تقریریں جھاڑنے اور دعوتیں اڑانے میں گزاری تھی لیکن اس وقت اس کے لیے اپنے شہریوں کے سامنے مشکل یہ تھی کہ وہ اپنی تھکاوٹ کا اعلان کر کے کیسے چلتا بنے۔ اس طرح یقینی طور پر اس کی ساکھ متاثر ہونے کا خطرہ تھا۔ اس کے دماغ نے اسی وقت ایک مختصر سی تقریر کا خاکہ تیار کیا جو بدلتے ہوئے حالات سے پیدا ہونے والی بے حیائی اور فحاشی کے بارے میں تھی۔

گرچہ شاہ ابراہیم کے مزار کے کچھ فاصلے پر چھوٹے سے میدان میں لاؤڈ اسپیکر اور مائیک کا بندوبست نہیں تھا لیکن قاضی کو اپنے گلے پر اتنا بھروسا تھا کہ وہ اس ہجوم تک آسانی سے اپنی بات پہنچا سکنے پر قدرت رکھتا تھا۔ وہ کئی بار اپنا گلا کھنکار کر صاف کرنے کے بعد لوگوں سے مخاطب ہونے لگا۔

کچھ آیات پڑھنے کے بعد وہ اپنے زوردار اور بھاری بھرکم انداز میں کہنے لگا کہ دن بہ دن انسان بے شرمی اور عریانی کی طرف مائل ہوتا جا رہا ہے۔ اس نے تیسرے درجے کے اخبارات و رسائل میں چھپنے والی نیم عریاں تصویروں کو برا بھلا کہا۔ اس نے ریڈیو میں سنائی دینے والی نسوانی آوازوں کو کوسا۔ ٹی وی اور وی سی آر کے استعمال کو حرام قرار دیا اور سارے فساد کی جڑ عورت کو قرار دیا۔ کیوں کہ عورت اب چار دیواری سے باہر نکلنے لگی تھی۔ شاید ہی کسی سامع کا ذہن قاضی کی تقریر میں جملوں اور موضوع کی بے ربطی کی طرف گیا ہو گا کیوں کہ اس کی تقریر کا جوش، غیظ و غضب اور رعب داب اتنا زیادہ تھا کہ وہ اپنے سامع کے اندر کوئی آہنگ یا ترتیب پیدا کرنے کے بجائے اس کے سرسری جذبات پر زبردست چوٹ لگا کر انہیں اس درجہ ابھار دیتا کہ پھر اس کے لیے اپنے عقیدت مندوں سے اپنی مرضی کا کام کروانا آسان ہو جاتا تھا۔

قاضی نے تقریر ختم کرتے ہوئے کہا کہ یہ مردود شخص (یعنی میرے بابا) خدا اور لوگوں کا مجرم تھا اور انسانیت کے نام پر دھبہ، اور اس نے صرف اپنا منصب استعمال کر کے انصاف کے تقاضے پورے کر کے اسے سزا دی تھی۔ اب اس کا کام ختم ہو چکا تھا لہٰذا اسے رخصت کی اجازت دی جائے۔ جانے سے قبل اس نے کوتوالی کے عہدیداروں سے کہا کہ بابا کا منہ کالا کر کے ان کے گلے میں بوسیدہ اور بدبودار جوتوں کے ہار پہنا کر انہیں شہر کے گلی کوچوں کی گھمانے کی سزا اب پوری ہو گئی۔ اب اگلے دو روز تک انہیں مسجد خضر حیات کے حوالات میں قید رکھا جائے اور پرسوں رات عشا کی نماز کے بعد انہیں رہا کر دیا جائے۔ قاضی نے برقعہ پوش عورت کی منت سماجت دیکھ کر اس پر رحم کھاتے ہوئے اسے اسی وقت آزاد کرنے کا حکم دیا۔

ہجوم نے قاضی کے انصاف پر نعرے لگاتے ہوئے اسے وہاں سے رخصت کیا۔ اس کے ساتھ ہی تقریباً آدھا ہجوم اور اس کے محافظوں کا دستہ اس کے ساتھ چلا گیا۔ کوتوالی کے کارکنوں نے برقعہ پوش عورت کو وہیں اسی وقت آزاد کر دیا۔ شاید اب شیخ اسمٰعیل کے بیٹوں کے انتقام کا جذبہ بھی سرد پڑنے لگا تھا، اس لیے وہ مجھے گھورتے اور تڑیاں لگاتے ہوئے آہستہ آہستہ وہاں سے سٹک گئے۔ کوتوالی کے کارکنوں کے حلقے میں زمین پر نڈھال بیٹھے ہوئے میرے بابا کی عجیب درگت بنی ہوئی تھی۔ ان کی قمیص تار تار ہو چکی تھی۔ ان کی سانولی سی پیٹھ اور ان کے کندھے پر زخموں کے نشان دکھائی دے رہے

تھے۔ مَیں ذرا فاصلے پر کھڑا ایک تاسف کے ساتھ ان کی جانب دیکھتا رہا۔

کوتوالی کے صوبیدار نے بچے کھچے لوگوں سے درخواست کی کہ وہ اپنے گھروں کو لوٹ جائیں۔ اب وہ کارکنوں کی معیت میں مجرم کو ساتھ لے کر مسجد خضر حیات جائے گا۔ دھیرے دھیرے سب غیر متعلق لوگ وہاں سے جانے لگے۔ اس دوران آس پاس کی مساجد کے لاؤڈ اسپیکروں سے مغرب کی اذان سنائی دینے لگی۔ صوبے دار بابا کے پاس کھڑا ہو کر ان کا حال پوچھنے اور انہیں اٹھ کر چلنے کے لیے کہنے لگا۔ میرے بابا نے نفی میں سر ہلاتے کوئی جواب دیا، جس پر صوبیدار نے اپنے ایک ساتھی کے ساتھ مل کر کھڑا ہونے میں ان کی مدد کی۔ اس کے بعد چھ سات افراد پر مشتمل یہ قافلہ وہاں سے چل دیا۔

میں افسوس سے اپنا سر ہلاتا ہوا، شہر کی گلیوں سے گزرتے اس مختصر سے قافلے کے پیچھے اپنے قدم گھسیٹنے لگا۔ آسمان کی سرمئی رنگت اب رات کے اندھیرے میں گھل مل گئی تھی اور ہر طرف تاریکی پھیل گئی تھی۔ صاف آسمان پر چمکتے ہوئے تاروں کی بے ترتیب قطاریں اور بکھری ٹولیاں اتنی واضح تھیں کہ ان کے گرد روشنی کا ہالہ بھی دکھائی دے رہا تھا۔ مَیں تیز ہوا کے فراٹے سنتا رہا جو میرے کپڑے پھڑ پھڑاتی گزر رہی تھی۔ اپریل کی تیز ہوا چمگادڑوں کی معمول کی اڑان میں بھی خلل انداز ہو رہی تھی۔ ادھر ادھر کی جھونپڑیوں کے سرکنڈوں کی سرسراہٹیں خود بخود سنائی دے رہی تھیں۔ چلتے ہوئے میں اس مقام تک پہنچا جہاں پختہ مکانوں کا آخری سلسلہ تھا اور وہاں سے ایک سیدھا راستہ بازار کے آخر تک چلا جاتا تھا۔ اس طویل راستے پر اکا دکا بجلی کے کھمبوں پر لٹکے ہوئے بلبوں کی روشنی ناکافی محسوس ہو رہی تھی۔

مَیں نے اس مختصر سے قافلے کو زرد روشنی کے ایک دائرے سے گزرتے ہوئے دیکھا اور بغیر کچھ سوچے سمجھے ان کی طرف دوڑ لگا دی۔ وہ لوگ مجھ سے بہت آگے نکل چکے تھے، اس کے باوجود مجھے ان کے پاس پہنچنے میں دیر نہیں لگی۔ تاریکی میں وہ میرے بھاگتے قدموں کی آواز سن کر چونک پڑے۔ صوبے دار نے تحکم آمیز لہجے میں مجھے للکارا تو میں ان کے نزدیک پہنچ چکا تھا۔ مَیں اسے کوئی جواب نہیں دے سکا اور صرف اپنی جگہ پر ساکت کھڑا رہا۔ تیز رفتاری سے بھاگنے کی وجہ سے میری سانسیں قابو میں نہیں تھیں۔ اس لیے بولنے کی خواہش کے باوجود کچھ دیر تک مجھ سے بولا نہ گیا۔ مَیں اپنے منہ سے چند ناقابل فہم آوازیں نکال کر رہ گیا لیکن اندھیرے کے باوجود میرے بابا نے مجھے فوراً پہچان لیا۔ انہوں نے صوبیدار کو بتایا کہ مَیں ان کا بیٹا ہوں۔ یہ سن کر صوبیدار نے مجھے اپنے ساتھ چلنے کی اجازت دے دی۔

کوتوالی کے کارکن بھی دن بھر کی خواری سے عاجز آ چکے تھے۔ وہ سب کے سب مستقل ملازم نہیں تھے اور نہ انہیں ماہانہ تنخواہ ملتی تھی۔ ویسے بھی شہر میں کبھی کبھار ہی ان کی خدمات کی ضرورت پیش آتی تھی۔ یہ لوگ نہ تو دکاندار تھے اور نہ خوانچے لگانے والے تھے بلکہ ان کا تعلق نچلے طبقے کے اس گروہ سے تھا جس کے پاس کرنے کے لیے کبھی کوئی باقاعدہ کام نہیں ہوتا۔ وہ کبھی بوریاں اٹھاتے، اینٹیں ڈھوتے اور کبھی اپنے گھر میں کھانے پینے کی مختلف چیزیں بنا کر بیچنا شروع کر دیتے۔ ان کی تمام کوششوں کے باوجود ان کی معاشی حالت میں بہتری کے آثار پیدا نہیں ہو پاتے۔ برائے نام رہ جانے والے کوتوالی کے اس کہنہ ادارے سے ان کی وابستگی صرف دو معمولی سے فائدوں کی وجہ سے تھی۔ ایک تو اس لیے کہ انہیں اوقاف کے محکمے

کی جانب سے سالانہ وظیفے کے طور پر تھوڑی سی رقم مل جاتی تھی، جو گزشتہ برسوں میں گھٹ کر بس اتنی رہ گئی تھی کہ وہ اپنے لیے کپڑوں کا ایک جوڑا خرید کر درزی کو اس کی قیمت ادا کر سکتے تھے مگر شاید انہیں نئے کپڑے پہننے سے کوئی رغبت نہیں رہی تھی، اسی لیے وہ اس معمولی رقم سے بھنگ خریدتے تھے اور اس کے پیالے چڑھا کر مدہوش ہو جاتے تھے۔ انہیں دوسرا فائدہ یہ تھا کہ کوتوالی کے قدیم ادارے کی وجہ سے شہر میں ان کی تھوڑی سی عزت اور اہمیت بنی رہتی تھی۔

وہ مقام، جہاں بازار ختم ہوتا تھا اور جہاں آٹے کی دو تین چکیاں، آرا مشینیں اور ایک چاول صاف کرنے کی فیکٹری واقع تھی، ان کے بند ہونے کی وجہ سے وہاں اس وقت ویرانی چھائی ہوئی تھی۔ دن بھر بار برداری کے لیے استعمال ہونے والے اونٹ اور گدھے ادھر ادھر منہ مارتے دکھائی دے رہے تھے۔ یہاں پہنچنے کے بعد صوبیدار نے اپنے ساتھیوں سے کہا کہ اگر وہ اپنے گھروں کو جانا چاہیں تو جا سکتے تھے۔ اس کے منہ سے بس الفاظ نکلنے کی دیر تھی کہ کوتوالی کے کارکن جو بہت دیر سے خاموش تھے اور ان کے چہروں پر مردنی چھائی ہوئی تھی، ایک دم خوش ہو گئے کیوں کہ ان میں سے کچھ کے مکان نزدیک واقع تھے۔ انہوں نے صوبیدار کا شکریہ ادا کیا اور مختلف سمتوں میں بٹ کر وہاں سے چلے گئے۔

اس کے بعد صوبیدار نے مسجد خضر حیات تک پہنچنے کے لیے چھوٹی اور تنگ و تاریک گلیوں کا انتخاب کیا کیوں کہ شام ڈھلنے کے بعد ان گلیوں میں لوگوں کی آمد و رفت برائے نام رہ جاتی تھی۔ میں بابا کے پہلو میں چلتے ہوئے ان سے خوف محسوس کر رہا تھا کہ چلتے چلتے وہ کہیں مجھے تھپڑ نہ جڑ دیں کیوں کہ اندھیرا پھیلنے کے باوجود میں ابھی تک گھر نہیں گیا تھا اور وہاں اماں ہماری راہ تک تک کے اب پریشان ہو رہی ہوں گی۔ وہ یوں بھی بہت وہمی عورت تھیں اور کبھی کبھار ان کے وہم سچے بھی ثابت ہو جاتے تھے۔

میری توقع کے برعکس بابا نے ملائم لہجے میں مجھ سے بات کی تو عجیب سا لگا۔ میں ان سے جلی کٹی باتیں اور گالیاں سننے کی توقع کر رہا تھا لیکن مجھے دن کے وقت بازار میں کی جانے والی ان کی وہ باتیں یاد آئیں جو انہوں نے بڑے دھیمے پن سے میرے ساتھ کی تھیں۔ انہوں نے مجھ سے موجودہ صورتِ حال کے بارے میں دو تین بے ربط سے جملے کہے اور خاموش ہو گئے۔ وہ دن بھر کی ذلت و خواری اور ہزیمت سے نڈھال ہو گئے تھے۔ ان کا جسم ٹوٹا پھوٹا لگ رہا تھا۔ وہ ہانپتے ہوئے بہ مشکل اپنے قدم اٹھا رہے تھے۔ ان کے چلنے کے انداز میں تبدیلی دیکھ کر میں دل مسوس کے رہ گیا۔ پہلے وہ گردن اونچی کر کے اور سینہ پھلا کر لمبے ڈگ بھرتے ہوئے چلتے تھے لیکن اب ان کی گردن اور کندھے جھکے ہوئے تھے اور وہ لنگڑا کر چل رہے تھے۔ انہیں اس طرح دیکھ کر مجھے عجیب سا دکھ ہونے لگا اور غم زدگی میرے دل میں پھیلتی چلی گئی۔

صوبیدار اپنی طویل قامت اور صحت مندی کی وجہ سے تیز چلنے پر مجبور تھا، اس لیے وہ تھوڑی دور جا کر ٹھہر جاتا اور مڑ کر ہماری طرف دیکھنے لگتا۔ ایک دو بار اس کے چہرے پر کوفت کے آثار نمودار ہوئے مگر اس نے منہ سے ایک لفظ نہیں نکالا۔ اس کے انداز سے مجھے لگا کہ وہ شاید کسی سطح پر بابا کی تکلیف محسوس کر رہا تھا۔

اکثر اوقات یوں ہوتا ہے کہ وہ شخص جو وحشت ناک اور کھردرے نقوش کا مالک ہو اور دیکھنے میں عام لوگوں سے انتہائی

مختلف نظر آتا ہو اور جسے دیکھتے ہی آدمی خود بخود یہ بات طے کرلے کہ یہ شخص ضرور حرام الدّہر ہوگا۔ جب اس شخص کے ذرا قریب جاکر اسے دیکھنے اور ملنے کا موقع ملتا ہے تو اپنی رائے بدلنے پر مجبور ہونا پڑتا۔ میرے ساتھ صوبے دار کے معاملے میں ایسا ہوا۔

راستے میں بہت دیر خاموش رہنے کے بعد وہ اچانک گویا ہوا تو اس کی باتوں سے سادگی اور نیک دلی ٹپکتی محسوس ہوئی۔ ہماری سست رفتاری دیکھ کر اس نے بھی چلنے کی رفتار کم کر دی اور ہمارے ساتھ ساتھ چلتے ہوئے کہنے لگا۔ ''خالی پیلی مجھے کوتوالی کا صوبے دار بنا رکھا ہے۔ یہ عہدہ نام کا رہ گیا ہے بس۔ اب مغلوں کا راج واپس تو نہیں آسکتا۔ انہوں نے پتا نہیں کیا سوچ کر یہ رکھا تھا۔ کیا پتا صوبے دار پورے صوبے کا مالک ہوتا ہو، مجھے تو نہیں پتا۔ مَیں تو صرف یہ جانتا ہوں کہ میرے پاس ایک جھونپڑی ہے جس میں میری چارپائی بھی ٹوٹی ہوئی ہے۔ اصلی عہدہ، طاقت اور عیاشی تو قاضی عبداللطیف ٹھٹھوی کی ہے۔''

اسے بے تکلف ہوتا دیکھ مَیں نے پوچھ لیا کہ اس جیسا لمبا تڑنگا شخص پولیس میں بھرتی کیوں نہیں ہو جاتا۔ تو اس نے جواب دیا کہ پولیس میں ٹُلہ گیری کی نوکری کے لیے بھی دس جماعتیں پڑھا ہوا آدمی مانگتے ہیں۔ اس کے خاندان میں آج تک کسی نے اسکول کی شکل نہیں دیکھی۔ پھر وہ بابا کے قریب ہو کر ان سے کہنے لگا: ''تمہارے ساتھ جو کچھ ہوا وہ میں نہیں سمجھتا کہ ٹھیک ہوا۔ لیکن اچھی طرح غور سے سن لو اور میری بات اچھی طرح یاد رکھو۔ جو کچھ بھی ہوا ہے، یہ سب شرارت تھی بلکہ ایک سازش تھی تمہارے خلاف۔ تم تو بند کمرے میں واردات کر رہے تھے لیکن تمہاری غلطی صرف یہ ہے کہ تم نے آنکھیں بند کیوں رکھیں؟ ان لوگوں کے چہرے کیوں نہیں پڑھ لیے جو تمھارے خلاف تھے؟'' کہتے کہتے وہ ایک ٹھنڈی سانس بھرنے لگا اور پھر گویا ہوا۔ ''خیر یہ تو ہونا تھا۔ لیکن آج رات قاضی کی حویلی پر جو کچھ ہوگا، اسے کون روکے گا۔''

یہ بات یکایک اس کے منہ سے پھسل کر باہر آگئی۔ اس نے اپنے منہ پر ہاتھ رکھ لیا اور اپنے گل مچھے دانتوں تلے چبانے لگا۔ پھر ایک بلند قہقہہ لگاتے ہوئے بابا کے کندھے پر ہاتھ رکھ کر کہنے لگا ''تم سے اب پکی دوستی ہے اور تم جانتے ہو کہ دوستی میں راز داری کتنی اہم ہوتی ہے۔'' اس نے بابا کی طرف دیکھ کر آنکھیں مچپچائیں تو انہوں نے مشکل سے مسکراتے ہوئے اثبات میں اپنا سر ہلا دیا۔

وہ تھوڑی دیر تک خاموش رہا کیوں کہ اسے اپنے بولنے پر ندامت ہو رہی تھی مگر اس وقت وہ بات کرنے کی شدید خواہش میں مبتلا نظر آتا تھا، اس لیے خود کو روک نہیں سکا۔ ''شاہ مبین کے مزار کے سامنے ٹیلے پر چکلہ ہے۔ سب جانتے ہیں اور اس کے پاس سے اپنا منہ چھپا کے گزر جاتے ہیں۔ مَیں خود کئی دفعہ جا چکا ہوں۔ اب تم سے کیا چھپانا۔ چکلے کی مالکن مائی زوری سے پرانی دوستی ہے۔ مَیں جانتا ہوں تم کیوں ہنس رہے ہیں۔ مائی زوری پچاس سال سے اوپر کی ہے اور اس کا جسم بھی تباہ حال ہے۔ تم یہی کہنا چاہتے ہو نا لیکن میں ایک پتے کی بات بتاؤں۔ تم خود کھلاڑی ہو۔ کبھی آزما کر دیکھنا کہ جو مزہ بوڑھی عورتوں میں ہے، جوان رنڈیوں میں نہیں۔ ہاں میں قسم کھا کے کہتا ہوں۔ کبھی اس کی تفصیل بھی بتاؤں گا۔ یہ بچہ

ہماری باتیں غور سے سن رہا ہے، کہیں یہ بھی اسی راہ پر نہ چل نکلے۔اور ویسے بھی مسجد سامنے آچکی ہے۔ ''اس نے مجھے معنی خیز نظروں سے گھورا اور لمبے لمبے قدم اٹھاتا، ہم سے آگے نکلتا مسجد کی طرف چلا گیا۔اس کے جانے کے بعد بابا دھیرے سے بہ دقت مسکرائے اور دھیمے لہجے میں صوبیدار کو ماں کی گالی دی۔

صوبیدار مسجد کے صدر دروازے سے ذرا پہلے ٹھہر گیا۔جب ہم اس کے قریب پہنچے تو اس نے فوراً بابا کا دایاں بازو مضبوطی سے پکڑ لیا اور انہیں کھینچتا ہوا مسجد کے اندر لے جانے لگا۔اسے بڑی مشکل سے روکتے ہوئے بابا نے اس سے کہا کہ انہیں مجھ سے کچھ باتیں کرنی ہیں۔یہ سن کر اس نے سر ہلا کر اجازت دے دی۔مَیں نے بابا سے کھانے کے متعلق دریافت کیا کہ اگر وہ کھانا چاہیں تو میں گھر سے کچھ بنوا کر ان کے لیے لا سکتا تھا۔جس پر انہوں نے جواب دیا کہ وہ ہوٹل سے کھانا منگوا کر کھالیں گے۔پھر وہ مجھے ہدایت کرنے لگے کہ مَیں صبح وقت پر دکان کھولوں اور شام تک وہاں موجود رہوں۔اس کے بعد اپنے تیور ذرا سے بدل کر انہوں نے مجھے غصیلی نظر سے دیکھا اور کہنے لگے۔ '' کیا تمہیں پتا ہے؟ میری یہ بے عزتی صرف تمہارے بے تکے عشق کی وجہ سے ہوئی ہے۔مَیں نے تمہیں منع کیا تھا لیکن تم باز نہیں آئے۔انہوں نے ہم سے اس کا بدلہ لیا ہے۔تم اس لڑکی کو ہاتھ تک نہیں لگا سکے لیکن انہوں نے ہماری گانڈ پھاڑ دی۔لیکن تمہارا باپ ہونے کے ناطے میں مطمئن بھی ہوں کہ تم پر کوئی آنچ نہیں آئی۔اب تم شرافت سے سیدھے گھر جاؤ اور جا کر اپنی اماں کو سنبھالو۔صبح ملاقات ہوگی۔ '' انہوں نے تلخی سے کہتے ہوئے مجھے وہاں سے چلے جانے کا اشارہ کیا اور صوبے دار کی طرف بڑھ گئے۔

میں چند قدم چل کر رک گیا اور واپس پلٹ کر مسجد کے صدر دروازے کی اوٹ سے بلب کی زرد روشنی میں اداسی سے بابا کو غور سے دیکھنے لگا۔ان کی پیشانی، گال، ناک، ٹھوڑی اور گردن غرض پورا چہرے خوب کالا ہو رہا تھا۔صرف ان کی آنکھیں ہی تھیں جو سفید سفید دکھائی دے رہی تھیں۔

صوبیدار بابا کو لے کر وضو خانے کی طرف چلا گیا جہاں وہ ایک نشست پر بیٹھ کر پانی سے اپنے چہرے اور گردن پر لگی کالک دھونے میں مصروف ہو گئے۔مسجد کے صحن میں ٹیوب لائٹوں سے کافی روشنی ہو رہی تھی۔فرش پر بچھی ہوئی صفیں خالی نظر آ رہی تھیں۔مسجد کا موذن چٹائی پر بیٹھ کر تسبیح پڑھتے ہوئے عشاء کی اذان دینے کے بارے میں سوچ رہا تھا۔

وہ صوبیدار کو اپنی طرف آتا دیکھ کر اٹھا اور اپنی جیب سے چابیوں کا گچھا نکال کر اس کے حوالے کر دیا۔جسے لے کر صوبیدار داہنی طرف بنے ہوئے اس کمرے کے دروازے کا تالا کھولنے چلا گیا جس میں بابا کو دو راتیں گزارنی تھیں۔

میں ٹھنڈی سانسیں بھرتا صدر دروازے کی اوٹ سے ہٹ کر اپنے گھر کی طرف چل دیا۔تھوڑی سی دور جا کر دستکاری اسکول جانے والی گلی پڑتی تھی اور اس سے کچھ ہی آگے وہ گلی، جس میں ماروی سے میری پہلی مڈبھیڑ ہوئی تھی۔آج بابا کے ساتھ جو کچھ پیش آیا تھا، اس کے تمام شاخسانے کا سبب وہ پہلی مڈبھیڑ ہی تھی۔آگے بڑھتے ہوئے مَیں نے سوچا کہ کاش! اس سے ملا ہی نہ ہوتا، تو شاید یہ افتاد بھی نہ پڑتی، لیکن اب کیا ہو سکتا تھا؟ ماروی میرے لیے ہمیشہ کے لیے غائب ہو چکی تھی۔اب اسے چھونا یا محسوس کرنا تو درکنار میں اپنی تمام تر خواہش اور کوشش کے باوجود اس کی ایک معمولی جھلک پانا بھی ناممکن تھا۔

مجھے خوب سمجھ آ رہی تھی کہ بابا نے مجھ سے یہ جملہ کس سیاق و سباق میں کہا تھا کہ مَیں ماروی کو ہاتھ تک نہ لگا سکا اور انہوں نے ہماری گانڈ پھاڑ دی۔ ان کی اس بات سے مایوسی ظاہر ہو رہی تھی۔ وہ ایک طرف نادانستہ، میری پہلی محبت میں ناکامی پر مجھے ملامت کر رہے تھے اور تمام صورتِ حال کا دوشی ٹھہرا رہے تھے۔ دوسری طرف شاید وہ مجھے اکسا رہے تھے، کچھ ایسا کرنے پر جس سے شہر میں کھوئی ہوئی ساکھ بحال ہو سکے لیکن کیا ایسا ممکن تھا؟ اس سوال کے جواب کے بارے میں سوچتے ہوئے میں سرد آہ بھر رہ گیا۔

صبح سویرے، کولھو کے گرد گھومتا اونٹ پہلی مرتبہ دیکھتے ہی میرا ماتھا ٹھنک گیا تھا کہ آج کا دن کچھ منحوس ثابت ہو گا۔ اس کے بعد مکرانی ثقہ اور گھنشام داس سے ہونے والی باتوں سے مجھے محسوس ہو رہا تھا کہ آج کچھ غیر معمولی ہونے والا تھا۔ دوپہر کے بعد گھر سے بازار پہنچنا اور اس توہین آمیز واقعے کا حصہ بن جانا۔ یہ سب کتنا اعصاب شکن تھا۔ مجھے شیخ حاجی اسمٰعیل اور اس کے بیٹوں کے تیور یاد آنے لگے۔ مَیں سوچتا ہوا اپنی رو میں چل رہا تھا لیکن مجھے اماں کے بارے میں کوئی خیال تک نہیں آیا تھا۔ جب میں اپنے محلے کی مسجد کے پاس پہنچا تو اچانک لاؤڈ اسپیکر سے سنائی دینے والی زوردار ٹھک ٹھک سے سن کر میرا دل دہل کے رہ گیا کیوں کہ مَیں تھکاوٹ کے سبب بالکل گم صم تھا۔ اس سے اگلے ہی لمحے پیش امام کی جانی پہچانی آواز میں عشاء کی اذان سنائی دینے لگی۔ اب مَیں نے اپنی ماں کے بارے میں سوچنا شروع کر دیا تھا۔

میرا گھر چند قدموں کی دوری پر رہ گیا تھا لیکن مجھے یہ فاصلہ دشوار لگ رہا تھا کیوں کہ اماں کو سب کچھ بتانا آسان نہیں تھا۔ ان کے سامنے اعتماد سے کھڑے ہو کر ان کے تشویش بھرے سوالوں کے جواب دینا اور انہیں مطمئن کر کے ان کی بے قراری ختم کرنا بڑے جوکھم کی بات تھی۔ بات سے بات نکالنا میرے لیے دشوار نہیں تھا لیکن ان باتوں میں یقین کی قوت بھر کے انہیں اطمینان دلانا انتہائی دشوار تھا۔ میرے بابا اس کام میں ہمیشہ سے طاق تھے۔ ان کے جھوٹ لوگوں کے دلوں پر سچ سے زیادہ اثر کرتے تھے۔ مَیں ابھی اس معاملے میں بالکل اناڑی تھا، اسی لیے پریشان ہو رہا تھا۔ مَیں اپنے گھر سے پہلے پڑنے والے چوراہے پر ٹھہر کر سوچنے لگا کہ مجھے اماں کے سامنے کس طرح بولنا چاہیے؟ مَیں نے تصور کیا کہ اس وقت وہ باورچی خانے میں چولھے کے سامنے بیٹھی ہوں گی یا پھر بے قراری کے عالم میں ٹہل رہی ہوں گی۔ مَیں دروازے پر دستک دوں گا تو وہ دوڑی دوڑی نیچے آ کر دروازہ کھولیں گی اور فوراً مجھ سے پوچھ تاچھ شروع کر دیں گی۔ اگر مَیں نے ابتدائی لمحوں کے دوران قابو پا لیا تو اس کے بعد کی صورتِ حال کو نبھانا میرے لیے آسان ہو جائے گا۔ مَیں نے سوچا کہ دروازہ کھلتے ہی جب میری نگاہیں ان سے ملیں گی تو ہنسنا شروع کر دوں گا اور دھیرے دھیرے خوب قہقہے لگاؤں گا۔ میری اماں میں ایک کمزور عادت تھی کہ وہ کتنی ہی سنجیدہ ہوں یا کسی سے شدید طور پر خفا ہوں، اگر کوئی شخص ان کے آگے ہنسنا یا مسکرانا شروع کر دے تو اپنی خفگی برقرار رکھنا ان کے لیے مشکل ہو جاتا تھا اور وہ زور زور سے ہنسنا شروع کر دیتی تھیں۔

مَیں نے فیصلہ کر لیا کہ انہیں دیکھتے ہی یہ حربہ آزماؤں گا لیکن اس کے بعد کیا ہو گا؟ مَیں سوچنے لگا۔ ایک بات ممکن تھی جس سے میری حکمتِ عملی کو مزید فائدہ پہنچنے کا امکان تھا مگر اس کے لیے تھوڑی سی رقم درکار تھی۔ مَیں اگر ان کے لیے کھانے پینے

کی کوئی چیز خرید لیتا تو مجھے یقین تھا کہ وہ اسے دیکھتے ہی خوش ہو جاتیں اور سب کچھ بھول کر اسے کھانے میں محو ہو جاتیں لیکن اس وقت میری جیب میں صرف آٹھ آنے تھے۔ مَیں نے اٹھنی جیب سے نکالی اور اسے الٹ پلٹ کر دیکھنے لگا۔ میرے قدم گھر جانے کے بجائے جیون کی مانڈلی کی طرف اٹھنے لگے، جو چوک سے داہنی طرف تھوڑی سی دوری پر واقع تھی۔

بوڑھا جیون اپنی چھوٹی سی مانڈلی میں اس وقت مدھم چراغ کی کپکپاتی لو میں سر جھکائے بیٹھا تھا۔ اس کی مانڈلی کے چھوٹے چھوٹے خانوں میں بہت کم چیزیں رکھی ہوئی تھیں جنہیں جیون نے اس طرح پھیلا رکھا تھا کہ وہ دیکھنے والے کو زیادہ نظر آئیں۔ جیون کی عادت تھی کہ وہ ہر نوٹ اور ہر سکے کو چند لمحے غور سے دیکھتا اور اس کے بعد خفیف مسکراہٹ سے اسے اپنے دکھل میں ڈال دیتا۔

مَیں نے جب اسے آٹھ آنے کا سکہ تھمایا تو اس نے چراغ کی زرد روشنی میں اسے الٹ پلٹ کر دیکھنے کے بعد مجھ سے پوچھا کہ کیا چاہیے؟ مَیں نے اس سے کالی نسوار کی پڑیا مانگی تو اس نے ایک خانے میں رکھی پڑیوں میں سے ایک اٹھا کر میری طرف بڑھا دی اور میں اسے اپنی جیب میں رکھتے ہوئے وہاں سے چل پڑا۔

میں اپنے گھر کے دروازے کے پاس پہنچ کر ٹھہر گیا تا کہ اپنے حواس مجتمع کر سکوں۔ مَیں نے ابھی دستک نہیں دی تھی کہ مجھے اندر سے سیڑھیاں اترتے بے قرار قدموں کی آہٹ سنائی دے گئی۔ مَیں سمجھ گیا کہ انہوں نے گلی میں میرے چلنے کی آواز سے ہی مجھے پہچان لیا۔ شاید تمام وقت گھر کے اندر رہنے کی وجہ سے باہر کی آوازیں پہچاننے کی ان کی حس بہت تیز ہو گئی تھی۔ وہ پیروں کی چاپ سن کر بتا دیتی تھیں کہ اس وقت گلی سے کون گزر رہا تھا۔

انہوں نے جلدی سے کنڈی کھولی تو اس کی آواز ایک چھناکے سے گونجی۔ دروازہ کھلتے ہی ان کی تشویش اور پریشانی مجھ تک پہنچ گئی۔ مَیں فوراً اپنے چہرے پر مصنوعی مسکراہٹ لا کر اپنی سانسیں درست کرتا ہوا آگے بڑھا تو بلب کی زرد روشنی میں اماں کا سوگوار وجود میرے سامنے آ کھڑا ہوا۔ انہوں نے گہرے نیلے رنگ کا ڈھیلا ڈھالا سوتی لباس پہن رکھا تھا جو پہلی نظر میں مجھے کالا دکھائی دیا۔ مجھے دیکھتے ہی ان کی آنکھوں سے بے یقینی کی کیفیت ختم ہو گئی اور انہوں نے میری مسکراہٹ کا جواب اپنے ہونٹ سختی سے بھینچتے ہوئے دیا۔ مَیں نے گھر کی چوکھٹ کے اندر قدم رکھا تو انہوں نے اپنے بازو وا کر دیئے اور مَیں نے ان کے سینے سے لگ کر اپنا سر ان کے بائیں کندھے پر ٹکا دیا جیسے برسوں بعد ان سے مل رہا ہوں۔

مجھے ان کے لباس سے آتی پیاز، گھی اور پسینے کی بو ناگوار محسوس نہ ہوئی اور نہ ہی ان کے منہ سے نکلتے نسوار کے بھبھکے برے لگے۔ ان سے گلے ملتے ہوئے مجھے نجانے کیوں یہ لگا کہ وہ اپنے شوہر کی بپتا کے بارے میں سب کچھ جانتی تھیں۔

یہ سوچتے ہی وہ تمام خیالات مَیں نے جنہیں بڑی مشکل سے اپنے ذہن میں ترتیب دیا تھا بکھرنے لگے اور میں اماں کی پشت پر اپنی آنکھیں زور سے میچ کر اپنا کمزور پڑتا اعتماد بحال کرنے کی کوشش کرنے لگا۔ اماں کے کندھے سے سر ہٹا کر مَیں نے ان کے امرود جیسے چہرے کی طرف غور سے دیکھا تو ان کی کنجی آنکھوں میں مجھے ہلکی سی نمی تیرتی نظر آئی۔ مَیں نے خود کو سنبھالتے ہوئے فوراً دروازہ بند کر دیا۔ پھر وہ فوراً پلٹ زینہ چڑھنے لگیں اور میں بھی ان کے پیچھے آہستہ آہستہ

سیڑھیاں چڑھنے لگا۔

اوپر پہنچ کر میں جیسے ہی چارپائی پر بیٹھا، تو وہ جلدی سے میرے لیے پانی کا کٹورا بھر لائیں۔ مَیں نے ان کے ہاتھ سے کٹورا لے کر انہیں اپنے پاس بٹھایا۔ مَیں سمجھ نہیں سکا تھا کہ انہیں پتہ چل گیا ہے یا نہیں۔ ابھی مَیں نے کٹورے سے پانی کے دو تین گھونٹ لیے تھے کہ اماں اپنی باریک آواز میں مجھ سے گویا ہوئیں۔ ''مجھے پتہ تھا کہ آج تمہارے بابا دکان سے گھر واپس نہیں گے۔ آج جمعرات ہے نا اور وہ ہر جمعرات کو وہاب شاہ بخاری کے مزار پر جاتے ہیں۔ مجھے صرف تمہاری فکر تھی کہ کہیں تم بھی ان کے ساتھ وہاں نہ چلے جاؤ۔ تم نے آنے میں بہت دیر لگا دی، کہاں رہ گئے تھے؟ مَیں نے بہت دیر پہلے کھانا پکا لیا تھا جو اب تو ٹھنڈا ہو چکا ہے۔ مَیں گرم کر دیتی ہوں لیکن پہلے تم تو بتاؤ کہ اتنی دیر سے کہاں گئے تھے؟''
میں انہیں اپنے دوستوں کے ساتھ گھومنے کی جھوٹی کہانی سنانے لگ گیا۔

کچھ دیر میں مجھے اطمینان ہو گیا کہ دوپہر سے اب تک کوئی ہمارے گھر نہیں آیا تھا۔ یہ سوچتے ہوئے میں قدرے آرام سے پانی پینے لگا۔ اماں کے معصوم چہرے پر طمانیت کے آثار دیکھ کر میں شاد ہونے لگا اور اندر ہی اندر طے کرنے لگا کہ اگر اماں بابا کے ساتھ پیش آ چکے واقعے سے بے خبر تھیں تو انہیں بتانے کی ضرورت نہیں تھی۔ ان کی آسودگی اور اطمینانِ قلب کے لیے یہی بہتر تھا۔

مجھ سے خالی کٹورا لے کر وہ کہنے لگیں۔ ''میں ہر وقت، تم باپ بیٹے کے لیے دعائیں مانگتی رہتی ہوں''۔ وہ یہ کہہ کر چلی گئیں اور باورچی خانے میں جا کر میرے لیے کھانا نکال کر گرم کرنے لگیں۔ ان کی دعاؤں والی بات سن کر میں دل مسوس کر رہ گیا۔ اسی وقت مَیں نے اپنے جی میں دوہرایا کہ انہیں اس واقعے کی بھِنک تک نہیں پڑنے دوں گا ورنہ ان کی نیند اُچٹ کر رہ جائے گی اور دکھ اور تکلیف الگ بھوگیں گی۔ مَیں نے ماں سے کہا کہ مَیں کھانا باورچی خانے میں ہی کھاؤں گا۔ کچھ دیر بعد میں غسل خانے میں ہاتھ منہ دھو کر ان کے پاس جا بیٹھا۔

کھانے سے پہلے مَیں نے اپنی جیب سے نسوار کی پُڑیا نکال کر انہیں تھمائی۔ پڑیا لیتے ہوئے وہ اپنے مخصوص انداز میں تھوڑا سا لجاتی ہوئی مسکرائیں۔ ''میری نسوار یاد رہی تمہیں۔'' یہ سن کر میں مسکرا دیا۔ مجھے کھانا دینے کے بعد انہوں نے بے صبری سے نسوار کی پڑیا کھول کر چٹکی بھری اور اسے اپنے نچلے ہونٹ کے پیچھے دبا دیا اور وہاں پر ایک خفیف سا ابھار دکھائی دینے لگ گیا۔ اس کے بعد وہ تھوک پھینکنے کے لیے اٹھ کر باہر چلی گئیں۔

میں باورچی خانے کی تنہائی میں بے چینی سے نوالے چباتے ہوئے سوچ رہا تھا کہ گھر میں آج کی رات تو عافیت سے گزر جائے گی لیکن اگلی صبح جب اماں کو وہ سب کچھ معلوم ہو گا تو پتا نہیں ان کا ردِ عمل کیا ہو؟ مجھے محسوس ہونے لگا کہ کل ان سے یہ بات چھپانی ممکن نہیں ہو گی۔ اس لیے مجھے کسی طریقے سے کل دکان جانے سے پہلے انہیں پورا واقعہ بتا دینا چاہیے کیوں کہ صبح سویرے جب وہاب شاہ بخاری کے مزار سے بابا گھر نہیں لوٹیں گے تو اماں لازماً پریشان ہو کر مجھ سے پوچھ تاچھ شروع کر دیں گی۔ اس سے پہلے کہ یہ نوبت آئے، مجھے انہیں سب کچھ بتا دینا چاہیے۔

کھانا کھاکر میں چارپائی پر لیٹ گیا۔ رات بہت گزر گئی تھی۔ مَیں کچھ دیر تک کھڑکیوں کی سلاخوں سے باہر پھیلی تاریکی دیکھتا اپنے بابا کے بارے میں سوچنے لگا کہ پتانہیں، انہیں مسجد میں کیسا بستر دیا ہوگا اور اس پر انہیں نیند آرہی ہوگی یا نہیں۔ ان کی غیر موجودگی میں ان کا تخت خالی پڑا ہوا تھا۔ مَیں کروٹ لے کر اس خالی تخت کو دیکھنے لگا تو مجھے اماں کے دھیمے سے خراٹے سنائی دینے لگے۔ مَیں زیرِلب مسکرایا کہ انہیں ہمیشہ کتنی جلدی نیند آجاتی تھی۔ مَیں بھی زبردستی آنکھیں میچ کر سونے کی کوشش کرنے لگا۔ ایک بار پھر بابا کا وہ جملہ میری سماعت میں گونجا تو میں سوچنے لگا کہ وہ مجھے جو کچھ کرنے پر اکسارہے تھے وہ سب میں کئی مرتبہ اپنے خوابوں اور خیالوں میں ماروی کے ساتھ کر چکا تھا۔

19

ٹوٹتی

جڑتی نیند کے باوجود میری آنکھ سویرے کھل گئی اور خلافِ توقع بیداری کے پہلے ہی لمحے میں، مَیں نے خود کو تازہ دم محسوس کیا لیکن اس کے باوجود میں رَلی اوڑھ کر اور آنکھیں موند کر لیٹا رہا اور مختلف وقفوں سے سنائی دینے والی دھیمی آوازیں سنتے ہوئے اماں کی مصروفیت کا اندازہ لگاتا رہا۔

وہ پہلے غسل خانے میں تھیں اور فرش پر پانی گراتے ہوئے وضو کر رہی تھیں۔ پھر وہ اپنی چپل گھسیٹتے ہوئے میری کھاٹ کے پاس والی دیوار تک آئیں، جس پر لگی ایک کیل میں ہر وقت جانماز ٹنگی رہتی تھی۔ اسے اتار کر انھوں نے تخت کے نزدیک فرش پر بچھایا اور اس پر کھڑی ہو کر نماز پڑھنے لگیں۔ اس دوران ان کے ہلتے ہونٹوں سے نکلتی کھُس پھُس کی آوازیں میرے کان پڑتی رہیں۔ یہ آوازیں اس بات کا اشارہ کر رہی تھیں کہ صبح کو بابا کے واپس نہ آنے پر وہ تشویش میں مبتلا ہو چکی تھیں۔

مَیں نے محسوس کیا کہ یہ آوازیں دھیرے دھیرے بلند ہوتی جا رہی تھیں۔ مَیں نے اپنی آنکھیں ذرا سی کھول کر اپنی گردن کو خم دیتے ہوئے دیکھا تو اماں مجھے سلام پھیرتی ہوئی نظر آئیں۔ تسبیح کے بعد وہ ایک طویل سجدے میں چلی گئیں اور کچھ دعائیں پڑھتی رہیں۔ ایک آدھ بار ان کے حلق سے عجیب سی ایک دلدوز آواز نکلی، جو مَیں نے اس سے پہلے کبھی نہیں سنی تھی۔

اب میرے لیے بستر پر رہنا دشوار ہو گیا اور میں آنکھیں مسل کر جماہی لیتے ہوئے اٹھ کر بیٹھ گیا۔ جب میں اپنی چپل پہن کر پہلے ٹٹی پھر غسل خانے سے اپنے ہاتھ اور منہ دھو کر اور دانت مانجھ کر نکلا تو اماں اپنی جانماز لپیٹ چکی تھیں اور تخت پر بیٹھ کر میری طرف دیکھ رہی تھیں۔

دودھ لانے کے بعد مَیں نے کھڑکیوں سے داخل ہوتی صبح کی سفید روشنی میں اماں کے چہرے کی طرف دیکھا تو مجھے ان کی آنکھوں میں کل رات کی طرح نمی دکھائی دی۔ وہ بابا کے تخت پر بیٹھی ہوئی بار بار پلکیں جھپک کر میری طرف دیکھ رہی تھیں۔ ان کے ہونٹ کسی غم کے زیرِ اثر آہستگی سے ہل رہے تھے اور وہ بار بار اپنی ناک سے بہتا پانی قمیص کے دامن سے صاف کر رہی تھیں۔

ان کی یہ حالت دیکھ کر میں پہلے تو چونکا پھر ان کے قریب جا کر بیٹھ گیا۔ وہ افسردہ لہجے میں مجھ سے کہنے لگیں۔ ''تمہارا

باپ ابھی تک واپس نہیں آیا۔ وہ مجھ سے ناراض ہو کر اکثر دھمکیاں دیتا تھا کہ وہ مجھے چھوڑ کر ہمیشہ کے لیے چلا جائے گا۔ پتہ نہیں کیوں مجھے لگتا ہے کہ وہ اب واپس نہیں آئے گا۔ وہ مجھے اور تمہیں چھوڑ کر کہیں چلا گیا ہے۔ مَیں نے سوتے میں ایک خواب دیکھا، جو مجھے بہت منحوس لگ رہا تھا۔ خدا کرے میرا خواب جھوٹا نکلے۔'' انہوں نے خود کو رونے سے بمشکل روک رکھا تھا مگر ان کی آواز بھرائی ہوئی تھی۔

مَیں نے ان کا ہاتھ اپنے ہاتھوں میں لیتے ہوئے ان سے کہا۔ ''بابا ہمیں چھوڑ کر نہیں گئے۔ وہ واپس آ جائیں گے، آپ پریشان مت ہوں۔'' میں ابھی تک گومگو کے عالم میں تھا کہ انہیں کل والا واقعہ سناؤں یا نہیں۔ انہوں نے میری بات غور سے نہیں سنی، اسی لیے وہ اپنی رو میں مجھے اپنا خواب سنانے لگیں، اپنی سوئی سوئی سی منحنی آواز میں۔ ''مَیں نے نیند میں دیکھا کہ مَیں اور تمہارے بابا ایک تنگ اور طویل پگ ڈنڈی پر چلتے جا رہے تھے۔ وہ آگے آگے تھے اور میں پیچھے، لیکن تم بھی موجود تھے مگر کہاں؟ ہاں یاد آیا تم اپنے بابا کے کندھے پر بیٹھے تھے اور بہت چھوٹے سے تھے، یہی کوئی تین چار سال کے۔ اس پگ ڈنڈی کے دونوں طرف جلتی ہوئی کالی زمین تھی۔ تمہارے بابا مجھے نصیحت کرنے لگے کہ احتیاط سے چلو، اگر نیچے گر گئیں تو جل کے راکھ ہو جاؤ گی لیکن۔ پھر مَیں نے دیکھا کہ ان کے پاؤں بار بار ڈگمگا رہے تھے۔ وہ ایک لکیر جیسی پگ ڈنڈی، شیطان کی آنت جتنی لمبی تھی، ختم ہی نہیں ہو رہی تھی۔'' وہ اچانک بولتے بولتے چپ ہو کر سوچنے لگ گئیں، جیسے کچھ یاد کر رہی ہوں۔

پھر خود ہی تلخی سے مسکراتی ہوئی کہنے لگیں۔ ''یہ بتانا بھول ہی گئی کہ ہم جا کہاں رہے تھے؟ غور سے سنو، ہم تمہارے دادا کی قبر پر فاتحہ کے لیے جا رہے تھے۔ خیر سے جب وہ پگ ڈنڈی ختم ہوئی تو ریت کے ٹیلے شروع ہو گئے۔ دور تک پھیلے ہوئے، جن پر آسمان سے آگ برس رہی تھی اور جلتی ہوئی زمین کی حدت بھی وہاں پہنچ رہی تھی۔ اب ہمارے چاروں طرف ریت اور گرمی کے سوا کچھ نہیں تھا۔ ہم اس پر چلے جا رہے تھے۔ تمہارے بابا آگے اور میں ان کے پیچھے۔ مَیں بار بار ان سے کہہ رہی تھی کہ قبرستان اتنی دور تو نہیں تھا، پھر وہ آ کیوں نہیں رہا۔ تپش سے جلتے ہوئے ہمارے پاؤں بار بار ریت میں دھنس جاتے لیکن ہم انہیں جیسے تیسے باہر نکال کر آگے بڑھتے۔ پھر بالکل اچانک آسمان گرد و غبار سے بھرنے لگ گیا۔ مَیں نے دکھن کی طرف سے ایک بہت بڑا بگولا صحرا میں اترتے دیکھا۔ تیز رفتاری سے گھومتا ایک بگولا ہماری طرف بڑھ رہا تھا اور ہم اس کی طرف بڑھتے جا رہے تھے۔ اچانک میرا ایک پاؤں ریت میں دھنس گیا اور کھینچنے پر بھی باہر نہیں آ سکا۔ اتنے میں کیا دیکھتی ہوں کہ وہ بگولا تمہیں اور تمہارے بابا کو اپنی لپیٹ میں لینے لگا ہے۔ تم باپ بیٹا اس کے درمیان گھومتے ہوئے زمین سے اوپر ہونے لگ گئے اور چند لمحوں بعد تم دونوں بگولے کے ساتھ اڑتے آسمان میں کہیں کھو گئے اور میں دیکھتی رہ گئی۔ مَیں کچھ بھی نہ کر سکی۔ بس خوف سے آنسو بہاتی رہی۔ اپنے مڑس اور بچے کے کھو جانے پر بین کرتی رہی۔ تم بتاؤ اس خواب کی تعبیر کیا ہو سکتی ہے؟ مجھے ایسا منحوس خواب کیوں دکھائی دیا؟'' اپنی کج مج آنکھیں انہوں نے میرے چہرے پر جما دیں، جیسے میں خوابوں کی تعبیر بتانے کا بڑا ماہر تھا۔ ان کی سوالی نظروں کی تاب نہ لاتے ہوئے میں اپنا سر جھکانے پر

مجبور ہو گیا لیکن اگلے لمحے مَیں نے ان کی طرف دیکھا اور پھر انہیں سمجھانے کی کوشش کرنے لگا کہ یہ بالکل ضروری نہیں ہے کہ ہر برے خواب کی تعبیر بری ہی نکلے، وہ اچھی بھی ہو سکتی تھی۔ مَیں انہیں بتانے لگا کہ مَیں کئی مرتبہ اپنے خوابوں میں کبھی اونچی عمارتوں کی چھتوں سے اور کبھی کسی پُل سے نہر میں گر چکا تھا لیکن جب آنکھ کھلتی تو خود کو اپنے بستر پر ہی پاتا تھا، صحیح سلامت۔ اور اسی طرح بابا بھی ٹھیک ٹھاک ہیں۔

ان کا دھیان ان کے خواب سے ہٹانے کے لیے مَیں نے انہیں یاد دلایا کہ مجھے دودھ لائے دیر ہو چکی تھی اور ابھی تک انہوں نے چائے نہیں بنائی تھی۔ میری یہ بات سن کر وہ مسکراتی ہوئی اٹھیں اور باورچی خانے میں جا کر چائے کا پانی چولھے پر چڑھانے لگ گئیں۔

کچھ دیر بعد جب چائے بن گئی تو میں باورچی خانے میں ان کے سامنے چوکی پر بیٹھ کر چائے کی چسکیاں لیتے ہوئے انہیں ان کے خواب کی ایک من گھڑت تعبیر سنانے لگا کہ انہوں نے اپنے خواب سے بالکل غلط مطلب اخذ کیا تھا۔ خواب صرف اس بات کی نشاندہی کرتا تھا کہ ان کا شوہر کسی گرداب میں پھنس گیا تھا۔ مَیں نے اپنی فہم کے مطابق بگولے کی تشریح کی تو اماں مجھ سے پوری طرح متفق نظر آئیں۔ پھر مَیں نے انہیں یہ سمجھانے کی سعی کی کہ آدمی زندگی میں اکثر ایسی صورتِ حال میں الجھ جاتا ہے جس سے نکلنے کا راستہ سجھائی نہیں دیتا اور وہ خود کو بے بس محسوس کرنے لگتا ہے۔ یہ باتیں کرنے کے بعد میں براہِ راست اصل واقعے پر آ گیا اور مَیں نے مختصراً ان سے سارا ماجرا کہہ سنایا۔

بابا کے ساتھ پیش آئے واقعے کی تفصیلات سنتے ہوئے ان کے چہرے پر کئی رنگ آ کر چلے گئے۔ ان کی پلکیں بار بار جھپکتی رہیں۔ کبھی ان کا منہ کھلا رہ گیا اور کبھی وہ اسے اتنی زور سے اسے بھینچ لیتیں کہ ان کے ہونٹ سکڑ کر اندر ہو جاتے۔ انہوں نے ایک مرتبہ اپنے نچلے ہونٹ کو زور سے کاٹ لیا۔ ان کے منہ سے افسوس بھری کئی آوازیں نکلیں اور بابا کی حالتِ زار کا سوچ کر ان کی آنکھوں میں نمی سی اتر آئی جسے انہوں نے فوراً اپنے دوپٹے کی چوک سے صاف کر دیا۔۔ بہت سے تاثرات ایک ساتھ ان کے چہرے پر آ کر گزر گئے۔

مَیں نے ان سے کہا۔ ''آپ کا بابا سے گہرا تعلق ہے۔ اسی لیے ایسا خواب دکھائی دیا۔'' اس کے بعد مَیں نے پہلی بار ان کے سامنے بابا کے خلاف چند باتیں کیں اور ان کے کردار اور رویوں پر تنقید کی۔ انہیں بتایا کہ بابا یہ سمجھ رہے ہیں کہ یہ سب کچھ میری وجہ سے ہوا ہے، جب کہ مجھے لگتا ہے، اس میں ان کے کسی قریبی دوست کا ہاتھ ہے۔

خلافِ توقع میری سب باتیں سن کر انہوں نے مجھ سے کوئی اختلاف نہیں کیا۔ پھر مَیں نے اماں کی تعریف میں چند خوبصورت جملے کہے تو وہ بہت خوش ہوئیں اور میری بلائیں لینے لگیں۔ مجھے اس بات پر اطمینان ہوا کہ ان کا ردِعمل اتنا غیر معمولی نہیں تھا، جتنی مجھے توقع تھی۔ بابا کے بارے میں انہوں نے جو چند جملے کہے، وہ جذباتی وابستگی اور تعلق خاطر سے عاری تھے۔ اس کے برعکس انہوں نے اس امر کا اظہار کیا کہ شاید اتنے سنگین واقعے کے بعد وہ اپنی عادتیں تبدیل کرنے پر مجبور ہو جائیں اور ایک صالح انسان بن جائیں۔

ہم ساتھ بیٹھے چائے کے دو دو پیالے پی گئے۔ ہمیں خبر تک نہ ہوئی کہ سورج کب طلوع ہوا اور کب اس کی روشنی باورچی خانے کے روشن دان سے داخل ہو کر چھت سے سرک کر دیوار تک آ پہنچی۔ جب دھوپ میرے سر پر پڑنی شروع ہوئی تب مجھے احساس ہوا کہ دن چڑھ گیا ہے۔ مَیں فوراً اُٹھا اور دکان جانے کی تیاری کرنے لگ گیا جب کہ اماں ناشتہ بنانے میں مصروف ہو گئیں۔

مَیں نے تخت پر اسی جگہ بیٹھ کر ناشتہ کیا جہاں پر بابا بیٹھ کر کرتے تھے اور میرے قریب اماں اسی طرح منہ بسورتی گم صم بیٹھی ہوئی تھیں جیسے بابا کی موجودگی میں بیٹھا کرتی تھیں۔ مَیں ان کی طرف دیکھتا سوچ رہا تھا کہ ایسا واقعہ سن کر کوئی دوسری عورت نہ صرف اپنے سر کے بال کھول کر بین کرنے لگتی بلکہ اتنا شور مچاتی کہ محلے بھر کی عورتیں جمع ہو جاتیں۔ اماں نے بابا کی گرفتاری کو جس ہلکے پھلکے انداز میں لیا تھا یہ بات میرے لیے حیران کن بھی تھی۔ ان کے اس رویئے کی صرف ایک وجہ میری سمجھ میں آ رہی تھی اور وہ یہ کہ گزرے ہوئے برسوں میں انہوں نے بابا کے جنسی معاملات کا قریب سے مشاہدہ کیا تھا۔ بابا نے ہمیشہ ان کے ہر احتجاج اور ہر بغاوت کو بری طرح روندا تھا۔ اماں کے ساتھ ان کا سلوک انتہائی سفاکی پر مبنی تھا۔ شاید اسی وجہ سے وہ اندرونی طور پر اتنی بے حس اور کٹھور ہو چکی تھیں۔ مَیں ان کے بارے میں یہ بات یقینی طور پر کہہ سکتا تھا کہ انہیں بابا سے انتقام لینے کی کوئی خواہش نہیں تھی اور حقیقی طور پر انہیں اس واقعے کا دکھ ہوا تھا لیکن وہ اس کا اظہار میرے سامنے نہیں کرنا چاہتی تھیں۔ ان کی آنکھیں اور ان کا چہرہ، دونوں اس امر کی نشان دہی کر رہے تھے۔

جب میں تیار ہو کر دکان جانے لگا تو اماں نے بابا کے لیے دو پراٹھے اور تلا ہوا انڈا ایک کپڑے میں لپیٹ کر میرے ہاتھ میں تھما دیئے۔ گھر سے نکلتے ہوئے انہوں نے مجھے تین چار منٹ روکے رکھا اور بابا کا حوصلہ بڑھانے، ہمت نہ ہارنے اور ان کے بارے میں فکر مند نہ ہونے کے پیغامات دیتی رہیں اور مجھے ان تک پہنچانے کی تاکید کرتی رہیں، مَیں جنہیں غور سے سنتے ہوئے اثبات میں سر ہلاتا رہا۔ اس کے بعد میں گھر سے نکل گیا۔

مَیں نے پہلے مسجد خضر حیات کا رخ کیا تا کہ بابا کو ناشتہ دے کر ان کی خیریت معلوم کرلوں۔ اماں کی باتیں سن کر مجھے تشویش لاحق ہو گئی تھی کہ پتہ نہیں ان کی رات کیسی گزری ہو گی؟ سونے کے لیے انہیں بستر ملا ہو گا کہ نہیں؟ اور انہیں نیند آئی ہو گی یا نہیں؟ یہ سوال مجھے پریشان کر رہے تھے۔ مَیں اماں کو یقین دلانے کی کوشش کرتا رہا تھا کہ کوتوالی کا صوبے دار بھلا آدمی تھا، اس لیے اس نے بابا کا خیال رکھا ہو گا لیکن ان کے شکوک و شبہات ختم نہیں ہو سکے تھے۔ ان کے خیال میں کوتوالی والے ظالم لوگ تھے اور گرفتار مجرموں کے ساتھ بے رحمی کا سلوک کرتے تھے۔ انہوں نے بابا کو کھانا تو دور کی بات پینے کے لیے پانی بھی نہ دیا ہو گا۔

راستے میں مجھے جو شناسا لوگ ملے ان سب نے مجھ سے مصافحہ کرنے کے بعد بابا کے بارے میں مختلف سوالات پوچھے، جن میں طنز چھپا ہوا تھا۔ مَیں انہیں کوئی تسلی بخش جواب نہ دے سکا۔ کیوں کہ ان کے سوال سن کر مجھے الجھن ہو رہی تھی اور غصہ بھی آ رہا تھا۔ آخر ان لوگوں سے ہمارا کیا تعلق؟ انہیں ہمارے معاملات سے اتنی دلچسپی کیوں تھی؟ کیا یہ محض دکھاوا تھا یا

انہیں ہمارے حال سے کچھ ہمدردی بھی تھی۔ مجھے لگتا تھا کہ بابا کی گرفتاری اور تذلیل پر یہ سارے بہت خوش تھے، کیوں کہ بات کرتے ہوئے سب کے زیرِلب ایک خبیث مسکراہٹ ناچتی نظر آرہی تھی، جسے دیکھ کر میرا جی کھولتا رہا کہ کل دوپہر سے رات گئے تک سر بازار جو کچھ ہوتا رہا اس کے بارے میں کسی نے مجھ سے تسلی کے دو حرف بھی نہ کہے تھے اور آج صبح ہی صبح یہ تمام لوگ اپنے سوالوں سے مجھے دق کرنے لگ گئے تھے۔

بازار تک پہنچتے پہنچتے میرا دماغ بھنا گیا۔ وہ تو اچھا ہوا کہ حجام کی دکان کے پاس مجھے کوتوالی کا مشٹنڈا صوبیدار مل گیا جو مجھے دیکھتے ہی خوش دلی سے مسکرانے لگا۔ شاید میری طرح وہ بھی گھر سے آرہا تھا۔ مَیں نے مصافحے کے لیے اپنا ہاتھ آگے بڑھایا تو اس نے اسے زور سے دباتے ہوئے اپنے ہاتھ میں تھام لیا اور پھر مجھے تقریباً کھینچتا ہوا مسجد کی طرف چل دیا۔ چلتے ہوئے وہ مجھ سے اس طرح چپکنے لگا، جیسے میرا لنگوٹیا یار رہ چکا ہو۔ اس نے میرا ہاتھ چھوڑ دیا اور اس کے بعد میرا کندھا پکڑ کر اسے زور سے دبانے لگا۔ اس کا قد مجھ سے خاصا بڑا تھا۔ اس کے ہاتھ اور بازو بھاری بھرکم تھے۔ اس لیے ان کا بوجھ میرے لیے ناقابلِ برداشت ہونے لگا تو مَیں نے انہیں ہٹا دیا۔ پھر اس نے اچانک میرے گال پر چٹکی لی تو مجھے اتنی تکلیف ہوئی جیسے کسی نے میری کھال اتار لی ہو۔ اس نے دو تین مرتبہ میرے پیٹ میں انگلیاں بھی چبھوئیں، جو مجھے تیر کی طرح نوک دار محسوس ہوئیں۔ پتہ نہیں یہ اس کا ملنے کا طریقہ تھا یا وہ میرے ساتھ شرارت کر رہا تھا۔ مَیں ان چیزوں کو صرف اس لیے برداشت کرتا رہا کیوں کہ میرے بابا اس وقت اس کے رحم و کرم پر تھے۔

تنگ آکر مَیں نے اس کے آگے اپنے ہاتھ جوڑ دیئے کہ میرے ساتھ چھوٹے بچوں جیسا سلوک نہ کرے اور اپنی یہ بچگانہ حرکتیں بند کر دے۔ میری بات سن کر وہ ہنسا اور پھر اپنی ناک سکیڑ کر سنجیدگی سے میری طرف دیکھنے لگا۔ مَیں نے اس سے بابا کے متعلق پوچھا تو وہ مجھے ان کے بارے میں معلومات دینے لگا کہ کل رات عشا کی نماز پڑھوانے کے بعد پیش امام نے پہلے بابا سے توبہ کروائی اور اس کے بعد وہاں موجود نمازیوں سے ان کے گناہوں کی معافی کے لیے اجتماعی دعا بھی کروائی گئی۔ دعا کے بعد سب نمازیوں نے فرداً فرداً انہیں نصیحت کی اور انہوں نے سب کے سامنے آئندہ ایسا نہ کرنے کا وعدہ کیا۔

صوبے دار نے اپنے گل مچھوں پر ہاتھ پھیرتے ہوئے مزید بتایا کہ رات جب مسجد خالی ہو گئی تو بابا اور وہ فرش پر بچھی ایک چٹائی پر آلتی پالتی مار کر بیٹھ گئے اور ایک دوسرے کو شہر کے بعض جید مولویوں اور عالموں کی بدمعاشیوں کی چھوٹی بڑی کہانیاں سناتے رہے۔ اس نے بابا کے مزاج اور ذہانت کا ذکر کرتے ہوئے انہیں سراہا۔ بابا نے اسے سو روپے کا نوٹ تھماتے ہوئے کھانا لانے کو کہا۔ وہ جوڑیل شیدی کے ہوٹل سے مصالحے دار مرغ کڑھائی کے ساتھ ماش کی دال کی ایک پلیٹ فرائی بنوا کر، سلاد بھی لے کر لایا۔ اس نے اپنی گفتگو کی تان اس جملے پر توڑی کہ دونوں نے مسجد کے صحن میں بیٹھ کر بارہ روٹیاں ختم کر ڈالیں اور اسے دو مرتبہ روٹی لانے کے لیے ہوٹل جانا پڑا۔ کھانے کے بعد اس نے ان کی پیٹھ پر آئی خراشوں پر دوا بھی لگائی۔

اس کے مزاج میں بہ یک وقت سادہ لوحی اور مسخرگی کوٹ کوٹ کر بھری تھی۔ حد درجہ بلند لہجے میں باتیں کرتے ہوئے

اس کی گرج دار اور بھاری بھرکم آواز اور قہقہے سن کر بہت سے راہ گیر ٹھٹھک کر رہ گئے اور ہم دونوں کو گھور کر دیکھنے لگے۔ ایک ضعیف عورت جو اپنے خیال میں گم چلی جا رہی تھی، وہ بے چاری اس کا ٹھاٹھ دار قہقہہ سن کر چلتی ہوئی سہم کر رہ گئی اور گلی کے کنارے واقع کھلی بدرو میں گرتے گرتے بچی۔ اس نے ناگواری اور غصے سے اپنا پوپلا سا منہ ہلاتے ہوئے صوبے دار کو برا بھلا کہنا شروع کر دیا۔

مسجد کے صدر دروازے کے پاس پہنچ کر مَیں نے اس سے پوچھا کہ بابا کو سونے کے لیے بستر کس نے فراہم کیا تھا؟ اس نے سینہ پھلاتے ہوئے جواب دیا۔ ''میں نے''۔

مسجد میں اس وقت بازار کے چند آوازہ لڑکے وضو خانے کی پختہ نشستوں پر بیٹھے دھاروں دھار پانی گرا کر ضائع کر رہے تھے۔ وہ کبھی اپنے چہرے پر نل سے بہتے پانی کے چھپاکے مارتے اور کبھی اپنی شلواریں اٹھا کر پنڈلیاں دھونے لگتے۔ وہ ہتھیلیوں میں پانی بھر بھر کے ایک دوسرے کی طرف اچھالتے۔ بازار کے چند دکاندار مسجد کے بیت الخلا کے باہر بے چینی کے عالم میں ٹہل کر اپنی باری کا انتظار کر رہے تھے۔ ایک چھوٹے قد اور چھدری سی داڑھی والا دکاندار وقفے وقفے سے لڑکوں کو ڈانٹ کر پانی ضائع کرنے سے روک رہا تھا جس کا ان پر کوئی اثر نہیں تھا۔

مجھے یہ دیکھ کر قدرے حیرت ہوئی کہ صوبے دار نے ان لڑکوں کو صرف ایک بار زور سے دبکا مارا اور آنکھیں نکال کر گھورا جس کے بعد وہ سب لونڈے فوراً بھاگ کھڑے ہوئے۔ مجھے صحن میں کھڑا چھوڑ کر وہ ایک طرف بنی ہوئی کوٹھری کے اندر چلا گیا۔ مَیں نے جھانک کر دیکھنے کی کوشش کی تو وہاں مسجد کا چوکیدار افیم کے نشے میں جھومتا اپنی کھاٹ سے اترنے کی کوشش کرتا دکھائی دیا صوبے دار نے اس کی قمیص کی داہنی جیب میں ہاتھ ڈال کر خود ہی چابیوں کا گچھا نکالا۔ چوکیدار اس کی شرارت پر خاموش ہنسی ہنسنے لگا اور کھاٹ سے اترنے کے بجائے دوبارہ لیٹ گیا۔

وہ کوٹھری سے نکلا تو میں اس کے ساتھ چلتا ہوا ایک جانب بنے چھوٹے چھوٹے کمروں کی مختصر قطار کے قریب سے گزرا۔ ہر کمرے کا دروازہ لکڑی کا تھا اور اس کی لوہے کی بھاری بھرکم کنڈی پر پرانے زمانے کے موٹے موٹے عجیب سی ہیئت والے تالے لٹک رہے تھے۔ اس نے اپنے ہاتھ میں جس طرح کی بڑی بڑی چابیاں پکڑی ہوئی تھیں، وہ بھی مَیں نے اس سے پہلے نہیں دیکھی تھیں۔ آخری کمرے کے سامنے وہ ٹھہر گیا اور گچھے میں سے ایک چابی نکال کر اس کا قفل کھولنے لگا۔ کچھ دیر بعد وہ اپنے کندھے سے زور لگا کر دروازہ کھولنے لگا جو چرچراتا ہوا دھیرے سے کھلتا چلا گیا اور اس کے ساتھ روشنی کا ایک مستطیل چوکھٹا کمرے کے فرش اور دیوار پر بنتا چلا گیا اور اندھیرے میں لپٹی چیزوں کو اجالنے لگا۔ مَیں طویل قامت صوبے دار کے پیچھے کھڑا تھا۔ مَیں نے اس کے طویل قامت سائے کو کمرے کے فرش پر ہلتے ہوئے دیکھا۔

اس کمرے کے اندر سے مدھم خراٹوں کی جانی پہچانی آواز سنائی دے رہی تھی لیکن اس کمرے کی وسعت کی وجہ سے لگتا تھا جیسے وہ خراٹے کہیں دور سے سنائی دے رہے ہوں۔ مَیں اندر داخل ہوا تو وہاں ایک دھیمی لیکن نامانوس اور ناگوار سیلن زدہ بدبو پھیلی محسوس ہوئی۔ ایک دیوار پر تقریباً چھت کے قریب چھوٹا سا روشن دان تھا جس سے داخل ہونے والی روشنی اوپر

ہی معلق رہ جاتی تھی۔ مَیں اس نیم تاریک کمرے کے ٹوٹے پھوٹے فرش پر چند لمحوں تک کھڑا اپنی آنکھیں مچمچا کر دیکھتا رہا۔ ایک دو ثانیوں کے بعد مجھے داہنی طرف کی دیوار کے پاس لگا ہوا بستر دکھائی دیا، جس پر بابا گہری نیند سو رہے تھے۔

صوبے دار نے منہ سے ہش کی آواز نکال کر، اپنے ہاتھ سے اشارہ کرتے ہوئے، مجھے ان کے قریب جانے سے روکا جب کہ وہ خود ان کے سرہانے کھڑا ہوا تھا۔ اس نے دو تین مرتبہ آہستگی سے بابا کا نام پکارا لیکن وہ جاگ کر نہیں دیئے۔ پھر اس نے فرش پر بیٹھ کر ان کے کندھوں کو جھنجھوڑا، تو وہ ہڑبڑاتے ہوئے اٹھ بیٹھے۔ کچھ دیر تک وہ اپنی نگاہیں اوپر نیچے گھماتے رہے۔ شاید نیند کی وجہ سے وہ یہ بھول گئے تھے کہ انہوں نے رات کہاں گزاری تھی۔ خود کو اجنبی مقام پر پاکر وہ حیران تھے لیکن ان کی حیرت کچھ ہی ثانیوں میں زائل ہو گئی۔ وہ صوبے دار کو دیکھ کر مسکرانے لگے۔ مَیں اس کے پیچھے ہونے کی وجہ سے انہیں نظر نہیں آسکا۔

میں انہیں سلام کرتا ہوا کپڑے میں لپٹا ناشتہ ہاتھ میں لیے ان کے پاس جا بیٹھا۔ انہوں نے مجھ سے مصافحہ کیا۔ پھر جیب سے دس روپے کا نوٹ نکال کر صوبے دار کو تھمایا اور اسے چائے لانے کے لیے کہا۔ تب فوراً مجھے اپنی کوتاہی کا احساس ہوا۔ وہ صبح اٹھتے ہی چائے پینے کے عادی تھے جو میں گھر سے ان کے لیے نہیں لایا تھا صوبے دار نوٹ لیتے ہی باہر چلا گیا۔ اس کے جانے کے بعد بابا بھی اٹھ کر منہ ہاتھ دھونے کمرے سے باہر چلے گئے۔

واپس کر انہوں نے مجھ سے اماں کے بارے میں پوچھا تو میں انہیں اپنی رات کی کارگزاری کے متعلق بتانے لگا۔ جسے وہ ٹھنڈی سانسیں بھرتے ہوئے نیم دلچسپی سے سنتے رہے، پھر انہوں نے سگریٹ سلگا لیا اور اس کے لمبے لمبے کش لینے لگے۔ اماں کو ہونے والی غلط فہمی پر وہ مسکرا دیے اور مزار سے آنے کے انتظار کی بات سن کر تو ان کی ہنسی چھوٹ گئی۔ لیکن جب مَیں نے انہیں اماں کے ردِعمل کے بارے میں بتایا تو وہ فوراً سنجیدہ ہو گئے۔ اس کے بعد ہم دونوں نے کچھ دیر کے لیے چپ سادھ لی۔ بابا کپڑا کھول کر پراٹھے کے ساتھ انڈا کھانے لگ گئے۔

ناشتہ کرتے ہوئے انہوں نے اپنا سر اٹھا کر مجھے چبھتی ہوئی نظر سے دیکھا اور کہنے لگے۔ ''تمہارے کارن مجھے یہ دن بھی دیکھنا پڑا۔ مَیں نے کبھی خواب میں بھی نہیں سوچا تھا کہ مجھے اپنے شہر میں ایسی ذلت کا سامنا کرنا پڑے گا۔ اگر تم اس چھوری کو اپنی مٹھی میں بند کر لیتے، تو ہم مل کر شیخ اسمٰعیل اور اس کے بیٹوں کو چھٹی کا دودھ یاد دلا سکتے تھے، لیکن اب اگلے کئی برسوں تک میرے منہ پر لگی کالک شہر والوں کو یاد رہے گی۔ مجھے سب سے زیادہ فکر اپنے دھندے کی ہے۔ پتا نہیں اب لوگ مجھ سے مسجدوں، درگاہوں اور امام بارگاہوں کے لیے فریم بنوائیں گے یا نہیں۔ اب تک میں شہر کا سب سے زیادہ تجربہ کار فریم ساز مانا جاتا تھا، مگر برسوں کے کیے کرائے پر پانی پھر گیا۔'' وہ ایک آہ بھر کر چپ ہو گئے اور سر جھکائے ناشتہ کرتے رہے۔ مجھ میں بھی ان کی کسی بات کا جواب دینے کی ہمت نہیں تھی، سو میں سر جھکائے بیٹھا رہا۔

صوبے دار کی آمد سے ہمارے درمیان خاموشی ٹوٹی۔ وہ زنگ آلود کیتلی اور پیالیاں فرش پر بستر کے قریب رکھ کر بابا کے پہلو میں آلتی پالتی مار کر بیٹھ گیا اور کیتلی سے پیالیوں میں چائے انڈیل کر ہماری طرف اس طرح بڑھائیں، جیسے ہماری

میز بانی اس کے فرائضِ منصبی میں شامل تھی۔ چائے کے لمبی سُرڑپے لیتے ہوئے وہ ہمیں مسجد خضر حیات کے تعمیر کنندہ کے متعلق بتانے لگا جو بقول اس کے اسی جیسا کوئی صوبے دار تھا مگر وہ شاہجہان بادشاہ کا صوبے دار تھا۔ اس لیے اس نے اپنے نام سے اس مسجد کو منسوب کیا تھا جب کہ یہ بیچارا عبداللطیف ٹھٹھوی کا دستِ نگر تھا۔ بابا اس کی باتوں کی طرف توجہ دیئے بغیر سر جھکائے چائے پیتے رہے اور میں بھی دیوار پر بنا ہوا دھوپ کا روشن چوکھٹا دیکھتا رہا۔ کچھ دیر بعد، جب بابا نے مجھے دکان پر جانے کے لیے کہا تو مَیں نے اٹھ کر دونوں سے مصافحہ کر کے وہاں سے چل دیا۔

میں دکان کا دروازہ کھول کر بابا کی مخصوص نشست پر بیٹھا ہی تھا کہ کریانہ مرچنٹ روشن کھتری اپنا حقہ اٹھائے میرے پاس آ کر بیٹھ گیا۔ مَیں نے اس پر کوئی توجہ نہیں دی بلکہ سامنے پڑی ہوئی تصویروں پر نگاہ ڈالتا رہا۔ اس نے کھنکارتے ہوئے منہ سے عجیب آواز نکالی اور پھر بلغمی قہقہہ لگاتے ہوئے مجھ سے پوچھنے لگا کہ آج دکان کے باہر آگ نہیں جلاؤ گے؟ مَیں نے اسے ترش روئی سے جواب دیا کہ ہاں اپنی دکان کو آگ لگاؤں گا تو تمہاری چلم کے لیے کوئلہ نکل آئے گا۔ میرا جواب سن کر وہ منہ بناتے ہوئے بڑبڑایا: ''جیسا باپ، ویسا ہی بیٹا۔'' اس کے بعد وہ تو چلا گیا لیکن میں دیر تک اس کی بڑبڑاہٹ پر جی ہی جی میں تلملاتا رہ گیا۔

اس کے بعد چند اور دکاندار بھی میرے پاس بابا کی گرفتاری پر اپنے مصنوعی افسوس کا اظہار کرنے آئے۔ نجانے کیوں مجھ سے ان کے ہمدردی بھرے جملے برداشت نہیں ہو سکے اور میں ان کے آگے پھٹ پڑا۔ ''رنڈی کے بچو، نکل جاؤ یہاں سے۔ تمہاری جھوٹی ہمدردی کی مجھے کوئی ضرورت نہیں۔'' مَیں نے انہیں برا بھلا کہتے ہوئے دکان سے نکال باہر کیا۔ مجھے ان کے افسوس اور دکھاوے کی دل جوئی کی کوئی ضرورت نہیں تھی۔

مجھے بازار کے نیم متوسط اور متوسط طبقے کے ان دکانداروں کی باطنی زندگی حد درجہ تاریک اور دوغلی لگتی تھی، جس پر ایک نہ اترنے والی کلونس جمی ہوئی تھی۔ ان سب کی رگوں میں ہزار ہا ناجائز خواہشوں کا سنگین زہر دوڑتا پھرتا تھا لیکن زندگی نے ان کی تربیت اور پرورش اس طور سے کی تھی کہ یہ لوگ کبھی اپنی اصل خواہش کا اظہار بھولے سے بھی نہیں کرتے تھے بلکہ اسے چھپانے کے جتن میں لگے رہتے تھے۔ یہ لوگ خود فریبی کے ایک ایسے جال میں قید تھے، جس سے نکلنے کی انہیں کوئی خواہش نہیں تھی۔ ان کی عمر نوٹ گنتے اور جمع کرتے ہوئے گزر جاتی تھی۔ دولت کی ہوس انہیں نئے جوتے اور کپڑے خریدنے سے بھی باز رکھتی تھی۔ وہ ہر وقت میلی کچیلی قمیصیں اور پرانی دھوتیاں پہنے ہوئے نظر آتے تھے گرچہ ان کے پاس اتنی جمع پونجی تھی کہ وہ کپڑے یا جوتے کی فیکٹری لگا سکیں۔ بازار سے گزرتی عورتوں کو تک تک کے ان کی رال ٹپکنے لگتی تھی اور ان کی آنکھوں میں وحشیانہ چمک عود کر آتی تھی اور انہیں ناف کے نیچے کھجلی شروع ہو جاتی تھی۔ وہ ان عورتوں پر فحش فقرے بازی سے بھی نہیں چوکتے تھے۔ ان خوف زدہ اور بزدل لوگوں کے مقابلے میں مجھے اپنے بابا کا رویہ درست محسوس ہونے لگا تھا کہ انہوں نے کم از کم اصل خواہش کا کھلم کھلا اظہار تو کیا تھا۔

بہت دیر گزر گئی اور دکان پر کوئی گاہک نہیں آیا۔ مَیں ہاتھ پر ہاتھ دھرے اور سر جھکائے بیٹھا رہا۔ مَیں بازار کی طرف

دیکھنے سے گریزاں تھا کیوں کہ وہاں بہت سی آنکھیں مجھے تاک رہی تھیں اور ٹٹول رہی تھیں اور میرے جسم کے ساتھ روح کو بھی چھیدے ڈال رہی تھیں۔ مَیں دیر تک بے کار بیٹھا رہا اور دکان کی کسی چیز کو ہاتھ نہیں لگایا۔ مَیں بازار سے گزرتے لوگوں کی فقرے بازی برداشت کرتا رہا اور ان کی پھبتیاں سنتا رہا۔ میرے لیے ممکن نہیں تھا کہ مَیں کسی بھی قسم کی جوابی کارروائی کرسکتا یا انہیں روک پاتا۔

میں بے حد مجبوری میں دو مرتبہ گھنشام داس کو دیکھنے کے لیے اٹھا کیوں کہ وہ بازار میں نظر نہیں آرہا تھا۔ جس جگہ کھڑے ہو کر وہ پکوڑے اور سموسے بیچا کرتا تھا وہاں اب کوئی دوسرا شخص چھولے بیچ رہا تھا۔ اسے وہاں نہ پا کر مجھے حیرت ہو رہی تھی کیوں کہ گھنشام داس پچھلے آٹھ برسوں سے اسی جگہ پر اپنا کام چلا رہا تھا اور صرف اس کی ایک دن کی غیر حاضری کی وجہ سے چھولے والے نے وہاں قبضہ جما لیا تھا۔ میری سمجھ میں یہ بات بہت بعد میں آئی کہ گھنشام داس کی غیر حاضری اور اس کی جگہ پر قبضہ ہونے کا تعلق میرے بابا کی گرفتاری سے تھا۔ اس تعلق کی بنیاد کیا تھی؟ ابھی تک مجھے یہ معلوم نہیں ہو سکا تھا۔

کل صبح وہ مجھے دکان پر ملا تھا اور اس کے بعد شام تک کہیں دکھائی نہیں دیا تھا۔ وہ بابا کو دی جانے والی سزا کے دوران بھی غائب رہا تھا۔ مَیں نے چھولے والے کے پاس جا کر اس کے بارے میں پوچھا تو وہ میرے سوال کا جواب دینے کے بجائے اسے کوسنے لگا۔ مَیں نے گھنشو کی ذرا سی طرف داری کی تو چھولے والا فوراً بھڑک اٹھا۔ اس کی بکواس سن کر میرا اندیشہ تقویت پکڑتا چلا گیا۔

میں اپنی دکان میں آ بیٹھا اور سوچنے لگا کہ گھنشام داس کو کہاں تلاش کروں؟ مَیں اس کی رہائش کے بارے میں کچھ نہیں جانتا تھا مگر اپنے شہر میں اسے ڈھونڈ نکالنا میرے لیے چنداں مشکل نہیں تھا۔ اس کی وجہ سے مجھے بابا کی حکم عدولی کرتے ہوئے دکان بند کر کے جانے کی ضرورت پیش آ گئی۔ کام کے دنوں میں جب پورا بازار چل رہا ہو کسی دکان کا بند ہونا اچھا شگون نہیں ہوتا تھا۔ خاصی دیر تک میں کوئی فیصلہ نہیں کر سکا لیکن جب بہت دیر تک کوئی گاہک نہ آیا اور مجھے بے کار بیٹھے بیٹھے بہت سا وقت گزر گیا تو مَیں نے اٹھ کر اپنی دکان بند کر دی اور گھنشام داس کی تلاش میں نکل کھڑا ہوا۔ مجھے پورا یقین تھا کہ وہ بابا کی گرفتاری کے پیچھے چھپی سازش کے متعلق سب کچھ جانتا تھا۔

ہمارے شہر میں نچلے طبقے سے تعلق رکھنے والے تمام ہندو شہر کے شمال میں واقع بھنگی پاڑے میں رہتے تھے۔ گرچہ وہاں رہنے والے صرف چند لوگ ہی میونسپلٹی میں خاکروب تھے جب کہ بقیہ لوگ دوسرے پیشوں سے وابستہ تھے لیکن اس کے باوجود مسلمانوں کی اکثریت انہیں بھنگی کہتی تھی۔ اعلیٰ اور متوسط طبقے کے ہندو اپنی کاروباری حیثیت اور دولت کے سبب شہریوں کے ساتھ برابری کی سطح پر رہتے تھے مگر بھنگی پاڑے میں رہنے والے کوہلی، بھیل اور ماڑیچے، مسلمانوں کے ساتھ ساتھ اپنے مذہبی بھائی بندوں کی بھی حقارت کا نشانہ بنتے تھے اور انہیں کم تر اور پست ترین مخلوق خیال کیا جاتا تھا۔ میرا ذہن بھی ان سے متعلق مختلف طرح طرح کے تعصّبات سے بھرا تھا کیوں کہ مجھے ان کے نزدیک رہنے اور ان سے گھلنے ملنے کا اتفاق کم ہی ہوا تھا۔ اسی لیے میں بھنگی پاڑے کی طرف جاتے ہوئے کچھ پریشانی محسوس کر رہا تھا۔ وہ علاقہ شہر کا حصہ ہونے

کے باوجود الگ تھلگ سمجھا جاتا تھا۔ مجھ سا آوارہ مزاج آج پہلی بار ادھر کا رخ کر رہا تھا۔

وہاں تک پہنچنے کے لیے مجھے بہت کافی پیدل چلنا پڑا۔ ایک گندے پانی کے جوہڑ کے نزدیک واقع ہونے کی وجہ سے بھنگی پاڑے سے اٹھنے والی مخصوص بدبو نے چند گلیاں پہلے ہی میرے نتھنوں میں گھس کر اپنے لیے جگہ بنا لی تا کہ میں بعد میں اپنی ناگواری کا اظہار نہ کرسکوں۔ میونسپلٹی نے اس علاقے کو اپنی حدود سے باہر قرار دے رکھا تھا۔ بھنگی پاڑہ جس یونین کونسل میں شامل تھا، اس کے پاس کبھی اتنے وسائل نہیں ہوتے تھے کہ وہ یہاں گندے پانی کی نکاسی کا کوئی بندوبست کر سکے۔ یہاں کے لوگ اپنی نالیاں خود ہی کھودتے تھے مگر وہ انہیں دور تک لے جانے کے بجائے گھروں کے سامنے کھدے ہوئے گڑھوں تک لے جا کر چھوڑ دیتے تھے۔ گرچہ وہ ان گڑھوں کی صفائی باقاعدگی سے کرتے تھے لیکن اس کے باوجود ایک سڑاند یہاں ہمہ وقت پھیلی رہتی تھی۔

بھنگی پاڑے میں داخل ہوتے ہی مجھے احساس ہوا کہ یہ محلہ واقعی دوسرے پاڑوں کی نسبت انتہائی مختلف تھا۔ یہاں باقاعدہ کوئی گلی بنی ہوئی نہیں تھی۔ صرف چند آڑے ترچھے مختصر راستے تھے جو بعض جگہوں پر مکانوں کے بیچ سے ہو کر بھی گزرتے تھے۔ سارے مکانات کچی مٹی کی اینٹوں، گھاس پھوس اور لکڑی کی مدد سے بنائے گئے تھے اور وہ سب ایک دوسرے میں یوں گھسے تھے کہ ان کی حدوں کا پتہ نہیں چلتا تھا۔ مَیں ایک نسبتاً خالی جگہ پر کھڑا ہو کر کچھ دیر حیرانی سے ادھر ادھر دیکھتا رہا۔ مجھے یقین تھا کہ گھنشام داس ان جھونپڑی نما مکانوں کے اسی ڈھیر کے کسی کونے کھدرے میں رہتا تھا۔

میں اس محلے میں کچھ سہا ہوا تھا اور ادھر ادھر کوئی ایسا شخص ڈھونڈ رہا تھا جس سے گھنشو کے بارے میں پوچھا جا سکے۔ دو نوجوان لڑکے مجھے ایک جھونپڑی سے نکلتے نظر آئے تو مَیں نے ہمت کر کے انہیں اشارے سے پاس بلایا اور ان سے گھنشام داس کا پتہ پوچھنے لگا۔ وہ لڑکے مجھے شک بھری نظر سے دیکھتے ہوئے مجھ سے آنے کی وجہ پوچھنے لگے۔ ان کے سوالوں سے ادبدا کر مجھے جھوٹ بولنا پڑا کہ اس نے میرے بابا سے پانچ سو روپے ادھار لیے تھے اور میں وہ لینے آیا تھا۔ میری بات سن کر ان لڑکوں کا شک کسی قدر کم ہو گیا اور وہ مجھے اپنے ساتھ لے کر داہنی طرف چل پڑے۔ ڈھینگروں کے درمیان راستے پر کچھ دور تک جانے کے بعد ہم ایک احاطے میں داخل ہو گئے جس میں کسی ترتیب کے بغیر چند کچے پکے کمرے بنے ہوئے تھے۔ وہاں پہنچ کر انہوں نے مجھے ایک طرف کھڑے ہونے کے لیے کہا کیوں کہ مجھے دیکھتے ہی وہاں کی کچھ عورتوں نے اپنے گھونگھٹ کاڑھ لیے تھے اور جوان سانولی لڑکیاں کمروں میں چھپ گئی تھیں۔ چند کم عمر چھوکرے حیرت سے مجھے دیکھتے آس پاس جمع ہو گئے تھے۔ مَیں بھی اس وقت نئی جگہ کے خوف میں مبتلا تھا کیوں کہ مَیں ایسے لوگوں کے درمیان تھا جو میرے لیے نہ صرف اجنبی تھے بلکہ دوسرے مذہب سے بھی تعلق رکھتے تھے۔

وہ دونوں لڑکے ایک کچے سے کمرے کے اندر چلے گئے اور جب تھوڑی دیر کے بعد وہاں سے باہر نکلے تو گھنشام داس ان کے ساتھ آتا ہوا دکھائی دیا۔ اسے دیکھ کر مَیں نے اطمینان کی سانس لی۔ وہ مجھے دیکھ کر پہلے تو سخت حیران ہوا لیکن پھر ایک کھسیانی ہنسی ہنسنے لگا۔ قریب آ کر اس نے اپنا ڈھیلا سا ہاتھ میری طرف بڑھا کر مجھ سے مصافحہ کیا اور اپنی تیز نظروں

سے میری طرف دیکھتے ہوئے میرا حال معلوم کرنے لگا۔ مَیں نے رسمی جواب دینے پر اکتفا کیا۔ ان دو لڑکوں کو وہاں سے جاتے دیکھ کر مَیں نے گھنشام داس کے کان میں سرگوشی کی کہ یہ جگہ باتوں کے لیے ٹھیک نہیں ہے، ہمیں چل کر کسی مناسب جگہ بیٹھنا چاہیے۔ اس نے تائید میں اپنا سر ہلاتے ہوئے مجھے چلنے کے لیے کہا اور ہم دونوں بھنگی پاڑے سے نکل کر شہر سے باہر جانے والی ایک ٹوٹی پھوٹی سڑک کی جانب چل دیئے۔

20

خاصا پیدل چلنے کے بعد ہم تقریباً شہر سے باہر واقع جس ہوٹل پر جاکر بیٹھے اس کا حال دیگر ہوٹلوں سے مختلف نہ تھا۔ وہی چھپر کی چھت، بڑھئی سے بنوائی گئی بدہیئت بینچیں، مٹی کا چولھا اور گندے پانی میں دھلتے ہوئے برتن۔ مَیں پہلے کبھی اس ہوٹل پر نہیں آیا تھا لیکن سن رکھا تھا کہ یہاں جواریوں کا تانتا لگا رہتا تھا اور ہر وقت یہاں جوا کھیلا جاتا تھا اور ہار جیت کی صورت میں پیسوں کا لین دین بھی ہوتا تھا۔

گھنشام کے ساتھ جب میں ایک بینچ پر بیٹھا تو ہمارے سامنے کی تین بینچوں پر لوگ پانسا پھینکتے ہوئے شور مچا رہے تھے۔ جیتنے والے کا چہرہ کھل اٹھتا تھا اور ہارنے والے کا مرجھا جاتا تھا۔ ہوٹل کا مالک ہر کھیل پر تین روپے کمیشن وصول کرتا تھا۔ شاید سی لیے یہ ہوٹل شہر سے بالکل باہر تھا اور اس کے پاس سے گزرنے والی مین سڑک پر آگے تک آبادی کا کوئی نشان نہ تھا صرف سیم و تھور سے اٹے ہوئے وسیع میدان تھے جن پر کہیں کہیں مویشی منہ مارتے دکھائی دیتے تھے۔

ہوٹل کا مالک گھنشو کا شناسا لگتا تھا۔ اسی لیے اس نے علیک سلیک کرنے کے بعد اسے پانسا پھینکنے کی دعوت دی، جسے اس نے ٹال دیا۔ ہم دونوں ایک لمبی بینچ کے دو کونوں پر کچھ دیر تک خاموش بیٹھے رہے۔ پھر مَیں نے کل دوپہر بازار پیش آ چکے سنگین واقعے کا ذکر چھیڑ دیا۔ وہ میری بات غور سے سنتا رہا۔ مَیں نے اسے جتایا کہ مَیں اسے بابا کا بہترین دوست سمجھتا تھا اور ان کے ساتھ ہونے والی زیادتی کے دوران اسے وہاں نہ پا کر اب تک حیران ہو رہا تھا۔ مسجد میں اس کا آنا ممکن نہیں تھا لیکن وہ تو بازار میں بھی کہیں نظر نہیں آیا۔ مَیں نے پوچھا کہ آخر کیا وجہ تھی کہ وہ اپنے دوست کی تذلیل کے تماشے میں ایک تماشائی کی حیثیت سے بھی شریک نہیں ہوا۔

میرا سوال سن کر وہ ایک کڈھب سے انداز سے اس طرح ہنسا کہ اس کے منہ سے چائے کی چند پھواریں نکل کر میری قمیص پر آ گریں۔ مَیں گھبرا کر پیچھے ہٹ گیا مگر وہ بے پروا تھا۔ وہ اپنی ٹھوڑی پر بہتی چائے کی دھار اپنی زبان سے چاٹنے لگا، پھر خود کو سنبھال کر سنجیدگی سے میری طرف دیکھنے لگ گیا۔ مَیں بھی اس کا جواب سننے کی خواہش میں اس کی طرف تکے جا رہا تھا۔ وہ اپنی بے ترتیب مونچھوں پر ہاتھ پھیرتے ہوئے ایک طراری سے گویا ہوا۔ ’’میں کل اس سمے بازار میں ہی موجود تھا لیکن تم کہاں تھے؟ تم مجھے دکھائی کیوں نہیں دیئے؟‘‘

اس کی یہ بات سن کر میں تعجب سے اسے گھورنے لگا۔ ''کیوں جھوٹ بول رہے ہو؟ کل مجھے شیخ اسمٰعیل کے بیٹوں نے بازار میں مارا پیٹا۔ اس کے بعد بابا کی سرِعام تذلیل کی۔ مَیں سارا وقت وہیں تھا۔ مان لو کہ تم وہاں نہیں تھے۔ اسی لیے مجھے گمان گزرا کہ بابا کو پھنسوانے میں تمہارا ہاتھ ہے۔''

یہ سن کر اس کا سانولا رنگ کچھ دیر کے لیے سیاہ پڑ گیا۔ وہ مجھے یقین دلانے کی کوشش کرنے لگا۔ ''کالی ماتا کی قسم کھا کر کہتا ہوں کہ جب تک تمہارے بابا کو مسجد میں سزا سنانے کے لیے نہیں لے گئے، تب تک میں وہیں موجود تھا۔ بھیڑ میں تمھیں نظر نہیں آسکا۔ تمہارا بابا میرا دوست ہے کوئی دشمن تھوڑا ہی ہے کہ مَیں اسے اکیلا چھوڑ دیتا۔''

اتنا کہہ کر اس نے لمبی سانس لی۔ مجھے محسوس ہوا کہ وہ حقیقت بیان نہیں کر رہا۔ ذرا توقف کے بعد اس نے پھر کہنا شروع کیا۔ ''لیکن سچ کہوں، یہ تمہارے بابا کی بدنصیبی تھی کہ وہ اس طرح رنگے ہاتھوں پکڑا گیا۔ کل اس کا اور میرا کوئی پروگرام نہیں تھا، کوئی موڈ نہیں تھا۔ وہ بے چارہ کھٹ کھٹ کرتا اللہ کے نام والی ایک تصویر کو فریم بند کرنے کے لیے کیل ٹھوک رہا تھا اور میں اپنے ٹھیلے پر بیسن گھول کر کڑھائی میں پکوڑے تل رہا تھا، میری خوب بِکری ہو رہی تھی۔ بیسن گھولتے ہوئے اچانک بائیں طرف میری نگاہ پڑ گئی۔ بس ادھر دیکھنے کی دیر تھی، میری آنکھیں جیسے کسی مقناطیس نے اپنی طرف کھینچ لیں۔ وہ بس اُدھر ہی چپک کر رہ گئیں۔ مَیں اسے نظر انداز کر دیتا اگر وہ نوری نہ ہوتی، وہ کوئی اور ہوتی تو شاید میں دوسری دفعہ اسے دیکھتا بھی نہیں۔ وہ سالی برقعے میں ہو کر بھی نظروں کو کھینچتی ہے۔ پتہ نہیں کیوں پردہ اس کی کشش بڑھا دیتا ہے۔ اسے ذرا سی دیر دیکھنے کے بعد یوں لگتا کہ جیسے کوئی نیک کام کر لیا ہو، رام قسم۔ اسے ایک نظر دیکھ کر ساری تھکن دور ہو جاتی ہے اور آدمی یہ محسوس کرنے لگتا ہے کہ جیسے وہ نیا جنم لے کر پوتر ہو گیا ہو۔ مَیں نے تو اسے برقعے کے بغیر بھی دیکھا ہے اور تب تو وہ بالکل دیوی جیسی لگتی ہے، ایسی دیوی جو پاپ کی دلدل میں دھنس چکی ہو۔''

وہ لمحے بھر کے لیے رکا اور پھر کھنکار کر اپنا گلا صاف کرتے ہوئے بولا۔ ''وہ بھاگیہ شالی کل تقریباً چھ مہینے بعد دکھائی دے رہی تھی۔ اسی لیے خود کو روکنا مشکل تھا۔ ہاں تو خیر، جب مَیں نے اسے دیکھا تو اس نے اپنا برقعہ ذرا سا ہٹا کر مجھے آنکھوں ہی آنکھوں میں سے ایک اشارہ کر دیا۔ وہ جب بھی ایسا کوئی اشارہ کرتی، مجھے بہت پیاری لگتی۔ مَیں فوراً اس کا مطلب سمجھ گیا اور اپنے گاہک چھوڑ کر بیسن میں سنے ہاتھ صاف کیے بغیر تیرے بابا کی طرف دوڑا کیوں کہ جگہ کی چابی ہمیشہ اس کی جیب میں پڑی رہتی ہے۔ اس نے بھی نوری کا نام سنتے ہی اپنا فریم ادھورا چھوڑ دیا اور اپنے دکھل میں پڑے تمام روپے جیب میں ڈال کر فوراً دکان سے نکل آیا۔ نوری کی آمد پر میری طرح اس کا بھی ہوش خطا ہو جاتا تھا۔ اس نے اپنی دکان کھلی چھوڑی اور نوری سے آنکھیں چار کرتے ہوئے اس نے اسے گلی میں آنے کا اشارہ کیا اور جلدی سے مجھے ساتھ لے کر اس جگہ پہنچا جو اس نے کرائے پر لے رکھی تھی۔ وہاں اس نے مجھے پیسے تھما کر مہمان کے لیے چائے سموسے اور مٹھائی لانے کے لیے کہا اور خود دروازے کا تالا کھولنے میں مصروف ہو گیا۔ اتنے میں نوری بھی ہمارے پاس آ گئی۔ مَیں نے اسے نمسکار کیا اور مایوسی سے سر ہلاتے ہوئے چیزیں لانے چل دیا۔'' وہ ٹھنڈی سانس بھر کر خاموش ہو گیا۔ مجھے محسوس

ہونے لگا تھا کہ وہ میرے سوالوں کا سیدھے سبھاؤ جواب دینے کے بجائے کل پیش آچکے واقعے کی وہ تفصیلات بتانے لگ گیا تھا جو میرے علم میں بالکل نہیں تھیں۔ یہاں میں اعتراف کرنا چاہوں گا کہ اس کی باتیں لچھے دار اور مزے کی تھیں، اسی لیے میری دلچسپی بڑھنے لگی تھی۔

معاً اس نے آنکھیں مچمچا کر تھوڑے سے اٹے سفید میدان میں، ٹُنڈ مُنڈ درختوں کے بیچ بل کھاتی سڑک کی طرف دیکھا اور پھر اپنی جیب سے نسوار کی پڑیا نکال کر حسرت بھرے لہجے میں سگریٹ کی محرومی کا ذکر کرنے لگا کہ آج اس کے پاس اتنے پیسے بھی نہیں کہ وہ سگریٹ خرید کر پی لیتا۔ مَیں نے اسے دو روپے تھمائے تو وہ بھاگ کر ہوٹل سے ملحقہ مانڈلی سے اپنے لیے سگریٹ خریدنے چلا گیا۔

واپس آکر اس نے ہوٹل کے چولہے میں سلگتے انگارے سے سگریٹ سلگایا اور میرے پاس آبیٹھا۔ وہ زور سے کش لیتے ہوئے گہری نظر سے میری جانب دیکھتے ہوئے گویا ہوا۔ ''مَیں نے کئی دِھانوری کو اپنے ہاتھوں سے راکھشش کے پاس پہنچایا۔ ماپھ کرنا، تمہارے باپ کو راکھشش کہہ دیا لیکن بہتر ہے کہ پہلے تم چپ چاپ میری پوری بات سن لو، پھر خود ہی فیصلہ کر لینا کہ وہ اوتار ہے یا دیوتا ہے یا کچھ اور۔ ہاں تو میں کہہ رہا تھا کہ جب مَیں نے نوری کو اس کمرے میں پہنچایا تو اس نے حسبِ معمول مجھے کتے کی طرح دھتکار دیا، لیکن میری وفاداری دیکھو کہ نوری کے کمرے میں جانے کے بعد میں اس کی بو سونگھتا باہر گلی میں چکر لگاتا رہا۔ ان دونوں کو کمرے میں جاتے ہوئے دیکھنا، ان کی مستی بھری سرگوشیاں اور قہقہے سننا، میرے لیے بہت تکلیف دہ تھا۔ ان کی ننگی آوازیں ایک شیش ناگ کی طرح اس وقت بھی مجھے کاٹ رہی ہیں۔ مَیں اذیت اور تکلیف میں ہوں۔ کیوں کہ میرے ذہن میں، خود بخود پورا منظر چلنا شروع ہو جاتا ہے کہ نوری نے کس طرح اپنا برقعہ اتارا ہوگا اور پھر کس طرح دھیرے دھیرے اس کے سامنے پوری ننگی ہو گئی ہو گی۔ مَیں کمرے کے اندر ہونے والی ساری کھٹ پٹ سننے کی کوشش کرتا رہا۔ اس دوران میرے جسم کے سارے بال کھڑے ہو گئے اور مجھے لگنے لگا کہ میری نسوں سے میرا خون بہہ نکلے گا۔ ایسے موقعوں پر میں اکثر بہک کر حمام میں جا پہنچتا اور خود کو اس کے چھوٹے سے غلیظ اور بدبودار غسل خانے میں بند ہو کے صابن کے جھاگ سے مُٹھ مارنی شروع کر دیتا، وہ بھی ایک نہیں بلکہ دو تین بار۔ وہ ٹیم بڑا بھاری گزرتا تھا مجھ پر۔ مجھ سے برداشت ہی نہیں ہوتا تھا تم ہنس رہے ہو لیکن میں جانتا ہوں کہ تم بھی ہنتھی لگاتے ہو۔ بنو مت، مجھے سب پتہ ہے۔ ہاں تو میں جب چیزیں لے کر واپس اس جگہ لوٹتا تو تمہارا بابا اپنی کارروائی پوری کر چکا ہوتا۔ مجھے اکثر اس کی منت کرنی پڑتی اور وہ بھی نوری کا صرف ایک دیدار حاصل کرنے کے لیے اور وہ دیدار مجھے کبھی کبھار ہی نصیب ہو پاتا۔'' وہ لمبے کش لے کر باقی ماندہ سگریٹ جلدی سے ختم کرنے لگ گیا۔

گھنشام داس نے باتوں میں اپنے متعلق بتایا کہ وہ تین جماعتوں کے بعد اسکول نہیں جا سکا۔ اس کی زندگی ایک آوارہ گرد کی طرح بے سبب شہر کے گلی محلوں کی خاک چھانتے ہوئے گزری۔ مجھے اس کی باتیں کبھی بے ربط محسوس ہونے لگتیں اور میں سوچتا کہ یہ شخص نرا احمق ہے لیکن پھر اگلے ہی لمحے اس کی گفتگو میں کوئی ترتیب پیدا ہو جاتی اور میں اسے دلچسپی سے

سننے لگتا۔ مَیں زندگی میں اپنے سامنے پہلی مرتبہ کسی مرد سے اتنی بے باک اور کھلی ڈلی باتیں سن رہا تھا۔شاید اسی وجہ سے میرے دل میں گھنشو کے خلاف چھپا عناد رفتہ رفتہ ختم ہونے لگا اور اس کی جگہ دوستانہ جذبات پیدا ہونے لگے۔شاید اسی لیے اس نے جب میرے بابا کو را کھشش کہا تو مجھے برا نہیں لگا تھا کیوں کہ مَیں بھی اپنے اندر گہرائی میں انہیں ایسا ہی سمجھتا تھا مگر اس بات کو تسلیم کرنا اور اسے درست طور پر سمجھ لینا مرے لیے ناممکن تھا۔

تھوڑا وقت گزرنے کے بعد ہمارے سامنے رکھی بینچیں باری باری خالی ہوگئیں اور ہوٹل کا مالک ہمارے پاس آبیٹھا۔ وہ ناٹے قد کا توندیلا آدمی تھا جس کے پیٹ کے ساتھ اس کا چہرہ، پاؤں اور بازو بھی سوجے ہوئے تھے۔اس کی آنکھیں اندر کو دھنسی ہوئی تھیں اور اس کے دیکھنے کے انداز سے خباثت ٹپک رہی تھی۔کسی وجہ کے بغیر مجھے نجانے کیوں اس سے خوف محسوس ہونے لگا۔وہ اپنے گلے کے بجائے پیٹ کے زور پر بولتا تھا اور اسی لیے اس کے لہجے میں عجیب کھڑ کھڑاہٹ سی تھی جو مجھے ہر بار ناگوار لگ رہی تھی۔ وہ گھنشام داس سے ادھر ادھر کی باتیں کرتا رہا پھر وہ اسے اپنے ساتھ لے کر چولھے کی اوٹ میں جاکر بیٹھ گیا۔ گھنشو نے جاتے ہوئے مجھے خفیف سا اشارہ کر دیا تھا جسے میں بہت حد تک سمجھ گیا۔

اس کے جانے کے بعد مَیں نے مانڈلی سے اپنے لیے سگریٹ خرید اور تیلی سے اسے سلگا کر سڑک کے ساتھ یوں ہی ٹہلنے لگا۔وہ گرمیوں کے شروع کے دن تھے۔سورج آسمان پر چمک رہا تھا اور زمین پر سارے میں دھوپ بکھری ہوئی تھی۔تیز ہوا میدان میں دور چھوٹے چھوٹے بگولے اڑائے پھرتی تھی اور اس کے ساتھ مٹی کے طوفان بھی۔شہر سے باہر کی اس ویران کشادگی میں آ کر میں خود کو ہلکا پھلکا محسوس کرنے لگا تھا۔میرے دل و دماغ پر کل سے جو دباؤ تھا، وہ آہستہ آہستہ ہٹنے لگا تھا۔میرے اندر خواہش ابھرنے لگی کہ اپنے گرد پھیلی اس زمین کی دوسری انتہا کی طرف نکل جاؤں اور پیچھے کی سمت بنے ہوئے اپنے منحوس شہر کے مکانوں کی جانب پھر لوٹ کر کبھی نہ آؤں۔ مَیں نے سگریٹ کا لمبا کش کھینچا اور زبردستی ہونٹ بھینچ کر ناک سے دھواں نکالا۔لمحہ بھر کے لیے مزے دار سا چکر آیا اور میرا جسم لہرانے لگا اور پیر ڈگمگانے لگے۔لیکن مَیں نے خود پر قابو پا لیا۔ زوردار کش لینے کا یہ طریقہ مَیں نے گھنشو کو دیکھ کر اپنایا تھا۔وہ سگریٹ کا کش نہیں بلکہ زوردار سوٹا لگاتا تھا۔دھواں اندر کی طرف کھینچتے وقت اس کے ہونٹ مضبوطی سے بند ہو جاتے تھے اور اس کے نتھنوں سے معمولی سا دھواں باہر نکلتا تھا۔

میں سڑک کنارے لگے سفیدے کے پیڑ کے نیچے جا کھڑا ہوا۔اب بازار واپس جاکر دکان کھولنے پر طبیعت آمادہ نہیں تھی اور نہ ہی گھر جاکر آرام کرنے کی، سو مَیں نے سہ پہر تک کا وقت گھنشو کے ساتھ گزارنے کا فیصلہ کیا۔ یہ ہماری پہلی طویل ملاقات تھی۔وہ بابا کا دوست تھا لیکن اب مجھ پر بھی کھلتا جارہا تھا۔اس کے باوجود میں ایک ہچکچاہٹ کی وجہ سے اسے زیادہ کرید نہیں پا رہا تھا۔وہ کئی معاملات میں بابا کا ہم راز رہا تھا، وہ مجھے ان کے بارے میں ایسا بہت کچھ بتا سکتا تھا جو میں بالکل نہیں جانتا تھا۔

میں مین سڑک پر شہر کی حدود سے نکل کر اس طرف آتی ایک بس کی طرف دیکھنے لگا جو اوپر تلے کھچا کھچ بھری ہوئی

تھی۔وہ شہر سے دور واقع قصبوں اور گوٹھوں تک جاتی تھی۔ان بسوں کے ساتھ مسئلہ یہ تھا کہ وہ چلتی بہت کم اور رکتی زیادہ تھیں۔ان بسوں کا عملہ خود غرض اور لالچی ہوتا تھا۔اگر ایک کلومیٹر دور کسی گوٹھ سے کوئی آدمی اشارہ کرتا تو یہ اس کے انتظار میں بس روک کر کھڑے ہو جاتے تھے۔ہوٹل تک پہنچنے میں اس نے پندرہ منٹ صرف کر دیئے اور یہاں بھی رکنے سے احتراز نہیں کیا۔دو سواریاں اتار کر وہ رینگتی ہوئی اور جھٹکے کھاتی ہوئی آگے بڑھ گئی۔

میں پیشاب کر کے درخت کی اوٹ سے نکلا تو سڑک پر ڈیزل کی بو ابھی تک فضا میں موجود تھی چونکہ شہر میں ڈیزل کی بو کبھی کبھی میری ناک سے ٹکراتی تھی، اس لیے وہ مجھے بھلی معلوم ہوئی۔اب ہوٹل کا مالک اور گھنشو چولھے کی اوٹ سے نکل آئے تھے۔

ہوٹل کا مالک بس سے اتر کر آنے والوں کے پاس چلا گیا اور اپنی جیب سے پانسے نکال کر ان کے سامنے میز پر رکھ کر خود بھی ان کے ساتھ بیٹھ گیا۔گھنشام داس مجھے آنکھ مارتے ہوئے مسکرایا اور میرا ہاتھ پکڑ کر تھوڑا سا جھوم کر چلتا ہوا اسی بینچ پر بیٹھ گیا۔مَیں بھی اس کے پاس آ بیٹھا تو وہ ایک جھونجھ میں کہنے لگا۔''یار نشے پتے کے بغیر مجھے زندگی بے رس لگتی ہے۔ہر چیز دھندلی اور بے رنگ لگتی ہے۔معاف کرنا، میری یہ پرانی عادت ہے میں اسے چھوڑ نہیں سکتا۔''اس کی آواز بھاری اور لہجہ کچھ ڈھیلا سا ہو گیا تھا۔وہ بینچ پر بیٹھ کر آہستہ آہستہ اپنی ٹانگیں سامنے کی خالی بینچ پر پھیلاتا ہوا تقریباً لیٹ گیا۔

وہ زور سے کھانس کر اپنا گلا اس طرح صاف کرنے لگا جیسے خود کو بولنے کے لیے تیار کر رہا ہو۔اس نے اچانک مجھ سے ایک سوال جڑ دیا۔''تم کبھی چھتو چند گئے ہو؟''مَیں نے سر ہلا کر نفی میں جواب دیا تو وہ کھیسیں نکالنے لگا۔

پھر زوردار کھنکارا بھرنے کے بعد اس نے بات آگے بڑھائی۔''کبھی موقع ملے تو ضرور جانا، یہاں سے زیادہ دور نہیں۔اسے ایک گوٹھ ہی سمجھو۔مشکل سے تیس چالیس مکان اور نو دس دکانیں ہوں گی۔وہاں کی دو چیزیں مشہور ہیں، ایک نیلے پانی والی نہر اور دوسرا بابو شاہ کے عرس کا میلہ۔اگر نیلے پانی والی نہر دیکھنی ہو تو اسے دن کی روشنی میں، اس کے کنارے لگے بید مشک کے درختوں کے نیچے اگی جنگلی گھاس پر بیٹھ کر دیکھنا۔ہاں مگر بیٹھنا ایسی جگہ پر جہاں سے اس پر بنا ہوا پل دکھائی دے۔کیوں کہ اس کے نیچے سے بہہ کر گزرتے پانی کا نظارہ شان دار ہوتا ہے۔مَیں نے جب کبھی جنگلی گھاس پر بیٹھ کر وہاں کا نظارہ کیا میرے دل میں شدید خواہش پیدا ہونے لگی کہ ساری زندگی اسی جگہ پر گزار دوں اور کبھی اپنے غلیظ اور بدبودار شہر میں لوٹ کر نہ آؤں جہاں مجھے نفرت کے ساتھ گھنشام داس میگھواڑ کہہ کر پکارا جاتا ہے جب کہ چھتو چند کی پوِتّر ہوا اور اس کی نہر کا جل مجھے اپنے برابر جگہ دیتے ہیں۔معاف کرنا میں پھر تھڑک گیا۔اچھا سنو، بابو شاہ کا مزار سنگِ مرمر اور رنگین ٹائلوں سے نہیں بنا ہوا بلکہ اس کی تعمیر گارے مٹی سے ہوئی ہے۔ایک چھوٹا اور تاریک سا کمرہ ہے جس میں بابو شاہ کا پھولوں سے لدا ہوا مزار ہے۔وہ بڑا کراماتی پیر ہے۔کمرے کے باہر خاصا پھیلا ہوا کچے فرش کا احاطہ ہے جس پر نیم اور بید مشک کے لمبے لمبے درخت ہیں جو ہر وقت ہوا سے جھومتے رہتے ہیں۔مَیں نے مزار کے خلیفہ سے سنا کہ درحقیقت یہ درخت نہیں بلکہ بابو شاہ کے خاص الخاص مریدین تھے جو اس کی زندگی میں اسے چاہتے تھے اور اس پر جان نچھاور کرتے تھے،

اسی وجہ سے وہ موت کے بعد بھی اس سے دور نہیں ہو سکے۔ لوگ کہتے ہیں کہ برسوں پہلے جب ان مریدوں کی وفات کے بعد انہیں بابو شاہ کے روضے کے پاس دفن کیا گیا تو کچھ عرصے بعد ان کی قبریں اچانک غائب ہوگئیں اور ان کی جگہ یہ پیڑ اگ آئے جو تعداد میں چالیس ہیں۔ کبھی ان میں کوئی کمی بیشی نہیں ہوئی اور یہ ہمیشہ سرسبز رہتے ہیں۔ کبھی نہیں سوکھتے۔ جو مرید بابو شاہ کے سب سے پیارے ہیں انہیں نیم کے درخت میں ڈھالا گیا اور جو ذرا کم پیارے ہیں انہیں بیدمشک میں تبدیل کر دیا گیا۔ مَیں نے ایک اور بات بھی سنی ہے کہ بیدمشک والے مرید چرس بہت زیادہ پیتے تھے۔ اسی لیے بیدمشک کے پتوں میں چرس جیسی خوشبو ڈال دی گئی، جب انہیں آگ سے جلایا جاتا ہے تو ان کی تیز خوشبو دماغ پر چڑھتی ہے۔ اسی لیے بابو شاہ کے مزار پر موالیوں کا جھرمٹ لگا رہتا ہے۔ اچھا جو خاص بات میں تمہیں بتانے والا ہوں یہ شاید چار پانچ سال پرانی ہے تب تمہارے بابا سے میری نئی نئی دوستی ہوئی تھی اور جب کسی سے دوستی ہو جائے تو آہستہ آہستہ سارے حجاب بھی اٹھ جاتے ہیں اور پھر کوئی راز، راز نہیں رہتا۔ اس نے بھی دھیرے دھیرے مختلف ملاقاتوں میں اپنے سارے معاشقوں کی کہانیاں میرے سامنے اگل دیں۔ مجھے اس نے ایک ایک واقعہ پوری تفصیل سے سنایا۔ مَیں نے پہلے سے لال بخش کے بارے میں بہت کچھ سن رکھا تھا۔ اس لیے میں اس سے متاثر تھا اور حسد بھی کرتا تھا، اور صرف میں ہی میں کیا بازار کے کئی لوگ اس کی جنسی کامیابیوں پر آج بھی اس سے حسد کرتے ہیں لیکن میں تو اس سے ملنے کے بعد میں اس کا مرید ہو گیا۔ میرے دل سے وہ کانٹے نہیں نکل سکے جو پہلے سے اگے ہوئے تھے۔ مَیں جب بھی اسے اپنے سامنے کوئی نئی واردات ڈالتے ہوئے دیکھتا تو میرے اندر اس سے نفرت اور زیادہ بڑھ جاتی، جسے میں اس سے ہمیشہ چھپاتا رہا۔ یہ بات میں آج اپنے دوست کو نہیں بتا سکا لیکن تمہیں بتا سکتا ہوں کہ اس سے میرا رشتہ محبت اور شدید نفرت کا تھا۔ آج تمہارے سامنے اپنا دل کھول کر رکھ رہا ہوں''۔ وہ ٹھنڈی آہ بھر کے تھوڑی دیر کے لیے خاموش ہو گیا۔ مَیں نے دیکھا کہ وہ پھر کسی گہری سوچ میں گم ہو گیا اور اس کے چہرے پر ایک نامعلوم جذبے کی پرچھائیں گزر کر چلی گئی۔ معاً مَیں نے اس سے پوچھا کہ سگریٹ پیو گے؟ اس نے میری بات نہیں سنی تو مَیں نے سگریٹ اس کے ہاتھ میں تھما دیا۔

وہ مسکرایا اور میرے ہاتھ سے سگریٹ لے کر سلگاتے ہوئے کہنے لگا۔ ''تم جوان جہان ہو، چھتو چند بابو شاہ کا میلہ گھومنے ضرور جانا کیوں کہ وہ جوانوں کے دیکھنے کی چیز ہے۔ اب تم سے کیا چھپانا جب اتنا کچھ بتا چکا ہوں۔ اس میلے کی خاص بات یہ ہے کہ وہاں ہر سال عرس کے موقع پر سرکس، بے بی شو اور موت کے کنویں میں ہمارے صوبے اور باہر سے بہترین نچنیاں جمع ہوتی ہیں۔ کم عمر، جوان، حسین اور پُرکشش ناچنے والیاں۔ ایسی شوخ اور دل فریب کہ ان کے لیے آدمی خود کو برباد کر لے اور اسے دکھ بھی نہ ہو۔ وہاں نچنیوں کے ساتھ کچھ ہیجڑے بھی ہوتے ہیں۔ اچھا، مَیں ان کی بات نہیں کرتا لیکن ناچنے والیاں ایک سے بڑھ کر ایک اور سب کی سب شاہوکار۔ وہ عرس کے میلے میں شریک ہوتے ہوئے ہمیشہ ایک اصول کی پاسداری کرتی ہیں کہ چاہے کچھ بھی ہو جائے، وہ عرس کے میلے میں جسم فروشی نہیں کریں گی۔ مَیں نے انہیں یہ اصول نبھاتے ہوئے دیکھا ہے۔ اس کے پیچھے کچھ تو ان کی عقیدت ہوتی ہے کہ وہ کسی بزرگ کے مزار کو اپنے دھندے سے گندا نہیں کرنا

چاہتیں اور کچھ اپنی گاہکی کے دائرہ وسیع کرنے کی خواہش مند بھی ہوتی ہیں، کیوں کہ جس جگہ وہ اپنا جسم بیچتی ہیں، وہاں چند لگے بندھے گاہک تواتر کے ساتھ ان کے پاس آتے جاتے ہیں۔ میلے سے ان کی شہرت پھیلتی ہے اور ان کے چاہنے والوں کی تعداد بڑھتی جاتی ہے۔'' بولتے بولتے گھنشام داس چپ ہو گیا اور مجھے ایک نظر غور سے دیکھنے کے بعد اس نے قہقہہ لگایا اور کہنے لگا۔ ''ایسی مزے کی باتیں تمہیں کوئی اور نہیں بتائے گا، تمہارا ارا گھشش باپ بھی نہیں۔ اس لیے میری بکو اس غور سے سنو اور گرہ سے باندھ لو۔ زندگی میں بہت کام آئے گی۔'' اس نے میری طرف دیکھتے ہوئے آنکھ ماری اور اس کے بعد زور کے ساتھ میری ران پر ہاتھ مارا جس سے مجھے تیز چوٹ لگی اور میرے منہ سے اس کے لیے بے ساختہ گالی نکلی، جسے سن کر وہ بھدا قہقہہ لگانے لگا۔

گھنشام داس نے سگریٹ سلگایا تو مجھے بھی اکساہٹ ہونے لگی۔ مَیں کچھ دیر اپنی خواہش دباتا رہا لیکن ایک کمزور لمحے میں اس کی موجودگی کی پروا کیے بغیر مَیں نے اس کے سامنے ہی سگریٹ ہونٹوں سے لگا لیا اور بینچ پہ رکھی ماچس سے ایک اناڑی کی طرح اسے جلا کر کش لینے لگا۔

گھنشام داس کو مجھ سا فرماں بردار سامع شاید کبھی نہیں ملا ہو گا، جو مخل ہوئے بغیر اس کی ساری لن ترانیاں چپ چاپ سن رہا تھا، اس لیے کچھ بعد اس نے اپنی بات آگے بڑھائی۔ ''وہ بابو شاہ کے عرس کی پہلی رات تھی، جب میں تمہارے بابا کے ساتھ وہاں پہنچا۔ مجھے یاد ہے کہ ہم نے زیادہ وقت بے بی شو میں گزارا تھا، کیوں کہ وہاں پر ناچنے والیوں کو ہم نزدیک سے دیکھ سکتے تھے۔ ان سے ٹوٹی پھوٹی، اوباش قسم کی گفتگو کر سکتے تھے اور چھیڑ خانی کرتے ہوئے ان کے جسم کا کوئی انگ چھو سکتے تھے۔ وہاں اس سے زیادہ ممکن نہیں تھا۔ میری زندگی ہمیشہ کُڑکی اور غربت میں بسر ہوئی ہے۔ میری جیبیں ہمیشہ خالی ہوتی ہیں، اسی لیے مجھے شہر کے کئی دکاندار سنجاں یعنی قلاش کہتے ہیں، لیکن اس رات میری جیب میں لٹانے کے لیے تھوڑے سے پیسے پڑے تھے۔ مَیں نے وہ چند روپے ایک نوخیز لیکن پھوہڑ سی نچنی پر ویل کی صورت میں اڑا دیئے۔ تمہارے بابا کے پاس مَیں نے کبھی نوٹوں کی کمی نہیں دیکھی۔ اس نے چار پانچ ناچنے والیوں پر دیر تک باری باری روپے اڑائے۔ ہمیں موت کے کنویں اور سرکس سے کوئی دلچسپی نہیں تھی، اس لیے جب ہمارا دل بے بی شو سے بھر گیا تو ہم باہر نکل کر یوں ہی گھومنے لگے۔ ایک موت کے کنویں کے باہر لوگوں کی بھیڑ دیکھ کر ہم بھی نظر بازی کے لیے اس میں شامل ہو گئے۔ وہ بھیڑ کنویں کے باہر تختے پر ناچتے جوکر اور خسروں کی وجہ سے نہیں تھی بلکہ وہاں تین چار لڑکیوں کے جھرمٹ میں نوری بھی ناچ رہی تھی۔ رنگین، بھڑکیلے اور کسے ہوئے لباس میں۔ اس کی پہلی جھلک ہی ہم دونوں کی آنکھوں میں کھب گئی تھی۔ ہماری نگاہ اس کے جسم پر بھٹکتی رہی گرچہ وہ عمر میں اپنی دیگر ہم جولیوں سے کچھ بڑی تھی، اس لیے اس کے بدن میں ایک گداز پن تھا، لوچ تھا۔ وہ عجیب مستی بھری ہوئی لگی تھی تب مجھے۔ وہ جب کولھے ہلاتی تو دیکھنے والوں پر بجلیاں گراتی۔ اس کے بال کھلے ہوئے تھے، وہ جنھیں بار بار جھٹک رہی تھی۔ اس کی سب سے قیامت خیز ادا اپنے سینے کو جھٹکے دے کر زور سے ہلانا تھی۔۔ رام قسم، اس کے سینے کی وحشیانہ تھرکن نے ہر تماش بین کو اپنا اسیر بنا لیا تھا۔ کچھ دیر جب کنوئیں میں

موٹر سائیکل چلنے کا اعلان ہوا تو وہ ساری اس کے اندر چلی گئیں۔ ہم دونوں بھی اپنے ٹکٹ خرید کر لکڑی کی سیڑھیاں چڑھ کر موت کے کنویں کی منڈیر پر جا کھڑے ہوئے اور بلندی سے دائرے میں ناچتی تھرکتی لڑکیوں کا مشاہدہ کرنے لگے۔ انہیں ایسی اونچائی سے دیکھنا ہمارے لیے دوسری طرح کا تجربہ تھا۔ کنواں تیز روشنیوں کی چکا چوند سے بھرا ہوا تھا۔ میری نگاہ بس نوری میں اٹکی ہوئی تھی اور اسی کے ساتھ ادھر ادھر گھوم رہی تھی۔ تھوڑا وقت گزرنے کے بعد مجھے احساس ہوا کہ ساری آنکھیں اسی جانب لگی ہوئی تھیں۔ نوری اپنی کشش کے بارے میں پورا احساس رکھتی تھی کیوں کہ ہر طرف سے اس کے لیے آوازے کسے جا رہے تھے اور لوگ بے تاب ہو کر، مچل مچل کر اس پر نوٹ برسا رہے تھے۔ سب یہی چاہتے تھے کہ وہ ان کے سامنے قریب کھڑی ہو کر ٹھمکے لگائے۔ وہ جہاں کھڑی ہوتی وہ جگہ نوٹوں سے بھر جاتی۔ تمہارے بابا نے اپنے بچے کھچے تمام روپے ہوا میں اڑاتے ہوئے نوری کی طرف پھینکے تو چند نوٹ اس کے سینے میں بھی اٹک کر رہ گئے۔ جنہیں اس نے ایک خاص ادا سے اوپر ہماری جانب دیکھتے ہوئے اپنے ہونٹوں کی مدد سے باہر نکالا۔ کنویں میں فحش فلمی گانوں پر جاری رقص ختم ہوا اور تھوڑی دیر کے بعد موٹر سائیکل کا مظاہرہ بھی شروع ہو گیا لیکن تمہارے بابا کی جیب خالی ہو چکی تھی۔ کچھ دیر تک نوری سے مفت میں نین لڑانے کے بعد ہم واپس شہر آ گئے۔''

اپنی سانسیں درست کرنے کے بعد وہ پھر سے بولنے لگا۔ ''اس رات تو بس شروعات ہوئی تھی، میرے لیے دردناک اور بے قرار راتوں کے ایک لمبے سلسلے کی۔ اس کے بعد جتنے دن وہ میلہ لگا رہا، ہر شام سورج ڈوبتے ہی میں اور تمہارے بابا وہاں پہنچ جاتے اور رات گئے تک وہاں رہتے اور واپس آ کر بے چینی کے ساتھ اگلی شام کا انتظار کرنے لگتے۔ وہ انتظار ایک تکلیف کی طرح میرے بدن کی نس نس میں پھیل جاتا۔ رونے کی خواہش کے باوجود آنسو نہیں نکلتے تھے اور مرنے کی خواہش کے باوجود مرا نہیں جاتا تھا۔ ان راتوں نے مجھے جی بھر کے برباد کیا۔ مَیں نے اپنی پوری جمع پونجی رقص کرتی ہوئی نوری پر نچھاور کر دی۔ مَیں نے چوری چھپے اپنی بیوی کا زیور بھی بیچ دیا اور تو اور مجھے جہاں سے بھی موقع ملا مَیں نے اپنے جاننے والوں سے ادھار لیا۔ مَیں تمہارے بابا پر حیران تھا کہ بہت بڑی رقم لگا کر بھی اسے کوئی فرق نہیں پڑا تھا۔ وہ موت کے کنویں کے ہر شو میں نوری پر نوٹوں کی بارش کرتا تھا۔ جس کی وجہ سے وہ اسے پہچاننے لگ گئی۔ جب شو کا آغاز ہوتا تو وہ سب سے پہلے تمہارے بابا کے آگے ناچتی پھر دوسروں کی طرف متوجہ ہوتی۔ وہ تمہارے بابا کی طرف دیکھ دیکھ کر دائرے میں ٹھمکتی، تھرکتی، اپنی کھلی زلفوں کو جھٹکتی، لہراتی، اپنے ہاتھوں سے اشارے کرتی، بار بار آنکھیں مارتی اور ہونٹوں پر زبان رگڑ رگڑ کر ہیجان خیز حرکتیں کرتی۔ شو ختم ہونے کے بعد ہم نیچے اتر کر لوہے کے جنگلے کے پاس کھڑے ہو جاتے۔ تب وہ بھی کھنچ کر ہمارے پاس آ کھڑی ہوتی۔ وہ ہم سے دو چار باتیں کرتی اور بعض اوقات مہربان ہو کر اپنا نرم گرم ہاتھ تمہارے بابا کے ہاتھ میں دے دیتی۔ وہ میرے سامنے اسے دباتا اور چومتا رہتا کیوں کہ وہی اس پر روپیہ لٹا رہا تھا۔ وہ نوری سے بہت اصرار کرتا تھا کہ وہ اس سے اکیلے میں ملاقات کرے مگر وہ ہر بار اسے ٹال جاتی تھی۔ کئی مرتبہ تمہارا باپ دن کی روشنی میں بھی وہاں گیا لیکن نوری نے اس سے ملنا پسند نہیں کیا۔ وہ کبھی دن کی روشنی میں کسی تماش بین کے سامنے نہیں آتی تھی۔ کیوں

کہ اس میلے میں وہ رات کی دیوی بنی ہوئی تھی۔ بابو شاہ کے عرس کا میلہ سات دن بعد ختم ہو گیا۔''

گھنشام داس کی باتوں میں کئی رنگ اور اس کے لہجوں میں کئی تیور تھے، مَیں جنہیں محسوس کیے بغیر نہیں رہ سکا۔ اسے سنتے ہوئے بہت دیر تک مجھے اپنا ہوش نہیں رہا اور میں گرد و پیش سے کٹ کر اس کے ہونٹوں سے نکلتے لفظوں اور جملوں میں کھویا رہا۔ اس نے اپنا سلسلۂ کلام روکا نہیں بلکہ سگریٹ سلگانے کے بعد اسی طرح جاری ہو گیا۔ '' جتنے دن سرکس جاری رہا، تمہارا ابا اس کے آگے ناک رگڑتا رہا، نجانے کس کس طرح اسے منانے کی کوششیں کرتا رہا لیکن وہ چالاک اور عیار تھی۔ جانتی تھی کہ اگر وہ میلے کے دوران کسی ایک کے ساتھ چلی گئی تو پھر لوگوں کا تانتا بندھ جائے گا اور یہ سرکس والے اسے نکالنے میں دیر نہیں کریں گے اور آئندہ اسے کوئی سرکس اپنے ساتھ نہیں رکھے گا۔ اس لیے وہ آخری دن تمہارے بابا سے کچھ اس طرح پیش آئی کہ مجھے بھی محسوس ہونے لگ گیا کہ وہ اسے دل سے پسند کرنے لگی ہے۔ اسی رات وہ اس کا ہاتھ پکڑ کر اسے موت کے کنویں کے پیچھے واقع اپنے خیمے میں لے گئی اور اس نے اسے پتا بتا دیا اور ساتھ یہ بھی کہا کہ وہ جب چاہے اس سے ملاقات کے لیے وہاں آسکتا تھا۔ تمہارا اباپ جب خیمے سے نکل کر میرے پاس آیا تو اس کی باچھیں کھلی ہوئی تھیں اور وہ خوشی سے پھولا نہیں سما رہا تھا۔ اس کی وہ خوشی مجھ سے برداشت نہیں ہو رہی تھی۔ جی چاہ رہا تھا کہ اسے نیلے پانی کی نہر میں دھکا دے کر پانی کی گہرائی میں اتنے غوطے دوں کہ اس کی جان ختم ہو جائے، لیکن میں ایسا کچھ نہیں کر سکا۔'' وہ تلخی سے ایک سانس لے کر چپ ہو گیا۔

چند لمحے کے بعد وہ پھر سے گویا ہوا۔ '' گھارو چھوٹا سا قصبہ ہے اور اس کے گلی محلوں کی کوئی ترتیب نہیں ہے۔ اس لیے وہاں جا کر ہمیں تیلی محلہ ڈھونڈنے میں زیادہ دشواری نہیں ہوئی۔ مَیں پہلے بھی کئی مرتبہ گھارو جا چکا تھا مگر مجھے یہ معلوم نہیں تھا کہ وہاں ایک زبردست قسم کا چکلہ بھی موجود ہے۔ مجھے سخت افسوس ہوا کہ مَیں نے پہلے یہاں کی سیر کیوں نہیں کی۔ تیلی محلہ عام آبادی سے ذرا ہٹ کر واقع ہے اور ایک لمبی چوڑی نیم پختہ گلی پر مشتمل ہے، جس کے دونوں طرف سیمنٹ سے بنے پختہ لیکن بے رنگ و روغن مکانات کھڑے ہیں۔ ہم انگریزی کیکر کے ایک گھنے جھنڈ کے نیچے سے گزر کر وہاں تک پہنچے، جس نے تیلی محلے کو چاروں طرف سے گھیرا ہوا تھا۔ اس محلے میں داخل ہو کر مجھے لگا کہ مَیں کسی دوسری دنیا میں پہنچ گیا ہوں۔ وہاں بنے ہوئے ہر مکان کا دروازہ اور کھڑکی کھلی ہوئی تھی اور وہاں مختلف قسم کی عورتیں اور لڑکیاں اپنی اداؤں اور اشاروں سے لوگوں کو اپنی طرف متوجہ کرنے کی کوشش کر رہی تھیں۔ ہم نے گلی میں چلنا شروع کیا تو ادھر ادھر سے کئی آوازوں نے ہمیں اپنی طرف کھینچا۔ ہم دونوں ہر عورت کو غور سے دیکھتے ہوئے آگے بڑھتے گئے۔ وہاں موجود زیادہ تر عورتیں سندھی، پنجابی اور پٹھان تھیں۔ بیچ بیچ میں کوئی بنگالن اور برمی بھی نظر آجاتی تھی۔ ہم نے ان مکانوں کے گرد تین چار چکر لگا لیے لیکن ہمیں نوری دکھائی نہیں دی۔ مَیں تو مفت کا شوقین تھا لیکن تمہارا ابا ایک سانولی عورت کے پاس گیا، جو بھونڈے طریقے سے اپنے ہونٹوں پر زبان پھیر کر ہماری طرف دیکھ رہی تھی۔ اس نے فوراً اپنا ریٹ بتا دیا، جس پر کچھ دیر بحثا بحثی کے بعد معاملہ طے ہو گیا۔ تمہارے بابا نے باہر کھڑے کھڑے اس عورت کی چھاتی پر ہاتھ ڈالا تو اس نے اسے

فوراً جھٹکتے ہوئے گالی دی۔ 'مادر چود۔' گالی کھا کر تمہارے بابا نے غصے میں آ کر اسے دھتکار دیا اور ہم آگے بڑھ گئے۔ ہمیں وہاں دیکھنے کو ایسے نظارے مل رہے تھے جو کم از کم مجھے آج تک نصیب نہ ہوئے تھے۔ ہم ایک بار پھر وہاں آخر تک ٹہلتے چلے گئے۔ چلتے چلتے مَیں نے آخری مکان کے اندر جھانکا تو مجھے ایک کمرے کا دروازہ کھلتا ہوا نظر آیا۔ مَیں اس کے پورا کھلنے کے انتظار میں وہاں رک گیا۔ دروازہ کھلنے پر اپنا بلاؤز چھاتیوں پر جماتی اور قمیص کا دامن درست کرتی، نوری اس کمرے سے باہر نکلی اور اس کے پیچھے پیچھے ایک ناٹے قد کا سانولا آدمی بھی باہر آتا دکھائی دیا۔ اس نے نوری کے کندھے پر ہاتھ رکھ دیا اور اسے گالوں پر چٹکی لینے لگا۔ نوری نے اسی پل اسے دھکا دیتے ہوئے باہر کا راستہ دکھایا۔ شاید وہ فارغ ہو چکا تھا اسی لیے اگلے ہی لمحے وہاں سے نکل گیا اور نوری اکیلی رہ گئی۔ مَیں نے جلدی سے تمہارے بابا کو کندھے سے ہلا کر اس جانب متوجہ کیا۔ نوری کو دیکھتے ہی اس کے منہ سے خوشی کے مارے چیخ نکل گئی۔ نوری نے بھی ہمیں پہچاننے میں دیر نہیں لگائی۔ وہ ہمیں جلدی سے اپنے مکان کے اندر لے گئی اور صحن میں رکھی چارپائی پر ہمیں بیٹھنے کے لیے کہا۔ اس مکان میں اس کے علاوہ دو مزید لڑکیاں بھی تھیں۔ وہ دونوں کھلتے ہوئے گندمی رنگ کی اور پُرکشش بدن والی تھیں۔ نوری نے ایک لڑکی سے چائے بنانے کے لیے کہا۔ ہم دونوں اس کے پاس بیٹھ گئے اور دل بھر کے اس کی تعریف کرنے لگے۔ تمہارے بابا نے اسے بابو شاہ کے میلے کا سب سے قیمتی اور ان مول ہیرا قرار دیا۔ بظاہر تمہارا باپ جب کسی نئی عورت سے ملتا ہے تو اس کی زبان خود بخود قینچی کی طرح چلنے لگتی ہے۔ وہ ایسے دل چسپ اور مزیدار فقرے بولتا ہے کہ عورت ذرا سی دیر میں اس پر ریجھنے لگ جاتی ہے اور اسے لبھانے کے لیے ہنسنا مسکرانا شروع کر دیتی ہے اور اپنے جسم کی خاص جھلکیوں سے بھی نوازنے لگتی ہے۔ چائے پیتے ہوئے نوری نے ہم سے پوچھا کہ ہم میں سے کون پہلے کمرے میں جانا چاہے گا۔ تمہارا باپ سدا کا جنسی بھوکا، اس نے فوراً کہہ دیا کہ صرف وہ ہی اس سے مستفید ہونا چاہتا ہے۔ اس کی یہ بات سن کر میرا جی کھول کے رہ گیا لیکن پھر بھی میں چپ رہا کیوں کہ میری جیب خالی تھی۔ یہ دیکھ کر نوری نے لال بخش کو طعنہ دیا کہ وہ کیسا دوست ہے؟ اکیلے مزے لوٹنا چاہتا ہے؟ یہ سن کر اسے ندامت سی ہوئی اور اس نے صرف اتنا کہا کہ اس کا دوست دوسری عورت کے پاس چلا جائے گا۔ نوری نے فوراً اپنی ساتھی لڑکی کو بلایا اور مجھے اس کے ساتھ دوسرے کمرے میں بھیجنے لگ گئی۔ مَیں نوری کے سوا کسی اور سے ملنا نہیں چاہتا تھا لیکن میں تمہارے باپ کی جیب سے خرچہ کروانے کے لیے زبردستی اس لڑکی کے ساتھ کمرے میں چلا گیا۔ دو چار منٹ کی چماچاٹی کے بعد مَیں نے اس کی ٹانگیں اٹھا کر اپنا کام شروع کر دیا۔ تھوڑے سے جھٹکوں کے بعد ہی میں جھڑ گیا لیکن لال بخش تقریباً ایک گھنٹے تک نوری کے ساتھ کمرے میں بند رہا اور اس نے ایک بار نہیں بلکہ دو مرتبہ اس کے ساتھ بدفعلی کی۔ اس حسین شام کے بعد تھوڑے عرصے تک گھارو کے تیلی محلے جانا ہمارا معمول بن گیا۔ ہفتے میں دو بار ہم وہاں کا چکر لگانے لگے۔ ایک مرتبہ لال بخش کسی دوست سے کیمرا مانگ کر اپنے ساتھ لے آیا اور اس کی مدد سے اس نے نوری کی بہت ساری تصویریں اتاریں۔ اس کے بعد کیمرے کی فلم کو صاف کروا کے، اس نے نوری کی تین چار تصویروں کا سائز بڑا بھی کروایا۔ مَیں نے وہ تصویریں دیکھیں تو حیران رہ گیا۔ وہ رنگین تصویروں

میں حقیقت سے زیادہ خوب صورت دکھائی دے رہی تھی۔ لال بخش نے ان تصویروں کے لیے المونیم کے چمکدار فریم بنائے اور جب وہ فریم شدہ تصویریں نوری کو دینے گیا تو وہ اسے بے حد پسند آئیں۔ آج تک کسی گاہک نے اسے ایسا تحفہ نہیں دیا تھا۔ نوری اپنی تصویریں دیکھ کر خوشی سے کھل اٹھی۔ اس روز تمہارے باپ نے اس کے ساتھ پوری رات گزارنے کی خواہش کا اظہار کیا تو اس کے لیے انکار کرنا مشکل ہو گیا۔ وہ کہنے لگی کہ چکلے میں رات گزارنا مشکل ہے کیوں کہ یہاں ہر آدھے گھنٹے کے بعد کوئی نہ کوئی منہ اٹھائے آ جاتا ہے۔ لٰہذا وہ اسے اپنے ساتھ جہاں لے جانا چاہے وہ چلنے کے لیے تیار ہے۔ اس کے بعد ہم اسے اپنے شہر لے آئے۔ بازار میں واقع تمہارے بابا کی اس مخصوص جگہ پر نوری نے تمہارے بابا کے ساتھ پوری رات گزاری۔ نوری اس بات پر رضامند تھی کہ ہم دونوں باری باری یا مل کر بھی اس کے ساتھ مباشرت کرنا چاہیں تو کر سکتے ہیں لیکن اس بار بھی لال بخش نے مجھے اپنے ساتھ شریک کرنے سے انکار کر دیا اور اکیلے مزے لوٹتا رہا۔ مَیں غریب ساری رات ان کی آوازیں سنتا رہا۔ اس رات کے بعد تو نوری جیسے اس پر دیوانی ہو گئی اور خود ہی ہفتے میں ایک دو بار بس کے ذریعے گھارو سے یہاں آنے جانے لگی۔ پتہ نہیں کیوں، مجھے اب تک یہی لگتا ہے کہ تمہارے بابا نے ان تصویروں میں کوئی تعویذ چھپا کے اسے دیا تھا جس کی وجہ سے وہ رنڈی اس پر عاشق ہو گئی تھی کیوں کہ اس سے پہلے ان کے تعلق کی بنیاد پیسوں پر تھی لیکن اب بغیر پیسے کے بھی معاملہ چلنے لگا تھا بلکہ اب الٹا اکثر اوقات نوری تمہارے باپ کے لیے مختلف تحفے خرید کر لانے لگی۔ اس تمام عرصے میں ان کے تعلقات میں گرم جوشی بڑھتی چلی گئی۔'' گھنشام داس ایک طویل اذیت بھری سانس لے کر خاموش ہو گیا۔ اس نے ہوٹل کے مالک کو آواز دے کر بلایا اور دھیمے لہجے میں اس سے اپنے پینے کے لیے چرس مانگی۔ ہوٹل کے مالک نے جیب سے چرس کی پٹی نکالی اور اس میں سے ذرا سی توڑ کر اس کے ہاتھ میں تھما دی۔ اس نے اپنی مہارت کا مظاہرہ کرتے ہوئے سگریٹ بنانے میں دیر نہیں لگائی۔

اس کی باتیں میرے لیے نت نئے انکشافات پر مبنی تھیں۔ بابا کے اس نئے معاشقے کی تفصیلات سے مَیں پوری طرح لاعلم تھا۔ مَیں نے اپنا سگریٹ سلگا کر اس سے پوچھا۔ ''بازار کے بہت سے لوگ بابا کی ان حرکتوں کو برسوں سے جانتے ہیں۔ پھر انہوں نے ان کے خلاف ایسی کارروائی کرنے میں اتنی دیر کیوں لگائی؟ وہ اگر چاہتے تو وہ یہ سب کچھ پہلے بھی تو کر سکتے تھے یا نہیں؟''

میرا سوال سن کر اس نے ایک زوردار کش لیا اور ناک سے دھواں نکالتے ہوئے میری طرف دیکھا تو مجھے اس کی آنکھوں میں کوئی گہرا احساس نظر آیا۔ اس نے اپنا منہ پھیر کر اسے مجھ سے چھپانے کی کوشش کی، وہ اس بار مسکرایا نہیں بلکہ اپنے دانتوں سے اپنا نچلا ہونٹ کاٹنے لگ گیا۔ پھر وہ ایک طرف تھوک پھینکنے کے بعد مجھ سے مخاطب ہوا۔ ''ہمارے شہر میں نوری کے بے شمار چاہنے والے ہیں۔ یہ وہی لوگ ہیں جو میلے میں اس کے سینے کی تھرکن پر مرمٹے تھے۔ یہ لوگ بعد میں اس سے ملنے گھارو بھی جاتے رہے۔ مَیں نے خود بہت سوں کو وہاں گھومتے دیکھا۔ کچھ عرصہ پہلے کی بات ہے کہ ایک دن ایک ہوٹل میں شہر کے کچھ دکانداروں کے سامنے میرے منہ سے نکل گیا کہ تم لوگ جس رنڈی پر مرتے ہو وہ تو

لال بخش پر عاشق ہے۔ اسے اس کا ڈنڈا اتنا پسند ہے کہ وہ گھارو سے یہاں آ جاتی ہے اور اسے مفت مزے کرواتی ہے۔ اس سے پہلے، میری اور تمہارے بابا کی جانب سے رکھی گئی رازداری کی وجہ سے بازار کے لوگ اس بارے میں لاعلم تھے۔ میری باتیں سن کر ان کے منہ کھلے رہ گئے۔ اس کے بعد یہ بات پورے شہر میں پھیل گئی۔ پھر انہوں نے خود اپنے جاسوسوں کے ذریعے پتا چلا لیا۔ لیکن کل والا واقعہ تو میری وجہ سے ہوا کیوں کہ مجھ سے ایک زبردست غلطی ہو گئی۔ تم مجھے غلط مت سمجھنا۔ مَیں نمک حرام بالکل نہیں ہوں۔ کل جب تمہارے بابا نے مجھے کھانے پینے کا سامان لانے کے لیے بھیجا تو میں ایک دکان سے چیزیں خرید رہا تھا کہ اچانک مجھے اپنے پیچھے سے ایک بھاری آواز سنائی دی۔ مَیں نے پلٹ کر دیکھا تو مجھے شیخ حاجی اسمٰعیل نے اشارے سے اپنے پاس بلایا۔ وہ میرا ہاتھ تھام کر مجھے اپنی دکان پر لے گیا اور باتوں باتوں میں تمہارے بابا کے بارے میں پوچھ تاچھ کرنے لگا۔ شاید اس سے نفرت یا حسد کی وجہ سے مَیں نے اسے بتا دیا کہ وہ اس وقت اپنی جگہ پر گھارو کی رنڈی کے ساتھ گل چھرے اڑا رہا ہے۔ بھگوان قسم، مجھے معلوم نہیں تھا کہ اس وقت حاجی اسمٰعیل کیا سوچ رہا ہے اور اس کے شیطانی ذہن میں کیسا منصوبہ بن رہا ہے۔ اس کی دکان سے اٹھ کر مَیں نے برفی، رس گلے اور سموسے خریدے اور اس جگہ واپس پہنچ گیا۔ اس دوران وہ دونوں بھی فارغ ہو چکے تھے۔ اس لیے تمہارے بابا نے مجھے کمرے میں کچھ دیر بیٹھنے کی اجازت دے دی۔ مَیں نے دیکھا کہ نوری کے بال کھلے ہوئے تھے۔ اس کی آنکھیں سرخ ہو رہی تھیں۔ اس کے چہرے میں ایک عجیب کشش پیدا ہو گئی تھی۔ پسینے کی وجہ سے اس کا لباس بدن سے چپکا ہوا تھا۔ وہ بار بار ٹھنڈی سانس بھرتی اور میری طرف دیکھ کر بے شرمی سے مسکراتی۔ اس کمرے میں اک باس رچی ہوئی تھی جس میں ان کے جسموں کی بو بھی شامل تھی۔ نوری کو دیکھ کر میری خواہش بھڑک رہی تھی لیکن میں خود کو پرسکون ظاہر کرنے کی کوشش کر رہا تھا۔ لال بخش بار بار کھانے کی چیزیں اس کی طرف بڑھا رہا تھا اور وہ مزے لے لے کر کھا رہی تھی۔ ایک مرتبہ تو مستی میں آ کر اس نے رس گلہ اس کے منہ میں گھسیڑ دیا۔ شاید اسی شرارت کے سبب ان کی خواہش دوبارہ جاگ گئی اور میں انہیں ایک دوسرے سے چھیڑ چھاڑ کرتے ہوئے، کمرے میں چھوڑ کر باہر نکل گیا۔ اس کے تھوڑی دیر بعد میں اپنے ٹھیلے پر کھڑا بیسن سے کڑھائی میں پکوڑوں کے بجائے جلیبیاں بنانے لگا تھا۔ میرا جی تمہارے بابا کی حرکتوں پر کھول رہا تھا۔ اسی دوران مَیں نے حاجی اسمٰعیل کو دو تین معتبر دکانداروں کے ساتھ بازار میں گھومتے ہوئے دیکھا۔ وہ دکانوں پر جا جا کر لوگوں کو اکٹھا کر رہا تھا۔ مَیں نے ان کی طرف توجہ نہیں کی اور اپنے دوست کے بارے میں بھی نہیں سوچا، کیوں کہ مَیں نوری کے بارے میں سوچ رہا تھا۔ وہ اس وقت تمہارے بابا کے بازوؤں میں لیٹی ہوئی تھی۔ تھوڑی سی دیر میں بازار کے بہت سے دکاندار تمہاری دکان کے سامنے جمع ہونے لگے۔ کسی نے گلی میں جا کر ان کے کمرے کے باہر تالا لگا دیا۔ مَیں اپنا بیسن ختم کر کے جب اس گلی میں پہنچا تو تالا دیکھ کر دھک سے رہ گیا۔ اس سے پہلے کہ مَیں دروازہ بجا بجا کر تمہارے بابا اور نوری کو خبر دیتا، شیخ حاجی اسمٰعیل نے مجھے کھینچ کر دروازے سے دور کر دیا اور وہاں سے جانے کا اشارہ کر دیا۔ اس کے اور دوسرے دکانداروں کے تیور دیکھ میں گھبرا گیا۔ مَیں تم سے جھوٹ بول رہا تھا کہ مَیں کل اس وقت وہاں موجود تھا۔ مَیں تو

اسی وقت اپنا سامان سمیٹ کر اپنے گھر چلا گیا تھا کیوں کہ ہمیشہ کی طرح اس دن بھی تمہارے بابا نے میری عزتِ نفس مجروح کی تھی۔ اس کا کیا بگڑ جاتا اگر وہ آدھے گھنٹے کے لیے ہی مجھے نوری کے ساتھ کمرے میں رہنے کی اجازت دے دیتا۔''
بولتے بولتے وہ اچانک چپ ہو گیا اور اس نے اپنی ٹانگیں بینچ پر چڑھا کر اپنا سر ان میں دبالیا اور دہاڑیں مار کر رونے لگا۔ اس کے فوراً بعد وہ بینچ سے بجلی کی سی تیزی سے اٹھا اور جلدی سے مجھ سے ہاتھ ملائے بغیر ہوٹل سے نکل کر شتابی سے بھنگی پاڑے کی طرف چلنے لگا۔ مَیں اسے آوازیں دیتا رہ گیا مگر اس نے پلٹ کر دیکھنا بھی گوارا نہیں کیا۔

اس کے یوں اٹھ کر جانے پر مجھے سخت حیرت ہوئی۔ مجھے ابھی اس سے بہت کچھ پوچھنا تھا کیوں کہ مجھے لگ رہا تھا کہ شیخ اسمٰعیل والا واقعہ پوری سچائی پر مبنی نہیں تھا، اس میں کھوٹ اور ملاوٹ محسوس ہو رہی تھی۔ اس کی باتیں کرتے وقت گھنشام داس کے رویئے، اس کے چہرے کے تاثرات اور اس کے لہجے سے غیر فطری پن ظاہر ہو رہا تھا، جو اس سے پہلے اس کی گفتگو میں بالکل نہیں تھا۔ حقیقت کیا تھی؟ کہیں اس نے بابا سے اپنی رقابت کا بدلا تو نہیں لیا تھا اور حاجی اسمٰعیل کو جان بوجھ کر اس میں ملوث کر کے خود علیحدہ ہو گیا تھا۔ یہ باتیں سوچ کر میرے جی میں آئی کہ اس کا پیچھا کروں اور اسے روک کر یہ سوال پوچھوں۔ لیکن مجھے لگ رہا تھا کہ وہ اس وقت شاید کوئی جواب نہیں دے گا۔ اس لیے مَیں نے اس کے پیچھے جانے کا خیال ترک کر دیا اور کچھ دیر تک وہیں بیٹھا رہا۔

ہوٹل میں جواریوں اور چائے پینے والوں کی تعداد میں اضافہ ہونے لگا تھا، کیوں کہ شام لگی تھی اور شہر کے بہت سے لوگ اپنے کام دھندے سے بھی فارغ ہو چکے تھے اور انہوں نے یہ وقت اپنی گپ شپ کے لیے مخصوص کر رکھا تھا۔ وہ ٹولیوں کی شکل میں پہنچ رہے تھے۔ اس لیے ہوٹل کے مالک نے پیچھے والی ہموار زمین پر دو تین چٹائیاں بچھا کر جواریوں کو وہاں منتقل کر دیا تھا۔ وہ ہوٹل ابھی تک جہاں زندگی کی رفتار بہت مدھم تھی اچانک اس میں تیزی سی پیدا ہو گئی تھی۔ اس گہما گہمی کی وجہ سے شور بھی بڑھتا جا رہا تھا۔ مَیں نے ہوٹل والے کو چائے کے پیسے ادا کیے اور اپنے گھر جانے والے طویل راستے پر چل پڑا۔

21

اگلے روز معمول کے مطابق مَیں نے اپنی دکان کھولی اور اس میں پڑی ہوئی چیزیں جھاڑ پونچھ کر صاف کیں اور انہیں ایک ترتیب سے رکھا۔ اس کے بعد کونے میں پڑی اللہ کے نام والی وہ تصویر نکالی، جس کا فریم ادھورا چھوڑ کر بابا نوری سے ملنے چلے گئے تھے۔ اس کا کاغذ عام کاغذوں سے مختلف تھا۔ مَیں نے ایک عقیدت کے ساتھ اسے چھوا اور اسے اپنے ہاتھ میں اٹھا کر تولنے لگ گیا۔ مجھے اس کا وزن دیگر عام تصویروں سے زیادہ محسوس ہوا۔ اس کے کاغذ میں کھردراہٹ بالکل نہیں تھی بلکہ اس کے برعکس ایک منفرد اور اچھوتی قسم کی ملائمت تھی۔ پوری تصویر ایک ہی رنگ سے چھاپی گئی تھی، اس طرح کہ اس میں سے کئی رنگوں کی لہریں نکلتی دکھائی دیتی تھیں۔ مَیں اسے احتیاط سے لکڑی کے ایک پھٹے پر رکھ کر اس کے نامکمل فریم پر غور کرنے لگا۔ کچھ دیر تک فریم کی ساخت کا معائنہ کرنے کے بعد مجھے یہ اندازہ ہو گیا کہ اسے مکمل کرنا مشکل نہیں تھا۔ اس کے لیے بابا نے شیشہ بھی کاٹ کر رکھا ہوا تھا۔ مَیں نے اسی وقت دیوار پر لٹکتا ہوا اوزاروں والا تھیلا اتارا اور نامکمل فریم کو پورا کرنے میں جُت گیا۔

وہ فریم مکمل کرتے کرتے دوپہر ہونے لگی لیکن مَیں نے اسے پورا کر کے ہی دم لیا۔ میرا جسم پسینے میں شرابور ہو گیا اور چوکی پر دیر تک ایک ہی آسن میں بیٹھنے کی وجہ سے میری ٹانگوں اور کمر میں درد ہونے لگا۔ فریم پر جھکے رہنے کے سبب یوں محسوس ہونے لگا کہ میری گردن اینٹھ چکی ہے لیکن مجھے ان چیزوں کی پروا نہیں تھی کیوں کہ ایک عجیب سی طمانیت کا احساس میری جسمانی تکلیف پر غالب آ گیا تھا۔ مَیں نے اپنے بابا کے ادھورے کام کو خوش اسلوبی سے پورا کر دیا تھا، جو مجھے پیدا کرنے کے بعد سے مجھ سے شاکی اور ناراض تھے۔

میرے دل میں خواہش پیدا ہوئی کہ آس پاس کے دکانداروں میں سے کسی کو بلا کر یہ فریم دکھاؤں اور اس کے بارے میں اس کی رائے طلب کروں مگر میں یہ سوچتا ہوا اپنی چوکی پر ہی بے حس و حرکت بیٹھا رہ گیا اور کسی کے پاس نہیں گیا۔ مسجد خضر حیات جا کر بابا کو بتانا بھی ناممکن تھا کیوں کہ مَیں بابا کا سامنا کرنے سے خوفزدہ تھا اور دھیرے دھیرے یہ خوف دہشت میں تبدیل ہوتا جا رہا تھا۔

گھنشو سے تفصیلی ملاقات کے بعد مجھ پر یہ بات ظاہر ہو گئی تھی کہ بابا کے ساتھ جو کچھ پیش آیا تھا، اس کا ذمہ دار وہی تھا۔

اس نے بابا کو اس جال میں پھنسا کر ان سے اپنے پرانے حسد اور جنسی رقابت کا بدلہ چکایا تھا۔ میرا اندازہ تھا کہ یہ بات کسی نہ کسی طرح بابا کے ذہن میں بھی ہو گی کیوں کہ انہیں نے خود گھنشو کو کمرے کے باہر اپنا چوکیدار مقرر کیا تھا۔ وہ ایک حرامی بنیا تھا اور اس کا ذہن شیطان کی طرح چلتا تھا۔ اس سے مل کر مجھے اس کا اندازہ ہو گیا تھا۔ اس نے پوری منصوبہ بندی سے سوچ سمجھ کر یہ بساط بچھائی اور شیخ اسمٰعیل اور اس کے بیٹوں کو پیچ میں ڈال کر اس نے یہ پھندا میری پتلی گردن میں فٹ کرنے کی کوشش کی اور اس میں کامیاب بھی رہا۔ اب میں اپنے بابا کے سامنے لاکھ گڑگڑا کر اپنے بے قصور ہونے کا دعویٰ کرتا رہوں مگر انہیں مطمئن کرنا میرے بس سے باہر تھا۔ وہ مجھے نامردی کے طعنے دینے لگے تھے، جنہیں سن کر میری چھاتیں تک جل کر راکھ ہو گئی تھیں۔ جب بھی یہ خیال آتا تو ناکامی اور ہزیمت کی آگ میرے تن بدن میں بھڑک سی اٹھتی۔ میرا ماروی کے ساتھ جو بھی تعلق تھا، وہ میرا اور اس کا مسئلہ تھا۔ مَیں نے اسے چھوا کہ نہیں، یہ ہمارا ذاتی معاملہ تھا۔ بابا اور دوسرے لوگ کون تھے؟ کیوں اپنی ٹانگ اڑا رہے تھے؟

میں اپنے ذہن سے ایسی گھناؤنی سوچیں جھٹک کر ایک بار پھر اپنی محنت کو خود ہی تحسین بھری نظروں سے دیکھنے لگا۔ تیار شدہ فریم کے تمام جوڑ بالکل ٹھیک بیٹھے تھے۔ پہلی نظر میں لگتا تھا کہ یہ کسی مشین کا بنایا ہوا ہے مگر بہت غور سے دیکھنے پر اس کے جوڑ دکھائی دینے لگتے تھے۔

اسے بناتے ہوئے میں بازار کی دنیا سے خاصی دیر کے لیے غافل ہو گیا تھا کیوں کہ مجھ پر چند لمحوں کے لیے ہی سہی ایک نئی دنیا منکشف ہوئی تھی اور وہ تھی اپنے ہاتھ سے محنت کرنے کی لذت کی دنیا، جس کی الگ کشش اور فضا تھی۔ مَیں پہلی بار اس سے آشنا ہو رہا تھا اور کام کرنے کے دوران میرے لیے ادھر ادھر کی تمام آوازیں اور لوگوں کا ہجوم یک بہ یک غائب ہو گئے تھے مگر اس کے ختم ہونے کے بعد میں ایک دفعہ پھر اسی بے کیف جہان میں لوٹ آیا تھا اور پھر وہی ناگن سوچیں ایک بار پھر میرے وجود کو ڈس کر میری جان لینے لگیں۔

خیالوں کی اس یورش پر میرا کوئی اختیار نہ تھا۔ ان میں سے ہر خیال مہیب تھا اور گمبھیر، اسی لیے وہ مجھے کچوکے دے رہا تھا، میرے خدشات اور وسوسے خطرناک حد تک بڑھ رہا تھا، مجھے ڈرا رہا تھا اور مزید خوف میں مبتلا کر رہا تھا۔ اتنا زیادہ کہ مَیں بے بس ہو کر دکان سے باہر دیکھنے لگا اور مجھے اس بند گلی سے نکلنے کی کوئی راہ سجھائی نہیں دے رہی تھی۔

میں ہر کچھ دیر بعد میں اپنے آپ کو کوسنے لگتا کہ مجھے گھنشام داس سے نہیں ملنا چاہیے تھا۔ مجھ سے سنگین غلطی ہو گئی تھی۔ اگر میں اس سے نہ ملتا تو شاید اس اذیت سے بچ جاتا۔ بابا کی رہائی کے بعد میرے ساتھ جو کچھ پیش آنے والا تھا، مجھ پر جو بھی گزرنے والا تھا، مَیں اس کا سامنا کرنے کے لیے خود کو تیار کر رہا تھا۔ بابا کی مار پیٹ اور گالیاں میرے لیے نئی نہیں تھیں۔ ان کے غصے کا مَیں عادی ہو گیا تھا۔ اس لیے تھوڑے ہی دنوں میں معاملہ ٹھیک ہو جانا تھا۔ لیکن پھر بھی میرے لیے یہ صورتِ حال مشکل ہو گئی تھی۔

سارا فساد سراسر گھنشام داس کا پیدا کردہ تھا لیکن اس کی سزا مجھے ملنے والی تھی۔ تمام حرامزدگی اُس میگھواڑ کی تھی لیکن

مجھے اس کا سزاوار ٹھہرایا جا رہا تھا۔ میرے بابا نے زنا کاری کی تھی۔ قاضی نے انہیں جس کی سزا سنائی تھی لیکن اس کے بعد قاضی عبداللطیف کس خوشی میں نوری کو ایک رات کے لیے اپنے خاص حجرے میں لے کر گیا۔ قاضی تو خدا کا برگزیدہ آدمی تھا۔ اس کی عمر کا بیشتر حصہ عبادت میں گزرا تھا اور مذہب اس کا اوڑھنا بچھونا تھا وہ کیوں کر اس گناہ کی طرف مائل ہوا تھا جب کہ اس کے اعضا بھی تقریباً ناکارہ ہو چکے تھے۔ کیا اس گناہ کی وجہ سے اس کی زندگی بھر کی عبادت اور ریاضت بے کار نہیں چلی گئی؟ میرے دماغ میں اس نوع کے ان گنت سوال ابھرے جن کے جواب میرے لیے ناممکن تھے۔

میرا ذہن خود بخود واقعات کا تجزیہ کر کے اپنا نتیجہ اخذ کر رہا تھا، جس کے مطابق میں اب اس فساد کا ملبہ مجھ پر گرایا جانا ناگزیر ہو گیا تھا۔ اگر دیکھا جائے تو ماروی کے معاملے میں زیادتی، میرے ساتھ ہوئی تھی۔ اگر مَیں نے گناہ کیا تھا تو اس کا خمیازہ بھی بھگت چکا تھا۔ مجھے گھنشو پر غصہ آتا رہا کہ اس نے مجھ سے کس چیز کا بدلہ لیا تھا۔

کل صبح کے بعد اب تک میں جان بوجھ کر بابا کی خبر گیری کے لیے نہیں گیا تھا لیکن اب سوچ رہا تھا کہ مجھے کل رات بابا سے ملنے کے لیے ضرور جانا چاہیے تھا۔ اماں نے ان کے لیے کھانا بھی بنایا تھا مگر مَیں نے یہ کہہ کر کھانا لے جانے سے انکار کر دیا کہ ان کے دوست انہیں بازار سے ہر چیز لا دیتے ہیں اور تو اور انہیں وہاں شراب بھی مل رہی تھی۔ میرا جھوٹ سن کر اماں پہلے تو اپنے مخصوص انداز میں مسکرائیں۔ پھر اپنے کانوں کی لویں چھوتے ہوئے بابا کی بخشش کے لیے دعا کرنے لگیں۔ میرے اسی جھوٹ کی وجہ سے انہوں نے صبح کو ان کے لیے ناشتہ نہیں بنایا۔

میں اس تصویر کو سینے سے لگائے دیوار پر کوئی مناسب جگہ ڈھونڈنے لگا تا کہ اسے وہاں پر لٹکا دیا جائے۔ دیوار پر لگا ہوا ایک خالی فریم اتار کر، اس کے کیل پر مَیں نے اسے لٹکا دیا۔ اس کے بعد بابا کی چوکی پر بیٹھے رہنا میرے لیے ممکن نہیں رہا اور اندر کی گھٹن سے عاجز آ کر میں دکان کے دروازے پر کھڑا ہو گیا اور چالو بازار کا مشاہدہ کرنے لگا۔ اب مجھے شہر والوں کی فقرے بازی کی پروا نہیں تھی۔ میری بلا سے وہ جو بھی کہتے رہیں اور طنز کے جتنے چاہے نشتر چلاتے رہیں، وہ میرا کچھ نہیں بگاڑ سکتے تھے۔

اب ہولے ہولے ان کا رویہ میری سمجھ میں آتا جا رہا تھا کہ یہ تمام لوگ مسلسل بولنے کے خبط میں مبتلا تھے جو بھونکنے کے ایک مرض کی شکل اختیار کر گیا تھا۔ ان لوگوں کا اندرون تاریک خلا سے بھرا ہوا تھا اور دھیرے دھیرے یہ اس کے وجود سے بے خبر ہوتے چلے گئے تھے لیکن کبھی کبھی اس گمبھیر تاریکی کی ایک جھلک انہیں دہلا کر رکھ دیتی تھی۔ کچھ نے، اپنے اندر کے اس اندھیرے کو فراموش کرنے کے لیے اور کچھ نے اپنی خارجی زندگی کے جمود میں تحریک پیدا کرنے کے لیے، بلند آہنگ لہجوں میں باتیں کرنے کے عمل کو بہترین علاج کے طور پر دریافت کیا تھا۔ ہر وقت بلا ضرورت بولنا، چیخنا، چلانا اور ہنگامہ کرنا ان کے لیے یوں بھی ضروری تھا کہ کسی کی سماعت پر غالب آ جانے کا احساس، کسی پر فتح پا لینے کے احساس سے گہری مماثلت رکھتا تھا۔ یہ لوگ اسی طرح اپنی زندگی بھر کی ناکامیوں کی تلافی کرتے تھے۔

دکان کی نیم اندھیری فضا کی نسبت اب مجھے بازار کی روشنی اچھی لگ رہی تھی کیوں کہ وہاں ہر چیز واضح تھی اور اپنی حقیقی

شباہت کے ساتھ نظر آ رہی تھی۔ اچانک ایک منظر نے بازار کے لوگوں کی توجہ اپنی جانب کھینچ لی۔ سارے دکاندار باہر نکل آئے اور دلچسپی کے ساتھ مشاہدہ کرنے لگے۔ میری دکان سے تھوڑی سی دوری پر ایک کتا اور کتیا جفتی کرتے ایک دوسرے میں پھنسے ہوئے مختلف سمتوں میں زور آزمائی کر رہے تھے مگر ایک دوسرے سے فوراً الگ ہونا ان کے لیے مشکل تھا۔ ان دونوں کی آنکھوں میں جو سراسیمگی تھی اور ان کے چہروں پر جو خوف تھا اسے دیکھ کر مجھے اپنا ڈر یاد آنے لگا لیکن بازار کے من چلے ان کے گرد حلقہ بنائے کھڑے تھے اور زمین سے اینٹ، پتھر اٹھا اٹھا کر ان کی طرف پھینک رہے تھے۔ ان حیوانوں کو دیکھ کر سب قہقہوں میں لوٹ پوٹ ہو رہے تھے اور آپس میں فحش جملوں کے تبادلے میں مصروف تھے۔

کتے اور کتیا کے لیے کسی کو کاٹ کھانا ممکن نہیں تھا۔ اسی لیے وہ دونوں چیخ رہے تھے اور ان کی نحوست بھری چیخوں میں ایک عجیب سا اثر تھا مَیں جسے محسوس کیے بنا نہیں رہ سکا۔ روشن کھتری نے مجھے آنکھ مارتے ہوئے کہا۔ ''دیکھ تیرا بابا، نوری کے ساتھ لگا ہوا ہے۔'' یہ سن کر کئی دکاندار ہنسے اور باری باری اس کی بات دوہرانے لگے۔ مَیں انہیں نظر انداز کرتا اپنی دکان کی چوکھٹ پر کھڑا رہا۔

کچھ دیر بعد اچانک وہ دونوں ایک دوسرے سے چھوٹے تو ان کے بھاگنے کے لیے راستہ نہیں تھا۔ کتے نے ایک طرف اور کتیا نے دوسری طرف لوگوں کے اوپر چھلانگ لگا دی جس کی وجہ سے لوگ ڈر کر ایک دوسرے پر جا گرے اور وہ دونوں ان کا حلقہ توڑتے ہوئے وہاں سے بھاگ نکلے۔ مَیں دکانداروں کے گرنے اور اٹھ کر اپنی تشریف جھاڑ کر صاف کرنے کے منظر سے محظوظ ہوا۔

اس کے بعد کچھ لوگ اس واقعے پر تبصرے کرنے لگے۔ کتے کی شہوت اور کتیا کی گرمی کا ذکر آیا۔ اس حوالے سے انسانوں کے جنسی عمل پر بھی روشنی ڈالی گئی جس کا لب لباب یہ تھا کہ انسان کا جنسی عمل اتنا مختصر کیوں ہوتا ہے؟ یہ جانور کسی معجون اور کشتے کے بغیر دیر تک جفتی کیسے کرتے ہیں؟ ایسی باتیں سنتے ہوئے میری ہنسی چھوٹ گئی۔

بازار کی ہماہمی سے میرا دل تھوڑی دیر کے لیے بہل گیا اور میں سارے اندیشوں اور خدشوں کو بھول کر خود بخود اس ہنگامے کا حصہ بن گیا جو میری دکان کے باہر جاری تھا۔

پہلے مسجد خضر حیات کے لاؤڈ اسپیکر میں کھٹکا ہوا پھر عصر کی اذان سنائی دینے لگی۔ مَیں چونکا کہ دوپہر کے کھانے کا وقت گزر گیا اور مجھے پتہ بھی نہیں چلا۔ گھنشام داس کی جگہ پر چھولے بیچنے والے سے مَیں نے چھولوں سے بھرا ایک پیالہ اور تین بن خریدے اور اپنی دکان میں بیٹھ کر آرام سے انہیں کھانے لگا۔ کھانے کے بعد جسم پر چھائی سستی اور کمزوری دور ہونے لگی۔ مَیں دکان کی چیزوں پر نگاہ ڈالتا کوئی نیا کام ڈھونڈنے لگا تاکہ شام تک کا وقت باآسانی گزار سکوں۔ وقفے وقفے سے کچھ خریدار آئے اور انہوں نے کچھ خالی اور کچھ پہلے سے فریم شدہ تصویریں خریدیں، جس کی وجہ سے کچھ آمدنی ہو گئی۔ اسی لیے مَیں نے چھولے کھانے کے بعد ہوٹل کے باہر والے کو آواز دے کر دودھ پتی کا ایک کپ منگوایا۔

مجھے کوئی آدھا ادھورا کام نہیں مل سکا کیوں کہ بابا نے بہت سی تصویریں پہلے سے فریم کر کے رکھی ہوئی تھیں۔ یہ سستے

فریموں میں لگی سستی تصویریں تھیں اور اگر گاہک کو کوئی تصویر پسند نہیں آتی تو اسے نکال کر دوسری تصویر فٹ کرنے کا بندوبست بھی اس فریم میں موجود تھا۔ مَیں نے الماری کے بڑے خانے میں رکھی ہوئی تمام تصویریں باہر نکال لیں اور انہیں اپنے گھٹنوں پر پھیلا کر چوکی پر بیٹھ گیا۔ میری خواہش تھی کہ ان میں سے پانچ دس تصویروں کا انتخاب کر کے ان کے فریم بنانے لگ جاؤں۔ ان میں زیادہ تر تصویریں خوبصورت مناظر کی تھیں یعنی آبشاروں، سرسبز وادیوں، برف پوش پہاڑوں، کھیتوں باغوں اور دوسرے لینڈ اسکیپ کی پُرکشش تصویریں۔ ان کے علاوہ مقدس مقامات اور مقدس ناموں والی تصاویر بھی تھیں۔ تصویروں کے ڈھیر کے بالکل نیچے سے کچھ ایسے بڑے سائز کے فوٹو برآمد ہوئے کہ جنہیں مَیں نے پہلے نہیں دیکھا تھا۔ ان کے بازیافت ہوتے ہی مَیں نے دوسری تمام تصویریں الماری میں واپس رکھ دیں اور نئے برآمدہ فوٹو غور سے دیکھنے لگا۔ بابا نے جنہیں اپنے تئیں چھپا کر رکھا تھا اور اب وہ میرے ہاتھ لگ گئی تھیں۔

یہ تمام تصاویر بھارتی فلمی اداکاراؤں کی تھیں مَیں نے اس سے پہلے چھوٹی پوسٹ کارڈ سائز کی کئی تصویریں دیکھی تھیں لیکن ان بڑے فوٹوؤں میں اتنی کشش تھی کہ مَیں بہت دیر تک انہیں دیکھتا رہا۔ پھر اچانک ایک منصوبہ میرے ذہن میں آیا اور اسے عملی جامہ پہنانے کے لیے میں اٹھ کر بازار میں واقع ایک الیکٹرک اسٹور پر چلا گیا اور وہاں سے ڈھائی سو واٹ کا بلب خرید کر لایا اور اسے اپنی دکان پر لگا کر مَیں نے اسے نیم تاریک کوٹھڑی جیسی دکان کو بقعۂ نور بنانے کی کوشش کر ڈالی۔

زیادہ پاور کے بلب کی تیز روشنی کی چکا چوند میں، جب میں ان کو لے کر بیٹھا تو ان کی کشش دیدنی تھی۔ مَیں نے ان میں فوٹو دکان کی دیواروں پر لگا دیے، جس کے بعد بازار سے گزرتے ہوئے ایک گاہک کی نظر ان شوخ رنگوں، حسین چہروں اور شہوت بھرے جسموں پر پڑی تو وہ ٹھٹھک کے رہ گیا۔ وہ پہلے تو کچھ دیر تک اپنی آنکھیں مچمچا کر دکان کے اندر جھانکتا رہا، پھر وہ اس کی ٹوٹی پھوٹی معدوم ہوئی سیڑھیاں پھلانگ کر اندر گھس آیا۔ مَیں نے استعجاب سے اس کی طرف دیکھا تو وہ مسکرانے لگا۔ اس کی نظر میرے سامنے کھلی ہوئی تصویر پر چپکی ہوئی تھی۔ اس نے ناقابلِ فہم ہچکچاہٹ سے پوچھا کہ کیا یہ تصویر بکاؤ ہے؟ مَیں نے فوراً جواب دیا کہ ہاں ہے۔ اس نے قیمت دریافت کی تو مَیں نے اسے وہ بڑھا چڑھا کر بتائی جسے سن کر گاہک پہلے فرش پر پیروں کے بل بیٹھ گیا اور اس نے اس طرح ڈرتے ڈرتے تصویر کو چھونے کے لیے ہاتھ بڑھایا جیسے وہ کسی زندہ عورت کا جسم چھونے جا رہا ہو۔ وہ چند لمحوں تک تصویر کی سطح پر انگلیاں پھیرتا رہا۔ یہ عمل انجام دیتے اس کی آنکھوں میں عجیب چمک تھی اور چہرہ کسی جذبے کی شدت سے تمتما رہا تھا۔ مَیں نے اس کے ہاتھوں کو غور سے دیکھا تو وہ کھردرے سے تھے اور ان کی جلد میں سیاہ میل گھسا ہوا تھا۔ اس کی عمر پچیس سال سے زیادہ نہیں تھی لیکن وہ اپنے چہرے سے پچاس سال سے زیادہ کا لگ رہا تھا۔

پھر وہ اٹھا اور اپنی قمیص ہٹا کر شلوار میں بنی خفیہ جیب سے روپے نکالنے لگا۔ اس کے پاس ایک روپے والے بہت سے مڑے تڑے نوٹ تھے۔ اس نے مجھ سے دام کم کروانے کی کوئی کوشش نہیں کی اور نہ ہی دوسری تصویروں پر نگاہ کی۔ بس جو تصویر سب سے اوپر رکھی ہوئی تھی وہی اسے بھا گئی۔ اس نے مجھے نوٹ تھماتے ہوئے میرے آگے سے وہ تصویر

اٹھالی جواب اس کی ہو چکی تھی۔ اس لیے وہ اسے بھرپور نگاہ سے دیکھتا اور بھلمنساہت سے مسکراتا دکان سے نکل گیا۔ وہ اپنے ہاتھوں میں کھلی ہوئی تصویر دیکھتا دکان سے نکلا تو باہر کئی مردوں نے اس تصویر کو اشتیاق سے دیکھا۔ چند ایک نے اس پر پھبتیاں کسیں اور ایک ضعیف بزرگ نے راہ روک کر اس سے پوچھنے لگا کہ یہ فوٹو کہاں سے خریدی ہے؟ اس نے ہاتھ کے اشارے سے بتایا اور چلتا بنا۔

وہ ضعیف بزرگ اپنی داڑھی کھجاتا اور کھنکارتا ہوا میری دکان کے سامنے آ کھڑا ہوا اور اپنی کمر پر ہاتھ رکھے ہوئے وہ کچھ دیر تک بازار سے گزرتے ہوئے لوگوں کو شک بھری نگاہوں سے دیکھتا رہا۔ مَیں اتنا بوڑھا آدمی دیکھ کر گھبرا سا گیا کیوں کہ وہ چہرے سے میمن دکھائی دے رہا تھا۔ گرد و پیش سے اپنا اطمینان کر لینے کے بعد وہ اندر آ کر میرے قریب کھڑا ہو گیا۔ میرے آگے جو تصویر کھلی ہوئی تھی مَیں اسے مروڑنے لگ گیا۔ جس پر اس احتجاج کرتے ہوئے مجھے وہ تصویر پوری کھولنے کے لیے کہا۔ اس نے دو تین زاویوں سے تصویر کا اچھی طرح جائزہ لیا اور مجھ سے نگاہیں چراتے ہوئے اس کی قیمت کے بارے میں پوچھنے لگا۔ مَیں نے وہی دام بتائے جو پہلے گاہک کو بتا چکا تھا۔ قیمت سن کر اس نے ٹھنڈا سانس بھرتے ہوئے بازار کی طرف دیکھا اور پھر میرے قریب آ کر اس نے میرے کان میں سرگوشی کی۔ مَیں نے اثبات میں سر ہلاتے ہوئے تصویر اٹھائی اور اسے اچھی طرح لپیٹ کر اس پر اخباری کاغذ چڑھا دیا۔ وہ بزرگ میری کارگزاری پر خوش ہوا اور اس نے مجھے قیمت سے دو روپے زیادہ دیئے، جو مَیں نے بخوشی قبول کر لیے۔ پھر وہ تصویر کو بغل میں دبا کر شتابی سے چلتا دکان سے نکل گیا۔ مَیں پیسے جیب میں ٹھونستے ہوئے تصویروں کی اچانک برآمدگی اور ان کی فروخت کے بارے میں حیرت سے سوچنے لگا۔ مجھے بابا کی کاروباری فہم پر تعجب ہوا کہ اگر وہ دکان کو اس طرح کی تصویروں سے بھر لیتے تو ان کی چاندی ہو جاتی۔

جب کسی دکاندار کے مال کی خوب بکری ہوتی ہے اور اس کی چیزیں ہاتھوں ہاتھ لی جاتی ہیں، تب اس پر طاری ہو جانے والی کیفیت کو سمجھنا سہل کام نہیں۔ دولت کو جوڑ جوڑ کر جمع کرتے ہوئے اس کی شدید خواہش ہوتی ہے کہ وہ تمام دنیا کی اشیا کو بیچ ڈالے اور اپنے پاس دولت کا انبار جمع کر لے۔ شاید وہ انبار بھی اس کی تسکین کے لیے ناکافی ہو اور وہ کائنات کا سودا کرنے میں لگ جائے۔ فلمی اداکاراؤں کی تصویریں بیچتے ہوئے میری حالت کم و بیش ایسی ہی تھی۔ گاہکوں کے نزول کے بعد سے شام ڈھلنے سے پہلے تک میں تقریباً چالیس تصویریں بیچ چکا تھا۔ ان کی فروخت کے بعد مَیں نے دکان کے سارے کونے کھدرے اچھی طرح کھنگال ڈالے، مگر ویسی تمام تصویریں بک چکی تھیں۔ چند گاہک خالی بھیجنا مجھے ناگوار لگا۔ میرے اندر یہ آرزو بے قرار تھی کہ کاش دکان کی دوسری تصویریں بھی اسی طرح بک جاتیں تو کتنا اچھا ہوتا۔

زندگی میں پہلی بار اتنی موٹی رقم میرے ہاتھ آئی تھی جو مَیں نے اپنا ذہن لڑا کر ایک بلب کی چکا چوند کی وجہ سے جمع کر لی تھی۔ میری جیب گرم ہوتے ہی میرا ذہن ایسی ایسی باتیں سوچنے لگا جو پہلے میرے وہم و خیال میں بھی نہیں آ سکتی تھیں۔ مجھے محسوس ہونے لگا کہ مَیں کوئی معمولی آدمی نہیں رہا۔ میری جیب روپوں سے بھری ہوئی تھی۔ مَیں اپنی من پسند چیزیں خرید سکتا تھا اور اپنے پسندیدہ مشغلوں پر پیسا اڑا سکتا تھا۔ میری ذہنی کیفیت کم و بیش اسی بچے جیسی تھی، جسے راستے میں گرا

ہوا بٹوا مل جائے اور جب وہ اسے کھول کر دیکھے تو وہ روپوں سے بھرا ہوا ہو۔ مَیں نے اسی بچے کی طرح ذرا سی دیر میں بہت کچھ سوچ لیا۔ چند روز بعد چھتو چند میں بابو شاہ کا میلہ لگنے والا تھا، جہاں سے نوری کے ساتھ بابا کی کہانی شروع ہوئی تھی۔ مَیں نے فیصلہ کیا کہ اس مرتبہ میں وہاں ضرور جاؤں گا اور ناچنے والیوں پر دوسروں سے بڑھ چڑھ کر نوٹ نچھاور کروں گا اور اپنی پسند کی نوری تلاش کروں گا۔

میں بازار کی طرف پشت کیے بکھری ہوئی تصویریں اور فریم ترتیب سے رکھنے میں مصروف تھا کہ اچانک ایک طویل قامت سایہ دکان میں داخل ہوا۔ مجھے اس کی آہٹ سنائی دی اور نہ قدموں کی چاپ۔ وہ سایہ میرے قریب سے نکل کر دیوار پر چڑھ گیا میں اسے دیکھ کر ٹھٹھکا۔ جب مَیں نے اپنی گردن موڑ کر پیچھے کی طرف دیکھا تو وہ کوتوالی کا صوبے دار تھا۔ مجھ سے نظریں ملاتے ہی وہ اپنے مخصوص انداز میں ہنسا اور اس کے بعد مجھ سے کہنے لگا کہ وہ بھی دوسروں جیسا عام انسان ہے، پھر بھی پتہ نہیں لوگ اس کے ڈیل ڈول سے ڈر کیوں جاتے ہیں؟ مجھے معلوم تھا کہ لوگوں کو ڈرانا اس کا محبوب مشغلہ تھا اور اسے اس میں ایک خاص طرح کا مزا آتا تھا۔ مَیں نے اس سے مصافحہ کیا اور اسے بیٹھنے کے لیے چوکی پیش کی۔ اس نے چوکی کے سائز کو حیرانی سے دیکھا، پھر اسے ذرا پیچھے کھسکا کر اس پر بیٹھ گیا۔ وہ بے چاری ایک لمحے کے لیے چر چرائی اور اس کے بعد صوبے دار کے بھاری تن و توش کے نیچے غائب ہو گئی۔

وہ مجھے بتانے لگا کہ اس نے مسجد خضر حیات کے اس قید خانے میں بابا کی کتنی خدمت کی تھی۔ وہ گنواتا رہا کہ وہ کتنی بار ان کے لیے ہوٹل سے کھانا اور چائے لے کر آیا اور اس نے بابا کو پانی کے کتنے گلاس پلائے۔ مَیں اس کی خدمت گزاری کی داد دیتے ہوئے اس کی ساری باتیں غیر دلچسپی سے سنتا رہا۔ میرے لیے تمام دلچسپی صرف اس بات میں تھی کہ بابا کو کتنے بجے رہا کیا جانے والا تھا؟ مَیں نے پوچھا تو اس نے بتایا کہ عشاء کی نماز کے بعد، ایک دفعہ پھر مسجد کا پیش امام ان سے قرآن شریف پر ہاتھ رکھوا کر آئندہ گناہ نہ کرنے کا حلف لے گا اور نماز کے فوراً بعد انہیں رہا کر دیا جائے گا۔ صوبے دار نے اپنے گل مچھوں کو انگلیوں سے مروڑتے ہوئے مزید بتایا کہ وہ تم پر سخت خفا ہیں کہ تم نے کل صبح کے بعد ان کی خیریت معلوم نہیں کی۔ اس وقت صوبے دار کو انہوں نے ہی بھیجا تھا اور اس کے ذریعے مجھے مغرب کی نماز کے بعد بلایا تھا۔

بابا کے بلاوے نے میری سٹی گم کر دی۔ وہ تمام خدشات میں جنہیں بہت دیر سے بھولا ہوا تھا، میرے ذہن میں گھس آئے۔ کچھ نئے اندیشے بھی ان کے ساتھ شامل ہو گئے تھے۔ مجھے لگ رہا تھا کہ وہ مجھ سے دکان کی چیزوں کی فروخت کا پورا حساب لیں گے اور حاصل ہونے والی آمدنی نہ صرف مجھ سے وصول کریں گے بلکہ ہو سکتا ہے کہ وہ میری جیبوں کی تلاشی بھی لے ڈالیں۔ مَیں نہیں چاہتا تھا کہ مَیں نے آج جو بھی پیسے کمائے تھے، وہ سب ان کے حوالے کر دوں۔ وہ تمام باتیں میرے ذہن سے نکل گئیں جو صبح سے خوفزدہ کیے ہوئے تھیں اور میں بابا سے پیسے بچانے کی تدبیر سوچنے لگا کیوں کہ ان روپوں کی وجہ سے مَیں نے اپنے کئی ست رنگے خوابوں کو بالکل نئی سمت دے ڈالی تھی اور میں ان کی تعبیر دیکھنے کا شدید خواہش مند تھا۔

مَیں نے صوبے دار سے نگاہ چرا کر دکان کے مختلف گوشوں کو غور سے دیکھا تو یہاں پر مجھے کوئی ایسی جگہ سجھائی نہیں دی، آنے والے دنوں میں جہاں میری رسائی با آسانی ہوسکتی۔ یوں بھی کل صبح سے بابا دکان سنبھال لیں گے۔ میری قمیص کی دونوں جیبیں سامنے تھیں اور بابا کے ان پر ہاتھ مارنا آسان تھا۔شلوار کے نیفے کے بارے میں ہرکسی کو معلوم تھا کہ پیسے چھپانے کی خفیہ ترین جگہ یہی تھی۔ مَیں ابھی اسی ادھیڑ بن میں مبتلا تھا کہ مغرب کی اذان سنائی دینے لگی۔صوبے دار، مجھے نماز کے فوراً بعد پہنچنے کی تاکید کر کے چلا گیا۔ مَیں نے بھی اس کے جاتے ہی دکان بند کر دی اور کسی ہوٹل میں چائے پینے کے خیال سے قدم اٹھانے لگا۔

ڈھلتی ہوئی شام کے ساتھ بڑھتی ہوئی بازار کی ویرانی دل پر عجیب اثر کرتی تھی۔ چمگادڑ کے پروں کی پھڑ پھڑاہٹ اور کسی آدمی کے قدموں کی اکیلی چاپ سن کر دل پر عجیب سی وحشت طاری ہونے لگتی تھی۔ جب دن بھر سمجھ میں نہ آنے والی انسانی آوازیں شام کے بعد پھیلنے والی تاریکی میں سنائی دیتیں، تو بڑی نامانوس اور اجنبی لگتیں، جیسے ان آوازوں کا تعلق زمین کے بجائے کسی دور دراز کے سیارے سے ہو۔ اکثر اوقات گمبھیر تاریکی میں آشنا چہرے اور جانے پہچانے مقامات بھی پاتال کا کوئی حصہ لگنے لگتے۔ مَیں بند دکانوں کی قطار کے درمیان چلتا رہا۔ کچھ دور جا کر پُنھل کے ہوٹل سے اٹھتے لکڑی کی دھوئیں کی بو نے مجھے اپنی جانب متوجہ کیا۔شاید آج اس کے پاس کچھ دودھ بچا رہ گیا تھا ورنہ وہ اپنا ہوٹل مغرب کی اذان سے پہلے بند کر کے چلا جاتا تھا۔

میں اس چھوٹے سے ہوٹل میں جا بیٹھا اور جیب میں پڑے ہوئے روپے چھپانے کے بارے میں سوچنے لگا۔ مجھے خیال آیا کہ مَیں کیوں نہ کسی گلی میں زمین کھود کر انہیں دبا دوں اور اوپر کوئی ایسی چیز رکھ دوں جو نشانی کے طور پر مجھے یاد رہ جائے۔ یا پھر کسی پرانے بوسیدہ مکان کی اینٹوں کے بیچ جگہ بنا کر انہیں وہاں چھپا دوں۔ پہلی ترکیب کو مَیں نے فوراً رد کر دیا کیوں کہ اس طرح پیسے کسی راہ گیر کے ہاتھ لگ جانے کا خطرہ تھا، جب کہ دوسری ترکیب کے بارے میں سوچتے ہوئے مجھے جنات والی گلی کی وہ غیر آباد اور کھنڈر نما عمارت یاد آئی، میرے محلے کے اکثر لوگ، جس کے پاس سے گزرتے ہوئے ڈرتے تھے۔ اس ویران کدے کا خیال آتے ہی میرے اندر شدید اکساہٹ پیدا ہوئی کہ فوراً وہاں پہنچ کر کسی مناسب جگہ پر اپنے پیسے دبا دوں۔ مَیں نے گرم چائے کی پیالی کو دو چار گھونٹوں میں ختم تو کر دیا لیکن میرا سارا منہ جل کے رہ گیا، جس کی مَیں نے پروا نہیں کی۔ مجھے جلد از جلد پیسے ٹھکانے لگا کر بابا کے پاس مسجد پہنچنا تھا۔

تیز رفتاری سے بھاگنے کے سبب مجھے جنات والی گلی تک پہنچنے میں زیادہ دیر نہیں لگی لیکن گلی کے نکڑ پر نجانے کیوں میں ٹھٹھک کے رہ گیا۔ اس گلی کی ویرانی، خاموشی اور تاریکی دوسری گلیوں سے زیادہ خوف ناک تھی۔ اندھیرے میں غیر آباد مکانوں کے ہیولوں کے سوا کوئی اور شے نظر نہیں آتی تھی۔ مَیں اپنی جگہ پر ساکت آنکھیں مچمچا کر ادھر ادھر دیکھتا رہا کہ شاید کوئی بشر دکھائی دے اور اس کی وجہ سے مجھ میں ہمت پیدا ہو اور میں اس کھنڈر تک پہنچ سکوں۔ جس خیال کے زیر اثر میں وہاں تک آیا تھا، وہ میرے دل سے نکل گیا اور میں تھوڑی دیر تک مبہوت اور سہا کھڑا رہا۔ نجانے کیوں میں اتنا ڈر گیا

کہ مَیں نے آئندہ کبھی اندھیرے میں اس گلی کا رخ نہ کرنے کا عہد کیا اور آنکھیں میچ کے زور سے بھاگا۔

بھاگتے ہوئے میں اپنے محلے میں واقع جیون کی مانڈلی تک پہنچ گیا جو اس وقت چراغ کی دھیمی روشنی میں کسی آسیب گھر جیسی دکھائی دے رہی تھی۔ مَیں نے خود کو مانڈلی سے چند قدم پیچھے روک لیا۔ اپنی سانسیں درست کرتے ہوئے مَیں نے فیصلہ کیا کہ مجھے اپنی جیب میں رکھے ہوئے تمام روپے جیون کے پاس امانت کے طور پر رکھوا دینے چاہئیں۔ نجانے کیوں مجھے وہ دیانت دار شخص معلوم ہوتا تھا۔ مَیں اسے بچپن سے اسی جگہ پر اسی حالت میں دیکھتا آیا تھا۔ اگرچہ وہ اپنی بدمزاجی اور کم گوئی کی وجہ سے محلے بھر میں بدنام تھا۔ کچھ ان پڑھ اور دیہاتی ماؤں نے اپنے بچوں کو ڈرانے اور ان سے اپنی باتیں منوانے کے لیے اسے بلاوجہ جادوگر کہہ کر مشہور کر دیا تھا۔ وہ اسے جیون جادوگر کہہ کر اپنے بچوں کو ڈرانے کی کوشش کرتی تھیں۔ اسی لیے آس پاس کے گلی محلوں کے چھوٹے بچے، جن کی فضول خرچیوں کی وجہ سے جیون کی دکان چلتی تھی، شام ڈھلنے کے بعد اسے دیکھتے ہی بھاگ کھڑے ہوتے تھے۔ کچھ ڈھیٹ اور نڈر قسم کے بچے اسے خوامخواہ جیون جادوگر کہہ کر چھیڑتے، اس پر جملے کستے اور بسا اوقات اسے گالیاں بھی بکتے۔ جیون ایسی حرکتوں پر بھڑک جاتا۔ انہیں کوسنے دیتا اور کبھی کبھی مانڈلی سے نکل کر کوئی پتھر یا اینٹ کا ٹکڑا اٹھا کر ان کی طرف پھینک دیتا۔ اس کے نحیف بازوؤں اور کمزور ہاتھوں کی وجہ سے اس کا نشانہ ہمیشہ خطا ہو جاتا۔

جیون کو رام کرنے کے لیے مجھے کوئی بات گھڑنی تھی تاکہ وہ حیض بیض کیے بغیر میرے پیسے بطور امانت اپنے پاس رکھنے پر رضامند ہو جائے۔ تھوڑا سا دماغ لڑانے سے مجھے ایک بات فوراً سجھائی دے گئی۔ مَیں چند قدم پیچھے کی طرف اٹھا کر پلٹا اور وہاں سے تیز رفتاری سے دوڑتا ہوا جیون کے مانڈلی کے آگے پہنچ کر ہانپتا کانپتا ہوا رک گیا۔ میرے بھاگتے قدموں کی آواز سن کر وہ چونکا۔ مَیں گلی کے درمیان اندھیرے میں کھڑا تھا، اس لیے وہ مجھے پہچان نہیں سکا۔ اس نے کھنکار کر گلا صاف کیا اور رعب دار آواز نکالتے ہوئے پوچھا کہ کون ہے؟ مَیں بار بار پیچھے دیکھتا اس کے نزدیک پہنچا تو وہ میری پھولی ہوئی سانسیں دیکھ کر مجھ سے پوچھے بنا نہیں رہ سکا کہ کیا ہوا؟ مَیں نے اسے گھڑی ہوئی بات سنانے لگا کہ مَیں اپنی دکان بند کر کے گھر جا رہا تھا کہ شیرازیوں کی حویلی کے سامنے پنجتن پاک کے علم کے پاس ایک بھشنی میرے پیچھے لگ گیا۔ مَیں سخت خوفزدہ ہو کر پہلے تو تیز قدموں سے چلنے لگا، اس کے بعد بھاگ کھڑا ہوا کیوں کہ میرے پاس چار سو روپے تھے۔ جو مَیں نے دن بھر کی محنت سے کمائے تھے۔ وہ تو اچھا ہوا کہ اس کی دکان بیچ میں پڑتی تھی اور میں یہاں رک گیا۔

اس نے میری کہانی غور سے سنی اور فوراً اس کی صداقت پر ایمان بھی لے آیا۔ مَیں نے اسے مزید کہا کہ آج میں صرف اس کی وجہ سے لٹنے سے بچ گیا اور اگر یہ مانڈلی نہ ہوتی تو وہ بھشنی یقینی طور پر مجھے لوٹ لیتا۔ میری بات سن کر جیون کے پوپلے ہونٹوں پر ایک مسکراہٹ پھیل گئی۔ مَیں نے موقع دیکھ کر اسے دو چار مسکے اور لگا دیئے۔ میری باتیں سن کر اس نے رضامندی ظاہر کرنے میں دیر نہ لگائی۔ اس نے میری دل جوئی بھی کی اور شہر میں بڑھتے ہوئے آوارہ گرد چوروں کو گالیاں بھی دیں۔ مَیں نے اپنی جیب سے چار سو کی رقم جو تمام کی تمام ایک دو، پانچ اور دس روپے کے نوٹوں پر مشتمل تھی،

وہ جیون کے حوالے کر دی۔ اس نے چراغ کے پاس لے جاکر سارے نوٹوں کی گنتی کی تا کہ بعد میں کمی بیشی نہ ہو جائے۔ اس کے بعد اس نے کہا کہ تمہاری امانت میرے پاس محفوظ رہے گی، اس کا یہ جملہ سن کر مَیں نے اطمینان کی سانس لی اور وہاں سے فوراً رخصت ہوا۔

اب مجھے اپنی اس چالاکی و ہوشیاری کے بارے میں سوچ کر حیرت ہوتی ہے۔ مَیں کبھی اتنا تیز طرار نہیں رہا تھا کہ موقع مناسبت سے بات بنا لیتا لیکن اس دن جیسے یہ سب کچھ ایک میکانکی طریقے سے خود بخود ہوتا چلا گیا۔ اس سے پہلے میں اپنی اماں کو چھوٹے موٹے دھوکے دیتا رہا تھا، جن کی وجہ سے مجھے ہر بار پانچ یا دس روپے کی خرچی مل جاتی تھی۔ چار سو کی رقم کے متعلق مَیں نے کبھی سوچا بھی نہیں تھا جو میرے لیے خاصی بڑی تھی۔ ایک عجیب بات یہ بھی تھی کہ یہ پیسے ہتھیاتے وقت مجھے کوئی ندامت نہیں ہو رہی تھی بلکہ میں مطمئن تھا کہ مَیں نے بالکل ٹھیک کام کیا تھا۔ یہ حقیقت تھی کہ اس دکان کے مالک میرے بابا تھے اور اس کی تمام چیزیں ان کی ملکیت تھیں، لیکن اس کے باوجود میں سمجھتا تھا کہ ان پر میرا بھی پورا حق بنتا تھا۔ ہو سکتا ہے کہ میرے یہ خیالات باغیانہ ہوں اور ان میں ایک طرح کی انتہا پسندی پائی جاتی ہو مگر یہ سچ تھا کہ عمر بڑھنے کے ساتھ میرے احساسات و جذبات میں ایک شدت پیدا ہوتی چلی جا رہی تھی جسے قابو میں رکھنا میرے بس سے باہر ہوتا جا رہا تھا۔

میں اندھیری گلیوں میں تیز تیز قدم اٹھاتا رہا صوبے دار نے مجھے مغرب کی نماز کے بعد مسجد پہنچنے کے لیے کہا تھا اور اب نماز ختم ہوئے دیر گزر چکی تھی۔ عشا کا وقت قریب آتا جا رہا تھا۔ مَیں وہ ساری باتیں سوچتے ہوئے لمبے ڈگ بھرتا جا رہا تھا، جو مجھے بابا کو بتانی تھیں۔ مَیں نے جی میں ٹھان لی تھی کہ وہ مجھ پر جو الزام لگا رہے تھے وہ درست نہیں۔ مَیں ان کے آگے اپنی صفائی پیش کرنے کی پوری کوشش کروں گا۔ جوں جوں مسجد کا صدر دروازہ قریب آ رہا تھا، مَیں اپنے اندر اعتماد کی نئی لہر محسوس کر رہا تھا جو اس سے پہلے میرے اندر کبھی پیدا نہیں ہوئی تھی۔

22

مسجد کے پوری طرح کھلے ہوئے صدر دروازے کے سامنے رک گیا اور اس کے کشادہ صحن کی طرف دیکھنے لگا، جو اِس وقت خالی پڑا تھا اور شاید اسی وجہ سے ٹیوب لائٹوں کی دودھیا روشنی میں سوگوار لگ رہا تھا لیکن اسی کے ساتھ اس میں ایک کشش بھی محسوس ہو رہی تھی۔ میرا دل ایک دیوار سے پیٹھ لگا کر، اپنے زانو پہ سر رکھ کر ذرا سی دیر کے لیے آنکھیں موندنے کو چاہ رہا تھا۔ کچھ دیر پہلے مَیں نے اپنے اندر اعتماد کی جو نئی لہر محسوس کی تھی وہ یہاں پہنچ کر کہیں غائب ہو گئی تھی اور میں خود کو ناتواں محسوس کرنے لگا تھا۔ تاریکی میں مسجد کا بہت بڑا سفید گنبد اس وقت گدلا اور مہیب نظر آ رہا تھا، وہ اندھیرے کی بے کراں وسعت میں ایک گومڑ کی طرح نمایاں لگ رہا تھا۔ صحن کے دائیں جانب وضو خانے کے سارے نل بند تھے اور ان کے اطراف کی جگہ سوکھی ہوئی تھی۔ مَیں نے اپنی چپل اتار دی اور اس کوٹھڑی کی طرف چل دیا جہاں بابا موجود تھے۔

اس کوٹھڑی سے دھیمی اور پر اسرار آوازیں سنائی دے رہی تھیں۔ مسجد کے مرکزی ہال کی اونچی محراب سے بالکل اچانک برآمد ہوتے پیش امام کو دیکھ کر میری سٹی گم ہو گئی۔ وہ درمیانے قد کا اور گٹھے ہوئے جسم کا مالک تھا۔ سر پر سفید عمامے، آنکھوں میں تیز سرمے اور سرسوں کے تیل میں چپڑی داڑھی کے سبب اس کی شخصیت خاصی رعب دار معلوم ہو رہی تھی۔ مَیں نے کسمسا کر اسے دیکھا۔ وہ پہلی نظر میں ہی مجھے پہچان گیا لیکن اس نے شناسائی ظاہر نہیں کی اور مجھے دیکھتے ہی ایک ناگواری کے ساتھ اپنا منہ دوسری طرف پھیر لیا۔ وہ اپنی کلائی پر بندھی گھڑی پر وقت دیکھتا مسجد کے خالی صحن میں ٹہلنے لگا۔

مَیں نے آوازوں کی سمت اپنا قدم بڑھایا جو اب مجھے واضح سنائی دے رہی تھیں۔ کوٹھڑی کے دروازے کے پاس پہنچتے ہی مَیں نے بابا کو نوری کا نام لیتے ہوئے سنا۔ ان کے لہجے کی حسرت نے مجھ پر ان کے دل کی حالت ظاہر کر دی۔ مَیں سوچنے لگا کہ اتنے سنگین واقعے کے بعد بھی ان کی خواہش میں کوئی کمی نہیں آ سکی تھی اور وہ اب تک اسی کے بارے میں سوچ رہے تھے۔ دروازے کی چوکھٹ پر پاؤں دھرنے سے پہلے میں ٹھٹھک کر رک گیا۔

صوبے دار اپنے کڈھب لہجے میں بولے جا رہا تھا۔ وہ شاید میرے بابا کو سمجھانے کی کوشش کر رہا تھا کہ قاضی عبداللطیف کی خلوت میں جانے کے بعد نوری کی کایا کلپ ہو چکی تھی۔ اس نے قاضی صاحب کے روبرو نہ صرف اپنے گناہوں کا

اعتراف کیا تھا بلکہ توبہ تائب ہو کر اس نے اپنی گزشتہ زندگی پوری طرح ترک کرنے کا عہد بھی کیا تھا۔ اس لیے اب اس کی آرزو کرنا فضول تھا۔ قاضی نے زنا جیسے گناہ کبیرہ سے بچنے کے لیے نوری کے ساتھ عقد کرنے کا فیصلہ کر لیا تھا اور نوری نے بھی دباؤ میں آکر اپنی رضامندی ظاہر کر دی تھی۔

کچھ دیر تک ان کی باتیں سننے کے بعد مَیں نے ہمت کر کے اپنا قدم آگے بڑھایا۔ مجھے دیکھتے ہی صوبے دار نے چپ سادھ لی اور بابا نے ایک رعونت کے ساتھ سر اٹھا کر میری جانب دیکھا۔ مَیں نے رسم نبھانے کے لیے سلام کیا، تو صرف صوبے دار نے اس کا جواب دیا۔ اس نے خوش دلی سے میرے ساتھ مصافحہ کیا مگر بابا کے ہاتھ ملانے کے انداز سے کینہ پروری جھلک رہی تھی۔ مَیں بمشکل دو مرتبہ ان کے چہرے کی طرف دیکھ سکا۔ وہاں اپنے لیے نظر آتا غصہ دیکھ کر میں لرز کر رہ گیا۔ صوبے دار نے مجھے بیٹھنے کے لیے کہا تو میں اس میلے کچیلے گدے پر ان کے قریب ہی بیٹھ گیا۔ بیٹھے بیٹھے مجھے ندامت کا احساس ہونے لگا کہ بابا کو نظر انداز کر کے مَیں نے اچھا نہیں کیا تھا اور اب بھی مجھے آنے میں خاصی دیر ہو گئی تھی۔ کچھ دیر بعد صوبے دار ہمیں اکیلا چھوڑ کر باہر نکل گیا تو مجھے لگا کہ وہ دانستہ طور پر ہمیں آپس میں بات کرنے کا موقع دینا چاہتا تھا۔

اس کے جانے کے بعد چند لمحوں کے لیے ہمارے مابین خاموشی طاری رہی۔ بابا کے نزدیک پہنچتے ہی میرا اعتماد پارہ پارہ ہو چکا تھا اور جو باتیں مجھے کہنی تھیں، وہ دماغ سے گم ہو گئی تھیں۔ مَیں پوری طرح بابا کے رحم و کرم پر تھا اور صرف اس بات کا منتظر تھا کہ وہ مجھ سے کس لہجے میں کیا بات کرتے ہیں اور کب میرے سر کے بال پکڑ کر مجھے گالیاں دیتے ہوئے پیٹنا شروع کرتے ہیں۔ ان کی حالت دیکھ کر میرا دل ایک بار پھر افسوس سے بھر گیا اور میں اپنے آپ کو ملامت کرنے لگا اور میں جی ہی جی میں خود کو لالچی اور خود غرض کہنے لگا۔ ان کی زرد اور سرخ آنکھوں میں رت جگے کی اذیت کے ساتھ نفرت اور انتقام کی آمیزش بھی نظر آ رہی تھی۔ وہ میری طرف دیکھنے کے بجائے لگاتار زمین کی طرف دیکھ رہے تھے۔ ان کے بال بے ترتیب اور آپس میں گتھے ہوئے تھے۔ ان کی پیشانی پر گہری لکیریں ابھری ہوئی تھیں۔ ان کے ہونٹ سگریٹ نوشی کی کثرت سے سیاہ پڑ گئے تھے۔ ان کے چہرے کی رنگت گہری سانولی ہو گئی تھی اور لباس بہت گندا تھا۔ گرچہ مسجد میں غسل کرنے کی سہولت موجود تھی لیکن لگتا تھا کہ انھوں نے تینوں دن غسل کرنا بھی گوارا نہیں کیا تھا۔ مَیں نے سوچا کہ جو شخص دن میں بلاناغہ نہانے کا عادی تھا۔ ہر روز کپڑے تبدیل کرتا تھا اور جس کے لباس سے ہر وقت عطر کی خوشبو آتی رہتی تھی، اسے اس حال میں دیکھنا تکلیف دہ تھا۔

وہ مجھ سے کچھ کہنے والے تھے لیکن ان کی لب کشائی سے پہلے مسجد کے امام نے اذان سے پہلے اپنا مائیک چیک کرنا شروع کر دیا، جس کی وجہ سے سارے میں ایک شور سا پھیل گیا۔ اس کے بعد وہ اپنے مخصوص انداز میں عشا کی اذان دینے لگا۔ بابا کچھ دیر تک پہلو بدلتے رہے لیکن پھر اپنا منہ دوسری طرف پھیر کر بیٹھ گئے۔

اذان ختم ہوتے ہی پیش امام کوٹھڑی میں بابا سے ملنے آیا اور ان کے ساتھ مجھے بھی نماز پڑھنے کی دعوت دینے لگا۔ بابا بے زاری کے ساتھ اس کی باتیں سنتے رہے۔ پیش امام ڈھیٹ آدمی تھا اور لگاتار انہیں دوزخ کے عذاب سے ڈرانے کی کوشش کر

رہا تھا۔ بابا نے اس کے سامنے ایک عجیب انداز سے سگریٹ سلگایا اور اس کا کش لیتے ہوئے دیوار کی طرف دیکھنے لگے۔ وہ اپنا وعظ ختم کر کے جانے لگا تو اسے جاتا دیکھ کر میں بھی اس کے پیچھے جانے کے لیے اٹھنے لگا تو بابا نے ایک عداوت سے میری جانب دیکھا لیکن میں انہیں نظر انداز کرتا ہوا باہر نکل گیا۔

وضو خانے کی پتھریلی نشست پر بیٹھ کر میں اپنے چہرے، اپنے ہاتھوں اور پیروں کو رگڑ رگڑ کر دھوتا رہا، اس لیے وضو کرنے میں تھوڑی دیر لگ گئی۔ کچھ اور لوگ بھی نلوں سے نکلتے تازہ پانی سے وضو کرنے میں مصروف تھے۔ مَیں جیسے ہی صحن میں بچھی چٹائیوں تک پہنچا، امام صاحب نے کھڑے ہو کر تکبیر پڑھنی شروع کر دی۔

فرض پڑھنے کے بعد جماعت منتشر ہو گئی اور لوگ ادھر ادھر کھڑے ہو کر بقیہ نماز پڑھنے لگے۔ اس کے بعد آخر میں امام کی دعا کے ساتھ نماز ختم ہو گئی۔ اس نے بابا کے لیے خصوصی طور پر دعا کی کہ خدا انہیں صراطِ مستقیم پر چلنے کی توفیق عطا کرے اور گناہوں سے باز رکھے۔ نمازیوں نے بلند لہجے میں آمین کہا اور دھیرے دھیرے اٹھ کر باہر جانے لگ گئے۔ جب سب چلے گئے تو صحن میں امام کے علاوہ صوبے دار اور میں باقی رہ گئے۔ ہم کچھ دیر تک چپ چاپ بیٹھے ایک دوسرے کو دیکھتے رہے پھر صوبے دار مسجد کے صدر دروازے کی جانب دیکھتا ہوا اٹھا اور پیش امام کی جانماز پر اس کے نزدیک ہو کر جا بیٹھا۔ چند لمحوں تک ان کے بیچ کھسر پھسر جاری رہی۔ اس کے بعد صوبے دار نے اپنی جیب سے کوئی چیز نکال کر امام صاحب کی مٹھی میں دبا دی جسے اس نے فوراً اپنی جیب میں ڈال لیا۔

اس کے بعد بابا کی رہائی کی رسم ادا کی گئی۔ صوبے دار کوٹھڑی میں جا کر ان کو اپنے ساتھ باہر صحن میں لے آیا۔ امام نے بابا سے قسم اٹھوائی کہ وہ آئندہ زنا جیسے گناہ سے کوسوں رہیں گے۔ بابا نے کسی بھی تردّد کے بغیر بے دلی سے وہ قسم اٹھائی کہ وہ اس سے بچنے کی پوری کوشش کریں گے۔ اس کے بعد امام نے ایک مختصر سی دعا کے بعد بابا کی رہائی کا اعلان کر دیا۔ اس نے بابا سے مصافحہ کرتے ہوئے ان کے لیے تعریفی کلمات ادا کیے جنہیں سن کر وہ خود کو مسکرانے سے نہیں روک سکے۔ امام نے اپنی داڑھی کھجاتے ہوئے ہمیں مسجد سے رخصت ہونے کی اجازت دی۔

ہم تینوں اپنی چپلیں پہن کر مسجد کے صدر دروازے سے باہر نکل آئے اور بائیں طرف ایک ویران اور اندھیری گلی میں چلنے لگے۔ مجھے بابا کے ساتھ چلتے ہوئے یہ دھڑکا لگا تھا کہ وہ کسی بھی لمحے میرے بال نوچنے اور طمانچے مار مار کر میرا منہ لال نہ کر دیں مگر ان کے ذہن میں شاید اس وقت کچھ چل رہا تھا۔ مَیں تو ہر وقت ان کی دسترس میں تھا اس لیے جو کچھ ان کی رسائی سے باہر ہو چکا تھا وہ اس کی فکر میں گھلے جا رہے تھے۔

چلتے ہوئے میرے بابا نے صوبے دار کی پیٹھ تھپک کر اس کا شکریہ ادا کیا کہ اس نے کڑے وقت میں ان کا بہت ساتھ دیا اور اس نے ان کے لیے جو کچھ بھی کیا، اُسے وہ ایک احسان کے طور پر ہمیشہ یاد رکھیں گے۔ اس کی بدولت وہ اس جہنم نما کوٹھڑی میں آرام سے رہے۔ گرچہ بابا کے ساتھ امام کا رویہ مخاصمانہ رہا تھا اور اس کی وجہ یہی تھی کہ بابا نے مسجد میں رہتے ہوئے کوئی نماز نہیں پڑھی تھی۔ پیش امام اگر چاہتا تو قاضی سے شکایت کر کے ان کی پریشانی میں اضافے کا باعث بن سکتا

تھا لیکن صوبے دار نے بابا کے خلاف کوئی بھی جوابی کارروائی کرنے سے اسے روکے رکھا تھا۔

اپنی تحسین سن کر صوبے دار کی باچھیں کھل گئیں لیکن اس نے ایک عاجزی سے بابا سے اختلاف کرتے ہوئے کہا کہ وہ خود کو ایک بے کار آدمی سمجھتا تھا اور اس نے ان پر کوئی احسان نہیں کیا تھا۔اس کے ساتھ ساتھ وہ یہ بھی جتانے لگا کہ پیش امام کو راضی کرنا مشکل تھا کیوں کہ وہ قاضی کے پاس جاکر بابا کے خلاف اس کے کان بھرنے کے لیے تیار تھا۔اسے راضی کرنے کے لیے صوبے دار کو کئی طرح کے پاپڑ بیلنے پڑے، تب کہیں جاکر معاملہ آسانی کے ساتھ طے ہو سکا۔بابا نے اس کی بات سے پوری طرح اتفاق کیا۔

ایک گلی کے موڑ پر الگ ہونے سے پہلے صوبے دار نے ایک بار پھر اپنا مشورہ دوہرایا۔اس نے رازداری برطرف کرتے ہوئے میرے سامنے ابا سے کہا: ''کل دوپہر کو نوری، قاضی عبداللطیف کے نکاح میں چلی جائے گی، اس لیے اس کے بارے میں سوچنے یا پریشان ہونے کی کوئی ضرورت نہیں۔'' بابا نے اس کی بات غور سے سنی پھر صوبے دار کا بھاری ہاتھ اپنے ہاتھ میں لے کر اس سے درخواست کرنے لگے کہ اگر وہ صرف ایک بار نوری سے ان کی ملاقات کا اہتمام کردے تو اس کے بعد وہ اس سے یہ وعدہ کر سکتے تھے کہ پھر زندگی بھر اس کا نام تک نہیں لیں گے۔صوبے دار یہ سن کر سوچ میں پڑ گیا۔ وہ بابا کو سمجھانے لگا کہ اب ایسا ممکن نہیں تھا، کیوں کہ قاضی کی ماڑی پر اس کے مکرانی خدمت گار پہرہ دے رہے تھے اور وہ اپنا زیادہ وقت بھی ماڑی سے ملحقہ اپنی خاندانی مسجد میں گزارتا تھا۔وہاں داخل ہو کر نوری تک پہنچنا مشکل بلکہ ناممکن تھا۔

صوبے دار خلوص اور ہمدردی سے انہیں سمجھانے کی کوشش کرتا رہا کہ اگر بفرض محال نوری سے ان کی ملاقات ہو بھی گئی تو اس سے بابا کو فائدے کے بجائے مزید نقصان ہونے کا خطرہ تھا، کیوں کہ اس کے بعد بابا کے شوق میں کمی کے بجائے اور اضافہ ہو جائے گا اور ان کی خواہش منہ زور ہو کر اندھی ہو جائے گی۔اس نے بابا کے کندھے پر ہاتھ رکھ کر انہیں نوری کو ہمیشہ کے لیے بھولنے کا مشورہ دیا، جسے بابا نے ٹھنڈی سانس لیتے ہوئے سنا۔صوبے دار ایک ہمدرد دوست کی طرح ان کے کندھے پر ہاتھ رکھ کر سنجیدگی سے ان کی طرف دیکھتا رہا۔

میں چپ چاپ یہ سب سن رہا تھا اور اپنے بابا پر طاری جنون کو بے نقاب ہوتے دیکھ کر دل ہی دل میں شرمندہ ہو رہا تھا۔زندگی میں اتنی زیادہ مباشرتیں کرنے کے باوجود وہ ایک رنڈی کی خاطر مرے جا رہے تھے۔میں ماروی سے ملنے کے لیے جی ہی جی میں بیقراری سے بلکتا رہا تھا لیکن میں اس سے ملنے کے لیے کسی کے سامنے اس طرح گڑگڑایا نہیں تھا، جس طرح اس وقت میرے بابا صوبے دار کی منت سماجت کر رہے تھے۔

آخر عاجز آ کر اس نے بابا کا کندھا تھپکتے ہوئے انہیں اس وقت گھر جاکر آرام کرنے کا مشورہ دیا۔تائید میں اپنا سر ہلاتے ہوئے وہ میری موجودگی سے تقریباً بے نیاز، قدم اٹھا کر گھر کی طرف چلنے لگے۔انہیں جاتا دیکھ کر میں بھی ان کے پیچھے ہو لیا۔

گھپ اندھیرے میں اس طویل اور ٹیڑھی میڑھی گلی کی جانی پہچانی اشیا غیر مرئی اور غیر حقیقی نظر آ رہی تھیں۔گہری تاریکی

نے ہر چیز کو حقیقت سے ماورا کر کے پر اسرار بنا دیا تھا۔ ایسے میں کچھ بھی فرض کیا جا سکتا تھا کہ ہم زمین پر تھے یا کسی خلا میں۔ یہ بھی ممکن تھا کہ ہم پاتال میں واقع ایک ایسے شہر کی گلیوں سے گزر رہے تھے، جو مدتوں پہلے غرقاب ہو چکا تھا۔ اس زیرِ زمین شہر کا آسمان اور سماوی اشیا، ہوا اور فضا، زمین اور اس پر کی گئی تعمیرات، غرض سب کچھ مجھے چلتے ہوئے وقت مختلف اور انوکھے لگ رہے تھے۔ مَیں نے دو تین مرتبہ آنکھیں پھیلا کر آس پاس کے مستطیل، چوکور اور تکونی مکانات، ان کے اطراف کی خالی زمین اور یہاں وہاں سے نکلتے تنگ اور کشادہ راستے جانے پہچانے ہو کر بھی اجنبی لگ رہے تھے۔ میرے چلنے کی رفتار سست تھی اور میں اپنے بابا سے پیچھے رہ گیا تھا۔

ہمارے شہر میں کچھ ایسے نصیب سے مارے ہوئے لوگ بھی تھے جو رت جگے کے شوق میں مبتلا تھے اور یہ لوگ میرے اور بابا کے لیے مضر ثابت ہو سکتے تھے کیوں کہ ان لوگوں کو کہیں پہنچنے کی جلدی نہیں ہوتی تھی۔ انہیں راستے میں جس جگہ کوئی آشنا مل جاتا تھا، وہ باتوں کا ایسا طومار باندھتے کہ کھڑے کھڑے رات بیت جاتی۔ انہیں عرفِ عام میں موالی یا نشئی کہا جاتا جو افیم، چرس، بھنگ اور ہیروئن کی لت میں مبتلا ہوتے۔ ان کی تمام صلاحیتیں اور جستجو اسی چیز کے حصول کی کوشش میں ضائع ہو جاتیں۔ ایسے لوگ ذہنی طور پر کسی دوسری دنیا میں رہتے جو پر اسرار چیزوں سے بھری ہوئی ہوتی۔ بسا اوقات یہ لوگ اپنے سامع کو بھی اپنے ساتھ اس دنیا میں لے جاتے اور اسے وہیں چھوڑ کر خود بھاگ نکلتے تھے۔ یہ نرالے متوالے تلخ سے تلخ بات آدمی کے منہ پر کہہ دینے کے عادی تھے اور انہیں اس عمل پر کبھی پچھتاوا نہیں ہوتا تھا لیکن ہماری قسمت اچھی تھی کہ راستے میں صرف دو ہی ایسے آدمیوں سے سامنا ہوا مگر وہ کسی وجہ سے عجلت میں تھے، اس لیے کنی کترا کر پاس سے گزر گئے۔ ویسے بھی رات کے گھپ اندھیرے میں کسی کا چہرہ پہچاننا دشوار عمل تھا۔

بابا مجھ سے بے خبر ادھر ادھر دیکھے بغیر سر جھکائے چل رہے تھے۔ چلتے ہوئے ان کے شانے دائیں اور بائیں ہل رہے تھے اور ان کی ناہموار سانسوں کی آواز مجھے صاف سنائی دے رہی تھی۔ قریب تھا کہ مَیں اپنی تنہائی اور خوف کے زیرِ اثر ایک فلک شگاف چیخ مارتا لیکن مجھے میرے ذہن نے بچا لیا۔ وہ مجھے اس دنیا میں کھینچ کر واپس لے آیا جو میری دیکھی بھالی تھی۔ مَیں اپنے حواس کے ذریعے جس کی تفہیم کر سکتا تھا، جسے چھو سکتا تھا اور پہچان سکتا تھا۔ یہ وہی دنیا تھی مَیں کئی نسلوں سے جس کا اسیر چلا آ رہا تھا۔ اس کی تمام چیزیں میرے دماغ میں بری طرح رچی بسی ہوئی تھیں اور میرے لیے ان کے چنگل سے نکلنا ممکن نہیں تھا۔ مَیں نے اپنے سر کو زور سے جھٹکا اور تیزی سے قدم اٹھاتا بابا کے برابر پہنچ گیا۔

مَیں نے گھنشام داس سے ہونے والی باتوں سے جو نتائج اخذ کیے تھے اور جن کے باعث میں کل شام سے اب تک ایک دباؤ میں تھا اور خود کو ایک غیر یقینی صورتحال میں مبتلا کیے ہوئے تھا۔ اب جا کر دھیرے دھیرے میں ان سب باتوں کے بارے میں ایک دوسرے رخ سے سوچنے کے قابل ہوتا چلا گیا۔

یہ درست تھا کہ حاجی نے اپنے یاروں کی معیت میں کمرے پر چھاپا مارا تھا، بعد میں مسجد خضر حیات میں قاضی کے سامنے گواہی بھی اسی نے دی تھی۔ یہ باتیں اپنی جگہ ٹھیک تھیں لیکن ان باتوں سے یہ ثابت نہیں ہوتا تھا کہ حاجی اسمٰعیل نے ساری

کارروائی محض اس بنا پر کی تھی کہ لال بخش کا بیٹا اس کی بیٹی ماروی سے محبت کرتا تھا۔ ہوسکتا ہے کہ بابا اور اس کے درمیان کوئی پرانی رنجش ہو یا پھر ہوسکتا تھا کہ ماروی کا والد بھی نوری کے چاہنے والوں میں شامل ہو اور اس نے اسی لیے بابا سے انتقام لیا ہو۔ اس کے سوا کوئی اور وجہ بھی ہوسکتی تھی جس کے متعلق مجھے کچھ پتہ نہ ہو۔ یہ بھی ممکن تھا کہ میرے بابا اگر اس واقعے کا ذمہ دار مجھے سمجھ رہے ہوتے تو وہ اپنا ردِعمل ضرور ظاہر کر دیتے۔ خاصی دیر گزر جانے کے باوجود انہوں نے مجھ سے کوئی بات نہیں کی تھی۔

محلے کی مسجد کے پاس پہنچ کر بابا نجانے کیوں رک گئے۔ اس وقت مسجد کا دروازہ بند تھا لیکن پھر بھی وہ اسے غور سے دیکھتے رہے۔ اندھیرے میں مسجد کی دیواریں اور مینار مہیب لگ رہے تھے۔ راستے بھر انہوں نے مجھ پر نگاہ تک نہیں ڈالی تھی لیکن اب انہوں نے بالکل اچانک ٹھٹھک کر میری طرف یوں دیکھا، جیسے میں اسی لمحے میں ان کے سامنے اچانک نمودار ہوا تھا۔ مَیں نے گہری تاریکی میں ان کے چہرے کے تاثر کو بدلتے ہوئے دیکھا۔ شاید وہ مسکرا رہے تھے اور ان کی یہ مسکراہٹ مختلف قسم کی تھی۔ اگلے ہی لمحے انہوں نے پہلے میرے کندھے پر اپنا ہاتھ رکھ دیا اور اپنے دوسرے ہاتھ کی انگلیاں میرے سر کے بالوں میں ہولے ہولے پھیرنے لگے۔ مجھے ان سے محبت اور شفقت کی نامانوس خوشبو آتی محسوس ہوئی۔ ذرا سی دیر کے بعد ان کا چہرہ پہلے جیسا ہو گیا اور انہوں نے اپنا منہ دوسری طرف پھیرتے ہوئے اپنا ہاتھ میرے کندھے اور سر سے ہٹا لیا۔ اس کے بعد انہوں نے قدم اٹھایا تو میں بھی ان کے پیچھے چلنے لگا۔

اماں صبح سے گھر پر اکیلی تھیں۔ دکان کے لیے نکلتے وقت مَیں نے ان سے کہا تھا کہ دوپہر کا کھانا کھانے ضرور آؤں گا لیکن دن بھر کی مصروفیت کی وجہ سے میرا دل نہیں چاہا کہ مَیں کھانے کے لیے گھر جاؤں۔ معمول کے مطابق مغرب تک مجھے گھر پہنچ جانا چاہیے تھا لیکن اماں کو معلوم تھا کہ آج رات بابا کو رہا ہونا تھا۔ اس لیے انہیں میرے علاوہ بابا کا انتظار بھی شدت سے ہو گا۔ مَیں بخوبی جانتا تھا کہ ان کے لیے انتظار کا مرحلہ کتنا دشوار گزار ہو گا اور ان پر ایک ایک پل کتنا بھاری گزر رہا ہو گا۔ ان کے اعصاب پر شدید بے کلی سوار ہو گی اور انہیں کسی طرح آرام نہیں آ رہا ہو گا۔

اپنی گلی میں داخل ہوتے ہی مجھے اماں کی یاد آئی۔ مَیں نے گھر کے ویران در و دیوار کے بیچ ان کی پورے دن کی تنہائی کو محسوس کیا۔ مَیں نے انہیں اپنی آنکھوں کے سامنے باورچی خانے کی چوکی پر گم صم بیٹھے ہوئے، کمرے کے فرش پر اپنے پاؤں گھسیٹ کر چلتے ہوئے اور مختلف کھڑکیوں سے بیقراری سے گلی میں جھانکتے ہوئے دیکھا۔ اس لحظہ مجھے ان کی پوری ازدواجی زندگی تنہائی کے گہرے پردوں میں لپٹی محسوس ہوئی۔ وہ گھر کی چیزوں کے درمیان اکیلی نظر آئیں۔ حد تو یہ تھی کہ گفتگو کرتے، ہنستے، سرگوشیاں کرتے ہوئے بھی ان کی تنہائی ان کی برابر ہم نشین رہتی اور ان کی آنکھوں سے ہونٹوں سے اور ان کے جسم کی حرکات سے پھوٹ کر چار سو بہتی رہتی۔ شاید اسی تنہائی کے سبب وہ وقت سے پہلے بوڑھی ہو گئی تھیں۔ ان کے بالوں میں چاندی اتر آئی تھی، ان کی کمر خمیدہ ہو چلی تھی اور انہیں مستقل بڑبڑانے کی عادت پڑتی جا رہی تھی۔

ہماری گلی میں گھپ اندھیرا تھا۔ شاید کھمبے کا بلب فیوز ہو گیا تھا۔ مکانوں کے اندر کی روشنیاں بھی بجھ چکی تھیں البتہ ہمارے

گھر کے بالائی کمرے میں پھیکی سی روشنی نظر آ رہی تھی۔ مَیں نے اپنے گھر کی اوپر والی منزل کو غور سے دیکھا تو ساری کھڑکیاں کھلی ہوئی نظر آئیں اور بالکونی کا دروازہ بھی چوپٹ کھلا تھا۔ کمرے کی ایک کھڑکی کے پاس، ایک سایہ حرکت کرتا ہوا دکھائی دیا۔

اماں کو گھر میں اکیلا دیکھ کر میرے دل سے اپنے والد کے لیے ہمدردی اور رحم کے سارے جذبے مٹنے لگے۔ وہ ساری ندامت اور ملامت میرے اندر سے غائب ہونے لگی جو کل سے اب تک مجھے اذیت میں مبتلا کیے ہوئے تھی۔ مَیں نے سوچا کہ میرے والد پچھلے کئی برسوں سے دوسری عورتوں سے آزادانہ میل ملاپ رکھتے آئے تھے اور بعض اوقات ان کی مباشرت اماں سے بھی ڈھکی چھپی نہیں رہ سکی تھی۔ کیا ان کے لیے اپنے شوہر کا یہ روپ کم اذیت رکھتا تھا؟

بابا نے دروازے کی کنڈی کھٹکھٹائی۔ اپنے گھر کے پاس پہنچ کر وہ کچھ بے قرار سے دکھائی دیئے اور بے وجہ چونکتے ہوئے اپنی گردن گھما کر ادھر ادھر دیکھنے لگے، جس سے ان کے اندر کی اضطراری حالت ظاہر ہو رہی تھی۔ وہ مسجد خضر حیات سے یہاں تک مجھ سے اپنی اصل حالت چھپاتے آئے تھے۔ مجھے اندازہ نہیں ہو رہا تھا کہ وہ اس وقت میرے بارے میں کیا سوچ رہے تھے؟

تھوڑی دیر تک اندر سے کوئی آواز سنائی نہیں دی، جس کی وجہ سے دوسری بار مجھے دروازہ کھٹکھٹانا پڑا۔ مجھے حیرت ہوئی کہ انہوں نے گلی میں ہمارے قدموں کی آہٹ سے ہمیں کیوں نہ پہچان لیا اور دستک سے پہلے دروازہ کھولنے کیوں نہ پہنچ گئیں۔

دروازے پر کھڑے کھڑے ابا دو مرتبہ اپنا گلا صاف کرنے کی غرض سے کھنکارے لیکن لگتا تھا کہ اماں کو ان کی کھنکاریں سنائی نہیں دی تھیں۔ ان کی سیڑھیاں اترنے کی چاپ سن کر میری حیرانی میں اور اضافہ ہوا کیوں کہ ان کے پاؤں بہت آہستگی سے سیڑھیاں اتر رہے تھے۔ دروازے کے پاس پہنچ کر بھی انہوں نے کنڈی اتارنے میں عجلت کا مظاہرہ نہیں کیا اور بے دلی سے دروازہ کھول کر ہمارے سامنے آ گئیں اور ہم دونوں کو یوں دیکھنے لگیں جیسے ہم ان کے ناپسندیدہ لوگوں میں شامل ہوں۔

اماں کا سامنا کرتے ہوئے بابا کے چہرے پر ابھرنے والا وہ تاثر میں نہیں دیکھ سکا جو تین دن بعد اماں سے نظر ملاتے ہوئے ان کے چہرے پر آیا تھا۔ بابا نے سر اٹھا کر ان کی طرف دیکھا تو میں یہ بھی نہیں جان سکا کہ اس لمحے ان کی آنکھوں میں کیا تھا؟ نفرت، غصہ یا محبت؟ دوسری طرف مَیں نے اپنی والدہ کے خاموش ردِعمل کا مشاہدہ کر لیا تھا۔ انہوں نے اپنے ہونٹوں کو مضبوطی سے بھینچا ہوا تھا اور ان کے چہرے پر تناؤ دکھائی دے رہا تھا۔ ان کی چھوٹی پتلی ناک سے نکلتی تیز سانسوں کی خفیف آوازیں سنائی دے رہی تھیں۔ ان کی آنکھیں بالکل ساکت تھیں، جن میں چھپا ہوا تاثر میرے لیے کافی حیرت انگیز تھا۔ بابا ان پر نظر ڈالے بغیر تیزی سے ان کے قریب سے گزرتے دروازے کی چوکھٹ سے اندر داخل ہوئے اور جلدی سے سیڑھیاں چڑھنے لگے۔ انہیں اماں کے دل میں برپا ہیجان اور ان کی شکایتوں اور ملامتوں کا اندازہ لازمی طور پر تھا لیکن وہ ان کو رتی برابر اہمیت دیئے بغیر چپ چاپ سر جھکائے آگے بڑھ گئے۔ جب میں اماں کے سامنے آیا تو وہ میرے

سر پر ہاتھ پھیر کر سرعت سے بابا کے پیچھے لپکیں۔ وہ ہمیشہ آہستگی سے سیڑھیاں چڑھا کرتی تھیں مگر اب ان کے انداز سے ایک جارحانہ رویہ جھلکتا ہو دکھائی دے رہا تھا۔ ان کی گردن جو ہمہ وقت جھکی رہتی تھی، عجیب سی نخوت سے تنی ہوئی تھی۔

اوپر پہنچ کر میں اپنی کھاٹ پر بیٹھ گیا۔ صبح سے گھر سے باہر تھا اور اب رات کے نو بج رہے تھے۔ تھکن سے میرے اعصاب نڈھال ہو رہے تھے۔ اب اگر کوئی ناخوش گوار واقعہ پیش آ بھی جاتا تو مجھے اس کی پروا نہیں تھی۔ مَیں دل ہی دل میں چار سو روپوں کے متعلق سوچ رہا تھا، جن کے لیے میں بہت کچھ برداشت کر سکتا تھا۔ ان پیسوں کی وجہ سے مجھے اپنا آنے والا دن سہانا معلوم ہو رہا تھا جو میری چند ناآسودہ تمناؤں کی آسودگی کا دن ہو سکتا تھا۔ کھاٹ پر بیٹھے میں اس دن کے تصور میں کھویا ہوا تھا۔۔ مجھے تیز بھوک لگ رہی تھی اور اس کے ساتھ نیند بھی حواس پر دستک دے رہی تھی۔ نجانے کیوں ایک عجیب و غریب سی خوش فہمی میرے اندر سر اٹھانے لگی تھی کہ کل صبح جب میری آنکھ کھلے گی تو میری زندگی، ایک نئے اور دلکش انداز میں مسکراتی، مجھ سے پُرجوش مصافحہ کرے گی اور میں چپ چاپ اس کے ہاتھ میں اپنا ہاتھ دے کر اس کے ساتھ چل پڑوں گا۔ اپنے گزرے برسوں کو فراموش کر دوں گا اور انہیں ہمیشہ کے لیے اپنے ذہن سے مٹا ڈالوں گا۔

مَیں نے اپنے دل میں طے کر لیا تھا کہ چاہے بابا اور اماں اصرار کر کے مجھے دکان بھیجنے کی لاکھ کوشش کریں لیکن میں کل بالکل نہیں جاؤں گا۔ مَیں گھر سے نکل کر سیدھا مجھی مارکیٹ جاؤں گا اور رہشو مکرانی کی دیدہ زیب مانڈلی سے گولڈ لیف اور مور سگریٹ کے پیکٹ خریدوں گا۔ اس کے بعد میں کسی ہوٹل کی تنہائی میں بیٹھ کر انہیں پیوں گا، پھر میں اسپیشل آرڈر پر ایک درجن میٹھے پان بنواؤں گا اور شہر میں گھومتے ہوئے مکانوں کی دیواروں کو اپنی پچکاریوں سے لال کر دوں گا۔ اس کے بعد وی سی آر والے منی سینما گھر میں تین چار فلمیں دیکھوں گا اور شام ڈھلتے ہی گھاروجاؤں گا اور وہاں کسی خوبصورت رنڈی کے ساتھ مباشرت کروں گا۔ مَیں نے جی ہی جی عزم کیا تھا کہ آئندہ گھنشام داس کے پاس بالکل نہیں جاؤں گا اور اکیلا ہی ان پیسوں سے موج اڑاؤں گا اور کچھ روپے بابو شاہ کے میلے کے لیے پس انداز کروں گا۔

غسل خانے کا دروازہ کھلنے کی چرچراہٹ سن کر میں چونکا۔ بابا منہ ہاتھ دھو کر آ رہے تھے۔ انہوں نے دیوار میں لگے کیل پر اٹکا ہوا تولیہ اتارا اور اپنا منہ پونچھتے ہوئے تخت پر جا بیٹھے۔ انہوں نے میری طرف نہیں دیکھا اور نہ ہی باورچی خانے میں بیٹھی اماں پر نگاہ کی۔ بابا نے اپنے بال پانی سے گیلے کر لیے تھے اور اب وہ سر جھکا کر تولیے سے انہیں خشک کر رہے تھے۔ ان کے چہرے پر پھیلی تھکن اور کسلمندی غائب ہو گئی تھی اور وہ کچھ تازہ دم نظر آ رہے تھے۔

میں یہ سوچ کر کھاٹ سے اٹھا کہ اماں نے کھانا گرم کر دیا ہو گا لیکن جب مَیں نے باورچی خانے میں جا کر دیکھا تو چولھا بالکل ٹھنڈا پڑا ہوا تھا اور اماں پیڑھی پر اپنا سر گھٹنوں میں دیئے بیٹھی تھیں۔ میری آہٹ سن کر انہوں نے سر اٹھایا اور کونے میں چوکی پر رکھے ہوئے کھانے کی طرف اشارہ کر دیا۔ مَیں نے پوچھا کہ آج سالن میں کیا پکایا ہے؟ انہوں نے کوئی جواب نہیں دیا۔ مَیں نے چنگیر اٹھائی تو وہ ٹھنڈی ٹھار تھی اور تھالی میں سالن بھی جما ہوا تھا۔ اس پر مَیں نے احتجاج کیا تو انہوں نے روکھا سا جواب دیا کہ خود گرم کر لو۔ یہ سن کر مجھے تاؤ آنے لگا لیکن مَیں نے اپنی زبان بند رکھی کیوں کہ مجھے تیز بھوک لگی

ہوئی تھی اور میں جلد از جلد دو چار نوالے زہر مار کر کے سونا چاہتا تھا۔

بابا تخت پر آلتی پالتی مارے بیٹھے کھانے کا انتظار کر رہے تھے۔ مَیں ان کے آگے کھانا رکھ کر خود بھی ان کے سامنے بیٹھ گیا لیکن شاید میرا یوں بے تکلفی سے بیٹھنا انہیں اچھا نہ لگا۔ انہوں نے خشمگیں آنکھوں سے مجھے گھورا اور اپنے منہ سے ہونہہ کی آواز نکال کر چنگیر سے کپڑا ہٹا کے اپنے لیے ایک روٹی نکالی۔ انہوں نے ٹھنڈی روٹی ہاتھ میں لے کر اس کا نوالہ توڑا اور جب تھالی سے مَسور کی دال کے ساتھ اسے منہ میں ڈالا تو وہ انہیں سخت بے مزا لگا۔ اس وقت ان کے چہرے کا تاثر قابلِ دید تھا۔ ان کے جبڑے لقمہ چباتے چباتے رک گئے۔ اگلے ہی لمحے انہوں نے نوالہ فرش پر تھوک دیا۔ ان کی یہ حرکت دیکھ کر مجھے روٹی کو ہاتھ لگانے کی ہمت نہیں ہوئی اور مَیں نے سوچ لیا کہ آج رات کھائے بغیر سونا پڑے گا۔

بابا نے غصیلی نگاہ سے پہلے مجھے اور پھر اماں کو دیکھا۔ مَیں تو فوراً تخت سے اتر کر دور جا کھڑا ہوا۔ وہ اپنے دونوں ہاتھ اٹھا کر اماں اور مجھ پر لعنت بھیجنے لگے اور ان کے منہ سے غلیظ گالیوں کی وہ بوچھاڑ نکلی جو پچھلے تین روز سے غصے سے بنتی رہی تھی۔ انہوں نے اماں کی ماں بہن اور دادی نانی سب کو ننگا کر کے رکھ دیا۔

اماں باورچی خانے سے نکل کر باہر آ گئیں۔ مَیں نے دیکھا کہ ان کا جسم غصے سے بری طرح کانپ رہا تھا۔ وہ بابا کے تخت کے قریب رک گئیں اور ترکی بہ ترکی ان کی گالیوں کا جواب دینے لگیں۔ ان کے کانوں کے جھمکے ہل رہے تھے، چوڑیاں کھنک رہی تھیں اور ان کے منہ سے نسوار کے ذرے اڑ رہے تھے۔ جوابی کارروائی کے طور پر بابا نے سالن کی رکابی اٹھا کر زور سے اماں کی طرف پھینکی اور چنگیر فرش پر پٹخ دی۔ رکابی اماں کے جسم سے ٹکرائی اور سالن نیچے گر گیا۔ چنگیر سے روٹیاں نکل کر فرش پر بکھر گئیں۔

میں زینے کے پاس دبک کر کھڑا ہو گیا۔ مَیں نے بابا کو تخت سے اٹھتے ہوئے دیکھا تو مجھے اندازہ ہو گیا کہ اب وہ اماں پر ہاتھ اٹھائیں گے۔ یہ دیکھ کر میں ایک سناٹے میں آ گیا۔ میری آنکھیں پھیلتی چلی گئیں اور مٹھیاں خود بخود بھینچ گئیں۔ بابا کو اماں کی جانب بڑھتے دیکھ کر میں فلک شگاف چیخ مارتا ہوا بابا کی طرف دوڑا اور انہیں اماں کے پاس پہنچنے سے پہلے اپنے بازوؤں میں جکڑ کر مَیں نے انہیں چارپائی کی طرف پھینک دیا۔ وہ بہت بری طرح چارپائی سے ٹکرا کر نیچے گرے۔ ان کی کراہ کمرے میں گونجی۔ مَیں اس تیز اور تند لمحے کی گرفت سے باہر آیا تو مجھے اپنے عمل پر سخت حیرانی ہوئی۔ اس کے بعد میں خود کو شدید طور پر کمزور محسوس کرنے لگا۔

بابا چارپائی کے پاس سے اٹھے اور ایک عجیب وحشت کے ساتھ ہماری طرف لپکے۔ مجھے بالوں سے پکڑ کر انہوں نے اپنے جسم کی پوری قوت صرف کرتے ہوئے تخت کی طرف اچھالا۔ مَیں تخت سے ٹکرا کر نیچے گر گیا تو انہوں نے مجھے اپنے پیروں کی ٹھوکر پر رکھ لیا۔ میرے جسم کا کوئی حصہ ان کی چوٹ سے محفوظ نہیں رہا۔ اس کے باوجود میری آنکھوں سے آنسو نہیں نکلے اور نہ مَیں نے کسی قسم کا شور مچایا۔ بس میری ماں مجھے بابا سے پٹتا دیکھ کر چلاتی رہی، وہ مجھے بچانے کی خاطر ان کے بدن کے ساتھ چمٹ گئی۔ انہیں مجھ سے دور لے جانے کی کوشش کرتی رہی۔ بابا نے انہیں دوبار دھکا دیا لیکن وہ پھر بھی باز

نہیں آئیں۔ انہوں نے اپنے ناخنوں سے بابا کا چہرہ کھرونچ ڈالا اور بابا کے دائیں کاندھے پر اتنی زور سے کاٹا کہ وہ کلبلانے لگے۔ ایک غضب ناکی کے ساتھ انہوں نے اماں کے پیٹ میں ایک زوردار لات رسید کی، جس سے وہ دور جا گریں ان کے منہ سے ایک زوردار چیخ نکلی اور وہ بے ہوش ہو کر فرش پر گر گئیں۔

ان کی بے ہوشی بابا کو اپنے حواس میں لے آئی۔ ان کا غصہ دھیرے دھیرے کافور ہونے لگا اور وہ جس جگہ کھڑے تھے، ہانپتے ہوئے وہیں پر ساکت ہو گئے اور چند لمحوں تک اپنی پھٹی آنکھوں سے فرش پر پڑا ہوا اپنی بیوی کا بے سدھ جسم دیکھتے رہے۔ اسے دیکھ کر ان کے چہرے پر خوف پھیل گیا۔ انہوں نے چونکتے ہوئے اپنے چاروں طرف نظر دوڑائی۔ ہمارے آس پاس کے پڑوسیوں کے چند چہرے اپنے گھروں کی سیمنٹ دار جالیوں سے جھانک رہے تھے۔ مَیں نے تخت کے نیچے لیٹے ان کی تشویش بھری آوازیں سنیں۔ بابا نے ان سب کو خاص قسم کی گالیوں سے نوازا لیکن ہمارے پڑوسی ڈھیٹ تھے۔ انہوں نے بابا کو برا بھلا کہتے ہوئے ان کے ظلم پر نہ صرف احتجاج کیا بلکہ انہیں جی بھر کر کوسنے بھی دیئے۔ بابا نے بھاگ کر جلدی سے کمرے کی تمام کھڑکیاں بند کر دیں۔

اس کے بعد وہ اماں کے پاس گئے اور جھک کر ان کی سانسیں ٹٹولنے لگے۔ انہوں نے اماں نبض کان سے لگائی اور پھر ان کی ناک میں انگلیاں ڈال کر انہیں ہوش میں لانے کی کوشش کرنے لگے۔ تب کہیں جا کر شاید انہیں محسوس ہونے لگا کہ اماں زندہ تھیں۔

میں تخت کے نیچے سے نکل کر اماں کے پاس جانا چاہتا تھا مگر میں بری طرح سہا ہوا تھا۔ مجھے اپنی پٹائی کا ڈر تھا لیکن اسی لمحے مجھے بابا کی آواز سنائی دی۔ ان کی آواز سن کر میرا ڈر کسی حد تک ختم ہونے لگا کیوں کہ ان کے لہجے سے غصے کے بجائے مصالحت جھلک رہی تھی۔ مَیں فوراً باہر آ گیا اور اپنے جسم سے اٹھتی ٹیسیں خاطر میں نہ لاتے ہوئے اماں کے پاس پہنچا۔ بابا نے مجھے ان کے لیے پانی لانے کا حکم دیا تو میں فوراً مٹکے کی جانب دوڑا اور ایک کٹورے میں پانی لے آیا۔

پانی کے چند چھینٹے کارآمد ثابت ہوئے اور ہولے ہولے اماں نے اپنی آنکھیں کھول دیں۔ بابا کو دیکھتے ہی انہوں نے اپنا منہ دوسری طرف پھیر لیا۔ بابا نے مسکراتے ہوئے ان کا ہاتھ پکڑا جو انہوں نے اسی لمحے چھڑا لیا۔ بابا نے ان سے کسی ندامت کا اظہار نہیں کیا اور نہ ہی کوئی معذرت کی بلکہ وہ الٹا کھانے کی شکایت کرنے لگے۔ اماں ان کی شکایت کو خاطر میں نہیں لائیں بلکہ اپنی ٹانگیں سمیٹتے ہوئے اٹھ کر بیٹھ گئیں۔ بابا نے انہیں پیار بھری گالی دی اور اپنے تخت پر جا کر لیٹ گئے۔ انہوں نے مجھ سے مخاطب ہو کر کہا۔ ''آج تم بھی میری طرح رات کے کھانے کے بغیر سو جاؤ'' اور اس کے بعد انہوں نے آنکھیں میچ لیں۔

میں اماں کے پاس کھڑا ہوا تھا۔ مَیں نے انہیں سہارا دے کر اٹھایا اور انہیں ان کی کھاٹ پر لٹا دیا۔ انہوں نے لیٹتے ہی کروٹ بدل لی۔ بابا سے مار کھانے کے بعد میری بھوک اور زیادہ بڑھ گئی تھی۔ مَیں نے فرش پر بکھری ہوئی روٹیاں اٹھائیں اور انہیں چنگیر میں ڈال کر باورچی خانے میں لے گیا اور ہانڈی کی تہہ میں لگی ہوئی مسور کی دال کے ساتھ روٹی کے نوالے

لگالگا کر کھانے لگا۔ میری بھوک ختم نہیں ہوئی لیکن میرا پیٹ اتنا بھر گیا کہ اب نیند آ سکتی تھی۔ مَیں نے مٹکے سے کٹورا بھر پانی پیا اور اپنی چار پائی پر جا کر گر گیا۔

23

میں اپنی زندگی کے اہم ترین برسوں کا تجزیہ کرنے کے جاں کاہ عمل سے دوچار ہوں۔ اُن تمام برسوں کا جن میں میری زندگی ایک بے چہرہ روپ دھارتی رہی، ایک کڈھب سی شکل میں ڈھلتی رہی اور اس کے ساتھ ہی بار بار کچلی اور مسلی جاتی رہی، بگڑتی اور برباد کی جاتی رہی۔ اس عمل میں میری مرضی شامل نہیں تھی۔ میرے ساتھ یہ سب کیوں ہو رہا تھا؟ مجھے اس کا اطمینان بخش جواب کبھی نہیں مل سکا۔ ایک ایسا جواب جس کی مدد سے مَیں اپنی بعد کی زندگی میں رونما ہونے والے ایک قیامت خیز سانحے کو پوری طرح سمجھ سکتا اور اسے فراموش کرنے کی اپنی سی کوشش کر پاتا (جسے یاد رکھنا میرے لیے عذاب بنتا چلا جا رہا ہے۔) اس سوال کا سیدھا سادہ جواب یہ ہو سکتا ہے کہ وہ سب اس لیے پیش آیا کیوں کہ وہ پیش آنا ہی تھا۔ مگر یہ جواب کافی نہیں ہے۔ کم از کم میرے لیے نہیں۔ مجھے لگتا ہے کہ اس کا جواب کسی کے پاس نہیں، کیوں کہ یہ کائنات اور اس میں موجود میری چھوٹی سی دنیا اب تک کسی اصول یا ضابطے کے بغیر ہی چلتی آئی تھیں اور آئندہ بھی اسی طرح چلتی رہیں گی۔ جب ان کا اپنا کوئی اصول یا ضابطہ نہیں تھا تو میری زندگی اور اس میں پیش آچکے واقعات کا کس طرح ہو سکتا تھا؟ مجھے ان واقعات کو اپنا مقدر سمجھ کر قبول کر لینا چاہیے لیکن اگر کسی انسان کی تقدیر ایسی ہی ہے تو پھر اس کی ضرورت ہی کیا ہے۔ اسے قسمت ہی کیوں کہا جائے۔ اٹکل پچو قسم کے واقعات کا مجموعہ کیوں نہ کہا جائے؟ مجھے کوئی نہیں سمجھا سکتا کہ میرے ساتھ یہ سب کیوں پیش آیا اور کیا اس سب کی کوئی معنویت یا اہمیت بھی ہے؟ مجھے لگتا ہے کہ اس معاملے کا سنجیدہ ترین پہلو یہ ہے کہ اکثر انسانوں کی زندگی ایسے ہی گزرتی ہے جیسی کہ مَیں نے گزاری۔ یا ہو سکتا ہے کہ اس سے بھی بدتر گزرتی ہو۔ اس سڑی ہوئی دنیا میں زندگی کرنا ایک پاگل پن کے سوا کچھ بھی نہیں۔ مگر ہم کیا کریں کہ ہم سب کی نجات اسی پاگل پن میں ہے۔

سُومل اور اس کی امی کی ہمارے گھر میں آمد کے ذکر سے پیشتر (میری آئندہ زندگی میں ان دونوں کا بہت اہم کردار رہا) مجھے کچھ دیگر اہم واقعات کے بارے میں سوچنا ہے، جن کی وجہ سے میرے اندر جھانکنے اور اپنے آپ کو کریدنے کی صلاحیت پیدا ہوتی چلی گئی۔ مَیں اعتراف کرتا ہوں کہ یہ صلاحیت آج تک مجھے کوئی فائدہ نہیں پہنچا سکی۔ میری زندگی کی کایا کلپ نہیں کر سکی اور مجھے منفی سے مثبت نہیں بنا سکی۔ حقیقت یہ ہے کہ اس نے مجھے ایک نئے دوزخ میں دھکیل دیا، جس

کے اندر رہتے ہوئے میں اس کے وجود سے پوری طرح بے خبر تھا اور اسے مطلق نہیں جانتا تھا گرچہ وہ دوزخ ہر لحظہ میرے چاروں طرف پھیلا ہوا تھا، ایک سمندر کی طرح۔

اس سے پہلے کہ مَیں الجھ کر رہ جاؤں، مجھے اس صبح کا تصور اپنے ذہن میں لانا چاہیے جس کی رات کا اختتام نہایت افسوس ناک ہوا تھا۔ وہ ایک اذیت بھری صبح تھی۔ اماں دھیمی دھیمی سسکیاں لیتی رہی تھیں اور اپنے نصیب کو کوستی رہی تھیں۔ بابا چپ چاپ سنتے خاصی دیر تک سگریٹ پیتے رہے۔ کمرے کی کھڑکیاں بند ہونے کی وجہ سے چھت پر بنے ہوادان سے تیز ہوا اندر آ کر پورے گھر میں سرسراتی پھرتی تھی۔ ہوا کی سرسراہٹ ایک بے مزہ لوری جیسی تھی مَیں جسے سنتے سنتے پھر سے گہری نیند میں چلا گیا۔

جب میں جاگا تو کمرے کی سب کھڑکیاں کھلی دیکھ کر مجھے حیرانی ہوئی، اس وقت جن کے تقریباً ہر ایک پٹ پر چڑیاں پھدکتی پھر رہی تھیں اور غُل مچا رہی تھیں۔ مٹی کی باس میں مہکتی ہوا سارے میں گھوم رہی تھی۔ مَیں نے گردن موڑ کر پہلے تخت اور پھر اماں کی چارپائی کی طرف دیکھا تو وہ دونوں ہی خالی دکھائی دیئے۔

غسل خانے جاتے ہوئے مَیں نے بابا کو اماں کے ساتھ باورچی خانے میں چوکی پر بیٹھ کر چائے کے پیالے میں کھارے بسکٹ ڈبو ڈبو کر کھاتے ہوئے دیکھا۔ انہیں یوں ساتھ بیٹھے دیکھ کر مجھے لگا کہ ان کے درمیان صلح ہو چکی ہے۔ دونوں آہستگی سے نرم لہجے میں ایک دوسرے سے باتیں کر رہے تھے۔ ایک بار پھر رات میں سنائی دی مہیب آوازیں میرے ذہن میں بھنبھنانے لگیں۔

تولیے سے اپنا چہرہ پونچھنے کے بعد میں بھی باورچی خانے میں ایک چوکی کھینچ کر ان کے قریب ہی بیٹھ گیا۔ چائے پیتے ہوئے مجھے محسوس ہوا کہ مَیں جو بھی سوچ رہا تھا وہ بالکل درست تھا۔ بابا خوش مزاجی سے مسکرا کر مسجد کے بندی خانے میں گزرے اپنے وقت کے بارے میں، اماں کو بتا رہے تھے اور وہ ان کے سامنے ہمہ تن گوش بیٹھی ہوئی تھیں۔

اِس وقت ہم تینوں اس طرح ایک دوسرے کے پاس بیٹھے تھے اگر اس وقت ہمارے پڑوسی دیکھ لیتے تو شاید انہیں اپنی آنکھوں پر یقین نہیں آتا۔ اماں ایسی دلچسپی سے بابا کی باتیں سن رہی تھیں جیسے وہ کسی مقدس مقام سے واپسی کی روداد سنا رہے تھے۔ ان کے چہرے سے لگ رہا تھا کہ اب انہیں اپنے شوہر سے کوئی شکایت نہیں رہی تھی بلکہ وہ اس کی ہر بات سے پوری طرح متفق تھیں۔ ان کے چہرے پر خفگی کے آثار نہیں تھے اور نہ ہی آنکھوں میں رات والی نفرت اور سرد مہری تھی۔ وہ اس وقت اپنے شوہر سے راضی بہ رضا دکھائی دیتی تھیں۔ بابا کے ہونٹوں پر بھی مسکراہٹ پھیلی تھی۔ وہ بار بار مونچھوں پر انگلیاں پھیرتے ہوئے میری جانب دیکھنے لگتے تھے۔ ان کی گہری سیاہ آنکھوں کو دیکھ کر مجھے لگا کہ وہ اپنے ذہن میں میرے خلاف کچھ چیزوں کو ترتیب دے رہے تھے تاکہ کسی کے لیے بھی اختلاف کی گنجائش نہ رہے اور میں اور اماں ان کی ہر بات چپ چاپ تسلیم کر لیں، مگر وہ کیا چیزیں تھیں، اس کا اندازہ لگانا میرے لیے ناممکن تھا۔

کچھ دیر بعد ہم باورچی خانے سے نکل کر کمرے میں بیٹھ گئے۔ اپنے تخت پر بیٹھنے کے بعد بابا نے اپنا سر اٹھا کر پہلے اماں

کو اور بعد میں مجھے غور سے اس طرح دیکھا، جیسے وہ ہمیں نگاہوں میں تولنے کی کوشش کر رہے تھے۔شاید وہ ہمارے ردِ عمل کا اندازہ لگانا چاہتے تھے کیوں کہ رات والا واقعہ ان کے ذہن سے محو نہیں ہوا تھا۔ مَیں چاہتا تھا کہ وہ جلد از جلد تیار ہو کر دکان چلے جائیں تا کہ میں آج کا دن اپنی مرضی سے گزار سکوں، لیکن ان کی حرکات سے کسی قسم کی جلدی ظاہر نہیں ہو رہی تھی، یہ بات میری پریشانی میں اضافہ کر رہی تھی۔

انہوں نے ڈبیا سے سگریٹ نکال کر سلگایا اور اس کا ایک گہرا کش لے کر اماں سے مخاطب ہوئے۔ ''مجھ سے بڑی غلطی ہو گئی لیکن تم میری زال ہو، اس لیے میں تم سے معافی مانگتا ہوں لیکن میرے بیٹے نے میرے ساتھ جو سلوک کیا ہے، اسے میں کبھی نہیں بھولوں گا۔اسے میرے سامنے ہاتھ جوڑ کر معافی مانگنی ہو گی اور فرش پر ناک سے سات مرتبہ لکیریں کھینچ کر مجھ سے وعدہ کرنا ہو گا کہ یہ آئندہ کبھی ایسی نافرمانی نہیں کرے گا۔''

یہ سنتے ہی خلافِ توقع میرے منہ سے بے ساختہ نکلا کہ مَیں نے کون سی نافرمانی کی تھی کہ مَیں معافی مانگنے کے ساتھ فرش پر لکیریں نکالوں۔میری اس گستاخی پر وہ چیخ کر کہنے لگے کہ مَیں نے پورے شہر کے سامنے ان کا منہ کالا کروا دیا، یہ کم تھا کیا؟ یہ سن کر مجھے کچھ اور سجھائی نہ دیا تو میں بالکل اچانک پھٹ پڑا۔ ''مَیں نے نہیں، آپ کے کرتوتوں نے ہم سب کو اس حال تک پہنچایا ہے۔نوری کے ساتھ کمرے میں آپ خود بند ہوئے اور وہ کمرہ بازار کی ایک تنگ سی گلی میں واقع ہے۔ یہ سب تو ہونا ہی تھا۔'' مَیں نے انہیں سمجھانے کی کوشش کی کہ یہ سب ان کے قریبی اور چہیتے دوست گھنشام داس کی وجہ سے ہوا تھا۔ وہ ان سے دل ہی دل میں حسد کرتا رہا اور موقع دیکھ کر اس نے وار کر دیا اور نہ صرف اپنا پرانا بدلہ چکایا بلکہ مجھے بھی ان کی نظروں میں مجرم بنا دیا تھا، حقیقت یہی تھی کہ یہ سب کچھ میری وجہ سے نہیں ہوا تھا لیکن انہیں میری کسی بات پر یقین نہیں آ رہا تھا۔

میں اپنی اماں کی طرف دیکھتے ہوئے ان سے مدد طلب کرنے لگا۔ مجھے توقع تھی کہ وہ میرے حق میں بولیں گی اور بابا سے اختلاف کر کے انہیں جھٹلائیں گی لیکن اس کے برعکس وہ مجھے ملامت کرنے لگ گئیں کہ مَیں اپنے بابا سے یہ کیسی باتیں کر رہا تھا۔ یہ کہتے ہوئے انہوں نے شاید یہ بات بھی فراموش کر دی کہ اگر میں کل رات انہیں نہ بچاتا تو خدا جانے بابا کے ہاتھوں ان کی کیا درگت بنتی۔

بابا سارا الزام اپنے یار گھنشام کے سر ڈالنے کے لیے بالکل تیار نہیں تھے۔ مَیں بلند لہجے میں ان کے سامنے اپنی صفائی پیش کرنے لگا۔ ''مَیں نے کل کا سارا دن اس کے ساتھ گزارا تھا اور اس نے خود مجھے یہ سب باتیں بتائی تھیں۔'' یہ سن کر بابا الٹا مجھ پر بگڑنے لگے کہ مَیں اس سے ملنے کیوں گیا تھا۔ اماں بھی ان کی ہاں میں ہاں ملانے لگ گئیں کہ مَیں اس بھنگی کے پاس کیا کرنے گیا تھا؟ مَیں نے بتایا کہ وہ ایک عرصے سے بابا کا خاص دوست چلا آ رہا تھا۔

یہ طنزیہ فقرہ سنتے ہی بابا تاؤ میں آ گئے۔ انہوں نے ہاتھ بڑھا کر میرا گریبان پکڑ لیا اور قدرے بلند لہجے میں اماں کو یہ بتانے لگے کہ ان کی گرفتاری اور ذلت صرف میری وجہ سے ہوئی تھی۔ انہوں نے میری محبت کو برا بھلا کہا۔ ماروی اور اس

کے والد کے ساتھ مجھے بھی جی بھر کے گالیاں دیں۔ میرے دونوں گالوں پر چند زوردار تھپڑ رسید کیے۔ مَیں اس اچانک حملے کے لیے تیار نہیں تھا۔ مَیں ایک سناٹے میں آ گیا اور روہانسا ہو کر انہیں اپنی بے گناہی کا یقین دلانے کی کوشش کرنے لگا۔

میں لاکھ کہتا رہوں کہ مَیں ہر طرح کی مار پیٹ اور توہین کا عادی ہوتا چلا گیا لیکن حقیقت یہی ہے کہ جب بھی میرے ساتھ جانوروں کا سا طرزِ عمل روا رکھا جاتا اور تشدد کا نشانہ بنایا جاتا تو مجھے اپنے دل، دماغ اور روح کے ساتھ اپنا وجود بھی بری طرح کچلا محسوس ہوتا۔ یوں لگتا کہ میری ذات کو چیتھڑوں میں اڑا دیا گیا ہے۔ ایسے میں بے اختیار دل میں ایک خواہش ہوک بن کر اٹھتی کہ کاش میں ایک کتا ہوتا تو شاید خود کو انسان سے افضل محسوس کرتا۔

مجھ پر طبع آزمائی کرنے کے بعد بابا نے کسی تکلف کے بغیر ایک حیران کر دینے والا اعلان کیا کہ وہ میرے جیسے بیٹے کو کسی بھی صورت اب گھر میں برداشت نہیں کریں گے اور مجھے اپنے ایک دوست کے پاس حیدر آباد چھوڑ کر آئیں گے۔ وہ وہاں پر موٹر مکینک تھا۔ مَیں اس کے ساتھ رہ کر نہ صرف ہنرمند بن جاؤں گا بلکہ صاحب روزگار بھی ہو جاؤں گا۔ یہ بات سن کر میرے ساتھ اماں بھی حیران رہ گئی تھیں۔ ہم دونوں نے مل کر احتجاج کیا لیکن بابا اپنی بات پر جیسے ڈٹ گئے اور ٹس سے مس نہ ہوئے۔

اماں اٹھ کر کھڑی ہو گئیں اور اپنی کمر پر ہاتھ رکھ کر بابا پر برس پڑیں کہ وہ کیسے باپ تھے جو اپنی اولاد کو خود سے دور کرنا چاہتے تھے۔ بابا کا جواب تھا کہ وہ یہ سب کچھ میری بہتری کی خاطر کر رہے تھے۔ یہ سنتے ہوئے میں بھی درمیان میں کودا۔ مَیں نے کہا کہ اگر وہ میری بہتری چاہتے ہیں تو میٹرک کے نتیجے کے بعد مجھے کالج میں داخل کروا دیں۔ مَیں آگے پڑھنا چاہتا تھا۔ پڑھنے کا سن کر بابا زور سے ہنسنے لگے۔ پھر اپنے دانت کچکچاتے ہوئے وہ ایک بار پھر مجھے بالوں سے پکڑنے کے لیے آگے بڑھے لیکن اس بار مَیں نے پیچھے ہٹ کر خود کو بچا لیا۔ وہ غصے میں آپے سے باہر ہو کر چیخنے لگے۔ ''تیرے باپ دادا نے کبھی اسکول کی شکل نہیں دیکھی۔ تُو نے دس جماعتیں پڑھ لیں، یہی بہت ہے۔ آگے پڑھنے کا سوچنا بھی مت، ورنہ برا ہو گا۔''

اماں نے فوراً جواب دیا۔ ''یہ جذباتی ہو کر ایسی بات کر رہا ہے کیوں کہ یہ اپنا شہر چھوڑ کر جانا نہیں چاہتا۔ اسے کہیں مت بھیجو۔ یہ پڑھنے کا نام بھی نہیں لے گا۔''

بابا تلخی سے کہنے لگے۔ ''میں اچھی سوچ سمجھ کر فیصلہ کر چکا ہوں۔ اسے شہر سے جانا ہی ہو گا تم اس کے کپڑے لتے دھو کر اس کا تھیلا تیار کر دو۔ دو تین دن میں، مَیں خود اسے چھوڑنے جاؤں گا۔'' یہ کہہ کر وہ نچلے زینے کی طرف جانے لگے تو اماں نے پوچھ لیا کہ کہاں جا رہے ہیں؟ وہ کوئی جواب دیئے بغیر سیڑھیاں اتر کر دروازے کی کنڈی اتار کر باہر چلے گئے۔

گھر میں ان کے نہ ہونے سے میری جان میں جان آئی۔ مَیں اماں کے سامنے بڑبڑانے لگا کہ مَیں پڑھنے کے دعوے سے دست بردار ہو جاؤں گا لیکن شہر چھوڑ کر جانے کا سوال ہی پیدا نہیں ہوتا۔ مَیں دکان پر بابا کا ہاتھ بٹانا چاہتا تھا یا اگر وہ چاہیں تو میں فریم سازی کا کام پوری طرح سنبھالنے کے لیے بھی تیار تھا۔ مَیں دکان میں ایک بڑا سا بلب لگا کر گاہکوں کو

متوجہ کرنے میں کامیاب رہا تھا۔اماں نے یہ کہہ کر مجھے تسلی دینے کی کوشش کی کہ وہ باباکی یہ بات آسانی سے نہیں مانیں گی۔

ہم دونوں یہ سوچ کر حیران بھی تھے کہ بابا دکان کی چابیاں گھر میں چھوڑ کر اچانک کہاں چلے گئے تھے؟ میرے خیال میں انہیں چند روز تک گھر پر ہی رہنا چاہیے تھا تاکہ شہر والے اس واقعے کو فراموش کر سکتے۔اماں نے میری بات کی تائید کی لیکن ان کے مطابق بابا آرام سے گھر بیٹھنے والے آدمی بالکل نہیں تھے۔

میں اپنے دل میں باباکی دلیل کو تسلیم نہیں کرتا تھا، کیوں کہ مَیں یہاں اپنے شہر میں رہ کر بھی کوئی نہ کوئی ہنر سیکھ سکتا تھا اور روزگار حاصل کرسکتا تھا۔اس کی خاطر مجھے دوسری جگہ ایک اجنبی کے پاس جاکر رہنے کی ضرورت نہیں تھی۔کیا پتا وہ کس قماش کا آدمی تھا اور میرے ساتھ نجانے کیا سلوک روا رکھے؟ اگر خدانخواستہ وہ اغلام باز نکلا تو میرا کیا بنے گا؟ کیا خبر وہ مجھے اپنا غلام بناکر رکھے اور میں صبح سے رات تک اس کی خدمت گاری میں جُتا رہوں۔میرے ذہن میں اس آدمی کے حوالے سے جتنی باتیں ابھر رہی تھیں وہ سب کی سب منفی قسم کی تھیں۔

دوپہر کے بعد شام ڈھل گئی لیکن بابا واپس نہیں آئے۔مَیں بھی دکان پر نہیں گیا اور بے چینی سے ان کا انتظار کرتا رہا۔ انہوں نے دو راتیں اور ڈھائی دن مسجد کے بندی خانے میں گزارے تھے، جس کی وجہ سے پہلی بار مجھے اپنی زندگی کے پورے دو دن اپنی مرضی سے گزارنے کا موقع میسر آسکا۔پہلا دن گھنشو حرامی کی نذر ہوگیا تھا۔بابا نے اس کے بارے میں ٹھیک ہی کہا تھا کہ مجھے اس کے پاس نہیں جانا چاہیے تھا مگر وہ یہ بات کیوں ماننے پر تیار نہیں ہو رہے کہ ان کے ساتھ جو کچھ ہو چکا تھا، اس کا ذمہ دار صرف اور صرف گھنشو تھا۔کل مجھے دکان پر پہلی دفعہ اپنے ہاتھوں سے محنت کرنے کا لطف آیا اور مَیں نے پہلے بابا کا ادھورا چھوڑا ہوا فریم مکمل کیا، جس کے بارے میں انہیں اب تک کچھ نہیں بتاسکا، پھر اندر چھپا کر رکھی گئی اداکاراؤں کی قدِ آدم تصویریں بھی مَیں نے فروخت کی تھیں اور ان کے متعلق بھی بابا کچھ نہیں جانتے تھے۔مجھے احساس ہو رہا تھا کہ اگر میں اپنی ان کامیابیوں کے متعلق انہیں بتا بھی دوں گا تو انہیں میری کارگزاری پر کسی قسم کی خوشی نہیں ہوگی، اس لیے مَیں نے انہیں کچھ نہ بتانے کا فیصلہ کیا۔

سہ پہر کے بعد مَیں نے دو مرتبہ جاکر اپنی چھت کی سیر بھی کرلی جہاں گردوپیش کی چھتوں پر کوئی کبوتر باز اپنے کبوتروں کو اڑانے کے لیے شور مچا رہا تھا تو کوئی پتنگ باز کسی دوسرے کے ساتھ اپنی پتنگ کا پیچ لڑا رہا تھا۔انہیں یہ سب کرتے دیکھ کر مجھے اپنے آپ پر حیرت سی ہونے لگی کہ مجھے آج تک ایسا شوق کیوں نہ ہوا۔مَیں اپنے دل میں ان چیزوں کو فضول سمجھتا تھا۔

مغرب کی اذان سے پہلے اماں نے میرے میلے کپڑے جمع کر کے ایک جگہ ان کا ڈھیر لگانا شروع کر دیا۔یہ دیکھ کر میں اُن سے پوچھے بغیر نہیں رہ سکا کہ وہ یہ سب کس لیے کر رہی تھیں۔میرا سوال سن کر وہ میرے پاس آ بیٹھیں اور میری طرف دیکھتے ہوئے سنجیدگی سے کہنے لگیں کہ وہ میرے بابا کو اچھی طرح جانتی تھیں جب وہ کوئی بات طے کر لیتے ہیں تو پھر کسی کی نہیں سنتے۔ان کی پوری زندگی اسی ہٹ دھرمی سے عبارت تھی، اس لیے ان کی یہ روش اب بدلنے والی نہیں تھی۔ مغرب کی اذان ہوتے ہی انہوں نے کسی مقدس رسم کے طور پر گھر کے سارے بلب روشن کر دیئے اور پھر غسل خانے

میں وضو کرنے کے لیے چلی گئیں۔

میں چارپائی پر لیٹ گیا اور کھڑکیوں سے باہر پھیلتی اور گہری ہوتی تاریکی کو دیکھنے لگا۔ کچھ دیر بعد مجھے اڑتے ہوئے چمگادڑ دکھائی دینے لگے اور ان کے پروں کی تیز پھڑ پھڑاہٹیں سنائی دینے لگیں۔ کل سے اب تک میں ایک نئی بے یقینی کا شکار تھا۔ میری آئندہ زندگی داؤ پر لگی ہوئی تھی۔ میری تقدیر کی ڈوری کوئی اور ہلا رہا تھا۔ اس پر میرا کوئی اختیار نہ تھا۔ اب سوچتا ہوں تو لگتا ہے کہ پیدا ہونے کے بعد سے اب تک پیش آنے والے سارے واقعات و حادثات پر میرا کوئی اختیار نہیں رہا، اس لیے میں رتّی برابر کسی چیز کا قصوروار نہیں ہوں۔ مجھے یہ سمجھ بھی نہیں آتی کہ عدالت نے مجھے سزا سنا کر یہاں پر قید کیوں کر رکھا ہے اور مجھے ایک مجرم قرار کیوں دے دیا گیا ہے؟

گھر سے گلی میں کھلنے والا دروازہ دن میں کم ہی بند رہتا تھا۔ اس لیے دروازے سے کسی کے اندر آنے کی آہٹ سن کر میں چونکا۔ اس کے بعد زینہ چڑھتے قدموں کی چاپ سن کر میں پہچان گیا کہ بابا گھر واپس آ گئے ہیں۔ اماں اس وقت اپنی جانماز سمیٹ رہی تھیں، جب میرے بابا زینہ چڑھتے ہوئے اوپر پہنچے۔ اماں اور مَیں نے انہیں سلام کیا، جس کا انہوں نے جواب نہیں دیا۔

وہ تخت پر بیٹھے تو مَیں نے ان کی چپل اور پیر مٹی سے لتھڑے ہوئے دیکھے۔ اس سے ظاہر ہو رہا تھا کہ وہ دور تک پیدل گئے تھے۔ اماں نے انہیں پینے کے لیے پانی دیا تو انہوں نے پی لیا اور اس کے بعد کھانے کی فرمائش کر ڈالی۔ اماں نے بتایا کہ کھانا تو تیار تھا، ابھی مل جائے گا لیکن پہلے یہ بتاؤ کہ تم سارا دن کہاں تھے؟

اماں کا سوال سن کر وہ کچھ دیر تک ان کا منہ دیکھتے رہے، پھر میری طرف اپنی نگاہ ڈالتے ہوئے بولے۔ ''مَیں نے ایکسچینج سے حیدر آباد والے دوست کو فون کر دیا ہے۔ کل نہیں پرسوں میں تمہیں وہاں چھوڑنے جاؤں گا۔'' اماں نے فوراً اس کے خلاف بولنے کی کوشش کی تو انہوں نے غصے میں انہیں آنکھیں دکھاتے ہوئے کہا: ''ماروی کے بھائی اس کی جان لینا چاہتے ہیں۔ کیا تم اسے مروانا چاہتی ہو؟'' یہ سنتے ہی اماں نے فوراً ہار مان لی کیوں کہ وہ اس بات کی سنگینی سے ایک دم ڈر کر رہ گئیں لیکن جب مَیں نے اس کے خلاف بولنا چاہا تو مجھے بابا نے گالی دے کر چپ کروا دیا۔

بابا اٹھ کر منہ ہاتھ دھونے غسل خانے چلے گئے تو اماں دھیرے سے مجھے سمجھانے لگیں کہ اب ان سے کج بحثی نہ کروں، وہ جو بھی کرنے جا رہے تھے میرے بھلے کے لیے کرنے جا رہے تھے، آخر کو انہوں نے مجھے پیدا کیا تھا۔ یہ کہہ کر وہ جلدی سے ان کے لیے کھانا نکالنے باورچی خانے چلی گئیں۔

کھانے کے دوران بابا اس بڑے شہر کی تعریفیں کرنے لگے جو دریا کنارے آباد ہے۔ انہوں نے ٹھنڈی سڑک، رانی باغ، ریلوے اسٹیشن، پکا قلعہ اور جام شورو کی آوارہ مزاج ہواؤں کا ذکر کیا۔ انہوں نے کشتی کی سیر اور پلا مچھی کی دعوت کا بطورِ خاص بیان کیا اور وہ بھی اس طرح کہ تخت پر بیٹھی ہوئی اماں کی چھوٹی سی آنکھیں چمکنے لگ گئیں۔ ان میں نجانے کہاں سے روشنی آ گئی۔ رات جب میں سونے کے لیے بستر پر لیٹا تو میرے ذہن میں ایک تجسس سر اٹھانے لگا۔ ایک نئے شہر کی

فضا، گلی محلوں، عمارتوں اور بازاروں میں گھومنے کے خواب مجھے بے قرار کرنے لگے۔ مَیں نے بڑے شہروں کے بارے میں بہت سی پُرکشش اور دلچسپ چیزیں سنی ہوئی تھیں۔ یہ چیزیں تھوڑی دیر کے لیے میرے دل کو لبھاتی رہیں لیکن جب مجھے اس شہر سے اپنی مکمل اجنبیت کا احساس ہوا کہ وہاں کوئی ایک شخص بھی میرا جاننے والا نہیں تھا، تو میری آنکھوں سے وہ سارے خواب گم ہونے لگ گئے اور مجھے محسوس ہونے لگا کہ مَیں ایک بڑی جیل میں قید ہونے جا رہا ہوں۔ نئے شہر کا خیال میرے لیے ایک تجسس کے ساتھ افسردگی اور ملال سے بھی بھرا ہوا تھا۔

میں اگلے دن بابا کی غیر موجودگی میں اماں کی خوشامد کر کے انہیں اس بات پر قائل کرنے کی کوشش کرتا رہا کہ وہ بابا کو اپنے فیصلے پر عمل درآمد سے باز رکھیں، لیکن انہوں نے واضح طور پر دوٹوک جواب دے کر میری حوصلہ شکنی کی۔ انہوں نے مجھ پر جتایا کہ بابا کی سفاکیت پر مبنی یہ فیصلہ میرے حق میں بہتر تھا کیوں کہ اب وہ مجھ سے کبھی محبت نہیں کر پائیں گے اور مجھے بار بار ان کی نفرت کا شکار بننا پڑے گا۔ اماں کے مطابق اگر مجھے دشمنوں نے کوئی نقصان پہنچا دیا تو وہ جیتے جی مر جائیں گی۔ میرا چلا جانا ہی بہتر تھا۔ وہ کسی بھی طرح میری جدائی گوارا کر لیں گی اگرچہ انہیں میری جدائی بہت شاق گزرے گی اور میرے نہ ہونے سے ان کے لیے گھر میں تنہائی بڑھ جائے گی۔ میرے بغیر انہیں در و دیوار سے باتیں کرنے کی عادت پڑ جائے گی لیکن وہ میری حفاظت اور بہتری کے لیے وہ سب کچھ برداشت کرنے کے لیے تیار تھیں۔ وہ مجھے سمجھاتی رہیں کہ مَیں نئے شہر جا کر سنجیدگی سے کام کروں اور اپنی زندگی کو سنوارنے کی کوشش کروں اور جلد از جلد اپنے پیروں پر کھڑا ہو جاؤں۔

اماں کی باتوں نے مجھے سوگوار کر دیا۔ مَیں حیران تھا کہ آج بابا دکان پر کیسے چلے گئے؟ گرچہ انہیں اماں نے روکنے کی کوشش بھی کی تھی کیوں کہ ان کے خیال میں انہیں مجھے چھوڑ کر آنے کے بعد جانا چاہیے تھا لیکن بابا بازار میں پورا دن گزار کر صورتِ حال کا اندازہ لگانے پر بضد تھے۔ ان کے جانے سے مَیں تشویش میں مبتلا تھا کہ جب وہ دکان میں لگا ہوا زیادہ پاور کا بلب دیکھیں گے اور الماری میں چھپا کر اندر رکھی ہوئی تصویریں غائب پائیں گے تو واپس آنے کے بعد ان کا رویہ میرے ساتھ کیسا ہوگا؟ یہ سوچتے ہوئے میں تلخ سانس لے کر رہ جاتا اور سوچنے لگتا کہ وہ مجھے اپنی زندگی اور اس کی ہر چیز سے بے دخل کرنے کے درپے تھے، تو مجھے بھی تصویروں کی فروخت اور اس سے حاصل ہونے والی آمدنی چھپانے کا حق حاصل تھا، معلوم نہیں دوسرے شہر میں مجھے کن حالات کا سامنا کرنا پڑے، اس لیے تھوڑی رقم میرے پاس بھی ہونی چاہیے۔

رقم کے خیال سے مجھے یاد آیا کہ وہ تو اب تک جیون کے پاس ہی تھی۔ یہی سوچ کر میں سہ پہر کو اپنے گھر سے نکلا اور جیون کی مانڈلی کا رُخ کیا۔ اُس نے ایک سکڑی مگر پوپلی مسکراہٹ کے ساتھ مجھے بھَلی کار کہا۔ مصافحے کے لیے بڑھا ہوا اس کا کمزور ہاتھ دیکھ کر میں حیران رہ گیا۔ اس کے ہاتھ پر گوشت بالکل نہیں تھا اور وہ ایک ایسے ڈھانچے کا ہاتھ معلوم ہوتا تھا، جس پر ایک ڈھیلی سی کھال مڑھ دی گئی ہو۔ اُس نے مجھے خلافِ توقع چائے کے لیے روکنا چاہا مگر مَیں نے انکار کر دیا۔ اس نے جس کا برا نہیں مانا اور مانگے بغیر میری امانت مجھے واپس کر دی۔ اس کے شفقت پر مبنی رویئے سے محسوس ہوا کہ وہ مجھے اپنا دوست خیال کرنے لگا تھا۔

میں دل ہی دل میں اپنے بابا کی شاطر دماغی پر انہیں داد دے رہا تھا کہ انہوں نے ماروی کے بھائیوں کی دشمنی والی بات گھڑ کے اماں کو پوری طرح اپنا ہم خیال بنا لیا تھا۔ مَیں جس شہر میں پیدا ہو کر پروان چڑھا تھا، کل پہلی بار اس سے جدا ہونے جا رہا تھا۔ مجھے اچھی طرح معلوم تھا کہ اپنے شہر سے میری یہ ہجرت مستقل نہیں عارضی نوعیت کی تھی اور مجھے پورا یقین تھا کہ مَیں کم از کم چھ مہینے یا ایک سال بعد واپس آ جاؤں گا۔ اس کے باوجود اپنے شہر سے جدا ہونا مجھے اداس کر رہا تھا اور میرے اندر ٹوٹ پھوٹ جاری تھی، جس سے دل و دماغ پر گرد و غبار چھایا ہوا تھا۔ ایک گدلا اور سرمئی غبار، جس کے آر پار دیکھنا مشکل ہو رہا تھا۔

میں شاہ جہانی مسجد کے پچھواڑے نیم کے درختوں کے نیچے جا کر بیٹھ گیا اور یکے بعد دیگرے سگریٹ پیتا رہا۔ مجھے حیرانی تھی کہ مَیں جس جگہ کے لوگوں کو پسند نہیں کرتا تھا اور جس شہر کا بازار اور اس کے سارے دکاندار مجھے غلاظت میں لتھڑے دکھائی دیتے تھے، مَیں وہاں سے جاتے ہوئے دل گیر ہو رہا تھا؟ مجھے تو اس فرار ہونے پر خوش ہونا چاہیے تھا۔ اب یہاں میری اور میرے گھرانے کی عزت ختم ہو گئی تھی۔ یہ میرا شہر تھا لیکن یہاں میری محبت کی توہین کیے جانے کے علاوہ میرے عیاش بابا کی تذلیل بھی کی گئی تھی۔ چند ایک لوگوں کو چھوڑ کر اب سارا شہر ہی ہمارا دشمن بن گیا تھا، اس لیے کم از کم مجھے یہاں سے چلے جانا ہی چاہیے۔

میں بوجھل دل کے ساتھ وہاں سے اٹھا اور نیم کے ان دونوں پرانے درختوں اور اس پورے قطعہ زمین کو اپنی آنکھوں میں پوری طرح بھرنے اور اپنی یادداشت میں محفوظ رکھ لینے کی کوشش کرنے لگا کہ اچانک مجھے اپنا ڈنڈا راہداری کے پتھریلے فرش پر مارتا ہوا مسجد کا مکرانی چوکیدار آتا دکھائی دیا۔ اس نے مجھے دیکھ کر حسبِ عادت ہاتھ اٹھا کر سلام کیا اور میرے قریب سے گزر کر آگے بڑھ گیا۔ مَیں یہ سوچتا ہوا وہاں سے واپس چل دیا کہ پتا نہیں جب اگلی بار یہاں آؤں گا تو یہ چوکیدار مجھے ملے گا یا نہیں؟ مَیں دھیرے دھیرے چلتا ہوا گیٹ سے باہر نکل کر اپنے گھر کی طرف چل دیا۔

میں گھر پہنچا تو اماں شام کی چائے پر میرا انتظار کر رہی تھیں۔ مجھے دیکھتے ہی پوچھنے لگیں کہ کہاں گئے تھے۔ مَیں نے بتایا کہ مسجد گیا تھا۔ یہ سن کر وہ خوش ہو گئیں۔ ہم ابھی باورچی خانے میں ہی بیٹھے تھے کہ بابا بھی دکان سے تھکے ہارے واپس پہنچ گئے۔ جب وہ منہ ہاتھ دھو چکے تو اماں نے مجھے انہیں چائے دے کر آنے کے لیے کہا۔ مَیں چائے لے کر ان کے پاس گیا اور انہیں پیالہ تھما کر ان کے قریب ہی چارپائی پر بیٹھ گیا۔ اس دوران مَیں نے کوئی بات نہیں کی اور چپ سادھے رہا۔ انہوں نے خود ہی دکان کا ذکر چھیڑ دیا۔ ان کے لہجے میں ایک تاسف تھا اور شکایت کے ساتھ ایک ملامت بھی تھی، کیوں کہ آج ایک گاہک بھی نہیں آیا تھا، جس کی وجہ سے تصویروں کی فروخت بھی نہیں ہوئی تھی۔ انہوں نے مجھ سے زیادہ پاور کے بلب اور ان تصویروں کے بارے میں پوچھا جو مَیں نے فروخت کر دی تھیں۔ مَیں نے ان تصویروں سے اپنی مکمل لاعلمی کا اظہار کیا تو میری بات پر انہیں یقین نہیں آیا۔ انہوں نے دو تین بار زور دے کر مجھ سے پوچھا تو میں ڈھٹائی سے اپنے موقف پر قائم رہا۔ پھر وہ پوچھنے لگے کہ جس دن انہیں پکڑا گیا تھا، اس دن مَیں نے دکان جلدی بند کی تھی کہ نہیں؟ یہ

سنتے ہی مَیں نے جواب دیا کہ ہجوم کے چھٹنے کے فوراً بعد بند کر دی تھی، لیکن ہو سکتا ہے کہ اس سے پہلے کوئی اور دکان میں داخل ہو کر چیزیں کھنگالتا رہا ہو۔ یہ سننے کے بعد انہوں نے مجھ سے مزید باز پرس نہ کی تو مَیں نے بھی سکھ کی سانس لی۔

ان کی پیشانی کی لکیریں گہری دکھائی دے رہی تھیں۔ مجھے لگا کہ وہ خاصے پریشان تھے۔ انہیں اس حال میں دیکھ کر مجھے بھی افسوس ہونے لگا۔ وہ اپنے شہر والوں کو برا بھلا کہتے رہے، جن کی وجہ سے ان کا روزگار خطرے میں پڑ گیا تھا۔ پھر مجھ سے کہنے لگے کہ اگر مَیں نے بڑے شہر جاکر کام سیکھ لیا اور وہاں تھوڑے بہت پیسے کمانے لگ گیا تو شاید وہ لوگ بھی وہاں منتقل ہونے کے بارے میں سوچیں گے۔ مَیں نے ان کی یہ بات سن کر اثبات میں سر ہلایا۔ وہ بتانے لگے کہ وہ اپنے ایک دوست سے کچھ روپے ادھار مانگ کر لائے تھے جو اس نے بڑی مشکل سے دیئے تھے اور انہیں طعنے دیتا رہا تھا لیکن انہوں نے اس کی باتیں برداشت کر لیں، صرف اس لیے کہ کل صبح مجھے چھوڑنے جاسکیں۔

اماں نے میرے سارے کپڑے دھو ڈالے تھے۔ انہوں نے گھر کے کسی کونے کھدرے سے میرے اسکول والے جوتے بھی ڈھونڈ نکالے تھے اور انہیں رگڑ رگڑ کر اتنا صاف کر دیا تھا کہ وہ قابل استعمال معلوم ہونے لگے تھے۔ انہوں نے میرے لیے میٹھے آٹے کی بہت سی چھوٹی چھوٹی ٹکیاں بنائی تھیں۔ مَیں نے دو چار ٹکیاں کھائیں تو مجھے بہت مزے دار لگیں۔ میرے والد اور والدہ نے کبھی کوئی طویل سفر نہیں کیا تھا اور نہ ہی وہ زیادہ دنوں کے لیے گھر چھوڑ کر کہیں باہر گئے تھے، اس لیے ہمارے پاس کوئی سفری بیگ نہیں تھا۔ میری اماں نے ایک رومال کی پوٹلی بنا کر میرے کپڑے اور استعمال کی چیزیں اس میں باندھ دیں۔

بابا رات کے کھانے کے بعد جلدی سو گئے۔ مَیں اور اماں دیر تک باورچی خانے میں بیٹھ کر باتیں کرتے رہے۔ اس دوران انہوں نے مجھے اپنی زندگی کے اُس اکلوتے سفر کی روداد سنائی جو انہوں نے شادی کے بعد اپنے میکے سے سسرال تک طے کیا تھا۔ مَیں ان کی باتیں حیرت بھری دلچسپی کے ساتھ سنتا رہا۔ انہیں اپنے گاؤں کی پگڈنڈیاں اور وہ پختہ سڑک بھی اب تک یاد تھی جن سے گزرتے ہوئے میرے نانا نے انہیں ان کے شوہر کے ساتھ بس پر سوار کروایا تھا۔ انہیں اب تک اس دوپہر کی گرمی اور تیز لُو بھی یاد تھی جب وہ اس شہر میں پہلی بار وارد ہوئی تھیں اور اس کے بعد ہمیشہ کے لیے یہیں رچ بس گئی تھیں۔ ان کی باتیں سنتے ہوئے وقت گزرنے کا احساس نہیں رہا تھا۔ پتہ نہیں ہم رات کے کون سے پہر باورچی خانے سے اٹھے اور اپنے بستروں پر جاکر دراز ہو گئے۔ مَیں بہت دیر تک اپنی اماں کی آہیں اور ان کی دھیمی سی بڑبڑاہٹ سنتا رہا اور پھر نجانے کب میری آنکھ لگ گئی۔

بڑے شہر کے لیے صبح سے شام تک ہر گھنٹے بعد لگاتار سندھ روڈ ٹرانسپورٹ کارپوریشن کی سرخ و سفید بسیں روانہ ہوتی تھیں۔ پہلی بس صبح آٹھ بجے نکلتی تھی۔ بابا کی خواہش تھی کہ ہم اسی بس پر سفر کریں۔ اس لیے ہم سب کو فجر کی اذان کے فوراً بعد اٹھنا پڑا تاکہ ہم مقررہ وقت سے پہلے بس اسٹینڈ پہنچ کر، ٹکٹ گھر سے اپنے سفری ٹکٹ خرید کر اپنی سیٹیں پکی کر سکیں کیوں کہ سفر دو گھنٹے کا تھا اور اتنی دیر تک کھڑا رہنا تکلیف دہ ہو سکتا تھا۔

اماں نیند سے اٹھتے ہی باورچی خانے میں ہمارے لیے چائے اور ناشتہ بنانے میں مصروف ہوگئیں۔ رفعِ حاجت کے بعد بابا نے اور مَیں نے صبح کی چائے اماں کے ساتھ بیٹھ کر پی۔ اس دوران مجھے لگا کہ مَیں اپنا گھر ہمیشہ کے لیے چھوڑ کر جا رہا تھا۔ یہ محسوس کرتے ہی میرے دل کو ایک دھچکا سا لگا۔ مَیں حسرت سے اپنے گھر سے در و دیوار کو دیکھنے لگا۔ چائے پینے کے بعد بابا جاکر اپنے تخت پر بیٹھ گئے اور سگریٹ پینے لگے۔

مَیں نے دھیرے سے اماں سے کہا۔ ''اماں، مجھے روک لو۔ مَیں کہیں جانا نہیں چاہتا۔ مَیں اپنا گھر، اپنا شہر چھوڑنا نہیں چاہتا۔'' میری بات سن کر وہ ہنسنے لگ گئیں، لیکن اس کے ساتھ ہی ان کی آنکھوں میں چند آنسو جھلملانے لگے۔ انہوں نے اپنی آغوش وا کر کے مجھے اپنے سینے سے لگالیا۔ ان کے سرد سینے میں اپنا منہ چھپائے ہوئے میں زار و قطار رونے ہی والا تھا کہ انہوں نے مجھے اپنے سے الگ کر دیا اور مجھے مرد بننے اور اس جیسا رویہ اپنانے کی نصیحت کرنے لگیں۔

کچھ دیر بعد بابا غسل کر کے فارغ ہو چکے تو انہوں نے مجھے جلدی سے نہانے کے لیے کہا۔ اماں نے مجھے کپڑوں کا وہ جوڑا دیا جو انہوں نے میرے سفر کے لیے تیار کر رکھا تھا۔ مَیں اپنا لباس اور تولیہ اٹھائے ہوئے بوجھل قدموں سے غسل خانے کی طرف چلا گیا۔

غسل کرنے کے بعد مَیں نے اور بابا نے جلدی جلدی انڈے اور پراٹھے کے ساتھ ناشتہ کیا اور تھوڑی دیر بعد ہم گھر سے جانے کے لیے بالکل تیار ہو گئے۔ بابا کو وہاں مجھے اپنے دوست کے پاس چھوڑ کر شام تک واپس گھر بھی پہنچنا تھا۔

دروازے کے پاس میری اماں نے بہت دیر تک مجھے اپنے سینے سے لگائے رکھا۔ انہوں نے میرے پورے چہرے کو اپنے شفقت بھرے بوسوں سے گیلا کر دیا اور بار بار میری بلائیں لیتی رہیں۔ بابا ایک ناگواری کے ساتھ ہمیں دیکھتے رہے۔ پھر انہوں نے مجھے چلنے کے لیے کہا تو مَیں نے اماں سے مصافحہ کرتے ہوئے ان سے رخصت چاہی۔ ان کے پیار کی شدت نے مجھے ایک دفعہ پھر آزردہ کر دیا اور میری آنکھوں میں آنسو سے آنے لگے۔ مَیں بڑی مشکل سے انہیں الوداع کہہ سکا۔

24

بابا کے ساتھ میں گھر سے نکلا تو سورج طلوع ہوئے زیادہ دیر نہیں گزری تھی اس لیے شہر کی گلیاں ابھی تک خاموشی میں ڈوبی ہوئی تھیں۔ رات بھر اوس پڑنے کی وجہ سے زمین ابھی بھیگی ہوئی تھی، جس کی وجہ سے چلتے ہوئے مٹی بار بار جوتوں سے چپک جاتی، جسے جوتے سے اتارنے کے لیے میں سارے رستے اپنے جوتے زور سے زمین پر مارتا رہا۔ میری اس حرکت پر ایک بار بابا نے مجھے ڈانٹ کر ایسا کرنے سے روکا لیکن میں وقفے سے پھر وہی عمل دوہرانے لگ گیا۔ بس اسٹاپ پہنچنے تک مَیں نے اپنے جوتوں پر کی گئی اپنی اماں کی ساری محنت غارت کر دی، جو انہوں نے بے حد خلوص کے ساتھ ان پر کی تھی۔

سرکاری بسوں کا ڈپو، قومی شاہراہ پر واقع ایک بڑے ہوٹل کے ساتھ ہی واقع تھا۔ ہم وہاں پہنچے تو ٹکٹ گھر کے سامنے دو بسیں کھڑی ہوئی تھیں۔ ایک بالکل ساکت تھی جب کہ دوسری کھڑی تھرتھرا رہی تھی اور اس کا انجن چالو حالت میں ہونے کی وجہ سے کھڑ کھڑا رہا تھا۔ اس کی کھڑکیوں سے چند مسافروں کے چہرے جھانک رہے تھے اور کچھ لوگ بس کے آس پاس کھڑے چائے اور سگریٹ پی رہے تھے اور کچھ پان چباتے ہوئے نظر آ رہے تھے۔ ان سب کو دیکھ کر لگتا تھا کہ وہ کسی مجبوری کی حالت میں سفر کر رہے ہیں۔ ان میں زیادہ تر ملازمت پیشہ یا دکاندار اور تاجر لگ رہے تھے۔ اس طبقے کے لوگ اپنے صاف ستھرے لباس اور اپنے نخوت بھرے انداز کی وجہ سے دور سے ہی پہچانے جاتے تھے۔

بابا نے جیب سے بیس روپے نکال کر مجھے دیئے اور ٹکٹ گھر سے دو ٹکٹ خرید لانے کو کہا۔ مَیں نے دوڑ کر خالی کھڑکی سے بیس روپے اندر بڑھائے تو کلرک نے ٹکٹوں والی کاپی سے پھاڑ کر دو ٹکٹ میرے حوالے کر دیئے اور میں اپنے بابا کے پاس دوبارہ آ کر کھڑا ہو گیا۔ اس دوران مَیں نے بس اسٹاپ پر ایک عجیب بات محسوس کی۔ وہ لوگ جو میرے بابا کو جانتے پہچانتے تھے، انہوں نے انہیں دیکھتے ہی اپنے منہ دوسری طرف پھیر لیے۔ علیک سلیک تو دور کی بات، ان سے نگاہیں ملانا بھی گوارا نہ کیا۔ ان کی آپس کی چہ میگوئیوں اور سرگوشیوں سے مجھے اندازہ ہو گیا کہ بابا کے متعلق ان کی رائے زیادہ اچھی نہیں تھی، اس لیے وہ انہیں نظر انداز کر رہے تھے۔ صرف بس ڈرائیور ہی تھا کہ جس نے بابا کے پاس آ کر ان سے ہاتھ ملایا تھا اور اس کے علاوہ بس کنڈیکٹر نے بھی نہ صرف مصافحہ کیا تھا بلکہ ان کے پاس کھڑے ہو کر دو چار باتیں بھی کی تھیں۔ ٹکٹ خرید

کر لانے کے بعد بابا نے کنڈکٹر کے کان میں ایک سرگوشی کی، جس کے بعد اس نے جلدی سے بس کے اندر جا کر ہمارے لیے درمیان والی دو سیٹیں محفوظ کر لیں۔

تھوڑی دیر بعد جب ڈرائیور اپنی سیٹ پر جا کر بیٹھ گیا تو زور سے ہارن بجا کر لوگوں کو متنبہ کرنے لگا کہ بس چند منٹوں کے بعد روانہ ہونے والی تھی۔ ہارن سنتے ہی باہر کھڑے لوگوں میں کھلبلی مچ گئی اور وہ بس میں سوار ہونے کے لیے لپکنے لگے۔ اگلے اور پچھلے دونوں دروازوں پر بھیڑ لگ گئی جس میں شامل ہو کر میں بابا کے ساتھ بڑی مشکل سے اپنی سیٹوں تک پہنچ سکا۔ وہاں پہنچتے ہی مَیں نے آگے بڑھ کر کھڑکی کے پاس والی جگہ پر قبضہ جما لیا تا کہ چلتی ہوئی بس سے کم از کم باہر کی چیزوں کا نظارہ تو کر سکوں۔ بابا میری اس جلد بازی سے محظوظ ہوئے اور کوئی ردِعمل ظاہر کئے بغیر میرے برابر بیٹھ گئے۔ چند لمحوں کے بعد ڈرائیور نے آخری ہارن بجایا اور اس کے بعد بس آہستگی سے چلنی شروع ہو گئی۔

ڈپو سے نکل کر وہ قومی شاہراہ پر رینگنے لگی تو مجھے اپنی سانس رکتی محسوس ہوئی۔ مجھے اماں کا سوگوار چہرہ یاد آنے لگا جنہوں نے آہیں بھرتے ہوئے مجھے رخصت کیا تھا۔ مَیں بے اختیار بس کی کھڑکی سے باہر دیکھنے لگا جیسے وہاں مجھے اپنا گھر اور اس میں موجود اماں نظر آ جائیں گی۔ شروع میں بس کی رفتار کم ہونے کی وجہ سے مَیں اپنے شہر کی ہر عمارت اور دکان کو اپنی نظروں میں محفوظ کرنے کی کوشش کرتا رہا لیکن کچھ ہی دیر میں وہ سب عمارتیں اور ان کے قریب سے نکلتی گلیاں میری نظروں سے اوجھل ہو گئیں۔ بیراج کالونی اور سیم نالے کی وہ پلیا بھی پیچھے رہ گئی، مَیں جہاں اپنے دوستوں کے ساتھ اسکول سے بھاگ کر مچھلی کا شکار کرنے جاتا تھا اور شکار کے بعد ہم دوست اس پلیا پر بیٹھ کر تھوڑی دیر ستایا کرتے تھے۔ اس کے قریب ہی سڑک پر ایک سنگِ میل لگا تھا جس پر تحریر تھا حیدر آباد ایک سو کلومیٹر۔ بس نے کچھ ہی دیر میں شہر اور اس کی سب جانی پہچانی چیزوں کو پیچھے چھوڑ دیا۔

آبادی سے نکلتے ہی ڈرائیور نے رفتار بڑھا دی اور بس سبک روی کے ساتھ آگے بڑھنے لگی لیکن ابھی تک میرا ذہن پیچھے کی طرف لگا ہوا تھا۔ اپنے شہر میں گزری ہوئی میری زندگی کی چھوٹی بڑی یادیں اگلے چند ثانیوں میں میری آنکھوں کے سامنے گھوم کر رہ گئیں۔ میرے دل سے ایک ہوک سی نکلی اور میں ٹھنڈی سانس بھر کے رہ گیا۔ کھڑکی سے باہر چھوٹے چھوٹے، ویران اور خستہ حال گاؤں اچانک میری نظروں کے قریب آ کر دور ہوتے جا رہے تھے۔ کچھ دیر گزرنے کے بعد نیلے پانی والی نہر اور چھتو چند بھی جس کے بارے میں گھنشو نے مجھے بابا کے واقعات سنائے تھے، وہ بھی چشم زدن میں پیچھے رہ گئے۔ مَیں اس جگہ کو غور سے بھی نہیں دیکھ سکا۔ میرا جی چاہا کہ مَیں کھڑکی سے اپنا سر نکال کر پیچھے کی جانب دیکھنا شروع کر دوں لیکن میرے برابر بیٹھے ہوئے میرے بابا بھی اس دوران کھڑکی سے باہر بہت غور سے دیکھ رہے تھے۔ چھتو چند کے گزرنے کے بعد انہوں نے ایک ٹھنڈی آہ بھری اور اپنے سامنے والی سیٹ کی پشت پر سر ٹکا کر انہوں نے اپنی آنکھیں موند لیں۔

بس سرعت کے ساتھ آگے بڑھ رہی تھی۔ مَیں حیران تھا کہ وہ چھوٹی جگہوں اور دیہات کو کیوں نظر انداز کرتی آگے بڑھتی

جارہی تھی جب کہ ان مقامات پر کئی لوگوں نے اپنے ہاتھ ہلا کر اور اپنے پیروں پر اچھل کر بس کو روکنے کا اشارہ بھی کیا تھا۔ شاید یہ نان اسٹاپ قسم کی بس تھی، اس لیے یہ راستے سے سواری نہیں اٹھا رہی تھی۔ فراٹے بھرتی آگے ہی آگے جارہی تھی۔ بس کے اندر بیٹھے ہوئے لوگ مختلف طریقوں سے خود کو بہلانے اور سفر کاٹنے کی کوششوں میں مصروف تھے۔ کچھ میری طرح کھڑکی سے باہر جھانک کر لطف اندوز ہو رہے تھے اور کچھ مسلسل سامنے کے شیشے سے دکھائی دینے والے مناظر دیکھ رہے تھے۔ سگریٹ، پان، گٹکا، نسوار، بیڑی اور مین پوری کا بے محابا استعمال جاری تھا۔ لوگ مختلف ٹولیوں میں بٹ گئے تھے اور اونچے نیچے لہجوں میں باتیں کر رہے تھے۔ میرے شہر والوں کی وہی باتیں تھیں، یعنی کسی کی غیبت کرنا، کسی کا مذاق اڑانا، کسی کی پگڑی اچھالنا، اپنی برتری جتانا، فحش کلامی اور جی بھر کے فقرے بازی کرنا۔ ان کی باتیں سن کر میرا جی اوبنے لگا اور میں اپنی توجہ دوسری جانب موڑنے کی کوشش کرنے لگا۔

بس کی سب سے اگلی چند سیٹیں خواتین کے لیے مخصوص تھیں، اس لیے وہاں کچھ عورتیں بیٹھی ہوئی تھیں۔ عجیب اتفاق تھا کہ ان میں زیادہ تر بوڑھی عورتیں تھیں لیکن دو برقعہ پوش خواتین اپنی چمکدار اور تیز طرار آنکھوں کی وجہ سے جوان دِکھ رہی تھیں۔ ان کے جسموں کی بے چینی اور چستی، ان کی جوانی کی چغلی کھا رہی تھی۔ مَیں کچھ دیر تک ڈرائیور کی سیٹ کے سامنے لگے ہوئے چھوٹے بڑے سائز کے مختلف گول اور چوکور آئینوں میں ان جوان خواتین کی سکڑتی پھیلتی آنکھوں کا مشاہدہ کرتا رہا۔ مَیں ان کا پورا چہرہ دیکھنا چاہتا تھا۔ میری اس شدید خواہش کی وجہ سے ان کی آنکھوں کی کشش مجھے زیادہ دیر تک ان کی طرف متوجہ نہیں رکھ سکی اور میں چند لمحوں کے لیے بس کی چھت پر لگے، اسپیکروں سے سنائی دیتی موسیقی سننے لگا۔ سرمد سندھی کی آواز میں گانا چل رہا تھا۔ ارے چاند، ارے چاند، تُو نے میرا محبوب دیکھا نہیں ہے۔ یہ سنتے ہی ماروی کو یاد کرتے ہوئے میرے دل سے ایک ہوک سی اٹھی۔

کھڑکی سے باہر بہت سے خوبصورت اور روکھے پھیکے مناظر پیچھے کی طرف گم ہوتے جارہے تھے۔ ناہموار زرد میدان، سرمئی چٹانیں، ندیاں نالے، اونچی نیچی پہاڑیاں، بیچ بیچ میں کہیں ہرے بھرے کھیت، کچے پکے مکان، چلتے پھرتے اور مختلف کاموں میں مصروف انسان۔ یہ تمام چیزیں دیکھ کر لگ رہا تھا کہ زمین ہر آن نت نئے مناظر بدلتی جارہی ہے۔ صرف دو چیزیں ہی تھیں جو اس وقت ناقابل تغیر محسوس ہو رہی تھیں۔ ایک آسمان اور دوسری طویل کالی سڑک، جس پر یہ بس دوڑتی چلی جارہی تھی۔

جب بس ایک چڑھائی کی چوٹی پر پہنچی تو مَیں نے داہنی طرف دیکھا۔ مجھے بہت دور زمین کی زرد سطح پر گہرے نیلے رنگ کا ایک قطعہ دکھائی دیا۔ اس سے پہلے کہ مَیں اسے دیکھ پاتا کہ وہ کیا چیز تھی اگلے ہی لمحے نیلے پانی کا وہ ٹکڑا میری نگاہ سے اوجھل ہوگیا۔ مَیں کچھ دیر تک بے چینی سے پہلو بدلتا ادھر ادھر دیکھتا رہ گیا۔ وہ کوئی نہر نہیں تھی کیوں کہ اس کی شکل پیالے جیسی تھی۔ تھوڑی دیر گزرنے کے بعد بس جب دوبارہ ایک اور چڑھائی کے اوپر پہنچی تو وہ حیران کن منظر مجھے دوبارہ دکھائی دے گیا۔ مَیں نے فوراً غیر ارادی طور پر اپنی گردن باہر نکالی تاکہ وہ منظر اچھی طرح اپنی نگاہوں میں محفوظ کرسکوں۔ مَیں نے اپنے

علاقے کی زرد زمین پر اتنا گہرا نیلا پن کبھی نہیں دیکھا تھا۔ اس کے اطراف کھجور کے درختوں کے جھنڈ بھی تھے۔ ان کے پتوں اور تنوں کے بیچ سے ایک پیالے میں سمٹا ہوا نیلا پانی حسین لگ رہا تھا لیکن پھر اچانک دو چار لمحوں بعد وہ منظر بھی گم ہوگیا اور میری آنکھوں کے سامنے وہی پیلے پتھر والی پہاڑیاں آ گئیں، مَیں جنھیں دیکھ دیکھ کر اکتا چکا تھا۔

اچانک میرے والد نے مجھے کندھے سے پکڑ کر کھڑکی سے اندر کی طرف کھینچا اور مجھے میری اس حرکت پر سخت سرزنش کرنے لگے۔ میری حد درجہ بڑھی دلچسپی اور حیرانی ختم کرنے کے لیے وہ مجھے بتانے لگے کہ وہ حسین منظر کینجھر جھیل کا تھا۔ جھیل کا لفظ سن کر میرے دل میں خواہش پیدا ہونے لگی کہ مَیں چلتی ہوئی بس سے چھلانگ مار کر اتر جاؤں اور دوڑ لگاتا، باہر پھیلے نشیب و فراز پھلانگتا، وہاں تک پہنچ جاؤں اور جھیل کے پانی میں غوطہ زن ہو جاؤں۔

دو چڑھائیاں اور چڑھنے کے خاصی دیر کے بعد کینجھر جھیل پوری میری آنکھوں کے سامنے آ گئی، کیوں کہ میری بس اس کے مرکزی پھاٹک نما گیٹ کے سامنے ٹھہر گئی تھی۔ عین اسی وقت بابا نے انگلی کا اشارہ کر کے بتایا کہ جھیل یہاں سے شروع ہوتی تھی۔ مَیں ہوا سے جھولتے سفیدے، نیم اور کھجور کے درختوں کو غور سے دیکھتا رہا، جن کے بیچ دور دور تک پھیلا ہوا پانی دکھائی دے رہا تھا۔ مَیں چند ثانیوں تک نیلگوں پانی کی دلکشی کا مشاہدہ کرتا رہا۔ مَیں نے پانی کی حرکت سے بنتی بگڑتی چمکدار لہروں کو دیکھا اور مسحور ہو گیا۔ ذرا سی دیر کے بعد کنڈیکٹر نے بس کے دروازے پر زوردار ہاتھ لگا کر ڈرائیور کو چلنے کا شارہ کیا اور بس ایک جھٹکے سے چلتی داہنی طرف ایک ڈھلان پر اترنے لگی۔

بس جوں جوں آگے بڑھ رہی تھی، مجھے خود پر افسوس ہونے لگا تھا کہ مَیں نے اب تک اپنی زندگی اپنے شہر کے کنویں میں بند رہتے ہوئے گزار دی تھی۔ مجھ بے خبر کو یہ تک معلوم نہ تھا کہ میرے شہر کے مضافات میں کیسے دل نشین اور خوب صورت مقامات موجود تھے۔ مَیں جن کے موجود ہونے کے بارے میں تھوڑا بہت جانتا تو تھا لیکن آج تک ان کی سیر نہیں کر سکا تھا۔

جھیل سے آگے بھی ہماری بس کئی دلچسپ اور انوکھی جگہوں کے پاس سے گزری۔ ان میں سے بعض جگہیں ایسی تھیں جنھیں دیکھ کر میرا تجسس دیدنی تھا۔ میرے دل میں ایک عجیب سی اکساہٹ پیدا ہونے لگی کہ ان مقامات کو کریدوں، ٹٹولوں اور ان کے تمام گوشوں کو دریافت کروں، ہمیشہ کے لیے ان جگہوں کا حصہ بن جاؤں یا ان میں سما جاؤں، لیکن میں کچھ بھی نہیں کر سکتا تھا کیوں کہ مَیں ایک بس کے پنجرے میں، قطار وار بنی سیٹوں کے درمیان اپنی نشست پر جکڑا بیٹھا تھا۔ صرف میری آنکھیں تھیں جو کسی دیوانے کی طرح ادھر ادھر بھاگ رہی تھیں، بھٹکتی پھر رہی تھیں، کبھی صحراؤں، میدانوں، دیہات میں اور کبھی چھوٹی بڑی پہاڑیوں، نہروں، جھیلوں پر۔

سونڈہ پہنچ کر بس دو تین منٹ کے لیے وہاں رکی تو میں سڑک کنارے بنی ہوئی پتھر کی چھوٹی بڑی قبروں کی قطاریں دیکھ کر دنگ رہ گیا۔ یہ قبریں سڑک سے پس منظر میں دکھائی دینے والی پہاڑی کے اوپر تک پھیلی ہوئی تھیں۔ مَیں حیرت سے سوچنے لگا کہ اگر میرے شہر کے طول و عرض میں پھیلی ہوئی قبروں کو شمار کیا جائے تو ان کی تعداد شہر کی موجودہ زندہ آبادی سے تین چار گنا زیادہ ہو گی۔ اسی لیے ہمارے اربابِ اختیار کو زندہ لوگوں سے زیادہ فکر ان مردوں کی رہتی تھی، جن

کی ارواح بھی عالمِ بالا کے بجائے اسی علاقے میں گھومتی رہتی تھیں۔ اس سب کے باوجود بیشتر قبریں معدومی کا شکار تھیں، میرے شہر کے زندہ لوگوں کی طرح۔

اس سے آگے جھِرک اور کوٹری کینال پلک جھپکتے گزر گئے۔ پھر ایک پتھر کا بنا ہوا تنگ سا پل آیا، جس پر سے ایک وقت میں ایک ہی گاڑی گزر سکتی تھی، اس لیے دوسری طرف سے آتے ایک ٹرک کی وجہ سے بس کو رکنا پڑ گیا۔ میں نے دیکھا کہ اس پل کے دائیں بائیں ایک بڑے دریا کے چوڑے پاٹوں کی طرح کشادہ لیکن پوری طرح خشک جگہ تھی۔ اسے دیکھ کر مجھے خیال آیا کہ ہوسکتا ہے کہ کبھی ان چوڑے پاٹوں کے بیچ دریا بہتا رہا ہو۔ ٹرک کے گزر جانے کے بعد ہماری بس آگے بڑھی تو کچھ دیر کے بعد دونوں جانب کوئی صنعتی علاقہ شروع ہو گیا۔ اس کے ختم ہونے کے بعد سڑک کے دونوں جانب کوٹری شہر کی آبادی شروع ہو گئی جو دھیرے دھیرے گنجان ہوتی چلی گئی۔ بازار میں واقع ہوٹلوں کے پاس بس رکی تو کنڈکٹر یہاں کی سواریاں اتارنے لگا۔

اس کے بعد جب کوٹری بیراج آیا تو اس کے نیچے بہنے والے دریا نے مجھے اپنی طرف کھینچا۔ میں دریا کا کشادہ منظر ٹھیک طرح دیکھ نہیں سکا کیوں کہ میری نگاہ اور اس کے درمیان ایک لوہے کا بیراج حائل تھا، میں جس میں سے صرف دریا کی کٹی پھٹی تصویریں ہی دیکھ پا رہا تھا۔ دریا آدھا بھرا ہوا اور آدھا خالی تھا۔ چند کشتیاں بھی اس کے کنارے سے لگی ہوئی دکھائی دے گئیں۔

بیراج ختم ہونے کے بعد ایک گھاٹی نما بل کھاتے ہوئے تنگ راستے سے نکل کر بس بڑے شہر میں داخل ہو گئی، جس کی سڑکوں پر گاڑیوں کی ریل پیل تھی اور جا بجا انسانوں کا ہجوم بکھرا دکھائی دیتا تھا جو مختلف قسم کی سرگرمیوں میں مصروف تھا۔ یہاں کی عمارتیں پختہ تھیں اور سیمنٹ کے علاوہ زرد پتھر کی بنی ہوئی تھیں۔ سڑکوں کے کناروں پر بڑے بڑے رنگین بورڈ لگے ہوئے تھے، میں جنھیں خواہ مخواہ پڑھنے کی کوشش کرنے لگتا تھا۔ مجھے فلموں کے بورڈ زیادہ جاذبِ نظر دکھائی دیر ہے تھے کیوں کہ ان پر کوئی اداکارہ چست کپڑے پہنے ہوئے نظر آتی تھی۔

ہماری بس نجانے کن راستوں سے گزرتی اور سڑکوں پر موڑ مڑتی بالآخر ایک ایسی جگہ ٹھہر گئی جہاں پر اس جیسی چند اور بسیں بھی کھڑی ہوئی تھیں۔ یہ مقام ایک بارونق اور بھرے پرے بازار میں واقع تھا، جہاں سب دکانیں جدید طرز کی دکھائی دے رہی تھیں۔

میں پورے سفر کے دوران اپنے بابا کے وجود سے تقریباً غافل رہا تھا۔ وہ اپنی سوچوں میں گم وقفے وقفے سے سگریٹ پیتے رہے تھے۔ جب کبھی ان کا جی چاہتا تھا وہ مجھے راستے میں آنے والے مقامات کی مختصر تفصیل بتانے لگتے تھے۔ انھوں نے پہلی بار مجھے بتایا کہ وہ کئی مرتبہ یہاں آچکے تھے۔

بس سے اترنے کے بعد میں قدم قدم پر ان کا محتاج تھا۔ اس لیے میں نے ان کا ہاتھ مضبوطی سے تھام لیا اور ان کے اشاروں پر ان کے ساتھ لوگوں سے بھری ہوئی گلیوں میں چلتا رہا۔ مجھے یقین تھا کہ اگر مجھے ان گلیوں میں اکیلا چھوڑ دیا

جاتا تو میں زندگی بھر کے لیے گم ہو جاتا اور مقررہ جگہ تک کبھی نہ پہنچ سکتا۔

آگے چل کر ہم ایک نسبتاً کشادہ گلی میں داخل ہوئے، جس میں ایک سینما گھر واقع تھا، جس کے باہر انگریزی فلم کا بورڈ لگا ہوا تھا۔ اس گلی سے گزرنے کے بعد ہم ایک ایسی سڑک پر پہنچے جس پر دو طرفہ گاڑیاں رواں دواں تھا۔ وہاں سے ہم ایک عجیب و غریب اور بڑی سی رکشا پر سوار ہوئے، جس کی دو رویہ سیٹیں بہت چھوٹی اور تنگ تھیں۔

رکشا میں بیٹھنے کے بعد میں باہر کے مناظر دیکھنے سے محروم ہو گیا۔ رکشا چھٹپٹاتی اور جگہ جگہ رکتی آگے بڑھتی رہی۔ جب وہ ایک پل سے گزری تو میں ایک زوردار ہارن سن کر ڈر سا گیا کیوں کہ اس کے ساتھ ہی ایک عجیب سی گھڑ گھڑاہٹ بھی سنائی دے رہی تھی۔ بابا نے مجھے بتایا کہ اس پل سے نیچے تھوڑی دور ہی ریلوے اسٹیشن واقع تھا، جہاں سے ٹرینیں آتی جاتی تھیں۔ رکشا کے پل سے نیچے اترنے کے بعد تھوڑی دور جاکر بابا نے رکشا روکنے کے لیے آواز لگائی تو ڈرائیور نے اسے فوراً روک دیا۔ ہم بمشکل اپنی کمریں جھکائے ہوئے اس سے نیچے اتر گئے۔

رکشا سے اتر کر میں سمجھا کہ ہمارا سفر ختم ہو گیا لیکن بابا نے ایک مرتبہ پھر میرا ہاتھ مضبوطی سے تھام لیا اور ہم نے پیدل چلنا شروع کر دیا۔ مَیں جو شہر پیچھے دیکھ کر آرہا تھا، یہ علاقہ اس سے بے حد مختلف اور غلیظ لگ رہا تھا۔ یہاں کے اکثر مکانات پلستر سے محروم تھے اور ان کی دیواروں سے سرخ اینٹیں جھانک رہی تھیں۔ یہاں کی گلیاں کچی پکی اور تنگ تھیں۔ ہر جگہ غلاظت اور کوڑے کرکٹ کے ڈھیر بکھرے ہوئے تھے اور گندی نالیوں کا پانی رس کر گلیوں میں پھیلا تھا۔ ہمیں گزرنے میں بھی پریشانی ہو رہی تھی۔ کچھ شریر بچے اس گندے پانی میں کھیل رہے تھے اور ان کے جسم سیاہ کیچڑ میں لت پت تھے لیکن انہیں اس کی پروا نہیں تھی۔

بابا نے مجھے بتایا کہ اس علاقے کو حالی روڈ کہتے ہیں۔ ہم دونوں احتیاط سے قدم اٹھاتے ہوئے اور اپنے آپ کو گندے پانی اور بچوں کے غول سے بچاتے ہوئے ایک کے بعد دوسری گلی میں چلتے رہے۔ یہ گلیاں جو کسی غلام گردش کی صورت چاروں طرف بکھری ہوئی تھیں اور جن کے طویل سلسلے سے گزرنے کے بعد ہم ایک بازار جیسی جگہ پر پہنچ گئے تھے۔ یہاں چند دکانیں اور ہوٹل بنے ہوئے تھے اور بہت سے لوگ گھومتے پھرتے نظر آرہے تھے۔ یہ سب ایک عجیب سی اردو میں بات کر رہے تھے جو میرے شہر کے اردو بولنے والوں سے مختلف تھی، جس کی وجہ سے مجھے ان کے لہجے اور آوازیں نامانوس لگ رہی تھیں۔ وہ سب ایک شتابی سے چیخ چیخ کر بول رہے تھے، شاید اسی لیے ان کا شور مجھے اپنی سماعت پر بوجھ محسوس ہو رہا تھا۔

اس بازار میں تھوڑی دور تک چلنے کے بعد ہم ایک بند گلی میں داخل ہو گئے جو اس علاقے کی دیگر گلیوں کی طرح بہت چھوٹی اور تنگ تھی۔ مکان ایک دوسرے میں اس طرح دھنسے ہوئے تھے کہ انہیں علیحدہ شناخت کرنا مشکل کام تھا۔ اسی لیے بابا ہر قدم پر ٹھٹھک کر مکانوں کے دروازے غور سے دیکھ کر پہچاننے کی کوشش کرنے لگتے کیوں کہ کسی مکان پر کوئی نمبر نہیں تھا اور نہ ہی کوئی نام لکھا ہوا تھا۔ کھلے ہوئے دروازوں سے مختصر اور تنگ صحن دکھائی دے رہے تھے، جن میں چار پائیاں

پڑی نظر آ رہی تھیں۔ کپڑے اور برتن بکھرے ہوئے تھے۔ عورتیں کاموں میں مصروف تھیں۔ مَیں اور بابا جھجک جھجک کر دروازوں کے اندر جھانکتے آگے بڑھ رہے تھے۔

گلی میں موجود ایک مرد نے شاید ہمیں تانک جھانک کرتے دیکھ لیا، اسی لیے وہ فوراً اپنے گھر کے دروازے سے باہر نکل آیا اور بلند لہجے میں ہمیں پکارنے لگا۔ ہم پہلے سمجھ نہیں پائے کہ اس نے کسے آواز لگائی لیکن جب اس نے ہماری طرف اشارہ کیا تو ہم جان گئے کہ وہ ہمیں بلا رہا تھا۔

ہم دونوں اس کے پاس پہنچ گئے۔ وہ سانولے رنگ کا ایک دبلا پتلا شخص تھا جس نے صرف شلوار پہن رکھی تھی اور اپنی بالوں کے بغیر چھاتی پر ہاتھ پھیرتے ہوئے اپنی اندر دھنسی ہوئی زیرک آنکھوں سے ہمیں گھور کر دیکھ رہا تھا۔ اس نے بدتمیز لب و لہجے میں بابا سے پوچھا کہ ہم یہاں کیوں گھوم رہے تھے اور ہمیں کس سے ملنا تھا؟ بابا اس کی بدتمیزی نظر انداز کرتے ہوئے اسے دھیمے لہجے میں بتانے لگے کہ انہیں اپنے دوست رفیق احمد عرف فیکا سے ملنا تھا جو موٹر گیراج کا مالک تھا۔ بابا سفر کے دوران دو تین دفعہ مجھے اپنے اس دوست کے بارے میں بتاتے رہے تھے کہ وہ بھی ٹھٹھو شہر کا رہنے والا ڈرکھن (بڑھئی) تھا جو یہاں آ کر گاڑیوں کا ماسٹر یعنی مکینک بن گیا تھا۔

گیراج کے مالک کا نام سن کر اس آدمی کے چہرے کا تاثر اچانک تبدیل ہو گیا اور وہ اپنے پیلے دانتوں کی نمائش کرتے ہوئے ہنسنے لگا۔ اس کی آنکھوں میں شک کی جگہ اب ایک اپنائیت جھلکنے لگی اور اس نے خوش دلی کے ساتھ ہم سے مصافحہ کیا اور ہمارا حال بھی پوچھا۔ پھر وہ ہمیں گلی کے کونے پر واقع ایک مکان کے پاس لے گیا۔ وہ ہمیں باہر کھڑا کر کے خود اس مکان کے دروازے پر دستک دیئے بغیر اندر چلا گیا۔ کچھ دیر بعد جب وہ دوبارہ نمودار ہوا تو اس نے اشارے سے ہمیں بھی اندر بلا لیا۔

وہ مکان بھی گلی کے دوسرے مکانوں جیسا تھا، جس کا دروازہ لوہے کا زنگ کھایا ہوا تھا، جس کی وجہ سے اس پر لال اور سفید پینٹ کر کے اسے چھپانے کی کوشش کی گئی تھی مگر اس کے نتیجے میں اس کی بدصورتی میں اضافہ ہو گیا تھا۔ اندر داخل ہوتے ہی ہمارے سامنے گھر کا مختصر اور تنگ صحن تھا، جس کا فرش کئی جگہوں سے اکھڑا ہوا تھا۔ ہم دو قدم آگے بڑھے تو صحن کے ایک کونے پر واقع ستون کے ساتھ ایک میمنہ بندھا ہوا دکھائی دیا جو ہمیں دیکھتے ہی بلا وجہ ممیانے لگا۔ پھر وہ اپنے آگے پڑے ہوئے ہرے پتوں پر مشتمل چارے کو ایک عناد کے ساتھ دیکھتے ہوئے اس پر اپنا منہ مارنے لگا اور اسے چباتے ہوئے کھانے لگا۔ اس میمنے کی مینگنیاں صحن میں بکھری ہوئی تھیں اور اس کے پیشاب کے خشک نشان نظر آنے کے ساتھ اس کی بدبو بھی سارے میں پھیلی ہوئی تھی۔

داہنی طرف لکڑی کے ایک ٹوٹے پھوٹے دروازے کو دیکھ کر اندازہ ہو رہا تھا کہ یہ شاید اس گھر کا غسل خانہ یا بیت الخلا تھا۔ اس کے ساتھ ہی ایک کوٹھڑی نما مختصر کمرا تھا جو شاید باورچی خانے کے طور پر استعمال کیا جاتا تھا کیوں کہ اس کی دیوار پر پانی کا ایک نل لگا ہوا تھا اور اس کے نیچے کچھ گندے برتن پڑے ہوئے تھے۔ اس کے آگے ایک کمرہ نظر آ رہا تھا

جس کے نیم وا دروازے سے دھواں نکل کر صحن کی فضا میں تحلیل ہو رہا تھا اور اس کے اندر سے سنائی دیتی کچھ دھیمی آوازیں وہاں کچھ لوگوں کی موجودگی کا پتہ دے رہی تھیں۔

یہ علاقہ اور اس میں واقع یہ مکان دیکھ کر مجھے مایوسی ہونے لگی تھی کیوں کہ بابا مجھے یہاں چھوڑ کر جانے والے تھے اور مجھے پتا نہیں تھا کہ مجھے کتنے عرصے تک یہاں رہنا تھا۔ میرے گھر کے مقابلے میں یہ جگہ گھٹی گھٹی، تنگ اور غلیظ لگ رہی تھی۔ اس لیے یہاں مجھے اپنی سانسیں رکتی محسوس ہونے لگی تھیں۔

اس دبلے پتلے شخص نے اپنے پیر سے ایک ٹھوکر لگا کر اس کمرے کا دروازہ کھولا تو اندر سے اس کی اس حرکت کے ردِ عمل کے طور پر بھاری بھر کم گالیاں سنائی دی، وہ جنھیں سن کر اتنی زور سے کھلکھلا کر ہنسنے لگا جیسے کسی نے اس کی تعریف کر دی ہو۔ اس کے بعد اس نے فیکے ماسٹر کو مخاطب کرتے ہوئے ہمارے آنے کی اطلاع دی۔ اس کے پیچھے میں اور بابا اپنے جوتے اتار کر دھوئیں سے بھرے اس نیم تاریک کمرے میں داخل ہوئے۔

میں اپنے بابا کے پیچھے اس کمرے میں داخل ہوا تو مجھے کچھ دکھائی نہیں دیا، سوائے اس کے کہ دو سائے ہمیں دیکھتے ہی اٹھ کھڑے ہوئے تھے۔ بھلا ہو اس دبلے پتلے شخص کا کہ اس نے دیوار کو ٹٹول کر اس پر لگا ہوا بٹن دبا کر بلب روشن کر دیا، جس کی وجہ سے کمرے میں زرد اجالا پھیل گیا۔ اب مجھے وہاں لوگ دکھائی دے رہے تھے۔ ایک شخص بابا کو دیکھتے ہی گرم جوشی کے ساتھ ان سے گلے مل رہا تھا۔

وہ میرے بابا کا دوست رفیق احمد عرف فیکا موٹر مکینک تھا۔ آپس میں گلے ملتے ہوئے وہ دونوں تقریباً ایک ڈیڑھ منٹ تک ایک دوسرے کو فحش القاب سے پکارتے اور ایک دوسرے کی ماں بہن ایک کرتے رہے۔ جب وہ گلے مل چکے تو پھر بابا نے میرا تعارف اپنے پرانے دوست سے کروایا تو وہ مجھ سے تپاک سے ملا۔

جو شخص ہمارے ساتھ آیا تھا، اس نے کھڑے کھڑے جانے کی اجازت چاہی اور کمرے سے باہر چلا گیا۔ مَیں اور بابا زمین پر بچھی ہوئی رنگین مگر گندی اور دھبے دار رلی پر بیٹھ گئے۔ فیکے ماسٹر نے اپنے دو ساتھیوں میں سے ایک کو جلدی سے ہمارے لیے چائے بسکٹ لانے کے لیے دوڑایا اور اس کے بعد ہمارے طرف دیکھ دیکھ کر خوش ہونے لگا۔ بابا کو اپنے پاس دیکھ کر اسے اپنی آنکھوں پر یقین نہیں آ رہا تھا۔

مجھ پر بابا کے دوست کا پہلا تاثر بہت غلط پڑا۔ مجھے اس کے رویئے اور اس کے حلیے سے عجیب سی کَد محسوس ہونے لگی۔ وہ ناٹے قد اور موٹے ڈیل ڈول کا کالا بھجنگ آدمی تھا، بالکل ہمارے شہر کے شیدیوں کی طرح۔ اس کی آنکھیں بڑی بڑی لیکن سرخ اور خوف ناک تھیں۔ لمبی مونچھوں کے ساتھ اس کی گھنی داڑھی اس کی وحشت میں اضافہ کر رہی تھی۔ جب وہ ہنستا تو اس کے میلے دانت اس کے سیاہ ہونٹوں کے بیچ سے جھانکنے لگتے۔ اس نے ایک پرانی سی دھوتی پہن رکھی تھی اور بار بار اس کے اندر ہاتھ ڈال کر وہ زور زور سے کھجانے لگ جاتا تھا۔ وہ جب بھی میری طرف دیکھتا یا مجھ سے مخاطب ہو کر کوئی جملہ کہتا تو مجھے بہت ناگوار لگتا۔ اس لیے میں ہر بار اس کی بات کا جواب دینے کے بجائے صرف اپنا سر ہلانے

پر ہی اکتفا کرتا رہا۔

بابا اپنے اصل حقائق چھپاتے ہوئے اور جھوٹی باتیں گھڑتے ہوئے، اپنے دوست کے سامنے اپنی خراب معاشی صورتِ حال کا ایک دل دوز اور متاثر کن نقشہ کھینچنے کی کوشش کرتے رہے۔۔ انہوں نے شدومد کے ساتھ اپنے شہر والوں کی ان کے ساتھ عداوت اور منافقت کا ذکر کیا۔ انہوں نے فیکے ماسٹر کو لوگوں کی ایسی دھوکے بازیوں اور فریب کاریوں کے بارے میں بتایا جو سراسر من گھڑت تھیں۔ شاید وہ اپنے دوست کی ہمدردی حاصل کرنا چاہتے تھے اور اس سے میرے متعلق کوئی اہم یقین دہانی چاہتے تھے۔

چائے کے لیے جانے والا کچھ دیر بعد آ گیا اور اس نے چھوٹی پیالیوں میں چائے ڈال کر اور ایک پلیٹ میں بسکٹ رکھ کر ہمارے سامنے رکھ دیئے۔ جس کے بعد فیکے ماسٹر نے اسے جا کر گیراج کھولنے کے لیے کہا تو وہ فوراً چلا گیا۔

ایک کے بعد ایک سگریٹ پیتے ہوئے آدھے پون گھنٹے تک بے تکان بولنے کے بعد وہ دونوں چپ ہو گئے۔ ماسٹر نے اپنی سگریٹ چائے کے کپ میں بجھا کر بابا کی پیٹھ تھپکتے ہوئے ان سے وعدہ کیا کہ وہ گھبرائیں نہیں، وہ ان کا پرانا دوست تھا اور ان حالات میں ان کا پورا ساتھ دے گا اور مجھے دو تین سال میں اول درجے کا موٹر مکینک بنا دے گا۔ یہ سنتے ہی بابا نے میرا ہاتھ پکڑ کر اس کے ہاتھ میں تھماتے ہوئے کہا کہ اب ان کا بیٹا اس کے حوالے ہے۔ یہ سن کر اس نے اثبات میں اپنا سر ہلا دیا۔

وہ مجھ سے پوچھنے لگا کہ مَیں گاڑیوں کے بارے میں کتنا جانتا ہوں۔ مَیں نے نفی میں جواب دیا تو میرے بابا ہنسنے لگے۔ انہوں نے اسے بتایا کہ مَیں گاڑیوں کے کام سے یکسر نابلد تھا مجھے اب سب کچھ اسی نے سکھانا تھا۔ ماسٹر نے یہ سن کر میرا ہاتھ چھوڑ دیا۔ بابا اس کی خوشامد کرنے کے ساتھ اپنی ان توقعات کا ذکر کرنے لگے جو انہوں نے اپنے دوست سے وابستہ کی ہوئی تھیں۔

مَیں نے جب اس شہر میں اپنے قیام کے متعلق سوچا تو میرا دل بجھ کے رہ گیا۔ ایک اداسی نے یکایک مجھے گھیر لیا اور مجھے اپنے گھر کے ساتھ اماں کی یاد بھی آنے لگی۔ مجھے یہ شہر اچھا نہیں لگا تھا بلکہ صرف اس کے کچھ علاقے دل کو بھائے تھے جو خدا جانے یہاں سے کتنی دوری پر اور کون سی سمت میں واقع تھے لیکن جس جگہ ماسٹر کی رہائش تھی وہ تو مجھے بالکل پسند نہیں تھی۔ ظاہر ہے مجھے اسی مکان میں رہنا تھا مَیں جہاں اس وقت بیٹھا ہوا تھا۔ یہاں آنے کے بعد مجھے اندازہ ہو گیا تھا کہ اس جگہ ماسٹر کے یاروں کی ہر وقت آمد و رفت لگی رہتی ہو گی جب کہ مَیں اپنے ماں باپ کی اکلوتی اولاد ہونے کی وجہ سے تنہائی کا عادی تھا لیکن میری تنہائی ہمیشہ کے لیے ختم ہو جانے والی تھی۔ مجھے ان لوگوں کے ساتھ رہتے ہوئے ان کے طور طریقے سیکھنے تھے اور ان جیسا ہی بننا تھا۔ مجھے اپنی تبدیلی کا عمل ابھی سے دشوار اور ناممکن لگ رہا تھا۔ درحقیقت اس احساس کے ساتھ میرے اندر کوئی قیمتی اور انمول چیز ٹوٹ رہی تھی اور ہمیشہ کے لیے کہیں گم ہو رہی تھی۔ مجھے واضح طور پر محسوس ہو رہا تھا کہ اسے ٹوٹنے اور گم ہونے سے بچانے کی میری ساری کوششیں رائیگاں چلی گئیں اور وہاں پر صرف ایک خلا باقی

رہ گیا، جس میں نئی چیزیں خود بخود آکر فٹ ہو جانے کے لیے تیار تھیں۔ مجھے اپنے بابا پر غصہ آرہا تھا کہ بیٹھے بٹھائے بالکل اچانک انہیں مجھے شہر بدر کرنے کی کیا سوجھی۔ مجھے نہیں بلکہ انہیں اپنے شہر سے کہیں اور جانے کی ضرورت تھی۔ جو کچھ بھی ان کے ساتھ ہوا تھا میرا اس میں کوئی ہاتھ نہیں تھا۔ سب ان کا اپنا کیا دھرا تھا۔

میں واضح طور پر نہیں جانتا تھا کہ میری کون سی یادیں زود اثر ہیں اور کون سی بے اثر؟ اپنے گھر یا اپنی اماں کی؟ اپنی آزاد روی یا اپنی آوارہ گردی کی؟ مَیں اپنے اندر تمام یادوں کے لیے زبردست کشش محسوس کرتا ہوں۔ وہ مجھے شدت کے ساتھ اپنی جانب کھینچتی ہیں۔ اسی وہاں بیٹھے ہوئے میرا دل چاہ رہا تھا کہ اسی دم کمرے سے نکل کر بھاگ جاؤں اور سیدھا اپنے شہر میں، اپنی گلی میں گھر کے سامنے پہنچ کر سانس لوں۔

ایک اجنبی شہر میں غیر معینہ مدت تک قیام کرنے کے خیال نے میرے روکھے پھیکے اور بے کار ماضی میں ایک عجیب رنگینی اور رعنائی پیدا کر دی اور میں اس کے تصور میں کھو کر وقتی طور پر یہ سمجھنے لگا کہ زندگی تو وہی تھی جو میں گزار چکا تھا اور اب جو کچھ آنے والا تھا وہ حقیقی زندگی نہیں بلکہ کوئی اور شے تھی۔

بالکل اچانک کسی بات پر ہنستے ہوئے ماسٹر نے میری ران پر ایک زوردار چپت لگائی تو میں ایک درد سے بلبلا اٹھا اور میرے خیالوں کی روکٹ گئی۔ وہ اور بابا میری ہڑبڑاہٹ سے محظوظ ہوئے۔ ماسٹر نے پھٹا ہوا قہقہہ لگاتے ہوئے مجھ سے کہا۔ ''اب تو لال بخش کا نہیں بلکہ میرا بیٹا ہے اور اس مکان کو اب تو اپنا گھر سمجھ۔'' وہ اور بھی بہت کچھ کہتا رہا جسے سن کر مَیں نے مسکراتے ہوئے اپنا سر تائید میں ہلا دیا۔ نجانے کیوں ماسٹر فیکے کی یہ بات سن کر میرے ذہن میں کچھ دیر پہلے اس کے خلاف بننے والا تاثر زائل ہونے لگا۔

جب ان دونوں کے پاس باتیں کم پڑنے لگیں تو ان کے مابین آنکھوں میں اشارے ہونے لگے جو میری سمجھ سے بالاتر تھے۔ مَیں ایک لاتعلقی سے دیکھتا رہا اور وہ دونوں اپنے ہونٹوں پر پھیلتی مسکراہٹ چھپائے بغیر کہیں جانے کے لیے اٹھ کھڑے ہوئے۔ انہوں نے مجھے آرام کرنے کا مشورہ دیا اور کہا کہ مَیں دروازہ اندر سے بند کر کے سو جاؤں۔ ان کے باہر جانے کا سن کر مَیں نے پریشانی سے بابا سے پوچھا کہ وہ اپنے شہر کب واپس جائیں گے تو انہوں نے اپنی گھڑی دیکھتے ہوئے جواب دیا کہ دوپہر تین بجے والی بس سے، لیکن ابھی وہ تین چار گھنٹوں کے لیے اپنے دوست کے ساتھ جا رہے تھے۔ مجھے بتانے کے کچھ دیر بعد وہ باہر نکل گئے۔

ان کے جانے کے بعد کنڈی چڑھا کر میں کچھ دیر تک صحن میں پڑی کھاٹ پر بیٹھا رہا۔ صحن میں تیز دھوپ پھیلی تھی جس کی وجہ سے بیچارا میمنہ بے چینی محسوس کرتا اپنے آپ کو دیوار کے ساتھ رگڑ رہا تھا اور لگاتار ممیائے جا رہا تھا۔ مجھے اس کی آواز سے اس کی تکلیف کا کچھ اندازہ ہوا اور مَیں نے ستون سے بندھی اس کی رسی کھول کر کمرے کی کھڑکی کی سلاخوں کے ساتھ باندھ دی کیوں کہ وہاں پر دھوپ نہیں تھی۔ سایہ دار جگہ کے ملتے ہی وہ خوشی سے پھدک کر مجھ سے لپٹنے لگا۔ مَیں اسے خود سے علیحدہ کر کے دوبارہ کھاٹ پر بیٹھ گیا۔ مکان کے باہر سے مختلف آوازیں سنائی دے رہی تھیں۔ بھدّی مردانہ آوازوں

کے درمیان کوئی نسائی آواز بھی سنائی دیتی تھی۔ کچھ دیر بعد میں اٹھا اور کمرے میں جا کر رلی پر ایک بوسیدہ بستر بچھا کر اور سب سے نرم تکیے کو اپنی ٹانگوں کے بیچ دبا کر سو گیا۔

جب دروازے پر زوردار دستک سے میری آنکھ کھلی تو میں خود کو بالکل نئی اور اجنبی جگہ پر پا کر چونک سا گیا۔ میرے جسم اور کپڑوں کے ساتھ میرا بستر بھی پسینے میں بھیگا ہوا تھا۔ مَیں اپنی شلوار درست کرتا ہوا اٹھا اور باہر کی طرف دوڑا۔ مختصر صحن کے آخر میں پہنچ کر مَیں نے جب دروازہ کھولا تو باہر بابا اور ماسٹر کھڑے ہوئے تھے۔ ان کے تیور دیکھتے ہی میں جان گیا کہ انہیں کھڑے کچھ وقت گزر گیا تھا۔ بابا میری نیند پر طنز کرنے لگے جسے سن کے مَیں خفیف سا ہونے لگا لیکن بابا کے دوست نے یہ کہہ کر بات رفع کروادی کہ بھئی جوانی کی نیند ایسی ہی ہوتی ہے۔

وہ اپنے ساتھ دوپہر کا کھانا پولیتھین کی تھیلیوں میں لے کر آئے تھے۔ ماسٹر نے جلدی جلدی گندے برتنوں کو جمع کیا اور انہیں باورچی خانے کے نل پر لے جا کر اچھی طرح دھویا۔ ماسٹر کو یہ کام کرتے ہوئے دیکھ کر میرے بابا مجھے ہدایت کرنے لگے کہ یہاں رہتے ہوئے مجھے بھی یہ کام سیکھنے پڑیں گے کیوں کہ اب مجھے کھلانے پلانے والی میری ماں میرے ساتھ نہیں تھی۔ مَیں نے بابا کی ہدایت سن کر اپنا دایاں کان کھجاتے ہوئے اثبات میں سر ہلا دیا لیکن میں دل ہی دل میں سوچتا رہا کہ مجھے میری ماں سے الگ کر دیا لیکن خود اسی کے ساتھ اکیلے زندگی گزاریں گے۔

تندوری روٹیوں کے ساتھ مرغی کے سالن نے خوب مزا دیا۔ ہم سب نے بڑے بڑے لقمے توڑ کر جلدی سے کھانا کھایا کیوں کہ بابا کو جس بس کے ذریعے شہر واپس جانا تھا اس کے چھوٹنے میں تھوڑی سی دیر باقی رہ گئی تھی۔

میں بابا کو رخصت کرنے کے لیے بس اسٹاپ جانا چاہتا تھا جہاں ہم دونوں بس سے اترے تھے لیکن بابا نے مجھے اپنے ساتھ جانے سے منع کر دیا۔ انہوں نے مجھے جیب خرچ کے لیے تین سو روپے دیئے۔ اپنے دوست کو میرا خیال رکھنے کی بار بار تاکید کرنے کے بعد مجھ سے گلے ملتے ہوئے ایک دو لمحوں کے لیے انہوں نے مجھے زور سے بھینچا اور اس کے بعد مجھ سے الگ ہو کر مجھے ان کے پاس چھوڑ کر چلے گئے۔ ان کے جانے کے بعد میرا دل اپنی مکمل تنہائی کے خیال سے لرز کے رہ گیا۔ وہ مجھے ایک ایسے شہر میں چھوڑ کر جا رہے تھے جہاں میں فیکے ماسٹر کے علاوہ کسی کو نہیں جانتا تھا۔ یہ اپنے لوگوں اور رستوں سمیت میرے لیے مکمل اجنبی تھا۔

مجھے بابا اور اماں پر غصہ آنے لگا کیوں کہ میری گھر اور شہر بدری کا فیصلہ انہوں نے ہی کیا تھا۔ میرے پیدا ہونے سے اب تک میری زندگی کے سبھی اہم اور غیر اہم فیصلے وہی کرتے آئے تھے۔ مجھے یہ سوچ کر حیرت ہو رہی تھی کہ انہوں نے اپنی عمر کا بیشتر حصہ تصویروں کے لیے فریم سازی کرتے ہوئے گزارا تھا، اس کے باوجود شاید وہ یہ بات بھول گئے تھے کہ فریم ہمیشہ تصویر کے مطابق بنایا جاتا تھا۔ میری زندگی، اب تک میری جو تصویر بنا چکی تھی اس کی لمبائی چوڑائی جانے بغیر میرے بابا اسے زبردستی اپنی پسند کے فریم میں ڈھالنا چاہتے تھے۔ اسے بس کسی طرح اس میں فٹ کرنا چاہتے تھے جب کہ میری زندگی کی یہ کڈھب اور خانماں برباد تصویر کسی بھی فریم ساز کے بنائے ہوئے فریم میں فٹ ہونے کے لیے نہیں تھی۔

25

اس سب کے ساتھ اب مجھے دھیرے دھیرے یہ بھی محسوس ہونے لگا ہے کہ فریم صرف تصویروں کے نہیں بلکہ زمین پر موجود تمام جگہوں یا مقامات، ہمارے سروں پر پھیلے بظاہر بے کنار آسمان اور اس کے نیچے سسک کر، گھٹ کر زندگی کرنے والے انسانوں کے بھی ہوتے ہیں۔ اس شہر میں، مَیں نے اپنی زندگی کے چند سال گزارے، اس کی سڑکیں، عمارتیں، گاڑیاں، پل، گلیاں اور ان میں بنے ہوئے مکانات، یہ سب کی سب چیزیں، اب بھی مجھے چار کونوں والے کسی فریم کی یاد دلاتی ہیں، ہاں البتہ میرے ان ماہ و سال کو فریم میں بند کرنا اچھا خاصا دشوار کام ہے۔ اس کے باوجود میں پوری کوشش کروں گا کہ ان کو صفائی کے ساتھ مختصراً یاد کروں کیوں کہ میری زندگی کے اس بے کار قصے میں ان برسوں کی ایک خاص اہمیت تھی۔ اس دوران میرا کردار اور شخصیت کئی طرح کی تبدیلیوں سے گزرے اور میں وہ بنتا چلا گیا تھا جو بننے کا مَیں نے کبھی سوچا بھی نہ تھا۔

اس شہر میں مجھے فیکے ماسٹر کا ہی آسرا تھا، شاید اسی لیے جب اسے گئے ہوئے کافی دیر گزر گئی تو میرے لیے اس چھوٹی سی جگہ پر اکیلے وقت کاٹنا محال ہوتا چلا گیا اور میرا دم گھٹنے لگا۔ مَیں کچھ دیر تک کھڑکی کی سلاخوں سے بندھے میمنے کو اپنے ہاتھوں سے اس کے پاس پڑے سوکھے پتے کھلا کر اسے اور خود کو بہلانے کی کوشش کرتا رہا۔ وہ اچھل اچھل کر اپنے چارے کی طرف لپکتا رہا لیکن کچھ دیر بعد جب اس کے پتے ختم ہو گئے تو وہ زور سے ممیانے لگا۔ بہت دیر تک اس کی ممیاہٹیں سن سن کر میرے کان پک گئے اور مجھے اس پر غصہ آنے لگا۔ مَیں اسے ممیاتا چھوڑ کر صحن سے کمرے میں چلا گیا۔ میں سوچنے لگا کہ یہ کیسا مکان تھا جس میں کوئی کھڑکی نہیں تھی۔ کیا یہاں کے لوگ ایک دوسرے پر اعتماد نہیں کرتے تھے؟ میرے شہر میں واقع میرے گھر کی اوپر والی منزل پر چھ کھڑکیاں تھیں جہاں سے ہر کسی کو بلا امتیاز باہر جھانکنے کی پوری آزادی تھی مگر یہاں کھڑکی کا نام و نشان تک نہ تھا۔ کئی دفعہ خیال آیا کہ کچھ دیر کے لیے باہر جا کر چہل قدمی کر لوں لیکن میں اسے اپنے ذہن سے جھٹکتا رہا کیوں کہ مَیں اپنے بابا کے دوست پر پہلے ہی دن اپنی غیر ذمہ داری کا تاثر نہیں چھوڑنا چاہتا تھا اور پھر میں یہاں کے راستوں سے بھی ناواقف تھا۔

جتنی دیر سورج کی روشنی رہی اس مکان کے صحن میں بھی تھوڑی سی روشنی رہی، پھر اس کے ڈوبنے کے بعد دھیرے

دھیرے اندھیرا چھاتا چلا گیا۔ مَیں نے گھبرا کر صحن اور کمرے کے بلب روشن کر دیئے تو ماحول کچھ آسیبی ہو گیا اور میں گھبرا کر کمرے میں جا کر بستر پر لیٹ گیا۔

خاصی دیر گزر جانے کے بعد دروازے پر دستک ہوئی تو میں چونک کر دروازہ کھولنے کے لیے اٹھا۔ فیکا ماسٹر، اپنے ساتھی کے ساتھ گیراج سے واپس آ گیا تھا۔ آتے ہی وہ میری خیریت پوچھنے لگا تو مَیں نے اسے یقین دلانے کی کوشش کی کہ مَیں ٹھیک تھا۔ اس نے اپنے ساتھی کا تعارف کروایا۔ وہ رات کا کھانا تھیلیوں میں لے کر آئے تھے، جسے ہم نے مل کر پہلے پلیٹوں میں ڈالا اور اس کے بعد ایک چارپائی پر بیٹھ کر ایک ساتھ کھایا۔ کھانے کے دوران فیکا ماسٹر لاڑ کے مخصوص لہجے میں کہنے لگا کہ اس سے غلطی ہو گئی، اسے جاتے وقت مجھے ساتھ لے کر جانا چاہیے تھا لیکن میرے بابا کو جانے کی بہت جلدی تھی۔ کیا ہو جاتا اگر وہ ایک رات یہاں رک جاتا۔ اس کا خیال تھا کہ بابا شام ڈھلنے سے پہلے گھر پہنچ گئے ہوں گے۔ مَیں خاموشی سے اس کا چہرہ تکتا اس کی باتیں سنتا رہا۔

کھانے کے بعد وہ سگریٹ پینے لگا تو اسے دیکھ کر مجھے بھی سگریٹ کی طلب ستانے لگی لیکن میرے پاس سگریٹ نہیں تھی۔ مَیں نے اپنا شہر چھوڑنے سے پہلے اپنے لیے سگریٹ نہیں خریدی تھی۔ مَیں یہ سوچ کر خود کو بہلانے لگا کہ کل دن میں کوئی جگاڑ لگا لوں گا۔

کھانے کے کچھ دیر بعد مجھے نیند آنے لگ گئی۔ مَیں کمرے میں نیچے رلی پر بچھے ہوئے ایک گندے سے گدے پر سونے کے لیے لیٹا تو مجھے اپنا گھر یاد آنے لگا، جہاں میں اپنی الگ چارپائی پر اپنے الگ بستر پر سوتا تھا۔ اس وقت وہ وہاں خالی پڑی ہو گی۔ مجھے خیال آنے لگا کہ اماں نے گھر پر سارا دن اکیلے کس طرح گزارا ہو گا؟ شام کو بابا کے گھر پہنچنے پر انہوں نے میرے بارے میں ان سے کیا پوچھا ہو گا۔ بابا نے اپنی طرف سے انہیں اطمینان دلانے کی کوشش کی ہو گی، وہ کچھ مطمئن ہو گئی ہوں گی اور کچھ نہیں۔ بابا سفر کی تکان کی وجہ سے کھانے کے بعد سو گئے ہوں گے جب کہ اماں میری طرح بستر پر لیٹی اس وقت آہیں بھر رہی ہوں گی۔

میلے کچیلے گدے پر مجھے جلدی نیند آ گئی۔ مَیں اپنے خوابوں میں بس کے بجائے ایک ریل گاڑی پر سوار ہو کر نجانے کون سے اجنبی علاقوں کی سیر کرتا رہا۔ ایک لمبی چوڑی ریل تھی جو پہاڑوں، سرسبز وادیوں کے بیچ سے گزرتی آگے بڑھتی جاتی تھی اور میں اس کی کھڑکی میں بیٹھا باہر کے مناظر سے محظوظ ہو رہا تھا۔

صبح فیکے ماسٹر کی بھنٹیچر آواز سن کر میں اپنی آنکھیں ملتا ہوا اٹھ کر بیٹھ گیا۔ وہ صبح میری پچھلی صبحوں سے بہت مختلف تھی کیوں کہ مَیں اپنے جانے پہچانے لوگوں کے بجائے اجنبی شہر میں اجنبی لوگوں کے درمیان تھا۔ کچھ دیر بعد میں نہائے اور اپنے کپڑے بدلے بغیر ہی چائے پاپے کے ساتھ سادہ سا ناشتہ کرنے کے بعد ان دونوں کے ساتھ گیراج پر جانے کے لیے تیار ہو گیا۔

گیراج ایک کشادہ سڑک پر واقع تھی۔ ہم تینوں چلتے ہوئے مختلف گلیوں سے گزر کر وہاں پہنچے تو وہ بند پڑی تھی اور

اس کے سامنے تین چار پرانی گاڑیاں کھڑی ہوئی تھیں۔ اس کا دروازہ لکڑی کے بجائے لوہے کا تھا جسے وہ دونوں شٹر کہہ کر پکار رہے تھے۔ فیکے ماسٹر نے اپنی جیب سے چابیاں نکال کر اِس شٹر پر لگے ہوئے چینی ساختہ تالے کھولے اور اس کے بعد ہم دونوں نے مل کر اسے اوپر کی طرف دھکا دیا تو وہ چرچراتا ہوا اوپر اٹھتا چلا گیا۔ اس کی آواز سماعت شکن تھی اس لیے کچھ دیر بعد تک میرے کانوں میں گونجتی رہی۔

گیراج کے اندر ایک چھوٹی لیکن نئے ماڈل کی کار کھڑی ہوئی تھی، جس نے تقریباً ساری ہی جگہ گھیری ہوئی تھی۔ ماسٹر اس کا دروازہ کھول کر اندر بیٹھ گیا اور اسے اسٹارٹ کر کے گیراج سے باہر نکالنے لگا۔ مَیں دلچسپی سے اس پورے عمل کو دیکھتا رہا۔ گاڑی ایک زندہ وجود کی طرح دھڑک رہی تھی اور دھواں بھی نکال رہی تھی۔

گیراج میں پھٹیچر کرسیوں یا بینچوں کے علاوہ مختلف طرح کے اوزار بکھرے دکھائی دے رہے تھے۔ فیکے ماسٹر نے مجھے دیوار کے ساتھ پڑی ہوئی ایک کرسی پر بیٹھنے کے لیے کہا تو میں فوراً بیٹھ گیا۔ آس پاس بکھری ساری چیزوں پر گرد جمی ہوئی تھی۔ مَیں نے دیکھا کہ ایک ٹیلی فون نما آلہ ایک کار کی ٹوٹی ہوئی سیٹ پر رکھا ہوا تھا۔ مَیں نے اس کا ریسیور اٹھا کر کان سے لگایا تو ایک مریل سی ٹون سنائی دی۔ مَیں نے ریسیور رکھتے ہوئے سوچا کہ شاید فیکے ماسٹر کا اپنے شہر والوں اور عزیز و اقارب کے ساتھ رابطے کا واحد ذریعہ یہی فون تھا۔ میرے بابا نے بھی اسی فون پر اس سے میرے بارے بات کی ہو گی۔

تھوڑی دیر بعد دکان پر کام کرنے والے دوسرے لوگ ایک ایک کر کے آنے لگے۔ پہلے فیکا ماسٹر کی عمر کا ایک شخص آیا، جس کا تعارف استاد خیرو کہہ کر کروایا گیا۔ وہ بھی استاد کے درجے پر پہنچا ہوا تھا۔ اس کے بعد وہ دونوں لڑکے بھی آ گئے جن کے بارے میں مجھے پہلے سے بتایا گیا تھا کہ وہ میرے ہم عمر تھے۔ وہ پپو اور حامد تھے۔ ان سب کا معمول تھا کہ صبح دس ساڑھے دس بجے تک گیراج پہنچ جاتے تھے اور ابتدائی آدھا گھنٹہ گپ بازی کرنے اور چائے پینے کے بعد اپنے کاموں میں مصروف ہو جاتے تھے۔

ماسٹر نے مجھے پہلے ہی دن پپو اور حامد کے ساتھ جوڑ دیا۔ ان دونوں میں پپو زیادہ پرانا کاریگر تھا کیوں کہ وہ پچھلے پانچ برسوں سے ماسٹر فیکے کے پاس کام کر رہا تھا جب کہ حامد کو کام کرتے ابھی صرف ایک سال ہوا تھا۔ دونوں چلبلے اور شوخ مزاج لڑکے تھے۔ ہر وقت ہنستے مسکراتے رہتے اور ان کی آپس کی چھیڑ چھاڑ کبھی ختم ہونے میں نہیں آتی۔ کبھی پپو حامد کے چپت لگا دیتا تو کبھی حامد اسے زوردار گھونسہ مار کر اس سے اپنا بدلہ چکا کر حساب برابر کر لیتا۔ ان کے درمیان پھبتیوں اور فقرے بازی کا بھی ایک طوفان برپا رہتا جو تھمنے میں نہیں آتا تھا۔ وہ دونوں ڈھیٹ اتنے تھے کہ استادوں کی بھاری بھرکم گالیاں اور طمانچے کھا کر بھی بے مزہ نہیں ہوتے تھے، بلکہ پٹائی کے فوراً بعد آپس میں اور دوسروں سے بھی اس طرح باتیں شروع کر دیتے جیسے کچھ ہوا ہی نہیں تھا۔

پپو کی زبان معلوم نہیں کتنے گز لمبی تھی۔ وہ استادوں پر بھی چوٹ کرنے سے بھی باز نہیں آتا تھا اور میں دونوں کی شیطانیاں دیکھ کر حیران ہوتا رہتا تھا کہ ماسٹر ان دونوں کو گیراج سے نکال کیوں نہیں دیتا لیکن وہاں رہتے ہوئے میں اگلے چند روز

میں سمجھ گیا کہ یہ دونوں کام کے معاملے میں تیز طرار تھے اور کام چور بالکل نہیں تھے۔ استاد کے ہر حکم کی تعمیل فوراً کرتے تھے اور جو کام ان کے بس میں نہیں ہوتا تھا اسے کرنے کے لیے بھی جان لگا دیتے تھے۔ شاید ان کی یہی خصوصیت دیکھتے ہوئے ان کی شرارتیں نظر انداز کر دی جاتی تھیں۔

گیراج پر کام کرتے ہوئے اور ماسٹر کے چھوٹے سے کوارٹر میں رہتے ہوئے میں اپنے دل میں ایک تنہائی اور اداسی محسوس کرتا رہا، اور وہ ابھی اتنی زیادہ کہ مَیں اپنے ہم جولیوں سے بھی بات کرتے ہوئے سنجیدہ اور محتاط رہتا۔ ان کی ہنسی کا جواب ہنسی سے دینے کے بجائے میں ٹال دیتا۔ میرے لیے اپنے آس پاس پھیلی حقیقت کو فوری طور پر قبول کر کے، اس میں رچ بس جانا آسان نہیں تھا۔ اس لیے میری کوشش رہنے لگی کہ مَیں کوئی کام نہ کروں اور ہاتھ پر ہاتھ دھرے چپ چاپ، کسی کونے میں اکیلا بیٹھا رہوں لیکن گیراج میں میری اس خواہش کا پورا ہونا ممکن نہیں تھا۔

میں شروع کے عرصے میں حامد اور پپو سے کسی وجہ کے بغیر خائف رہا اور ان کی چستی پھرتی اور دوسری حرکتیں مجھے ناپسند رہیں۔ اس لیے میں ان سے گریز کرتا رہتا اور جان بوجھ کر ان سے کم بات کرتا۔ اس وجہ سے ان کے ذہنوں میں یہ خیال پیدا ہونے لگا کہ مَیں مغرور قسم کا لڑکا تھا۔ اگر وہ چاہتے تو ہر روز میری سستی اور کاہلی دیکھ کر مجھ پر فقرے کستے اور میری چھپی ہوئی کام چوری سامنے لے آتے لیکن اس کے برعکس وہ دونوں میرا لحاظ کرتے اور مجھے تضحیک کا نشانہ نہ بناتے کیوں کہ انھیں فیکے ماسٹر نے میرے حوالے سے خاص ہدایات کی ہوئی تھیں کہ میرے ساتھ وہ کوئی چھیڑ چھاڑ نہ کریں۔ انھیں معلوم تھا کہ مَیں اس کے دوست کا بیٹا تھا۔ اس لیے میری شکایت پر ان کے خلاف ردِعمل کا امکان موجود تھا۔

ایک ہی جگہ پر رہتے ہوئے مختلف مزاج کے حامل لوگوں کے درمیان خود بخود ایک تعلق تو قائم ہو ہی جاتا ہے اور دھیرے دھیرے وہ نہ صرف ایک دوسرے کو سمجھنے لگتے ہیں بلکہ ایک دوسرے کا خیال رکھنا بھی شروع کر دیتے ہیں۔ یہ عمل کوشش یا خواہش کے بغیر فطری طریقے سے اس طرح انجام پاتا ہے کہ کسی فریق کو کانوں کان خبر نہیں ہوتی۔ مَیں جو ابتدائی دنوں میں پپو اور حامد کو خاطر میں نہیں لاتا تھا، وقت گزرنے کے ساتھ آہستہ آہستہ ان کے قریب ہونے لگا۔ میری کوشش رہنے لگی کہ ہر وقت ان دونوں کے ساتھ رہوں۔ ان کی باتیں سنوں، انھیں کام کرتے ہوئے دیکھوں اور ان کی خرمستیوں سے لطف اٹھاؤں، گرچہ ابھی تک ہمارے مابین رسمی جملوں کے تبادلے کے سوا کوئی خاص بات نہیں ہوتی تھی، اس کے باوجود ہمیں ایک دوسرے کی عادت پڑتی جا رہی تھی۔ ہم میں سے کوئی بھی ذرا سی دیر کے لیے آنکھوں سے اوجھل ہوتا تو ہم پہلے ادھر ادھر ڈھونڈتے اگر وہ مل جاتا تو ہم چپ سادھ لیتے اور اگر وہ نظر نہ آتا تو ہم اس کے متعلق پوچھ تاچھ شروع کر دیتے تھے۔ کچھ ہی عرصے کے بعد میں اپنی بولی چھوڑ کر ان سے سندھی آمیز اردو میں بات کرنے لگا اور وقت گزرنے کے ساتھ میری اردو دانی اپنے ہم جنسوں کے ساتھ بے تکلفی کی حدیں پار کرنے لگ گئی۔ آخر اس گیراج کا مالک فیکا ماسٹر بھی میری طرح کی گلابی اردو بولتا تھا۔

گیراج میں گاہکوں کے لیے چائے منگوانا ایک طرح سے اہم کاموں میں شامل تھا۔ اس لیے تھوڑے ہی دنوں میں مجھے

چائے کا چسکا لگ گیا۔ ہر روز دوپہر کا کھانا پورے دو بجے کھایا جاتا اور ہمیشہ غریب نواز ہوٹل سے منگوایا جاتا۔ پپو اور حامد باقاعدگی سے اپنے گھروں سے اپنے لیے اخبار میں لپیٹ کر پراٹھے اور تھیلی میں سالن لایا کرتے۔ دسترخوان پر کوئی روک ٹوک نہیں ہوتی تھی، جو جہاں سے کھانا چاہے کھا سکتا تھا لیکن میں صرف گرما گرم تندوری روٹیوں اور تیز مصالحے کے شوربے والے سالن پر ہی اپنا ہاتھ صاف کرتا تھا کیوں کہ مَیں اپنی اماں کے بنائے سادہ کھانوں کا ستایا ہوا تھا۔

دو تین مہینوں میں غریب نواز ہوٹل کا کھانا کھا کر میرے معدے کا ستیاناس ہو گیا۔ تیزابیت کے ساتھ سینے کی جلن بڑھتی چلی گئی اور منہ میں چھالے بھی پڑ گئے۔ قبض کی شکایت بھی رہنے لگی۔ ان وجوہات کی بنا پر کھانے سے میرا جی اچاٹ ہونے لگا اور میں دو چار لقمے کھا کر ہی اپنا ہاتھ کھینچنے لگا۔ ایک دن مَیں نے باتوں میں حامد کو کم ہوتی اپنی بھوک کے بارے میں بتایا تو وہ اگلے ہی روز سے اپنے گھر سے میرے لیے ایک بڑی چپاتی بنوا کر لانے لگا اور اس نے اسے اپنا معمول بنا لیا، جس کی وجہ سے مَیں اس کا ممنون رہنے لگا۔ ممنونیت کے اسی جذبے کے باعث حامد سے میری دوستی ہونے لگی۔ ایک مرتبہ پپو اور حامد نے مجھے شہر کی سیر کروانے کی پیش کش کی لیکن مَیں نے انکار کر دیا۔ اگرچہ میں دل میں گھومنے پھرنے کی شدید خواہش رکھتا تھا۔ دن میں وقت گزرنے کا احساس بالکل نہیں ہوتا تھا کیوں کہ یہاں طرح طرح کے لوگوں کی بھیڑ لگی رہتی تھی۔ کوئی اپنی گاڑی کے پہیوں میں ہوا بھروانے آتا تو کوئی پنکچر لگوانے۔ کسی کی گاڑی کا انجن بیٹھ جاتا تو کسی کی بیٹری ختم ہو جاتی، کسی گاڑی کے کلچ میں خرابی ہوتی تھی تو کسی کی بریک فیل ہو جاتی تھی۔

حیدر آباد کے غلیظ حالی روڈ پر گزرے ان دنوں کے بارے میں سوچتا ہوں تو لگتا ہے کہ اس عرصے میں وقت ایک خاص سرعت اور برق رفتاری کے ساتھ گزرتا چلا گیا تو شاید یہ اچھا ہی ہوا، کیوں کہ اس کے بعد مجھے آج تک ویسا کھلنڈرا، بے پروا اور ہنسی قہقہوں سے معمور وقت نصیب نہیں ہو سکا۔

گیراج میں آنے والے اکثر گاہک صاف ستھرے کپڑوں میں ہوتے۔ ان میں سے کچھ ہمارے سروں پر کھڑے ہو کر شور مچاتے اور کچھ اپنی گاڑی ہمارے حوالے کر کے چلے جاتے اور پھر گاہے بگاہے چکر لگاتے رہتے۔ ان کے برعکس گیراج کے سارے مکینک ہمیشہ میلے چکٹ کپڑوں میں ہوتے اور اسی لیے ہم کبھی گاڑی کے نیچے گھس جاتے اور کالے تیل سے اٹی مشینوں میں اپنے ہاتھ گھسیڑ دیتے۔ ہم سب کے جسموں پر ہر وقت ایک سیاہی جمی رہتی، شاید یہی سبب تھا مَیں اس کام کو کبھی دل سے قبول نہیں کر سکا اور اپنے دل پر پتھر رکھ کر مجبوری میں جیسے تیسے یہاں اپنا وقت کاٹ رہا تھا۔ مجھے فریم سازی کا کام پسند تھا اور میں دل میں اسی کام کے ساتھ زندگی گزارنے کا تہیہ کر چکا تھا۔ مجھے یقین تھا کہ یہاں میرا قیام عارضی نوعیت کا تھا اور جلد یا بدیر مجھے اپنے گھر واپس جانا تھا اور یہ بات میں حتمی طور پر طے کر چکا تھا۔

شام کے بعد وقت مجھ پر اکثر بھاری گزرتا۔ ایک تنگ سی گلی کے اُس چھوٹے سے مکان میں جہاں میں ادھیڑ عمر کے دو کاری گروں کے ساتھ رہتا تھا، واپس پہنچ کر میں بہت دیر تک تھکا تھکا، بے دم رہتا اور غسل کرنے اور کپڑے بدلنے کی خواہش بھی نہ ہوتی لیکن فیکا ماسٹر مجھے ہر روز کام سے واپسی پر نہانے کی ہدایت کرتا۔ وہ شفقت سے سمجھاتا کہ ہم دن بھر

روزی روٹی کے لیے گندے مندے رہتے ہیں لیکن درحقیقت ہم ایسے نہیں ہیں۔ صاف ستھرے لباس پر ہمارا بھی اتنا ہی حق ہے جتنا کہ دوسروں کا۔ مَیں اس کی باتیں منہ بسورتے ہوئے سنتا اور اونگھتے ہوئے غسل خانے کی طرف چل دیتا۔

غسل خانہ بہت گندا اور بدبودار تھا۔ فرش چکناہٹ کی وجہ سے بے حد پھسلواں ہو چکا تھا۔ اس کے ایک کونے میں اکثر بال بکھرے رہتے۔ مَیں اپنے جسم پر پانی ڈالتے اور صابن ملتے وقت اپنی آنکھیں میچے رکھتا کہ فرش اور دیواروں پر میری نگاہ نہ پڑ سکے۔ غسل کے بعد واقعی میں اپنے اندر ایک نئی توانائی محسوس کرتا جیسے بدن پر سے کوئی بوجھ ہٹ گیا ہو۔

ماسٹر نے رات کے کھانے کے بعد تمام برتنوں کی دھلائی کا کام مجھے سونپ دیا تھا، اس لیے کھانے کے بعد میں برتن دھونے میں دیر نہ لگاتا تھا کیوں کہ اس کے کچھ دیر بعد ہمارے اس مکان پر گلی محلے کے چھڑے چھانٹ لوگوں کا جمگھٹا لگنا شروع ہو جاتا تھا۔ یہ سب اپنے کام دھندے سے فارغ ہو کر تفریح کرنے کی غرض سے یہاں جمع ہو جاتے تھے۔ ان میں کوئی رکشہ ڈرائیور ہوتا تو کوئی ٹیکسی ڈرائیور، کوئی راج مزدور تو کوئی کسی فیکٹری ورکر۔ یہ سب لوگ صحن میں بمشکل سمائی ہوئی دو چار پائیوں پر سمٹ سمٹا کر بیٹھ جاتے۔ ایک چارپائی پر لڈو کی بازی جمتی تو دوسری پر تاش کے پتوں کی۔ کھیل کے دوران یہ مشقتی لوگ چرس کو ماچس کی تیلی پر چڑھا کر آگ دکھاتے اور ہر کچھ دیر بعد اس کی سگریٹ بھرتے۔ وہ سگریٹ ایک دائرے میں چلتی ہر آدمی کے پاس پہنچتی اور ختم ہو جاتی۔

تاش اور لڈو کے دوران شور مچتا، گالیاں بکی جاتیں، اک دوسرے کو کوسا جاتا، ہنسی مذاق، قہقہے لگتے اور نعرے بلند ہوتے غرض صحن میں وہ دھما چوکڑی مچتی کہ پورا محلہ شور سے گونج اٹھتا۔ وہاں پر چند لوگ ایسے بھی تھے جو کھیل میں شریک نہ ہو کر بھی کھیل کا حصہ شمار ہوتے۔ وہ کھلاڑیوں کو چمکارتے، انہیں شاباش دیتے، داد کے ڈونگرے برساتے، ہارنے والے پر فقرے چست کرتے۔ کسی کھیل کی کوئی بازی شرط کے بغیر نہیں کھیلی جاتی تھی، اس لیے ان تماشائیوں کی نظریں شرط کے روپوں پر لگی رہتیں۔ جو ہر رات سو روپے سے زیادہ جمع ہو جاتے، جن سے رات گئے نشست ختم ہونے پر سب کے لیے مٹھائی اور دودھ پتی منگوائی جاتی۔ اس کے بعد ہر کوئی اپنے گھر کی راہ لیتا۔

مجھے یہ دھما چوکڑی پسند نہیں تھی، پھر بھی میں کوشش کرتا کہ ان سے الگ نہ رہوں کیوں کہ ان لوگوں کے لیے تنہائی کسی اچنبھے سے کم نہ تھی، جہاں کوئی شخص منڈلی کو چھوڑ کر کونے میں دبکتا، تو وہیں پر منڈلی اس کی اچھی طرح مزاج پرسی شروع کر دیتی اور یہ مزاج پرسی کسی وبال سے کم نہ ہوتی۔ بے تکے سوالوں کا ایک نہ ختم ہونے والا سلسلہ جو کسی بھلے مانس کا ناطقہ بند کرنے کے لیے کافی ہوتا۔ مَیں اسی وجہ سے ان کی یہ ہاؤہُو برداشت کرتا رہتا لیکن مجھے جب اور جہاں موقع ملتا، چپکے سے وہاں سے سٹک لیتا اور جب تک انہیں میرے غائب ہونے کی خبر ملتی تو میں انہیں یہیں موجود ملتا۔

میں زیادہ دور نہیں جا سکتا تھا کیوں کہ چند راستوں کے سوا اب بھی یہاں کی بیشتر گلیاں میرے لیے کسی غلام گردش سے کم نہ تھیں۔ مَیں نے ابھی تک قریب واقع ریلوے اسٹیشن تک نہ دیکھا تھا۔ بس صبح شام ریلوں کے چلنے اور گزرنے کی آوازیں سنتا رہتا تھا۔ میرے لیے اسٹیشن پہنچنا دشوار نہیں تھا اور میں وہاں سے واپسی کا راستہ بھی ڈھونڈ ہی لیتا لیکن مجھے رات کے

اندھیرے سے ڈر لگتا تھا، جو ہر گلی اور ہر چوراہے میں ڈیرہ جمائے ہوئے تھا اور مجھے باآسانی کسی گم نام راستے پر ڈال کر بھٹکا سکتا تھا۔ مَیں اجنبی شہر میں گم ہونا نہیں چاہتا تھا، اسی لیے میں نزدیک کی کسی بھی دکان سے ایک دو سگریٹ خرید کر آس پاس کی چند گلیوں میں چکر لگاتے ہوئے جلدی جلدی کش لے کر انہیں ختم کرتا۔ اس عمل کے دوران اکثر میرا سر گھومنے لگتا تھا اور اعصاب شل ہو جاتے تھے کیوں کہ مَیں سارا دن سگریٹ نہیں پیتا تھا۔ رات کے وقت میرے جسم کی یہ ٹوٹ پھوٹ مجھے عجیب لطف دیتی تھی۔ یہ سب اس لیے ہوتا تھا کیوں کہ ابھی تک میں پوری طرح سگریٹ کا عادی نہیں ہوا تھا۔

کبھی کبھار تاش اور لڈو کی بازیاں ختم ہو جانے کے بعد ماسٹر اپنے دوستوں کے ساتھ گپ بازی میں مشغول ہو جاتا اور اس دوران وہ کبھی کبھار ٹھرا پینے کا شغل بھی کرتا لیکن اس سے پہلے وہ مجھے سونے کا حکم دے کر کمرے کے اندر جانے کے لیے کہتا اور میں کمرے میں جا کر میں پہلے فرش پر بچھی ہوئی دری کو جھاڑ پونچھ کر صاف کرتا اور پھر اپنا بستر لگا دیتا۔ مَیں ہمیشہ اپنا بستر فیکے ماسٹر سے ذرا فاصلے پر ایک کونے میں دیوار کے ساتھ لگاتا تھا کیوں کہ سوتے ہوئے مجھے یہ خوف لاحق رہتا تھا کہ رات کے کسی پہر وہ کروٹ بدلنے کے بہانے میرے بستر پر نہ چڑھ دوڑے۔

شروع کی راتوں میں تو اس خوف کی وجہ سے نیند بھی نہیں آتی تھی اور میں اکثر اوقات صبح تک جاگتا رہتا تھا، لیکن مَیں نے دیکھا کہ فیکے ماسٹر کی نیند بہت پکی تھی۔ وہ ایک مرتبہ گرتا تو پھر صبح کے وقت ہی بیدار ہوتا، جب کہ دوسرا استاد مجھے لگتا کہ سوتے ہوئے بھی جاگتا رہتا تھا۔ اس کے جسم میں ایک عجیب سی بے چینی رہتی تھی اور وہ رات بھر کروٹیں لیتا رہتا تھا۔ اس کے خراٹے رات بھر کمرے میں گونجتے تھے۔ اس کی سانسوں کی اونچی نیچی آوازیں مجھے پریشان کرتیں۔ وہ کبھی کبھار اچانک نیند میں اس طرح بولنا شروع کر دیتا، جیسے عالم بیداری میں بول رہا ہو۔ ایک بار مَیں نے اسے تڑکے سے کچھ پہلے اٹھتے ہوئے دیکھا تو میں سمجھا کہ وہ شاید پیشاب کرنے کے لیے اٹھ کر گیا ہے لیکن جب وہ کنڈی کھولے بغیر دروازے میں سے گزرنے کی کوشش میں اس سے زور کے ساتھ ٹکرایا تو میں سمجھ گیا کہ وہ نیند میں چل رہا ہے۔ وہ دو تین بار دروازے کے ساتھ اپنا سر ٹکرانے کے بعد وہ اپنے بستر پر واپس آ گیا اور صبح تک اپنی کمر اور گردن اکڑائے بیٹھا رہا۔ اس دوران اس کے ہلتے ہوئے ہونٹوں سے بے ربط جملے بھی نکلتے سنائی دیتے رہے۔

استاد کی اس حالت نے مجھے پہلی بار سہما دیا تھا۔ مجھے محسوس ہوتا رہا کہ وہ میرے اوپر چڑھ جائے گا یا پھر میرا گلا دبا کر مجھے ہلاک کر دے گا مگر بعد کی راتوں میں دھیرے دھیرے مجھے پتہ چل گیا کہ نیند میں چلنا، بولنا اور خراٹے لینا استاد کی عادت تھی۔ وہ نیند کے دوران بھی اتنا ہی صلح جو اور بے ضرر تھا جیسا کہ وہ دن کے وقت کام کرتے ہوئے دکھائی دیتا تھا۔ مَیں اکثر اس کے بارے میں سوچتا کہ اس کے ذہن کی گہرائیوں میں ایسی کون سی چیزیں چھپی ہوئی ہیں جو اپنے اظہار کے لیے اس قدر بے تاب ہیں۔ استاد کے ساتھ کبھی میرا گہرا تعلق قائم نہیں ہو سکا، اس لیے میرے واسطے یہ باتیں ہمیشہ ایک ناقابل حل معمے کی صورت اختیار کر گئیں۔ لیکن اب میں سوچتا ہوں کہ اسے بھی میری طرح اپنی ذات کی ان پیچیدگیوں کے متعلق کوئی علم نہیں رہا ہو گا۔

میرے دل میں گھر اور شہر کی یادوں کی کسک ہولے ہولے مدھم پڑتی چلی گئی۔ میرے اندر صرف ایک شکایت باقی رہ گئی، اور وہ تھی زیادتی، ناانصافی اور کج روی کی شکایت، جو دھیرے دھیرے نفرت اور غم وغصے میں تبدیل ہوتی جارہی تھی اور ایک وبا کی صورت اندر پھیل رہی تھی اور ماضی کے سارے مقدس اور محترم تعلقات کی دیواریں چاٹنے لگتی تھی۔ وہ چہرے جن سے مجھے خلوص اور پیار کی توقع تھی میرے لیے قابل تھے کیوں کہ انہوں نے مجھے دھتکار دیا تھا۔ مجھ پر غلط الزام لگا کر مجھے اپنی دنیا سے نکال کر اس اجنبی دنیا میں پھینک دیا تھا۔ میرے ذہن نے میرے بابا کی وہ ساری دلیلیں اور تاویلیں رد کر دیں، جو انہوں نے مجھے اس شہر میں بھیجنے کے لیے گھڑی تھیں۔ مَیں جانتا تھا کہ وہ کبھی یہاں منتقل نہیں ہوں گے۔ یہ دلیل مجھے شہر سے نکال کر ادھر بھیجنے کے لیے گھڑی گئی تھی۔ بابا نے بازار میں اپنی دکانداری شروع کر دی ہو گی اور آہستہ آہستہ اپنے پرانے طور طریقوں کی طرف لوٹ گئے ہوں گے۔ مَیں نہیں سمجھتا تھا کہ شہر بھر میں ہو چکی تذلیل میرے والد کی کایا کلپ کر سکتی تھی۔ ایسا ہونا مجھے ناممکن لگتا تھا۔ اس واقعے کے بعد شاید وہ اپنی بے احتیاطی چھوڑ دیں اور نئی وارداتیں کرتے ہوئے احتیاط سے کام لینا شروع کر دیں۔ اسی وجہ سے انہوں نے مجھے سب سے پہلے اپنے راستے سے ہٹایا تھا کیوں کہ اب میں جوان ہو گیا تھا۔ ان کی حرکتوں پر احتجاج کر سکتا تھا۔ ایک بار ان کے سامنے میں اپنا سینہ تان کر کھڑا ہو چکا تھا، جس کی سزا کے طور پر بابا نے مجھے اس دوزخ میں بھیجنے کا فیصلہ کیا تھا۔

اپنے دن، ایک بیزاری اور بے دلی کے ساتھ گزارنے کے باوجود گیراج اور اس پر کام کرنے والے لوگوں میں میری دلچسپی بڑھتی چلی گئی۔ مجھے وہ سب لوگ منفرد اور انوکھے مزاج کے حامل لوگ محسوس ہونے لگے۔ مَیں خود بخود ان کے ساتھ گھلتا ملتا اور کھلتا چلا گیا۔

میں جو پہلے فیکے ماسٹر کے مکان میں صبح کے وقت سب سے آخر میں نیند سے اٹھ کر گیراج جانے کے لیے تیار ہوتا تھا۔ اب سب سے پہلے جاگ کر جلدی سے غسل کرنے کے بعد مٹی کے تیل کا چولھا جلا کر اس پر چائے کا برتن چڑھا دیتا تھا۔ کچھ دیر کے بعد میں جب صحن والی چارپائی پر اکیلا بیٹھ کر چائے کی چسکیاں لے رہا ہوتا تو اس وقت فیکا ماسٹر اور استاد کمرے میں گہری نیند سو رہے ہوتے تھے۔

میں دیوار میں گڑھی کیل پر لٹکی ہوئی گیراج کی چابیاں اتار کر فیکا ماسٹر کو جگانے کے لیے تین چار آوازیں لگاتا اور پھر مکان سے باہر نکل جاتا۔ نکلتے ہوئے میں دروازے کو اس طرح بھیڑ دیتا کہ باہر سے گزرنے والوں کو یہ گمان گزرے کہ دروازہ اندر سے بند ہے۔ گیراج مکان سے چند ٹیڑھی میڑھی گلیوں کی مسافت پر واقع تھا، اس لیے میں ذرا سی دیر میں وہاں پہنچ جاتا۔ مجھے صبح کے وقت اس مکان سے نکل کر باہر کی دنیا کو دیکھنا اچھا لگنے لگا تھا کیوں کہ ایسے وقت میں یہ بدنما اور میلی کچیلی دنیا کچھ بہتر لگتی تھی اور اس میں ایک کشش محسوس ہونے لگتی تھی۔ مَیں آس پاس کی چیزوں کو آنکھیں پھیلا کر دیکھتے ہوئے سوچتا کہ کیا یہ وہی دنیا ہے جو سورج کی تیز روشنی میں غلیظ اور مکروہ دکھائی دیتی ہے اور رات کے گھپ اندھیرے میں اپنا بھیس بدل کر، پراسرار اور ڈراؤنی سی ہو جاتی ہے۔

گیراج کا شٹر کالے رنگ کا تھا اور اس کے اندر کی زمین بھی گاڑیوں کے آئل اور موبِل آئل گرنے کی کثرت سے کالی چکٹ ہو چکی تھی حتیٰ کہ دیواریں بھی موبل آئل کے رنگ میں رنگی ہوئی تھیں۔ یہاں کی اکثر و بیشتر چیزیں کالی رنگت کی تھیں۔ گیراج کے باہر ایک کیاری کی مٹی اور اس میں لگے ہوئے سدا بہار کے پودے بھی سوکھ کر سیاہ پڑ چکے تھے۔ یہ گیراج ایک طویل کمرے پر مشتمل تھی جو آلات و اوزار کے علاوہ گاڑیوں کے پرزوں، انجنوں اور بیٹریوں سے بھرا ہوا تھا۔ مَیں نے کئی بار سوچا کہ پوری گیراج کی صفائی کروں اور چیزوں کو ان کے اصلی رنگ میں لے آؤں لیکن ہر بار مَیں نے اپنے اس خیال کو عملی جامہ پہنانے سے گریز ہی کیا۔ مَیں گیراج پہنچنے کے بعد کرسی پر بیٹھ کر اپنے ساتھیوں کی آمد کا بے چینی سے انتظار کرتا رہتا کہ وہ آئیں تو ہم مل کر کام شروع کریں۔

سب لوگ باری باری پہنچتے اور چائے کی ایک ایک پیالی سڑکنے کے بعد اپنے کاموں میں مصروف ہو جاتے۔ مَیں جو پہلے اپنے آپ کو بے کار سمجھتا تھا، اب خود کو کار آمد بنانے کی کوشش میں مصروف رہنے لگا۔ مَیں گیراج کے دروازے پر رکنے والی ہر گاڑی کی طرف لپکتا اور اس کے مالک سے پوچھ تاچھ کرتا۔ اگر وہ کوئی معمولی نقص بتاتا تو میں اپنے تجربے کی بنیاد پر اسے خود ہی ٹھیک کرنے لگ جاتا۔ اگر گاڑی کی خرابی پیچیدہ ہوتی تو میں استاد خیرو میں سے کسی کو آواز دے کر مدد کے لیے بلا لیتا اور گاڑی اس کے حوالے کر کے اپنے لیے دوسرا کام ڈھونڈنے لگ جاتا۔ مجھے کار کے چھوٹے چھوٹے پہیوں میں ہوا بھرنا اچھا لگتا۔ پپو نے مجھے پنکچر لگانا سکھا دیا تھا اور میں چند ہی دنوں میں اس کام میں طاق ہو گیا تھا۔ حامد اور پپو سے اب میری اچھی خاصی دوستی ہو گئی تھی اور مَیں نے ان دونوں کو اپنا گرو مان لیا تھا۔ مجھے فقرے بازی اور پھبتی کسنا بالکل نہیں آتا تھا لیکن اب میں بھی ان کے تابڑ توڑ زبانی حملوں کے خلاف جوابی کارروائی کرنے لگ گیا تھا۔ اکثر اوقات ان کے جملوں کے سامنے میرے جواب بے تکے ہوتے، جنھیں سن کر وہ دونوں خوب قہقہے لگاتے۔ انھوں نے مجھے اسپرے کی مدد سے گاڑیوں پر رنگ کرنا بھی سکھا دیا۔

تھوڑے ہی دنوں میں مجھے پتہ چل گیا کہ حامد اور پپو بھی میری طرح فیکے ماسٹر اور استاد سے چھپ کر سگریٹ نوشی کرتے تھے۔ ایک دوپہر کو کھانے کے فوراً بعد حامد اور پپو کے تھوڑی دیر کے لیے غائب ہونے پر فیکے ماسٹر نے مجھے خالی گیلن تھما کر جلدی سے ڈرم والے سے پٹرول لانے کے لیے کہا۔ پٹرول پمپ چونکہ گیراج سے کچھ دور واقع تھا اور راستے میں اس سے ذرا پہلے ایک شخص دو تین بڑے بڑے ڈرم سڑک کنارے رکھ کر بیٹھا ہوا تھا۔ علاقے کے موٹر سائیکل اور رکشا والے اسی سے پٹرول خریدتے تھے گرچہ وہ پمپ کے ریٹ سے زیادہ پیسے وصول کرتا تھا۔ اس شخص کی کوئی دکان نہیں تھی بلکہ وہ سڑک کنارے بیٹھ کر اپنا دھندا کرتا تھا۔ مَیں گیلن ہاتھ میں اٹھائے اسی کی طرف جا رہا تھا کہ حامد اور پپو مجھے ایک گلی میں گھومتے ہوئے دکھائی دیئے۔ ان دونوں کے ہاتھوں میں سگریٹ دبی ہوئی تھی، وہ جسے بار بار ہونٹوں کے پاس لے جا کر لمبے کش لے کر انھیں جلدی ختم کرنے کی کوشش کر رہے تھے۔ جب انھوں نے مجھے اپنی طرف دیکھتے ہوئے دیکھا تو جھینپ کر رہ گئے اور کھسیانی ہنسی ہنستے ہوئے مجھ سے اپنی سگریٹ چھپانے لگے۔ مَیں بھی خود کو مسکرانے سے نہیں روک

سکا۔ مَیں ان کے قریب گیا تو حامد چھوٹتے ہی کہنے لگا کہ ہم عادی نہیں ہیں، بس کبھی کبھار اس کا شوق کر لیتے ہیں۔ وہ مجھ سے ڈر گیا تھا کہ مَیں فیکے ماسٹر سے شکایت کر دوں گا۔ پپو کو حامد کا ڈرنا اچھا نہیں لگا اور وہ اس بے چارے کو ڈانٹنے لگا کہ جھوٹ کیوں بولتے ہو؟ ہم تو صرف سگریٹ پیتے ہیں۔ استاد لوگ تو ٹھرے کے بھی شوقین ہیں۔ مَیں ان دونوں کی باتیں سن کر محظوظ ہوا لیکن جب مَیں نے حامد کے ہاتھ سے سگریٹ چھین کر ان کے سامنے ایک زور کا کش لگایا تو وہ دونوں خوب ہنسے۔ پپو نے قہقہہ لگاتے ہوئے کہا کہ یہ تو اپنی کمپنی کا نکلا۔

اس روز گیراج بند ہونے سے پہلے ہم نے آپس میں طے کیا کہ چھٹی کے بعد آدھے گھنٹے کے اندر، حامد اور پپو اپنے گھروں سے نہا دھو کر، کپڑے بدل کر ماسٹر کے مکان پر پہنچیں گے، مَیں جہاں انہیں بالکل تیار ملوں گا۔ وہاں سے ہم تینوں ریلوے اسٹیشن جائیں گے۔ پروگرام بننے کے بعد مَیں نے پپو سے اتفاقاً کہہ دیا تھا کہ مَیں نے کبھی ریلوے اسٹیشن نہیں دیکھا۔ میری بات سن کر وہ دیر تک ہنسی میں لوٹتا رہا، جیسے مَیں نے کوئی لطیفہ سنا دیا ہو۔

دونوں ہنسوڑیے تھوڑی تاخیر سے ماسٹر کے مکان پر پہنچے۔ مَیں ریلوے اسٹیشن سے اپنی پہلی ملاقات کی خوشی میں جلدی سے تیار ہو کر فیکے ماسٹر سے جانے کی اجازت لے چکا تھا اور گلی میں ٹہل کر بے چینی سے ان کا انتظار کر رہا تھا کہ اتنے میں وہ مجھے آتے دکھائی دیئے۔ مَیں تیزی سے آگے بڑھ کر ان کے ساتھ ہو لیا۔ مَیں پہلی مرتبہ اس علاقے کی غلیظ گلیوں کے دائرے سے باہر نکل رہا تھا۔ میرے پاس پڑی ہوئی رقم جس میں فیکے ماسٹر کی دی ہوئی خرچیوں کی وجہ سے اضافہ ہو گیا تھا، اسے اپنے اوپر خرچ کرنے کا وقت اب قریب آ گیا تھا۔

ہم ایک تنگ گلی سے نکل کر گلشنِ حالی کے بازار میں داخل ہوئے، جس کی سڑک زمین میں دھنس کر اپنا نشان گم کر کے ایک ایسے نشیب میں تبدیل ہو چکی تھی، جس کی سطح پر گٹر سے نکلتا ہوا پانی ابلتا رہتا تھا اور اس کے باوجود مختلف گاڑیاں، اسکوٹر، سائیکلیں، گدھا گاڑیاں اور پیدل لوگ چلتے ہوئے نظر آ رہے تھے۔ راہ گیر اپنے کپڑے بچا کر دونوں طرف کے کناروں پر چل رہے تھے۔ اطراف کی دکانیں بھی خستگی کا شکار تھیں اور ان کی دیواروں اور دروازوں پر کالی دھول جمی ہوئی تھی اور ان میں سامان کی کمی صاف دکھائی دے جاتی تھی۔ بازار کو دیکھ کر لگتا تھا کہ یہاں کے بیوپاری اور گاہک دونوں ایک دوسرے سے خفا ہیں اور ان کی آپس میں نبھ نہیں رہی اور وہ جیسے تیسے اپنے تعلق کو نبھا رہے ہیں۔

بازار سے گزرتے ہوئے حامد نے چار ایسی جگہوں کی طرف اشارہ کر کے مجھے بتایا کہ یہاں منی سینما گھر کھلے ہوئے تھے اور اس وقت ان میں مختلف فلمیں چل رہی تھیں۔ پپو نے مجھے کیرم بورڈ، فٹبال بورڈ (پٹی) اور وڈیو گیم کی دکانوں کی تعداد کے بارے میں بتایا کہ یہاں تفریح کے کئی سامان میسر تھے۔ ایسی جگہوں پر لوگوں کی تعداد بھی زیادہ دکھائی دے رہی تھی۔ حامد نے بتایا کہ ہر منی سینما گھر میں صرف ننگی فلمیں دکھائی جاتی تھیں۔ جب مَیں نے اس پر یہ بات منکشف کی کہ ایسے سینما گھر تو میرے شہر میں بھی موجود تھے۔ یہ سن کر اس نے شیخی بگھارتے ہوئے کہا کہ ہمارے شہر میں ایسی فلمیں بڑے سینما گھروں میں پردے پر بھی دکھائی جاتی ہیں۔ اس کی یہ بات سن کر مجھے تعجب ہوا کہ بلیو فلمیں سینما کے پردے پر بھی دکھائی

جا سکتی ہیں، سر عام، کھلم کھلا۔ میری حیرت پر وہ دونوں کھیسیں نکالنے لگے۔

پپو نے مجھے لکڑی کے بڑے چوبی تختوں سے بنی دیوار دکھاتے ہوئے بتایا کہ پہلے ان تختوں کو درمیان سے ہٹا کر ایک راستہ بنایا ہوا تھا، جو اسٹیشن پہنچنے کا مختصر ترین راستہ تھا لیکن اب اسے ہمیشہ کے لیے بند کیا جا چکا تھا۔ اب اگر کوئی شخص وہاں سے پھلانگنے کی کوشش کرتے پکڑا جاتا تو اسے ریلوے پولیس، اسٹیشن پر واقع اپنی حوالات میں بند کر دیتی تھی۔ مَیں نے پپو سے پوچھا کہ یہ راستہ کیوں بند کیا گیا تھا تو اس نے ہنستے ہوئے مجھے بتایا کہ لکڑی کے ان تختوں کے بالکل قریب سے آخری پلیٹ فارم کی آخری لائن گزرتی تھی۔ ایک مرتبہ اس لائن پر ایک ایسی مال بردار گاڑی آ کھڑی ہوئی، جو سرکاری گاڑیوں یعنی جیپوں اور لینڈ کروزروں سے لدی پھندی ہوئی تھی۔ پھر اچانک پپو نے ادھر ادھر نگاہ ڈال کر میرے قریب آتے ہوئے سرگوشی میں مجھے بتایا کہ یہاں کے چند سر پھروں نے رات کی تاریکی میں فائدہ اٹھا کر اس ریل گاڑی پر پٹرول بموں سے حملہ کر کے چند گاڑیاں تباہ کر دی تھیں۔ جس کے فوراً بعد کئی روز تک پولیس سرکاری ایجنسیوں کے ساتھ مل کر اسٹیشن سے ملحقہ اس علاقے میں حملہ کرنے والے لڑکوں کی تلاش میں گھر گھر چھاپے مارتی رہی تھی۔ ان لڑکوں کے ساتھ بہت سے بے گناہوں کو بھی پکڑ لیا گیا اور آج تک ان کا کچھ پتہ نہیں چل سکا۔

میں ان دونوں کی باتوں کے علاوہ ریلوے اسٹیشن کی طرف سے سنائی دیتی بھانت بھانت کی آوازوں اور شور کی جانب بھی اپنے کان لگائے ہوئے تھا۔ کبھی کسی انجن کا تیز ہارن سنائی دیتا تو کبھی چلتی ریل کے پہیوں کی ڈگ ڈگاہٹ سنائی دے رہی تھی۔ رستے بھر پپو مسلسل بولتا اور طرح طرح کی باتیں سناتا رہا۔ اس دوران حامد اس کی ہاں میں ہاں ملاتا رہا۔ وہ اس کی ہر بات پر مسلسل ''اور نہیں تو کیا'' کے ساتھ ''بالکل ایسا ہی ہوا تھا'' کی گردان کرتا رہا۔ مَیں بھی اپنا سر ہلاتا رہا تاکہ ان دونوں پر میری عدم دلچسپی کا بھید کھل نہ جائے۔

گلیوں کے شیطانی چکر سے نکل کر ہم میدان نما کشادہ جگہ پہنچے، جہاں علاقے کے لڑکے کئی قسم کے کھیل کھیل رہے تھے۔ وہ جگہ ایک بڑی تکون جیسی تھی، جس کی دو سمتوں میں بے رنگ و روغن مکانوں کا کڈھب سلسلہ تھا جب کہ تیسری سمت ریلوے اسٹیشن کا وسیع و عریض منظر پھیلا ہوا تھا۔ مَیں ڈوبتے سورج کی زرد اور قرمزی روشنی میں سرمئی پٹریوں کا پھیلا ہوا جال دیکھتا رہا۔

جس میدان نما جگہ سے ہم گزرے وہاں تمام عمروں، رنگوں اور صورتوں کے لڑکے بھاگتے، اچھلتے، چیختے چلاتے نظر آ رہے تھے اور سب کرکٹ، فٹ بال، گلی ڈنڈا، کنچے بازی، پتنگ بازی، پٹھو گرم اور دوسرے بہت سے کھیل کھیل رہے تھے۔ مَیں اس کھیلتے کودتے ہجوم کے بیچ سے مشکل سے گزر پایا کیوں کہ مجھے اچانک کسی گیند یا گلی کے لگ جانے کا دھڑکا لگا ہوا تھا جو مجھے دائیں بائیں دیکھنے اور رک کر چلنے پر مجبور کرتا تھا لیکن میرے دوست بے دھڑک ہو کر وہاں سے گزر گئے۔

مَیں نے ریلوے اسٹیشن کا پچھلا حصہ دیکھ کر پہلے پہل یہی سوچا کہ یہ کتنی بے کار جگہ ہے۔ میرے سامنے سیاہ رنگ پٹریوں، کھمبوں اور ان پر پھیلے ہوئے بجلی کے تاروں کے جال کے سوا کچھ بھی نہیں تھا۔ پٹریوں پر ایک جگہ اکیلا، لنڈورا

سا انجن شور مچاتا اور دھواں نکالتا کبھی آگے اور کبھی پیچھے کی طرف حرکت کر رہا تھا۔ ایک اور جگہ زنگ آلود بوگیوں والی ایک مال گاڑی کھڑی تھی۔ مَیں نے اپنے دوستوں کے آگے اپنی ناپسندیدگی ظاہر کی تو وہ میرا مذاق اڑانے لگے کہ اصلی اسٹیشن تو تھوڑی دور واقع تھا۔ ریلوے لائن کے پاس پہنچ کر انہوں نے بائیں جانب اشارہ کر کے مجھے اسٹیشن کی تعمیرات دکھائیں تو مجھے اپنے کہے پر ندامت ہونے لگی۔

ہم نے احتیاط سے چلتے ہوئے پٹریاں عبور کیں۔ آخری پلیٹ فارم پر چند مسافروں کے سوا زیادہ تر ساتھ والی آبادی کے لونڈے لپاڑے دندناتے دکھائی دیئے۔ ایک ٹولی نے پلیٹ فارم کو فٹ بال کا میدان بنایا ہوا تھا۔ ایک لڑکے نے زوردار کک لگائی تو فٹ بال آ کر میرے سر سے ٹکرایا۔ اس کے ٹکرانے سے اچانک مجھے ایک تیز سا چکر آیا اور میں گرتے گرتے بچا۔ میری خراب حالت دیکھ کر میرے دوست اپنی ہنسی مشکل سے ضبط کرتے ہوئے کھلاڑیوں کو برا بھلا کہنے لگے۔ بات بڑھنے لگی تو مَیں نے انہیں روک کر اور زبردستی کھینچ کر مشکل کے ساتھ آگے بڑھنے پر آمادہ کیا۔

یہ ریلوے اسٹیشن پانچ بڑے اور طویل پلیٹ فارموں پر مشتمل تھا، جنہیں سیڑھیوں والے دو پلوں کے ذریعے آپس میں ملایا ہوا تھا۔ یہ دونوں پل مجھے اچھے لگے کیوں کہ ان کی بلندی سے نہ صرف پورے اسٹیشن کا منظر دکھائی دیتا تھا بلکہ باہر کی بہت سی جگہیں بھی دکھائی دیتی تھیں۔ ان پلوں کے اوپر ہوا بھی کچھ تیز چلتی اور ہمارے کپڑوں کو پھڑ پھڑاتی گزرتی۔ بہت سے لوگ پل پر بنے ہوئے لوہے کے جنگلے کے ساتھ کھڑے ہو کر اس طرح تجسس سے نیچے دیکھتے نظر آئے، جیسے وہاں سے کوئی دریا گزر رہا ہو۔ ہم بھی کچھ دیر ٹھہر کر دیکھنے لگ گئے۔ اسٹیشن کی حدود سے باہر ذرا فاصلے پر واقع ایک نسبتاً بلند مقام پر دور تک پھیلا ہوا لیکن پرانا اور خستگی کا شکار ایک قلعہ دکھائی دے رہا تھا، جس کی فصیلیں سرخ اینٹوں سے بنی ہوئی تھیں لیکن اب ان پر مختلف رنگوں کے پرچم لہرا رہے تھے، جن کے عقب میں ماچس کی ڈبیا جیسے چوکور مکان دکھائی دے رہے تھے۔ مَیں نے حامد سے اس کے بارے میں پوچھا تو اس نے بتایا کہ اسے پکا قلعہ کہا جاتا ہے اور یہ اندر سے گنجان آباد ہو کر بے شمار تنگ و تاریک گلیوں، محلوں اور مکانوں میں بٹ چکا ہے۔ مجھے یہ جان کر حیرت ہوئی تھی کہ عام لوگ قلعے میں کیسے رہ سکتے تھے۔ قلعے ہمیشہ حکمران اپنے اور فوج کے رہنے کے لیے تعمیر کرواتے تھے۔ میری بات سن کے وہ کھیسیں نکالتے ہوئے بولا۔ ''دور دَور کی بات ہے۔ کسی دن تمہیں اس کے اندر لے چلیں گے۔ وہاں کا منظر خود اپنی آنکھوں سے دیکھ لینا''۔

پل سے اتر کر پلیٹ فارم نمبر دو پر واقع ایک چائے کے ایک اسٹال پر کھڑے ہو کر ہم چائے پینے لگے۔ ریلوے اسٹیشن کی پرانی طرز کی وسیع مرکزی عمارت اپنے چھوٹے چھوٹے سفید میناروں اور محرابوں سمیت ہمارے بالکل سامنے تھی۔ وہاں کھانے پینے کے اسٹال زیادہ تعداد میں تھے اور اس کے علاوہ کتابوں، رسالوں اور اخبارات کا بھی ایک اسٹال موجود تھا۔ چائے پینے کے بعد ہم اس طرف چلے گئے۔

اسٹیشن پر ہر عمر کی عورتیں بھی خاصی تعداد میں نظر آ رہی تھیں لیکن ان میں سے کئی برقعے یا حجاب کے بغیر تھیں۔ مَیں نوجوان لڑکیوں کو دیکھتا رہا کیوں کہ وہ بھی ہم سے نظریں ملتے ہی ہماری طرف متوجہ ہو جاتی تھیں۔ ان کے ساتھ چند لمحے

آنکھیں لڑا کر ہم آگے بڑھ جاتے تھے۔ ان میں چند اتنی خوب صورت تھیں کہ ان کے ساتھ سفر کرنے کو جی چاہنے لگتا تھا۔ ان میں سے بعض کے چہرے انتہائی شفاف اور پُرکشش تھے اور بعض نے طرح طرح کے زیورات پہنے ہوئے تھے، جن کی وجہ سے ان کی دلربائی میں اضافہ ہو گیا تھا۔ ان کے ملبوسات شوخ اور دیدہ زیب رنگوں کے تھے۔ ہر پری چہرہ کو مَیں دیر تک جی بھر کے دیکھنا چاہتا تھا مگر ریلوے اسٹیشن کے پہلے دو پلیٹ فارم ٹرینوں کی آمد کے اعلان کے ساتھ ہی لوگوں سے کھچا کھچ بھرنے لگ گئے۔ اس کے باوجود گھومتے ہوئے مَیں نے یہ بات محسوس کر لی کہ ہر ایک لڑکی کے گرد اس کے کئی پروانے گھوم رہے تھے۔ میرے دوست بھی ہر اس لڑکی کو گھورنا شروع کر دیتے تھے جسے میں اپنے لیے منتخب کرتا تھا، اس طرح وہ میرا مزا بھی خراب کر دیتے تھے۔

پلیٹ فارم نمبر ایک پر پپو کو اس کا ایک پرانا دوست مل گیا جس کا نام صَلُو تھا۔ وہ کالے رنگ کا دبلا پتلا اور تیز طرار لڑکا تھا۔ پپو نے اس سے پوچھا کہ تمہارے پاس راکٹ ہے یا نہیں؟ اس نے جواب دیا کہ اس کے پاس راکٹ نہیں میزائل ہے۔ یہ سن کر پپو اور حامد ہنسنے لگے۔ مَیں ان کی یہ باتیں نہ سمجھ سکا۔ پپو نے میری حیرت بھانپ لی مگر اس نے مجھے یہ بتایا نہیں کہ راکٹ کس چیز کو کہہ رہے ہیں؟

اس کے بعد ہم تینوں صَلُو کے پیچھے پیچھے چلتے، سیڑھیوں والے پل پر پلیٹ فارم نمبر چار پر اتر کر ایک مال گاڑی کے ساتھ چلتے آگے بڑھتے ہوئے اس کی آخری بوگی تک پہنچ گئے جو دوسری بوگیوں سے نسبتاً چھوٹی تھی۔ وہ تینوں لوہے کی سیڑھی پر پاؤں جما کر اس پر چڑھ گئے۔ مَیں کچھ دیر کھڑا سوچتا رہا کہ یہ لوگ یہاں کیا کرنے والے ہیں۔ کچھ دیر بعد میں بھی سیڑھی پر پاؤں جما کر اوپر چڑھنے لگا۔

اس چھوٹی بوگی میں آمنے سامنے چار لوگوں کے بیٹھنے کی نشستیں بنی ہوئی تھیں۔ ہم چاروں ان پر بیٹھ گئے۔ پپو اور صلو نے جلدی جلدی اپنی جیبوں سے سگریٹیں نکالیں اور ایک سرعت کے ساتھ ان کا تمباکو اپنی ہتھیلیوں پر بکھیر کر انہیں خالی کرنا شروع کر دیا۔ ان کا یہ عمل دیکھ کر میں سمجھ گیا کہ یہ لوگ چرس پینے والے تھے۔ صلو نے چرس کی پٹی حامد کو تھمائی اور وہ اسے توڑ توڑ کر ماچس کی تیلی کے دوسرے کونے پر چپکا کر جلاتا رہا۔ وہ دونوں جلی ہوئی چرس کو تمباکو کے ساتھ خاصی دیر ملانے کے بعد اسے سگریٹوں میں بھرتے رہے۔ کچھ ہی دیر میں انہوں نے تقریباً آٹھ سگریٹیں تیار کر لیں۔

ان کے حد درجہ اصرار کے آگے میں انکار نہیں کر سکا اور پپو کے ہاتھ سے سگریٹ لے کر پینے لگا۔ پہلا کش لینے کے بعد مجھے اتنی زور کی کھانسی آئی کہ محسوس ہونے لگا کہ اس کے زور سے میرے دونوں پھیپھڑے سینہ پھاڑ کر باہر آ گریں گے۔ میرا حلق کڑوے کسیلے ذائقے سے بھر گیا اور میری آنکھوں سے تیز آنسو بہنے لگے۔ حامد، جو میرے برابر بیٹھا تھا، میری حالت دیکھ کر گھبرا گیا اور وہ جلدی سے میری پیٹھ تھپتھپانے لگا، جس کی وجہ سے چند لمحوں میں میری کھانسی رک گئی۔

حامد نے جلدی سے مجھ سے سگریٹ لیتے ہوئے کہا کہ اب مجھے اور سگریٹ نہیں پلائی جانی چاہیے کیوں کہ میری حالت بگڑ بھی سکتی تھی۔ اس کی بات سن کر صلو اور پپو قہقہے لگاتے بولے کہ پہلی بار سب کے ساتھ ایسا ہی ہوتا ہے۔ یہ دو چار سگریٹ

اور پیے گا تو ٹھیک ہو جائے گا۔ پپو نے اٹھ کر ایک نئی سگریٹ تقریباً زبردستی میرے ہاتھ میں تھمادی اور مجھے اسے سلگانے کے لیے کہنے لگا۔ پہلے کش کا اثر ابھی باقی تھا لیکن اس کے باوجود مَیں نے اس کے ہاتھ سے سگریٹ لے کر اپنے ہونٹوں پر لگا لی۔ اس نے فوراً دیا سلائی جلا کر آگے کی تو مَیں نے سگریٹ کا ایک ہلکا سا کش لیا، جس سے میرا سر بری طرح چکرا نے لگا۔ اس بار کھانسی تو نہیں آئی البتہ یوں محسوس ہوا کہ جیسے کسی نے سینے پر زور سے ایک مکا مار دیا ہو۔ اس کش کے بعد میرے حواس یکسر غائب ہونے لگے۔

مجھے نہیں معلوم کہ ہم کتنی دیر تک مال گاڑی کی اس چھوٹی بوگی میں بیٹھے رہے۔ اب بس اتنا یاد ہے کہ وہاں بیٹھ کر مجھے ہر پل یہ دھڑ کا لگا تھا کہ مال گاڑی کہیں اچانک چل نہ پڑے اور ہمیں کسی ایسے اجنبی اور ویران اسٹیشن پر نہ اتار دے، جہاں سے واپسی مشکل ہو جائے۔ مَیں نے ایک آدھ بار اپنے اس خدشے کا اظہار دوستوں سے کیا تو انہوں نے میری بات ہنسی میں اڑا دی۔

ان سب نے مل کر اس بوگی سے نیچے اترنے میں میری مدد کی۔ اترنے کے بعد ہم پہلے پٹڑیوں کے ساتھ پھر پلیٹ فارم پر چلتے ہوئے آپس میں باتیں کرتے چلتے رہے۔ آگے چل کر سیڑھیوں والے پل سے گزر کر پلیٹ فارم نمبر ایک پر موجود باہر جانے کے راستے سے ہم اسٹیشن سے باہر نکل آئے۔

باہر کی جگہ روشن اور بارونق تھی، لیکن اس کا پس منظر تاریکی میں گھرا ہوا دکھائی دے رہا تھا اور اس پس منظر میں پکا قلعہ کسی کالے دیو کی طرح سیدھا کھڑا دکھائی دے رہا تھا۔ نشے کے زیرِ اثر مجھے محسوس ہونے لگا کہ ایک زلزلے کی وجہ سے پہاڑی پر بنے ہوئے اس قلعے کی فصیلیں ٹوٹ کر بکھر رہی ہیں اور ان کا ملبہ چاروں طرف گر کر پھیل رہا ہے۔ مَیں نے آنکھیں مچمچا کر اپنے آس پاس دیکھا تو مختلف ہوٹلوں اور ہیئر کٹنگ سیلونوں پر رنگ برنگی لائیٹیں جل رہی تھیں۔ مَیں نے قلعے کی تباہی کے منظر کو اپنے دھیان سے ہٹایا اور ذرا سا ڈگمگاتے ہوئے اپنے دوستوں کے ساتھ چلتا رہا۔

ہم کھانے کے ایک ہوٹل میں لگی ہوئی کرسیوں پر جا بیٹھے اور وہاں پپو نے سرسوں کے تیل سے میری مالش کی اور حامد بھاگ کر کہیں سے اچار لے آیا۔ ان چیزوں کی وجہ سے میرا نشہ پوری طرح تو نہیں اتر سکا لیکن کم ضرور ہو گیا اور اس کا سرور مجھے مزا دینے لگا۔ اس مزے کا اثر اتنا زبردست تھا کہ اس کے بعد میں خود کو اس کا عادی بننے سے نہیں روک سکا۔

26

میں پہلے چھ سات مہینے، گیراج میں پڑے ہوئے پرانے فون کی طرف آس بھری نظروں سے بار بار دیکھتا رہا کہ شاید میرے بابا اپنے شہر کے ایکسچینج سے اس نمبر پر کال کر کے میرا حال پوچھ لیں لیکن ان کا کوئی فون نہیں آیا اور پھر مَیں نے آہستہ آہستہ اس کی طرف دیکھنا چھوڑ دیا۔

اکلوتا بیٹا ہونے کے باوجود انہوں نے مجھے عضوِ معطل سمجھ کر خود سے الگ کر کے یہاں چھوڑ دیا تھا۔ اس دوران مجھے اپنی اماں کی کمزوری پر بھی غصہ آتا رہا۔ اگر وہ میرا ساتھ دیتیں تو شاید بابا مجھے یہاں بھیجنے سے باز رہتے لیکن وہ بابا کے بچھائے ہوئے جال کو سمجھ ہی نہ سکیں۔ کسی کو میری ماں جتنا سادہ لوح نہیں ہونا چاہیے۔

وقت گزرنے کے ساتھ میری سادہ لوحی دھیرے دھیرے ختم ہوتی جا رہی تھی۔ پپو اور حامد جیسے چلتے پرزوں کے ساتھ وقت گزارتے ہوئے میں بھی ان جیسا بنتا جا رہا تھا۔ ان کے ساتھ گزرا میری زندگی کا یہ عرصہ، جو چند برسوں پر محیط تھا، درحقیقت ایک جلاوطن کی طرح گزرا۔ کوئی دن خالی نہ گیا جب مجھے اپنے شہر، اپنے محلے اور بازار کی یاد نہ آئی ہو لیکن اسی کے ساتھ ماروی کی یادوں کی تیز دھار، جو اب بظاہر کُند پڑ چکی تھی مگر پھر بھی، جب کبھی (اور ایسا بہت ہی کم ہوتا تھا) وہ میرے دھیان میں آتی تو میرے دل میں کچھ دیر کے لیے آہوں کا سلسلہ دراز ہو جاتا۔ مَیں خود کو روکتا، ضبط سے کام لینا چاہتا لیکن وہ میرے ذہن میں آ کر کھلبلی مچا دیتی۔ اسے یاد کرنے کی اپنی کمزوری پر مجھے غصہ آنے لگتا۔ مَیں اسے ہمیشہ کے لیے بھولنا چاہتا تھا۔ اس کی یادوں کے لیے مکمل اجنبی بننا چاہتا تھا، اس طرح جیسے میرا ان سے کبھی کوئی سروکار نہ رہا ہو۔

میں جب اپنے شہر میں تھا تب وہاں زندگی گزارتے ہوئے میں اپنے لیے بہت سی چیزوں کی آزادی کے لیے تڑپتا تھا۔ اپنی پڑھائی سے آزادی کے لیے، اپنے والدین سے، اپنے گھر اور محلے سے آزادی کے لیے، اور دیگر بہت سی آزادیوں کے لیے۔ دسویں جماعت پاس کرنے کے بعد آگے پڑھنے کے سوال پر بابا نے سوالیہ نشان لگا دیا تھا۔ مجھے صرف اپنے گھر اور محلے سے ہی نہیں بلکہ اپنے شہر سے ہی بے دخل کر دیا گیا تھا۔ اپنے شہر میں رہتے ہوئے میں جس آزادی کا طلب گار تھا، وہ بابا جیسا طرزِ زندگی گزارنے کی آزادی تھی۔ وہ اپنی مرضی کے خود مالک و مختار تھے۔ انہیں ایک مردِ آزاد کہا جا سکتا تھا گرچہ وہ سراسر اپنی خواہشوں کے اسیر تھے لیکن ان کی تکمیل کے لیے ہر طرح سے آزاد تھے۔ حتیٰ کہ شہر بھر کی مخالفت اور

نفرت بھی ان کا کچھ بگاڑ نہیں سکی۔

کیسی عجیب بات تھی کہ اب جب بہت سی آزادیاں مجھے یہاں رہتے میسر آ گئی تھیں (یہاں مجھے چار پانچ لوگوں کے سوا کوئی نہیں جانتا تھا) میں یہاں ایک گم نام اجنبی کی طرح زندگی گزار رہا تھا اس سب کے باوجود میرے بے چین دل کو قرار نہیں آتا تھا اور میں ایک بار پھر اسی جہنم میں جانے کے لیے جی ہی جی میں شدت سے پیچ و تاب کھا رہا تھا۔

میں جتنا عرصہ یہاں رہا، میری زندگی کا معمول ایک جیسا رہا۔ گیراج سے فارغ ہو کر میں نے دوستوں کے ساتھ ریلوے اسٹیشن جانے کی عادت مستقل طور پر اپنالی۔ روزانہ شام ڈھلنے سے ذرا دیر پہلے ہم نہا دھو کر صاف کپڑے پہن کر وہاں پہنچ جاتے۔ مختلف پلیٹ فارموں پر آوارہ گھومتے، سیڑھیوں والے پل پر کھڑے ہو کر ہوا کھاتے، خالی روڈ پر رہنے والی یا ٹرینوں پر سفر کرتی لڑکیوں کو دیکھتے اور گہرا اندھیرا پھیل جانے کے بعد کسی جگہ چھپ کر چرس کے سگریٹیں پیتے۔ یکسانیت کا مارا ہوا دن گزارنے کے بعد یہ بے کار مشغلے میرے لیے تفریحات کا درجہ رکھتے تھے۔

اس دوران گھومتے پھرتے ہوئے مجھ پر یہ کھلتا چلا گیا کہ اس بڑے شہر میں ایک ساتھ دو شہر آباد تھے۔ ان میں سے ایک پوری طرح نظر آتا تھا اور دوسرا اپنی معمولی سی جھلک دکھا کر اپنا اکثر حصہ دوسروں کی نگاہوں سے اوجھل رکھتا تھا۔ اس کی ایک جھلک ہمیں سڑکوں سے گزرتی لمبی چوڑی اور بھاری بھر کم گاڑیوں کی صورت دکھائی دیتی، جن کے شیشے اکثر سیاہ رنگ کے ہوتے اور ان میں بیٹھے ہوئے لوگ خود کو عام لوگوں کی نظروں میں آنے سے بچاتے رہتے۔ صرف یہی نہیں بلکہ جہاں وہ رہتے وہاں ان کا علاقہ ایک محصور شہر کا منظر پیش کرتا۔ ایسے محصور شہر کا جس کی ہر کوٹھی گویا ایک قلعے کی مانند بند نظر آتی۔ مجھ جیسے عام لوگ صرف دور سے ان کا نظارہ کر سکتے تھے اور ہمارے لیے ان کے قریب جانا ممکن نہیں تھا۔ دوسری جانب وہ شہر تھا (اور یہی سب سے بڑا اور حقیقی شہر تھا) جس میں مجھ جیسے غریب لوگ رہتے تھے۔ ان کے گھر اور مکان معمولی سا دروازہ کھلنے پر ہی پوری طرح دکھائی دے جاتے۔ ذرا سی کوشش سے آپ ان کے شب خوابی کے کمرے اور غسل خانے میں جھانکنے میں بھی کامیاب ہو سکتے تھے۔

اس قدر تفاوت کی ایک وجہ جو میری سمجھ میں آ سکی وہ یہ تھی کہ سہولتوں، مراعات، آسائشوں اور زندگی کی نعمتوں سے محروم علاقوں میں بسنے والی اکثریت، اس حصار بند شہر میں رہنے والی اقلیت کی رعایا تھی۔ وہ اقلیت ان کی حاکم تھی اور یہ بے چارے محکوم تھے۔ جس شہر سے میرا تعلق تھا وہاں بھی یہ تفریق تو موجود تھی لیکن اس قدر واضح نہیں تھی اور اتنی آسانی سے دکھائی نہیں دیتی تھی جتنی وضاحت کے ساتھ اس بڑے شہر میں ہر چوک پر دکھائی دے جاتی تھی۔ میرے دوست کبھی ایسی باتیں سوچنے کی زحمت محسوس نہیں کرتے تھے، اس لیے میں جب کبھی ان سے اس کے بارے میں بات کرتا تو میرا مذاق اڑانے لگتے۔

کبھی کبھار ہم اسٹیشن سے نکل کر پکے قلعے کے نیچے سے گزرتی سڑک کے کنارے بنی ہوئی فٹ پاتھ پر چلتے ہوئے، مولا علی قدم کی زیارت کے پاس سے گزر کر گاڑی کھاتے تک پیدل چلے جاتے اور وہاں رات کا کھانا کھانے کے بعد واپس لوٹ آتے۔ چھٹی والے دن میں اپنے دوستوں سے چھپ کر اکیلا اسٹیشن روڈ پر چلتا ہوا تلک چاڑھی پہنچ جاتا اور وہاں بلا

سبب گھومتا رہتا۔ مَیں جب یہ بات اپنے دوستوں کو بتاتا تو وہ مجھ سے الجھنے لگ جاتے کہ مَیں انہیں اپنے ساتھ لے کر کیوں نہیں گیا۔ میرے لیے ان سے اپنی جان چھڑانی مشکل ہو جاتی۔

میرے دوستوں کو اپنے مستقبل کی کوئی فکر نہیں تھی۔ وہ اپنے حال میں خوش اور مگن تھے کیوں کہ وہ چھوٹی عمروں میں ہی روزگار سے لگ گئے تھے اور ان کے ہاتھوں میں ایک ایسا ہنر آ گیا تھا کہ اب انہیں زندگی بھر کچھ اور کرنے کی ضرورت نہیں تھی اور شاید وہ کچھ اور کرنے کے خواہش مند بھی نہیں تھے۔

حامد اپنی ذات گدی پٹھان بتاتا تھا لیکن اس کے چہرے اور لب و لہجے میں پٹھانوں والی کوئی بات نہیں تھی۔ وہ دبلا پتلا اور گندمی رنگت والا لڑکا تھا۔ وہ خود کو ہندوستانی پٹھان کہتا تھا۔ اس کے اجداد ہجرت کے عمل سے گزر کر اس شہر میں سکونت پذیر ہوئے تھے۔ غربت اور انتہائی عسرت کی وجہ سے اس کے باپ نے اسے اسکول بھیجنے کا تردّد نہیں کیا تھا۔ آٹھ بچے پیدا کرنے کے بعد اس کے لیے ان سب کو ایک ہی چھت تلے پالنا بہت مشکل ہو گیا تھا، اس لیے وہ حامد کو اسکول پڑھانے کے بارے میں بالکل نہیں سوچ سکتا تھا۔ اس میں اپنے کسی بچے کو پڑھانے کی سکت نہیں رہی تھی۔ اس نے اپنی زندگی ریلوے اسٹیشن پر قلی گیری کرتے ہوئے گزار دی تھی اور اب اس بے چارے کے لیے اپنے جسم کا بوجھ اٹھانا بھی دشوار ہو گیا تھا۔ اس نے اپنے دوسرے بیٹوں کی طرح حامد کو بھی پانچ برس کی عمر میں کسی دھندے پر لگا دیا تھا۔ حامد سترہ سال کی عمر میں تقریباً پانچ مختلف پیشے تبدیل کر چکا تھا۔

اس نے مجھے اپنے مکینک بننے کے بارے میں بتایا تھا کہ یہ کام سیکھنے کی خواہش اس کے دل بہت عرصے سے پل رہی تھی۔ ایک دن اس نے اپنے دل کا حال پپو پر ظاہر کر دیا اور اس کے بعد اگلے چند روز میں پپو نے اسے فیکے ماسٹر کی گیراج پر لگوا دیا۔ پہلے چھ مہینے وہ تنخواہ کے بغیر کام سیکھتا رہا۔ بعد میں فیکے ماسٹر نے اس کی تن خواہ پانچ سو روپے مہینہ مقرر کر دی۔ اس نے اپنی بارہ سالہ پُرمشقت زندگی کے دوران ایک بار بھی اپنی تنخواہ اپنی ذات پر خرچ نہیں کی، کیوں کہ ہر پہلی تاریخ کو اس کا باپ اس سے اس کی تنخواہ لے لیتا تھا۔

مجھے یہ جان کر مزید حیرت ہوئی کہ حامد اس صورتِ حال پر بالکل مطمئن تھا۔ اسے اپنے باپ سے کوئی شکایت نہیں تھی۔ اس کے بقول اس کے ماں باپ کو اپنے بیٹوں کی قلیل آمدنی سے گھر کا پورا نظام چلانا ہوتا تھا، اس لیے ان کے پاس دوسرا کوئی راستہ نہیں تھا۔ حامد کو اپنے باپ سے گلہ تھا تو بس اتنا کہ وہ کبھی اپنے بیٹوں پر اعتماد نہیں کرتا تھا۔ اسے ہر وقت شک رہتا تھا کہ اس کا ہر بیٹا مالک سے سفارش کروا کے تھوڑی بہت تنخواہ اپنی عیاشی کے لیے بچا لیتا تھا۔ اسے یہ شکایت بھی تھی کہ وہ سب کے سب کام چور اور نکھٹو تھے۔ محنت سے جی چراتے تھے اور جان بوجھ کر ایسا کوئی کام نہیں ڈھونڈتے، جس سے خاطر خواہ آمدنی ہو سکتی۔ وہ اپنے تمام بیٹوں کو نہ صرف گالیاں دیتا بلکہ مارتا پیٹتا بھی تھا، اس لیے گھر میں اکثر ہنگامہ رہتا تھا اور اس پورے عمل کے دوران ان کی ماں خاموشی اختیار کرتے ہوئے باپ کا ساتھ دیتی رہتی تھی۔

پپو کا حال حامد سے ذرا سا مختلف تھا، گرچہ وہ ایک مغل خانوادے سے تعلق رکھتا تھا اور ہندوستانی مہاجر کہلواتا تھا۔ اس نے

ساتویں جماعت کے دوران اسکول چھوڑ دیا تھا۔ اس کے بقول اس کے اسکول کے استاد اپنے گھروں میں خود اپنی جورو سے پٹ کر آتے تھے اور سارا غصہ اسکول آ کر طالب علموں پر اتارتے تھے۔ پپو انگریزی اور ریاضی میں بہت کمزور تھا اور یہ دونوں مضامین ایک ایسے استاد کے پاس تھے جسے پپو سے محض اس بنا پر نفرت ہوگئی تھی کہ وہ فیکے ماسٹر سے سفارش کروا کے اس کے اسکوٹر کی مرمت کے پیسے کم نہیں کروا سکا تھا۔ جب کہ ان دنوں پپو کو گیراج پر کام کرتے ہوئے صرف ایک مہینہ گزرا تھا۔ پپو اسکول کے اس استاد کو خبیث بڈھے کے نام سے یاد کرتا تھا، کیوں کہ اس کے بعد تو اس نے پپو کو بے دردی سے پیٹنا اپنا معمول بنا لیا تھا۔ اس مار اماری میں تین مرتبہ پپو کا سر پھٹ چکا تھا۔ پپو کی شکایت پر اس کے والد پوچھ گچھ کرنے اسکول گئے تو اس کے استاد نے ان کے بھی کان بھر دیئے اور اس کے بابا کو اسکول ٹیچر کی باتوں پر ایسا یقین آیا کہ وہ بھی پپو کے درپے ہوگیا۔ وہ خود پڑھا لکھا نہیں تھا اور اس نے اپنی زندگی سبزی منڈی میں سبزیاں بیچتے ہوئے گزاری تھی۔ اس لیے اس کی شدید خواہش تھی کہ پپو لکھ پڑھ جائے۔ مگر اس استاد کی لٹھ بازی نے پپو کے جسم پر سیاہ نشان ڈال دیئے تھے۔ اسے پپو کو اذیت پہنچا کر خوشی ملتی تھی۔ اسی واسطے پپو نے مار پیٹ سے تنگ آ کر اسکول جانا ہمیشہ کے لیے چھوڑ دیا۔ اس طرح کم از کم روزمرہ کی پٹائی سے اسے چھٹکارا مل گیا۔

پپو کے والد نے پڑھائی سے اس کی بغاوت کو آج تک قبول نہیں کیا اور اس کے بعد پانچ برسوں تک باپ بیٹے میں جیسے تیسے نبھتی رہی لیکن ایک سال پہلے جب اس کے والد نے چکلے کی ایک رنڈی کے ساتھ بیاہ رچا کر اسے اپنے گھر میں ڈال لیا تو یہ بات پپو سے ہضم نہیں ہوسکی۔ اس نے اپنے باپ کے ساتھ جی بھر کر لڑائی کی کہ ماں کے ہوتے ہوئے اسے بازاری عورت کے ساتھ شادی کرنے کی ضرورت ہی کیا تھی۔ جس پر اس کے بابا نے اسے گھر چھوڑنے کا حکم دیا تو اس نے احتجاجاً اپنا گھر چھوڑ دیا کیوں کہ اس کے موقف کو اس کی ماں کی بھی تائید حاصل نہیں ہوسکی تھی۔ آج کل پپو اپنے ایک دوست کے ساتھ ایک کمرے کے مکان میں کرائے پر رہتا تھا۔

حامد اور پپو نے مجھے یہ باتیں ریلوے اسٹیشن پر ساتھ گزرنے والے مختلف دورانیوں میں بتائی تھیں، مَیں جنھیں سن کر ایک نئی قسم کی حیرت سے دوچار ہوا تھا کیوں کہ ان کی زندگیوں کے تلخ ترین واقعات کا ان کی شخصیتوں پر مطلق اثر دکھائی نہیں دیتا تھا۔ ان کا بات چیت کرنے کا انداز سفاک حد تک غیر جذباتی تھا، جس سے لگتا تھا کہ ان کے ساتھ کچھ ہوا ہی نہیں تھا۔ اپنی سنگین آپ بیتیاں سناتے ہوئے جب وہ زوردار قہقہہ لگا کر ایک دوسرے کے ہاتھ پر تالی پیٹتے یا ہنسی میں لوٹتے تو میں انہیں دیکھ کر دنگ رہ جاتا تھا۔

ان دونوں نے مجھے اپنی زندگی کے بارے میں بہت کچھ بتایا لیکن میں انہیں اپنے بارے میں کچھ بھی بتانے سے ہمیشہ گریز کرتا رہا۔ اس کی مختلف وجوہات تھیں۔ مَیں نہیں چاہتا تھا کہ انہیں میرے باپ کے کردار کے ٹیڑھے پن کے متعلق پتا چلے۔ ماروی کے متعلق، اس ڈر سے مَیں نے انہیں کچھ نہیں بتایا کہ وہ میرے بارے میں رشک اور حسد محسوس نہ کرنے لگیں۔ ان کی زندگیوں کے واقعات سن کر مجھے لگنے لگا کہ مَیں نے اب تک ان سے بہتر وقت گزارا تھا۔ اسی لیے میں ان

پر اپنی بہتری ظاہر کرنے سے کتراتا رہا۔

ایک بار حامد نے اپنے بارے میں ایک نیا انکشاف کیا کہ وہ جن مختلف قسم کی جگہوں پر کام کرتا رہا تھا، ان میں سے پہلی چار جگہوں پر اسے مجبوراً اپنے مالکوں کے ساتھ جنسی تعلق بھی قائم کرنا پڑا تھا۔ چونکہ وہ کمسن تھا اور اس کا ناک نقشہ بھی ٹھیک تھا اور ستم بالائے ستم اس کی چمڑی کا رنگ بھی قدرے صاف تھا تو یہ چیزیں اس کے حق میں مضر ثابت ہوئیں۔ حامد میں مزاحمت کی صلاحیت اور حالات کو اپنی مرضی کے مطابق تبدیل کرنے کی قوت اسی وجہ سے ختم ہو گئی۔ وہ ہر طرح کی صورتِ حال کے آگے سر جھکا دیتا تھا۔ بنیادی طور پر وہ سہما ہوا اور چپ رہنے والا لڑکا تھا۔ پپو جیسے بھڑکیلا مزاج رکھنے والے کی صحبت میں آ کر اس کی کایا کلپ ہونے لگ گئی تھی۔

پپو ہر چیز پر فوراً بلا تردّد اپنا ردِ عمل ظاہر کرتا تھا۔ معمولی سی بات پر لڑنے بھڑنے کے لیے تیار ہو جاتا تھا۔ ایک بار اس نے بتایا کہ جن دنوں وہ گیراج پر نیا نیا لگا تھا تو تب یہاں پر اس سے عمر میں پانچ چھ سال بڑا، صدیق نامی ایک لڑکا کام کرتا تھا، جو بعد میں یہ جگہ چھوڑ کر کہیں اور چلا گیا۔ پپو، صدیق کو بھا گیا تھا بلکہ یوں کہیے کہ اسے اس سے عشق ہو گیا تھا۔ ایک دن اس نے کوئی فلمی گیت گنگناتے ہوئے پپو کی پشت پر اپنا ہاتھ پھیرا تو اس پر پپو کو اتنا طیش آیا کہ اس نے صدیق پر گھونسوں کی بارش کرتے ہوئے اسے زمین پر گرا دیا اور اس کا عضو تناسل اپنی مٹھی میں پکڑ کر اتنی زور سے دبایا کہ صدیق کی چیخیں نکل گئیں اور وہ مرنے کے قریب پہنچ کر تڑپنے لگا۔ فیکے ماسٹر اور استاد خیرو نے اسے زبردستی کھینچ کر صدیق سے الگ کیا۔ پپو نے مجھے یہ واقعہ اس طرح سنایا کہ جیسے وہ خود بھی حظ اٹھا رہا ہو۔

مجھے ان کی صحبت راس آتی گئی۔ صبح سے رات تک سارا وقت ان دونوں کے ساتھ گزرتا تھا جس کی وجہ سے میرا لب ولہجہ بھی ان جیسا تیز طرار ہوتا جا رہا تھا۔ فیکے ماسٹر کو ہماری دوستی پر کوئی اعتراض نہیں تھا، گرچہ مَیں نے اب برتنوں کی دھلائی اور کمرے کی صفائی کرنی بھی چھوڑ دی تھی۔ اب یہ دونوں کام استاد کو کرنے پڑتے تھے۔ مجھ سے پہلے بھی یہ کام وہی کرتا تھا۔ استاد نے دو تین مرتبہ میری دیر سے آمد پر واویلا کیا، جس کا فیکے ماسٹر نے کوئی اثر نہیں لیا بلکہ اس نے الٹا استاد کو ہی یہ کہہ کر چپ کرا دیا کہ یہ جوان لڑکا ہے اور پھر بے چارہ پردیس کاٹ رہا ہے، اسے گھوم پھر کر اپنا آپ بہلانے دو۔

فیکا ماسٹر اپنی انہی اداؤں کی وجہ سے ہر دل عزیز آدمی تھا۔ وہ نہ کسی کی غیبت کرتا تھا اور نہ کسی کی باتوں میں آ کر کوئی قدم اٹھاتا تھا۔ وہ تقریباً ہر روز مجھ سے میرا حال دریافت کرتا اور ہر شام کو کام ختم ہونے کے بعد مجھے تیس روپے جیب خرچ دیتا۔ مَیں تقریباً آدھی رات کے وقت مکان پر پہنچتا تو فیکا ماسٹر اور استاد خیرو شراب پی کر سونے کی تیاری کر رہے ہوتے۔ دن بھر کی تھکاوٹ اور چرس کے استعمال کی وجہ سے میرا جسم بھی ٹوٹا پھوٹا سا ہوتا، اس لیے مجھے لیٹتے ہی نیند آ جاتی۔ مَیں بکری کے اس میمنے کو بالکل ہی بھول بیٹھا جس نے پہلے دن اس مکان پر میری تنہائی کا کچھ وقت میرے ساتھ بانٹا تھا۔ وہ ہر روز مجھے دیکھ دیکھ ممیاتا اور اچھل کر میری طرف لپکتا لیکن میں اسے نظر انداز کر دیتا۔ اب وہ ایک بڑا بکرا بنتا جا رہا تھا۔ دھیرے دھیرے مجھے ایک اور بری عادت لگتی چلی گئی کہ صبح کو جاگتے ہی صحن میں بکھرے سگریٹوں کے ٹوٹے جمع کرنے

لگ جاتا اور انہیں سونگھ سونگھ کر ان میں سے چرس والے ٹکڑے الگ کر کے ان میں سے جلا ہوا، بچا کھچا تمباکو نکال کر ایک کاغذ پر جمع کرتا، پھر اس کے بعد جلدی جلدی وہ تمباکو ایک خالی سگریٹ میں بھر کر اسے پیتا اور پھر غسل خانے چلا جاتا۔

نہار منہ بھرا ہوا سگریٹ پینے کے بعد میرا دن نشے کے عالم میں گزرتا، جس کی وجہ سے سخت ترین جسمانی کام کرتے ہوئے بھی مجھے تکلیف کا احساس نہیں ہوتا تھا۔ مَیں گیراج میں ہر اس جگہ ترنت پہنچتا، جہاں میری ضرورت ہوتی اور رفیکا ماسٹر اگر پپو کو آواز لگاتا تو بھی میں دوڑ کر اس سے پہلے پہنچ جاتا۔ مَیں ہر وہ کام کرنے کی کوشش کرتا جو مجھے پہلے نہیں آتا تھا۔ تین مرتبہ ویلڈنگ کرتے ہوئے بجلی کا شاک لگنے سے میرا ہاتھ جل گیا۔ اس پر کالے کالے نشان پڑ گئے اور داہنے ہاتھ کی پشت سے کھال اتر گئی لیکن مجھے پروا نہیں تھی کیوں کہ مَیں اپنے جسم کی موجودگی سے یکسر بے نیاز ہوتا جا رہا تھا۔ اب مجھے درد نہیں ہوتا تھا۔ میرے بدن کے اعضا بالکل بے حس ہو چکے تھے۔ اب مجھے کسی بھی عورت کے حسن اور اس کی جسمانی کشش کی یاد تک نہیں آتی تھی بلکہ میں اپنی تمام جنسی محرومیاں بھولتا جا رہا تھا۔

چرس کے بہ کثرت استعمال کی وجہ سے مَیں نے اپنے باپ کی طرف سے ہونے والی زیادتیوں کے بارے میں بھی سوچنا چھوڑ دیا۔ ماروی کی یاد بھی دھیرے دھیرے مٹتی چلی گئی۔ میرا ذہن بالکل خالی رہنے لگا۔ اتنا خالی کہ اس میں کسی خیال یا احساس کا گزر تک نہیں ہوتا تھا۔ میرے اندر سے زندگی غائب ہونے لگی اور مشینوں کے درمیان کام کرتے میں بھی ایک مشین بنتا چلا گیا۔ میری سماعت اتنی بوجھل اور بھاری ہو گئی کہ وہ ہوا کی آواز، پیڑوں کے پتوں کی سرسراہٹ اور پرندوں کی چہکار سننے کے قابل نہ رہی۔ آنکھیں آسمان، سورج، چاند اور ستارے دیکھنے کے قابل نہ رہی تھیں۔ نسوانی آواز اور اس کے لب و لہجے کا سارا حسن اور لوچ میرے لیے بے معنی ہو کر رہ گیا تھا بلکہ مَیں نے راہ چلتے ہوئے لڑکیوں کو گھورنا اور دروازوں کے اندر جھانکنا بھی چھوڑ دیا تھا۔ شاید میری آنکھیں بھی کمزور ہونے لگی تھیں۔ میری بھوک تقریباً غائب ہوتی جا رہی تھی اور کھانے کے بجائے مَیں نے چائے اور سگریٹ کے استعمال میں اضافہ کر دیا تھا جس کی وجہ سے میری صحت تیزی کے ساتھ بگڑنے لگی۔ میری آنکھیں اندر دھنستی چلی گئیں اور جیسے میرے چہرے کا سارا لہو نچڑ کے رہ گیا ہو۔ مَیں بالکل سوکھ کر رہ گیا۔ اب یاد کرتا ہوں تو لگتا ہے کہ مَیں نے وہ عرصہ ایک عجیب پاگل پن میں گزارا تھا۔

یہ پاگل پن اس وقت اپنی انتہا پر پہنچ گیا، جب میں ایک شام پہلی مرتبہ چرس بیچنے والی جگہ پر اکیلا ہی چلا گیا (اس سے پہلے میں پپو یا حامد سے مانگ کر یا خرید کر پیا کرتا تھا۔) وہ جگہ ایک بند گلی کے آخر میں ایک لوہے کے مقفل دروازے کے اندر بنی ہوئی تھی۔ اس دروازے کو بیچ سے کاٹ کر لین دین کے لیے ایک عارضی سی کھڑکی بنائی گئی تھی۔ مَیں نے اس کھڑکی کے چوکھٹے میں کھڑے ایک شخص کو سو روپے کا نوٹ تھمایا تو اس نے مجھے چرس کی ایک لمبی چوڑی پٹی جو باریک پولی تھین میں لپٹی ہوئی تھی، میرے حوالے کر دی۔ مَیں نے اس گلی میں دیوار کے ساتھ بیٹھے ہوئے بہت سے لوگوں کو سگریٹ کھول کر بھرتے اور پیتے ہوئے دیکھا تو میں بھی دیوار کے پاس خالی جگہ دیکھ کر زمین پر بیٹھ گیا۔ مَیں نے ذرا سی دیر میں پانچ سگریٹ بنا لیے اور وہیں پر بیٹھ کر مَیں نے لمبے کش لے کر ایک سگریٹ ختم کیا اور ڈگمگاتے قدموں کے ساتھ

ایک ایسی سڑک پر چلنے لگا جو پتہ نہیں کہاں جاتی تھی۔ اب یہ پاگل پن میری عادت بنتا چلا گیا۔ دو سال گزرنے کے بعد میں اپنے آپ سے، اپنی زندگی سے اور اپنے گرد و پیش سے شدید طور پر اکتاہٹ اور بے زاری محسوس کرنے لگا۔ یہ حقیقت تھی کہ ان تین برسوں میں اپنے دوستوں کے ساتھ مل کر مَیں نے اس شہر کا ہمہ جہت فسوں دریافت کیا تھا۔ مَیں نے ان سے یہاں رہنے کے سب طور طریقے سیکھے تھے۔ انہوں نے مجھے شہر کے تمام مشہور علاقوں رانی باغ، پکا قلعہ، تِلک چاڑھی، ریشم گلی، ٹھنڈی سڑک اور کنارہ کی سیر کروائی تھی۔ مجھے دریائے سندھ کی سیر نے بہت مزا دیا تھا۔ اس دوران میرا جی چاہا کہ دریا کے کنارے پر ایک جھونپڑی ڈال کر ہمیشہ کے لیے اس کے کنارے پر آباد ہو جاؤں۔

مَیں نے شہر کے تقریباً سبھی مشہور سینما گھروں، راحت، چاندنی وغیرہ میں انگریزی اور اردو زبان کی فلمیں دیکھنے کے ساتھ ساتھ پشتو زبان کی وہ فلمیں بھی دیکھیں جن میں بھاری بھرکم اور موٹی تگڑی اداکارائیں ناچتے ناچتے برہنہ ہو جاتی تھیں۔ مَیں نے اپنے دوستوں کے ساتھ علاقے کے تمام منی سینما گھروں میں چلنے والی ٹرپل ایکس فلمیں بھی دیکھی تھیں اور انہیں دیکھتے ہوئے گھپ اندھیرے کمروں میں وہ فلمیں دیکھنے کے دوران مشت زنی بھی کی تھی۔

ان دوستوں نے مجھے یہ بھی سکھایا تھا کہ ہجوم سے کھچا کھچ بھرے بازار میں چلتے ہوئے، وہاں گھومتی پھرتی عورتوں کے جسموں کو کس طرح چھونا ہے اور اس کے بعد وہاں سے کیسے فرار ہونا ہے۔ ایک مرتبہ مَیں نے بازار میں چلتی ایک عورت کی چھاتیوں میں اپنی انگلی چبھو دی تو اس نے غصے میں آ کر اسی وقت مضبوطی سے میرا ہاتھ پکڑ لیا اور سر بازار مجھے گالیاں دینے لگی۔ میرے لیے خود کو اس کی گرفت سے چھڑوانا مشکل ہو گیا۔ اگر میرے دوست بر وقت میری مدد نہ کرتے تو شاید میں راہ گیروں سے پٹنے کے بعد پولیس کے حوالے کر دیا جاتا۔ انہی دوستوں نے مجھے راہ چلتی عورتوں سے نین مٹکا اور فقرے بازی کرنے کے گُر بھی سکھائے۔ پپو اس قسم کی حرکتوں پر زبردست عبور رکھتا تھا وہ بعض اوقات عورتوں پر اتنے فحش جملے پھینکتا تھا جنہیں سن کر میرے کانوں کی لویں بھی سلگ اُٹھتی تھیں۔ اسے بھیڑ بھڑکے مَیں خواتین کے اعضا کو چھیڑنے میں خاصی مہارت حاصل تھی۔

ایک بار چھ سیٹ والے رکشے میں تلک چاڑھی سے اسٹیشن کی طرف آتے ہوئے اس نے اپنا گھٹنا سامنے بیٹھی ایک جوان نقاب پوش عورت کے گھٹنوں کے بیچ میں دبا دیا۔ راستے بھر اس عورت نے کوئی ردِعمل ظاہر نہیں کیا لیکن اسٹیشن پر اترتے ہی اس نے پپو کی کلائی پکڑ لی اور اسے ایک طرف لے جا کر اس سے کہنے لگی کہ وہ ٹنڈو آدم کی رہنے والی تھی اور اس وقت واپس جا رہی تھی لیکن اگر پپو کے پاس قریب ہی کوئی جگہ ہے تو وہ وہاں پر چلنے کے لیے تیار تھی۔ وہ ایک گھنٹے بعد بھی ٹنڈو آدم جا سکتی تھی۔

پپو کے پاس جگہ تو تھی مگر اس میں اتنی ہمت نہیں تھی کہ اپنے محلے کی گلیوں سے ایک اجنبی عورت کے ساتھ چلتا ہوا گزر کر، اپنی پہچان کے لوگوں کی گھورتی آنکھوں کے سامنے اسے اپنے کمرے میں لے جا سکے۔ پھر اس کے کمرے میں کچھ اور لوگ بھی اس کے ساتھ رہتے تھے۔ اس نے بے چارگی سے ہماری طرف دیکھا اور ہمیں اشارے سے اپنے پاس بلایا۔

اس نے برقع پوش عورت سے ہمارا تعارف کرواتے ہوئے اسے بتایا کہ ہم دونوں اس کے دوست ہیں اور ہم بھی اس کے ساتھ کارروائی کے دوران شریک ہوں گے۔ یہ بات سنتے ہی وہ عورت لال بھبھوکا ہوگئی اور وہ ہم تینوں کو ماں بہن کی گالیاں بکتی ہوئی اسٹیشن کے صدر دروازے کی طرف چلی گئی کیوں کہ ٹنڈو آدم جانے والی ٹرین پلیٹ فارم پر تیار کھڑی تھی۔ اس کے جانے کے بعد ہم تینوں دیر تک ہنسی میں لوٹتے رہے۔

پپو اور حامد بھی میری طرح اب تک کسی لڑکی یا عورت سے جسمانی تعلق قائم کرنے میں پوری طرح ناکام رہے تھے۔ حامد میری طرح شرمیلا اور دبو تھا مگر پپو اپنی بہادری کے باوجود اب تک کوئی معرکہ انجام نہیں دے سکا تھا۔ نجانے کیوں منزل کے پاس پہنچ کر اس کی سانسیں پھول جاتی تھیں اور اس کی ہمت جواب دے جاتی تھی۔ چونکہ وہ بلا کا ہٹ دھرم اور خود سر بھی تھا، اس لیے کبھی اپنی کوتاہی تسلیم نہیں کرتا تھا۔ وہ اکثر اوقات عورت کے ساتھ جنسی تعلق کو بے ہودہ اور لغو قرار دینے کی کوشش کرتا تو ہم اس کا مذاق اڑاتے۔ وہ ہمیں یقین دلانے کے لیے بہت سے دلائل گھڑتا کہ مرد اپنی ذات میں مکمل شے ہے۔ اسے کسی عورت کے ملاپ کی کوئی ضرورت نہیں ہے۔ غالباً اسی لیے اس نے اپنی ناآسودہ جنسی خواہشات کی تشفی کے لیے ہم جنسی پرستی کو مستقل طور پر اپنا رکھا تھا۔

علاقے کے بہت سے کمسن لڑکوں سے اس کی دوستی تھی۔ وہ ان کے کندھے پر ہاتھ رکھ کر ان کے ساتھ اکیلا گھومتا، ان کے گالوں پر چٹکیاں لیتا اور سر راہ زبردستی ان کا بوسہ بھی لے لیتا۔ وہ ان کم عمر اور چکنے لڑکوں کی خوب مدارات کرتا اور انہیں جیب خرچ دینے کے ساتھ کپڑے اور جوتے وغیرہ بھی خرید کر دیتا۔ ہوٹلوں میں ان کی دعوتیں کرتا۔ جب اس کا دل کسی سے بھر جاتا تو پھر وہ ایک نئے لڑکے سے دوستی کر لیتا۔

اس کی ہر نئی دوستی پر حامد کو شدید جلن محسوس ہوتی تھی۔ وہ چاہتا ہی نہیں تھا کہ پپو کسی اور لڑکے کے ساتھ گھومے پھرے۔ اسی لیے وہ جل بھن کر مجھے پپو کی پچھلی وارداتوں کے بارے میں بتانے لگا، جو اس نے اب تک مجھ سے چھپا رکھی تھیں۔ مجھے بھی پہلے دن سے شک تھا کہ پپو اور حامد کے درمیان ہم جنسی کا تعلق ہے مگر میں کبھی اس کا اظہار اپنے دوستوں کے سامنے نہیں کر سکا تھا کیوں کہ مجھے ڈر تھا کہ کہیں ہماری دوستی ختم نہ ہو جائے۔

شام کے بعد ریلوے اسٹیشن کے پلیٹ فارم نمبر دو کے آخری کونے پر بہت سے ہیجڑے بن ٹھن کر اِٹھلاتے پھرتے تھے۔ پلیٹ فارم کے آخر کا حصہ اکثر تاریک رہتا تھا۔ اس لیے ان ہیجڑوں پر لوگوں کو عورت ہونے کا گمان گزرتا تھا۔ ان کے شوخ رنگ کپڑے اور ان کے سینے کے حد درجہ مصنوعی کساؤ، ان کے مصنوعی بالوں اور میک اپ سے لتھڑے ہوئے چہرے، راہ گیروں کو اکثر دھوکے میں مبتلا کر دیتے تھے۔ وہ نخے اس مختصر سی جگہ کے مختلف حصوں پر کھڑے منتظر رہتے تھے کہ کوئی ان پر التفات کی ایک نگاہ پھینکے اور وہ فوراً اس کے پاس پہنچ کر اس کی خواہش معلوم کریں۔ کچھ لوگ ان کے باقاعدہ گاہک تھے اور بلاناغہ آتے تھے۔ وہ اپنے پسندیدہ ہیجڑے کے ساتھ سرگوشیوں میں معاملہ طے کرتے اور اس کے بعد کسی تاریک جگہ پر اسے اپنے ساتھ لے کر جا بیٹھتے۔ اسی لیے اس گوشے میں تھوڑے تھوڑے فاصلوں پر کئی سائے

رینگتے اور حرکت کرتے دکھائی دیتے تھے۔

ایک رات تقریباً دس بجے ہم وہاں سے گزرے تو ریلوے اسٹیشن کی عمارت اور دوسری جگہوں پر روشنیوں کی وجہ سے پلیٹ فارم نمبر دو کا یہ حصہ زیادہ تاریک معلوم نہیں ہو رہا تھا، اور پھر آسمان پر بارھویں یا تیرہویں کا بڑا سا چاند بھی چمک رہا تھا اور اس کی چاندنی سارے میں پھیلی ہوئی تھی۔ ہم نے جب ارد گرد نظر دوڑائی تو ایک ساتھ بہت سے جوڑے مختلف جگہوں پر مشکوک حرکتیں کرتے دکھائی دیئے۔ ایک جوڑا مال گاڑی کے پہیوں کے پاس پتھروں پر بیٹھا تھا تو دوسرا پلیٹ فارم پر ٹانگیں لٹکا کر بیٹھا تھا۔ تیسرا ایک دوسرے کی کمر پر بازو پھیلائے اور ہونٹوں میں ہونٹ پیوست کیے ٹہل رہا تھا تو چوتھا پتھر کی نشست پر اوپر تلے حرکت کر رہا تھا۔ تمام ہیجڑے مصروف عمل تھے مگر ان میں صرف ایک ایسا تھا جس کا جوڑا کسی کے ساتھ نہیں بن سکا تھا۔ اسی لیے وہ آہیں بھرتا ہوا اکیلا ٹہل رہا تھا۔ اس کی تیز نگاہ نے ہمیں آتے ہوئے دیکھ لیا اور وہ لمبے لمبے ڈگ بھرتا ہمارے قریب آ گیا۔ ہم تینوں خوب چرس پئے ہوئے تھے، اس لیے فوراً پہچان نہ سکے کہ یہ زنخہ تھا یا کوئی عورت۔

ہم آنکھیں مچمچا کر اس کی جانب دیکھ رہے تھے کہ وہ اپنی کمر پر ہاتھ رکھ کر اپنے جسم کو ہمارے جسموں سے ٹکراتے ہوئے بولا۔ ''ہائے اللہ۔ کہاں تو ایک کے لیے ترس گئی تھی اور کہاں ایک ساتھ تین مل گئے''۔ اس نے پپو کے گال پر چٹکی لیتے ہوئے اس کا بازو پکڑ کر زبردستی اپنی طرف کھینچا تو وہ اس کی طرف کھنچتا ہوا اس کے ساتھ ساتھ چلنے لگا۔ مَیں ہچکچا کر وہیں ٹھہر گیا لیکن حامد بھی ان کے پیچھے چل پڑا۔ کچھ آگے جا کر وہ رکا اور پلٹ کر مجھے بلانے لگا۔

مَیں نے دیکھا کہ پپو نے اپنا ایک ہاتھ اس کی کمر کے گرد پھیلا لیا تھا اور دوسرے سے اس کا سینہ ٹٹولتا ہوا اس کے ساتھ چلا جا رہا تھا۔ ذرا سی دیر کے بعد پپو نے گونج دار قہقہہ لگاتے ہوئے اسے گالی دی۔ ''بھین چود تو تو زنخا ہے زنخا۔ تیرے پاس بھوسڑا ہی نہیں۔ دور سے مَیں سمجھا تھا کہ تو عورت ہے۔ کمال کا چکما دیا تُو نے۔ تجھ سا زنخا آج تک نہیں دیکھا''۔ پپو چرس کی جھونجھ میں نجانے کیا کیا بولتا جا رہا تھا۔

اس ہیجڑے نے اپنا نام رام کلی بتایا۔ حامد کے مطابق اس کا یہ نام فرضی تھا اور اس نے اس دھندے کے لیے رکھا ہوا تھا۔ حامد نے دو مرتبہ پپو سے رکنے کے لیے کہا مگر وہ اسے اپنے ساتھ لگائے ایک پٹری پر کھڑی مال گاڑی کے ساتھ آگے تک چلتا چلا گیا اور اس کی اس آخری بوگی کے پاس پہنچ کر ٹھہر گیا۔ وہ مڑ کر ہم دونوں کی طرف دیکھنے لگا تو حامد نے تالی بجا کر جگہ کے انتخاب پر اسے داد دی۔

پہلے رام کلی نے لوہے کی سیڑھی پر پاؤں رکھا اور اس چھوٹی بوگی پر چڑھ گیا۔ اس کے بعد پپو نے اچھل کر اس کی پہلی سیڑھی پر قدم رکھا۔ ان دونوں کے اوپر پہنچ جانے کے بعد میں اور حامد بھی اس بوگی پر چڑھنے لگے۔

رام کلی چھوٹی بوگی کے اندر داخل ہونے کے بعد اگلے ہی لمحے ایک زوردار چیخ مار کر اس سے باہر نکلا تو پپو نے اسے ایک موٹی سی گالی دیتے ہوئے پوچھا کہ اندر کیا تھا؟ رام کلی نے ہنسی سے لوٹتے ہوئے بتایا کہ اندر پہلے سے ہی کام چل

رہا تھا۔ اگلے ہی ثانیے اندر سے ناٹے قد کا ایک موٹا سا شخص اپنی شلوار کا ناڑا باندھتا اور گالیاں بکتا ہوا باہر نکلا۔ لیکن جب اس نے دیکھا کہ ہم تعداد میں اس سے زیادہ تھے تو اس کی بقیہ گالیاں اس کے منہ کے اندر ہی رہ گئیں۔ تاریکی میں وہ سمجھا کہ ہم پولیس والے ہیں اور چھاپہ مارنے آئے ہیں۔ وہ موٹا شخص گڑگڑا کر ہم سے معافی مانگنے لگا۔ پپو نے اسے ہلکا سا دھکا دے کر وہاں سے چلتا کیا۔

کچھ دیر بعد بوگی کے اندر چھپا ہوا ہیجڑا بھی برآمد ہو گیا۔ وہ رام کلی کو دیکھتے ہی اس پر برسنے لگا کہ اس نے اس کی روزی خراب کر دی۔ ان دونوں کے بیچ جھگڑا ہونے والا تھا لیکن پپو نے اس کے موٹے یار کو دو چار گالیاں دے کر وہاں سے بھگا دیا۔

اندھیرے میں ڈوبی ہوئی چھوٹی بوگی میں پہنچ کر پپو نے یہ اعلان کرتے ہوئے اپنی شلوار ڈھیلی کر دی کہ وہ رام کلی سے چوپا لگوائے گا۔ وہ پہلے بھی ایسے کام کر چکا تھا جب کہ مَیں بالکل اناڑی تھا۔ پپو لوہے کی نشست پر اپنی دونوں ٹانگیں پھیلا کر بیٹھ گیا۔ رام کلی اس کی ٹانگوں کے درمیان جھک کر اس کا عضوِ تناسل اپنے ہاتھوں میں لے اس کے ساتھ اٹھکیلیاں کرنے لگا۔ کچھ دیر کے بعد اس نے اسے منہ میں لے لیا تو اس کے منہ سے عجیب سی پچکاریاں سنائی دینے لگیں۔ پپو گالیوں کی صورت میں اسے مختلف ہدایات دیتا رہا۔ رام کلی کے منہ سے نکلتی آوازیں سن کر مجھے شدید کراہت ہونے لگی۔ اگلے ہی لمحے میرے پیٹ میں زبردست مروڑ اٹھنے لگے اور میرا سر تیزی کے ساتھ چکرانے لگا۔ مجھے اپنی سانسیں گھٹتی محسوس ہونے لگیں۔ مَیں فوراً اس بوگی سے نکل کر باہر کی طرف دوڑا۔ مَیں نے سیڑھی استعمال کیے بغیر ہی اس بوگی سے نیچے چھلانگ لگا دی۔ زمین پر پہنچ کر میں اپنا توازن برقرار نہیں رکھ سکا اور زور سے پٹڑیوں کے آس پاس بکھرے ہوئے پتھروں پر گر پڑا۔ میرے گھٹنے بری طرح چھل گئے لیکن اس کے باوجود میں اٹھا اور اپنے دوستوں کی آوازوں کو نظر انداز کرتا ہوا اکیلا ہی فیکے ماسٹر کے مکان کی طرف چل پڑا۔

بعد میں پپو اور حامد سے میرے گریز کی وجہ صرف یہ واقعہ نہ تھا بلکہ اس کے کچھ اور بھی اسباب تھے۔ مَیں ان دونوں سے کئی لحاظ سے مختلف تھا۔ مَیں نے خود کو کسی حد تک ان کی عادتوں کے مطابق ڈھال لیا تھا۔ میری طبیعت میں کسی حد تک لچک تو تھی مگر اتنی بھی نہیں کہ مَیں اپنی کایا پلٹ کر کے ہو بہو ان جیسا بن جاتا۔ جس حد تک ممکن تھا مَیں نے خود کو بدلا۔

پپو بے حد ہٹیلا اور من مانیاں کرنے والا تھا جب کہ حامد بھی دوستی کے معاملے میں خاصا بے لچک واقع ہوا تھا۔ ان کے لیے دوستی کا مطلب تھا، اپنی تنہائی، اپنی مرضی اور اپنی ذات سے پوری طرح دست بردار ہو جانا۔ جو کچھ دوست چاہیں تم بھی وہی چاہو اور جو کچھ دوست کریں تم بھی وہی کرو۔ کئی مرتبہ ایسا ہوا کہ وہ مجھے زبردستی دھکیلتے اپنے ساتھ لے گئے، جب کہ مَیں ان کے ساتھ جانا نہیں چاہتا تھا۔ جب مَیں نے ان کے ساتھ جانے سے انکار کیا تو وہ دونوں مجھ پر برہم ہوئے اور ملامت کرتے رہے۔ ان دونوں نے مجھے بوگی سے نکل بھاگنے پر بھی معاف نہیں کیا اور کئی روز تک مجھ پر شدید قسم کی فقرے بازی کرتے رہے۔ انہوں نے مجھے کئی بار لوگوں کے سامنے ذلیل کیا لیکن میں ان کی دوستی کی خاطر سب برداشت کرتا رہا۔

نجانے کیوں ہمیشہ میری یہ خواہش رہی ہے کہ میری آزادی ہمہ وقت میرے پاس رہے اور میری تنہائی مجھ سے چھن نہ جائے، میری ذات اور میری مرضی بالکل ختم ہو کے نہ رہ جائے۔ نجانے کیوں میں اب تک ان چیزوں کی دیکھ بھال کرتا رہا لیکن اب کہیں جاکر مجھے سمجھ آنے لگی ہے کہ زندگی اور آزادی مکمل طور پر ایک دوسرے سے متضاد چیزیں تھیں۔ جینے والے آدمی کو تنہائی کبھی میسر نہیں آسکتی اور اپنی مرضی نام کی شے تو سرے سے وجود ہی نہیں رکھتی۔ اس سب کے باوجود ان دنوں لاشعوری طور پر مجھے اپنی آزادی اور اپنی تنہائی سے شدید محبت تھی۔ یہ میری بہت بڑی کمزوری تھی مگر مجھے اپنی تمام کمزوریوں سے بہت پیار تھا (اور آج بھی ہے) اور میں انہیں کسی بھی قیمت پر کھونا نہیں چاہتا۔

حامد اور پپو نے میرے الگ ہونے پر خوب ہلڑ مچایا۔ وہ فقرے بازی کی حد سے آگے بڑھ کر ہاتھا پائی تک پہنچ گئے۔ وہ ہر شام میرا راستہ روک کر کھڑے ہو جاتے اور اصرار کرتے کہ مَیں ان کے ساتھ چلوں۔ میرے انکار پر دونوں بگڑ جاتے۔ پپو مجھے ہاتھ سے پکڑ کر کھینچتا جب کہ حامد مجھے پیچھے سے آگے کی طرف دھکے دیتا کہ مَیں چل پڑوں۔ ان کی یہ ہٹ دھرمی دیکھ کر میں انہیں گالیاں بکنا شروع کر دیتا، جس پر وہ دونوں آپے سے باہر ہو کر مجھے ہاتھوں اور لاتوں سے پیٹنا شروع کر دیتے۔ تین مرتبہ انہوں نے میرا گریبان پھاڑ دیا اور مجھے ایسی چوٹیں لگائیں کہ میرے جسم کی بہت سی ہڈیاں اپنی جگہ سے ہل گئیں۔ مَیں نے ان کی ابتدائی مار پیٹ کو نظر انداز کیا اور فیکے ماسٹر کو اس کے بارے میں کچھ نہیں بتایا۔

جب انہوں نے غنڈہ گردی کو اپنا معمول بنا لیا تو مجھے فیکے ماسٹر اور استاد کو ان کے رویئے کی اطلاع دینی پڑی۔ مجھے توقع تھی کہ وہ لوگ نہ صرف ان کی سرزنش کریں گے بلکہ ان کے کان کھینچ کر انہیں راہِ راست پر لانے کی کوشش بھی کریں گے۔ جب ماسٹر نے ان دونوں سے پوچھ گچھ کی تو وہ صاف مکر گئے اور جھوٹ بولنے لگے کہ ہمارے درمیان ایک معمولی سی رنجش ہوئی تھی اور میں ان سے خوامخواہ روٹھ گیا تھا۔ وہ مجھے منانے کی لاکھ کوششیں کر چکے مگر میں مان کر ہی نہیں دیتا تھا۔ انہوں نے ماسٹر سے درخواست کی کہ وہ ان کی میرے ساتھ دوستی بحال کروانے میں مدد کرے۔ ماسٹر نے نہ صرف ان کی بات مان لی بلکہ وہ مجھے مجبور کرنے لگا کہ مَیں ان کے ساتھ پھر سے دوستی کر لوں۔ مَیں نے دوٹوک انداز میں کہہ دیا کہ اب ان دونوں سے میرا تعلق گیراج کی حد تک رہے گا، اس کے باہر بالکل نہیں ہو گا۔

ان دونوں کے میرے پیچھے پڑنے کی ایک وجہ یہ بھی تھی کہ مَیں پچھلے ڈھائی تین سال کے عرصے میں اپنی جیب سے ان دونوں پر پیسے خرچ کرتا آ رہا تھا۔ پپو اور حامد کی جیبیں اکثر خالی ہوتی تھیں یا ان کے پاس بہت کم پیسے ہوتے تھے۔ شام سے رات تک ہم جتنی دیر تک آوارہ گردی کرتے، اس کے دوران کھانے پینے کی چیزوں کی ساری ادائیگیاں میں ہی کیا کرتا تھا۔ مَیں نے ان سے اپنا خلوص ظاہر کرنے کی خاطر ان کی عادتیں خراب کر دی تھیں۔ میری جانب سے دوستی کے خاتمے کے بعد یہ سارے اخراجات انہیں خود ادا کرنے پڑتے، اس لیے وہ چاہتے تھے کہ مَیں ان کے ساتھ جڑا رہوں۔

حامد ہر مہینے اپنی تنخواہ اپنے باپ کو دے دیتا تھا جب کہ اکیلا رہنے کی وجہ سے پپو کو مکان کا کرایہ ادا کرنا پڑتا تھا۔ کھانے پینے اور کپڑوں کی دھلائی پر بھی اس کی خاصی رقم خرچ ہوتی تھی۔ پھر اس نے ہم جنسی کا مہنگا شوق بھی پال رکھا تھا،

جس کی وجہ سے اس کا ہاتھ ہمیشہ تنگ رہتا تھا۔ ان دونوں کی بہ نسبت میری صورتِ حال مختلف تھی۔ میرے والد نے مجھے فیکا ماسٹر کے پاس چھوڑتے ہوئے کہہ دیا تھا کہ ابتدائی برسوں میں انہیں میری تنخواہ کی کوئی ضرورت نہیں۔ اس لیے مجھے پورا اختیار تھا کہ مَیں اپنی کمائی کو اپنی مرضی سے جہاں چاہوں خرچ کروں۔ فیکا ماسٹر، کئی مرتبہ میرے اصرار کے باوجود اس بات پر کبھی رضامند نہیں ہوا کہ وہ مجھ سے اپنے کواٹر پر رہنے کا کرایہ وصول کرے۔ وہ مجھ سے کھانے کے پیسے بھی نہیں لیتا تھا۔ اسی لیے میرے اخراجات کم تھے اور میری جیب اکثر بھری رہتی تھی۔ دوستی کی آڑ میں حامد اور پپو میرے پورے ڈیڑھ ہزار روپے کے مقروض ہو چکے تھے، اس کے باوجود مَیں نے کبھی ان سے پیسوں کی واپسی کا تقاضا بھی نہیں کیا تھا۔

ماسٹر کے اصرار کے باوجود میں دھیرے دھیرے ان دونوں کے ساتھ گھلنے ملنے سے احتراز کرنے لگا۔ مَیں دن بھر چپ چاپ اپنے کام میں مصروف رہتا اور ان کے ساتھ کسی بھی قسم کے مکالمے سے گریز کرتا۔ اب گیراج کے کسی بھی کام کے سلسلے میں مجھے ان کی ضرورت بالکل نہیں رہی تھی۔ تین برسوں میں، مَیں اچھا خاصا ہنر مند بن چکا تھا۔ اس لیے میں پوری سنجیدگی اور انہماک سے ہر وقت اپنے کام میں مصروف رہتا تھا۔

گیراج سے چھٹی کے بعد شام کے وقت مَیں نے ایک دو گھنٹے کی تنہا آوارہ گردی کو اپنا معمول بنا لیا۔ مَیں روزانہ شام ڈھلنے کے بعد شہر کے کسی نہ کسی نئے علاقے میں جا نکلتا۔ وہاں کی گلیوں میں گھومتا پھرتا مختلف ہوٹلوں سے چائے پیتا اور نسبتاً ویران جگہوں پر بیٹھ کر چرس کے سگریٹ بناتا اور ان کے لمبے کش لیتا۔ تقریباً آٹھ نو بجے کے قریب میں فیکے ماسٹر کے کواٹر پر واپس لوٹ آتا۔ میری یہ سرگرمی کسی اور سے ڈھکی چھپی نہیں تھی۔ اس کے باوجود حامد اور پپو میری نقل و حرکت پر نظر رکھے رہتے۔ ان کی اس حرکت پر میں ان سے خائف رہتا۔ وہ مجھے جس گلی میں دکھائی دیتے، انہیں دیکھتے ہی میں اپنا راستہ بدل لیتا۔

مجھے اچھی طرح معلوم ہو چکا تھا کہ پپو ایک نمبر کا لفنگا تھا اور علاقے کے کئی تلنگوں سے اس کے گہرے مراسم تھے۔ وہ کئی بار مجھے دھمکیاں دے چکا تھا لیکن میں اپنا ڈر اس سے چھپانے میں پوری طرح کامیاب رہا تھا۔ اس لیے وہ یہی سمجھتا تھا کہ مَیں اس کے رعب میں نہیں آیا اور اس کی طرف سے بالکل بے فکر تھا۔

میری دکھاوے کی بے خوفی اور بے باکی نے ان دونوں کو میرے خلاف مزید اقدامات کرنے پر اکسایا۔ حامد نے پہلے ہی میرے لیے دوپہر کا کھانا لانا چھوڑ دیا تھا۔ گیراج میں بھی انہوں نے باہر کے کام کرنے بند کر دیئے۔ اگر کوئی استاد کسی گاہک کے لیے چائے منگوانا چاہتا تو وہ ان کے بجائے مجھے بلاتا۔ اسپیئر پارٹس کی دکان سے پرزے خریدنے کے لیے بھی مجھے بھیجا جاتا۔ اگر کوئی استاد ان دونوں میں سے کسی کو بلاتا تو وہ مصروفیت کا بہانہ کر کے میرا نام لے دیتا اور اس طرح مجھے اپنا کام چھوڑ کر باہر جانا پڑتا۔ ہر پانچ دس منٹ بعد میرا باہر کا ایک چکر ضرور لگتا۔ مَیں نے اس صورتِ حال سے سمجھوتا کر لیا۔ مَیں سارا دن بھاگا بھاگا پھرتا لیکن اس کے باوجود میں مطمئن رہتا۔

کچھ دنوں کے بعد مجھ پر کھلا کہ میرا اطمینان خود فریبی کے سوا کچھ بھی نہیں۔ میری غیر حاضری کا فائدہ اٹھا کر ان دونوں

نے استاد خیرو کے کان بھرنے شروع کر دیئے۔ استاد مجھ سے پہلے ہی ناخوش تھا، اس لیے وہ ان کی ہر بات پر فوراً یقین لے آیا اور مجھے کاہل اور کام چور سمجھنے لگا کیوں کہ مجھے جب بھی کسی گاڑی کا کوئی انجن مرمت کے لیے دیا جاتا تو وہ شام تک ٹھیک نہ ہو پاتا اور اتنے میں گیراج بند کرنے کا وقت ہو جاتا۔ ایسے میں گاڑی کا مالک شور مچاتے ہوئے مجھے برا بھلا کہنے لگتا اور فیکے ماسٹر سے میری خوب شکایتیں لگاتا۔ حامد اور پپو میری تذلیل پر خوش ہوتے اور زیرِلب مسکراتے رہتے۔

فیکا ماسٹر سمیت گیراج کے تمام لوگ مجھے میرے نام سے بلایا کرتے تھے لیکن اب دھیرے دھیرے ان سب نے مجھے، اوئے، ابے، چرچوت، گھامڑ اور دوسرے مغلظ ناموں سے پکارنا شروع کر دیا۔ مَیں نے گیراج پر کام کرتے ہوئے اس تمام عرصے کے دوران مشاہدہ کیا تھا کہ یہاں کوئی کتنا ہی زبردست ہنرمند کیوں نہ بن جائے، وہ اپنی توہین سے کسی طرح نہیں بچ سکتا۔ مَیں کئی مرتبہ پپو اور حامد کو استادوں کے ہاتھوں پٹتے دیکھ چکا تھا۔ فیکا ماسٹر تقریباً ہر روز استاد خیرو کی ماں بہن ایک کرتا رہتا تھا۔ مَیں نے جب اپنے آپ کو دوسرے بے توقیر لوگوں کی سطح پر دیکھا تو مجھے تکلیف ہونے لگی کیوں کہ مَیں خود کو ان سے برتر محسوس کرتا تھا۔ میرے دوستوں نے میری ٹانگیں کھینچ کر مجھے اپنے برابر لا کھڑا کیا تھا۔ اب مجھے بھی بات بن بات گالیاں دی جانے لگیں اور روزانہ چار یا پانچ مرتبہ باقاعدگی سے میری پٹائی ہونے لگی۔

اس عذاب میں گرفتار ہونے کے بعد مجھ پر اپنے دوستوں کی سفاک غیر جذباتیت کا حال کھلا کہ وہ دونوں اپنے بچپن سے اس تکلیف دہ صورتِ حال میں پھنسے اپنی زندگی گزارنے پر مجبور تھے، اسی لیے ان کے مزاج میں کڑواہٹ اور کھردراہٹ کے ساتھ نفرت بھی رچ بس گئی تھی۔ مَیں جب تنہائی میں ان کے بارے میں سوچتا تھا تو لمحاتی طور پر مجھے ان دونوں سے ہمدردی محسوس ہوتی تھی مگر میں اس ہمدردی کے باوجود اپنا فیصلہ تبدیل نہیں کر سکا۔

27

اب جب اُس تمام عرصے کے بارے میں سوچتا ہوں تو وہ مجھے اپنی زندگی کا سب سے بے کیف زمانہ لگتا ہے۔ اس شہر کے حوالے سے جو تجسس، کشش اور دلچسپی میں پہلے محسوس کرتا تھا، وہ یہاں قیام کے دوران دھیرے دھیرے ختم ہوتی چلی گئی۔ وہاں گزرے ماہ و سال بظاہر بہت سرگرم اور مصروفیت سے بھرپور تھے۔ دن کا سارا وقت تیزی سے گزر جاتا تھا۔ کسی زنگ آلود مال گاڑی کے ڈبوں جیسے میرے یکساں شب و روز، برق رفتاری سے کہیں غائب ہوتے چلے گئے اور پیچھے کوئی نام و نشان بھی نہیں چھوڑا۔ اس لیے مَیں نے بھی ان دنوں کا سراغ لگانے کی زیادہ کوشش نہیں کی۔

ہزار کوششوں کے باوجود میں اپنے شہر اپنی اماں کے پاس لوٹ جانے کی خواہش دبا نہیں سکا تھا۔ یہ خواہش ہر وقت میرے دل کے کسی گوشے میں چھپی رہتی اور اچانک ایک تیز درد کا روپ دھار کر میرے دل میں پھیل جاتی۔ یہاں سے باہر نکلنے والے سبھی راستے میں دیکھ چکا تھا۔ میرے لیے اپنے شہر کی بس پکڑنا مشکل نہیں تھا لیکن میں اپنی مرضی سے واپس جانا نہیں چاہتا تھا۔ مَیں اپنی مرضی سے یہاں آیا بھی نہیں تھا بلکہ مجھے کسی ناکردہ جرم کی سزا کے طور پر زبردستی یہاں بھیجا گیا تھا۔ کسی سبب کے بغیر گزرے ہوئے تمام عرصے، مَیں اپنی ماں کی جانب سے لکھے گئے ایک ایسے خط کا انتظار کرتا رہا، جس میں مجھے بصد اصرار واپس بلایا جائے گا۔ مَیں اپنی اس خام خیالی پر جی ہی جی میں ہنستا، کیوں کہ مَیں اچھی طرح جانتا تھا کہ میری والدہ ان پڑھ تھیں۔ ان کے لیے حروفِ تہجی کی پہچان تک ممکن نہیں تھی۔ مجھے یہ خیال بھی آتا رہا کہ مَیں ماں کو طویل خط لکھ کر اپنے دل کی بھڑاس نکالوں۔ انہیں جتاؤں کہ بابا کی سازش میں وہ بھی پوری طرح شامل تھیں، مگر مَیں نے بابا کی وجہ سے انہیں یہ خط کبھی نہیں لکھا۔

اس کے علاوہ میرے ذہن میں ایک اور اندیشہ بھی ہر وقت سمایا رہتا اور وہ یہ کہ شاید کسی صبح جب میری آنکھ کھلے تو میں اپنے بابا کو ماسٹر کے مکان کے صحن میں بیٹھا ہوا دیکھوں۔ وہ مجھے پیار بھرے لہجے میں مخاطب کرتے اپنے پاس بلائیں۔ مَیں ان کے قریب جاؤں تو وہ مجھے شدت کے ساتھ اپنے سینے سے چمٹا کر شفقت سے میرے بالوں میں انگلیاں پھیرتے رہیں۔ اس کے بعد وہ مجھے چلنے کا اشارہ کریں تو میں ان کے ساتھ جانے میں ذرا سی دیر بھی نہ لگاؤں مگر اس تمام عرصے میں ایسا کچھ بھی نہیں ہو سکا۔

گیراج اور فیکے ماسٹر کے کواٹر کے بیچ پینڈولم کی طرح حرکت کرتے مجھے تین سال سے زائد عرصہ گزر چکا تھا۔شاید اسی لیے اب یہاں وقت کاٹنا میرے لیے مشکل سے مشکل تر ہوتا جا رہا تھا۔ مَیں اپنی چھوٹی چھوٹی آرزوؤں کے سہارے (جو کبھی پوری نہ ہوئیں) اپنا وقت گزارنے کے جتن کرتا رہتا۔ میرا ذہن فرار کی نت نئی صورتوں کے بارے سوچتا جن پر عمل درآمد کرنا ناممکن تھا۔ مَیں سوچتا کہ مرمت کے لیے آئی گاڑیوں میں سے ایک چوری کرلوں۔ کسی شب گیراج جاکر وہاں کھڑی ہوئی کار کے سیلف میں چابی گھما کر اسے اسٹارٹ کروں اور اسے اپنے شہر جانے والی سڑک پر ڈال دوں۔ یہ سوچتے ہوئے مجھے ڈرائیونگ لائسنس یا راستے میں اپنے پکڑے جانے کا خیال بالکل نہیں آیا۔

میرے خیال میں بہت سی دوسری چیزیں بھی تھیں۔ جب بھی مجھے اپنے شہر لوٹنے کا خیال آتا، تو یہ چیزیں قطار وار میرے ذہن میں داخل ہو جاتیں اور میں انہیں دیکھنے کے لیے بے تاب ہونے لگتا۔ یہ وہی خوبصورت اشیا تھیں جنہیں مَیں نے اپنے پہلے سفر کے دوران دیکھا تھا۔ کبھی کبھار جب میں ریلوے اسٹیشن پر اجنبی زمینوں اور علاقوں سے آنے جانے والی ٹرینیں دیکھتا تو بلا سبب میرے جی میں یہ خواہش کلبلانے لگتی کہ مَیں بھاگ کر اس کے پر چڑھ جاؤں اور کسی کونے میں دبک کر بیٹھ جاؤں اور اپنے آپ کو ہمیشہ کے لیے اپنے خاندان سے کاٹ کر گم شدہ ہو جاؤں۔ سڑک پر دوڑتی بسوں کو دیکھ کر بھی میرے ذہن میں ایسے خیالات پیدا ہوتے مگر شاید مجھ میں اتنی صلاحیت اور قوت نہیں تھی کہ مَیں اپنے فرار سے متعلق ان خیالات کو عملی جامہ پہنا سکتا۔

وہ نومبر کی ایک صبح تھی جب نیند سے جاگ کر مَیں نے فیکے ماسٹر کو چائے کا کپ تھماتے ہوئے کہا کہ مَیں آج گیراج نہیں جاؤں گا۔ یہ سن کر وہ بلا وجہ مسکراتے ہوئے چھٹی کرنے کا سبب پوچھنے لگا۔ مَیں نے اسے بتایا کہ آج مجھے اپنے گھر کی بہت یاد آ رہی ہے۔ میری یہ بات سن کر اس نے سنجیدگی سے میری طرف دیکھا اور میرے بابا کے رویئے پر افسوس کا اظہار کرنے لگا کہ اتنا لمبا عرصہ گزر گیا اور انہوں نے پلٹ کر میرا حال بھی نہیں پوچھا تھا۔ اس نے مجھے چند روز کی چھٹی دے کر اپنے شہر اور گھر کا چکر لگانے کا مشورہ دیا لیکن مَیں نے وہاں جانے سے انکار کر دیا۔ مَیں نے خلافِ توقع اس سے صرف ایک دن کی چھٹی مانگی، جو اس نے فوراً دے دی۔ جب سے مَیں نے اس کے گیراج پر کام کرنا شروع کیا تھا تب سے آج تک مَیں نے کوئی غیر حاضری نہیں کی تھی جب کہ پپو اور حامد ہر مہینے دو تین چھٹیاں باقاعدگی سے کیا کرتے تھے۔

پچھلی شب نہ معلوم کیوں میری نیند بار بار ٹوٹتی رہی تھی۔ جس کی وجہ سے مَیں کئی مرتبہ اٹھ کر اپنی آنکھیں کھول کر کمرے کی تاریکی میں گھورنے لگتا تھا۔ گرچہ مجھے اس کمرے میں دو ادھیڑ عمر کے مکینکوں کے ساتھ رہتے ہوئے لمبا عرصہ گزر چکا تھا مگر کل رات فیکے ماسٹر کی سانسیں اور استاد کے خراٹے مجھے پاتال سے سنائی دیتے محسوس ہو رہے تھے۔ استاد خیرو اپنی نیند سے اچانک ہڑبڑا کر اٹھا اور کمرے سے باہر نکل گیا۔ اس کے جانے کے بعد مجھے پھر سے نیند نے آلیا مگر کچھ دیر بعد دوبارہ میری آنکھ کھل گئی۔ تب تک استاد بھی دوبارہ آکر اپنی چارپائی پر لیٹ گیا تھا۔ کمرے مین خنکی بڑھتی جا رہی تھی۔ سرد ہوا سرسراتی ہوئی سیمنٹ کی چادروں کی چھت کے رخنوں سے کمرے میں داخل ہو رہی تھی۔ مَیں نے اپنا لحاف سر تک

تان لیا اور سونے کی کوشش کرنے لگا۔

کسی کبوتر کی طرح پھڑ پھڑاتی نیند کے دوران ایک طویل خواب میرے ذہن کی سطح پر ابھرتا ڈوبتا رہا۔ اس خواب کا میرے دل و دماغ پر اتنا شدید اثر ہوا تھا کہ مَیں آج تک اسے فراموش نہیں کر سکا۔ بارہا سوچنے کے باوجود آج تک مجھے اس خواب کی تعبیر سجھائی نہیں دے سکی لیکن اس کے باوجود اس کا اثر ختم نہ ہو سکا۔ وہ آج بھی جزئیات سمیت میرے ذہن میں محفوظ ہے۔

شاید میں اپنے گھر کے باہر گلی میں کھڑا تھا، نہیں، چل رہا تھا اور دھیرے دھیرے گلی سے گزرتا اپنے گھر کی جانب بڑھ رہا تھا۔ آسمان بھی سیاہ اور گمبھیر تھا۔ اس کے کسی گوشے میں روشنی کی رمق تک نظر نہ آتی تھی اور تمام ستارے یکسر غائب تھے۔ زمین پر پھیلا ہوا اندھیرا خاصا رعب دار اور دل لرزا دینے والا تھا۔ آس پاس کے مکان تاریک تھے اور اکا دکا کھمبوں پر لگے بلب بھی بجھے ہوئے تھے۔ کچھ دیر بعد میری آنکھیں اس گہری تاریکی سے مانوس ہوتی چلی گئیں۔

چلتے چلتے ایک دھیمی سی آہٹ سن کر اچانک مجھے محسوس ہوا کہ کوئی ضعیف شخص اپنا سر جھکائے، اپنے کپکپاتے ہاتھ سے لاٹھی زمین پر ٹیکتا اور اس پر اپنے جسم کا سارا وزن ڈالتا میرے آگے چلا جا رہا تھا۔ وہ مجھ سے زیادہ دور نہیں تھا، اس لیے میں غور سے اس کی جانب دیکھنے لگا۔ وہ مجھے انسانی خصوصیات سے یکسر عاری، کسی سائے کی طرح لگ رہا تھا۔ اس کے قدموں کی چاپ مجھے سنائی دے رہی تھی اور نہ ہی اس کی سانسوں کی آواز۔ بار بار زمین پر پڑتی اس کی لاٹھی کی ٹھک ٹھک گلی کی خاموشی میں گونج رہی تھی۔ ذرا سی دیر کے لیے وہ مجھے کوئی مانوس شخص محسوس ہونے لگا، اتنا مانوس کہ مَیں اس کے قریب پہنچ کر اس سے گفتگو کرنے کے بارے میں سوچنے لگا۔ چند قدم اس کی طرف بڑھانے کے بعد میں ٹھٹھک کر رک گیا۔ اس کے رکتے ہی میرا سارا مانوس پن یکایک ختم ہو کے رہ گیا اور اگلے ہی لمحے وہ شخص میرے لیے شکوک و شبہات سے معمور ایک پراسرار اجنبی بن گیا۔ مَیں اس سے خوف کھانے لگا۔ اس کا رخ میرے گھر کی جانب تھا، اس لیے میں اس کا سامنا کرنے سے گریزاں، اس کے پیچھے دبے پاؤں چلنے لگا۔

وہ میرے گھر کے پاس پہنچ کر ایک لحظہ ٹھہرا تو مجھے اس کے ہونٹوں سے نکلتی کھس پھس کی دھیمی مگر پراسرار سی آواز سنائی دینے لگی۔ اس نے اپنا پوپلا منہ میرے گھر کے دروازے کی جانب کرتے ہوئے ایک پھونک ماری تو اس کے منہ سے گاڑھا اور سیاہ دھواں نکل کر دروازے پر ایک بڑے سے دھبے کی صورت چپک کر رہ گیا۔ یہ حیرت بھرا منظر دیکھ کر میرے قدم رک گئے بلکہ میں یکسر ساکت کھڑا دروازے کی اور دیکھتا رہا۔ اسے روکنے اور اس سے پوچھ تاچھ کرنے کا خیال میرے ذہن میں بالکل نہیں تھا۔

اگلے ہی ثانیے وہ بوڑھا شخص کچھ بڑبڑاتا ہوا آگے بڑھ کر میرے گھر کے قریب سے بل کھا کر نکلتی گلی میں غائب ہو گیا۔ اس کے نگاہ سے اوجھل ہوتے ہی مجھے جیسے ہوش آیا۔ چند قدم آگے بڑھا کر مَیں نے اپنے گھر کا دروازہ دیکھا تو غیر معمولی اندھیرے کے باوجود اس کی سطح پر مجھے ایک بہت بڑا سیاہ دھبا دکھائی دے گیا۔ مَیں بے اختیار ہو کر اسے کھرچ کھرچ کر اتارنے کی کوشش کرنے لگا لیکن میرے ناخن دروازے کی پرانی لکڑی میں پیوست ہو کر رہ گئے۔ دھبے پر کوئی اثر نہیں

ہوا بلکہ وہ حرکت کر کے پھیلنے لگا اور پھیلتے پھیلتے کچھ ہی دیر میں پورے دروازے پر محیط ہو گیا، جس کی وجہ سے پورا دروازہ اس قدر سیاہ ہو گیا کہ قریب ہونے کے باوجود مجھے بمشکل دکھائی دیا۔ ہلکا سا غور کرنے پر وہ مجھے اپنے گھر کا دروازہ اور اس کی دہلیز دکھائی دینے لگے۔ دروازے کے بعد وہ دھبا دھیرے دھیرے میرے گھر کی دیواریں چڑھنے لگا اور ان پر تیزی سے پھیلنے لگا۔ کچھ ہی دیر میں میرا پورا گھر کالی رات کی طرح مکمل تاریک ہو کر نظروں سے اوجھل ہو گیا۔ اس کے فوراً بعد ایک بھاری دھمک جیسی آواز میری سماعت میں پھیلتی چلی گئی۔ مَیں نے فوراً آس پاس دیکھا تو لگا کہ وہ آواز کہیں اور سے نہیں بلکہ میرے قدموں کے نیچے آ رہی تھی۔

چند ہی لحظوں میں میرے قدموں کے نیچے موجود زمین دھیرے سے لرزنے اور تھرتھرانے لگی۔ مَیں نے ڈرتے ہوئے آس پاس دیکھا تو مجھے اپنی گلی، اور اس میں تعمیر سارے مکانات اس طرح ہلتے ہوئے دکھائی دیئے، جیسے وہ نیند میں ہلکورے لے رہے تھے۔ مجھے اپنا دو منزلہ مکان ڈولتا نظر آیا۔ مَیں اس کے نیچے کھڑا ہوا تھا۔ اس لیے میں خود کو اپنے گھر کے در و دیوار کی زد میں آنے سے بچانے کے لیے پیچھے ہٹنے لگا لیکن میرے پیچھے کسی پڑوسی کے گھر کی دیوار واقع تھی، جو سرک کر آگے بڑھ رہی تھی۔ مَیں گھبرا کر تیزی سے آگے بڑھا اور اسی ساعت مجھے اچانک اپنی اماں کا خیال آ گیا۔ وہ۔۔۔ وہ اس وقت گھر کے اندر موجود تھیں اور انہیں بچانا بہت ضروری تھا۔ یہ خیال آتے ہی میں کسی جنون کے زیرِ اثر دروازے کی جانب لپکا۔ مَیں نے دروازے کو زور سے دھکا دیا تو چھپاکے سے اندر سے کنڈی اتر گئی اور اس کے دونوں پٹ وا ہوتے چلے گئے۔ مَیں نیچے والے کمرے داخل ہوا تو یہاں زینے کے ساتھ اوپر والی پوری منزل جھولتی اور بری طرح ڈولتی ہوئی نظر آئی۔ باورچی خانے سے برتن نکل نکل کر سیڑھیوں سے لڑھکتے نیچے آ رہے تھے۔ مَیں بمشکل اوپر چڑھنے لگا۔ بہت سی پیالیاں چینکیں اور دیگچیاں اڑ اڑ کر میرے جسم سے ٹکراتی رہیں۔ ایک کیتلی اڑتی ہوئی آ کر میرے سر پر لگی تو فوراً ہی اس جگہ گومڑ نکل آیا۔ آٹھ دس سیڑھیاں چڑھ کر میرے پاؤں اکھڑ گئے اور میں گرتے گرتے بچا لیکن ہلتی ہوئی دیوار کے سہارے مَیں نے پھر سے اوپر چڑھنا شروع کیا۔ اس بار میں اوپر والی منزل تک پہنچنے میں کامیاب رہا۔

مَیں نے ایک شتابی کے ساتھ کانپتی ہوئی منزل پر سب سے پہلے غسل خانے میں جھانکا، اس کے فوراً بعد باورچی خانے پر نگاہ ڈالی اور کمرے کے سارے گوشوں کو چند نظروں میں کھنگال ڈالا۔ اماں مجھے کہیں بھی نہیں دکھائی نہیں دیں۔ مَیں آخر کار جھنجھلا کر بالائی منزل والی سیڑھیاں پھلانگ کر اوپر کی نیم چھتی پر پہنچ گیا۔ وہاں مَیں نے اپنے والد کو ایک اجنبی عورت کے ساتھ برہنہ دیکھا۔ وہ اس کے جسم سے کسی بچے کی طرح چمٹے ہوئے تھے۔ کبھی اس کے سانولے سے ہونٹ چوم رہے تھے اور کبھی اس کی چھاتیاں اپنے ہاتھوں سے بھینچ رہے تھے۔ مَیں یہ سب دیکھ کر بھونچکا رہ گیا۔ زلزلے سے مکان زمین بوس ہونے والا تھا اور پورے گھر کے در و دیوار پر ایک تیز کپکپی طاری تھی اور وہ بیدِ مجنوں کی طرح لرز رہے تھے لیکن میرے بابا اس سب سے بے نیاز اس اجنبی عورت کے ساتھ محوِ اختلاط تھے۔ مَیں ان کی چارپائی کے قریب کھڑا ہو کر چیخنے لگا۔ میری چیخوں کا بھی ان دونوں پر کوئی اثر نہیں ہوا۔ اتنے میں نچلی منزل سے مجھے اماں کی پکار سنائی دی۔

اگلے ہی لمحے وہ اپنے قدموں سے سیڑھیوں پر دھڑ دھڑ کرتیں نیم چھتی پر آ گئیں۔ ان کے ایک ہاتھ میں ایک بڑی سی چھری تھی وہ جسے لہراتے ہوئے آ رہی تھیں۔ میرے نزدیک آ کر انہوں نے وہ چھری مجھے تھمانے کے لیے میری جانب بڑھائی لیکن مَیں نے اسے پکڑنے سے انکار کرتے ہوئے نفی میں اپنا سر ہلا دیا۔

میرے انکار پر انہوں نے حقارت سے مجھے دیکھا اور غصے سے چنگھاڑتی ہوئی آگے بڑھیں اور انہوں نے پہلے بابا کی پیٹھ میں پوری کی پوری چھری بھونکی۔ اسے وہاں سے نکالنے کے فوراً بعد انہوں نے عورت کا پیٹ بھی چاک کر دیا۔ جس کے بعد وہ دونوں چارپائی پر بری طرح تڑپنے لگے۔ ان کے جسموں سے خون کے فوارے چھوٹنے لگے۔ بہنے والا خون اتنا زیادہ تھا کہ کچھ ہی دیر میں وہ بستر سے ٹپک کر لکڑی کے فرش پر بہتا ہوا دھیرے دھیرے زینے کی طرف سرکنے لگا۔ اس کے باوجود اب تک اماں ان دونوں کے جسموں پر چھری سے پے در پے وار کیے جا رہی تھیں۔ مَیں نے آگے بڑھ کر انہیں پکڑ لیا اور ان کے ہاتھ سے چھری چھین کر نیچے پھینک دی۔ اماں نے غصے سے خود کو مجھ سے الگ کیا اور چیختی ہوئی زینے سے نیچے اتر کر غائب ہو گئیں۔ بابا اور اس عورت کے کٹے ہوئے اعضا چارپائی پر بکھرے پڑے تھے۔

زلزلہ شدت اختیار کر چکا تھا۔ گھر کی عمارت بری طرح ہل رہی تھی، پھر وہ اچانک زمین میں دھنسنا شروع ہو گئی۔ سب سے پہلے چھت کی کڑیاں نیچے آ کر گرنے لگی تھیں۔ مَیں زینے کی جانب لپکا اور سیڑھیوں پر بہتے ہوئے خون میں اپنے پاؤں دھپ دھپاتا ہوا نیچے اترنے لگا۔ نچلی منزل پر مَیں نے ذرا سی دیر میں تمام جگہوں پر دیکھ لیا لیکن اماں مجھے کہیں پر بھی دکھائی نہیں دیں۔ وہ نجانے کہاں غائب ہو گئی تھیں۔ مَیں انہیں پکارتا، آوازیں دیتا ہوا نیچے کی طرف بھاگا۔ بھاگتا ہوا اپنے گھر سے باہر نکل گیا۔ اس کے بعد اگلے ہی لمحے ایک زوردار دھماکا ہوا اور پورا گھر زمین پر ڈھیر ہو گیا صرف وہی گھر ڈھیر نہیں ہوا بلکہ پوری کی پوری گلی ملبے کے ایک بڑے ٹیلے میں تبدیل ہو گئی تھی۔

میں اپنی جان بچانے کے لیے دوڑا جا رہا تھا اور ایک گرتے ہوئے مکان کے ملبے کے نیچے آنے والا تھا کہ اچانک ایک مہربان ہاتھ نے آگے بڑھ کر میری قمیص کے کالر سے پکڑ کر مجھے اپنی جانب کھینچ لیا۔ وہ میری اماں تھیں۔ ہم دونوں ایک ان جانے مقام پر تھے۔ جس کے بارے میں مجھے کچھ یاد نہیں رہ سکا۔

مَیں نے اس ہیبت ناک خواب کی بابت فیکے ماسٹر اور استاد خیرو کو کچھ بھی نہ بتایا۔ ناشتہ کرنے کے بعد وہ دونوں مجھ سے مصافحہ کر کے گیراج کے لیے نکل گئے اور میں اکیلا رہ گیا۔ جب سے مَیں جاگا تھا تب سے ہر کچھ دیر کے بعد وہ خواب مجھے بار بار یاد آ رہا تھا، جس کی جزئیات سے مَیں اپنے پورے وجود سمیت گزرا تھا، اس لیے ان کا اثر بہت گہرا تھا۔ مَیں اسے ذہن سے جھٹکنے کی کوشش کر رہا تھا۔

جب وہ دونوں چلے گئے تو مَیں نے اپنی جیب میں رکھی ہوئی چرس کی ٹکڑی نکالی جو اتنی بڑی تھی کہ اس سے باآسانی پانچ سگریٹ بنائے جا سکیں۔ کچھ ہی دیر میں پانچ سگریٹ بنانے کے بعد میں ان میں سے پہلا پینے لگا جس سے مجھے ایسا لطف ملا جو اس سے پہلے کبھی نہیں ملا تھا۔ مَیں نے بچے ہوئے دودھ سے اپنے لیے دو کپ چائے بنائی جس میں بہت زیادہ شکر گھلی

ہوئی تھی۔ میٹھی چائے پینے کے بعد میرا نشہ دوآتشہ ہوتا چلا گیا۔ مَیں دیوار سے پیٹھ لگا کر سیمنٹ کی چادروں سے بنی چھت کی طرف دیکھنے لگا، جس کے کناروں سے چھن کر کمرے میں آتی دھوپ مزا دے رہی تھی۔ اچانک مجھے سیمنٹ کی چادر اور دیواریں ڈولتی محسوس ہوتی ہونے لگیں۔ مَیں نے فوراً فرش اور دروازے کی طرف دیکھا جو پوری طرح ساکت تھے۔

خود کو مصروف رکھنے کے لیے کمرے میں چٹائی پر بیٹھے بیٹھے مَیں نے اپنی جیب میں رکھے ہوئے تمام روپے نکال لیے اور انہیں خواہ مخواہ گننے لگا۔ وہ تقریباً گیارہ سو روپے تھے جو مَیں نے سخت مشکلوں سے جمع کیے تھے۔ مَیں نے انہیں سمیٹ کر دوبارہ جیب میں رکھ لیا۔ اس کے بعد مَیں نے اپنے کپڑوں کا نیا جوڑا نکالا اور غسل کرنے چلا گیا۔

میں جب فیکے ماسٹر کے مکان کے دروازے پر تالا لگانے کے بعد آگے بڑھا تب مجھے بالکل بھی معلوم نہیں تھا کہ مَیں کہاں جارہا ہوں اور مجھے پورا دن کیسے گزارنا ہے؟ میں سوچنے لگا کہ وہ خواب اور اس کی تفصیلات کس لیے ہر کچھ دیر بعد مجھے یاد آرہی تھیں۔ کیا ان میں کوئی اشارہ چھپا ہوا تھا، مَیں جسے اب تک سمجھ نہیں پا رہا تھا اور وہ خواب اس کی یاد دہانی کروانا چاہتا ہے۔ ایک گلی سے گزرتے ہوئے مَیں نے اپنا سر جھٹک کر اس خواب کو ذہن سے نکالنے کی کوشش کی اور آگے بڑھنے لگا۔

مکان سے اسٹیشن تک کا راستہ کچا تھا۔ مَیں اوبڑ کھابڑ گلیوں میں چلتا اور مختلف موڑ مڑتا ہوا تھوڑی دیر میں ریلوے اسٹیشن پہنچ گیا۔ سردیوں کے آغاز کی ہوا یہاں ہر طرف دھول اڑاتی پھرتی تھی۔ مَیں نے احتیاط سے، دیکھ بھال کر پٹڑیاں عبور کر کے پلیٹ فارم نمبر دو اور تین کا رخ کیا۔

پتھر کی بنی ہوئی ایک خالی نشست دیکھ کر میں اس پر جا کر بیٹھ گیا اور سگریٹ سلگا کر پینے لگا۔ آدھے پون گھنٹے تک میں بلا مقصد وہاں بیٹھا پلیٹ فارم پر رکتی اور چلتی ٹرینیں دیکھتا رہا۔ ہر ٹرین کی آمد پر پلیٹ فارم ایک ہنگامے سے بھر جاتا اور اس کے رخصت ہوتے ہی ہر چیز دھیمی اور سست رفتار ہو جاتی۔ مَیں جس نشست پر بیٹھا تھا اس کے دوسرے کنارے پر ایک اور شخص آکر بیٹھ گیا۔ وہ دبلا پتلا اور سانولا سا بوڑھا آدمی تھا جس کے جسم کا بایاں حصہ مسلسل کپکپائے جا رہا تھا۔ مَیں اسے پہلے بھی ایک آدھ مرتبہ دیکھ چکا تھا۔ مَیں نے اس کے بارے میں پپو، حامد اور پلیٹ فارم کے وینڈنگ کنٹریکٹروں سے عجیب و غریب باتیں سنی تھیں۔ وہ کئی برسوں سے اسی پلیٹ فارم پر گھسٹ کر اپنی زندگی گزار رہا تھا۔ اس کے جسم کا بایاں حصہ لقوے کی وجہ سے مفلوج ہو چکا تھا۔ اس کے لیے اٹھنا بیٹھنا اور چلنا ایک اذیت ناک عمل تھا لیکن اس کے باوجود اسے کسی ایک جگہ آرام نہیں آتا تھا۔ رات کے وقت وہ ہمیشہ پلیٹ فارم کے کونے پر بنے ہوئے بیت الخلا کی دیوار کے سائے میں نیند کیا کرتا تھا۔ ایک برقعہ پوش عورت ہر صبح کو اسی جگہ پر اس سے ملاقات کرنے آتی تھی وہ دونوں ایک ڈیڑھ گھنٹوں تک دھیمے لہجوں میں باتیں کرتے تھے اس عورت کے جانے کے بعد وہ دن بھر اسٹیشن کی مختلف جگہوں پر رینگتا پھرتا تھا۔ اس کے لیے کسی ایک جگہ زیادہ دیر تک کر بیٹھنا ممکن نہیں تھا۔

مَیں نے سگریٹ کا پیکٹ اس کی طرف بڑھا دیا کیوں کہ مجھے معلوم تھا کہ وہ تمباکو نوشی کرتا تھا۔ اس نے بلا وجہ چونک کر ایک شک بھری نظر سے میری طرف دیکھا اور اپنا سر ہلا کر میری سگریٹ لینے سے انکار کر دیا۔ مَیں یہ سمجھا کہ شاید اپنے

بائیں ہاتھ سے سگریٹ لینا اس کے لیے دشوار تھا، یہ سوچ کر مَیں نے سگریٹ سلگا کر اس کی طرف جانب بڑھائی تو اس نے فوراً داہنے ہاتھ سے لے لی اور بے صبری سے اس کے کش لینے لگا۔ نجانے کیوں وہ مجھ سے تھوڑی دور ہونے لگا تھا اور اس نے میری جانب سے اپنا منہ بھی موڑ لیا۔ مَیں نے اسے چائے کی پیشکش کی جسے اس نے فوراً ٹھکرا دیا۔ دو تین لمحوں کے بعد اس کے جسم نے حرکت کی اور وہ بہ دقت اٹھ کھڑا ہوا۔ وہ داہنی طرف جھک کر اپنا جسم گھسیٹتا ہوا دھیرے دھیرے میری نگاہ سے اوجھل ہو گیا جب کہ مَیں تاسف کے ساتھ اس کی جانب دیکھتا رہا۔ اس شخص کی تکلیف اور اذیت محسوس کرتے ہوئے مجھے پھر اپنا خواب یاد آنے لگا۔ وہ پراسرار بوڑھا، جس نے میرے گھر کے دروازے پر پھونک ماری تھی، کہیں وہ یہی شخص تو نہیں تھا۔ مَیں جی ہی جی میں اس خیال سے محظوظ ہوتا رہا۔

کچھ دیر بعد مجھے چرس کی طلب بے چین کرنے لگی۔ مَیں دھیرے دھیرے چلتا ہوا پلیٹ فارم کے جنوبی کونے کے آخر میں پہنچا۔ وہاں پر کھانے پینے کی چیزوں کا کوئی اسٹال نہیں تھا، اس لیے وہاں چہل پہل برائے نام تھی۔ مَیں نے سگریٹ سلگائی اور ریلوے اسٹیشن سے باہر نکلنے والے چور راستے کی طرف چل پڑا۔ شہر کے مرکز کی طرف جانے والے اکثر لوگ یہی راستہ استعمال کرتے تھے کیوں کہ اس طرح وہ پلیٹ فارم ٹکٹ خریدنے سے بچ جاتے تھے۔ سگریٹ پینے کے بعد میں اسی چور راستے سے پٹریاں عبور کرتا ہوا اسٹیشن سے باہر نکل گیا۔

اسٹیشن روڈ پر بہت رش تھا۔ تقریباً ہر قسم کی گاڑیاں شور مچاتی ادھر ادھر بھاگ رہی تھیں۔ ماحول میں ڈیزل اور پٹرول کی بو رچی ہوئی تھی۔ لگتا تھا کہ شہر کی ساری خلقت گھروں سے باہر امڈ پڑی تھی۔ مَیں گنجو پہاڑی پر میروں کے بنائے پکے قلعے کے نیچے سے گزر رہا تھا۔ قلعے کی بیرونی فصیل کے نیچے بہت دور تک لکڑی کی چھوٹی چھوٹی دکانیں بنی ہوئی تھیں ان میں زیادہ تر لنڈے کے کپڑے، جوتے اور دیگر سامان بھرا ہوا تھا۔ جگہ کی تنگی کے سبب یہ چیزیں فٹ پاتھ پر بھی بکھری ہوئی تھیں۔ ان دکانوں کے مخالف سمت میں اسپیئر پارٹس کی ایک مارکیٹ واقع تھی جہاں پر مجھ سے بھی کم عمر لڑکے بھاگ بھاگ کر کام کرتے نظر آ رہے تھے۔ مَیں تیزی سے قدم اٹھاتا اس مارکیٹ سے دور نکل گیا۔

مَیں نے قلعے کی دیوار کے ساتھ دائیں جانب چڑھائی چڑھتی سڑک کا رخ کیا، جس پر بہت دیر تک چلنے کے بعد میں شاہی بازار کی گلیوں میں داخل ہو گیا۔ تھوڑی دیر گزرنے کے بعد اس کی بھول بھلیاں جیسی گلیوں نے مجھے ایسا الجھایا کہ میرے لیے ان سے باہر نکلنے کا راستہ ڈھونڈنا دشوار ہو گیا۔ مَیں اپنی فطری ہچکچاہٹ کے سبب کسی سے راستہ بھی معلوم نہیں کر سکا۔ ان طویل اور آڑی ترچھی گلیوں میں بھانت بھانت کی چیزوں کی بے شمار دکانیں دونوں اطراف میں قطار وار بنی ہوئی تھیں۔ یہ گلیاں سرد اور خنک تھیں کیوں کہ دھوپ کا یہاں گزر برائے نام ہی تھا۔

اس طویل اور پیچیدہ سے بازار کے اندر کئی چھوٹے چھوٹے بازار مدغم تھے اور ان میں سے ہر ایک اپنی منفرد اشیا اور فروخت کے لیے دست یاب ساز و سامان کے ساتھ اپنی مخصوص بو باس سے بھی پہچانا جاتا تھا۔ اناج بازار مختلف قسم کے اناجوں، تیل بازار مختلف طرح کے تیلوں، سبزی اور پھل بازار سبزیوں اور پھلوں کی خوشبوؤں سے بھرے ہوئے تھے اور ان

کی بو زبردستی نتھنوں میں گھس کر بتانے لگتی تھی کہ یہ فلاں چیز کا بازار تھا۔ ہر جگہ مرد وزن کا ہجوم دیکھ کر لگتا تھا کہ انہیں خریداری کے سوا اور کوئی کام نہیں تھا۔ ہر عمر کی عورتیں اور مرد، دکانداروں سے مول تول کرتے دکھائی دے رہے تھے۔ چھوٹی چھوٹی داڑھیوں اور سروں پر رکھی مختلف انداز کی ٹوپیوں والے دکانداروں کی آنکھوں میں ایک حریص چمک تھی۔ وہ اپنی دکان کے قریب سے گزرتے لوگ دیکھ کر آوازے لگا کر انہیں اپنی جانب متوجہ کرنے کی کوشش کرتے۔ مَیں اس غلام گردش میں بھٹکتا ایسی گلیوں میں پہنچا جہاں عورتوں کی بہت بڑی تعداد چیزیں خریدنے میں مصروف تھی۔ یہاں کپڑوں، زیورات، جوتوں اور آرائشی اشیا کی دکانیں تھیں اور یہاں کی خوشبو دلفریب اور ہوش ربا قسم کی تھی اور بدن میں ایک عجیب کھلبلی بھی مچا رہی تھی۔ مَیں نے وہاں گھومتے ہوئے دو ڈھائی گھنٹوں میں اتنے خوبصورت چہروں والی لڑکیاں اور عورتیں دیکھیں جتنی شاید پوری زندگی میں کبھی نہیں دیکھی ہوں گی۔ ان کے دیدار سے میری رگوں میں دوڑتے خون میں ہیجان اٹھتے جو آہوں کے غبار میں تبدیل ہو کر میرے دل سے نکلتے۔ کچھ گلیاں مجھے اتنی پسند آئیں کہ مَیں بار بار ان کے چکر گرد کاٹتا رہا۔

میرا یہ دن اس شہر میں گزرے ہوئے میرے تمام دنوں سے بڑھ کر خوش گوار، حسین اور یادگار تھا۔ مَیں پوری طرح سے آزاد تھا اور اپنی مرضی چلانے میں خود مختار۔ میرے آس پاس کوئی ٹوکنے یا مشورہ دینے والا نہیں تھا۔ مَیں سوچنے لگا کہ کاش یہاں پر گزرے میرے سبھی روز و شب ایسے ہی لاپرواہوتے تو کتنا زبردست ہوتا۔

دوپہر ڈھل رہی تھی مَیں جب طویل اور مختصر، کشادہ اور تنگ و تاریک گلیوں میں بھٹکتا، ریشم گلی سے ہوتا ہوا تاتِلک چاڑھی پہنچ گیا۔ یہ جگہ اپنی کشادگی کے سبب مجھے دیگر جگہوں کی نسبت پسند تھی۔ مسلسل چلتے رہنے کی وجہ سے مجھے تیز بھوک لگنے لگی تھی۔ مَیں چاڑھی کے کنارے بنے ہوئے فٹ پاتھ پر چلتا ہوا اسٹیشن روڈ کے ابتدائی سرے پر آ گیا اور وہاں پر واقع ایک کشادہ ہوٹل میں بیٹھ گیا۔ ایک بیرے نے میرے قریب آ کر مجھ سے کھانے کا پوچھا تو مَیں نے بے ساختہ سوال کیا کہ کھانے میں کیا بنا ہے؟ جواب میں اس نے شتابی سے اتنے سالنوں کے نام بتا دیے کہ مجھے کچھ سمجھ نہیں آ سکی۔ مَیں نے اسے مغز فرائی لانے کے لیے کہہ دیا کیوں کہ پپو اور حامد کے ساتھ آوارہ گردیوں کے دوران مختلف کھانے کھاتے ہوئے مجھے مغز فرائی بہت پسند آیا تھا۔

کھانے کے دوران ایک بار پھر مجھے اپنا خواب یاد آنے لگا۔ اس دفعہ بابا اور اس اجنبی عورت کی پرچھائیں میرے ذہن میں تھر تھرانے لگی۔ بابا اس کے ساتھ کیسی شدت بھری وحشت کے ساتھ جنسی عمل انجام دے رہے تھے اور زلزلے کے باوجود انہیں اس حال میں دیکھ کر چند لمحوں کے لیے میرے جسم میں لذت بھری سنسنی دوڑتی چلی گئی اور میں اپنی نسوں میں حدت رینگتی محسوس کرنے لگا۔ مجھے حیرانی ہوئی کہ اس خواب کا تاثر کتنا گہرا تھا کہ اب تک مجھے اس کی ساری تفصیلات ازبر تھیں۔ اس کے بعد اماں نے سبزی کاٹنے والی چھری کے ساتھ ان پر حملہ کر کے انہیں قتل کر ڈالا اور ان کا خون سیڑھیوں پر بہتا چلا گیا۔

کھانے کے بعد پرانی عادت دہراتے ہوئے مَیں نے بیرے سے ایک دودھ پتی چائے طلب کی، جو وہ کچھ ہی دیر میں

لے آیا۔ چائے بہت میٹھی تھی لیکن میری اماں کے بارے میں ذہن میں آنے والے ایک خیال نے اسے کڑوا کسیلا کر دیا۔ صبح سے اب تک میں اپنے خواب میں جو اشارہ ڈھونڈ رہا تھا، اب جا کر وہ مجھ پر روشن ہو رہا تھا۔

خواب میں میری اماں نے بابا کو قتل کر ڈالا تھا اور اس کے بعد وہ گھر سے ہی غائب ہو گئی تھیں۔ اس کے بعد جب میں گرتے مکانوں کے ملبے تلے آنے سے خود کو بچاتا ہوا بھاگ رہا تھا تب انہوں نے ہاتھ بڑھا کر مجھے ملبے کے نیچے آنے سے بچا لیا تھا۔ لیکن وہ مقام کون سا تھا؟ باوجود کوشش کے مجھے وہ یاد نہیں آ سکا۔ مجھے محسوس ہونے لگا کہ افتاد میرے بابا پر نہیں بلکہ درحقیقت میری اماں پر ٹوٹی تھی۔ نجانے کس لیے مجھے لگنے لگا کہ وہ کسی شدید مشکل سے دو چار تھیں اور یہ خواب اسی کی جانب ایک بلیغ اشارہ کر رہا تھا۔

اگر انہیں کچھ ہو گیا تو۔۔۔ مَیں نے چائے کا گھونٹ لیا تو وہ میری سانس کی نالی میں اٹک گیا اور اگلے ہی لمحے مجھے زوردار کھانسی آنے لگی۔ چائے میری ناک اور منہ سے نکل کر میز پر پھیل گئی۔ مَیں فوراً اٹھ کر واش بیسن کی طرف بھاگا۔ پانی کا نل کھول کر اپنا منہ اور ناک صاف کرنے لگا۔ اس کے بعد میں بل ادا کر کے ہوٹل سے نکل گیا۔ بالکل اچانک اماں کے حوالے سے مجھے کئی اندیشوں اور خدشوں نے گھیر لیا تھا۔

میں چلتا ہوا اس گلی میں جا پہنچا جس میں راحت سینما واقع تھا۔ یہ سینما مار دھاڑ والی انگریزی فلمیں چلانے کے لیے مشہور تھا۔ حامد اور پپو کے ساتھ میں یہاں بروس لی کی ایک فلم دیکھ چکا تھا۔ فلم دیکھ کر جب ہم سینما سے نکلے تو پپو بروس لی بن کر حامد پر ٹوٹ پڑا تھا۔ ریلوے اسٹیشن تک پیدل جاتے ہوئے ہم ایک دوسرے پر اپنے مکے اور ٹانگیں چلاتے رہے تھے۔ یہ بات یاد کر کے مَیں زبردستی مسکراتا ہوا وہاں سے گزرتا آگے بڑھ گیا۔

شام ڈھلنے میں تھوڑی دیر رہ گئی تھی۔ مجھے پیدل گھومتے ہوئے کئی گھنٹے گزر گئے تھے لیکن فیکے ماسٹر کے مکان پر واپس جانے کی میرے دل میں کوئی خواہش نہیں تھی۔ مَیں صدر کے علاقے میں پہنچ گیا۔ یہاں سڑکیں کشادہ تھیں اور عمارتیں جدید انداز کی بنی ہوئی تھیں۔ یہاں پیدل چلنے والے بہت کم لوگ نظر آ رہے تھے۔ اسی لیے گاڑیوں کو دیکھ کر مجھے احساسِ کمتری ہونے لگا۔ یہ وہی علاقہ تھا، جہاں میں بس سے اترنے کے بعد بابا کے ساتھ چل کر فیکے ماسٹر کے پاس گلشنِ حالی تک پہنچا تھا۔ مَیں اپنے دوستوں کے ساتھ ایک دو مرتبہ اس طرف آ چکا تھا لیکن کبھی بس اسٹینڈ کی طرف جانا نہیں ہوا تھا۔ اس لیے اس بار میرے اندر وہ بس اسٹینڈ دیکھنے کی زبردست خواہش ابھری اور اس کے ساتھ ہی یہ امید بھی کہ شاید وہاں میرے شہر سے تعلق رکھنے والا کوئی شناسا آدمی مل جائے اور میں اس کے ساتھ تھوڑی گپ لگا کر اپنے دل کا بوجھ کچھ کم کر لوں۔

میں بس اسٹینڈ پر پہنچا تو وہاں میرے شہر جانے والی آخری بس روانگی کے لیے تیار کھڑی تھی۔ مَیں کچھ دیر اُس بس کے ارد گرد منڈلاتا اسے حسرت بھری نظر سے دیکھتا رہا۔ یہ ہر روز میرے شہر کا چکر لگا کر آتی تھی اور مجھ سے کہیں زیادہ خوش نصیب تھی۔ اس کے پہیوں پر میرے شہر کی مٹی لگی ہوئی تھی۔ اس کے اندر کی فضا میرے شہر کے لوگوں کی سانسوں سے اٹی ہوئی تھی۔ مَیں بے قراری کے ساتھ اس کی کھڑکیوں سے اندر جھانکنے کی کوشش کرنے لگا۔ اتفاق سے مجھے وہاں ایک دو

شناسا چہرے دکھائی دے گئے لیکن مجھ میں ہمت نہیں ہوئی کہ بس کے اندر جا کر ان سے بات کرسکوں۔ اتفاق سے بس کے کنڈیکٹر نے مجھے دیکھ لیا۔ اس نے گرم جوشی سے میرے ساتھ معانقہ کیا۔ یہ وہی کنڈیکٹر تھا جو پہلی بار یہاں آتے ہوئے مجھے بس میں ملا تھا۔ اس نے پُرخلوص انداز سے مجھے شہر چلنے کی پیشکش کی تو میں سوچ میں پڑ گیا لیکن اگلے ہی لمحے مجھے اپنی اماں کے حوالے سے فکرمندی نے گھیر لیا۔ اس کے باوجود مَیں نے اس کے ساتھ جانے سے انکار کر دیا۔ میرے انکار پر مایوس ہونے کے بجائے وہ شدت سے اصرار کرنے لگا کہ آج چلے چلو، کل واپس آ جانا۔ وہ اچانک میرا ہاتھ پکڑ کر مجھے زبردستی بس کی طرف کھینچنے لگ گیا۔ تب اچانک میرے اندر بغاوت کی ایک رو چلنی شروع ہو گئی۔

مجھے یہاں رہتے اور کام کرتے ہوئے تقریباً ساڑھے تین سال کا عرصہ گزر چکا تھا۔ بابا جب سے چھوڑ کر گئے تھے تب سے انہوں نے پلٹ کر میری کوئی خبر نہیں لی تھی۔ نہ کبھی فون کیا تھا اور نہ کبھی کوئی خط لکھا تھا۔ آج جب سے مَیں نیند سے جاگا تھا اس عجیب و غریب اور منحوس خواب کے زیرِ اثر تھا جس کی کوئی حتمی تعبیر میرے ذہن میں موجود نہیں تھی مگر اس نے مجھے بلاوجہ شکوک و شبہات میں مبتلا کر دیا تھا جن کی وجہ سے مَیں اسے ایک برا شگون سمجھنے لگ گیا تھا۔ مَیں سوچنے لگا کہ مجھے اماں اور بابا کے تعلقات کی حقیقتِ حال معلوم کرنی چاہیے کہ وہ دونوں ابھی تک ساتھ بھی ہیں کہ نہیں؟ مجھے لگا کہ ہر حال میں بس پر سوار ہو کر اپنے گھر جانا چاہیے لیکن مجھے آج صبح فیکے ماسٹر کی لمبی چھٹی لے کر شہر جانے کی پیش کش یاد آئی تو پچھتاوا سا ہونے لگا کہ مَیں نے اسے قبول کیوں نہ کر لیا۔ اب بالکل اچانک اپنے گھر چلے جانا مناسب نہیں تھا۔

مَیں نے کنڈکٹر سے اپنا ہاتھ چھڑاتے ہوئے پوچھا کہ بس تو پوری بھر چکی ہے، میرے بیٹھنے کے لیے کوئی سیٹ خالی نہیں۔ اس پر وہ مسکراتے ہوئے بولا۔ ''وی آئی پی سیٹ ہے تمہارے لیے۔'' ڈرائیور اپنی مخصوص گدی پر بیٹھ کر سٹیرنگ سنبھال چکا تھا۔ کچھ ہی دیر میں اس نے سیلف لگا کر بس اسٹارٹ کی اور ہارن بجانے لگا۔

میں جلدی سے بس پر سوار ہوا اور اس شہر سے اپنا ساڑھے تین سال پرانا تعلق اچانک توڑ کر اپنے آبائی شہر کی طرف روانہ ہو گیا۔ مَیں اس شہر میں دن کی روشنی میں داخل ہوا تھا لیکن اب واپس جاتے ہوئے شام کے سائے پھیلنے لگے تھے۔ کنڈکٹر نے مجھے بس میں سب سے آگے ڈرائیور کے پاس انجن پر لگی ہوئی گدی پر بٹھا دیا۔ اس نے ڈرائیور سے میرا تعارف اچھے لفظوں میں کروایا۔

صدر کے علاقے میں واقع اس اسٹینڈ سے نکلنے میں بس نے زیادہ دیر نہیں لگائی اور کوٹری بیراج کی جانب جانے والی سڑک پر دوڑنے لگی۔

28

مَیں نے کسی دوست سے سنا تھا کہ بسوں اور ویگنوں میں ڈرائیور کے قریب بیٹھ کر سفر کرنا کئی لحاظ سے فائدہ مند رہتا ہے۔ آج پہلی دفعہ یہ تجربہ کرنے کا اتفاق ہوا۔ ڈرائیور کے پاس انجن پر بیٹھ کر مجھے سامنے کے بڑے شیشے سے باہر کا وسیع و عریض منظر تھوڑی دیر تک محظوظ کرتا رہا۔ جب بس کوٹری بیراج سے گزری تو دریا کا پیٹ سوکھا ہوا دکھائی دیا۔ بیراج کے نیچے سے گزرتے سوکھے دریا کے مغربی کونے پر غروب ہوتے سورج نے میری ساری توجہ اپنی جانب کھینچ لی۔ دریا کی پایاب لہروں میں ماند پڑ چکے سورج کی کرنیں اپنی آخری چھب دکھا رہی تھیں۔ اس کے دونوں کناروں کے اطراف پھیلے ہوئے جنگل کا رنگ یکسر تبدیل ہو گیا تھا اور تمام درخت سنہری مائل دکھائی دے رہے تھے۔ بیراج کے دونوں جانب بنی ہوئی سڑک کے درمیان سے گزرتی ریلوے لائن دیکھ کر ایک مرتبہ پھر میرے دل میں ریل پر سفر کرنے کی خواہش نے سر ابھارا۔ بس تھوڑی دیر بعد پل عبور کر کے دریا کے پرلی طرف پہنچ گئی۔

کوٹری شہر کے ایک چوک پر ذرا سی دیر رکنے کے بعد وہ تیز رفتاری سے چلتی آبادی سے باہر نکل گئی۔ سورج ڈوبنے کے بعد کچھ دیر تک مڑتی بل کھاتی اور ڈھلانوں پر چڑھتی اترتی لمبی، کالی سڑک اور اس کے اطراف پھیلے ہوئے بھورے میدان، ٹیلے پہاڑیاں اور حدِ نظر تک پھیلا سرمئی آسمان، جو دھیرے دھیرے سیاہ پڑتا جا رہا تھا۔ اندھیرا چاروں جانب سے امڈا آ رہا تھا۔

ڈرائیور کی کھلی کھڑکی سے فراٹے بھرتی ہوا کبھی میرے سر کے بال بکھیرتی، کبھی چہرے کا مساج کرتی اور میرا لباس پھڑ پھڑاتی۔ ڈرائیور کے سامنے والے حصے پر بہت سے آئینے لگے ہوئے تھے۔ گول، چوکور، مستطیل اور تکون آئینے۔ جن میں بس کے پچھلے حصے پر سوار لوگوں کے عکس واضح طور پر دکھائی دے رہے تھے۔ عورتوں کے لیے مخصوص نشستیں ڈرائیور کے پیچھے ہی واقع تھیں۔ اس لیے ان کے چہروں کے ساتھ کسی حد تک ان کے جسم دیکھنے کا موقع بھی مل جاتا تھا۔ بس میں سفر کرنے والی خواتین قلیل تعداد میں ہونے کی وجہ سے پوری بس کے مردوں کی نگاہوں کا مرکز بنی ہوئی تھیں۔ شاید ہی کوئی مرد ان آئینوں کے فیض سے انکار کرنے کی جرأت کر سکتا تھا۔

میں سوچے سمجھے بغیر بس پر سوار ہو تو گیا تھا لیکن اب مختلف اندیشے مجھے بے قرار کرنے لگے۔ ان میں پہلا تو یہی تھا کہ آج جب رات گئے میں فیکے ماسٹر کے کوارٹر واپس نہیں پہنچوں گا تو وہ کتنا پریشان ہو جائے گا۔ وہ پپو اور حامد سے میرے

بارے میں پوچھ تاچھ کرے گا۔ انہیں میری تلاش میں بھیج کر خود بھی مجھے ڈھونڈ تا پھرے گا۔ شاید وہ رات بھر سو نہ سکے۔ شاید وہ یہ سمجھ لے کہ مَیں شہر کی غلام گردش میں گم ہو کے رہ گیا یا مجھے کسی نے اغوا کر لیا یا میں کسی حادثے کا شکار ہو گیا۔ مجھے سب سے زیادہ فلر فیکے ماسٹر کی تھی۔

میرے شہر تک کا فاصلہ دو سوا دو گھنٹوں سے زیادہ کا نہیں تھا۔ مَیں کل واپس بھی لوٹ سکتا تھا مگر ساڑھے تین برسوں میں ایک مرتبہ بھی مجھے یہ فاصلہ طے کرنے کی اجازت نہیں دی گئی تھی۔ اس عرصے میں میری ماں نے مجھے یاد نہیں کیا اور ایک بار بھی مجھے لوٹ کر آنے کے لیے نہیں کہا۔ میرے والد نے بھی میری خواہش کو درخود اعتنا نہیں سمجھا۔ مجھے یہ خیال بار بار پریشان کر رہا تھا کہ اماں اور بابا، مجھے اس طرح اچانک دیکھ کر معلوم نہیں خوشی کا اظہار کریں گے یا مجھ سے ہمیشہ کے لیے ناراض ہو جائیں گے۔ مَیں انہیں اطلاع دیئے بغیر اچانک واپس جا رہا تھا۔

اتنا عرصہ گزرنے کے باوجود بڑے شہر کی زندگی مجھے اپنی طرف نہیں کھینچ سکی تھی بلکہ اس نے مجھے بیمار اور مردم بے زار بنا دیا تھا۔ میرا جسم پہلے کی نسبت کمزور ہو چکا تھا۔ میری آنکھوں کے گرد حلقے گہرے ہو گئے تھے اور نجانے کیوں مجھے لگ رہا تھا کہ میری اماں مجھے پہلی نظر میں بالکل نہیں پہچان سکیں گی۔ ہو سکتا ہے کہ وہ میری حالت دیکھ کر بابا سے جھگڑنا شروع کر دیں اور مجھے اس دوزخ میں واپس جانے سے روک لیں۔ مَیں بڑے شہر کے اندھے کنویں میں ایک دفعہ پھر گرنا نہیں چاہتا تھا۔ وہاں کی دم گھونٹ دینے والی تنہائی کا اسیر بننا نہیں چاہتا تھا۔

میں ڈرائیور اور کنڈیکٹر سے کوئی بات کیے بغیر اپنے خیالوں میں مگن تھا۔ مَیں نے بس میں گونجتے فلمی گیتوں کی طرف کان نہیں دھرے اور نہ ہی آئینوں میں جھانکنے کی کوشش کی۔ مَیں سگریٹ پر سگریٹ پیتا اپنے دل اور دماغ میں رینگتے اور سرسراتے وسوسے اور اندیشے رفع دفع کرنے میں لگا رہا۔ ذرا سی دیر میں میرا سر دکھنے لگا اور میں بار بار دائیں ہاتھ سے اسے زور سے دبانے لگ گیا۔

ڈرائیور نے بس کی ہیڈ لائٹس کے ساتھ اندر کی روشنیاں بھی جلا دیں جب کہ باہر شفق معدوم ہوتی چلی گئی اور مغربی افق پر ایک لکیر سی باقی رہ گئی جو چاروں طرف سے ظلمت میں گھری ہوئی نظر آ رہی تھی اور تھوڑی دیر بعد وہ بھی گم ہو گئی۔ تاریکی نے پورا منظر تبدیل کر دیا۔ مشرق سے طلوع ہوتے چاند کے نیچے دو ننھے سے ستارے چمکنے لگے۔ سڑک کے دونوں طرف گہرا اندھیرا پھیلا ہوا تھا۔ کبھی نزدیک اور کبھی بہت دور زمین پر برقی قمقمے جلتے نظر آ رہے تھے۔

نومبر کی خنک ہوا کی وجہ سے مسافروں نے اپنی کھڑکیوں کے شیشے کھینچ کر بند کر دیئے۔ کنڈکٹر نے بھی بس کے اگلے اور پچھلے دروازوں پر چٹخنی چڑھا دی۔ ڈرائیور کی کھڑکی سے فراٹے بھرتی ٹھنڈی ہوا کے تھپیڑے آ کر مجھ سے ٹکرانے لگے تو مَیں نے جھرجھری سی لے کر اپنا آپ بمشکل سنبھالا۔

کنڈکٹر گردن موڑ کر پیچھے سیٹوں کی طرف دیکھتا اور اپنے اندر چھپے کسی جذبے کے زیرِ اثر مسکراتا ہوا ڈرائیور کے پاس آیا اور اس کی سیٹ پر اپنا ایک ہاتھ رکھ کر اور ذرا سا جھک کر کھڑا ہو گیا اور اس کے کانوں میں کھسر پھسر کرنے لگا۔ وہ بہت دھیمے

لہجے میں باتیں کر رہا تھا مگر اس کا ہر جملہ میری سماعت میں داخل ہو رہا تھا۔ وہ بار بار بس میں سفر کرنے والی دو عورتوں کا ذکر کر رہا تھا۔ وہ ان کے حسن سے متاثر تھا اور اپنی مخصوص مقامی زبان میں انہیں شاہو کار قرار دے کر ان کی تعریف کیے جا رہا تھا۔ ڈرائیور اس کی بکواس دلچسپی سے سننے کے ساتھ بار بار آئینوں کے جھرمٹ میں بھی کچھ دیکھتا جا رہا تھا۔ اس دوران اس کا بایاں ہاتھ میکانکی انداز میں ناف کے نیچے شلوار میں جا کر زور سے کھجانے لگ گیا۔ وہ کنڈکٹر کی ہر بات پر بھدّی ہنسی ہنس رہا تھا اور اپنے ہونق انداز کے ذریعے اپنا ردِ عمل بھی ظاہر کر رہا تھا۔ ہر تھوڑی دیر کے بعد وہ جیب سے گٹکا نکال کر منہ میں ڈالتا اور چند لمحوں کے وقفوں کے ساتھ اپنی پیک کھڑکی سے باہر پھینک کر پھر سے کنڈکٹر کی جانب متوجہ ہو جاتا تھا۔

میں سر جھکائے اپنی سوچوں میں گم تھا اور بے اعتنائی سے ان کی باتیں سن رہا تھا۔ معاً میری نظر ڈرائیور کے سامنے لگے آئینوں پر گئی تو تقریباً ہر آئینے میں مجھے دو خواتین دکھائی دیں۔ مَیں سمجھ گیا کہ وہ دونوں ان کی ہی باتیں کر رہے تھے۔ اگلے لمحے میں محتاط ہو کر اُن آئینوں میں ذرا غور سے جھانکنے لگ گیا۔ مَیں نہیں چاہتا تھا کہ انہیں اس کا پتا چلے، اس لیے میں کن اکھیوں سے ان کی جانب دیکھنے لگا۔ ان دونوں نے اپنے سر اور جسم رنگین چادروں سے پوری طرح ڈھانپ رکھے تھے جب کہ ان کے چہروں پر کوئی نقاب نہیں تھا۔

ان میں سے ایک ادھیڑ عمر کی پُرکشش عورت تھی، جس کی پیشانی پر پھیلے چند سرخ بال دیکھ کر مجھے اندازہ ہوا کہ اس نے مہندی سے اپنے بالوں کی سفیدی چھپا رکھی تھی۔ اس کی چھوٹی اور اندر دھنسی ہوئی آنکھیں مجھے کنچوں سے مشابہ لگ رہی تھیں جب کہ اس کی ناک موٹی اور نوکیلی سی تھی۔ اس کا گندمی رنگ بڑھتی عمر کی وجہ سے کچھ ماند پڑ گیا تھا مگر اس کے باوجود اس کے مہین اور باریک لیکن گلابی سے ہونٹوں میں بلا کی کشش محسوس ہو رہی تھی۔ اس کے ساتھ موجود لڑکی اس سے بہت کم عمر اور نوخیز دکھائی دے رہی تھی۔ اس کی جلد کی چمک، اس کے چہرے کی رنگت، اس کی آنکھیں اور لپ اسٹک سے لال ہونٹ، غرض اس کی ہر شے پہلی نظر میں اپنی طرف کھینچنے والی اور نہایت پُرکشش تھی۔

مَیں نے اسے آئینے میں اپنی جانب دیکھتے ہوئے دیکھا تو اس سے نگاہ ملتے ہی میرے دل میں ایک کوندا سا لپک کر رہ گیا مگر یہ کیا، اس کے چہرے پر انتہائی ناگواری جھلک رہی تھی، جسے دیکھ کر میں جھینپ کے رہ گیا۔ مجھے اپنے عمل پر ندامت سی محسوس ہونے لگی اور مَیں نے ایک دفعہ پھر اپنا سر جھکا لیا۔ مَیں سوچنے لگا کہ ان دونوں میں ماں بیٹی کا رشتہ ہو گا، اسی لیے ان کے چہروں میں حیران کن مشابہت نظر آ رہی تھی۔ ان کے لباس کی وضع قطع اور ان کے ظاہری رویئے سے لگ رہا تھا کہ ان کا تعلق کسی متمول اور کھاتے پیتے کاروباری خاندان سے تھا۔ وہ لڑکی مجھے چودہ پندرہ برسوں سے زیادہ کی معلوم نہیں ہو رہی تھی۔ اسی لیے اس کا شباب اپنی بھرپور بہار دکھا رہا تھا۔

اسے پہلی بار دیکھنے کے بعد میرے دل میں ایک تجسس اور خواہش اپنا سر اٹھا چکے تھے۔ مَیں وقفے وقفے سے چوری چھپے آئینوں میں جھانکتا رہا۔ میری نگاہ بار بار اس لڑکی کے گرد گھومتی رہی۔ اس نے گہرا سرخ لباس پہنا ہوا تھا جو اس کے جسم پر لپٹی سیاہ چادر کے سمٹنے یا ذرا سا ہٹنے پر اپنی شوخ رنگی دکھانے لگتا۔ مَیں نے اس کی کلائیاں دیکھیں جو بس کی پیلی روشنیوں

میں بھی اپنی لو دے رہی تھیں۔ اس کی نازک سی سفید کلائیوں پر قوسِ قزح کے رنگوں جیسی چوڑیاں اور نازک سے کانوں میں اس کے سنہری آویزے اپنے چھب دکھا رہے تھے۔

اس لڑکی کے ساتھ بیٹھا ہوا لڑکا مجھے بہت دیر گزرنے کے بعد دکھائی دیا۔ وہ چہرے مہرے سے اس کا چھوٹا بھائی لگ رہا تھا۔ یہ سب سوچتے ہوئے مجھے شدید بے چینی ہونے لگی کیوں کہ آدھا گھنٹہ گزر گیا تھا اور اس دوران اس نے ایک بار بھی میری طرف دیکھنا گوارا نہیں کیا تھا۔ ڈرائیور کے سامنے لگے آئینوں میں متواتر آنکھیں جمائے ہوئے مَیں نے بہت کچھ دیکھ لیا تھا۔ جو لوگ ان ماں بیٹی کے قریب یا آس پاس بیٹھے ہوئے تھے، وہ لگاتار پلکیں جھپکائے بغیر انہیں مسلسل گھورے جا رہے تھے جب کہ پچھلی نشستوں والے آئینوں میں ان کے عکس دیکھ کر محظوظ ہو رہے تھے۔ بس میں موجود سب مردوں کی آنکھیں ان کے اطراف بھٹک رہی تھیں۔ یہ صورتِ حال دیکھ کر مجھے غصہ آیا لیکن ان سب پر میرا کوئی بس نہیں چل سکتا تھا۔

بس اندھیری سڑک پر اس کا سامنے والا حصہ روشن کرتی برق رفتاری سے آگے بڑھتی چلی جا رہی تھی۔ کوٹری کے بعد وہ کہیں نہیں رکی۔ بس کے پہیوں، کھڑکیوں، دروازوں اور نشستوں کی مختلف آوازیں گڈمڈ ہو کر ایک عجیب بے سرا ساز سنا رہی تھیں۔ ڈرائیور ٹیپ ریکارڈر پر کیسٹ بدل کر نت نئے گانے بجا رہا تھا جو شاید اس کے جذبوں کی ترجمانی کر رہے تھے۔ اونچے نیچے لہجوں میں بولتے بس کے مسافروں کی آوازیں دور سے آتی محسوس ہو رہی تھیں۔ نجانے کیوں مجھے لگ رہا تھا کہ سارے لوگ ان دونوں کی باتیں کر رہے تھے۔ یہ احساس میری کوفت میں اضافے کا باعث بن رہا تھا۔

معاً کچھ دیر بعد مَیں نے سب سے بڑے آئینے پر ایک اکتائی ہوئی نظر ڈالی تو مَیں نے اسے اپنی بند پلکیں کھول کر ایک انگڑائی لیتے ہوئے دیکھا۔ اس کی آنکھوں میں سرخ ڈورے پھیلے ہوئے تھے جو شاید سفر کی تکان اور بے زاری کے سبب خود بخود پیدا ہو گئے تھے۔ لگتا تھا کہ اس دفعہ اسے میرے حال پر کچھ رحم آ گیا۔ اس نے اپنا وجود ایک لحظے میں سمیٹا اور پھر کچھ ثانیوں تک آئینے میں میری طرف دیکھتی رہی۔ وہ کچھ ایسے انہماک اور رغبت سے دیکھ رہی تھی کہ مَیں اس کی پر سکون نگاہ کی تاب نہیں لا سکا اور بے قراری سے کھڑکی سے باہر پھیلی تاریکی میں خواہ مخواہ گھورنے لگا۔ ذرا سی دیر بعد اپنی ہمت مجتمع کر کے مَیں نے دوبارہ آئینے میں دوبارہ دیکھا تو اسے کسی اور جانب دیکھتے ہوئے پایا۔ مجھے افسوس ہونے لگا۔

اسے اچانک نجانے کیا ہو گیا تھا کہ اب وہ ہر کچھ دیر بعد میری جانب دیکھنے لگی تھی۔ مَیں اپنا زائل ہو چکا اعتماد بحال کر کے اب اس کی نظروں کے تیروں کا سامنا کرنے کے لیے بالکل تیار ہو گیا۔ وہ بظاہر پر سکون نظروں سے دلچسپی کے ساتھ میری طرف دیکھے جا رہی تھی۔ مَیں بھی پلکیں جھپکائے بغیر اس کی ساکت نظروں کو پڑھنے کی ناکام کوشش کر رہا تھا۔

جتنی دیر تک وہ مجھے دیکھتی رہی میں بھی دیکھتا رہا۔ خدا جانے کس لیے مجھے اس کی آنکھوں میں ہلکی سی اداسی اور کسی غم کی پرچھائیں دکھائی دینے لگی۔ مجھے وہاں عام جذبوں سے ہٹ کر کوئی غیر معمولی چیز پنہاں لگ رہی تھی، اسی لیے مجھے وہ سر تا پا سوگوار اور اداس محسوس ہونے لگی۔ مَیں بے چین ہو کر اس کے دکھ کے متعلق سوچنے لگا لیکن میرے ذہن میں کوئی بات نہیں آ سکی۔

میں اِس دیدار بازی میں ایسا کھویا کہ مجھے پتہ ہی نہیں چل سکا اور بس چھوٹو چند سے گزر کر میرے شہر کے بہت نزدیک پہنچ گئی۔ دور سے بکھری ہوئی اور بے ترتیب روشنیاں دیکھ کر میری چشمِ تصور مجھے اپنے شہر کی مانوس گلیاں، محلے اور رستے دکھانے لگی۔ میرے لیے اپنے شہر کی کشش اتنی زبردست تھی کہ مَیں تھوڑی دیر کے لیے لڑکی کو بھول گیا۔ مَیں ہوا میں لمبی سانسیں لے کر اپنے علاقے کی خوشبو محسوس کرتا رہا۔ ظاہر ہے میں اتنے لمبے عرصے بعد واپس لوٹ رہا تھا۔

اندھیرے کے باوجود مَیں نے وہ بے نشان پلیا دیکھ لی، جہاں سے شہر کی حد شروع ہوتی تھی، اس کے بعد سڑک کے اطراف میری جانی پہچانی جگہیں نظر آنے لگیں۔ پولیس اسٹیشن کی بوسیدہ عمارت، بیراج کالونی کے بکھرے ہوئے مکانات، پٹرول پمپ، اور برسوں کی دیکھی بھالی دیگر جگہیں۔ رات کے اندھیرے کی وجہ سے مانوس مناظر مختلف اور کچھ عجیب سے لگ رہے تھے۔ کچھ ہی دیر بعد بس اپنے کشادہ اسٹینڈ پر پہنچ کر ایک جھٹکے کے ساتھ کھڑی ہو گئی۔

مسافروں کے درمیان پہلے ہی کھلبلی مچ گئی تھی۔ ہر کوئی اترنے کے لیے تیار بیٹھا ہوا تھا اور اس لیے بس رکتے ہی ان کے بیچ دھکم پیل ہونے لگی تھی۔ دروازے پر بھیڑ دیکھ کر خواتین دروازہ خالی ہونے کا انتظار کرنے لگیں۔ مجھے بھی اترنے کی کوئی جلدی نہیں تھی۔ میرے لیے ڈرائیور کی کھڑکی کھلی ہوئی تھی، جہاں سے وہ ابھی ابھی کود کر نیچے اترا تھا لیکن مجھے اب تک اس لڑکی کی نگاہوں نے اپنا اسیر بنا رکھا تھا جو اب بھی متواتر میری جانب اٹھ رہی تھیں۔ پہلے میں سمجھا کہ وہ مجھے اپنے تعاقب کی دعوت دے رہی تھی، مگر ایسا کچھ بھی نہیں تھا۔ شاید وہ مجھے خدا حافظ کہہ رہی تھی لیکن یہ میری غلط فہمی بھی ہو سکتی تھی۔ تھوڑی دیر میں ہجوم چھٹ گیا اور وہ لوگ بھی نیچے اترنے لگے۔ مَیں بھی ان کے پیچھے بس سے اتر گیا۔

وہ لڑکی، اپنی ماں اور بھائی کے ساتھ ایک طرف کھڑی ہو گئی۔ انہیں ٹھہرتا دیکھ کر میں بھی ایک طرف کھڑا ہو گیا۔ ان کے ساتھ ایک درمیانے قد کا ادھیڑ عمر شخص بھی موجود تھا، جسے دیکھ کر مَیں نے اندازہ لگایا کہ وہ اس لڑکی کا باپ تھا۔

مَیں نے اسٹینڈ کے ٹکٹ گھر کی دیوار پر لٹکے بلب کی کمزور زرد روشنی میں دیکھا کہ بس کنڈکٹر چھت پر کھڑا ہوا کچھ سامان نیچے اتار رہا تھا۔ اس نے بس کی چھت پڑے ہوئے کپڑے کے دو بڑے بڑے بورے، جن میں کچھ سامان بھرا ہوا تھا، یکے بعد دیگرے نیچے کی طرف لڑھکا دیئے۔ پہلا بورا نیچے گرنے سے دھم کی ہلکی سی آواز سنائی دی۔ ماں بیٹی نے جلدی سے آگے بڑھ کر اسے گھسیٹ کر ایک جانب کر دیا لیکن اس کے کچھ دیر بعد جب دوسرے بورے کے نیچے گرنے پر چھناکوں کی کئی آوازیں پیدا ہوئیں تو وہ سب چھت پر موجود کنڈکٹر کی طرف اپنے ہاتھ اٹھا اٹھا کر اسے برا بھلا کہنے لگ گئے کیوں کہ اس میں اسٹیل اور کانچ کے برتن اور کچھ باورچی خانے کا سامان تھا۔

کنڈکٹر اوپر سے چلا چلا کر ان کے کوسنوں کے جواب دینے لگا۔ اب دو ٹرنک اور ایک اٹیچی کیس نیچے اتارے جانے باقی تھے۔ یہ سارا سامان ان کا تھا۔ کنڈکٹر غصے میں انہیں نیچے پھینکنے والا تھا مگر ادھیڑ عمر کی عورت نے پاس کھڑے اپنے شوہر کو دھکا دیتے ہوئے اسے بس کی سیڑھیاں چڑھ کر اوپر جانے کے لیے کہا تو وہ بے چارہ دوڑ کر فوراً اوپر چڑھنے لگ گیا۔ اس نے بمشکل کنڈکٹر کے ہاتھ سے ٹرنک لے کر اسے آہستگی سے اسے نیچے کی سمت لڑھکا دیا۔ ادھیڑ عمر عورت پریشان ہو

کر اشارے سے مجھے مدد کے لیے بلانے اور بھاری ٹرنک نیچے اتارنے میں مدد دینے کی درخواست کرنے لگی، جسے میں بلاتردّد قبول کرتے ہوئے آگے بڑھا اور مَیں نے اس کے شوہر کے ہاتھ سے ٹرنک لے کر اسے سنبھالتے ہوئے آرام سے زمین پر رکھ دیا۔

سامان اتارتے ہوئے میں ان سب پر یہ ظاہر کرنے کی کوشش میں تھا کہ سامان بہت ہلکا تھا گر چہ دونوں ٹرنک بیحد وزنی تھے۔ انہیں اٹھاتے ہوئے نہ صرف میرے کندھوں میں درد ہونے لگا بلکہ میری کمر پر بھی کچھ دباؤ آیا لیکن اس دوران وہ لڑکی مجھے اور میں اسے مسلسل تاکتے رہے۔ مجھے لگا کہ اب اس کے چہرے کی اداسی مٹ گئی تھی اور آنکھوں میں ایک نئی قسم کی چمک عود کر آئی تھی۔ مجھے ٹرنک اتارتے دیکھ کر وہ محظوظ ہوتی رہی۔ اس کی ماں کے ہونٹوں پر بھی ایک مسکراہٹ رقص کر رہی تھی۔

جب سارا سامان نیچے اتارا جا چکا تو اس کی اماں نے میرا شکریہ ادا کیا، جس کی مجھے بے حد خوشی ہوئی اور اسی وجہ سے مَیں نے گدھا گاڑی پر ان کا سامان لدوانے میں مدد بھی کی۔ تھوڑی دیر کے بعد وہ سب ایک تانگے پر سوار ہو کر روانہ ہو گئے اور میں بس اسٹینڈ کے باہر سڑک پر کھڑا، پچھلی سیٹ پر بیٹھی اس لڑکی کو دیکھتا رہا اور جس کا مسکراتا ہوا تابناک چہرہ میرے دل اور ذہن پر ہمیشہ کے لیے نقش ہو چکا تھا۔ مَیں نومبر کی خنک رات میں سڑک پر کچھ دیر تک اکیلا کھڑا رہا۔

جب تانگا آنکھوں سے اوجھل ہوا تو مَیں نے ایک سرد آہ بھرتے ہوئے اپنے آس پاس دیکھا۔ دن بھر انسانوں اور مختلف گاڑیوں کے تصرف میں رہنے والی یہ سڑک اس وقت ادھورے چاند کی پھیکی روشنی میں اجاڑ لگ رہی تھی۔ ایک تانگا بس اسٹینڈ کے نزدیک کھڑا تھا جس کا کوچوان اگلی نشست پر ایک پرانا کمبل اوڑھے سویا ہوا خراٹے لے رہا تھا۔ اکثر ہوٹلوں کی رونق دھیرے دھیرے ختم ہو رہی تھی۔ جن چائے خانوں میں جو تھوڑے بہت لوگ موجود تھے، وہ بھی اٹھ کر اپنے گھروں کو جا رہے تھے۔ مجھے محسوس ہونے لگا کہ بہت دیر گزر چکی ہے۔ کہیں ایسا نہ ہو کہ اماں اور بابا گہری نیند سو جائیں اور میں صبح تک گلی میں کھڑا اپنے گھر کا دروازہ پیٹتا رہ جاؤں۔ یہ سوچتے ہوئے میں اپنے محلے کی جانب چل دیا۔ ان لوگوں کے چلے جانے کے بعد مجھے ویسے بھی سڑک کچھ زیادہ ویران لگ رہی تھی۔ راستے میں ایک کتے کو ایک کتیا کا بدن سونگھتے ہوئے دیکھا۔ وہ دونوں سڑک پر خرمستیاں کرتے پھر رہے تھے۔

مَیں نے گھر پہنچنے کے لیے شاہی بازار کے درمیان سے گزرنے والا طویل راستہ منتخب کیا اور اس پر چلنے لگا۔ اس وقت تقریباً ساری دکانیں بند تھیں اور ان کے ہر دروازے پر کم از کم پانچ چھ بھاری تالے لگے ہوئے تھے۔ بعض دکانوں کے اوپر بنے کمروں کی روشنیاں ابھی تک جل رہی تھیں۔ کسی کمرے میں کوئی مقامی فنکار ہارمونیم اور طبلے کی سنگت میں گانے کی مشق کر رہا تھا تو کہیں ٹیپ ریکارڈر پر انڈین گانے بھی بج رہے تھے۔ مَیں ان آوازوں کے سنگ چلتا ہوا پُنھل کے چائے خانے تک پہنچ گیا۔ یہ وہی چائے خانہ تھا جہاں بیٹھ کر مَیں نے پانچ سو روپے چھپانے کا منصوبہ بنایا تھا۔ اس کے ساتھ ہی میں جب وڈیو فلموں کی دکانوں والی گلی سے گزرا تو میرا ذہن کئی پرانی یادوں سے بھر گیا۔ مَیں نے ماروی کے

بارے میں سوچتے ہوئے آہ بھری۔ یکبارگی میرے دل میں اسے دیکھنے کی خواہش مچلنے لگی۔ مَیں سوچنے لگا کہ شاید ان برسوں میں وہ اور زیادہ جوان اور حسین ہو گئی ہو۔ اس کی آنکھوں، اس کے ہونٹوں اور سینے کی کشش میں اضافہ ہو گیا ہو۔ پتہ نہیں اس کی تعلیم دوبارہ شروع ہو سکی ہو گی یا نہیں؟ اس کے خبیث باپ نے کہیں اس کی شادی نہ کر دی ہو۔ اس کے باپ کا خیال آتے ہی میرا دل کدورت سے بھر گیا۔ اس کی وجہ سے میرے بابا کو مجھے گھر سے نکالنے کا موقع مل گیا تھا۔ اس کا انتقام میری مار پیٹ سے پورا نہیں ہوا۔ اس نے میرے والد کو ذلیل کروایا اور مجھے بھی شہر سے نکلوا دیا۔ مَیں نے چلتے ہوئے اپنے دل میں اس سے بدلہ لینے کی ٹھانی مگر میں یہ بھی جانتا تھا کہ اس ارادے کو پورا کرنا اب شاید میرے بس میں نہیں رہا تھا۔ اس لیے میں بے چارگی سے بڑبڑاتے ہوئے اسے گالیاں دینے لگا۔ مَیں اپنی رَو میں چلتا ہوا آگے نکل گیا اور ماروی کا مکان بھی پیچھے رہ گیا تھا۔

ایک ٹھنڈی سانس لیتے ہی مجھے بس کی ہم سفر لڑکی یاد آئی۔ اس کی آنکھیں، اس کے ہونٹ اور بھرے بھرے گال مجھے اپنے قریب محسوس ہونے لگے، اتنے قریب کہ مَیں انہیں چھو کر یا چوم کر ماروی کا غم غلط کر سکتا تھا۔ مجھے اس کے خیال میں کشش محسوس ہو رہی تھی جس کی وجہ سے میرے خون کی گردش خود بخود تیز ہونے لگ گئی۔ میری دن بھر کی تکان یکسر ختم ہو گئی اور میرے اداس دل میں نئی کونپل پھوٹنے لگی۔ اس کی دلکش مسکراہٹ اور اس کا حسین اور معصوم چہرہ بار بار میری آنکھوں کے سامنے آ رہا تھا۔ مَیں نے ایسی دل موہ لینے والی مسکان کبھی نہیں دیکھی تھی۔ مجھے لگنے لگا کہ اس کے بارے میں سوچتے ہوئے میں جو گرم جوشی اپنے رگ وپے میں محسوس کر رہا تھا، ویسی گرم جوشی اب ماروی کے لیے بالکل محسوس نہیں ہو رہی تھی۔ ماروی اب گزرے دنوں کا قصہ بن چکی تھی اور مَیں نے اس نئی لڑکی سے بلاوجہ کچھ بے سروپا قسم کی توقعات وابستہ کر لی تھیں۔ مَیں اپنے دل ہی دل میں یہ فیصلہ بھی کر چکا تھا کہ اب میں کبھی اپنا شہر چھوڑ کر نہیں جاؤں گا۔ بابا اور اماں کے کہنے پر بھی یہاں سے نہیں جاؤں گا۔ اب مجھے اپنی زندگی اپنی مرضی سے گزارنی ہے، چاہے اس کی جو قیمت بھی ادا کرنی پڑے۔ مَیں اپنا گھر چھوڑنے اور ماں باپ سے تعلق توڑنے کے لیے بھی تیار تھا۔ مَیں اپنے شہر میں ہی کوشش کر کے اپنا کام جما کر ایک خود مختار زندگی کی بنیاد رکھنا چاہتا تھا۔ خیالوں کی اس رو نے مجھے وقتی طور پر بہت سی نظر نہ آنے والی زنجیروں سے آزاد کر دیا۔ مَیں نے تاریکی میں ڈوبی ہوئی اشیا پر ایک چھچھلتی نظر ڈالی۔ کچھ دیر چلتے رہنے کے بعد میں اپنی گلی میں اپنے مکان کے آگے کھڑا ہوا تھا۔

گھر کے اندر روشنی نظر نہیں آ رہی تھی۔ بالائی منزل کی کھڑکیاں بند تھیں۔ مَیں کچھ دیر ساکت کھڑا اوپر کی جانب دیکھتا رہا۔ مَیں ساڑھے تین سال بعد اپنے گھر کے در و دیوار دیکھ رہا تھا جو اس عرصے میں مزید خستہ اور بوسیدہ ہو گئے تھے۔ مَیں نے دروازے کی جھریوں سے اندر جھانکا تو اندھیرے میں مجھے بہت سی نامانوس شکلیں نظر آئیں۔ مَیں پیچھے ہٹ گیا۔ مجھے وہ بھیانک خواب یاد آنے لگا اور میں اسے اپنے ذہن سے جھٹکنے کی کوشش کرنے لگ گیا۔

میں ایک جھرجھری لیتے ہوئے سوچنے لگا کہ اگر میری زندگی سے یہ کھنڈر نما مکان نکال دیا جائے تو میری زندگی کیسی

رہ جائے گی؟ کہنگی کا شکار یہ چھوٹی سی عمارت اس دنیا میں میرا مرکز تھی۔ مَیں اس سے وابستہ اور پیوستہ تھا۔ اچانک اس خواب کے زیرِ اثر مجھے محسوس ہونے لگا کہ میرا مکان اسی لمحے میری نظروں کے سامنے زمیں بوس ہو جائے گا۔ میرے قدم غیر ارادی طور پر پیچھے ہٹ گئے۔ مَیں نے تاریک گلی میں اِدھر اُدھر دیکھا۔ مجھے خواب والا بوڑھا دکھائی نہیں دیا اور نہ ہی دروازے پر کوئی پر اسرار سیاہ دھبہ نظر آ سکا۔

پہلی دونوں ہلکی دستکوں پر بالائی کمرے سے کوئی آواز سنائی نہیں دی۔ تیسری بار مَیں نے ذرا زور سے کنڈی کھٹکھٹائی تو اس کے چھناکے کی آواز چند لمحوں تک گلی میں گونجتی رہی۔ کچھ دیر بعد چارپائی کی دھیمی چرچراہٹ سنائی دی، جس کا مطلب تھا کہ اماں جاگ گئی ہیں۔ تھوڑی دیر بعد ان کے چپل گھسٹنے اور پھر ایک کھڑکی کے پاس جا کر اس کی چٹخنی کھولنے کی آواز سنائی دی۔ وہ اپنی کمزور بینائی کے باوجود کھڑکی سے لگ کر نیچے گلی میں جھانکنے لگیں۔ مجھے معلوم ہے کہ انہیں تاریکی کے سوا کچھ نظر نہیں آیا ہو گا۔ انہوں نے نحیف سی آواز میں پوچھا۔ ''کون ہے؟'' ان کے لہجے میں ایک کپکپاہٹ سی محسوس کرتے ہوئے مجھے خیال آیا کہ یہ کپکپاہٹ پہلے تو نہیں تھی۔ شاید میرے جانے کے بعد پیدا ہو گئی ہو۔ مَیں نے جان بوجھ کر جواب نہیں دیا بلکہ چپ چاپ کھڑکی سے لگے ان کے وجود کا سایہ دیکھتا رہا۔ ایک لمحہ گزرنے کے بعد، انہوں نے لرزتی ہوئی آواز میں میرا نام پکارا۔ ''قادر بیٹے۔'' ان کے ہونٹوں سے پیار بھرے لہجے میں اپنا نام سنتے ہی مَیں نے بے اختیار ہو کر تائید کی کہ مَیں ہی ہوں۔

وہ اسی لمحے کھڑکی سے ہٹ گئیں اور زینے سے نیچے اترنے کے لیے لپکیں۔ مَیں دروازے پر کھڑا ان کے گلے سے نکلتی حیرت اور خلوص بھری دھیمی سی آوازیں سنتا رہا۔ انہوں نے بلب روشن نہیں کیا تھا۔ شاید اسی لیے وہ کسی چیز سے ٹکرا گئیں، جس کی وجہ سے مجھے دھم کی آواز سنائی دی۔ اس کے بعد وہ آہستگی سے نیچے اترنے لگیں۔ مَیں غور سے سیڑھیوں پر پڑتے ان کے قدموں کی دھمک سنتا رہا، جو دھیرے دھیرے میرے نزدیک آتی جا رہی تھی۔ گھر کی تمام اشیا کا پتہ رکھنے والی میری اماں کو دروازے کے قریب آ کر کنڈی ڈھونڈنے میں تھوڑی دیر لگ گئی۔

دروازہ کھلتے ہی میں آگے بڑھ کر ان سے لپٹ گیا۔ ان سے گلے ملتے ہوئے مجھے محسوس ہوا کہ ان سانسیں کسی دھونکنی کی طرح چل رہی تھیں۔ اب وہ شاید پہلے کی طرح صحت مند نہیں رہی تھیں۔ مجھے لگ رہا تھا کہ مَیں نے ہڈیوں کا نیم مردہ ڈھانچ بازوؤں میں بھر لیا تھا۔ وہ اپنے وفورِ مسرت سے کچھ بول نہیں پا رہی تھیں۔ ان کا گلا رندھ گیا تھا لیکن ان کے منہ سے نکلتی مبہم آوازیں ان کی والہانہ محبت اور شفقت کا اظہار کر رہی تھیں۔ انہوں نے میرا چہرہ اپنے ہاتھوں میں لے لیا اور اسے بار بار اتنی شدت سے چوما کہ ان کے بوسوں سے وہ پورا گیلا ہو گیا۔ مَیں نے ان کی آنکھوں سے بہتے ہوئے آنسو دیکھے تو انہیں فوراً اپنے ہاتھوں سے پونچھنے لگ گیا۔

دروازہ بند کر کے مَیں انہیں سہارا دیتا ہوا سیڑھیاں چڑھ کر بالائی کمرے میں پہنچا۔ ہمارے بے آواز قدموں کی وجہ سے گھر کی خاموشی میں کوئی خلل نہیں پڑا۔ اماں بلب روشن کرنے کے لیے دیوار پر نصب بورڈ کی طرف بڑھیں تو مَیں

نے ان کا ہاتھ پکڑ کر روک لیا۔ مَیں نہیں چاہتا تھا کہ روشنی پھیلنے کی وجہ سے بابا جاگ جائیں اور جاگتے ہی مجھ سے پوچھ تاچھ شروع کر دیں۔ مَیں نیند کے بعد صبح تازہ دم ہو کر ان کا سامنا کرنا چاہتا تھا۔ مجھے بخوبی پتا تھا کہ وہ اپنی نیند کے بہت پکے واقع ہوئے تھے۔ ہماری کھٹ پٹ سے اٹھنے والے نہیں تھے۔ یہ سن کر اماں کہنے لگیں کہ اب ان کی آنکھوں کو اندھیرے میں دکھائی دینے لگ گیا ہے۔ مَیں نے سرگوشی میں کہا کہ تاریکی بڑھ جائے تو آنکھیں اس سے مانوس ہو جاتی ہیں۔ جس پر انہوں نے قدرے بلند لہجے میں کہا کہ وہ سب جانتی ہیں۔ باورچی خانے کا دروازہ نزدیک ہی تھا۔ وہ اس میں داخل ہوتے ہوئے بولیں کہ انہیں گھر کی ہر چیز کا پتہ ہے۔ شاید وہ اپنی کمزور بینائی کا راز مجھ سے چھپانا چاہتی تھیں۔ مَیں نے بھی انہیں کریدنے کی کوشش نہیں کی۔

اب مشکل یہ تھی کہ روشنی کے بغیر باورچی خانے میں کام کرنا ممکن نہیں تھا، اس لیے وہاں کا بلب جلانا ہی پڑا۔ مختصر سے باورچی خانے میں روشنی پھیلنے سے کسی حد تک پورے گھر کا اندھیرا چھٹ گیا اور مَیں نے دیکھا کہ اماں کے جسم کی محتاط روی بھی یکسر غائب ہو گئی۔ مجھ سے نظریں چراتے ہوئے انہوں نے ایک بوری سے خشک آٹا نکالا اور مجھے پانی لانے کو کہا جو مَیں نے انہیں فوراً لا دیا۔

انہوں نے مجھ سے پوچھے بغیر میری بھوک محسوس کر لی تھی، اس لیے میں باورچی خانے میں ان کے سامنے چوکی پر بیٹھ گیا۔ کچھ ہی دیر میں انہوں نے آٹا گوندھ کر میرے لیے دو گرم روٹیاں پکائیں اور سالن گرم کرنے لگیں۔

میرا ذہن بھانت بھانت کی مختلف باتوں سے بھرا ہوا تھا لیکن اب ماں کے روبرو بیٹھ کر میرا ذہن اپنے سارے خیالوں سے لاتعلق ہو گیا اور میرا دل ایک عظیم اور گہرے احساس سے بھرتا چلا گیا۔ اس دوران اماں اپنے مخصوص انداز میں بار بار پلکیں جھپکاتی ہوئیں مجھ سے چند سوال پوچھنے لگیں کہ مَیں وہاں کھانا کہاں سے کھاتا تھا اور وہ کیسا ہوتا تھا؟ مَیں کپڑے کہاں سے دھلواتا تھا؟ ان کے ذہن میں بڑے شہر کا تصور حسین اور دلچسپ قسم کا تھا۔ انہوں نے مجھ سے پوچھا کہ شہر سے ان کے لیے کون سی سُوکھڑی لے کر آیا ہوں۔ مَیں یہ سوال سن کر سٹپٹا گیا کیوں کہ مَیں نے ابھی تک انہیں یہ بات نہیں بتائی تھی کہ مَیں وہاں کسی سے اجازت لیے بغیر بھاگ آیا تھا۔ اسی لیے ان کے لیے کوئی چیز نہ خرید سکا۔ مجھے خاموش دیکھ کر وہ مسکراتے ہوئے بولیں کہ وہ تو یوں ہی کہہ رہی تھیں اور ان کے لیے میری آمد سب سے بڑی سُوکھڑی تھی لیکن مَیں نے لجاتے ہوئے جیب سے سو روپے کا نوٹ نکال کر ان کی طرف بڑھاتے ہوئے کہا۔ ''یہ آپ کے بیٹے کی حق حلال کی کمائی ہے، اسے رکھ لیں۔'' انہوں نے لجاتے ہوئے مجھ سے وہ نوٹ لیا اور اسی وقت اسے دوپٹے سے باندھنے لگ گئیں۔

مجھے وہاں رہتے ہوئے چٹ پٹے مصالحے دار کھانوں کی لت پڑ گئی تھی جس کی وجہ سے اماں کے ہاتھوں کا بنا ہوا یہ گوبھی کا سالن مجھے روکھا پھیکا لگ رہا تھا۔ جب میری نظر دودھ سے بھرے ہوئے برتن پر پڑی تو مَیں نے اماں سے فوراً چائے بنانے کی فرمائش کر دی، جس پر انہوں نے مجھے دودھ پینے کے لیے کہا لیکن میرے انکار پر انہوں نے چائے کی پتیلی چولہے پر چڑھا دی۔

نوجوان رَولاک کے دُکھڑے

تیز پتی والی چائے نے مجھے کسی حد تک تازہ دم کر دیا۔ مَیں نے اماں سے اپنی عدم موجودگی میں وقوع پذیر ہو چکے بابا کے نئے معاشقوں کے بارے میں پوچھا تو میرا سوال سن کر انہوں نے شرماتے ہوئے اپنے دوپٹے کا پلو دانتوں میں دبا لیا۔ پھر سنجیدہ ہو کر کہنے لگیں: ''میں تو یہ سمجھی تھیں کہ اس نے تمہیں ہنر سیکھنے کے لیے شہر بھجوایا تھا۔ اگر مجھے پتا ہوتا کہ تمہارے بابا کا خناس ان کے ذہن سے نکلنے والا ہرگز نہیں تھا، تو میں کبھی تجھے اتنی دور نہ جانے دیتی۔ تجھے اپنے آپ سے کبھی الگ نہ کرتی۔'' اچانک وہ مجھ سے معافی مانگنے لگ گئیں کہ انہوں نے بابا کے بہکاوے میں آ کر مجھے اپنے وجود سے دور کر کے وہاں بھجوا دیا۔ یہ سب کہتے ہوئے ان کی آنکھیں ڈبڈبانے لگی تھیں۔ مَیں نے فوراً ان کے ہاتھ تھام لیے۔ وہ تھوڑی دیر کے لیے چپ ہوگئیں۔

کچھ دیر بعد جب وہ بولنے لگیں تو بولتی چلی گئیں۔ مجھے لگا کہ ساڑھے تین سال بعد آج انہیں پہلی مرتبہ کسی سے اپنے دل کا حال کہنے کا موقع ملا تھا۔ ان کا لہجہ ایسی فریاد جیسا تھا جسے انصاف کی کوئی توقع نہ ہو اور جو محض اپنی آہوں کا دھواں نکالنا چاہتی ہو۔ بات کرتے ہوئے اماں کی آنکھوں میں پانی بھر آیا جو چھلک کر ان کے گالوں تک بہتا چلا گیا۔ ان کے ہونٹ کانپتے تھرتھراتے رہے۔

اُس شب میں ان کی تمام باتیں غور سے سنتا رہا، ان کی ستم رسیدہ منحنی سی آواز سنتے ہوئے میرا دل ان سے گہری ہمدردی سے بھرتا چلا گیا۔ انہوں نے بابا کی جنسی مہمات کی روداد مختصر طور پر مجھے سنائی۔ اس میں دو تین ایسی عورتوں کے ساتھ ان کے مراسم کا ذکر تھا، جو میرے لیے اجنبی تھیں۔ مَیں صرف ایک عورت کا شناسا تھا اور وہ تھی نوری۔ قاضی عبداللطیف نے خفیہ طور پر اس سے شادی کر لی تھی اور یہ بات جلد ہی پورے شہر میں پھیل گئی تھی۔ شہر کے اکثر لوگ قاضی کے اس فیصلے پر چوری چھپے لعن طعن کرنے لگ گئے تھے لیکن کچھ اس کی تعریف کرتے بھی تھے۔ اِس شادی کے بعد صرف ڈیڑھ مہینہ ہی گزرا تھا کہ ایک دن اچانک قاضی کی حویلی سے نوری فرار ہوگئی۔ جس کے بعد قاضی نے بہت دن تک شہر بھر میں اور آس پاس کے علاقے میں اس کی تلاش کروائی مگر بے سود۔ اماں نے مزید بتایا کہ انہوں نے سنا ہے کہ قاضی چالیس دن اور چالیس راتیں سو نہیں سو سکا۔ وہ آئے دن کوتوالی کے کارندے بھیج کر تمہارے بابا کو اپنے پاس بلوا کر ان سے تفتیش کرتا رہا اور اس دوران ان پر تشدد بھی کرواتا رہا مگر حقیقت یہ تھی کہ وہ اُس کے بارے میں کچھ نہیں جانتے تھے۔ سو ایک دن قاضی نے تھک ہار کر انہیں بلوانا ترک کر دیا۔ تب کہیں جا کر بابا نے اور شاید قاضی نے بھی سکھ کی سانس لی۔

اماں کے بقول اس کے بعد دو ڈھائی مہینے آرام سے گزرے لیکن پھر اچانک ایک شام اندھیرا پھیلتے ہی ہمارے گھر کے دروازے پر ایک منحوس دستک سنائی دی۔ جب بابا نے دروازہ کھولا تو باہر نقاب میں چھپی ہوئی نوری کھڑی تھی۔ بابا اسے فوراً گھر کے اندر لے آئے اور اماں سے کہنے لگے کہ اب سے وہ یہیں پر رہے گی۔

اماں نے دھیمی سی سسکی لیتے ہوئے بتایا کہ ان سارے دنوں میں بابا کی جانب سے اُن پر شدید سختیاں روا رکھی گئیں۔ مار پیٹ اور گالی دھونس تو ان کا معمول تھا لیکن اس کے ساتھ انہوں نے اِن کے گھر سے نکلنے پر بھی پابندی لگا دی کیوں

کہ انہیں یقین تھا کہ وہ محلے بھر کی عورتوں کے پاس جاکر گھر میں نوری کی موجودگی کی اطلاع دے دیں گی اور محلے سے نکل کر یہ خبر اڑتی اڑاتی قاضی عبداللطیف تک پہنچ جائے گی۔ اگر ایسا ہوتا تو اس مرتبہ قاضی انہیں پولیس کے حوالے کر کے حدود آرڈیننس کے تحت زنا کا مقدمہ دائر کروا کے عدالت سے لمبی سزا سنوانے میں دیر نہ لگاتا۔

اس خوف کی وجہ سے انہوں نے اماں کے ساتھ خوب زیادتیاں کیں۔ اوپر والا کمرہ جس میں ہم سب رہتے تھے، اس کی کھڑکیاں، روشندان اور دروازے چھ مہینے تک بالکل نہیں کھولے گئے۔ تمہارے بابا جب کبھی گھر سے باہر جاتے تو وہ دروازے پر تالا لگا کر جاتے۔

اماں نے بتایا کہ جتنا عرصہ وہ یہاں رہی (یعنی چھ مہینے سے کچھ زائد) اس دوران کوئی دن خالی نہ گیا جب ان کی نوری کے ساتھ تو تکار نہ ہوئی ہو اور دونوں نے ایک دوسرے کی سات پشتیں اپنی گالیوں سے ناپاک نہ کی ہوں۔ آپس میں بال نوچنا اور ایک دوسرے کو گھونسے لگانا ان کا معمول بن گیا۔ کئی دفعہ تو انہوں نے ایک دوسرے کے گریبان تک چاک کر دیئے لیکن یہ سب کچھ بابا کی غیر موجودگی میں ہوتا تھا۔ جب وہ گھر لوٹتے تو نوری انہیں اماں کے خلاف بھر دیتی، جس کے نتیجے میں وہ غصے میں آ کر ان کی پٹائی شروع کر دیتے تھے۔

اماں نے مجھے بتایا کہ وہ مار کھا کھا کر اس قدر ڈھیٹ بن گئیں کہ انہوں نے کئی بار بالائی منزل پر جاکر اور وہاں شور مچا کر نوری کے ساتھ ان کی ہم بستری کے دوران خلل ڈالنے سے بھی گریز نہیں کیا۔ شدید حسد کے زیرِ اثر وہ کبھی ان پر پانی سے بھرے جگ انڈیل دیتیں تو کبھی ان پر کوڑا کرکٹ پھینک کر بھاگ آتیں۔ اماں نے اچانک نوری کی شہوت انگیزی کے متعلق ایسا تبصرہ کیا میں سن کر حیران ہوئے بغیر نہ رہ سکا۔ بتانے لگیں کہ وہ فاحشہ ان کے ساتھ بھانت بھانت کے آسنوں میں مباشرت کرتی تھی۔ اسی لیے وہ اس پر جان و دل سے فدا ہو گئے تھے۔

یہ سب بتاتے ہوئے اماں کے گال شرم سے تمتمانے لگے اس لیے انہوں نے بات بدل دی اور کہنے لگیں کہ کس طرح نوری اور بابا کے درمیان وقت گزرنے کے بعد آہستہ آہستہ کشیدگی پیدا ہوئی۔ وہ ایک رنڈی تھی اور پندرہ برسوں سے اس پیشے سے وابستہ تھی۔ اس لیے کچھ سیلانی اور آوارہ مزاج واقع ہوئی تھی۔

وہ چھ مہینوں سے ایک مکان میں قیدی بن کر رہ رہی تھی۔ کھڑکیوں، روشن دانوں اور دروازوں کے بند ہونے کی وجہ سے گھر کا ماحول آسیبی ہو گیا تھا۔ روشنی اندر داخل ہوتی تھی اور نہ ہوا۔ دن کے وقت بھی ماحول نیم تاریک رہتا۔ وہ بابا سے مطالبے کرنے لگی تھی کہ وہ انہیں کینجھر کی سیر کروانے لے جائیں، اگر وہاں نہیں لے جاسکتے تو شاہ عقیق کے مزار پر لے جائیں۔ بابا اس کی یہ خواہشات ٹالتے رہتے کیوں کہ وہ قاضی عبداللطیف سے خوف زدہ تھے۔

اماں نے ایک نیا انکشاف کیا کہ وہ اپنے ساتھ خاصا روپیہ اور قیمتی زیور بھی لائی تھی، جو اسے شادی کے عوض بوڑھے قاضی نے دیا تھا۔ اسی وجہ سے تمہارے بابا نے دکان کھولنی بند کر دی تھی۔ وہ ہر روز نوری سے روپے لے کر باہر جاتے اور بازار میں گھومنے پھرنے کے بعد بہت سی اشیا خرید کر لوٹ آتے۔ اماں نے بھی ان دونوں کی باورچن بننے سے انکار کر دیا تھا۔

بابا ہوٹلوں سے مہنگے کھانے خرید کر روز لاتے تھے لیکن یہ سلسلہ کسی دن جاکر تو رکنا تھا۔

وہ طبیعت کی کچھ فضول خرچ واقع ہوئی تھی۔ بند چار دیواری میں رہنے کے باوجود بابا کے ذریعے بازار سے آئے دن اپنے لیے چوڑیاں، میک اپ کا سامان، نت نئے کپڑے اور جوتے وغیرہ منگواتی رہتی تھی۔ وہ ان چیزوں کی مدد سے خود کو اتنا پُرکشش بنادیتی کہ بابا کو اس میں روز کوئی نئی کشش محسوس ہوتی اور پھر وہ اسے وقت بے وقت گھسیٹ کر بالائی منزل کی نیم چھتی پر لے جاتے۔ اماں نے بتایا کہ اس نے یہاں رہتے ہوئے خاصی رقم لٹائی۔ اس کی خریدی ہوئی سب چیزیں اماں نے اس کے جاتے ہی گھر سے باہر پھینک دیں۔

ایک رات بند گھر سے باہر آسمان پر چودھویں کا چاند چمک رہا تھا۔ نوری نے ایک طویل مباشرت کے بعد بابا سے پرزور انداز میں ایک نئی فرمائش کر ڈالی کہ وہ اسے ابھی اور اسی وقت چہل قدمی کے لیے باہر لے جائیں۔ اس کی یہ بات بابا کو اچھی نہیں لگی۔ انہوں نے اسے سمجھانے کی کوشش کی کہ اس وقت باہر جانا مناسب نہیں لیکن وہ بالکل نہیں مان رہی تھی، جس کی وجہ سے کچھ دیر بعد ان کے بیچ کتا فضیحتی شروع ہوگئی۔ نوری نے بابا کی کم ہمتی اور بزدلی پر انہیں وہ طعنے دیئے جنہیں سن کر وہ آپے سے باہر ہوگئے۔ نوری نے غصے میں بابا سے مخاطب ہوکر انہیں ایک بھڑوے سے بھی بدترین شخص قرار دیا جس پر وہ بپھر گئے اور انہوں نے آپے سے باہر ہوکر اس کی چٹیا پکڑ لی اور پہلی بار نہ صرف اس پر ہاتھ اٹھایا بلکہ اپنے طمانچوں سے اس کا چہرہ لال کر ڈالا۔ اماں نے بتایا کہ وہ رات بھر ایسے روتی رہی جیسے کوئی بلی نحوست پھیلاتی ہے۔ اس کی اونچی نیچی سسکیوں میں اتنا سوز تھا کہ اماں کی نیند خراب ہوگئی۔

اس کی آہوں اور ہچکیوں کی وجہ سے اماں کے دل میں اس کے لیے ہمدردی سی پیدا ہونے لگی، وہ جو تھی جیسی تھی مگر تھی تو ایک عورت۔ بابا تخت پر جا لیٹے اور آدھے گھنٹے میں ان کے خراٹے سنائی دینے لگے۔ اماں اپنی کھاٹ سے اتر کر دبے پاؤں اوپر نیم چھتی پر پہنچیں اور نوری کو دلاسہ دینے لگیں۔ اماں کی دلجوئی نے جہاں ایک طرف اسے حیران کیا، دوسری طرف اسے پہلی بار ایک احساس جرم بھی محسوس ہونے لگا۔

اگلے روز صبح سویرے بابا نیند سے اٹھ کر غسل کرنے کے بعد فریم سازی کے اوزاروں والا تھیلا اٹھا کر گھر سے نکل گئے۔ جاتے ہوئے انہوں نے دروازے پر باہر سے تالا بھی نہیں لگایا۔ اماں کو جب یہ معلوم ہوا تو انہوں نے آکر نوری کو بتایا۔ یہ سنتے ہی اس نے فوراً ہمیشہ کے لیے ان کا گھر چھوڑنے کا فیصلہ کر لیا۔ رخصت ہوتے وقت اس نے اماں سے معافی مانگی اور انہوں نے اسے معاف کر دیا۔ یہ پوری کہانی سناتے سناتے ان کی آنکھیں خشک ہو چکی تھیں لیکن اس کے باوجود ان میں فتح مندی کی ایک مدھم سی لو بھی دکھائی دے رہی تھی۔

اماں کی باتیں سنتے ہوئے میں حیران ہوتا رہا کہ نوری کی پرانی یاد تازہ ہوکر میرے ذہن کے پردے پر کچھ اس طور تھرتھرانے لگی کہ اتنا وقت گزرنے کے بعد بھی اس کی دل کشی اور رعنائی میں کمی واقع نہ ہوئی بلکہ اس کی کشش اور فسوں پہلے سے بھی سر چڑھ کر بول رہا تھا۔ اس کی یہ کشش کسی قسم کے حسن اور معصومیت سے یکسر عاری تھی اور اس میں ایک وحشت

اور حیوانی شدت چھپی تھی۔ میرے اندر نوری کو کچلنے اور اس کا بدن ادھیڑنے کی زبردست خواہش کروٹیں لینے لگی تھی۔ مجھے گھنشام داس کے سنائے ہوئے واقعات یاد آنے لگے، جو میرے جذبات کو اور زیادہ بھڑکانے لگے اور میں اپنی آنکھوں کے سامنے اسے بابا کے ساتھ مباشرت کرتے ہوئے دیکھنے لگا۔

مجھے پچھلی شب دکھائی دیئے خواب میں اماں نے بابا اور اس سے چمٹی ہوئی عورت پر چھری سے وار کر کے دونوں کو ہلاک کر ڈالا تھا لیکن اس وقت اماں کے سنائے واقعات کی وجہ سے میرے اندر سب کچھ تہ و بالا ہونے لگا تھا اور اچانک جذبوں کے تیز جھکڑ چلنے لگے تھے۔ ان تیز و تند لمحات میں میرے دل میں بابا کا قتل کرنے کی آرزو پیدا ہوئی۔ مجھے احساس ہونے لگا کہ جب تک وہ زندہ رہیں گے، میری محرومیوں میں اضافہ ہوگا۔ وہ اپنی چالاکی، اور مکاری سے مجھ سے ہر وہ عورت ہتھیا لیں گے جو میری زندگی میں آئے گی۔ مجھے حسینہ، لالی، صغری اور نوری کا خیال آیا۔ مَیں انہیں پسند کرتا تھا اور انہیں چاہا تھا لیکن انہیں مجھ سے چھین لیا گیا۔ ماروی کے معاملے میں بھی انہوں نے منفی کردار ادا کیا تھا۔

پر جوش اور تیز احساسات کی آندھی میں دوڑتے حسرتوں اور ناکامیوں کے بگولوں میں سے ایک میں الجھ کر اچانک نوری کا برقعے میں لپٹا ہوا سراپا میرے دھیان میں آیا اور مجھے محسوس ہونے لگا کہ میری محرومی کا پاتال صرف وہی بھر سکتی تھی اور مجھے نئی دنیا میں لے جا سکتی تھی لیکن وہ میرے دل میں داخل ہو کر فحش قہقہے لگانے لگی اور برہنہ حالت میں اشاروں سے مجھے اپنی طرف بلانے لگی۔ اس کا فحش بلاوا ٹالنے کی جرأت کم از کم مجھ میں نہیں تھی۔

میری والدہ نے پیڑھی پر بیٹھ کر کچھ جماہیاں لیں، پھر ان کا سر دھیرے دھیرے ایک طرف ڈھلکنے لگا اور تھوڑی دیر میں بیٹھے بیٹھے وہ گہری نیند میں چلی گئیں۔ مَیں نے باورچی خانے کے روشندان کی طرف دیکھا تو وہاں سے دھیمی سی روشنی پھوٹتی دکھائی دے رہی تھی۔ میرا منہ بھی جماہیوں سے پھٹنے لگا اور مَیں نے اماں کو ہلکا سا جھنجھوڑ کر ہلایا تا کہ وہ اپنے بستر پر جا کر لیٹ جائیں۔ وہ آنکھیں مسلتی ہوئی اٹھیں اور باورچی خانے سے باہر چلی گئیں۔ مَیں بھی ان کے پیچھے اٹھ کر اپنی چارپائی پر جا لیٹا۔ لکڑی کی یہ وہی چارپائی تھی جو میرے جسم کے بہت سے رازوں کی امین تھی، اور میری اَن گنت بے چین کروٹیں، میرے خواب، ناسور بن چکی خواہشیں، میری سسکیاں، میری آہیں اس چارپائی کے بان کے ریشوں میں محفوظ تھیں۔ یہ ساڑھے تین سال سے میرا انتظار کر رہی تھی اور آج میں ایک دفعہ پھر اس کی گود میں آ کر لیٹ گیا تھا۔ مَیں نے خنکی کی وجہ سے فوراً لحاف اپنے سر تک تان لیا۔

29

دوپہر ڈھل رہی تھی، جب میری آنکھ کھلی۔ مَیں نے اپنا آپ ایک کشادہ اور روشن کمرے میں پایا، جہاں صرف چڑیوں کی چہچہاہٹ سنائی دے رہی تھی۔ مَیں نے بستر پر لیٹے لیٹے دیکھا کہ کھڑکیوں پر ٹھہری ہوئی نومبر کی نیم جان دھوپ میں ننھی منی چڑیاں پھدکتی پھرتی تھیں۔ دفعتاً مجھے محسوس ہوا کہ امنگوں بھری ایک نئی دنیا میری منتظر تھی لیکن میں ابھی تک لحاف اوڑھے پڑا تھا۔ مَیں نے اسی دم اپنا لحاف اتار پھینکا اور ایک خوش گوار احساس کے ساتھ اٹھ بیٹھا۔ اماں کو سلام کرتا غسل خانے میں گیا۔ وہاں سے آ کر مٹکے سے کٹورے میں پانی لیے پینے کے لیے کھاٹ پر بیٹھا تو اماں بھی میرے پاس آ کر بیٹھ گئیں۔ مَیں نے ان سے بابا کے متعلق پوچھا۔ مَیں حیران تھا کہ انہوں مَیں نے میری نیند خراب کیوں نہیں کی؟ دکان پر جانے سے انہوں نے پہلے مجھ پر تبرے کیوں نہیں بھیجے؟ شاید انہوں نے یہ سوچ لیا ہو کہ میں دو چار دن کی چھٹی پر آیا ہوا تھا، اس لیے واپس چلا جاؤں گا۔ اماں نے مجھے بتایا کہ بابا نے میرا اس طرح اچانک لوٹ آنا پسند نہیں کیا تھا۔ وہ کچھ دیر تک میری کھاٹ کے پاس ٹہلتے ناگواری سے بڑبڑاتے رہے تھے۔ انہیں خدشہ تھا کہ مَیں کام چھوڑ کر آ گیا تھا۔ اس پر اماں مجھ سے پوچھ گچھ کرنے لگیں۔ مَیں نے جھوٹ بول کر ان کی تسلی کر دی کہ مَیں کچھ دنوں کے لیے آیا تھا اور مجھے جلد ہی لوٹ جانا تھا۔ مَیں نے انہیں اپنے اصل ارادے کی بھنک نہ پڑنے دی۔ مَیں اپنے دل میں پختہ فیصلہ کر چکا تھا کہ اب چاہے کچھ بھی ہو جائے میں یہاں سے کہیں نہیں جاؤں گا۔ اسی خود اعتمادی کی وجہ سے اماں کی بات سن کر میں بابا سے خوف زدہ نہیں ہوا بلکہ میں زیرِلب بڑبڑایا: ’’میری مرضی ہے میں کام کروں یا نہ کروں۔‘‘

آٹھ گھنٹے کی نیند لینے، ٹھنڈے پانی سے غسل کرنے اور صاف کپڑے پہننے کے بعد میں اپنے بدن میں ایک نئی بشاشت محسوس کر رہا تھا اور میرا وجود ہلکا پھلکا محسوس ہو رہا تھا۔ کھانے کے فوراً بعد میں گھر سے نکلنے کے لیے تیار ہو گیا کیوں کہ مجھے سگریٹ کی طلب تنگ کرنے لگی تھی اور میں اماں کو یہ بتانا نہیں چاہتا تھا کہ مَیں سگریٹ نوشی کا عادی ہو چکا تھا۔ اس کے علاوہ میں بابا سے دکان پر جا کر ملنا چاہتا تھا تا کہ ہمارے بیچ جو کچھ بھی پیش آنا تھا وہ گھر سے باہر ہی آ جائے۔

گلی سے گزرتے ہوئے میں گرد و پیش کو ایسی نظروں سے دیکھنے لگا کہ جیسے مجھے اندیشہ تھا کہ جتنا عرصہ میں یہاں سے باہر رہا، اُس دوران یہاں کے مکانات اپنی جگہوں سے کھسک گئے ہوں گے یا منہدم ہو چکے ہوں گے لیکن یہ میرا واہمہ تھا۔

بیشتر عمارتیں اپنی پرانی جگہوں پر موجود تھیں۔ میرے دیکھے بھالے سبھی مکانات، ان کی بالکونیاں، کھڑکیاں اور دروازے سلامت تھے۔ مَیں انہیں دیکھتا آگے بڑھتا رہا۔ آسمان حیرت انگیز طور پر گہرا نیلا دکھائی دے رہا تھا اور کسی بھی طرح اس کی نیلاہٹ کی شوخی میں دھیما پن نہیں تھا۔ وہاں مختلف پرندے ٹولیوں کی صورت مختلف سمتوں میں محو پرواز تھے۔ ہوا میں مستی بھری خنکی تھی جو میرا بدن چھو کر گزر رہی تھی۔

میں چاہتا تھا کہ پہلے ذرا بازار کی سیر کر کے اس سے اپنے تعلق کی تجدید کرلوں مگر ایک مشکل یہ تھی کہ ہر ذرا سے فاصلے پر کوئی نہ کوئی جان پہچان والا ٹکرا جاتا تھا۔ علیک سلیک کے بعد وہ میرا ہاتھ تھام کر باتیں کرنے لگتا اور مجھ سے بڑے شہر کے بارے میں سوال پوچھنے شروع کر دیتا اور وہاں پر میری سرگرمیوں کا پتہ چلانے کی کوشش کرتا۔ مَیں ان کے اس رویئے پر حیران تھا۔ مجھے لگنے لگا کہ جیسے میں کسی یاترا کے بعد مقدس مقامات کی یادیں اپنے ساتھ لایا تھا۔ ان لوگوں کے بے جا تجسس اور کرید کرید کر پوچھنے کی عادت سے مَیں تنگ آ گیا۔ اس لیے مَیں نے ایسے علاقے کا رخ کیا جہاں میرے کم آشنا لوگ رہتے تھے اور میں وہاں قدرے آزادی سے گھوم پھر سکتا تھا۔

مسجد خضر حیات کا سفید گنبد دیکھ کر میرے پاؤں خود بخود رک گئے۔ میرے ذہن کی سطح پر دھیرے دھیرے ایک چہرہ ابھرنے لگا اور پھر اس کے خدوخال اور زندگی سے معمور اس کے اعضائے بدن نمایاں ہوتے چلے گئے۔ مَیں اس کے بھاری سینے کا زیروبم محسوس کرنے لگا۔ مَیں کچھ تک ٹکٹکی لگائے وہ دونوں سفید گنبد دیکھتا رہا۔ مَیں نے اسے پہچان لیا کہ وہ وہی بس والی لڑکی تھی، مجھے جس کا نام تک معلوم نہیں تھا۔ میرے دل سے ایک آہ نکلی۔ میرے جسم کے خوابیدہ اعضا یک بہ یک انگڑائی لے کر بیدار ہونے لگے۔ مَیں اپنی رگ رگ میں ایک میٹھی بے قراری محسوس کرنے لگا۔ میرے دل میں اسے دیکھنے اور اسے اپنی انگلیوں کی پوروں سے چھونے کی خواہش مچلنے لگی۔ مَیں نے بے اختیار ہو کر آس پاس دیکھا مگر وہاں بدصورت چہروں کا ہجوم تھا۔ مجھے اس کا کوئی ثانی بھی نظر نہیں آیا تو میں سر جھکائے چلنے لگا۔ چلتے چلتے معاً مجھے نوری کا خیال آیا تو وہ مجھے اپنی دسترس سے بہت دور محسوس ہوئی۔ بالکل اسی طرح جیسے اب ماروی تک پہنچنا میرے بس سے باہر تھا۔ ایسی صورتِ حال میں مجھے اگر کسی کے ملنے کی امید تھی تو وہ بس والی لڑکی ہی تھی لیکن ابھی تک میں اس کے بارے میں کچھ نہیں جانتا تھا۔ وہ اپنے والدین اور چھوٹے بھائی کے ساتھ کل رات تانگے میں سوار ہو کر چلی گئی تھی۔ پتا نہیں اپنے شہر میں وہ مجھے کیسے مل پائے گی؟ اور مل بھی پائے گی کہ نہیں؟

یوسف زئی محلے سے گزرتے ہوئے میری نگاہ ایک مخدوش در و دیوار پر گئی، جس کے دروازے کی چوکھٹ بھی بے حد خستہ دکھائی دے رہی تھی۔ معاً مَیں نے دروازے سے اندر جھانکا تو وہاں خالی احاطے میں مجھے بڑی سی ایک ویران قبر دکھائی دی۔ مَیں تنہائی کی تلاش میں اس احاطے میں داخل ہو گیا۔ مَیں نے قبر کے چوگرد گھوم کر اچھی طرح دیکھا۔ پتھر سے بنی ہوئی اس پختہ قبر پر کسی کا نام کندہ نہیں تھا، سو یہ کسی گم نام کی شخص کی قبر تھی۔ نجانے کیا سوچ کر میں اس کے قریب کھڑا ہو گیا اور فاتحہ خوانی کے لیے خود بخود میرے ہاتھ اٹھتے چلے گئے۔ اس کے بعد ایک گوشے میں تھوڑی سی زمین صاف کر کے

مَیں وہاں بیٹھ گیا اور اپنی جیب سے سگریٹ نکال کر اسے جلدی سے خالی کرنے لگا۔ اس کے بعد تھوڑی سی چرس گرم کر کے جلدی سے اس میں ملانے لگ گیا۔ سگریٹ تیار ہوتے ہی مَیں نے اسے سلگانے میں دیر نہ لگائی اور جلدی جلدی تیز کش لے کر سگریٹ پینے لگا۔ اس سے مجھے ایک سرور سا آ گیا۔ مجھے محسوس ہونے لگا کہ مَیں اپنے بابا سے ملنے اور ان کا سامنا کرنے کے لیے بالکل تیار تھا۔ یہ سوچ کر میں وہاں سے نکل کر بازار کی جانب چل دیا، جہاں مجھے ایک ایسی عدالت میں پیش ہونا تھا جو ہمیشہ مجھے سماعت کا حق دیئے بغیر اپنے فیصلے صادر کرتی رہی تھی۔ مَیں ایسے ہی ایک فیصلے بلکہ احکام کے نتیجے میں ساڑھے تین سال کی شہر بدری کاٹ کر آ رہا تھا اور خدا جانے وہاں سے آج میرے کون سا حکم دیا جانے والا تھا۔

میں شاہی بازار میں چلتا ہوا کچھ دیر میں اپنی دکان کے سامنے پہنچ گیا۔ مَیں نے اندر جھانک کر دیکھا تو بابا سر جھکائے انہماک سے ایک تصویر کا فریم بنانے میں مصروف دکھائی دیئے۔ ان کا سانولا چہرہ تمتمار ہا تھا۔ مجھے ایک لمحے کو خیال آیا کہ میرا بیج بونے، مجھے عدم سے وجود میں لانے، میرے کان میں اذان دینے اور میرا نام قادر بخش رکھ کر مجھے مجبور و بے اختیار سمجھ کر، میرے بچپن سے لے کر اب تک مجھے کچلنے، مسلنے اور برباد کرنے والی ذاتِ اُولیٰ، اس وقت میرے سامنے تھی۔ مَیں آگے بڑھ کر اپنی دکان میں داخل ہو گیا۔ میرا سایہ دیکھ کر بابا نے سر اٹھا کر میری جانب دیکھا اور پھر دھیرے سے اٹھ کھڑے ہوئے اور اپنے بازو وا کر کے ایک اپنائیت سے مجھے اپنے گلے سے لگا لیا۔ ان کے مضبوط بازوؤں میں، ان کے سینے سے نزدیک ہونے کے باوجود میرے اندر گہرائی میں یہ احساس کروٹیں لے رہا تھا کہ مَیں کسی اجنبی سے معانقہ کر رہا تھا، جس سے میری ملاقات ساڑھے تین سال بعد ہو رہی تھی۔ میرا دل اپنائیت، حرارت اور گرم جوشی سے یکسر خالی تھا۔ مَیں اپنے ہونٹوں پر ایک پھیکی سی مسکراہٹ سجائے ہوئے تھا۔ اس دوران مجھے یہ بھی محسوس ہوا کہ میرا قد بابا کے قد کے تقریباً برابر پہنچ چکا تھا۔ ہماری ٹانگوں اور بازوؤں کی لمبائی اور چوڑائی اب یکساں تھی۔ بس ذرا میرا جسم ان کے مقابلے میں کچھ کمزور تھا۔

مجھے اپنے سامنے خالی چوکی پر بٹھاتے ہوئے انہوں نے بازار والوں کی طرف پُرنخوت انداز سے دیکھا تو مجھے لگا جیسے وہ ان سے کہنا چاہتے تھے کہ اب وہ اکیلے نہیں بلکہ ان کا لٹھ بردار جوان بیٹا اب ان کے ساتھ موجود تھا، جو آئندہ ان کے کمرے کے باہر پہرہ دیا کرے گا اور تب تک دروازے کے باہر ڈٹ کر کھڑا رہے گا جب تک وہ اندر موجود رہیں گے۔ مجھے دکان سے باہر کریانہ مرچنٹ روشن کھتری کا چہرہ دکھائی دیا۔ وہ اپنی دکان کے تھڑے پر دو اور دکانداروں کے ساتھ بیٹھا تھا۔ شام ڈھلنے والی تھی، اس لیے بازار میں خریداروں کی گہما گہمی ختم ہو کے رہ گئی تھی اور بیشتر دکاندار مل بیٹھ کر گپیں لگا رہے تھے اور ہماری طرف دیکھ رہے تھے۔

چائے والا جیسے ہی بابا کو دکھائی دیا تو انہوں نے اسے آواز لگائی اور دو دودھ پتی لانے کے لیے کہا۔ مَیں نے بابا سے اپنی نظر ہٹا کر دکان کا سرسری جائزہ لیا تو مجھے محسوس ہوا کہ اس کی بوسیدگی اور خستگی میں اضافہ ہو گیا تھا۔ دیمک کئی جگہوں سے چھت کی بیشتر کڑیاں چاٹ گئی تھی، جس کی وجہ سے لکڑی کا بُرادا دکان کی زمین پر جا بجا بکھرا نظر آ رہا تھا۔ دیواروں پر گارے کی لیپا پوتی نہ کیے جانے کے باعث چاروں کونوں میں مٹی کی چھوٹی چھوٹی ڈھیریاں لگی ہوئی تھیں اور دکان کی فضا

میں خفیف سی دھول اڑتی دکھائی دے رہی تھی۔ مَیں نے دیواروں پر کئی ننھے منے کیڑے مکوڑے رینگتے ہوئے دیکھے۔ چند چمگادڑ بھی چھت کے کونوں سے چمٹے ہوئے نظر آ رہے تھے۔ زیادہ پاور والا جو بلب مَیں نے لگایا تھا وہ غائب ہو چکا تھا اور اس کی جگہ ایک کمزور اور پھیکی سی روشنی والا بلب دکھائی دے رہا تھا۔

اپنی دکان میں ایک اور تبدیلی جو مَیں نے محسوس کی کہ مقدس مقامات، ناموں اور آیتوں والی ایک بھی تصویر نظر نہیں آ رہی تھی اور تو اور پر فضا مقامات والی تصویریں بھی غائب تھیں اور ان کی جگہ ہر طرف شوخ اور تیز رنگوں والے بھڑکیلے اور چست جامے پہنے، مقامی اور بھارتی اداکاراؤں کی تصویریں دکھائی دے رہی تھیں، جن کے چہرے گہرے میک اپ سے رنگین تھے اور جن کے بدن کے اعضا دیکھتے ہی ایک بے چینی بدن میں پھیل جاتی تھی۔

باباکی موجودگی کی وجہ سے مَیں انہیں سرسری طور پر دیکھتا رہا لیکن ان کی چمک دمک اور رنگینی کی وجہ سے انہیں سرسری دیکھنا ممکن نہ ہو سکا اور مجھے بس میں ملنے والی وہ لڑکی اور اس کی سحر انگیز آنکھیں یاد آنے لگیں۔ مجھے اس کے فطری حسن اور ان مصنوعی تصویروں کی کشش میں فرق محسوس ہوا۔ وہ لڑکی ایک زندہ، دھڑکتی اور سانس لیتی ہوئی حقیقت تھی۔ میرے لیے جسے قریب یا دور سے دیکھنا ممکن تھا۔ مَیں اس کے ساتھ اپنا تعلق قائم کر کے اعلیٰ ترین جذباتی سطح تک رسائی حاصل کر سکتا تھا۔ مَیں حسن کی وہ تمام لطافتیں اور باریکیاں دریافت کر سکتا تھا، جن سے مَیں اب تک یکسر نابلد رہا تھا لیکن میرے اندر ایک ایسی وحشت بھری ہوئی تھی جو اکثر و بیشتر میری اس خواہش کو ملیامیٹ کرنے پر آمادہ رہتی تھی۔ مَیں نہ چاہتے ہوئے بھی اپنے ان وحشی جذبوں کی تکمیل میں مصروف ہو جاتا جو سراسر وقتی اور عارضی نوعیت کے ہوتے تھے اور کسی بھی عظیم جذبے کا حصہ نہیں بن پاتے تھے۔ وہ مجھے ہر لحہ اپنے جسم اور وجود کی طرف کھینچتے تھے اور ترغیب دیتے تھے کہ یہی سب کچھ تھا۔

باباکی بلغمی ہنسی سن کر میں چونک پڑا۔ وہ تصویروں میں میری محویت دیکھ کر ہنس رہے تھے۔ مَیں نے ان کی نگاہیں پڑھتے ہوئے اپنا سر جھکا لیا۔ ہم دونوں میں اتنی بے تکلفی نہیں تھی کہ مَیں ان کی ہنسی کا جواب ہنسی میں دے سکتا یا ان تصویروں کے بارے میں کوئی فقرہ چست کر سکتا۔ اس طرح کے اختیارات شروع سے ہی ان کے پاس تھے۔ وہ جب چاہتے قہقہہ لگا سکتے تھے، بدتمیزی کر سکتے تھے، گالی بک سکتے تھے اور مجھے چانٹا رسید کر سکتے تھے۔ میری ہر طرح کی جوابی کارروائی گستاخی کے مترادف سمجھی جاتی تھی۔ اسی لیے میں سر جھکائے دکان کے فرش کو دیکھتا رہا، گڑھوں کی بہتات کی وجہ سے جس کی کھردراہٹ اور ناہمواری میں اضافہ ہو گیا تھا۔

وہ کھنکار کر اپنا گلا صاف کر کے مجھ سے گویا ہوئے۔ ’’تجھے چھوڑ کر آنے کے بعد مَیں نے کئی دنوں تک دکان نہیں کھولی۔ اپنی دکانداری پر میرا اعتماد ختم ہو گیا تھا۔ میری گراہکی پہلے بھی بہت کم تھی مگر رمضان، ربیع الاول اور محرم میں خاصا دھندا ہوتا تھا جب کہ باقی مہینوں میں گاہک بہت کم آتے تھے۔ یہ ایسی باتیں ہیں، جن کے بارے میں تُو بالکل نہیں جانتا۔ ظاہر ہے تو دکان پر بیٹھا ہی کتنے دن تھا۔ ویسے بھی وہ تیرے اسکول جانے کے دن تھے، موج اڑانے اور عیش کرنے کے دن، مَیں نے اپنی طرف سے کوئی کسر اٹھا نہیں رکھی۔ ہاں، وہ سب کچھ دیا جس کی تجھے ضرورت تھی۔ بول ایسا ہے کہ نہیں؟‘‘

میں ان کی یہ باتیں اپنی سماعت میں جذب کر رہا تھا۔ انہوں نے اپنی بات چیت کا آغاز جھوٹ سے کیا تھا۔ اس کے بعد انہوں نے مجھ سے اپنے احسانات کی گواہی مانگی تو مَیں نے اثبات میں سر ہلاتے ہوئے دے دی۔ سگریٹ کا لمبا کش لیتے ہوئے انہوں نے گفتگو کا سلسلہ آگے بڑھایا۔ ''اس شہر میں جس آدمی پر ایک مرتبہ بدکاری کا الزام لگ جائے پھر لوگ اس کے پاس پنجتن پاک کے ناموں والی تصویریں خریدنے نہیں آتے اور نہ ہی مکہ شریف اور مسجد نبوی کی تصویروں کے فریم بنوانے آتے ہیں۔ تو نہیں جانتا، مَیں نے وہ دن کتنی پریشانی سے گزارے۔ شہر بھر میں ایک بھی آدمی ایسا نہیں تھا جو مجھے خوشی سے قرضہ دے دیتا، پھر اوپر سے راشن والوں نے بھی ادھار دینا بند کر دیا۔ تیرے جانے کے بعد پورا ایک ہفتہ گھر کا چولھا نہیں جل سکا۔ اپنے ہی شہر میں مجھے ایسے برے دن دیکھنے پڑ گئے۔ خیر ہے۔ وہ برا وقت ٹل گیا تو پھر مَیں نے ان رنڈیوں کی تصویریں بیچنی شروع کر دیں۔ وقت گزرنے کے ساتھ آہستہ آہستہ یہ کام جمتا چلا گیا۔ شروع میں آس پاس کے دکانداروں نے میرا خوب مذاق اڑایا۔ صبح سے شام تک یہ مادر چود مجھے ذلیل کرتے رہتے لیکن مجھے کبھی ان کی پروا نہیں رہی۔ بازار میں اپنی زندگی گزارتے ہوئے میں ایسی باتوں کا عادی ہو چکا ہوں۔'' انہوں نے آخری کش لیتے ہی سگریٹ کا ٹکڑا دکان کے باہر اچھالا جو اچانک چائے والے سے جا ٹکرا گیا۔ چائے والا ٹھٹھک کر ایک قدم پیچھے ہٹا۔ دکان میں آ کر وہ کیتلی اور دو پیالیاں فرش پر رکھتے اور ہنستے ہوئے صرف اتنا بولا ''چاچا، سگریٹ دیکھ کر پھینکا کر۔''

بابا نے اسے موٹی سی گالی دیتے ہوئے کہا۔ ''ابے چرچوت تیری آنکھیں ہیں یا بٹن؟ آئندہ انہیں کھول کر دکان میں داخل ہوا کر، چل پھُٹ۔'' انہوں نے آخری دو لفظ کچھ اس طریقے سے ادا کیے کہ اسے فوراً ہی پھُٹنا پڑا۔

مَیں نے کیتلی سے پیالیوں میں چائے انڈیلی میں اور ایک پیالی اپنی ہتھیلی پر رکھ کر اسے بابا کی طرف بڑھا دیا۔ انہوں نے جلدی سے تین گھونٹ لے کر چائے ختم کر دی اور اپنی بڑی بڑی مونچھوں پر ہاتھ پھیرتے ہوئے بازار کی طرف دیکھنے لگے۔ مَیں نے چائے کا پہلا گھونٹ لیا تو وہ مجھے بہت میٹھی ہونے کے باوجود اچھی لگی اور میں اسے ختم کرنے کے بعد کچھ دیر تک زبان سے اپنا تالو چاٹتا رہا۔

شام گہری ہونے لگی تو اندھیرا چپکے چپکے بازار میں اتر کر پھیلتا چلا گیا۔ ہماری دکان سے پورا آسمان دکھائی نہیں دیتا تھا۔ چوکی پر بیٹھ کر سامنے والی گلی کے مکانوں کے اوپر سے بس آسمان کا تکونا ٹکڑا نظر آتا تھا۔ اب وہاں تاریکی پھیلی نظر آ رہی تھی۔ بازار کی دکانیں دھیرے دھیرے بند ہونی شروع ہو گئیں اور ایک ایک کر کے دکاندار رخصت ہونے لگے۔ اکا دکا راہگیروں کی سرگوشیاں اور ان کے پاؤں گھسٹنے کی آواز مسلسل سنائی دے رہی تھی۔

بابا نے بھی فریم سازی کے اوزار سمیٹنے شروع کر دیئے۔ انہوں نے حسبِ عادت شیشہ کاٹنے والا آلہ اپنی دائیں جانب کی جیب میں رکھا اور بقیہ چیزیں تھیلے میں ڈال دیں۔ پھر ایک سگریٹ سلگا کر وہ میری طرف دیکھ کر مسکراتے ہوئے بولے ''بس تھوڑی دیر میں میرا ایک دوست آنے والا ہے، مجھے اس سے ضروری کام ہے، وہ آ جائے پھر تم چلے جانا۔'' وہ چند لمحوں کے لیے سگریٹ میں غرق ہو گئے پھر ذرا سا چونک کر مجھ سے مخاطب ہوئے۔ ''تقریباً دس سال پہلے کی بات ہے۔

مَیں نے شہر جا کر بہت ساری تصویریں خریدی تھیں۔ انہی اداکاراؤں کی شوخ، رنگین اور بھڑکتی ہوئی تصویریں۔ یہ میں لے تو آیا مگر بعد میں انہیں بیچنے پر میرا دل نہ مانا کیوں کہ مَیں صرف مسجدوں، درگاہوں، امام باڑوں اور حویلیوں کے لیے کام کرنا چاہتا تھا۔ اس لیے کہ اس کام میں پیسہ بھی زیادہ ملتا تھا اور نیک نامی بھی ہوتی تھی۔ پھر مجھے یقین تھا کہ مَیں قیامت کے دن صرف اس کام کی وجہ سے بخشا جاؤں گا۔ ظاہر ہے ہر انسان کی طرح میں بھی گناہگار ہوں۔ تو میں وہ تصویریں پرانی الماری میں رکھ کر بالکل بھول ہی گیا۔ کئی روز بعد جب مَیں نے دکان کھولی تو اس دن شام تک خالی بیٹھا رہا۔ پھر اچانک مجھے ان تصویروں کا خیال آیا تو مَیں نے اٹھ کر الماری کھول کر دیکھی۔ وہاں ایک بھی تصویر نہیں تھی۔ مجھے سب سے پہلے گھنشام داس پر شک ہوا کہ اس نے چرالی ہوں گی۔ مگر کئی دن بعد مجھے پتہ چلا کہ تُو نے وہ تصویریں فروخت کر دی تھیں۔ مجھے بہت غصہ آیا تھا کہ مجھے بتائے بغیر تصویریں بھی بیچ ڈالیں اور ان کے پیسے بھی اڑا دیئے۔ مَیں نے اپنا سارا غصہ تیری ماں پر اتارا تھا۔ خیر اب یہ بات پرانی ہوگئی۔ اس لیے تجھے کچھ نہیں کہوں گا۔ اگر تو یہ بتا دے کہ تصویریں بیچ کر کتنے روپے کمائے تھے؟'' میرے گمان میں بھی نہ تھا کہ وہ مجھ سے یہ بات پوچھیں گے۔ میرے جواب کی توقع میں انہوں نے اپنی نظر میرے چہرے پر جما دی۔

مجھے اس سوال کی توقع ہرگز نہیں تھی کیوں کہ مَیں یہ بات عرصہ پہلے فراموش کر چکا تھا۔ میرے لیے ان سے آنکھ ملانا بھی ممکن نہیں رہا۔ مَیں نے سوچے بغیر جواب دیا ''صرف ایک سو روپے۔''

بابا فوراً اپنی بھنوؤں پر انگلیاں پھیرتے بولے۔ ''تو جھوٹ بول رہا ہے۔ دس روپے فی تصویر کے حساب سے پورے ہزار روپے بنتے ہیں۔ تُو نے کتنے کمائے تھے، سچ سچ بتا۔'' ان کی آنکھوں میں غصہ دیکھ کر میں گھبرا کر پوری طرح ان کے دباؤ میں آ گیا اور بے وقت اپنا سر اٹھاتے بولا۔ ''میں تقریباً پانچ سو روپے کما سکا تھا۔'' یہ کہتے ہوئے مجھ پر اپنی کمزوری اور شکست خوردگی کا احساس غالب آ چکا تھا۔

''میں تجھ سے تیری نہیں اپنی کمائی کے بارے میں پوچھ رہا ہوں۔ تُو نے مکینکی سے جو کچھ کمایا ہے، وہ سب تیرا ہے، میرا اس سے کوئی تعلق نہیں۔ مجھے افسوس ہے کہ تجھے یہ خیال نہیں آیا کہ تیری وجہ سے تیرا باپ شہر والوں کے سامنے ذلیل ہوا۔ اس مشکل وقت میں میری مدد کرنے کے بجائے تُو نے میرے پیسے چوری کر لیے۔ تجھ جیسی اولاد پر تُھو۔'' وہ جلدی سے پیکٹ کھول کر اس میں سے سگریٹ نکال کر سلگانے لگے تو ان کے ہاتھ کسی جذبے کی شدت سے دھیرے دھیرے کپکپانے لگے۔

میں چپ رہا اور کچھ نہ کہہ سکا۔ بے شمار جملے اور باتیں میری زبان تک پہنچنے سے پہلے ہی میرے سینے میں دم توڑ گئیں۔ مجھے اپنی بے بسی پر شدید غصہ آنے لگا کیوں کہ مَیں بولنا چاہتا تھا لیکن بابا کے سامنے میری زبان گنگ ہو کر رہ گئی۔ وہ مجھے مزید کھری کھری سنانے کے بارے میں سوچ رہے تھے کہ ان کا دوست آ پہنچا۔ اس نے ایک پھٹا سا قہقہہ لگاتے ہوئے پہلے مجھ سے مصافحہ کیا اور پھر معانقہ۔ اس کی آمد پر مَیں نے سکھ کی سانس لی اور بابا سے اجازت لے کر دکان سے باہر نکل آیا۔ میں بازار میں چلنے لگا۔ میری پیشی خلافِ توقع زیادہ سخت ثابت نہیں ہوئی تھی لیکن مجھے آئندہ کوشش کر کے ان سے

تھوڑی بہت کج بحثی ضرور کرنی چاہیے۔ یہ سوچتے ہوئے میں بڑے عَلم کے قریب سے گزرا۔اس وقت میں گھر جانا نہیں چاہتا تھا۔پچھلے کچھ عرصے میں چند بری عادتیں میری ذات کا حصہ بن چکی تھیں اور گھر میں رہتے ہوئے میرے لیے انہیں پورا کرنا ممکن نہ تھا۔ مجھے ہر آدھے گھنٹے بعد سگریٹ اور چائے کی شدید طلب ہونے لگتی تھی۔ مَیں کسی بھی مقام پر زیادہ وقت گزارتے ہوئے شدید کوفت محسوس کرنے لگتا تھا۔ چرس نوشی ایک الگ مسئلہ تھی۔شام اور رات میں اس کی خواہش پر قابو پانا میرے لیے مشکل تھا۔اس وقت میری جیب میں صرف ایک سگریٹ کی چرس موجود تھی اور میں اسے جلد از جلد پینا چاہتا تھا۔اس کا دھواں اڑانے کے بعد میں اپنی کمزوری اور بے بسی کے احساس سے چھٹکارا پا سکتا تھا کیوں کہ اس کا دھواں میرے دماغ کو سن کر کے، مجھے حقیقی دنیا سے نکال کر خیالوں کی دنیا میں لے جاتا تھا۔

میں چلتے چلتے سبزی منڈی والے چوک تک جا پہنچا اور ایک مانڈلی سے تین سگریٹ خریدنے کے بعد مَیں نے ایک ایسی گلی کا انتخاب کیا جو تاریک اور ویران ہونے کے علاوہ میرے گھر کی طرف بھی نکلتی تھی۔ مَیں نے چلتے چلتے گہری نظر سے آس پاس کا جائزہ لیتے ہوئے جیب سے سگریٹ نکال کر تمبا کو اپنی ہتھیلی پر بکھیرنے لگا۔

ایک طرف مکانوں کے ساتھ زیرِ زمین بہتی بدرو کے پانی کی کھلبلاہٹ اور تیز ہوا کی سرسراہٹ کے سوا گلی میں کوئی اور آواز سنائی نہیں دیتی تھی۔ تیز ہوا کی وجہ سے چرس گرم کرنے اور اسے سگریٹ میں بھرنے میں کچھ دشواری پیش آئی لیکن سگریٹ بننے کے بعد اس کا پہلا کش لیتے ہی مجھے سرور آنے لگا۔ مَیں سگریٹ مٹھی میں دبائے، وقفے سے کش لیتا دھیرے دھیرے گھر کی طرف چلنے لگا۔

سگریٹ ختم کرنے کے بعد میں اپنی دھن میں چلتا چلا جا رہا تھا کہ ذرا فاصلے پر مجھے دو سائے رینگتے دکھائی دیئے۔ دونوں ایک نیم تاریک مکان کے پاس کھڑے آپس میں کھسر پھسر کر رہے تھے۔ گہری تاریکی کے سبب میں انہیں شناخت نہیں کر سکا کہ وہ کون تھے۔ وہ دونوں باری باری اس مکان کے دروازے کے پاس جا کر اس کی درزوں سے اندر جھانکنے کی کوشش کر رہے تھے۔اپنے محلے میں انہیں یہ غیر اخلاقی حرکت کرتے دیکھ کر میں ٹھہر گیا۔ وہ جس مکان میں جھانکنے کی کوشش کر رہے تھے وہ زیادہ تر خالی رہتا تھا لیکن اس وقت اس کے صحن میں روشنی دکھائی دے رہی تھی اور اندر سے وقفے وقفے سے نسوانی اور مردانہ آوازیں بھی سنائی دے رہی تھیں۔ مَیں اس مکان کے مالک کو اچھی طرح جانتا تھا۔ وہ اسی گلی میں ایک دو منزلہ مکان میں رہتا تھا، مَیں سوچنے لگا کہ شاید اس نے یہ مکان کرائے پر دے دیا ہے۔

یہ سوچتے ہوئے مَیں نے آہستگی سے قدم بڑھایا تا کہ انہیں میری موجودگی کا پتہ نہ چل سکے۔ میری چھٹی حس کہہ رہی تھی کہ یہ دونوں چوری کرنے کا ارادہ رکھتے تھے۔ اسی لیے دروازے سے جھانک کر اندر کا جائزہ لے رہے تھے۔ مَیں دبے پاؤں چلتا ہوا ان کے نزدیک پہنچ کر رک گیا اور ان کی سرگوشیاں سننے لگا۔ وہ میمنی زبان میں تیز تیز باتیں کر رہے تھے۔ وہ دونوں نوعمر لڑکے تھے۔ ان میں سے ایک دراز قد جب کہ دوسرا چھوٹی قامت کا تھا۔ ان کی آوازوں میں چھپے ہوئے ڈر اور ان کے لہجوں کی ہچکچاہٹ سے مجھے محسوس ہوا کہ ان کی نیت چوری کرنے کی نہیں تھی بلکہ وہ کسی اور مقصد سے وہاں کھڑے

تھے۔ کاٹھیاواڑی میمنوں کے لڑکے بہت بزدل ہوتے تھے۔ لڑنا جھگڑنا ان کے بس کی بات نہیں تھیں۔ وہ صرف روپے گننا اور اپنی تجوری بھرنا جانتے تھے۔ اس لیے مجھے اس وقت اندھیری گلی میں ان کی موجودگی پر حیرانی ہو رہی تھی۔ میرے دل میں خواہ مخواہ ایک تجسس پیدا ہو گیا کہ ان سے پوچھوں کہ اس وقت یہ یہاں کیا کر رہے تھے۔

اتفاقاً لمبے لڑکے نے مڑ کر دیکھا تو مجھے اپنے بالکل نزدیک پا کر اس کے منہ سے چیخ نکلتے رہ گئی جب کہ دوسرا بھی سہم کر رہ گیا۔ وہ دونوں ایک دوسرے سے لگ کر کھڑے ہو گئے اور خوف سے پھیلی اپنی آنکھوں سے مجھے پہچاننے کی کوشش کرنے لگے۔

مَیں نے اپنے ہاتھ ان کے شانوں پر رکھ دیئے اور اپنی آواز مصنوعی طور پر بھاری کرتے ہوئے ان سے پوچھنے لگا۔ ''کیا کر رہے ہو تم دونوں؟ اس وقت یہاں؟'' وہ فوراً میرے رعب میں آ گئے اور اپنے سر ہلاتے ہوئے جواب دینے لگے وہ کچھ بھی نہیں کر رہے تھے۔ بس یوں ہی کھڑے آپس میں باتیں کر رہے تھے۔

اس دوران مَیں نے انہیں اور انہوں نے مجھے پہچان لیا۔ ایک تو اس مکان کے مالک کا بیٹا عرفان تھا جب کہ دوسرا اس کا دوست اور پڑوسی مشتاق عرف مُجّھی تھا۔ دونوں بمشکل پندرہ سولہ سال کے تھے اور مجھ سے چھوٹے تھے، اس لیے مجھے ان پر حاوی ہونے کا موقع مل گیا تھا۔ میرے تین مرتبہ پوچھنے پر بھی انہوں نے مجھے اس مکان میں تاک جھانک کی وجہ نہیں بتائی۔ زِچ ہو کر مَیں نے اپنے مضبوط ہاتھ ان دونوں کی گردنوں پر ڈالے اور انہیں کھینچتے اور دھکیلتے ہوئے ذرا دور ایک خالی قطعہِ زمین پر لے گیا۔ انہوں نے نہ کوئی شور مچایا اور نہ زیادہ مزاحمت کی کیوں کہ وہ جانتے تھے کہ اس طرح وہ کسی سنگین الزام کی زد میں بھی آ سکتے تھے۔

وہ دونوں میری توقع سے زیادہ سخت جان ثابت ہوئے۔ جب میری دھمکیوں کا ان پر کوئی اثر نہیں ہوا تو مجھے غصہ آ گیا اور مَیں نے تاؤ میں آ کر عرفان کے گال پر زوردار تھپڑ جڑ دیا۔ چند لمحوں کے بعد مجھے اندازہ ہوا کہ یہ کام مجھے پہلے کرنا چاہیے تھا۔ اس کے بعد عرفان جو کچھ مجھے بتاتا جا رہا تھا، مَیں اسی وقت اس کی تصدیق اس کے دوست مُجّھی سے کرواتا جا رہا تھا، جو ڈر کے مارے جلدی جلدی اس کی ہر بات کی تائید میں اپنا سر ہلا رہا تھا صرف ایک زوردار تھپڑ کے زیرِ اثر عرفان ایک طوطے کی طرح شروع سے پوری بات بتانے لگا کہ چند روز پہلے اس کے والد کے ایک دوست کے ساتھ نور محمد جھنگی نامی ایک شخص ان کے گھر آیا اور عرصے سے خالی پڑا ہوا مکان کرائے پر حاصل کرنے کے لیے اس کے بابا سے درخواست کرنے لگا۔ اپنے دوست کی سفارش اور ضمانت پر اس کے والد نے انہیں پہلے خالی مکان کھول کر دکھایا۔ اسے دیکھنے کے بعد جب نور محمد جھنگی نے اسے کرائے پر لینے کی خواہش ظاہر کی تو عرفان کے والد نے پیشگی ایڈوانس کے بغیر ہی مکان کی چابیاں اس کے حوالے کر دیں۔ اس کے بقول اس کے بابا کرائے کے پیسے لینے میں کوئی دلچسپی نہیں رکھتے تھے۔

عرفان نے مزید بتایا کہ نور محمد جھنگی نے بازار میں حجامت کی ایک نئی دکان ''جھنگی ہیئر کٹنگ سیلون'' کے نام سے کھول لی تھی۔ وہ پہلے جس شہر میں کام کرتا تھا وہاں ایک ہنگامے میں اس کی دکان توڑ پھوڑ دی گئی تھی، جس کے بعد وہاں

اس کا کاروبار پنپ نہیں سکا۔ اس لیے اس نے بڑا شہر چھوڑ کر ہمارے چھوٹے شہر میں دکان کھولنے کا فیصلہ کیا۔ اس نے مزید بتایا کہ وہ تقریباً ایک مہینہ پہلے یہاں وارد ہوا تھا اور پورے بازار کا اچھی طرح دورہ کرنے کے بعد بس اسٹینڈ پر واقع ایک دکان نقد رقم دے کر خرید لی تھی۔ اس کے بعد اس نے ایک بڑھئی سے چند ہی دن میں اپنی دکان کے لیے فرنیچر تیار کروا کے اور پھر ایک مدرسے کے بچوں سے قرآنی خوانی کروا کے، اپنی دکان کا باقاعدہ افتتاح کیا لیکن اب تک اس کے گھر والے دوسرے شہر میں تھے۔ وہ کل رات اپنے بیوی بچے بھی لے کر آ گیا۔

عرفان نے مجھے اصل بات بتائے بغیر ٹرخانے کی کوشش کی کیوں کہ ان ساری باتوں میں یہ ذکر کہیں بھی نہیں تھا کہ وہ دونوں اِس وقت اس مکان کے دروازے سے لگے کیا کر رہے تھے؟ مَیں اس کی چالاکی فوراً بھانپ گیا۔ مَیں نے اس بار اس کی گُدی پر زور کا ایک جھانپڑ دیا اور مَجھی کے کان مروڑے تب جا کر وہ مجھے اصل بات بتانے پر تیار ہو سکے۔

عرفان گھگھیاتے ہوئے بتانے لگا کہ آج دوپہر نور محمد جھنگی کے اہلِ خانہ اس کے گھر آئے تھے۔ مَیں نے فوراً مداخلت کرتے ہوئے پوچھا کہ کون؟ ان کے نام بتاؤ۔ وہ بتانے لگا کہ اس کی بیوی اور بیٹی۔ پھر ہچکچاتے ہوئے اس نے مجھے ان کے نام بھی بتا دیے۔ ماں کا نام سیمی تھا جب کہ بیٹی کا سُومل۔ اب مَیں نے اس سے ان کے حلیے کے بارے میں سوال کیا تو وہ جواب دینے کے بجائے شرمانے لگا۔ عرفان کی جگہ اس دفعہ مَجھی بے صبری سے بتانے لگا کہ وہ دونوں بہت حسین تھیں۔

اِن کی باتیں میرے لیے حیرت بھرے انکشافات سے کم نہ تھیں لیکن مجھے ان کے لبوں سے سُومل کا نام اور تعریف سن کر اچھا نہیں لگا۔ جی میں آیا کہ ان دونوں کی اتنی ٹھکائی کروں کہ حرام زادوں کی یادداشت ہمیشہ کے لیے گم ہو جائے لیکن مَیں نے اپنے حواس پر قابو رکھتے ہوئے انہیں وہاں سے جانے کے لیے کہا کیوں کہ آخر کار سُومل کی میرے محلے میں آ کر بسنے کی اطلاع مجھے ان ہی سے ملی تھی۔ ان دونوں میں جانے میں دیر نہ لگائی اور فوراً اُبھٹ لیے۔

ان کے جانے کے بعد میں کچھ دیر تک وہاں کھڑا سُومل کے مکان کی جانب دیکھتا رہا جو میرے گھر سے زیادہ دور نہ تھا اور یہ بات میرے سان گمان میں بھی نہ تھی۔ مجھے اچانک محسوس ہونے لگا کہ اس مرتبہ آنے والے دنوں میں پیش آنے والے واقعات کی ترتیب میرے حق میں سودمند ثابت ہو سکتی تھی۔ یہ سوچتے ہوئے میرا دل ایک مسرت سے لبریز ہو گیا۔ مَیں ایک اطمینان کے ساتھ اپنے گھر کی طرف چل دیا کہ بہت جلد مجھے سُومل کے دیدار کے بے شمار مواقع دستیاب ہونے والے تھے۔

30

رات گئے جب میں اپنی کھاٹ پر لیٹا تو طویل عرصے بعد یہ محسوس کر رہا تھا کہ میرے مرجھائے ہوئے دل میں خوش فہمیوں کے نت نئے شگوفے پھوٹنے لگے تھے۔ ماروی کے قید ہو جانے کے بعد میری زندگی بکھر کر رہ گئی تھی جسے سمیٹنا میرے لیے تقریباً ناممکن ہو چکا تھا کیوں کہ یہ بکھراؤ وقت کے ساتھ بڑھتا جا رہا تھا لیکن میرے شہر میں سُومل کی آمد کے بعد ایک بار پھر مجھے اپنا وجود سمیٹنے کی امید ہو چلی تھی۔ ہو سکتا تھا کہ میری یہ قیاس آرائی سراسر غلط تھی مگر کسی حسین آسرے کے ٹھنڈے سائبان کے بغیر جینا، تپتی ہوئی ریت پر لوٹیں لگانے سے زیادہ دشوار کام تھا۔

اگلی صبح جب میں نیند سے جاگا تو کافی دیر تک لحاف اوڑھے بستر میں ہی پڑا رہا۔ مجھے لگا کہ کھڑکیوں اور روشن دانوں میں پھدکتی چڑیاں شور مچا مچا کر مجھے کوئی پیغام دے رہی تھیں۔ مَیں نے ایک جماہی لیتے ہوئے لحاف اتار پھینکا اور بستر چھوڑ کر کھاٹ سے اتر گیا۔

بابا دکان جا چکے تھے۔ مَیں چائے کی پیالی ہاتھ میں تھامے ایک کھڑکی کے قریب جا کھڑا ہوا اور بے سبب گلی میں جھانکنے لگا تو مجھے اس کے مکان کا ایک کونہ دکھائی دے گیا۔ جسے دیکھ کر شادمانی کی ایک لہر میرے دل میں دوڑتی چلی گئی۔ مَیں بلاسبب مسکرانے لگا۔ مجھے مسکراتے دیکھ کر اماں میرے قریب آ کھڑی ہوئیں اور مجھ سے مسکرانے کا سبب پوچھنے لگیں۔ مجھے ان سے جھوٹ بولنا پڑا۔

کچھ دیر بعد میں گھر سے نکل کر سُومل کی ایک جھلک پانے کی خاطر اس کے مکان کے گرد چکر کاٹنے لگا مگر وہ ایک بار بھی دکھائی نہ دی۔ ہاں البتہ تین یا چار مرتبہ رس بھری گنگناتی ہوئی ایک نسائی آواز اور اس کی بے پروا، کھنک دار کھلکھلاہٹ خود بخود میرے کان پڑ گئی مگر میں ٹھیک طرح یہ تعین نہ کر سکا کہ اس کی آواز اور کھلکھلاہٹ اس مکان کے کون سے حصے سے سنائی دے رہی تھی۔ باورچی خانے سے، سونے کے کمرے سے یا کسی اور جگہ سے۔

سُومل جہاں رہ رہی تھی، وہ پرانی طرز کا دو منزلہ مکان تھا۔ ایسے مکانات عموماً چھوٹی جگہ پر بنائے جاتے تھے اور جگہ کی تنگی کے باعث انہیں اوپر کی طرف اٹھایا جاتا تھا۔ یہ طرزِ تعمیر شہر کے ہندو بیوپاریوں کا ایجاد کردہ تھا، جن کی اکثریت عرصہ پہلے یہاں سے بے دخل کی جا چکی تھی۔ ایسے مکانوں میں صحن اور برآمدے کے بجائے بالکونی، کھڑکیاں اور جھروکے بنائے

جاتے تھے جو ہمیشہ پہلی یا دوسری منزل پر ہوتے تھے۔ یہ دومنزلہ مکان دو کمروں پر مشتمل تھا۔ ایک نیچے اور دوسرا اوپر والی منزل پر۔ زینے کے ساتھ والی دیوار بہت اونچی نہیں تھی۔ اس لیے باہر سے اس کی چند سیڑھیوں کے علاوہ اوپر لے کمرے کا دروازہ اور اس کا کچھ حصہ صاف دکھائی دیتا تھا کیوں کہ اس مکان کے برابر والا پلاٹ خالی تھا۔ نیچے والے کمرے کی دو کھڑکیاں جو اسی طرف کھلتی تھیں، ان کی جالیاں اس قدر زنگ آلود ہو چکی تھیں کہ وہاں سے جھانک کر اندر کا منظر دیکھنا محال تھا۔

میں دوپہر تک اس مکان کا دروازہ کھلنے اور سُومل کے دیدار کی آس لیے ارد گرد منڈلاتا رہا لیکن کافی دیر گزرنے کے بعد ایک مرتبہ بھی دروازہ کھلتے ہوئے نہ دیکھ سکا۔ مَیں نے نچلے کمرے کی کھڑکی کے قریب جا کر اندر جھانکنے کی کوشش کی لیکن مجھے وہاں ایک دو سایوں کی مبہم حرکت کے سوا کچھ اور دکھائی نہ دیا۔ اندر سے مجھے چیزوں کے گھسیٹنے اٹھانے اور انہیں پٹخنے کی چند آوازیں سنائی دیتی رہیں۔ ان سمع خراش آوازوں کے درمیان جب اچانک ایک شوخ اور بے پروا لیکن آزاد پرندے کی دل موہ لینے والی چہچہاہٹ سے مشابہ کھنک دار ہنسی سنائی دی تو میں سمجھ گیا کہ یہ اسی کی آواز تھی لیکن وہ خود کہاں تھی؟ جب دوپہر ڈھلنے لگی تو میں مایوس ہو کر گھر واپس آ گیا لیکن شام تک اس جادوئی ہنسی کے سحر سے باہر نہیں آ سکا، جسے سننے کے بعد اسے جی بھر کر سننے کا اشتیاق بڑھتا چلا گیا تھا۔

شام کے بعد ایک بار پھر میں اُس طرف گیا تو مجھے چند چھوکرے اس مکان کے گرد گھومتے دکھائی دیئے۔ انہیں دیکھ کر میں پہلے تو یہ سمجھا کہ یہ کسی کام سے یہاں گھوم رہے تھے مگر جب مَیں نے انہیں اس کے مکان کی کھڑکیوں اور دروازوں کی طرف غور سے دیکھتے ہوئے دیکھا تو مجھے پتہ چل گیا کہ یہ بھی میری طرح سُومل کی ایک جھلک پانے کی تمنا میں اپنی جوتیاں چٹخا رہے تھے۔ یہ سوچ کر میں ان سب کو اپنا رقیب سمجھنے لگا۔

مَیں نے رقابت کے سلگتے جذبے پر قابو پاتے ہوئے ایک لڑکے سے چھیڑ چھاڑ شروع کر دی۔ وہ دینو کباڑیے کا بیٹا سلیم عرف چھیما تھا جو دو گلیاں چھوڑ کر کباڑ خانے جیسے ایک مکان میں رہتا تھا۔ وہ بھی عمر میں مجھ سے چھوٹا تھا لیکن خوب لمبا اور صحت مند ہو چکا تھا۔ مَیں نے اس سے پوچھا کہ وہ اس گلی میں کیا کرتا پھر رہا ہے؟ میرے سوال پر وہ پورا منہ کھول کر زور سے ہنسا اور اپنے لمبوترے لہجے میں کہنے لگا کہ وہ اپنے بابا کے ساتھ دن بھر شہر کی گلیوں سے ٹین ڈبے اور بھوسی ٹکڑے اکٹھے کر کے بہت تھک گیا تھا، اس لیے ہوا خوری کے لیے اس طرف آ نکلا تھا۔

اس کا بے تُکا جواب سن کر میں بھنا گیا۔ مَیں نے جھلا کر کہا کہ شاہ جہانی مسجد اور مکلی کے قبرستان سے بہتر ہوا خوری کی جگہ اور کون سی تھی؟ یہ سن کر چھیما سٹپٹا گیا اور اسے اندازہ ہو گیا کہ اس کے یہاں ہونے کی وجہ مجھے معلوم ہو چکی تھی۔ اس لیے وہ سٹکنے ہی والا تھا کہ مَیں اس کی قمیص کا کالر پکڑ کر اسے کھینچتے ہوئے ایک جانب لے گیا، جہاں دو بڑے پتھر پڑے ہوئے تھے۔ ایک پر میں بیٹھ گیا اور دوسرے پر اسے بیٹھنے کا اشارہ کیا۔ وہ میرا حکم مانتا ہوا فوراً بیٹھ گیا تو میں سُومل کے گھر کی طرف اشارہ کرتے ہوئے کہنے لگا کہ اس مکان میں آ کر جو پری چہرہ لڑکی رہنے لگی تھی، مَیں اسے ایک بار دیکھ کر ہی اس کا دیوانہ ہو گیا تھا۔ اس لیے میں نہیں چاہتا کہ وہ آئندہ مجھے اس مکان کے قریب بھی دکھائی دے۔ مَیں نے

آخری بات اسے آنکھیں دکھاتے ہوئے کہی۔

میری حیرت کی کوئی حد نہ رہی جب مَیں نے اسے ڈھٹائی کے ساتھ ہنستے ہوئے دیکھا۔ جب اس کی ہنسی ذرا تھمی تو وہ مجھے بتانے لگا کہ آج سہ پہر جب وہ پورے شہر کا چکر لگا کر واپس آتے ہوئے اس گلی میں داخل ہوا تو نئے کرایہ داروں کے مکان کے دروازے کے سامنے کھڑا ہو کر ''ٹین ڈبے والا، ٹین ڈبے والا'' کی صدائیں لگانے لگا۔ اسے اس بات کا تجربہ تھا کہ جب کسی مکان میں نئے کرایہ دار آتے ہیں تو وہ اپنے گھر سے بہت سا کاٹھ کباڑ نکالتے ہیں۔ اس امید پر وہ باہر کھڑا ہو کر آوازیں لگانے لگا۔ کچھ دیر بعد مکان کے اندر سے کسی لڑکی نے اسے ٹھہرنے کے لیے کہا۔ جس سے اس نے اندازہ لگایا کہ وہ آواز کسی کنواری لڑکی کی تھی۔ اگلے لمحے وہ ایک آہ بھرتے ہوئے بتانے لگا کہ دروازہ کھلتے ہی وہ لڑکی اسے دیکھ کر دروازے کے ایک پٹ کے پیچھے چھپ گئی لیکن تب تک وہ اسے ایک نظر دیکھ چکا تھا۔ اس نے اپنے کان چھوتے ہوئے قرآن کی قسم کھاتے ہوئے کہا: ''گھوڑا رے۔ وہ کوئی چھوکری نہیں پری ہے۔'' اس کی بات سن کر مجھ سے رہا نہ گیا اور مَیں نے اس کے سر پر زور سے ایک دھپ لگائی۔

اس دفعہ بھی وہ اپنی کھیسیں نکالنے اور بتانے لگا: ''اس کے بعد اس کی ماں، بہت سے ٹوٹے پھوٹے برتن، سندھی رسالے، اخبارات اور بھوسی ٹکڑے لیے ہوئے دروازے سے باہر نکل آئی۔ اس نے پردہ نہیں کیا اور اس کے سر پر صرف دوپٹہ تھا۔ ویسے وہ بھی بہت حسین لگ رہی تھی، اپنی بیٹی کی طرح۔ وہ جس لہجے میں مخاطب ہوئی، اس لہجے میں اپنے شہر کی آج تک کوئی عورت مجھ سے مخاطب نہیں ہوئی تھی۔ اس دوران میں بار بار دروازے کی طرف دیکھتا رہا لیکن اس کی بیٹی دروازے کے پیچھے سے باہر نہیں نکلی بلکہ چھپ کر دیکھتی رہی۔ اس لیے اسے تین چار مرتبہ غور سے دیکھنے کا موقع مل گیا۔'' بات مکمل کرنے کے بعد چھیما ایک فخر سے میری طرف دیکھنے لگا۔

اس کی باتیں سن کر میں حسد کی آگ میں جلنے لگا تھا۔ غصے میں آ کر مَیں نے چھیمے کا گریبان پکڑ کر اسے دو زوردار طمانچے رسید کرتے دھمکی دی کہ اگر آج کے بعد مجھے وہ اس گلی میں دکھائی دیا تو میں اسے جان سے مار دوں گا۔ اس دفعہ وہ اپنی بھدّی آواز میں زور سے رونے لگا۔ مَیں اسے روتا چھوڑ کر گھر کی جانب چل دیا۔

اپنے گھر کے دروازے پر پہنچ کر مَیں نے داہنی طرف دیکھا تو عرفان اور مشتاق مجھے اس جانب آتے دکھائی دیئے۔ انہوں نے مجھے نہیں دیکھا اور دھیرے دھیرے باتیں کرتے میرے قریب سے گزر گئے۔ ان کے جانے کے بعد مَیں نے ان کے پیچھے چند قدم اٹھائے لیکن پتہ نہیں کیوں میں آگے نہیں بڑھ سکا اور واپس لوٹ آیا۔

مجھے سخت حیرت ہو رہی تھی کہ دو دنوں میں محلے بھر کے لونڈے لپاڑے نہ صرف سُومل کی آمد کے بارے میں جان چکے تھے بلکہ یقینی طور پر بعضوں نے اسے دیکھ بھی لیا تھا اور کچھ زبانی اس کے حسن کا چرچا سن کر مچلتے ہوئے ادھر کا رخ کر رہے تھے۔ مجھے آنے والے عرصے میں سُومل کے پرستاروں میں اضافے کا امکان دکھائی دے رہا تھا۔ مَیں کوئی پہلوان یا جنگجو نہیں تھا کہ ان سب سے ٹکرا لے سکتا۔ مجھے ناگزیر طور پر کوئی ایسی ترکیب سوچنی چاہیے تھی کہ مَیں اسے اپنی طرف متوجہ

کر کے اس کا منظورِ نظر بن جاؤں۔ مجھے احساس ہونے لگا کہ مجھے چھیمے پر ہاتھ نہیں اٹھانا چاہیے تھا۔ وہ محلے بھر کے لڑکوں کو پٹائی کی کہانی سنا دے گا اور یوں ان سب پر میرا راز کھل جائے گا اور وہ سارے لڑکے میرے رقیب بن جائیں گے۔

یہ سب سوچتے ہوئے مَیں نے فیصلہ کیا کہ آئندہ ان سب کے سامنے کھل کر آنے سے گریز کروں گا اور ان کی موجودگی میں سُومل کے مکان کے قریب نہیں پھٹکوں گا۔ اسی لمحے مجھے اپنے گھر کی چھت کا خیال آیا۔ مجھے قوی امید تھی کہ میرے لیے وہاں سے اس کے مکان کی بالائی منزل کو پوری طرح دیکھنا ممکن ہو سکتا تھا۔ یہی سوچتا ہو میں گھر پہنچا تو اماں اکیلی چارپائی پر بیٹھیں میرا انتظار کر رہی تھیں اور بابا ابھی تک واپس نہیں آئے تھے۔ مجھے دیکھ کر ایک روندی سی ہنسی ہنستے ہوئے انہوں نے بتایا کہ چنگیر میں روٹی اور دیگچی میں سالن پڑا ہوا تھا۔ جواباً مَیں نے کہا کہ اس وقت بھوک نہیں، صرف پیاس لگی تھی۔ مَیں نے گھڑونچی سے پانی نکال کر پہلے خود پیا اور اس کے بعد انہیں بھی دیا۔ بابا کے نہ آنے کا فائدہ اٹھاتے ہوئے مَیں نے انہیں مختصراً بتایا کہ میرے ایک دوست کی پتنگ چھت پر اٹک گئی تھی اور میں اسے نکالنے کے لیے جا رہا تھا۔ انہوں نے مجھے ہدایت کی کہ اس وقت چھت پر احتیاط سے جاؤں کیوں کہ وہاں روشنی کا کوئی بندوبست نہ تھا۔

میں سیڑھیاں چڑھتا ہوا نیم چھتی تک پہنچا اور دروازہ کھول کر چھت پر پہنچ گیا۔ مَیں طویل عرصے بعد اپنی چھت پر آیا تھا۔ مٹی کے کچے فرش پر قدم رکھتے ہی مجھے اس کے مخدوش ہونے کا احساس ہوا۔ پچھلے کئی برسوں کے دوران اس کی لپائی کبھی نہ کی گئی تھی۔ مَیں اس کی سطح پر چلتا کچھ دور تک گیا تو مجھے وہ بہت نرم اور پوپلی محسوس ہوئی۔

اپنی چھت سے مجھے سُومل کا مکان قریب دکھائی دے رہا تھا۔ اگر میرے بس میں ہوتا تو میں اسی وقت چار پانچ زقندیں بھر کے وہاں تک پہنچ جاتا۔ اُس مکان کا بیرونی حصہ تاریکی میں لپٹا سوگوار لگ رہا تھا۔ ان کی اوپر والی منزل پر بلب روشن تھا۔ مَیں نے احتیاط کے ساتھ اپنی منڈیر پر جھک کر دیکھنے کی کوشش کی تو مجھے کمرے میں پڑے ہوئے پلنگ پر بچھی رنگین چادر کا کونا دکھائی دیا۔ مَیں وہ رنگین چادر دیر تک دیکھتا رہا۔ تیز ہوا کے خنک جھونکے میرے بدن سے ٹکرا رہے تھے۔ مَیں کچھ دیر تک منڈیر سے دیکھتا رہا۔ مَیں اس جانب دیکھنے میں اتنا محو تھا کہ مَیں نے آسمان پر بکھرے ہوئے تاروں پر نگاہ تک نہ ڈالی اور منہ بسورے کھڑا ہوا افسردہ چاند بھی نہ دیکھا۔

میں پر امید نظروں سے اس مکان کی پہلی پر اپنی نگاہیں جمائے کھڑا ہوا تھا کہ اچانک اپنے دروازے کی کنڈی بجنے کی واضح آواز میری سماعت میں داخل ہوئی تو میں چونک کر رہ گیا۔ مَیں فوراً سمجھ گیا کہ بابا آ گئے۔ مَیں احتیاط سے چلتا منڈیر سے چھت کے دروازے تک پہنچا اور پھر اسے بند کرتا ہوا نیم چھتی سے نیچے اترنے لگا۔

رات کے کھانے کے دوران بابا سے چند رسمی باتیں ہوئیں اور ہماری گفتگو نے طول نہیں کھینچا۔ ویسے بھی بابا کے ساتھ مکالمہ کر کے مجھے کبھی دلی مسرت نصیب نہ ہو سکی۔ اس وقت بھی وہ شراب کی جھونجھ میں تھے اور ان کی آنکھیں لال ہو رہی تھیں۔ خنکی ہونے کے باوجود ان کے چہرے پر پسینے کے ننھے قطرے چمک رہے تھے۔ دو مرتبہ روٹی کا نوالہ ان کے ہاتھ سے چھوٹ کر تخت پر گر گیا جسے انہوں نے اٹھا کر دوبارہ اپنے منہ میں ڈال لیا۔

اماں انہیں دیکھ کر زیرِلب مسکرا رہی تھیں۔ بابا کی حالت کا انہیں خوب اندازہ تھا۔ مَیں نے اماں کی آنکھوں میں جھانکا تو وہاں ایک عجیب سے جذبے کا رنگ لہرایا اور پھر غائب ہو گیا۔ شاید وہ ان کے باہمی تعلق کا اصلی اور حقیقی رنگ تھا، جو ان کی برسوں پر پھیلی روزمرہ کی زندگی میں گم ہوتا چلا گیا تھا۔ بابا نے اپنی گل مچھوں پر ہاتھ پھیرتے ہوئے معصوم بدمعاشی سے اماں کی طرف دیکھا اور بے سبب ہنستے ہوئے ایک لوک گیت گنگنانے لگے۔ ''آنکھوں آنکھوں میں گلے مل کر دل دیا جاتا ہے۔'' وہ گیت سنتے ہوئے اماں نے شرما کر اپنے دوپٹے سے اپنا چہرہ ڈھانپ لیا۔ کچھ دیر بعد انہوں نے کھانے کے برتن اٹھائے اور ہنستی ہوئی باورچی خانے میں چلی گئیں۔ مجھے ان کی یہ چھیڑ چھاڑ اچھی لگی۔ مَیں جب سونے کے لیے لیٹا تو مطمئن اور آسودہ تھا، گرچہ ایسے موقعے میرے زندگی میں زیادہ نہیں تھے، اس لیے مَیں نے بہت مزے کے ساتھ سُومل کے بارے میں سوچتے ہوئے آنکھیں میچ لیں۔ آنکھیں میچتے ہوئے میں خود کو ملامت کرنے لگا کہ مَیں ضرورت سے زیادہ بے صبر اور جلد باز واقع ہو رہا تھا جب کہ ایسے معاملات سکون اور احتیاط کے ساتھ طے کیے جانے کے متقاضی تھے۔ یہی سوچتے سوچتے اچانک مجھے گہری نیند نے آلیا۔

پتہ نہیں کیوں اب مجھے گہری اور طویل نیند آنے لگی تھی۔ صبح جب میں بستر سے اترا تو کمرے کی کھڑکیوں سے دھوپ اندر آچکی تھی۔ مَیں نے میلے کچیلے کتھئی رنگ کے فرش پر چمکتی ہوئی دھوپ کا چوکھٹا دیکھتے ہوئے اپنی آنکھیں مچمچائیں۔ ایک کھڑکی پر بیٹھی لالڑی کی چہچہاہٹ سن کر میں چونکا اور میرے حواس اپنی جگہ پر آگئے۔ مَیں نے بستر سے اتر کر غسل خانے کے بجائے چھت کا رخ کیا۔ باورچی خانے سے مجھے بلاتی اماں کی آواز مَیں نے یکسر نظرانداز کر دی۔ چھت کا دروازہ کھولتے ہی کنمنائی دھوپ کے ساتھ خنک ہوا نے میرا استقبال کیا۔ مَیں نے اپنی قمیص کی جیب پر ہاتھ لگایا تو اتفاق سے کل خریدی ہوئی ایک سگریٹ میری جیب میں رہ گئی تھی۔ اسے نکال کر دیکھا تو وہ مڑی تڑی ہوئی تھی۔ اسے سیدھا کر کے مَیں نے ماچس کی ڈبیا سے ایک دیاسلائی رگڑ کر اسے سلگایا اور صبح کا پہلا کش لیا جو سیدھا میرے سینے پر لگا اور مجھے کھانسی آنے لگی۔ مَیں دیوار کا سہارا لیتا ہوا بیٹھ گیا۔ کچھ دیر بعد میری کھانسی رک گئی۔ مَیں اٹھ کر دھیرے دھیرے چلتا منڈیر کے پاس پہنچا اور اس پر ہاتھ رکھ کر اپنے گردوپیش کا جائزہ لینے لگ گیا۔

یہ سگریٹ کا اثر تھا یا خنک ہوا کا، کہ مجھے آس پاس کی بوسیدہ اشیائی نکور لگنے لگیں۔ اپنی چھت اور اس کی منڈیر، اردگرد کے پرانے مکانات اور گلیاں دیکھ کر یوں لگ رہا تھا کہ جیسے ان سب پر کسی نے کوئی نیا رنگ چڑھا دیا ہو اور ان کی قدامت میں کشش پیدا کر دی ہو لیکن نئے پن کا یہ دھوکا زیادہ دیر برقرار نہ رہ سکا۔ سگریٹ ختم ہونے کے بعد جب مَیں نے غور سے اپنی چھت کا کچا فرش دیکھا تو وہ واقعی خستہ اور مخدوش دکھائی دیا۔ اس کی مٹی بھُربھُری ہو چکی تھی اور اس میں شامل بھوسے کے تنکے ہوا سے اڑ کر ایک کونے میں چھوٹے سے ڈھیر کی صورت جمع ہو گئے تھے۔ چھت کا پرنالہ جو بارش کے دنوں میں پانی کی نکاسی کرتا تھا اور اسے چھت پر ٹھہرنے سے روکتا تھا، نجانے کب کا ٹوٹ کر نیچے جا گرا تھا۔ مجھے بابا کی بے حسی اور اپنی بے بسی پر ندامت محسوس ہونے کے ساتھ غصہ آنے لگا۔ معاً مجھے اپنا زلزلے والا خواب یاد آیا اور میں لرز کر

رہ گیا۔ مَیں خود پر لعنت ملامت کرتا سُومل کے مکان کی جانب دیکھنے لگا۔

دن کی روشنی میں اس طرف دیکھنا فائدہ مند ثابت ہوا کیوں کہ نزدیک واقع ہونے کی وجہ سے مجھے اس گھر کی پہلی منزل واضح طور پر دکھائی دینے لگی تھی۔ اس گھر کا باورچی خانہ گلی کی سمت واقع تھا۔ مَیں نے غور سے دیکھا تو اس کا دروازہ غائب نظر آیا اور اس کے چوکھٹے میں ایک رنگین لباس متحرک دکھائی دیا۔ مَیں دھوپ میں کھڑا ہوا تھا اس لیے باورچی خانے میں چھاؤں ہونے کی وجہ سے اندر کا منظر واضح طور پر نظر نہیں آ رہا تھا۔ کچھ دیر غور سے دیکھتے رہنے کے بعد مجھے وہاں ایک عورت کی پشت دکھائی دے گئی۔ وہ چولھے کے پاس کھڑی کوئی کام کر رہی تھی۔ اسے دیکھ کر میرے دل میں بے ساختہ خوشی کا فوارہ پھوٹ نکلا۔ اس کے لباس پر بڑے بڑے جامنی رنگ کے پھول بنے ہوئے تھے۔ کچھ دیر کے لیے مجھے اپنے چاروں طرف جامنی رنگ دکھائی دینے لگا۔ وہ پھول مجھے دیدہ زیب محسوس ہوئے اور ان کی انجانی مہک میری سانسوں میں کھلبلی مچانے لگی۔ مَیں نے کئی مرتبہ اپنی آنکھیں سکیڑ کر پھیلائیں لیکن میں اس کی پیٹھ پر اس کی قمیص کی شکنیں نہیں دیکھ سکا۔ مَیں نے اپنے طور پر فرض کر لیا تھا کہ جامنی لباس میں سُومل کا وجود میرے سامنے تھا۔ اس کی قامت درمیانی اور جسم گداز پن سے بھرپور تھا لیکن اتنی دور سے اس کا گداز محسوس کرنا ناممکن تھا۔ مَیں اپنے سامنے جامنی رنگ ادھر ادھر ہلتے ہوئے دیکھتا رہا۔

کچھ دیر بعد مجھے ایک لڑکا کمرے سے نکل کر باورچی خانے کی طرف آتا دکھائی دیا۔ کمرے سے باورچی خانے تک چند قدموں کا راستہ تھا اور اس پر دھوپ پھیلی تھی۔ مَیں نے وہ لڑکا فوراً پہچان لیا، وہ سُومل کا چھوٹا بھائی تھا۔ اس کے باورچی خانے میں داخل ہونے پر جامنی لباس میں ملبوس نسوانی بدن نے کروٹ لی اور اپنا رخ میری جانب کیا۔ اس کی پہلی جھلک پاتے ہی میری سوچوں کا شیش محل یک دم زمیں بوس ہو گیا۔ اس کی پہلی جھلک پاتے ہی مجھے پتا چل گیا کہ وہ سُومل نہیں، اس کی ماں تھی لیکن وہ کہاں تھی؟

اماں مسلسل مجھے نیچے بلا رہی تھیں، اس لیے مجھے دھڑکا لگا تھا کہ وہ کہیں چھت پر آ کر میری کارگزاری کا پتا نہ چلا لیں۔ معاً مَیں نے منڈیر سے نیچے جھانکا تو گلی میں معمول کی مدھم چہل پہل دکھائی دی۔ مَیں نے ایک اچٹتی سی نظر سامنے ان کے باورچی خانے پر ڈالی تو سُومل کی ماں اپنے بیٹے کو رکابی میں پراٹھا اور ایک کپ میں چائے دے رہی تھی۔ یہ دیکھ کر میں مایوسی سے اپنا سر ہلاتا ہوا منڈیر سے ہٹ گیا۔ مجھے معلوم تھا کہ میری یہ مایوسی عارضی تھی اور مجھے بہت جلد اپنے معشوق کا دیدار حاصل ہونے والا تھا۔

اب یاد کرتا ہوں تو وہ دن ایک شدید بے قراری سے معمور تھا۔ چھت سے اتر کر مجھے کسی پل قرار نہیں آتا تھا۔ اماں نے میرے ناشتے کے لیے جو پراٹھا بنایا تھا وہ پڑے پڑے سوکھ گیا۔ ان کے بار بار کہنے پر بھی مَیں نے اسے ہاتھ نہیں لگایا بلکہ میں چائے پی کر اپنے گھر سے نکل گیا اور جیون کی مانڈلی سے اپنے لیے سگریٹ کا ایک پیکٹ اور اماں کے لیے ان کی من پسند نسوار خرید لایا۔ تازہ نسوار ہونٹوں کے پیچھے دبانے کے تھوڑی دیر بعد اماں پر غنودگی چھانے لگی۔ ویسے بھی وہ فجر کی جاگی

ہوئی تھیں، اس لیے کھاٹ پر لیٹتے ہی خراٹے لینے لگ گئیں۔ ان کے سوتے ہی میں دوبارہ چھت پر جا پہنچا اور ایک بار پھر سُومل کے مکان کی جانب اپنی نگاہوں کی شست باندھ کر کھڑا ہو گیا۔

میں دوپہر تک اپنی منڈیر سے لگا رہا۔ اس دوران مجھے ایک بار پھر سُومل کی ماں دکھائی دی۔ اسے دیکھتے ہوئے مجھے سلیم عرف چھیمے کے وہ الفاظ یاد آنے لگے جو اس نے اس عورت کی تعریف میں ادا کیے تھے۔ اس میں واقعی ایسی کشش تھی جو نوجوانوں کا دل فوراً اپنی جانب کھینچ سکتی تھی لیکن بس میں واپسی کے سفر کے دوران میری نگاہوں کا مرکز سُومل رہی تھی۔ اس لیے میرے لیے اس کی ماں میں کوئی کشش نہیں تھی۔ مجھے رہ رہ کر اس کا چہرہ یاد آ رہا تھا میں جسے شدت سے دیکھنے کا تمنائی تھا۔ مَیں پلکیں جھپکائے بغیر یکے بعد دیگرے سگریٹ پیتا رہا۔ میری بے چینی اب اذیت کا روپ دھار چکی تھی اور منحوس قسم کے وسوسے اور اندیشے میرے دل و دماغ پر یورش کرنے لگے تھے۔ کیا واقعی سُومل ان کی سگی بیٹی تھی؟ وہ ان کی بھانجی یا بھتیجی بھی تو ہو سکتی تھی، جسے ان لوگوں نے واپس بھیج دیا ہو۔ یہ سوچتے ہوئے میرے دل نے چیخ کر کہا کہ نہیں، ایسا نہیں ہو سکتا۔ سیمی کا چہرہ سُومل سے بے پناہ مشابہت رکھتا تھا، اس لیے یہ بات طے تھی کہ وہ اس کی سگی بیٹی تھی۔ لیکن وہ کہاں چھپی ہوئی تھی۔ دو دن سے مجھے دکھائی کیوں نہ دی تھی۔

منڈیر پر کھڑے کھڑے میں تھک گیا تھا، اس لیے ذرا ہٹ کر چھت کی دیوار سے پیٹھ لگا کر اور اپنا سر گھٹنوں میں دے کر بیٹھ گیا۔ میرے اعصاب پر تھکن اور جھلاہٹ سوار ہونے لگی تھی۔ مجھے اپنی بے بسی پر غصہ آنے لگا تھا۔ مَیں نے ایک اور سگریٹ سلگائی لیکن اس کے دو تین کش لینے کے بعد میرا سر چکرانے لگا اور میں اسے پھینک کر چھت سے واپس چلا گیا۔

نچلی منزل پر پہنچتے ہی میں اپنی کھاٹ پر ڈھے گیا۔ میرا حال دیکھ کر میری اماں تشویش میں مبتلا ہونے لگیں۔ اس دوران وہ دوپہر کا کھانا بنا چکی تھیں لیکن میری بھوک سرے سے ہی غائب ہو چکی تھی، اس لیے ان کے اصرار کے باوجود میں کھانا کھانے پر آمادہ نہ ہو سکا۔ میری پیشانی چھوتے ہی ان پر گھبراہٹ طاری ہو گئی۔ میرا جسم گرمی سے پھنک رہا تھا۔ وہ سمجھیں کہ مجھے تاپ چڑھ گیا تھا۔ ان کی پریشانی دیکھ کر میری ہنسی چھوٹ گئی۔ مَیں نے انہیں سمجھانا چاہا کہ مجھے کچھ نہیں ہوا۔ مَیں ٹھیک تھا، مگر انہوں نے میری ایک بات نہ سنی اور دو موٹے سے لحاف لا کر میرے اوپر پھینک دیئے۔ مَیں نے وہ لحاف فوراً اتار کر پھینک دیئے۔ مَیں انہیں اطمینان دلانے کی کوشش کرنے لگا لیکن میری کوئی تاویل انہیں مطمئن نہ کر سکی۔ ان کا خیال تھا کہ بخار نے میری بھوک اڑا دی تھی۔ وہ مجھے نصیحتیں کرنے لگیں جنہیں سنتے ہوئے میں مسکرائے بغیر نہ رہ سکا کیوں کہ مجھ ایسے ڈھیٹ پر ان کا کوئی اثر نہیں ہو رہا تھا۔

مَیں نے ان کا جھریوں بھرا ہاتھ تھام کر اسے دباتے ہوئے، ان سے چائے بنانے کی فرمائش کی تو وہ مجھے غسل کرنے کے لیے کہنے لگیں۔ میرا جسم مضمحل تھا اور اعصاب جھنجھنائے ہوئے تھے۔ مَیں اس وقت نہانے کے لیے بھی آمادہ نہیں تھا لیکن ان کے اصرار کے آگے مجھے ہار ماننی پڑی۔

مَیں نے جب نل سے بالٹی میں گرتا ہوا پانی اپنے ہاتھ سے چھوا تو میرے پورے بدن نے ایک جھرجھری سی لی۔ سہ پہر

کے باوجود مجھے پانی خاصا ٹھنڈا لگ رہا تھا۔ مَیں نے کپڑے اتار کر غسل خانے کے دروازے کے پیچھے کیل پر لگا دیئے اور برہنہ ہو کر پانی کا بھرا ہوا مگ اپنے جسم پر انڈیلنے لگا۔ پہلا مگ ڈالتے ہی میرا جسم ایک شدت سے کپکپایا لیکن دو چار مگ اور گرانے کے بعد مجھے ٹھنڈا پانی اچھا لگنے لگا۔ سر سے پاؤں تک بہتا ہوا پانی ایک عجیب لطف دیتا رہا۔ غسل کے بعد مَیں نے تولیے سے بدن پونچھا اور کپڑے پہن کر باہر نکل آیا۔

مجھے دھوپ میں بیٹھنے کی خواہش ہونے لگی لیکن وہ پہلی منزل کی کھڑکیوں سے رخصت ہو چکی تھی اور دھیمی ہوا خنک لگ رہی تھی۔ مَیں چارپائی پر بیٹھ کر چائے تیار ہونے کا انتظار کرنے لگا۔ کچھ ہی دیر میں اماں میرے لیے چائے سے بھرا ہوا پیالہ لے آئیں تو مَیں نے ان سے پہننے کے لیے سویٹر مانگا کیوں کہ مجھے ٹھنڈ محسوس ہو رہی تھی۔ اماں نے جواب دیا کہ انہوں نے ابھی تک صندوق سے گرم کپڑے نکالے نہیں۔ وہ کل نکالیں گی، پھر انہیں دھوپ لگوائیں گی، اس کے بعد کل شام تک سویٹر پہننے کے لیے دست یاب ہو سکے گا۔ مَیں نے چائے کا پہلا گھونٹ لیا تو ایک مختلف ذائقہ محسوس ہوا۔ یوں لگا کہ جیسے تین مختلف خوشبوئیں یک جا ہو گئی ہوں۔ مَیں نے اس کی بابت اماں سے پوچھا کہ اس میں کیا ملا دیا ہے؟ انہوں نے بتایا کہ سونف، دارچینی اور سفید زیرہ ڈالا ہے، تا کہ تمہاری طبیعت بہتر ہو جائے۔

انہوں نے بجا کہا تھا، چائے پی کر میں واقعی تازہ دم ہو گیا۔ اسی لیے اماں نے مجھے کھانا کھانے کا مشورہ دیا میں جسے ٹالتا ہوا گھر سے باہر جانے لگا۔ اماں نے مجھے بہت روکا کہ مجھے کہیں ٹھنڈ نہ لگ جائے۔ انہیں میرے دل میں لگی آتشِ شوق کی حدت کا اندازہ نہیں تھا۔ مَیں انہیں نظر انداز کرتا سیڑھیوں سے اتر کر باہر چلا گیا اور نہ چاہتے ہوئے بھی میرے قدم سُومل کے مکان کی جانب اٹھتے چلے گئے۔

میں چند قدم آگے بڑھا کہ اس مکان کے دروازے سے مَیں نے دو عورتیں اور ایک نوعمر لڑکا باہر نکلتے ہوئے دیکھے۔ مَیں نے ذرا فاصلے سے دیکھا کہ ایک عورت نے سیاہ جب کہ دوسری نے سفید چادر اوڑھی ہوئی تھی اور ان کا رخ سامنے نیچے اترنے والی گلی کی جانب تھا۔ اس لیے میں ان کے چہرے نہ دیکھ سکا۔ مَیں نے وہ لڑکا فوراً پہچان لیا اور ان عورتوں کے بارے میں میرا دل پکار کر کہنے لگا کہ ان میں سے ایک سُومل تھی اور دوسری ماں۔ مَیں اس خوش فہمی میں مگن ہو کر ایک مخصوص فاصلہ رکھتے ہوئے ان کے پیچھے چلنے لگا۔

میں ان کا پیچھا کرتے ہوئے چلتے ان کی پشت، لباس اور ان کی حرکات کا باریک نظروں سے جائزہ لیتا رہا۔ سیاہ چادر والی خاتون نے کتھئی جب کہ سفید چادر والی نے مہندی رنگ کے کپڑے پہنے تھے۔ ایک نے اپنے پیروں میں سادہ چپل جب کہ دوسری نے ایڑی والی سینڈل پہنی ہوئی تھی۔ وہ دونوں آپس میں دھیمے لہجے میں باتیں کرتیں، ایک سست لیکن مستانی چال سے چل رہی تھیں۔ کتھئی کپڑوں والی کے کولھے کچھ ڈھلکے ہوئے تھے اور بار بار تھرک رہے تھے لیکن دوسری کا بدن کسا کسایا ہوا تھا اور اس کی چال سے بلا کی تیزی اور خود اعتمادی جھلک رہی تھی جب کہ وہ لڑکا ان سے تقریباً بیگانہ، آگے چلا جا رہا تھا۔ ایک دوراہے سے وہ بائیں طرف، جہاں کمہاروں کے کچے گھر واقع تھے، چلنے لگے۔ مَیں وہاں چند لمحے ٹھہر کر انہیں

جاتے ہوئے دیکھتا رہا۔ یہ شاہ جہانی مسجد جانے کا مختصر راستہ تھا۔ اس طرف کم ہی آمد و رفت ہوتی تھی۔ مجھے اندازہ ہو گیا تھا کہ یہ لوگ سیر کے لیے نکلے تھے۔ یہ جان کر مجھے ایک گونہ اطمینان ہوا اور میں ان سے اتنا فاصلہ رکھ کر چلنے لگا کہ اگر وہ پیچھے مڑ کر دیکھ بھی لیں تو مجھے پہچان نہ پائیں۔ کمہاروں کے گھروں کے قریب سے یہ راستہ مٹی کے ایک ٹیلے سے گزرتا، پھر اس کے آخر میں واقع ایک گلی سے ہوتا ہوا مسجد کے سامنے جا نکلتا تھا۔ ٹیلہ چڑھتے ہوئے، سیاہ چادر والی خاتون نے پلٹ کر دیکھا تو ان کے پیچھے میرے سوا اور کوئی تھا۔ اس کے بعد وہ تینوں تیزی سے چلتے ہوئے میری نگاہ سے اوجھل ہو گئے۔ مَیں تیزی سے ان کی جانب لپکا۔

مَیں نے انھیں لوہے کے پھاٹک سے مسجد کے سبزہ زار میں داخل ہوتے دیکھا تو میں ان کے قریب پہنچنے کی کوشش کرنے لگا۔ سبزہ زاروں میں کھیلتے کودتے شہر کے لڑکے غل مچا رہے تھے جب کہ سیاح مسجد کے طرزِ تعمیر کا بغور معائنہ کرتے ہوئے اس کے چاروں گھوم رہے تھے۔ مَیں ناریل کے بلند قامت آرائشی پیڑوں کے نزدیک پہنچا تو مجھے مسجد کا بوڑھا شیدی چوکیدار اپنا مخصوص ڈنڈا ٹائلوں کے فرش پر مار کر چلتا دکھائی دیا۔ اس نے مجھے پہلی نظر میں ہی پہچان لیا اور سر کو ہلکی جنبش دے کر سلام کرتا ہوا میرے پاس سے گزر گیا۔ اس کے گزرتے ہی یادوں کا ایک پورا سلسلہ چشم زدن میں میری نگاہوں کے سامنے گزر گیا۔ مجھے نیم کے وہ دو پیڑ یاد آئے جو مسجد کے بڑے گنبد کے پیچھے واقع سبزہ زار میں لگے ہوئے تھے۔ پرانی، تلخ یادوں سے دامن چھڑا کر میں آگے بڑھا اور سبزہ زار کے درمیان کھڑی سنگِ زرد سے بنی مسجد کے صدر دروازے کی جانب بڑھا۔ اس کے باہر جوتے کی دیکھ بھال کرنے والے شخص کے پاس کھڑے ہو کر مَیں نے اپنے جوتے اتارتے ہوئے، وہاں پڑے مختلف جوتوں پر نگاہ ڈالی تو مجھے ان کے جوتے بھی دکھائی دے گئے۔ مَیں اونچی ایڑی والی جوتیوں کی طرف حسرت سے دیکھا کیوں کہ سُومل کے نرم و نازک پیر ان میں بند یہاں تک پہنچے تھے۔

میں ننگے پاؤں چلتا نقش و نگار سے مزین چوبی دروازے سے مسجد میں داخل ہوا۔ وضو خانے کا وسیع حوض پانی سے بھرا تھا اور اس میں آس پاس کے گنبدوں اور محرابوں کا عکس تھرتھرا رہا تھا۔ عصر کی اذان کچھ دیر پہلے ہو چکی تھی، اس لیے کچھ نمازی پتھریلی نشستوں پر بیٹھے وضو کر رہے تھے۔ مَیں حوض کو دیکھتا آگے بڑھا۔

مسجد کے کشادہ صحن میں گہما گہمی تھی۔ لوگ تجسس اور عقیدت سے بلند قامت محرابوں کے پتھروں پر کندہ آیات پڑھنے کی سعی کر رہے تھے اور انھیں چوم رہے تھے۔ وہیں آس پاس مجھ ایسے نظر باز بھی گھومتے پھرتے دکھائی دے رہے تھے جو ہر لڑکی اور عورت کو گھور کر دیکھتے ہوئے زیرِ ناف کھجانے لگتے تھے۔ وہ ان کی توجہ حاصل کرنے کے لیے اچھلتے کودتے اور زور زور سے گیت گنگنانے لگتے تھے۔ جس پر مسجد کا پیش امام یا محکمہ اوقاف کا کوئی ملازم آ کر انھیں ڈانٹنے لگتا تو وہ وہاں سے بھاگ جاتے۔ جن لوگوں کے پاس کیمرے تھے مختلف پوز دے کر اپنی تصاویر بنوا رہے تھے۔ فوٹو گرافر لوگوں کو تصویریں بنوانے کی ترغیب دے رہے تھے۔ تیز ہوا سے عورتوں کے کپڑے پھڑپھڑا رہے تھے اور ان کے دوپٹے بار بار ان کے سروں سے اتر جاتے تھے۔ مسجد کے گنبدوں کے نیچے بچے بالکے دوڑتے شور مچا رہے تھے۔

میں زرد پتھر کی ملائم اور سرد اینٹوں پر چلتا انہیں گنبدوں کے نیچے ڈھونڈ رہا تھا۔ ایک محراب کے نزدیک پہنچ کر میں ٹھہر گیا۔ سُومل اس محراب کے پاس کھڑی ہوئی اس پر کندہ عبارت پڑھنے کی کوشش کر رہی تھی۔ مَیں ذرا سی دوری پر ٹھہر کر اس کی جانب غور سے دیکھنے لگا۔ شاید یہ میرے انتظار اور ریاضت کا پھل تھا کہ مجھے اسے قریب سے دیکھنے کا سنہری موقع مل گیا تھا۔

اس کے سرخ، رس بھرے ہونٹ خفیف جنبش سے دھیرے سے ہِل رہے تھے۔ اس کی غلافی آنکھیں بار بار مچمچاتی ہوئی عربی زبان کی عبارت پڑھنے میں محو تھیں۔ ایسے سنگِ عقیق سے لب اور باداموں جتنی آنکھیں مَیں نے پہلے کبھی نہ دیکھی تھیں۔ اس کے سرخ و سفید اور گول چہرے پر مجھے بھولپن نظر آ رہا تھا۔ اس کی گردن مختصر لیکن صاف ستھری تھی۔ ہوا کے جھونکے سے اس کی سفید چادر سر سے لڑھک کر نیچے آ رہی لیکن اس نے اسے دوبارہ سر پر رکھنے کی زحمت نہ کی۔ اس کے سر کے بال گہرے سیاہ اور گھنیرے تھے، جن کے بالکل بیچ سے نکلتی مانگ آگے جا کر ان کے گھنے پن میں کھو گئی تھی۔ اس کی چٹیا اس کی کمر سے ہوتی کولھوں تک چلی گئی تھی۔ مَیں عبارت پڑھنے کی اس کی کوشش کے دوران اس کے سینے کا زیروبم محسوس کیے بغیر نہ رہ سکا۔ اس کی درمیانی قامت کے لحاظ سے اس کی چھاتیاں بھاری دکھائی دے رہی تھیں، مَیں جنہیں دیکھ کر دنگ رہ گیا۔

عبارت پڑھتے پڑھتے اچانک اس نے اپنی آنکھیں ہٹا کر ادھر ادھر دیکھا تو ناگاہ اس کی نظر مجھ سے ٹکرا گئی۔ مَیں اس سے نگاہ ملنے کی تاب نہ لا سکا اور مسجد کی چھت پر ترتیب سے بنے ہوئے گنبدوں کے ابھار دیکھنے لگا لیکن مَیں نے محسوس کیا کہ نظریں ملنے کے بعد وہ بھی کچھ بوکھلا گئی تھی۔ اس نے اپنی حیرت چھپاتے ہوئے ایک دم اپنا رخ پھیر لیا اور جلدی سے اپنی چادر سر پر رکھنے کے بعد بلا وجہ اپنے لباس کی شکنیں درست کرتی سب سے بڑے گنبد کی جانب، جہاں اس کی ماں اور بھائی گھوم رہے تھے، چل دی۔ مَیں اپنی جگہ ساکت کھڑا اسے جاتے دیکھتا رہا۔ اس کی چال دھیمی لیکن پروقار تھی۔ وہ اپنا جادو اثر سراپا سنبھالتی ایک خاص ادا سے قدم قدم چلتی گنبد کی نیم تاریکی میں اپنی ماں اور بھائی کے پیچھے چلتی گم ہو گئی۔

اس کا تعاقب کرنے کے بجائے میں چھوٹے گنبدوں کے نیچے بنی راہداری میں چلنے لگا۔ کچھ آگے جا کر مجھے ایک نشیلی اور موسیقی بھری آواز سنائی دی اور مَیں نے اس طرح فوراً پہچان لیا، جیسے کوئل کی کوک دور سے پہچانی جاتی تھی۔ اس کا ترنم اور آہنگ دوسری غُل مچاتی ہوئی آوازوں سے مختلف تھا۔ کچھ اور آگے بڑھنے کے بعد مجھے کہیں پاس ہی اس کی موجودگی کا احساس ہوا اور میں ایک دیوار کی اوٹ میں کھڑا ہو کر اس جانب دیکھنے لگا۔ وہ چھت پر بنے نقش و نگار دیکھتی، دھیرے دھیرے چلتی میری طرف آ رہی تھی، جیسے اسے میرے ہونے کا احساس ہو گیا ہو۔ وہ چھت اور دیواریں دیکھتی اچانک مضطرب ہو کر آس پاس دیکھنے لگتی تھی لیکن میں خود کو اس کے سامنے آنے سے روک کر دیوار سے چپکا کھڑا رہا۔

اس کی ماں اور اس کا بھائی مسجد کے تعمیری حسن کی تعریفیں کیے جا رہے تھے۔ سُومل بھی متاثر تھی اور بیچ بیچ میں ایک آدھ جملہ ادا کر کے چپ ہو جاتی تھی۔ وہ بڑے گنبد کے نیچے وسیع و عریض ہال میں بنے ہوئے پتھر کے منبر کی تین چار سیڑھیاں

چڑھ کر اس پر کھڑی ہو گئی۔ وہ اس پر بیٹھنے والی تھی مگر اس کی ماں نے اس کی سرزنش کرتے ہوئے اسے اترنے کے لیے کہا کیوں کہ اس کے خیال میں ایک عورت کا منبر پر بیٹھنا گناہ تھا۔ شاید گناہ کا لفظ سن کر سُومل اپنے ارادے سے باز آ گئی اور منبر سے نیچے اتر آئی۔

گنبد کتنے ہی خوب صورت اور دل کش کیوں نہ ہوں، ان کے نیچے زیادہ وقت گزارنا ممکن نہیں ہوتا۔ مجھے دھیرے دھیرے ایک گھٹن کا ایک احساس ہونے لگتا تھا جو ایسی پرشکوہ جگہ سے دور بھاگنے پر اکساتا تھا تا کہ ان کی قدامت سے دور رہ کر آزادی سے سانس لے سکوں تو میں گنبدوں کے نیچے سے نکل آیا۔

نومبر کی سردی کی وجہ سے شام جلد ڈھلنے لگی۔ عصر کی باجماعت نماز کب کی ادا کی جا چکی تھی لیکن پھر بھی اس کے بعض گوشوں میں کچھ مرد و زن نماز پڑھتے دکھائی دے رہے تھے۔ تھوڑا وقت گزرنے کے بعد شاید ان تینوں کا جی بھی گنبدوں اور محرابوں سے اوبنے لگا اور انہوں نے باہر کی راہ لی، جب کہ مَیں ان سے ذرا پہلے صدر دروازے پر پہنچ کر وہاں جوتوں کے رکھوالے سے اپنی چپل لے کر دروازے کی دہلیز کے پاس بنی پتھریلی نشست پر بیٹھ گیا تا کہ سُومل کو آتے ہوئے اور پیروں میں جوتے پہنتے ہوئے دیکھ سکوں۔

وہ تینوں حوض کے قریب سے گزر کر دروازے سے نکلے تو میں اپنا سر جھکائے کن اکھیوں سے انہیں دیکھنے لگا۔ سُومل کی ماں ناٹے قد کی تندرست عورت تھی۔ اس کی چھوٹی چھوٹی بھوری آنکھوں اور اس کے جسم میں بے پناہ کشش تھی۔ وہ مجھے دیکھ کر پہلے تو چونکی پھر پہچاننے کی کوشش کرتی جوتے والے کے پاس گئی۔ سُومل میری جانب دیکھنے سے گریز کرتی میرے قریب سے ان جان بن کر گزر گئی۔

ذرا سا جھک کر اپنی چپل پہنتے ہوئے اس کی ماں میری جانب دیکھ رہی تھی، اس لیے اس کی پشت مجھے کچھ نمایاں دکھ رہی تھی جب کہ سُومل اپنے آپ میں مگن، خفیف سا جھک کر اپنی سینڈل پہن رہی تھی۔ مَیں نے سر جھکائے دیکھا کہ اس کے ننھے ننھے پاؤں حد درجہ سفید اور نازک تھے جب کہ اس کی ماں کے پیر گندمی رنگت کے تھے۔ اس کی ماں میں ساری کشش اس کے گدرائے ہوئے بھاری بدن کے سبب تھی، جس کی قوسیں اور لکیریں حد درجہ واضح دکھائی دے رہی تھیں اور مجھے ایک بار پھر سلیم عرف چھیمے کی بات یاد آنے لگی کہ یہ واقعی گرم اور جان دار عورت تھی۔

فواروں کی قطار کی جانب جاتے جاتے اس کی ماں نے پلٹ کر میری جانب دیکھا تو اس مرتبہ اس کی آنکھوں میں شناسائی کی چمک تھی۔ اس دوران میں بھی اٹھ کر ان کی جانب چل پڑا۔ سُومل کی ماں نے اسے کندھا مارتے ہوئے اس کے کان میں کچھ کہا جس پر وہ پلٹ کر مجھے اس طرح دیکھنے لگی جیسے بالکل پہلی بار دیکھ رہی ہو۔ اس کے بھائی نے بھی بطورِ خاص اپنی گردن موڑ کر پیچھے دیکھا۔ اس منظر نے میرے وجود میں کھلبلی مچا دی۔ وہ تینوں پہچان گئے تھے کہ بس اسٹینڈ پر سامان اتارتے ہوئے ان کی مدد کرنے والا میں ہی تھا۔

وہ تینوں آگے بڑھے تو میں بھی پتھر کی نشست سے اٹھ کر ان کے پیچھے چل دیا۔ چلتے ہوئے میری نظریں سُومل سے

زیادہ اس کی اماں کی پشت پر بھٹک رہی تھیں، جس کی تھرکن میرے بدن کے نہاں خانوں میں ایک ارتعاش پیدا کر رہی تھی اور میں نہ چاہتے ہوئے بھی اس طرف دیکھنے لگتا تھا۔تھوڑی دور جاکر وہ تینوں بائیں جانب ایک نسبتاً خالی سبزہ زار کی جانب مڑ گئے جس کی سبز باڑھ بعض جگہوں پر سوکھی اور کٹی پھٹی تھی۔ وہ صاف سی جگہ دیکھ کر گھاس پر بیٹھ گئے۔ چنے اور مونگ پھلی والے انہیں بیٹھتے دیکھ کر آوازیں لگاتے ان کے گرد منڈلانے لگے۔ ''بھگڑا، گرم، کرارا بھگڑا۔'' سُومل کے چھوٹے بھائی نے مونگ پھلی والے کو اشارے سے بلایا اور دو دو روپے والی مونگ پھلی کی پُڑیاں طلب کیں تو مَیں نے دیکھا کہ ان کی ماں نے منہ پھیر کر اپنے سینے کے اندر ہاتھ ڈالا اور وہاں سے مڑا تڑا ہوا دس روپے کا نوٹ باہر نکالا۔ اس باغیچے کے گرد گھومتے ہوئے مجھے یہ دھڑکا لگا ہوا تھا کہ کہیں کوئی واقف کار یا دوست مجھے یہاں اس طرح ٹہلتے نہ دیکھ لے۔

سُومل نے اپنی پُڑی سے مونگ پھلی نکال کر اپنے منہ میں ڈالتے ہوئے میری دیکھا تو اس کے ہونٹوں پر مدھم سی مسکراہٹ تیر گئی۔ اس نے مونگ پھلی مجھے دکھاتے ہوئے کھانے کا اشارہ کیا تو مَیں نے نفی میں اپنا سر ہلاتے ہوئے اسے منع کر دیا۔ مَیں اب ٹہلنے کے بجائے ان سے ذرا فاصلے پر سفیدے کے پیڑ کے پاس بیٹھ گیا۔ اس دوران دو ہلکی عمر کے لڑکے ان کے قریب سے سیٹیاں بجاتے اور ان پر جملے پھینکتے گزرے۔ وہ انہیں ایک چھوٹے سے لڑکے کے ساتھ دیکھ کر ان کے گرد گھومنے لگے۔ سُومل نے اپنا چہرہ دوپٹے سے ڈھانپ لیا جب کہ اس کی ماں نے انہیں برا بھلا کہنا شروع کر دیا، جس کی وجہ سے وہ لڑکے فوراً ہی وہاں سے سٹک گئے۔ سُومل کی ماں کا یہ جارحانہ انداز دیکھ کر میں کچھ محتاط ہو گیا کیوں کہ وہ کسی بھی وقت میرے ساتھ بھی ویسا سلوک روا رکھ سکتی تھی۔ چند لحظے گزرنے کے بعد میں اُن ماں بیٹی کو وقفے وقفے سے اپنی جانب تکتے ہوئے دیکھتا رہا۔

سُومل کی گہری آنکھوں میں چھپی خاموش اداسی مجھے بے چین کیے دے رہی تھی۔ مَیں سوچ رہا تھا کہ وہ یا تو واقعی سنجیدہ مزاج تھی یا میرے سامنے ایسے بن رہی تھی کیوں کہ مَیں نے اب تک اسے صرف دو یا تین بار ہی مسکراتے دیکھا تھا۔ وہ جب اپنی غلافی پلکیں کھول کر اپنی بڑی آنکھوں سے میری جانب دیکھتی تو مجھے نہ معلوم کیوں، ان میں اپنے لیے پسندیدگی کی جھلک دکھائی دیتی۔

کچھ دیر بعد سبزہ زاروں سے دھوپ غائب ہونے لگی اور آسمان کا نیلا پن شفق کی سرخی میں بدلنے لگا تو فضا میں خنکی بھی بڑھتی چلی گئی۔ اکثر لوگ ٹولیوں کی صورت دھیرے دھیرے وہاں سے رخصت ہونے لگے۔ سُومل اور اس کی ماں اپنے کپڑے جھاڑتے ہوئے اٹھیں اور انہوں نے اپنی چادریں پھیلا کر اپنے جسموں پر اوڑھ لیں۔ مَیں بھی سفیدے کے پیڑ کے نیچے اٹھ کھڑا ہوا۔

سرخ اینٹوں والے راستے پر اپنی ماں اور چھوٹے بھائی کے ساتھ چلتے ہوئے سُومل نے یکے بعد دیگرے پلٹ کر میری جانب دیکھا۔ اپنی جانب اس کے یوں متواتر دیکھنے پر میں حیران رہ گیا مگر اس وقت میری حیرت انتہا پر پہنچ گئی جب اپنی گردن موڑ کر میری اور دیکھتے ہوئے اس کے لبوں پر ایک دل موہ لینے والی مسکراہٹ پھیل گئی اور اس کے ساتھ ہی اس

کی آنکھوں میں چھائی اداسی یک دم ختم ہو گئی اور اس کی جگہ ایک دل پذیر مسرت نے لے لی جو مسکان بن کر اس کے لبوں پر پھیلتی چلی گئی۔ مَیں بھی بے ساختہ مسکراتا چلا گیا۔ پہلی بار اُس کی نگاہوں میں چمکتا مسرت کا ستارہ دیکھ کر مجھے یوں لگا جیسے مجھے میری شہر بدری کا پھل آج مل گیا۔ ماروی کی یاد کی کسک جو دل کی تہہ میں پڑی اب بھی کبھی کبھار کسمسا کر کروٹ لینے لگتی تھی، مجھے ہمیشہ کے لیے دم توڑتی محسوس ہوئی۔ ایک نئی لڑکی مجھے نئی مسرت سے ہم کنار کرنے کے لیے میری زندگی میں داخل ہو گئی تھی۔ اپنے شہر واپسی میرے لیے مبارک ثابت ہوئی تھی۔

میں ان سے ذرا فاصلے پر ان کے پیچھے قدم اٹھاتا مسجد کے آہنی دروازے سے نکل گیا۔

31

وہ لوگ جب اپنی گلی کے قریب پہنچے تو شام گہری ہو چکی تھی۔ جھینگر شور مچانے لگے تھے اور چمگادڑوں نے بھی اپنی بے مقصد پروازیں شروع کر دی تھیں۔ کافی نیچی پروازیں کرتی اور اوپر سے گزرتی بہت سی چمگادڑیں دیکھ کر انہوں نے اپنے سر جھکا لیے اور ڈرتے ہوئے مدد کے لیے آس پاس دیکھنے لگیں۔ شاید انہوں نے اڑتی ہوئی چمگادڑیں اتنی تعداد میں پہلی مرتبہ دیکھی تھیں۔ انہیں ڈر کے مارے شور مچاتے دیکھ کر میں کچھ دیر محظوظ ہوتا رہا پھر اپنی رفتار بڑھا کر ان کی مدد کے لیے ان کے قریب پہنچ گیا۔ معاً ایک تیز خوش گوار سی بو میرے نتھنوں میں گھستی چلی گئی۔ یہ کسی پرفیوم یا عطر کی خوشبو تھی جس کی لپٹیں ان کے کپڑوں سے اٹھ رہی تھیں۔ اس کی ماں نے اپنا ڈر چھپا کر ہنستے ہوئے مجھ سے پوچھا کہ یہ چمگادڑیں کانوں میں گھسنے کی کوشش تو نہیں کرتیں؟ یا انسان کا خون تو نہیں پیتیں؟ اس کی بات سن کر میں ہنسا اور اسے بتانے لگا کہ یہ کسی کو کچھ نہیں کہتیں کیوں کہ یہ شہر خموشاں کی چمگادڑیں ہیں، مزاروں مقبروں میں ان کا بسیرا ہے۔ یہ زندہ انسانوں سے خود گھبراتی ہیں بے چاریاں۔

میری باتیں سنتے ہوئے سُومل ایک سہمے ہوئے استعجاب سے اپنی بڑی بڑی آنکھیں گھماتی چپ چاپ میری جانب دیکھ رہی تھی۔ اچانک خوف سے کانپتا اس کا چھوٹا بھائی میرے پاس آ کر کہنے لگا کہ وہ میرے ساتھ آگے تک جائے گا۔ مَیں نے اس کا ہاتھ تھامتے ہوئے اسے تسلی دی اور آگے قدم بڑھاتے ہوئے ان سے اپنے پیچھے آنے کے لیے کہا۔ ان کے گھر کا فاصلہ کم ہی رہ گیا تھا۔

سُومل کی ماں بار بار کہتی رہی۔ ''ہائے گھوڑا۔ اتنی چمگادڑیں مَیں نے کبھی نہیں دیکھیں۔'' تھوڑی دیر بعد ان کا مکان سامنے دکھائی دینے لگا تو اس کے بھائی نے مجھ سے ہاتھ چھڑا لیا اور وہ تینوں تیزی سے آگے بڑھ گئے۔ نیم تاریک گلی میں وہ میرے سامنے چلتے اپنے گھر کے باہر بنی تین سیڑھیاں چڑھ کر دروازے کے پاس کھڑے ہو گئے۔ ان کی اماں دروازے کی دہلیز پر لگی کنڈی کے قریب بیٹھ کر چابی سے اس میں لگا ہوا قفل کھولنے لگ گئیں۔ اس دوران سُومل احسان مندی سے میری طرف دیکھتی مسکراتی رہی۔ دروازے کی کنڈی کھلنے کے بعد وہ تینوں سر ہلا کر میرا شکریہ ادا کرتے جلدی سے اپنے گھر کے اندر چلے گئے۔ دروازہ بھیڑ کر اس کی کنڈی چڑھا کر وہ سیڑھیاں چڑھنے لگے۔ اگلے ہی لمحے اوپر والی منزل کی

بتیاں روشن ہوگئیں۔

شام سے جو کچھ ہو رہا تھا میرے لیے حسین خواب جیسا تھا اور میں اس خواب کی رو میں اپنے اجاڑ گھر کی جانب چل دیا۔ بابا گھر پہنچ چکے تھے اور اپنے تخت پر بیٹھے سگریٹ پھونک رہے تھے۔ گھر پہنچتے ہی انہوں نے مجھے اپنے پاس بلالیا اور میں ان کے پاس جاکر بیٹھ گیا۔ وہ پوچھنے لگے کہ اس وقت کہاں سے آ رہا تھا؟ انہیں جواب دینے کے لیے مجھے جھوٹ کا سہارا لینا پڑا۔ مَیں نے بتایا کہ مغرب کی نماز پڑھنے گیا تھا۔ یہ سن کر بابا سے زیادہ میری اماں خوش ہوئیں اور میری بلائیں لیتے ہوئے مجھے پنج وقتہ نماز ادا کرنے کی تلقین کرنے لگیں، مَیں جسے ایک بیزاری سے سنتا رہا۔ ان کے چپ ہوتے ہی بابا کھنکار کر اپنا گلا صاف کرتے ہوئے مجھ سے ایک بار پوچھنے لگے۔ اس مرتبہ ان کا سوال ایک ہتھوڑے کی طرح مجھے لگا۔ انہوں نے پوچھا۔ ''تُو نے اب تک یہ نہیں بتایا نہیں کہ تُو حیدر آباد کب واپس جائے گا؟''

میں جب سے آیا تھا تب سے اس سوال سے خوف زدہ تھا اور آج انہوں نے یہ مجھ سے پوچھ لیا، تو میں اس کا جواب دینے کے بجائے گھبرا کر اماں کی جانب مدد کے لیے دیکھنے لگا۔ ان کے ہونٹوں پر بے ساختہ مسکراہٹ ابھری اور اگلے ہی لمحے وہ بابا سے مخاطب ہو کر کہنے لگیں۔ ''یہ ہمارا اکلوتا بیٹا ہے اور پہلے ہی اتنا عرصہ ہماری نظروں سے دور اجنبیوں کے درمیان ساڑھے تین سال گزار کر آیا ہے۔''

بابا نے غضب ناک نظروں سے اماں کی جانب دیکھتے ہوئے کہا۔ ''اب یہ جوان ہوگیا ہے اور اسے گھر میں بیٹھ کر روٹیاں توڑنے کے بجائے وہاں جاکر اپنا کام کرنا چاہیے۔'' یہ سن کر اماں ان سے کج بحثی کرنے لگیں تو بابا نے اپنا ہاتھ اٹھا کر انہیں چپ ہونے کا اشارہ کیا۔ اماں چپ ہونے کے بجائے بڑبڑاتی رہیں۔

''دو دن اور یہاں گزارو لیکن تیسرے دن واپس چلے جاؤ۔'' اپنا حکم صادر کر کے وہ اٹھے اور بیت الخلا کی طرف چلے گئے۔ مَیں حیرانی سے اماں کی طرف دیکھنے لگا تو انہوں نے مجھے صبر سے کام لینے کے لیے کہا۔

رات کے کھانے کے دوران اور اس کے بعد گھر میں گمبھیر خاموشی چھائی رہی۔ خنک ہوا کے جھونکے گھر کے مختلف گوشوں میں سرسراتے رہے۔ اپنے تخت پر رضائی اوڑھ کر دراز ہونے کے کچھ دیر بعد بابا حسبِ معمول اونچے خراٹے لینے لگے جب کہ اماں اپنی چارپائی پر گم صم لیٹی ہوئی تھیں اور میں ان کے برابر اپنی کھاٹ پر پڑا ہوا بے چینی سے کروٹیں لے رہا تھا۔ میری آنکھوں میں دور تک نیند کے آثار نہیں تھے۔ تھوڑا وقت گزرنے کے بعد جب اماں کے دھیمے خراٹے سنائی دینے لگے تو میں اپنا لحاف اتار کر دبے پاؤں چلتا ہوا زینے سے نیچے اتر گیا اور نچلی منزل پر جاکر پرانے صوفے پر بیٹھ گیا۔ اپنی جیب سے سگریٹ نکال کر اسے دھیرے سے دیا سلائی سے سلگایا اور اس کے کش لینے لگا۔

''دو دن اور یہاں گزارو لیکن تیسرے دن چلے جاؤ۔'' بابا کی جانب سے دیئے گئے حکم میں ایک ایسی قطعیت تھی جسے نظر انداز کرنا ممکن نہیں تھا۔ ان کے یہ الفاظ میرے دل و دماغ پر تیز ضربیں لگا رہے تھے۔ میرے ساتھ یہ کیا ہو رہا تھا اور کیوں ہو رہا تھا؟ میری تقریباً پوری زندگی خوف کے اندھیرے میں سانس لیتے گزری تھی۔ یہ درست تھا کہ مَیں بہت حد

تک اپنے خوف سے مانوس ہو چکا تھا لیکن اب اس کے ساتھ رہتے ہوئے مجھے ہول سا آنے لگا تھا۔ مَیں اسے اپنے اندر سے نکالنا چاہتا تھا کیوں کہ یہ میرے وجود کے اندر کسی سانپ کی طرح کنڈلی مارے بیٹھا تھا اور مسلسل مجھے کمزور کر رہا تھا۔

میں نچلی منزل کے اندھیرے میں پرانے صوفے پر بیٹھا اپنی بے بسی پر دانت کچکچاتا سگریٹ پھونکتا رہا۔ اس ہال نما کمرے کی فضا میں پھیلی ہوئی ٹھنڈ میرے وجود پر اثر کرنے سے قاصر تھی کیوں کہ اس وقت مجھے اپنی نسوں میں خون کے بجائے نفرت کا سیال دوڑتا محسوس ہو رہا تھا۔ ایک اندھی اور وحشیانہ نفرت جس کا انجام مکمل تباہی کے سوا کچھ اور نہیں تھا مگر اب خوف اور نفرت کی دو دھاراؤں کے ساتھ ایک اور لکیر بھی شامل ہو گئی تھی جو میرے وجود میں ایک نئی کونپل کی طرح خود بخود پھوٹ کر نکل آئی تھی۔ یہ محبت کی روشنی کی لکیر تھی جو خوف اور نفرت کی دراڑوں سے چھن کر ذرا سی دکھائی دے رہی تھی۔ اس کی موجودگی کا احساس دل خوش کن تھا۔ محبت کی یہ روشنی سُومل کی بادامی آنکھوں سے نکل کر میرے دل تک پہنچ رہی تھی۔

اس کا خیال آتے ہی گزری شام کی جھلکیاں مجھے یاد آنے لگیں۔ ابھی تو میرا اس سے تعارف ہی ہوا تھا اور ابھی کئی دشوار مرحلوں سے گزر کر مجھے اس کی قربتوں کے سہانے جزیرے دریافت کرنے تھے۔ ہمیں ایک دوسرے کو جاننا اور سمجھنا تھا۔ پھر کہیں جا کر وہ میری دیرینہ دوست اور ہم دم بن سکتی تھی۔ مَیں یکے بعد دیگرے تین سگریٹ پی چکا تھا لیکن اس کے باوجود میرے جسم کی غیر فطری حدت پر سردی غالب آتی جا رہی تھی۔ مَیں تقریباً کانپتا ہوا وہاں سے اٹھا اور تاریکی میں دبے پاؤں چلتا زینے تک گیا اور آواز پیدا کیے بغیر سیڑھیاں چڑھنے لگا۔

اس رات میں نیند کے دوران اپنے خوابوں میں ان جانے اور پرخطر راستوں پر چلتا، دوڑتا اور بار بار چوٹیوں اور بلندیوں سے گرتا رہا۔ گرتے ہوئے جان جانے کے ڈر سے ایک دو مرتبہ میری آنکھ بھی کھلی لیکن پھر میں گہری نیند سو گیا۔

اگلی صبح میری آنکھ کھلی تو حسبِ معمول سارے میں روشنی پھیلی تھی۔ مَیں نے گردن موڑ کر بابا کے تخت کی جانب دیکھا تو وہ خالی تھا۔ اماں شاید باورچی خانے میں مصروف تھیں۔ مَیں صبح کا سلام کرتے ہوئے ان کے پاس جا بیٹھا۔ انہوں نے گرم چائے کا پیالہ میری جانب بڑھایا تو مَیں نے بابا کے بارے میں پوچھا۔ اماں بتانے لگیں کہ وہ کچھ دیر پہلے ناشتہ کر کے دکان جا چکے تھے۔ جانے سے پہلے ناشتے کے دوران اماں نے انہیں ایک مرتبہ پھر زور دے کر کہہ دیا تھا کہ وہ مجھے دوبارہ اپنی نظروں سے دور کرنے کے لیے بالکل تیار نہیں تھیں۔ انہوں نے مجھے یقین دہانی کروائی کہ بابا اپنا فیصلہ واپس لے لیں گے۔ یہ جان کر مجھے اطمینان ہوا کہ اس مرتبہ وہ کھل کر بابا سے اختلاف کر رہی تھیں۔ ان کا یہ رویہ میری توقع کے بالکل برعکس تھا۔ اس کے بعد وہ مجھے بتانے لگیں کہ نیم چھتی پر ایک جانب پڑے ہوئے صندوق سے انہوں نے میرے اور بابا کے لیے سویٹر اور جرسیاں نکال کر چارپائی پر رکھ دی تھیں۔ مجھے انہیں چھت پر جا کر دھوپ میں پھیلانا تھا۔ انہوں نے مجھے یاد دلایا کہ آج جمعے کا دن تھا اور بارہ بجے تک شاہی بازار بند ہو جائے گا اور بابا نماز کی تیاری کے لیے گھر پہنچ جائیں گے۔ سو مجھے ان سے پہلے تیار ہو جانا چاہیے۔

میں ان کی آخری بات نظر انداز کرتا ہوا اٹھا اور نیم چھتی کی سیڑھیاں چڑھنے لگا۔ وہاں چارپائی پر بابا کے اور میرے سویٹر

بکھرے ہوئے تھے۔ مَیں نے انہیں اٹھایا اور دروازہ کھول کر چھت پر پہنچ گیا۔ تین سویٹر اور ایک جرسی اچھی طرح کھول کر مَیں نے چھت پر بندھے تار پر پھیلا دیے۔ اس کے بعد دروازے کی طرف دیکھتے ہوئے مَیں نے جلدی سے جیب سے سگریٹ نکال کر اسے دیاسلائی سے جلایا اور کش لیتے ہوئے منڈیر کے قریب جاکر سُومل کے مکان کی جانب دیکھنے لگا۔ باورچی خانے اور اوپر لی منزل کے مختصر برآمدے میں کوئی نہیں تھا اور نہ ہی کمرے کے اس حصے میں، جو مجھے یہاں سے دکھائی دے رہا تھا۔ خنک ہوا میں دن کی دھوپ اچھی لگ رہی تھی۔ مَیں سگریٹ کا آخری کش لے کر منڈیر سے ہٹنے ہی والا تھا کہ اچانک گلابی رنگ کی ایک جھلک نے میرے پاؤں جکڑ لیے اور میں ایک تجسس سے اس جانب دیکھنے لگا۔ گلابی رنگ کی جھلک میرے سامنے دھیرے دھیرے ایک زندہ گلاب میں تبدیل ہوتی چلی گئی اور اس گھر کے مختصر سے برآمدے میں وہ میری نگاہوں کے سامنے کھلتا چلا گیا۔ مَیں ایک بے اختیاری سے اس کی جانب دیکھتا رہا لیکن سُومل میری موجودگی سے بالکل بے خبر تھی۔

وہ غسل کے بعد نیا گلابی جوڑا پہنے برآمدے میں پھیلی دھوپ میں اپنے بال سکھا رہی تھی۔ سردی کی وجہ سے اس کا جسم دھیرے سے کانپ رہا تھا۔ پہلے وہ اپنا رخ میری جانب کیے کھڑی تھی مگر کچھ دیر بعد اپنی پشت میری طرف کر کے اپنے بال جھٹک کر انہیں خشک کرنے لگ گئی۔ اس کے بھیگے ہوئے بالوں نے اس کی قمیص کا پچھلا حصہ کمر کے نیچے تک گیلا کر دیا تھا، جس کی وجہ سے کپڑا اس کی پیٹھ پر چپک کر رہ گیا تھا اور اس کی سفیدی اور گداز پن ایک فاصلے سے دیکھنے کے باوجود میں محسوس کیے بنا نہ رہ سکا۔ اچانک اسے اس کی اماں نے اندر کہیں سے آواز دی اور وہ اپنے بال لہراتی ہوئی کمرے کے اندر چلی گئی۔ مَیں ایک سرد آہ بھرتے ہوئے سوچنے لگا کہ صرف چند ہی دنوں میں اس نے مجھے اپنے دیدار کی دولت سے مالامال کر دیا تھا۔ اس نے کل کی شام سہانی بنانے کے بعد آج کی صبح بھی رنگین کر دی تھی۔ مَیں سُومل کے خیالوں میں کھویا ہوا تھا کہ مجھے نچلی منزل سے اماں کی آواز سنائی دے گئی اور میں نہ چاہتے ہوئے بھی نیچے چلا گیا۔

مجھے بابا کے ساتھ جمعے کی نماز پڑھنے مسجد جانا ہی پڑا لیکن جب ہم وہاں پہنچے تو قاضی عبداللطیف ٹھٹھوی بڑے گنبد کے نیچے بیٹھا وعظ کر رہا تھا اور لاؤڈ اسپیکروں کے ذریعے اس کی کھڑکھڑاتی آواز دور تک پہنچ رہی تھی۔ مسجد کے دروازے پر پہنچ کر ہم نے اپنی جوتیاں اتار کر ہاتھ میں پکڑ لیں تاکہ نماز پڑھتے ہوئے انہیں اپنے سامنے رکھ سکیں۔ مسجد کے صحن، راہ داریوں اور گنبدوں کے نیچے لوگ بھرے ہوئے تھے مگر اس کے باوجود نمازیوں کی آمد جاری تھی۔ وضو خانے کے حوض کے گرد کوئی نشست خالی نہ تھی۔ بابا گھر سے غسل کے ساتھ اپنا وضو بھی کر کے آئے تھے جب کہ مَیں نے ایسا نہیں کیا تھا۔ اس لیے میں ایک وضو کرتے شخص کے پیچھے کھڑا ہو کر اس کی نشست کے خالی ہونے کا انتظار کرنے لگا۔ بابا مجھے وہاں چھوڑ کر نماز کے بعد ملنے کا کہہ کر آگے چلے گئے۔

میں انہیں جاتے دیکھتا رہا اور جب وہ صحن میں قطار وار بیٹھے ہوئے نمازیوں کے بیچ سے گزرتے ہوئے آگے تک چلے گئے تو میں چپکے سے اپنی جوتیاں بغل میں دبائے مسجد سے باہر نکل آیا اور وہاں اپنی چپل پہنتے ہی بڑے گنبد کے عقب

میں موجود سبزہ زور کی طرف چل دیا۔خزاں کے بعد سرما کی آمد کی وجہ سے نیم اور سفیدے کے پتے گھاس پر ہر طرف ہوا سے اڑتے پھر رہے تھے۔

وہاں مجھے ایک سگریٹ فروش نظر آ گیا جس نے اپنے گلے میں ایک پٹا ڈالا ہوا تھا جس کے ساتھ سگریٹ اور چھالیہ کا چھابڑا بندھا ہوا تھا۔ مَیں نے جلدی سے اس کے پاس جاکر سگریٹ کا ایک پیکٹ اور ماچس خریدے۔ جلدی جلدی پیکٹ کھول کر مَیں نے ایک سگریٹ نکالا اور اسے سلگا کر نیم کے پیڑ کے نیچے بیٹھ کر تیزی سے کش لینے لگا۔ اس دوران میرا دھیان مسجد کے اسپیکروں کی جانب تھا۔ خطبہ ختم ہونے کے بعد نماز شروع ہو چکی تھی اور قاضی عبداللطیف اپنی رعشہ زدہ آواز میں آیات پڑھ رہا تھا۔

دو سگریٹ پھونکنے کے بعد جب میں اٹھا تو قاضی صاحب کی سلام پڑھنے کی آواز سنائی دے رہی تھی۔ پھر تسبیح پڑھنے کے اس نے دعاؤں کا ایک طومار باندھ دیا۔ ایک کے بعد ایک دعا۔ مَیں دھیرے دھیرے چلتا ہوا مسجد کے صدر دروازے پر پہنچ کر اس کے باہر بنی پتھریلی نشست پر جا بیٹھا۔ کچھ ہی دیر میں باجماعت نماز ختم ہوگئی۔ مجھے معلوم تھا کہ شہر کے زیادہ تر لوگ دو فرض پڑھنے کے بعد مسجد سے سٹک لیتے تھے، اسی لیے کچھ دیر میں مسجد کے دروازے پر لوگوں کا جمِ غفیر جمع ہو گیا۔ مَیں خود کو سمیٹ کر اس نشست پر بیٹھا نکلتے لوگوں میں بابا کو تلاش کرنے لگا۔

بہت دیر گزرنے کے بعد بابا نمازیوں کے ہجوم کے بیچ دبتے دباتے وضو خانے کے حوض کے پاس نمودار ہوئے اور دھیرے دھیرے آگے بڑھتے ہوئے دروازے تک پہنچے۔ باہر نکلتے ہوئے مَیں نے ان کے چہرے کی طرف دیکھا تو وہاں مجھے اطمینان سا دکھائی دیا۔ جسے دیکھ کر مجھے کچھ حیرت سی ہوئی کیوں کہ مَیں شدید بے اطمینانی کے دور سے گزر رہا تھا۔

ہم نے واپسی کے لیے وہ راستہ اختیار کیا جو کمہاروں کے گھروں کے قریب سے گزرتا تھا۔ راستے میں بابا نے ایک دفعہ پھر اپنا فیصلہ دہراتے ہوئے مجھے تاکید کی کہ کل یا پرسوں تک لازمی حیدر آباد لوٹ جاؤں۔ اس بار مَیں نے ان کے سامنے اپنا اختلاف ظاہر کرنے کی کوشش کی کہ ساڑھے تین سال کے دوران فیکے ماسٹر کی گیراج پر میں گاڑیوں کی مکینکی کا تقریباً سارا کام سیکھ چکا تھا، اس لیے مجھے دوبارہ وہاں جانے کی کوئی ضرورت نہ تھی۔ مَیں اپنے ہی شہر میں کوئی جگہ لے کر کام شروع کرنا چاہتا تھا۔ مَیں ان سے یہ ہرگز نہیں کہہ سکا کہ مجھے فریم سازی کا کام سب سے زیادہ پسند تھا اور میں اس کی سب باریکیاں جانتا تھا، اس لیے میں اپنی دکان سنبھالنے کے لیے پوری طرح تیار تھا۔

میرے اختلاف پر انہوں نے مجھے گھور کر دیکھا تو مجھے کوئی حیرت نہیں ہوئی۔ مجھے گھر آئے تین دن ہو رہے تھے اور مجھے ایک مرتبہ بھی یہ محسوس نہ ہوا تھا کہ انہیں میری آمد پر کوئی خوشی ہوئی تھی اور نہ انہیں ساڑھے تین سال تک مجھ سے رابطہ کرنے پر کوئی افسوس تھا۔ مَیں ان کا بیٹا تھا۔ اگر انہیں مجھ سے اتنی اجنبیت اور مغائرت برتنی تھی تو پیدا ہوتے ہی مجھے کسی یتیم خانے میں بھجوا دیتے۔ مَیں اپنے بابا کی طرف سے ستائش یا حوصلہ افزائی کے دو فقرے سننے کے لیے عمر بھر ترستا رہا۔ بچپن سے ان کی زہر میں بجھے تیروں جیسی باتوں نے میری روح چھلنی کر رکھی تھی۔ مَیں اپنی تعلیم چھوڑ کر محض

ان کی خواہش پوری کرنے کے لیے گاڑیاں ٹھیک کرنے کا کام سیکھتا رہا اور اب وہ سیکھنے کے باوجود یہ مجھے ایک بار پھر شہر بدر کرنا چاہتے تھے۔

وہ اپنے منافقانہ انداز میں مجھے سمجھانے لگ گئے کہ ہمارے شہر میں پہلے ہی مکینک زیادہ اور گاڑیاں کم تھیں۔ مین روڈ پر ہر کچھ فاصلے کے بعد ایک مکینک بیٹھا ہوا تھا۔ ان کے خیال میں یہاں میری دکانداری کا جمنا مشکل تھا۔ ان کی بات سن کر مَیں نے کہا کہ مَیں مکلی میں قومی شاہراہ پر اپنی چھوٹی سی دکان کھولنے کا ارادہ رکھتا تھا۔ انہوں نے میرا یہ ارادہ بری طرح کچلنے کی کوشش کی، جس پر میں برافروختہ ہو کر ان سے کج بحثی کرنے لگا۔

ہمارے بیچ تکرار بڑھنے لگی تھی کہ اچانک ایک پٹھان کپڑا فروش کی آوازوں نے ہماری توجہ اپنی جانب کھینچ لی۔ ''کپڑا لے لو کپڑا۔ جاپانی کپڑا اور ایرانی کپڑا۔'' وہ سائیکل کے پیچھے کیریر پر بہت سے تھان لادے سُومل کے مکان کے قریب سے گزر رہا تھا کہ پہلی منزل پر واقع باورچی خانے کی کھڑکی کے چوکھٹے میں سلاخوں کے پیچھے اس کی اماں کا گول سا چہرہ دکھائی دیا۔ اس نے جھانک کر نیچے دیکھتے ہوئے کپڑے والے پٹھان کو آواز دی تو ہم نے سر اٹھا کر اس جانب دیکھنا شروع کر دیا۔

کپڑا فروش ان کے دروازے کے قریب اپنی سائیکل روک کر کھڑا ہو گیا اور ایک جانب جھکی ہوئی اپنی پگڑی ٹھیک کرنے لگا۔ تھوڑی دیر بعد مکان سے کسی کے سیڑھیاں اترنے اور پھر دروازہ کھلنے کی آواز سنائی دی۔ آپس کی بحث بھول کر دھیرے دھیرے چلتے ہوئے میری اور بابا کی نظریں ایک بار پھر آپس میں ٹکرائیں اور پھر سامنے دیکھنے لگیں۔ دروازے کے ادھ کھلے پٹ سے پہلے سُومل اور پھر اس کی ماں نمودار ہوئی۔ کوئی میک اپ نہ ہونے کے باوجود دونوں کے چہرے اتنے تازہ دم اور پُرکشش لگ رہے تھے کہ ہم دونوں دیکھتے رہ گئے۔ ان کے بال ان کے دوپٹوں کے نیچے کھلے اور بکھرے ہوئے تھے۔ سُومل نے گلابی جب کہ اس کی ماں نے چمپئی رنگ کے لباس پہنے تھے۔ ان کے کپڑوں کی وضع قطع بڑے شہر کی عورتوں جیسی تھی۔ دن کی روشنی میں وہ آسمان سے اتری اپسرائیں دکھ رہی تھیں۔ ایسی دل کش اور حسین خواتین ہمارے شہر کی گلیوں میں شاذ ہی دکھائی دیتی تھیں۔ اس لیے انہیں دیکھتے ہی بابا کا منہ کھلا رہ گیا تھا۔

ان دونوں نے اب تک ہمیں نہیں دیکھا تھا۔ اس لیے وہ دروازے کے سامنے والے تھڑے پر کھڑی ہو گئیں۔ پٹھان اپنی سائیکل کے کیریر سے چادر میں لپٹے تھان اٹھا کر تھڑے پر رکھ کر انہیں مختلف طرح کے رنگین اور پھول دار کپڑے دکھانے لگا۔ مَیں سُومل پر نگاہ پڑتے ہی گم صم ہو گیا اور کچھ پریشان بھی۔ مَیں نہیں چاہتا تھا کہ وہ اس طرح اپنے گھر سے باہر آ کر سرِعام کھڑی ہو جائے۔ وہ انہماک اور تجسس کے ساتھ کپڑے دیکھ رہی تھی۔

بابا کی کھانسی سن کر مجھے ان کے ہونے کا احساس ہوا۔ ماں بیٹی کے اس غیر متوقع دیدار نے انہیں حیران کر دیا تھا۔ وہ انہیں پہلی مرتبہ دیکھ رہے تھے۔ ان کی نگاہوں میں ایسی شوق بھری دلچسپی تھی جیسی میلہ گھومنے والوں کی نظروں میں ہوتی ہے۔ انہوں نے دھیمے لہجے میں بڑبڑا کر ان کی تعریف کرتے ہوئے انہیں گالی دی۔ ''یہ اب تک کہاں چھپی ہوئی تھیں۔ مادر چود۔ انہیں دیکھ کر خدا کی خدائی پر ایمان آ گیا۔''

نئے کپڑوں کے موہ میں وہ اپنے گرد و پیش سے یکسر لاتعلق ہو گئی تھیں اور ایک کے بعد ایک تھان کھلوا کر کپڑا دیکھ رہی تھیں۔ شاید وہ یہ جانچنے کی کوشش کر رہی ہوں گی کہ کون سا رنگ ان پر جچے گا اور انہیں دیکھنے والوں کی نگاہوں میں نمایاں کرے گا۔ سُومل کی ماں پٹھان سے الجھنے لگی کہ وہ بہت زیادہ دام بتا رہا تھا لیکن اس کا مال اتنا معیاری نہیں تھا۔ سُومل بھی اپنی ناپسندیدگی ظاہر کرتی ناک بھوں چڑھا رہی تھی۔ ان کی تنقید سے پریشان ہو کر پٹھان بار بار ایک ہی بات کہہ رہا تھا۔ ''پہلے کھپڑا خریدنے کے لیے پسند کرو۔ دام بعد میں طے کر لے گا۔''

اسی اثنا میں بابا اور میں ان کے نزدیک پہنچ گئے۔ بابا نے اتنی زور سے کھنکار کر اپنا گلا اپنا صاف کیا کہ وہ دونوں چونک کر ہماری طرف اس طرح دیکھنے لگیں، جیسے ان کا راز کھل گیا ہو۔ سُومل نے مجھے سرتاپا ایک بھرپور نگاہ سے دیکھا اور دھیرے سے مسکرانے لگی لیکن اس کی ماں سنجیدہ صورت بنائے رہی۔

بابا نے نہایت بے شرمی سے ذرا بلند لہجے میں کہا۔ ''میرے پاڑے میں پریاں آبسی ہیں، اور مجھے پتا ہی نہیں۔'' یہ جملہ سن کر سُومل کے چہرے پر خفگی کا سایہ سا لہرایا جب کہ اس کی ماں خود کو مسکرانے سے روکنے کی کوشش کرنے لگی۔ اگلے ہی لمحے انہوں نے منہ بناتے ہوئے کپڑا فروش سے جانے کے لیے کہہ دیا اور تیزی سے اپنے گھر کے دروازے کے اندر چلی گئیں۔

ان کے جانے کے بعد کپڑا فروش نے ناراضی سے بابا کی جانب دیکھتے ہوئے کہا کہ یہ پریاں نہیں بلکہ ڈائنیں ہیں جنہوں نے اس کا ٹیم خراب کر دیا۔ بابا اس کی بات سن کر ہنسنے لگے۔ وہ بے چارہ تھڑے پر بکھرے تھان سمیٹ کر انہیں دوبارہ چادر میں باندھنے لگ گیا۔

اپنے گھر کے سامنے پہنچ کر مَیں نے بابا کے چہرے کی طرف دیکھا تو وہ زیرِ لب مسکرا رہے تھے۔ ان کی مسکراہٹ نے مجھے بے چین کر دیا اور میں مجبور ہو کر سوچنے لگا کہ سُومل اور اس کی ماں اگر اس وقت باہر نہ نکلتیں تو کتنا اچھا ہوتا مگر اب وہ میرے بابا کی نگاہ میں آ چکی تھیں جو شاطر اور گھاگ قسم کے شخص تھے۔ شاید یہ میری بدنصیبی تھی کہ وہ میرے رقیبوں کی قطار میں شامل ہو گئے تھے۔ یہ میری غلط فہمی بھی ہو سکتی تھی لیکن ایک بات طے تھی کہ اس میدان میں میری حیثیت ایک نووارد سے زیادہ نہیں تھی جب کہ وہ محبت کی کئی بازیاں جیت چکے تھے۔ دوپہر کے کھانے کے بعد بابا اپنے تخت پر قیلولہ کرنے کے لیے دراز ہو گئے۔ مسکراتے مسکراتے وہ اچانک مشتبہ نظر سے میری جانب دیکھنے لگتے، جیسے وہ میرے اندر ہونے والی ہلچل کی ٹوہ لینا چاہتے تھے۔ جس طرح میں انہیں اپنا رقیب خیال کر رہا تھا، شاید وہ بھی میرے بارے میں یہی سوچ رہے تھے۔ کھانے کے خمار سے جیسے ہی ان کی آنکھ لگی میں دبے پاؤں زینے سے اتر کر باہر نکل گیا۔ وہ مجھے یہاں سے بھیجنا چاہتے تھے لیکن اب ایک نیا مسئلہ پیدا ہونے لگا تھا، جس کا حل صرف آنے والے وقت کے پاس تھا۔

مَیں نے جیون کی مانڈلی سے سگریٹ کا پیکٹ اور ماچس خریدی اور اس طویل گلی میں چلنے لگا جو بس اسٹینڈ کی طرف جاتی تھی۔ سگریٹ کے کش لیتے ہوئے میں دھیرے دھیرے آگے بڑھتا رہا۔ میرے دل و دماغ میں طوفان برپا تھا جس کی گرد آلود ہواؤں نے ہر چیز دھندلا دی تھی۔ تیز جھکڑ میں ہر طرف بگولے اڑتے پھرتے تھے۔ کاش کوئی بگولا مجھے اپنی لپیٹ میں

لے کر اڑا لے جاتا اور انسانوں کی اس دنیا سے دور کسی دشت میں پھینک دیتا۔ مجھے پیدا کر کے دنیا میں کیوں لایا گیا؟ جب مجھے پوری طرح بے اختیار اور بے بسی سے سسک کر جینا تھا تو میری ماں کے پیٹ میں میرا حمل کیوں ٹھہرایا گیا؟ مجھے پال پوس کر بڑا کیوں کیا گیا؟ میرے سارے حقوق دوسروں کے نام تفویض کر دیئے گئے۔ مجھے اپنے بارے میں کوئی فیصلہ یا انتخاب کرنے کا حق نہیں دیا گیا۔ آسمان پر قادرِ مطلق جو اپنے فیصلوں میں مطلق العنان تھا اور جس نے زمین پر میرے ماں باپ کو میرے لیے خدائی فوج دار مقرر کیا تھا۔ مَیں ان کے رحم و کرم پر جینے کے لیے مجبور کیوں تھا؟ ایسے ان گنت سوال میرے ذہن میں چکر کاٹ رہے تھے، جن کے جواب میرے پاس نہیں تھے۔

مین روڈ پر مختلف گاڑیوں کی خاصی چہل پہل تھی۔ سرکاری بس اسٹینڈ کے بالکل سامنے ہی پرائیویٹ بسیں کھڑی ہوتی تھیں جن کے کنڈکٹر بندر کی طرح اچھل چھل کر شور مچا رہے تھے۔ مَیں ان کے ہنگامے کے بیچ سے گزرتا آگے بڑھ گیا۔ شاہ کمال روڈ سے آگے واٹر سپلائی کی ٹینکی کے پاس ایک نیا ہوٹل دکھائی دیا، جو میری غیر موجودگی کے دوران بنا تھا۔ اس کے کشادہ ہال میں ترتیب سے میزیں اور کرسیاں لگی ہوئی تھیں۔ زیادہ تر لوگ شروع کی کرسیوں پر بیٹھے ہوئے تھے، اس لیے میں بالکل کونے میں ایک میز کے گرد جا بیٹھا اور ایک سگریٹ سلگا کر پینے لگا۔ کچھ دیر بعد ہوٹل کا بیرا میرے پاس آیا تو مَیں نے اسے دودھ پتی چائے لانے کے لیے کہا۔ اس کے جانے کے بعد میرے ذہن میں پھر ان ہی خیالوں کی رو چلنے لگی۔ مَیں کوئی تنکا یا کاغذ کا ٹکڑا نہیں تھا کہ دوسروں کے ہوا دینے پر ادھر سے ادھر اڑتا پھرتا بلکہ میں خواہشوں اور امنگوں سے لبریز ایک جیتا جاگتا انسان تھا، اس لیے چاہتا تھا کہ میری یہ حیثیت تسلیم کی جائے۔ واپس جانا یا نہ جانا میرا ذاتی مسئلہ تھا۔ اس لیے مَیں نے دل ہی دل میں طے کیا کہ اب جب بھی وہ میرے جانے کی بات کریں گے تو میں سرکشی سے انکار کر دوں گا اور انہیں جتا دوں گا کہ اس بات سے ان کا کوئی تعلق نہیں۔

چائے کا کپ میز پر رکھ کر بیرا چلا گیا تو میں گھونٹ گھونٹ گرم چائے پیتا سوچنے لگا کہ اب میرے پاس ان کی مزاحمت کرنے کے سوا دوسرا راستہ نہیں بچا تھا۔ یہ سوچتے ہوئے میں پُر امید تھا کہ اس مرتبہ میری اماں صرف میرا ساتھ دیں گی۔ چائے ختم کر کے ایک نئی سگریٹ سلگا کر اس کا کش لیتے مجھے خیال آیا کہ میرے بابا جس ماحول میں پروان چڑھے وہ یقینی طور پر مثالی نہیں تھا۔ ہوسکتا ہے کہ ان کے والد اور چچا زیادہ سخت گیر تھے۔ مجھے ان کے ماضی کے بارے میں جتنا بھی علم تھا، اس کا ذریعہ میری اماں رہی تھیں اور وہ بھی کچھ زیادہ نہیں تھا۔ میرے دادا کی جلد وفات کی وجہ سے بابا اپنے لڑکپن میں ہی آزاد ہو گئے تھے۔ وہ تعلیم سے پوری طرح محروم رہے اور اس برائے نام آسودگی سے بھی، جو انہوں نے ایک باپ کی حیثیت سے مجھے فراہم کی لیکن ان سب باتوں کا یہ مطلب ہرگز نہ تھا کہ وہ میرے ساتھ بدتر سلوک روا رکھیں۔

سوچتے سوچتے میں تھک گیا اور میرا دماغ شل ہو گیا۔ مجھے ہوٹل میں بیٹھے خاصا وقت گزر گیا تھا۔ دو کپ چائے کا بل ادا کر کے مَیں نے ایک نئی سگریٹ سلگائی اور کش لیتا باہر نکل گیا۔ شام ڈھل رہی تھی۔ خنک ہوا کوڑا کرکٹ اڑائے پھرتی تھی۔ سڑک سے گزرتی گاڑیوں کا دھواں اور ان کے پہیوں سے اٹھنے والی دھول ناگوار لگ رہی تھی، جس کی وجہ سے مجھے

آنکھوں میں جلن اور نتھنوں میں چبھن سی محسوس ہو رہی تھی۔

میں شاہ کمال روڈ سے گلیوں کے ایک سلسلے میں داخل ہو گیا جو شاہی بازار سے گزرتا میرے گھر کی طرف جاتا تھا۔ شام ڈھلے کچھ وقت گزر چکا تھا اور سارے گلی محلوں میں تاریکی پھیلی ہوئی تھی اور بازار بند ہونے کی وجہ سے اکثر جگہیں ویران پڑی تھیں۔ اکادکا راہ گیر دکھائی دے رہے تھے۔ گھروں کے اندر سے عورتوں اور بچوں کی آوازیں سنائی دے رہی تھیں۔ معاً مجھے سُومل کا خیال آیا اور میرا دل ملامت سے بھر گیا کہ کل سے آج تک اس کے بارے میں سوچ ہی نہ سکا تھا۔ پچھلے دو روز میں اسے متعدد بار دیکھنے کا اتفاق ہو چکا تھا اور اس دوران کئی دفعہ ہماری نگاہیں مل چکی تھیں اور ہمارے دل میں چھپے جذبوں کی ایک دوسرے تک خاموش ترسیل ہو چکی تھیں۔ اس کی آنکھوں میں کیسی حیرت، کیسی اداس کیفیت نظر آتی تھی۔ اس کے نسبتاً موٹے ہونٹ چیری جیسی رنگت کے حامل اور رسیلے تھے۔ اس کے گول چہرے کے گرد نور کا ایک ہالہ سا کھنچا محسوس ہوتا تھا۔ اس کے سر میں اس کے بالوں کے بیچ سے نکلتی سیدھی مانگ کسی حرماں نصیب کے ہاتھ میں قسمت کی لکیر جیسی تھی جو اکثر اس کے دوپٹے کے نیچے سے جھانکا کرتی تھی۔ مَیں پہلے دن سے اس کی نگاہوں کا اسیر ہو چکا تھا مگر مجھے یہ معلوم نہ تھا کہ اس کے دل میں بھی میرے نام کی کوئی چنگاری سلگ رہی تھی کہ نہیں۔ اور اگر سلگ رہی تھی تو پھر مجھے یہ پتا چلانا تھا کہ وہ کب ایک شعلے میں تبدیل ہو کر اس کا وجود اُس طرح پگھلا سکتی تھی، جیسے میرا وجود پگھل کر قطرہ قطرہ گرتا جا رہا تھا، اپنا آپ ضائع کرتا جا رہا تھا۔

مَیں نے اپنی گلی میں اپنے گھر کے قریب پہنچ کر بالائی منزل کی جانب دیکھا تو وہاں خلافِ توقع اندھیرا چھایا ہوا تھا۔ مَیں نے کنڈی بجائی تو کچھ دیر بعد اوپر والے کمرے میں بلب جلنے سے باہر کچھ روشنی پھیل گئی۔ خاموشی میں سیڑھیوں پر گرتے مدھم قدموں کی دھپ دھپ سنائی دیتی رہی اور اس کے بعد چھناکے سے کنڈی اترنے کی آواز سنائی دی۔ مجھے دیکھتے ہی اماں کا منہ جماہی سے پھٹنے لگا۔ مَیں نے حیرت سے پوچھا کہ آج اتنی جلدی نیند کیسے آ گئی آپ دونوں کو؟

دروازے کی کنڈی چڑھا کر میں ان کے پیچھے سیڑھیاں چڑھنے لگا تو وہ مجھے بتانے لگیں کہ بابا شراب پی کر گہری نیند سو چکے ہیں اور انہیں بھی نیند نے گھیر رکھا ہے۔ انہوں نے میری رات کی روٹی بنا کر چنگیر کے اندر رکھ دی تھی۔ ان کی آنکھیں مندی ہوئی تھیں اور سر جھکا ہوا تھا۔ وہ اپنی کھاٹ پر بیٹھتے ہی گر گئیں اور اپنی رضائی اوڑھ کر سو گئیں۔ مَیں باورچی خانے کا بلب جلا کر اور ذرا سا دروازہ بھیڑ کر اکیلا رات کا کھانا کھانے لگا۔

32

میں اب اپنا مستقبل ترتیب دینے کی کوشش میں مصروف تھا۔ اس بنا پر میرے دن رات میرے بابا سے الگ ہو گئے تھے۔ منہ ہاتھ دھونے اور دانت مانجھنے کے بعد جب میں گھڑونچی پر رکھے مٹکے سے کٹورے میں پانی نکال کر پینے لگا تو مجھے اماں کی دھیمی سی گنگناہٹ سنائی دی۔ ''ہم لاڑ کے رہنے والے، دریا کے پار کے رہنے والے۔'' ان کی یہ جھونگار سن کر میں مسکرائے بغیر نہ رہ سکا۔

پانی پی کر میں باورچی خانے میں داخل ہوا تو وہ مجھے دیکھ کر ہنسنے لگیں۔ میرے لیے چائے گرم کرتے ہوئے وہ دندا سے مسل مسل کر اپنے دانت صاف کر رہی تھیں، جس کی وجہ سے ان کے مسوڑوں کے ساتھ ہونٹ بھی گہرے زرد ہو گئے تھے۔ انہوں نے خالی پڑی چوکی آگے بڑھاتے مجھے اس پر بیٹھنے کا اشارہ کیا تو میں فوراً بیٹھ گیا۔ مجھے لگا کہ وہ بابا کا کوئی حکم سنانے والی تھیں، یہ سوچ کر ان کی بات سننے سے پہلے ہی میں قدرے بلند لہجے میں انہیں اپنے خیالات سے آگاہ کرنے لگا کہ مَیں اچھی طرح سوچ چکا تھا اور میں اپنا گھر اور شہر چھوڑ کر کہیں نہیں جاؤں گا اور اب بابا مجھے واپس نہیں بھیج سکتے۔ اگر انہوں نے زبردستی ایسا کرنے کی کوشش کی تو میں ہمیشہ کے لیے گھر چھوڑ کر چلا جاؤں گا اور پھر وہ مجھے کبھی نہ دیکھ پائیں گے۔

وہ اپنی آنکھیں مچکا کر میری جانب دیکھتے ہوئے بتانے لگیں کہ میرے جانے کے بارے میں کل بابا سے ان کی طویل بات چیت ہوئی۔ وہ خود بھی نہیں چاہتی تھیں کہ مَیں واپس جاؤں۔ وہ ایک مرتبہ اتنی لمبی جدائی برداشت کر چکی تھیں اور دوسری بار یہ سب سہنا ان کے لیے مشکل تھا۔

انہوں نے اس دوران میرے کندھے پر ہاتھ رکھ دیا اور میرے گال پر بوسہ دیتے ہوئے کہنے لگیں کہ میرے بابا نے مجھے دو ہفتے مزید یہاں رہنے کی اجازت دے دی تھی۔ یہ سنتے ہی میں اچھل پڑا۔ صرف دو ہفتے؟ مگر اس سے کیا ہو گا؟ اماں مجھے سمجھانے لگیں کہ اس دوران وہ اور میں مل کر کوئی ایسی ترکیب سوچ لیں گے جس سے یہ مسئلہ ہمیشہ کے لیے ختم ہو جائے گا۔ یہ سن کر مجھے ناچار ان سے اتفاق کرنا پڑا۔

کل جمعے کی نماز کے بعد سومل اور اس کی ماں سے ہونے والی مڈبھیڑ کے بعد مجھے یقین ہو چلا تھا کہ بابا مجھے یہاں سے جلد بھیجنے کے لیے پورا دباؤ ڈالیں گے لیکن اب بالکل اچانک مجھے دو ہفتوں کی مہلت مل گئی تھی۔ مجھے خوشی تھی کہ اس بار

اماں میرا ساتھ دے رہی تھیں۔

کچھ دیر بعد میں چھت پر چلا گیا اور وہاں سگریٹ پینے کے ساتھ سُومل کے مکان میں تاک جھانک کرتا رہا لیکن باورچی خانہ خالی تھا اور برآمدے میں بھی کوئی نہ تھا۔ مَیں دو سگریٹ پھونکنے کے بعد نیچے اتر آیا۔ مَیں نے دیکھا کہ اماں تخت پر اپنا ایک نیا کپڑوں کا جوڑا پھیلائے استری کر رہی تھیں۔ میرے آتے ہی انہوں نے اس کام پر مجھے لگا دیا اور میں انکار بھی نہ کر سکا۔ وہ خود چارپائی پر بیٹھ کر جلدی جلدی اپنے سر کے کھچڑی سے بال کھول کر ان پر تیل لگا کر انہیں سیدھا کرنے کی کوشش لگ گئیں۔

میں استری کر چکا تو وہ مجھے باہر نہ جانے کی ہدایت کر کے غسل کرنے چلی گئیں۔ مَیں نے ان کی غیر موجودگی میں نیچے جا کر ایک سگریٹ پیا اور پھر اوپر آ گیا۔ باورچی خانے میں بیٹھ کر پتیلی میں بچی کھچی چائے گرم کرنے لگا۔ چائے پینے کے دوران اماں کمرے میں آ کر اپنے بال تولیے سے خشک کرنے لگیں۔ چائے پیتے ہوئے مَیں نے ان سے پوچھ لیا کہ کدھر کی تیاری ہو رہی تھی۔ وہ یہ سن کر مسکرانے لگیں۔ وہ جب مسکراتیں تو ان کے چہرے پر پھیلی جھریاں کچھ اور گہری ہو جاتیں۔ انہوں نے سنجیدگی اختیار کرتے ہوئے سرسری کہا کہ محلے میں ہی جا رہی تھی۔

انہیں میک اپ کر کے تیار ہونا بالکل نہیں آتا تھا۔ ان کا سارا میک اپ ایک کریم تک محدود تھا جسے وہ غسل کے فوراً بعد چہرے پر اچھی طرح مل لیا کرتی تھیں۔ اس کے بعد ان کا سانولا چہرہ تھوڑی دیر کے لیے سفید نظر آنے لگتا تھا مگر پھر ہولے ہولے اپنی رنگت میں لوٹ آتا تھا۔ انہوں نے الماری سے اپنا برقعہ نکالا جو شکنوں سے بھرا ہوا تھا۔ انہوں نے اسے اوڑھا تو وہ مجھے کچھ پراسرار نظر آنے لگیں۔ وہ دیوار پر نصب آئینے کے سامنے کھڑی ہو کر کچھ دیر تک برقعے میں چھپا اپنا سوکھا چہرہ دیکھتی رہیں۔ پھر انہوں نے دیوار پر ایک کیل میں لٹکے ہوئے تالا چابی اتارے اور مجھے اپنے ساتھ چلنے کے لیے کہا۔

دروازے پر تالا لگانے کے بعد ہم بغلی گلی میں مڑ گئے۔ ابھی دن کے گیارہ بجے تھے۔ دھوپ نرم تھی اور ہوا مدھم سی خنک۔ اماں بتانے لگیں کہ جو لوگ ہمارے پڑوس میں نئے آئے ہیں، وہ ان سے ملنے جا رہی تھیں۔ ان کی یہ بات سن کر میرا دل خوشی سے بھر گیا کیوں کہ مَیں خود بھی چاہتا تھا کہ ان لوگوں کے گھر آنے جانے کا سلسلہ شروع ہو جائے تاکہ سُومل سے ملنے اور اس سے بات کرنے کے زیادہ موقعے پیدا ہو سکیں۔

ان کے مکان کے قریب پہنچ کر مَیں نے اماں سے کہا کہ وہ دستک دے کر اندر چلی جائیں۔ مَیں کسی دوست کے پاس جاؤں گا۔ اماں نے کنڈی کھٹکھٹائی تو کچھ دیر بعد سُومل کے چھوٹے بھائی نے دروازہ کھولا اور حیرت سے اماں کی طرف دیکھنے لگا۔ اماں کسی ہچکچاہٹ کے بغیر اندر چلی گئیں۔ دروازہ بند کرتے ہوئے سُومل کا بھائی میری طرف دیکھ کر بلا سبب مسکرانے لگا۔ مَیں خدا حافظ کہتا ہوا وہاں سے چل دیا۔

اماں کے خیر سگالی کے جذبے کے ساتھ وہاں جانے کی وجہ سے میرے دل میں تازہ امیدوں کے بے شمار شگوفے پھوٹ نکلے تھے، جو میری خوش فہمیوں کی آنچ پر کچھ ہی دیر میں چٹخ کر پہلے کلیوں اور پھر پھولوں میں تبدیل ہونے لگے۔ میرا

وجود ان کی خوشبو سے مہکنے لگا کیوں کہ اب سُومل سے ملاقاتوں اور پیار کی گھاتوں کا سلسلہ زیادہ دور نہیں تھا۔ مَیں پُرمسرت خیالات سے شاداں چلتا چلا جا رہا تھا۔ شاہ جہانی مسجد کی جانب جاتی یہ قدیم گلی میرے کئی راز اپنے سینے سے لگائے ہمیشہ خندہ پیشانی سے چپ چاپ بچھ جاتی اور میں اس پر قدم رکھتا آگے بڑھتا چلا جاتا۔ دبیر مسجد سے ذرا پہلے جیون کی مانڈلی سے سگریٹ اور ماچس خریدنے کے ساتھ دو چار منٹ کی گپ شپ کے بعد میں آگے بڑھ گیا۔

شیدی پاڑے سے گزرتے ہوئے مجھے اپنی اماں کا کل رات کا خمار آلود رویہ یاد آیا اور اس کے بعد آج صبح کا، جو خلافِ توقع بہت خوش گوار تھا۔ کل رات شاید میرے گھر واپس آنے سے پہلے بابا نے انہیں پٹا لیا تھا۔ یہ بات ذہن میں آتے ہی ایک بالکل نئی صورتِ حال ایک جھپاکے سے میرے سامنے آتی چلی گئی۔ مَیں نے جلدی سے سگریٹ نکال کر اسے دیاسلائی دکھائی اور ایک زوردار کش لیتا آگے بڑھتا چلا گیا۔ میرے گرد و پیش پھیلی ہوئی زندگی، سردیوں کی بے اثر دھوپ میں اپنی دھیمی چال چل رہی تھی۔ مجھے لگ رہا تھا کہ میرے ساتھ ایک چال چلی گئی تھی اور اماں اپنی مرضی سے وہاں نہیں گئی تھیں بلکہ انہیں بھیجا گیا تھا۔ وہ بابا کی سفیر بن کر وہاں گئی تھیں۔ یہ خیال آتے ہی میری امیدیں اور خوش فہمیاں کچرے کے ڈھیر میں تبدیل ہونے لگیں اور مسرت سے معمور میرا دل مرجھانے لگا۔ مچھی مارکیٹ سے پہلے عقیلی محلے کے سرے پر مجھے ایک چھپر ہوٹل دکھائی دیا اور میں اس کی خالی بینچوں میں سے ایک پر جا بیٹھا۔

اس وقت ہوٹل پر بیٹھے ہوئے کچھ مکرانی نوجوان فٹ بال کے ورلڈ کپ کے بارے میں زور و شور سے باتیں کرتے ارجنٹینا کو فیورٹ قرار دے رہے تھے اور کچھ برازیل کے ہمدرد تھے۔ ان کا خیال تھا کہ اس بار ڈیگو میراڈونا ارجنٹینا کو چیمپیئن بنوا دے گا۔ وہ لڑکے اپنے ساتھی کھلاڑیوں کا انتظار کر رہے تھے۔ ان سب نے اپنے کندھوں پر چھوٹے چھوٹے بیگ لٹکائے ہوئے تھے جن میں ان کے جوتے اور کٹ رکھی ہوئی تھی۔ سرکاری سرپرستی نہ ہونے کے باوجود میرے شہر کے اکثر نوجوانوں کا پسندیدہ کھیل فٹ بال تھا۔ مقامی سطح پر بہت سے کلب بنے ہوئے تھے جو سارا سال آپس میں اور دوسرے شہروں کی ٹیموں کے ساتھ میچ کھیلتے تھے۔ پیلے اور میراڈونا ان کے پسندیدہ کھلاڑی تھے۔ مَیں انہیں نظر انداز کرتا ایک طرف بیٹھا ہوا تھا کیوں کہ مَیں اپنی قسمت کے سامنے فٹ بال بنا ہوا تھا اور نت نئی ٹھوکروں کی زد میں تھا۔ مَیں وہ بدنصیب شخص تھا جس کا ان کھیل تماشوں سے کبھی کوئی سروکار نہیں رہا تھا۔ یہ سب مجھے دنیا کے بڑے ملکوں کے چونچلے لگتے تھے، جن کی ہم چھوٹے ملکوں والے اپنے شوق اور فخر سے پیروی کیا کرتے تھے۔ مَیں یہاں ایک بالغ ہونے کے باوجود محبت کرنے کے بنیادی حق کی خاطر اپنے گھر اور معاشرے سے جھوجھ رہا تھا۔ اپنی زندگی اپنی مرضی سے گزارنے کا جتن کر رہا تھا۔

مجھے بابا کے کہنے پر اماں کے وہاں جانے سے زیادہ افسوس اس بات پر تھا کہ وہ ابھی تک ان کے ہاتھوں استعمال ہو رہی تھیں اور ان کے شاطرانہ دماغ کی چالوں سے بالکل ناآشنا تھیں۔ مجھے دو ہفتے مزید یہاں رہنے کی مہلت دے کر انہوں نے اماں کو خوش کر کے سُومل کے گھر بھیج دیا تاکہ ان کے ہمارے گھر آنے جانے سے ان کی بات آگے بڑھ سکے۔ مجھے یقین تھا کہ ان کا پہلا ہدف سُومل کی ماں تھی، جو شاید ایک آسان ہدف تھی جس سے اپنا تعلق جوڑنے کے بعد وہ یقینی طور پر سُومل

کی جانب پیش قدمی کرنے کا سوچیں گے۔ مجھے اس دوران اس صورتِ حال سے نہ صرف فائدہ اٹھانا تھا بلکہ سُومل سے دوستی بڑھا کر ان کی پیش قدمی کا ہر امکان مسدود کرنا تھا۔ اسے یکسر ختم کرنا تھا سُومل سے کوئی بات کیے، کوئی پیمان باندھے بغیر میں اس کے بارے میں خاصا خوش فہم اور پُر اعتماد تھا۔ بس کے سفر سے شروع ہونے والا یہ بے نام تعلق ابھی ارتقائی مرحلے میں تھا لیکن دو تین بار اس سے اور اس کی ماں سے آمنا سامنا اور کچھ بے معنی سی باتیں ہونے کے بعد میں سمجھ رہا تھا کہ وہ پکے ہوئے بیر کی طرح میری جھولی میں آ گری تھی۔ درحقیقت میری جھولی فی الحال خالی تھی اور میں اسے بھرا ہوا سمجھ رہا تھا۔ شاید یہ عمر کی ناپختگی تھی یا تجربے کی کمی، جس کے باعث مَیں نے اپنے اردگرد خوش گمانیوں کا ایک باغ لگا لیا تھا۔

فٹ بال کھیلنے والے لڑکے کب کے چلے گئے۔ ان کے جانے کے بعد اکا دکا گاہک چائے پینے والے آتے رہے۔ سردیوں کی دوپہر ڈھلنے لگی جب مَیں نے اٹھ کر چائے کے پیسے ادا کیے اور گھر کی جانب چل دیا کیوں کہ ناشتہ نہ کرنے کی وجہ سے مجھے بھوک لگنے لگی تھی۔

گھر کا دروازہ کھلا دیکھ کر میں زینے کی سیڑھیاں چڑھ کر اوپر پہنچا تو مجھے بابا تخت پر دراز دکھائی دیئے۔ مجھے دیکھتے ہی وہ جتانے لگے کہ مَیں یہاں بے کار رہ کر آوارہ اور نکما ہو جاؤں گا۔ اسی لیے وہ مجھے واپس بھیجنا چاہتے تھے۔ وہ مجھ سے پوچھنے لگے کہ مَیں کل رات کہاں تھا اور اس وقت کدھر سے آ رہا تھا؟ مَیں نے کچھ فرضی دوستوں کے نام لیے اور بھوک کا بہانہ کر کے باورچی خانے میں جا کر اماں سے دوپہر کا کھانا مانگنے لگا۔

اماں نے مجھے ہاتھ دھو کر چارپائی پر بیٹھنے کے لیے کہا لیکن میں ان کے پاس بیٹھ کر کھانے پر بضد رہا۔ میری ضد مان کر انہوں نے تلے ہوئے بینگن ہری مرچوں اور دو روٹیوں کے ساتھ میرے سامنے رکھ دیئے۔ مَیں نے ایک نوالہ توڑا اور اسے بینگن سے لگا کر منہ میں ڈالا تو مزہ آ گیا۔

ابھی مَیں نے کھانا ختم نہیں کیا تھا کہ بابا اٹھ کر زینہ اترنے لگے۔ ان کے جانے پر مَیں نے کچھ حیرت سے اماں کی طرف دیکھا تو وہ میری نظر کو خاطر میں نہ لاتے ہوئے خود بخود کہنے لگیں کہ وہ کسی کام سے آ گئے تھے اور اب واپس دکان جا رہے تھے۔

اماں کی سُومل اور اس کی ماں سے ملاقات کی باتیں چھیڑنے میں، مَیں پہل کرنا نہیں چاہتا تھا۔ مَیں ان کی کمزوری سے واقف تھا۔ مَیں نے بابا کے بے وقت آنے پر طنز کیا تو وہ اس پر جھینپ کر رہ گئیں اور کچھ دیر بعد اپنی جھینپ مٹانے کے لیے انہوں نے نئے محلے داروں کے بارے میں بتانا شروع کر دیا کہ انہیں وہ اچھے لوگ معلوم ہوئے کیوں کہ ہماری طرح ان کا گھرانہ بھی مختصر تھا۔ ہم تین لوگ تھے اور وہ چار۔ اس کے علاوہ انہیں وہاں جا کر کچھ شرمندگی بھی ہوئی، وہ اس لیے کہ ان کے ہاں ہر چیز سلیقے اور قاعدے سے رکھی ہوئی تھی۔ کھاٹ، کرسیاں، میز وغیرہ۔ ان کے پورے گھر میں انہیں مٹی کا ذرہ دکھائی نہیں دیا۔ کھڑکیوں پر صاف پردے، دیواروں پر تصویریں۔ چھوٹا سا گھر انہوں نے جنت بنا رکھا تھا۔ دونوں ماں بیٹی گھر میں بھی صاف ستھری اور بنی سنوری گھوم رہی تھیں۔ ایسے رہنا شاید ان کی عادت تھی۔ ان کا مرد پیشے کے لیے لحاظ

سے حجام تھا اور اس نے شاہی بازار میں بس اسٹینڈ کے قریب اپنا سیلون کھولا ہوا تھا۔

مَیں نے یوں ہی پوچھ لیا کہ آپ نے انہیں اپنے گھر آنے کی دعوت نہیں دی۔ یہ سن کر انہوں نے فوراً بتایا کہ وہ کل شام ہمارے ہاں آنے والے تھے۔ یہ سن کر میں اپنے دل کی کیفیت ان سے چھپانے میں کامیاب نہ ہو سکا اور میرے ہونٹوں پر ایک مسکراہٹ پھیلتی چلی گئی۔ ان کے ہمارے ہاں آنے کا مطلب، سُومل کو قریب دیکھنے اور اس سے باتیں کرنے کے بہترین موقعے کا دست یاب ہونا تھا۔ میری مسکراہٹ دیکھ کر اماں نے پہلے بدگمانی سے اپنا منہ بنایا اور پھر مجھے تنبیہ کرنے لگیں کہ بڑی مشکل سے بابا نے جو راستہ چھوڑا تھا، مجھے بھی اس سے ہمیشہ دور رہنا چاہیے۔ یہ سن کر میں محظوظ ہوئے بغیر نہ رہ سکا کیوں کہ بابا نے ان پر کوئی جادو پھونک دیا تھا جس کی وجہ سے وہ ان کے بارے یہ سب سوچ رہی تھیں۔ مجھے خیال آیا کہ انہیں بابا کی نیت کی اصلیت بتا دوں لیکن اس ڈر سے مَیں کچھ نہ کہہ سکا کہ وہ کہیں سُومل اور اس کی ماں کو آنے سے منع ہی نہ کر ڈالیں۔

مَیں نے موضوع بدلنے کی کوشش کی کہ اُن کا گھر دیکھ کر آنے کے بعد انہیں جو احساسِ کمتری ہو رہا تھا، اس سے چھٹکارا پانے کی ایک ترکیب یہ تھی کہ وہ گھر میں ایک ملازمہ رکھ لیں جو گھر کی سب چیزوں کی جھاڑ پونچھ کر صاف کرے۔ یہ سن کر وہ ایک خفگی سے میری جانب دیکھتے ہوئے کہنے لگیں کہ اس کا سوال ہی پیدا نہیں ہوتا۔ مَیں نے پوچھا کہ کیوں نہیں۔ آپ تو کہہ رہی تھیں کہ بابا نے وہ راستہ ہمیشہ کے لیے چھوڑ دیا تھا۔ اس پر وہ بے بسی سے اپنا سر ہلانے لگیں کہ نوری کے غائب ہو جانے کے بعد وہ کئی دفعہ قسمیں اٹھا چکے تھے کہ انہوں نے زناکاری ہمیشہ کے لیے ترک کر دی تھی۔ مَیں نے پوچھ لیا کہ آپ کو کیا لگتا تھا؟ جس پر وہ کہنے لگیں کہ انہیں بابا کی قسموں پر اعتبار تھا۔

اس کے بعد وہ اپنا ذاتی رونا لے بیٹھیں کہ وہ اکیلی جان تھیں، وہ بھی کمزور اور بیمار۔ آخر کتنا کام کر سکتی تھیں؟ بابا سے مٹکے سے پانی نکال کر بھی نہیں پیا جاتا۔ انہیں ہر چیز تخت پر بیٹھے ہوئے چاہیے۔ رہا میں، تو میں بھی سودا سلف لانے کے علاوہ گھر کا کوئی کام نہیں کرتا۔ اس کے بعد وہ چپ ہو کر آہیں بھرنے لگیں۔ مجھے ان کی حالتِ زار پر افسوس ہونے لگا۔ مَیں ان کا ہاتھ تھام کر انہیں یقین دلانے لگا کہ مجھے ان کی مشکل اور پریشانی کا احساس تھا اور کل بابا کے دکان جانے کے بعد میں خود نیچے والی منزل کی صفائی کروں گا۔ مَیں چاہتا تھا کہ وہ لوگ بھی ہمارے گھر سے اچھا اثر لے کر جائیں۔

وہ خوشی سے اپنی زرد آنکھیں مچمچاتے سر تائید میں ہلاتے ہوئے کہنے لگیں کہ کل ہم دونوں مل کر گھر کی صفائی کریں گے۔ اس دوران میں جی میں سوچنے لگا کہ نچلی منزل کی صفائی کے بعد میں اپنا سونے کا بستر وہاں لگا کر وہ جگہ اپنے استعمال میں لے آؤں گا۔ سُومل اور اس کے گھر والوں کے لیے بازار آنے جانے کا ذریعہ ہماری گلی تھی۔ مَیں یہاں سے انہیں دیکھ سکتا تھا اور سُومل سے اپنا معاملہ آگے بڑھا سکتا تھا۔ یہ سب سوچتے ہوئے میں سگریٹ پینے چپکے سے اپنی چھت پر چلا گیا۔ اپنے شہر واپس آنے کے بعد مَیں نے چرس چھوڑ کر خود کو سگریٹ تک محدود کر لیا تھا۔ مَیں نہیں چاہتا تھا کہ بابا کے پاس مجھے گھر سے نکالنے کا کوئی نیا بہانہ ہاتھ آئے۔ مَیں نے سگریٹ سلگائی اور منڈیر سے ذرا سا پیچھے ہٹ کر سُومل کے مکان کی

جانب دیکھنے لگا۔ چھت پر اب تک ایک بار بھی اس سے میری آنکھیں چار نہ ہوئی تھیں۔ اگر یہ ہو جاتا تو ہم دونوں کے لیے بہتر ہوتا لیکن آج بھی ایسا نہ ہو سکا۔

چھت پر ٹہلتے مجھے اچانک خیال آیا کہ ابھی تک سُومل کے بابا سے میری جان پہچان نہیں ہو سکی تھی۔ اگر مجھے ہمیشہ کے لیے اس سے اپنا رشتہ جوڑنا تھا تو اس کے باپ سے سلام دعا رکھنی ناگزیر تھی۔ بس اسٹینڈ پر سامان اتروانے کے بعد مَیں نے اسے بالکل نہیں دیکھا تھا۔ شاید وہ ایک محنتی حجام تھا، جو صبح سے رات گئے تک اپنی دکان پر وقت گزارنا پسند کرتا تھا۔ اسی لیے وہ محلے میں بھی دکھائی نہیں دیتا تھا۔

وضو کرنے کے بعد جب اماں مغرب کی نماز پڑھنے کے لیے مصلیٰ بچھانے لگیں تو میں انہیں بتا کر گھر سے باہر نکل گیا۔ مَیں جب سے واپس آیا تھا، محسوس کر رہا تھا کہ میرے اندر کی فضا خاصی بدل چکی تھی۔ میرے اندیشے، خوف اور وہم ختم ہوتے جا رہے تھے اور میرے دل میں ہمہ وقت سرکشی اور بغاوت کے تیز و تند جذبات کا ایک بہاؤ جاری رہتا تھا۔ اسی بنا پر آج گھر لوٹنے کے بعد میں اپنے بابا کو خاطر میں نہیں لایا۔ مجھے معلوم تھا کہ وہ کام کا بہانہ بنا کر دکان بند کر کے کس بات کی ٹوہ لینے گھر آئے تھے۔ مجھے لگ رہا تھا کہ کوئی قوت بابا کو زبردستی سُومل والے معاملے میں دخل اندازی پر اکسا رہی تھی۔ اس نامعلوم قوت کی یہ کارفرمائی میں پہلے بھی کئی معاملات میں دیکھ چکا تھا۔ اسی نے حسینہ اور میری عمروں کے درمیان ایسا فرق پیدا کیا جسے پاٹنا میرے لیے ناممکن تھا۔ اسی نے لالی کو تیز بارش کے دوران میرے گھر پناہ لینے پر مجبور کیا تاکہ میرے بابا اس سے وصال کا مزہ لوٹ سکیں۔ صغریٰ پر جنات کا اثر بھی مجھے اسی گم نام قوت کی کارستانی لگتی تھی۔ وہ قوت جو کوئی بھی تھی ہمیشہ بابا کو فائدہ اور مجھے نقصان پہنچاتی رہی تھی۔ مجھے بابا کے ساتھ اس ان دیکھی طاقت کا مقابلہ بھی کرنا تھا اور انہیں ناکام بنانے کی ہر ممکن کوشش کرنی تھی۔

سُومل تک پہنچنا اور اسے ہمیشہ کے لیے حاصل کرنا ایک چومکھی لڑائی جیسا تھا، جس کے دوران مجھے ہوشیاری اور ذہانت کا مظاہرہ کرنا تھا کیوں کہ قدم قدم پر شکست میرا انتظار کر رہی تھی اور مجھ سے خوشی کی معمولی سی رمق چھیننے اور مجھے مایوسی بھرے اندھیروں میں دھکیلنے کے درپے تھی۔ شاید میرے بابا سمجھتے تھے کہ لذتیں، ذائقے، روشنیاں اور رنگ صرف ان کے لیے ہی تھے۔ اسی لیے وہ مجھے تاریکی کے کھوہ میں گرانا چاہتے تھے لیکن اب میں اس میں گرنے کے لیے بالکل تیار نہیں تھا۔

میں دھیرے دھیرے چلتا ہوا سبزی منڈی پہنچا، جس کے اطراف میں گلی سڑی سبزیوں اور پھلوں کی تیز بو پھیلی ہوئی تھی۔ وہاں سے مَیں نے اپنا رخ بس اسٹینڈ کی جانب کر لیا۔ بازار میں ابھی کچھ چہل پہل تھی۔ بیشتر دکاندار اور دوسرے لوگ اپنے دھندوں سے فراغت پا کر ادھر ادھر ٹہلتے پھر رہے تھے۔

تھوڑی دور جا کر میں سگریٹ خریدنے کے لیے ایک مانڈلی پر رک گیا جہاں سلیمان شاہ کا سندھی گانا ٹیپ ریکارڈ پر اونچے سروں میں چل رہا تھا۔ ’’آج کی رات ٹھہر جا یار، میرا دل کہتا ہے، جانی پھر کون جیے، کون مرے۔‘‘ مانڈلی والا پان کے پتوں پر چونا اور کتھا لگاتا گانے کی دھن پر اپنا سر ہلائے جا رہا تھا۔ اسے کچھ گاہکوں نے گھیرا ہوا تھا وہ جن سے اونچے لہجے

میں باتیں کرتا جا رہا تھا۔ وہ سب وہاب شاہ بخاری کے ہونے والے عرس کے بارے میں اظہارِ خیال کر رہے تھے جو دسمبر کے وسط یا آخر میں مکلی پر واقع ان کے مزار پر شروع والا تھا۔ مَیں نے اپنے لیے سگریٹ خرید کر مانڈلی کے کونے پر سلگتی ہوئی رسی سے جلائی اور اشٹان کی جانب چل دیا۔

شاہی بازار ختم ہونے سے پہلے دائیں جانب جھنگی ہیئر کٹنگ سیلون کا بورڈ دیکھ کر میں رک سا گیا۔ نور محمد کی دکان خالی پڑی تھی اور وہ باہر پڑی بینچ اندر رکھ رہا تھا، جس کا مطلب تھا کہ وہ اپنا سیلون بند کر رہا تھا۔ مَیں سگریٹ کے کش لیتا آس پاس منڈلانے لگا۔ وہ کمر جھکائے آہستگی سے مصروف دکھائی دے رہا تھا جس سے واضح ہو رہا تھا کہ وہ بہت تھک چکا تھا۔ اس کے ایک ہاتھ کی انگلیوں میں بیڑی دبی ہوئی تھی جو شاید بجھ چکی تھی لیکن وہ پھر بھی اس کے کش لیے جا رہا تھا۔ پھر اس نے وہ بیڑی پھینک دی اور دکان کی بتیاں بند کر کے اس سے باہر نکل آیا اور اس کا شٹر نیچے گرانے لگا۔ پھر زمین پر بیٹھ کر شٹر پر دو تالے لگانے کے بعد وہ اپنی کمر پر ہاتھ رکھتا ہوا اٹھ کھڑا ہوا اور دھیرے دھیرے شاہی بازار میں چلنے لگا۔ مَیں بھی اس سے فاصلہ رکھ کر اس کا پیچھا کرنے لگ گیا۔

اس کی میانہ قامتی دیکھ کر مجھے سُومل کا چھوٹا قد یاد آنے لگا۔ اس لحاظ سے وہ اپنے باپ سے زیادہ اپنی ماں پر گئی تھی۔ وہ اپنے دونوں کندھے جھکائے، اپنی گردن دائیں بائیں نفی میں ہلاتے ہوئے چل رہا تھا۔ چلتے چلتے اس نے اپنی جیب سے ایک بیڑی نکالی اور پھر اسے کچھ دیر اپنے دانتوں تلے چباتا رہا۔ اس کے بعد اسے دیاسلائی سے جلا کر، اپنے ہاتھ کی مٹھی بنا کر گہرے کش لینے لگا اور اس کے بعد اپنا منہ اوپر اٹھا کر عجیب سے انداز میں دھواں چھوڑتا رہا۔

وہ راستے میں پڑنے والی مانڈلی کی جانب گیا اور بیڑیوں کے بنڈل کے علاوہ دو میٹھے پان بنانے کا کہنے کے بعد سامنے پڑے ڈبے کھول کر ان میں سے ٹافیاں نکالنے لگا۔ دس بارہ ٹافیاں نکال کر اس نے مانڈلی والے کی طرف بڑھائیں تو مجھے لگا کہ وہ یہ چیزیں سُومل اور اپنے بیٹے کے لیے خرید رہا تھا۔ میرا جی چاہا کہ ان چیزوں کی ادائیگی کر دوں اور تحفے کے طور پر بھجوا دوں لیکن جی میں آئی ہر بات پر عمل کرنا ممکن نہیں ہوتا، اسی لیے میں بھی مانڈلی سے کچھ دوری پر کھڑا یہ سوچنے لگا کہ وہ کس رستے سے اپنے گھر کی طرف جائے گا؟

مجھے توقع تھی کہ وہ سبزی منڈی سے بائیں جانب مڑ جائے گا لیکن وہ مانڈلی سے ایک تھیلی میں چیزیں لیے ہوئے، کسی طرف مڑے بغیر شاہی بازار میں آگے بڑھنے لگا اور میں ذرا فاصلہ رکھ کر اس کا تعاقب کرتا رہا۔ بازار بند ہونے کی وجہ سے تقریباً ہر دکان کے سامنے کچرا پھیلا ہوا تھا، جسے علی الصبح میونسپلٹی کے جاروب کشوں نے آ کر صاف کرنا تھا لیکن اس وقت بازار کی گیلی اور لجلجی زمین پر بلیاں اور کتے منہ مارتے پھر رہے تھے۔ آس پاس کی دکانوں اور بجلی کے کھمبوں پر لگے بلبوں کی کمزور سی روشنی زرد دائروں میں بکھری ہوئی تھی۔

میں اس کے کچھ پیچھے چلتا بازار میں نصب بڑے عَلم کے قریب سے گزرا۔ یہاں سے تھوڑا آگے جا کر بائیں جانب وہ گلی پڑتی تھی، جو میری حسین یادوں کی گلی تھی۔ اس کے سرے پر پُنھل کا ہوٹل تھا جو رات تک کھلا رہنے لگا تھا۔ وہ اس

کی جانب بڑھا تو میں بھی چائے پینے کی غرض سے اس کے پیچھے ہولیا۔ اس وقت پُنہل برتن دھونے کی غلیظ جگہ پر دودھ کا بڑا پتیلا کھرچ کھرچ کر دھو رہا تھا۔

جھنگی نے چائے کا پوچھا تو پُنہل نے صاف جواب دے دیا کہ دودھ ختم ہو گیا تھا۔ وہ مایوسی سے مڑنے لگا تو مَیں نے اسے اشارے سے روکا اور خود آگے بڑھ کر پُنہل سے چائے بنانے کی درخواست کرنے لگا۔ پہلے تو اس نے مجھے بھی عام گاہک سمجھ کر انکار کر دیا لیکن جب اس نے مجھے غور سے دیکھ کر پہچان لیا تو ایک دم برتن کی دھلائی چھوڑ کر اٹھا اور اپنی میلی کچیلی دھوتی سے ہاتھ صاف کرتا ہوا میرے پاس آیا۔ مَیں نے نور محمد جھنگی سے ہوٹل میں لگی بینچ پر بیٹھنے کے کہا تو وہ ہنس کر سر ہلاتے ہوئے بینچ پر بیٹھ گیا۔

مصافحے کے بعد پُنہل مجھ سے پوچھنے لگا کہ مَیں اتنے عرصے سے کہاں گم تھا۔ اس دوران اس نے یہ بتایا کہ اس نے گھر لے جانے کے لیے کچھ دودھ بچا کر رکھا ہوا تھا، اس میں سے ہمارے لیے چائے بنا دے گا۔ مَیں اس کا شکریہ ادا کرتا ہوا دوسری خالی پر بینچ بیٹھ گیا۔ ساٹھ وولٹ کے بلب کی روشنی میں اکا دکا مچھر گھومتے دکھائی دے رہے تھے۔ انہیں دیکھ کر جھنگی تعجب سے بڑبڑانے لگا۔ ''یہاں سردیوں میں بھی مچھر ہوتے ہیں۔''

میں اس کی تائید کرتے ہوئے کہنے لگا کہ یہاں سردی کم پڑتی ہے کیوں کہ یہ علاقہ سمندر سے زیادہ دور نہیں اور یہاں سردی کوئٹہ کی ہوائیں لے کر آتی ہیں۔ جب وہ ہوائیں چلتی ہیں تو سردی بڑھ جاتی ہے۔ میری بات سے وہ متاثر ہوئے بغیر نہ رہ سکا اور تائید میں سر ہلا کر رہ گیا۔ اس کی درمیانی قامت، تنگ پیشانی، بڑی بڑی آنکھیں اور موٹے سے ہونٹ دیکھ کر مجھے سُومل کا چہرہ یاد آنے لگا۔ وہ اپنے والد سے قدرے مشابہت رکھتی تھی۔ باتوں کے دوران وہ مجھے پہچاننے کی کوشش کر رہا تھا۔ پُنہل نے مٹی کے چولھے میں بجھے ہوئے کوئلوں میں لکڑی کا کٹا ہوا ایک ٹکڑا ڈال کر، اس پر مٹی کا تیل چھڑک کر آگ جلائی اور ایک چھوٹے سے ڈبے میں پانی ڈال کر اسے چولہے پر چڑھا دیا۔

مٹی کا بنا ہوا یہ چھوٹا سا ہوٹل وہ تنِ تنہا چلا رہا تھا، جس کے اندر کی دیواریں لکڑی کی آگ کے دھوئیں سے سیاہ پڑ چکی تھیں، اس لیے بلب کی روشنی میں یہاں کا ماحول آسیبی محسوس ہو رہا تھا۔ صبح سے اب تک مسلسل کام کرنے کی وجہ سے پُنہل اپنی کمر پکڑے ہوئے چولھے کے سامنے کھڑا تھا جس سے نکلتی آگ کی روشنی میں اس کا چہرہ دمک رہا تھا۔

بیٹھے بیٹھے معاً جھنگی بے چین ہو کر پہلو بدلنے لگا۔ وہ بار بار مجھے دیکھے جا رہا تھا۔ اس کی پریشانی ختم کرنے کے لیے مجھے اس سے بات کرنی پڑی۔ مَیں ایک بھلمنساہت سے اسے بتانے لگا کہ چند روز پہلے بس اسٹینڈ پر میں اس سے ملنے کا شرف حاصل کر چکا تھا۔ مَیں بھی حیدر آباد سے سرکاری بس پر آیا تھا اور اس کے اہلِ خانہ بھی۔ مَیں نے سامان اتارنے میں ان کی مدد کی تھی۔ یہ سن کر وہ ہنستے ہوئے اپنے سفید و سیاہ بالوں میں اپنے دائیں ہاتھ کی انگلیاں پھیرنے لگا جیسے اپنی یادداشت کی کمزوری پر نادم ہو رہا ہو۔ پھر اچانک اس نے بینچ سے اٹھ کر میری جانب مصافحے کے لیے اپنا ہاتھ بڑھایا تو مَیں نے اس کا ہاتھ ملایا اور اپنا باقاعدہ تعارف کروانے لگا۔

اس کے بعد ہمارے بیچ باتیں شروع ہوگئیں۔ وہ بے تکلفی سے اپنے متعلق بتانے لگا کہ وہ جھمپیر میں پیدا ہوا تھا لیکن بچپن میں ہی حیدر آباد چلا گیا تھا۔ وہاں اس نے شروع میں متفرق کام کرنے کے بعد مستقل طور پر حجامت کا پیشہ اپنا لیا۔ اس دوران اس کی شادی ہوگئی، جس کے بعد اس کی قسمت کا ستارہ چمک اٹھا۔ وہ ایک موٹی رقم جمع کرنے میں کامیاب ہوگیا، جس کی مدد سے اس نے شہر کے مرکزی علاقے اسٹیشن روڈ پر ایک دکان خرید کر اپنا ہیئر کٹنگ سیلون کھول لیا۔ اس کا لہجہ بلغمی تھا اور ہر کچھ دیر بعد اسے کھانسی ہونے لگتی تھی اور اسے تھوکنے کے لیے ہوٹل سے باہر جانا پڑتا تھا۔ ایسے ہی ایک وقفے کے دوران پُنہل نے چائے کی دو پیالیاں لاکر ہمارے سامنے میز پر رکھ دیں اور پھر اپنی پیالی اٹھائے ہمارے پاس آ کر بیٹھ گیا۔

جھنگی پُنہل سے دل لگی کرتے ہوئے کہنے لگا کہ وہ اپنی چائے میں ایسی کیا چیز ملاتا تھا جس کی وجہ سے وہ تھوڑے سے دنوں میں اس کا عادی بن گیا تھا اور صبح دکان جاتے ہوئے اور شام واپس آتے ہوئے یہاں سے چائے پینا اپنے اوپر فرض کر چکا تھا۔ اس نے آنکھ مار کر میری طرف دیکھتے ہوئے اس سے پوچھا کہ وہ کہیں افیم کی ذری تو چائے میں نہیں ملاتا؟

یہ سن کر پُنہل اپنے کان چھو کر لاحول ولا قوۃ پڑھتے ہوئے اپنی صفائی کے لیے میری طرف دیکھنے لگا۔ مَیں نے جھنگی کو چاچا مخاطب کرتے ہوئے بتایا کہ مَیں اپنے بچپن سے چاچا پُنہل کو دیکھ رہا تھا۔ اس کی چائے خالص دودھ کی بنی ہوتی ہے۔ وہ کسی قسم کی ملاوٹ پر یقین نہیں رکھتا۔ بے چارہ پُنہل بلاوجہ کی قسمیں کھانے لگا تو جھنگی مسکرا کر کہنے لگا کہ وہ مذاق کر رہا تھا۔ یہ سن کر پُنہل اس پر چڑھ دوڑا کہ تم الزام لگا رہے تھے یا اس سے مذاق کر رہے تھے؟ پُنہل کی خفگی بڑھتے دیکھ کر مَیں نے موضوع بدلنے کے لیے اگلے مہینے مکلی پر ہونے والے وہاب شاہ بخاری کے عرس کا ذکر چھیڑ دیا، جو شہر کے بیشتر افراد کی طرح پُنہل کا بھی من بھاتا موضوع تھا۔

جھنگی نے جیب سے بیڑی نکال کر اس کی طرف بڑھائی تو اس نے انکار نہیں کیا۔ انہیں بیڑیاں سلگاتے دیکھ کر مجھے بھی طلب ہوئی لیکن میں جھنگی پر سگریٹی ہونے کا تاثر چھوڑنا نہیں چاہتا تھا۔ اس لیے ان کے کش لینے پر گاڑھا اور تیز دھواں میرے نتھنوں میں گھسنے سے میری پوری طلب پوری ہونے لگی۔

پُنہل مٹھی میں بیڑی دبا کر ایک زوردار کش لیتا کہنے لگا کہ لوگ ہر سال اس میلے کا انتظار کرتے تھے۔ شاہی بازار تین چار دن تک ان لوگوں سے بھرا رہتا تھا جس کی وجہ سے دکانداروں کی خوب بکری ہوتی تھی۔ کئی منافع خور ایک روپے کی چیز چار میں بیچتے تھے۔ ذرا توقف کے بعد ایک ٹھنڈی آہ بھرتے ہوئے وہ دوبارہ گویا ہوا کہ ہماری ایسی ہی بے ایمانیوں کی وجہ سے میلے کی رونق اب آہستہ آہستہ کم پڑتی جا رہی تھی۔ پھر بے چارے مزدوروں، ہاریوں اور چھوٹے زمین داروں کی حالت دن بہ دن مہنگائی سے پتلی ہوتی جا رہی تھی۔ پچھلے میلے میں چار دوست ہوٹل پر چائے پینے آئے۔ ان کے پاس اتنے پیسے نہیں تھے کہ وہ چار چائے منگوا سکیں۔ دو چائے منگوا کر آدھی آدھی بانٹ لی۔ حال بہت پتلا ہوگیا ہے خلقت کا۔

یہ کہنے کے بعد اس کا منہ ایک جماہی سے کھلتا چلا گیا۔ دوسری طرف دن کی تھکاوٹ سے نور محمد جھنگی کی آنکھیں بھی سرخ ہو رہی تھیں۔ اس نے جماہی لیتے اپنے منہ سے ایک عجیب سی آواز نکالی جو گیدڑ کی گُرلاٹ جیسی تھی۔ مَیں نے چپکے سے

اپنی جیب سے پیسے نکال کر پُنھل کے ہاتھ میں تھما دیئے تو جھنگی تلملا کر اپنی جیب پر ہاتھ مارتے ہوئے چائے کے پیسے ادا کرنے پر اصرار کرنے لگا۔ مَیں نے اس سے پوچھا کہ وہ کس طرف جائے گا؟ اسے یہ جان کر حیرت کے ساتھ خوشی بھی ہوئی کہ مَیں بھی اُسی پاڑے میں رہتا تھا جس میں وہ رہتا تھا۔ ہم نے پُنھل سے جانے کی اجازت لی تو اس نے ہاتھ جوڑ کر ہمیں رخصت کیا۔ ہم ہوٹل سے نکل کر اس گلی میں چلنے لگے جس کے چپے چپے پہ میری یادوں کا ملبہ بکھرا پڑا تھا، اس کے باوجود میں نئی یادوں کی ایک نئی عمارت تعمیر کرنے میں مصروف تھا۔

میں اس خیال سے مسرور اور مطمئن چلا جا رہا تھا کہ سُومل کے باپ سے مَیں نے کسی حد تک دوستانہ تعلقات بنا لیے تھے۔ مَیں پر اُمید تھا کہ اگر آنے والے دنوں میں اس سے چند بار ملا تو وہ یقیناً میرا گرویدہ ہو جائے گا۔ مَیں راستے میں اسے اپنے بارے میں بتاتا رہا کہ مَیں حیدر آباد کے حالی روڈ پر ساڑھے تین سال گزار کر اور ایک مکمل کار مکینک بن کر واپس آیا تھا۔ یہ سن کر اس نے اثبات میں سر ہلایا۔

ہم اندھیری اور سنسان گلی میں آگے بڑھتے رہے۔ ہماری باتوں کی آواز اور قدموں کی چاپ رات کی خاموشی میں بلند آہنگ لگ رہی تھی۔ نور محمد جھنگی اپنے سینے سے نہیں بلکہ پیٹ سے بولتا تھا۔ شاید اسی لیے اس کی آواز سن کر مجھے کسی پرانی گاڑی کا خیال آنے لگتا تھا۔ یہ اتفاق ہی تھا کہ اس نے مجھ سے بابا کے متعلق میرے گھر کے قریب پہنچ کر پوچھا تو مَیں نے ان کا نام بتانے کے ساتھ اسے ان کا پیشہ بھی بتا دیا۔ اس سے الوداعی مصافحہ ہوئے، مَیں نے اسے کسی دن اپنے گھر آنے اور بابا سے ملنے کی دعوت دے ڈالی جو اس نے مسکرا کر اپنا سر ہلاتے ہوئے قبول کر لی اور اللہ وائی کہتا ہوا اپنے مکان کی جانب بڑھ گیا۔

میرا جی چاہ رہا تھا کہ اسے اس کے گھر کے دروازے تک چھوڑ کر آؤں اور جب سُومل اس کے لیے دروازہ کھولے تو اس کی ایک جھلک پا کر لوٹ آؤں۔ لیکن میں چند لمحوں تک گلی میں کھڑا اسے اندھیرے میں گم ہوتے دیکھتے رہا۔ مَیں ایک ٹھنڈی سانس لیتے ہوئے بلا وجہ مسکرا دیا اور اپنے گھر کے دروازے کی طرف بڑھنے لگا۔

33

میں چوکھٹ سے اندر داخل ہوا تو مَیں نے دیکھا کہ اوپر کی منزل سے آتی روشنی زینے کے ابتدائی حصے تک ہی پہنچ پا رہی تھی، جس کی وجہ سے نچلی منزل کا یہ ہال نما کمرا تاریکی میں ڈوبا ہوا تھا۔ ہم نے نجانے کیوں اسے استعمال کرنا ترک کر دیا تھا۔ پہلے یہاں کبھی کبھار بابا اپنے دوستوں کے ساتھ محفل جماتے تھے۔ اس کے در و دیوار بابا اور ان کی سنگت کے بے فکر قہقہوں سے گونجتے رہتے تھے اور میں بھاگ بھاگ ان کے لیے چائے، سگریٹ اور پانی وغیرہ لایا کرتا تھا۔ پھر آہستہ آہستہ بابا کے دوستوں نے آنا بند کر دیا اور بابا نے اپنی بیٹھک بازار کے پاس کی گلیوں میں کرائے کے کمروں میں منتقل کر دی۔ جس کے بعد یہ کمرا مستقل خالی رہنے لگا۔ یہاں رکھا ہوا صوفہ جو پہلے ہی پرانا سا تھا، اب بالکل بوسیدہ ہو چکا تھا۔ گھسا پٹا سستا سا سرخ قالین اپنی اصل رنگت کھو کر میلا چکٹ ہو گیا تھا۔ مَیں نے سوچا کہ ان چیزوں کو کباڑیے کی مدد سے نکال کر یہاں سستی پلاسٹک کی کرسیاں اور ایک کھاٹ رکھی جا سکتی تھی۔ یہاں دو تین بلبوں کا کنکشن موجود تھا۔ مَیں دیوار کا سہارا لے کر سوئچ بورڈ ڈھونڈنے لگا جو ایک کھڑکی کے پاس لگا ہوا مل گیا۔ مَیں نے ایک ایک کر کے اس پر لگے سارے بٹن دبا دیے لیکن کوئی روشنی نہ جلی۔ مَیں نے سوچا کہ مجھے اب اپنے ماں باپ سے الگ ہو کر سونا اور رہنا چاہیے۔ ان کی زندگی کی اپنی رازداریاں تھیں اور میری اپنی۔ ہم سب کو ان کا خیال رکھنا چاہیے تھا۔

کچھ دیر بعد سیڑھیوں میں اماں کے قدموں کی مانوس آہٹ سنائی دی تو میں ایک تاریک کونے میں چپ سادھ کر کھڑا ہو گیا۔ چند سیڑھیاں اتر کر وہ رک گئیں اور تشویش کے ساتھ پوچھنے لگیں۔ ''ابا، کون ہے۔ سامنے آؤ۔ مجھے اندھیرے میں دکھائی نہیں دیتا۔''

یہ سن کر میں اپنی ہنسی روک نہ پایا جسے سنتے ہی وہ مجھے پہچان گئیں۔ مَیں زینہ چڑھ کر ان کے پاس پہنچا تو انہوں نے اپنے ہاتھ میں پکڑا ہوا بیلن لہراتے ہوئے اپنائیت سے مجھے گالی دی۔ ''بھڑوا۔ ماں سے کھیچل کرتا ہے۔'' مَیں نے ہنستے ہوئے جواب دیا کہ اور کس کے ساتھ کروں؟ مَیں ہنستے ہوئے ان سے لپٹ گیا اور ان کے ساتھ سیڑھیاں چڑھنے لگا۔ انہوں نے اپنا منہ ایسا بنا لیا جیسے مجھ سے ناراض تھیں۔

وہ باورچی خانے جا کر چولھے کے قریب بیٹھ گئیں تو میں بھی ان کے پاس رکھی ایک خالی چوکی پر بیٹھ گیا اور ان کے پیر

چھو کر معافی مانگنے لگا تو انہوں نے معاف کر دیا۔ چولھے پر فرائی پان میں تڑتڑاتے ہوئے تیل میں کریلے تلے جا رہے تھے۔ گرم مصالحے اور سرخ مرچوں کی وجہ سے کریلوں کا رنگ سیاہ پڑتا جا رہا تھا۔ مَیں نے ان کی توجہ ان کی جانب دلائی۔ اگر میں زیادہ پکے ہوئے کریلوں پر تنقید کر دیتا تو شاید اماں مجھ سے خفا ہو جاتیں۔ وہ خود ہی بڑبڑانے لگیں کہ کھانا تیار ہو گیا لیکن وہ ابھی تک نہیں آئے جس پر مَیں نے جلدی سے کہا کہ مجھے ابھی دے دیں۔ سخت بھوک لگی ہے۔ انہوں نے پہلے لمبے کٹے ہوئے کریلوں کے تین ٹکڑے تھالی میں رکھے اور پھر چنگیر سے روٹی نکال کر چھابی پر رکھتے ہوئے میری طرف بڑھا دی۔

میں کھانا لیے بابا کے تخت پر جا بیٹھا اور روٹی کا ایک نوالہ توڑ کر اسے کریلوں سے لگا اپنے منہ میں ڈال کر چبانے لگا۔ مَیں اپنی اس پیش رفت سے مطمئن تھا۔ نور محمد جھنگی سے ملاقات نے میرے ذہن میں کئی نئے امکانات روشن کر دیئے تھے کیوں کہ مَیں اسے متاثر کرنے میں کامیاب ہوا تھا۔ ظاہر ہے کہ وہ ایک جوان ہوتی لڑکی کا باپ تھا، اس لیے وہ یقینی طور اس کی شادی کے لیے کسی اچھے رشتے کی کھوج میں ہو گا۔ یہ ممکن تھا کہ وہ اپنے داماد کی حیثیت سے مجھے منتخب کر لے۔ کھانا کھاتے ہوئے مَیں نے اس عزم کا اعادہ کیا کہ مجھے اپنے ہونے والے سسر کے ساتھ تعلق مزید مضبوط کرنا ہو گا تا کہ سُومل کو یہ تاثر دینے میں کامیاب ہو جاؤں کہ اس کا باپ نہ صرف مجھے اچھی طرح جانتا تھا اور پسند بھی کرتا تھا۔

بابا کچھ دیر بعد گھر آ گئے اور تخت پر کھانا کھا کر وہیں پر دراز ہو گئے۔ وہ جب تک کھانا کھاتے رہے، اماں ان کے پاس بیٹھی رہیں۔ کھانا ختم کرنے پر اماں نے برتن اٹھا کر باورچی خانے میں رکھ دیے اور پھر خود آ کر اپنی چارپائی پر لیٹ گئیں۔ مَیں بھی سُومل کے بارے میں سوچتا ہوا اپنی کھاٹ پر لیٹ گیا۔

مَیں نے اپنے خواب میں نچلی منزل والا کمرا اچھی طرح صاف کر کے اسے نئے فرنیچر سے آراستہ کر لیا اور وہاں تین بلبوں کی جگہ مَیں نے بازار سے دو ٹیوب لائٹیں خرید کر لگا دیں۔ جب وہ روشن ہوئیں تو کمرا زیادہ اچھا دکھائی دینے لگا۔ مَیں تھک کر وہاں رکھی مسہری پر دراز ہونے والا تھا کہ اچانک میری سماعت ایک شہنائی کی دل خوش کن دھن سے بھرتی چلی گئی۔ اس کے ساتھ ہی ایک مسحور کر دینے والی خوشبو میری سگریٹ سے آلودہ سانسوں میں سماتی چلی گئی۔ مَیں نے حیران ہو کر چاروں طرف دیکھا تو ایک چھناکے سے کنڈی اترنے کے بعد دروازہ چرچرا کر کھلتا چلا گیا اور مدھم سے رنگوں کی ایک قوسِ قزح کمرے میں داخل ہوئی۔ اسے دیکھتے ہی میں ایک وارفتگی سے اٹھ کر اس کی جانب بڑھا اور اسے دونوں بازوؤں میں سمیٹ کر اپنے دل کے بہت قریب لے آیا، اتنے قریب کہ ہمیں ایک دوسرے کی دھڑکنیں سنائی دینے لگیں۔

اگلے دن جب میں جاگا تو اتفاق سے اس وقت بابا اپنا تھیلا اٹھائے دکان پر جانے کے لیے تیار کھڑے تھے۔ مجھے آنکھیں مسل کر جماہی لیتے اور اپنا لحاف اتارتے دیکھ کر وہ زینے کی طرف جاتے جاتے رک گئے اور میرے قریب آ کر مجھ سے کہنے لگے: ''شراب میں پیتا ہوں، نشے میں ہر وقت تم رہتے ہو۔'' میں اپنی آنکھیں مسلتے ان کی طرف اس طرح دیکھنے لگا جیسے ان کی بات میری سمجھ میں نہ آئی ہو۔ میرے منہ سے خفیف سی ہونہہ نکلی تو وہ مجھے گھور کر دیکھنے لگ گئے۔ انہوں نے ترش روئی سے مجھ سے پوچھا کہ کیا ابھی تک نیند میں ہو؟ مَیں نے جواب دینے کے بجائے نفی میں اپنا سر ہلا دیا جس

کے بعد وہ ذرا تلخی سے کہنے لگے کہ مَیں ان کے لیے دوپہر کا کھانا لے کر دکان پہنچ جاؤں کیوں کہ انہیں ضروری کام سے کہیں جانا تھا، جس کے بعد شام تک دکان پر مجھے ہی بیٹھنا پڑے گا۔ یہ کہہ کر وہ سیڑھیاں اترتے ہوئے نیچے چلے گئے۔

ان کے جانے کے بعد میں کچھ دیر تک کھاٹ پر بیٹھا ان کی باتیں سمجھنے کی کوشش کرتا رہا۔ صبح صبح یہ باتیں مجھ پر کسی بم کی طرح گری تھیں۔ وہ نہیں چاہتے تھے کہ مَیں آج شام گھر پر رہوں۔ یہ سوچ کر مجھے بابا پر غصہ آتا رہا اور میرا خون کھولتا رہا۔ مَیں نے فوراً فیصلہ کیا کہ مَیں دکان پر بالکل نہیں جاؤں گا۔ اگر وہ یہ سمجھ رہے تھے کہ اپنی چالاکی سے مجھے راستے سے ہٹانے میں کامیاب ہو جائیں گے تو میں ایسا ہرگز ہونے نہیں دوں گا۔ پیچ و تاب کھاتے ہوئے مجھے ایک دوسری ترکیب سجھائی دے گئی۔ مَیں نے سوچا کہ مَیں دوپہر میں دکان پر چلا جاؤں گا اور اسے مقررہ وقت سے پہلے بند کر کے لوٹ آؤں گا تاکہ بابا کا سامنا کرنے کے لیے میرے پاس کوئی دلیل تو ہو۔

ان فضول قسم کی سوچوں کی وجہ سے مَیں نیند میں دکھائی دیئے ست رنگے خواب کے متعلق نہ سوچ سکا جس کا نشے جیسا اثر اب تک اپنے ذہن پر محسوس کر رہا تھا۔ دھیرے دھیرے اس کا اثر ختم ہوتا چلا گیا اور کچھ دیر بعد وہ خواب میری یادداشت سے یکسر محو ہو گیا۔ اپنا منہ بسورتے ہوئے میں اٹھا اور غسل خانے کی طرف جاتے سوچنے لگا کہ اماں نے بابا کی یہ بات سنی تھی کہ نہیں۔ وہ اس وقت سے اب تک باورچی خانے میں مصروف تھیں۔ مجھے ان پر بھی غصہ آنے لگا۔

کچھ دیر بعد میں اپنی اماں کے سامنے ایک چوکی پر بیٹھا تو وہ اپنا سر جھکائے بیٹھیں میرے لیے چائے گرم کر رہی تھیں۔ اماں نے چھانی سے چائے ایک پیالی میں چھان کر میری جانب بڑھائی تو مَیں نے سنجیدگی سے ان کی طرف دیکھتے ہوئے پیالی تھام لی اور اسے فرش پر رکھ دیا۔ وہ مجھ سے پوچھنے لگیں کہ نیچے والے کمرے کی صفائی کب شروع کرنی تھی؟ ان کا سوال سن کر مَیں نے تلخی سے کہا کہ بابا مجھے دکان پر آنے اور شام تک وہاں رہنے کا کہہ کر گئے ہیں۔ اس پر وہ مسکرا کر مجھ سے کہنے لگیں کہ ابھی صبح ہو رہی تھی اور مجھے دوپہر میں جانا تھا۔

یہ سن کر میں نجانے کیوں اپنے دل میں محسوس کرنے لگا کہ اماں کو بابا کے سبھی ارادوں کے متعلق معلوم تھا۔ وہ اتنی بھولی نہیں تھیں، انہیں اچھی طرح جانتی تھیں۔ میرے لیے یہ احساس اذیت سے بھرا ہوا تھا کہ میری مخالفت میں میرے ماں باپ یک جا ہو گئے تھے۔ مَیں اماں سے یہ کہے بغیر نہیں رہ سکا کہ انہیں بخوبی علم تھا کہ بابا نے انہیں نئے پڑوسیوں کے ہاں کیوں بھیجا تھا اور آج جو وہ مجھے شام تک دکان پر رکھنا چاہتے تھے تو وہ اس سے کیا حاصل کرنا چاہتے تھے۔

میری حیرت کی کوئی انتہا نہ رہی جب وہ مجھے اس بات پر قائل کرنے کی کوشش کرنے لگیں کہ مَیں بلا وجہ شک کر رہا تھا۔ میرے بابا اب پہلے جیسے نہیں رہے تھے۔ مَیں یہ سن کر پھٹ پڑا اور ان پر بابا کے ساتھ ساز باز کرنے کا الزام لگانے لگا۔ وہ میرا الزام جھٹلاتی جتانے لگیں کہ اگر وہ ان کے ساتھ ملی ہوتیں تو مجھے دو ہفتے مزید یہاں رہنے کی اجازت کیوں دلواتیں؟ وہ احتجاج کرنے لگیں تو مَیں نے انہیں سمجھانا چاہا کہ انہوں نے اس ڈر سے یہ اجازت دے دی کہ کہیں آپ وہاں جانے سے انکار نہ کر دیں۔ میری اس بات پر انہوں نے نفی میں اپنا سر ہلاتے ہوئے کہا کہ یہ سب میری غلط فہمی تھی۔ انہیں آج کسی

کام سے سجاول جانا تھا، اس لیے مجھے دکان پر بلایا تھا اور میں بس بات کا بتنگڑ بنا رہا تھا۔ یہ سن کر میں جی ہی جی میں مسکرایا کہ حیلہ سازی میں میرے باپ سے بڑھ کر کوئی نہ تھا۔ وہ سجاول جانے کے بجائے مہمانوں کی آمد سے کچھ دیر پہلے گھر پہنچ جائیں گے اور انہیں اپنی طرف سے ایسی بات سنائیں گے جس پر وہ فوراً ایمان لے آئیں گی۔

مَیں نے نیچے والی منزل کی صفائی کا ارادہ منسوخ کر دیا اور اماں سے خفا ہو کر چھت پر چلا گیا جہاں یکے بعد دیگرے تین سگریٹیں پھونک ڈالیں۔ منڈیر پر کچھ دیر کھڑا ہو کر سُومل کے مکان کی جانب دیکھتا رہا لیکن میرے نصیب نے میرا ساتھ نہیں دیا۔ مَیں نے کل رات دکھائی دینے والا خواب یاد کرنے کی کوشش کی لیکن وہ مجھے بالکل یاد نہ آسکا جس کی وجہ سے میری کوفت میں اضافہ ہوتا چلا گیا۔ مَیں چھت سے اتر کر نچلے زینے کی طرف جانے لگا تو اماں نے مجھ سے پوچھا کہ مَیں کہاں جا رہا تھا، تو میں انہیں جواب دیے بغیر گھر سے نکل گیا۔

مَیں نے سُومل کو دیکھنے کی امید میں اس کے مکان کے گرد کئی چکر لگا لیے لیکن اس دفعہ بھی اس کی کوئی جھلک نہ پا سکا۔ مَیں چاہتا تھا کہ وہ اگر مجھے دکھائی دے جائے تو میں اس کے قریب جا کر اسے اپنے گھر آنے سے منع کر دوں اور اسے بتا دوں کہ وہاں اس کی ماں اور اس کے لیے ایک جال بچھایا جا رہا تھا، اس لیے انہیں میرے گھر آنے سے اجتناب برتنا چاہیے۔ میں اپنی ناکام خواہش دل میں لیے ہوئے گھر واپس لوٹا تو اماں نے دوپہر کا کھانا تیار کر لیا تھا۔ یہ دیکھ کر مجھے کچھ ہوش آیا۔ مَیں نے صبح سے اب تک غسل کر کے کپڑے نہیں بدلے تھے۔ مَیں نہیں چاہتا تھا کہ سُومل اور اس کی ماں جب ہمارے گھر آئیں تو میں ان کا سامنا اس خراب لباس میں کروں۔ مَیں نے فوراً نیم چھتی پر رکھی ہوئی پرانی دھرانی الماری کے پٹ کھول کر اس کے سب کے نچلے خانے سے آسمانی رنگ کے وہ شلوار قمیص نکالے جنہیں خود جلدی سے اسے استری کرنے کے بعد غسل خانے چلا گیا۔

مجھے گھر سے نکلنے میں دیر ہو جانے کی وجہ سے اماں پریشان ہو گئیں کیوں کہ انہیں بابا کے غضب کا بخوبی علم تھا۔ انہیں تسلیاں دیتے ہوئے مَیں نے شتابی سے مسور کی دال کے ساتھ روٹی کے چند نوالے زہر مار کیے اور بابا کے لیے تیار کیا ہوا کھانا لے کر تیزی سے گھر سے نکل گیا۔

مَیں نے طے کر لیا تھا کہ عصر کی اذان کے ٹھیک آدھے گھنٹے بعد دکان بند کر کے گھر پہنچ جاؤں گا اور اگر بابا نے مہمانوں کے سامنے مجھ سے وجہ پوچھی تو کہہ دوں گا کہ قوم پرستوں کے جلوس کی وجہ سے بازار بند ہو گیا۔ مجھے قوی یقین تھا کہ اس طرح مہمانوں کے سامنے ان کی باز پرس سے بچ جاؤں گا۔ اس کے بعد میرے ساتھ جو بھی ہو گا وہ دیکھا جائے گا۔ مَیں دست کاری اسکول والی گلی سے بازار میں داخل ہوا تو خلافِ توقع بابا مجھے اپنی آستینیں چڑھائے دکان کے آگے ٹہلتے ہوئے دکھائی دیئے۔ مَیں سمجھ گیا کہ انہیں بھوک سے زیادہ انتظار تنگ کر رہا تھا۔ وہ اپنی بے صبر طبیعت کے سبب دکان سے نکل کر میری راہ تکنے لگ گئے تھے۔

مجھ پر نظر پڑتے ہی ان کی تیوری چڑھ گئی۔ بھرے بازار میں وہ غضب ناک انداز سے میرے لتے لینے لگے۔ مجھے گالی

دیتے ہوئے وہ یہ بھول گئے کہ وہ ان کی بیوی بھی تھی۔ مَیں اسے معمول کی کارروائی سمجھ کر آگے بڑھا لیکن ان سے کچھ دور پہنچ کر ٹھہر گیا۔ اگر ان کے نزدیک رکتا تو شاید وہ طمانچوں سے میرے گال سرخ کر دیتے۔ مَیں ان کے رویئے پر حیران ہونے کے بجائے اس سے محظوظ ہوتا رہا۔ مجھے گمان تھا کہ انہیں میرے مخفی ارادے کا تھوڑا بہت اندازہ ہو گیا تھا جسے وہ اپنے دبدبے کے ذریعے کچلنا چاہتے تھے۔ شاید انہیں خبر نہیں تھی کہ عمر بڑھنے کے ساتھ میری مزاحمت کی طاقت میں بھی اضافہ ہو گیا تھا۔ اسی لیے میرے ہونٹوں پر ایک مسکراہٹ پھیلتی چلی گئی اور مَیں نے ان سے دھیمے لہجے میں مخاطب ہو کر کہا کہ کھانا پکنے میں ذرا دیر ہو گئی۔ دکان میں چل کر کھالیں ورنہ ٹھنڈا ہو جائے گا۔ مَیں اپنی طرف تاکتے ہوئے بازار کے دکانداروں کو مزید لطف اندوز ہونے دینا نہیں چاہتا تھا، اس لیے میں کھانا اٹھائے دکان کے اندر چلا گیا۔ بابا میرے پیچھے پیچھے چلتے ہوئے اندر آئے اور کمر پر ہاتھ رکھ کر مجھے گھور کر دیکھنے لگے، پھر خفگی سے اپنا سر ہلاتے ہوئے دھیمے لہجے میں مجھے مزید گالیاں دیں۔ وہ اپنا منہ پھیر کر کھڑے ہو گئے اور جلدی سے جیب سے سگریٹ نکال کر اسے سلگا کر تیز کش لینے لگے۔ شاید وہ اپنا باقی ماندہ غصہ دھوئیں میں اڑانا چاہتے تھے۔ پھر وہ اپنی مٹھی میں دبائی سگریٹ کی راکھ جھٹکتے ہوئے ترشی سے کہنے لگے کہ مَیں نے ان کے پروگرام کا ستیاناس کر دیا تھا کیوں کہ انہیں سجاول جانا تھا لیکن اب دیر ہو چکی تھی۔ ان کے جانے کا کوئی فائدہ نہ تھا۔ وہ مجھے تاکید کرنے لگے کہ مجھے دکان مغرب کی اذان کے بعد بند کرنی تھی۔ یہ کہنے کے بعد انہوں نے اپنا کھانا اٹھایا اور دکان سے چلے گئے۔

بابا کی پیشگی ناراضی کی وجہ سے مجھے آج کی شام سُومل سے ملنے کا موقع ضائع ہوتا دکھائی دینے لگا۔ اسی وجہ سے بابا نے اپنے غصے کا یہ ناٹک رچایا تھا۔ اب وہ گھر جا کر اماں کو بتائیں گے کہ وہ میری دیر کی وجہ سے وہاں نہیں جا سکے بلکہ وہ اماں پر بھی اس کا الزام دھر کر انہیں اپنے دباؤ میں لے آئیں گے۔ ایسی بے ایمانی اور غنڈہ گردی ان کے لیے معمول کی بات تھی۔

میں کافی دیر تک بابا کی چوکی پر سر جھکائے بیٹھا رہا۔ کچھ دیر بعد مَیں نے بلا خوف اپنی جیب سے سگریٹ نکالی اور اسے دیاسلائی سے سلگا کر کش لینے لگا۔ پھر یوں ہی دکان میں پڑی چیزوں پر یہ سوچ کر نگاہ ڈالنے لگا کہ شاید میرے بعد کسی چیز میں کوئی نمایاں تبدیلی ہوئی ہو لیکن بابا کی دکان کی وہی پرانی چھت تھی اور اس کا ویسا ہی اکھڑا ہوا فرش تھا اور ویسی ہی بوسیدہ دیواریں۔ کونے میں رکھی ہوئی الماری بھی پہلے والی تھی۔ مَیں یہاں زمانہ حال میں بیٹھا ہوا خود کو کسی قدیم زمانے کا باسی محسوس کر رہا تھا۔ فریم اور ان کے سب نمونے اور فریم سازی کے آلات و اوزار اور خام مال وہی پرانا تھا۔ فرق صرف اتنا پڑا تھا کہ لکڑی فریموں کے ساتھ اب دھاتی فریم بھی بننے لگے تھے۔ یہاں صرف تصویریں تبدیل ہوئی تھیں۔ پہلے دکان، مقدس ناموں اور مقامات کے علاوہ حسین مناظر اور پھول پودوں کی تصویروں سے بھری رہتی تھی لیکن اب ان کی جگہ فلمی اداکاراؤں کی شوخ و شنگ تصویروں نے لے لی تھی، جن کے لباس چست اور بھڑکیلے تھے اور ان کے جسم کی بھرپور نمائش کرتے تھے۔ دکان میں روشنی کا مناسب انتظام نہ ہونے کی وجہ سے ان تصویروں کی شوخ رنگی دبی دبی سی لگ رہی تھی۔ مَیں کچھ سال پہلے تک ان تصویروں کا پرستار تھا لیکن اب ان کی طرف دیکھنے کو بھی جی نہ چاہتا تھا۔

نئے پڑوسیوں کی ہمارے گھر آمد کا خیال مجھے بار بار تنگ کر رہا تھا۔ میرا اندازہ تھا کہ وہ عصر کی نماز کے بعد ہی آئیں گے۔شہر کی گھریلو خواتین کے لیے دوپہر سے مغرب کا وقت فرصت کا ہوتا تھا۔ وہ اسی دورانیے میں محلے والوں اور رشتے داروں کے ہاں چکر لگایا کرتی تھیں۔ شام ڈھلتے ہی انہیں رات کا کھانا پکانے کی فکر آ گھیرتی تھی۔سُومل والے بھی مغرب کی اذان سے کچھ پہلے یا بعد میں لوٹ جائیں گے۔

میں چاہتا تھا کہ وہ جتنی دیر میرے گھر قیام کریں، مَیں ان کے آس پاس موجود رہوں لیکن عصر کی اذان ہونے میں ابھی دیر تھی جس کی وجہ سے میرے لیے سکون سے بیٹھنا مشکل ہو رہا تھا۔ مَیں سوچنے لگا کہ مجھے عصر سے پہلے اسے بند کر کے بازار سے نکل کر سکون سے کسی ہوٹل پر بیٹھ کر اپنے گھر جانے کی منصوبہ بندی کرنی چاہیے کیوں کہ آج کی شام میرے لیے اہم ترین شاموں میں سے ایک تھی۔ آج کے روز یہ فیصلہ ہونا تھا کہ سُومل مجھے پسند کرتی تھی کہ نہیں؟ اسے مجھ میں کوئی کشش محسوس ہوتی تھی کہ نہیں؟ مَیں چابیاں ڈھونڈنے لگا جو مجھے ایک دیوار پر کیل میں لٹکی ہوئی دکھائی دے گئیں۔ مَیں نے چابیاں اتاریں اور انہیں ہاتھ میں لیے ایک بار پھر یہ سوچ کر چوکی پر بیٹھ گیا کہ ایک اور سگریٹ پی لوں پھر دکان بند کر کے چلا جاؤں گا۔

آج مجھے سُومل اور اس کی ماں پر اچھا تاثر چھوڑنے کے علاوہ اپنے بابا سے نمٹنا تھا، وہ بھی اس طرح کہ وہ ان کے سامنے میری سُبکی نہ کر سکیں۔ اگر انہوں نے مہمانوں کے آگے میری توہین کر دی تو شاید میں وہ سب کچھ پانے سے پہلے ہی کھو دوں، جسے پانے کا پچھلے چند روز سے خواب دیکھ رہا تھا۔ اگر وہ مجھے سُومل کی نظر میں گرانے میں کامیاب ہو گئے تو شاید وہ مجھ سے متنفر ہو جائے اور اس کے بعد میری صورت دیکھنے کی بھی روادار بھی نہ رہے۔ مَیں نہ چاہتے ہوئے بھی یہ سوچنے لگا کہ مَیں نے اگر آج اس سے ملنے کا یہ قیمتی موقع ضائع کر دیا اور بابا کی ہدایت کے مطابق مغرب کی نماز کے بعد گھر پہنچا تو کیا ہو گا؟ یہ خیال ایک ایسا بھاری پتھر تھا کہ جس کے نیچے آ کر میرا امیدوں بھرا معصوم دل کسی زخمی پرندے کی طرح پھڑ پھڑانے لگا تھا۔ مَیں نفی میں سر ہلاتا ہوا اٹھ کھڑا ہوا اور سوچے سمجھے بغیر جلدی سے دکان کے دونوں پٹ بھیڑ کر انہیں بند کرنے لگ گیا۔ مَیں نے اپنی جانب دیکھتے آس پاس کے دکان داروں کی پروا کیے بغیر دروازے پر تالا لگایا اور گھر کی جانب چل دیا۔

عصر کی اذان سنتے ہوئے میں سوچنے لگا کہ آج بھی آسمان میرے خلاف کوئی سازش بُننے میں مصروف نہ ہو۔ کیوں کہ وہ ہمیشہ میرے رقیب کا ساتھ دیتے ہوئے میری مات کا سامان پیدا کرتا رہا تھا۔ مجھے اس سے کوئی اچھی توقع نہیں تھی۔ بابا کے لیے سُومل کی جانب براہِ راست پیش قدمی کرنا مشکل ہو گا کیوں کہ درمیان میں اس کی ماں موجود تھی۔ پہلے اسے اپنے دام میں پھنسانے کے بعد وہ سُومل کی جانب بڑھنے کے بارے میں سوچیں گے۔

گھر زیادہ دوری پر نہیں رہ گیا تھا، اس لیے میرے دل کی دھڑکن تیز ہونے لگی تھی۔ جس کی وجہ سے مجھے یقین ہو چلا تھا کہ سُومل اپنی ماں اور بھائی کے ساتھ ہمارے گھر پہنچ گئی ہو گی اور اس وقت وہ لوگ میری اماں اور بابا سے باتیں کر رہے

ہوں گے۔ وہ کیا باتیں کر رہے ہوں گے؟

اپنی گلی میں پہنچ کر مجھے اپنا وجود بوجھل اور سر گھومتا محسوس ہونے لگا۔ میرے قدم بھاری ہوتے چلے گئے۔ مَیں بار بار اپنے آپ کو سمجھاتا رہا کہ مجھے اعتماد اور سکون کے ساتھ اپنے گھر پہنچ کر اس صورتِ حال کا سامنا کرنا چاہیے۔ گھر کے نزدیک پہنچ کر مَیں نے بالائی منزل کی طرف دیکھا تو وہاں کی سب کھڑکیاں کھلی ہوئی تھیں اور باورچی خانے کے پاس والی کھڑکی سے سُومل کا چہرہ جھانک رہا تھا۔ اس سے پہلے کہ وہ میری جانب دیکھتی میں آگے بڑھ کر دروازے کے قریب ہو گیا۔ مَیں نے اسے ہلکا سا دھکا دے کر کھولنے کی کوشش کی تو وہ کھلتا چلا گیا۔

میں اپنے بے قابو ہوتے اعصاب سنبھالتا دبے پاؤں سیڑھیاں چڑھنے لگا۔ میرے قدموں کی آہٹ پا کر اماں نے اوپر سے ہی پوچھ لیا کہ کون ہے؟ میں جواب دینے کے بجائے خاموشی سے زینہ چڑھتا رہا۔ مہمانوں سے پہلے میری مڈبھیڑ چارلی پرفیوم کی خوشبو سے ہوئی جو میرے نتھنوں میں خود بخود گھستی چلی گئی۔ مَیں نے ایک لمبی سانس لے کر اسے اپنے سینے میں بھرنے کی کوشش کی کیوں کہ اس کا تعلق سُومل سے تھا۔

اوپر پہنچ کر میری نگاہ سب سے پہلے سُومل سے ٹکرائی جو ابھی تک باورچی خانے کے قریب والی کھڑکی کے پاس کھڑی تھی۔ اس سے نظر چار ہوتے ہی میں ڈگمگایا لیکن پھر اگلے لمحے خود کو سنبھالتا اس طرف دیکھنے لگا جہاں تخت پر اس کی ماں اور چھوٹا بھائی بیٹھے ہوئے تھے۔ میرے بابا اور اماں ان کے نزدیک کھاٹ پر موجود تھے۔

مَیں نے ہاتھ جوڑ کر مہمانوں کو بھلی کار کہا تو سُومل نے اپنی نگاہیں جھکا کر جب کہ اس کی ماں نے اونچے لہجے میں اس کا جواب دیا۔ مجھے دیکھتے ہی بابا کی حالت غیر ہونے لگی تھی لیکن مہمانوں کی موجودگی میں وہ مجھے کچھ کہنے سے اپنے آپ کو روکے ہوئے تھے۔ اماں نے میرا تعارف سُومل کی اماں سے کروایا تو وہ یہ سن کر مسکراتے ہوئے انہیں بتانے لگی کہ وہ مجھے پہلے سے جانتی تھی۔ اس کا یہ جواب سننے کے بعد مَیں نے گھبرا کر سُومل کی طرف دیکھا تو اسے مسکراتے ہوئے پایا جب کہ اس بات سے میرے بابا کی تیوری چڑھ گئی تھی۔

مجھے دھڑکا سا لگنے لگا کہ وہ کہیں سب کے سامنے یہ نہ بتا دے کہ مَیں شاہ جہانی مسجد میں ان کا تعاقب کرتا رہا تھا لیکن اس نے بتایا کہ حیدر آباد سے یہاں آتے ہوئے میں بھی اسی بس میں سوار تھا جس میں وہ لوگ یہاں پہنچے تھے۔ بس جب رات آٹھ بجے یہاں پہنچی تو مَیں نے سامان اتروانے میں بھی ان کی مدد کی تھی۔

یہ سنتے ہی بابا مجھے گہری نظر سے دیکھنے لگے۔ ان کی آنکھوں میں رقابت واضح طور پر دکھائی دے رہی تھی۔ مَیں نے اماں سے چائے کے بارے میں پوچھا تو انہوں نے باورچی خانے کی طرف اشارہ کرتے ہوئے مجھے خود چائے نکالنے کے لیے کہا۔

میں سُومل کی مدھ بھری آنکھوں میں جھانکتا ہوا باورچی خانے میں گیا تو وہ بھی چپکے سے وہاں آ کھڑی ہوئی اور لکڑی کا فرش، مٹی کی دیواریں اور چھت دیکھنے لگی۔ اس نے بے اختیار پوچھا: ''یہ گھر کتنا پرانا ہے؟'' مَیں نے ہنستے ہوئے جواب دیا کہ جتنا پرانا یہ شہر تھا؟ میرا جواب سن کر وہ بے اعتباری سے میری طرف دیکھ کر پہلے ہنسی اور پھر پوچھنے لگی۔ ''اور یہ شہر

کتنا پرانا ہے؟'' مَیں نے ذرا سنجیدگی سے جواب دیا: ''جتنی یہ دنیا پرانی ہے، اتنا ہی پرانا یہ شہر ہے۔''

وہ بینگنی رنگ کے کپڑے پہنے ہوئے باورچی خانے کے دروازے کے پاس کھڑی تھی جب کہ مَیں چولہے کے پاس فرش پر اماں کی پیڑھی پر بیٹھا تھا۔ مَیں نے ترچھی نظر سے اس کی شربتی رنگ کی چپل میں لپٹے اس کے ننھے منے سفید اور گلابی پاؤں دیکھے، پھر میری نگاہ اس کے گھٹنوں سے اوپر تک اٹھتی چلی گئی۔ کھلی شلوار پر ڈھیلی ڈھالی قمیص کے نیچے اس نے شمیض بھی پہنی ہوئی تھی اور اس کے رس بھرے حسین اور فراخ چہرے کے بعد، ان کپڑوں میں سمٹے اس کے زندہ وجود کا سب سے معتبر حوالہ اس کے سینے پر دھڑکتے اس کے دو چھوٹے سے پستان تھے۔

وہ میری نگاہوں سے پریشان ہو گئی لیکن مَیں نے باورچی خانے کے کھلے دروازے سے باہر دیکھا تو مجھے اپنے والدین، اس کا چھوٹا بھائی اور ماں، بار بار اسی جانب دیکھتے نظر آئے۔ مَیں نے اس منظر کو اپنے حق میں بہتر خیال کیا۔ اُس طرف ہم دونوں کے رشتے دار موجود تھے اور اِس طرف ہم دونوں۔ مَیں چائے کپ میں نکالنے کے بعد اسے اپنے ہاتھ میں تھامتا اٹھ کھڑا ہوا۔ مجھے اٹھتا دیکھ کر وہ دروازے سے ہٹ گئی اور پھر سے اپنی پسندیدہ کھڑکی کے پاس جا کھڑی ہوئی جب کہ مَیں بابا سے کچھ فاصلے پر اپنی چارپائی پر بیٹھ گیا۔ مجھے اندازہ ہو گیا تھا کہ بابا اہم ترین مہمانوں کے سامنے مجھے ڈانٹ کر اپنا مزا خراب نہیں کرنا چاہتے تھے، اسی لیے انھوں نے اپنی تفتیش کو مہمانوں کے رخصت ہونے تک موخر کر دیا تھا۔ یہ سوچ کر مجھے کچھ اطمینان سا ہو گیا۔

میری اماں کی خوشی دیدنی تھی جو ان سے سنبھالے نہ سنبھل رہی تھی اور بابا جو بظاہر خاصے مطمئن دکھائی دینے کی کوشش کر رہے تھے، ہر تھوڑی دیر بعد مجھے دیکھ کر بے چین ہونے لگتے تھے۔ پھر مجھے نظر انداز کر کے وہ سُومل کی اماں سیمی میں دلچسپی لینی شروع کر دیتے تھے، جو مسکرا کر متواتر ان کی طرف دیکھ رہی تھی۔ اس دوران اچانک میری اماں نے سب کے سامنے میری تعریفیں شروع کر دیں کہ ان کا بیٹا بہت فرماں بردار اور مطیع تھا، پڑھا لکھا اور ذہین بھی تھا۔ میری تعریف سن کر بابا نے فوراً پہلو بدلتے ہوئے اماں کو گھورا، جس کی وجہ سے انھوں نے اپنا موضوع بدل لیا۔ مَیں کن اکھیوں سے اپنے پرلی طرف کھڑی سُومل کو دیکھے جا رہا تھا۔ آج مجھے اس کی آنکھوں میں وہ اداسی دکھائی نہیں دے رہی تھی جو مجھے پہلی ملاقاتوں میں نظر آئی تھی۔ وہ بار بار مصنوعی انداز میں کھانس کر اپنے ہونے کا احساس دلاتی، اس کے حلق سے نکلتی یہ کھانسی مجھے کسی ان کہی بات کی پھانس جیسی لگ رہی تھی۔ یا ہو سکتا تھا کہ وہ اس کے ذریعے کوئی ایسی بات کہہ رہی ہو جو مجھے سمجھ نہ آ رہی ہو۔

سُومل کا چھوٹا بھائی پلیٹوں میں رکھی کھانے کی چیزیں تک اپنی توجہ محدود کیے ہوئے تھا۔ بابا بھی اسے مسلسل کھانے کی ترغیب دے رہے تھے۔ سیمی اپنے بیٹے کو ڈانٹتے ہوئے بے اختیار ہنسنے لگتی تھی۔ بابا جب بھی اس سے مخاطب ہو کر کوئی بات کہتے تو وہ ان کے بجائے اماں کی طرف دیکھتے ہوئے اس کا جواب دیتی۔ اس نے بابا کو نظر انداز کرتے ہوئے ان کی موجودگی پر ناک بھوں چڑھائی جس کا بابا پر کوئی اثر نہ ہوا۔ وہ بار بار اپنی مونچھوں کو تاؤ دیتے مسلسل اسی کی طرف دیکھ رہے تھے۔

سُومل کھڑکی کے پاس سے ہٹ کر دھیرے سے چلتی ہوئی آئی اور میری کھاٹ پر مجھ سے ذرا فاصلے پر بیٹھ گئی اور اپنی انگلی

پر دوپٹہ لپیٹتی ہوئی سامنے زینے کی طرف خواہ مخواہ دیکھتی رہی۔ اس کا چھوٹا بھائی، جسے اس کی ماں زلفی کہہ کر پکار رہی تھی، بسکٹ ہاتھ میں لیے ہوئے سُومل کے پاس آیا تو اس نے اسے اپنے بازوؤں میں بھرتے ہوئے اپنی گود میں بٹھالیا۔ اس نے اپنے چھوٹے بھائی کے کان میں سرگوشی کی، جس کے بعد وہ اچھل کھڑا ہو گیا اور ہمارے گھر کی چھت دیکھنے کی ضد کرنے لگا۔

بابا نے مجھے فوراً انہیں گھر کی چھت دکھانے کا حکم دیا لیکن اس کے بعد سُومل بھی چلنے کے لیے اٹھ کھڑی ہوئی تو اس کی ماں نے اسے جانے کی اجازت دے دی۔ مَیں اٹھ کر زینے کی طرف بڑھا تو وہ دونوں میرے پیچھے ہو لیے۔ میری اماں نے نصیحت کی کہ چھت پر ذرا آرام سے چلنا، وہ کچھ کمزور ہے۔

زینے کے اوپر بنی نیم چھتی دیکھتے ہوئے زلفی نے پوچھا کہ یہ کیا ہے؟ مَیں نے اسے بتایا کہ یہ آدھی چھت والا کمرہ ہے۔ اس نے اچھل کر اس کی نیچی چھت کو چھونے کی کوشش کی لیکن ناکام رہا، جس پر مَیں نے ذرا سا جھک کر اسے اپنے بازوؤں میں اٹھا کر اوپر کر دیا تو اس نے اپنا ہاتھ بڑھا کر نیم چھتی کی چھت کو چھو لیا اور اپنی کامیابی پر خوشی سے اپنی بہن کی طرف دیکھنے لگا۔ اس نے مجھے فوراً زلفی کو نیچے اتارنے کے لیے کہا جس پر اگلے ہی لمحے مَیں نے اسے نیچے اتار دیا۔ پھر آگے بڑھ کر مَیں نے دروازہ کھولا تو قدرے خنک ہوا نے ہمارے چہروں سے ٹکرا کر ہمارا استقبال کیا۔ مختصر سی مٹیالی چھت ان کے سامنے تھی، جس کی مٹی کئی جگہوں سے ابھری ہوئی تھی اور کچھ دراڑیں بھی نمایاں دکھائی دے رہی تھیں۔ اوپر پھیلا ہوا بالکل خالی آسمان زرد تھا اور تیزی سے اپنی رنگت بدلتا سرمئی ہوتا جا رہا تھا۔

زلفی نے وہاں اچھل کر ناچنے کی کوشش کی تو سُومل نے اسے سختی سے منع کرتے ہوئے اس کا ہاتھ تھام لیا اور دھیرے دھیرے چلتی منڈیر تک چلی گئی۔ مَیں بھی اس کے پیچھے چلتا اس کی لوچ دار کمر کو نزدیک سے دیکھتا ہوا آگے بڑھا۔ ہم تینوں منڈیر کے قریب پہنچ کر رک گئے اور وہاں سے گرد و پیش دکھائی دینے والا منظر دیکھنے لگے۔ چھت سے اپنا گھر بہت قریب دیکھ کر وہ شور مچانے لگا۔ ''اساں جو گھر، اساں جو گھر۔'' سُومل بھی کچھ حیران ہوئی کہ وہاں سے ان کا باورچی خانہ اور صحن بالکل صاف دکھائی دے رہا تھا۔ زلفی کو شور مچاتا دیکھ کر میں یہ بات سوچ کر گھبرانے لگا کہ وہ کہیں نیچے جا کر سب کے سامنے یہ بات نہ کہہ دے۔ اس طرح یہ بات بابا کے علم میں بھی آ جائے گی۔

مَیں نے زلفی سے پرلی طرف کا منظر دیکھنے کے لیے کہا تو اس نے فوراً میرا ہاتھ تھام لیا۔ مَیں نے مسکرا کر سُومل کی طرف دیکھتے ہوئے اسے بتایا کہ مَیں کئی مرتبہ اس جگہ سے اس کے دیدار کی آس لگائے اس جانب دیکھتا رہا لیکن اس نے کبھی ادھر دیکھنا گوارا نہیں کیا۔ یہ سن کر اس نے زوردار قہقہہ لگایا۔

اس طرف کا منظر دیکھ کر زلفی زیادہ خوش ہوا کیوں کہ اس جانب سے دور تک دکھائی دے رہا تھا۔ پیلوں کے جنگل سے آگے وسیع میدان میں کھڑی ہائی اسکول کی زرد عمارت بھی نظر آ رہی تھی۔ سُومل میرے قریب آ کھڑی ہوئی تو مَیں نے اس کے سینے کا زیر و بم دیکھ کر ایک آہ بھری۔ وہ شاید میری بات کے بارے میں سوچ رہی تھی۔ ایسے سہانے لمحے میری بدقسمت زندگی میں دو چار ہی آئے تھے۔ اگر انہیں نکال دیں تو یہ بدنصیبی کی بے کار داستان کے سوا کچھ بھی نہیں۔ اب سوچتا

ہوں کہ ایسے سہانے لمحوں کی تعداد زیادہ بھی تو ہو سکتی تھی اور میری بدنصیبیاں کم بھی تو ہو سکتی تھیں۔ مجھے ان میں کمی بیشی کرنے کا اختیار کیوں نہیں دیا گیا؟

میں اسے چھو نہیں سکتا تھا لیکن اس کا میرے پاس ہونا بھی کچھ کم سحر انگیز نہ تھا۔ ابھی ہم دونوں اپنے قرب کے سحر میں کھوئے ہوئے تھے کہ زینے کی جانب سے مجھے بابا کی آواز سنائی دی کہ نیچے آجاؤ سُومل نے آواز سنتے ہی زلفی کا ہاتھ پکڑا اور چھت کے دروازے کی طرف چل دی۔ مَیں بھی ان کے پیچھے ہو لیا۔

نیچے پہنچ کر مَیں نے دیکھا کہ اس کی ماں اپنی چادر اوڑھ کر جانے کے لیے تیار کھڑی تھی۔ اماں خلوص کے ساتھ انہیں مزید ٹھہرنے اور رات کے کھانے کی دعوت دے رہی تھیں جسے سیمی آئندہ پر ٹالتی جا رہی تھی۔ اس نے اپنے بیٹے کا ہاتھ تھاما اور اللہ وائی کہتی زینے کی جانب بڑھی تو بابا ان سے پہلے ہی زینہ اترنے لگے جب کہ اماں ان کے ساتھ سیڑھیاں اتر کر نیچے جانے لگیں۔ جاتے جاتے سُومل نے اپنے ہاتھ کے ہلکے سے اشارے سے مجھے خدا حافظ کہا تو بابا نے بھی اپنا سر خفیف سا ہلا دیا۔ ان کے زینے سے نیچے اتر جانے کے بعد میں اس کھڑکی کے پاس جا کھڑا ہوا جس سے کچھ دیر پہلے سُومل لگ کر کھڑی ہوئی تھی۔

شام ڈھل جانے کے بعد گلی میں اندھیرا پھیل چکا تھا۔ گلی میں روشنی نہ ہونے کے سبب مجھے صرف ان کے لباسوں کی سرسراہٹ اور جوتوں کی کھٹ پٹ ہی سنائی دے سکی جو کچھ دیر بعد سنائی دینا بند ہو گئی۔

آج سُومل سے اس طرح ملنے اور اس کے ساتھ کچھ وقت گزارنے کے بعد میں خود کو بدلا ہوا محسوس کر رہا تھا۔ یوں لگ رہا تھا کہ جیسے اندر کی تمام کثافتیں دھل گئی تھیں اور مجھے اپنے اطراف پھیلی سب چیزوں اور لوگوں سے گہری محبت ہونے لگی۔ مَیں نے بابا کو بھی اس پل معاف کرنے کی کوشش کی۔ مجھ میں یہ خواہش پیدا ہوئی کہ کاش میں اپنے بابا کا دوست بن سکتا تو کتنا اچھا ہوتا۔

میری یہ خواہش اس وقت کچل دی گئی جب مہمانوں کو رخصت کرنے کے بعد بابا اوپر آئے تو دکان جلدی بند کر آنے پر میری سرزنش کرنے لگے۔ مجھے الزام دینے لگے کہ مَیں نے انہیں ہمیشہ نقصان ہی پہنچایا۔ اس دوران اماں نے میری طرف داری کرنے کی کوشش کی لیکن بابا ہمیشہ کی طرح آپے سے باہر ہو کر مجھ پر ہاتھ اٹھانے لگے تو مَیں نے بھی کھڑے ہو کر ان پر جوابی ہاتھ اٹھانے کی دھمکی دے دی، جسے سن کر وہ کچھ دیر تک مجھے گھورتے رہے۔

اگلے لمحے وہ کچھ پسپا ہوئے تو اماں کو کمزور جان کر انہیں کھری کھری سنانے لگے کہ اور کرو سفارش اس کی، یہ تو یہاں رہنے کے لائق ہی نہیں۔ تھوڑی بھڑاس نکالنے کے بعد غصے سے کانپتے اور تیز سانسیں لیتے ہوئے وہ پلٹے اور جلدی جلدی زینہ اتر کر نیچے چلے گئے۔ کچھ دیر بعد دروازہ زور سے بند کرنے کی آواز سن کر اماں نے اپنا ماتھا پیٹ لیا۔

غصے میں بابا کے چلے جانے کے بعد اماں اپنا سینہ پیٹ کر بین کرنے لگیں کہ مَیں اور بابا ان کی جان لے کر رہیں گے۔ یہ سن کر میں حیرانی سے ان کی طرف دیکھنے لگا۔

34

رات کا نجانے کون سا پہر تھا، جب میری آنکھ کھلی اور اس پہر کی خاموشی میں میرے کانوں میں اماں کی منحنی اور تھکی ماندی آواز داخل ہوئی۔ وہ بابا سے مخاطب تھیں کہ سیمی ہمارے پرانے اور بے ترتیب گھر کا اچھا اثر لے کر نہیں گئی۔ اس کے خیال میں ہم لوگ غریب تھے، اس لیے اس حال میں رہ رہے تھے۔ وہ لوگ حجام ہو کر ٹھاٹھ باٹھ سے گزارا کر رہے تھے اور ہم فریم ساز ہو کر اس کھنڈر میں پڑے ہوئے تھے۔ اماں گھر کی کہنگی کا رونا رونے لگیں تو بابا ان کی باتوں سے بیزاری کا اظہار کرتے ہوئے انہیں سونے کے لیے کہنے لگے۔ شاید انہوں نے کروٹ بدل لی لیکن اماں کی بڑبڑاہٹ کچھ دیر تک سنائی دیتی رہی۔ پھر میری نیند سے بوجھل آنکھیں خود بخود بند ہوتی چلی گئیں۔

میں صبح دیر تک سوتا رہا۔ رات دکھائی دیئے خواب میرے پچھلے خوابوں سے زیادہ غلو آمیز لیکن دل دہلا دینے والے تھے۔ مَیں لحاف اوڑھ کر دن چڑھے تک نیند کرتے ہوئے ان سے جھوجھتا رہا۔ جب میں جاگا تو مجھے پہلا خیال بابا کے بارے میں آیا اور مَیں نے اپنے بستر سے بے اختیار اپنی گردن موڑ کر تخت کی طرف دیکھا تو وہ خالی تھا۔ ان کے گھر میں نہ ہونے کا خیال میرے لیے سکون بخش تھا، اس لیے میں اپنا لحاف اوڑھے کچھ دیر تک لیٹا کھڑکیوں پر پھدکتی چڑیوں کا شور سنتا رہا۔ یہ چڑیاں یہاں صرف صبح کے وقت آیا کرتی تھیں اور اس کے بعد اگلے دن تک کے لیے غائب ہو جاتی تھیں۔ بالکل شب بھر مجھے دکھائی دینے والے خوابوں کی طرح۔ مَیں حیرت سے سوچنے لگا کہ مختلف طرح کی حسین اور بھیانک کیفیات سے مملو واقعات پر مبنی خواب، آخر دن کی روشنی سے اتنا کیوں ڈرتے تھے؟ دن چڑھتے ہی میری آنکھیں کھلنے کے بعد یہ روٹھ کر اپنی دنیا میں واپس کیوں چلے جاتے تھے اور ہماری شعور بھری اس دنیا میں آنے سے گھبراتے کیوں تھے؟ وہ کھلی آنکھوں نظر کیوں نہیں آتے تھے؟

گم شدہ خوابوں کا ملال لے کر میں بستر سے اترا تو مجھے رات بابا سے کی گئی اماں کی باتیں یاد آئیں۔ مَیں اپنا منہ ہاتھ دھو کر آیا تو اماں میرے لیے چائے اور پاپے نکال کر تخت پر رکھ چکی تھیں۔ مَیں ان کے قریب آ بیٹھا اور چائے میں پاپے ڈبو کر کھاتے ہوئے ان سے اپنے گھر کی حالت زار کے متعلق باتیں کرنے لگا۔ انہوں نے مجھے بتایا کہ بابا نے ان سے گھر پر توجہ دینے کا وعدہ کیا تھا۔ مَیں بابا کے وعدے کو ہنسی میں اڑانے لگا کہ اتنے برسوں سے انہیں کبھی گھر کو بہتر بنانے کا خیال

نہیں آیا اور اب اچانک انہوں نے وعدہ بھی کر لیا۔

یہ سن کر اماں ہنسنے لگیں اور پھر کل انہیں میرے اور سُومل کے بیچ جو بے تکلفی دکھائی دی تھی وہ اس کے بارے میں جملے کسنے لگیں۔ وہ کہنے لگیں کہ مَیں بھی اپنے باپ سے کم نہ تھا۔ ان کی طرف سے یہ الزام سن کر میں تلملانے لگا کہ ایسا ہرگز نہیں تھا۔ جس پر وہ فوراً بولیں کہ اگر ایسا نہ ہوتا تو میں وقت سے پہلے دکان بند کر کے گھر نہ پہنچ جاتا۔ یہ کہہ کر انہوں نے مجھے لاجواب کر دیا جس پر مجھے چپ سادھنی پڑ گئی۔ تین پاپے کھانے کے بعد مَیں نے باقی ماندہ چائے ایک ہی گھونٹ میں ختم کر دی۔

اماں جھاڑو لے کر گھر کی صفائی میں مصروف ہوگئیں تو میں موقع پا کر چپکے سے چھت پر چلا گیا۔ ایک نئے اندیشے نے میرے دماغ سے چپک کر مجھے نئی پریشانیوں میں مبتلا کر دیا تھا اور مجھے پورا یقین تھا کہ اماں یا اماں میں سے کسی نے اس پر توجہ نہیں تھی۔ میرے بابا کے مزاج اور انہیں لاحق بدعتوں کے بارے میں سارا شہر جانتا تھا۔ اس لیے یہ قوی امکان تھا کہ ہمارا کوئی پڑوسی یا پڑوسن، نور محمد جھنگی اور اس کے اہلِ خانہ کو بابا کی ساکھ کے بارے میں بتا کر انہیں ہم سے تعلقات بنانے سے روکے۔ اگر ایسا ہو گیا تو پھر شاید سُومل مجھ پر اپنی عنایات کا در ہمیشہ بند کر دے گی۔ مَیں چھت کی خستہ منڈیر سے پیٹھ لگائے سگریٹ پیتے ہوئے اس قسم کے شکوک میں گھر گیا۔ مَیں نے خود کو سمجھایا کہ جب ہمارے تعلقات کی صورتِ حال یہ رخ اختیار کرے گی تب دیکھا جائے گا۔ ابھی سے اس بارے میں سوچ کر خود کو ہلکان کرنے کی ضرورت نہ تھی۔

ابھی ہمارے آپسی تعلقات میں تکلف پوری طرح ختم نہیں ہوا تھا اور دو چار بار ملنے سے ایسا ہونا ممکن نہ تھا۔ میرا خیال یا خوش فہمی تھی کہ یہ لوگ چونکہ ہمارے شہر میں نووارد تھے، اس لیے گھلنے ملنے کے لیے گرم جوشی دکھائیں گے اور میں اس کی ایک جھلک سیمی کی باتوں میں دیکھ چکا تھا۔

سورج آس پاس کے مکانات کی چھتیں پھلانگ کر خاصا اوپر آ چکا تھا لیکن اس کی دھوپ میں حدت نام کو نہ تھی۔ چلنے والی دھیمی مگر سرد ہوا نے اسے بے اثر بنا دیا تھا۔ اسی لیے آسمان بھی قدرے نیلا دکھائی دے رہا تھا۔ مَیں کھڑا ہو کر سُومل کے مکان کی جانب دیکھنے لگا۔ اس کے گھر میں کوئی بالکونی اور منڈیر نہیں تھی اور صرف باورچی خانے کی کھڑکی گلی میں کھلتی تھی۔ وہ مکان سیمنٹ کا ہونے کے باوجود قدیم وضع کا تھا اور اس میں میرے گھر کی سی کوئی بات نہ تھی لیکن میری سُومل وہاں رہتی تھی اور یہ کوئی معمولی بات نہ تھی۔

مَیں نے اس کے لیے لفظ ''میری'' نجانے کون سے حق سے استعمال کر لیا گرچہ وہ فی الوقت اپنے ماں باپ کی تھی۔ شاید اس لفظ کے پیچھے میری اس سے محبت چھپی تھی جو یہ جتانا چاہتی تھی اس جیسی حسین لڑکی صرف اور صرف میری تھی۔ اس نے اب تک مجھ سے ایسی کوئی بات ظاہر نہ کی تھی لیکن گزشتہ روز اس کی بے تکلفی نے مجھے یہ سوچنے پر مجبور کر دیا کہ وہ مجھے پسند کرنے لگی تھی۔

منڈیر سے ذرا پیچھے کھڑے مَیں نے آسمان سے سنائی دیتی پروں کی پھڑ پھڑاہٹ سن کر اپنا سر اٹھا کر اوپر دیکھا تو کبوتروں کی ایک جوڑی کچھ ہی اونچائی سے گزرتی ہوئی نظر آئی۔ ان کی صاف ستھری اور سرمئی رنگت میری نگاہ میں کھب کے رہ گئی۔

مَیں انہیں دیکھتا رہا حتیٰ کہ وہ اڑتے ہوئے سُومل کے مکان کی چھت پر بیٹھ گئے۔ان کا یوں وہاں جا کر لمحے بھر کے لیے بیٹھنا اور اس کے بعد پھر سے اڑ جانا مجھے ایک اچھا شگون محسوس ہوا۔

یہ سوچتے ہوئے مَیں نے ایک سگریٹ سلگائی تو اگلے ہی ثانیے اسی چھت کی سیڑھیوں کی جانب سے ابھرنے والے اودے رنگ کے لباس نے میری توجہ اپنی جانب کھینچ لی۔ مَیں نے آنکھیں مچمچا کر دیکھا تو سُومل مجھے اپنی چھت پر کھڑی دکھائی دی۔ اس کے کپڑوں نے سارے ماحول پر ایک ہی رنگ مسلط کر دیا اور کچھ دیر کے لیے مجھے سارا ماحول اودا لگنے لگا۔ آسمان، زمین، مکان اور ان کی چھتیں۔ اس کے بال کھلے ہوئے تھے اور دوپٹہ گلے میں لٹک رہا تھا۔ اس نے میرے گھر کی جانب دیکھا تو اس کی نظر مجھ پر پڑ گئی۔ وہ چونک سی گئی لیکن پھر اپنی گردن ایک رعونت سے موڑتی دوسری سمت دیکھنے لگی۔

اندازہ تھا کہ دن کے گیارہ ساڑھے گیارہ بج رہے تھے۔ اس لیے اطراف کی چھتوں پر کوئی نہ تھا۔ ساری ماڑیاں اور ممٹیاں خالی نظر آ رہی تھیں۔ ان میں آباد مکین اپنے صحنوں میں بیٹھے دھوپ سینک رہے ہوں گے۔ کبوتر باز عموماً دوپہر یا شام میں چھتوں پر آ کر اپنا شوق پورا کرتے تھے اس لیے وہ بھی غائب تھے۔ بہت دور ایک ماڑی کی سب سے اونچی منزل پر ایک لڑکا پتنگ بازی میں مصروف تھا اور اس وقت پورے آسمان پر صرف اس کی ہی پتنگ بلندی پر ادھر ادھر ڈولتی نظر آ رہی تھی۔

میری آنکھیں اس کشش کی دیوی کی اسیر تھیں اور اس کی حرکات کے ساتھ گھوم رہی تھیں۔ وہ مجھے زیادہ دیر نظر انداز نہ کر سکی اور ذرا سا جھجک کر میری طرف دیکھنے لگی۔ چند لمحوں کے بعد اس کی جھجک مٹ گئی اور وہ کچھ بے باکی سے میری جانب دیکھنے لگی۔ وہ اپنے مکان کی چھوٹی سی چھت پر اپنے ہاتھ سینے پر باندھے ٹہلنے لگی اور اس دوران اپنے بالوں میں انگلیاں پھیر کر مسکراتی، اٹھلاتی ہوئی میری جانب دیکھتی رہی۔ مَیں نے ہاتھ کے اشارے سے ایک فضائی بوسہ اس کی جانب اچھالا تو وہ پہلے مسکرائی لیکن پھر منہ بنا کر ناراضی کا اظہار کرتے ہوئے اپنی پیٹھ موڑ کر کھڑی ہو گئی۔ کچھ دیر بعد جب اس نے دوبارہ میری جانب دیکھا تو مَیں نے ہاتھ جوڑ کر اس سے معافی مانگی۔ اس نے سر کو جنبش دیتے ہوئے مجھے معاف کر دیا۔

اس کے بعد تھوڑی دیر کے لیے سارا ماحول ہمارے خاموش اور پیار بھرے اشاروں سے بھر گیا اور ہم اپنی چھتوں سے ایک دوسرے تک اپنے جذبات با آسانی پہنچاتے رہے۔ زیادہ وقت نہیں گزرا تھا کہ نیچے گلی سے پہلے کچھ واہیات سی سیٹیاں سنائی دینے لگیں اور پھر اس کے بعد دو لڑکوں کے ہنسنے کی آوازیں سنائی دیں۔

مَیں نے اپنی منڈیر سے جھک کر دیکھا تو وہ مشتاق عرف مچھو اور عرفان تھے۔ وہ دونوں سُومل کو اس کی چھت پر کھڑے دیکھ کر اس کی تعریفیں کر رہے تھے۔ مجھے ان پر غصہ آیا اور مَیں نے اپنی مٹی کی چھت سے ایک ڈھیلا اٹھا کر ان کی طرف زور سے پھینکا تو وہ مُچھو کی کمر پر جا کے لگا اور اس نے تلملا کر فوراً میری چھت کی جانب دیکھا۔ مَیں نے منہ ہی منہ اسے گالی دیتے ہوئے وہاں سے سٹک جانے کا اشارہ کیا۔ ان کی حرکتیں دیکھ کر سُومل گھبرا گئی اور مجھے خدا حافظ کا اشارہ کرتی فوراً سیڑھیاں اتر کر نیچے چلی گئی۔ اسے چھت پر نہ پا کر مچھو اور عرفان بھی وہاں سے غائب ہو گئے۔ میرے پاس بھی نیچے جانے کے سوا چارہ نہ رہا۔

اگلے دن آسمان پر گہرے بادل چھا گئے اور سرما کی پہلی پھوار پڑنے لگی جو پورے دو روز تک وقفے وقفے سے جاری رہی، جس کی وجہ سے خشک خنکی، خوش گوار اور قابلِ برداشت ہو گئی۔ اس دوران سُومل اپنی چھت پر تو کیا اپنے باورچی خانے یا برآمدے میں بھی نظر نہ آئی۔ مَیں دن میں چار چار چکر لگاتا رہا مگر وہ ایک دفعہ بھی دکھائی نہ دی۔ اس کے نہ آنے کی وجہ محلے کے بدمعاش لڑکے تھے جو اسے دیکھتے ہی آپے سے باہر ہو جاتے تھے۔ مَیں ان سے الجھنے سے جان بوجھ کر گریزاں تھا کہ اس طرح بات پھیلنے کا خدشہ تھا اور میں یہ بالکل نہیں چاہتا تھا۔ اس لیے مَیں نے ان دونوں سے ایک دفعہ اور اکیلے بات کرنے کا سوچا تاکہ انہیں سمجھا سکوں کہ یہ لڑکی میرے نام ہو چکی تھی، اس لیے وہ آئندہ وہ یہاں کا رخ نہ کیا کریں۔

صبح جلدی اٹھ کر باورچی خانے میں چائے پیتے ہوئے مَیں نے مچھو اور عرفان سے معاملہ حتمی طور پر طے کرنے کا سوچا تاکہ وہ آئندہ سُومل کو اور مجھے تنگ نہ کریں۔ بوندا باندی پچھلی شب رک گئی تھی اور دھوپ نکل آئی تھی۔ باورچی خانے کے روشن دان سے تیز ہوا کے جھونکے سرسراتے اندر داخل ہو رہے تھے۔ مَیں ایک چوکی پر اکڑوں بیٹھا بابا کے گھر سے جانے کا انتظار کر رہا تھا۔ پچھلے چند دنوں سے ہمارے بیچ کوئی بات نہ ہوئی تھی۔ وہ دکان جانے کے لیے بالکل تیار ہو کر زینہ اترنے سے پہلے میرے پاس آئے اور مجھے گھر کی سبھی چارپائیوں کی نواڑ کسنے کا حکم دے کر سیڑھیاں اتر کر باہر چلے گئے۔

ناشتے کے فوراً بعد میں بابا کے بتائے ہوئے کام میں لگ گیا کیوں کہ مجھے پتا تھا کہ شام گھر پہنچ کر وہ پہلا سوال اسی کے بارے میں پوچھیں گے اور کام مکمل نہ ہونے پر واویلا کریں گے۔ گھر میں کل تین چارپائیاں تھیں۔ دو پر اماں اور میں سوتے تھے اور جب کہ ایک چارپائی نیم چھتی پر پڑی رہتی تھی۔ مجھے ان تینوں کی نواڑ کسنے میں خاصی دیر لگ گئی۔ اس دوران اماں میرے قریب ہی فرش پر پیڑھی رکھے باریک دندانوں والی کنگھی سے اپنے سر کی جوئیں نکالتی رہیں۔ وہ اپنے ہاتھ کے ایک انگوٹھے کے ناخن پر دوسرے کے ناخن سے جوئیں چٹخ چٹخ مار رہی تھیں اور ایسا کرتے ہوئے ان کے چہرے پر ایک عجیب سی چمک ظاہر ہونے لگتی تھی۔

میں چھت پر سگریٹ پی رہا تھا کہ اچانک منڈیر کے قریب کھڑے ہو کر مَیں نے نیچے جھانکا تو مجھے سُومل کے مکان کا دروازہ کھلتا ہوا دکھائی دیا۔ پہلے اس کا چھوٹا بھائی زلفی اور اس کے فوراً بعد وہ خود اپنے سر پر دوپٹہ ٹھیک کرتی اور دروازہ بھیڑ کر بند کرتی باہر نکل آئی۔ اسے دیکھنا مجھے اچھا لگتا تھا سو اسی لمحے مَیں نے سگریٹ پاؤں کے نیچے مسلی اور چھت سے زینے کی طرف بھاگا۔ مجھے دوڑ کر سیڑھیوں کی طرف جاتے دیکھ کر اماں پیچھے سے پکاریں کہ وہ کھانا پکانے والی تھیں، مَیں وہ کھا کر جاؤں۔ ان کی بات ان سنی کرتے ہوئے میں جلدی سے زینہ پھلانگتا گھر سے نکل کر گلی میں آ گیا۔ وہاں ایک تیز اور مسحور کن خوشبو نے میرا استقبال کیا، جو میرے اعصاب پر چھاتی چلی گئی۔

سُومل اپنے چھوٹے بھائی کا ہاتھ تھامے ہوئے میرے گھر کے نزدیک سے گزرتی آگے بڑھی تو میں اپنی دیوار سے لگا رہ گیا۔ لڑکیاں نجانے کیوں ہمیشہ چوکنی رہتی ہیں۔ سُومل کو بھی شاید میرے ہونے کا پتا چل گیا۔ اس نے پلٹ کر دیکھا تو اس کی آنکھیں پہلے متعجب ہو کر مجھے دیکھتی رہیں پھر جب اس کے ہونٹوں پر مسکراہٹ پھیلی تو ان کا تاثر بھی تبدیل ہو گیا۔ اس

کی مسکان کو تعاقب کی دعوت سمجھ کر میں اس کی جانب چل دیا۔

جب وہ دونوں دبیر مسجد سے کچھ آگے بڑھے تو میں تیزی سے چلتا ان کے نزدیک پہنچ گیا۔سُومل اور اس کا بھائی مجھے دیکھ کر بلاوجہ مسکراتے ہوئے رک گئے اور میری طرف دیکھنے لگے۔سُومل اپنے گنگناتے لہجے میں مجھ سے مخاطب ہوئی اور بازار میں واقع کپڑوں کی دکانوں کے بارے میں پوچھنے لگی کیوں کہ اسے کپڑا خریدنا تھا۔سرِ راہ اس کا یوں کھڑے ہو کر بات کرنا مجھے اچھا لگا۔وہ چاہتی تھی کہ اگر مجھے ناگوار نہ لگے تو میں چل کر اسے شہر کے بازار میں کپڑوں کی چند بڑی اور بہترین دکانوں پر لے جاؤں۔

وہ دو تین لمحے اپنی بڑی آنکھوں سے میری طرف دیکھتی رہی تو مجھے اپنی کچھ وقعت محسوس ہوئی لیکن میں اپنے شہر کے خبیث باسیوں کو اچھی طرح جانتا تھا۔اس لیے مَیں نے اسے رک کر اس طرح بات کرنے سے منع کیا۔مَیں نے سُومل کو سمجھانا چاہا کہ مَیں اس کے ساتھ چلنے کے بجائے اس کے پیچھے چلوں گا کیوں کہ اس طرح لوگوں کی شک بھری نظروں سے بچنا ممکن تھا۔میری جم پل اسی شہر کی تھی اور مجھے یہاں کئی لوگ جانتے تھے۔اس طرح میری وجہ سے خواہ مخواہ سُومل سب کی نظروں میں آسکتی تھی۔وہ میری یہ باتیں سن کر متاثر ہوئی اور اس نے فوراً زلفی کا ہاتھ تھام لیا اور مجھ سے الگ ہو کر آگے چلنے لگی جب کہ مَیں ان کے پیچھے ہولے سے قدم اٹھانے لگا۔

خضر حیات مسجد سے پہلے اس نے پیچھے مڑ کر دیکھا تو مَیں نے اسے بائیں طرف ایک کشادہ گلی میں مڑنے کا اشارہ کیا۔وہ زلفی کو اپنے ساتھ کھینچتی ہوئی اس طرف مڑ گئی۔دو روز تک ہونے والی بوندا باندی کی وجہ سے سب چیزیں دھلی دھلی اور صاف دکھائی دے رہی تھیں۔زرد اور پیلی مٹی کی گلیاں، ان میں زرد پتھر اور سیمنٹ کے بنے ہوئے مکانات، ان کی کھڑکیاں، جھروکے اور در و بام آلودگی سے پاک ہو کر کچھ شفاف نظر آ رہے تھے۔دھوپ نے اشیا میں ایک نئی کشش پیدا کر دی تھی۔

سُومل ہر کچھ دیر بعد اپنی گردن اور کاندھا ذرا سا پیچھے موڑ کر میرے طرف دیکھتی تو اس کی نگاہ میں مجھے اپنے لیے بے حد اپنائیت محسوس ہوتی۔اس کی پیشانی، اس کی آنکھوں، اس کے گالوں اور ہونٹوں پر، اس کے چہرے کے ہر مسام سے تازہ دم سرخ سفیدی جھلک رہی تھی۔دن کی روشنی میں اس کا چہرہ زیادہ تابناک نظر آ رہا تھا۔اس کے ننھے ننھے اجلے پیر اس کی میرون چپلوں میں سمٹے ہوئے تھے اور اپنی غیر معمولی سفیدی کی وجہ سے بار بار مجھے اپنی طرف متوجہ کر رہے تھے۔مَیں ان کی ایڑیاں، تلوے اور نرم و نازک انگلیاں دیکھتا ایک مستی سے چل رہا تھا۔

اس نے سرخ رنگ کی بھاری شال اوڑھی ہوئی تھی جب کہ زلفی نے نیلے رنگ کا سویٹر پہنا ہوا تھا۔وہ چلتے ہوئے ایک دوسرے کے ساتھ کھسر پھسر کرتے جا رہے تھے۔مَیں جسے کوشش کے باوجود نہیں سن سکا۔البتہ اس کی ناک اور اس کے گلے سے نکلتی کسی جلترنگ جیسی آواز، اس کے اتار چڑھاؤ اور مختلف تیور مجھے سنائی دیتے رہے۔اس کے ہر لہجے میں ایک دل نشین کھنک، چمک اور شوخی تھی۔

تنگ گلیوں کے ایک مختصر سلسلے سے گزرنے کے بعد ہم ریشمی بازار میں داخل ہوئے۔یہ کوئی باقاعدہ الگ بازار نہ تھا بلکہ

یہاں عورتوں کے کپڑوں کی پندرہ بیس دکانیں ایک ساتھ ہونے کی وجہ سے اس کا نام ریشمی بازار پڑ گیا تھا۔ یہاں شہر اور آس پاس کے گوٹھوں سے آنے والی خواتین کی بھیڑ رہتی تھی جو زیادہ تر سفید اور کالے برقعوں کے علاوہ مختلف قسم کی بڑی چادریں اوڑھے دکھائی دیتیں۔ یہاں شہر بھر کے ٹھرکی مرد بھی گھومتے نظر آتے، جن کی غلیظ نگاہیں ہر طرح کی خواتین کو تاڑتیں اور ان کے ہاتھ زیر ناف جا کر خارش کرتے رہتے۔ مجھے ایسے لچلچے مردوں پر غصہ آتا۔

یہاں دکانداروں نے گلی کی طرف رنگ برنگے دوپٹے، پھول دار ریشمی اور سوتی کپڑے لٹکائے ہوئے تھے تاکہ یہاں سے گزرتی خواتین انہیں دیکھتے ہی خریدنے کے لیے مچل جائیں۔ وہ کپڑے وہاں ہوا سے لہراتے اور راہ گیروں کے چہروں سے ٹکراتے۔

سُومل ایک دکان میں داخل ہوئی تو میں اس کے باہر اس طرح ٹھہر گیا گویا اس کے ساتھ ہی آیا تھا۔ وہ اور زلفی کچھ دیر تک وہاں بیٹھے مختلف کپڑے دیکھتے رہے پھر وہ وہاں سے نکل کر ایک دوسری دکان میں داخل ہو گئے۔ اس دکان کا مالک نسبتاً جوان تھا اس لیے سُومل کا بے پناہ حسن دیکھتے ہی وہ دنگ رہ گیا۔ اس نے انہیں اسٹول پیش کیے جس پر وہ دونوں بیٹھ گئے جب کہ مَیں باہر کھڑا پیچ و تاب کھاتا رہا۔ اسے اپنی پسند کا کپڑا یا ڈیزائن یا رنگ نہیں مل رہا تھا۔ اسی لیے وہاں سے جلدی باہر آ گئی۔ وہ ایک دکان سے نکل کر دوسری میں چلی جاتی اور وہاں جا کر کپڑوں کے تھان پر تھان کھلواتی لیکن کوئی کپڑا اسے اچھا ہی نہ لگتا اور وہ کھلے ہوئے تھان چھوڑ کر جلدی سے اٹھ کر نکل جاتی۔ یہ سلسلہ کچھ دیر چلتا رہا۔ مَیں ان کے پیچھے گھومتا کپڑوں اور ان سے نکلتی فنائل کی گولیوں کی بو میں سانس لیتا رہا۔ مجھے گمان ہونے لگا کہ وہ جان بوجھ کر تو ایسا نہیں کر رہی لیکن کچھ وقت گزرنے کے بعد اس کے چہرے کے تاثرات دیکھ کر مجھے اندازہ ہو گیا کہ درحقیقت وہ خود پریشان تھی اور اسے کپڑوں کی سمجھ نہیں آ رہی تھی۔

وہ ایک بڑے شہر سے یہاں آئی تھی، اس لیے اسے وہاں کے بڑے بازاروں میں بڑی دکانوں پر جا کر خریداری کرنے کی عادت تھی جہاں انواع و اقسام کے کپڑوں کی فراوانی تھی۔ مجھے یقین تھا کہ پندرہ بیس دکانوں پر مشتمل یہ چھوٹا سا ریشمی بازار اس کے لیے مایوس کن ثابت ہو رہا تھا۔

تقریباً سبھی دکانوں کے دو چکر لگانے کے بعد سُومل کو اپنے لیے کوئی کپڑا پسند آ ہی گیا۔ دکاندار سے کچھ دیر مول تول کرنے کے بعد اس نے اسے خرید لیا۔ جب وہ اس دکان سے باہر نکلی تو اس کی پیشانی پر سلوٹیں دیکھ کر مجھے اس کی بے اطمینانی کا اندازہ ہو گیا۔ مَیں نے سوچا کہ مَیں اسے اپنے ساتھ لے جا کر کراچی کی بڑی مارکیٹوں کی سیر کرواؤں گا جو مَیں نے خود بھی آج تک نہیں دیکھی تھیں۔

واپس جاتے ہوئے اس نے زلفی سے کوئی بات نہ کی اور نہ ہی پلٹ کر ایک مرتبہ بھی میری جانب دیکھا۔ وہ بار بار ٹھنڈی آہیں بھرتی اور لمبی سانسیں لیتی رہی۔ ایک حسرت سے آس پاس کی چیزوں کو دیکھتی رہی۔ اس کی آنکھوں میں بازار آتے ہوئے جو چمک تھی اب وہ یکسر مفقود تھی اور اس کی جگہ ایک اداسی نے لے لی تھی، جس نے مجھے بھی اداس کر دیا تھا۔ میرے

جی نے چاہا کہ اسے شاہ جہانی مسجد چل کر گول گپے کھانے کی پیش کش کروں لیکن اس کے تیور دیکھ کر مجھ میں اس سے کچھ کہنے کی ہمت نہ ہوسکی۔ اگر اس شہر کا بازار اس کے شایانِ شان نہیں تھا تو اس میں میرا کیا قصور تھا۔ یہ شہر اور اس کا بازار بنانے میں میرا کوئی دخل نہ تھا۔ مَیں یہ باتیں اسے سمجھانا چاہتا تھا لیکن وہ تیز گام بنی ہوئی تھی اور کچھ ہی دیر بعد وہ زلفی کا ہاتھ تھامے دبیر مسجد تک پہنچ گئی اور میں ان سے قدرے پیچھے رہ گیا۔ مَیں اپنے گھر کے قریب پہنچا تو وہ دونوں پہلے ہی اپنے مکان کے اندر جا چکے تھے۔ مَیں نے کچھ آگے بڑھ کر دیکھا تو مجھے ان کا دروازہ بند دکھائی دیا۔ مَیں مایوسی سے سر ہلاتے ہوئے اپنے گھر کی طرف مڑ گیا۔

زینہ چڑھتے ہی اماں سے میرا سامنا ہوا تو مَیں نے انہیں سلام کیا۔ انہوں نے جواب دینے کے بعد مجھ سے اتنی دیر تک غائب رہنے پر پوچھ گچھ نہیں کی۔ مَیں غسل خانے سے منہ ہاتھ دھو کر آیا تو انہوں نے چارپائی پر دوپہر کا کھانا رکھ دیا جو تلے ہوئے بینگنوں، ہری مرچوں اور روٹیوں پر مشتمل تھا۔ مَیں چپ چاپ بیٹھ کر کھانا کھانے لگا۔ اس دوران رہ رہ کر مجھے سُومل کا خیال آتا رہا، شہر کے چھوٹے بازار سے اس کی مایوسی یاد آتی رہی۔ اماں لحاف اوڑھ کر قیلولے کے لیے لیٹ چکی تھیں۔ مَیں بھی کھانا ختم کرنے کے بعد کچھ دیر تک اپنی چارپائی پر دیوار سے پیٹھ لگائے نیم دراز بیٹھا رہا۔ پھر چھت پر چلا گیا اور وہاں سگریٹ سلگا کر پینے لگا۔ سگریٹ پینے کے بعد اعصاب پر ایک تھکن سوار ہونے لگی تو میں آ کر اپنی چارپائی پر جا کر لیٹ گیا۔

شاید شام ڈھلنے والی تھی، جب اماں نے مجھے نیند سے جگایا اور میں آنکھیں مسلتا ہوا اٹھ کر بیٹھ گیا۔ وہ کہیں جانے کے لیے بالکل تیار نظر آ رہی تھیں اور انہوں نے اپنا پرانا برقعہ ہاتھوں میں تھام رکھا تھا۔ وہ بتانے لگیں کہ وہ سیمی سے ملنے جا رہی تھیں۔ یہ سنتے ہی میں فوراً نیند سے خمار سے باہر آیا اور مَیں نے انہیں نئے پڑوسیوں کے گھر چھوڑ آنے کی پیش کش کی، جسے انہوں نے نفی میں سر ہلا کر رد کر دیا اور مجھے گھر میں رہنے کی ہدایت کرتیں برقعے کی ڈوری باندھنے لگیں اور کچھ دیر بعد سیڑھیاں اتر کر چلی گئیں۔

ان کی غیر موجودگی میں، مَیں نے چھت پر جانے سے احتراز کیا اور نیم چھتی پر بیٹھ کر سگریٹ نوشی کرتا رہا۔ اماں کے جانے کے بعد مَیں نے نیچے جا کر دروازہ بند نہیں کیا تھا۔ تقریباً آدھے پون گھنٹے کے بعد وہ لوٹ کر گھر آئیں تو مجھے دیکھتے ہی نئے پڑوسیوں کی برائی کرنے لگیں کہ یہ ماں بیٹی بڑی فیشنی ہیں۔ آج سُومل بازار گئی تھی کپڑا خریدنے لیکن کوئی کپڑا اس کی ناک پہ نہیں چڑھا۔ اسے یہاں کا بازار چھوٹا اور بے کار لگا اور یہاں بکنے والا کپڑا پرانے فیشن کا معلوم ہوا۔ ان ماں بیٹی کو رہ رہ کر حیدر آباد اور وہاں کی مارکیٹیں یاد آتی رہیں۔

اماں نے حسرت سے اپنی بات اس جملے پر ختم کی: ''باباڑے، مَیں نے زندگی گزار دی اس موئے فیشن کے بغیر۔ پتا نہیں شہروں میں یہ وبا کیسے پھیل گئی اور اب وہاں سے یہاں بھی پہنچ گئی۔'' مَیں نے ان سے کلی اتفاق کرتے ہوئے انہیں ریشم گلی، تلک چاڑھی اور صدر کی مارکیٹوں کے بارے میں بتایا تو وہ ایک آہ بھر کر رہ گئیں اور ان کی کئی حسرتیں اور محرومیاں تازہ ہوگئیں۔

شام ڈھلے جب بابا دکان سے لوٹے تو اماں نے انہیں پانی پلانے کے بعد سیمی کے گھر کے دورے کے متعلق تفصیل بتانی شروع کر دی جسے بابا دلچسپی سے سنتے رہے۔ انہیں کرید کر پوچھتے رہے کہ کیا باتیں ہوئیں؟ اس دوران بابا نے ان لوگوں کو اپنے گھر میں ایک شان دار ضیافت پر مدعو کرنے کا ارادہ ظاہر کیا تو اماں نے اس کی مخالفت کر دی۔

اگلی شام بابا دکان سے گھر واپس آئے تو ان کے ہاتھ میں سامان سے بھرا ہوا تھیلا تھا جسے انہوں نے آتے ہی اماں کے حوالے کر دیا۔ انہوں نے اسے کھول کر دیکھا تو اس میں سے چار عدد بستر کی چادریں اور تکیوں کے غلاف برآمد ہوئے۔ اماں انہیں دیکھ کر بہت خوش ہوئیں کیوں کہ ہمارے گھر میں بستر پر چادر ڈالنے کے بجائے رلی بچھانے کا رواج تھا جو اماں پرانے کپڑے جوڑ جاڑ کر ایک ساتھ سی کر بنالیا کرتی تھیں اور جو سالہا سال استعمال میں آیا کرتی تھیں۔ کب پرانی رلی کی جگہ نئی استعمال ہونے لگتی تھی مجھے تو کبھی اس کا پتا نہیں چل سکا۔

بابا نے اعلان کیا کہ اب رلی کے اوپر یہ نئی پھول دار چادریں بچھائی جائیں گی۔ اماں نے بابا کی اس خریداری کی دل کھول کر تعریف کی کیوں کہ بابا نے کبھی اس طرح گھر کے معاملات میں دلچسپی ظاہر نہیں کی تھی لیکن مجھے محسوس ہو رہا تھا کہ ان کا یہ بدلتا ہوا مزاج کسی خاص جانب اشارہ کر رہا تھا۔

اس کے بعد بابا اور اماں رات گئے تک آپس میں چہک چہک کر باتیں کرتے رہے، حتیٰ کہ مجھے گہری نیند آ گئی۔

صبح کو جب میں جاگا تو مَیں نے دیکھا کہ بابا دیوار میں نصب آئینے کے پاس کھڑے شیو کر رہے تھے۔ مَیں چپکے سے بستر سے اتر کر ٹھٹھرتا ہوا غسل خانے کی طرف چلا گیا اور پھر واپسی پر سیدھا باورچی خانے جاکر اماں سے چائے مانگنے لگا جو انہوں نے فوراً پیالے میں ڈال کر دے دی اور میں وہیں ان کے پاس چوکی پر بیٹھ کر پینے لگا۔

کچھ دیر بعد جب بابا ناشتے سے فارغ ہو گئے تو تخت پر تکیے سے کہنی ٹکا کر بیٹھ گئے اور سگریٹ سلگا کر پینے لگے۔ اس دوران اماں جلدی سے غسل خانے میں جاکر نہانے لگ گئیں۔ مَیں بابا سے ذرا فاصلے پر چارپائی پر بیٹھا ہوا تھا تب انہوں نے اچانک فیکے ماسٹر کی بات چھیڑ کر مجھے حیران کر دیا۔ میری آنکھوں میں جھانک کر کہنے لگے کہ مَیں فیکے سے چھٹی لیے بغیر وہاں سے بھاگ کر آیا تھا اور اب اتنا بے غیرت ہو گیا تھا کہ واپس جانے کو میرا جی نہیں چاہتا تھا۔ مزید یہ بھی کہ میری اس حرکت کی وجہ سے فیکے ماسٹر کے آگے ان کی سبکی ہوئی تھی جسے ختم کرنے کا ایک ہی طریقہ تھا اور وہ یہ کہ مَیں فوراً واپس چلا جاؤں۔ اپنی بات مکمل کرتے ہوئے وہ کچھ نرم پڑ گئے اور کہنے لگے: ''دو چار دن بھلے یہاں اور رہو لیکن واپس جانے کا دماغ بنالو۔ تمہیں ہر حال میں جانا ہو گا۔''

اماں تولیے سے اپنے بال سکھانے لگیں۔ پھر جلدی جلدی کنگھی چوٹی کر کے اپنا برقعہ نکال کر لائیں تو میں کچھ حیرت سے ان کی جانب دیکھنے لگا۔ انہوں نے میری حیرت نظر انداز کر دی۔ کچھ دیر وہ دونوں مجھے گھر کا خیال رکھنے کی نصیحت کر کے دبے پاؤں زینہ اتر کر باہر چلے گئے۔ وہ نجانے کون سی خفیہ مہم پر روانہ ہوئے تھے مجھے اس بارے میں کچھ پتا نہ تھا۔ ان کے زینہ اترتے ہی مَیں نے بالکونی میں جاکر باہر جھانکا تو وہ دونوں مجھے بازار کی جانب جاتے دکھائی دیئے۔ یہ دیکھ کر

میری حیرانی کچھ اور بڑھ گئی کیوں کہ بابا اماں کو اپنے ساتھ بہت کم بازار لے جایا کرتے تھے۔ مَیں چھت پر جاکر منڈیر سے سُومل کو دیکھنے کی آس پر سگریٹیں پھونکتا رہا لیکن وہ ایک بار بھی اپنے گھر کے کسی حصے میں دکھائی نہ دی۔ اسے دیکھنا، اس سے مل کر باتیں کرنا اب ناگزیر ہو چکا تھا۔ اس کی کوئی صورت نکالنی ہو گی۔ مایوس ہو کر نیچے اتر آیا تو کچھ ہی دیر بعد بابا اور اماں واپس آ گئے اور ان کے ہاتھوں میں بازاری تھیلے دیکھ کر میرے خیال کی بھی تصدیق ہو گئی۔ اماں نے اپنا برقعہ اتار کر پھینک دیا اور اپنے نئے خریدے ہوئے کپڑے اور چپلیں دکھانے لگیں۔ اس کے علاوہ ایک ڈنر سیٹ اور ٹی سیٹ بھی خریدا گیا تھا۔ مَیں ان چیزوں کو بے اعتنائی سے دیکھتا رہا۔

بابا کچھ دیر بعد دکان چلے گئے۔ تب اماں نے مجھے بتایا کہ بابا آج شام تک گھر کے لیے کچھ اور اہم سامان بھی بھجوائیں گے اس لیے مجھے گھر پر رہنا چاہیے۔ مَیں نے حامی بھرتے ہوئے پوچھا کہ یہ سب سامان کس لیے آ رہا تھا؟ میرے سوال کا جواب دینے کے بجائے وہ ہنسنے لگیں۔

شام سے پہلے دروازے پر دستک ہوئی تو میں دروازہ کھول کر باہر نکلا۔ وہاں مَیں نے دو مکرانی مزدوروں کو کھڑا ہانپتے دیکھا۔ مَیں نے ان سے آنے کی وجہ پوچھی تو انہوں نے ذرا فاصلے پر رکھی ہوئی لکڑی کے نئے نکور سنگھار میز کی جانب اشارہ کر دیا۔ مَیں اس خوب صورت میز کو دیکھنے لگا تو ایک مکرانی نے اپنے گنجلک بالوں میں ہاتھ مارتے ہوئے بتایا کہ بابا نے فرنیچر کی دکان سے خرید کر اسے یہاں بھجوایا تھا اور انہیں اسے پہلی منزل پر پہنچانے کا کہا گیا تھا۔

ان کی بات سن کر میں اوپر کی منزل پر چلا گیا اور اماں سے پردہ کروانے کی خاطر مَیں نے انہیں باورچی خانے میں بند کر دیا اور اوپر سے چلا کر ان دونوں سے سنگھار میز اوپر لانے کے لیے کہا۔ وہ میز کو دروازے کے باہر سے اندر لے آئے اور پھر اسے اٹھا کر قدم قدم زینہ چڑھتے، اوپر تک پہنچے۔ سردی کے باوجود ان کی سکڑی ہوئی پیشانیوں پر پسینہ دکھائی دے رہا تھا اور ان کی سانسیں دھونکنی کی طرح چل رہی تھیں۔ اوپر پہنچ کر ان کی سمجھ میں نہ آ رہا تھا کہ اسے کہاں پر رکھیں۔ تب مَیں نے آگے بڑھ کر اپنی چارپائی ایک طرف گھسیٹ کر کچھ جگہ بنائی اور ان سے میز وہاں رکھنے کے لیے کہا۔ انہوں نے اسے وہاں رکھنے کے بعد کچھ آگے دھکیل کر دیوار کے ساتھ اس جگہ لگا دیا جہاں ایک چھوٹا سا آئینہ لگا ہوا تھا۔ مَیں نے ان سے ان کی مزدوری کے بارے میں پوچھا تو انہوں نے بتایا کہ وہ انہیں پہلے ہی مل چکی تھی۔ انہوں نے گھڑونچی پر رکھے ہوئے مٹکوں میں سے باری باری پانی نکال کر پیا اور سلام کرتے ہوئے زینے سے نیچے اتر گئے۔

ان کے جانے کے بعد مَیں نے باورچی خانے کا دروازہ کھولا تو اماں بے صبری سے باہر نکل آئیں اور ستائش بھری نظروں سے بالکل نئے سنگھار میز کے ساتھ تقریباً چمٹ ہی گئیں جیسے وہ انہیں بے حد عزیز ہو۔ وہ فارمیکا کی ملائم سطح پر آہستگی سے انگلیاں پھیرنے لگیں جیسے وہ ٹھوس لکڑی کے بجائے کانچ سے بنا ہو۔ یہ حقیقت تھی کہ وہ اب تک ایسی آسائش سے یکسر محروم رہی تھیں اور انہوں نے کبھی سوچا بھی نہ تھا کہ ایک دن یوں اچانک ان کے پاس اتنا پیارا سنگھار میز آ جائے گا۔ وہ کچھ دیر تک اس کے بڑے مستطیل آئینے میں مختلف زاویوں سے اپنا آپ دیکھتی رہیں۔ مجھے آئینے میں ان کا چہرہ سوکھا ہوا لگا

جس کی پیشانی پر تین گہری لکیریں تھیں اور آنکھوں کے گرد گہرے حلقے تھے اور کنپٹیوں کے قریب جھریاں دکھائی دے رہی تھیں۔ اس سے ان کی بدصورتی اور نمایاں ہو گئی تھی لیکن میں یہ بات بتانا میرے لیے ممکن نہ تھا۔

وہ سنگھار میز کے خانے اس طرح کھول کر دیکھ رہی تھیں جیسے وہ سامان بھرے ہوئے تھے۔ وہ مجھے بتانے لگیں کہ ایسا خوب صورت اور پیارا سنگھار میز تو سیمی والوں کے گھر میں بھی نہ تھا۔ جب وہ ماں بیٹی اسے دیکھیں گی تو حیران رہ جائیں گی اور پھر انہیں ہمارا گھر پرانا معلوم نہیں ہو گا۔

یہ میرے گھر کی تاریخ میں اپنی نوعیت کا انوکھا واقعہ تھا۔ کچھ دیر بعد جب بابا دکان سے واپس آئے تو ان کے ہاتھ تھیلوں سے بھرے ہوئے تھے۔ انہیں دیکھتے ہی اماں نے پوچھا کہ ان میں کیا لائے ہو؟ تو انہوں نے مسکرا کر جواب دیا۔ ''گھر کی کھڑکیوں کے لیے پردے۔'' یہ سن کر اماں کی خوشی دو چند ہو گئی۔

بابا نے مجھے ہتھوڑی ڈھونڈنے کے لیے کہا تو مجھے سمجھ نہ آئی کہ اسے کہاں تلاش کروں۔ اماں نے مجھے نیم چھتی پر رکھے ہوئے صندوق میں دیکھنے کے لیے کہا تو مَیں نے فوراً بالائی زینے کا رخ کیا۔ کچھ دیر تک صندوق کھنگالنے کے بعد وہ اس میں کپڑوں کے نیچے پڑی ہوئی مل گئی۔

مَیں نے بابا کو گھر کی چیزوں میں اتنی دلچسپی لیتے پہلے کبھی نہ دیکھا تھا۔ انہوں نے پہلے کھڑکیوں کے اوپر ایک لمبا تار لگایا اور پھر ایک ایک کر کے تمام کھڑکیوں میں سارے پردے لگا دیے۔ آدھے پون گھنٹے میں انہوں نے یہ کام ختم کر دیا۔ اب سردیوں کی چبھنے والی ہوا کھڑکیوں کے کھلے ہونے کے باوجود بلا روک ٹوک اندر نہیں آ سکتی تھی۔

35

اگلے دن شام ڈھلنے سے پہلے بابا نارنگیوں سے بھرا ہوا تھیلا اٹھائے گھر پہنچ گئے۔ اماں اس وقت باورچی خانے میں رات کا کھانا بنانے میں مصروف تھیں۔ بابا جلدی سے غسل خانے سے منہ ہاتھ دھو کر اپنے تخت پر بیٹھ گئے۔

میں پچھلے ایک دو روز میں چھت کے علاوہ گلی کے بھی کئی چکر کاٹ چکا تھا لیکن سُومل کی جھلک دیکھنے کو نہ مل سکی تھی۔ مچھو اور عرفان سے ایک مڈبھیڑ کے دوران مَیں نے انہیں ٹھیک ٹھاک تڑی لگانے کے ساتھ ایک آدھ تھپڑ بھی جڑ دیا اور ایسا زوردار کہ دونوں نے پھر کبھی اس طرف کا رخ نہ کرنے کی قسم اٹھائی۔ مَیں نے انہیں خبردار کیا کہ دوبارہ کبھی اس طرف دکھائی دیئے تو ان کا حشر خراب کر دوں گا۔

میں سُومل کو دیکھنے کے لیے بے چین ہو رہا تھا اور اسے دیکھنے کی کوئی ترکیب مجھے نہیں سوجھ رہی تھی کیوں کہ اس دن کے بعد وہ نہ تو گھر سے نکل کر کہیں گئی تھی اور نہ ہی چھت پر آئی تھی۔ مجھے رہ رہ کر اس کا خیال آ رہا تھا۔

اماں نے تخت پر کھانا لگایا تو مجھے بھی ساتھ کھانے کے لیے کہا تو میں غسل خانے سے اپنے ہاتھ دھو کر جلدی سے ان کے ساتھ شامل ہو گیا۔ سنگھار میز، بستروں پر چادریں اور کھڑکیوں پر پردے آ جانے سے گھر کچھ بھرا بھرا سا لگ رہا تھا۔ کھانے کے دوران اماں بار بار خوشی سے یہ جملہ دہراتیں: ''آج اپنا گھر گھر لگ رہا ہے۔'' بابا نے انہیں یقین دلانے کی کوشش کی کہ وہ آنے والے دنوں میں گھر پر مزید توجہ دے کر اسے بہتر بنائیں گے۔ اس دوران میری طرف دیکھتے ہوئے وہ بالکل اچانک بولے: ''قادر کے جانے کے بعد۔'' یہ سنتے ہی اماں بگڑ کر کہنے لگیں کہ یہ اب کہیں نہیں جائے گا۔ یہ سن کر بابا نے تھوڑی دیر کے لیے چپ سادھ لی۔

کھانے کے فوراً بعد وہ اماں سے مخاطب ہوئے کہ وہ چاہتے تھے کہ ہم دو دن بعد جمعے کی شام نئے پڑوسیوں کی ایک شان دار دعوت کریں تا کہ ان پر یہ جتایا جا سکے کہ ہم کوئی ایرے غیرے نہیں بلکہ کھاتے پیتے لوگ ہیں۔ اماں نے بھی بلا سوچے اس تجویز کی تائید کر دی۔ جس پر بابا نے کہا کہ ابھی مغرب کو زیادہ وقت نہیں گزرا، اس لیے بہتر ہو گا کہ انہیں دو دن پہلے دعوت دے دی جائے اور سیمی کے شوہر نور محمد جھنگی کو بھی خاص طور پر مدعو کیا جائے۔ انہوں نے اماں پر زور دیا کہ وہ اسی وقت تیار ہو کر ان کے ہاں چلی جائیں۔ ان کے خیال میں اس میں کوئی قباحت نہیں تھی۔ اماں نے اثبات میں

سر ہلاتے ہوئے مجھے بھی اپنے ساتھ چلنے کے لیے کہا تو مَیں نے فوراً چلنے کی حامی بھر لی۔

اماں سنگھار میز کے سامنے کھڑی ہو کر کچھ دیر تک اپنی کنگھی چوٹی کرتی رہیں اور پھر تھوڑا سی کریم اور کچھ پاؤڈر چہرے پر لگا کر وہ جب تیار ہو گئیں تو اپنا برقعہ ڈھونڈنے لگیں، جس پر مَیں نے بے ساختہ کہا کہ رات کے وقت برقعے کی کیا ضرورت تھی؟ بابا نے میری بات سن کر مجھ سے اختلاف نہیں کیا بلکہ انہوں نے خود انہیں چادر لے کر جانے کے لیے کہا۔ اماں نے ایک اجرک اوڑھ کر اپنے گرد لپیٹ لی اور مجھے چلنے کا اشارہ کیا۔

مجھے معلوم تھا کہ انہیں اندھیرے میں بہت کم دکھائی دیتا تھا اس لیے زینے سے اترتے ہوئے مَیں نے ان کا ہاتھ تھام لیا۔ سیڑھیاں اتر کر ہم دروازے سے نکلے تو یخ ہوا کے جھونکوں نے ہمارا استقبال کیا۔ گلی میں چلتے ہوئے اچانک اماں کو کسی چیز سے ٹھوکر لگی تو وہ گرتے گرتے بچیں۔ مَیں نے اپنے ہاتھوں کی مدد سے انہیں گرنے سے بچالیا۔ وہ ذرا سنبھلیں تو اینٹ کے اس ٹکڑے کو برا بھلا کہنے لگیں جس سے ان کا پیر ٹکرایا تھا۔ برقعہ پہننے کی پرانی عادت کی وجہ سے ان سے اجرک سنبھل نہیں رہی تھی۔ چلتے ہوئے وہ ان کے پیروں میں آ گئی تو یہ بھی اسی کا قصور تھا۔

چند قدموں کا فاصلہ اندھیرے کی وجہ سے ہم نے بہت آہستگی سے طے کیا کیوں کہ راستے میں ایک بڑی نالی بھی پڑتی تھی۔ ان کے مکان کے باہر بنی ہوئی تین سیڑھیاں چڑھتے ہی مَیں نے ان کے دروازے پر ہاتھ مار کر کنڈی ڈھونڈی اور اسے کچھ زور سے بجایا۔ ان کے گھر سے کچھ روشنی نکل کر باہر تک آ رہی تھی۔ تھوڑی دیر بعد گھر سے کچھ آوازیں سنائی دینے لگیں جن میں سیمی کی آواز نمایاں تھی، جو اپنے شوہر سے باہر جا کر دیکھنے کے لیے کہہ رہی تھی کہ کون آیا تھا؟ اس کے بعد اندر سے کسی کے سیڑھیاں اترتے قدموں کی آواز سنائی دی۔ ایک دو لمحوں بعد دروازے کی چرچراہٹ نے گلی کی خاموشی میں خلل ڈالا۔ نور محمد جھنگی نے دروازہ کھولا تو پہلی نظر میں مجھے پہچان نہیں سکا اور جب پہچانا تو حیرانی سے میری طرف دیکھنے لگ گیا۔ وہ مجھ سے آنے کا سبب پوچھنے ہی والا تھا کہ اماں نے آگے بڑھ کر انہیں مخاطب کرتے ہوئے سلام کیا اور بتایا کہ انہیں سیمی سے ملنا تھا اور ان کا بیٹا ان کے ساتھ آیا تھا۔

یہ سنتے ہی جھنگی کے چہرے کا تاثر خوش گوار ہو گیا اور اس نے جلدی سے ذرا ایک طرف ہٹ کر اماں کے لیے اندر جانے کا راستہ بنایا۔ اماں دروازے کی چوکھٹ پھلانگ کر اوپر کی منزل پر جانے والی سیڑھیاں چڑھنے لگیں۔ مَیں ایک مایوسی سے انہیں جاتے ہوئے دیکھ رہا تھا کہ جھنگی نے مجھے بیٹا کہہ کر مخاطب ہوتے ہوئے اندر آنے کا کہا۔ اس کے ہونٹوں سے یہ اپنائیت بھرا لفظ بیٹا مجھے بھلا محسوس ہوا۔

مَیں نے اسے پہلے چلنے کے لیے کہا کیوں کہ وہ گھر کا مالک تھا۔ وہ مڑا تو میں بھی دروازہ بھیڑ کر اس کے پیچھے چل دیا۔ میرا خیال تھا کہ وہ مجھے اسی کمرے میں لے چلے گا جہاں اس کے سب گھر والے موجود تھے۔ سُومل کو اپنے سامنے دیکھنے کا خیال میرے لیے بہت دل پذیر تھا لیکن وہ زینہ چڑھنے کے بجائے نیچے بنے ہوئے کمرے کی جانب چلنے لگا تو مجھے بھی بادل نخواستہ اس کے پیچھے جانا پڑا۔

جھنگی ایک کشادہ لیکن بالکل خالی سے کمرے میں داخل ہوا جہاں ایک چارپائی کے علاوہ دو موڑھے رکھے ہوئے تھے۔ اس کمرے میں ساٹھ واٹ کے بلب کی زرد روشنی پھیلی ہوئی تھی۔ اس مریل سی روشنی میں دیواروں سے جا بجا اکھڑا ہوا پلستر اور پرانی چھت دیکھ کر مجھے اماں کی جانب سے کی گئی ان کے گھر کی تعریفیں یاد آنے لگیں اور شہر کا چھوٹا بازار دیکھ کر سُومل کا اداس ہونا بھی میرے ذہن میں گھومنے لگا۔

کمرے میں عرصۂ دراز سے صفائی نہ کی گئی تھی جس کی وجہ سے مچھروں اور دیگر حشرات کی بہتات تھی۔ ایسے ابتر ماحول میں بیٹھنے کے باوجود میں خود کو بہت مطمئن اور آسودہ محسوس کر رہا تھا۔ میری توجہ بار بار بھٹک کر بالائی منزل سے سنائی دیتی نسوانی آوازوں کی طرف چلی جاتی تھی، جن میں سب سے سہانی اور شوخ آواز سُومل کی تھی۔ نور محمد جھنگی کچھ دیر تک مجھ سے حیدر آباد کی بہاروں کا ذکر کرتا رہا۔ پھر اس چھوٹے شہر اور یہاں کے لوگوں کی برائیاں کرنے لگا۔ وہ یہاں اپنی آمدنی سے مطمئن نہیں تھا۔ صبح کے وقت کچھ لوگوں کی حجامت اور بال بنانے کے بعد اسے نئے گاہکوں کے لیے شام تک انتظار کرنا پڑتا تھا۔ مَیں نے اس کی دل جوئی کی کہ وہ پریشان نہ ہو تھوڑا عرصہ لگے گا پھر یہاں بھی اس کا کام چل نکلے گا۔ مَیں نے وہاب شاہ بخاری کے نزدیک آتے عرس کا حوالہ دیا مگر میری تسلیوں کا اس پر خاطر خواہ اثر نہ ہوا اور وہ بار بار مایوسی سے اپنا سر ہلاتا رہا جیسے اس نے یہاں آکر گھاٹے کا سودا کر لیا ہو۔ وہ مجھے پریشان حال اور اپنی خانگی زندگی سے بیزار لگ رہا تھا۔

کمرے کا دروازہ کسی کی زوردار ٹھوکر سے کھلا تو مَیں نے دیکھا کہ زلفی ایک ٹرے میں چائے کی پیالیاں لیے ہوئے اندر آیا۔ دروازہ کھلنے کا کھڑاک سن کر جھنگی سہم سا گیا تھا۔ اسے اپنے بیٹے کی اس حرکت پر غصہ آیا اور وہ اسے مارنے کو لپکا لیکن اس کا اٹھا ہوا ہاتھ اوپر ہی رہ گیا اور وہ اسے دو چار بھاری گالیاں دے کر رہ گیا۔

یہ دیکھ کر مجھے قدرے حیرت ہوئی کہ زلفی پر اپنے باپ کے غصے اور گالیوں کا کوئی اثر نہ ہوا اور اس نے مسکراتے ہوئے ہمیں چائے کی پیالیاں تھمائیں۔ اس نے مجھے سلام کرتے ہوئے مجھ سے ہاتھ ملایا اور اس کے فوراً بعد چلا گیا۔

نور محمد جھنگی کی پریشانی اور خستگی دیکھ کر میں افسردہ ہو گیا اور میرے دل میں اس کی مدد کرنے کی خواہش پیدا ہونے لگی۔ مَیں اس بھلے مانس کے کچھ ایسا کرنا چاہتا تھا، جس سے یہ خوش ہو جائے اور مجھے اپنا رشتہ دار سمجھنے لگے۔ اس وقت، جب میرا سارا دھیان اوپر کی منزل کی آوازوں پر لگا ہوا تھا، مجھے کوئی ایسی بات سجھائی نہ دے سکی جس سے مَیں اس کے دکھی دل پر مرہم رکھ سکتا۔ اس کے برعکس میں بلا وجہ اس کے سامنے اپنے بابا کے چلتے ہوئے کاروبار، ان کی آمدنی اور خوش حالی کا ذکر کر کے اس کی دل آزاری کا سامان کرنے لگا۔ وہ ایک رقابت بھری بے چینی سے پہلو بدلتے مجھے سنتا رہا۔ اس دوران اس کی تکلیف دہ لمبی اور تیز سانسوں سے مجھے کوئی تسکین ملتی رہی۔

ہمارے سماجی نظام کی بنیاد ایک دوغلے پن پر قائم ہے، ہم مشکل میں گھرے اپنے بھائی بندوں کے سامنے بظاہر ان کی بپتا سے ہمدردی کا اظہار کرتے ہیں لیکن درحقیقت ان کی اذیت و پریشانی ہمارے لیے لطف کا ایک سامان مہیا کرتی ہے اور ہم اس سے محظوظ ہوتے ہیں۔ ہم زندگی کے مکڑی جیسے جال میں پھنسے اور مکھی کی طرح پھڑ پھڑاتے ہوئے شخص کا ایک دوری

سے مشاہدہ کرتے رہتے ہیں اور اس کی مدد کے لیے اپنا ہاتھ بڑھانے سے مکمل گریز کرتے ہیں۔ مجھے یقین تھا کہ جس طرح میں نور محمد جھنگی کی اس صورتِ حال سے لطف لے رہا تھا ویسے ہی میرے بابا میری حالتِ زار کا مزا لے رہے تھے۔

بابا کا خیال آتے ہی مَیں نے نور محمد جھنگی کی طرف دیکھا جو بیڑی کے زوردار کش لینے میں مصروف تھا۔ کچھ دیر بعد زلفی پھر نمودار ہوا اور مجھے بتانے لگا کہ میری اماں جانے کے لیے تیار تھیں۔ یہ سن کر میں اٹھ کھڑا ہوا اور جاتے جاتے سُومل کے بابا کو جمعے کی شام اپنے گھر کھانے کی دعوت بھی دیتا گیا۔ مَیں اس سے مصافحہ کر کے جلدی سے اس کے وحشت بھرے مہمان خانے سے نکل کر زینے کے قریب پہنچ کر اس امید پر کھڑا ہو گیا کہ اب سُومل اور سیمی میری اماں کو چھوڑنے کے لیے نیچے اتریں گی تو مجھے سُومل کو نظر بھر دیکھنے کا موقع مل جائے گا۔ اور ایسا ہی ہوا۔ وہ دونوں اماں کو گھر سے رخصت کرنے کے لیے رواج کے مطابق نچلے دروازے تک آ گئیں۔ اماں اور سیمی میں گاڑھی چھننے لگی تھی اور ان کی باتیں ختم ہونے میں نہیں آ رہی تھیں۔ سُومل زینے کی سب سے نچلی سیڑھی پر چپ چاپ کھڑی انہماک سے میری جانب دیکھ رہی تھی اور میں ایک ملامت بھرے انداز سے اسے دیکھ رہا تھا۔ اس نے دھیرے سے ہاتھ ہلا کر مجھے خدا حافظ کا اشارہ کیا اور میں ان کے گھر کی دہلیز سے باہر نکل آیا۔ اماں سیمی سے گلے ملنے کے بعد میرے قریب آ گئیں اور ہم ان سے رخصت لیتے اپنے گھر کی طرف چلنے لگے۔

اماں نے ایک دفعہ پھر ہاتھ تھام لیا اور مجھے تنبیہ کرنے لگیں کہ جیسے ہی راستے میں وہ گہری بدرو آئے تو انہیں خبردار کر دوں اور مَیں نے ایسا ہی کیا۔ انہیں احتیاط سے نالی پار کروائی۔ مَیں ابھی تک سُومل کی ایک جھلک میں کھویا ہوا تھا اور رہ رہ کر اس کا اشارہ مجھے یاد آ رہا تھا۔ اس نے اپنا ہاتھ کچھ اوپر لے جا کر ہلایا تو اس کے ہلتے ہونٹوں نے کچھ کہا جو میں سن نہیں سکا۔ گھر پہنچ کر میں اپنے بستر پر لیٹ گیا اور اس کے بارے میں سوچنے لگا۔ اماں اور بابا ایک دوسرے کے قریب بیٹھ کر باتیں کرنے لگے۔ بابا کی آواز سے اطمینان جھلک رہا تھا وہ جسے چھپانے کی کوشش میں بار بار اماں پر یہ جتا رہے تھے کہ انہوں نے نئے پڑوسیوں کی نگاہ میں ان کی اہمیت بڑھانے کے لیے بہت کچھ کیا تھا اور وہ دھیرے سے اس کی تائید کرتی جا رہی تھیں۔ بابا نے خیال ظاہر کیا کہ ہمارے پرانے محلے دار جو ہمیں برسوں سے جانتے تھے، انہوں نے نئے پڑوسیوں کو بہکانے کی پوری کوشش کی ہو گی۔ اماں نے اس حوالے سے سیمی کی کہی ہوئی کچھ باتیں بتائیں جو بعض لوگوں نے اسے ہمارے بارے میں کہی تھیں لیکن اماں نے یہ کہہ کر بابا کو مطمئن کر دیا کہ نئے پڑوسیوں نے ان کی باتوں کا کوئی اثر نہیں لیا کیوں کہ انہیں ہمارا اخلاق پسند آیا تھا۔

اگلے دو روز اماں کے ساتھ مل کر میں پورے گھر کی صفائی کرنے میں مصروف رہا۔ ہم نے نچلی منزل کے فرش پر پڑا ہوا بوسیدہ قالین اور کچھ ٹوٹا پھوٹا فرنیچر کباڑیے کے ذریعے نکلوا دیا۔ ہم نے کھڑکیاں صاف کیں اور چھت پر لگے ہوئے جالے صاف کیے۔ اس کے بعد فرش اچھی طرح دھو کر اسے بالکل صاف کر دیا۔ شام کے وقت اماں نے نیم چھتی کی صفائی شروع کر دی تو میں بہانے سے باہر نکل گیا۔

سُومل اور اس کے گھر والوں کی دعوت کا دن میرے لیے خاص اہمیت کا حامل تھا۔ اس لیے ایک رات پہلے دیر تک مجھے نیند نہیں آ رہی تھی۔ مَیں یہی سوچ رہا تھا کہ اپنے گھر میں مجھے اس سے باتیں کرنے کا موقع ملے گا۔ ظاہر تھا کہ بابا اس کے والد کے ساتھ اور اماں سیمی کے ساتھ مصروف رہیں گی۔ مَیں سُومل سے اپنی محبت کے اظہار کے لیے بے قرار ہو رہا تھا۔ مجھے لگ رہا تھا کہ اپنے دل کی حالتِ زار کے اظہار کے لیے اس سے اچھا موقع شاید پھر کبھی میسر نہ آسکے۔

رات نجانے کون سے پہر مجھے نیند آئی لیکن صبح ہوتے ہی بابا نے میری رضائی کھینچ کر مجھے ایک مخاصمانہ انداز سے جگایا اور جلدی سے تیار ہو کر دکان پر جانے کے لیے کہا لیکن اس دفعہ پھر اماں درمیان میں آ گئیں اور بابا نے موقع پرستی سے کام لیتے ہوئے ان سے بحث کرنے سے گریز کیا اور ان کی بات مان لی لیکن وہ سنگھار میز کے سامنے شیو کرتے ہوئے متواتر مجھے برا بھلا کہتے رہے۔ مَیں باورچی خانے میں چائے پیتے ہوئے ان کی باتیں سنتا رہا جو میری سماعت پر ہتھوڑوں کی طرح برس رہی تھیں۔ ہڈحرام، کام چور، نکما، نالائق، لفنگا، بھشنی، رولاک۔ کون سا لقب رہ گیا تھا جس سے انہوں نے مجھے نہیں نوازا۔ اماں انہیں سمجھانے لگیں تو وہ ان پر بھی برس پڑے اور انہیں تنبیہ کرنے لگے کہ وہ میری طرف داری کر کے کوئی اچھا کام نہیں کر رہی تھیں۔

وہ غصے میں ناشتہ کیے بغیر دکان چلے گئے۔ ان کے جانے کے بعد اماں مجھے جلد از جلد اپنا کام شروع کرنے کے لیے کہنے لگیں تا کہ اس طرح کم از کم بابا کا منہ بند کیا جا سکے۔ مَیں نے ان کی بات سے اتفاق کیا اور انہیں یقین دلایا کہ مَیں جلد ہی کوئی مناسب جگہ دیکھ کر اپنا کام شروع کر لوں گا۔

حسین اور خوش گوار توقعات کے حامل دن کا آغاز بابا کے غصے سے ہوا، جس کی وجہ سے مَیں کافی دیر تک خود کو ذلت کا مارا شخص محسوس کرتا رہا۔ مَیں نے چھت پر جا کر لگاتار دو تین سگریٹیں پھونک ڈالیں۔ ایک چیز جس کا مجھے اپنے بچپن سے عادی بنایا گیا تھا اب برداشت سے باہر ہونے لگی تھی۔ مجھے کوئی جرم اور گناہ کیے بغیر معتوب قرار دے دیا گیا تھا۔ مَیں ایسی بدبختیوں سمیت جیتا آیا تھا اور اب بھی جی رہا تھا لیکن اب جب میں سوچتا ہوں اور اس ساری صورتِ حال کا جائزہ لیتا ہوں تو میری اماں مجھے خود سے زیادہ بدبخت دکھائی دیتی ہیں اور بہت زیادہ احمق بھی۔ وہ بابا کو اپنے دل کی گہرائی سے چاہتی تھیں، ان پر جان چھڑکتی تھیں لیکن بابا کا رویہ ان کے ساتھ ہمیشہ کسی دیوتا کی سی بے اعتنائی کا رہا۔ اس کے باوجود اماں کی وارفتگی میں کوئی کمی نہیں آسکی تھی اور وہ ان کی خوشنودی کے لیے اپنے آپ کو ایک بار پھر قربان گاہ پر چڑھا چکی تھیں۔

انہوں نے ایک دن پہلے ہی سُومل والوں کی دعوت کے لیے بننے والے کھانوں کا سامان بابا سے منگوا لیا تھا۔ اس لیے مذکورہ دن بابا کے ناشتہ کیے بغیر دکان چلے جانے کے بعد انہوں نے جھاڑو ہاتھ میں لے کر پہلے تینوں منزلوں کی صفائی کی، پھر ساری کھڑکیوں، چارپائیوں، تخت اور سنگھار میز کو صاف کیا۔ اس کے بعد دوپہر کا کھانا بنانے کے لیے وہ باورچی خانے میں چلی گئیں۔

غسل کر کے نئے کپڑے پہن کے میرا ارادہ کچھ دیر کے لیے باہر جانے کا تھا لیکن جمعے کی وجہ سے بازار تقریباً بارہ بجے

بند ہو جاتا تھا۔ بابا اس سے پہلے ہی دکان سے گھر پہنچ گئے۔ ان کے ہاتھوں میں درمیانے سائز کے چار فریم تھے جو اخباروں میں لپٹے ہوئے تھے۔ انہیں دیکھتے ہی اماں کے استفسار کرنے پر انہوں نے فریم کی ہوئی تصویروں پر سے اخبار پھاڑ کے اتار دیا اور ان چاروں فریموں کو تخت پر پھیلا دیا۔ شاید یہ پہلا موقع تھا یا دوسرا جب وہ اپنے گھر کی پرانی اور بدصورت دیواریں ڈھانپنے کے لیے رنگین تصاویر لے کر آئے تھے۔

دو تصویریں کسی پہاڑی مقام پر بنی ہوئی کاٹیج اور بہتی ہوئی ندی کی تھیں جب کہ دیگر دو تصویریں انڈین فلمی اداکاراؤں جیا پردا اور سری دیوی کی تھیں۔ اماں کو جیا پردا کی تصویر اچھی لگی لیکن سری دیوی کی سرخ بلاؤز میں لی گئی تصویر انہیں پسند نہیں آئی کیوں کہ جیتندرا سری دیوی کے عریاں اور گداز پیٹ پر اپنا سر رکھے ہوئے اس کی جانگھوں سے لپٹا ہوا تھا اور ان دونوں پر ایک سرشاری کی کیفیت طاری تھی اور ان کی آنکھیں مندی ہوئی تھیں۔ اماں نے سری دیوی کو کنجری کہا تو بابا کے ساتھ مجھے بھی ہنسی آ گئی۔ اماں وہ قابلِ اعتراض تصویر اس کمرے میں لگانے سے منع کرتی رہیں لیکن بابا ان کی پسند ناپسند کو خاطر میں لائے بغیر کھڑکیوں کے درمیان خالی جگہوں پر فریم لگانے کی جگہ منتخب کرنے لگے۔ وہ انہیں ٹانگنے کے لیے کچھ کیل بھی لے آئے تھے۔

بابا نے اپنے ہاتھوں سے وہ چاروں فریم دیوار پر مختلف جگہوں پر لگا دیے۔ مَیں سوچتا رہا کہ بابا کو تو نور محمد جھنگی کے ساتھ نیچے والے کمرے میں بیٹھنا تھا پھر اس طرح کی تصویر لگانے سے ان کا کیا مطلب تھا۔ یہ ضرور تھا کہ اس تصویر سے ان کی ذاتی خواہشات کی شدت کا اندازہ ہوتا تھا اور شاید وہ یہی بات کسی تک پہنچانا چاہتے تھے۔

اگر یہ عام حالات ہوتے تو اماں دوپہر کے کھانے کے بعد قیلولہ کرنے لیٹ جاتیں لیکن اب وہ فوراً باورچی خانے میں چلی گئیں اور نعمت خانے سے سامان نکال کر رات کی خصوصی دعوت کے لیے کھانا بنانے میں مصروف ہو گئیں۔ انہیں اس میں تین گھنٹے سے زیادہ وقت لگ گیا اور وہ مہمانوں کی آمد سے کچھ پہلے تقریباً چھ بجے تک اس کام سے فارغ ہوئیں تو ان کا چہرہ سیاہ ہو رہا تھا۔ وہ جلدی سے اپنے کپڑے لیے غسل خانے چلی گئیں۔ سردی کی وجہ سے اس وقت نہانا مشکل تھا اس لیے وہ اپنا منہ ہاتھ دھو کر واپس آ گئیں اور سنگھار میز کے سامنے کھڑے ہو کر اپنے چہرے کو مزید صاف کرنے لگیں۔ اماں بابا سے بار بار خوشی کا اظہار کر رہی تھیں کہ وہ ماں بیٹی جب ان کے گھر کی بدلی ہوئی حالت دیکھیں گی تو حیران رہ جائیں گی۔ اماں دل ہی دل میں انہیں نئی چیزیں دکھانے کے لیے بے چین ہو رہی تھیں۔

شام ڈھلے دیر ہو گئی تھی۔ بابا خاصی دیر سے پرلی گلی کی جانب کھلنے والی کھڑکی سے لگے سگریٹ پھونک رہے تھے۔ اوپر والا کمرہ نئی ٹیوب لائٹوں کی وجہ سے زیادہ روشن ہو رہا تھا۔ ابھی ہم ان کی سفید روشنی سے مانوس نہیں ہوئے تھے لیکن اس کے باوجود وہ ہمیں اچھی لگ رہی تھی۔ اماں کو ہر کچھ دیر بعد سنگھار میز کے سامنے جاتے دیکھ دیکھ کر میں بیزار ہو گیا اور زینہ اتر کر نیچے چلا گیا۔ ہم تینوں گھر والے اپنی اپنی وجوہات کی بنا پر مہمانوں کا انتظار کر رہے تھے۔ آج تک کبھی کسی مہمان کی آمد پر اتنا تکلف نہیں برتا گیا تھا جتنا ان لوگوں کے لیے برتا جا رہا تھا۔ ان کا انتظار جتنا طویل ہو رہا تھا اتنا ہی کوفت

میں اضافہ ہوتا جا رہا تھا۔

اچانک مجھے اوپر کی منزل سے بابا کی آواز سنائی دی وہ مجھے اوپر طلب فرما رہے تھے اس لیے مجھے ان کے پاس جانا ہی پڑا۔ بابا نے کھڑکی سے ان کو آتے ہوئے دیکھ لیا تھا اس لیے وہ خود دروازہ کھول کر ان کا استقبال کرنا چاہتے تھے۔ ان کے آنے کا سن کر اماں پر بلا وجہ گھبراہٹ سی طاری ہونے لگی تھی۔ مَیں نے انہیں پرسکون رہنے کے لیے کہا۔ اس دوران بابا دبے پاؤں سیڑھیاں اتر کر نیچے چلے گئے۔

گھر کے باہر ان کی دھیمی باتوں کے زمزمے سرد ہوا میں بہتے ہوئے میری سماعت تک پہنچ رہے تھے اور مجھے مسحور کر رہے تھے۔ مَیں جلدی سے دوڑ کر بالکونی کا دروازہ کھول کر نیچے جھانکنے لگا۔ وہ چاروں ہمارے گھر کی طرف بڑھتے دکھائی دیئے۔ سیمی زلفی کے ساتھ آگے تھی جب کہ سُومل اپنے بابا کے ساتھ پیچھے چل رہی تھی۔ انہیں کنڈی کھٹکھٹانے کی نوبت ہی نہیں آئی کیوں کہ بابا پہلے سے دروازہ کھول کر ان کے استقبال کے لیے ان کے سامنے پیش ہو گئے اور اپنے ہاتھ جوڑ کر خیر مقدمی کلمات کے ساتھ انہیں خوش آمدید کہا۔

سیمی، زلفی اور سُومل زینہ چڑھ کر اوپر پہنچے تو اماں نے زینے کے اوپری سرے پر کھڑے ہو کر انہیں بھلی کار کہا۔ سیمی تپاک کے ساتھ ان سے گلے ملی۔ اس کے بعد امی نے سُومل سے مصافحہ کیا۔ مَیں نے بھی رسم کے مطابق علیک سلیک کے بعد ان تینوں سے ہاتھ ملایا۔ سُومل سے مصافحہ کرتے ہوئے میں تیز روشنی میں اس کے بھرے بھرے اور گداز ہاتھوں کو غور سے دیکھنے لگا تو اس نے اگلے ہی لمحے اپنا ہاتھ پیچھے کھینچ لیا۔

ہمارے گھر میں نظر آنے والی تبدیلیوں پر وہ دونوں اپنا ردِ عمل نہ چھپا سکیں۔ سیمی بے اختیار ہو کر فارمیکا کے سنگھار میز کے پاس جا کھڑی ہوئی جب کہ سُومل دیوار پر لگی ہوئی نئی تصویریں دیکھنے لگ گئی۔ سیمی نے قدِ آدم آئینے میں میری طرف دیکھتے ہوئے اپنا منہ چڑایا تو مجھے اچھا محسوس نہیں ہوا۔ اس کے بعد وہ اماں سے سنگھار میز کی قیمت پوچھنے لگ گئی تو میں فوراً موقع پا کر سُومل کی طرف متوجہ ہو گیا۔ اس کے وجود کے گرد مصنوعی خوشبوؤں نے ایک حصار کھینچ رکھا تھا۔ مَیں اس حصار کے نزدیک پہنچ کر اس کی طرف دیکھنے لگا۔ وہ گلابی کپڑے پہنے ہوئے تھی۔ اس کے جھمکے اور چوڑیاں بھی گلابی تھیں۔

مَیں نے اس سے آہستگی سے پوچھا کہ کیا یہاں اس کا دل لگ گیا یا نہیں؟ یہ سن کر اس نے میری جانب غور سے دیکھا اور مسکراتے ہوئے کہنے لگی کہ اب کچھ کچھ لگنے لگا ہے۔ میرے لیے اس کا جواب ذو معنی ہونے کے علاوہ خوش فہمیوں سے بھرا تھا۔ مَیں اسے اپنے شہر کے متعلق بتانے لگا کہ یہاں اور کچھ ہو نہ ہو، سکون بہت تھا کیوں کہ یہاں اور گرد و نواح میں ایک لاکھ سے زیادہ اہلِ قبور و اہلِ مزارات موجود تھے۔ یہ سن کر وہ اپنی خوب صورت ہنسی کو نہ روک سکی اور کھلکھلا کر ہنسنے لگی۔ اس دوران مجھے پہلی مرتبہ اس کے ہونٹوں کے اندر چھپے چھوٹے چھوٹے سفید دانت دکھائی دیئے۔

مَیں نے تعلیم کی بات چھیڑی تو اس نے بتایا کہ وہ بہت جلد یہاں کے گرلز ہائی اسکول میں دسویں جماعت میں داخلہ لے گی کیوں کہ اس نے حیدر آباد میں نور محمد ہائی اسکول سے نویں جماعت کا امتحان پاس کیا تھا اور آتے ہوئے اسکول چھوڑنے

کا سرٹفیکیٹ لیتی آئی تھی۔ اس کی یہ بات سن کر میں اسے اپنی تعلیم ادھوری چھوڑنے کی مجبوری بتانے لگا کہ میرے چاہنے کے باوجود بابا نے مجھے موٹر مکینک بننے کے لیے حیدر آباد بھجوا دیا تھا۔ یہ سن کر وہ میری دل جوئی کرنے لگی کہ مَیں نے بہت اچھا کیا کہ کوئی کام سیکھ لیا کیوں کہ آدمی کے پاس کوئی ہنر تو ہونا چاہیے۔ وہ مجھ سے اپنے دھیمے اور گنگناتے لہجے میں ایک اعتماد کے ساتھ باتیں کر رہی تھی لیکن ساتھ ہی بے حد چوکنی بھی تھی اور بار بار میری اماں کی جانب دیکھنے لگتی تھی جو سیمی سے باتوں میں مصروف تھیں۔

فلمی اداکاراؤں کی تصویریں دیکھ کر اس نے مجھ سے فلموں کے بارے میں پوچھا تو مَیں نے اسے ان چند فلموں کے بتائے جو مَیں نے بچپن سے اب تک دیکھی تھیں۔ وہ بتانے لگی کہ اسے سینما پر فلم دیکھنا اچھا لگتا ہے۔ جس پر مَیں نے اسے آگاہ کیا کہ ہمارے شہر میں صرف ایک ہی پھٹیچر سا سینما تھا جس پر مار دھاڑ والی پنجابی فلمیں چلتی ہیں۔ میری بات سن کر وہ ان سینما گھروں کی گنتی کرنے لگی جن میں اس نے اپنے والدین کے ساتھ فلمیں دیکھی تھیں۔ وہ بتانے لگی کہ اس کی اماں فلمیں دیکھنے کی بڑی شوقین ہیں، اس لیے وہ وی سی آر خریدنا چاہتی ہیں تاکہ گھر بیٹھے آرام سے فلمیں دیکھ سکیں۔

یہ بات اس کی اماں نے بھی سن لی اور وہ میرے پاس آکر پوچھنے لگیں کہ یہاں ایک رات کے لیے وی سی آر کا کرایہ کتنا تھا؟ مَیں نے بتایا کہ اسی یا سو روپے، چار فلموں کے کیسٹ کے ساتھ۔

اماں باورچی خانے میں ان کے لیے چائے بنانے لگی تھیں اور میں ماں بیٹی کے ساتھ باتیں کرتے ہوئے خود کو اپنے بابا سے زیادہ خوش نصیب محسوس کر رہا تھا۔ سیمی مجھے کرید کرید کر شہر کے بازار اور اشیائے صرف کی دکانوں کے بارے میں پوچھنے لگی۔ وہ اور سُومل ایک دو مرتبہ بازار جا چکی تھیں لیکن انہیں پتا نہیں چل سکا کہ عورتوں کے استعمال کی اشیا بازار کے کن حصوں میں ملتی ہیں۔ مَیں نے ریشم گلی کے ساتھ سونارا بازار کا نام لیا مگر ان دو بازاروں کے علاوہ اور بھی کچھ دکانیں تھیں جو شاہی بازار کے مختلف گوشوں میں پھیلی ہوئی تھیں، جہاں دن بھر عورتوں کا جمگھٹا لگا رہتا تھا۔ سیمی اس خواہش کا اظہار کرنے لگی کہ کسی دن میں اسے اور سُومل کو بازار لے جا کر وہ سب دکانیں دکھا دوں تاکہ آئندہ انہیں دشواری نہ ہو۔ اب انہوں نے اس شہر میں ہی رہنے کا فیصلہ کر لیا تھا۔ مَیں نے مسکراتے ہوئے فوراً ان کے ساتھ جانے کی حامی بھر لی اور ان کے فیصلے کو بھی سراہا۔

اماں ٹرے میں ان کے لیے چائے لے کر آئیں تو مجھ سے نچلی منزل پر چائے اور پانی پہنچانے کے لیے کہنے لگیں۔ مَیں فوراً اٹھ کر باورچی خانے چلا گیا اور وہاں ٹرے میں رکھی ہوئی چائے اور پانی کے گلاس اٹھائے سیڑھیاں اترتا نچلی منزل پر چلا گیا۔

نور محمد جھنگی بابا کی کسی بات پر ہنسی میں لوٹ رہا تھا۔ اس کے کھلے ہوئے منہ سے عجیب آوازیں نکل رہی تھیں اور اس کا بھاری پیٹ ہل رہا تھا۔ بابا کسی مشاق قصہ گو کی طرح سنجیدگی سے اپنی مونچھوں کو تاؤ دیتے ہوئے اس کی جانب دیکھ رہے تھے۔ ٹرے میز پر رکھتے ہوئے مجھے اندازہ ہو گیا تھا کہ بابا کی اس کے ساتھ دوستی ہو گئی تھی اور وہ اسے متاثر کرنے میں کامیاب ہو چکے تھے۔ جھنگی نے اپنی ہنسی پر قابو پاتے ہوئے بابا سے کہا کہ یہ اس کی خوش نصیبی تھی کہ اسے ہم جیسے پڑوسی

ملے۔ میری طرف دیکھتے ہوئے وہ اچانک بابا کے آگے میری تعریفیں کرتے ان سے کہنے لگا کہ وہ مجھے پہلے سے جانتا تھا۔ وہ اپنی رو میں انہیں مشورہ دینے لگا کہ اسے یہیں پر مکینک کی دکان کھول کر دے دیں، اچھا شریف چھوکرا ہے، محنت کر کے دھندا آگے بڑھائے گا۔ یہ کہہ کر وہ میری طرف دیکھتے مجھ سے پوچھنے لگا۔ ''ہاں چھوکرا، محنت کرے گا کہ نہیں؟'' مَیں نے جلدی سے تائید میں سر ہلاتے دھیرے سے ہاں کر دی۔ اس کی یہ باتیں سنتے ہوئے بابا نے کسی ردِّعمل کا اظہار نہیں کیا اور اپنی سفاک سنجیدگی سے اس کی طرف دیکھتے اسے سمجھانے لگے کہ ابھی یہ پورا مکینک کہاں بنا ہے؟ بہت کچھ سیکھنا ہے اسے۔ اس کے استاد سے بات ہوئی تھی۔ وہ اسے واپس بلا رہا ہے۔

یہ سن کر جھنگی بابا سے اختلاف کرتے ہوئے انہیں مت دینے لگا کہ جوان بیٹے کو اکیلے بڑے شہر میں چھوڑنا اسے اپنے ہاتھوں خراب کرنے کے برابر تھا۔ بابا اس کی باتوں سے متاثر نہیں ہوئے اور اس سے اس کی دکان کے بارے میں گفتگو کرنے لگے۔ اس دوران مَیں نے وہاں سے سٹکنے میں عافیت جانی اور جلدی سے سیڑھیاں چڑھنے لگا۔

اوپر پہنچ کر اماں اور سیمی کو باتوں میں مصروف پا کر میں زلفی سے باتیں اور چھیڑ چھاڑ کرتی سُومل کے قریب جا کھڑا ہوا تو اس نے میری طرف دیکھتے ہوئے اچانک اپنے بھائی کے دائیں گال پر ایک بوسہ دیا اور اس سے الگ ہو کر بیٹھ گئی۔ میرے پاس شاعری جیسے ڈھلے ڈھلائے، خوب صورت اور دل موہ لینے جملے نہیں تھے کہ مَیں اسے سنا کر اس کے حسن کی داد دے پاتا۔ مَیں تو اس سے اپنے دل کی سادہ سی بات کہتے ہوئے کانپ رہا تھا، ڈر رہا تھا۔ باتوں کے لیے ملنے والی یہ تھوڑی سی مہلت ہم نے بے کار موضوعات پر گفتگو کرتے گزاری۔ وہ سارا وقت میری طرف دیکھتی رہی۔ اس دوران اس کی روشن آنکھوں میں اپنائیت اور شناسائی کے چراغ جل رہے تھے۔ جب وہ نگاہیں جھکاتی یا پلکیں بند کرتی تو مجھ بد بخت کو اپنی دنیا اندھیر محسوس ہوتی۔

کچھ دیر بعد اماں اٹھیں اور انہوں نے مجھے اپنے ساتھ باورچی خانے چلنے کے لیے کہا تو میں سُومل کو چھوڑ کر فوراً ان کے ساتھ چلا گیا۔ وہاں ہم دونوں مہمانوں کے لیے برتنوں میں کھانا نکالنے لگ گئے اور ابھی ہم نے یہ کام شروع ہی کیا تھا کہ سُومل اور سیمی بھی وہاں آ گئیں۔ سُومل نے مجھے طعنہ دیا کہ مردوں کا یہاں کیا کام۔ سیمی نے مجھے زبردستی باورچی خانے سے نکال دیا۔ اماں نے انہیں اس زحمت سے روکنے کی بہت کوشش کی مگر انہوں نے ایک نہ سنی۔

اماں نے یہ سوچ کر روٹی نہیں بنائی تھی کہ کھانے سے پہلے گرم روٹیاں بنائیں گی لیکن اب ان کے بجائے یہ کام سُومل نے اپنی ماں کے ساتھ سنبھال لیا۔ انہوں نے یہ کام نمٹانے میں زیادہ دیر نہیں لگائی۔ ان کی بنائی روٹیاں گول اور نرم سی تھیں۔

بابا اور جھنگی کو کھانا دینے کے بعد مَیں نے اپنے خاص مہمانوں کے ساتھ کھانا کھایا۔ سُومل چھوٹے نوالے توڑ کر انہیں مرغی کے شوربے میں ڈبو کر کسی گلوری کی طرح نوالے اپنے گول سے منہ میں رکھتی جا رہی تھی۔ کھاتے ہوئے اس کی نگاہیں نیچے جھکی ہوئی اور اپنے آپ تک محدود تھیں۔ مَیں اس دوران سوچ رہا تھا کہ اگر یہ لوگ عصر کے بعد آتے تو ہم دونوں کو چھت پر جا کر ایک دوسرے سے اپنے دلوں کا حال کہنے کا کچھ موقع مل جاتا لیکن سردیوں کی رات میں سب کے سامنے

چھت پر جانا مناسب نہ لگتا تھا۔

کھانے کے بعد اماں برتن سمیٹنے لگیں تو اس بار بھی ماں بیٹی نے سارے برتن خود ہی اٹھاکر باورچی خانے تک پہنچائے بلکہ سیمی تو اپنی آستینیں چڑھا کر انہیں اسی وقت دھونا چاہتی تھی لیکن اماں نے مشکل سے اسے ایسا کرنے سے روکا۔ مَیں نچلی منزل سے برتن اٹھانے گیا تو بابا نے دودھ پتی چائے بنانے کی فرمائش کر دی۔

اس مرتبہ سُومل نے اصرار کر کے اماں کو سیمی کے ساتھ تخت پر بٹھادیا اور خود چائے بنانے لگ گئی۔ مجھے بھی اس کے نزدیک بیٹھنے کا موقع مل گیا۔ چولہے پر پانی چڑھانے کے بعد مَیں نے نعمت خانے میں سے چائے کی پتی اور چینی نکال کر اسے دی اور ایک چوکی پر اس کے نزدیک بیٹھ گیا۔ چولہے کے شعلے کا عکس اس کے رخساروں پر رقص کر رہا تھا اور اس کی آنکھوں میں شمعیں سی جلتی نظر آ رہی تھیں۔ وہ اپنا چہرہ گھٹنوں پر رکھے کبھی چولہے میں جلتی آگ کی لو اور کبھی میری طرف دیکھ رہی تھی۔ مَیں اگر چاہتا تو اپنا ہاتھ بڑھا کر اس کے بدن کا لمس حاصل کر سکتا تھا۔ اپنی ترسی ہوئی انگلیوں اور ان کی پوروں کو سیراب کر سکتا تھا لیکن میں بس اسے دیکھتا ہی رہا۔ سُومل ابھی کم سن تھی اسی لیے اس کا بدن بھی کلی کی طرح بند تھا۔ اسی لیے اس کے رویئے سے، بات کرنے کے انداز سے، اس کے چہرے کے تاثرات سے ایک جھجک اور بے اعتمادی جھلکتی تھی۔ وہ ٹھہر ٹھہر کر ذرا سا اٹک کر بات کرتی۔ عمر کی اسی ناپختگی کی وجہ سے وہ بعض اوقات بلا وجہ مسکرانے لگ جاتی۔ جب وہ لمبی اور گہری سانسیں لیتی تو اس کا پورا وجود کسی کشتی کی طرح ڈول کر رہ جاتا اور اس کا سینہ ابھر کر ڈوب ڈوب جاتا۔

اس کے قریب بیٹھ کر مجھے محسوس ہوا کہ اس سے عشق کے اظہار کی خواہش نے گھٹتے گھٹتے دم توڑ دیا اور ہمارے بیچ بالکل اچانک ایک خاموشی نے اپنا پڑاؤ ڈال دیا لیکن یہ خاموشی ہمارے دل اور روح کے صد ہزار نغمے اپنے اندر چھپائے ہوئے تھی۔ میرے نزدیک اسے چپ چاپ دیکھنا شعر پڑھنے اور گیت گنگنانے جیسا تھا۔

چائے بننے سے پہلے مَیں نے پیالیاں اور ٹرے نکال کر رکھ لیں۔ اس نے پوری احتیاط سے پیالیوں میں چائے انڈیلی اور مَیں نے جاکر انہیں سب میں تقسیم کیا۔ جب میں سیڑھیاں چڑھ کر اوپر آیا تو سُومل نے میری پیالی میری جانب بڑھائی تو میں اس کے ہاتھ سے چائے لیتا اس کے قریب ہی بیٹھ گیا۔

رات کافی ڈھل چکی تھی، جس کی وجہ سے نور محمد جھنگی نے چائے ختم کرتے ہی اپنے گھر والوں سے چلنے کے لیے کہا۔ اس کا بلاوا سنتے ہی سیمی اور سُومل جانے کی تیاری کرنے لگیں۔ زلفی چارپائی سے اتر کر فوراً کھڑا ہو گیا تو میں اس کی انگلی تھام کر سیڑھیوں کی طرف چل دیا۔ کچھ دیر بعد خواتین بھی ہماری پیروی کرتی نیچے پہنچ گئیں۔ بابا نے مسکرا کر اپنی مونچھوں پر تاؤ دیتے ہوئے سیمی کی جانب دیکھا تو وہ گھاگ عورت بھی شرما کے رہ گئی۔ وہ انہیں ادا کہہ کر مخاطب کر رہی تھی اور آج کی دعوت کی بہت تعریف کر رہی تھی۔ نور محمد جھنگی نے بھی کھانے اور انتظام کی تعریف کی۔ مختصر سی باتوں کے بعد مہمان گھر سے چلے گئے تو بابا انہیں آگے تک چھوڑنے چلے گئے۔ اماں اور میں دروازے کے پاس کھڑے رہ گئے۔ اماں نے مجھے اوپر چلنے کے لیے کہا۔ زینے پر وہ سُومل کے حوالے سے مجھ پر فقرے کسنے لگیں کہ مَیں نے اس سے دوستی کر لی تھی۔ انہیں

جواب دینے کے بجائے میں بس مسکرا کر رہ گیا۔

اماں دن بھر کی محنتِ شاقہ سے تھک کر چور ہو چکی تھیں، اس لیے وہ فوراً اپنی چارپائی پر گر گئیں اور مَیں نے ان کی رضائی اٹھا کر ان پر پھیلا دی۔ کچھ دیر بعد بابا بھی دروازے کی کنڈی لگا کر اوپر چلے آئے۔ اماں کو لیٹا ہوا دیکھ کر ان میں باتیں کرنے کی ہمت نہیں ہوئی۔

اس ضیافت کے دوران سُومل کو بارہا اپنے نزدیک دیکھنے کی وجہ سے اس کے چہرے کے نقوش میرے ذہن پر ثبت ہو گئے تھے اور بار بار ان کی جزئیات مجھے یاد آ رہی تھیں۔ مَیں ان کے بارے میں سوچتا ہوا نیند کی وادی میں اترتا چلا گیا۔

36

سُومل کا گول چہرہ اور اس کا سراپا میرے حواس پر چھایا ہوا تھا۔ اس کی پیشانی، اس کی باریک سی بھنویں، گھنی پلکیں اور ان میں سے جھانکتی باداموں جتنی گہری آنکھیں، اس کی ستواں ناک، اس کے لب، اس کے گال، اس کے کان اور ان کی لویں، اس کی ننھی سی ٹھوڑی اور اس کے نیچے چھوٹی سی سفید گردن اور اس پر پھیلا ہوا گہرے رنگ کی وریدوں کا جال۔ اس کے گھنے بال اس کی کمر تک پھیلے ہوئے تھے۔ اس کے کندھے کچھ سکڑے ہوئے اور تنگ تھے جو اس کے کشادہ سینے کے بوجھ سے کچھ جھکے ہوئے سے لگتے تھے۔ اس کے بازو زیادہ لمبے تو نہیں تھے لیکن وقت بے وقت اس کی ابھرتی اور نمایاں ہوتی چھاتیاں چھپانے کا کام بخوبی انجام دیتے تھے۔

مجھے شدت کے ساتھ یہ محسوس ہونے لگا تھا کہ سُومل کو پانا اور اس کے ساتھ زندگی گزارنا اب میرے وجود کا بنیادی مقصد بنتا جا رہا تھا۔ اب صرف اس کے وصل کے ذریعے ہی میری عمر بھر کی محرومیوں اور حسرتوں کی تکمیل ممکن تھی۔ اس کے بارے میں سوچتے ہوئے میری نسوں میں لہو کی گردش تیز تر ہونے لگتی تھی۔ اس کے دل کش اور حسین بدن نے میرے دل میں خواہشوں کی ایک نئی قوسِ قزح کو جنم دیا تھا جس کا ہر رنگ پُرکشش اور دل نشین تھا۔

سُومل کے بارے میں سوچتے ہوئے مجھے خیال آیا کہ اگر بابا بلاوجہ مجھے واپس بھیجنے کی کھنڈت نہ ڈالیں اور ایک جوان بیٹے کا باپ بن کر میرے بارے میں سوچیں اور ایک مثبت فیصلہ کریں تو میں وہ ساری تلخیاں، تکلیفیں اور اذیتیں بھلانے کے لیے بالکل تیار تھا جو مجھے زندگی بھر ان سے ملتی رہی تھیں۔ اگر وہ مجھ سے اپنا رویہ بدل کر اسے کسی حد تک دوستانہ بنا لیتے تو ہم دونوں مل کر ایک شاداں زندگی گزار سکتے تھے۔

صبح نیند سے جاگنے کے بعد میں باورچی خانے میں اماں کے پاس آ بیٹھا تو وہ میری گہری نیند پر طنز کرتیں مجھ سے میرے خوابوں کے متعلق پوچھنے لگیں۔ مَیں نے مسکراتے ہوئے انہیں بتایا کہ ان دنوں مجھے کچھ رنگین قسم کے خواب دکھائی دے رہے تھے جس پر انہوں نے ایک قہقہہ لگایا۔ اماں کے اس طرزِ عمل کی وجہ سے مَیں ایک خوش فہمی میں مبتلا ہوتا چلا گیا کہ انہوں نے میرے لیے سُومل کو پسند کر لیا تھا۔ اسی لیے وہ اس کا نام لے کر مجھے چھیڑنے لگی تھیں۔ وہ میری اس میں دلچسپی کی نہ صرف شاہد تھیں بلکہ اس کے ساتھ میری شوخیِ گفتار بھی دیکھ چکی تھیں۔ انہوں نے کبھی کھل کر میری شادی کے بارے

میں مجھ سے کوئی بات تو نہ کی تھی لیکن میں سمجھنے لگا تھا کہ وہ اس نہج پر سوچ رہی تھیں۔ وہ ایک جوان بیٹے اور اپنے شوہر کے ساتھ رہنے کے باوجود پچھلے بیس بائیس برسوں سے نسائی تنہائی کی زندگی بسر کر رہی تھیں اور گزشتہ ساڑھے تین سال کا عرصہ تو انھوں نے پورا تنہا رہ کر گزارا تھا۔ یہاں مجھے ایک اعتراف کرنا تھا کہ مَیں نے بھی اپنے بابا کی طرح کبھی اماں کی خواہشوں اور امنگوں، ان کی ناامیدیوں، محرومیوں اور حسرتوں کو سمجھنے کی کوئی کوشش نہیں کی۔ ہم دونوں ہی انہیں اپنی ضرورتوں کے لیے استعمال کرتے رہے تھے۔ ہم دونوں اپنے خول میں سمٹے ہوئے ان سے یکسر غافل رہے تھے۔

یہ تمام باتیں ذہن میں لاتے ہوئے اس وقت کی اپنی خوش فہمی مجھے اب خود غرضی دکھائی دیتی ہے لیکن تب میں ان کا بیٹا ہونے کی وجہ سے اسے اپنا حق سمجھتا تھا۔ تب میں یہ سوچنے لگا تھا کہ شاید سُومل کو اپنی بہو بنانے کے خیال سے ان کے دل میں ان کی تنہا زندگی کے خاتمے کی امید کی کرن جھلملائی تھی۔ اماں کی حد تک یہ بات درست ہو سکتی تھی لیکن میرے بابا کے دل میں ایک نئی مہم سر کرنے کا ولولہ اور جوش کروٹیں لے رہا تھا۔ انھوں نے نور محمد جھنگی کو صرف اس لیے مدعو کیا تھا تاکہ وہ اپنے حریف کی طاقت کا پوری طرح اندازہ لگا سکیں۔ اس کی بیوی سیمی انہیں بھا چکی تھی اور وہ بہ شدت اس کی جانب مائل تھے۔ سیمی نہ صرف شادی شدہ تھی بلکہ دو بچوں کی ماں بھی تھی، اس لیے اس کے ساتھ تعلق قائم کرنے کے لیے ابتدا میں انہیں پھونک پھونک کر قدم اٹھانے کی ضرورت تھی۔

کنواروں کے عشق و محبت میں جو کھلنڈرا پن اور ولولہ انگیزی پائی جاتی ہے وہ شادی شدہ لوگوں کے باہمی تعلق میں یکسر مفقود ہوتی ہے۔ یہاں ملاپ کے لیے حکمت اور تدبیر کام آتی ہے۔ کئی طرح کی رازداری برتی جاتی ہے۔ ملاقات کی منصوبہ بندی کی جاتی ہے۔ ایسا تعلق اکثر و بیشتر جسموں کی تشنگی مٹانے تک محدود ہوتا ہے۔ اس میں ایک دوسرے کے ساتھ زندگی گزارنے کی خواہش کم ہی ہوتی ہے۔ انہیں چھپ کر ملنا اچھا لگتا ہے۔ وہ کسی کو بھی اپنے دلوں میں چلنے والی جنسی آندھیوں کی ہوا تک نہیں لگنے دیتے۔ میرا خیال تھا کہ اس ضیافت کے نتیجے میں وہ سیمی اور اس کے سبھی گھر والوں کو متاثر کر چکے تھے۔ اس شب رخصت ہوتے وقت سیمی بابا کی جانب مسکرا کر دیکھ رہی تھی اور اپنی کنچے سی ننھی آنکھیں مچکا کر کچھ موہوم سے اشارے بھی کر رہی تھی۔ بابا کچھ دیر تک گلی کی نکڑ پر کھڑے انہیں جاتے ہوئے دیکھتے رہے تھے۔

اگلے چند دنوں میں بابا کی رنگین مزاجی عود کر آئی اور اب وہ سنگھار میز کے آئینے کے سامنے باقاعدگی سے دیر تک اپنی مونچھیں تراشنے لگے تھے۔ پہلے وہ خضاب لگانے میں کچھ بے قاعدگی برتنے لگے تھے، اب وہ بھی ختم ہوتی چلی گئی۔ ایک شام وہ گھر واپس آئے تو ان کے ہاتھوں میں اپنے لیے خریدے ہوئے نئے کپڑے اور جوتے تھے۔ جب وہ یہ چیزیں اماں کو دکھانے لگے تو انھوں نے ان کی توجہ میری جانب دلائی کہ بیٹا شہر بدری کاٹ کر آیا تھا اور تمہیں صرف اپنی پڑی ہوئی تھی۔ اس طعنے پر بابا جوش میں آ گئے اور انھوں نے فوراً اپنی جیب سے چار سو روپے نکال کر میری طرف بڑھا دیئے، مَیں جنہیں لیتے ہوئے کچھ ہچکچایا تو اماں نے وہ نوٹ ان سے لے کر زبردستی میرے ہاتھ میں تھما دیے۔ اس شام بابا نے مجھ سے ہلکے پھلکے لہجے میں کچھ باتیں بھی کیں۔ ان کے رویئے کی یہ غیر متوقع نرمی میرے حیران کن تھی۔ مَیں اس کے اسباب کو

کسی حد تک سمجھتا تھا لیکن یہ بھی حقیقت تھی کہ مَیں ان کی جانب سے اکثر و بیشتر اپنے لیے برے رویئے، غصے، بدتمیزی اور گالم گلوچ کی توقع زیادہ رکھتا تھا۔ مَیں کیا کرتا، زندگی بھر ان کا مجھ سے ایسا ہی برتاؤ رہا تھا۔

اگلے دن مَیں نے بازار سے اپنے لیے کپڑا خریدا اور اسے سلائی کے لیے درزی کے حوالے کرنے کے بعد میں یوں ہی گھومتا ہوا شاہی بازار کے اس حصے کی طرف نکل گیا جہاں نور محمد جھنگی کی دکان واقع تھی۔ سہ پہر ہونے کی وجہ سے وہ اپنی دکان میں ایک بینچ پر فارغ بیٹھا بیڑی پیتا ہوا دکھائی دیا تو میں خود کو اس سے ملنے سے نہ روک سکا۔ وہ مجھے دیکھ کر خوش ہوا اور مجھ سے تپاک سے گلے ملا۔ اس نے فوراً چائے کا آرڈر دے دیا اور مجھے ایک اسٹول پیش کرتے ہوئے بیٹھنے کے لیے کہا۔ باتوں میں کچھ روز کے بعد مکلی پر ہونے والے عرس کے ساتھ لگنے والے بڑے میلے کا ذکر بھی ہوا وہ جس کا شدت سے انتظار کر رہا تھا۔

باہر والا چائے کی ایک چینک کے ساتھ دو چھوٹی سی پیالیاں دے کر چلا گیا۔ اس نے فوراً چینک اٹھا کر دونوں پیالیوں میں چائے انڈیلی اور زیادہ بھری ہوئی پیالی میری جانب بڑھائی۔ چائے پینے کے دوران وہ مجھے اپنا وقت ضائع کیے بغیر دکان کھولنے کا مشورہ دینے لگا۔ اس روز گھر میں دعوت والے دن بھی وہ بابا کے سامنے یہی بات کر رہا تھا اور اس کی یہ بات میرے دل کو لگ رہی تھی۔ مَیں کچھ دیر بعد جب اس سے مصافحہ کرتے ہوئے اٹھا تو مَیں نے اسے یقین دلایا کہ اس کی اس بات پر ضرور عمل کروں گا۔

گھر کی طرف جاتے ہوئے میں بار بار یہی سوچ رہا تھا کہ وہ مکینک کی دکان کھولنے پر آخر مجھ سے اتنا اصرار کیوں کر رہا تھا۔ اس کی بات کے پیچھے کون سی مصلحت یا خواہش کارفرما تھی۔ وہ سُومل کا باپ تھا اور میں بزعم خود اس سے شادی کا امیدوار تھا۔ کیا وہ اس کا ہاتھ ہمیشہ کے لیے مجھے تھمانے کا ارادہ کر چکا تھا؟ اسی لیے چاہتا تھا کہ مَیں معاشی طور پر آزاد اور خود مختار بن جاؤں۔ سُومل کے بابا کی اس بات نے میرے دل میں گھر کر لیا اور مَیں نے اس پر پورا عمل کرنے کی ٹھان لی۔ مَیں نے طے کر لیا کہ کل شہر کی ان جگہوں کا چکر لگاؤں گا جو میرے کام کے لیے موزوں ترین ہو سکتی تھیں۔

اگلی صبح جب میں اٹھا تو بابا گھر پر ہی موجود تھے اور غسل کے بعد سنگھار میز کے سامنے اپنی مونچھیں ٹھیک کرنے میں مصروف تھے۔ مجھے اٹھتے دیکھ کر انہوں نے فقرہ چست کیا کہ آج کیسے جلدی جاگ گئے؟ مَیں نے جواب دیا کہ کوئی خاص وجہ نہیں تھی۔ مَیں نے اچھی طرح سوچ لیا تھا کہ جب مجھے اپنی دکان کے لیے مناسب جگہ نظر آ جائے گی تو پھر میں بابا سے اس بارے میں گفتگو کروں گا اور ان سے اس سلسلے میں مدد بھی مانگوں گا۔ ان کے گھر سے نکلنے کے کچھ دیر بعد میں بھی زینے سے نیچے اتر کر گلی میں پہنچ گیا۔ مَیں نے شہر کی تین جگہیں دیکھنے کا منصوبہ بنایا تھا اور پہلی جگہ جو نزدیک ہی واقع تھی اس کے لیے راستہ سُومل کے مکان کے سامنے سے ہو کر گزرتا تھا۔ مَیں اس جانب بڑھا تو بابا کو وہاں پہلے سے موجود پا کر میں حیران رہ گیا۔

وہ میری آمد سے بے خبر گلی کی طرف کھلنے والی سُومل کے گھر کے باورچی خانے کی کھڑکی کے سامنے کھڑے اپنے بالوں

پر ہاتھ پھیر رہے تھے۔ میرے خیال میں اس کھڑکی میں کوئی تھا۔ مجھے دیکھتے ہی بابا کے چہرے پر طاری خوش گوار تاثر ختم ہو گیا اور وہ خفگی سے میری جانب دیکھنے لگے۔ مجھ سے کوئی بھی بات کیے بغیر وہ غصے میں چلتے ہوئے میرے نزدیک سے گزر گئے۔ اس اثنا میں باورچی خانے والی کھڑکی بھی خالی ہو چکی تھی اور میرے دیکھنے پر وہاں کوئی دکھائی نہ دیا۔

مَیں نے سب سے پہلے بدین روڈ پر واقع شاہ جہانی مسجد کے آس پاس دیکھا تو وہاں پر کوئی پٹرول پمپ نہ ہونے کی وجہ سے مکینک کی ایک آدھ دکان دکھائی دی، جس کی حالت بہت پتلی تھی۔ وہاں سے مَیں نے قومی شاہراہ پر واقع شہر کے تھانے کے پاس واقع ایک پٹرول پمپ کا رخ کیا، جس کے آس پاس قطار وار دکانیں بنی ہوئی تھیں اور زیادہ تر مکینکوں کی تھیں۔ وہاں پر مجھے ایک نئی دکان کی گنجائش نظر نہ آئی تو مَیں نے بس اسٹینڈ کا رخ کیا۔ وہاں پر بھی خاصی دیر تک پھرنے کے باوجود مجھے اپنی دکان کا امکان دکھائی نہ دے سکا۔ مَیں نے مکلی جا کر جگہ ڈھونڈنے کا کام اگلے دن تک کے لیے موخر کر دیا اور ایک چائے خانے میں جا کر بیٹھ گیا۔ چائے کے گھونٹ کے ساتھ سگریٹ کے کش لیتے ہوئے میں سوچتا رہا کہ بابا وقت ضائع کیے بغیر اپنے ہدف کی جانب بڑھ رہے تھے۔ وہ سیمی کے حواس پر چھا کر اسے بدحواس کرنا چاہتے تھے۔ اسی لیے انہوں نے بازار جانے کے لیے اپنا پرانا راستہ تبدیل کر لیا تھا، اپنا ہوش سنبھالنے کے بعد ہمیشہ جس پر مَیں نے انہیں دکان جاتے دیکھا تھا۔ آج ان سے ہو چکا غیر متوقع سامنا مرے لیے سراسر نقصان دہ تھا لیکن اس میں میرا کوئی دخل نہ تھا اور یہ محض اتفاق تھا۔

اس روز میں ظہر کی اذان سے پہلے ہی گھر لوٹ آیا اور شام سے پہلے میں اپنی چھت پر گیا تو سُومل مجھے دکھائی دے گئی۔ وہ اپنی چھت پر میری ہی منتظر تھی۔ پچھلی ملاقات کا نشہ اتنا زیادہ تھا کہ مَیں اس کے بعد چھت پر آ ہی نہ سکا تھا۔ اسی لیے سُومل اشارے کر کے مجھ سے خفگی کا ظہار کرنے لگی۔ مَیں نے ہاتھ جوڑ کر اور اپنے کان پکڑ کر اس سے معافی طلب کی تو اس نے کسی بھوتار کی طرح اپنا ہاتھ ہلا کر مجھے معاف کر دیا۔

وہ فیروزی رنگ لباس میں آسمان سے اتری کوئی اپسرا لگ رہی تھی۔ اس کے چلنے کے انداز سے ایک وقار جھلک رہا تھا۔ سرد اور خنک ہوا اس کے ریشمی بالوں کو چھیڑتی گزر رہی تھی۔ وہ اپنی چھت کی مضبوط منڈیر سے کہنی ٹکا کر پوری توجہ میری جانب مرکوز کیے ہوئے تھی۔ کچھ بعد اس کا چھوٹا بھائی زلفی بھی وہاں آ گیا اور سُومل نے اسے فوراً اپنے بازوؤں میں بھینچ لیا اور زبردستی اس کے بائیں گال پر ایک بوسہ لینے لگی جب کہ وہ اس کے بازوؤں میں تلملاتا، آزاد ہونے کی کوشش کرتا رہا لیکن وہ اس کا بوسہ لے کر رہی۔

شام ڈھلنے کے ساتھ خنکی میں اضافہ ہونے لگا تو ہم دونوں نے ہاتھ ہلا کر ایک دوسرے سے رخصت چاہی، جس کے بعد میں نیچے آ گیا اور باورچی خانے میں اماں کے پاس جا بیٹھا اور انہیں بتانے لگا کہ مَیں نے اپنی دکان کے لیے جگہ تلاش کرنے کا کام شروع کر دیا تھا۔ یہ سن کر انہیں خوشی ہوئی لیکن مَیں نے ان سے درخواست بھی کی کہ وہ فی الحال اس کا ذکر بابا سے نہ کریں۔ انہوں نے سر ہلا کر مجھ سے وعدہ کر لیا۔ مَیں نے انہیں بابا سے سیمی کی گلی میں ہونے والی مڈبھیڑ کے متعلق

کچھ نہیں بتایا۔

رات کے کھانے کے بعد اماں اور میں آنے والے سہانے دنوں کی باتیں کرنے لگے، جب میری دکان چل نکلے گی اور وہ سُومل کو بیاہ کر لے آئیں گی۔ وہ خود ہی میری شادی کی باتیں کرنے لگی تھیں کہ اس کے بعد انہیں اپنا دکھ سکھ کرنے والی ایک بہو مل جائے گی۔ انہوں نے سُومل کے حوالے سے میری پسندیدگی پوچھی جو کہ انہیں پہلے سے معلوم تھی۔ مَیں نے شادی کے بعد اپنا الگ گھر بنانے اور اس میں انہیں اپنے ساتھ رکھنے کی خواہش کا اظہار کیا تو وہ خلاف توقع اسے سراہنے لگیں۔ مَیں نے سنجیدگی سے انہیں سمجھایا کہ وہ فی الحال ان چیزوں کے بارے میں چپ سادھے رہیں اور کسی کو اس کی بھنک نہ پڑنے دیں۔ انہوں نے مجھے یقین دلایا کہ ایسا ہی ہوگا۔ سُومل کے حصول کے حوالے سے اپنی پیش رفت سے مَیں کافی حد تک مطمئن تھا لیکن اس کے ساتھ ہی مجھے اس کے چھن جانے کا دھڑکا بھی لگا ہوا تھا۔ اس شب بابا بہت دیر سے گھر لوٹے اور میں ان سے پہلے ہی اپنے بستر پر سُومل کے خیالوں میں کھویا گہری نیند سو چکا تھا۔

اگلے روز میں جان بوجھ کر بابا کے رخصت ہو جانے کے بعد اپنے بستر سے نکلا اور مکلی جانے کی تیاری کرنے لگا۔ نکلتے ہوئے مَیں نے اماں سے اپنے لیے دعا مانگنے کے لیے کہا تو انہوں نے میری پیشانی پر ایک گیلا سا بوسہ دے کر مجھے اپنی پُرخلوص دعا کے ساتھ رخصت کیا۔

میں بغلی گلی سے ہوتا سُومل کے مکان کے پاس سے گزرا تو مجھے اندر سے اس کی ماں کی چیختی ہوئی آواز سنائی دی۔ وہ زلفی کو ڈانٹ رہی تھی۔ سُومل پتا نہیں اس وقت کیا کر رہی ہو گی۔ مَیں سوچنے لگا کہ نور محمد جھنگی اپنے بچوں کے اسکول داخلے کے حوالے سے تساہل سے کام لے رہا تھا۔ اسے یہ کام جلد کرنا چاہیے تھا تاکہ دونوں کچھ مصروف ہو سکیں۔

بس اسٹینڈ کے پاس پہنچ کر مجھے احساس ہوا کہ مَیں سُومل کے بارے میں بہت زیادہ سوچنے لگا تھا۔ ابھی اس سے حالِ دل بھی نہیں کہا تھا اور نہ ہی اس نے اب تک کوئی اظہار کیا تھا۔ ہو سکتا تھا کہ وہ مجھے پسند کرتی ہو لیکن اس کا یہ مطلب تو نہیں تھا کہ میری شریکِ زندگی بھی بن جائے گی۔ ہو سکتا تھا کہ کچھ عرصے بعد وہ مجھے رد کر کے کسی اور کو اپنا لے۔ مَیں اس بارے میں سوچتا بھی نہیں تھا لیکن وہ اپنے انتخاب میں پوری طرح آزاد تھی اور اس پر کوئی قدغن لگانے والا میں کون؟

میں ضلع کی دور دراز تحصیلوں میں جانے والی اشٹان سے نکلتی ایک گول باڈی بس پر سوار ہو گیا جو مکلی سے کلاکوٹ اور سیمنٹ فیکٹری روڈ کی جانب مڑ جاتی تھی۔ بس کی سیٹیں بھری ہوئی تھیں اس لیے مجھے کھڑا ہونا پڑا۔ مَیں نے سردی سے بچنے کے لیے سویٹر پہننے کے ساتھ ایک اجرک بھی گلے میں ڈال لی تھی۔

بس دھیرے دھیرے رینگتی آگے بڑھی اور واٹر سپلائی کی ٹینکی کے سامنے سے گزرتے ہی، جہاں شہر کی حد تقریباً ختم ہو جاتی تھی، اس کی رفتار تیز ہونے کی وجہ سے یخ ہوا کے جھونکے اندر داخل ہونے لگے۔ مَیں دروازے کے پاس کھڑا تھا۔ جب پہاڑی کے بیچ سے گزر کر بس اس کی چوٹی پر قبرستان کے عین سامنے واقع ایک قدیم مندر کے سامنے رکی تو میں فوراً نیچے اتر گیا کیوں کہ مَیں قومی شاہراہ کے دونوں طرف کا پورا علاقہ دیکھنا چاہتا تھا۔ مکلی ضلعی ہیڈ کوارٹر تھا کیوں کہ تمام

سول اور دیگر افسران یہیں رہتے تھے اور یہاں اسکول، کالج، ہاسپٹل، اور دیگر کچھ اداروں کی ایک یا دو منزلہ عمارتیں واقع تھیں۔ یہاں کی اکثر آبادی ملازمت پیشہ تھی اور افسران کی خاصی تعداد رہتی تھی، اس لیے یہاں شہر کی نسبت سرکاری اور پرائیویٹ گاڑیوں کا استعمال کچھ زیادہ تھا۔ یہاں کوئی بڑا بازار نہ تھا بلکہ صرف ایک چھوٹی سی مارکیٹ تھی، جہاں بنیادی ضروریات کا کچھ سامان موجود تھا، اس لیے یہاں کے لوگ ہر دوسرے دن شہر کا چکر لگایا کرتے تھے۔

مَیں نے مشاہدہ کیا کہ یہاں صرف دو گیراجیں تھیں جہاں چھوٹی گاڑیوں کی مرمت کا کام ہوتا تھا اور وہ دونوں قومی شاہراہ پر واقع تھیں۔ مارکیٹ میں کوئی گیراج نہیں تھی اور وہاں کونے پر دکانیں خالی بھی پڑی تھیں جن کا کرایہ کچھ زیادہ نہیں تھا۔ ایسی اچھی جگہ دیکھ کر میری محنت آخر رنگ لے آئی۔

میں صرف پانچ یا چھ ہزار روپے کی مدد سے اپنا کام شروع کرسکتا تھا۔ مجھے پہلی بار خیال آیا کہ مجھے ابھی اور اسی وقت بابا کے پاس جاکر ان سے بات کرنی چاہیے۔ انہیں احساس دلانا چاہیے کہ ایک باپ ہونے کے ناطے انہیں اپنے ناہنجار بیٹے کی زندگی کے اس اہم ترین مرحلے پر اس سے کچھ تعاون کرنا چاہیے تھا۔

گھومتے گھومتے دوپہر ہوگئی لیکن فضا میں حدت بالکل نہ تھی۔ اس لیے مجھے پیدل چلنے میں خاصا لطف آیا۔ مَیں نے ایک ہوٹل پر بیٹھ کر چائے کے ساتھ لگاتار دو سگریٹیں پیں اور اس کے بعد قومی شاہراہ سے شہر جانے والی ایک بس پر سوار ہو کر مدنی ہوٹل کے سامنے اترا اور جس رستے نور محمد جھنگی کی دکان پڑتی تھی اس سے کترا کر اندر مُحلوں سے ہوتا ہوا تا علم والی گلی سے نکل کر شاہی بازار پہنچ گیا۔ بازار کی گہما گہمی میں لوگوں کے بیچ چلتا ہوا میں اپنی دکان کے قریب پہنچا تو اسے بند پاکر مجھے حیرانی کے ساتھ قدرے مایوسی بھی ہوئی۔ مَیں نے آس پاس کے دکانداروں سے پوچھا تو انہوں نے مکمل لاعلمی کا اظہار کرتے ہوئے بتایا کہ بابا کو گئے ہوئے زیادہ وقت نہیں ہوا تھا۔ کیا وہ سیمی سے ملنے اس کے گھر گئے تھے؟ یہ سوال میرے ذہن میں سرسرانے لگا۔ کیا اس دوران سُومل بھی وہیں موجود تھی یا نہیں؟ مَیں وہاں سے جلدی سے شاہ جہانی مسجد کی طرف جانے والے طویل راستے کی طرف جانے لگا۔

اگر واقعی وہ ان کے ہاں گئے تھے تو مجھے اس کا علم کیسے ہوسکتا تھا۔ مَیں ان کے ہاں نہیں جاسکتا تھا، ابھی میری ان سے اتنی بے تکلفی نہیں تھی لیکن میرے بابا اس میں کامیاب ہوچکے تھے اور یہ سوچ کر مجھے ان پر غصہ آرہا تھا۔ مَیں نے جیب سے سگریٹ نکال کر دیا سلائی سے سلگایا اور ایک لمبا کش لیتے ہوئے تیزی سے قدم اٹھانے لگا۔ مَیں نے خود کو سمجھانا چاہا کہ وہ کہیں اور بھی تو جاسکتے تھے۔ آخر وہ دکاندار تھے۔ مَیں سڑک کنارے بنے ہوئے گوداموں کے بیچ سے گزرتا جیسے ہی مسجد کے گرد بنی سڑک پر پہنچا تو وہ لوگ مجھے ایک بیرونی آہنی گیٹ سے باہر آتے دکھائی دیئے۔ سیمی مسکراتی ہوئی بابا کی طرف دیکھ رہی تھی اور زلفی بھی ان کے ہم راہ تھا۔ انہیں دیکھتے ہی مجھے پہلا یہ خیال آیا کہ اگر بابا کی مجھ پر ہلکی سی بھی نظر پڑ گئی تو پھر وہ شاید مجھے عمر بھر کے لیے ایک دھیلا بھی دینے سے انکار کر دیں۔ مَیں اس بارے میں مکمل غیر یقینی کا شکار تھا کہ آیا وہ میری کچھ مدد کریں گے بھی یا نہیں؟ میری امید جو گھنٹہ ڈیڑھ گھنٹہ پیشتر کچھ توانا تھی اب موہوم ہو کر مایوسی میں بدلنے لگی۔

گیٹ کے پاس ہی باہر نیم کے ایک گھنے پیڑ کے نیچے ایک بھُٹے بیچنے والا کھڑا تھا۔ وہ گیٹ سے نکلتے ہی اس کے گرد کھڑے ہو گئے اور اس طرح مجھے واپس پلٹنے اور ان کی نگاہوں سے دور جانے کا موقع مل گیا۔ مَیں نے اسی دم الٹے پیر بھاگتے ہوئے اسی جانب رخ کیا جہاں سے آیا تھا۔ سڑک سے دائیں طرف نکلتی ایک گلی میں داخل ہو کر میں اپنی سانسیں درست کرنے لگا، اس کے بعد ایک دیوار کی اوٹ سے اس راستے پر نگاہ رکھنے لگا جو دبیر مسجد کی طرف جاتا تھا۔ انہیں اسی سمت سے جانا تھا۔ وقت گزاری کے لیے مَیں نے سگریٹ سلگایا اور اس کے کش لینے لگا۔ مَیں جو کچھ دیکھ چکا تھا اس پر مجھے سخت افسوس ہوا کہ مَیں گھبراہٹ میں اس طرف کیوں آ گیا تھا؟ اگر سُومل کے گھر کی جانب چلا جاتا تو بہتر ہوتا کیوں کہ وہ ان کے ساتھ موجود نہ تھی اور اس وقت اپنے گھر پر اکیلی تھی۔ یہ خیال آتے ہی میں بری طرح پچھتانے لگا لیکن اب کچھ نہیں ہو سکتا تھا، کچھ بھی نہیں کیوں کہ یہاں سے انہیں گھر تک پہنچنے میں زیادہ نہ لگتی۔

وہ تینوں مجھے جاتے ہوئے دکھائی دینے لگے۔ چلتے ہوئے بابا سیمی کے بہت نزدیک تھے اور زلفی بھٹا کھاتا ہوا آگے چل رہا تھا۔ وہ جیسے ہی دبیر مسجد کی جانب بڑھے میں گلی سے نکل ان کے پیچھے لپکا۔ مَیں نے دیکھا کہ سیمی بابا کے ساتھ ہنسی مذاق کر رہی تھی اور بار بار مست قہقہے لگا رہی تھی اور بابا بھی ہنستے ہوئے اس کا ساتھ دے رہے تھے۔ مَیں آگے بڑھ کر گوالوں کے محلے اور پانی کی ٹینکی کے عقب سے کمہاروں کے گھروں کی جانب نکلتی ایک چھوٹی گلی میں داخل ہوا اور چھپ کر انہیں دیکھنے لگا۔

دبیر مسجد سے پہلے وہ تینوں رک گئے۔ مختصر سی بات چیت کے بعد بابا نے زلفی کے سر پر ہاتھ پھیرتے ہوئے انہیں وہاں سے آگے رخصت کیا اور خود پلٹ کر واپس ہو لیے۔ سیمی اپنے بیٹے کا ہاتھ تھام کر آگے بڑھ گئی اور بابا بازار جانے والے راستے پر جانے لگے۔ انہیں متضاد سمتوں کا رخ کرتے دیکھ کر میں جس گلی میں چھپا ہوا وہیں سے کمہاروں کے گھروں کی طرف چل دیا۔ مَیں چاہتا تھا کہ ماں بیٹے سے پہلے ان کے مکان کے سامنے پہنچ جاؤں تا کہ ان سے سامنا ہونے کی صورت میں بات چیت کا موقع نکل سکے۔ نجانے کیوں ایک خوش گمانی نے اچانک میرے دل میں گھر کر لیا کہ سیمی سے سامنا ہونے کی صورت میں وہ ضرور مجھے اپنے گھر کے اندر چلنے کا کہہ سکتی تھی۔ اس طرح سُومل سے ملنے کا موقع میسر آ سکتا تھا۔

ان کا راستہ خاصا مختصر تھا جب کہ میرا کچھ طویل تر۔ کمہاروں کے گھروں کے پاس پہنچ کر اچانک میرا سامنا گوالوں کی ہٹی کٹی بھینسوں سے ہوا جو سڑک پار واقع پیلُوں کے جنگل سے واپس لوٹ رہی تھیں اور کچھ دیر بعد ان کا دودھ دوہا جانا تھا۔ ان سب نے مل کر پورا راستہ بند کر دیا تھا۔ مَیں خود کو دائیں جانب سمٹ کر بڑی مشکل سے بچاتا آگے بڑھنے کی کوشش کرتا رہا اور ان کے چرواہے کی مدد سے ان کی زد میں آنے سے خود کو بچانے میں کامیاب رہا۔ وہاں سے نکل کر میں تیزی سے آگے بڑھا اور جیسے ہی سُومل کے مکان والی گلی میں داخل ہوا تو اس کے مکان کا دروازہ دھڑام سے بند ہوتا دکھائی دیا۔ یہ دیکھ کر میرے دل کو ایک دھچکا لگا اور ایک ثانیے کے لیے وہ مجھے بند ہوتا محسوس ہونے لگا۔ مَیں اپنا سر جھکائے ان کے مکان پر حسرت بھری نظر ڈالتا اپنے گھر کی جانب چل دیا۔

گھر میں کھاٹ پر قیلولہ کرتیں اماں مجھے دیکھتے ہی اٹھ کر بیٹھ گئیں۔ مجھے بھوک کے ساتھ پیاس بھی لگ رہی تھی۔ مٹکے

سے پانی نکال کر میں ایک بھرا ہوا کٹورا غٹاغٹ پی گیا۔ ٹھنڈا پانی پینے کے بعد کچھ پیاس بجھی۔ اماں نے احوال پوچھا تو انہیں بتایا کہ مَیں بہت تھک گیا تھا اور کھانے سے پہلے ان سے کوئی بات نہ کر سکتا تھا۔ انہوں نے باورچی خانے سے مسور کی دال ایک تھالی میں نکال کر اور چھابی پر دو روٹیاں رکھ کر چارپائی پر میرے سامنے رکھ دیں اور میرے قریب بیٹھ کر بتانے لگیں کہ انہوں نے میرا بہت انتظار کیا لیکن ظہر کی اذان کے بعد جب مجھے دیر ہو گئی تو انہوں نے کھانا کھا لیا۔

مَیں نے انہیں بتایا کہ مکلی کی مین مارکیٹ میں مجھے ایک اچھی جگہ مل گئی تھی، جس کا کرایہ دو ڈھائی ہزار سے زیادہ نہیں تھا۔ اگر بابا صرف پانچ چھ ہزار روپے دے دیں تو میں جلد ہی اپنا کام شروع کر سکتا تھا۔ پانچ چھ ہزار کا سن کر ان کا منہ حیرانی سے کھلا رہ گیا۔ وہ ہنس کر میرا مذاق اڑانے لگیں کہ یہ بہت بڑی رقم تھی۔ وہ مجھ سے تکرار کرنے لگیں کہ بابا کبھی میری مدد نہیں کریں گے کیوں کہ اگر ہزار دو ہزار کی بات ہوتی تو شاید وہ کر بھی دیتے لیکن پانچ ہزار دینا ان کے لیے ناممکن تھا۔ بابا کی دکان میونسپلٹی کی دکانوں میں سے ایک تھی اور اس کا کرایہ صرف چھ سو روپے مہینہ تھا جو تین سال میں ایک بار بڑھتا تھا۔ مَیں نے انہیں سمجھانے کی کوشش کی کہ یہ کوئی بڑی رقم نہیں تھی اور ویسے بھی میں ایک سال کے اندر انہیں یہ رقم واپس کر دوں گا۔ ان سے درخواست کی کہ وہ بابا کو میری مدد پر آمادہ کرنے میں میرا ساتھ دیں کیوں کہ یہ میری زندگی کا معاملہ تھا۔ جس پر انہوں نے مجھے پیسے کم کرنے کے لیے کہا تو میں تین چار ہزار پر آ گیا۔ تب انہوں نے دوٹوک انداز میں مجھ سے کہا کہ وہ بابا سے مجھے صرف تین ہزار روپے دینے کی درخواست کریں گی۔ بادل نخواستہ مجھے یہ بات ماننی پڑی۔

میں بے چینی سے بابا کا انتظار کرتے ہوئے ان کے لیے حسد محسوس کر رہا تھا کیوں کہ انہوں نے کتنی سرعت سے سیمی کے ساتھ اپنا تعلق استوار کر لیا تھا۔ چند ہی روز میں وہ اپنے گھر سے نکل کر ان سے ملنے پر مجبور ہو گئی تھی، اس سے اندازہ لگایا جا سکتا تھا کہ اگلے چند روز میں ان کے درمیان کیا پیش آنے والا تھا۔

بابا کو کسی لحاظ سے حسین و جمیل اور وجیہہ مرد قرار نہیں دیا جا سکتا تھا۔ چند سال پہلے وہ کسرتی جسم کے حامل تھے لیکن اب ان کا ڈیل ڈول بھاری ہو گیا تھا۔ خضاب کی وجہ سے ہمیشہ ان کی مونچھیں اور ان کے سر کے بال سیاہ دکھائی دیتے تھے۔ ان کے کشادہ چہرے پر ان کی بڑی آنکھوں کے علاوہ ایک کٹھور سی ناک اور اس کے نیچے ان کی بڑی مونچھیں کڈھب سی دکھائی دیتی تھیں لیکن ان کی آنکھیں ضرورت سے زیادہ کالی اور گہری تھیں اور کسی بھی وجود کے آرپار جانے کی صلاحیت رکھتی تھیں۔ ان سے ذہانت، چالاکی اور مکاری کے علاوہ بے خوفی بھی نمایاں نظر آتی تھی۔ وہ آنکھیں نہ صرف بے باک اور نڈر تھیں بلکہ ہر کسی کو مرعوب کرنے کی صلاحیت بھی رکھتی تھیں۔ اسی وجہ سے ان سے ملنے والی ہر عورت نہ صرف ان سے متاثر ہوتی تھی بلکہ کسی چڑیا کی طرح وہ بہت جلد ان کے دام میں بھی آ جاتی تھی۔

شام ڈھلنے سے پہلے بابا گھر واپس آ گئے۔ مَیں نے زینے سے اتر کر ان کے لیے دروازہ کھولا تو وہ مجھے دیکھ کر خلاف توقع مسکرائے جس سے مجھے لگا کہ ان کا مزاج خوش گوار تھا۔ وہ جیسے ہی اوپر پہنچ کر تخت پر بیٹھے انہیں حسبِ معمول سب سے پہلے پانی پیش کیا گیا۔ اس کے بعد وہ کچھ آرام کرنے لگے تو اماں نے ان کے پاس بیٹھ کر میری دو دن کی پوری کارگزاری

مختصراً اُن کے سامنے بیان کر دی جسے وہ ایک بے اعتنائی کے ساتھ سنتے ہوئے بار بار کڑی نظروں سے میری طرف دیکھتے تو میں ان کی تاب نہ لا کر اپنا سر جھکا لیتا۔ اماں کی باتوں کے دوران میں ان کی تائید کرتا رہا۔

اماں کے چپ ہونے کے بعد بابا خاصی دیر تک خاموش رہے، جیسے بات کرنے کے لیے مناسب الفاظ ڈھونڈ رہے تھے۔ چند ثانیے گزرنے کے بعد وہ ہم دونوں سے مخاطب ہو کر کہنے لگے کہ ابھی میرے اپنی گیراج کھولنے کا وقت اور موقع نہیں آیا۔ ابھی مجھے دو سال مزید وہاں جا کر یہ کام پورا سیکھنے کی ضرورت تھی۔ دو سال بعد مجھے مکلی میں ایک اچھی اور بڑی گیراج کھول دیں گے۔ یہ بات کہتے ہوئے ان کی آنکھوں سے عجیب مکاری جھلک رہی تھی۔ ان کی اپنے دوست فیکے سے بات ہو چکی تھی اور اس نے ان کو میرے فرار کے متعلق بتا دیا تھا۔ بابا نے اماں سے کہا کہ انھوں نے ان کی سفارش پر مجھے دو ہفتے رہنے کا جو وقت دیا تھا وہ پورا ہو چکا تھا، اس لیے میرے لیے بہتر تھا کہ مَیں ایک دو روز کے اندر واپس چلا جاؤں اور دو برس وہاں گزار کر اپنا ہنر اور زیادہ سیکھوں۔ مَیں نے انہیں سمجھانے اور قائل کرنے کی بہت کوشش کی لیکن انہوں نے ایک نہ سنی اور اپنا فیصلہ صادر کر دیا۔ اماں کی منت سماجت کو بھی انہوں نے یکسر نظر انداز کر دیا۔

مَیں نے ہمت کر کے ان سے کہہ دیا کہ ٹھیک ہے، اگر وہ مجھے روپے دینے کے لیے تیار نہیں تو میں یہاں کسی مکینک کے پاس سال دو سال نوکری کر کے اپنی دکان کے لیے پیسے جمع کر سکتا تھا اور اس پر انہیں کوئی اعتراض نہیں کرنا چاہیے۔ میری یہ بات سن کر انہوں نے کینہ توز نظروں سے میری جانب دیکھا اور اپنے ہاتھ سے مجھے لعنت دینے لگے۔ جس پر مَیں نے غصے سے اپنا منہ دوسری طرف کر لیا اور ان پر واضح کرنے لگا کہ مَیں اب یہاں سے کہیں بھی نہیں جاؤں گا۔ یہ میرا گھر اور میرا شہر تھا جہاں سے مجھے کوئی بے دخل نہیں کر سکتا تھا۔

بابا کی مسلسل ہٹ دھرمی اور کج روی کے آگے میری برداشت نے جواب دے دیا اور میں ان کے سامنے بلند لہجے میں بولتے ہوئے اپنے منہ سے کف اڑانے لگا۔ اماں کی کمزور مصالحانہ آواز ہم دونوں کے نفرت انگیز شور کے نیچے دب گئی۔ قریب ہی تھا کہ ہم دونوں کے ہاتھ ایک دوسرے کے گریبان تار تار کر دیتے کہ اچانک دروازے کی کنڈی بجنے کا ایک چھناکا گھر میں گونجنے لگا۔

اماں ہمیں صبر کی تلقین کرتی ہوئیں زینہ اتر کر دروازہ کھولنے نیچے چلی گئیں۔ مَیں بابا کے پاس سے اٹھ کر گھڑونچی سے پانی نکال کر پینے لگا۔ اماں نے دروازہ کھولا تو زلفی پلیٹوں میں تازہ بنا ہوا سالن دینے کے لیے آیا تھا۔ اماں اسے اپنے ساتھ اوپر لے آئیں۔ اس نے مجھے اور بابا کو سلام کیا۔ اسے دیکھتے ہی وہ مجھ سے ہو چکا جھگڑا بھول کر خوشی سے کھیسیں نکالنے لگے۔ انہوں نے اسے اپنے پاس بلایا تو وہ جلدی سے آ گیا۔ بابا نے اپنی جیب سے دو روپے کا نوٹ نکال کر اسے خرچی دی جو اس نے انکار کیے بغیر لے لی۔ اس دوران اماں نے باورچی جا کر تھالی خالی کرنے کے بعد دھو کر اسے واپس تھما دی۔ وہ پلیٹ ملتے ہی ہم سب کو سلام کرتا ہوا واپس چلا گیا۔ اس مرتبہ دروازہ بند کرنے کے لیے میں نیچے گیا۔

بابا سے جھڑپ کے بعد مَیں نے ان سے کوئی بات نہیں کی اور سردی کے باوجود نچلی منزل پر بیٹھا رہا اور دیر تک وہاں

موڑھے پر بیٹھا ٹھٹھرتا، کانپتا ہوا اور سگریٹ کے کش لے کر اپنی آئندہ زندگی کے بارے میں سوچنے لگا۔ اوپر والی منزل سے لگاتار اماں اور بابا کی دھیمی تکرار سنائی دے رہی تھی لیکن اس دوران مَیں نے طے کر لیا تھا کہ اگلے چند ہی روز میں یہ گھر ہمیشہ کے لیے چھوڑ کر چلا جاؤں گا۔ اگر بابا یہ سمجھتے تھے کہ مَیں ان کی مدد کے بغیر کچھ نہیں کر سکتا تو میں ان کی یہ غلط فہمی دور کر دوں گا۔ مجھے سب سے پہلے شہر کے سب گیراجوں میں سے کسی ایک میں اپنے لیے کام ڈھونڈنا تھا۔ اس کے مل جانے کے بعد گھر چھوڑا جا سکتا تھا لیکن مجھے اس وقت ایک اور چیز اس سے بھی زیادہ اہم محسوس ہو رہی تھی اور وہ تھی واضح اور دوٹوک انداز میں اپنے جذبات اور احساسات سُومل تک پہنچانا اور اپنے بارے میں اس کی حتمی رائے معلوم کرنا۔

خاصی دیر گزرنے کے اماں کو شاید میرا خیال آ گیا اور وہ مجھے اوپر اپنی چارپائی پر سونے کی ہدایت کرنے لگیں، جس پر میں موڑھے سے اٹھ کر زینے کی طرف چل پڑا۔

37

اگلے دن سے اماں مجھے سمجھانے بجھانے لگیں کہ مَیں بابا کی بات مان جاؤں اور پھر صرف دو سال بعد آ کر یہاں اپنی گیراج کھول لوں۔ مَیں نے ان سے مکمل اختلاف کیا اور اس معاملے کو پوری طرح بابا کی بدنیتی اور بغض پر مبنی قرار دیا۔ وہ مجھے بابا کے بارے میں ایسی بدگمانی سے روکنے کی کوشش کرتی رہیں جس کی وجہ سے مَیں آپے سے باہر ہونے لگا اور اسی لیے انھیں بابا اور سیمی کے درمیان بڑھتی ہوئی پینگوں کے بارے میں سب کچھ بتا دیا، جسے سن کر ان کا ردّعمل خاصا حیران کن تھا۔ ان کے خیال میں پیسے نہ ملنے کی وجہ سے مَیں بابا پر یہ الزام لگا رہا تھا جس پر مَیں نے انھیں یقین دلانے کی کوئی کوشش نہیں کی کیوں جلد یا بدیر یہ بات اب کھلنے والی تھی۔

میں اب بلا تاخیر سُومل سے رابطہ قائم کرنا چاہتا تھا۔ مجھے اندازہ ہو گیا تھا کہ اپنے اور اس کے گھر والوں کی موجودگی میں میرے لیے اس سے اپنی چاہت کا اظہار ناممکن تھا۔ اس کے لیے میرا اس سے اکیلے میں ملنا ضروری تھا، جس کا کوئی موقع میسر ہوتا دکھائی نہیں دے رہا تھا۔ ایسی صورتِ حال میں مجھے وہ طریقہ یاد آیا جس کی طرف ماروی نے میری توجہ دلائی تھی یعنی خط لکھنا۔ مجھے حیرانی ہوئی کہ پہلے اس کا خیال کیوں نہ آیا؟

میں جب گھر میں کاغذ اور پین ڈھونڈنے میں ناکام ہو گیا تو مَیں نے وہ چیزیں بازار سے جا کر خریدنے کا ارادہ کیا۔ اماں حیرت سے پوچھنے لگیں کہ ان چیزوں کی اچانک کیا ضرورت پڑ گئی؟ مَیں نے جواب دیا کہ ایک دوست کو خط لکھنا تھا۔

میں جیسے ہی گھر سے نکل کر گلی میں آیا تو میری گردن خود بخود بغلی گلی سے سُومل کے گھر جاتے راستے کی طرف جانب مڑ گئی اور وہاں مجھے بابا ان کے دروازے کے آگے پکے تھڑے پر کھڑے ہوئے دکھائی دیئے۔ وہ ایک اعتماد اور بے خوفی سے کھڑے دروازہ کھلنے کا انتظار کر رہے تھے جو اگلے ہی لمحے کھل گیا اور اس کے بعد وہ اندر چلے گئے۔ یہ منظر دیکھتے ہی میری اذیت دگنی ہو گئی اور میں کاغذ قلم کی خریداری بھول کر نادانستہ اسی جانب چل دیا۔ مَیں اس مکان کے قریب پہنچ گیا اور اس تھڑے پر جا کھڑا ہوا جہاں کچھ دیر پہلے بابا موجود تھے۔ مَیں نے کان دروازے سے لگا کر کچھ سننے کی کوشش کی لیکن ان کی ہنسی کے سوا کچھ اور سنائی نہ دے سکا۔ مَیں دروازے سے ہٹ کر اس خالی قطعہ زمین پر جا کھڑا ہوا جو اس گھر کے ساتھ ہی واقع تھا۔ مَیں نے سُومل کو چائے لیے زینے سے نیچے اترتے ہوئے دیکھا۔ نظریں نیچی ہونے کی وجہ سے وہ

مجھے نہ دیکھ سکی اور جلدی سے نچلی منزل پر اتر گئی۔

سُومل کو بابا کی تواضع کے لیے جاتے دیکھنا میرے لیے روح فرسا منظر تھا۔ اس وقت نفرت کی جو شدت اور جلن کی حدت مَیں نے اپنے رگ و پے میں محسوس کی پھر کبھی نہیں کی۔ مجھے صرف بابا سے ہی نہیں بلکہ اس پوری دنیا سے کراہت محسوس ہونے لگی۔ میرا جی چاہا کہ اسی وقت دیوار پھاند کر اندر گھس جاؤں اور ان کی ملاقات میں کھنڈت ڈال دوں۔

اچانک میرا احساسِ کمتری ایک بار پھر شدت سے عود کر آیا۔ مَیں اب تک سُومل سے محبت کے دو بول نہ بول سکا تھا جب کہ میرے بابا ان کے گھر کے اندر داخل ہو چکے تھے۔ سُومل کو چائے لیے زینہ اترتے دیکھ کر میں بلا وجہ اس سے بدگمان ہونے لگا۔ مَیں یہ محسوس کرنے لگا کہ اسے مجھ سے ہرگز پیار نہیں ہو سکتا کیوں کہ دنیا میں پیار نام کی کوئی چیز شاید وجود ہی نہیں رکھتی۔ اگر کوئی چیز وجود رکھتی تھی تو وہ انسان کی مجبوری تھی، اس کا لالچ، حرص اور طمع تھی۔ مجھے شدت سے محسوس ہونے لگا کہ سُومل اب تک میرے ساتھ صرف دل لگی کرتی رہی تھی اور جب میں اس کے سامنے اپنے دل و دماغ پر گزرنے والی کیفیات اور محسوسات بیان کروں گا تو وہ انہیں ہمدردی سے سننے کی روادار بھی نہ ہو گی، وہ انہیں سمجھنے کی کوشش کیے بغیر مجھ سے قطع تعلق کر لے گی۔

مجھے یہ خیال بھی پریشان کرنے لگا کہ مَیں اس کے مقابلے میں ہرگز خوب صورت کہلائے جانے کا مستحق نہ تھا۔ میرا رنگ سانولا تھا اور مجھ میں مردانہ وجاہت کی شدید کمی تھی۔ مَیں اپنے جی میں کڑھتا ہوا اپنے گھر لوٹ آیا تو اماں کو گھر کی صفائی کرنے میں مصروف پایا۔ انہوں نے مجھ سے کاغذ قلم کے متعلق پوچھا تو مَیں نے جواب دیا کہ دکان بند تھی۔ یہ کہہ کر میں خاموشی سے چھت کی طرف جانے لگا تو اماں نے مسکرا کر مجھ سے کہا کہ اگر میں چاہوں تو ان کے سامنے بیٹھ کر سگریٹ پی سکتا تھا۔ اس پر انہیں کوئی اعتراض نہیں ہو گا کیوں کہ انہیں میرا چھپ کر سگریٹ پینا اچھا نہیں لگتا۔ انہیں کوئی جواب دیئے بغیر میں چھت پر چلا گیا۔ سورج کی دھوپ میں حدت بالکل نہ تھی اور دھیمی ہوا سرد محسوس ہو رہی تھی۔ مَیں نے ایک جھرجھری لیتے ہوئے دیا سلائی کی مدد سے سگریٹ سلگایا اور اس کا لمبا کش لیتا چھت کی منڈیر کے قریب جا کھڑا ہوا۔

میرے دل میں بدگمانیوں کے شور میں ابھی تک کوئی کمی واقع نہ ہوئی تھی۔ شاید یہ میرا وہم تھا یا ایک حقیقت کہ مجھے اب تک اس کی آنکھوں میں اپنے لیے چاہت نظر نہیں آئی تھی۔ مجھے اپنی جانب دیکھتی اس کی آنکھیں یاد آنے لگیں جو ہمہ وقت مسکراتی تو رہتی تھیں لیکن ان میں اپنائیت کے بجائے ایک غیریت جھلکتی محسوس ہوتی تھی۔

ایک وسوسہ اور شک جو شاید میرے اندر پہلے سے موجود تھا اب اپنا سر اٹھانے لگا تو مجھے بھی اس کی طرف غور کرنا پڑ گیا۔ جس دن سے بابا نے ان ماں بیٹی کو دیکھا تھا، تب انہیں پہلا خیال تو سیمی کو حاصل کرنے کا آیا تھا۔ اس کے بعد دعوتوں کے ذریعے ان کی بات آگے بڑھی اور اب یہ نوبت آ گئی کہ وہ بے دھڑک ان کے گھر میں داخل ہو گئے تھے۔ بابا کا مزاج اور طبیعت جس طرح کے تھے، انہیں دیکھتے ہوئے مجھے یقین ہو چلا تھا کہ سیمی سے لطف اندوز ہونے کے بعد سُومل ان کا اگلا ہدف بنے گی۔

گھر میں ہو چکی ملاقاتوں کے دوران وہ مجھے سُومل سے بے تکلفی سے باتیں کرتے اور ایک دوسرے میں دلچسپی لیتے دیکھ چکے تھے۔ اس لیے انہیں اندازہ ہو گیا تھا کہ مَیں ان کے راستے کی رکاوٹ بن سکتا تھا جس کی وجہ سے انہوں نے ایک بار پھر مجھے یہاں سے بھیجنے کا ارادہ کر لیا تھا تاکہ میری عدم موجودگی میں وہ اکیلے ان دونوں کی قربت سے لطف اندوز ہو سکیں۔

مَیں نے سگریٹ کا ٹکڑا پھینک کر اسے اپنے پیروں تلے مسل دیا اور ٹکٹکی لگا کر سُومل کے مکان کی طرف دیکھنے لگا۔ بابا کافی وقت سے وہاں موجود تھے اور یہ بات میری بے چینی میں اضافہ کر رہی تھی۔ آخر وہ اتنی دیر سے وہاں کیا کر رہے تھے؟ شاید سُومل انہیں چائے دے کر واپس چلی گئی ہو اور بابا سیمی کے ساتھ تنہا رہ گئے ہوں۔ اگر سیمی سُومل کی ماں نہ ہوتی تو شاید ان لمحوں میں میری تشویش کم ہو جاتی لیکن ایسا نہیں تھا۔ سیمی کے ساتھ بابا کا والہانہ اور پرجوش تعلق میرے ذہن میں کئی طرح کے خیالات اور محسوسات کے پورے سلسلے کو جنم دے رہا تھا، جن سے گزرنا میرے لیے انگاروں پر لوٹنے کے برابر تھا کیوں کہ سیمی، بھرے بھرے گداز بدن کی ایک بھرپور عورت تھی۔ ہمیشہ جسے دیکھ کر میرے بدن میں بھی گدگدی ہوتی رہی تھی لیکن اب وہ بابا کی دسترس میں جا چکی تھی جن کے لیے اس کی اہمیت محض ایک نئے اور تازہ شکار کی تھی۔ کوئی ہمدردی، خلوص یا چاہت سرے سے عنقا تھی۔ محرومی اور ناآسودگی کے سائے میں پروان چڑھنے کی وجہ سے بابا کی ایک اور فتح کا یہ منظر میرے دل پر چرکے لگا رہا تھا۔

میں خیالوں میں کھویا ہوا تھا کہ دروازے کی چرچراہٹ سن کر چونکا اور پھر میری نظر فوراً ادھر متوجہ ہو گئی۔ سُومل کے مکان کا دروازہ دھیرے سے چرچرا کر کھلتا چلتا گیا اور اگلے لمحے بابا چوکنے انداز میں آس پاس دیکھتے باہر نکل آئے۔ ان کے فوراً بعد وہاں سیمی نمودار ہوئی جس نے پہلے گلی میں جھانک کر دیکھا اور اس کے بعد اس نے سیدھی نظر سے ہماری چھت کی طرف دیکھا تو مجھے منڈیر پر دیکھتے ہی اس کے چہرے کا پرسکون تاثر بدل گیا اور اس کے چہرے پر گھبراہٹ کے آثار نظر آنے لگے۔ مَیں یہ دیکھ کر محظوظ ہوا اور ڈھیٹ بن کر اس کی طرف غور سے دیکھتا رہا۔ اچانک اس کا تیور بدلا اور وہ غصے سے دروازہ بند کر کے غائب ہو گئی۔ منڈیر سے پیچھے ہٹ کر میں کچی زمین پر بیٹھ گیا اور نیا سگریٹ سلگا کر پینے لگا۔

کیا مرد کے لیے زندگی بھر کے لیے ایک عورت کافی نہیں ہو سکتی؟ آخر میرے بابا کے جسم میں ایسی کیا شے تھی جو انہیں نت نئی عورتوں سے جسمانی تعلقات بنانے کی خواہش میں مبتلا رکھتی تھی؟ کیا ان کا خون بہت گرم تھا جو کسی طور ٹھنڈا نہیں پڑ رہا تھا یا پھر ان کے ذہن میں کوئی فتور تھا؟ کیا زندگی اسی کام کے لیے ملی تھی؟ کہیں ایسا تو نہیں تھا کہ زبان کی طرح ان کا عضوِ خاص بھی نت نئے ذائقوں کی تلاش رہتا ہو۔ کیا پتا ہر عورت کے بوسوں اور اس کے خفیہ اعضا کا ذائقہ الگ اور منفرد نوعیت کا اور اس کی نرمی گرمی اور طرح کی ہو؟ کیا خبر ان کے لیے ہر عورت ایک نئی دریافت کا درجہ رکھتی ہو جس سے وہ ایک نئی لذت اور مزہ کشید کرتے ہوں؟

انہیں ہر طرح کی آزاد روی کا پورا حق حاصل تھا لیکن انہیں کم از کم دوسروں کو بھی یہ حق دینا چاہیے تھا بلکہ اس کا احترام بھی کرنا چاہیے تھا۔ انہیں یہ احساس کیوں نہیں تھا کہ وہ ایک بیٹے کے باپ تھے اور اس کی طرف ان کی کچھ ذمہ داریاں بنتی

تھیں لیکن سوچنا تو درکنار وہ مجھے اپنا دشمن سمجھتے تھے اور چاہتے تھے کہ مَیں ان کی نظروں سے دور ہو جاؤں۔ انہیں یہ خیال کیوں نہ آتا تھا کہ یہ سب کرتے ہوئے ان کی نصف سے زائد عمر بیت چکی تھی اور اب انہیں اپنی جنسی معرکہ آرائیاں ترک کر کے سادہ زندگی گزارنے کی کوشش کرنی چاہیے تھی۔

میں چھت سے نیچے اتر آیا۔ یہ دن میرے لیے خاصا منحوس ثابت ہو رہا تھا۔ نیچے آ کر میں نے اماں کے ساتھ دوپہر کا کھانا کھایا اور اس کے بعد نیچے والے دروازے کی کنڈی چڑھا کر اپنی چارپائی پر قیلولہ کرنے لگا۔ چھت پر خاصی دیر رہنے کی وجہ سے میرے سر میں درد ہو رہا تھا۔ میرا دماغ سوچ سوچ کر تھک چکا تھا اور اعصاب بری طرح جھنجھنائے ہوئے لگ رہے تھے۔ لیٹنے کے کچھ دیر بعد ہی مجھے گہری نیند آ گئی۔

مَیں نے خواب میں بابا کو سُومل اور سیمی دونوں سے مباشرت کرتے ہوئے دیکھا اور یہ سب دیکھتے ہوئے مجھ پر ایک لذت کے بجائے وحشت سوار ہو گئی اور مَیں نے تیز دھار آلے سے ان تینوں کو باری باری ہلاک کر دیا۔ سُومل کی جان لینا میرے لیے آسان نہ تھا لیکن مجھ پر ایک جنون سوار ہو گیا اور مَیں نے خون میں ڈوبا ہوا اپنا خنجر اس کے نرم و گداز پیٹ میں پیوست کر دیا اور اپنے سامنے اس کے گورے اور نازک وجود کو تڑپتے دیکھتا رہا۔ کچھ دیر بعد میرے سامنے ان تینوں کی لاشیں پڑی ہوئی تھیں اور ان میں صرف سُومل کی آنکھیں کھلی ہوئی تھیں اور وہ میری طرف دیکھتی ساکت ہو گئی تھیں۔ اس حادثے نے میرے اوسان خطا کر دیے اور میں زور سے چیخنے لگا۔

چیختے چیختے میری آنکھیں کھل گئیں لیکن مجھے خواب اور حقیقت کا فرق جاننے میں کچھ لمحے لگ گئے جن کے بعد مجھے سُومل کی کھنکھناتی ہوئی ہنسی سنائی دی تو مَیں نے فوراً چونک کر اپنی گردن موڑ کر اس طرف دیکھا جدھر سے وہ ہنسی سنائی دی تھی۔ مَیں نے جو کچھ دیکھا، مجھے اس کے حقیقی ہونے پر یقین نہ آیا۔ مجھ سے ذرا فاصلے پر بابا کے تخت پر وہ ماں بیٹی، میری اماں کے ساتھ بیٹھی خوش گپیوں میں مصروف تھیں۔

میں اسی دم اپنی آنکھیں مسلتا ہوا اٹھ بیٹھا اور سر کے بال کھجاتا ہوا حیرت سے ان کی طرف دیکھنے لگا۔ شاید میرے دیکھنے کا انداز مضحکہ خیز تھا وہ ماں بیٹی اور میری اماں ایک ساتھ میری جانب دیکھتے ہوئے ہنسیں۔ مَیں نے اٹھ کر سنگھار میز میں اپنا سراپا دیکھا تو میرے سر کے بال بری طرح بکھرے ہوئے اور چہرہ سوکھا سا لگ رہا تھا۔ مَیں نادم سا ہو کر تیزی سے غسل خانے کی طرف لپکا۔

وہاں سے لوٹ کر مَیں نے سنگھار میز کے سامنے کھڑے ہو کر اپنے بال بنائے تو اس کے آئینے میں سُومل کو غور دیکھنے لگا۔ وہ بھی وقفے وقفے سے اسی جانب دیکھ رہی تھی اور مجھ سے نظر ملنے کے بعد اپنی آنکھیں جھکا لیتی تھی۔ سیمی جھینپی جھینپی نظر سے میری ٹوہ لے رہی تھی۔ اسے بخوبی علم تھا کہ مَیں اسے بابا کو اپنے گھر کے دروازے سے رخصت کرتے ہوئے دیکھ چکا تھا اور اب شاید وہ میرا ردِ عمل معلوم کرنے آئی تھی۔

اماں نے مجھے باورچی خانے سے اپنے لیے چائے لانے کے لیے کہا تو سیمی نے مجھے روک کر اپنے پاس بلاتے ہوئے

سُومل سے جاکر میرے لیے چائے لانے کے لیے کہا۔ مَیں ذرا سا جھینپتا ہوا تخت کے قریب والی چارپائی پر بیٹھ گیا۔ وہ مجھ سے یہاں کے اسکولوں کے بارے میں پوچھنے لگی کیوں کہ اسے اور اس کے شوہر کو اس کے بارے میں کچھ معلوم نہیں تھا اور وہ سُومل کے علاوہ زلفی کا داخلہ بھی اسکول میں کروانا چاہتی تھی جو آج صبح اپنے بابا کے ساتھ دکان پر چلا گیا تھا۔ مَیں نے اسے پہلے لڑکیوں کے ہائی اسکول اور اس کے بعد لڑکوں کے پرائمری اسکول کے بارے میں بتایا۔ ان دونوں مقامات سے میری اچھی بری، تلخ شیریں یادیں وابستہ تھیں۔

سیمی مجھ سے درخواست کرنے لگی کہ مَیں اگلے ایک دو دن میں زلفی کا داخلہ کروادوں، اس کے بعد کسی دن ان ماں بیٹی کو اپنے ساتھ گرلز ہائی سکول لے جاؤں۔ یہ سنتے ہی مَیں نے فوراً ان کے ساتھ جانے کی حامی بھر لی تو وہ خفیف سی جھینپ کے ساتھ مسکرا کر میرا شکریہ ادا کرنے لگی۔ اس کی جھینپی ہوئی مسکان دراصل کسی اور بات پر میرا شکریہ ادا کر رہی تھی۔ سیمی کے خاموش ہوتے ہی اماں بتانے لگ گئیں کہ مَیں تو ایک دو دن میں حیدر آباد واپس جانے والا تھا۔ اماں کی اس بات نے اچانک میرے لیے ماحول مکدر کر دیا۔ مَیں برداشت نہ کر سکا اور انہیں ترنت جواب دے دیا کہ مَیں یہاں سے کہیں نہیں جانے والا۔ اسی اثنا میں سُومل میرے چائے لے آئی۔

اس نے کوئی بناؤ سنگھار نہیں کیا ہوا تھا اور بادامی رنگ کے لباس پر سفید چادر اوڑھی ہوئی تھی جب کہ اس کے ننھے سے پیروں میں بھی گھر کے استعمال کی عام سی چپل تھی۔ اس کے برعکس اس کی ماں خوب بنی ٹھنی ہوئی تھی۔ اس کے چہرے پر کسی کریم کی موٹی تہہ اور ہونٹوں پر گہری سرخ لپ اسٹک لگی تھی۔ اس کے ہاتھوں اور پیروں کے ناخنوں پر فیروزی نیل پالش لگی ہوئی تھی۔ اس کے بدن سے سستے پرفیوم کی تیز خوشبو کی لپٹیں اٹھ رہی تھیں جو میری اماں کو بھینی بھینی محسوس ہو رہی تھیں۔

اماں اس سے اس کے شہنیل کے دیدہ زیب لباس کے بارے میں پوچھنے لگیں تو اس نے اٹھلاتے ہوئے انہیں بتایا کہ اس نے یہ بڑے شہر کے سب سے بڑے بازار سے خریدا تھا۔ اس کی بات سن کر اماں کے ہونٹوں پر پھیلنے والی سوکھی مسکراہٹ ان کی محرومی کی غمازی کرتی معلوم ہوئی۔

سُومل اپنی ماں کے قریب جاکر بیٹھ گئی تھی اور میں بار بار اس کی طرف دیکھ رہا تھا۔ میرے پاس اس سے کہنے کے لیے بے شمار باتیں تھیں لیکن اس وقت مجھے لگ رہا تھا کہ میرا ذہن یکسر خالی تھا۔ سیمی اور اپنی اماں کی موجودگی مجھے گراں گزر رہی تھی۔ ان کے سامنے ایک دوسرے کو دیکھنے کے سوا کچھ بھی نہیں کیا جاسکتا تھا۔ غیرضروری اور فالتو قسم کی باتیں کی جاسکتی تھیں جو ہم نے شروع کر دیں۔ مَیں نے اس سے پوچھا کہ اسکول میں اسے کون سا مضمون زیادہ پسند تھا۔ وہ بتانے لگی کہ انگلش اور سندھی۔ جس پر مَیں نے فقرہ کسا کہ ایک اپنی بولی اور دوسری باہر والوں کی۔ جس پر اس نے اپنی علمیت جھاڑتے ہوئے مجھے بتایا کہ انگریز بھی ہمارے حاکم رہ چکے تھے۔ اس کی یہ بات سن کر مَیں نے اس کی ہاں میں ہاں ملاتے مزید اضافہ کیا کہ انہوں نے یہاں جو کام کیے تھے وہ مقامی حاکم صدیوں تک نہ سوچ سکے۔ وہ خود ہی مجھے بتانی لگی کہ اسے ماسٹرنی بننے کا شوق تھا۔ مجھے اس کا یہ شوق اچھا لگا اور مَیں نے اس کی حوصلہ افزائی کی۔ وہ اپنی ماں کو نظر انداز کرتی ہوئی کچھ دیر

مجھ سے ہم کلام رہی۔ آج وہ اپنی ماں سے کچھ کھنچی کھنچی سی لگ رہی تھی۔ اس کی طرف دیکھ رہی تھی نہ وہ اسے آنکھوں سے اشارے کر رہی تھیں جو اس کا معمول تھا۔

عصر کی اذان ہونے لگی تو وہ دونوں گویا کسی خواب سے بیدار ہوئیں اور انہیں یاد آیا کہ انہیں نئی بننے والی کپڑا مارکیٹ جانا تھا۔ سیمی کی خواہش تھی کہ اماں اور میں انہیں وہ مارکیٹ دکھانے کے لیے چلیں۔ یہ سن کر میری اماں انکار کرنے لگیں کیوں کہ انہیں رات کا کھانا بنانا تھا اور ان کے پاس خریداری کے لیے پیسے بھی نہیں تھے۔ انہوں نے ٹالنا چاہا لیکن وہ ان کے درپے ہو گئی اور بامر مجبوری اماں کو ان کا کہا ماننا ہی پڑا۔

اماں نے بھی اپنا پرانا اور اکلوتا برقعہ نکال کر پہن لیا، پھر انہوں نے مجھے نعمت خانے کے اوپر رکھا ہوا تالا لانے کے لیے کہا تو میں جلدی سے تالا لے آیا۔ تالے پر بہت سا گرد و غبار جم گیا تھا کیوں کہ اسے استعمال کرنے کی نوبت بہت کم آتی تھی۔ زینے سے اتر کر باہر پہنچنے کے بعد مَیں نے چوکھٹ پر لگی کنڈی پر تالا لگایا اور ان کے ساتھ چلنے لگا۔

نئی کپڑا مارکیٹ سبزی منڈی سے آگے واقع شاہ کمال روڈ پر کچھ عرصہ قبل بنی تھی اور ہمیں وہاں تک پیدل جانا تھا۔ ہم ان کے مکان کے قریب سے گزر کر آگے کچے مکانوں کے بیچ سے گزرتی ایک تنگ سی گلی سے ہو کر اس کشادہ راستے پر آ گئے جو سیدھا سبزی منڈی جاتا تھا۔ اس دوران سُومل آگے اماں کے ساتھ جب کہ سیمی میرے ساتھ چل رہی تھی۔ چلتے ہوئے وہ مجھے جتانے لگی کہ اسے یہ بخوبی پتا تھا کہ مَیں اس کے شوہر سے ملتا رہتا تھا۔ اس پر مَیں نے اسے چھیڑتے ہوئے اس کے شوہر کو اپنا دوست قرار دے دیا جس پر وہ تلخی سے منہ بنا کر مجھ سے کہنے لگی کہ اسے اچھی طرح معلوم تھا کہ مَیں اس کے ساتھ کس لیے یاری گانٹھ رہا تھا؟ مَیں نے پوچھا کہ کس لیے؟ تو وہ چپ سی ہو گئی پھر کچھ دیر بعد مجھ سے گویا ہوئی کہ مَیں نے جو کچھ دیکھ لیا تھا اگر اسے اس کے شوہر سے چھپائے رکھوں تو وہ عمر بھر میری شکر گزار رہے گی۔ مَیں نے اپنے تئیں اسے یقین دلانے کی پوری کوشش کی کہ جب مَیں نے اپنی اماں کو پتا نہیں چلنے دیا تو اس کے شوہر تک بھی یہ بات بالکل نہیں پہنچے گی۔ وہ کچھ مطمئن سی ہو گئی۔ اس کا اطمینان دیکھ کر مَیں نے اس سے اپنی پریشانی بانٹنی چاہی کہ میرے بابا مجھے گھر سے نکالنے کے درپے تھے اور اگر وہ انہیں ایسا کرنے سے روکنے کی کوشش کرے تو شاید وہ اپنے اس ارادے سے باز آ جائیں۔ تب اس نے جلدی سے بتایا کہ بابا اس سے بھی یہ ذکر کر چکے تھے کہ وہ مجھے جلد واپس بھیجنے والے تھے۔ تب اس نے مجھے کل کسی وقت تھوڑی دیر کے لیے گھر آنے کی دعوت دیتے ہوئے کہا کہ آ کر اسے پوری کہانی سناؤں۔ مَیں نے بخوشی حامی بھرتے ہوئے اس کا شکریہ ادا کیا۔ مجھے اندازہ ہونے لگا تھا کہ بابا کا فیصلہ تبدیل کروانے کے لیے مَیں نے بالکل ٹھیک دروازے پر دستک دے دی تھی۔

ہم دونوں کو سنجیدگی سے کھسر پھسر کرتے دیکھ کر اماں اور سُومل بار بار پیچھے مڑ کر دیکھ رہی تھیں۔ ان کی بے چینی محسوس کرتے ہوئے سیمی مجھے چھوڑ کر جلدی سے آگے بڑھ کر اماں کے ساتھ چلی گئی جب کہ مَیں سُومل کے قریب چلنے لگا لیکن وہ مجھ سے کترا کر کچھ آگے نکل گئی اور میری اماں کے ساتھ قدم ملا کر آگے بڑھنے لگی۔

سیمی نے اپنے گھر بلا کر مجھے نہال کر دیا تھا اور اس کے ہاں جانے کے خیال سے مَیں سرشار ہو گیا تھا۔ یہ میرے گمان سے باہر کی بات اچانک ہی ہو گئی تھی لیکن میں سُومل سے بھی اپنے بارے میں ایک اہم ترین یقین دہانی چاہتا تھا کہ وہ مجھے پسند بھی کرتی تھی کہ نہیں؟

سبزی منڈی کے پاس سے گزرتے ہوئے گلی سڑی سبزیوں کی سڑاند کے اٹھتے بھبھکوں کی وجہ سے ہم سب نے اپنی ناکیں سکیڑ لیں۔ سُومل نے تو فوراً اپنی چادر سے ناک ڈھک لی۔ جب ہم ماحول میں پھیلی بدبو سے کچھ آگے بڑھے تو بائیں ہاتھ پر پیلے رنگ کی ایک عمارت کی طرف اشارہ کرتے ہوئے مَیں نے سیمی کو بتایا کہ یہ وہ اسکول تھا جہاں زلفی کا داخلہ ہونا تھا اور میں بھی پہلے پانچ سال اسی اسکول میں ماسٹروں کی مار کھاتا رہا تھا۔ یہ سن کر ماں بیٹی دونوں مسکرانے لگیں۔ سُومل نے خاموشی توڑتے ہوئے مجھے ''حرکتی،، یعنی شرارتی کا لقب دے دیا جسے مَیں نے اپنے لیے کسی اعزاز سے کم خیال نہ کیا۔

جو کھیا کلاتھ مارکیٹ شاہ کمال روڈ کے پر آمنے سامنے واقع دس بارہ دکانوں پر مشتمل تھی۔ تینوں خواتین باری باری سب دکانوں پر گئیں تو میں اس دوران ان کا محافظ بن کر دکان کے باہر کھڑا رہا۔ کچھ دن پہلے میں ریشمی بازار جا کر سُومل کا ردِّ عمل دیکھ چکا تھا اور وہ آج بھی کچھ مختلف نہ تھا لیکن سیمی پرجوش دکھائی دے رہی تھی۔ اس کا بٹوا کھلنے پر لال نوٹ دکھائی دینے لگے۔ اس نے اپنے اور سُومل کے لیے کپڑوں کے دو دو جوڑے خریدے اور ایک سوٹ خرید کر زبردستی اماں کو بھی تھما دیا۔ اس نے سُومل کے لیے سندھی کڑھائی والی چادر بھی خریدی۔

آسمان پر پھیلی شفق کی وجہ سے شام سے پہلے سارے میں روشنی سی پھیل گئی لیکن ساتھ ہی دوسری طرف تیز خنک ہوا کے جھونکوں کی وجہ سے سردی کی شدت میں بھی اضافہ ہو گیا۔ میری اماں سیمی سے جلدی گھر چلنے کے لیے ضد کرنے لگیں لیکن اس کا خیال تھا کہ بڑھتی ٹھنڈ کی وجہ سے ہمیں کہیں بیٹھ کر اچھی سی دودھ پتی چائے پینی چاہیے۔ ہوٹل پر چائے پینے کے خیال پر اماں ہنسنے لگیں اور اس کا مذاق اڑاتے ہوئے اسے یاد کروانے کی کوشش کرنے لگیں کہ خواتین ہوٹلوں پر بیٹھتی اچھی نہیں لگتیں۔ سیمی نے انھیں ترنت جواب دیا کہ ہوٹل میں فیملی روم ہمارے لیے ہی بنے ہوتے ہیں۔ یہ سن کر اماں پہلے تو بدبدائیں لیکن پھر وہ ساتھ چلنے پر مجبور ہو گئیں۔

راستے میں پرائمری اسکول سے پہلے نورانی ہوٹل پڑتا تھا۔ سیمی نے مجھے وہاں چلنے کا اشارہ کیا تو میں بھی آگے بڑھتے کچھ ہچکچاہٹ محسوس کرنے لگا کیوں کہ مجھے اپنے شہر میں عورتوں کے ساتھ ہوٹل پر بیٹھنے کا کوئی تجربہ نہیں تھا اور پھر میری اپنی اماں بھی ساتھ موجود تھیں۔ میری یہ ہچکچاہٹ پہلے سُومل اور پھر اس کی اماں نے بھی محسوس کر لی۔ سُومل مسکرانے لگی جب کہ اس کی اماں مجھے زبردستی دھکا دیتی ہوٹل کی طرف دھکیلنے لگی۔ مَیں خود کو سمجھاتے ہوئے ہوٹل کے فیملی روم کی طرف بڑھا جو مردوں کے بیٹھنے کی جگہ سے ذرا ہٹ کر بنا ہوا تھا لیکن اس کے باوجود سب کی نظریں ادھر ہی لگی رہتی تھیں۔

ہوا سے ہلتے پردوں کے پیچ رکھی ہوئی کرسیوں پر بیٹھ کر چائے کا انتظار کرتے ہوئے سیمی بتانے لگی کہ وہ اپنے شوہر اور بچوں کے ساتھ رانی باغ اور کنارا ریسٹورانٹ جایا کرتی تھی۔ یہاں تو ایسی کوئی جگہ نہیں تھی۔ یہ سنتے ہی مَیں نے فوراً کینجھر

جھیل اور مکلی کا نام لیا، جس پر سُومل اپنی اماں سے مکلی گھومنے کی فرمائش کرنے لگی کہ وہ لوگ ابھی تک وہاں بھی نہیں گئے تھے۔ میری اماں انہیں وہاب شاہ بخاری کے عرس کے متعلق بتانے لگیں جس کا انتظار ان دونوں کو بھی تھا۔

میں سُومل سے ہم کلام ہونے کے موقعے کا متلاشی تھا اور وہ مل کے نہیں دے رہا تھا۔ مجھے ان کے ساتھ گھنٹے بھر سے کچھ زیادہ وقت ہو گیا تھا۔ اس دوران راستے میں اور مختلف دکانوں پر مَیں نے کئی مردوں کو ان ماں بیٹی کو تاڑتے ہوئے بلکہ آنکھوں، ہونٹوں اور زبان سے کچھ واہیات قسم کے اشارے کرتے ہوئے بھی دیکھا۔ تنگ سیاہ ریشمی برقعے میں بند سیمی کا سراپا اور اس کی آنکھیں ہر راہ گیر کے دل پر ستم ڈھاتی گزر رہی تھیں اور اس کی دختر کو دیکھ کر آہیں بھرنے والے بھی کم نہ تھے۔

شام ڈھلتے ہوئے ذرا سی دھند پھیلی تو مَیں نے اسے اپنی آہوں کا دھواں سمجھا جو میرے بے قرار سینے سے نکل کر سارے میں پھیل گیا تھا۔ واپسی پر اماں وہاب شاہ بخاری کی کرامتوں اور معجزوں کے بارے میں بتاتی جا رہی تھیں جنہیں سیمی غور سے سنتی پیچ میں کوئی سوال کر دیتی تو اماں اسے جواب دینے میں مصروف ہو جاتیں۔ سُومل جواب تک ان کے ساتھ چل رہی تھی آگے بڑھ میری ہم قدم ہو گئی۔ مَیں نجانے کب سے اس موقعے کا منتظر تھا، اسی لیے میں کسی تمہید کے بغیر اس کی آنکھوں میں جھانکتے ہوئے اسے جتانے لگا کہ مَیں اسے دل و جان سے چاہتا تھا اور وہ میری سوچوں کا مرکز بن چکی تھی۔ ہر وقت اسی کے خیال میں ڈوبا رہتا تھا۔ میرا لہجہ بہت دھیما لیکن سنجیدہ تھا۔ مَیں اس کے حسن اور کشش کو سراہنے لگا تو اس کے ہونٹوں پر ایک مسکان آتے آتے اچانک لوٹ گئی اور اپنے پیچھے ایک روشنی چھوڑ گئی اور اس کے لب زیادہ آتشیں معلوم ہونے لگے۔

میرے لبوں سے نکلے الفاظ اس میانہ قامت لڑکی کے ننھے سے دل پر اثر انداز ہوئے تھے اور وہ استعجاب بھری آنکھوں سے میری طرف اس طرح دیکھ رہی تھی جیسے میں کوئی غیر معمولی شخص تھا۔ مَیں نے اس سے یہ سادہ سوال پوچھا کہ وہ مجھے چاہتی تھی کہ نہیں؟ اس کے بعد میں اس کا جواب جاننے کے لیے بے صبر ہونے لگا کیوں کہ مجھے شدت سے یہ محسوس ہو رہا تھا کہ میری زندگی میں واحد امید کی کرن یہی تھی۔

اپنی خود غرضی پر میں اس سے معذرت کرنا چاہتا تھا کہ مَیں سرِ راہ اسے دل کا حال سنانے لگ گیا لیکن میں نہ کر سکا۔ اس نے ذرا سا لجاتے ہوئے میری تعریف کی اور میرے لیے اپنی پسندیدگی ظاہر کی، جس کے بعد مجھے یہ محسوس ہونے لگا کہ چلتے ہوئے میرے پاؤں زمین سے اوپر اٹھ گئے اور میں اڑنے لگا لیکن ٹھیک اسی لمحے سُومل کے لبوں سے نکلی ایک بات نے مجھے نیچے اتار دیا۔ اس نے کہا کہ اسے یہ شہر پسند نہیں آیا تھا، اس لیے وہ یہاں سے نکلنا چاہتی تھی۔ اس کی خواہش تھی کہ مجھے کسی بڑے شہر میں جا کر روزگار ڈھونڈنے کی کوشش کرنی چاہیے تھی۔ تب مَیں نے دو ٹوک بتا دیا کہ مَیں اپنی جنم بھومی اور اپنا شہر چھوڑنے کے بارے میں سوچ بھی نہیں سکتا۔ یہ میرے جسم کی کھال کی طرح میرے وجود کا حصہ تھا۔ مَیں اس سے جتنی نفرت کرتا تھا اس سے زیادہ شاید محبت کرتا تھا۔ میرا جواب سن کر وہ چپ سی ہو گئی اور اس کی خاموشی مجھے ناگوار لگنے لگی۔ مجھے محسوس ہوا کہ جذبات کی رو میں کچھ زیادہ بہہ گیا۔ سُومل کی خاطر اپنا شہر تو کیا دنیا بھی چھوڑی جا سکتی تھی۔

اس کے مکان کے قریب پہنچ کر ہم دونوں رک گئے۔ اماں اور سیمی پیچھے آ رہی تھیں۔ دن کی روشنی دھیرے دھیرے

معدوم ہو گئی تھی اور خنک ہوا کے جھونکوں کی وجہ سے سردی کی شدت میں اضافہ ہو گیا تھا۔ مغرب کی اذان گرد و پیش کی مساجد سے بلند ہونے لگی تھی۔ سارے میں چڑیوں کا شور پھیلا تھا اور وہ اپنے آشیانوں میں دبکی کچھ دیر بعد شروع ہونے والی رات کے متعلق چہ مگوئیاں کرنے میں مصروف تھیں، جس کے بعد ان کی دنیا اندھیر ہو جاتی تھی اور وہ سب گہری نیند کے کھوہ میں جا گرتی تھیں۔ شہر کے کھنڈروں میں پڑی دن بھر روشنی سے ڈرتے ہوئے چمگادڑ شام ڈھلتے ہی اچانک بیدار ہو کر اپنا مٹر گشت شروع کر چکے تھے۔

مَیں نے اسے احساس دلانے کی کوشش کی کہ میرے لیے زندگی میں اس وقت سب سے اہم چیز اس کا وجود تھا، اس کا میرے ساتھ موجود ہونا تھا اس کے علاوہ دیگر سب چیزیں ثانوی حیثیت کی حامل تھیں اور انہیں باہمی مکالمے کے بعد طے کیا جا سکتا تھا۔ اس نے میری بات کی تائید میں اپنا سر ہلایا۔ اس اثنا میں اماں اور سیمی ہمارے قریب پہنچ گئیں۔ سیمی نے اماں کو گھر چل کر چائے پینے کی دعوت دی تو اماں نے ہاتھ جوڑ کر ان کا شکریہ ادا کیا اور ان سے کسی اور دن ملنے کا کہہ کر مجھے گھر چلنے کا اشارہ کرنے لگیں۔ مَیں نے ہاتھ جوڑ کر جلدی سے ماں بیٹی سے اجازت چاہی اور اماں کے ساتھ چلنے لگا۔

دروازے پر لگی کنڈی دیکھ کر ہمیں اندازہ ہو گیا کہ بابا اب تک گھر نہیں پہنچے تھے۔ مَیں نے جلدی سے جیب سے چابی نکال کر تالا کھولا اور پھر کنڈی نیچے اتار کے دروازہ کھول دیا۔ اندر گھپ اندھیرا تھا۔ مَیں نے جلدی سے اوپر کی منزل پر پہنچ کر ٹیوب لائٹ جلائی تو تیز ہوا سارے میں سرسراتی پھر رہی تھی۔ آج بادِ کوئٹہ کی شدت میں اضافہ ہو گیا تھا جس کی وجہ سے سردی کی شدت بڑھتی جا رہی تھی۔ اماں جلدی سے باورچی خانے کا بلب جلا کر رات کے کھانے کے لیے بھنڈی کاٹنے لگیں تو میں دبے پاؤں نیم چھتی پر جا کر سگریٹ پینے لگا۔

سگریٹ پیتے ہوئے میں خود کو خاصا مسرور اور مطمئن محسوس کر رہا تھا اور دوپہر سے پہلے ذہن میں جو انتشار پھیل گیا تھا، اب اس کا نام و نشان نہ تھا۔ سیمی اور سُومل دونوں سے خوش گوار اور حوصلہ افزا بات چیت ہو چکی تھی جس پر میرے اُس مستقبل کا انحصار تھا جو مجھے اس وقت بالکل اچانک تابناک دکھائی دینے لگا تھا۔ مَیں اپنی نت نئی خوش فہمیوں کے جنگل میں مور بن کر اکیلا ناچنے لگا۔

38

اب سوچتا ہوں تو لگتا ہے کہ مچھ لاڑ کے اور دریا کے پاچھاڑ کے باسی کی اصل مصیبت اس دنیا میں میری آمد اور اس کا سبب بننے والے لوگ تھے۔ انہوں نے مجھے جیتے جاگتے وجود کی حیثیت سے قبول کیوں نہ کیا؟ ہمیشہ مجھے اپنا محکوم کیوں سمجھتے رہے؟ کبھی میرے احساسات، خیالات اور جذبات کی گپھا میں جھانک کر دیکھنے کی کوشش کیوں نہ کی؟ کیا اسی واسطے مجھے اس جہاں میں لایا گیا تھا کہ مجھے ہمہ وقت تذلیل اور حقارت کا نشانہ بنایا جاتا رہے؟ اگر یہی میرا مقدر تھا تو مجھے ایسی زندگی کی کوئی ضرورت نہ تھی۔ مجھے عمر قید کے بجائے موت کی سزا ہونی چاہیے تھی تاکہ میں اپنے ہولناک ماضی کی سفاک یادوں سے مکتی پا سکتا، ان سے ہمیشہ کے لیے نجات حاصل کر سکتا کیوں کہ یہ یادیں نہیں بلکہ جونکیں ہیں، پسو ہیں، جوئیں ہیں جو آخری دم تک میرے کمزور بدن کا خون چوستی رہیں گی۔

کیا واقعی کسی کو اپنا غم سنا دینے سے دل کا بوجھ کچھ کم ہو جاتا ہے؟ مجھے اس قول کی صداقت پر یقین نہیں، اسی لیے میں کسی کو اس کی بھنک پڑنے نہیں دیتا۔ اس کے بارے میں کسی سے کچھ نہیں کہتا، بس سوچتا رہتا ہوں اور اپنے آپ سے باتیں کرتا رہتا ہوں کیوں کہ جب سے مَیں نے اپنی یادوں کی پٹاری کھولی ہے تب سے میری راتوں کی نیند اڑ کر غائب ہو چکی ہے میں رات بھر دروازے کی سلاخیں اور اونچی چھت کی کڑیاں گنتا رہتا ہوں۔ دور و نزدیک سے سنائی دیتی اپنے ہم جنسوں کی آوازیں سنتا ہوں۔ میری یادوں کے بگولوں نے میرے جسم و روح کا قرار چھین لیا ہے اور میں رات دن یہاں بولایا بولایا پھرتا ہوں۔

اس بلند و بالا چار دیواری (جہاں میں اس وقت موجود ہوں) سے کچھ دوری پر جو دریا بہتا ہے وہ دن بھر یہاں برپا رہنے والے شور کی وجہ سے اپنے ہونے کا پتا نہیں چلنے دیتا لیکن دن ڈھلتے ہی اس کی سرگوشیاں میری سماعت میں سرسرانے لگتی ہیں۔ وہ مجھ سے رات میں ہم کلام ہوتا ہے، مجھ پر ہنستا ہے، میرا مذاق اڑاتا ہے کہ مَیں تو محض اپنے چند آنسو لیے پھرتا ہوں جب کہ وہ ان سے لبالب ہر وقت بہتا رہتا ہے۔ اس نے اپنے جلو میں صدیوں کے آنسو چھپا رکھے ہیں لیکن کسی کو اس کا پتا نہیں چلنے دیتا۔ وہ ان گنت انسانوں کے بیشمار رازوں کا امین تھا۔ وہ مجھ سے اپنا راز بھی اس کے حوالے کرنے کے لیے کہتا ہے لیکن میں اس کی بات ان سنی کر کے بیرک کی سلاخیں گننے لگتا ہوں جو تعداد میں ہر بار چوبیس ہی نکلتی ہیں۔

میں اپنے آپ سے پوچھتا ہوں کہ جو کچھ میرے ساتھ حقیقت میں پیش آیا، تو وہ سب ہوا ہی کیوں؟ میرے ساتھ ہونے والے واقعات کی ترتیب الٹ بھی تو سکتی تھی اور ان میں چھپی ہوئی تلخی، نفرت، اذیت کی جگہ خوشی، مسرت اور لذت بھی تو لے سکتی تھیں؟ پھر یہ سب کچھ میرے ساتھ ہونا اتنا ناگزیر کیوں تھا؟ کیا میں اپنی تقدیر سے فرار نہیں ہو سکتا تھا؟ کیا زندگی کے واقعات کے انتخاب کا تھوڑا سا حق ہم انسانوں کو نہیں ملنا چاہیے تھا تاکہ ہم اپنی پسند سے اس کی کچھ کتر بیونت ہی کر لیتے۔

اب یہ سب باتیں فضول ہیں۔ اب کچھ نہیں ہو سکتا۔ جو ہونا تھا وہ تو ہو چکا۔ میری زندگی اور اس میں رونما ہو چکے واقعات پتھر پر لکیر کی مانند اٹل اور حتمی تھے۔ مجھے انہیں بیان کرنے کی تاب لانی ہی ہو گی۔ ہم سب پتھروں پر کھنچی ہوئی ایسی لکیروں کی طرح ہیں، جنہیں صحرا کی تند و تیز ہواؤں کے سپرد کر دیا گیا ہے۔ مَیں اپنے شہر کے ایک مشہور فریم ساز کا وہ بدنصیب بیٹا ہوں، جس کی کسی تصویر کے لیے اس کے باپ کو کبھی فریم بنانے کا خیال نہیں آیا۔ وہ شہر بھر کی مسجدوں، خانقاہوں، درگاہوں اور دکانوں میں لگانے کے لیے تصویریں فریموں سے مزین کرتا رہا لیکن اپنے اکلوتے بیٹے کو اس اعزاز سے ہمیشہ محروم ہی رکھا۔ اب لگتا ہے کہ میرے لیے یہی بہت ہے کہ مَیں نے تھوڑا عرصہ دو لڑکیوں کے قریب تو رہ کر گزار لیا۔ میں ان کا لمس نہیں پا سکا تو کیا ہوا، کم از کم ان کا وجود میرے دل و دماغ پر کچھ ایسے ان مٹ نقوش چھوڑنے میں تو کامیاب ہو گیا جو آخری دم تک میرے لیے بیش قیمت اثاثہ رہیں گے۔

مجھے اپنی اس سرمستی کا ذکر کرنا تھا جو کلاتھ مارکیٹ آتے جاتے ہوئے سیمی اور سُومل سے ہو چکی باتوں کی وجہ سے مَیں اپنے رگ و ریشے میں محسوس کر رہا تھا اور جس نے مجھے اپنے حصار میں لے رکھا تھا۔ رات کا کھانا کھا کر اماں اور میں اپنے بستروں میں گھس کر اپنی رضائیاں اوڑھ کر لیٹ گئے۔ مَیں سُومل کی باتوں، اس کی آواز کے زیر و بم اور اس کی نرم و تیز سانسوں کے علاوہ اس کی آنکھوں میں چمکتی جذبوں کی قوسِ قزح میں کھو گیا تھا۔ مجھے سیمی کی یقین دہانی یاد آ رہی تھی کہ وہ میرے بابا سے بات کر کے مجھے رکوا لے گی۔ مَیں نے طے کر لیا تھا کہ بابا کے حوالے سے اسے کچھ معلومات ضرور دوں گا۔ ایسا کرنا میں اپنا فرض سمجھ رہا تھا اس کے بعد اس کی اپنی مرضی تھی۔ مجھے بار بار یہ خیال آ رہا تھا کہ اسے کوئی اچھا سا تحفہ ضرور دینا چاہیے۔ کوئی انگوٹھی، ہار یا کوئی پازیب۔

اماں نے رضائی سے اپنا سر نکال کر منحنی سی آواز میں مجھے کھڑکیاں بند کرنے کے لیے کہا کیوں کہ سرد ہوا کی شدت میں اضافہ ہو گیا تھا اور وہ سارے میں شونکارے مارتی پھر رہی تھی۔ کھڑکیوں کے کھلے ہوئے پٹ دھیرے سے چرچراتے شور مچا رہے تھے۔ مَیں اپنی چارپائی پر لیٹا رضائی میں دبکا ہوا اپنے بابا کے بارے میں سوچ رہا تھا۔ آج خلافِ معمول انہوں نے گھر آنے میں دیر کر دی تھی۔ مساجد سے عشا کی اذان سنائی دیئے کچھ دیر گزر چکی تھی۔ مَیں رضائی خود پر سے ہٹاتا ہوا اٹھ کر کھڑکیاں بند کرنے لگا تو ان سے آتی یخ بستہ ہوا میرے وجود سے ٹکرانے لگی۔ مَیں نے جھرجھری سی لی۔ یہ ہوا بالکل خشک تھی۔ اس لیے ناک اور گلے پر اثر کر رہی تھی اور کنپٹیوں پر محسوس ہو رہی تھی۔ مَیں نے جلدی سے سب کھڑکیاں بند کر دیں۔ مجھے جیب میں پڑے دو سگریٹ یاد آئے تو مَیں نے تخت پر بیٹھ کر ان میں سے ایک دیا سلائی کی مدد سے سلگایا

اور دھیرے دھیرے کش لینے لگا۔

میں اس وقت خود کو بہت آسودہ محسوس کر رہا تھا۔ مجھے لگ رہا تھا کہ آنے والے کچھ ہی روز میں میرے بیشتر مسائل ہو جائیں گے۔ دکان کھولنے کے لیے بابا کا پیسے دینے سے انکار سننے کے بعد مَیں نے یہ طے کر لیا تھا کہ اب اپنے شہر میں ہی کوئی کام ڈھونڈ کر پیسے جمع کروں گا تاکہ اگلے چند مہینوں میں اپنی ذاتی دکان کھولنے میں کامیاب ہو جاؤں۔ اب یہ بہت ضروری ہو گیا تھا کیوں کہ اس کی وجہ سے میرے لیے سُومل کو ہمیشہ کے لیے حاصل کرنا ممکن تھا۔ وہ مجھ سے کہہ رہی تھی کہ اسے یہ شہر پسند نہیں۔ چند روز پہلے وہ یہاں کے بازار سے نالاں دکھائی دے رہی تھی۔ زیادہ پیسے کمانے کے لیے اپنی دکان کھولنا ناگزیر تھا کیوں کہ بڑے شہر جا کر کوئی دھندا شروع کرنے کے لیے زیادہ پیسوں کا ہونا ضروری تھا۔ مَیں سُومل کے ساتھ کسی نئے شہر جا کر اپنی قسمت آزمائی کے لیے بھی تیار تھا۔ مَیں نے سوچا کہ اگلے دن جب اس کے گھر جاؤں گا تو اسے اپنے اس فیصلے سے آگاہ کروں گا۔

سگریٹ ختم ہوئی تو مَیں نے احتیاطاً اس کا ٹکڑا فرش پر پھینک کر پیروں تلے دبانے کے بجائے ہاتھ میں پکڑا اور اسے اماں کی چارپائی کے نیچے بالکل اسی طرح اچھال دیا، جس طرح میرے بابا پھینکا کرتے تھے۔ اس کے بعد میں رضائی اوڑھ کر بیٹھ گیا۔

مجھے اس بات کا اندازہ تھا کہ میری ہر خوش فہمی، آسودگی کی ہر خواہش، میری آنکھوں میں سجنے والا ہر خواب، غرض میرے مستقبل سے وابستہ ہر امکان کا دارومدار اسی چیز پر تھا کہ مَیں اپنے شہر مُردار میں اپنے گھر میں مستقل طور پر رہوں اور یہیں سے اپنا رزق کشید کرنے کی تگ و دَو کروں لیکن بابا ایک بار پھر مجھے شہر نکالا دے چکے تھے۔ وہ مجھے دو سال کے عرصے کے لیے بھیجنا چاہتے تھے مگر میں اپنا جی اس بات پر کڑا کر چکا تھا کہ ہر حال میں ان کی حکم عدولی کروں گا، چاہے مجھے اس کے لیے جو قیمت بھی ادا کرنی پڑے لیکن میری نافرمانی کے باوجود ان کا رویہ شدید اور سخت ہوتا جا رہا تھا۔

میں جب سے واپس آیا تھا کوئی ایسا دن نہ گزرا تھا جب ان کی آنکھوں میں مجھے اپنے جانے سے متعلق سوال دکھائی نہ دیا ہو۔ وہ جب بھی میری جانب دیکھتے مجھے یوں لگتا جیسے استفسار کر رہے ہوں کہ کب دو سال کے لیے دفع ہو جاؤ گے؟ اسی لیے میں مجبوراً سوچنے لگا کہ اگر انہوں نے مجھے گھر سے نکال دیا تو میں کیا کروں گا؟ یہاں میری کسی سے ایسی دوستی نہیں تھی کہ مَیں چند روز کے لیے اس کے ہاں قیام کر لیتا۔ شہر میں اکا دکا ہوٹل اور مسافر خانے اس کام کے لیے موجود تھے لیکن وہاں خاصی رقم خرچ ہو جانے کا احتمال تھا جب کہ مجھے محنت مزدوری کر کے زیادہ سے زیادہ رقم جوڑنی تھی اور وہ اسی صورت ممکن تھا جب میں اپنے گھر میں قیام کروں۔ اب مجھے سیمی کی وجہ سے یہ مسئلہ ہو جانے کی امید نظر آنے لگی تھی۔

جھینگروں کی ریں ریں اور کتوں کی بھونکاہٹیں بہت دور سے سنائی دے رہی تھیں۔ مَیں نے رضائی اوڑھے ایک جماہی لی اور میرے اعصاب پر نیند کرنے کی خواہش طاری ہونے لگی۔ عین اسی لمحے میں مجھے گلی سے کسی قدموں کی چاپ سنائی دینے لگی، جو دھیرے دھیرے قریب آتی چلی گئی اور میں اسے توجہ سے سننے لگا۔ کوئی ڈگمگاتے ہوئے قدموں سے چلا آ رہا تھا۔ مجھے سنائی دیتے قدم کسی طرح اپنے بابا کے محسوس نہ ہو رہے تھے۔ ہو سکتا ہے کہ انہوں نے زیادہ شراب پی رکھی

ہو اور نشے میں دھت ہوں۔ میرا یہ اندازہ درست نکلا کیوں کہ وہ گھر کے دروازے کے پاس آ کر رک گئے۔ مَیں نے اماں کو جگانے کی کوشش کی تا کہ وہ اٹھ کر دروازہ کھولنے کے بعد ان کے لیے کھانا بھی نکال دیں لیکن میری پکاروں کا ان پر کوئی اثر نہ ہوا تو مجبوراً مجھے نیچے جانا پڑا کیوں کہ اب کنڈی بج رہی تھی۔ رات کے سناٹے میں اس کی کڑیوں کی جھنکار ایک لحظہ گونج کر خاموش ہو گئی۔

میں چپل پہن کر تیزی سے زینے کی جانب لپکا اور سیڑھیاں اترتا ہوا دروازے تک پہنچ گیا۔ اسے کھولنے سے پہلے مَیں نے دیوار پر لگے ایک بورڈ پر نصب نچلی منزل کے بلب کا بٹن دبا دیا، جس کے جلتے ہی نچلی منزل روشن ہو گئی۔ اس کے فوراً بعد مَیں نے دروازہ کھولا تو ابا نے اپنا سر اٹھا کر سیدھا میری طرف دیکھا اور اس کے ساتھ ہی یخ ہوا کے کئی جھونکے آ کر مجھ سے ٹکرائے تو مَیں نے ایک جھرجھری لیتے ہوئے انہیں سلام کیا اور آگے بڑھ کر ان کے گھٹنے چھوئے، اس کے بعد ان کے آگے سے ہٹ کر ایک طرف کھڑا ہو گیا۔ وہ چند فریم کی ہوئی تصویریں جن کے گرد گجراتی زبان کے اخبار کا کاغذ بندھا ہوا تھا، اٹھائے کھڑے ڈگمگا رہے تھے۔ انہوں نے وہ فریم میری طرف بڑھائے تو مَیں نے آگے بڑھ کر فوراً انہیں اپنے ہاتھ میں لے لیا۔ مجھے تصویریں دیکھنے کا تجسس ہوا لیکن میں اسے دبا دیا۔ ہوا سے اخبار کا کاغذ پھڑ پھڑا رہا تھا۔

بابا کی حالت ٹھیک نہیں لگ رہی تھی۔ آنکھیں گہری سرخ تھیں اور منہ سے غلیظ بو کے بھبکے سے نکل رہے تھے۔ وہ لڑکھڑاتے ہوئے اندر داخل ہوئے اور حیرانی سے خالی کمرے میں ادھر ادھر دیکھنے لگے، جیسے کسی کو ڈھونڈ رہے ہوں۔ پھر مجھ سے اماں کے بارے میں پوچھنے لگے تو مَیں نے بتایا کہ وہ سو رہی تھیں۔ میرا جواب سن کر وہ بڑبڑانے لگے کہ وہ کھانا بعد میں کھالیں گے۔ مَیں نے انہیں اوپر چلنے کے لیے کہا تو وہ مجھے گھور کر دیکھتے ہوئے کمرے میں پڑے ہوئے خالی موڑھوں کی جانب چلے گئے۔ مَیں نے جلدی سے دروازہ بند کیا۔ بابا نے مجھے تصویریں خالی موڑھے پر رکھنے کے لیے کہا۔ مَیں نے فوراً انہیں وہاں رکھ دیا۔ اس کے بعد مَیں نے بابا سے ایک بار پھر اوپر چلنے کے لیے کہا تو وہ خفگی سے میری طرف دیکھتے کہنے لگے کہ انہیں مجھ سے بات کرنی تھی۔ مَیں اپنے سینے پر ہاتھ باندھ کر ان کے سامنے کھڑا ہو گیا۔

وہ صبح کے گھر سے نکلے اب واپس آئے تھے اور ان کے چہرے اور چال ڈھال سے تھکن ظاہر ہو رہی تھی۔ ان کی سانولی رنگت سیاہی مائل ہو گئی تھی اور سر کے بال بکھر کر پیشانی پر جمع ہو گئے تھے۔ وہ سو واٹ کے بلب کی روشنی میں گہرے سیاہ دکھائی دے رہے تھے۔

وہ میری طرف دیکھے بغیر پوچھنے لگے کہ مَیں کب حیدر آباد جا رہا ہوں؟ ان کا یہ سوال سن کر مَیں نے جواب دینے کے بجائے خاموشی اختیار کیے رکھی جو انہیں ناگوار لگی۔ اسی لیے وہ اپنا سوال دہرانے لگے۔ اس بار میرے لیے چپ رہنا ناممکن تھا، سو مَیں نے ان کی طرف دیکھتے صاف لفظوں میں انہیں بتایا کہ اب وہاں جانے کو میرا دل بالکل نہیں چاہتا۔ ساڑھے تین سال کا عرصہ مَیں نے وہاں تنِ تنہا گزارا تھا۔ مجھے وہاں چھوڑ کر آنے کے بعد انہوں نے ایک بار بھی میری خیریت معلوم نہیں کی تھی۔ مَیں اب دوبارہ جانے کے لیے بالکل تیار نہ تھا۔ اپنی بات کہنے کے بعد میں چپ ہو گیا مگر وہ اپنے ماتھے پر تیوری

چڑھائے اپنی سرخ آنکھوں سے مجھے گھورتے رہے۔

کچھ دیر بعد انہوں نے مجھ سے جو سوال پوچھے انہیں سن کر مجھے قدرے حیرت ہوئی۔ انہوں نے پوچھا کہ میرا دل جانے پر کیوں آمادہ نہیں؟ یہ سن کر مَیں نے اپنی سٹپٹاہٹ پر قابو پانے کی کوشش کرتے ہوئے دھیمے لہجے میں انہیں جواب دیا کہ مَیں انہیں اپنے رضامند نہ ہونے کی وجہ بتا چکا تھا۔ یہ سنتے ہی وہ غصے سے سر ہلاتے ہوئے بولے کہ انہیں سب خبر تھی، میرا دل کہاں لگا ہوا تھا۔ انہوں نے اپنی جیب سے دو سو روپے کے نوٹ نکال کر انہیں حقارت سے میری جانب اچھالا۔ دونوں نوٹ ان کے ہاتھ سے چھوٹ کر زمین پر جا گرے اور وہ ان کی جانب اشارہ کرتے مجھے حکم دینے لگے کہ مَیں کل صبح اپنا بوریا بستر لپیٹ کر یہاں سے بھُٹ جاؤں۔ یہ کہتے ہوئے ان کے منہ سے کف اڑنے لگی۔ ہمیشہ کی طرح ان کی بات میں قطعیت تھی یعنی مجھے ہر حال میں ایسا کرنا تھا۔ ان کے مطابق مجھے مہینہ ہونے والا تھا اور اتنی چھٹی میرے لیے کافی تھی۔ مجھے واپس جا کر اپنا کام پورا سیکھنا چاہیے۔ بولتے بولتے وہ ہانپنے لگے پھر چپ ہو گئے۔

مَیں نے زمین پر گرے ہوئے نوٹ نہیں اٹھائے اور خاموش کھڑا رہا تو وہ میری جانب دیکھتے موڑھے سے اٹھے اور لڑکھڑاتے میرے قریب آ کر گرجنے لگے۔ ''ارے چھوکرے۔ تیرے دماغ میں جو چل رہا ہے، مَیں سب جانتا ہوں۔ چل نوٹ اٹھا کر جیب میں ڈال۔ ڈال شاباش۔'' مَیں نے حقارت سے اپنا منہ دوسری طرف پھیر لیا۔ وہ اس وقت بہت غلیظ دکھائی دے رہے تھے۔ ''تو دو سال وہاں اور لگا کر آ جا، پھر وعدہ کرتا ہوں کہ جدھر تو بولے گا، ادھر ہی تیری شادی میں کرواؤں گا۔ سن لیا۔''

ان کی یہ پیشکش سن کر بھی میں سر جھکائے کھڑا رہا۔ میرے لیے وہ نوٹ اٹھانے اور یہاں سے کہیں جانے کا سوال پیدا نہیں ہوتا تھا۔ مَیں نے بابا کی طرف بمشکل دیکھتے ہوئے ایک بار پھر دوہرایا کہ مَیں ہرگز نہیں جاؤں گا۔ مسلسل میرا انکار سن کر وہ طیش میں آ گئے اور انہوں نے اچانک میرا گریبان پکڑ لیا اور دوسرا ہاتھ مجھے مارنے کے لیے اٹھایا۔ ان کا بھاری ہاتھ میرے گال پر پڑا تو تکلیف سے میرے منہ سے آواز نکلی جسے میں خود نہ پہچان سکا۔ تیز سردی کی وجہ سے محسوس ہوا کہ کسی نے میرے گال میں تیز چاقو کا پھل اتار دیا تھا جس کی وجہ سے وہاں سے خون کا فوارہ پھوٹ نکلا تھا۔ رات کے اس پہر پوری طرح ان کے رحم و کرم پر ہونے کی وجہ سے اچانک میرا دل خوف سے بھر گیا۔ مجھے ان کے رویئے پر غصہ بھی آ رہا تھا لیکن اچانک میرے اندر چھپا ہوا ڈر اس پر غالب آ گیا۔ اگلے ہی لمحے مَیں نے بابا کو زور سے دھکا دے کر ان سے اپنا گریبان چھڑایا۔ میرے دھکے سے وہ موڑھے پر جا گرے لیکن مجھے گالیاں دیتے تیزی سے اٹھ کر مجھے دوبارہ پکڑنے کے لیے لپکے۔ مَیں شتابی سے بھاگتے ہوئے سیڑھیاں چڑھتا چلا گیا۔

ابا کی گالیوں اور میرے بھاگنے کے شور سے اماں ہڑبڑا کر اپنے بستر پر اٹھ کر بیٹھ گئیں۔ مَیں سیدھا ان کے پاس پہنچا اور انہیں جلدی سے بتایا کہ بابا نشے میں تھے اور مجھے مارنا چاہتے تھے۔ یہ سن کر اماں پر گھبراہٹ سی طاری ہو گئی۔ ان کے منہ سے بے ساختہ نکلا۔ ''ہائے یہ تم کہہ رہے ہو؟''۔ اس کے بعد وہ اپنی آنکھیں زور سے مسلنے لگیں کیوں کہ نیند ٹوٹنے

کی وجہ سے ان میں جلن ہو رہی تھی۔

انہیں چھوڑ کر میں خود کو بابا کی مار سے بچانے کے لیے کسی محفوظ مقام کی تلاش میں نیم چھتی کی طرف دوڑا۔ وہ نشے کی پینک میں تھے اور کچھ بھی کر سکتے تھے۔ لکڑی کی سیڑھیوں پر ہونے والی دھپ دھپ پورے گھر میں گونج رہی تھی اور شاید باہر تک بھی جا رہی تھی۔ مَیں تاریکی میں ڈوبی نیم چھتی پر جا کر ادھر ادھر دیکھتا چھپنے کے لیے کوئی جگہ ڈھونڈنے لگا۔ کھاٹ کے پیچھے پڑے ہوئے لوہے کے پرانے بکسے کے پاس مجھے چھپنے کی جگہ مل گئی اور میں وہاں دبک کر بیٹھ گیا۔ مَیں پہلی منزل سے آتی آوازیں دھیان سے سن رہا تھا۔ بابا کے دہاڑتے لہجے سے اس وقت پورا مکان گونج رہا تھا۔

وہ پہلی منزل پر پہنچ کر ہانپتے کانپتے ہوئے اماں کو دیکھتے ہی ان پر برس پڑے کہ وہ جان بوجھ کر مجھے شہ دے رہی تھیں اور اب تک مجھے جانے سے روکا ہوا تھا۔ اماں بے چاری اپنی منحنی سی آواز میں منمناتی رہیں لیکن وہ ان کی کوئی بات سننے پر آمادہ نہ تھے اور بار بار میرا پوچھ رہے تھے۔ ان کا غصہ ٹھنڈا کرنے کے لیے اماں نے گھڑے سے کٹورے میں پانی نکال کر ان کی جانب بڑھایا تو انہوں نے پانی لینے کے بجائے اسے زور سے ہاتھ مار دیا۔ پیتل کا کٹورا سیڑھیوں میں لڑھکتا، شور مچاتا ہوا نیچے چلا گیا۔ بابا بضد تھے کہ آج قادر کا فیصلہ ہو کر رہے گا۔ وہ مجھے ہر حال میں گھر سے نکالنا چاہتے تھے۔

تھوڑی دیر گزرنے کے بعد مَیں نے محسوس کیا کہ میرے دل میں پیدا ہونے والا انجانا ڈر اب کہیں غائب ہوتا جا رہا تھا اور میں دھیرے سے لوہے کے بکسے کے سامنے زمین پر بیٹھ کر اس کی کنڈی کھولنے لگ گیا تھا۔ کسی چرچراہٹ کے بغیر میں اسے کھولنے میں کامیاب ہو گیا تھا۔ مجھے قوی امید تھی کہ اس پرانے بکسے کے اندر ٹٹولنے پر مجھے کوئی ایسی چیز ضرور مل سکتی تھی جو میرے دفاع کے کام آ سکتی تھی۔

وہ اماں کو دھتکارتے نیم چھتی کی طرف بڑھنے لگے لیکن وہ ان کے سامنے دیوار بن کر کھڑی ہو گئیں اور انہیں بار بار پیر دستگیر کی قسمیں دے کر یقین دلانے کی کوشش کرنے لگیں کہ قادر جلد یہاں سے چلا جائے گا۔ تب بابا نے بلند لہجے میں کہا کہ وہ قرآن کی قسم اٹھا کر مجھے واپس بھیجنے کی ذمہ داری لیں اور مجھے جانے پر مجبور کریں۔ امی نے قسم اٹھائی اور وعدہ بھی کیا کہ وہ مجھے ہر حال میں روانہ کر دیں گی۔ تب وہ اپنے تخت پر بیٹھ کر خاصی دیر تک بڑبڑاتے رہے۔ اس اثنا میں اماں نے بٹن دبا کر نیچے کمرے میں روشنی کر دی تو نیم چھتی پر بھی کچھ چاندنا ہو گیا۔

ایک التجا بھرے لہجے میں قسمیں کھا کر بابا کو یقین دلاتی اماں کی دلدوز آوازوں نے مجھے بے چین کر دیا۔ مَیں ایک وحشت سے بکسے میں ہاتھ مارنے لگا۔ نیچے سے آتی روشنی کی وجہ سے مجھے نیم چھتی پر لوہے کے بکسے کی تلاشی لینے میں آسانی ہو گئی تھی۔ کپڑوں اور چادروں کے ڈھیر کے نیچے لوہے اور لکڑی سے بنی کوئی چیز میرے ہاتھ سے ٹکرائی تو ایک تجسس کے زیرِ اثر مَیں نے اسے باہر نکالنے کے لیے تھوڑی سی قوت لگا کر اسے کھینچا۔ میرے ہاتھ میں ایک پرانی زنگ آلود کلہاڑی آ گئی۔ اسے دیکھ کر مجھے یاد آیا کہ یہ میرے دادا کی نشانی تھی، جسے اس بکسے میں سنبھال کر رکھا ہوا تھا۔ وہ گھر کے چولھے کا بالن جمع کرنے کی خاطر پِیلُوں کے جنگل سے لکڑیاں کاٹ کر لایا کرتے تھے۔ مَیں نے اسے اپنے ہاتھ میں اٹھایا تو وہ کچھ

بھاری سی تھی۔ سارا وزن اس کے لوہے کے پھل کا تھا جو بری طرح زنگ آلود ہو چکا تھا۔ اس کا لکڑی کا دستہ چھوٹا سا تھا۔ زنگ آلود کلہاڑی میرے کسی کام کی نہیں تھی، اس کی مدد سے صرف اپنا سر ہی پھوڑا جا سکتا تھا۔ یہ سوچ کر مَیں نے اسے آہستگی سے دوبارہ بکسے کے اندر رکھ دیا۔

چند ثانیوں بعد امی نے مجھے آواز دے کر نیچے بلایا تو مَیں نے جانے سے انکار کر دیا۔ اس پر بابا کی بڑبڑاہٹ بھی سنائی دی۔ مجھے لگا جیسے وہ مجھے بلا رہے تھے لیکن مَیں نے ان کی بڑبڑاہٹ نظر انداز کر دی۔ مَیں ان کا سامنا کرنا نہیں چاہتا تھا۔ اس لیے میں وہاں جھلنگا چارپائی پر نجانے کب کا بچھا ہوا گندا سا بستر آہستگی سے جھاڑنے لگا۔ اس پر ایک پرانا کمبل بھی سمٹا ہوا پڑا تھا جسے مَیں نے پورا کھول کر اچھی طرح جھاڑا۔ امی نے مجھے دو چار بار بلایا تو مَیں نے کوئی جواب نہ دیا۔ ہر دفعہ ان کی آواز کے ساتھ بابا کی غصیلی بڑبڑاہٹ بھی سنائی دی۔

چھت کی طرف کھلنے والے دروازے کی جھریوں سے سرد ہوا سرسراتی ہوئی اندر آ رہی تھی۔ مَیں جھلنگا چارپائی پر دھیرے سے لیٹ گیا اور بدبودار کمبل کھینچ کر اپنے آدھے جسم پر اوڑھ لیا اور میں نہ چاہتے ہوئے بھی نیچے کی آوازیں سننے لگا۔ اماں اپنے پاؤں گھسیٹتے ہوئے باورچی خانے گئیں اور وہاں دو چار برتن کھڑکاتے ہوئے بابا کے لیے کھانا نکالنے لگیں۔ اس کے بعد انہوں نے انہیں تخت پر کھانا پیش کیا اور گھڑونچی سے کٹورے میں پانی نکال کر ان کے پاس لا رکھا۔

بابا کی یہ عادت بھی عجیب تھی کہ شراب تو باہر سے پی لیتے تھے لیکن کھانا ہمیشہ گھر آ کر کھاتے تھے اور وہ بھی اماں کو اپنے سامنے بٹھا کر۔ بسا اوقات وہ اس دوران ان سے اپنی پیٹھ پر کھجلی کرواتے یا اپنے پاؤں دبواتے۔ مَیں نے جی ہی جی میں خود سے تہیہ کیا کہ شادی کے بعد اپنی بیوی سے ایسا سلوک نہیں کروں گا۔

اماں شاید اٹھ کر اوپر لے زینے کی طرف بڑھنے لگیں جس پر بابا نے فوراً ان سے پوچھا کہ کدھر جاتی ہو؟ انہوں نے جواب دیا کہ اپنے بیٹے کا حال پوچھنے جا رہی ہوں۔ ابا نے گرج کر کہا۔ ''اس کی کوئی ضرورت نہیں۔ اسے آج اوپر ہی سونے دو لیکن کل شام تک اگر وہ مجھے یہاں نظر آیا تو تم دونوں کی خیر نہیں، سمجھیں۔ بیٹھو ادھر۔'' انہوں نے اماں کو اپنے پاس بٹھا لیا۔ جب بابا کھانا کھا چکے تو اماں برتن رکھنے باورچی خانے چلی گئیں۔ بابا کے منہ سے نکلتی عجیب آوازیں سن کر میں سمجھ گیا کہ وہ جماہیاں لے رہے تھے اور کچھ دیر میں گہری نیند سونے والے تھے۔ اماں برتن واپس رکھنے جائیں تو کچھ دیر تک پریشانی سے اس افتاد کے بارے میں سوچتی باورچی خانے میں بیٹھی رہیں گی۔

کچھ دیر تک نیچے سے کوئی آواز سنائی نہ دی تو میں سمجھ گیا کہ وہ بابا کے سونے کا انتظار کر رہی تھیں۔ انہیں مجھ سے ملے بغیر نیند نہیں آئے گی اور یہی ہوا۔ کچھ دیر بعد بابا کے خراٹے دھیمے دھیمے سنائی دینے لگے تو وہ دبے پاؤں چلتی نیم چھتی پر میرے پاس آ گئیں۔ انہیں قریب آتے دیکھ کر میں اپنی آنکھیں میچ کر ایسے بن گیا جیسے گہری نیند سو رہا تھا۔ اگر میں آنکھیں کھول کر ان کی طرف دیکھ لیتا تو مجھے یقین تھا کہ وہ اسی دم اصرار کر کے مجھے نیچے لے جا کر میری چارپائی پر سلا دیتیں۔ وہ کچھ دیر میرے سرہانے کھڑے ہو کر دیکھتی رہیں۔ پھر انہوں نے میرے سر پر ہاتھ پھیرتے ہوئے مجھے جگانا چاہا لیکن چند

لمحوں تک میرے بدن میں کوئی جنبش نہ پا کر انہوں نے میرے کندھے کو دھیرے سے ہلایا۔اس مرتبہ بھی میں اپنا جسم ساکت کیے دم سادھے پڑا رہا جیسے گہری نیند میں تھا۔اماں کچھ دیر تک وہاں کھڑی پریشانی سے میری طرف دیکھتی رہیں، پھر وہ دھیرے دھیرے چلتی دوبارہ نیچے چلی گئیں۔انہوں نے کمرے کی بتی بند کر دی اور سارے میں اندھیرا پھیل گیا۔

میں گہری تاریکی میں چارپائی کے کھوہ میں گندے بستر پر کمبل اوڑھے سردی سے ٹھٹھرتا اور کروٹیں لیتا رہا جو شب گزرنے کے ساتھ بڑھتی چلی گئی تھی۔بستر اور کمبل سے اٹھتی ایک ناگوار بو جو شروع میں مجھے کچھ دیر تک پریشان کرتی رہی مگر پھر دھیرے دھیرے میں اس کا عادی ہوتا چلا گیا اور اس نے میرے نتھنوں میں کھلبلی مچانی بند کر دی۔

گزشتہ روز سُومل اور اس کی ماں سے ہونے والی ملاقات کی وجہ سے مجھے جو تھوڑی خوشی میسر آئی تھی رات میں بابا سے نشے کے عالم میں ہونے والی ملاقات کی وجہ سے وہ کافور ہو چکی تھی۔مَیں بابا کی جھک جھک سے عاجز آ گیا تھا۔وہ مجھے زبردستی واپس بھیجنے پر تلے ہوئے تھے لیکن مَیں نے تہیہ کر لیا تھا کہ اب میرا واپس جانا ناممکن تھا۔مجھے اپنے شہر میں کوئی ایسا روزگار تلاش کرنا تھا، جس کے سہارے میں اپنی آزادی اور خودمختاری کے ساتھ اپنے دن گزار سکوں۔مَیں اپنے لیے نت نئی منصوبہ بندی کرتا رہا۔مَیں نے اپنا گھر چھوڑنے کا فیصلہ کر لیا تھا اور یہ میری گھر میں آخری رات تھی۔مجھے ہرگز معلوم نہیں تھا کہ کل کی شب کہاں گزاروں گا؟ کہاں رہوں گا؟ کسی مسافر خانے میں یا کسی مزار کے احاطے میں۔کسی مکینک کی گیراج میں یا فٹ پاتھ پر۔بہر حال اب اس گھر میں میرا رہنا محال ہو چکا تھا۔

میں اپنی سوچوں میں گم تھا کہ اچانک شاہ جہانی مسجد کے اسپیکروں سے فجر کی اذان بلند ہونے لگی اور اس کے فوراً بعد دیگر مساجد سے بھی۔گھر سے نکل جانے کے لیے مجھے یہی وقت مناسب لگ رہا تھا کیوں کہ اگر تھوڑی دیر اور گزر گئی تو اماں اور بابا کے جاگنے کا احتمال تھا۔مَیں چاہتا تھا کہ جب وہ نیند سے جاگیں تو انہیں میرا نشان تک نہ ملے۔سُومل کی ماں کی دی گئی تسلی کے حوالے سے بھی مجھے مایوسی نے گھیر لیا تھا اور مجھے یقین ہو چلا تھا کہ بابا اس کی بات ماننے سے مکمل طور پر انکار کر دیں گے کیوں کہ وہ اپنی ضد پر اڑ گئے تھے اور ٹس سے مس ہونے پر تیار نہ تھے۔

اذانیں تھمنے لگیں تو مَیں نے کمبل اتار پھینکا اور جھلنگا چارپائی پر بیٹھ کر اپنی چپل ڈھونڈنے لگا۔وہ ملنے پر اسے پہنتے ہی اٹھ کھڑا ہوا لیکن میرا منہ جماہیوں سے پھٹا جا رہا تھا اور بے خوابی کی وجہ سے پورے بدن میں درد محسوس ہو رہا تھا۔ایک انگڑائی لیتے ہوئے مَیں نے اپنے پورے جسم کو پیچھے دھکیلتے ہوئے مَیں نے اپنی کمر کا پٹاخا نکالا اور پھر سیدھے ہو کر اپنا سویٹر ٹھیک کرتے ہوئے دیوار کے سہارے دھیرے سے نیچے اترنے لگا۔

میری آنکھیں جل رہی تھیں اور مجھے سخت سردی محسوس ہو رہی تھی، جس پر قابو پانے میں مجھے دقت ہو رہی تھی۔نیچے گھپ اندھیرا تھا۔اماں اور بابا کے خراٹے سنائی دے رہے تھے۔مَیں اندازے سے چلتا ہوا امی کی کھاٹ سے لگی اپنی مسہری تک گیا اور اس پر اپنی اجرک ڈھونڈنے لگا جو رضائی کے نیچے پڑی مل گئی۔

رت جگے اور سرد و خشک موسم کی وجہ سے میرا حلق بالکل سوکھ گیا تھا۔جس کی وجہ سے مَیں نے چاہا کہ گھڑونچی سے تھوڑا

ساٹھنڈا پانی نکال کر پی لوں مگر مَیں نے خود کو روکا کیوں کہ اس طرح شور یا آہٹ ہونے کا خدشہ تھا اور میں اس وقت یہ خطرہ مول لینا نہیں چاہتا تھا۔ اجرک اپنے بدن کے گرد لپیٹنے کے بعد میں آہستگی سے سیڑھیوں پر قدم رکھتا ہوا زینہ اترنے لگا۔ نیچے پہنچ کر احتیاط سے دروازے کی کنڈی کھولی۔ دروازے کے ایک پٹ کو ہاتھ سے مضبوطی سے تھاما اور دوسرے کو دھکیل کر کھولا تو وہ کم بخت چرچرائے بغیر نہ رہ سکا۔ مَیں یہ ساری احتیاط اماں کی خاطر کر رہا تھا کہ اگر وہ جاگ گئیں تو میرے اس طرح دبے پاؤں جانے پر بے کار کا واویلا کرنے لگیں گی لیکن جہاں تک بابا کی بات تھی وہ یہ خبر سن کر اطمینان کی سانس لیں گے۔ مَیں نے باہر کی تاریکی میں قدم نکالا تو ہلکی مگر تیز خنک ہوا کا جھونکا میری پیشانی سے ٹکرایا اور مَیں نے دھیرے سے کانپتے ہوئے دروازہ اچھی طرح بھیڑا تا کہ وہ ہوا سے کھل نہ جائے۔

اپنے گرد اجرک اچھی طرح لپیٹ کر میں گلی میں چلنے لگا۔ ہر طرف اندھیرا تھا اور صبح کی روشنی پھیلنے میں کچھ وقت باقی تھا۔ اکا دکا لوگ مسجد کی طرف جاتے دکھائی دیئے۔ بجلی کے کھمبے کے پاس پہنچ کر مَیں نے اپنا رخ بس اسٹینڈ کی طرف موڑ دیا کیوں کہ اس وقت وہی ایسی جگہ تھی جہاں شاید ایک آدھ چائے خانہ اور پان سگریٹ کی مانڈلی کھلی ہونے کا امکان تھا۔

ایک ایسے موقعے پر جب مجھے محسوس ہو رہا تھا کہ سب ٹھیک ہونے والا تھا، مَیں نے بالکل اچانک یہ انتہائی فیصلہ کر لیا تھا مَیں بچپن سے بابا کا غیظ و غضب سہتا آ رہا تھا۔ میرے لیے یہ نیا نہ تھا۔ مَیں اس کا عادی کیوں نہ ہو گیا؟ اپنے اوپر اٹھتا ہاتھ دیکھ کر کیوں میرے اعصاب تن گئے؟ اب سوچتا ہوں کہ عزتِ نفس، انانیت اور خود داری جیسی چیزیں کس نے کس کے لیے ایجاد کی تھیں؟ یہ کھڑاک پالنے کی ضرورت ہی کیا تھی؟ مجھے اپنی ذلت و تذلیل کو اپنے لیے اعزاز سمجھ کر اسے ہمیشہ برداشت کرتے رہنا چاہیے تھا۔ اسے مقدر سمجھ کر قبول کر لینا چاہیے تھا مگر اب کیا ہو سکتا تھا؟ اور جو کچھ بعد کے دنوں میں ہمارے ساتھ پیش آنے والا تھا، وہ بھی میری بربادِ قسمت کے سوا کچھ اور نہ تھا۔

میرے دل میں اب یہ خیال پختہ ہونے لگا کہ میرے بابا ایک بھڑوے کے روپ میں دیکھنا چاہتے تھے، گھنشام داس عرف گھنشو کی طرح۔ وہ چاہتے تھے کہ مَیں ان کے پیغامات دوڑ دوڑ کر سیمی تک پہنچاؤں اور اس کے جواب لا کر انہیں دوں۔ یہ سب کرنا میرے بس میں نہ تھا۔ انہیں یاد رہنا چاہیے کہ میرا خمیر بھی اسی مٹی سے اٹھا تھا جس سے وہ بنے تھے۔ میری رگوں میں عین مین وہی لہو دوڑ رہا تھا، جو ان کی نسوں میں تھا۔

اب میں ایک نئی زندگی شروع کرنا چاہتا تھا سُومل سے ملنے کے بعد میرے دل میں کچھ تشنہ مگر فطری خواہشیں خود سر ہونے لگی تھیں جس کی وجہ سے میری خون کی شوریدگی میں اضافہ ہوتا جا رہا تھا کیوں کہ مَیں سمجھتا تھا کہ اپنی آرزوؤں کی تکمیل ہر انسان کا پیدائشی حق تھا۔ بابا نت نئی عورتوں سے وصال کے بارے میں سوچتے تھے، منصوبہ بندی کرتے تھے۔ کیا مجھے ایک لڑکی کے بارے میں سنجیدگی سے سوچنے کا اختیار بھی نہ تھا؟ انہیں سُومل میں بڑھتی میری دلچسپی بخوبی معلوم تھی۔ اس کے باوجود وہ مجھے شہر سے نکالنے پر تل گئے تھے اور اب ساری حدیں پھلانگ گئے۔

میں جوں جوں بس اسٹینڈ کے قریب پہنچ رہا تھا آسمان پر روشنی سی پھیلنے لگی تھی۔ کچھ پرندے اڑتے نظر آنے لگے تھے

اور آس پاس کی دیواروں، چھتوں، منڈیروں اور جھروکوں پر پھدکتے شور مچانے لگے تھے۔

کچھ آگے جاکر سبزیوں سے لدی پھندی ایک سوزوکی شور مچاتی اور دھوئیں کی ایک لکیر پیچھے چھوڑتی گزر گئی جس کا رخ منڈی کی طرف تھا۔ مَیں نے فضا میں پھیلی پٹرول کی بو سونگھنے کے لیے لمبی سانس لی، جیسے وہ کسی پھول کی خوشبو ہو۔ مَیں آگے بڑھا۔

قومی شاہراہ کے پاس پہنچا تو وہاں قدرے زیادہ چہل پہل دکھائی دی اور یہاں ہوا بھی گلیوں کے مقابلے میں کچھ زیادہ تیز تھی۔ میونسپلٹی کے بڑے دفتر کا رکھوالا گیٹ پر آگ جلائے اپنے ہاتھ تاپ رہا تھا، چند اور لوگ بھی اس کے گرد بیٹھے اپنے بدن سیکنے کی کوشش کر رہے تھے۔ یخ ہوا میں عجیب چبھن تھی جو ناک اور حلق میں جاکر کھلبلی مچارہی تھی۔ سڑک پر کچرا اور مٹی باہم مل کر اڑتے پھرتے تھے۔

میں دربار ہوٹل پہنچا تو وہاں کا دو تین افراد پر مشتمل عملہ چولھے کے گرد کھڑا آگ پر اپنے ہاتھ تاپتا دکھائی دیا۔ شاید صبح کی پہلی چائے بن رہی تھی۔ باورچی بار بار ڈبے میں پوا ہلا ہلا کر اسے پھینٹ رہا تھا۔ مَیں سڑک کی طرف پیٹھ کر کے ایک کرسی پر بیٹھ گیا۔ مجھے دیکھتے ہی ایک کم عمر گورا سا لڑکا جو ہاتھ سیکنے والوں میں شامل تھا، میرے پاس آکر مجھ سے آرڈر لینے لگا۔ مَیں نے اسے چائے کے ساتھ دو چکرم لانے کے لیے کہا تو وہ چلا گیا۔

میرے بدن کا اوپر لا حصہ تو اچھی طرح ڈھنپا ہوا تھا لیکن میرے پاؤں میں صرف ہوائی چپل تھی جس کی وجہ سے وہ بہت ٹھنڈے ہو چکے تھے۔ مَیں انہیں سیکنا چاہتا تھا لیکن کون مجھے چولھے پر پیر گرم کرنے کی اجازت دے گا؟ یہی سوچ کر میں اپنی چپل اتار کر انہیں ایک دوسرے سے رگڑ کر گرم کرنے کی کوشش کرنے لگا لیکن ان کے ٹھنڈے پن پر کوئی فرق نہیں پڑا۔ وہ سردی کی وجہ سے بالکل سن ہو گئے تھے۔

وہ لڑکا کپ میں چائے اور ایک چھوٹی تھالی میں دو چکرم میرے سامنے میز پر رکھ کر چلا گیا۔ مَیں جلدی سے ایک چکرم اٹھا کر اسے چائے میں ڈبو کر کھاتے ہوئے سوچنے لگا کہ اب میرا اپنے گھر سے ناتا تقریباً ختم ہو گیا اور مجھے اچھی طرح پتا چل گیا کہ وہ گھر ہمیشہ سے صرف میرے بابا کا تھا اور وہ مجھے یہاں سے بھیجنا چاہتے تھے لیکن میں خود ہی ان کا گھر چھوڑ کر آ گیا۔ اس گھر میں مَیں پیدا ہوا تھا۔ میرے بچپن اور لڑکپن کا مسکن تھا وہ مگر اب کھلا آسمان میری چھت تھا اور اس کے نیچے پھیلی زمین میرا ٹھکانہ۔ اب مجھے اپنے زورِ بازو سے زندگی سنوارنی تھی۔ مجھے دنیا میں لانے والوں اور بزعمِ خود میری دنیا بنانے والوں نے مجھے دھتکار دیا تھا۔ پہلے میں سمجھا تھا کہ اپنی اماں اور گھر سے چمٹا رہوں گا اور انہیں کبھی نہ چھوڑوں گا لیکن لگنے لگا کہ وہ سراسر ایک غلط فہمی تھی۔ اماں کی کمزور حمایت اور مدد نہ پہلے میرے کسی کام آ سکی اور نہ اب آ سکتی تھی۔

جوں جوں وقت گزر رہا تھا، دھوپ پھیلنے کے ساتھ سڑک پر لوگوں اور گاڑیوں کی آمد و رفت بڑھ رہی تھی۔ ہوٹل کی کئی کرسیاں صبح کے گاہکوں سے بھرنے لگیں۔ مَیں سُومل اور اس کے گھر والوں کے بارے میں سوچنے لگا کہ وہ لوگ مجھ سے زیادہ بابا کے گھر اور ان کے جمے ہوئے کاروبار سے متاثر ہوئے تھے۔ معلوم نہیں اب وہ مجھے اپنی بیٹی کا ہاتھ دیں گے کہ نہیں۔

سُومل بڑے شہر جاکر رہنا چاہتی تھی اور میں اس کا یہ خواب پورا کرنا چاہتا تھا۔ مجھے معلوم نہیں تھا کہ ان حالات میں اسے اس کے خواب کی تعبیر دے پاؤں گا کہ نہیں۔ اپنے گھر میں رہ کر اسے دیکھنا اور اس کے قریب رہنا آسان تھا لیکن مجھے یہ فکر لاحق ہونے لگی تھی کہ اب روزانہ اس کا دیدار نہیں کر پاؤں گا اور اس کے حال احوال سے باخبر بھی نہ رہ پاؤں گا۔ یہ سوچتے ہوئے میرا دل ڈوبنے لگا۔ مَیں نے خود کو یہ کہہ کر تسلی دی کہ مجھے سب سے پہلے اپنے لیے کوئی کام ڈھونڈنا تھا اور اس کے ملنے کے بعد میں اسی دن مٹھائی لے کر ان کے گھر جاؤں گا۔ اس کی ماں مجھے مدعو کر چکی تھی۔ اس خیال نے کچھ ڈھارس بندھائی۔ مَیں ہمت مجتمع کر کے اٹھا اور چائے کے پیسے، دکھل پر بیٹھے آدمی کو دے کر شہر میں اپنی قسمت آزمانے نکل پڑا۔

فیکے ماسٹر کی گیراج پر مَیں نے چھوٹی گاڑیوں یعنی کاروں، سوزوکیوں اور ڈاٹسنوں کا جو کام سیکھا تھا، اس کی بنا پر مجھے اعتماد تھا کہ کوئی بھی اچھا موٹر مکینک مجھے باآسانی اپنے پاس رکھ لے گا۔ مجھے اپنے لیے تنخواہ کتنی مانگنی چاہیے تھی؟ اس بارے میں سوچنا اس وقت میرے لیے خاصا مشکل تھا کیوں کہ مجھے اس سے پہلے اپنی محنت بیچنے کا کوئی تجربہ نہ تھا۔ مجھے کوئی اندازہ نہیں تھا کہ اپنا پسینہ بہانے کے بدلے مجھے کیا رقم مانگنی چاہیے؟ مجھے کسی بھی گیراج پر جانے سے پہلے اپنے ذہن میں ایک رقم کا تعین کرنا تھا تا کہ اعتماد کے ساتھ اپنی بات کسی گیراج مالک کے سامنے رکھی جا سکے۔ اس شہر میں گاڑیوں کی اتنی ریل پیل نہیں تھی، جتنی بڑے شہروں میں ہوتی ہے۔ اس حساب سے ہزار یا پانچ سو روپے بھی یہاں ایک بڑی رقم محسوس ہوتی تھی لیکن اس کے باوجود مَیں نے اپنے لیے پانچ سو روپے ماہانہ سوچ لیا۔

زیادہ تر گیراجیں دو پٹرول پمپوں کے آس پاس پھیلی تھیں۔ ایک پمپ خاصا آگے جاکر دائیں طرف واقع تھا جب کہ دوسرا بائیں جانب۔ مَیں نے پہلے بیراج کالونی کی طرف بڑے پمپ کا رخ کیا، جس کے مخالف سمت اور دائیں بائیں کچھ مکینک دکانیں کھولے بیٹھے تھے۔ ہر ہنر مند آدمی اپنے حلیے سے پہچانا جاتا ہے، چاہے وہ کوئی کمہار ہو یا کوئی مکینک۔ لیکن اس وقت صاف ستھرے کپڑوں میں ہونے کی وجہ مجھے شک تھا کہ وہ مجھے مکینک ماننے سے ہی انکار نہ کر دیں۔

میں ہر دکان پر جاکر پہلے اس کے مالک کے بارے میں پوچھتا اور اگر وہ موجود ہوتا تو اس کے پاس جاکر اپنے کام کی بات کرتا۔ پہلے اسے میری بات پر یقین ہی نہ آتا کہ مَیں یہ پورا سیکھا ہوا تھا لیکن جب میں اسے فیکے ماسٹر اور اس کی گیراج کا بتاتا تو وہ حیران ہو کر میری جانب دیکھنے لگتا۔ فیکے استاد کو یہاں کا ہر مکینک جانتا تھا اور کام کا ماہر بھی سمجھتا تھا لیکن اس بات سے مجھے فائدہ ہونے کے بجائے نقصان پہنچنے لگا کیوں کہ یہاں کی گیراجوں کے مالکان کی باتوں سے مَیں نے محسوس کر لیا کہ یہ سب لوگ فیکے ماسٹر سے حسد کرتے تھے۔ بالکل اسی طرح جیسے بازار کے دکاندار، میرے بابا سے جلتے تھے۔ انہیں فیکے ماسٹر پر اعتراض تھا کہ وہ اپنا شہر چھوڑ کر بڑے شہر میں مستقلاً کیوں بس گیا تھا۔ جو اپنی زمین سے بے وفائی کرے، وہ ٹھیک آدمی نہیں۔ مَیں نے کسی سے تکرار کرنی مناسب نہ سمجھی۔

مشکل سے ایک گیراج والا مجھے رکھنے پر آمادہ ہو گیا لیکن وہ ڈھائی سو روپے ماہانہ سے زیادہ دینے پر راضی نہ ہوا، جو مجھے بہت کم لگ رہے تھے۔ اس طرف اپنی قسمت آزمانے کے بعد میں دوسری جانب چل دیا۔ یہ پمپ بھی قومی شاہراہ

کے کنارے پر بنا تھا۔ اس کے اطراف میں کچھ گیراجیں شاہراہ پر اور بعض پمپ کے پاس سے نکلتی کچی سڑک پر بنی ہوئی تھیں۔ مَیں نے طے کیا کہ گیراج مالکان سے بات کرتے ہوئے اب فیکے ماسٹر کا ذکر گول کر جاؤں گا اور انہیں حیدر آباد کی کسی فرضی اور بڑی گیراج کا نام بتاؤں گا۔

میں باری باری روڈ پر ادھر ادھر بنی ہوئی گیراجوں پر جاکر ان کے مالکان سے ملا مگر ان سب نے مجھے ٹکا سا جواب دیا کہ انہیں کوئی مکینک نہیں چاہیے۔ اب میں پریشان ہونے لگا اور مجھے وہ گیراج والا یاد آنے لگا، جس نے مجھے ڈھائی سو روپے کی پیش کش کی تھی اور میں اسے ٹھکرا کر آ گیا تھا۔ شاہراہ پر بنے ہوئے تقریباً سبھی گیراجوں کے مالکان مجھے دھتکار چکے تھے، اس لیے میرے دل میں مایوسی گھر کرنے لگی تھی۔ مَیں بادل نخواستہ مکلی کے سارے مزارات تک جانے والی کچی سڑک کی طرف چل دیا۔

اس کچی سڑک پر اب تک میرا کم آنا ہوا تھا۔ پمپ کے بالکل پیچھے تقریباً اتنے ہی بڑے پلاٹ پر شہر کا واحد سینما گھر واقع تھا، جس میں مار دھاڑ سے بھرپور پنجابی فلمیں چلا کرتی تھیں۔ سینما ایک مختصر سی چار دیواری والے احاطے میں تھا۔ وہاں کشادہ اور وسیع کچے صحن کے دونوں طرف چائے اور دیگر کھانے پینے کی اشیا کے دو چار اسٹال تھے اور اس کے آخر میں ایک بڑی شبستان سینما عمارت تھی۔ اس کا نام بڑے شہر کے کسی سینما کے نام سے مرعوب ہو کر رکھا گیا تھا۔ اس کچی سڑک کی رونق اسی سینما تک محدود تھی۔ اس سے آگے سڑک پر صرف دھول اڑتی نظر آتی یا کبھی کوئی ڈاٹسن یا گدھا گاڑی رینگتی دکھائی دے جاتی۔ جب کبھی مکلی پر وہاب شاہ بخاری یا شاہ مراد یا کسی اور بزرگ کا عرس ہوتا، تو اس سڑک پر بھی میلہ سالگ جاتا جب کہ عام حالات میں سینما سے آگے ویرانی پھیلی رہتی۔

یہاں سینما کے مخالف سمت چند گیراجیں نظر آ رہی تھیں۔ یہ بظاہر ایک کمرے پر مشتمل تھیں لیکن ہر کمرے کے پیچھے ایک دروازہ عقب میں واقع کھیتوں کی طرف کھلتا تھا جس کی وجہ سے وہاں سبزہ دکھائی دے رہا تھا۔ ان کمروں کے باہر سڑک پر کچھ سوزوکیاں، ڈاٹسنیں اور رکشے کھڑے تھے۔ ان کے قریب میلے کچیلے کپڑوں میں کچھ لڑکے مصروفِ عمل تھے۔ ان میں کچھ شیدی اور کچھ جوکھیو یا دوسری ذاتوں والے تھے۔ مَیں نے گیراج کا مالک ڈھونڈنے کے لیے آس پاس نظر دوڑائی تو کچھ فاصلے پر ایک ٹوٹی پھوٹی بھٹیچر کرسی پر سفید بالوں والا ایک بزرگ شیدی مجھے اونگھتا دکھائی دیا۔ معلوم کرنے پر پتا چلا کہ یہ ساری دکانیں اسی کی تھیں اور اس کا نام گُلن شیدی تھا اور اس کی جگہ 'شیدی گیراج' کے نام سے مشہور تھی۔ ان لڑکوں میں سے ایک نے مجھے اس سے جاکر بات کرنے کا مشورہ دیا تو میں اس کی طرف چل دیا۔

مَیں نے اس کے قریب جاکر سلام کیا تو اس نے اپنی آنکھیں مچمچا کر اور اپنا سر خفیف سا ہلا کر میری طرف دیکھتے ہوئے جواب دیا۔ مَیں نے اسے اپنے بارے میں بتایا کہ بڑے شہر کی ایک گیراج میں گاڑیوں کا کام سیکھا ہوا ہوں۔ اپنے حالات کی وجہ سے وہاں مستقل نہیں رہ سکا۔ اس لیے اب اپنے شہر میں کام کرنا چاہتا ہوں۔ مجھے کام کی ضرورت ہے۔ میری باتیں غور سے سنتے ہوئے اس کی پیشانی پر تین گہری لکیریں ابھر آئیں اور اس کی ننھی سفید آنکھیں ایک بے اعتباری سے میری

طرف دیکھنے لگیں۔ اس نے مجھ سے میرے خاندانی پس منظر کے متعلق پوچھا تو مَیں نے بے کم و کاست اسے سب بتا دیا۔ وہ میرے بابا کو جانتا تھا۔

اس نے اپنی جیب سے ایک بیڑی نکال کر اس پر اپنی زبان پھیر کر اسے تر کیا، پھر ماچس کی ایک دیا سلائی کی مدد سے اسے سلگانے لگا۔ اس کے بعد اس نے بیڑی کو ہاتھ کی چھوٹی دو انگلیوں میں دبالیا اور اپنی مٹھی بند کر کے گہرا کش لیتے اس نے مجھے ایک ٹوٹے پھوٹے موڑھے پر بیٹھنے کا اشارہ کیا، جو قریب ہی پڑا تھا۔ مَیں اس پر بیٹھ گیا۔ تب وہ اپنے سر کے چھوٹے سفید اور گھنگریالے بال کھجاتے ہوئے میری جانب دوٹوک انداز سے دیکھنے لگا اور لفظوں کو کھینچ کھینچ کر مجھے بتانے لگا کہ وہ کسی کو بھی ایک دم کام پر نہیں رکھتا۔ اس کا ایک طریقہ کار تھا۔ وہ نئے آدمی کو پہلے تین دن دیتا ہے کہ وہ یہ ثابت کر کے دکھائے کہ وہ کام کا جانو ہے اور ان دنوں میں تیس روپے کھانے پینے کے خرچے کے لیے بھی دیتا ہے۔ اپنی بات پوری کر کے وہ اپنی سیٹ سے پیٹھ لگا کر لگا کر بیٹھ گیا اور بیڑی کا ایک گہرا کش لے کر اسے زمین پر پھینک کر پیر سے مسلنے لگا۔ اسی اثنا میں کوئی گاڑی ٹھیک ہو گئی تو اس کے ایک مکینک نے آ کر اسے کام کی تفصیل اور رقم بتائی، جو اس نے اٹھ کر گاڑی والے سے وصول کی اور دوبارہ اپنی مخصوص نشست پر بیٹھ گیا۔

تیز ہوا کے جھونکے نے کچی سڑک کے اطراف سے مٹی اڑائی تو وہ ہماری آنکھوں میں آ رہی۔ اپنی آنکھیں صاف کر کے مَیں نے بوڑھے شیدی کی طرف دیکھتے ہوئے اسے بتایا کہ مَیں بڑے شہر میں کام سیکھنے کے بعد ایک ہزار روپیہ مہینہ لیا کرتا تھا۔ میری یہ بات سن کر وہ کھیسیں نکالنے لگا تو اس کے سوکھے سیاہ چہرے پر جھریاں سی پڑ گئیں۔ ''بڑے شہر کی بڑی باتیں۔'' پھر وہ سنجیدہ ہو کر میرے طرف دیکھنے لگا۔ اس نے بتایا کہ اگر مَیں نے اس کی گیراج پر کام کر کے خود کو ایک ماہر کاریگر ثابت کر دیا تو وہ مجھے پانچ سو سے زیادہ پگھار نہ دے پائے گا۔ یہ بات سن کر مجھے اطمینان سا ہوا کیوں کہ مجھے خود پر ضرورت سے زیادہ اعتماد ہو رہا تھا۔

گلن شیدی کے سامنے ٹیڑھے موڑھے پر بیٹھے بیٹھے مَیں نے وہاں آس پاس، وہاب شاہ بخاری کے عرس کے لیے چندہ مانگنے والی کچھ ٹولیاں گھومتی ہوئی دیکھیں۔ ہر ٹولی میں فقیروں کے ساتھ ایک شاہ دولے کا چوہا بھی ہوتا تھا جو اپنا چھوٹا سر اور لمبے کان دائیں بائیں گھما کر بھیک مانگتا تھا۔ ایک دو ٹولیاں گلن شیدی کے پاس بھی آئیں تو اس نے چونیاں دے کر انہیں رخصت کیا۔ میلہ قریب آتا جا رہا تھا جس کی وجہ اس راستے پر کچھ ہماہمی دکھائی دے رہی تھی۔

میرے لیے فیصلہ کن گھڑی آ پہنچی تھی۔ اس وقت میری جیب میں تقریباً پانچ سو روپے موجود تھے، اس لیے یہاں سے کھانے کے پیسے ملنے کے بعد میرے لیے یہ تین دن کسی ہوٹل یا مسافر خانے میں گزارنے مشکل نہ تھے۔ اچانک گیراج کے مالک نے مجھے اپنے خیالوں سے نکالا۔ ''ادھر اچھے کاریگر ڈھونڈے سے نہیں ملتے۔ جس کو تھوڑا بہت کام سکھاؤ، وہ چار پیسوں کے لیے بھاگ کر کہیں اور لگ جاتا ہے۔'' اس نے چھوٹی سی پیالی میں چائے میری طرف بڑھاتے ہوئے کہا تو مَیں نے اس کی تائید میں اپنا سر ہلا دیا۔ وہ مجھ سے کہنے لگا کہ مَیں اس شہر کا واحد کاریگر ہوں جو ہنر سیکھنے کے باوجود

کام ڈھونڈ رہا تھا۔ وہ مجھ سے پوچھنے لگا کہ مَیں کب سے اس کی گیراج پر کام شروع کرنا چاہتا تھا؟ مَیں نے اسے جواب دیا کہ کل سے۔ اس نے اثبات میں سر ہلاتے ہوئے کاروباری انداز میں بتایا کہ اس کی گیراج سردی کی وجہ سے صبح نو بجے کھلتی ہے اور شام چھ سات بجے بند ہو جاتی ہے۔

اس مہربان آدمی سے مصافحہ کرتے ہوئے میں اٹھ کھڑا ہوا اور اس سے کل صبح نو بجے ملنے کا وعدہ کر کے شہر کی طرف چل دیا تا کہ تازہ ملنے والی آزادی اور خودمختاری کا جشن منایا جا سکے۔ کام ملنے کے بعد میرے دل پر چھائی مایوسی ختم ہونے لگی اور انجانی امیدوں اور مسرتوں کی نامراد کلیاں چٹکنے لگیں۔

39

میرے بابا یہ سمجھ رہے ہوں گے کہ وہ ایک بار پھر مجھے شہر سے جانے پر مجبور کر چکے اور اپنے راستے سے ہٹا چکے۔ وہ اپنے تئیں مجھ پر زمین تنگ کرنے کی پوری کوشش کر چکے لیکن انہیں ابھی تک یہ اندازہ نہیں کہ ہٹ دھرمی میں ان کا اپنا لہو جنون اور دیوانگی کی کون سی حدیں چھو سکتا تھا۔ مَیں نے اپنے شہر میں روزگار ڈھونڈ لیا تھا، جس سے ایک آس بندھ گئی تھی کہ مَیں دو یا تین سال کام کر کے اتنے پیسے بچانے میں کامیاب ہو سکتا تھا کہ کسی جگہ اپنی گیراج کھول لوں اور پھر اس کے بعد سُومل کا ہاتھ مانگنے کے قابل ہو جاؤں۔ وہ دن جس کا آغاز گھر چھوڑنے کی بدنصیبی سے ہوا تھا اچانک خوش گوار ہو گیا تھا۔

اِشتان سے گزرتے ہوئے مَیں نے ایک ٹھیلے پر شکر قندی بکتی دیکھی، تو میرے منہ میں پانی بھر آیا۔ مَیں نے ایک روپے کی شکر قندی خریدی اور کھاتے ہوئے چلنے لگا۔ وہاں دکانوں پر ربڑی فروخت ہو رہی تھی۔ اسے دیکھ کر مجھے خیال آیا کہ اس کی دو مٹکیاں خرید لینی چاہئیں۔ مَیں نے وہاں سے بیس روپے کے بدلے آدھ کلو کی دو خرید لیں اور نور محمد جھنگی کی دکان سے بچتا ہوا پلنگ پاڑے کی جانب چلنے لگا۔

سورج آسمان کے وسط تک پہنچ چکا تھا لیکن اس کی دھوپ میں چمک اور حدت ناپید تھی۔ ہوا کی رفتار دھیمی تھی لیکن پھر بھی سردی میں شدت تھی۔ مَیں صبح جس راستے سے آیا تھا، اسی سے اپنے محلے کی طرف جانے لگا۔ صبح مجھے گھر پر نہ پا کر بابا اور اماں کے بیچ کیا باتیں ہوئی ہوں گی؟ اماں نے کچھ واویلا کیا ہو گا لیکن بابا نے انہیں کچھ گالیاں دے کر چپ کرا دیا ہو گا۔ ہو سکتا ہے کہ وہ جلدی دکان پر چلے گئے ہوں۔ لیکن نہیں۔ وہ دکان جانے سے پہلے سیمی کے پاس گئے ہوں گے۔ مجھے اس وقت وہ تصویریں یاد آئیں جو بابا کل رات اپنے ساتھ گھر پر لائے تھے اور جن کے گرد لپٹے اخبار ہٹا کر، مَیں اپنی خواہش کے باوجود انہیں نہ دیکھ سکا تھا۔ وہ تصویریں یقینی طور پر اپنی محبوبہ کو پیش کرنے کے لیے لائے تھے۔ مَیں سوچنے لگا کہ سیمی نے مجھے گھر سے نہ نکالنے کے بارے میں شاید بابا سے کوئی بات کی ہو اور انہوں نے بھی کوئی جواب دیا ہو۔ اچانک مجھے سُومل کی ماں کی جانب سے ان کے ہاں جانے کی دعوت یاد آئی اور میرے قدم اس کے مکان کی طرف اٹھتے چلے گئے۔ میرے قدموں میں ایک نیا اعتماد بھر گیا تھا کیوں کہ اب میں اپنے شہر میں اپنے گھر والوں کی مدد یا تعاون کے

بغیر وقت گزارنے کا اہل ہو چکا تھا۔ اب میں سُومل کی ماں کے سامنے یہ کہہ سکتا تھا کہ مجھے بابا کی کوئی ضرورت نہیں رہی۔ مَیں اپنی محنت سے اپنا گھر بنا سکتا تھا۔

چلتے ہوئے میری نظر اپنے پیروں پر پڑی تو ان پر دھول اور مٹی جمی دکھائی دی اور میری چپل بھی مٹی میں لتھڑی ہوئی تھی۔ اگر میں پہلے اپنے گھر جا کر اماں سے تھوڑی دیر کے لیے مل لیتا تو وہیں اپنے منہ ہاتھ دھو کر تازہ دم ہو جاتا لیکن اپنے محلے میں پہنچنے کے بعد میرے گندے پاؤں میرے اختیار میں نہ رہے اور خود بخود سُومل کے گھر کی طرف اٹھتے چلے گئے۔ مجھے محسوس ہونے لگا کہ اب سُومل کے سوا یہاں میرا کوئی رشتے دار نہیں ہے۔ اب مجھے اماں کی ضرورت بھی نہیں تھی۔

میں ربڑی کی مٹکیاں تھامے ہوئے جن میں سے ایک مَیں نے اپنی اماں کے لیے خریدی تھی لیکن اب میرا ارادہ ڈول رہا تھا اور میں انہیں اپنی محبوبہ کے حضور پیش کرنے کے بارے میں سوچنے لگا تھا۔ چلتے ہوئے اس دوران مجھے پتا بھی نہ چلا اور میں سُومل کے پیلے مکان کے باہر جا کھڑا ہوا۔ تھڑے کی سیڑھیاں چڑھ کر دروازے تک پہنچا اور بلا جھجک کنڈی کھٹکھٹانے لگا۔ اس کا چھنا کا موسیقی بھرا محسوس ہوا۔ مَیں اپنے دل کی تیز ہوتی دھڑکنیں سنبھالنے کی کوشش کرتا سوچ رہا تھا کہ دروازہ کون کھولے گا۔

اندر کی کنڈی ایک چھناکے سے اتری اور اگلے ہی لمحے دروازہ چرچراتا ہوا ذرا سا کھلا تو اندر سے سیمی کا چمکتا ہوا شاداب چہرہ دکھائی دیا۔ اسے دیکھتے ہی مَیں نے سلام کیا۔ اس نے فوراً اپنے سر سے اترا ہوا دوپٹہ درست کرنے کے بعد دروازہ تھوڑا سا کھول دیا۔ مَیں نے ایک اعتماد سے اس کی طرف دیکھتے اسے بتایا کہ کام ملنے کی خوشی میں ربڑی دینے آیا تھا۔ یہ کہتے ہوئے مَیں نے دونوں مٹکیاں آگے بڑھا دیں۔ انہیں دیکھ کر سیمی نے ایک کھنک دار قہقہہ لگاتے ہوئے پہلے مجھے مبارک باد دی، پھر گھر کے اندر آنے کی دعوت دیتے پورا دروازہ کھولنے لگی۔

میں پہلی بار بالکل اکیلا اس گھر کی دہلیز پار کر رہا تھا۔ مَیں جیسے ہی اندر داخل ہوا، اس نے دروازہ بھیڑ کر مجھ سے دونوں مٹکیاں لے لیں اور ہنستے ہوئے مجھے ایک سرگوشی میں بتانے لگی کہ آج میرے بابا اس سے ملنے آئے تھے مگر انہوں نے میرے روزگار ملنے کے بارے میں اس سے کوئی بات نہ کی۔ وہ اس بات پر حیران تھی۔ اس کی حیرت دیکھ کر میں مسکرائے بنا نہ رہ سکا۔ میری مسکراہٹ نے اسے اچنبھے میں ڈال دیا۔ اس لیے مجھے جلدی بتانا پڑا کہ بابا کو ابھی اس کی کوئی خبر نہیں۔ یہ سن کر وہ مجھے بتانے لگی کہ بابا نے ان سے وعدہ کیا ہے کہ وہ مجھے گھر سے نہیں نکالیں گے۔ یہ سن کر مجھے کہنا پڑا کہ میرے لیے ان کے وعدوں پر اعتماد کرنا مشکل تھا۔

اس نے مجھے نچلی منزل والے کمرے کی طرف چلنے کا اشارہ کیا لیکن میں دروازے کے پاس ہی ٹھہر گیا اور میرے منہ سے بے ساختہ نکلا: ''مَیں نے اپنا گھر چھوڑ دیا ہے'' یہ سن کر وہ حیرانی سے میری طرف دیکھنے لگی جیسے اسے میرے کہے پر اعتبار نہ آ رہا ہو۔

میں اس کی حیرت سے حظ اٹھاتے ہوئے اس کی شربتی رنگ قمیص، جو اس کے کھائے پیے بدن کا بھرپور جوبن دکھاتی،

اس کے بے پناہ ابھرے ہوئے سینے کی گولائیوں سے اس کی کمر تک پھنسی ہوئی تھی۔ مَیں بڑی مشکل سے ان پر سے اپنی نظر ہٹا سکا۔ اس کے لباس پر چھپے ہوئے سارے شوخ رنگ اس کی جذباتی دنیا کے عکاس تھے۔ گلابی، سرخ، نارنجی، پیلی دھاریاں ایک دوسرے میں مدغم ہو رہی تھیں اور ساتھ ہی ایک دوسرے میں سے لہروں کی طرح پھوٹ کر بہہ رہی تھیں۔ مجھے جتانا پڑا کہ اسے میرے بابا سے ملتے دن ہی کتنے ہوئے تھے۔ مجھے معلوم تھا کہ انہوں نے اسے بالکل نہ بتایا ہوگا کہ مَیں صبح فجر سے پہلے اپنا گھر چھوڑ چکا ہوں کیوں کہ کل رات نشے میں دھت ہو کر وہ مجھے مارنے کے لیے لپکے تھے اور مجھے زبردستی کرایہ دے کر صبح واپس بھیجنا چاہتے تھے۔ اس کے تکونی چہرے پر اس کی آنکھیں پھیلتی چلی گئیں۔ نجانے کیوں مَیں نے اس کے سامنے فوراً ہی اپنے دل کا سارا حال کہہ ڈالنے کی کوشش کی لیکن اس نے مجھے کمرے کی طرف جانے کا اشارہ کر دیا اور خود زینے کی طرف بڑھنے لگی۔

اوپر جانے کے لیے جب اس نے اپنے قدم سیڑھیوں پر رکھے تو اس کے ناٹے بدن کے اعضا ایک جان ہو کر تھرتھرائے اور ان کی توبہ شکن تھراہٹ ہمیشہ کے لیے میری آنکھوں میں محفوظ ہو گئی۔ مَیں نے حسرت سے بابا کو اس کے جسم پر ملنے والے غلبے کے بارے میں رشک اور حسد محسوس کیا۔ سیمی کے چہرے اور اس کی جلد کی گندمی رنگت سے جھانکتی سرخی، جنسی طور پر اس کے سیر یاب ہونے کی چغلی کھا رہی تھی۔

اس نے ایک بار پھر مجھے کمرے میں جا کر بیٹھنے کا اشارہ کیا تو میں اپنا سر جھکا کر اس طرف بڑھنے لگا تھا کہ مجھے اچانک سُومل کی سریلی آواز سنائی دی۔ وہ اپنی ماں سے پوچھنے لگی کہ وہ نیچے کھڑی کس سے باتیں کر رہی تھی؟ سیمی نے فوراً اسے بتایا کہ قادر آیا ہے۔ سُومل نے بے ساختہ کہا کہ پہلے اس کا باپ آیا تھا اور اب یہ خود۔ سیمی نے سیڑھیاں چڑھتے ہوئے اسے جھڑکا۔ زینے پر سیمی کے ہونے کی وجہ سے سُومل مجھے نہ دیکھ سکی لیکن میں نیچے سے اس کی ایک جھلک پانے میں کامیاب ہو گیا۔ اس کی حاضر جوابی پر میں اسے داد دیئے بغیر نہ رہ سکا تھا۔

نچلی منزل والے نیم تاریک کمرے میں داخل ہوتے ہی مَیں نے وہاں موڑھوں کے بجائے لکڑی کا ایک صوفہ سیٹ پڑا ہوا دیکھا، جس کے مقابل ایک چارپائی بھی پڑی ہوئی تھی، جس پر نئی رَلی بچھی تھی اور ایک تکیہ بھی رکھا ہوا تھا۔ چارپائی کے نزدیک جا کر میں نئی رَلی پر ہاتھ پھیرا تو وہ سرد اور بے جان محسوس ہوئی۔ مَیں نے اپنی ناک تکیے کے پاس لے جا کر کچھ سونگھنے کی کوشش کی تو موتیے کے عطر کی مانوس سی خوشبو میرے نتھنوں میں گھستی چلی گئی۔ یہ بابا کا پسندیدہ عطر تھا۔ اس ثانیے میرا ذہن ان لمحات کی ہیجانی تصویریں بنانے لگا جو بابا یہاں پر سیمی کے ساتھ اس جگہ پر گزار کر جا چکے تھے۔

سُومل نے کچھ دیر پہلے ٹھیک ہی کہا تھا۔ مجھے اس کے جملے میں تضحیک کے ساتھ ایک حقارت چھپی محسوس ہوئی اور مجھے اپنے آپ پر غصہ آنے لگا۔ مجھے یہاں نہیں آنا چاہیے تھا۔ مجھے اپنے دل کے ہاتھوں اتنا نہیں گر جانا چاہیے تھا لیکن اب جو میں اپنے آپ سے یہ سوال کرتا ہوں تو میرا وہی کمینہ دل اس کا جواب نفی میں دیتا ہے۔ وہ کہتا ہے کہ ایسا ممکن ہی نہیں تھا۔ اس کے ہاتھوں ذلیل و رسوا ہونا میرا مقدر تھا۔

کمرے کے باہر ایک آہٹ سن کر میں جلدی سے بستر کے پاس سے ہٹ کر صوفے پر بیٹھ گیا۔سُومل چائے کے بجائے صندل کے شربت کا گلاس ہاتھ میں لیے اندر آئی، چونکہ وہ باہر کی تیز روشنی کی چکاچوند سے آئی تھی، اس لیے کمرے کی نیم تاریکی میں ایک دو پل کے لیے اسے کچھ نہ دکھائی دیا۔ دروازے کے قریب ایک دو ثانیے کھڑے رہنے کے بعد اس نے جلدی سے دیوار پر لگے بجلی کے بورڈ پر لگا بٹن دبایا تو کمرے میں بلب کی روشنی پھیل گئی۔ مَیں چندھیائی ہوئی آنکھوں سے اس کی طرف دیکھنے لگا۔

اس نے میرے آگے چھوٹے میز پر گلاس رکھا اور دوپٹے سے اپنے ہاتھ پونچھتے ہوئے مسکرا کر میری طرف دیکھتی اور رواج کے مطابق ہاتھ جوڑ کر پہلے مجھے بھلی کار کرتی اور پھر مصافحہ کرتی، میرے مقابل رکھے ایک صوفے پر بیٹھ گئی۔ بلب کی زرد روشنی میں بھی وہ تازہ دم اور نکھری ہوئی دکھائی دے رہے تھی۔ گہرے فالسئی لباس میں اس کا چہرہ اور اس کے نرم و نازک ہاتھ پاؤں جیسے چمک رہے تھے۔اس کے گلابی لبوں پر معصومیت جب کہ اس کی بادامی آنکھوں میں ایک شرارت نظر آ رہی تھی۔

اسے سامنے پا کر میں اپنے محسوسات کے جس گھناؤنے پن میں اترا ہوا تھا، اس سے باہر نکل آیا اور اپنے روبرو اس کی بھرپور، زندہ موجودگی محسوس کرنے لگا۔سیمی کو دیکھنے کے بعد خود بخود ذہن میں عریاں خیالات آنے لگتے تھے لیکن اس کے برعکس سُومل کا سامنا کرتے ہوئے اس کا وفورِ حسن، جو معصومیت کی تجسیم ہونے کی وجہ سے میری جنس کی مبادیات ہی بدل کے رکھ دیتا تھا۔اس کے پاس بیٹھ کر اسے تکنا کچھ کم اعزاز تو نہیں تھا۔ ہاں بس اگر وہ اپنا ہاتھ تھامنے اور اپنی گود میں سر رکھ کر دو گھڑی سستانے کی اجازت دے دیتی تو میرا جیون سپھل ہو جاتا۔

وہ بلاسبب اپنی کہی بات پر مجھ سے معافی مانگنے لگی جو اس کے منہ سے نکل گئی تھی۔ مَیں نے تائید میں اپنا سر ہلاتے ہوئے اسے بتایا کہ اس نے کچھ غلط نہیں کہا۔ مَیں نے وضاحت دینی چاہی کہ کل سے میری نوکری شروع ہو جائے گی، اس لیے اپنی خوشی کی یہ خبر اس سے اور اس کی ماں سے بانٹنے کے لیے چلا آیا۔ اس نے رسمی فرض ادا کرتے ہوئے مجھے مبارکباد دی لیکن اگلے ہی لمحے مجھ سے پوچھنے لگی کہ کیا مَیں نے اپنا گھر واقعی چھوڑ دیا؟ مَیں نے اثبات میں سر ہلا کر اسے جواب دیا تو وہ افسوس کا اظہار کرنے لگی۔ اسے نجانے کس طرح غلط فہمی ہو گئی کہ مَیں اس کی وجہ سے اپنے گھر سے نکالا گیا ہوں اور اس کا حقیقی سبب اس سے چھپاتے ہوئے جھوٹ بول رہا ہوں۔ مَیں نے اس کی غلط فہمی دور کرنے کی کوشش کی لیکن اس نے بتایا کہ میرے بابا اس کی ماں کو بھی اس حوالے سے بتاتے رہے اور ہم دونوں کے ایک دوسرے میں دلچسپی اور مل کر باتیں کرنے کے حوالے سے اپنی ناپسندیدگی ظاہر کر چکے تھے۔

بابا کے بارے میں اس کے انکشافات سن کر مجھے اعتراف کرنا پڑا کہ وہ میرے خلاف کچھ بھی کہہ سکتے تھے، کسی بھی حد پر جا سکتے تھے کیوں کہ وہ اپنے لیے سب جائز اور اپنے اکلوتے بیٹے کے لیے سب حرام سمجھتے تھے۔ وہ اپنے لیے ہر بدمعاشی جائز اور اپنے بیٹے کے لیے شریفانہ سی محبت بھی ناجائز سمجھتے تھے۔ وہ دوغلے تھے۔ پاپی تھے۔ بہرحال وہ شروع سے ہی

ایسے تھے اور اب ان کا بدلنا ناممکن تھا۔ یہ سب کہہ کر مَیں نے سامنے رکھا صندل کے شربت کا گلاس اٹھایا اور اسے آہستگی سے پیتا ہوا اس کی خوشبو دار مٹھاس حلق میں اتار کر بابا کے حوالے سے اپنے اندر موجود تلخی کم کرنے کی کوشش کرنے لگا۔ گلاس ختم کر کے مَیں نے رکھ دیا اور سامنے بیٹھی سُومل کو دیکھنے لگا۔

میرے بابا کے کرتوت سن کر سُومل کو مجھ سے نفرت ہو جانی چاہیے تھی، لیکن ہوا اس کے بالکل الٹ۔ زندگی میں مجھے ایسا غلیظ اور گھٹیا بابا ملنے پر اسے مجھ سے ہمدردی ہونے لگی، جس کا فائدہ اٹھاتے ہوئے میں اسے اپنے ساتھ گزشتہ رات پیش آنے والا واقعہ سنا دیا جسے سن کر وہ مزید افسوس میں مبتلا ہو گئی اور اسے فکر ستانے لگی کہ گھر سے نکلنے کے بعد اب میں کہاں اور کیسے رہوں گا؟ مَیں نے اسے جھوٹ بول کر تسلی دینے کی کوشش کی کہ جس گیراج میں مجھے کام ملا تھا، وہیں پر میرے رہنے کا انتظام بھی تھا۔ وہ میری وجہ سے کیوں خود کو پریشان کر رہی تھی۔

موضوع بدلنے کے لیے مَیں نے اس سے زلفی کا پوچھا تو وہ بتانے لگی کہ وہ بابا کے ساتھ اسکول گیا ہے، وہاں اس کا داخلہ ہو رہا ہے، جس کے بعد وہ ان کے ساتھ دکان چلا جائے گا۔ یہ سن کر مَیں نے ترنت ایک اور سوال داغا کہ وہ اسکول میں کب داخل ہونا چاہتی ہے کیوں کہ اس کی امی نے یہ کام مجھے کرنے کے لیے کہا تھا۔ میری بات سن کر وہ ہنسی کہ اب تو میرے پاس وقت ہی نہیں ہو گا، اسے اسکول لے جانے کے لیے۔ اس حوالے سے مَیں نے اسے یقین دلانا چاہا کہ اس کے لیے میں ہر وقت حاضر ہوں، جب وہ حکم کرے۔

جب سیمی اپنے ہاتھ میں پکڑی ایک ٹرے میں چائے کے تین کپ لیے اندر داخل ہوئی، کسی بنیے کے چھوڑے ہوئے اس پرانے مکان کے نیم تاریک کمرے کے بوسیدہ در و دیوار ہم دونوں کے قہقہوں سے گونج رہے تھے۔ اسے دیکھتے ہی سُومل اپنی ہنسی پر قابو پانے کی کوشش کرنے لگی اور میں بھی۔ میز پر چائے رکھتے ہی وہ اپنی بیٹی کے برابر میں بیٹھ گئی۔

سیمی نے آتے ہی اعلان کیا کہ اسے میرے بابا پر غصہ آ رہا تھا جسے سنتے ہی ایک دفعہ پھر سُومل کی ہنسی چھوٹ گئی اور میں بھی اس کے ساتھ اپنی ہنسی ملانے لگ گیا، حتیٰ کہ ہم دونوں کی آنکھوں میں آنسو آ گئے، جس پر سیمی کی تیوری چڑھ گئی اور وہ ناک بھوں چڑھاتی ہمیں ڈانٹنے لگی۔ ''مار پڑے، اب بس کرو۔''

ہم دونوں نے خود کو سنبھالا اور تھوڑے سنجیدہ ہو کر سیمی کی طرف دیکھنے لگے۔ سُومل میرے بابا سے دوستانہ مراسم رکھنے پر اپنی ماں کی سرزنش کرنے لگی کہ اس نے کیسے عجیب اور ٹیڑھے آدمی سے یاری لگالی تھی، جسے اپنی سگی اولاد کا بھی کوئی لحاظ نہیں۔ سیمی نے اپنی بیٹی کی تائید میں سر ہلایا اور اپنی غلطی کا اعتراف کیا لیکن ساتھ ہی یہ بھی کہہ دیا کہ اب میرے بابا اس کے پکے یار بن چکے تھے۔ اس نے ایک بار پھر مجھ سے وعدہ کیا کہ وہ اگلی ملاقات میں میرے بابا کی واٹ لگائے گی۔

اس کی بات سن کر مَیں نے جی میں ہنستے ہوئے چائے کی پیالی اٹھائی اور دھیرے دھیرے اس کے گھونٹ لینے لگا۔ یہ چائے اپنی لذت میں بازار کی دودھ پتی سے بڑھ کر تھی، اس لیے مَیں نے اسے جلدی سے ختم کر کے کپ واپس میز پر رکھ دیا۔ ایسی مزے کی چائے میرے گھر کبھی نہ بنی تھی۔ مَیں سیمی کے سگھڑاپے کا اور زیادہ قائل ہو گیا۔ اس دوران میں انہیں

سمجھانے کی کوشش کرتا رہا کہ میرے بابا کو ان کے حال پر چھوڑنے کے سوا کوئی چارہ نہ تھا۔ مجھے اندازہ تھا کہ جب انہیں میرے کام مل جانے اور شہر میں مستقل ٹھہر جانے کے بارے میں پتا چلے گا تو وہ خوش ہونے کے بجائے مزید خفا ہوں گے لیکن اب مجھے ان کی خفگی کی پروا بالکل نہیں تھی، چاہے وہ مجھے اپنی زندگی اور گھر کے ہمیشہ کے لیے عاق کر دیں۔

میں سیمی سے زیادہ سُومل کو یقین دلانے کا جتن کرنے لگا کہ صرف اگلے دو ڈھائی برس بعد میں اپنی دکان کھول کر پوری طرح آزاد اور خود مختار ہو جاؤں گا۔ اس کی طرف دیکھتے ہوئے مجھے لگ رہا تھا کہ وہ میرا اشارہ سمجھ رہی تھی۔ وہ ماں بیٹی میری دل جوئی کر کے میری ہمت بڑھانے کی کوشش میں مصروف تھیں اور ان کی یہ ہمت افزائی مجھے بھلی محسوس ہو رہی تھی۔ انہیں نجانے کیوں یقین تھا کہ میرے بابا جلد یا بدیر اپنی غلطی تسلیم کر کے اس پر پچھتائیں گے اور مجھے اپنے ساتھ گھر لے جائیں گے۔ ان باتوں کے دوران میری اماں کے متعلق بھی کچھ باتیں ہوئیں۔ انہیں حیرت تھی کہ اتنے برس بابا کے ساتھ گزارنے کے بعد ان کو اپنے شوہر پر اتنا اختیار ہونا چاہیے تھا کہ وہ انہیں بیٹے کو گھر سے نکالنے سے روک سکتیں۔ مجھے ان کے آگے یہ ماننا پڑا کہ وہ ہمیشہ بابا کی من مانیاں روکنے میں ناکام رہی تھیں۔ سیمی نے دبے انداز سے بابا کی گرم مزاجی اور اماں کے ٹھنڈے پن کا اعتراف کیا۔

سیمی نے اچانک سُومل کو اوپر واقع باورچی خانے بھیج دیا تاکہ وہ چاولوں والے تھال میں پانی ڈال کر آ سکے کیوں کہ کچھ دیر بعد اسے پلاؤ بنانا تھا۔ سُومل یہ سنتے ہی اٹھ کر چلی گئی تو سیمی میرے نزدیک آ بیٹھی اور بابا کے حوالے سے مجھے کریدنے لگی۔ وہ مجھ سے جاننا چاہتی تھی کہ بابا دوسری عورتوں سے رشتے میں کیسے تھے؟ بے وفائی کرتے تھے یا وفا؟ ایسے پریشان کرتے سوال سن کر مَیں نے ہنستے ہوئے اسے جواب دیا کہ وہ دنیا میں میری اماں کے سوا سب عورتوں کے وفادار تھے اور ہمیشہ رہیں گے۔ اس نے بے یقینی سے میری طرف دیکھتے ہوئے ایک قہقہہ بلند کیا۔

خوش گوار ماحول میں بے فکری سے بیٹھ کر باتیں کرتے ہوئے مجھے وقت گزرنے کا احساس نہیں ہوا اور سہ پہر ڈھلنے کے نزدیک آ پہنچی۔ مجھے اپنے گھر جا کر اماں سے ملنا تھا اور گھر سے پہننے کے کپڑے اور بستر وغیرہ بھی لینا تھا لیکن میں چاہتا تھا کہ پہلے سُومل آ جائے تو پھر میں جانے کی اجازت مانگوں گا۔

سیمی پر بابا کا خمار چڑھا ہوا تھا۔ وہ میری طرف جھکتے ہوئے رازداری سے اعتراف کرنے لگی کہ وہ اپنے شوہر نور محمد جھنگی کا میرے بابا سے موازنہ کرے تو اس کا شوہر ان کا عشر عشیر بھی نہ تھا۔ اس کے خیال میں وہ حقیقی نر تھے۔ ان کی بدقسمتی تھی کہ انہیں ان جیسی زوردار بیوی نہیں ملی۔ یہ سن کر میری نگاہیں خود بخود اس کی طرف اٹھیں اور اس کے دھڑکتے سینے کے گرد ٹھہر گئیں۔ اس کی چھاتیوں کے بیچ کی لکیر نمایاں دکھائی دے رہی تھی جس کے اطراف دو پھیلی ہوئی زندہ گولائیاں سانس لیتی محسوس ہو رہی تھیں۔

مَیں نے بھدے انداز سے ہنستے ہوئے اس سے کہا کہ اگر میری اماں کی جگہ وہ ہوتی، تو آج میں اس کا بیٹا ہوتا۔ میری بات سنتے ہی اس کے منہ سے ہنسی کے فوارے کے ساتھ یہ ادھورا جملہ بھی نکلا: ''ونج چھورا۔'' اور اگلے ہی لمحے اس کا

نرم گرم بدن غیر متوقع طور پر مجھ سے ٹکرانے لگا اور نہ چاہتے ہوئے بھی میری سانسیں بے اختیار ہونے لگیں لیکن پھر اس نے خود کو سنبھال لیا اور وہ بھی جلدی سے مجھ سے ہٹ کر کچھ دور بیٹھ گئی۔

سُومل اپنے کام سے فارغ ہو کر ہاتھ پونچھتی ہوئی آئی اور آتے ہی اصرار کرنے لگی کہ مَیں اب ان کے ہاں کھانا کھا کر جاؤں لیکن مجھے جانے کی جلدی ہونے تھی۔ مَیں نے اعتراف کیا کہ میرا دل جانے پر آمادہ نہیں لیکن کچھ بہت ضروری کام نمٹانے تھے۔ سردی کے دن چھوٹے ہونے کی وجہ سے تھوڑی دیر میں شام ڈھل جائے گی اور شام سے پہلے مجھے اپنے سونے کا بندوبست بھی کرنا تھا۔ یہ سن کر دونوں افسوس کرنے لگیں لیکن ان کے پاس اس کا کوئی حل موجود نہیں تھا، اس لیے انہوں نے مجھے جانے کی اجازت دینے میں عافیت جانی۔ مَیں ان سے اجازت لے کر ان کے گھر سے باہر نکلا تو مجھے محسوس ہوا کہ خنکی بڑھنے لگی تھی۔ اندر ان کے مہمان خانے میں ماں بیٹی کی موجودگی میں مجھے سردی کا اندازہ نہ ہو سکا تھا۔ ایک جھرجھری لیتے ہوئے میں اپنے بابا کے مکان کی طرف بڑھنے لگا۔

مجھے توقع تھی کہ بابا سیمی سے ملنے کے بعد دکان چلے گئے ہوں گے اور اماں گھر پر اکیلی مل جائیں گی۔ جب میں وہاں پہنچا تو ایسا ہی ہوا۔ میری دستک پر جوں ہی اماں نے دروازہ کھولا تو مجھے اپنے سامنے کھڑا دیکھ کر پہلے ان کی ننھی سی آنکھیں حیرانی سے پوری طرح کھلی رہ گئیں، اس کے بعد ان میں خوشی کی چمک دکھائی دینے لگی۔ وہ دہلیز سے کچھ آگے بڑھ کر میری بلائیں لینے لگیں۔ مَیں گھر میں داخل ہوا تو انہوں نے مجھے گلے سے لگا لیا پھر ہم زینہ چڑھنے لگے۔ اس دوران انہوں نے سوالوں کا طومار باندھ دیا کہ مَیں صبح ان کے جاگنے سے پہلے کہاں اور کیوں چلا گیا تھا؟ اور انہیں بتا کر کیوں نہ گیا تھا؟ ان کے اس التفات سے مَیں چڑنے لگا کیوں کہ یہ میرے کسی کام کا نہ تھا۔ یہ میرے لیے کبھی ڈھال بن سکا اور نہ ڈھارس۔ شاید اسی لیے مجھے مامتا ڈھکوسلا سا لگنے لگی تھی اور مجھے یقین ہو چلا تھا کہ دنیا کی سب مائیں ایسی ہی ڈھونگی ہوتی ہیں۔

سیڑھیاں چڑھتے ہوئے مجھے انہیں ٹوکنا پڑا کہ اب وہ بس کریں۔ مَیں جہاں کہیں بھی تھا، اس سے انہیں کوئی سروکار نہ ہونا چاہیے۔ میرے اس سخت جملے پر وہ واویلا کرنے لگیں اور ہم پہلی منزل پر پہنچ گئے۔ مَیں نے ان کا پوپلا سا ہاتھ تھام کر انہیں آرام سے ایک چارپائی پر بٹھایا اور دوٹوک انداز سے بتانے لگا کہ بابا نے گھر میں میری جو درگت بنا رکھی تھی، اس کے بعد میرا یہاں رہنا ناممکن ہو گیا تھا اور وہ یہ بات اچھی طرح جانتی تھیں۔ پھر مَیں نے انہیں اپنے کام کے بارے میں بتایا اور مزید یہ بھی کہ میرے رہنے اور سونے کا انتظام گیراج میں ہو چکا تھا، اس لیے انہیں پریشان ہونے کی کوئی ضرورت نہ تھی۔ وہ میری باتیں سن کر حیرت سے میرا چہرہ تکتی رہیں۔ پھر آہیں بھرتے ہوئے بتانے لگیں کہ میرے اس طرح غائب ہو جانے پر وہ دلی صدمے سے دوچار تھیں لیکن بابا میرے جانے پر کچھ مطمئن سے تھے۔ انہوں نے ان کی بے حسی پر لعن طعن کی، کیوں کہ انہیں اپنی جوان اولاد کے اس طرح بغیر بتائے گھر چھوڑ کر جانے پر ذرا افسوس نہ ہوا تھا۔ اماں میرے اس گھر سے چلے جانے کے خلاف تھیں اور شدت سے چاہتی تھیں کہ مَیں واپس آ جاؤں لیکن اس وقت وہ مجھے گھر پر ٹھہرانے سے قاصر دکھائی دیتی تھیں۔ وہ میرے حوالے سے تشویش میں مبتلا تھیں اور مجھے روکنا چاہتی تھیں لیکن ان کا بس

نہیں چل رہا تھا۔ وہ بابا کی ضد اور ہٹ دھرمی سے خوب واقف تھیں جو ایسی دیوار کی مانند تھی جس سے ٹکرا کر محض اپنا سر پھوڑا جا سکتا تھا اور ہم دونوں ایسا کر کے کئی بار لہولہان ہو چکے تھے مگر وہ دیوار ہمیشہ کھڑی ہی رہی اور اس کا کچھ نہ بگڑ سکا۔ اماں کی شدید خواہش تھی کہ مَیں واپس لوٹ آؤں کہ اپنے گھر میں رہوں۔ وہ بار بار اس پر اصرار کرتی رہیں لیکن میں اپنا دل کڑا کر کے ان کی ہر درخواست اور منت سماجت رد کرتا رہا۔ ایسا کرتے ہوئے مجھے جی ہی جی میں شرمندگی سی ہونے لگی۔

میں اماں کو یاد دلانے لگا کہ وہ بھی تو بابا کے دباؤ میں آکر مجھ سے شہر سے جانے پر اصرار کرتی رہی تھیں اور چونکہ میرا جانے کا کوئی ارادہ نہ تھا اس لیے مَیں نے اپنے شہر میں ہی کام کے علاوہ رہنے کا ٹھکانہ بھی ڈھونڈ لیا تھا۔ میری باتوں نے انہیں ندامت میں مبتلا کر دیا اور وہ میرا ماتھا چوم چوم کر مجھ سے اپنی خطاؤں پر معافی مانگنے لگیں۔ ان کی آنکھوں میں آنسو دیکھ کر مجھ سے رہا نہ گیا اور میں ان کے گلے لگ کر پھوٹ کر رونے لگا۔ انہیں یہ خدشہ تھا کہ گھر چھوڑنے کے بعد میں انہیں ہمیشہ کے لیے بھول جاؤں گا۔ مَیں نے انہیں یقین دلانے کی کوشش کی کہ ایسا بالکل نہیں ہو گا۔ مَیں نے ان سے اپنا وعدہ دوہرایا کہ دو تین سال بعد جب میں اپنی دکان کھول لوں گا تو انہیں اپنے ساتھ لے جاؤں گا۔ انہوں نے واضح طور پر مجھے جتایا کہ بابا سے ان کا دل بھر چکا تھا اور وہ ان کے ساتھ مزید نہیں رہنا چاہتیں، اس لیے وہ اب یہ گھر چھوڑنے کے لیے اپنے دن انگلیوں پر گنیں گی۔

بیٹھے بیٹھے انہیں اچانک میرے لیے کھانا نکالنے کا خیال آیا تو وہ بتانے لگیں کہ ان کا دل صبح سے کہہ رہا تھا کہ مَیں ان سے ملنے ضرور آؤں گا، اس لیے انہوں نے آج آلو گوشت کا شوربے والا سالن بنایا تھا۔ وہ اٹھنے لگیں تو مَیں نے انہیں یہ کہہ کر روک لیا کہ مَیں کھانا کھا کر آیا تھا لیکن انہیں میری بات پر یقین نہ آیا کیوں کہ انہیں میرا چہرہ سوکھا ہوا لگ رہا تھا۔ مَیں نے بڑے جتن سے انہیں کھانا نکالنے سے روکا تو وہ کہنے لگیں کہ چائے کا وقت ہو گیا تھا اور وہ مجھے ہر حال میں چائے پلا کر رہیں گی۔ مَیں نے اصرار کر کے انہیں چائے بنانے سے روکا۔

مَیں نے ان سے اپنے لیے بستر اور کپڑے نکالنے کے لیے کہا تو وہ حزن بھری نگاہوں سے میری طرف دیکھنے لگیں کہ مَیں اپنے گھر میں نہ کھانا کھا رہا تھا اور نہ چائے پی رہا تھا۔ حقیقت بھی یہی تھی کہ مَیں انہیں ٹال رہا تھا کیوں کہ مَیں اپنے بابا کی آمد سے پہلے گھر سے نکل جانا چاہتا تھا۔ ان کا سامنا کرنے اور ان سے ملنے کا خیال میرے لیے ناقابلِ تصور ہو چکا تھا۔ اس لیے میں اماں کو ساتھ لے کر نیم چھتی پر چلا گیا اور وہاں موجود الماری اور صندوق سے اپنے لیے کپڑے اور بستر نکالنے میں ان کی مدد کرنے لگا۔

شلوار قمیص کے کچھ جوڑے، ایک گدا، دو چادریں، ایک بڑی رلی، ایک تکیہ اور ایک رضائی نکال کر ہم انہیں نیچے لے آئے لیکن اب یہ مسئلہ پیدا ہو گیا کہ مَیں یہ ساری چیزیں اپنے ساتھ کس طرح لے کر جاؤں۔ اس کا حل مجھے نہیں بلکہ اماں کو سجھائی دیا جب وہ اندر کہیں سے ایک بڑی سی سُتلی اور ایک رسی لے آئیں۔ انہوں نے ان دونوں کو آپس میں جوڑ کر ایک لمبی سی رسی بنائی اور پھر اسے تخت پر سیدھا کر کے رکھ دیا اور ایک اک کر کے ساری چیزیں اس کے اوپر رکھ کر انہیں اچھی

طرح باندھ دیا۔ میرے پہننے کے کپڑوں کے لیے وہ کہیں سے ایک تھیلی نکال کر لے آئیں اور انہیں اس میں ڈال دیا۔

جب میں گھر سے جانے کے لیے بالکل تیار ہو گیا تو وہ پھر سے آہیں بھرنا شروع ہو گئیں اور ان کی ننھی منی آنکھوں میں نمی سی جھلکنے لگی جسے انہوں نے فوراً دوپٹے سے پونچھنے کی کوشش کی۔ انہیں اپنی بے بسی اور لاچاری پر افسوس ہونے لگا کہ وہ اپنے اکلوتے بیٹے کو اپنے ساتھ بھی نہ رکھ سکتی تھیں۔ مَیں نے ایک بار پھر اپنا وعدہ دوہراتے ہوئے ان سے رخصت لینی چاہی تو وہ مجھے گلے سے لگا کر میرا ماتھا چومنے لگ گئیں۔ ایسا کرتے ہوئے ان کی ہچکی بندھ گئی اور وہ اب تک اپنے جس غم پر بند باندھنے کی کوشش کر رہی تھیں وہ ٹوٹ گیا اور وہ پھوٹ کر رونے لگیں۔ مَیں نے ان کا چہرہ اپنے ہاتھوں میں لیا تو وہ ان کے بہتے ہوئے آنسوؤں سے بھیگ گیا۔ یہ دیکھ کر مجھے انہیں ہونے والے دکھ پر افسوس ہونے لگا لیکن میں بھی مجبور تھا اور میرے پاس فی الحال ان کے اس دکھ کا کوئی مداوا نہ تھا۔

مَیں نے انہیں تسلی دیتے ہوئے بمشکل ان سے رخصت چاہی اور اپنا بھاری بھرکم بستر اوپر اٹھانے کی کوشش کی تو اپنا توازن برقرار نہ رکھنے کی وجہ سے میرے پاؤں ڈگمگا گئے اور میں اپنے بوریے سمیت پیچھے چارپائی پر جا گرا۔ میرے اس طرح گرنے پر اماں اپنے آنسو پونچھ کر مسکرانے لگ گئیں۔ اس صورتِ حال میں ان کا یوں مسکرانا مجھے بہت اچھا لگا کیوں کہ اس کی وجہ سے چھائی ہوئی یاسیت میں کچھ کمی واقع ہو گئی۔

انہوں نے میرا بوریا بستر اٹھا کر میرے کاندھے پر رکھا اور زینے سے نیچے اترنے میں میری مدد کی۔ مَیں نے ایک ہاتھ سے کندھے پر لدا ہو بستر سنبھالا اور دوسرے سے کپڑوں والی تھیلی اور گھر کی دہلیز سے باہر نکلنے سے پہلے مَیں نے جھک کر اماں کے پاؤں چھوئے اور انہیں اللہ وائی کہتا گلی میں نکل گیا۔

مَیں نے اشٹان کی طرف جانے والے طویل راستے کے بجائے وہ مختصر راستہ اختیار کیا جو سُومل کے گھر کے قریب سے گزر کر آگے جاتا تھا۔ مَیں نہیں چاہتا تھا کہ وہ مجھے اس حال میں دیکھے اسی لیے مَیں نے اس کے مکان کے آگے سے تیزی سے گزرنے کی کوشش کی لیکن جب مَیں نے پہلی منزل پر واقع ان کے باورچی خانے کی کھڑکی کی جانب بمشکل اپنی گردن موڑ کر دیکھا تو وہاں مجھے اس کی شناسا آنکھیں دکھائی دے گئیں اور میں جھینپ کر رہ گیا۔ وہ کھڑکی سے لگ کر کھڑی ہو گئی لیکن میرے کاندھے پر سامان ہونے کی وجہ سے مَیں اسے بار بار نہ دیکھ سکتا تھا، اس لیے مَیں نے بے ساختگی سے اپنا ہاتھ ہلا کر اسے جانے کا اشارہ کر دیا۔ میرے لیے اس کی نگاہوں کے سامنے آگے بڑھنا دشوار ہو گیا اور مجھے اپنے پاؤں بھاری محسوس ہونے لگے۔ مَیں جلد از جلد اس کی نظر سے دور جانا چاہتا تھا لیکن میں کوشش کے باوجود ایسا نہ کر سکا۔ کمہاروں اور گوالوں کے گھروں کی جانب سے مجھے ایک گھڑ گھڑاہٹ سی سنائی دی، جو دھیرے دھیرے نزدیک تر آتی چلی گئی۔ مَیں نے گلی کے کونے پر پہنچ کر اس جانب دیکھا تھا تو ایک رکشا آتا ہوا دکھائی دیا۔ مَیں نے ہاتھ دے کر اسے روک لیا۔ اس سے اشٹان کا کرایہ پوچھا جو اس نے پانچ روپے بتایا جو مَیں نے مول تول کیے بغیر ہی مان لیا۔ مَیں نے اپنا بوریا بستر اس کے پچھلے حصے میں ٹھونسا تو اس کے بعد بمشکل میرے بیٹھنے کے لیے تھوڑی سی جگہ بچ سکی۔ اب میں سُومل کی جانب دیکھنے کے لیے آزاد

تھا۔ وہ ابھی تک کھڑکی سے لگی اسی طرف دیکھ رہی تھی۔ مَیں نے مسکراتے ہوئے پہلے اپنا ہاتھ ہونٹوں کے پاس لے جاکر اس کی جانب ہوائی بوسہ اچھالا اور اس کے بعد اپنی پیشانی پر ہاتھ کر رکھتے ہوئے اسے الوداعی سلام کیا اور رکشے میں پھنس پھنسا کر بیٹھ کر گیا اور اگلے ہی لمحے وہ آگے بڑھ گیا۔

میں سرکاری بس اسٹینڈ کے قریب رکشے سے اپنے سامان سمیت اتر گیا۔ اشٹان پر دو مسافر خانے واقع تھے۔ مَیں جنہیں اب تک ہمیشہ دور ہی سے دیکھتا آیا تھا اور کبھی ان کے اندر جانے کی نوبت نہ آئی تھی۔ ان میں سے ایک مدنی مسافر خانہ تھا اور دوسرا لاہوتی مسافر خانہ۔ ان دونوں کے نیچے کھانے کے ہوٹل واقع تھے۔ مدنی ہوٹل سے ملحق ایک تنگ سے زینے سے مَیں جب اوپر پہنچا تو مَیں نے دیکھا کہ اوپر والی منزل پر کھلی جگہ پر قطار سے چار پائیاں رکھی ہوئی تھیں اور یہاں صرف شب گزارنے کا بندوبست تھا۔ ایک ٹوٹے پھوٹے میز کے پیچھے کرسی پر ایک موٹا اور سانولا آدمی گھسا پٹا رجسٹر اور بال پین لیے ہوئے بیٹھا تھا۔ وہ میرا بستر دیکھ کر کہنے لگا کہ اسے لانے کی کیا ضرورت تھی۔ یہاں چار پائی بستر سمیت دی جاتی تھی اور ایک چار پائی کا ایک رات کا کرایہ بیس روپے وصول کیا جاتا تھا۔ مَیں نے اس سے الگ کمرے کا پوچھا تو اس نے بتایا کہ اگر مجھے کمرہ چاہیے تو وہ لاہوتی مسافر خانے میں مل سکتا تھا کیوں کہ یہاں صرف بستر اور چار پائیاں تھیں۔ مَیں اس کا شکریہ ادا کرتا ہوا نیچے اتر گیا۔

میں وہاں سے نکل کر لاہوتی ہوٹل کے نسبتاً کشادہ زینے سے اوپر پہنچا تو وہاں ایک تنگ راہداری کے دائیں جانب قطار سے بنے ہوئے کمرے دکھائی دیئے، جن کی دیواریں اور دروازے، بوسیدہ اور خستہ دکھائی دے رہے تھے۔ وہاں بھی زینے کے پاس ایک کلرک بیٹھا ہوا تھا، جو میز پر اپنا سر رکھے ہوئے، شام ڈھلنے سے پہلے ہی نیم غنودگی میں تھا۔ اس کے پیچھے دیوار پر ایک ادھڑے ہوئے بورڈ میں لگے ہوئے مختلف کیلوں پر چند چابیاں لٹک رہی تھیں۔ اس کے قریب جاکر مجھے اندازہ ہوا کہ وہ افیم کی جھونجھ میں تھا۔ مجھے اپنے سامنے پا کر وہ میری جانب متوجہ ہوا، تو میں اپنا بستر کندھے سے اتار کر فرش پر رکھ کر اس کے پاس خالی پڑی ہوئی ایک کرسی پر بیٹھ گیا اور اس سے کمرے کا کرایہ معلوم کرنے لگا۔ اس نے عجیب خرخراتے لہجے میں بتایا کہ چوبیس گھنٹے کا کرایہ چالیس روپے تھا۔ یہ کرایہ مجھے زیادہ معلوم ہوا جس پر میں اس سے تکرار کرنے لگا۔ وہ پہلے تو ٹس سے مس نہ ہوا لیکن جب میں کرسی سے اٹھ کر اپنے سامان میں ہاتھ ڈالنے لگا تو اس نے مجھ سے پوچھا کہ یہاں کتنے دن رہو گے؟ مَیں نے جواب دیا کہ تین دن۔ کچھ دیر سوچ بچار کے بعد اس نے مجھ پر احسان کرتے ہوئے کہا کہ کیا یاد کرو گے؟ تم سے تین دن کے نوے روپے لوں گا۔ یہ کرایہ مجھے مناسب معلوم ہوا اور میں دوبارہ کرسی پر بیٹھ گیا۔ اس نے میز پر ذرا سا جھکتے ہوئے کوئی بٹن دبایا، جس پر اس راہداری میں کہیں پر لگی ہوئی گھنٹی اتنی زور سے بجی کہ مَیں دہل کر رہ گیا۔

گھنٹی بجنے کے کچھ دیر بعد راہداری میں بہت آگے بنے ہوئے کسی کمرے سے ایک دبلا پتلا شخص برآمد ہوا اور تیزی سے چلتا ہوا ہماری جانب آیا۔ کلرک نے اسے سرو کہہ کر مخاطب کرتے ہوئے کٹے پھٹے بورڈ سے سات نمبر کمرے کی چابی اتار

کر اس کے حوالے کرتے ہوئے مجھے میرے کمرے تک پہنچانے کے لیے کہا۔ وہ چاہتا تھا کہ مَیں ایک دن کا پیشگی کرایہ ادا کرنے سے پہلے اپنا کمرہ دیکھ لوں۔

میں اس کے پیچھے راہداری میں چلنے لگا۔ اس نے چابی سے ایک کمرے کا تالا کھولا اور دروازے کو دھکا دیتے ہوئے مجھے کمرہ دیکھنے کا اشارہ کیا۔ مَیں نے اندر جا کر دیکھا تو مجھے وہ کمرہ واجبی سا لگا لیکن چارپائی پر نئی رنگین چادر بچھی ہوئی تھی اور تکیے کا غلاف بھی اسی رنگ کا تھا اور اس رضائی کا بھی، جو بستر پر رکھی ہوئی تھی۔ انہیں دیکھ کر مجھے لگا کہ لاہوتی مسافر خانے کی انتظامیہ نے کوئی سستا سا کپڑا لے کر ہر چیز پر اسے منڈھ دیا تھا۔ کمرے میں ایک کرسی بھی دکھائی دی جو پچھلی طرف کھلنے والی کھڑکی کے پاس پڑی ہوئی تھی۔ یہ جگہ مجھے تین دن گزارنے کے لیے مناسب معلوم ہوئی۔

مَیں نے اسے اپنے رہنے کے لیے منتخب کر لیا اور ایک دن کا پیشگی کرایہ ادا کر کے اپنا سامان کمرے میں رکھ دیا اور پھر راہداری کے آخر میں بنے ہوئے غلیظ غسل خانے سے اپنے منہ ہاتھ اور پاؤں اچھی طرح دھو کر، اپنے کمرے کے دروازے پر تالا لگا کر میں پیٹ پوجا کرنے کے لیے باہر چلا گیا کیوں کہ دن بھر کھانا نہ کھانے کی وجہ سے بھوک سے برا حال ہونے لگا تھا۔

40

اپنے شہر میں یہ میری پہلی رات تھی جو مَیں نے گھر سے باہر گزاری تھی۔ لاہوتی مسافر خانے کے تنگ سے کمرے میں کھٹملوں بھرے بستر پر بے چینی سے کروٹیں لیتے ہوئے اور رضائی اوڑھ کر تکیہ اپنی جانگھوں میں دبا کر، سُومل کے حسن کی باریکیاں سوچتے ہوئے پتا بھی نہیں چلا اور میں بہت جلد نیند کی آغوش میں چلا گیا۔ جو ٹوٹے پھوٹے نامکمل خواب مَیں نے اس رات دیکھے، صبح ہونے پر مجھے ان میں سے کوئی یاد نہ رہا لیکن ذہن میں دور کہیں کسی نسائی جسم سے مستفید ہوتے ہوتے رہ جانے کا ایک تشنہ احساس باقی رہ گیا تھا جو کسک بن کر بار بار یاد آ رہا تھا۔

اگلی صبح مسافر خانے میں نہانے کے لیے گرم پانی کا بندوبست دیکھ کر دل غسل کرنے پر آمادہ ہو گیا کہ اپنے شہر میں میری نوکری کا پہلا دن تھا، اس لیے میرا پاک صاف ہونا ضروری تھا۔ اس کے بعد میں کپڑے بدل کر مسافر خانے سے نکلا اور دربار ہوٹل میں ناشتہ کرنے چلا گیا۔ مجھے اگلے تین دن اسی معمول کے مطابق گزارنے تھے۔ مجھے یقین تھا کہ مَیں اس کے بعد گلن شیدی کی گیراج پر پانچ سو روپے مہینے کا نوکر ہو جاؤں گا اور یوں اپنے شہر میں اپنی مرضی سے زندگی گزاروں گا۔ میرے وہم و گمان میں نہ تھا کہ اگلے چند دن میں میری زندگی، ایک بھیانک اور دل دہلا دینے والا موڑ لینے والی تھی، جس کی دھندلی سی یاد اب بھی مجھے لرزا دینے کے لیے کافی ہے۔

گلن شیدی کی گیراج پر کام کرنا ایک نیا اور دلچسپ تجربہ تھا۔ اس کے پاس مجھ سمیت چھ کاریگر کام کرتے تھے جن میں سے چار اسی شہر کے جب کہ دو سجاول کے رہنے والے تھے۔ یہ دونوں دن میں کام کرنے کے بعد اپنی راتیں گلن شیدی کی گیراج پر گزارتے اور اپنی ہفتہ وار چھٹی سے پہلے کی شام اپنے گوٹھ چلے جاتے۔ زیادہ تر کی عمریں بیس اور تیس سال کے درمیان تھیں۔ مَیں ابھی بیس سال کا نہ ہونے کی وجہ سے ان سب سے کم عمر تھا۔

یہ گیراج فنکے ماسٹر کی ورک شاپ سے بے حد مختلف تھی۔ وہاں کی نسبت مجھے یہاں اوزاروں اور مشینوں کی کمی محسوس ہوئی۔ مَیں نے پہلے ہی دن سب سے تعلقات قائم کر لیے۔ پہلے ہی دن مجھے کام کرتے ہوئے اور گاڑیوں کے انجن کھول کر اعتماد سے انھیں ٹھیک کرتے ہوئے دیکھ کر وہ سب نہ صرف مجھ سے مرعوب ہوئے بلکہ میرے اچھے دوست بھی بن گئے۔ دوپہر کا کھانا گلن شیدی نے خود منگوایا اور ایک کمرے میں فرش پر بچھی ہوئی رَلی پر بیٹھ کر ہم سب نے ایک ساتھ

کھایا۔ دن بھر کام کرتے ہوئے اس نے اپنے کھاتے سے دو مرتبہ سب کے لیے چائے منگوائی۔ وہ اپنے کاری گروں کا خاص خیال رکھتا اور جواب میں وہ سب بھی پوری ایمان داری سے ہر کام انجام دینے کی کوشش کرتے۔

گلن شیدی کی گیراج شہر سے مکلی کی طرف نکلنے والے راستے پر بنی ہوئی تھی اور اس سے آگے کچھ خاص آبادی نہ ہونے کے سبب سارا علاقہ کھلا اور غیر آباد تھا۔ فراٹے بھرتی بادِ کوئٹہ کی وجہ سے سردی میں لگاتار اضافہ ہوتا چلا جا رہا تھا۔ یہاں سردی کی شدت کا انحصار، کٹاری جیسی اسی ہوا کی رفتار کی کمی بیشی پر ہوتا تھا۔ مَیں نے مشاہدہ کیا کہ اس راستے پر چھوٹی بڑی گاڑیوں، چھکڑوں اور تانگوں کا ہجوم بڑھتا جا رہا تھا۔ وہاب شاہ بخاری کے عرس پر ہونے والے میلے کی تیاریاں عروج پر پہنچ چکی تھیں اور آخری مراحل میں تھیں۔ سندھ کے علاوہ دیگر صوبوں کی گاڑیاں، سامان سے لدی پھندی ہمارے قریب سے ہچکولے کھاتی گزرتیں اور اوبڑ کھابڑ سڑک پر کسی بحری جہاز کی طرح ڈولتیں، اس پہاڑی کی جانب رواں دکھائی دیتیں جس کے نیچے واقع میدان میں یہ میلہ سجنے والا تھا اور چند روز بعد جس کا افتتاح ہونے والا تھا۔ اسی لیے اس راستے پر گہما گہمی بڑھتی جا رہی تھی۔ شوقین مرد وزن سے بھری ہوئی سوزوکیاں اور تانگے ہمارے نزدیک سے گزرتے آگے بڑھ جاتے تھے۔

میلے کی بڑھتی ہوئی بھیڑ کی وجہ سے گیراج پر کام بڑھ گیا تھا اور مرمت کے لیے آنے والی چھوٹی گاڑیوں کی تعداد میں اضافہ ہو گیا تھا۔ میرے کام کے پہلے دن گلن شیدی مجھے بتائے بغیر کاری گروں سے میرے کام کے متعلق پوچھ تاچھ کرتا رہا اور شام کو جب گیراج بند ہونے کا وقت آیا تو مجھے بلا کر پہلے دن کی اجرت دینے لگا۔ اجرت دیتے ہوئے اس نے میرے ہنر اور رویے، دونوں کی تعریف کی اور مجھے تین دن کے بجائے دو روز بعد ہی گیراج پر اپنی نوکری شروع کرنے کا کہنے لگا۔ مزید یہ بھی اس نے میری تنخواہ چھ سو روپے مہینہ مقرر کر دی تھی۔ یہ سن کر مجھے بے حد خوشی ہوئی اور مَیں نے اس کا شکریہ ادا کرتے ہوئے تین روز بعد گیراج میں اپنے مستقل اٹھ آنے کی اجازت مانگی۔ وہ یہ جان کر حیران ہوا کہ مَیں اپنے گھر کے بجائے گیراج پر رہنا چاہتا تھا۔ وہ بزرگ ہونے کی وجہ سے مجھ سے والدین کے ساتھ میرے تعلقات کے بارے میں پوچھنے لگا۔ مَیں نے اسے ٹالنے کی کوشش کی اور اپنے والد سے جھگڑے کا مختصر ذکر کیا تو وہ میری بات سمجھ گیا۔ وہ اسی شہر کے شیدی محلے کا پرانا باسی ہونے کی وجہ سے میرے بابا کی منفی شہرت سے آگاہ تھا۔ اس نے کسی تردّد کے بغیر مجھے اپنا بوریا بستر لے آنے کے لیے کہہ دیا اور ساتھ ہی سجاول سے تعلق رکھنے والے لڑکوں کو بھی بتا دیا کہ وہ اپنے کمرے میں میرے لیے بھی جگہ پیدا کریں۔ ان دونوں کو یہ جان کر بہت خوشی ہوئی کہ مَیں بھی ان کے ساتھ گیراج میں رہنے کے لیے آنے والا تھا۔ گلن شیدی کی جانب سے میرے لیے سونے اور رہنے کی یہ سہولت بلا معاوضہ تھی۔ اس چیز پر مَیں نے دوبارہ اس کا شکریہ ادا کیا۔

اس کے بعد میں وہاں سے چل دیا۔ کئی روز کے بعد سارا دن سخت جان گاڑیوں سے جھوجھنے کے بعد شام ڈھلے پورا بدن دکھنے لگا تھا۔ اس معمول کا عادی بننے میں ابھی چند دن باقی تھے۔ مَیں اشٹان پر واقع ایک چائے خانے میں بیٹھ گیا۔ کچھ ہی دیر میں بیرا میز پر کپ میں دودھ پتی رکھ کر چلا گیا۔ مَیں نے پیکٹ سے سگریٹ نکال کر اپنے ہونٹوں میں دبایا اور اسے

دیاسلائی کی مدد سے سلگا کر پہلا کش لیا۔

گلن شیدی سے بابا کے بارے میں باتیں کرنے سے میرے ذہن میں خیالات کی ایک پٹاری کھل گئی تھی جسے سمیٹنا از حد ضروری تھا۔ مجھے اپنا گھر چھوڑے ہوئے دو دن ہو گئے تھے۔ مَیں کل اماں سے مل کر آیا تھا اور انہیں کام ملنے کی خبر بھی دے آیا تھا۔ میرے گھر چھوڑنے اور اس طرح اپنے شہر میں دربدر ہونے کی اکلوتی وجہ بابا تھے، جو مجھے اپنی نظروں سے دور بھیجنا چاہتے تھے۔ اچانک میرے اندر ایک عجیب سی خواہش سر ابھار رہی تھی، جسے پورا کرنا اب میرے بس میں نہ تھا۔ مَیں چاہتا تھا کہ اپنی زندگی میں پہلی اہم کامیابی اپنی صلاحیت اور اپنے بل بوتے پر حاصل کرنے کے بارے میں اپنے بابا کے تاثرات معلوم کروں۔ مَیں چاہتا تھا کہ وہ کسی بھی طور ایک بار ہی سہی مجھے سراہیں، میری کارکردگی کی تعریف کریں اور اس سمت میں آگے بڑھنے پر میری حوصلہ افزائی کریں۔ مَیں ان کی نظروں میں اپنی ذات کا اثبات دیکھنا چاہتا تھا لیکن مَیں نے خود کو سمجھانا چاہا کہ ایسا ممکن ہی نہیں کہ وہ میرے سامنے میری یہ آرزو پوری کریں۔ اس لیے مجھے اپنی بہت سی تشنہ خواہشات کی طرح اس کا گلا بھی گھونٹنا پڑا۔

میں ایک اہم ترین بات فراموش کر رہا تھا، وہ یہ کہ مَیں نے ان کی حکم عدولی اور نافرمانی کی تھی۔ اس لیے مجھے ان سے کسی قسم کی شفقت یا انسیت کی توقع نہیں رکھنی چاہیے تھی۔ مَیں بلا سبب یہ بچگانہ سی خواہش کر رہا تھا۔ مَیں نے اپنی سرزنش کی کہ اب میں پوری طرح خود مختار ہو چکا تھا اور اب مجھے مختلف انداز میں سوچنے کی ضرورت تھی۔ ایسے رجائی خیالات کے باوجود میرے دل سے یہ کسک ختم نہیں ہو رہی تھی اور مجھے اپنی اس بدنصیبی پر افسوس ہو رہا تھا جس کی وجہ سے مجھے دنیا میں لانے والا، مجھے اپنا بچہ نہیں بلکہ اپنا حریف اور رقیب سمجھ رہا تھا اور مجھ سے مبارزت پر آمادہ تھا لیکن مجھے ایسی کسی کشمکش کی کوئی خواہش نہ تھی۔

اب دھیرے دھیرے میلے کا اثر اشٹان پر بھی ظاہر ہونے لگا تھا۔ عام حالات میں جاڑے کے دنوں میں یہاں کی رونق شام ڈھلے ماند پڑ جاتی تھی لیکن اب ایسا نہیں تھا۔ سرکاری بسوں کا ڈپو جو مغرب کے فوراً بعد بند ہو جاتا تھا، اب تک کھلا ہوا تھا اور شاید دونوں جانب واقع دو بڑے شہروں کے لیے خصوصی بسیں چلائی جانے لگی تھیں۔ اشٹان کے بیشتر ہوٹل کھلے ہوئے اور لوگوں سے بھرے ہوئے تھے۔ وہاں بنے ہوئے کھوکھوں، مانڈلیوں اور مٹھائی کی دکانوں پر بھی لوگوں کے جمگھٹے لگے ہوئے تھے۔ حجاموں کی دکانیں جو سرِ شام تاریک ہونے لگتی تھیں اب روشنیوں سے جگمگا رہی تھیں۔

دربار ہوٹل کے پاس پہنچ کر مجھے سُومل کے ابا نور محمد جھنگی کا خیال آیا تو میں اس کی دکان کی طرف چل دیا اور کچھ ہی دیر میں وہاں پہنچ گیا۔ اس کی دکان مجھے گاہکوں سے بھری نظر آئی اور وہ اپنے بیٹے زلفی سمیت بہت مصروف دکھائی دیا۔ یہ دیکھ کر مجھے اطمینان سا ہوا کہ اب اس کا کام جمتا جا رہا تھا۔ مجھے توقع تھی کہ جب جھنگی کو میرے گھر چھوڑ کر گیراج پر کام کرنے کا پتا چلے گا تو وہ بہت خوش ہو گا کیوں کہ وہ چاہتا تھا کہ مَیں اپنی دکان کھولوں۔ وہ چاہتا تھا کہ مَیں جلد از جلد اپنے پاؤں پر کھڑا ہو جاؤں لیکن وہ ایسا کیوں چاہتا تھا، مَیں اس حوالے سے ایک حسین خوش فہمی میں مبتلا تھا۔ مجھے امید تھی کہ

دو سال بعد جب میں اپنے کام کا مالک و مختار بن جاؤں گا تو وہ اپنی بیٹی کا سنگ مجھے دینے میں کسی ہچکچاہٹ سے کام نہیں لے گا اور بخوشی مجھے اپنی دامادی میں قبول کر لے گا۔ یہ باتیں سوچنا اور ان کی گدگدی محسوس کرنا مجھے اچھا لگتا تھا۔ مَیں جواب تک کبھی کسی جنسِ مخالف سے ہم کنار نہ ہوا تھا، وصل کے ذائقے سے نا آشنا تھا، اسی لیے اپنے آپ کو خام سمجھتا تھا۔ وصل کے ہمیشہ کے لیے میری زندگی میں آنے کے بعد میری تکمیل ہو جاتی اور دنیا سے، بابا اور اماں سے میری ساری شکایت ہمیشہ کے لیے ختم ہو جاتی۔

دربار ہوٹل سے کھانا کھانے کے بعد میں لاہوتی مسافر خانے میں اپنے کمرے میں آ کر بستر پر دراز ہو گیا اور اس بات کا تصور باندھنے لگا کہ میرے بابا شہر بھر میں مجھے ڈھونڈتے ہوئے گلن شیدی کی گیراج پر آ گئے تھے اور مجھ سے گھر چلنے پر اصرار کر رہے تھے۔ وہ مجھے بیٹا بیٹا کہہ کر گلے لگا رہے تھے۔ ایسے ہی پراگندہ خیالوں میں گم ہو کر میں کب گہری نیند میں چلا گیا، پتا ہی نہ چلا۔

صبح ہونے کے بعد پچھلے دن کا معمول میرا منتظر تھا لیکن میں کسی اور کا منتظر تھا۔ یہ ایک ایسا موہوم انتظار تھا جس کے بارے میں مجھے بھی معلوم نہ تھا کہ مَیں کس کی راہ دیکھ رہا تھا اور کیوں دیکھ رہا تھا؟ بار بار میری نگاہ پاس سے گزرتے تانگوں اور سوزوکیوں میں بیٹھی مختلف سواریوں کی جانب اٹھ جاتی اور میں بلاوجہ ان کے اجنبی چہروں کے درمیان ایک مانوس چہرہ ڈھونڈنے لگ جاتا لیکن مجھے ہر بار مایوسی ہوتی۔ مَیں اپنے انتظار پر کڑھتا اور خود کو ملامت کرتا، دن بھر گلن شیدی کی گیراج پر کاریگر ساتھیوں کے ساتھ گاڑیوں کے مختلف کام کرتا رہا۔ شام ڈھلنے کے بعد میرا مالک مجھے میری اجرت دیتے ہوئے پوچھنے لگا کہ گیراج پر کب سے رہنا شروع کروں گا؟ مَیں نے جواب دیا کہ کل سے۔ یہ سن کر اس نے تائید میں اپنا سر ہلا دیا۔ اس کے بعد مَیں نے اس سے جب اگلے دن کے لیے چھٹی مانگی تو وہ حیرت سے میرا منہ تکنے لگا۔ تب مَیں نے جلدی سے ایک بہانہ گھڑ لیا لیکن میری چھٹی کا سن کر وہ تشویش میں مبتلا ہو گیا تھا کہ مَیں کہیں اس کا کام چھوڑ کر نہ چلا جاؤں۔ مَیں نے اس سے وعدہ کیا کہ مَیں صرف کل دن میں غیر حاضر رہوں گا مگر شام ڈھلے اپنے بستر سمیت گیراج پہنچ جاؤں گا اور اس کے بعد یہیں رہنا شروع کر دوں گا۔ وہ شک سے میری طرف دیکھتے کسی حد تک مطمئن ہو گیا۔

میں شب بھر بے چینی سے کروٹیں لیتے صبح کا انتظار کرتا رہا۔ مَیں نے جان بوجھ کر گیراج سے ایک دن کی چھٹی کا فیصلہ کیا تھا۔ یہ حقیقت تھی کہ اب میں وہاں چھ سو روپے مہینے پر نوکر ہو چکا تھا، اس لیے میں وہاں نوکری شروع ہونے سے پہلے ایک دن اپنی مرضی سے گزارنا چاہتا تھا۔ میری یہ رات لاہوتی مسافر خانے پر آخری تھی اور مجھے کل شام تک اپنے سامان سمیت گیراج منتقل ہو جانا تھا۔ پچھلے دو تین روز کے واقعات کسی فلم کی طرح میرے ذہن میں چلتے رہے۔ مَیں نے ان دنوں میں جو کھویا اور جو پایا تھا، اس کی نظیر میری پوری زندگی میں نہیں ملتی کیوں کہ مَیں نے جو کچھ کھویا تھا وہ بے حد و بے حساب تھا اور جو کچھ پایا تھا، اسے بھی شمار کرنا ممکن نہ تھا۔ شماریات کے اس چیستان کو ناپتے ہوئے دھیرے دھیرے دن بھر کی تھکن میری سوچوں پر غالب آتی چلی گئی اور میں سو گیا۔

صبح دیر سے آنکھ کھلی۔ بادِ کوئٹہ رکنے سے سردی کچھ قابلِ برداشت ہو گئی تھی۔ مَیں نے منہ ہاتھ دھونے کے بعد پہلی مرتبہ مسافر خانے کے ملازم سے اپنے لیے چائے اور ناشتہ کمرے میں منگوایا۔ ناشتے کے بعد مَیں نے دو تین سگریٹ پھونکے اور پھر غسل کرنے چلا گیا۔ غسل کے بعد کپڑے بدل کر مسافر خانے سے نکلنے سے پہلے اس کے کلرک کو بتا دیا کہ مَیں مغرب سے پہلے اس کا حساب چکا کر یہ مسافر خانہ چھوڑ دوں گا، پھر میں وہاں سے باہر نکل گیا۔

شاہی بازار پوری طرح بیدار ہو چکا تھا اور کشادہ گلی پر مشتمل اس بازار کے تاجر اپنے نئے دن کی شروعات کر رہے تھے اور گاہکوں کی ٹولیاں دکانوں میں تاک جھانک کرتی ادھر ادھر گھوم رہی تھیں لیکن جھنگی ہیئر ڈریسر کی دکان ابھی خالی پڑی تھی اور نور محمد اپنی دکان صاف کرنے کے بعد باہر ایک چھوٹی سی بینچ پر بیٹھا اطمینان سے بیڑی کے کش لے رہا تھا، جب مَیں نے اس کے قریب جا کر اس کا حال معلوم کیا۔

مجھے دیکھ کر اس نے جلدی سے بیڑی کا آخری کش لے کر اسے زمین پر پھینک کر اپنے پاؤں سے مسلا پھر لپک کر مجھ سے پرانے دوست کی طرح گلے ملنے لگا۔ اس کے ملنے کے انداز نے مجھے سرشار کر دیا اور میں اسے 'چاچا، چاچا' پکارتے ہوئے اس کے ہاتھ میں اپنا ہاتھ دیئے اس کے ساتھ دکان میں چلا گیا۔ اس نے مجھے اندر گاہکوں کے لیے بنی فینسی بینچ پر بٹھایا اور تسلی سے میری خبر گیری کرنے لگا۔ اسے اس کی بیوی نے میرے بارے میں سب کچھ بتا دیا تھا اور اسے مجھ سے ہمدردی محسوس ہو رہی تھی۔ وہ میری دل جوئی کرتے ہوئے میرا حوصلہ بڑھانے لگا کہ جلد یا بدیر میرے بابا کو اپنی غلطی کا احساس ہو گا اور وہ مجھے اپنے ساتھ لے جائیں گے۔ مَیں نے اس سے کہا کہ مَیں اکیلائی میں خوشی محسوس کر رہا تھا۔ یہ سن کر وہ مجھے گھر اور خاندان کی اہمیت سمجھانے کی کوشش کرنے لگا۔

مجھے اس کی بہت کم باتوں سے اتفاق تھا کیوں کہ مَیں گھر، خاندان اور برادری کو انسان کے لیے تباہ کن اور مہلک سمجھتا تھا اور مجھے یہ ادارے انتہائی غیر ذمہ دار اور جابرانہ لگتے تھے۔ وہ اپنی من مانی، سرکشی اور اپنی ہٹ میں اتنے پختہ ہو چکے تھے کہ دوسروں کی انا، ان کی شخصیت کو روندنا ان کے لیے بے حد معمولی چیز بن چکا تھا، اور سب سے افسوس ناک یہ تھا کہ وہ عمر بھر یہ عمل شدت سے دوہراتے رہتے تھے لیکن اس پر انہیں ذرا سا دکھ بھی نہیں ہوتا۔ میری خواہش رہی کہ مَیں دنیا میں والد کے بغیر پیدا ہوتا تو کتنا اچھا ہوتا۔ تب شاید میں ایک مختلف اور بہتر انسان ہوتا اور اپنے بابا کی گھٹیا شبیہ بن کر نہ رہ جاتا۔

سُومل کے باپ نے چائے سے میری تواضع کی۔ مَیں نے تکرار کے خدشے کے پیشِ نظر اپنے خیالات اس سے چھپائے رکھے اور اس کی باتیں سنتے تائید میں اپنا سر ہلاتا رہا۔ وہ بار بار مجھے اپنا بیٹا کہہ رہا تھا اور اس کا یہ کہنا مجھے اچھا لگ رہا تھا۔ کچھ دیر بعد اس کی دکان پر گاہکوں کی آمد شروع ہو گئی اور وہ اٹھنے لگا تو مجھے یوں ہی زلفی کا خیال آیا۔ مَیں نے اس کے بارے میں پوچھا تو اس نے بتایا کہ آج وہ اسکول کے بعد دکان پر نہیں آئے گا اور گھر پر ہی رہے گا۔ اس نے میرے قریب آ کر ایک سرگوشی کی کہ وہ اپنے بیٹے کو اپنی دکان سے دور رکھنا چاہتا ہے تا کہ وہ پڑھائی پر زیادہ توجہ دے سکے۔ اس لیے وہ کبھی کبھار ہی اسے دکان پر اپنے پاس رکھتا تھا۔ پھر وہ ایک کرسی پر اپنے لیے منتظر بیٹھے ہوئے ایک گاہک کی طرف متوجہ

ہو گیا تو مَیں نے ہاتھ ہلا کر اس سے جانے کی اجازت لی اور اس کی دکان سے باہر نکل گیا۔

بازار میں لوگوں کا ہجوم بڑھ گیا تھا۔ بخاری کا عرس قریب آنے کی وجہ سے شہر میں باہر والوں کی تعداد بڑھتی جا رہی تھی اور بھانت بھانت کے لوگ دکھائی دے رہے تھے۔ ماڑیچوں، اوڈھوں اور باگڑیوں کی ایک کثیر تعداد شہر کے گرد و نواح میں اپنی عارضی بستیاں بسا چکی تھی اور ان کی عورتیں شاہی بازار میں بھیک مانگنے اور جسم فروشی کے علاوہ دیگر کام بھی کرتی تھیں۔ انہیں دیکھ کر مجھے 'لالی باگڑن' یاد آ گئی اور میرے دل سے ایک ہوک سی نکل گئی۔ وہ میرے لڑکپن میں مجھے ملی اور تب سے آج تک اس کی یاد کو مَیں فراموش نہیں کر سکا۔

میں چلتا ہوا بازار کے پہلے چوک تک آ گیا، جہاں اس بساطی کی دکان واقع تھی، جس کے پاس ماروی کبھی خریداری کے لیے آیا کرتی تھی۔ اب یہاں پرائمری اسکول کی طرف کھانے کا ایک نیا ہوٹل کھل گیا تھا۔ ہر چھوٹے شہر کی طرح یہاں بھی کھلنے والی ہر نئی دکان کی شہرت فوراً پھیل جاتی تھی اور مقامیوں پر وہاں جانا فرض ہو جاتا تھا۔ مَیں نے بھی وہاں بیٹھ کر دوپہر کا کھانا کھایا۔ اس کے بعد وہاں چائے کے ساتھ سگریٹ پیتا رہا۔

وہاں سے اٹھنے کے بعد مَیں نے نجانے کیوں اپنے بابا کی دکان پر جانے کا سوچا۔ یہ نور محمد جھنگی کی دقیانوسی باتوں کا اثر تھا یا میرے اندر کی کوئی محرومی تھی کہ دنیا میں میرے بدترین دشمن کی جانب میرے قدم خود بخود اٹھنے لگے۔ شاید میں اپنے کسی طفلی جذبے کی تسکین چاہتا تھا یا پھر میری پامال انا کو ایک نئے کچوکے کی ضرورت محسوس ہو رہی تھی۔ مَیں خود کو روک نہ سکا اور اس طرف چلنے لگا۔ مَیں علَم والے چوک سے آگے بڑھا تو ایک فاصلے سے دیکھا کہ بابا کی دکان بند پڑی تھی۔ مزید آگے بڑھنے پر مجھے دروازوں پر لگے تالے بھی دکھائی دے گئے۔ یہ دیکھ کر میں ایک مخمصے میں گرفتار ہو گیا کہ وہ بیمار تو نہیں پڑ گئے یا کوئی اور مشکل تو نہیں آ پڑی۔ مَیں نے کھتری کے پاس جا کر بابا کے متعلق پوچھا تو اس نے بتایا کہ وہ آدھا گھنٹہ پہلے ہی دکان بند کر کے کہیں گئے تھے۔

اب میرے ذہن میں دوسری چیزیں گھومنے لگیں کہ ایک بار پہلے بھی وہ اسی طرح مجھے غائب ملے تھے اور اس کے بعد مَیں نے انہیں سیمی کے ساتھ شاہ جہانی مسجد سے نکلتے ہوئے پایا تھا۔ مجھے یقین ہونے لگا کہ شاید آج بھی کچھ ایسی ہی بات تھی۔ مجھے ان پر رشک آنے لگا۔ مَیں نے سگریٹ کے لمبے کش لیتے ہوئے سُومل کے گھر کا رخ کرنے کا سوچا لیکن وہاں خالی ہاتھ جانا مجھے معیوب لگتا تھا۔ مَیں نے کریانے کی ایک دکان سے تھادل کا ایک شیشہ خرید لیا۔ اسے خرید کر خضر حیات مسجد کے قریب سے گزرتے ہوئے مجھے خیال آیا کہ اگر وہاں پہنچنے پر میرے بابا بھی ان کے گھر سے برآمد ہو گئے تو پھر کیا ہو گا؟ مَیں اس دلچسپ صورتِ حال کا سوچ کر جی ہی جی میں محظوظ ہوتا اس جانب چل دیا۔

میرے پاؤں اپنے محلے کی طرف دھیرے دھیرے اٹھ رہے تھے اور میرا دل ایک سنسنی خیزی سے لبریز ہوا جا رہا تھا۔ اگر یہ معاملہ عام حالات میں پیش آتا تو شاید میں وہاں جانے کے بارے میں سوچتا ہی نہیں، لیکن موجودہ صورت میں مجھے اپنا وہاں جانا معنی خیز لگ رہا تھا۔ ان ماں بیٹی سے میرے تعلقات اچھے تھے اور یہ بات بابا کو اچھی طرح معلوم تھی۔ سیمی

نے جب انہیں میرے بارے میں بتایا ہو گا تو انہیں میرے عزم کا پتا چل ہو گیا ہو گا۔ مَیں سیمی اور سُومل کے روبرو اپنے بابا کے چہرے پر وہ تاثر دیکھنا چاہتا تھا جو مجھ سے نظریں چار کرنے کے بعد وہاں آنے والا تھا۔ انہیں لامحالہ ناگزیر طور پر میری موجودگی کو سہنا اور میرے ہونے کو برداشت کرنا تھا۔ انہوں نے مجھے دھتکار کر ہٹانے کی کوشش تو کی تھی لیکن میں اپنی ہمت کے ساتھ ڈٹ گیا اور اسی لیے ان کا سامنا کرنے کے لیے پوری طرح تیار تھا۔

میں اپنا بے قرار دل سنبھالتا، اپنے گھر کے سامنے سے گزرنے کے بجائے ایک لمبا چکر کاٹ کر سُومل کے گھر کے قریب پہنچا تو یہاں بھی دروازے پر تالا دکھائی دیا۔ مَیں دوسری بار تالے دیکھنے کے اتفاق پر حیران رہ گیا۔ آج قسمت میرے ساتھ کھیل رہی تھی۔ تالا دیکھنے کے بعد یہاں رکنے کا جواز نہ تھا، سو میں ناگاہ اپنے گھر کی طرف چل دیا، جس کی مسافت چند قدموں سے زیادہ نہ تھی۔

میں جوں ہی اپنے مکان کے نزدیک پہنچا تو مجھے زلفی دروازے سے باہر نکلتا دکھائی دے گیا۔ وہ مجھے دیکھتے ہی رک گیا اور فوراً مصافحے کے لیے اس نے اپنا ہاتھ آگے کر دیا۔ مَیں نے اس سے ہاتھ ملاتے ہی پوچھا کہ وہ کہاں جا رہا تھا؟ اور اس کے گھر والے کہاں تھے؟ اس نے جواب دیا کہ وہ میرے ہاں آئے ہوئے تھے اور وہ حنیف میمن کی دکان سے کھانے کی چیزیں لینے جا رہا تھا۔ مَیں نے اسے جانے دیا اور تھا دل شربت کا شیشہ ہاتھ میں لیے وہاں کھڑا ہو کر اپنے گھر میں اپنے والد کا سامنا کرنے کے لیے خود کو تیار کرنے لگا کیوں کہ مجھے پورا یقین تھا کہ وہ اس وقت یہیں موجود تھے۔ وہ گھڑی آن پہنچی تھی مَیں جس کا شدت سے منتظر تھا۔

مجھے معلوم نہیں تھا کہ اندر میرے ساتھ کیا پیش آنے والا تھا۔ مَیں نے دہلیز پار کی اور آہستگی سے لکڑی کا پرانا زینہ چڑھنے لگا۔ دو تین سیڑھیاں چڑھنے کے بعد مجھے اوپر کی منزل سے عجیب سی کھُد بُد سنائی دی جو اگلے ہی لمحے دو آوازوں کی صورت اختیار کر گئی۔ مَیں نے وہ آوازیں فوراً پہچان لیں لیکن انہیں سننے کے فوراً بعد میرا ذہن بری طرح سنسنانے لگا۔ اس کے بعد اگلے ہی لمحے سُومل کی تیز غصیلی للکار اور میرے بابا کی منت سماجت میرے کان پڑیں تو میں دنگ رہ گیا۔ فوری طور پر کچھ سمجھ نہ آیا کہ یہ کیا ہو رہا تھا مگر پہلا سوال جو میرے دماغ میں آیا یہی تھا کہ وہ دونوں اکیلے کیا کر رہے تھے؟ میں اپنے تجسس کے ہاتھوں مجبور تیزی سے سیڑھیاں چڑھنے لگا۔

اچانک سُومل مجھے اوپر لے زینے سے اترتی دکھائی دی۔ اس کا چہرہ لال بھبھوکا ہو رہا تھا اور آنکھیں کسی اندرونی جذبے سے سرخ ہو رہی تھیں۔ وہ پلٹ کر میرے بابا کو نفرت سے دیکھ رہی تھی۔ اس نے جیسے ہی مجھے اپنے نزدیک دیکھا تو وہ ششدر رہ گئی، جیسے اسے میرے ہونے پر یقین نہ آ رہا ہو۔ پھر یک دم وہ ایک اپنائیت سے میرا نام پکارتی ہوئی تیزی سے میری جانب لپکی۔ مَیں جس سیڑھی پہ تھا وہیں ساکت ہو گیا۔

میرے بابا سُومل کے پیچھے زینے کے اوپری سرے پر آ کھڑے ہوئے تو مجھے دیکھ کر ان کی آنکھیں پھیلتی چلی گئیں اور ان کا سانولا رنگ سیاہ پڑتا چلا گیا۔ میرا اس وقت یہاں ہونا ان کے لیے سراسر غیر یقینی تھا۔ مَیں حیران ملامت کے ساتھ

ان کی طرف دیکھ رہا تھا جب کہ وہ مجھ سے نظریں چرا رہے تھے۔ ان کے چہرے پر یہ تاثر دیکھ کر مجھے مسرت ہوئی۔سُومل اس لحظہ ہم دونوں کے بیچ موجود تھی لیکن وہ چند سیڑھیاں اتر کر میرے نزدیک آ چکی تھی۔ مَیں نے اس سے فوراً پوچھا کہ میری اور اس کی اماں کہاں تھیں؟ سُومل نے ہانپتے ہوئے بتایا کہ وہ دونوں اسے یہاں چھوڑ کر بازار گئی تھیں، اس کے بعد وہ روہانسے لہجے میں بابا کو برا بھلا کہنے لگ گئی۔

اس صورتِ حال میں بابا کے پاس دفاعی حیلہ سازی اور معذرت خواہانہ انداز اختیار کرنے کے سوا کوئی چارہ نہ تھا۔ انہوں نے مجھے دیکھ کر اپنی مصنوعی شفقت کا اظہار کرتے ہوئے مجھے اوپر آنے کے لیے کہا۔ مَیں نے جواب میں ان پر سنگین الزامات کی بوچھاڑ کر دی۔سُومل میرے منہ سے نکلتے نفرت بھرے جملے ایک حیرانی سے سن رہی تھی۔ کچھ دیر بعد میں ہانپتا کانپتا سانس لینے کو رکا تو وہ ایک بار پھر ان پر برس کر اپنے دل کی بھڑاس نکالنے لگی۔ اتنے میں زلفی بھی چیز لے کر آ گیا اور نیچے دروازے کے پاس رک کر اپنی بہن کو اونچا بولتے دیکھ کر وہ سہم گیا۔ مَیں نے سُومل سے چپ ہونے اور فوری طور پر چلنے کے لیے کہا۔ مَیں زلفی اور اس کی معیت میں جلدی سے اپنے منحوس گھر سے باہر نکل تو آیا لیکن جب مَیں نے سُومل سے پوچھا کہ اب ہم کہاں جائیں؟ تو وہ جواب میں سوچ میں پڑ گئی۔ پھر بتانے لگی کہ گھر کی چابی اس کی امی کے پاس تھی۔ مجھے بابا کے گلی میں آ جانے کا خوف تھا۔ اس لیے مَیں نے ان سے جلدی سے ان کے گھر کی طرف چلنے کے لیے کہا۔ مَیں نے ان دونوں کے ہاتھ تھام لیے اور تیزی سے انہیں اس جانب لے جانے لگا۔ تھوڑی دیر میں ہم نے کچھ فاصلہ طے کیا۔ ان کے مکان پر تالا لگا ہونے کی وجہ سے ہمیں کہیں نہ کہیں جا کر کچھ وقت گزارنا تھا کیوں کہ سُومل کے بقول ہماری ماؤں کو بازار گئے ہوئے ابھی زیادہ دیر نہیں ہوئی تھی۔

کمہاروں کے کچے گھروں کے پاس پہنچ کر مَیں نے انہیں شاہ جہانی مسجد چل کر وہاں کسی سبزہ زار میں کچھ دیر بیٹھنے کی تجویز دی، جس کی دونوں نے فوراً تائید کی اور ہم اس جانب چلنے لگے۔سُومل کو رہ رہ کر اپنی ماں پر غصہ آ رہا تھا جو اسے اپنے ساتھ بازار لے جانے کے بجائے یہاں چھوڑ گئی تھی کیوں کہ میرے بابا اسی دوران دکان سے دوپہر کا کھانا کھانے گھر پہنچے تھے۔ اس کی ماں نے انہیں کھانا کھلانے کی ذمہ داری اسے سونپی اور میری اماں کے ساتھ چلی گئی۔ اس کے بعد میرے بابا نے چپکے سے زلفی کو پیسے دے کر باہر بھیج دیا۔ جب سُومل انہیں کھانا دینے تخت پر آئی تو انہوں نے اس کی کلائی پکڑ لی اور اسے زبردستی کھینچ کر اپنی گود میں بٹھانے کی کوشش کرنے لگے۔ وہ ان کے ہاتھ پر زور سے کاٹ کر انہیں گالیاں دیتی ہوئی زینے کی جانب لپکی تو اسی وقت اس کا مجھ سے سامنا ہو گیا۔

مسجد کے گیٹ تک وہ تیز لہجے میں یہ باتیں دہراتی اور میرے بابا کو بھی برا بھلا کہتی رہی۔ اس بیچ زلفی بار بار حیران ہو کر اپنی بہن سے کوئی سوال کرتا تو وہ اسے جواب دینے کے بجائے میری جانب دیکھ کر اپنی بات جاری رکھتی۔سُومل کا یہ روپ دیکھنا میرے لیے ایک انوکھا اور منفرد تجربہ تھا۔ اس کی آواز کی ساری گنگناہٹ اور اس کے لہجے کا سب لوچ یکسر غائب ہو چکے تھے اور ان کی جگہ نفرت سے بھری ایک کھردری اور غیر جذباتی انداز نے لے لی تھی۔ اس کا سفید چہرہ کہیں سے

سرخ اور کہیں سے گلابی ہو رہا تھا۔ اس کے ہونٹ تازہ انار کے دانوں کی مانند چمک رہے تھے اور اس کی دودھیا پیشانی پر گہری اور مہین لکیروں کا جال پھیلا دکھائی دے رہا تھا۔

وہ میری شکر گزار ہو رہی تھی کہ مَیں مناسب وقت پر اچانک پہنچ گیا لیکن میں ابھی تک اس حادثے کی وجہ سے اندر سے دہلا ہوا تھا جو ایک سانحہ بننے سے رہ گیا تھا۔ بابا کے مزاج و عادات دیکھتے ہوئے، بہت پہلے سے میرا ایک اندازہ تو تھا کہ وہ سیمی سے تعلق جوڑنے اور اس پر گرفت کرنے کے بعد سُومل کی طرف بڑھیں گے لیکن وہ اتنی جلدی اس جانب پیش قدمی شروع کر دیں گے، یہ بات میرے سان گمان میں نہ تھی۔ اسی بات نے میرے اوسان خطا کیے ہوئے تھے کیوں کہ پیش آ چکے واقعے کی وجہ سے میرے اندر پلنے والے شک کی تصدیق بھی ہو رہی تھی۔ مَیں کسی طور اس بات پر یقین کرنے کے لیے تیار نہ تھا کہ ایک ماں لالچ میں آ کر اپنی جوان بیٹی کو ایک اوباش آدمی کے پاس اکیلا چھوڑ کر جا سکتی تھی، جس کے ساتھ اس کے اپنے جسمانی تعلقات استوار تھے اور وہ جان بوجھ کر اسے اپنی دختر سے مستفید ہونے کا موقع بھی فراہم کر رہی تھی۔

شاہ جہانی مسجد کے ایک خالی سبزہ زار میں سبز پتوں کی باڑھ کے پاس لگے ناریل کے ایک طویل قامت پیڑ کے نیچے سُومل اور میں گھاس پر بیٹھ گئے۔ زلفی کشادہ جگہ دیکھ کر اپنے ہم جولیوں کی تلاش میں فور اُسٹک کر وہاں سے غائب ہو گیا۔ اس کے جاتے ہی مَیں نے سُومل کے سامنے اپنا شک ظاہر کیا کہ اس کی ماں نے جان بوجھ کر اسے میرے بابا کے پاس چھوڑا تھا۔ یہ سن کر وہ تلخی سے ہنسی لیکن اس بات کے معمولی سے امکان کو بھی رد کر دیا۔ وہ سمجھتی تھی کہ اس کی ماں نے سوچ سمجھ کر یا منصوبہ بنا کر اسے وہاں نہیں چھوڑا تھا۔ اس کا خیال تھا کہ ان سے غلطی ہوئی تھی۔ انہوں نے بابا سے اپنی محبت کے اثر کی شدت کا غلط اندازہ لگایا تھا۔ سُومل نے بڑے اعتماد سے میری آنکھوں میں جھانکتے ہوئے مجھے یقین دلایا کہ یہ اس کی ماں سے ہونے والی پہلی اور آخری ایسی غلطی تھی اور یہ دوبارہ نہیں ہو گا۔ وہ آئندہ میرے بابا کے سامنے آنے سے مکمل گریز کرے گی۔

اس کے اعتماد نے مجھے متاثر نہیں کیا لیکن مَیں نے اس پر دباؤ ڈال کر زبردستی اس سے یہ بات منوانے کی کوشش نہیں کی بلکہ اس کی رائے کی جزوی تائید کی مگر ساتھ ہی مَیں نے اپنے خدشے کا اظہار کر دیا کہ وہ آئندہ بھی میرے بابا کی جانب سے ایسے حملوں کی توقع رکھے اور ان سے بچنے کے لیے خصوصی اقدامات کرے کیوں کہ اگر ایسا نہ کیا گیا تو وہ کامیاب ہو جائیں گے۔

مَیں نے سُومل کے سامنے افسوس اور حیرت کا اظہار کیا کہ میرے بابا کو اچھی طرح معلوم تھا کہ ان کا بیٹا اس میں دلچسپی رکھتا تھا اور اسے پسند کرتا تھا، اس کے باوجود انہوں نے اس پر ہاتھ ڈال دیا۔ یہ کتنی شرم ناک اور گھناؤنی بات تھی۔ وہ کیسا باپ تھا؟ جو اپنے بیٹے کی خوشی کا گلا اپنے ہاتھوں گھونٹنا چاہتا تھا۔ اسے باپ کیوں بنایا گیا؟ کیا اس سے یہ حیثیت کسی طرح چھینی نہیں جا سکتی؟ یا اسے تبدیل نہیں کیا جا سکتا؟ میری ان باتوں پر وہ زیرِلب مسکراتی ہوئی میری جانب دیکھتی رہی۔ اتنے میں ہمارے قریب سے ایک چائے والا گزرا تو مَیں نے اسے آواز دے کر روک لیا اور اس سے دو چائے دینے کے لیے کہا۔ وہ ہم سے ذرا فاصلے پر بیٹھ گیا اور اپنی بالٹی سے شیشے کی دو گلاسیاں نکال کر انہیں کیتلی کے آگے رکھ کے چائے سے بھرنے لگا۔ وہ گلاسیاں ہمیں تھما کر اور اپنے پیسے لے کر چلا گیا۔

سُومل کے بارے میں میری فکرمندی اس سے باتیں کر کے کچھ کم ضرور ہوئی لیکن پوری طرح ختم نہ ہوئی۔ مَیں اندیشوں اور وسوسوں میں گھرا ہوا تھا۔ میرا دل چاہ رہا تھا کہ سُومل نے اپنی امی کے بارے میں جو کچھ کہا، وہ سچ نکلے کیوں کہ اگر وہ سچ نہ نکلا تو سُومل کو میرے بابا کے تصرف میں جانے سے کوئی نہیں بچا سکتا تھا اور یہی بات میرے لیے سوہانِ روح بن گئی تھی۔

زلفی گھوم گھام کر واپس آیا تو آتے ہی گھر چلنے کی ضد کرنے لگا۔ ہم چائے کی خالی گلاسیاں وہیں چھوڑ کر جانے کے لیے اٹھ کھڑے ہوئے اور دھیرے دھیرے چلتے مسجد کے سبزہ زار سے باہر نکل گئے۔ یہی شہر تھا اور اس کے یہی پرانے دھرانے مقامات، میری زندگی، جن کے گرد مجھے کولھو کے بیل کی طرح گھماتی رہی۔ مَیں اعتراف کرتا ہوں کہ میری آنکھوں پر ہمہ وقت پٹی بندھی رہی اور میں اپنی زندگی کے واقعات کو جوڑ کر ان سے کسی قسم کے کوئی معنی اخذ کرنے میں پوری طرح ناکام رہا۔ لایعنیت اور لغویت ہمیشہ میرا مقدر رہے۔ مَیں یہ کبھی سمجھ نہ سکا کہ اس رائیگاں سفر کی ضرورت آخر پیش آئی تو کیوں کر؟ میں، ایک فریم ساز کا بیٹا، سادہ زندگی بسر کرنا چاہتا تھا لیکن اسے ناممکن بنا دیا گیا۔ مجھے ایسے راستے کی جانب دھکیل دیا گیا، جس کی کوئی منزل نہ تھی۔

ہم سہ پہر کے کچھ بعد ان کے گھر پہنچے تو دروازے پر تالا دکھائی نہیں دیا۔ زلفی نے دوڑ کر دروازے کو دھکا دیا تو وہ کھلتا چلا گیا۔ سُومل نے مجھے ساتھ آنے کے لیے کہا تو میں انکار نہ کر سکا۔ زلفی سیدھا اوپر کی منزل پر اپنی ماں کے پاس چلا گیا۔ ہم دونوں جیسے ہی اندر داخل ہوئے ہمیں سیمی زینے پر سامنے کھڑی دکھائی دی۔ سُومل اپنی ماں کو دیکھتے ہی اسے بے نقط سنانے لگی کہ وہ اسے اکیلا چھوڑ کر کیوں گئی تھی۔ سیمی فوراً سیڑھیوں سے اتر کر نیچے آئی اور ہمیں نیچے والے کمرے میں لے گئی۔

اس سے بات کرنے پر یہ کھلا کہ اسے کسی بات کا کچھ پتا ہی نہ تھا۔ میری امی کے ساتھ بازار سے واپس آ کر اس نے جب میرے بابا سے سُومل اور زلفی کے بارے میں پوچھا تو انہوں نے بتایا کہ بھائی بہن مسجد گھومنے گئے ہیں لیکن جب سُومل اور میرے ذریعے سیمی کو اصل بات کی تفصیل معلوم ہوئی تو وہ آپے سے باہر ہونے لگی۔ اسے میرے بابا پر غصہ آنے لگا۔ اس کے سان گمان میں نہ تھا کہ اس کے پیچھے کیا ہونے جا رہا تھا۔ سیمی نے قرآن اور پیر دست گیر کی قسمیں کھا کر بتایا کہ میرے بابا کئی مرتبہ اس کے سامنے سُومل کو اپنی بیٹی کہہ چکے تھے۔ اسے یقین نہ آ رہا تھا کہ اس کے باوجود وہ ایسی گھٹیا سوچ رکھتے تھے۔

سیمی نے اس پر ہی اکتفا نہ کی بلکہ جلدی سے اوپر جا کر اپنی چادر لے آئی اور اسی وقت میرے گھر جا کر میرے بابا سے لڑنے کے لیے تیار ہو گئی۔ اس نے سُومل اور زلفی کو ساتھ چلنے کے لیے کہا تو میں بھی چلنے پر اصرار کرنے لگا۔ سیمی نے مجھے لے جانے سے صاف انکار کر دیا۔ اس نے کہا کہ یہ اس کا اور میرے بابا کا معاملہ تھا۔ انہوں نے اس کے بھروسے کا ناجائز فائدہ اٹھانے کی کوشش کی تھی۔ اس نے ٹھیک وقت پر پہنچ کر سُومل کو بچانے پر میرا شکریہ ادا کیا اور اسے ایک احسان مانا۔ میں ان کے ساتھ باہر نکلا اور دروازے پر تالا لگانے میں ان کی مدد کی۔ سیمی کے ساتھ سُومل نے بھی مجھے گیراج جانے کا مشورہ دیا۔ جس پر مَیں نے انہیں چاچے نور محمد جھنگی کو اس حوالے سے اعتماد میں لے کر اپنے بابا کے خلاف مستقل محاذ

نوجوان رولاک کے دُکھڑے

کھولنے کا مشورہ دیا جسے سیمی نے ایک فحش قہقہے میں اڑا دیا۔ مَیں اپنے گھر کے دروازے تک ان کے ساتھ گیا اور جب انہوں نے اس پر دستک دی تو میں وہاں سے دوسری طرف مڑ گیا۔

ان سے الگ ہو کر جب میں آگے بڑھا تو پہلی بار یہ خیال آیا کہ کسی طریقے یا منصوبے سے مجھے اپنے بابا کا قتل کر دینا چاہیے۔ سُومل کو ان سے بچانے کے لیے اب یہی واحد راستہ رہ گیا تھا۔ جس وقت یہ بات میرے ذہن میں آئی، مَیں خود کو اندر سے بہت کمزور، ٹوٹا بکھرا، پامال، رذیل، پست ہمت اور گھٹیا محسوس کر رہا تھا۔ مردانہ غیرت کا تقاضا تو یہ تھا کہ مجھے اسی لمحے ان کی جان لے لینی چاہیے تھی، جب وہ سُومل کے پیچھے زینے پر میرے سامنے آ کھڑے ہوئے تھے۔ اسی لمحے انہیں گریبان سے پکڑ کر نیچے کھینچ لینا چاہیے تھا اور ان کے چہرے پر کالک مل کر انہیں پورے شہر میں گھمانا چاہیے تھا لیکن یہ سب کرنے کی مجھ میں جرأت نہیں تھی۔ میری بزدلی جو میرے اندر کہیں چھپی ہوئی تھی، اس واقعے کے بعد، میرے روبرو آ کر میرے منہ پر طمانچے رسید کرنے لگی۔ ان زوردار تھپڑوں سے بچنے کی خاطر میں بابا کو قتل کرنے کے ناممکن خیال میں پناہ لینے کی کوشش کرنے لگا۔ اس خیال کو حقیقت کا روپ دینے کے لیے جس طاقت اور استقامت کی ضرورت تھی وہ فی الوقت مجھے خود میں محسوس نہ ہوتی تھی۔ مجھے لگ رہا تھا کہ میرے بابا نے اس سے پہلے ہی مجھے مار ڈالا تھا۔ چلتے ہوئے مجھے اپنے پاؤں بوجھل اور بھاری محسوس ہونے لگے تھے اور میں انہیں زبردستی گھسیٹتے اشنان کی طرف جا رہا تھا۔

میرے دل نے سرگوشی میں کہا کہ اچھا ہوا کہ اس وقت ان کے ساتھ اپنے گھر نہیں گیا کیوں کہ میرے بدن میں اتنی تاب ہی نہ تھی کہ مَیں اپنے بدمعاش بابا کے سامنے کچھ دیر ٹھہر سکتا اور کیا پتا ان سے ملنے کے بعد میں ان کے قتل کے بجائے اپنی خودکشی کے بارے میں سوچنا شروع کر دیتا۔ اپنی بزدلی اور کم ہمتی پر میرا جی چاہنے لگا کہ اسی پل یہ زمین پھٹ جائے اور میں اس میں سما جاؤں۔

41

شام ڈھلنے سے پہلے مَیں نے اپنا بستر لاہوتی مسافر خانے سے گیراج منتقل کر دیا اور یہاں جس کمرے میں سجاول سے تعلق رکھنے والے کاریگر ٹھہرے ہوئے تھے اسی کے ایک کونے میں، اسے جما دیا۔ یہ جگہ مجھے پہلی نظر میں مسافر خانے کے کمرے سے کم آرام دہ معلوم ہوئی لیکن میں اپنے رہنے پر زیادہ رقم خرچ کرنے کا متحمل نہیں تھا، سو اب مجھے یہیں رہ کر کچھ عرصہ گزارنا تھا۔ یہاں رہنے والے دونوں بھلے مانس تھے، ان میں سے ایک ذات کا کریو جب کہ دوسرا پلی تھا۔ ہمارے ہاں قبائلی نظام کی وجہ سے آدمی کے نام سے زیادہ اہمیت اس کی ذات کی ہوتی ہے سو انہیں ان ہی ناموں سے پکارا جاتا تھا۔

ایک سستے سے ہوٹل پر رات کے کھانے کے بعد ہم تینوں جلد ہی آ کر اپنے بستروں میں دبک گئے۔ ان دونوں کی پرانی دوستی تھی، اس لیے وہ آپس میں دھیمے لہجوں میں باتیں کرتے کرتے تھوڑی دیر بعد گہری نیند میں چلے گئے اور ان کی آوازیں آنی بند ہو گئیں۔ مَیں اپنی جگہ لیٹا سوچتا رہا۔ سیمی اور سُومل کا جب بابا سے سامنا ہوا ہو گا تو ان کے بیچ کیا پیش آیا ہو گا؟ زیادہ سے زیادہ انہوں نے بابا پر لعنت ملامت کی ہو گی، انہیں کچھ گالیاں دی ہوں گی۔ میرے بابا کے لیے یہ معمولی چیزیں تھیں۔ وہ کئی بار ان سے گزر چکے تھے لیکن اس واقعے کی وجہ سے بہرحال اب ایک امکان روشن ہو گیا تھا اور وہ یہ کہ سیمی، اگر بابا کے ساتھ اس میں شامل نہیں تھی تو وہ ان کی اس حرکت کی وجہ سے ان سے اپنا تعلق ختم کر لے گی اور اس طرح میرے لیے اس پر شک کرنے کا جواز ختم ہو جاتا تھا۔ اگر ان میں قطع تعلق ہو گیا تو اس کے ایک بار پھر جڑنے کا امکان بھی پوری طرح باقی تھا۔ اپنے بابا کی مشاقی دیکھتے ہوئے میرا خیال تھا کہ وہ یہ معاملہ ایک مہینے میں ہی حل کر لیں گے اور ڈور کا سرا وہیں سے جوڑیں گے جہاں سے ٹوٹا تھا۔

ایک بڑا سوال، جس کے بارے میں سوچتے ہوئے میری نیند اڑنے لگی، یہ تھا کہ اگر میرے بابا کے ہاتھوں سُومل کی عصمت دری ہو گئی تو کیا اس کے بعد میں اسے قبول کر پاؤں گا؟ اپنی محبوبہ کے طور پر یا اپنی بیوی کے طور پر؟ مَیں نے اس سوال سے گریز کرنا چاہا لیکن یہ پھن پھیلا کر بار بار مجھے ڈسنے لگا اور دیر تک مجھ سے اس کا کوئی جواب نہ بن پڑا۔ نجانے کیوں، مجھے دل میں دور یہ یقین ہونے لگا تھا کہ جلد یا بدیر بابا ایسا کرنے میں کامیاب ہو جائیں گے۔ مَیں یہ سب روکنا چاہتا تھا

اور اسے روکنے کے لیے میرا گھر پر ہونا ضروری تھا۔ مَیں وہیں رہ کر ان کی نگرانی کر سکتا تھا اور موقع پڑنے پر مداخلت کر کے روک بھی سکتا تھا لیکن دور رہتے ایسا ممکن نہیں تھا۔ کیا میں اسے عصمت دری کے بعد قبول کر سکتا تھا؟ نہیں۔ ہاں۔ مگر کیسے؟

جب پورے شہر کو اس واقعے کا پتا چل جائے گا اور ہر خاص و عام اس پر لچھے دار تبصرے اور تجزیے کرے گا؟ جب ہر گلی محلے، بازار کی ہر دکان پر اس کی باتیں ہوں گی، تو کیا اس کے بعد، مَیں اسے قبول کر سکتا تھا؟ میرے لیے آج بھی اس سوال کا جواب دینا آسان نہیں۔ اس کے علاوہ دوسرا دشوار گزار خیال یہ تھا کہ بابا کو ایسا کرنے سے کیسے باز رکھا جائے تاکہ یہ روح فرسا واقعہ پیش ہی نہ آسکے۔ سُومل پر ان کے ہاتھ ڈالنے سے ان کا عزم واضح ہو چکا تھا اور اب یہ بات یقینی تھی کہ وہ دوسری اور تیسری کوشش بھی ضرور کریں گے۔ ایسا کرنا ان کی سرشت میں شامل تھا۔ جب مَیں نے انہیں قتل کر کے راستے کے ہٹانے کے بارے میں سوچا تو میرے دل نے کہا کہ سُومل کو بچانے کا اس کے سوا کوئی اور طریقہ نہیں تھا۔ مشکل یہ تھی کہ جان لینے کے متعلق سوچنا آسان تھا اور یہ عمل کامیابی سے انجام تک پہنچانا سخت مشکل بلکہ ناممکن لگتا تھا کیوں کہ اس کے لیے وحشت، جرأت، منصوبہ بندی اور اس کے ساتھ ثابت قدمی اشد ضروری تھی، جو میں اپنے آپ میں شاید پاتا تو تھا لیکن میں خود پر یقین کی دولت سے پوری طرح محروم ہو چکا تھا۔ میرے دل نے اچانک پہلے سوال کا جواب دیا کہ ہاں، چاہے کچھ بھی ہو جائے، مَیں سُومل کو نہ صرف قبول کر لیتا بلکہ اس کے ساتھ اسی شہر میں اپنی باقی ماندہ زندگی بھی گزارتا۔ مجھے شدید افسوس ہے کہ اب یہ ممکن نہیں رہا۔

اپنے بابا کی جان لینے کے خیال کے سامنے میں خود کو ناچار محسوس کر رہا تھا اور اپنی اس لاچاری پر کڑھ بھی رہا تھا۔ مَیں خود کو یہ سوچ کر تسلی دینے کی کوشش کر رہا تھا کہ وہ سب روکنے کے لیے مجھ سے جو کچھ ہو سکا ضرور کروں گا اور سُومل کو ان کی دسترس میں جانے سے بچانے کے لیے کسی بھی حد تک جاؤں گا۔ مَیں نے اگلے دن، شام ڈھلے سُومل اور سیمی کے ہاں جا کر بابا سے ہو چکی ان کی ملاقات کے متعلق معلومات حاصل کرنے کا فیصلہ کیا۔

گیراج کے شٹر بند ہونے کی وجہ سے باہر بادِ کوئٹہ ان سے ٹکرا کر شور پیدا کر رہی تھی، جس کا بے سرا آہنگ لگاتار سمع خراشی کر رہا تھا۔ مَیں نے اپنی آنکھیں زور سے میچ لیں اور الٹی گنتی گننے لگا تاکہ میرا ذہن اور جسم خیالوں سے ہٹ کر تھوڑا آرام کر سکیں اور صبح سے پہلے مجھے تھوڑی سی نیند مل جائے۔ یہ حربہ کسی حد تک کارگر رہا اور میں سو گیا۔

صبح گلن شیدی مجھے خود سے پہلے گیراج پر دیکھ کر خوش ہوا۔ مَیں نے اسے بتا دیا کہ مَیں رہنے کے لیے آ گیا تھا۔ اس کے ساتھ بیٹھ کر مَیں نے چائے کے ساتھ ایک سگریٹ پی اور اس کے بعد گیراج میں مرمت کے لیے آئی گاڑیوں میں مصروف ہو گیا۔ پچھلی رات میرے خیالات و جذبات میں جو شدت تھی، دن گزرنے کے ساتھ اس میں کمی آتی گئی۔ میرا ذہن مختلف خیالوں کی رو میں بہتا گذشتہ روز کے واقعے کی نت نئی توجیہات تراشتا رہا۔ یکایک کہیں سے ایک خوش فہمی پیدا ہو گئی کہ ہو سکتا ہے کہ سیمی کے گداز بدن کی بھرپور کشش اور اس کے انگ انگ سے لذت کشید کرنے کی خواہش میرے بابا کو معذرت خواہانہ رویہ اپنانے پر مجبور کر دے کیوں کہ انہیں اس جیسی عورت دوبارہ نہیں مل سکتی تھی۔ مَیں سوچنے لگا کہ اگر میں چاہتا

اور کوشش کرتا تو سیمی کے جسم تک با آسانی پہنچ سکتا تھا لیکن میں سُومل کی نازکی اور دل فریب اداؤں پر مرمٹا تھا۔ اس میں جنسی کشش کم تھی لیکن اس کے چہرے کا حسنِ بے مثال اور اس کے وجود کا ہالہ مسحور کن تھا۔ مَیں اسے کامل حسن کا نمونہ سمجھتا تھا اور عمر بھر اس کے ساتھ رہنے کا خواہاں تھا۔

مجھے وہ دن معمول سے زیادہ طویل لگ رہا تھا۔ شام ہوتے ہوتے میں اس خوش فہمی کا اسیر ہوتا چلا گیا کہ سیمی جیسی بھرپور عورت کھو دینے کے خیال سے بابا سُومل سے پوری طرح دست بردار ہونے کے لیے تیار ہو گئے ہوں گے۔ ہو سکتا ہے کہ انہوں نے سُومل سے کی گئی دست درازی پر دست بستہ ہو کر معافی مانگ لی ہو اور آئندہ ایسا کوئی قدم اٹھانے سے توبہ کر لی ہو۔ مَیں ایسی خوش فہمی پالنے پر اپنے آپ کو ملامت بھی کرتا رہا لیکن اسے یکسر رد کر کے اپنے دل سے نکال نہیں سکا۔

شام ڈھلے کام ختم ہونے کے بعد گیراج میں مقیم اپنے دوستوں سے اجازت لے کر میں سُومل کے گھر کی جانب چل دیا۔ نور محمد جھنگی کی دکان کے قریب سے گزرتے ہوئے مَیں نے دیکھا کہ وہ معمول کے مطابق مصروف تھا اور زلفی بھی اس کے پاس بیٹھا تھا۔ یہ دیکھ کر مجھے کچھ اطمینان ہوا اور میں ان کی نظروں میں آئے بغیر وہاں سے گزر کر آگے بڑھ گیا۔

میرے قدم جوں جوں پلنگ پاڑا کی طرف بڑھتے گئے میرے اندر اس خوش فہمی کا سر کچلا جاتا رہا کیوں کہ بابا کی معافی یا توبہ ہرگز اس قابل نہ تھی کہ اس پر اعتبار کر کے انہیں معاف کر دیا جائے۔ میری دانست میں سیمی کو ان سے مکمل قطع تعلق کر لینا چاہیے تھا اور اس کے بعد کبھی میرے گھر کا رخ نہیں کرنا چاہیے تھا۔

دستک کے بعد مجھے دروازہ کھلنے کا زیادہ انتظار نہیں کرنا پڑا لیکن جب سیمی نے میری طرف مستفسرانہ نگاہ سے دیکھا تو کچھ عجیب سا لگا۔ اس کے بدن سے اٹھتی عطر یا پرفیوم کی تیز خوشبو میرے نتھنوں میں داخل ہوئی۔ اس نے آمد کا سبب پوچھا اور مجھے وضاحت دینی پڑی۔ اسی اثنا میں سُومل زینے سے اتر کر نیچے آ گئی اور اس کے آتے ہی سیمی کا رویہ کچھ بدل سا گیا۔ مجھے جتانا پڑا کہ مَیں رات بھر ٹھیک طرح سو نہیں پایا تھا اور دن بھر یہی سوچتا رہا تھا کہ میرے بابا کے ساتھ ان کی کیا باتیں ہوئیں اور میں اس وقت یہی جاننے آیا تھا۔

ہم نیچے واقع کمرے میں جا بیٹھے۔ ماں بیٹی کو مطمئن پا کر میں الجھن میں پڑ گیا لیکن جب بات شروع ہوئی تو سیمی نے بتایا کہ میرے بابا گزشتہ روز اپنے عمل پر سخت نادم تھے اور ہاتھ جوڑ کر ان سے معافی مانگتے رہے۔ انہوں نے نہ صرف پچھتاوے کا اظہار کیا بلکہ وہ اس کی تلافی کے لیے کچھ بھی کرنے پر آمادہ نظر آتے تھے۔ سُومل نے اس میں اضافہ کرتے ہوئے کہا کہ اپنی غلطی پر افسوس کرتے ہوئے ان کی آنکھوں سے آنسو نکل آئے اور وہ بار بار اپنے آپ کو ملامت کرتے رہے کہ وہ اپنی بیٹی جیسی لڑکی کے بارے میں ایسی گندی سوچ اپنے ذہن میں لائے تو کیوں کر لائے۔ وہ شیطان کے بہکاوے میں آ گئے تھے۔

یہ سب سننے کے بعد مَیں نے ان سے پوچھا کہ کیا انہوں نے انہیں معاف کر دیا؟ سیمی نے ہنستے ہوئے جواب دیا کہ جب اتنی بڑی عمر کا شخص رو رو کر، ہاتھ جوڑ کر اور منت سماجت کرے اور معافی مانگے تو اس کی مانگ پوری کرنے کے سوا کیا چارہ

رہ جاتا ہے۔ مَیں نے سُومل کی طرف دیکھا تو اس نے بھی اپنا سر ہلا کر ماں کی تائید کر دی۔ یہ دیکھ کر مجھ سے رہا نہ گیا اور مَیں نے ان سے اختلاف کرتے ہوئے انہیں سمجھانے کی کوشش کی کہ میری نظر میں میرے بابا کی معافی کی کوئی حیثیت نہیں تھی کیوں کہ ان جیسا آدمی کبھی راہِ راست پر آنے والا نہیں۔ مجھے پختہ یقین تھا کہ وہ کچھ عرصے بعد دوبارہ سُومل پر ہاتھ ڈالیں گے۔

میرے لیے یہ امر حیران کن تھا کہ وہ دونوں مجھ سے متفق نظر نہ آتی تھیں اور اس کے برعکس مجھے سمجھانے لگیں کہ انسان سے غلطی ہو جاتی ہے اور وہ شیطان کے بہکاوے میں آجاتا ہے۔ یہ سنتے ہوئے میں تلخی سے مسکرائے بغیر نہ رہ سکا۔ مَیں نے کہا کہ جو آدمی خود سرتاپا شیطان ہو وہ ابلیس کے بہکاوے میں کیوں کر آئے گا۔ میری اس بات کو انہوں نے ہنسی میں اڑانے کی کوشش کی لیکن مَیں نے انہیں یقین دلانا چاہا کہ مَیں یہ بات پوری سنجیدگی اور اعتماد کے ساتھ کر رہا تھا۔ مَیں نے اصرار کرتے ہوئے ان پر دباؤ ڈالنا چاہا کہ وہ میرے بابا سے ہمیشہ کے لیے قطع تعلق کر لیں اور زندگی بھر کبھی ان کی شکل نہ دیکھیں۔

اب رہ رہ کر یہ خیال آتا ہے کہ کاش انہوں نے میری بات مان لی ہوتی تو اگلے چند روز بعد پیش آنے والا وہ سانحہ رونما نہ ہوا ہوتا جس نے ہم سب کی زندگیوں کو یکسر تلپٹ کر دیا، جس نے ہم سب کو ایسا نقصان پہنچایا جس کی تلافی اب کسی طور نہیں ہو سکتی، جس نے ہم سب کو اس طرح توڑ پھوڑ کر بکھیر دیا کہ اب ہمارا ملنا زندگی بھر کے لیے ناممکن ہو کر رہ گیا۔

انہوں نے بتایا کہ میری اماں بھی لعنت ملامت کرنے میں ان کے ساتھ شامل ہوگئیں اور انہوں نے میرے بابا کو لعنتیں دیں، جس پر انہوں نے حیرت انگیز طور پر کوئی ردِّعمل ظاہر نہ کیا۔ اس موقعے پر اماں میرا ذکر کرنا نہ بھولیں، انہیں میرا گھر چھوڑ کر جانا یاد آ گیا اور وہ اس پر باقاعدہ احتجاج کرنے لگیں جس کی وجہ سے بابا کو مجھے گھر واپس لانے کی بات کرنی پڑی۔ سیمی کا خیال تھا کہ اب میرے بابا خود گیراج پر آکر مجھے اپنے ساتھ لے جائیں گے۔ یہ سن کر کسی حد تک میری ڈھارس بندھی کہ مَیں دل سے یہی چاہتا تھا لیکن سیمی کی یقین دہانی کے باوجود میں اس بات پر یقین کرنے کو تیار نہیں ہو رہا تھا۔

سُومل مجھ سے کھانے کے بارے میں پوچھنے لگی تو مَیں نے کھانے سے انکار کر دیا۔ سیمی نے اسے چائے بنانے کے لیے اوپر بھیج دیا۔ اس کے جانے کے بعد وہ مجھے یقین دلانے کی کوشش کرنے لگی کہ آخر کو وہ سُومل کی ماں تھی اور وہ بالکل نہیں چاہتی کہ اس کی بیٹی کی عزت پر کوئی آنچ آئے اور اس کا جسم داغ دار ہو۔ اس نے اس کی حفاظت کی قسم اٹھائی تو میں کچھ مطمئن سا ہونے لگا۔ چائے پیتے ہوئے میں سوچوں میں گھرا ہوا تھا، اس دوران سُومل نے مجھ سے پوچھا کہ مَیں اپنے گھر واپس کب جا رہا ہوں۔ اس کا سوال سن کر میں چونکا کیوں کہ مَیں نے ابھی تک اس بارے میں کچھ بھی نہ سوچا تھا۔ ''اب مجھے اپنے گھر جانا چاہیے۔'' سیمی نے بھی زور دے کر کہا۔

مجھے گھر چھوڑے ہوئے آج پورے چار دن ہو چکے تھے اور یہ دن کچھ ایسے دشوار گزار اور مشکل ثابت نہ ہوئے تھے اور میں گلن کی گیراج میں رہنے کا عادی ہو رہا تھا تو مجھے اپنے گھر واپس جانے کی کیا ضرورت تھی؟ میری غیرت مجھے وہاں جانے سے روک رہی تھی؟ لیکن اس کے ساتھ ہی سُومل کو بابا کی پہنچ سے محفوظ بنانے کا خیال مجھے وہاں جانے پر اکسا بھی رہا تھا۔

مَیں نے چائے کی پیالی میز پر رکھتے ہوئے تلخی سے ہنستے ہوئے سیمی سے کہا کہ سُومل پر ہاتھ ڈالنے کے بعد میرے لیے

بابا سے نگاہیں ملانا، ان سے کسی قسم کی کوئی بات کرنا، ان کے ساتھ ایک ہی چھت کے نیچے رہنا ممکن نہیں رہا تھا۔ اس لیے ان کے اصرار اور اپنے جی کے چاہنے کے باوجود میں وہاں جانا نہیں چاہتا تھا۔

سیمی سے مصافحہ کرنے کے بعد میں کمرے سے نکل کر دروازے تک آیا اور دہلیز پھلانگنے کے لیے اپنا قدم باہر نکالا۔ اچانک سُومل کا نرم ہاتھ اپنے کندھے پر محسوس کرتے ہوئے میں دہلیز پھلانگتے ہی دروازے کے باہر بنے تھڑے پر رک گیا اور پلٹ اس کی طرف دیکھنے لگا۔ روشنی کی کمی کے باوجود اس کا سفید چہرہ اپنی لو دے رہا تھا۔ اس کی بڑی بڑی آنکھیں میری طرف دیکھ رہی تھیں۔ اس وقت اُسے اور مجھے بالکل معلوم نہیں تھا کہ ہم اپنی زندگی میں ایک دوسرے کے ساتھ ایسے اپنائیت بھرے انداز سے آخری مرتبہ مل رہے تھے۔

مجھ سے مصافحے کے لیے بڑھا سُومل کا نرم و نازک ہاتھ چھوڑنے پر میرا دل آمادہ نہ تھا اور میں تھوڑی دیر تک اسے اپنے ہاتھ میں دبائے کھڑا اس کی گہری آنکھوں میں جھانکتا رہا۔ جب اس نے اپنا ہاتھ واپس کھینچا تو مَیں نے ذرا سا جھک کر اس کے ہاتھ پر جلدی سے ایک بوسہ دے دیا۔ پھر اس نے ہاتھ کو زور سے کھینچ کر فوراً اپنے سینے سے لگا لیا اور مجھے خدا حافظ کہتی ہوئی پیچھے ہٹ کر دوسرے ہاتھ سے دروازہ بند کرنے لگی۔ مَیں مسکراتا ہوا دروازے کے تھڑے سے نیچے اترنے لگا۔

تاریک گلی میں اپنے مکان کے قریب سے گزرتے ہوئے میرے دل میں بابا کے خلاف خیالوں کا الاؤ بھڑک رہا تھا۔ کیسی چالاکی اور مکاری کے ساتھ انہوں نے سُومل اور سیمی کو جال میں اتارا تھا کہ وہ دونوں پیش آچکے واقعے کی ساری ہولناکی فراموش کر کے اس بات پر ایمان لے آئی تھیں کہ ان سے غلطی ہو گئی تھی اور آئندہ نہیں ہوگی۔ جو شخص میرے بابا کو ذرا سا بھی جانتا تھا وہ یہ سن کر قہقہے لگاتا۔ اپنی غلطی کو بار بار دوہرانا اور لگاتار گناہ پر گناہ کرنا، جھوٹ بولنا اور جھوٹی قسمیں کھانا ان کی سرشت میں شامل تھا۔

اپنے گھر سے کچھ دور جا کر مجھے سُومل کا گول چہرہ یاد آنے لگا۔ وہ کتنا پیارا اور پُرکشش تھا۔ اس کی خاطر مَیں نے گھر چھوڑ کر ملازمت شروع کر دی تھی تاکہ کچھ پیسے جمع کر کے اپنی گیراج کھول کر اس قابل بن جاؤں کہ اس کے ماں باپ سے اس کا رشتہ مانگ سکوں۔ میرا اندازہ تھا، پیسوں کے جمع ہونے تک چار سے پانچ سال ضرور لگ جانے تھے۔ اس کے بعد دکان کے کھلنے اور کاروبار کے جمنے میں کچھ عرصہ لگنا تھا۔ مَیں نے ذرا حساب کتاب لگایا تو پتا چلا کہ اس شام کے بعد سُومل کو حاصل کرنے میں تقریباً چھ سات سال مزید لگنے تھے اور اس شام میں اپنے دل میں اسے پانے کی امید دھیرے دھیرے کھونے لگا تھا۔ مجھے یقین ہوتا جا رہا تھا کہ جلد یا بدیر میرے بابا کو اس پر دسترس حاصل ہو جائے گی۔ سیمی پر سے میرا شک ابھی تک ختم نہیں ہوا تھا۔ آج کی اس ملاقات سے میرے شبہات کو اور تقویت حاصل ہوئی تھی اور میرا خیال تھا کہ وہ بابا سے مالی فائدہ حاصل کرنے کے لالچ میں مبتلا ہو چکی تھی اور وہ اپنی بیٹی کو بھی اس میں جھونکنے کے لیے تیار تھی۔ اسی وجہ سے اس نے اتنی اہم بات ابھی تک اپنے شوہر سے بھی چھپا رکھی تھی۔ اگر میرے بابا کی سُومل کے ساتھ دست درازی کی خبر نور محمد جھنگی کو ملتی تو اس کا ردِعمل یقینی طور پر وہ بالکل نہ ہوتا جو اس کی بیوی کا رہا تھا۔ وہ اپنی بیوی اور بیٹی پر پابندی عائد

کرتا کہ وہ کبھی ہمارے گھر کا رخ نہ کریں۔ اس بات کا بھی امکان تھا کہ وہ یہ محلہ چھوڑ دینے کا فیصلہ کرتا جس میں اس کی بیٹی کی عزت محفوظ نہیں۔ مَیں اس بارے میں پورے وثوق سے تو نہیں کہہ سکتا لیکن میرا قیاس تھا کہ ماں بیٹی نے مل کر یہ بات جھنگی سے چھپالی تھی کیوں کہ ان سے ہو چکی باتوں کے دوران ایک مرتبہ بھی اس کا ذکر نہیں آیا تھا۔

اگر نور محمد جھنگی کو پوری بات میں خود جا کر بتا دوں تو کیسا رہے گا؟ لیکن اپنے بابا کی دست درازی کی بات اس کے علم میں لانے سے مجھے کیا فائدہ ہو گا؟ کیا وہ مجھ سے بد دل اور نالاں نہ ہو جائے گا کہ مَیں کیسے باپ کی اولاد تھا؟ بابا کے سامنے اس کے واویلا کرنے اور انہیں گالیاں دینے کی صورت میں اس بات کا بھی امکان تھا کہ سیمی مجھ سے بد گمان ہو جاتی اور سُومل کو میرے خلاف بھرنے لگ جاتی، کیوں کہ وہ اپنے شوہر سے یہ سب چھپانا چاہتی تھی۔ یہ ٹھیک تھا کہ جھنگی میرے لیے اپنے دل میں نرم گوشہ رکھتا تھا اور مجھے خوش فہمی بھی تھی کہ وہ مجھے اپنا داماد بنانا چاہتا تھا۔ وہ یہ بات سن کر مجھ سے ہی بدظن نہ ہو جائے۔

سبزی منڈی سے جھنگی ہیئر کٹنگ سیلون کی طرف اٹھتے میرے قدم رک گئے اور میں وہاں سے شاہ کمال کے مزار کی طرف جانے والا راستہ منتخب کر کے اس پر چلنے لگا۔

بعد کے دنوں میں پیش آنے والے ہول ناک واقعات نے ثابت کر دیا کہ مَیں نے ایک کے بعد دوسری سنگین غلطی کی، جس کا خمیازہ مجھ سمیت سب لوگوں کو بھگتنا پڑا، لیکن میں اعتراف کرتا ہوں کہ مَیں اس نتیجے تک فوراً نہیں بلکہ دو تین سال کے بعد پہنچنے میں کامیاب ہو سکا۔ مجھے ڈھیٹ بن کر ہٹ دھرمی سے اپنے گھر لوٹ جانا چاہیے تھا تا کہ میں اپنے بابا کے قریب رہ کر ان کی نگرانی کرتا اور ان کے عزائم بھانپنے کی کوشش کرتا تو شاید ناخوش گوار واقعے کے آگے کوئی بند باندھنے میں کامیاب ہو جاتا۔ میری دوسری غلطی جھنگی کو اس سارے معاملے سے پوری طرح بے خبر رکھنا تھی۔ وہ سُومل کا باپ تھا اور اپنی بیٹی سے بے پناہ محبت کرتا تھا۔ وہ بابا کے خلاف ضرور کوئی مزاحمتی کردار ادا کرتا جو سب کے لیے سود مند ہو سکتا تھا۔

سردی بڑھ جانے کی وجہ سے اشٹان بالکل ویران تھا۔ دو چار ہوٹلوں کے سوا سب بند ہو تھا۔ ٹھنڈی ہوا سرسراتی گزر رہی تھی۔ شہر سے جانے والی آخری بس اسٹینڈ پر کھڑی تھی اور اس کا کنڈکٹر کراچی کراچی چلا رہا تھا۔ مجھے زوروں کی بھوک لگی تھی۔ مَیں جلدی سے کھانے کے ایک ہوٹل میں گھس گیا۔

کھانے کے بعد جب میں گلن کی گیراج پر پہنچا تو شٹر گرا ہوا تھا اور دونوں کاریگر اندر موجود تھے۔ میرے دھیرے سے شٹر کھٹکھٹانے پر اندر سے کریو کی آواز آئی۔ وہ میرا جواب سنتے ہی مجھے پہچان گیا اور شٹر اٹھانے لگا۔ باہر سے مَیں نے بھی ہاتھ لگایا اور ہم نے مل کر آدھا شٹر کھول دیا۔ گیراج کے اندر جانے کے بعد ہم نے اسے دوبارہ بند کر دیا۔ انہوں نے مجھ سے کھانے کا پوچھا تو مَیں نے بتا دیا کہ کھا کر آیا ہوں۔ ان سے تھوڑی سی رسمی باتیں کرنے کے بعد میں اپنے بستر پر چلا گیا اور اس پر دراز ہو کر اُس ماجرے کے بارے میں سوچنے لگا جو میرے ساتھ پیش آ رہا تھا۔ کیا ذلت و رسوائی، پستی و تذلیل کے سوا زندگی کو کسی اور نام سے پکارا جا سکتا ہے؟

اگلا پورا دن کام کے دوران نہ چاہتے ہوئے میں اپنے دل میں یہ امید پالتا رہا کہ شام ڈھلنے سے پہلے میرے بابا مجھے لینے گیراج پہنچ جائیں گے کیوں کہ سیمی اور سُومل نے ایسا کہا تھا مگر شام ڈھلنے تک ایسا کچھ بھی نہ ہوا۔ تب میرے دل میں نئے وسوسے اور اندیشے پیدا ہونے لگے۔ بابا کے نہ آنے کی وجہ سے، ان کے عزم کے حوالے سے ایک مبہم سا پیغام میرے دل تک پہنچا اور اس نے اسے کچل کر رکھ دیا۔ مجھے شدت سے یہ محسوس ہونے لگا کہ مجھے ان کے ساتھ بات کرنی چاہیے۔ مجھے خود ان کے پاس جا کر ان کے سامنے بیٹھ کر ان کی آنکھوں میں جھانک کر اعتماد سے بات کرنی چاہیے کیوں کہ اسی طرح کوئی راستہ نکل سکتا تھا؟ مجھے ان کے اندر مردہ ہو چکے شفیق باپ کو بیدار کرنے کی آخری کوشش تو کرنی چاہیے۔

میں رات بھر یہی سوچتا رہا۔ سُومل کو بچانے کا مجھے یہی واحد طریقہ سجھائی دے رہا تھا۔ رات بھر مجھے اعتماد رہا کہ اپنے اکلوتے بیٹے کی منت سماجت اور معافی تلافی کے بعد شاید ان کا سخت دل نرم پڑ جائے اور وہ اپنی ہوس کو لگام دینے کا فیصلہ کر لیں۔ رات بھر میں وہ ساری باتیں سوچتا رہا جو مجھے ان سے کرنی تھیں۔ لیکن صبح اٹھ کر ناشتے کے بعد جب مَیں نے اپنا کام شروع کیا اور ان چیزوں کے بارے میں سوچا تو یہ مجھے ناقابلِ عمل دکھائی دینے لگیں۔ مجھے محسوس ہو رہا تھا کہ بابا کبھی اپنی روش نہیں چھوڑیں گے لیکن ان کے پاس دکان پر جانے کا ایک اور فائدہ جو مجھے دکھائی دے رہا تھا یہ تھا کہ اگر وہ مجھے ایک بار بھی گھر واپس آنے کے کہیں گے تو میں فوراً حامی بھر لوں گا۔ کیوں کہ گھر میں سُومل کی دیکھ بھال زیادہ بہتر انداز میں کر سکتا تھا۔ یہ فائدہ مجھے بار بار ان کے پاس جانے کی ترغیب دے رہا تھا لیکن شام ڈھلے تک میں کوئی فیصلہ نہ کر سکا۔ یوں ایک اور دن پس و پیش کرتے ہوئے گزر گیا۔

اگلے دن دوپہر کے کھانے سے پہلے مَیں نے استاد گُلن سے گھنٹے بھر کی چھٹی مانگی تو اس نے بخوشی دے دی۔ مَیں نے گیراج کی پچھلی طرف بنے ہوئے غسل خانے سے منہ ہاتھ دھو کر، سونے کے کمرے میں دیوار پر لگے آئینے میں چہرہ دیکھ کر کنگھی سے بال بنائے اور بازار کی جانب نکل گیا۔

مجھے اچھی طرح معلوم تھا کہ وہاں سر جھکائے مؤدبانہ انداز اختیار کرنا تھا اور ان کی ہر سرزنش، ڈانٹ اور گالی چپ چاپ سننی اور سہنی تھی۔ فریم سازی کی دکان بازار کے عین وسط میں واقع تھی، مَیں نے وہاں تک پہنچنے کے لیے دوسرا راستہ اختیار کیا۔ شاہ کمال کے مزار کے پاس سے گزرتے ہوئے ایک جواں سال بھکارن میرے عین سامنے آ کھڑی ہوئی اور ہاتھ پھیلا کر مجھ سے بھیک مانگنے لگی۔ غربت نے اس کا سارا ماس نوچ کر اسے ایک کاٹھ کی لڑکی بنا دیا تھا لیکن اس کے باوجود اس کی آنکھوں کی چمک اور اس کے لبوں کی لالی اس کی کم عمری کی چغلی کھا رہیں تھیں۔ اس پر ایک اچٹتی سی نظر ڈال کر مَیں نے اپنی جیب سے آٹھ آنے کا سکہ نکالا اور اس کے ہاتھ تھماتا ہوا آگے بڑھ گیا۔ گیراج پر کام کرنے والے میرے چند ساتھیوں کو ایسی خانہ بدوش لڑکیوں میں خاص دلچسپی تھی۔ ایک یا دو کے تو جسمانی تعلقات بھی تھے ان سے۔ کھنڈروں سے اٹے اس شہر میں سستے میں یہی عیاشی میسر آ سکتی تھی۔

شاہ مبین کے مزار کے قریب سے گزرتے ہوئے میرے دل نے چاہا کہ مجھے اپنی فتح مبین کے لیے یہاں پر دعا مانگنی

چاہیے۔ زندگی میں لگاتار ناکامیاں اور محرومیاں دیکھنے کے بعد میرا مذہبی ایمان اور جوش و خروش ختم ہو چکا تھا۔ کوئی دعا اور کوئی منت کبھی پوری نہیں ہوتی۔ اس سب کے باوجود کے ان مزاروں پر پائی جانے والی خاموشی اور سکوت دل کو اپنی طرف کھینچتا تھا۔ میرا دل مجھے بھی کھینچ کر اندر لے گیا۔

ایک گلیارے سے نکل کر میں ایک کشادہ صحن میں داخل ہوا۔ جہاں ایک طرف چھوٹی سی مسجد بنی ہوئی تھی اور دوسری طرف برامدے میں بنے کمرے میں مزار تھا۔ کالے برقعوں میں ملبوس دو مکرانی عورتیں مزار والے کمرے کے باہر دروازے کی چوکھٹ پر اینڈی بینڈی پڑی ہوئی تھیں۔ مجھے دیکھتے ہی دونوں خود کو سمیٹ کر ٹھیک طرح بیٹھ گئیں اور میرے قریب سے گزرنے پر وہ میری جانب ہاتھ پھیلا کر بھیک مانگنے لگیں۔ مَیں انہیں نظر انداز کرتا اندر چلا گیا۔

مَیں نے اپنے بابا کے راہِ راست پر آنے اور ان کے ہوس کو تج دینے کے لیے دعا مانگی۔ مَیں نے دل ہی دل میں صاحبِ مزار سے گزارش کی کہ وہ خدا سے میری دعا قبول کروانے کے لیے خصوصی سفارش کریں۔ مزار سے نکل کر مَیں نے مکرانی بھکارنوں کو ایک روپیہ دیا اور جلدی سے وہاں سے باہر آ گیا۔

مجھے اپنی دعا کی قبولیت پر کوئی بھروسا نہیں تھا کیوں کہ مَیں ایک عام گناہ گار شخص تھا، میرا سب سے بڑا گناہ پیدا ہو کر اس دنیا میں جینا تھا۔ باقی تمام گناہوں کا تعلق اسی سے جڑا ہوا تھا۔ یوں بھی مَیں نے اپنی اس مختصر سی زندگی میں نیکوکاروں کو ذلیل و خوار ہوتے اور علی الاعلان گناہ کرنے والوں کو عیش کرتے دیکھا تھا۔

میرے بابا بھلے اپنی کج رویاں ترک نہ کرتے، بس سُومل کو دوسری نگاہ سے دیکھتے۔ اس کے علاوہ بھی انہیں بہت سی خواتین سے ملنے کے امکانات موجود تھے جب کہ مَیں سُومل کے سوا کسی اور کے بارے میں سوچنا بھی نہیں چاہتا تھا۔ انہیں اس بات کو اور میرے جذبات کو سمجھنا چاہیے تھا۔ مَیں بہت کم امید ہونے کے باوجود ان کی طرف چلا جا رہا تھا اور اپنے گھر واپس پہنچنے کی ایک موہوم سی آس کی قندیل میرے دل میں پھڑ پھڑا رہی تھی۔

میں یہی سوچتا ہوا پہلے زرگر پاڑے اور اس کے بعد یوسف زئی محلے سے ہوتا ہوا تابازار کے پاس ہی واقع مسجد خضر حیات کے سامنے جا نکلا جہاں سے میرے بابا کی دکان زیادہ دور نہ تھی۔ یہ دسمبر کے شروع کا ایک سست رو، گدلا دن تھا سورج پہلے تو دھند کی وجہ سے چھپا رہا، پھر دھند کے چھٹتے چھٹتے اسے بادلوں نے اپنے نرغے میں لے لیا۔ سرد ہوا کبھی دھیمی پڑ جاتی اور کبھی تیز چلنے لگتی۔ اسی لیے مَیں نے اپنی جرسی کے اوپر مفلر اچھی طرح لپیٹا ہوا تھا۔ ابھی ظہر کی اذان میں کافی وقت پڑا تھا اور بازار میں خریداروں کی گہما گہمی زور پکڑ رہی تھی۔

میں دکان میں داخل ہوا تو وہ ایک درمیانے درجے کا فریم بنانے میں مصروف تھے، مجھے دیکھ کر وہ چونکے بنا نہیں رہ سکے۔ انہیں میرے اس طرح آنے کی توقع نہ تھی۔ اگلے ہی لمحے انہوں نے مسکرائے بغیر سنجیدگی سے اپنی حیرت پر قابو پالیا اور اٹھنے لگے لیکن مَیں نے اس سے پہلے ہی جھک کر ان کے پیروں کو چھو لیا جو ایک بیٹا ہونے کے ناطے میرا فرض بنتا تھا۔ انہوں نے اپنی نشست پر پھر سے جمتے ہوئے مجھے خالی پڑی چوکی پر بیٹھنے کا اشارہ کیا۔

بیٹھنے کے بعد ابتدائی چند لمحے خاموشی سے گزرے۔ پھر انہیں سوال سجھائی دیا اور مجھ سے رسمی طور پر پوچھنے لگے کہ کیسے اور کیوں آیا تھا؟ مَیں نے اعتماد سے ان کی طرف دیکھتے ہوئے جواب دیا کہ مَیں صرف یہ بتانے آیا تھا مَیں سُومل کو پسند کرتا تھا اور اس سے شادی کرنے کا خواب دیکھ رہا تھا۔ کچھ دن پہلے انہوں نے جو حرکت کی تھی انہیں اس پر شرمندہ ہونا چاہیے۔ نجانے کہاں سے میرے لہجے میں تُندی اور تلخی در آئی، جس کے سبب بات چیت کا آغاز جارحانہ طریقے سے ہوا جو میرے خیال میں بالکل نہیں ہونا چاہیے تھا۔ میری بات سن کر انہوں نے چند ثانیوں تک مجھے گھور کر دیکھا۔ مجھے ان کے دیکھنے کے انداز میں ندامت کے بجائے ڈھٹائی اور ضد دکھائی دی مگر انہیں نہ چاہتے ہوئے بھی اعتراف کرنا پڑا کہ جو کچھ بھی ہوا تھا وہ کسی طرح مناسب نہ تھا اور انہیں سُومل پر ہاتھ نہیں ڈالنا چاہیے تھا۔ انہوں نے مجھے یقین دلانے کی کوشش کی کہ آئندہ ایسا کچھ نہیں ہوگا۔ وہ سُومل کو پھر کبھی بری نظر سے نہ دیکھیں گے۔ میرے لیے اپنے بابا کا یہ اعتراف اور ان کی یقین دہانی، دونوں غیر متوقع تھے۔ مَیں ابھی اس بارے میں سوچ ہی رہا تھا کہ انہوں نے بازار میں گھومتے باہر والے کو دو چائے لانے کے لیے کہا۔

وہ شکایت کرنے لگے کہ مَیں نے ان کی نافرمانی کر کے حیدر آباد جا کر فیکے ماسٹر کے پاس جانے کے بجائے یہیں پر ایک معمولی درجے کی گیراج میں کام شروع کر کے اچھا نہیں کیا تھا۔ وہ جتانے لگے کہ مَیں اگر دو سال مزید وہاں گزار لیتا تو شاید کام سیکھ جاتا۔ یہ سننے کے بعد مجھے کہنا پڑا کہ ماسٹر فیکا اور اس کے ساتھی مجھے جتنا سکھا سکتے تھے سب سکھا چکے۔ مجھے دوبارہ وہاں جانے کی کوئی ضرورت نہیں۔ اسی لیے مَیں نے یہاں رہنے کا فیصلہ کیا۔ انہوں نے مجھ سے اتفاق نہیں کیا اور واضح طور پر کہا کہ سُومل کی وجہ سے یہاں رہنا میری ترجیح میں شامل ہو گیا۔ وہ بالکل بجا کہہ رہے تھے لیکن اب میرے لیے اپنی ڈھٹائی دکھانے کا موقع تھا، سو میں یہ بات ماننے پر تیار نہ ہوا۔ اسی تکرار کے بیچ باہر والا چائے لے کر آ گیا اور اس کے جانے کے بعد میرے بابا نے کیتلی سے ایک ننھی سی پیالی میں چائے انڈیلتے ہوئے مجھے بتایا کہ سب دکانداروں کو گلن شیدی کی گیراج میں میرے کام کرنے کے بارے میں پتا چل چکا تھا اور وہ بابا پر ہنس کر جملے کستے تھے کہ فریم ساز کا بیٹا مکینک بن گیا۔

ان کی بات کی تائید کرنے کے لیے آس پاس کے دو معروف کھتری اور میمن دکاندار مجھے دیکھ کر مجھ سے علیک سلیک کرنے چلے آئے اور مجھ سے میرے کام کے بارے میں پوچھنے لگے۔ اس دوران بابا گاہک نمٹاتے رہے۔ دکان کچھ دیر بعد پھر سے خالی ہوئی تو ہم دونوں اکیلے رہ گئے۔ اس دوران مَیں نے سوچا کہ گھر واپسی کی بات ابھی تک نہیں ہو سکی تھی۔ مَیں نے ان سے اماں کے بارے میں پوچھا تو انہوں نے ترشی سے کہا: ''تمہیں اس کی کیا پروا؟'' مَیں نے گھر لوٹنے کی خواہش کا اظہار کیا تو وہ اس پر ہنسنے لگے۔ ان کی مشکوک ہنسی میرے لیے تب تک معمہ بنی رہی جب تک انہوں نے خود نہیں بتایا کہ واپس لوٹنے سے پہلے اب بھی میرے لیے حیدر آباد کا ٹکٹ کٹوانا بے حد ضروری تھا۔ اگر میں اس پر آمادہ ہو جاتا تو وہ مجھ پر گھر کا دروازہ کھولنے کے لیے تیار تھے۔

یہ سن کر میں گھگھیانے لگا، ''بابا، ایسا مت کریں، مجھے گھر میں رہنے دیں۔'' جس پر انہوں نے نہایت سرد مہری کے

ساتھ اپنی شرط دہرائی اور مجھے خاموش کروا دیا۔ ان کے سفاک لہجے میں قطعیت تھی۔ مَیں نے اس قطعیت کے خلاف آواز اٹھانے کی کوشش کی لیکن اسے دبا دیا گیا۔ ان کے بقول اپنے شہر میں ایک گیراج میں زندگی گزارنے کا فیصلہ میرا اپنا تھا، اس لیے مجھے اس کے نتائج بھی بھگتنے ہوں گے۔ وہ مجھے اس نافرمانبرداری کی سزا دینے کے لیے ایک وکیل سے عاق نامہ بنوانے میں مصروف تھے اور وہ جیسے ہی انہیں ملے گا اس کی ایک کاپی مجھے دینے کے علاوہ کسی مقامی اخبار یا رسالے میں اس کی تشہیر کرنے کا ارادہ بھی رکھتے تھے تاکہ میرا ان سے، اماں اور اپنے گھر سے تعلق ہمیشہ کے لیے ختم ہو جائے۔

ان سب باتوں نے مجھے جزوی طور پر سُن کر دیا۔ وہ مجھے اپنی زندگی سے ہمیشہ کے لیے بے دخل کرنے کا ذہن بنا چکے تھے۔ یہ میرے سان گمان میں بھی نہ تھا۔ انہوں نے میری ہر امید کچل ڈالی اور میرے پیروں کے نیچے سے زمین کھینچ لی۔ اسی لیے اپنے احساسات و جذبات کو مجتمع کرنے میں مجھے کچھ وقت لگ گیا۔ اب مجھے اپنے بابا کے عزائم کا بخوبی اندازہ ہو گیا تھا، جو میری سوچ سے کہیں زیادہ گہرے اور سازشی تھے، میرے لیے اس سطح پر پہنچ پر ان کا مقابلہ کرنا مشکل ہی نہیں بلکہ ناممکن تھا۔ اس کے باوجود مَیں نے آخری کوشش کی کہ اس طرح وہ نہ صرف اپنا اکلوتا بیٹا کھو دیں گے بلکہ اسے اپنا رقیب اور دشمن بنا لیں گے۔ وہ عاق نامہ نہیں بلکہ وکیل سے اپنے پسر کے خلاف جنگ نامہ بنوا رہے تھے۔ ظاہر ہے انہوں نے مجھ اتفاق نہیں کیا اور جتانے لگے کہ مَیں ہمیشہ سے ایک ناخلف اور ناہنجار بیٹا رہا ہوں، اس لیے انہیں میری کوئی ضرورت نہ تھی۔

یہ کہتے ہوئے انہوں نے گویا مجھے ٹھوکر مار دی اور دکان سے باہر نکل جانے کا اشارہ کر دیا۔ اب میرے لیے وہاں مزید رہنا ممکن نہ رہا اور میں فوراً اٹھا اور اس دکان پر آخری نگاہ ڈالے بغیر وہاں سے نکل گیا۔ مَیں نے وہاں سے سبزی منڈی کا رخ کیا، لیکن میرے پاؤں یوں لگتا تھا کسی خلا میں پڑ رہے تھے۔ ایک موہوم سی امید، اب تک مجھے جس کا سہارا تھا، ایکا ایکی ختم ہو گئی۔ دھیرے دھیرے ان کی نفرت، حقارت، سرد مہری، رعونت اور لاتعلقی کا اثر ذہن سے اترا تو مَیں نے خود کو بازار کے لوگوں کے درمیان چلتے ہوئے پایا۔ مجھے شدت سے کراہت محسوس ہونے لگی کہ مَیں کیسے کمینہ صفت اور کینہ پرور شخص کا بیٹا تھا۔ یہ احساس میرے سینے کے اندر کسی ابکائی کی طرح جم کر رہ گیا۔ اسے اندر سے نکالنے کی کوشش میں کئی مرتبہ مَیں نے اپنا سینہ کھرچ ڈالا لیکن آج بھی وہ ایک ابکائی کی طرح وہیں پر جما ہوا ہے اور اس کی سڑاند اکثر میرے ذہن میں پھیلی رہتی ہے۔

میں گیراج پر واپس تو آ گیا لیکن شام تک کام میں دل نہیں لگ سکا اور جی چاہتا رہا کہ سب چھوڑ چھاڑ کر مکلی کے کسی مزار میں گوشہ گیر ہو جاؤں مگر ایسا سوچا تو جا سکتا تھا مگر حقیقت میں کرنا از حد مشکل تھا۔ سو شام ڈھلے رات کا کھانا کھانے کے بعد آ کر اپنے بستر پر لیٹ گیا اور دیر تک اپنی ذلت اور بے توقیری پر کڑھتا رہا۔ کُڑھتے کُڑھتے مَیں نے سوچا کہ اس طرح ان کے عزائم کھل کر میرے سامنے آ گئے تھے کہ وہ کسی بھی صورت میرا وجود دیکھنا نہیں چاہتے تھے کیوں کہ وہ مجھے سُومل تک پہنچنے کے راستے کی سب سے بڑی رکاوٹ سمجھتے تھے۔ اس لیے وہ مجھے ہٹانا چاہتے تھے اور کسی بھی صورت اس سے دست بردار ہونے کے لیے تیار نہیں تھے۔ اس صورت میں مجھ پر ذمہ داری عائد ہوتی تھی کہ مَیں سُومل کو ان سے بچانے

کے لیے جو کچھ بھی ہو سکے وہ کروں۔

مجھے یہ بات ایک مرتبہ پھر بہت حیران کر رہی تھی کہ سیمی اور سُومل نے کتنی آسانی سے بابا کی معافی تلافی سے متاثر ہو کر ان کا اتنا بڑا جرم معاف کر دیا تھا۔ اس طرح انہوں نے بابا کو ایک اور وار کرنے کی اجازت دے دی تھی۔ بابا سے اس گھناؤنی ملاقات کے بعد مجھے یقین ہو چلا تھا کہ وہ اپنا وار کرنے کا بے چینی سے انتظار کر رہے تھے۔ پچھلی بار کی طرح اس بار بھی اسے ناکام بنانے کی ذمہ داری صرف اور صرف میری تھی۔ پچھلی بار میں اتفاق سے وہاں پہنچ گیا تھا لیکن یہ ضروری نہیں کہ اگلی بار بھی پہنچ جاؤں۔ مَیں موجودہ صورت میں کچھ بھی نہیں کر سکتا تھا۔ وہ ماں بیٹی مجھ سے زیادہ میرے اوباش بابا کے جھوٹے آنسوؤں پر یقین رکھتی تھیں۔ ان کے اسی یقین نے مجھے بے بس و ناچار بنا دیا تھا۔

اگلے دن میں کسی نہ کسی طرح زبردستی گیراج پر مرمت کے لیے آئی گاڑیوں سے جھوجھتے ہوئے سوچتا رہا کہ مجھے ایک دو دن میں ایک بار پھر ان کے پاس جا کر انہیں کو سمجھانے کی کوشش کرنی چاہیے تھی۔

42

وہاب شاہ بخاری کا عرس شروع ہونے میں صرف ایک دن باقی رہ گیا تھا۔جس راستے پر ہماری گیراج واقع تھی وہ وہاب شاہ بخاری کے مزار اور اس سے آگے، وسیع و عریض قبرستان کے بالکل آخر میں، شاہ مراد کے مزار تک جاتا تھا اور اس لیے وہ شہر سے آنے والے زائرین اور تماش بینوں کا بنیادی راستہ تھا۔اب یہاں صبح سے رات گئے تک سوزکیوں، ڈاٹسنوں، رکشوں، تانگوں، گدھا گاڑیوں اور بیل گاڑیوں کا ہجوم رہنے لگا تھا۔اس سڑک پر کچھ آگے جاکر چند عارضی دکانیں اور ہوٹل بھی قائم ہونے لگے تھے کیوں کہ بہت سے عقیدت مند کسی سواری کو خاطر میں لائے بغیر ڈھائی تین کلومیٹر پیدل چلنے کو ترجیح دیتے تھے۔سو وہ ان جگہوں پر ذرا ستاکر پھر آگے بڑھ جاتے تھے۔

گلن کی گیراج پر یہ روایت تھی کہ ہر سال عرس پر وہ اپنے کاری گروں کو تین دن کی چھٹی دیا کرتا تھا۔عرس شروع ہونے سے پہلے کی رات اس نے ہم سب کو اس چھٹی کا بتاتے ہوئے میلہ گھومنے کے لیے خاصی خرچی دی اور شام ڈھلے ہم سے مصافحہ کر کے رخصت ہو گیا۔میرے برعکس، میرے ساتھ رہنے والے دونوں ساتھیوں کو میلے سے متعلق ہر بات سے خصوصی دلچسپی تھی۔ گلن کے رخصت ہوتے ہی وہ دیگر ساتھیوں کے ساتھ وہاب شاہ بخاری کی جانب روانہ ہو گئے۔

میں ابھی تک بوجوہ سُومل کے ہاں نہیں جا سکا تھا۔مَیں اب اس بات پر سنجیدگی سے غور کرنے لگا تھا کہ نور محمد جھنگی کو اعتماد میں لے کر اس ساری صورتِ حال سے آگاہ کر دینا چاہیے۔اس کی مداخلت اور وادیلا بابا کے عزائم کی راہ کھوٹی کر سکتا تھا۔مَیں اس معاملے پر سیمی کے ممکنہ ردِعمل کا اندازہ لگاتے ہوئے اس کی جانب داری کا شک ختم کرنا چاہتا تھا۔مَیں نے لوگوں سے بھرے ہوئے اشٹان پر واقع ہوٹلوں میں گھوم پھر کر اپنا وقت گزارا۔سردی کے باوجود آج یہاں لوگوں کا زیادہ ہجوم دکھائی دے رہا تھا۔لوگ اسے بخاری کی کرامت مان رہے تھے۔

رات کا کھانا کھانے کے بعد مجھے اپنا جسم تھکا ہوا لگنے لگا اور ذہن پر غنودگی سی چھانے لگی، سو میں جلدی سے گیراج پہنچ کر اس کا شٹر اٹھا کر اپنی سونے کی جگہ پر پہنچ گیا اور رضائی اوڑھ کر لیٹ گیا۔سردی لگنے کے باوجود مجھے غیر معمولی طور پر جلدی گہری نیند آ گئی۔اس رات خوابوں کی دھند میں نجانے کہاں کہاں مارا پھرتا رہا تھا۔

اگلی صبح میں بہت دیر سے بیدار ہوا۔مَیں نے دیکھا کہ کریو اور پلی دونوں نہا دھو کر باہر جانے کے لیے تیار تھے۔میرے

پوچھنے پر انہوں نے بتایا کہ وہ شاہی بازار گھومنے اور شہر میں رہنے والے اپنے رشتہ داروں سے ملنے جارہے تھے۔ یہ سن کر مَیں نے سر ہلا دیا اور پیچھے بنے ہوئے غسل خانے کی طرف چلا گیا۔

میں بھی کپڑے بدل کر گیراج کے شٹر پر تالا لگا کر باہر کسی ہوٹل پر ناشتہ کرنے کے لیے نکلا۔ چائے پیتے ہوئے میں گومگو کے عالم میں سوچتا رہا کہ سُومل کے ہاں جاؤں یا مزار پر۔ آج عرس کا پہلا دن تھا۔ مجھے نور محمد جھنگی کا خیال آیا لیکن مَیں نے سوچا کہ عرس کے پہلے دن اس کے پاس جاکر اسے تنگ کرنا مناسب نہ تھا۔ ناشتے کے بعد میں ٹہلتا ہوا سینما گھر چلا گیا جہاں عرس کے دنوں میں بارہ بجے کا خصوصی شو دکھایا جارہا تھا۔

صبح سے پھیلی ہوئی دھند اب چھٹ چکی تھی اور سورج کے بلند ہونے پر کمھلائی ہوئی دھوپ سارے میں پھیل گئی تھی۔ مَیں خاصی دیر تک سینما کے صحن اور برآمدے میں لگے پنجابی فلموں کے پوسٹر دیکھتا رہا۔ اکا دکا مردوں کے ساتھ وہاں فلم دیکھنے کے لیے آتی برقع پوش خواتین کو دیکھ کر مَیں نے سوچا کہ یہ بالکل ضروری نہیں تھا کہ یہ سب جوڑے شادی شدہ ہوں۔ اس خیال سے میرے دل میں سُومل اور اس کی ماں کے ساتھ یہاں فلم دیکھنے کی خواہش پیدا ہوئی۔ اس شہر میں رہنے کے باوجود میں اپنی اماں یا بابا کے ساتھ کبھی یہاں نہیں آیا تھا۔ سینما کا شو شروع ہوگیا لیکن میں پوسٹر دیکھ کر وہاں سے نکل آیا۔

باہر کچی سڑک پر گاڑیوں کا جم غفیر تھا جو دھول اڑاتا ہوا، بخاری کے میلے کی طرف گامزن تھا جو پہاڑی پر واقع مزار کے نیچے میدان میں لگا ہوا تھا۔ اوبڑ کھابڑ راستے پر ڈگمگا کر، ہچکولے کھا کر چلتی ہوئی، ہر طرح کی چھوٹی بڑی گاڑیوں پر سوار لوگ اس طرف رواں تھے۔ سردی کی وجہ سے یہ ساری ہماہمی گوارا اور قابلِ برداشت لگ رہی تھی۔ بلا سوچے میرا رخ مکلی کی جانب ہوگیا اور میں دائیں کنارے پر بچے کھچے راستے پر قدم اٹھانے لگا۔ گاڑیوں کا سارا رش پٹرول پمپ اور سینما کے سامنے تک تھا کیوں کہ وہاں کرائے پر سواریاں لادنے والے تانگے اور ڈاٹسنیں ہجوم کیے کھڑے ہوئے تھے اور اوپر تلے سواریاں بھر جانے کے باوجود چلنے پر بہ مشکل آمادہ ہوتے تھے۔ مَیں ان کے بیچ سے پیدل راستہ ڈھونڈتا آگے بڑھا تو کچے راستے پر گاڑیاں اور چھکڑے سہولت سے مکلی جاتے دکھائی دینے لگے۔

شہر کی آخری تعمیرات کچھ دیر بعد پیچھے رہ گئیں تو دکھائی دیا کہ میرے علاوہ بھی بہت سے لوگ پا پیادہ تھے، ان میں زیادہ تر خانہ بدوش بوڑھے، قبائلی مرد و زن اور ان کے بچے شامل تھے جو ایک قطار کی صورت سڑک کے کنارے پر چلتے ہوئے دکھائی دے رہے تھے۔ ان کے ایک طرف ہرے بھرے کھیت اور دوسری جانب سیم و تھور سے ماری زمین پر دور تک پھیلا ہوا جھاڑ جھنکار اور اس سے اوپر مکلی کا پہاڑی سلسلہ دور پھیلا ہوا دکھائی دے رہا تھا جسے دیکھ کر یوں لگتا تھا کہ جیسے زنگ کا مارا ہوا ایک بہت بڑا زرد رنگ بحری جہاز کسی خشک مگر وسیع و عریض دریا کے کنارے پر زمین میں گہرا دھنسا ہوا اپنے آخری دن گزار رہا تھا۔

مجھے گیراج پر کام کرتے ہوئے ایک ہفتے سے زائد دن ہو چکے تھے اور اتنا ہی عرصہ مجھے اماں سے ملے گزر چکا تھا۔ بابا سے ملنے کے بعد طبیعت اتنی منغض ہوگئی تھی کہ مَیں اماں سے ملنے نہ جاسکا لیکن مجھے اس پر کوئی افسوس بھی نہ تھا۔

مجھے پیدا کر کے پال پوس کر بڑا کرنے کے باوجود میری زندگی کے متعلق ہر اہم اور بڑے فیصلے سے انہیں ہمیشہ لاتعلق رکھا گیا۔ بابا نے کبھی ان کے مشوروں یا نصیحتوں کو درخورِ اعتنا نہیں جانا۔ اسی وجہ سے میرے لیے اماں کی ساری آرا، ان کا سارا پیار، چاہت اور ان کی ماں تا عضو معطل بن کر رہ گئی تھی۔ مجھ سا بدنصیب اور بدبخت دنیا میں شاید ہی ہوگا جس کی اماں میں اتنی ہمت نہیں تھی کہ وہ اپنے شوہر کے خلاف آواز اٹھا سکتی یا میرا ساتھ دے سکتی۔ مَیں اپنے والدین کے زندہ ہوتے ہوئے یتیم و بے آسرا ہو گیا تھا۔ مَیں جو اپنے گھر واپس جانے کے خیال سے نہال ہوتا رہا تھا، میرے اس خیال کو حرفِ غلط کی طرح مٹا دیا گیا۔ مجھے زبردستی یہ احساس دلایا گیا کہ مجھے اپنے دل میں کوئی ذاتی خواہش پروان چڑھانے یا اسے تکمیل تک پہنچانے کی اجازت نہ تھی۔ گویا میں کوئی وجود نہیں بلکہ موم کا گڈا تھا۔

میرے لیے یہ محرومی، یہ تنہائی اور یہ دھتکار نئی نہ تھیں لیکن اس مرتبہ بابا نے جو چوٹ لگائی تھی، اس کا درد زیادہ محسوس ہو رہا تھا۔ مَیں اس کی شدت کی وجہ سے چند روز کے لیے بالکل سُن ہو گیا۔ مجھے سُومل اور اس کی ماں کا خیال تک نہ آیا۔ رہ رہ کر اپنی بے چارگی اور اکیلائی کا سوچ کر آہیں بھرتا رہا لیکن اب یہ خول ٹوٹ گیا تھا اور میرے پورے بدن میں جمع غصہ اور نفرت کسی ایک مقام پر جمع ہونے لگے تھے۔ میرے بابا اپنی آخری ضرب لگا چکے تھے۔ اب میری باری تھی۔

میں اپنی دھن میں چلتا ہوا اس موڑ سے آگے نکل گیا جس سے راستہ دائیں طرف بخاری کے مزار کی جانب جاتا تھا۔ مجھے دھیان نہ رہا کہ ساری گاڑیاں اور لوگ پیچھے رہ گئے تھے۔ مَیں جلدی سے واپس پلٹا اور اس موڑ سے اپنا رخ پہاڑی کی طرف کر لیا۔ یہ راستہ کچا اور ناہموار تھا تاہم کچھ آگے جا کر اس پر سیم نالی پر بنی ہوئی چھوٹی سی پُلیا بھی آتی تھی۔ لوگوں کا قافلہ بھی اسی جانب آگے جا رہا تھا۔ یہ راستہ اتنا اوبڑ کھابڑ تھا کہ گاڑیاں بار بار گڑھوں میں پھنس رہی تھیں اور سواریاں نیچے اتر کر نرم مٹی میں دھنسے ہوئے ان کے پہیے نکال کر انہیں آگے بڑھنے پر آمادہ کر رہی تھیں۔ تانگوں، چھکڑوں اور بیل گاڑیوں کو اس راہ پر لڑھکتے دیکھ کر ڈر لگ رہا تھا کہ وہ اب گرے کہ تب۔

مجھے ایک خیال پریشان کر رہا تھا اور وہ یہ کہ سُومل کو اپنے بابا کے اگلے وار سے کیسے بچاؤں گا۔ مجھے کچھ پتا ہی نہ تھا نیا وار کب، کیسے اور کس جانب سے کیا جانے والا تھا۔ سُومل مجھے پسند کرتی تھی لیکن ابھی ہمارا آپسی تعلق اس نہج تک نہ پہنچا تھا کہ وہ میری بات مان کر اپنا گھر چھوڑ کر میرے پیچھے چلی آتی اور نہ میرے پاس ایسے وسائل تھے کہ اسے بھگا کر لے جا سکتا۔ شاید وہ اس پر ابھی بالکل آمادہ نہ ہوتی۔ مجھے اس صورت میں کیا کرنا چاہیے تھا؟

سیم نالی پر بنی پُلیا سے کچھ پہلے بائیں طرف ایک عارضی چھپر میں ایک چائے خانہ بنا ہوا تھا، جس میں مٹی کے چولہے سے ذرا فاصلے پر دو تین جھلنگا چارپائیاں پڑی دکھائی دے رہی تھیں، جنہیں دیکھ کر میرا جی کچھ سستانے کو چاہا۔ مَیں وہاں خالی جگہ پا کر اس طرح بیٹھ گیا کہ میرا رخ اس جانب تھا جہاں سے لوگ جوق در جوق گزر کر مزار کی جانب بڑھ رہے تھے۔ ان میں بھانت بھانت کی عورتیں اور مرد شامل تھے۔

کھلے میں سرد ہوا نے سب کو پریشان کر رکھا تھا اور یہاں لوگ ایک چولھے کے گرد کھڑے اپنے ہاتھ سینک رہے تھے۔

تیز ہوا سرسراتی ہوئی چھپر میں سے گزر رہی تھی۔ وہاں ایک طرف کچھ موالی زمین پر دائرہ بنائے بیٹھے تھے اور ان کے بیچ چرس کی سلفی گردش کر رہی تھی۔ ہوا کی وجہ سے انہیں سلفی بنانے اور پینے میں کچھ دقت پیش آرہی تھی۔ مَیں بھی کچھ سوچے بغیر اس منڈلی کے پاس جا بیٹھا۔ بڑی بڑی آنکھوں والا ایک موالی مجھے دیکھ کر ہنسا اور قریب آکر اپنے ہاتھوں میں پکڑی ہوئی سلفی میری جانب بڑھائی۔ مَیں جلدی سے اپنے ہونٹ اس کی بند مٹھی کے نزدیک لے گیا، تب اس نے مجھے دھواں زور سے اپنے سینے میں بھرنے کے لیے کہا۔ مَیں نے اس کے کہے پر عمل کیا لیکن اگلے لمحے میرے سینے سے زوردار کھانسی کا فوارہ چھوٹا۔ مَیں کچھ ثانیوں تک کھانس کھانس کر دوہرا ہوتا رہا۔ اس دوران ایک دو ملنگوں نے میری پیٹھ دبائی جس سے مجھے افاقہ ہوا اور میری کھانسی تھم گئی۔ مَیں اٹھ کر اپنے ہاتھ جوڑ کر اس منڈلی سے رخصت کی اجازت مانگ کر دوبارہ ایک جھلنگی چارپائی پر جا بیٹھا۔

ہوٹل والے نے آکر مجھے چائے کی پیالی تھمائی اور چلا گیا۔ سُلفی کے کش سے مجھے ایک سگریٹ برابر سرور آ گیا تھا۔ مَیں میٹھی بے مزہ چائے کے گھونٹ بھرتا اپنے سامنے سے گزرنے والے مرد و زن کی طرف ایک توجہ سے دیکھتا رہا۔ کافی دنوں بعد کی چرس نوشی کی وجہ سے اچانک میری سوئی جبلتیں بیدار ہونی شروع ہوگئیں۔ مَیں اپنے سامنے سے گزرتی اکا دکا خواتین کو زیادہ غور سے دیکھنے لگا اور کچھ دیر پہلے والی پریشان کن سوچیں یکسر غائب ہوگئیں۔

مجھے خنک ہوا لطف دینے لگی۔ میٹھی چائے نے بھی مزا دوبالا کیا اور آدھی سے زائد مسافت پیدل طے کرنے کی تھکن اتر گئی۔ مَیں نے چائے کے پیسے ادا کیے اور مزار کی طرف جانے والے قافلے میں شامل ہوگیا۔ یہ قافلہ کیا تھا، لوگوں کا ایک ہجوم تھا جس میں ہر طرح کی چھوٹی بڑی گاڑیاں، چھکڑے اور پاپیادہ لوگ۔ کھلے آسمان تلے ایک کشادہ سے کچے راستے پر مکلی کے قبرستان کی جانب رواں تھا جو خاصے فاصلے سے دیکھنے پر زرد نشیبی زمین سے تھوڑی بلندی پر نظر آرہا تھا۔ مکلی کی پہاڑی کے بالکل نیچے گاڑیاں کھڑی کرنے کی وسیع جگہ۔ میلے کا طویل بازار جو پہاڑی کے اوپر تک جاتا تھا اور اس سے پہلے ایک بڑے میدان میں بہت سے سرکس اور کئی قسم کے دیگر شو لگے ہوئے تھے۔

میں جدھر دیکھ رہا تھا، انسانوں کے سر دکھائی دے رہے تھے اور یہ زیادہ تر مردوں کے سر تھے، خواتین کی تعداد نسبتاً کم تھیں۔ کیا یہ تمام صاحبِ کرامت پیر کے عقیدت مند زائرین تھے یا یہ سماج میں تفریح کے فقدان کے مارے اور مصنوعی ہیجان کے لیے ترسے ہوئے لوگ تھے، جن کی زندگیاں میری طرح بے رنگی، بے رسی اور بے بسی سے عبارت تھیں۔ مَیں نے ہجوم کے ہمراہ آگے بڑھتے، اپنے زمانے اور اپنی دنیا کے ان بے چہرہ اور بے آواز زندہ لوگوں کے بارے میں سوچا تو یہ مجھے اپنے سامنے پھیلے طویل و عریض قبرستان میں سوئے ہوئے مُردوں سے زیادہ بدنصیب اور ذلت کے مارے محسوس ہوئے۔ قبرستان میں سوئے لوگوں کی اکثریت، دنیا کی دیگر سرزمینوں سے نکل کر اپنے مذہب، زبان، ثقافت کو ساتھ لیے اور بزورِ شمشیر اور بزورِ حکومت نافذ کرنے کے بعد آج بھی دس مربع میل تک پھیلے ہوئے اس شہرِ خموشاں میں ایک شان و شوکت کے ساتھ آباد تھی اور اس مقام کو عالمی ثقافتی ورثہ قرار دیا جا چکا تھا لیکن اس کے قریب ہی زندہ باسیوں سے

آباد ایک شہر اور اس کے اطراف ایک بہت بڑی انسانی آبادی ہر طرح کی پسماندگی سے گل سڑ چکی تھی۔ مَیں اسی گلی سڑی تہذیب و تاریخ کا نمائندہ تھا۔

گاڑیاں کھڑی کرنے کی جگہ پیچھے رہ گئی تو میلے کا طویل بازار شروع ہو گیا جو پہاڑی سے نیچے نشیبی راستے کے دونوں طرف بنا ہوا تھا۔ کچھ آگے چل کر دائیں طرف میلے کی سب سے خاص چیز، سرکس، بے بی شو، موت کے کنویں، چڑیا گھر، شیر کے دھڑ والی بیگم اور دیگر شو لگے ہوئے تھے۔ امڈ کر آنے والی مردانہ اکثریت کے مطلب کا سامان اسی جگہ موجود تھا۔ مَیں یہاں خاصا وقت گھوم پھر کر یہ جائزہ لینے میں مصروف رہا کہ سب سے زیادہ حسین اور پُرکشش خواتین کون سے شو میں شریک تھیں۔ اس مقصد کے لیے مجھے بے بی شو بہتر لگا، جہاں چار پانچ کم عمر گوری اور گول مٹول سی لڑکیاں کولھے ہلاتی نوٹوں کی ویل کی منتظر دکھائی دے رہی تھیں۔ مَیں ان کے بھونڈے رقص دیکھ کر ان پر کچھ دیر تک نوٹ اڑاتا رہا۔ اس دوران سہ پہر ڈھلنے لگی تھی جس کی وجہ سے مجھے سخت بھوک لگ رہی تھی، اس لیے میں بے بی شو سے نکل آیا۔

پہاڑی کے قریب واقع ایک بڑی ڈھلان پر بنے ہوئے پختہ راستے پر، ایک ہوٹل میں بیٹھ کر مَیں نے کھانا کھایا۔ وہیں پیچھے ایک تخت پر میرے ہم عمر لڑکوں کی ایک منڈلی بیٹھی چرس پی رہی تھی۔ کھانا کھاتے ہوئے مجھے اس کی بُو متواتر پریشان کر رہی تھی اور مجھے ان سے جا ملنے پر اکسا رہی تھی۔ کھانا ختم کر کے وہیں فرش پر مَیں نے گلاس سے پانی گرا کر ہاتھ دھوئے اور پھر ان لڑکوں کے پاس چلا گیا۔ وہ تعداد میں تین تھے۔ مَیں ان کے سامنے جا کھڑا ہوا تو وہ تینوں حیرت سے میری طرف دیکھنے لگے۔ مَیں نے ان سے چرس کا سگریٹ پلانے کی فرمائش کی تو انھوں نے ہنستے ہوئے مجھے اپنے پاس تخت پر بیٹھنے کے لیے کہا۔ مَیں نے باری باری ان سے مصافحہ کرتے ہوئے خود کو ان سے متعارف کروایا جس پر انھوں نے بھی اپنے نام بتائے۔ اب مجھے ان کے بیچ مہمان کو درجہ مل گیا۔ اس لیے تازہ بنی ہوئی سگریٹ مجھے پیش کی گئی، جسے مَیں نے سلگایا اور دو تین گہرے کش لے کر اسے آگے بڑھا دیا۔ جو لطف سلفی کے ایک کش میں تھا وہ ان سگریٹوں میں کہاں؟ اس کے باوجود مَیں نے وہاں ان کے ساتھ بیٹھ کر تین چار سگریٹ پھونک ڈالے، جن کے نشے سے میرا سر بوجھل ہونے لگا اور جی وہاں سے اٹھ کر چہل قدمی کے لیے مچلنے لگا۔ آخر میں تاریخ کے ایک عجوبے کی سیر کرنے آیا تھا۔ یہ سوچ کر میں ہاتھ جوڑ کر ان سب کا شکریہ ادا کرتا ہوا وہاں سے اٹھ گیا۔

ٹھنڈی ہوا میں ڈھلان کے اوپر چڑھنا اچھا لگا۔ کچھ آگے جا کر بڑی بڑی سیڑھیاں شروع ہو گئیں۔ جوں جوں اوپر چڑھتا جاتا تھا ہوا کے زور میں اضافہ ہوتا جا رہا تھا لیکن لوگوں کی گہما گہمی کے سبب سردی زیادہ محسوس نہیں ہو رہی تھی۔ ان سیڑھیوں کے دونوں کناروں پر فال نکالنے اور قسمت کا حال بتانے والے، نگینے اور پتھر فروخت کرنے والے بیٹھے تھے اور ان کے درمیان انسانی قدموں کا ایک سیلاب تھا جو مزار کی جانب گامزن تھا۔ اوپر مکلی کی پہاڑی پر پہنچتے ہی دونوں طرف بنی مختصر دیواروں سے چھوٹی بڑی قبریں جھانکنے لگیں اور ان کے ساتھ مزارات و مقابر کا دور تک پھیلا ہوا سلسلہ نظر کے سامنے کھلتا چلا گیا۔ سردیوں کا ٹھٹھرتا سورج مغرب سے ان پر اپنی آخری کمزور نگاہ ڈال رہا تھا اور آسمان کا گہرا رنگ دھیرے دھیرے سیاہی

میں مدغم ہوتا محسوس ہو رہا تھا۔ مغربی افق پر پھیلی گہری سرخ اور نارنجی شفق کچھ ہی دیر بعد مشرق کی سمت سے امنڈتے اندھیرے میں مدغم ہونے والی تھی۔

کچھ آگے جاکر دائیں جانب ایک دیوار سے وہاب شاہ بخاری کے مزار کی حد شروع ہو جاتی تھی۔ پانچ لاکھ نفوس کی آخری آرام گاہ، اس قبرستان میں ہمیشہ سب سے زیادہ لوگ اسی مزار پر دیکھے جاتے تھے اور آج عرس کی وجہ سے یہاں آنے والوں کی تعداد شمار سے باہر تھی۔ لوگ انہیں صحابی کا درجہ دیتے تھے۔ مزار کے مرکزی دروازے سے پہلے دونوں جانب جوتے رکھوانے کے لیے جگہیں بنی ہوئی تھیں، جن پر لوگ ایک دوسرے کو دھکے مارتے اپنے جوتے اتار کر، وہاں رکھوا کر ننگے پیر مرکزی گیٹ کی طرف جا رہے تھے۔ مَیں نے اپنی چپل اتار کر جوتے والے کو دی اور نمبر جیب میں رکھ کر مزار کے اس مرکزی داخلے کی جانب چل دیا، جو مردوں کے لیے مختص تھا جب کہ خواتین کے لیے مختص راستہ پرلی طرف سے بنا ہوا تھا۔

مین گیٹ پر ہجوم کی وجہ سے دھکم پیل ہو رہی تھی۔ مَیں بھی مزار پر حاضری دینے والے خواہش مندوں کی طویل قطار میں شامل ہو گیا۔ گیٹ سے اندر داخل ہونا سخت دشوار کام تھا۔ وہاں تک پہنچنے کے بعد کشادہ راہداری تھی جہاں لوگوں کے بدن ایک دوسرے سے چپکے ہوئے تھے اور ان سب کا آگے بڑھنا پیچھے سے لگنے والے دھکوں پر منحصر تھا، جس کے بل پر وہ سب دھیرے دھیرے آگے سرکتے جاتے تھے۔ خنکی کے باوجود مجھے یہاں پر کچھ گرمی لگنے لگی کیوں کہ سب کی سانسیں آپس میں گڈمڈ ہو رہی تھیں۔ ہر کچھ دیر بعد کوئی شخص بلند لہجے میں جیب کتروں سے ہوشیار رہنے کی ہدایت کرتا تھا اور سب اس کی تائید میں اونچے سروں بولنے لگتے تھے۔ سارے لوگ مل کر اتنا شور مچا رہے تھے کہ کوئی آواز سنائی نہیں دے رہی تھی۔ میرے پیچھے کھڑا ہوا ایک شیدی، مکرانی میں پیچھے والوں کو گالیاں دے رہا تھا۔ دوسرے بھی یہی کچھ کر رہے تھے۔ ان سب کی عقیدت انہیں ماں بہن کی گالیاں دینے سے بالکل نہیں روکتی تھی۔

راہداری کے ختم ہونے پر مَیں نے خود سے آگے ایک ایسا شخص دیکھا جس کا سر مجھے اپنے بابا جیسا دکھائی دیا۔ مَیں اس مخمصے میں کچھ دیر تک اسے پیچھے سے دیکھتا رہا، پھر اچانک جب اس نے اپنی گردن موڑ کر میری آنکھوں میں جھانکا تو مجھے کچھ لمحوں تک اپنی آنکھوں پر یقین نہیں آیا۔ وہ واقعی میرے بابا تھے اور مجھ سے تھوڑا سا آگے موجود تھے۔ مَیں انہیں یہاں پا کر دنگ رہ گیا تھا۔ ان کی یہاں موجودگی میرے لیے ناخوش گوار تھی لیکن میں ان کے حوالے سے متجسس بھی تھا۔

ایسے بڑے ہجوم کے بیچ بلبلاتے ہوئے ویسے ہی وہ میری طرح حواس باختہ محسوس کر رہے تھے لیکن اس کے باوجود مجھے لگا کہ وہ غیر متوقع طور پر مجھے دیکھ کر بے چین اور پریشان ہو گئے اور اس کے فوراً بعد بھیڑ میں آگے کی جانب راستہ بنانے کے لیے زور آزمائی میں مصروف ہو گئے۔ ان کی یہ کوشش حیرت انگیز طور پر کامیاب رہی اور وہ کچھ دیر بعد آگے سرکتے میری نظروں سے اوجھل ہو گئے۔ بابا کا گم ہو جانا میرے لیے اچنبھے سے کم نہ تھا اور میری آنکھیں انہیں ڈھونڈنے کے لیے بار بار آگے کی طرف دیکھ رہی تھیں لیکن وہ پوری طرح غائب ہو چکے تھے۔ مَیں سوچنے لگا کہ وہ یہاں تنہا یا کسی کے ساتھ آئے تھے؟ میں ابھی تک بمشکل پتھریلے صحن کے فرش میں گڑھی دیو قامت دیگ تک پہنچا تھا۔ ابھی مزار کافی

آگے واقع تھا۔ مَیں نے بھی اپنے باباکی طرح آگے بڑھنے کے لیے اپنے کندھوں اور بازوؤں کا زور لگانے کی کوشش کی لیکن چاروں جانب سے مجھے گھیرے ہوئے ہجوم نے اسے ناکام بنا دیا۔ مَیں مشکل سے چند قدم ہی آگے بڑھ سکا۔

مجھے دیکھ کر باباکی پریشانی اور اس کے بعد ان کی گمشدگی نے مجھے فکرمند کر دیا۔ ان کے غائب ہو جانے کی کوئی وجہ تو ہو گی، ورنہ میرے یہاں ہونے سے انہیں کیا فرق پڑنا تھا۔ مجھے دیکھ کر کسی چھلاوے کی طرح نظروں سے اوجھل ہو جانے کا کوئی سبب تو ہو گا۔ یہ باتیں سوچ کر میرا ذہن دُکھنے لگا تھا۔ مَیں اڑ کر ان تک پہنچنا چاہتا تھا لیکن وہ اس وقت کہاں تھے اور کیا کر رہے تھے؟ احاطے کے آخر میں سیڑھیوں سے نیچے واقع وہاب شاہ بخاری کے روضے تک پہنچنے میں مجھے خاصی دیر لگی۔ مَیں دعا مانگتے ہوئے کمرہ نما روضے کے اندر موجود لوگوں کے ہجوم میں بھی چہرے ٹٹولتا رہا لیکن مجھے بابا نظر نہ آ سکے۔ وہاں سے نکل کر میں مزار سے باہر نکلنے والے ایک راستے پر لگی ہوئی بھیڑ میں شامل ہو گیا۔

یہاں بھی جسم سے جسم ٹکرا رہے تھے اور خارجی گیٹ تک پہنچنا کارِ دشوار تھا۔ اس میں تقریباً آدھ گھنٹہ صرف ہو گیا۔ گیٹ سے باہر لوگوں کی بھیڑ ایسے نکل رہی تھی جیسے کوئی طوفانی سمندر ڈوبتے جہاز کے مسافروں کو ساحل پر پھینکتا ہے۔ وہ کشادہ جگہ، جہاں پر گیٹ لوگوں کے ٹھٹھ باہر اگل رہا تھا، اس قبرستان کے درمیان سے گزر کر آگے تک جاتی اس مرکزی لیکن کچی پکی سڑک پر واقع تھی، جس پر ذرا فاصلے سے لگے کھمبوں پر بلب جل رہے تھے۔ ان کے جلنے کے باوجود ماحول حد درجہ تاریک اور مہیب تھا۔ بلندی پر بنائی گئی پانی کی ٹنکی اور اس کے گرد پھیلے ہوئے مقابر اور چبوتروں پر بنی ہوئی قبروں کی قطاریں اندھیرے میں باہم سر جوڑے سازش آمیز سرگوشیاں کرتی محسوس ہو رہی تھیں۔ اس نیم تاریک ماحول میں انسانی آوازوں کا غوغا ہر طرف پھیلا محسوس ہو رہا تھا۔ لوگوں کے ہجوم کی وجہ سے یہ کشادہ جگہ مجھے تنگ محسوس ہونے لگی۔ مَیں دھیرے دھیرے قدم اٹھاتا ہوا وہاب شاہ بخاری کے مزار کے باہر موجود عقیدت مندوں کے ہجوم سے دور جانے کے لیے تیزی سے قدم اٹھانے لگا۔

میں قبرستان کے بیچ سے گزرتی اس سڑک پر قدم اٹھاتا آگے تک چلتا گیا، سردی کے باوجود لوگ جوق در جوق مزار کی جانب جاتے دکھائی دے رہے تھے۔ مَیں قبروں والے ایک چبوترے پر چڑھ کر بیٹھ گیا اور ایک سگریٹ سلگا کر پینے لگا۔ اب بھی میں باباکے ملنے کی امید لیے اپنے سامنے سے گزرتے ہوئے لوگوں کی طرف دیکھ رہا تھا۔ مَیں جاننا چاہتا تھا کہ ان کے ساتھ یہاں اور کون آیا تھا لیکن میرے سامنے سے گزرنے والوں میں نہ تو کسی کی آواز ان جیسی پاٹ دار اور گہری تھی اور نہ ہی کسی کا حلیہ ان جیسا تھا۔ مَیں مایوسی میں وہاں تنہا بیٹھا گہرے کش لیتا اپنے اندر سر اٹھانے والی تشویش کو دبانے کی کوشش کرتا رہا۔

میں بے کار میں سوچ رہا تھا کہ مزار میں داخل ہونے اور نکلنے کے تین راستے تھے۔ مَیں ان میں سے ایک سے اندر جا کر دوسرے سے باہر آ گیا تھا لیکن ایک تیسرا راستہ بھی تھا جو اس کے عقب میں واقع تھا۔ وہ راستہ پیچھے پھیلی ہوئی قبروں کے علاوہ اس میدان کی طرف جاتا تھا جہاں میلے میں شامل سرکس اور کھیل تماشے والے موجود تھے۔ وہ راستہ عام حالات

میں بند رہتا تھا لیکن عرس کے موقع پر خواتین زائرین کے لیے کھول دیا جاتا تھا۔ مجھے شک تھا کہ بابا اسی راستے سے سٹک گئے تھے لیکن اس وقت مجھے یہ خیال نہ آ سکا تھا، اس لیے اب اس جانب جا کر انہیں ڈھونڈنا بے کار تھا کیوں کہ خاصا وقت گزر گیا تھا۔ خواتین زائرین کے راستے سے ان کے فرار ہو جانے کے خیال نے میری بے چینی میں اضافہ کر دیا۔ اس طرف جانے کی ممانعت تھی اور اسی لیے وہاں کی آمد و رفت کے لیے علیحدہ سمتوں میں راستے رکھے گئے تھے۔ اپنے بابا کی چالاکی و ہوشیاری مدنظر رکھتے ہوئے مجھے یقین تھا کہ ان کے ایسا کرنے کی کوئی نہ کوئی وجہ ضرور تھی، جو مجھے معلوم کرنی تھی۔

مجھے یاد ہے کہ وہ رات میری زندگی کی سب سے مضطرب اور اذیت ناک راتوں میں سے ایک تھی۔ اب جب میں اپنی وہ کیفیت یاد کرنے کی کوشش کرتا ہوں تو میرے اعصاب تن جاتے ہیں اور دل میں تیز درد ہونے لگتا ہے۔ اس رات نے اپنے دامن میں میرے لیے ایک اور ہزیمت اور شکست چھپا رکھی تھی، جو کچھ وقت گزرنے کے بعد میرے سامنے آنے والی تھی۔ اب سوچتا ہوں تو کڑھتا ہوں کہ کاش مجھے وہ سب کچھ پہلے سے معلوم ہو جاتا تو میں رکاوٹ بن کر اسے رونما ہونے سے روکنے کی پوری کوشش کرتا۔ مَیں اپنی جان داؤ پر لگا دیتا۔ اسی لیے میں ابھی تک اس ہولناک واقعے کو قسمت کا لکھا ہوا ماننے سے انکار کرتا ہوں۔ انسانی تقدیر اس قدر ظالم اور سفاک نہیں ہو سکتی۔

میرے سامنے سے گزرتے ہوئے زائر اور عقیدت مند ہنستے اور آپس میں مذاق کرتے جا رہے تھے۔ قبرستان کے مرکزی راستے کی جانب گہما گہمی دکھائی دے رہی تھی لیکن اس کے اطراف دور دور تک ویرانی اور خاموشی بھی چھائی ہوئی تھی۔ مَیں چبوترے پر بیٹھا فکرمندی سے ایک کے بعد ایک سگریٹ پی رہا تھا۔

اب سوچتا ہوں تو میرے رونگٹے کھڑے ہو جاتے ہیں کہ جس وقت میں وہاں بیٹھا سگریٹ پی رہا تھا، عین اسی وقت، اس قبرستان میں کسی مقام پر کوئی گھٹیا پن، خود غرضی، بہیمیت، بے حسی، ہوس اور سفاکی کا آخری مظاہرہ کرنے میں مصروف تھا اور میں اس سے لاتعلق اور لاعلم سگریٹ نوشی کر رہا تھا۔ اگر میرے پاس غیب کا علم ہوتا تو میں یقینی طور پر وہ سب نہ ہونے دیتا لیکن افسوس کہ مَیں نہ کوئی نجومی تھا اور نہ کوئی ولی کہ پیش آنے والے واقعے کے بارے میں پہلے سے جان پاتا۔ اس کے باوجود میں اس لاعلمی پر اپنے آپ کو آج تک کبھی معاف نہیں کر سکا۔ افسوس اس بات کا بھی ہے کہ سُومل سسّی تھی اور نہ میں کوئی پنھوں کہ ہمارے لیے زمین پھٹ جاتی اور ہم دونوں اس میں سما جاتے۔ کاش ہم بھٹائی کے رسالے کی کسی داستان سے نکلے ہوئے کردار ہوتے تو کتنا اچھا ہوتا۔

میں قبروں کے چبوترے سے نیچے اترا اور جس میدان میں سرکس، بے بی شو اور موت کا کنواں لگا ہوا تھا اس جانب چلنے لگا۔ وہ جگہ یہاں سے خاصی دور تھی اور لوگوں کی بھیڑ میں تیزی سے چلنا ممکن نہیں تھا۔ سردیوں کی اس رات میرے شہر کے لوگ بادِ کوئٹہ کی تندی کو خاطر میں لائے بغیر اس مقدس پہاڑی کے اس حصے میں تفریح اور عقیدت کے نام پر جمع تھے۔ اس لیے دھیمی سی خنک ہوا لوگوں کی بھیڑ میں دور تک جگہ بنانے میں ناکام تھی۔

چلتے ہوئے میری نگاہیں بالکل سامنے تھیں اور سامنے سے آتے ہر آدمی کو دیکھنے کی کوشش میں متحرک تھیں۔ اچانک کسی

نے میری قمیص کا دامن پکڑ کر مجھے متوجہ کیا۔ جب مَیں نے دیکھا تو وہاں سُومل کا چھوٹا بھائی زلفی کھڑا میری جانب دیکھ رہا تھا۔ اسے دیکھ کر مسکراتے ہوئے مَیں نے اس سے مصافحہ کیا اور اس کا ہاتھ اپنے ہاتھ میں لے لیا۔ وہ مجھے کچھ بتا رہا تھا ہجوم کی وجہ سے اس کی آواز سنائی نہیں دے رہی تھی۔ اگلے ہی لمحے اس نے میری توجہ ایک اور طرف مبذول کروانے کی کوشش کی، جب مَیں نے ادھر دیکھا تو وہاں مجھے اپنی اماں کے ساتھ سیمی کا فکرمند چہرہ بھی دکھائی دیا، جو میری طرح راہ گیروں کے چہرے ٹٹول رہی تھیں۔ زلفی مجھے ان کے قریب لے گیا۔ مجھے دیکھ کر دونوں خواتین لحظہ بھر کے لیے خوش سی ہو گئیں اور اس کے بعد سیمی ہجوم کا خیال کیے بغیر مجھ سے پوچھنے لگی کہ مَیں نے اپنے بابا یا سُومل کو کہیں دیکھا تھا؟

نفی میں میرا جواب سن کر سیمی کے چہرے پر مایوسی کی لہر دوڑ گئی۔ میری اماں نے مجھے بتایا کہ عورتوں کے راستے سے مزار تک جاتے ہوئے سُومل ان کے ساتھ تھی لیکن وہاں پہنچ کر لوگوں کے ریلے میں بہہ کر ان سے الگ ہو گئی اور تاحال گم شدہ تھی۔ سیمی نے بات آگے بڑھاتے ہوئے بتایا کہ میرے بابا نے مردوں کے راستے کے باہر ان سے ملنے کا وعدہ کیا تھا لیکن یہ لوگ انہیں وہاں ڈھونڈ ڈھونڈ کر تھک چکے تھے اور وہ نہیں مل رہے تھے۔

یہ سنتے ہی مجھے بابا سے متعلق اپنے سوالوں کے جواب مل گئے۔ سُومل یہاں پہلی بار آئی تھی اور اسے یہاں کے راستوں کا علم نہ تھا۔ میرے بابا زنان خانے میں گھس کر اسے اپنے ساتھ باہر لے جانے میں کامیاب ہو گئے تھے۔ وہ اسے کہاں اور کیوں لے کر گئے تھے؟ یہ سوچ کر میرے پاؤں کے نیچے سے زمین سرکنے لگی لیکن میں اس صدمے کا پہاڑ اٹھائے ان تینوں کے ساتھ ایک پتھریلے راستے پر کھڑا ہوا تھا۔ مَیں نے ان سے مزار کے زنانہ راستے کی طرف چلنے کے لیے کہا جو مزار کے عقب میں واقع تھا۔ وہ میری تائید کرتے ہوئے بتانے لگیں کہ وہ بہت دیر تک وہاں دیکھنے کے بعد مایوس ہو کر یہاں آئی تھیں۔ میرے اصرار پر وہ پھر سے اس جانب چلنے پر تیار ہو گئیں۔

پانی کی ٹینکی کے بالکل سامنے، زرد بلبوں کی کمزور روشنی میں ایک کچا راستہ بائیں طرف جاتا دکھائی دیتا تھا۔ ہم ہجوم کے درمیان سے گزرتے ہوئے اس جانب بڑھتے چلے گئے۔ وہ ابھرے ہوئے نوکیلے پتھروں سے اٹا ایک ایسا راستہ تھا جس پر تار سے بلب لٹکا کر کچھ روشنی کا انتظام کیا گیا تھا۔ اس دوران لگاتار اماں اور سیمی کی باتیں سنتے ہوئے مجھے یقین ہو چلا تھا کہ بابا نے اپنا دوسرا وار کر دیا تھا۔ مجھے پتا چلانا تھا کہ وہ خواتین کے مزار میں داخل ہونے اور باہر نکلنے کے راستے سے سُومل کو کس طرف لے گئے تھے۔ یہ راستہ سال بھر میں ایک آدھ مرتبہ استعمال ہونے کی وجہ عدم توجہی کا شکار تھا۔ عرس کے موقع پر یہاں کیا گیا انتظام انتہائی ناقص تھا۔

کشادہ مزار کے عقبی حصے میں دیوار توڑ کر کئی سال پہلے یہ راستہ بنایا گیا تھا، جو پہاڑی سے نیچے جاتی ہوئی ایک ڈھلان پر واقع تھا۔ یہ ناہموار اور پتھریلی ڈھلان وسیع تھی اور اس پر کوئی قبر بھی نہیں بنی ہوئی تھی۔ یہاں روشنی کا خاطر خواہ انتظام نہ ہونے کی وجہ سے نیم تاریک ماحول تھا۔ ہر عمر کی خواتین ٹولیوں کی صورت میں اس ڈھلان پر گھومتی دکھائی دے رہی تھیں۔ وہاں قریب ہی کھانے پینے کی چیزوں کے کچھ ٹھیلے بھی لگے تھے۔ مَیں کچھ دیر تک زلفی کا ہاتھ تھامے اس راستے

کے گرد منڈلاتا رہا۔ وہاں مردوں کی تعداد نہ ہونے کے برابر تھی کیوں کہ زیادہ تر مردوں کا رجحان بے بی شو اور موت کے کنویں کے باہر ناچتی لڑکیوں کی طرف تھا۔ دیوار پر لگے بلبوں کی زرد روشنی میں عورتوں کی ٹولیاں قطاروں کی صورت جتنی تعداد میں مزار میں داخل ہو رہی تھیں، اس کی نسبت باہر آنے والیاں خاصی کم نظر آ رہی تھیں۔

میری ماں اور سیمی تھک ہار کر ڈھلان کے کنارے پر پڑے ہوئے بڑے پتھروں پر بیٹھ گئیں۔ سُومل کی گم شدگی نے انہیں حواس باختہ کر دیا تھا۔ اسے ڈھونڈ کر وہ تھک گئی تھیں۔ مَیں اور زلفی بھی مایوس ہو کر ان کے پاس چلے گئے۔ سیمی بار بار میرے باپ پر تبرے بھیج رہی تھی اور میری ماں بھی اس کا پورا ساتھ دے رہی تھیں۔ سیمی کے مطابق سُومل اور میرے بابا کو گم ہوئے خاصا وقت گزر گیا تھا۔ وہ بار بار دہرا رہی تھی کہ وہ اپنے شوہر کا سامنا کیسے کرے گی، جب وہ اس سے سُومل کے بارے میں سوال کرے گا۔ مَیں نے چند روز پہلے اسے اور سُومل کو سمجھانے کی کوشش کی تھی کہ میرے بابا کسی بھی طرح قابلِ اعتماد آدمی نہ تھے، اس کے باوجود یہ اس شخص کے ساتھ میلہ گھومنے چلے آئی تھیں اور میری اماں نے بھی اس موقعے کو غنیمت جانتے ہوئے مجرمانہ خاموشی اختیار کیے رکھی اور ان کے ساتھ آ گئیں۔

مجھ پر اپنے بابا کے عزائم پہلے ہی آشکار ہو چکے تھے لیکن سوال یہ تھا کہ وہ سُومل کو کس طرف لے کر گئے تھے؟ ڈھلان پر خنک ہوا کی رفتار تیز ہونے کے سبب اب کچھ سردی محسوس ہونے لگی تھی۔ مَیں دونوں خواتین کے سامنے سگریٹ نوشی سے اجتناب کر رہا تھا۔ مجھے سُومل کی حفاظت اور اسے بابا کے چنگل سے نکالنے کا خیال تنگ کر رہا تھا لیکن یہ سجھائی نہیں دے رہا تھا کہ مَیں کیا کروں؟ کس طرف اور کہاں جا کر انہیں تلاش کروں؟ یہ سوچتا ہوا میں ڈھلان پر چلتا ایسے مقام پر پہنچ گیا جہاں گھپ اندھیرا تھا۔ مَیں نے سگریٹ سلگائی اور اس کے کش لیتے دائیں طرف تاریکی میں دور سے دکھائی دیتے، خاموشی میں کھڑے ہوئے مقابر کے رخ پر کھڑا ہو سگریٹ کے لمبے کش لینے لگا۔ وہ مقابر وہاں سے تھوڑے فاصلے پر تھے اور ان میں سے ایک یا دو کے دروازوں پر کمزور روشنی والے بلب لگے ہوئے تھے۔ ان مقبروں میں سے ایک آخری سندھی بادشاہ کا تھا جب کہ دوسرا اس کے امیر البحر کا تھا۔ ان کے پاس ہی مائی مکلی کی خستہ حال قبر بھی موجود تھی، جن کے نام پر اس قبرستان کا نام رکھا گیا تھا۔

سگریٹ ختم ہونے کے بعد میں ان تینوں کے پاس گیا اور ان سے ایک گھنٹے تک اسی جگہ بیٹھ کر انتظار کرنے کے لیے کہا۔ یہ سن کر سیمی اور میری اماں مجھ سے سوال کرنے لگیں۔ ان کے سوالوں کو نظر انداز کرتے ہوئے مَیں نے جواب دیا کہ مَیں سُومل کو ڈھونڈنے جا رہا تھا اور پُرامید تھا کہ اس کا کوئی سراغ پانے میں کامیاب ہو جاؤں گا۔ میرا اعتماد دیکھ کر سیمی نے مجھ پر ہولناک قسم کا شک کر ڈالا کہ مَیں اپنے بابا کے ساتھ ملا ہوا تھا۔ یہ سن کر مجھے اس پر غصہ آنے لگا لیکن اسے جواب دینے کے چکر میں مزید تاخیر ہونے کا اندیشہ تھا، جو پہلے ہی بہت زیادہ ہو چکی تھی۔ انہیں چھوڑ کر میں ایک بار پھر ڈھلان چڑھنے لگا کیوں جہاں مجھے جانا تھا اس کا راستہ وہیں سے جاتا تھا۔ اوپر پہنچ کر میں دائیں طرف نیچے اترا تو وہاں پوری طرح گھپ اندھیرا تھا۔ وہاب شاہ بخاری کا مزار اور اس کی رونق دھیرے دھیرے پیچھے رہ گئی۔ اس جانب سے اٹھنے والا شورو

غوغا کانوں میں بھنبھنا رہا تھا۔ مَیں راستے میں پڑے پتھروں پر سنبھل کر پاؤں رکھتا آگے بڑھتا رہا، کچھ دور جاکر یہ پتھر ختم ہوگئے اور ایک کچا راستہ آ گیا جس کی زمین سیم وتھور کی وجہ سے ریت جیسی بھر بھری تھی اور بار بار میری چپل مٹی میں دھنسنے کی وجہ سے مجھے چلنے میں دشواری ہونے لگی۔

ڈھلان سے نزدیک دکھائی دیتے مقبرے درحقیقت اتنے قریب نہ تھے۔ راہ میں حائل قبروں کے چبوتروں اور چھوٹے بڑے مزاروں کی وجہ سے مجھے لمبا چکر کاٹ کر اس جگہ پہنچنا تھا، جس کے بارے میں میری چھٹی حس نے مجھے آگاہ کر رہی تھی کہ ہو نہ ہو میرے بابا بہلا پھسلا کر سُومل کو اسی جانب لے گئے ہوں گے، کیوں کہ وہ کسی قسم کی زور زبردستی کے لیے بہترین ممکن جگہ ہوسکتی تھی۔ وہاں گھپ اندھیرا اور خاموشی کا راج تھا۔ جو اکا دکا فقیر ان جگہوں کے رہنے والے تھے، وہ بھی عرس کی رونق دیکھنے کے لیے اپنی جگہیں چھوڑ کر جا چکے ہوں گے۔ پچھلے بہت عرصے سے میرے دل میں بابا کے خلاف نفرت کے جو انگارے سلگ رہے تھے، ان کی اس گھٹیا اور بدترین حرکت کی وجہ سے، وہ یکایک ایسے الاؤ میں تبدیل ہو گئے، جس نے میرے اندر بہت کچھ بھسم کر ڈالا۔ محبت، احترام، ان کا مقام، سب کچھ جل کے راکھ ہوگیا۔ اب ہم ایک دوسرے کے بدترین دشمن بن چکے تھے۔ اگر انہوں نے سُومل کی ذات کو ذرا سا نقصان بھی پہنچایا تو میں انہیں ختم کر دوں گا۔ ان کا زندہ رہنے کا حق چھین لوں گا۔

رات زیادہ نہیں گزری تھی لیکن لگ رہا تھا کہ آدھی شب بیت چکی تھی۔ آسمان دور تک ننھے منے ستاروں سے پٹا پڑا تھا جو بہت واضح دکھائی دے رہے تھے اور زمین اس کے برعکس سورماؤں، جنگ جوؤں، بادشاہوں، ان کے وزیروں، گورنروں، مشیروں، سپاہیوں کے کھنڈروں کو پھوڑوں کی طرح اپنے سینے پر سجائے ہوئے ہانپ رہی تھی۔ آسمان سے کوئی بے چین ٹٹیہر گزرتا تو اس کی، ماحول کی وحشت اور سوگواری میں اضافہ کرتی بے چین آواز کچھ دیر تک سنائی دینے کے بعد غائب ہو جاتی۔ مَیں ان کھنڈروں کے بیچ سے گزرتے ہوئے جھینگر کے دھیمے سے شور اور دور سے سنائی دیتی کتوں کی بھونکاہٹیں سنتا آگے بڑھتا رہا اور کچھ دیر بعد دولھ دریا خان کے مزار قریب پہنچا تو اس میں داخل ہونے کے دونوں دروازے بند دکھائی دیئے۔ زمین سے خاصی بلندی پر بنا ہوا یہ مزار اندھیرے کی چادر اوڑھے ہوئے گم صم نظر آ رہا تھا۔ دن کی روشنی میں اس کی زرد دیواروں پر بنے نقش و نگار کے ساتھ عربی عبارتیں چمکتی دکھائی دیتی تھیں مگر اس وقت یہ اپنا سارا حسن چھپائے گہری نیند میں گم تھا۔

میں جیسے ہی امیر البحر کے مزار سے آگے بڑھا تو سامنے قبروں کے چبوتروں سے آگے جہاں پہاڑی کی کگار پر جام نظام سموں کا مزار واقع تھا، اس کے قریب سے مجھے کسی مرد کے غصے سے چلانے کی گھٹی گھٹی آوازیں سنائی دیں، جنہیں سنتے ہی میرے دل کی دھڑکن تیز تر ہونے لگی۔ اس کے فوراً بعد اسی جانب سے نسائی چیخیں بھی میری سماعت میں داخل ہوئیں جنہیں سننے کے بعد میرے رونگٹے کھڑے ہو گئے۔ ان آوازوں نے گویا میری کایا کلپ کر دی اور میں اس قبرستان کے مزاروں کے باسیوں سے زیادہ قدیم زمانے کا وحشی بن گیا۔ گہری تاریکی میں، مَیں نے اپنے اطراف ایک نظر ڈالی تو ایک

چبوترے پر پڑے کچھ پتھر دکھائی دیئے۔ مَیں اس جانب لپکا اور وہ پتھر اپنے ہاتھوں میں لے کر انہیں تولنے لگا، جو بھاری اور بڑے محسوس ہوئے۔ انہیں اپنے دونوں ہاتھوں میں مضبوطی سے پکڑ کر پہاڑی کی گگر پر واقع جام نظام کے مزار کی جانب بڑھنے لگا۔ مَیں سرعت کے ساتھ ایک مختصر چڑھائی چڑھنے کے بعد اس مزار کے سامنے جا کھڑا ہوا۔ مَیں ہانپ رہا تھا۔ میرے روئیں روئیں میں سنسناہٹ ہو رہی تھی۔ دل میں دھڑکنیں غل مچا رہی تھیں۔ سرد رات کے باوجود میری کنپٹی سے پسینہ بہہ رہا تھا۔

مزار کے اندر سے کسی مرد کی غراہٹوں کے ساتھ نسائی سسکیاں سنائی دے رہی تھیں۔ مَیں ان دونوں کو آوازوں کو الگ کر کے پہچان سکتا تھا۔ اسی لیے میرا وجود غصے اور نفرت سے لرزنے لگا۔ ایسی کیفیت مجھ پر کبھی طاری نہ ہوئی تھی۔ مَیں نے مزار کے باہر سے ہی بلند آواز میں چیختے ہوئے بابا کو للکارنا شروع کر دیا کیوں کہ گہرے اندھیرے کے سبب مجھے مزار کا دروازہ دکھائی دے نہیں دے رہا تھا۔

میری للکار کے بعد اندر سے آوازیں آنی بند ہو گئیں۔ مَیں مزار کے قریب تر ہوا تو مجھے دروازہ دکھائی دینے لگا۔ مَیں جیسے ہی اس جانب بڑھا تو مجھے کسی کے تیزی سے دوڑنے کی آواز کے ساتھ ایک جسم کی بھاری سرسراہٹ سنائی دی۔ مَیں دروازے سے ذرا فاصلے پر اپنا پتھر والا ہاتھ اوپر اٹھائے چوکنا کھڑا ہو گیا کہ جیسے ہی وہاں سے کوئی باہر آئے میں اسے پتھر مار کر لہولہان کر دوں اور نیچے گرا کر اس کا سر کچل ڈالوں۔

43

اگلے چند ثانیوں میں وہ آواز یعنی ایک متحرک جسم کی بھاری دھمک اور اس کی سرسراہٹ میرے نزدیک آنے کے بجائے، میری توقع کے خلاف دور ہوتے ہوتے یکسر غائب ہو گئی اور میں کچھ بھی نہ سمجھ سکا کہ یہ سب کیا تھا۔ اس دوران مزار کے اندر سے سُومل کے کراہنے اور سسکارنے کی دھیمی سی آواز سنائی دے رہی تھی۔ مَیں دروازے کی جانب لپکا جو کھلا ہوا تھا اور احتیاط سے اندر کی سیڑھیاں اتر کر جیسے تیسے مزار کے صحن میں پہنچ گیا، جہاں باہر سے زیادہ تاریکی تھی اور اس کے اندر قبروں کے نزدیک، پتھر کے فرش پر ایک انسانی وجود تکلیف سے کراہتا اور دہرا ہوتا دکھائی دے رہا تھا۔ اسے دیکھنے کے بعد میری دوسری نظر اس خالی چوکھٹے پر پڑی جو بائیں جانب کی دیوار سے نکالا گیا تھا۔ اس کے پاس جا کر مَیں نے تیزی سے باہر جھانکا مگر وہاں گہری تاریکی تھے اور بادِ کوئٹہ، رات کے سناٹے سے دھیمی سرگوشیاں کر رہی تھی۔ مَیں نے مزار سے نیچے اتر کر اس کی دیوار کے ساتھ عقب میں جاتے ویران راستے پر ایک نظر ڈالی۔ مجھے یقین تھا کہ وہ مزار کے عقب میں جاتے اسی راستے سے فرار ہوئے تھے۔ مَیں غصے سے ہانپتا ہوا صحن میں آ گیا۔

مجھے قریب آتے دیکھ کر سُومل کے وجود میں حرکت ہوئی اور اگلے ہی لمحے مجھے اس کی رندھی ہوئی آواز سنائی دی۔ اس نے قدرے بلند لہجے میں پوچھا۔ کون ہے؟ وہ اب تک نہ پہچان سکی تھی کہ رات کے اندھیرے میں اس کی مدد کے لیے کون آیا تھا۔ اس کی شکستہ آواز سن کر میرا دل بری طرح مسلا گیا کیوں کہ اس کی مخصوص گنگناہٹ کی جگہ اس میں بین کی سی کیفیت تھی۔ مَیں نے اسے اپنے بارے میں بتایا تو وہ میرے بابا اور میرے خاندان کو گندی گالیاں دیتے پھوٹ کر رونے لگی۔ مَیں فرش پر، اس سے ذرا فاصلے پر پیروں کے بل بیٹھ گیا۔ وہ روتے، سسکیاں لیتے بتانے لگی کہ اس کے ساتھ کیا پیش آ چکا تھا اور اگر میں وہاں نہ پہنچتا تو وہ سب نجانے کب تک جاری رہتا۔ اندھیرے کے سبب مجھے اس کا چہرہ دکھائی نہیں دے رہا تھا اور اس کا وجود ایک ہیولے کی طرح سامنے فرش کے کونے پر دیوار کے پاس کراہتا اپنی ستر پوشی میں مصروف تھا۔

مزار کا فرش اور دیواریں ٹھنڈی ہو رہی تھیں اور اس کی کھلی ہوئی چھت اور دروازے سے داخل ہوتے یخ ہوا کے جھونکے سارے میں گھوم رہے تھے۔ یہ مزار بادشاہ کے بعد از مرگ آرام کا خیال رکھ کر بنایا گیا تھا۔ اس کے فرش پر اس وقت سندھ کی ایک بیٹی مجروح و مضروب پڑی تھی اور اسی دھرتی کا ایک قدیم باشندہ اس کے دکھ کے مداوے میں پوری طرح

ناکام ونامراد ہو چکا تھا۔ بے بسی اور لاچاری سے جس کا دل پھٹا جا رہا تھا۔ اس وقت ہم دونوں چاہتے تھے کہ بس زمین پھٹ جائے اور ہم اس میں سما جائیں لیکن ہم کسی الف لیلوی زمانے کے بجائے اپنے مکروہ زمانۂ حال میں زندہ تھے، جہاں زمین پر رہتے ہوئے ظلم و بربریت اور وحشی پن کو اپنے وجود پر سہنا اور برداشت کرنا ہم عام لوگوں کی مجبوری تھی۔ اس لیے مجھے اور سُومل کو ہر حال میں اس اذیت سے گزرنا تھا۔ یہ توہین، ہزیمت اور تباہی برداشت کرنی تھی۔

میں اس سے بابا سے اپنے تعلق پر ندامت اور پچھتاوے کا اظہار کرنے لگا۔ یہ تعلق مجھے کسی انتخاب کے بغیر، اپنی پیدائش کے دن فطرت یا خدا کی جانب سے ودیعت ہوا تھا۔ بدقسمتی سے دنیا میں میری ساری پہچان اسی کی بنا پر تھی۔ مَیں ایک فریم ساز کا بیٹا، ایسے فریم ساز کا جو عورتوں کے جسموں کے نت نئے اور مختلف طرح کے فریموں کا رسیا اور چوٹی کا زناکار تھا، جو اپنی جنسی خواہش کے سامنے کسی انسانی تعلق کو خاطر میں نہ لاتا تھا اور آج اس نے اپنے بیٹے کی محبوبہ کے ساتھ زنا بالجبر کیا تھا۔ مَیں نے سُومل کو وضاحت دینے کی کوشش کی کہ مَیں نے اسے اور اس کی ماں کو متنبہ کر دیا تھا لیکن انہوں نے میری بات کو سنجیدہ نہیں لیا۔

ایک تنہا ٹٹیہر ہماری اجتماعی بربادی پر بین کرتا ہوا ہمارے عین اوپر سے آسمان سے گزرا۔ مَیں نے سُومل کو اپنی اور اس کی ماں اور اس کے چھوٹے بھائی کے بارے میں بتایا تو وہ جیسے ہوش میں آنے لگی۔ وہ دیوار کا سہارا لیتی اٹھنے کی کوشش کرنے لگی لیکن پھر ایک دو قدم اٹھاتے ہی وہ جلدی سے نیچے بیٹھ گئی اور کسی درد سے دوہری ہونے لگی۔ مَیں فوراً اس کے قریب گیا تو اس کے بدن سے نکلتی مخصوص پرفیوم کی خوشبو میرے نتھنوں میں داخل ہوئی۔ مَیں نے ہاتھ اس کی طرف بڑھایا تو اس نے اسے زور سے جھٹکتے ہوئے میرے بابا کو موٹی سی گالی دی۔ اس کے منہ سے بابا کے لیے نکلنے والی ہر گالی مجھے انتقام لینے پر اکسا رہی تھی اور میرے اندر بھڑکتے نفرت کے الاؤ کو مزید بھڑکا رہی تھی۔ مَیں نے اسے یقین دلانے کی کوشش کی کہ مَیں اس صورتِ حال میں ہر طرح سے اس کا ساتھ نبھاؤں گا۔ وہ مجھے اپنے دکھ سکھ کا سنگی خیال کرے۔ مَیں اپنی آخری سانس تک اس کے برابر کھڑا رہنے اور کبھی ساتھ نہ چھوڑنے کے لیے تیار تھا۔ مَیں نے مجروح و مضروب سُومل کے سامنے جام نظام کے مزار پر اس رات اپنے بابا کو اپنے ہاتھوں انجام تک پہنچانے کی قسم کھائی۔

اس کے بعد مَیں نے سُومل کی جانب اپنا ہاتھ بڑھا کر اسے اٹھنے کے لیے کہا۔ ہمیں جلد از جلد اس ویران مقام سے نکل کر اپنے لوگوں کے پاس پہنچنا چاہیے تھا کیوں کہ اس سناٹے میں کوئی بھی آ کر ہماری پریشانی میں اضافے کا سبب بن سکتا تھا۔ مَیں نے اسے ہمت سے کام لینے کے لیے کہا۔ اپنی مجبوری کی وجہ سے وہ میرا ہاتھ مضبوطی سے تھام کر کراہتے ہوئے دھیرے دھیرے اٹھ کھڑی ہوئی اور ہم دونوں مزار سے باہر نکلنے والی سیڑھیاں چڑھنے لگے۔ سُومل بار بار سسکیاں اور لمبی سانسیں لے رہی تھی۔ مجھے لگ رہا تھا کہ وہ کافی دیر تک دھاڑیں مار کر روتی رہی تھی۔ اس کی آواز گھگھیا چکی تھی۔ اسے چلنے میں دقت پیش آ رہی تھی اور اس کے بدن میں کہیں ٹیسیں اٹھنے کے سبب اس کے منہ سے عجیب سی آوازیں سنائی دے رہی تھیں۔ یہ مزار بھی پہاڑی کی سطح سے اونچا بنایا گیا تھا۔ اس سے باہر نکل کر چبوترے سے اترنے میں سُومل کو کچھ وقت لگ گیا،

تب مجھ سے رہا نہ گیا اور مَیں نے اسے اپنے بازوؤں میں اٹھانے کی پیشکش کر دی، جسے اس نے ناگواری سے رد کر دیا۔ یہ دور افتادہ جگہ اور اس وقت دور دور تک پھیلی ہوئی رات کی تاریکی اور ویرانی دیکھتے ہوئے مجھے اس سے پوچھنا پڑا کہ کیا بابا اسے زبردستی کھینچتے ہوئے یہاں تک لائے تھے یا اسے بے ہوش کر دیا تھا؟ اس نے جواب دیا کہ وہ لوگ قومی شاہراہ پر واقع قبرستان کے مین گیٹ سے داخل ہو کر گھومتے گھامتے ہوئے سہ پہر کے بعد وہاب شاہ بخاری کے مزار تک پہنچے تھے۔ زنانہ راستے کے باہر جب اس نے وہاں سے کچھ دوری پر واقع ان مزارات کی جانب دیکھا تو وہ اسے بہت اچھے لگے۔ اس نے میرے بابا سے فرمائش کی کہ وہاب شاہ بخاری کے مزار پر دعا کے بعد اسے وہ مزار دکھانے ضرور لے جائیں۔ بابا نے فوراً وعدہ کر لیا۔ سُومل اور اس کے گھر والے پہلی مرتبہ یہ جگہ دیکھنے آئے تھے، اس لیے ان کے روایتی دل و دماغ اس مقام سے بہت متاثر تھے۔ بخاری کے مزار پر دعا کے بعد وہ عورتوں کے ہجوم میں شامل ہو کر اپنے گھر والوں سے پہلے باہر نکل آئی تو اس نے میرے بابا کو پہلے سے وہاں اپنا منتظر پایا۔ تاریکی پھیلنے کی وجہ سے وہ وہاں نہیں جانا چاہتی تھی لیکن بابا نے اصرار کرتے ہوئے اسے چلنے کے لیے کہا تو وہ مان گئی۔ اس نے ایک سسکی لینے کے بعد انہیں ایک گالی دی پھر اپنی بات آگے بڑھائی کہ اسے راستے میں ہی اپنی غلطی کا احساس ہو گیا تھا کیوں کہ وہاں گہرا اندھیرا اور اس کے ساتھ چپ کا ڈیرا بھی تھا لیکن تب دیر ہو چکی تھی۔ بابا نے راستے میں ہی اسے بازوؤں میں جکڑ لیا اور زبردستی کھینچتے اسے وہاں تک لے گئے جہاں وہ مجھے ملی تھی۔

اس کا یہ ٹوٹا پھوٹا بے ربط بیان، اس کا کہا ہوا ایک ایک لفظ میرے دل پر خراشیں ڈالتا رہا۔ مَیں تصور کر سکتا تھا کہ اس کی بے بسی اور ناتوانی نے کس طرح میرے بابا کے مضبوط تجربہ کار بازوؤں میں دم توڑا ہو گا اور اس کا وجود کتنی اذیت سے تڑپا ہو گا۔ ان جزئیات کے بارے میں سوچتے ہوئے میرا خون کھول رہا تھا۔ مَیں نے دل میں تہیہ کر لیا تھا کہ سُومل کو اس کی ماں کے حوالے کرنے کے بعد اپنے بابا کی تلاش میں شاہ مراد کے مزار تک جاؤں گا جو کافی آگے واقع تھا، جہاں یہ وسیع قبرستان ختم ہوتا تھا اور اگر وہ مجھے مل گئے تو ان کی جان لینے کی کوشش کروں گا۔ اس گھناؤنے جرم اور گناہ کے بعد انہیں زندہ رہنے کا کوئی حق نہ تھا۔ انہیں فی الفور قتل کرنے کی خواہش نے مجھے اپنے انجام سے پوری طرح غافل کر دیا تھا۔ مجھے اس کی کوئی پروا نہیں تھی۔

اب وہاب شاہ بخاری کے مزار کی روشنیاں قریب تر آ گئی تھیں۔ ڈھلان نما راستے پر سُومل میرا ہاتھ تھامے پتھروں پر چل رہی تھی۔ اس کے لیے پیدل چلنا بے حد مشکل تھا لیکن وہ ہمت اور استقامت سے کام لیتے ہوئے یہ سفر طے کرتی رہی۔ ایک دو مرتبہ وہ راستے میں سستانے کے لیے بیٹھ گئی۔ ہم جیسے جیسے اوپر چڑھتے گئے، بخاری کے مزار کے قریب ہوتے گئے۔ ڈھلان کے اوپر پہنچ کر ہم نے خود کو مزار کی دیوار کے سامنے پایا۔ مَیں نے سُومل سے مزار کی دیوار کے پاس رکھے ایک پتھر پر بیٹھنے کے لیے کہا۔ وہ بیٹھ گئی تو میری نگاہ اس کے چہرے پر چلی گئی اور میں اسے دیکھ کر دہل گیا۔ اس کے دونوں گالوں پر دانتوں کے گہرے نشانات تھے جو گردن تک چلے گئے تھے۔ مَیں نے نظر ہٹاتے ہوئے اسے وہاں کچھ دیر تک اپنا انتظار کرنے کے لیے کہا اور اس کی ماں اور بھائی کو لینے چل دیا۔

مجھے ان سے الگ ہوئے ڈیڑھ گھنٹے سے زیادہ وقت ہو گیا تھا۔ مجھے تشویش تھی کہ وہ لوگ وہاں ہوں گے کہ نہیں۔ خوش قسمتی سے مزار میں عورتوں کے داخلے کے سامنے زلفی مجھے مل گیا۔ وہ مجھے ایک طرف بیٹھی اپنی ماں کے پاس لے گیا۔ مجھے دیکھتے ہی سیمی نے سُومل کے بارے میں سوال کیا۔ میرا جواب سنتے ہی وہ اور میری اماں اللہ کا شکر ادا کرتیں میرے ساتھ ہولیں۔ سیمی اور میری ماں نے جب دیوار کے پاس گٹھری بنی ہوئی سُومل کو دیکھا تو دوڑ کر اس کے پاس پہنچیں۔ سیمی کے منہ سے بے اختیار نکلا۔ ''میری دھی۔'' سُومل کا چہرہ دیکھ کر زلفی سمیت سب دھک سے رہ گئے۔ سیمی اور میری اماں نے اس کو فوراً گلے سے لگایا اور میرے بابا کو بد دعائیں دینے لگیں۔ سُومل خود کو اپنی ماں کی آغوش میں پا کر بلک بلک کر رونے لگی۔ اس کا رونا اتنا زوردار تھا کہ آس پاس سے گزرتی عورتیں بار بار ہماری طرف دیکھنے لگیں۔ زلفی کی سمجھ میں کچھ نہیں آرہا تھا کہ وہ کیا کرے؟ وہ بلاوجہ اس صورتِ حال سے ڈر کر مجھ سے چپک گیا۔ مَیں اس کے سر کے بالوں میں انگلیاں پھیرنے لگا۔ اس کی بڑی بہن پھوٹ پھوٹ کر رو رہی تھی۔ اس کے بین سن کر میں بھی خود پر مشکل سے ضبط کر پا رہا تھا۔

کچھ دیر بعد سیمی اپنی بیٹی سے الگ ہو کر میرے پاس آئی اور غصے میں مجھ سے پوچھنے لگی کہ مجھے سُومل کہاں اور کیسے ملی؟ مَیں نے سرد مہری سے جواب دیا کہ وہ یہ اپنی بیٹی سے پوچھ لے۔ جس پر وہ جلے کٹے انداز میں کہنے لگی کہ اسے کچھ کہنے کے قابل کہاں چھوڑا؟ مَیں نے سیمی سے کہا کہ اب انہیں گھر واپس چلے جانا چاہیے۔ مجھے اپنے بابا کو ڈھونڈنے اور ان سے پلاند لینے جانا تھا۔ مَیں انہیں سُومل کا یہ حال کرنے پر معاف نہیں کر سکتا تھا۔ میری یہ بات سن کر وہ میرے بابا کو موٹی گالیاں دینے لگی تو مَیں نے اپنا منہ دوسری طرف پھیر لیا۔

میری اماں میرے پاس آ کر کہنے لگیں کہ رات کے اس پہر اِن کے لیے اکیلے گھر واپس جانا آسان نہیں تھا۔ مجھے اِنہیں گھر تک چھوڑنے جانا ہو گا۔ اِس بات پر میں اپنی اماں اور سیمی سے تکرار کرنے لگا۔ مَیں چاہتا تھا کہ وہ سُومل کو لے کر گھر جائیں اور مجھے چھوڑ دیں لیکن وہ لوگ مجھے آزاد کرنے پر تیار نہ ہوئے۔

سُومل کی حالت ایسی نہ تھی کہ وہ مزید چل سکتی، اس لیے سیمی اور میری اماں مجھے کوئی سواری لانے کے لیے کہنے لگیں۔ قبرستان کے اندر مین گیٹ سے وہاب شاہ بخاری کے مزار تک کچھ تانگے اور اکا دکا رکشے چلتے تھے، جو عام طور پر شام کے بعد غائب ہو جاتے تھے۔ میری اماں کا اندازہ تھا کہ عرس کی وجہ سے وہ چل رہے ہوں تھے۔ مَیں سواری لانے کے لیے جانے لگا تو زلفی میرے ساتھ ہو لیا۔ وہ اپنی بہن کے لگاتار رونے سے پریشان تھا۔ اس کا رونا تھمنے میں نہیں آرہا تھا اور اس نے نہ صرف مجھے دل کی گہرائی تک آزردہ کر دیا بلکہ میرے آس پاس کی دنیا کو بھی اداس اور خالی کر دیا تھا۔

میں زلفی کا ننھا ہاتھ پکڑے پانی کی ٹینکی اور مزار سے باہر نکلنے کے مردانہ راستے کی طرف چل دیا۔ مزار کے اطراف لوگوں کے ہجوم میں کوئی کمی نہ ہوئی تھی۔ ٹینکی کے اِردگرد اور مین گیٹ کی طرف جانے والی سڑک اب اتنی زیادہ بھری ہوئی تھی کہ ہم دونوں کو ساتھ چلنے میں دقت ہونے لگی۔ آگے چل کر زلفی نے ایک مقبرے کی بلند و بالا دیوار کے پاس میری توجہ وہاں کھڑے ایک تانگے کی طرف مبذول کرائی تو میں اس کے پاس جا کر رک گیا۔ تانگے کا کوچوان اگلی سیٹ پر چادر

اوڑھے گٹھڑی بنا سو رہا تھا۔ مَیں نے آگے بڑھ کر اس کا گھٹنا ہلاتے ہوئے اسے جگانا چاہا تو وہ کچھ ہی دیر میں ہڑ بڑاتا ہوا جاگ گیا۔ پوچھنے لگا کہ کہاں جانا ہے؟ مَیں نے جواب دیا۔ پلنگ پاڑہ۔ محلے کا نام سن کر وہ سوچ میں پڑ گیا، پھر پیسوں پر تکرار کرنے لگا۔ رات کا وقت تھا اور فاصلہ بھی خاصا تھا، اس لیے بارہ روپے میں معاملہ طے ہو گیا۔

زلفی اور مَیں نے تانگے کی پچھلی نشست پر بیٹھتے ہوئے اس سے مزار کے زنانہ راستے کی طرف چلنے کے لیے کہا۔ زلفی نے اپنے بازو سینے پر باندھے ہوئے تھے۔ اس کا اترا ہوا چہرہ دیکھ میں سمجھ گیا کہ اسے سردی لگ رہی تھی۔ مَیں نے اسے اپنے بازو میں بھر کر اپنے پہلو میں چھپانا چاہا تا کہ وہ ٹھنڈی ہوا سے بچ سکے لیکن وہ بھی ایک ضدی تھا کہنے لگا کہ اسے میلے کی رونق دیکھنی تھی، سو مَیں نے اسے اس کی حالت پر چھوڑ دیا۔ وہ دائیں جانب سے باہر گھومتے لوگوں کو دیکھنے لگا۔

کوچوان بیڑی کے کش لیتا اپنے گھوڑے سے باتیں کرتا ہوا، ایک ہاتھ میں لگام کا پچھلا حصہ تھامیں بار بار اسے دھیرے سے گھوڑے کی پشت پر مارتا جاتا تھا۔ پانی کی ٹینکی تک سڑک ٹھیک ہونے کی وجہ سے تانگا ہموار طریقے سے چلتا رہا۔ وہاں سے آگے بڑھنے پر مَیں نے اس سے پوچھا کہ قبرستان سے باہر نکلنے کے لیے وہ کون سا راستہ منتخب کرے گا۔ اس نے کچھ دیر سوچنے کے بعد جواب دیا کہ شاہ مراد شیرازی کے مزار کے والا۔

مجھے شک تھا کہ بابا اسی جانب واقعی مزارات میں کسی جگہ پر چھپے ہوئے تھے لیکن مستوارت کا ساتھ ہونے کی وجہ سے میرا تانگے سے اترنا ناممکن تھا۔ پھر سُومل کے ساتھ جو سانحہ پیش آ چکا تھا، اس کی وجہ سے ہمارا جلد گھر پہنچنا ضروری تھا۔ معلوم نہیں تھا کہ سیمی جب اپنے شوہر نور محمد جھنگی کو یہ پتا سنائے گی تو اس کا ردِعمل کیا ہو گا۔ کیا وہ بابا کے خلاف پولیس اسٹیشن میں رپورٹ درج کروائے گا یا اپنی نام نہاد عزت بچانے کی خاطر چپ سادھ لے گا۔ یہ بھی ممکن تھا کہ سیمی اپنی بیٹی کو یہ سب برداشت کرنے پر آمادہ کر لے۔ مَیں سوچ رہا تھا کہ وہ لوگ جو چاہے فیصلہ کریں لیکن میں اپنا فیصلہ سنا چکا تھا۔

تانگا اوبڑ کھابڑ رستے پر ہچکولے کھاتا اور ڈگمگاتا ہوا بخاری کے مزار کی عقبی دیوار کے ساتھ آگے بڑھنے لگا۔ عورتوں کے بنے راستے کے قریب پہنچ کر مَیں نے کوچوان سے وہاں رکنے کے لیے کہا۔ اس کے بعد میں اور زلفی نیچے اتر گئے کیوں کہ خواتین کو پچھلی نشست پر بیٹھنا تھا۔ سُومل کے لیے تانگے پر خود سوار ہونا مشکل تھا اس لیے سیمی اور مَیں نے اسے تانگے پر چڑھنے میں مدد دی۔ پھر سیمی اور میری اماں اس کے گرد بیٹھ گئیں۔ زلفی پہلے ہی اگلی نشست پر بیٹھ چکا تھا۔ سب سے آخر میں، مَیں پائیدان پر پیر رکھ کر تانگے کے اگلے حصے پر سوار ہو کر اس کے برابر میں بیٹھ گیا۔

کوچوان نے تانگے کا رخ موڑنے کے لیے اپنی مریل سی گھوڑی کی لگام کھینچ کر اسے ہلکا سا اشارہ کیا تو اس نے ترنت گول چکر کاٹ کر اپنا رخ اس جانب کر لیا، جدھر سے ہم اس طرف آئے تھے اور اچھلتے ہوئے ذرا سا ہنہنا کر اپنی دلکی چال چلنے لگی۔ دبلا پتلا کوچوان جو میرے برابر میں ایک چادر اوڑھے بیٹھا تھا، بتانے لگا کہ رات کے اس پہر یہی بہتر تھا کہ وہ پرانے راستے کی پیروی کریں، ورنہ بھٹک کر دور نکل جانے کا خطرہ بھی موجود تھا۔ مَیں نے اس کی تائید میں سر ہلایا۔ جب تانگے نے مخالف سمت میں آگے بڑھنا شروع کیا تو کچھ دیر بعد وہاب شاہ بخاری کے مزار اور اس کے اطراف کی ساری

رونق پیچھے رہ گئی اور اگلے چند لمحوں بعد صرف تانگے کے پہیوں اور گھوڑے کی ٹاپوں اور بپھری ہوئی سانسوں اور کبھی کبھار کھانسنے کی آوازیں سنائی دینے لگیں۔ یخ ہوا کے تیز جھونکے آ کر ہم سب سے ٹکرانے لگے۔ مَیں نے اپنا سر اوپر اٹھا کر دیکھا تو آسمان پر دور تک ستارے پھیلے دکھائی دیئے جب کہ اس کے نیچے پھیلی ہوئی زمین پر مہیب تاریکی اور یہاں وہاں ٹمٹماتی اکادکا روشنیوں کے سوا کچھ نظر نہ آتا تھا۔ ہمارے چاروں طرف چھوٹے بڑے مقابر اپنی جگہوں پر دیو قامت ہیولوں کی طرح لگ رہے تھے۔

جام نظام اور دولھ دریا خان کے مزاروں کے پاس سے گزرتے ہوئے میں ایک تلخ سی سانس لے کے رہ گیا۔ بابا نے اپنی اور میری بربادی کے لیے کیسے انوکھے مقام کا انتخاب کیا تھا اور خاص بات یہ تھی کہ یہ سارا قصہ کبھی کسی تاریخ کی کتاب میں شامل نہیں ہو گا کیوں کہ میرا اور بابا کا تعلق کسی شاہی خاندان سے نہ تھا۔ اسی لیے کوئی شاعر سُومل کی آبرو ریزی پر کوئی نظم نہیں لکھے گا۔ گمنامی کی زندگی اور موت ہم عامیوں کے مقدر میں شاید ازل سے لکھی ہوئی ہے۔

تانگے پر میرے بالکل پیچھے سُومل ہلکان اور نیم جان پڑی تھی۔ اس کے بدن، اس کے وجود اور اس کی روح پر جو گھاؤ لگے تھے، ان کا مرہم کوئی تھا ہی نہیں۔ تسلی بھرے لفظ بے کار تھے اور ہمدردی پر مبنی فقرے بے معنی۔ وہ جس بہیمیت اور حیوانیت کا شکار بنی تھی، اس کے آگے مذمت کی ساری باتیں لاحاصل تھیں۔ اس کی دل جوئی اور اس کا آزار کم کرنا ہم میں سے کسی کے لیے ممکن نہ تھا۔ ایسے میں صرف گھسا پٹا وقت باقی بچتا ہے جو اپنے غیر مختتم ہونے کی وجہ سے ایسی چیزوں کو بھلانے کا ایک خاص طریقہ سمجھا جاتا تھا۔

تانگا قبرستان کے جس حصے سے گزر رہا تھا وہاں دور تک گمبھیر تاریکی تھی۔ شاہ مراد کا مزار ابھی آگے تھا۔ دور سے اس کی ادھر ادھر بکھری ہوئی زرد اور سبز روشنیاں دکھائی دے رہی تھیں۔ تانگا ناہموار اور پتھریلے راستے پر ڈگمگاتا، لڑکھڑاتا اور شور کرتا ہوا ایک خاص رفتار سے آگے بڑھ رہا تھا۔ بائیں جانب کچھ فاصلے سے کتوں کے بھونکنے کی زوردار آوازیں سنائی دے رہی تھیں۔ تانگے کا گھوڑا اچانک زور سے ہنہنایا پھر رک کر، اچھلنے اور چھلانگیں مارنے لگا، جس سے تانگے پر سوار سب لوگ اپنی نشستوں پر بیٹھے ہچکولے کھانے لگے۔ سیمی اور اماں باقاعدہ چیخ کر تانگے والے سے گھوڑے کو سنبھالنے کا کہنے لگیں کہ تانگا الٹنے کا خطرہ پیدا ہو گیا تھا۔ کوچوان کبھی لگام کھینچتا، کبھی ڈھیلی چھوڑتا اپنے گھوڑے کو ڈانٹ اور پھٹکار رہا تھا لیکن اس کا اس پر مطلق اثر نہ تھا۔ معاً مَیں نے دیکھا کہ دائیں جانب واقع ایک مقبرے کے گنبد سے کوئی طویل قامت ہیولا باہر نکلا اور ہاتھ اٹھا اٹھا کر ہم سب کو برا بھلا کہنے لگا کہ ہم نے اس کے آرام میں خلل ڈال دیا تھا۔ پھر وہ جھکا اور اگلے ہی لمحے اس نے ایک پتھر اٹھا کر گھوڑے کی طرف اچھالا جو خوش نصیبی سے اس کے قریب آ کر گرا۔ گھوڑے نے پتھر سے ڈر کر آگے کی طرف دوڑ لگا دی۔ سیمی اور میری اماں اس واقعے پر تبصرے کرنے لگیں۔ کوچوان کہنے لگا کہ وہ ملنگ ہماری مدد کے لیے آیا تھا کیوں کہ گھوڑا کوئی مافوق الفطرت شے دیکھ کر گھبرا کر رک گیا تھا۔ اس کے پتھر نے اس کے دل سے ڈر نکال دیا اور وہ اپنی مخصوص رفتار سے چلنے لگا تھا۔

کافی آگے چل کر مَیں نے دیکھا کہ شاہ مراد کے مزار اور اس کے اطراف پھیلے ہوئے قبروں کے چبوترے پر کچھ زرد اور سبز بلب جلتے دکھائی دے رہے تھے۔ جوں جوں ہم ان کے قریب پہنچ رہے تھے کشادہ راستہ سکڑ کر ایک تنگ گلی کی شکل اختیار کرنے لگا تھا جس کے دونوں جانب آپس میں جڑے ہوئے مزاروں کی دیواریں راستے پر آگے تک بڑھی ہوئی تھیں۔ اس گلیارے میں کچھ لوگ ایک چھوٹی سی مسجد کے باہر بیٹھے ہوئے تھے۔ ہم ان کے قریب سے گزرے تو وہ ایک استعجاب سے ہماری طرف دیکھنے لگ گئے۔ شاہ مراد کے مزار سے آگے بڑھتے ہی ایک ڈھلان شروع ہونے کی وجہ سے تانگے کی رفتار میں اضافہ ہو گیا۔ زلفی جو اپنی نشست پر بیٹھے بیٹھے کچھ دیر پہلے سو گیا تھا میرے بازوؤں سے آ لگا تو مجھے اسے سنبھالنا پڑا۔ پہاڑی سے اترنے کے بعد بھی تانگا ہموار راستے پر تھوڑی دور تک تیزی سے دوڑتا چلا گیا، پھر دھیرے دھیرے اس کی رفتار کم ہونے لگی۔

پچھلی نشست سے اماں اور سیمی کے مابین کسی بات پر دھیمے سروں میں تکرار سنائی دیتی رہی۔ سیمی بابا کی حرکت پر طیش میں آئی ہوئی تھی۔ اب وہ اس کے ساتھ اس کی بیٹی کے جسم تک بھی رسائی حاصل کر چکے تھے۔ وہ اماں کو طعنے دے رہی تھی کہ وہ اپنے شوہر پر کبھی قابو نہ رکھ سکیں، اسے آوارہ چھوڑ دیا۔ اس کے جواب میں میری ماں بھی کھل کر بول رہی تھیں کہ اگر وہ انہیں اپنے گھر میں بلا بلا کر ان سے ملاقاتیں نہ کرتی تو نوبت یہاں تک کبھی نہ پہنچتی۔ ان کی نوک جھوک سنتے ہوئے میں سوچتا رہا کہ یہ سب سنتے ہوئے سُومل پر کیا گزر رہی ہو گی۔ جو محض عورت ہونے اور نسائی وجود رکھنے کی وجہ سے ہوس کا نشانہ بن گئی تھی۔

تانگا شہر کی جانب رواں تھا اور میرے دائیں جانب قبرستان میں واقع مقابر آہستہ آہستہ پیچھے ہوتے جا رہے تھے۔ کچے راستے کے دونوں طرف طویل قامت سفیدے کے پیڑوں کی قطار کچھ ہی دیر میں پیچھے رہ گئی۔ ہمارے ایک جانب کھیت شروع ہو گئے اور دوسری طرف پہاڑی اور اس کے نیچے سیم زدہ زمین اور اس پر جھاڑیوں کا جنگل چلنے لگا۔ کچھ آگے جا کر بخاری کے مزار کے نیچے واقع میدان سے لاؤڈ اسپیکروں پر چلتے فلمی گانے اور کوئی تماشہ شروع یا ختم ہونے کے اعلانات واضح طور پر سنائی دینے لگے اور اس کے علاوہ ان کی رنگ برنگی روشنیاں بھی نظر آنے لگیں۔ پہاڑی کے اوپر بخاری کا مزار رنگین قمقموں میں لپٹا ہوا دکھائی دے رہا تھا۔ کچھ ہی دیر بعد تانگا اس مقام تک پہنچ گیا جہاں سے عرس کے میلے کی جانب راستہ نکلتا تھا۔ آدھی رات ہو چکی تھی اس کے باوجود لوگوں کی چھوٹی بڑی ٹولیاں اس طرف جاتی نظر آ رہی تھیں۔ سب بھاری بھرکم کپڑوں میں تھے بیشتر نے سردی سے بچنے کے لیے چادریں اوڑھی ہوئی تھی۔

گلن شیدی کی گیراج اور سینما کے قریب سے گزر کر تانگا مین روڈ پر پہنچ گیا۔ وہاں اکا دکا ہوٹل کھلے تھے اور سڑک پر یہاں وہاں کچھ گاڑیاں بھی کھڑی ہوئی تھیں۔ مَیں نے دائیں جانب دیکھا تو رات کے اس پہر جھنگی ہیئر کٹنگ سیلون بند دکھائی دیا، جس کا مطلب تھا کہ وہ گھر جا چکا تھا اور وہاں اپنی بیوی اور بچوں کا انتظار کر رہا تھا۔ معلوم نہیں انہوں نے عرس پر جانے کے حوالے سے اسے آگاہ کیا تھا کہ نہیں اور اپنی بیٹی کو اس حال میں دیکھ کر اس کے ممکنہ ردِعمل کے بارے میں

بھی کچھ معلوم نہ تھا۔

تانگا سڑک سے بائیں جانب مڑا اور راستہ خالی اور ویران ہونے کی وجہ سے تیز رفتاری سے محلے کی جانب بڑھنے لگا۔ سیمی نے زلفی کو آواز دے کر نیند جگانے کی کوشش کی۔ اس کے بعد مَیں نے زلفی کا کندھا ہلا کر اسے نیند سے بیدار کر کے بتایا کہ اس کا گھر قریب آ گیا تھا۔ وہ آنکھیں مسلتا ہوا بار بار اندھیرے میں دیکھنے کی کوشش کرنے لگا۔ پھر مجھ سے پوچھنے لگا کہ گھر کہاں تھا؟ میں تمام رستے پچھلی نشست پر اپنی ماں کی گود میں سر دیئے پڑی سُومل کے بارے میں سوچتا رہا تھا۔ اس کی کیفیت، اس کی حالت، وہ کیا سوچ رہی تھی؟ کیا محسوس کر رہی تھی؟ وہ جب سے بازیاب ہوئی تھی اس نے رونے اور سسکنے کے سوا کچھ نہ کیا تھا۔ کوئی ایک جملہ نہ کہا تھا، کوئی بات نہیں کی تھی۔ اسے چپ لگ گئی تھی۔

تانگا میرے گھر کے قریب سے گزر کر سُومل کے مکان کی طرف بڑھا۔ وہاں پہنچ کر مَیں نے دیکھا کہ ان کے گھر کا دروازہ چوپٹ کھلا ہوا تھا اور نور محمد جھنگی کسی سائے کی طرح باہر کھڑا ہوا تھا۔ تانگا رکنے پر سیمی نے دھیمے لہجے میں سُومل سے کچھ کہا۔ مَیں نے پہلے زلفی کو نیچے اتارا اور پھر خود اتر گیا۔ پیچھے والی سیٹیں بھی جلدی خالی ہوگئیں۔ مَیں نے کوچوان کو کرایہ دے کر جلدی سے فارغ کیا۔

نور محمد جھنگی نے سیمی کو دیکھتے ہی اس سے جو سوال پوچھے ان سے اندازہ ہوا کہ اسے ان کے عرس پر جانے کے بارے میں پتا نہ تھا۔ پہلے ایک دو جملے تیز لہجے میں کہنے کے بعد میری اماں کو دیکھ کر وہ دھیرے سے بڑبڑانے لگا۔ سیمی تیزی سے سُومل کو ساتھ لیے گھر کے کھلے دروازے کی جانب بڑھنے لگی۔ اس نے اپنی بیٹی کے حوالے سے اپنے شوہر کو کچھ نہ بتایا اور اس کے ساتھ چلتی ہوئی تھڑے کی سیڑھیاں چڑھنے لگی۔ زلفی اپنی آنکھیں مسلتا اور جماہی لیتا ان سے پہلے گھر کے اندر چلا گیا تھا۔

ان کے چلے جانے کے بعد میں اماں کے ساتھ اپنے گھر کی طرف چل دیا۔ چند لمحوں بعد ان کے گھر کا دروازہ بند ہونے کی گھڑ گھڑاہٹ رات کی خاموشی میں گونج کر معدوم ہو گئی۔ مَیں سوچ رہا تھا کہ آدھی شب تو گزرنے والی تھی لیکن جو باقی رہ گئی تھی، وہ کیسے گزرے گی۔ صبح کیسے ہو گی؟ اور اگلا دن کیسے بیتے گا؟ سُومل کے ساتھ پیش آئے حادثے نے یک لخت ہر چیز کے بارے میں شکوک و شبہات پیدا کر دیئے تھے۔

تالا کھلنے کے بعد، لکڑی کا بھاری دروازہ اماں کے ہاتھ کے ایک دھکے سے چرچراتا ہوا کھلا تو ان کے پیچھے پیچھے میں بھی گھر میں داخل ہوا۔ پچھلی بار میں جب یہاں آیا تھا تو اپنے بابا کو کسی وحشی کی طرح سُومل کے پیچھے سیڑھیوں پر بھاگتے دیکھا تھا لیکن اب وہ اس کی عزت کو پامال کر چکے تھے اور اس کا جیتا جاگتا وجود ایک لاش میں تبدیل ہو کر رہ گیا تھا۔

سُومل پر بیتنے والی قیامت کی شدت کا اندازہ لگانا ممکن نہ تھا۔ ایک بھونچال کی طرح اس نے میرے ہر ارمان، ہر آرزو، ہر تمنا کو ملیا میٹ کر دیا تھا اور ان کے ملبے سے برآمد ہونے والی نفرت اور وحشت نے مجھے پوری طرح اپنی لپیٹ میں لے لیا تھا۔ گھر کی اوپر والی منزل پر مجھے کسی طرح چین نہیں آ رہا تھا۔ میری اماں بار بار مجھے تخت پر بیٹھنے کے لیے کہہ رہی تھیں لیکن میں

وہاں کیسے بیٹھ سکتا تھا۔ مَیں مکلی واپس جاکر بابا کو ڈھونڈنا چاہتا تھا۔ انہیں ان کے انجام تک پہنچاکر ہی سُومل کی عزتِ نفس کی بحالی ممکن تھی۔ اس کی روح پر لگے ہوئے گھاؤ کی تلافی اسی طرح ہو سکتی تھی۔ اسی طرح اس پر نئی زندگی کا دروازہ کھل سکتا تھا۔

اماں مجھے بار بار اپنے اس ارادے سے باز رہنے کے لیے کہہ رہی تھیں۔ وہ نہیں چاہتی تھیں کہ ان کا مجازی خدا اپنے بیٹے کے ہاتھوں مارا جائے۔ مجھے سمجھاتے سمجھاتے انہوں نے باورچی خانے جاکر چولھا جلایا اور اس پر چائے کا پانی رکھ دیا۔ وہ دوبارہ میرے پاس آ گئیں۔ اس بار میں ان کی چارپائی پر بیٹھ گیا۔ مجھے اپنی کم ہمتی اور بزدلی پر افسوس ہو رہا تھا کہ مَیں اس وقت جو کچھ کرنے کا سوچ رہا تھا، وہ مجھے چند روز قبل ہی پایۂ تکمیل تک پہنچا دینا چاہیے تھا۔ اگر مَیں نے پہلے یہ اقدام کر لیا ہوتا تو شاید یہ سب کچھ رونما نہ ہوتا۔ مَیں اماں کے سامنے خود کو ملامت اور اپنی بدنصیبی کا ماتم کرنے لگا۔ سردی کی وجہ سے ساری کھڑکیاں بند تھیں مگر پھر بھی ٹھنڈی ہوا سارے میں دھیرے سے سرسراتی پھرتی تھی۔ اماں بابا کے کرتوتوں کی پٹاری کھول کر بیٹھ گئیں اور ان کی بدمعاشیوں کو ملعون قرار دینے لگیں، جنہوں نے ہمیں کہیں کا نہیں چھوڑا تھا۔ انہیں یقین تھا کہ سُومل کا باپ تھانے جاکر پرچہ کٹائے گا اور اس طرح شہر بھر میں بچی کھچی عزت ہمیشہ کے لیے چلی جائے گی اور ہر کوئی ہم پر تھو تھو کرے گا۔ میرا خیال ان کے برعکس تھا اور مجھے یقین تھا کہ سُومل کے والدین تھانے نہیں جائیں گے اور اس بات کو ہر ممکن طریقے سے چھپانے کی کوشش کریں گے کیوں کہ انہیں بیٹی کے مستقبل کی فکر لاحق ہو گی۔

اماں دو بڑے پیالوں میں چائے لے آئیں۔ پہلا گھونٹ لیتے ہی میرا منہ جل گیا اور سی کی آواز نکلنے پر اماں میری سرزنش کرنے لگیں کہ آہستہ پیو۔ دن بھر کی آوارہ گردی اور رات میں رونما ہونے والے اس واقعے نے مجھے جسمانی اور اعصابی طور پر تھکا دیا تھا، جس کی وجہ سے اب سردی زیادہ لگنے لگی تھی۔ اس کے باوجود میں گھر پر سونے اور آرام کرنے کے لیے تیار نہ تھا۔ مَیں شاہ مراد کے مزار پر جاکر بابا کو تلاش کرنا چاہتا تھا۔ منہ جلنے کے باوجود مَیں نے چائے پینے میں دیر نہ لگائی۔ اس دوران مجھے خیال آیا کہ بابا کی تلاش میں مجھے خالی ہاتھ نہیں جانا چاہیے، کوئی ایسا ہتھیار میرے پاس ضرور ہونا چاہیے جو مجھے اپنے ارادے کی تکمیل میں مدد دے سکے۔ گھر میں ہونے کی وجہ سے مجھے چھری کا خیال آیا۔ مَیں پیالہ باورچی خانے میں رکھنے کے بہانے وہاں گیا۔ بلب کی روشنی میں چھری مجھے الماری کے اوپر پڑی دکھائی دے گئی۔ مَیں نے اسے جلدی سے اٹھا کر دیکھا تو وہ ایک مضبوط دستے کی کچھ بڑی سی چھری تھی۔ مَیں نے اسے فوراً اپنی شلوار میں اڑس کر قمیص اوپر کر دی۔

اماں کی حکم عدولی اور دل شکنی کرتے ہوئے میں رات کے پچھلے پہر گھر سے نکلنے لگا تو وہ میرے پیچھے دروازے تک آئیں اور مجھے روکنے کے لیے ہر ممکن دلیل استعمال کرتی رہیں لیکن میں ان کی ہر بات ان سنی کرتا ہوا اور شلوار میں اڑسی ہوئی چھری کو بار بار محسوس کرتا ہوا، دروازہ کھول کر تاریک گلی میں نکل گیا۔ وہاں ویرانی پھیلی تھی اور دور کھمبے پر لگا بلب ہوا سے ادھر ادھر ہل رہا تھا جس کی وجہ اس کی کمزور روشنی بھی محوِ رقص تھی۔ مَیں تیزی سے چلتا چلا گیا اور پلٹ کر بھی نہ دیکھا۔ اماں کی اپنی مجبوریوں اور ترجیحات نے میری نظر میں ان کی وقعت کم کر دی تھی۔ مجھے وہ بابا کے ہر گناہ میں ان کی معاون اور مددگار محسوس ہو رہی تھیں۔ حتیٰ کہ سُومل کے معاملے میں بھی۔

میں اشٹان کی طرف جانے والے راستے پر تیز رفتاری سے چلنے لگا۔ امید تھی کہ اس وقت وہاں کوئی ایسی سواری مل جائے گی جس کی مدد سے شاہ مراد کے مزار تک پہنچنا ممکن ہو سکے گا۔ مجھے نجانے کیوں یقین تھا کہ بابا اس مزار کے گرد بنے ہوئے بہت سے حجروں اور مقبروں میں سے کسی ایک میں چھپے تھے۔ مجھے ان کا وہاں سے برآمد ہونا یقینی لگ رہا تھا۔ مَیں سوچتا ہوا، اندھیری اور ویران گلی میں چلتا ہوا اس مقام تک پہنچا جہاں سے سبزی منڈی والے چوک کی طرف راستہ جاتا تھا۔ اس جانب ہلکی سی چہل پہل دکھائی دے رہی تھی۔ مَیں نے اپنا رخ اس طرف موڑ لیا۔

شلوار میں اڑسی ہوئی چھری بار بار نیچے سرک جاتی تھی اور اسے اوپر کرنا پڑتا تھا۔ مجھے ڈر تھا کہ یہ کہیں نیچے نہ گر جائے یا اس کی نوک میرے پیٹ میں نہ چبھ جائے۔ اس لیے ایک ہاتھ سے مستقل طور پر اسے پکڑے ہوئے چل رہا تھا۔ چھُری اتنی بڑی تھی کہ اس کا جیب میں سمانا مشکل تھا۔ عرس کی وجہ سے صرف چوک پر ہی نہیں بلکہ شاہی بازار میں بھی اکا دکا چائے خانے اور پان سگریٹ کی مانڈلیاں کھلی ہوئی تھیں۔ بازار کی بیشتر دکانیں بند ہونے کی وجہ سے ان کے آس پاس کتے بلیوں کے ساتھ اور بلیاں چوہوں کے ساتھ کھیلنے میں مصروف تھیں۔ مَیں سگریٹ کے کش لیتا ہوا تیزی سے شاہی بازار میں چلتا ہوا قومی شاہراہ تک پہنچا تو وہاں توقع کے مطابق اکا دکا سوزوکیاں، رکشے اور تانگے کھڑے دکھائی دیئے۔ سڑک پر کھلے ہوئے ہوٹلوں کے بلبوں کی زرد و سفید روشنی میں، مَیں سڑک پر بکھرے ہوئے کاغذ اور تھیلیاں غور سے دیکھنے لگا۔ مَیں چھری کو کسی اخباری کاغذ یا تھیلی میں چھپا کر ہاتھ میں رکھنا چاہتا تھا، کیوں کہ شلوار میں اڑسنے سے مجھے چلنے میں دشواری ہو رہی تھی۔ کچھ دیر ڈھونڈنے کے بعد مجھے اخبار کا ایک بڑا ٹکڑا اور ایک خالی مومی لفافہ بھی ملا۔ مَیں نے ایک طرف چھپ کر شلوار سے چھری نکالی اور اسے اخبار میں اچھی طرح لپیٹ کر مومی لفافے میں بند کر کے اسے اپنے ہاتھ میں پکڑ لیا۔ اب کوئی اس لفافے کو دیکھنے پر بھی یہ قیاس نہ کر سکتا تھا کہ اس کے اندر کیا تھا۔

ابھی صبح ہونے میں کافی وقت تھا اور سردیوں کی صبح ویسے بھی دیر سے ہونے کی وجہ سے سورج مزید تاخیر سے نکلتا تھا۔ ابھی شاہ مراد شیرازی کے مزار جانا اور اس کے گرد و نواح میں وافر مقدار میں روشنی نہ ہونے کی وجہ سے وہاں بابا کو ڈھونڈنا آسان کام نہ تھا۔ ابھی وہاں جانے کا مطلب اندھیرے میں ٹامک ٹوئیاں مارنے کے سوا کچھ نہ تھا۔ مَیں نے پو پھٹے اس جانب روانہ ہونے کا فیصلہ کیا اور وقت گزاری کے لیے چرس کے موالیوں کی تلاش میں اشٹان پر واقع ہوٹل کھنگالنے لگا۔ کچھ دیر بعد ٹیڈی ہوٹل کے پچھواڑے ایک چارپائی پر مجھے ایک موالی منڈلی مل گئی۔ یہ دنیا میں انسانوں کی واحد منڈلی تھی جو ذات، برادری، قبیلے، مذہب کا پوچھے بغیر ہر آنے والے کو فوراً قبول کر لیتی تھی۔ سو مجھے بھی انہوں نے بھلی کار کہا اور چارپائی پر سب نے ذرا سا سرک کر، تھوڑی سی جگہ نکال کر مجھے بیٹھنے کے لیے کہا۔ کچھ ہی دیر میں ایک جانب گھومتا ہوا سگریٹ میری طرف بڑھا تو مَیں نے بلا تردّد اسے ہاتھ میں تھام لیا اور اس کے چند کش لے کر اسے اپنے دائیں جانب بیٹھے آدمی کی طرف بڑھا دیا۔

میرے بائیں جانب بیٹھے ہوئے دو دبلے پتلے اور درمیانی عمر کے مرد آپس میں کھسر پھسر کر رہے تھے۔ ان کی چند

ایک سرگوشیاں میرے کان پڑیں تو میں تجسس سے مجبور ہو کر ان کی باتیں ذرا دھیان سے سننے لگا۔ پہلے پہل مجھے گمان گزرا کہ وہ سُومل سے ہونے والے بلاتکار کے بارے میں محوِ گفتگو تھے۔ یہ سوچ کر میں چونکے بنا نہ رہ سکا کہ انہیں اُس کے بارے میں کیسے پتا چل گیا؟ لیکن ذرا غور سے سننے پر کھلا کہ وہ چند روز قبل قبرستان میں پیش آئے ایک اور واقعے پر اظہارِ خیال کر رہے تھے، جس میں تین پولیس والوں نے، نشے میں دھت ہو کر مزاروں پر برے حال میں گھومنے والی ایک پاگل عورت کے ساتھ زنا بالجبر کیا تھا۔ دونوں موالی پولیس والوں کو گالیاں دے رہے تھے اور اس قضیے میں قیامت کی نشانیاں ڈھونڈ رہے تھے۔ چارپائی پر بیٹھی ہوئی ایک اور ٹولی آپس میں وہاب شاہ بخاری کی کرامات اور معجزوں کی باتیں کر رہی تھی۔ بخاری کے عقیدت مندوں کی باتیں سن کر میرا جی زور سے ہنسنے کو چاہنے لگا لیکن میں ہنسی پر بمشکل قابو پائے بیٹھا ان کی بے سروپا باتیں سنتا رہا۔ جب اوپر تلے کئی سگریٹ پی چکا تو نشہ بڑھتے بڑھتے ایسے مقام تک پہنچ گیا جہاں سے آگے بڑھنا اس کے لیے ممکن نہیں تھا۔

میری بے چینی جو پہلے ہی سوا تھی اب اپنی حدود سے بڑھنے لگی تو مَیں نے اٹھتے ہوئے ہاتھ جوڑ کر موالیوں کی منڈلی سے موکلانی لی اور چارپائی سے اتر کر چپل پہن کر، چائے کے پیسے ادا کیے اور ٹیڈی ہوٹل سے باہر نکل گیا۔ باہر ابھی تک اندھیرا تھا لیکن روڈ پر چہل پہل میں اضافہ ہوتا جارہا تھا۔ ہوا کی شدت کم ہوگئی تھی اور اس میں دھیما پن پیدا ہو گیا تھا۔ سویٹر اور چادر مجھے ناکافی محسوس ہو رہے تھے۔ مَیں گلن شیدی کی گیراج کی طرف چلنے لگا۔

اس جانب کچھ رکشے اور تانگے مکلی جانے کے لیے کھڑے ہوئے تھے مگر لوگ بہت کم تعداد میں تھے۔ اندھیرے میں ڈوبی ہوئی سینما کی عمارت عجیب لگ رہی تھی۔ کچھ دکانوں پر مشتمل گلن کی گیراج لگتا تھا وہاں سرے سے موجود ہی نہ تھی۔ ہر طرف سکون اور تاریکی کا راج تھا۔ انسان، چیزیں، عمارتیں غیر مرئی محسوس ہو رہی تھیں۔ مَیں سڑک کے بیچ کسی ہونق کی طرح مکلی کا رخ کر کے کھڑا ہو گیا اور سوچنے لگا کہ مجھے شاہ مراد کے مزار کی جانب جانا چاہیے کہ نہیں۔

44

جب مشرق سے پو پھٹنے لگی تو اس وقت میں رکشے میں بیٹھا ہوا تیزی سے اس جانب بڑھ رہا تھا۔ بائیں طرف مکلی کی پہاڑی پر روشنیاں جلتی ہوئی دکھائی دے رہی تھیں۔ مکلی اور اس کے دائیں جانب دور تک کھیتوں کے اوپر پھیلی تاریکی میں پڑنے والے شگاف سے نور کی لہریں نکل کر زمین تک پہنچ رہی تھیں۔ مَیں نے مومی لفافے میں بند چھری کو رکشے کی سیٹ پر رکھ دیا تھا اور آتی ہوا سے بچنے کے لیے میں اس کی سیٹ پر نیم دراز ہو کر سگریٹ پی رہا تھا۔ ناہموار راستے کی وجہ سے رکشا بار بار اچھل رہا تھا۔ اس لیے میں سیدھا ہو کر بیٹھ گیا۔

میں اپنی زندگی کی کہانی کے ساتھ اپنے بابا کی زندگی کی کہانی کو بھی انجام تک پہنچانے کا فیصلہ کر چکا تھا۔ مَیں بار بار ایک ہی بات سوچے جا رہا تھا کہ انہوں نے میرے خواب و خیال کی دنیا برباد کر ڈالی تھی اور یہ سب کچھ انہوں نے جان بوجھ کر کیا تھا۔ مَیں جس لڑکی کو پسند کرتا تھا انہوں نے اسے مسل ڈالا تھا اور اس کی ساری شوخی اور چمک چھین لی تھی۔ اس کی معصومیت، کنوار پن اور اس کی تازگی کچل دی تھی۔ انہوں نے اپنے گھناؤنے عمل سے ایسا فساد برپا کر دیا تھا جس کی وجہ سے ان کا خاتمہ ناگزیر ہو چکا تھا۔ اس لمحے ایک سوال اپنا سر اٹھا کر کھڑا ہو گیا کہ کیا واقعی میں انہیں قتل کر پاؤں گا۔ کیا مجھ میں اتنی ہمت اور جرأت تھی کہ ان کے جیتے جاگتے وجود کو ایک لاش میں تبدیل کر پاتا؟ اس روز پہلی بار میرے دل کی گہرائی سے اس کا جواب اثبات میں آیا کہ ہاں۔ مجھ میں اتنی سکت تھی کہ مَیں یہ قتل کر پاتا کیوں کہ اب سُومل کی پامالی کے بدلے کا مسئلہ تھا۔ اس کی ساتھ ہوئی زیادتی کے کفارے کا مسئلہ تھا۔ سُومل ہرگز اس قابل نہ تھی کہ اس طرح وحشیانہ انداز میں اس کی بے حرمتی کی جاتی۔ اس کی یہ بے توقیری میرے دل میں پنپتے انتقام کی آگ کو ایندھن فراہم کر رہی تھی، ہوا دے کر اس کے شعلے مزید بھڑکا رہی تھی، اس لیے یہ معاملہ میرے اندر تقریباً طے ہو چکا تھا۔ یہ میرے بابا کی پہلی سفاکی ہرگز نہ تھی۔ جب سے مَیں نے ہوش سنبھالا تھا وہ بار بار اس کا مظاہرہ کرتے آئے تھے اور میرے اور اماں کے ہر جذبے، ہر خواہش، ہر احساس و خیال کو ایسے ہی کچلتے رہے تھے۔ حسینہ ہو یا لالی، صغریٰ ہو یا ماروی، سیمی ہو یا اس کی بیٹی سُومل، ان سب نسائی کرداروں کے حوالے سے عمر کے ساتھ پروان چڑھتے میرے جذبات و احساسات کو وہ ہمیشہ روکنے، دبانے اور کچلنے کی کوشش کرتے رہے تھے۔ انہوں نے مجھے اور اماں کو کبھی اپنے مساوی نہیں سمجھا اور ہمیشہ ہمارے ساتھ غلاموں جیسا برتاؤ روا رکھا۔ آخری

بار جب میں ان سے سُومل کے حوالے سے اپنے حق میں دست بردار ہونے کی درخواست کرنے گیا تھا تو انہوں نے کتنی ہٹ دھرمی اور سختی سے مجھے جھٹک دیا تھا۔ انہوں نے مجھے گھر واپس آنے کی اجازت بھی نہ دی تھی۔

پو پھٹے دیر ہو گئی تھی اور دھیرے دھیرے چاننا پھیلتا چلا گیا تھا اور ہر چیز تاریکی سے روشنی میں آتی چلی گئی تھی۔ راستہ، اس کے ایک طرف کھیت اور دوسری طرف فاصلے پر پہاڑی واضح ہو کر صاف دکھائی دینے لگے۔ پرندے بھی شور مچاتے گزرتے نظر آنے لگے تھے۔ رکشا ہچکولے کھاتا اور شور مچاتا آگے بڑھ رہا تھا۔ اس کے پھٹے سائیلنسر سے سنائی دیتی آواز میرے سر میں لگ رہی تھی۔ کچھ دیر پہلے بخاری کے مزار جانے والا راستہ پیچھے رہ گیا تھا اور شاہ مراد کا مزار اب بس آنے والا تھا۔ دیو قامت سفیدوں کی مختصر سی قطار گزرنے کے بعد آگے جا کر رکشا پہاڑی پر واقع مزار کی طرف جاتی سیڑھیوں سے ذرا فاصلے پر جا کر رک گیا۔ مومی لفافہ سنبھالتے ہوئے میں نیچے اترا اور اسے کرایہ ادا کر کے اوپر جاتے کشادہ زینے کے پاس لگے گھنے پیپل کے نیچے کھڑا ہو کر آس پاس دیکھنے لگا۔ رکشے والا موڑ کاٹ کر واپس شہر کی جانب چل دیا۔

پہاڑی کے اس آخری حصے میں صبح کے اس وقت سردی کی وجہ سے تقریباً ہو کا عالم تھا۔ ذرا فاصلے پر بنی ہوئی ایک کوٹھری سے جلتی لکڑی کا دھواں اٹھ رہا تھا جو وہاں لوگوں کی موجودگی کا پتا دیتا تھا۔ اگلے ہی لمحے ایک سفید بالوں اور ذرا بھاری جسم والا ایک آدمی وہاں سے نکلا تو مَیں نے اسے آواز دے کر اپنی طرف متوجہ کیا۔ وہ شک بھری نگاہ سے مجھے دیکھنے لگا۔ مَیں تیزی سے چلتا ہوا اس کے قریب پہنچا اور اسے اپنے بابا کا حلیہ بتا کر ان کے بارے میں پوچھنے لگا۔ میری بات سن کر اس نے نفی میں جواب دیا اور مجھے کوٹھری میں جا کر ایک درویش سے پوچھنے کا مشورہ دیا اور خود زینہ چڑھ کے اوپر کی طرف جانے لگا۔

اس کوٹھری کے باہر چرس کی گاڑھی بو میرے نتھنوں سے ٹکرائی اور مَیں نے دروازے پر چپلوں کی دو جوڑیاں پڑی ہوئی دیکھیں تو ان سے ہی مجھے اندازہ ہو گیا کہ بابا اندر موجود نہ تھے۔ اب چونکہ مَیں نے اندر جھانک لیا تھا، اس لیے علیک سلیک کیے بغیر جانا مناسب نہ تھا سو مَیں نے دروازے سے ہاتھ جوڑ کر اندر بیٹھے ہوئے جٹادار داڑھیوں والے درویشوں کو سلام کیا۔ انہوں نے با آواز بلند جواب دیتے ہوئے مجھے اندر آنے کے لیے کہا تو بادل نخواستہ میں دہلیز پار کر کے ان کے پاس چلا گیا۔ وہ دونوں زمین پر جلتی ہوئی آگ کے گرد چادریں اوڑھے آلتی پالتی مارے بیٹھے تھے۔ مَیں نے احترام سے جھک کر ان سے مصافحہ کیا۔ انہوں نے مجھے زمین پر بچھی ہوئی چٹائی پر بیٹھنے کے لیے کہا تو میں بھی ان کے قریب بیٹھ گیا۔

ان میں سے ایک ادھیڑ عمر اور دوسرا کچھ بوڑھا لگ رہا تھا۔ ان کے سامنے زمین پر دو بڑے پتھروں کے درمیان لکڑیاں جل رہی تھیں اور ان پتھروں پر رکھی چائے کی کیتلی سے دھواں نکل رہا تھا۔ وہ دونوں کسی مزار کی تاریخ سے نکلے ہوئے کردار محسوس ہو رہے تھے۔ قدامت اور کہنگی ان کی محدود جسمانی حرکات سے ظاہر تھی۔ بوڑھے نے اپنے ہاتھ میں پکڑی جلتی سگریٹ میری جانب بڑھائی تو مَیں نے آرام نے اسے تھاما اور دھیرے سے اپنے ہونٹوں تک لے کر گیا اور ایک لمبا کش لیا۔ ادھیڑ عمر شخص نے کیتلی سے ایک پیالے میں چائے نکال کر اسے سائیں شیرازی کا لنگر کہتے ہوئے میری جانب بڑھایا۔ مَیں نے سگریٹ واپس کر کے جلدی سے چائے کا پیالہ ہاتھ میں لے لیا۔

چائے پیتے ہوئے مَیں نے ادھر ادھر کی اور بخاری کے عرس کی باتیں کرنے کے بعد ان سے اپنے بابا کے بارے میں دریافت کیا تو وہ مجھ سے اُن کا حلیہ معلوم کرنے لگے۔ جوں جوں میں اسے بیان کرتا گیا، ان دونوں کے سر نفی میں ملنے لگے۔ وہ دونوں رات جلدی سو گئے تھے اور کچھ دیر پہلے یہیں پر بیدار ہوئے تھے۔ اس لیے انہیں کچھ پتا نہ تھا۔ انہیں ڈھونڈنے کا کہہ کر میں اپنے ہاتھ جوڑ کر ان سے اجازت لے کر میں اس کوٹھری سے باہر نکل آیا۔

میں بابا کی تلاش جتنی آسان سمجھ رہا تھا، اتنی وہ نظر نہیں آ رہی تھی لیکن مَیں نے اسے پورا کرنے کی ٹھانی ہوئی تھی۔ اس لیے میں کشادہ زینے کی سیڑھیاں چڑھتا ہوا شاہ مراد کے مزار کی طرف چل دیا۔ اوپر چڑھتے ہوئے ٹھنڈی ہوا کے جھونکے میرے چہرے سے ٹکرا رہے تھے۔ رات بھر خوار و پریشان پھرنے سے ہونے والی تھکن اور بے آرامی کی وجہ سے سردی مجھ پر حاوی ہونے لگی تھی اور میرا جسم دھیرے دھیرے کپکپانے لگا تھا۔ مَیں اس پر قابو پاتے ہوئے سیڑھیاں چڑھتا رہا۔ وسیع زینے کے دونوں پختہ قبریں طرف بے ترتیبی سے دونوں طرف بنی ہوئی تھیں۔ ان قبروں کے پاس سے گزرتا راستہ سیمنٹ سے بنا ہوا تھا۔ پہاڑی کی چوٹی زیادہ اوپر نہ تھی۔ اوپر بنے ہوئے بیشتر مزارات کے دروازوں پر تالے لگے ہوئے تھے۔ تیز سردی، بخاری کے عرس اور صبح ہونے کی وجہ سے مجھے گہرے ہرے رنگ کے مقبروں کے آس پاس اکا دکا ملنگ دکھائی دیئے۔

موسم کی شدت نے لوگوں کو بند جگہوں تک محدود کیا ہوا تھا، اسی لیے اس وقت اونچے تھڑوں پر قبروں کے ساتھ چلتی راہداریاں اور گلیارے سونے پڑے تھے۔ مَیں چلتا ہوا آخری کونے تک چلا گیا، جہاں مشرق کی جانب پھیلی مٹیالی دھند اور سرمئی گرد و غبار سے برآمد ہوتا سورج کمزور اور بے اثر لگ رہا تھا۔ اس کی روشنی مشکل سے زمین تک پہنچ رہی تھی۔ کرنوں میں حدت نام کو نہ تھی۔ پہاڑی کے کونے کے نیچے دور تک زمین گندم کے پودوں سے بھری نظر آ رہی تھی۔ پالے سے نیچے گرے ہوئے پودوں کے درمیان بنی ہوئی پگڈنڈیوں پر بیر، بادام اور سفیدے کے پیڑ کہیں کہیں دکھائی دیتے تھے۔

ایسے سخت موسم میں مزاروں پر مستقل ٹھکانہ بنانے والے کسی چار دیواری کے اندر لکڑیوں سے آگ کا الاؤ جلا کر اس کے گرد گھیرا بنا کر بیٹھ جاتے تھے اور مچھ کچہری کرتے تھے۔ ایسے میں سگھڑ شعر سناتے تھے اور راگی راگ الاپتے تھے اور ہنسی مذاق بھی چلتے رہتے تھے لیکن اس وقت شاہ مراد کے مزار اور آس پاس کے علاقے پر خاموشی کا راج تھا۔ مَیں نے چھوٹی دیواروں والے ایک دو احاطوں میں جھانک کر دیکھ لیا مگر وہاں اکا دکا لوگ رضائیوں میں لپٹے دکھائی دیے۔ مَیں نے ایک کمرے پر مشتمل بعض مقبروں کے دروازے دھکیل کر اندر بھی جھانک لیا لیکن کہیں بابا کا کوئی نشان نہ ملا۔

شاہ مراد اور اس کے اطراف واقع مزارات سے مایوس ہو کر میں چلتا ہوا اس راستے پر پہنچ گیا، کل رات جہاں سے ہمارا تانگہ گزر کر شہر کی طرف گیا تھا۔ مَیں نے اس پر چلنا شروع کر دیا۔ مَیں جب امیر البحر دولھ دریا خان کے مزار تک پہنچا تو سورج کچھ اوپر آ چکا تھا اور اس کی کمھلائی پیلی دھوپ گرد و پیش کی ہر چیز پر پھیلی ہوئی تھی۔ پیلے پتھر کی اس پہاڑی پر بنی ہوئی ماضی کی تمام یادگاریں پرسکون طریقے سے اپنی جگہوں پر کھڑی ہوئی تھیں۔ مَیں چلتے ہوئے اس مقام تک پہنچا جہاں مجھے پہلی مرتبہ سُومل کی دل دہلاتی چیخ سنائی دی تھی۔ جام نظام کا مزار باوقار انداز سے کھڑا نظر آ رہا تھا۔ مَیں اس کا زینہ

اتر کر وہاں پہنچا جہاں اندھیرے میں سُومل مجھے ملی تھی۔ زرد قبروں کے قریب پتھر کے فرش پر ٹوٹی ہوئی چند چوڑیاں پڑی تھیں۔ ان کے قریب ہلکے سرخ دھبے بھی نظر آ رہے تھے۔ انہیں دیکھ کر میری حالت غیر ہونے لگی۔ مَیں وہاں سے فوراً نکلنا چاہتا تھا۔ پھر نجانے کیا سوچ کر مَیں نے فرش سے ٹوٹی ہوئی دو چار چوڑیاں اٹھالیں اور انہیں جیب میں رکھ لیا۔

میں اس کھڑی کے خالی چوکھٹے سے باہر نکلا اور دیوار کے ساتھ بنے ہوئے راستے پر چلتا ہوا اس کے عقبی حصے تک پہنچ گیا۔ مجھے یقین تھا کہ رات بابا یہیں سے فرار ہوئے تھے۔ اس کے پیچھے سے مجھے ایک گہری سی لکیر پہاڑی سے اتر کر نیچے تک جاتی دکھائی دی جو آگے جاکر جھاڑیوں کے گھنے جھنڈ میں غائب ہو جاتی تھی اور کچھ آگے سے پھر نمودار ہو کر شہر جاتے راستے کی طرف جاتی تھی۔ پگڈنڈی نما یہ راستہ قبرستان سے ملحقہ گوٹھوں کے لوگوں نے پیدل شہر جانے کے لیے بنایا تھا۔ مجھے حیرت ہو رہی تھی کہ اگر وہ اس راستے سے گئے بھی تھے تو گہری تاریکی میں یہاں سے جانا بڑا جوکھم تھا۔ مَیں یہ سوچ کر ششدر رہ گیا کہ وہ میری للکار سے ڈر کر بھاگ کیسے گئے تھے۔ اگر وہ چاہتے تو میرا سامنا اور مجھ سے مقابلہ بھی کر سکتے تھے۔ شاید وہ مجھے کوئی اور شخص سمجھے ہوں گے اور اسی لیے خوف زدہ ہو کر نکل بھاگے تھے۔ مَیں کچھ دیر تک وہاں کھڑا سوچتا رہا۔

وہاں سے مَیں نے بخاری کے مزار کا رخ کیا۔ مجھے امید تھی کہ اس وقت لوگوں کا ہجوم بہت کم ہو گا اور ایسے میں وہاں بابا کو ڈھونڈنا آسان ہو گا لیکن عورتوں والے راستے کا گیٹ بند تھا کیوں کہ دور دراز سے آئی عورتیں ابھی تک اندر سو رہی تھیں۔ اس کے باہر کھڑے اوقاف کے ملازم بتا رہے تھے کہ یہ گیٹ ظہر کی نماز کے بعد کھولا جائے گا۔ وہاں سے مَیں پانی کی بلند و بالا ٹینکی کے سامنے واقع مردوں کے مزار سے نکلنے کے راستے کی طرف چل دیا۔ اس طرف تھوڑی چہل پہل تھی۔ مزار پر قیام کرنے والے دھیرے دھیرے بیدار ہو رہے تھے۔ زیادہ تر لوگوں نے چادریں اوڑھی ہوئی تھیں یا موٹے لحاف اوپر لیے ہوئے تھے۔ اکثر نے مختلف طرح کی ٹوپیوں یا مفلروں کی مدد سے اپنے سر ڈھانپے ہوئے تھے۔ جس راستے پر رات باہر نکلنے والوں کی بھیڑ تھی، اب وہاں قطار سے لوگ مختلف چیزیں اوڑھے ہوئے سو رہے تھے اور اندر بنے ہوئے اکا دکا چائے خانوں میں لوگوں کا رش نہ ہونے کے برابر تھا۔ مَیں نے وہاں بیٹھ کر ایک چائے کی پیالی کے ساتھ کچھ کیک رس کھائے تو جسم میں توانائی آتی محسوس ہوئی۔ وہاں لوگوں سے سنا کہ فجر کی اذان سے پہلے مزار اور میلے کا رش ٹوٹا اور لوگ واپس جانا شروع ہوئے۔ بخاری کی کرامات میں سے ایک یہ بھی بتائی جا رہی تھی کہ اس بار پچھلے تمام عرسوں کا ریکارڈ ٹوٹ گیا تھا۔ جتنے زائرین اس بار امڈ کر آئے تھے، پہلے کبھی نہیں آئے۔ یہ بات سن کر میں سوچنے لگا کہ اس کے باوجود رات کو یہ وسیع و عریض قبرستان آدھے سے زیادہ تاریک، ویران اور خاموش تھا۔ کاش یہ سارے کا سارا بھر جاتا اور گیٹ سے شاہ مراد شیرازی کے مزار تک تِل دھرنے کی جگہ نہ ہوتی تو پھر میں بھی مانتا۔ باقی سب لوگوں کی گھڑی گھڑائی باتیں تھیں، کہانیاں تھیں بچوں کی۔

چائے خانے سے نکل کر میں مردانے میں گھومنے لگا۔ اس کے بلند احاطے کے بیچوں بیچ سیڑھیوں کے چبوترے کے درمیان نصب بہت بڑی دیگ کے آس پاس، فرش پر قطار سے لوگ رضائیاں لیے پڑے تھے۔ مَیں نے بخاری کے

روضے کے اندر بھی دیکھ لیا مگر بابا کے کوئی آثار نظر نہ آسکے۔ وہاں سے نامراد ہو کر مردانہ داخلے کے راستے سے ہو کر مَیں نے اپنا رخ مزار کے میلے کی طرف کر لیا جو ڈھلان پر بنے راستے کے نیچے میدان میں لگا ہوا تھا۔ راستے میں واقع چند ہوٹلوں کے سوا ہر چیز بند دکھائی دے رہی تھی۔ میلے کا وسیع و عریض پنڈال خالی پڑا تھا اور وہاں ایک قطار سے بنے ہوئے مختلف تفریحات فراہم کرنے والوں کے اسٹالز، اپنی آرائش سمیت خالی کھڑے دیکھ رہے تھے۔ کل دن میں جہاں لوگوں ہجوم تھا وہ سب جگہیں اس وقت سونی تھیں۔

یہاں پہنچ کر میری ہمت جواب دے گئی اور میں اپنے بابا کی تلاش ختم کر کے گھر جانے کے بارے میں سوچنے لگا۔ پتا نہیں وہاں کیا چل رہا تھا سُومل کے ابا نے تھانے جا کر اس کی رپٹ لکھوائی یا نہیں۔ اگر لکھوا دی تھی تو پھر اماں کے علاوہ مجھ سے بھی اس جرم کی پوچھ گچھ کی جانی تھی۔ مجھے اس میں شامل ہونا تھا اور بابا کے خلاف اپنی گواہی دینی تھی۔ میری پیدائش کے بعد سے اب تک وہ میرے ساتھ اور میری ماں کے ساتھ جو ناروا سلوک کرتے رہے تھے، اس کی روداد سنانی تھی۔ مجھے فریاد کرنی تھی کہ یہ آدمی کئی بار سزائے موت دیئے جانے کا مستحق تھا۔ مَیں چلتا ہوا اس مقام تک پہنچا جہاں شہر جانے والی سواریاں کھڑی ہوئی تھیں۔ مَیں نے طے کیا تھا کہ پہلے گھر کے قریب پہنچ کر حالات کا جائزہ لوں گا۔ اگر کوئی پولیس والا یا ان کی کوئی گاڑی نظر آئی تو ہاتھ میں پکڑی ہوئی چھری اسی وقت کسی مناسب جگہ پر پھینک دوں گا۔ پولیس کے سامنے اس کے ساتھ جانا میرے لیے نقصان دہ ہو سکتا تھا۔

میں ایک تانگے پر سوار ہو کر شہر کی طرف چل دیا۔ سورج آدھا سفر طے کر کے آسمان کے وسط میں پہنچ چکا تھا۔ مستقل پڑتی دھوپ کی دھیمی تمازت کے باوجود تانگ پر لگتی خنک ہوا کھَل رہی تھی۔ مجھے نور محمد جھنگی کے ہیئر کٹنگ سیلون کے کھلنے ہونے کی امید بہت کم تھی۔ توقع تھی کہ بیٹی کے ساتھ ہونے والے اس سانحے کے بعد وہ اس کے سوگ میں شاید اپنی دکان بند رکھے گا۔ اسٹاپ پر تانگے سے اترنے کے بعد میں چھری ہاتھ میں لیے ہوئے جیسے ہی شاہی بازار میں داخل ہوا تو یہ دیکھ کر میری حیرت کی انتہا نہ رہی کہ اس کی دکان نہ صرف کھلی ہوئی تھی بلکہ گاہکوں سے بھری ہوئی تھی۔ مَیں دکان کے باہر رکھی بینچ پر بیٹھ گیا اور اس کے کام سے فارغ ہونے کا انتظار کرنے لگا۔ اس سے بات کرنا ضروری تھا۔ وہ مجھے رات سے اب تک کیے گئے اپنے فیصلوں سے آگاہ کر سکتا تھا۔ انہیں جاننا میرے لیے ضروری تھا۔ دکان کے کھلے دروازے سے جیسے ہی میری آنکھیں اس سے ملیں تو مجھے دیکھ کر وہ پہلے حیران ہوا، پھر کچھ دیر میں آنے کا اشارہ کر کے اپنے گاہک کی شیو بنانے میں مصروف ہو گیا۔ اس بے چارے کی اپنی شیو بڑھی ہوئی تھی اور سر کے بال اڑے ہوئے لگ رہے تھے۔ نجانے کیوں وہ مجھے حواس باختہ لگ رہا تھا۔ مَیں بینچ پر بیٹھا کچھ دیر تک اس کا انتظار کرتا رہا۔

دکان کھولنے پر مجھے جھنگی کی مجبوری کا اندازہ ہوا اور میں اس کی ہمت کی داد دینے لگا کہ وہ اپنے گھر کا واحد کفیل تھا اور اس کیفیت میں بھی اپنے فرض سے غافل نہ تھا۔ گاہک سے فراغت ملتے ہی وہ اپنے شاگرد کو کچھ ہدایات دینے کے بعد باہر نکل آیا اور میرا ہاتھ پکڑ مجھ سے چلنے کے لیے کہنے لگا۔ مجھے پوچھنا پڑا کہ کہاں؟ اس نے دربار ہوٹل کا نام لیا تو میں اس

کے ساتھ چل دیا۔ چلتے ہوئے وہ سرگوشی میں مجھ سے کہنے لگا کہ اس معاملے کو راز رہنا چاہیے۔ یہ اس کی اور اس کی بیٹی کی عزت اور زندگی کا سوال تھا۔ مَیں تائید میں سر ہلاتا ہوا اس کے چلتا رہا۔

دربار ہوٹل میں داخل ہوتے ہی اس نے پہلی منزل پر واقع ہال کی طرف چلنے کا اشارہ کیا تو میں اس کے ساتھ سیڑھیاں چڑھ کر اوپر پہنچ گیا اور کونے میں کھڑکی کے پاس، ایک میز کے گرد لگی کرسیوں میں سے ایک پر جا بیٹھا۔ کچھ ہی دیر میں جھنگی چائے کا کہہ کر اوپر آیا اور میرے سامنے بیٹھنے کے بجائے وہ آ کر میرے پاس خالی پڑی کرسی پر بیٹھ گیا۔ اس نے میرے کندھے پر ہاتھ رکھا اور اس نے چھوٹتے ہی مجھ سے جو پہلا سوال کیا وہ بابا کے متعلق تھا۔ وہ جاننا چاہتا تھا کہ وہ اس وقت کہاں تھے؟ مَیں نے بتایا کہ وہ کل رات سے ہی غائب تھے اور میں پورا ملکی کھنگال کر آ رہا تھا، مجھے ان کا کوئی پتا نہ مل سکا۔ مَیں نے ناگاہ اس کے سامنے انہیں قتل کرنے کے اپنے عزم کا ذکر کیا تو وہ بے یقینی سے نفی میں سر ہلانے لگا۔ اس کی دانست میں یہ بات محض ایک شیخی سے بڑھ کر کچھ نہ تھی۔ وہ میرا مذاق اڑانے لگا کہ مَیں ایسا کرنے کا اہل نہیں تھا۔ مَیں نے مومی لفافہ ذرا سا کھول کر اس میں چھپی ہوئی چھری کی نوک اسے دکھائی تو اس کی آنکھیں پھٹی رہ گئیں۔

وہ مجھے اس ارادے سے باز رہنے کے لیے سمجھانے کی کوشش کرنے لگا کہ اس طرح مجھے عمر قید یا سزائے موت بھی ہو سکتی تھی اور میری زندگی جیل میں کال کوٹھڑی کی نذر ہو سکتی تھی۔ اس پر مَیں نے اسے جواب دیا کہ مجھے اب اپنی زندگی کی کوئی پروا نہ تھی۔ یہ سن کر وہ مجھے احمق قرار دینے لگا کہ مَیں بلا وجہ اپنی زندگی برباد کرنے پر تلا ہوا تھا۔ مَیں نے جب اس سے سوال کیا کہ اس نے پولیس میں رپٹ کروائی کہ نہیں تو وہ کچھ کھسیانا ہو کر کھڑکی سے باہر دیکھنے کی کوشش کرنے لگا۔ کچھ دیر بعد وہ میری طرف دیکھتے، بیڑی سلگانے کے بعد اس کا لمبا کش لے کر ناک اور منہ سے دھواں نکالنے لگا۔ اسی اثنا میں ہوٹل کا پٹھان بیرا دودھ پتی چائے کے دو کپ میز پر رکھ کر چلا گیا۔ اس کے جانے کے بعد جھنگی مجھے بتانے لگا کہ اس نے اور اس کی بیوی نے یہ طے کیا تھا کہ اس معاملے کو تھانے تک لے جانے میں بدنامی کا ڈر تھا، اس لیے انہوں نے اصولی طور پر رپٹ نہ لکھوانے کا فیصلہ کیا تھا۔ یہ سنتے ہی مَیں نے اپنا سر پکڑ لیا۔ مَیں نے اسے سمجھانا چاہا کہ سُومل کے ساتھ جو کچھ ہو چکا تھا اس کی تلافی اگر کوئی کر سکتا تھا یا اسے انصاف دلا سکتا تھا، وہ پولیس کے علاوہ کوئی اور نہ تھا لیکن وہ لگاتار اسی بات پر بضد رہا کہ وہ لوگ کسی صورت تھانے نہیں جائیں گے اور یہ بات ہر کسی سے چھپائیں گے۔ مَیں نے تنک کر اس سے پوچھ ڈالا کہ وہ اور اس کی بیوی آخر چاہتے کیا تھے۔ میری یہ بات سن کر اس کے منہ پر جیسے تالا لگ گیا۔

کچھ دیر بعد چائے پیتے ہوئے وہ زور دے کر مجھے کہنے لگا کہ وہ اور اس کی بیوی سُومل کے ماں باپ تھے اور اس کی زندگی کا کوئی بھی فیصلہ کرنا ان کے اختیار میں شامل تھا۔ اس لیے وہ جو بھی کریں گے بیٹی اور خاندان کے فائدے کے لیے کریں گے۔ اس پر مَیں نے دوبارہ پوچھا کہ وہ کیا چاہتے تھے۔ اس نے دوٹوک انداز میں مجھے بتایا کہ وہ ابھی یہ سب افشا نہ کر سکتا تھا۔ اس نے کہا کہ پہلے میرے بابا منظر عام پر آ جائیں، ان سے ملاقات ہو جائے پھر وہ یہ بات کھولے گا۔ اس کی سادہ لوحی پر میں مسکرائے بنا نہ رہ سکا کیوں کہ مجھے یقین تھا کہ بابا اتنی جلدی اور اتنی آسانی سے سامنے آنے والے

نہ تھے۔ ان کے آنے تک یہ ہاتھ پہ ہاتھ دھرے بیٹھے رہیں گے اور بس انتظار کریں گے۔ چلیں فرض کریں کہ وہ سامنے آ جاتے، پھر یہ لوگ کیا کرتے؟ یہ میاں بیوی کیا سوچ رہے تھے، یہ اس وقت میری سمجھ میں نہیں آ رہا تھا۔

جھنگی کی باتوں نے میرے اندر ہلچل مچا دی تھی۔ رہ رہ کر مجھے خیال آ رہا تھا کہ یہ کیسے ماں باپ تھے جو بیٹی کی عزت لٹنے کے بعد اسے نہ صرف چھپانا چاہتے تھے بلکہ اس کے مجرم کے ساتھ مل کر کوئی ساز باز کرنا چاہتے تھے۔ وہ ساز باز کیا تھی؟ میرے کئی بار پوچھنے کے باوجود جھنگی نے مجھے نہ بتایا۔ وہ بار بار مجھے میرے خطرناک ارادے سے روکنے کی کوشش کرتا رہا اور اس پر اصرار کرتا رہا کہ مَیں جلد از جلد اسے بابا کا پتا بتاؤں۔ نہ چاہتے ہوئے بھی مَیں نے اس سے وعدہ کر لیا کہ بابا کے ملنے پر سب سے پہلے اسے بتاؤں گا۔ وہ اس سے کچھ مطمئن ہو گیا۔ پھر وہ مجھے یہ سمجھانے کی کوشش کرتا رہا کہ پہلے اور بات تھی اور اب اور ہو گئی تھی۔ اس کے خیال میں مجھے اس فرق کو سمجھنے کی ضرورت تھی لیکن یہ سب سنتے ہوئے میرے پلے کچھ نہیں پڑ رہا تھا۔ ایک لمحے کو مجھے لگا کہ سُومل کے صدمے نے شاید اس کے دماغ کی چولیں ہلا دی تھیں لیکن یہ میری غلط فہمی تھی۔ وہ کہنا چاہتا تھا کہ پہلے میں سُومل کی محبت میں مبتلا تھا اور اب مجھے اس سے دست بردار ہو جانا چاہیے تھا۔ وہ میری دست برداری کیوں چاہتا تھا؟ وہ کیوں بار بار مجھے بابا کے قتل سے روکنے کی کوشش کر رہا تھا؟ وہ کیا چاہتا تھا؟ اس نے یہ کھل کر بتانے سے پورا احتراز برت کے میری الجھن میں اضافہ کر دیا تھا۔

مَیں نے ہوٹل سے نکل کر ایک خلجانی حالت میں اس سے مصافحہ کیا اور اس سے رخصت لے کر گھر کی جانب چل دیا۔ سہ پہر ڈھلنے والی تھی جس کی وجہ سے سردی کی شدت بڑھنے لگی تھی۔ مَیں تھکن سے چور تھا اور میرے لیے دو قدم اٹھانے دو بھر ہو رہے تھے۔ سبزی منڈی چوک سے مَیں پلنگ پاڑا جانے والے راستے پر چلنے لگا۔ میرے ذہن میں لگاتار جھنگی کی باتیں گھوم رہی تھیں۔ وہ اور اس کی بیوی کس لیے بابا کی آمد کا انتظار کر رہے تھے اور ان سے کیا حاصل کرنا چاہتے تھے؟ کچھ نہ کچھ ایسا تو تھا کہ وہ اپنی بیٹی کے ساتھ ہونے والی زیادتی پر کوئی ہنگامہ کرنے کے بجائے چپ رہنے کو ترجیح دے رہے تھے اور یہ بات چھپانا چاہتے تھے۔ جھنگی مجھے بھی یہی مشورہ دیتا رہا تھا کہ مجھے بابا کے قتل کا ارادہ ہمیشہ کے لیے ترک کر دینا چاہیے۔ یہ میرے لیے ناقابلِ فہم تھا۔ یہ سوچتے سوچتے سر میں درد ہونے کے باعث میں چلتے ہوئے بلا ارادہ میں اپنا سر بار بار دبانے لگا۔ مَیں گھر جا کر آرام کرنا چاہتا تھا تاکہ تازہ دم ہو کر اس صورتِ حال پر بہتر انداز میں غور و فکر کرنے کے قابل ہو سکوں اور جلد از جلد بابا کا پتا معلوم کر سکوں۔

اپنی محرومیوں کے سبب میرے اندر جو نفرت، وحشت، عناد اور غصہ پلتے رہے تھے، اب وہ ایک اندھی سرکش طاقت میں تبدیل ہو چکے تھے۔ یہ سب کچھ میرے اندر کہیں پہلے سے موجود تھا لیکن مجھے اپنے اوپر اتنا اعتماد نہ تھا جتنا میں اب محسوس کر رہا تھا۔ پہلے جب کبھی میں اس بارے میں سوچتا تھا تو ڈر جاتا تھا، سہم کر یہ خیال ذہن سے نکالنے لگ جاتا تھا لیکن اب ایسا نہیں تھا۔ مجھے اس کے بارے میں سوچتے لطف آنے لگا تھا۔ بار بار دبائے اور کچلے جانے کے باوجود اب یہ خیال میرے اندر جڑ پکڑ چکا تھا۔ اب یہ مجھے ٹھوس اور مجسم حقیقت میں ڈھلتا نظر آ رہا تھا۔ اب میرے لیے ان کا اس دنیا سے

جانا طے ہو چکا تھا۔ اپنی گلی سے پہلے میں اس امید پر سُومل کے گھر کے باہر سے گزرا شاید کھڑکی یا دروازے سے اس کے گھر کا کوئی فرد نظر آ جائے تو اس سے دو چار باتیں کر کے اپنے گھر چلا جاؤں لیکن وہاں خاموشی طاری تھی۔ مَیں نے اس مکان سے ملحق خالی پلاٹ میں جا کر زینہ بھی دیکھ لیا مگر وہاں کوئی دکھائی نہ دیا۔ مایوس ہو کر مَیں نے اپنے گھر کا رخ کیا۔

کنڈی کھٹکھٹانے کے کچھ دیر بعد ان کے آرام سے سیڑھیاں اترتے پیروں سے مجھے اماں کی کیفیت کا کچھ اندازہ ہوا۔ وہ عام طور پر سیڑھیاں تیز اترا کرتی تھیں مگر آج لگ رہا تھا جیسے کچھ سوچتے ہوئے، گم صم سی زینہ اتر رہی تھیں۔ چھنا کے سے کنڈی اتری اور اگلے ہی لمحے دروازہ چرچراتا ہوا کھلتا چلا گیا اور اماں کا پریشان اور غم زدہ چہرہ میرے سامنے آ گیا۔ انہوں نے سر پر دوپٹہ باندھ رکھا تھا جس کا مطلب تھا کہ ان کی طبیعت ٹھیک نہیں۔ مَیں ان کے پیر چھوتا ہوا اندر داخل ہوا تو انہوں نے میرے سر پر ہاتھ پھیرا اور مجھ سے بابا کے متعلق سوال کیا۔ مَیں نے انہیں اوپر چل کر پوری بات بتانے کے لیے کہا تو واپس زینہ چڑھنے لگیں اور میں دروازہ بند کرنے لگ گیا۔ مَیں چند لمحے وہاں کھڑا رہ کر ان کے اوپر جانے کا انتظار کرتا رہا۔ ان کے جانے کے بعد مَیں نے تیزی سے ہال نما کمرے کے کونے میں بوسیدہ الماری تک جا کر اس کا ایک پٹ کھولا اور جلدی سے ہاتھ میں پکڑی ہوئی چھری اندر رکھ دی۔ اس کے فوراً بعد تیزی سے زینے کی طرف گیا اور سیڑھیاں چڑھ کر اوپر پہنچ گیا۔

وہ گھڑونچی سے میرے لیے پانی نکال رہی تھیں۔ مَیں چارپائی پر بیٹھا تو انہوں نے پانی سے بھرا کٹورا میری طرف بڑھایا تو اسے لیتے ہوئے مَیں نے انہیں بیٹھنے کے لیے کہا۔ وہ میرے قریب بیٹھ گئیں۔ میرے رات کے پچھلے پہر جانے اور اب شام کے وقت آنے پر انہوں نے سخت تعجب کا اظہار کیا تو مَیں نے انہیں مختصراً اپنی کارگزاری سنا ڈالی۔ مکلی میں کہیں بابا کا نام ونشان نہ ملا۔ یہ سن کر انہوں نے ایک آہ بھری اور کہنے لگیں کہ چھوری کے ساتھ منہ کالا کرنے کے بعد وہ مکلی میں کیا ڈھول چاٹ رہا ہو گا؟ وہ تو وہاں سے دور اپنے کسی یار دوست کے پاس مزے سے رہ رہا ہو گا۔ مَیں نے ان سے درخواست کی کہ سُومل کو چھوری نہ کہیں۔ وہ باعزت لڑکی تھی۔ اس پر اماں کو مجھ پر غصہ آ گیا کہ باپ بیٹے نے ایک ہی گھر میں منہ کالا کرنے کا تہیہ کر لیا تھا۔ یہ کہ کر وہ مجھے لعنت دینے لگیں، جس پر میں بے شرمی سے ہنسنے لگا۔ مَیں نے ان سے بابا کے دوستوں کے بارے میں پوچھا تو وہ مجھ پر ہنسنے لگیں کہ انہیں یہ بات کیسے معلوم ہو سکتی تھی۔ بابا کبھی انہیں دوستوں کا نہیں بتاتے تھے۔

اماں کا خیال تھا کہ وہ دو چار دن اِدھر اُدھر گھوم کر واپس آ جائیں گے۔ میرا سوکھا اور اترا ہوا منہ دیکھ کر انہوں نے مجھ سے روٹی کا پوچھا تو مَیں نے نفی میں جواب دیا کہ روٹی کہیں سے بھی نہیں کھا سکا اور مجھے کھانا کھائے ایک دن سے زیادہ ہو گیا تھا۔ اس پر وہ مجھے ملامت کرنے لگیں کہ مَیں اپنے دماغ سے بابا کی جان لینے کا خیال نکال دوں۔ پھر وہ مجھ سے باورچی سے لے جانے والی چھری کے بارے میں پوچھا تو مجھے جھوٹ بولنا پڑا کہ ایک ہوٹل پر چائے کے بعد میں اسے وہاں بھول گیا۔ یاد آنے پر واپس گیا تو وہ مجھے نہ مل سکی۔ انہیں میری بات پر یقین نہ آیا اور میں ان کی طرف دیکھے بغیر غسل

خانے منہ ہاتھ دھونے چلا گیا۔

وہاں سے واپس آیا تو اماں باورچی خانے میں چولھا جلا چکی تھیں۔ اس کی آگ کا سیک لینے کے لیے میں بھی چوکی کھینچ کر ان کے پاس بیٹھ گیا۔ مَیں نے سیمی اور سُومل کے بارے میں پوچھا تو اماں سیمی کا نام لے کر اسے برا بھلا کہنے لگیں۔ ان کا خیال تھا کہ ماں نے جان بوجھ کر بیٹی کو بابا کے ساتھ بھیجا تھا۔ مَیں نے اس کی وجہ جاننی چاہی تو وہ ان کے پاس بالکل نہ تھی لیکن انہیں شک نہیں بلکہ پورا یقین تھا کہ یہ اس کی ماں کا سوچا سمجھا منصوبہ تھا۔ اس کے بعد انہوں نے بتایا کہ وہ دن میں ان سے ملنے آئی تھی اور خاصا وقت ان کے ساتھ گزار کر گئی تھی۔ مَیں نے اماں سے پوچھا کہ وہ لوگ بابا کے خلاف کیا اقدام کرنا چاہتے تھے؟ اس پر اماں فکرمندی اور تشویش سے بتانے لگیں کہ ان کے وِچار خطرناک اور بھیانک قسم کے تھے۔ مجھے تجسس تھا کہ سیمی اور اس کا شوہر مل کر کیا کھچڑی پکا رہے تھے؟ اماں نے بتایا کہ وہ بابا کا انتظار اس لیے کر رہے تھے کہ وہ ان کے آنے کے بعد ان سے یہ مکان اور ان کی دکان اپنے نام لکھوانے کا کہیں گے۔ اگر بابا نے انہیں لکھ کر نہ دیں تو پھر وہ لوگ تھانے اور کچہری کا دروازہ کھٹکھٹائیں گے اور ہماری زندگی اجیرن کر دیں گے۔ اماں نے اس کے بعد مجھے جو بات بتائی اس نے گویا میرے قدموں سے زمین ہی کھینچ لی۔ وہ لوگ بابا کی آمد کے بعد سُومل سے ان کا نکاح پڑھوا کر اسے میری اماں کی سوت بنا کر اس گھر میں رکھیں گے۔ اپنی بات پوری کرنے کے بعد اماں پھر سیمی اور سُومل کو گالیاں دینے لگیں۔ ان کی باتیں سننے کے بعد نور محمد جھنگی کی الجھی باتیں سلجھ کر میرے سامنے آنے لگیں۔ یہ صورتِ حال میرے وہم و گمان سے باہر تھی۔ وہ کیسے ماں باپ تھے جو اپنی بیٹی کی عزت کا انتقام یا بدلہ نہیں بلکہ اس کا تاوان لینا چاہتے تھے؟ میری اماں کے مطابق پہلے دن سے سُومل پر بابا کی نیت خراب تھی۔ وہ مجھ سے اسی لیے خائف تھے اور راستے سے ہٹانا چاہتے تھے۔ میرے گھر سے جاتے ہی انہیں کھل کھیلنے کا موقع مل گیا تھا لیکن بابا کے ساتھ سُومل کی شادی میرے لیے بالکل ناقابلِ قبول تھی۔ مَیں یہ کسی طرح برداشت نہ کر سکتا تھا اور اماں کا بھی یہی حال تھا۔ یہ سننے کے بعد میری بھوک اڑ گئی۔ میرے کہے بغیر اماں نے چائے کا پانی چڑھا دیا تھا۔ مَیں اٹھ کر چارپائی پر جا بیٹھا۔ سگریٹ سلگا کر گہرا کش لیتے ہوئے مَیں نے سوچنا شروع کیا تو مجھے ہر طرف اندھیرا دکھائی دیا۔ جس آدمی نے سُومل کو بے آبرو کیا تھا، اسے اس کی بیوی بنانے اور اس کا پورا ترکہ ہتھیانے کا فیصلہ کیا جا چکا تھا۔ اب مجھے سیمی کے اس سازش میں شامل ہونے کا یقین ہو گیا تھا۔ جو کچھ سُومل کے ساتھ ہوا تھا اس کی منصوبہ ساز اس کی ماں تھی۔

اماں پیالوں میں چائے لائیں تو مَیں نے ان سے اپنا پیالہ لے کر چارپائی پر رکھ دیا۔ مَیں نے اماں سے سوال کیا کہ اگر بابا نے ان کی بات تسلیم کر لی تو پھر ان کا ردِّعمل کیا ہو گا؟ یہ سن کر وہ ایک لمحے کو بے چین ہوئیں اور پھر اپنی شہادت کی انگلی اوپر اٹھا کر کہنے لگیں کہ دھنی سائیں ہمارے لیے اچھا کرے گا۔ ان کا جواب سن کر میں حیرانی سے ان کا منہ تکنے لگا۔ اپنی چپل تلے سگریٹ مسل کر مَیں نے پیالہ اٹھا لیا اور چائے پینے لگا۔

باہر شام ڈھل گئی تھی اور تاریکی پھیلنے لگی تھی۔ کمرے اور زینے میں لگے پیلے بلبوں کی روشنی مریضانہ لگ رہی تھی۔ خالی

پیالہ باورچی خانے میں رکھ کر مَیں نے جیون کی مانڈلی سے سگریٹ لینے جانے لگا تو اماں نے مجھے نسوار لانے کے لیے بھی کہہ دیا جو دو دن پہلے ختم ہو گئی تھی۔ مَیں اثبات میں سر ہلاتا زینے سے نیچے اتر گیا۔

گلی میں پہنچ کر مانڈلی پر جانے سے پہلے میں سُومل کے گھر کا ایک چکر لگانا چاہتا تھا اور جو کچھ سامنے آچکا تھا اس حوالے سے سیمی سے فیصلہ کن بات چیت کرنا چاہتا تھا۔ مَیں نے ان کے دروازے پر جاکر دستک دی تو کچھ دیر تک اندر سے کوئی آواز سنائی نہ دی۔ پھر ایک آہٹ ہوئی اور دھیرے دھیرے کوئی قدم گھسیٹتا ہوا زینہ اترنے لگا۔ چند لمحوں بعد ایک گڑگڑاہٹ کے بعد بھاری دروازہ کھلا اور اس کے ایک پٹ کی اوٹ سے سیمی کا چہرہ دکھائی دیا۔ مجھے بے وقت دیکھ کر وہ کچھ حیران ہوئی، پھر صاف گوئی سے کام لیتی کہنے لگی کہ سُومل مجھ سے اس وقت ملاقات نہیں کرسکتی، اگر مجھے اس سے ملنا تھا تو کل دن میں آؤں۔ مَیں نے بھی دوٹوک انداز میں بتایا کہ مجھے سُومل سے نہیں بلکہ اس سے بات کرنی تھی۔ یہ سن کر اس نے ادھ کھلا پٹ پورا کھول دیا اور مجھے اندر آنے کے لیے کہا۔

میں نیچے واقع تاریک کمرے کے پاس پہنچ کر رک گیا۔ وہ دروازہ بند کر کے آئی اور اس نے کمرے میں جاکر بلب جلایا۔ اس کے بعد میں اندر داخل ہوا تو اس نے مجھے بیٹھنے کے لیے کہا۔ اس نے رسمی طور پر چائے پانی کا پوچھا تو مَیں نے کچھ بھی لانے سے منع کر دیا۔

وہ میرے قریب بیٹھی تو اس کے بدن سے اٹھتی مانوس خوشبو میرے نتھنوں میں داخل ہوئی۔ اس نے چھوٹتے ہی مجھ سے بابا کے بارے میں پوچھا تو مَیں نے اپنی پوری کارگزاری سے اسے آگاہ کیا۔ اس دوران وہ محویت اور تجسس کے ساتھ پوری روداد سنتی رہی۔ اس کے بعد مَیں نے تھانے میں رپٹ درج نہ کروانے پر اپنی حیرت کا اظہار کیا تو اس نے مجھ سے اتفاق نہ کیا۔ اس کے خیال میں یہ ان کے لیے اور سُومل کی زندگی کے لیے نقصان دہ ہوسکتا تھا۔ مَیں نے اس سے اختلاف کرتے ہوئے اسے سمجھانے کی کوشش کی لیکن وہ میری بات ماننے پر تیار نہ ہوئی۔ اس نے اصرار کے ساتھ بار بار زور دیا کہ مَیں جلد از جلد اپنے بابا کو تلاش کروں اور انہیں ان کے پاس لے آؤں۔ جب مَیں نے اس سے ان حالات میں بھی سُومل سے اپنی محبت، وفاداری اور الفت کے علاوہ اس سے شادی کرنے کی اپنی خواہش کا اظہار کیا تو وہ اس پر ہنسنے لگی۔ اس کا خیال تھا کہ مَیں جس جذبے کے زیرِ اثر یہ کہہ رہا تھا وہ دنیا کی باتوں کی تاب نہ لا سکے گا اور دو چار دن میں ہوا ہو جائے گا۔ اس نے سُومل سے میری شادی کے خیال کو پوری طرح رد کرتے ہوئے کہا کہ اب اس کی شادی میرے بابا کے ساتھ ہوگی۔ اس کا انداز فیصلہ کن اور حتمی تھا مگر اس کے باوجود مَیں نے اس کے سامنے اسے تباہ کن اور مہلک قرار دیتا رہا لیکن وہ میرا مذاق اڑاتی رہی۔

مجھ سے رہا نہ گیا اور مَیں نے اس کے سامنے اپنے شک کا اظہار کر دیا جس پر اچانک مجھ سے اس کا رویہ تبدیل ہو گیا۔ مَیں نے نہ صرف اس پر بابا سے ملی بھگت کا الزام عائد کیا بلکہ سُومل کے عصمت دری میں بھی اسے ملوث قرار دیا۔ مَیں نے اسے شرم دلانی چاہی کہ وہ کس طرح ایک ایسے مرد سے اپنی بیٹی کی شادی کرنا چاہتی تھی جس کے ساتھ اس کا اپنا جسمانی

تعلق تھا۔ کیا وہ اپنی بیٹی کے ساتھ مل کر میرے بابا سے ہمیشہ کے لیے مستفید ہونے کا منصوبہ بنا رہی تھی؟ کیسی عورت تھی وہ اور کیسی ماں تھی؟

ہمارے بیچ گرما گرم بحث ہوتی رہی، جس میں نہ صرف ہم نے ایک دوسرے کو گالیاں دیں بلکہ فحش فقرے بھی استعمال کیے۔ اس بات پر مجھے حیرت ہوئی کہ ہماری بات چیت کے دوران زلفی بھی نیچے نہیں آیا تھا۔ اس واقعے کے بعد اس عورت نے ہر کسی کو اپنی مٹھی میں لے لیا تھا، حتیٰ کہ اپنی بیٹی کو بھی۔ اگر اس وقت میرے پاس چھری ہوتی تو شاید میں اسے اس کے پیٹ میں گھونپنے سے بھی دریغ نہ کرتا۔ میری اس سے گالم گلوچ کا نتیجہ ظاہر ہے یہی نکلا کہ اس نے مجھے اپنے گھر سے دفع ہونے اور پھر کبھی یہاں نہ آنے کے لیے کہہ دیا، جس پر میں غصے سے اس کے سامنے فرش پر تھوکتا ہوا تیزی سے چلتا اس کے گھر سے نکل گیا۔

اب جس بات پر مجھے افسوس ہوتا ہے وہ بس یہ ہے کہ مَیں نے اس عورت کی جان کیوں نہ لی؟ اسے زندہ کیوں چھوڑ دیا؟ بعض دفعہ سوچتا ہوں کہ اس وقت میں جہاں ہوں وہاں سے نکل کر جب اس دنیا میں واپس جاؤں گا تو اپنا یہ ارادہ اور خواہش پوری کرنے کی کوشش ضرور کروں گا۔ کیا پتا وہ اسی شہر میں ہو یا کسی اور شہر جا بسی ہو۔ معلوم نہیں، سُومل کی شادی ہوئی یا نہیں اور اگر ہوئی تو کہاں ہوئی اور وہ اب کتنے بچوں کی ماں بن چکی ہوگی؟

جیون کی مانڈلی سے سگریٹ اور اماں کے لیے نسوار لے کر میں گھر پہنچا تو دروازہ ویسے ہی بند تھا جیسے مَیں نے کر کے گیا تھا۔ کسی کی آمد کے آثار نہ تھے۔ مَیں کنڈی چڑھا کر دبے پاؤں سیڑھیاں چڑھتا اوپر کی منزل پر پہنچا تو اماں گہری نیند میں ڈوبی دکھائی دیں۔ ان کی نسوار ان کے سرہانے رکھ کر میں اپنی چارپائی پر جا کر لیٹ گیا اور سیمی کی نہایت خود غرضی پر مبنی باتوں کے بارے میں سوچنے لگا۔ اب مجھے اس کے بارے میں کہی گئی اپنی ماں کی باتوں پر یقین آنے لگا تھا لیکن یہ حتمی طور پر طے تھا کہ سُومل معصوم اور بے قصور تھی اور اسے اس کی ماں اور میرے بابا نے مل کر اپنی ناجائز خواہشات کی بھینٹ چڑھایا تھا۔ یہ دونوں اس کے بارے میں میرے احساسات و جذبات سے بخوبی آشنا تھے لیکن کسی ایک نے بھی انہیں ذرہ برابر اہمیت نہ دی تھی۔ سیمی میرے بابا کی شریکِ جرم تھی۔

تھکن کے باوجود مجھے دیر تک نیند نہیں آئی لیکن کافی دیر گزرنے کے بعد جب میرے اعصاب پوری شل ہو گئے تب اچانک کسی پل میری آنکھ لگ گئی۔

45

سویرے آنکھ کھلنے پر بستر پر دراز مَیں نے ادھر ادھر نگاہیں دوڑائیں تو بند کھڑکیوں اور کھلے روشن دانوں سے جھانکتی تیز روشنی سے اندازہ ہوا کہ دن چڑھ آیا تھا۔ مَیں نے گردن موڑ کر دیکھا تو اماں، بابا کے تخت پر گم صم بیٹھی چائے پی رہی تھیں۔ مَیں اٹھا اور انہیں سلام کرنے کے بعد غسل خانے چلا گیا۔

وہاں سے آنے کے بعد مَیں نے باورچی خانے جاکر دیگچی سے چائے خود ہی نکالی اور اپنا پیالہ بھر کر، اسے لیے ہوئے اماں کے قریب ایک چارپائی پر بیٹھ گیا۔ اماں نے میری جانب دیکھتے ہوئے تشویش کے ساتھ بابا کے نہ آنے کا ذکر کیا۔ دوسری رات بھی گزر گئی تھی اور ان کا کوئی پتا نہ تھا۔ مَیں نے ہنستے ہوئے اماں سے کہا کہ اب اگر وہ آنے کا تکلف نہ ہی کریں تو یہ ہمارے لیے بہتر تھا۔ ہم دونوں کے لیے۔ یہ سن کر وہ ڈانٹنے لگیں کہ مجھے کچھ شرم کرنی چاہیے اور ان کی سلامتی کے لیے دعا مانگنی چاہیے۔ مَیں نے ہٹ دھرمی سے ایسا کرنے سے انکار کر دیا۔ مَیں اپنی زندگی کے غارت گر کی سلامتی کی دعا نہیں مانگ سکتا تھا۔ جس نے اپنی لذت و سرمستی کے ایک لمحے میں میری اماں کی کوکھ میں کسی وجہ کے بغیر میرا بیج بویا اور یوں اس کوکھ میں ڈولتے، ہچکولے کھاتے ہوئے مجھ پر زندگی کی یہ لعنت مسلط ہو گئی۔ بابا کا سایہ، مَیں جس میں پل کر بڑا ہوا، ایک آکاس بیل جیسا تھا جس نے مجھے کُھل کے ٹھیک طریقے سے پنپنے، جینے اور پروان چڑھنے نہ دیا۔ مَیں پہلے دن سے ایک مرجھائے، کچلے ہوئے، زندگی کی توانائیوں، شوخیوں اور رنگوں سے محروم ایسے پودے جیسا تھا، جسے کبھی مناسب اور متوازن آب و ہوا نصیب نہ ہو سکے ورنہ میں ایک تن درست و توانا اور دوسروں کے لیے کار آمد گھنا پیڑ بھی بن سکتا تھا۔

مَیں نے چائے کا پیالہ ختم کرنے کے بعد چارپائی کے تکیے کے نیچے ہاتھ مار کر سگریٹ کی ڈبیا اور ماچس نکالی۔ ایک سگریٹ نکال کر دیا سلائی سے سلگایا تو اماں زیرِلب مسکرانے لگیں۔ مَیں نے اس کا سبب پوچھا تو کہنے لگیں کہ میرا اچلنا پھرنا اور عادتیں ہو بہو اپنے بابا جیسی تھیں۔ ان کی یہ بات مجھے اچھی نہ لگی اور مَیں نے ناگواری سے ان کی طرف دیکھا اور ان سے ناشتہ بنانے پر اصرار کرنے لگا۔ مَیں چاہتا تھا کہ وہ میرے سامنے سے چلی جائیں اور اس وقت مجھ سے کوئی بات نہ کریں۔ اس پر انہوں نے مجھے خبر دی کہ ناشتے کے لیے پراٹھا تو بن سکتا تھا لیکن انڈے ختم ہو گئے تھے۔ مَیں نے چائے کے ساتھ ہی پراٹھا کھانے کی حامی بھر لی۔

کچھ دیر بعد باورچی خانے میں پراٹھے بننے لگے تو تیل کا گاڑھا دھواں سارے میں پھیلتا چلا گیا۔ پہلا پراٹھا بنتے ہی اماں نے مجھے آواز دی تو مجھے مجبوراً ان کے پاس جا کر ایک چوکی پر بیٹھنا پڑا۔ گرم پراٹھے کا نوالہ توڑتے ہوئے میرا ہاتھ جل گیا تو اماں کھیسیں نکالنے لگیں۔ اس کے بعد انہوں نے ایک نوالہ توڑ کر میری طرف بڑھایا تو نہ چاہتے ہوئے بھی مَیں نے منہ کھول دیا اور اسے دانتوں کے بیچ لے کر، جبڑے ہلا ہلا کر چبانے لگا۔

اماں نے اس دوران مجھ سے ایک عجیب بات پوچھی کہ اگر بابا نے آنے کے بعد سُومل سے شادی کر لی تو پھر کیا ہو گا؟ کیا مکان اور دکان بھی اس کے ہو جائیں گے؟ یہ سن کر مجھے ان پر غصے کے بجائے رحم آنے لگا۔ ان کی تقدیر نے ان کے ساتھ کیسا الم ناک سلوک کیا تھا، انہیں اس کا اندازہ نہ تھا۔ ایک سرکش، ضدی، ہٹیلے، دھوکے باز، بے وفا، عورت باز، ان کے مزاج سے یکسر مختلف اور منفرد آدمی کے ساتھ انہوں نے اپنی زندگی کے بے شمار سال محض اس کی بیوی ہونے کی بنا پر گزار دیئے تھے۔ ان کی اس سے بڑی بدقسمتی اور کیا ہو سکتی تھی کہ وہ بار بار اس کے ہاتھوں بے عزت ہوتی رہیں، تنہائی میں اور لوگوں کے سامنے ان کی ذلتیں سہتی رہیں، لیکن اس کے باوجود اس شخص کے بغیر اپنی الگ زندگی کا تصور تک کرنے سے قاصر اور پوری طرح بے بس تھیں۔ ان کے شوہر نے ایک کنواری لڑکی سے زنا بالجبر کیا تھا، اس کے باوجود وہ میرے بابا کے بجائے لڑکی اور اس کی ماں کو مشترکہ طور پر مجرم سمجھ رہی تھیں۔

مَیں نے زچ ہو کر انہیں سمجھانے کی کوشش کی کہ ایسا ہرگز ہرگز ہونے والا نہ تھا۔ بابا نے آج تک جتنی بھی خواتین سے تعلقات رکھے تھے ان میں سے کسی کے ساتھ کبھی نکاح نہ پڑھوایا تھا، اس لیے انہیں اس بات کی فکر نہیں کرنی چاہیے۔

ناشتے سے فارغ ہو کر میں اوپر چھت پر دھوپ لینے چلا گیا۔ مَیں سُومل کی ایک جھلک دیکھنا چاہتا تھا کیوں کہ رات اس کی ماں سے ہونے والی جھڑپ کے بعد اس بات کا امکان کم تھا کہ وہ مجھے اپنے گھر میں داخل ہونے کی اجازت آسانی سے دے دے گی۔ مجھے امید تھی کہ اگر سُومل مجھے نظر آ جاتی تو میں اشاروں سے اس سے صرف ایک بار ملنے کی درخواست کرتا۔ اس کی ماں اور بابا نے جو منصوبہ بنا رکھا تھا اس کے بارے میں اس کا نقطہ نظر پوچھنا میرے لیے بہت ضروری تھا اور پھر میں اسے شادی کی پیش کش بھی کرنا چاہتا تھا۔ مَیں اب اس کی بات ماننے کے لیے تیار تھا کہ اس کے ساتھ کسی بڑے شہر منتقل ہو جاؤں گا اور گاڑیاں ٹھیک کرنے کے ہنر کے ذریعے گھر کا خرچہ تو میں چلا ہی سکتا تھا۔ اس کا دکھائی دینا ضروری تھا لیکن اس کے گھر کی چھت، صحن، کھڑکی اور دروازہ سب خالی تھے۔ ایک آدھ مرتبہ اس کی ماں دکھائی دی تو میں منڈیر سے نیچے جھک کر اس کی نظروں میں آنے سے بچ گیا۔ اس کے جانے کے بعد میں کچھ دیر تک چھت پر ٹہل کر سُومل کے نظر آنے کا انتظار کرتا رہا لیکن اس کا سراپا اس کے گھر کے کسی بھی حصے میں دکھائی نہ دے سکا۔

میں چھت کے مٹی والے فرش پر بیٹھ گیا اور نیا سگریٹ سلگا کر اس کا کش لینے لگا۔ معاً مجھے پہلے نچلی منزل پر رکھی الماری میں پڑی چھری اور اس کے فوراً بعد نجانے کس طرح اس کلہاڑی کا خیال مجھے آیا جو نیم چھتی پر ایک بکسے کے اندر رکھی ہوئی تھی اور جسے میرے دادا کی نشانی قرار دیا جاتا تھا۔ اس کے بعد میں سوچنے لگا کہ مجھے اپنے بابا کی جان لینی تھی لیکن یہ

سب کب، کہاں اور کیسے وقوع پذیر ہونا تھا۔ مَیں نے اب اس بارے میں غور کرنا شروع کیا تو محسوس ہونے لگا کہ اس جذبے اور خیال میں وہ شدت باقی نہ رہی تھی جو پرسوں رات اور کل صبح کے وقت میں اپنے اندر محسوس کر رہا تھا۔ مجھے اپنا آپ کچھ کمزور لگنے لگا اور اپنی اس کمزوری پر غصہ بھی آنے لگا۔ مَیں نے خود کو سمجھایا کہ بس بہت ہو چکا۔ اب یہ انجام ناگزیر ہو چکا تھا اور مجھے اسے ہر حال میں پایہ تکمیل تک پہنچانا تھا۔ کمزوری کی باتیں مجھے اب زیب نہیں دیتیں۔ اس عمل سے فرار کا ہر خیال میں اپنے ذہن سے نوچ کر پھینک دینا چاہتا تھا۔

میں جلدی سے نیم چھتی پر رکھے ہوئے بکسے کے پاس جا کھڑا ہوا اور سوچنے لگا کہ مجھے چھری کے ساتھ کلہاڑی کو بھی اپنے ساتھ رکھنا چاہیے، کیا معلوم کب اس کی ضرورت پڑ جائے۔ مَیں چارپائی کے پاس رکھے بکسے پر جھک گیا اور اسے احتیاط سے آہستگی سے کھولنے لگا تاکہ اس کی چرچراہٹ اماں تک نہ پہنچ سکے۔ ایک ہاتھ سے اس کا اوپر کا حصہ اٹھا کر دوسرے سے اس میں رکھے ہوئے کپڑے ہٹانے لگا۔ کچھ دیر بعد وہ زنگ آلود کلہاڑی کپڑوں کے نیچے پڑی ہوئی دکھائی دے گئی اور مَیں نے اسے آرام سے کھینچ کر بکسے سے باہر نکال کر چارپائی پر رکھ دیا۔ بکسا بند کرنے کے بعد مَیں نے اسے دن کی روشنی میں دیکھا تو مجھے بہت پرانی اور کند دکھائی دی۔

اسے دیکھ کر مجھے پہلا خیال یہی آیا کہ یہ میرے کسی کام کی نہ تھی لیکن ساتھ ہی مجھے یاد آیا کہ مَیں نے اب تک چھری کو ایک دفعہ بھی اس زاویے سے نہ دیکھا تھا کہ اس کی مدد سے ایک زندہ آدمی کی جان کیسے لی جانی چاہیے تھی۔ یہ خیال آتے ہی میں پریشان ہو گیا۔ مَیں نے جلدی سے چارپائی پر رکھے پرانے بستر کا تکیہ اٹھایا اور اس کا غلاف اتار کر جلدی سے کلہاڑی اس میں چھپا دی اور پھر اُسے اوپر کے زینے کی ایک سیڑھی پر رکھ کر میں نیچے چلا گیا۔ اماں مجھے سارے میں نظر نہ آئیں تو غسل خانے سے پانی گرنے کی آواز سن کر میں سمجھ گیا کہ وہ وہاں پر تھیں۔ مَیں جلدی سے دبے پاؤں چلتا ہوا اوپر کے زینے تک گیا اور وہاں تکیے کے غلاف میں لپٹی ہوئی کلہاڑی ہاتھ میں لیے سرعت سے زینہ اتر تا نچلی منزل کی الماری تک چلا گیا اور اس کا ایک پٹ کھول کر کلہاڑی کو جلدی سے چھری کے ساتھ رکھ کر اسے دوبارہ بند کر دیا۔

اماں باہر نکلیں تو میں گھڑونچی پر رکھے مٹکے سے پینے کے لیے پانی نکال رہا تھا۔ مَیں نے ان سے پوچھا کہ بازار سے کچھ منگوانا تو نہیں، جس پر انہوں نے بتایا کہ کچھ سامان منگوانا تھا لیکن ان کے پاس پیسے نہیں تھے کیوں کہ انہوں نے پچھلے چند روز سے بابا سے پیسے نہیں لیے تھے۔ مَیں نے اپنے پیسوں سے سامان لانے کے لیے کہا تو میری فراخ دلانہ پیش کش سن کر وہ خوش ہو گئیں کہ اب ان کا بیٹا کمانے ہونے والا ہو گیا تھا۔

نکلنے سے پہلے، مَیں نیچے، ایک بار پھر الماری کے پاس گیا، وہاں جلدی سے مومی لفافے میں لپٹی چھری کو تکیے کے غلاف میں رکھ کر دونوں کو یک جا کیا اور پھر تکیے کے غلاف کو اچھی طرح لپیٹ کر اپنے ہاتھوں میں لے لیا اور چلتا ہوا دروازے سے باہر نکل گیا۔

مجھے اچھی طرح معلوم تھا کہ پہلے کہاں جانا تھا سو میں تیزی سے قدم اٹھاتے ہوئے مچھی مارکیٹ کی طرف چلنے لگا۔ مچھی

مارکیٹ کے اطراف مَیں نے ایسی کچھ دکانیں دیکھی تھیں، جہاں سے امید تھی کہ مَیں چھری اور کلہاڑی کو اتنا تیز دھار اور نوکیلا کروا سکتا تھا کہ انہیں باآسانی کسی انسانی جسم کے آر پار کرنا ممکن ہو جاتا۔ کلہاڑی کی وجہ سے غلاف کچھ بھاری لگ رہا تھا اور اسے اٹھانے میں کچھ دقت ہو رہی تھی کیوں کہ وہ پرانی ہونے کی وجہ سے قدرے وزنی بھی تھی۔

عام طور پر شہر کی گلیوں میں چھریاں اور چاقو تیز کرنے والے پٹھان اپنی مشین کاندھے پر اٹھائے گھوما کرتے تھے۔ مجھے توقع تھی کہ کوئی نہ کوئی پٹھان مجھے راستے میں مل جائے گا، جو اپنے پیر کی مدد سے اپنی مشین چلا کر محض ایک دو روپے لے کر کچھ ہی دیر میں یہ دونوں چیزیں تیز دھار بنا دے گا۔

پہلے پہل میں محلے والوں کی مشتبہ نگاہوں سے مرعوب نہیں ہوا لیکن جوں جوں آگے بڑھتا گیا ان کی ٹٹولتی نظریں مجھے چبھنے لگیں اور میں اپنی منزل تک جلد پہنچنے کے لیے اور تیزی سے چلنے لگا۔ مَیں نے خود کو سمجھایا کہ یہ میرا وہم تھا لیکن اس کے باوجود یہ شک میرے دل میں پختہ ہونے لگا کہ ان کا میری جانب غور سے دیکھنا بلا وجہ نہ تھا۔ مَیں کبھی غلاف کو نیچے لٹکا دیتا اور کبھی اسے کلہاڑی کے گرد لپیٹ کر ہاتھوں میں پکڑ لیتا۔ مجھے سمجھ نہیں آ رہی تھی کہ انہیں اٹھا کر کیسے چلا جائے؟

سردیوں کی مدھم سی دھوپ گلی میں پھیلی تھی۔ ذرا سی حدت نہ ہونے کے باوجود کچھ شناسا مرد و زن اس کی تلاش میں گھروں سے باہر نکل آئے تھے، تھڑوں پر اور اپنے گھروں کے سامنے زمین پر بیٹھے دھوپ سیک رہے تھے۔ مجھے ان سب کی موجودگی بری طرح کھَل رہی تھی۔ مَیں قدم بڑھاتا ہوا جب دبیر مسجد سے آگے نکل گیا تو کچھ بہتر محسوس کرنے لگا۔ اب مَیں نے غلاف لپیٹ کر دونوں چیزیں مضبوطی اور اعتماد سے پکڑ لیں اور انہیں تیز کرنے والے کی تلاش میں آگے بڑھنے لگا۔

شاہ جہانی مسجد کے عقب سے گزر کر عقیلی محلے کی کشادہ گلی میں پہنچتے ہی مجھے اس کے دوسرے سِرے پر ایک لمبا چوڑا پٹھان گھیر دار شلوار، اس پر کھلی سی قمیص اور واسکوٹی پہنے اور سر پر پگڑی باندھے ہوئے آوازے لگاتا ہوا دکھائی دیا تو مَیں نے اسے آواز دے کر روک لیا، جسے سن کر وہ اپنی گول پہیے والی مشین، زمین پر رکھ کر میری جانب دیکھنے لگا۔ مَیں تیزی سے چلتا ہوا اس کے پاس پہنچا تو اس نے چھوٹتے ہی گلابی سندھی میں مجھ سے سوال پوچھا کہ کیا چیز تیز کروانی ہے؟ اسے جواب دینے کے بجائے مَیں نے غلاف کھول کر اس میں سے پہلے چھری اور پھر پرانی کلہاڑی نکال کر اس کے سامنے کر دی۔ چھری دیکھنا اس کے لیے معمول کی بات تھی لیکن زنگ آلود کلہاڑی دیکھ کر وہ چونکے بنا نہ رہ سکا۔ پوچھنے لگا کہ یہ کہاں سے نکالی ہے؟ اس پر تو بہت محنت کرنی پڑے گی اور اس کے دام بھی چھری کی نسبت زیادہ ہوں گے۔

یہ بتاتے ہوئے اس کی سرخ و سفید پیشانی پر کچھ لکیریں نمایاں ہو گئیں اور وہ اپنی ننھی سی آنکھیں مچمچا کر میری طرف دیکھنے لگا۔ اس سے مَیں نے دام پوچھے تو اس نے کچھ دیر سوچنے کے بعد دونوں چیزیں تیز کرنے کے پانچ روپے بتائے۔ مَیں نے سنتے ہی اسے وہ رقم دینے حامی بھر لی اور اسے جلد از جلد یہ کام کرنے کا کہہ کر مَیں نے جیب سے سگریٹ نکال کر دیا سلائی کی مدد سے سلگایا اور اس کے کش لینے لگا۔

وہ پٹھان ذرا سا جھک کر مشین کے پائیدان پر پیر رکھ کر لوہے کے پہیے کو تیزی سے چلانے لگا اور اس پر چھری تیز کرنے

لگا۔ وہ اس کی سطح جب تیزی سے گھومتے ہوئے لوہے کے پہیے سے ٹکراتا تو اس میں سے چنگاریاں نکلتیں جو مجھے دن کی روشنی میں واضح طور نظر آتی رہیں۔ ان کے ساتھ ہی لوہے کی دو چیزیں باہم ٹکرانے سے ایک سمع خراش آواز بھی میرے کانوں میں داخل ہوتی رہی۔ چھری اس نے جلدی سے تیز کر کے میرے حوالے کر دی جو مجھے بدلی ہوئی اور نئی نئی لگنے لگی تھی لیکن کلہاڑی کا زنگ اتارنے اور اس کا چمک دار لوہے کا پھل نکالنے میں اسے کچھ زیادہ دیر لگ گئی کیوں اس کا لکڑی کا دستہ کچھ اس طرح اندر دھنسا ہوا تھا کہ پٹھان کی خاصی زور آزمائی کے باوجود وہ پھل سے الگ نہ ہو سکا۔ ناچار ہو کر وہ اسے دستے سمیت تیز کرنے کی سعی میں لگ گیا۔ ایک دو موقعوں پر زچ ہو کر وہ اپنی ماں بولی میں بڑبڑایا اور شاید گالیاں دینے لگا لیکن پھر سر جھٹک کر دوبارہ کلہاڑی کو زور سے رگڑ رگڑ کر تیز گھومتے پہیے پر پھرانے لگا۔ ان دونوں کی رگڑ سے تواتر کے ساتھ پھلجھڑیاں چھوٹتی رہیں، مَیں جنھیں دلچسپی سے دیکھتا رہا۔

زنگ آلود اور کہنہ کلہاڑی کے پھل کو چمک دار اور تیز دھار آلے میں تبدیل ہوتے دیکھ کر مجھے ایک مسرت محسوس ہو رہی تھی جیسے میرے اندر دبی، کچلی اور مسلی گئی خواہشات پر چڑھا زنگ اتر رہا ہو اور بابا کے خلاف میرے کہنہ اور پرانے جذبات و احساسات و خیالات کو ایک نئی چمک دمک اور تیزی مل رہی ہو۔ ان پر چھایا ہوا زندگی بھر کا غبار صاف ہو رہا ہو اور میرے ذہن و دل کو ایک نئی سمت مل رہی ہو۔ جس کی جانب کلہاڑی کا تیز ہوتا پھل اشارہ کر رہا تھا۔

صوبہ سرحد سے تعلق رکھنے والا یہ پٹھان اس کی پرانی شکل بحال کرنے میں تقریباً کامیاب ہو چکا تھا۔ کچھ دیر گزرنے کے بعد اس نے کلہاڑی کو فیصلہ کن نظر سے دیکھتے ہوئے میری طرف بڑھاتے ہوئے کہا کہ وہ اس سے زیادہ کچھ اور نہیں کر سکتا۔ اب یہ اس قابل ہو گئی تھی کہ ایک وار میں لکڑی کا موٹا ٹکڑا یا کسی درخت کا تنا کاٹ کر رکھ دے۔ مَیں نے اس کے پھل کی دھار دیکھی تو وہ مجھے تیز طرار محسوس ہوئی۔ مَیں نے اسے پانچ کے بجائے جب چھ روپے دیئے تو وہ بہت خوش ہو گیا۔

میں ان دونوں کو تکیے کے بوسیدہ غلاف میں لپیٹنے لگا تو پٹھان نے مجھے انہیں احتیاط سے لے جانے کے لیے کہا کیوں کہ ان کی تیز دھار اب غلاف چیر کر باہر بھی نکل سکتی تھی۔ اس کی نصیحت پلے باندھتے ہوئے مَیں نے اپنے گھر تک واپس جانے کے لیے دبیر مسجد کے بجائے کمہاروں اور گوالوں کے گھروں کے پاس سے گزرنے والے راستے کو ترجیح دی کیوں کہ وہ اکثر ویران رہتا تھا۔

چلتے ہوئے میرا ذہن متواتر بابا کے بارے میں سوچ رہا تھا کہ ان سے اب میری ملاقات کب ہو گی اور کہاں پر اور کس طرح کے حالات میں؟ نجانے کیوں ایک خیال راسخ ہوتا جا رہا تھا کہ مجھے گھر پر رہ کر ان کی آمد کا انتظار کرنا چاہیے اور وہ جلد یا بدیر یہاں ضرور آنے والے تھے۔ شہر میں ان کے کچھ لوگوں سے گہرے مراسم تو تھے مگر اتنے بھی نہیں کہ وہ کسی کو اپنی کارروائی سنا کر، اس کی مدد سے سیمی اور جھنگی کا ردِ عمل معلوم کر سکتے۔ اس کے متعلق انہیں بہترین معلومات گھر میں اماں کے سوا کسی اور سے نہ مل سکتی تھیں۔ اسی بنا پر میں اپنے دل میں امید باندھ رہا تھا کہ وہ اگلے ایک یا دو روز میں کسی بھی وقت گھر میں وارد ہو سکتے تھے۔ قرینِ قیاس یہی لگ رہا تھا کہ وہ رات کی تاریکی میں کسی بھی وقت آ کر دروازے پر

دستک دیں گے۔

میں سُومل کے مکان کے قریب سے گزرا تو بند دروازہ اور کھڑکی دیکھ کر میرے سینے سے ایک آہ نکلی اور میں سوچنے لگا کہ مجھے سُومل سے کم از کم ایک بار ضرور ملنا چاہیے اور اس کے دل و دماغ کا حال معلوم کرنا چاہیے۔ مَیں اس کے ماں باپ کی گھناؤنی سوچ کے حوالے سے اس کا ردِّ عمل جاننا چاہتا تھا اور مجھے امید تھی کہ وہ ان دونوں کے برخلاف سوچ رہی ہو گی۔ مجھے اتنا معلوم تھا، وہ زیادہ نہ سہی، تھوڑا بہت سہی مجھے پسند تو کرتی تھی، اس لیے اس کے فیصلے کا پلڑا میری جانب بھی جھک سکتا تھا اور میری شدید خواہش تھی کہ ایسا ہو۔ مَیں اسے اپنے ساتھ لے کر یہ شہر چھوڑ کر کہیں بھی جانے کے لیے بالکل تیار تھا، کسی بھی ایسی جگہ جہاں اسے کوئی اس کے ساتھ پیش آنے والے ہول ناک واقعے کا طعنہ نہ دے، اس پر کوئی فقرہ نہ کسے اور اسے کچھ نہ کہے۔ کسی بھی ایسی جگہ جہاں وہ میرے ساتھ عزت اور وقار کے ساتھ اپنی زندگی گزار سکے اور ہمیشہ کے لیے اپنے ماضی کو فراموش کر کے سکون سے جی سکے۔

مجھے یقین تھا کہ اس کی ماں نے مجھ سے ملنے کے بعد اسے میرے خلاف بھڑکایا اور ورغلایا ہو گا اور اسے مجھ سے متنفر کرنے کی کوشش کی ہو گی لیکن اس کے باوجود میرے دل میں آس کی لو پھڑ پھڑا رہی تھی اور مجھے سامنے موجود مکان کی دیواریں پھلانگ کر اندر جانے پر اکسا رہی تھی لیکن یہ اس کی امی کے گھر پر ہوتے ممکن نہ تھا سو مجھے کسی ایسے موقعے کا انتظار کرنا تھا جب سیمی زلفی کے ساتھ گھر سے کہیں چلی جائے اور سُومل گھر پر اکیلی رہ جائے۔ تب میں اکیلے میں تسلی کے ساتھ اس سے باتیں کر سکتا تھا۔

سوچتا، اپنے آپ سے الجھتا ہوا میں سر جھکائے قدم اٹھاتا ہوا اپنے گھر تک پہنچ گیا۔ مَیں نے غلاف میں بند اپنے دونوں ہتھیاروں کو ان کے دستوں پر سے مضبوطی سے پکڑا ہوا تھا۔ مَیں دروازہ دھیرے سے دھکیل کر دبے پاؤں اندر داخل ہوا اور آہستگی سے اسے بند کر کے نیچے والے کمرے کا جائزہ لیتے ہوئے، یہ دونوں چیزیں چھپانے کے لیے کوئی ایسی مناسب جگہ ڈھونڈنے لگا جہاں سے ضرورت کے وقت انہیں نکال کر حملہ آور ہونے اور وار کرنے میں زیادہ دیر نہ لگے اور یہ دونوں کسی تردّد کے بغیر میرے ہاتھ میں آسکیں۔ یوں مَیں نے خود ہی طور پر اپنے بابا سے ہونے والی آخری اور فیصلہ کن لڑائی کے لیے مقام منتخب کر لیا لیکن اس کا انحصار صرف اور صرف ان کے گھر آنے پر تھا۔ اگر خدانخواستہ وہ گھر واپس نہ آتے یا زیادہ دنوں کے بعد آتے تو اس صورت میں شاید میری یہ حکمت عملی پوری طرح ناکام ہو جاتی۔

اس ہال نما کمرے کی، ہر چیز کو چھت کی کڑیوں سے فرش تک غور سے دیکھنے کے بعد، مَیں وہ دونوں چیزیں ہاتھ میں لیے کھڑکیوں کے پاس پڑے گرد آلود موڑھوں کی جانب بڑھا اور ان میں سے ایک موڑھے کو باقی تین سے ذرا ہٹا کے الگ کر کے رکھ دیا اور جلدی سے اسے ذرا اوپر اٹھا کر اس کے نیچے کی خالی جگہ پر چھری اور کلہاڑی غلاف سے نکال کر رکھ دیں۔ ان کی نوکیں اور پھل اب نئے نکور اور چمک دار ہو چکے تھے۔ موڑھے کو اس کی جگہ واپس رکھتے ہوئے مَیں نے اطمینان کی سانس لیتے ہوئے غلاف کو جیب میں رکھ لیا۔

نوجوان رَولاک کے دُکھڑے

شاید اماں نے میری آہٹ سن لی اور پہلی منزل سے میرا نام پکارنے لگیں۔ مَیں دھیرے دھیرے زینہ چڑھتا ان تک پہنچا تو مجھے خالی ہاتھ دیکھ کر وہ حیران ہونے لگیں کہ انہوں نے مجھ سے کچھ سودا سلف منگوایا تھا، مَیں جسے خریدنا بالکل بھول گیا تھا اور بس اپنے خیالی منصوبے میں کھویا رہا تھا۔ انہوں نے جب مجھ سے پوچھا تو مجھے یاد آیا اور میں ان سے معذرت کرتے ہوئے بہانہ گھڑنے لگا کہ ایک دوست مل گیا جس سے باتوں میں سامان لینا یاد ہی نہ رہا۔ میرے کام بھول جانے پر اماں کو تشویش ہونے لگی جسے ختم کرنے کے لیے مجھے فوراً گھر سے نکل کر حنیف میمن کی دکان کا رخ کرنا پڑا۔

آٹا، دالیں اور گرم مصالحہ خرید کر لوٹتے ہوئے میں گھر کے قریب والے چوراہے سے ابھی کچھ دور تھا کہ سیمی اپنے بیٹے زلفی کا ہاتھ تھامے ہوئے دبیر مسجد کی طرف جاتی ہوئی دکھائی دی۔ اسے جاتے دیکھ کر مجھے لگا کہ میرے دل کی مراد بر آ گئی تھی۔ یہ سوچتے ہوئے میں سامان لیے تیزی سے گھر کی طرف چلنے لگا۔ اشیا اماں کے حوالے کرتے ہوئے مَیں نے ان سے جھوٹ بولا کہ گیراج کا ایک دوست باہر میرا انتظار کر رہا تھا اور مجھے اس کے ساتھ جانا تھا۔ اماں کو بتانے کے بعد میں تیزی سے واپس پلٹا اور جلدی سے سیڑھیاں اتر کر باہر چلا گیا۔

گلی میں پہنچ کر مَیں نے سوچنا شروع کیا کہ اب مجھے کیا کرنا چاہیے تھا؟ سُومل کے مکان کی دیوار پھاندنی چاہیے یا مہذب طریقے سے دروازے پر دستک دے کر سُومل سے تھوڑی بات کرنے کی درخواست کرنی چاہیے۔ دوسرا طریقہ مجھے بہتر لگا اور میں دھیرے دھیرے اس تھڑے کی جانب بڑھنے لگا جو دروازے کے باہر بنا ہوا تھا۔ اس کی سیڑھیاں چڑھ کر اس پر کھڑا ہونے کے بعد دستک دینے کے لیے میں کچھ دیر تک سوچتا رہا۔ سُومل کا سامنا کرنے کے خیال سے میرے خون کی گردش تیز ہونے لگی تھی اور دل کی دھڑکن ادھم مچانے لگی تھی۔ مشکل سے یہ سب نظر انداز کرتے ہوئے میں ہمت کر کے کنڈی کھٹکھٹائی کیوں کہ پھر کبھی اس سے ملنے کا ایسا نادر موقع ملنے والا نہیں تھا۔

مَیں نے اپنے اندر برپا شور سے بہت دور اس کی نحیف آواز سنی مگر جواباً اپنے لب کھولنے سے اجتناب کرتا رہا۔ اس کی تشویش میں ڈوبی آواز دھیرے دھیرے دروازے کے قریب آنے لگی۔ مَیں دم سادھے کھڑا تھا جب دروازے کی اندرونی کنڈی ایک چھناکے سے کھلنے کی آواز میری سماعت میں داخل ہوئی تو میں ہڑبڑا کر سامنے کی طرف متوجہ ہوا۔

ایک گڑگڑاہٹ سے دروازہ کھلنے لگا اور چند لمحوں بعد اس کے پیچھے سُومل کا اداسی میں ڈوبا چہرہ دکھائی دیا۔ مجھے دیکھتے ہی اس پر گھبراہٹ طاری ہو گئی اور وہ دروازے سے پیچھے ہٹ گئی۔ اس کی پریشانی بھانپتے ہوئے مَیں نے اپنے قدم بڑھائے اور اس کے گھر کی دہلیز سے اندر پاؤں رکھتے ہوئے اس کے بالکل نزدیک جا کھڑا ہوا۔ وہ میری اس جرأت پر ششدر رہ گئی۔ مَیں نے جلدی سے دروازے کو زور سے بھیڑ دیا۔

اس کے ردِّعمل کو نظر انداز کرتے ہوئے مَیں نے دوٹوک انداز میں کہا کہ مجھے اس سے کچھ اہم باتیں کرنی تھیں۔ اس نے ترنت جواب دیا کہ وہ میری کوئی بات سننا نہیں چاہتی۔ مَیں نے اس کی طرف دیکھا تو دن کی روشنی میں اس کے چہرے پر ڈوبتی شام سا تاثر نظر آ رہا تھا۔ یہ وہ لڑکی نہیں تھی جسے میں جانتا تھا اور جس سے ملتا رہا تھا۔ اسے دیکھنے کے بعد

نجانے کیوں مجھے لگ رہا تھا کہ وہ ابھی کچھ دیر پہلے روتی رہی تھی۔ اس کی آواز گھگیائی ہوئی تھی اور آنکھوں میں گہرے سرخ ڈورے تیر رہے تھے۔ وہ مجھ پر اپنے گھر کا دروازہ بند کرنا چاہتی تھی۔ اس کی ضد کے آگے مجھے اور کچھ نہ سوجھا تو مَیں نے اس کے سامنے اپنے ہاتھ جوڑ کر اسے کچھ باتیں کہنے سننے کے لیے نیم رضامند کر لیا۔ اس نے یہ شرط رکھی کہ مَیں دو منٹ میں اپنی بات کہتے ہی یہاں سے چلا جاؤں گا۔ وہ نہیں چاہتی تھی کہ اس کی ماں مجھے یہاں پر دیکھے۔

وہ مجھے اپنے گھر کے مہمان خانے میں بٹھانے کے لیے تیار نہ ہوئی اور مجھے دروازے کے پاس کھڑے ہو کر اس سے بات کرنی پڑی۔ مَیں نے اسے سمجھانا چاہا کہ اس کے ساتھ جو کچھ ہو چکا تھا وہ اندوہ ناک تھا لیکن اس کے بعد اب اس کے ماں باپ اس کے ساتھ جو کچھ کرنے جا رہے تھے وہ ہول ناک ہونے کے ساتھ غیر فطری بھی تھا۔ مَیں نے جتانا چاہا کہ اسے اپنے والدین کی یہ خواہش پوری نہیں کرنی چاہیے تھی کیوں کہ اس طرح وہ دوہری زیادتی کا شکار ہو جائے گی اور اپنی اس وقتی اذیت سے رہائی پانے کے بعد وہ ہمیشہ کے لیے مستقل طور اس کے بوجھ تلے دبی کراہتی رہے گی، سسک سسک کر جیے گی اور اس کا وہ جینا موت سے بھی بدتر ہو گا۔ مَیں نے اسے سمجھانا چاہا کہ وہ اس سے انکار کر دے۔

میری باتیں سنتے ہی وہ بھڑک اٹھی اور مجھے کھری کھری سنانے لگی اور میرے بابا کے ساتھ مجھے بھی برا بھلا کہنے لگی۔ اس کے مطابق اس کے ماں باپ جو بھی کرنا چاہتے تھے مجھے ان پر تنقید کرنے کا کوئی حق نہ تھا۔ مَیں اس کا کون ہوتا ہوں اور اس کا کیا لگتا ہوں؟ اس کی یہ تلخ بات مجھ سے سہی نہ گئی اور جواباً میں بھی پھٹ پڑا۔

مَیں نے چند ٹوٹے پھوٹے فقروں میں اس سے اپنی محبت کا اظہار کیا جس سے مجبور ہو کر میں اس سے ملنے اور بات کرنے آیا تھا۔ مَیں اسے ہمیشہ کے لیے اپنا بنانا چاہتا تھا اور اس کے ساتھ مل کر ایک بہتر زندگی گزارنا چاہتا تھا۔ مَیں نے اسے سمجھانا چاہا کہ عمر بھر کے لیے میرے بابا جیسے بدطینت آدمی کی اسیر بننے سے بہتر تھا کہ وہ مجھے ان پر فوقیت دے۔ یہ سن کر وہ مجھ سے کہنے لگی کہ اپنی مرضی سے فیصلہ کرنے کا کوئی اختیار نہ اس کے پاس پہلے تھا اور نہ اب ہے۔ اس لیے میرے لیے بہتر تھا کہ اسی وقت وہاں سے چلا جاؤں۔

جب وہ بار بار جانے پر اصرار کرنے لگی تو مجھے بہت برا لگا جس پر غصے سے میرے منہ سے نکلا کہ اگر اس نے میرے بابا کے یہاں آنے پر کوئی روک لگائی ہوتی تو شاید یہ سب کچھ کبھی پیش نہ آیا ہوتا۔ اس کے بعد وہ اپنی ماں جیسی بن گئی اور مجھے گالیاں دینے لگی اور اس کے منہ سے کف اڑنے لگا۔ اس کی آنکھوں میں اپنے لیے شناسائی اور احترام ختم ہوتے اور اسے نفرت میں بدلتے دیکھ کر مجھے سخت دھچکا لگا۔ اس سے یہ آخری ملاقات میری توقع کے برعکس بہت بری رہی اور آج تک میرے دل سے اس کا ملال نہیں جا سکا۔

اس وقت مجھے اس پر بہت غصہ آیا تھا اور جی ہی جی میں اسے برا بھلا کہتا ہوا میں اس کے گھر سے نکل کر چلا گیا لیکن اب سمجھ آ رہی ہے کہ زنا بالجبر نے اس کے کردار کی کایا کلپ کر دی تھی۔ وہ اچانک ایک نرم و نازک لڑکی سے خود غرض اور فحش قسم کی عورت بن گئی تھی۔ محض چند روز پہلے تک اس کی ادائیں کتنی دل ربا، اس کے عشوے کتنے شوخ اور اس کے تبسم کتنے

تازہ دم اور زندگی سے معمور تھے لیکن اب اس کی آنکھوں کے گرد حلقے پڑ گئے تھے اور ان میں شوخی کی جگہ وحشت دکھائی دینے لگی تھی۔ اس کے جسم، روح اور دل و دماغ میں نجانے کیسے آندھیاں چلتی رہیں، جن کے غبار میں وہ سُومل جسے میں جانتا تھا کہیں گم ہو کر رہ گئی۔ اس کا اس طرح گم ہو جانا میری زندگی کا سب سے بڑا المیہ تھا۔

میں جیسے ہی باہر نکلا اس نے پیچھے سے دروازے کو زور دے دھکیل کر بند کر دیا اور تیزی سے زینہ چڑھتی ہوئی اوپر کی منزل کو چلی گئی۔ مَیں ڈگمگاتا ہوا تھڑے سے نیچے اترا اور اس طرح دائیں بائیں دیکھنے لگا جیسے چاروں طرف میرے دل کی جلتی ہوئی دنیا کی راکھ اڑتی پھر رہی ہو۔ یہ راکھ میری آنکھوں چلی گئی تو مجھے سجھائی دینا بند ہو گیا کہ مجھے کس طرف جانا چاہیے۔ اپنے گھر یا کہیں اور۔

سُومل سے ملنے کے بعد میں پوری طرح منہدم ہو گیا تھا اور میرے لیے اپنے بدن کا ملبہ اٹھانا دشوار ہو رہا تھا، مَیں جیسے تیسے خود کو کھینچتا ہوا گندم کے سرکاری گودام کی طرف چل دیا۔ مَیں نے اپنے بابا کے انجام کے بارے میں جو منصوبہ بنایا ہوا تھا وہ مجھے دھندلا پڑتا دکھائی دینے لگا۔ مَیں خود کو بہت ناتواں محسوس کرتا، اپنے آپ کو زبردستی گھسیٹ کر چلتا چلا گیا۔ منفی خیالوں اور محسوسات کے تیز و تند ریلے اپنے تیز بہاؤ میں مجھے اپنے ساتھ لیے جا رہے تھے۔

بھینسوں کے باڑے سے آگے گودام کے قریب سے مَیں نے اپنا رخ سجاول جانے والی سڑک کی جانب کر لیا۔ یکایک مجھے وہ ہوٹل یاد آنے لگا جہاں ایک مرتبہ گھنشام داس مجھے اپنے ساتھ لے کر گیا تھا۔ جہاں پر جوا کھیلا جاتا تھا اور ساتھ میں چرس نوشی بھی جاری رہتی تھی۔ مجھے شدت سے چرس کی طلب ہونے لگی تاکہ میں اپنے ذہن کے دوزخ سے نجات پا سکوں، اس اذیت ناک سلسلۂ خیال و احساس کو منقطع کر کے سکون کی چند سانسیں لے سکوں، جو مجھے اندر ہی اندر کچل رہا تھا۔ مجھے اپنے وجود سے کراہت محسوس ہونے لگی کہ مَیں کس قماش لوگوں کے لوگوں کے درمیان اب تک زندگی بسر کرتا رہا تھا۔ مجھے یہ زندگی ملی ہی کیوں؟ مجھے لگ رہا تھا کہ سیمی، اس کا شوہر نور محمد جھنگی، سُومل اور میرے بابا اور اماں سب میرے خلاف آپس میں متحد اور یک جا تھے اور یہ جو کچھ بھی پیش آیا تھا اس میں ان سب کے باہمی گٹھ جوڑ کا بہت دخل تھا۔

ایک بالکل نیا خیال ذہن میں ابھرا اور میرے پورے جسم میں سنسنی دوڑاتا چلا گیا۔ مَیں نے اسے جھٹکنے اور اس سے جان چھڑانے کی بہت کوشش کی لیکن وہ جیسے کہیں چپک گیا تھا اور مجھے قائل کرنے کی کوشش کر رہا تھا۔ یہ وہ بات تھی جو میرے وہم و گمان میں کبھی نہیں آئی تھی اور اب سُومل کی جانب سے دھتکارے جانے کے بعد میں بلا وجہ اس طرف لڑھکتا جا رہا تھا۔ اگر میں اپنے بابا کی جان نہیں لے سکتا تو کیا ہوا، ان کے بدلے میں اپنی زندگی تو ختم کر سکتا تھا۔ میرا ذہن مجھے سمجھانے کی کوشش کر رہا تھا کہ یہ کام نسبتاً زیادہ آسان تھا اور اسے چھری اور کلہاڑی کے بغیر بھی انجام دیا جا سکتا تھا۔ اس حوالے سے کئی طریقوں پر سوچ بچار کی جا سکتی تھی اور ایک سہل اور آسان طریقہ تلاش کرنا ممکن تھا۔ ویسے بھی سُومل کے انکار کے بعد میرے پاس اپنی آئندہ زندگی کے لیے کوئی جواز باقی نہیں رہا تھا۔ میرا مستقبل ہمیشہ کے لیے تاریکی میں ڈوب چکا تھا۔

اپنی جان لینے کے خیال کے شور میں میرے اندر کہیں دور سے اس کی مخالفت میں ایک کمزور اور ناتواں آواز بلند ہو

رہی تھی جو شاید میرے ضمیر کی آواز تھی مگر خود کشی کی حسین سوچ اس پر حاوی ہوتی جا رہی تھی اور اسے دبا کر پرے دھکیلنے کی کوشش کر رہی تھی۔ یہ سوچ بار بار مجھ سے مخاطب ہو کر کہہ رہی تھی کہ جب وجود ہی باقی نہیں رہے گا تو پھر یہ ساری تکلیف اور اذیت بھی ختم ہو جائے گی لیکن میرے ضمیر کی منحنی صدا، مجھے انتقام لینے پر اکسا رہی تھی۔ اگر میرے بابا سُومل کے ساتھ زنا بالجبر نہ کرتے تو شاید یہ صورتِ حال پیدا ہی نہ ہوتی لیکن انہوں نے خوب سوچ سمجھ کر، منصوبہ بندی سے اپنی بدکاری کو پایہ تکمیل تک پہنچایا اور سُومل کے ساتھ میری زندگی بھی ہمیشہ کے لیے خراب کر دی۔ خود کشی کے بعد میں ختم ہو جاؤں گا اور میرے بابا سُومل سے شادی رچا کر اپنی ہوس کو دوام بخشتے رہیں گے۔ اس لیے ان کا خاتمہ ضروری تھا تاکہ ان کے سُومل کے پاس دوبارہ جانے، اسے دوبارہ چھونے اور اس سے ہم بستر ہونے کا امکان ہمیشہ کے لیے ختم کیا جا سکے۔

بابا کے قتل کے لیے میری سب دلیلیں خود کشی کے خیال کے سامنے اکارت جا رہی تھیں اور میں نجانے کیوں اپنی موت سے مسحور ہو کر دھیرے دھیرے اس کی جانب کھنچنے لگا تھا اور اپنی ہستی کا کھیل اپنے ہاتھوں ختم کرنے کے بارے میں سنجیدہ ہونے لگا تھا۔ مَیں اسی ذہنی کشمکش میں چلتا ہوا، مَیں سڑک پر واقع شاہ جہانی مسجد کے مرکزی گیٹ کے سامنے سے گزرتا ہوا آگے بڑھ گیا۔ اب جواریوں کا ہوٹل قریب آ گیا تھا لیکن میرا اخلجان لگاتار بڑھتا جا رہا تھا۔

46

جب میں واپس اپنے پاڑے میں پہنچا تو مغرب کی اذان کچھ دیر پہلے تھم چکی تھی اور سردیوں کی شام ڈھلنے کے ساتھ خنکی کی شدت میں اضافہ ہونے لگا تھا۔سورج ڈوبنے سے پہلے آسمان پر جو گہری سرخ شفق پھیلی تھی، وہ دھیرے دھیرے نارنجی اور پھر زردی مائل ہونے کے بعد، اب سرمئی پڑتی سیاہی میں مدغم ہوتی جارہی تھی۔کھنڈروں، ویرانوں اور پرانی عمارتوں میں چھپے ہوئے چمگادڑ باہر نکل کر نیم تاریک ماحول میں نیچی پروازیں کرنے لگے اور اوپر سے گزرتے ہوئے مجھے ان کے پروں کی پھڑ پھڑاہٹ صاف سنائی دینے لگی۔شہر بھر کے دکاندار حسبِ معمول دکانیں بند کر کے اپنے گھروں کو لوٹ رہے تھے اور ہر کسی نے ہاتھوں میں کچھ نہ کچھ سامان اٹھا رکھا تھا۔

ہوٹل پر جانا میرے لیے کسی حد تک سود مند رہا تھا۔ چند گھنٹے وہاں گزارنے اور اوپر تلے چرس کے سگریٹ پینے اور زندگی میں پہلی بار جوا کھیلنے کی وجہ سے مَیں خودکشی کے خیال کو پرے دھکیلنے میں کامیاب رہا تھا۔مَیں نے دو مرتبہ دس دس روپے لگا کر جوا کھیلا اور دونوں دفعہ ہار گیا۔جواریوں کے پانسے نے میرا ساتھ نہیں دیا تو محسوس ہونے لگا کہ شاید میں ہر بازی ہارنے کے لیے پیدا ہوا تھا۔وہ چاہے جوئے کی ہو، یا پیار کی یا زندگی کی۔ہر دفعہ شکست میرا مقدر بنا دی گئی تھی۔ عمر کے گزرے ماہ و سال میں، ہر معاملے میں ہارنا میرے نصیب میں شامل کر دیا گیا تھا لیکن میں اپنی ہار تسلیم کرنے کے بجائے اب بھی ڈھٹائی اور خود سری کے ساتھ اپنی تقدیر کے مقابل کھڑا ہو کر اپنی جیت کی نہیں بلکہ اپنی ذات اور وجود کا اثبات کرنے کی ایک ادنیٰ کوشش کر رہا تھا۔

جواری مجھے مزید کھیلنے پر اکسا رہے تھے لیکن ان کے آگے بھلمنساہٹ سے ہاتھ جوڑ کر، ان سے جان چھڑا کر، مَیں ہوٹل کے مالک کے پاس چلا گیا اور دھیمے لہجے میں رازداری کے ساتھ اس سے چرس خریدنے کی خواہش کا اظہار کرنے لگا تو اس نے مجھ سے اس کی مقدار کے بارے میں استفسار کیا تو مَیں نے بلا سوچے سمجھے اس سے پچاس روپے کی چرس مانگی۔اس نے میری طرف دیکھتے ہوئے پوچھا کہ اتنی چرس کا کیا کرو گے؟ مَیں نے ناراضی سے جواب دیا کہ کھاؤں گا، جسے سن کر وہ اپنے پیلے دانت نکالتے ہوئے ہنسنے لگا۔اس کے بعد جب اس نے چرس کی ایک بڑی ٹکڑی مجھے تھما دی۔مَیں چرس خریدنے کے بعد، ہوٹل میں ایک طرف زمین پر بچھی ہوئی رَلی پر دائرہ بنا کر بیٹھے ہوئے موالیوں کی ایک ٹولی میں

جا شامل ہوا۔ ان میں شامل ایک موالی نے کسی جان پہچان کے بغیر چرس کا سگریٹ میری طرف بڑھا دیا۔ اس کے دو چار کش لینے کے بعد مَیں نے ٹکڑی میں سے کچھ توڑ کر اور جیب سے سگریٹ کی ڈبیا نکال کر اس کے حوالے کر دی۔ جس کے بعد وہ ایک کے بعد ایک چرس کے سگریٹ بھر بھر کے مجھے پیش کرنے لگا۔ اس دوران نشہ دو آتشہ کرنے کے لیے مَیں نے دو مرتبہ اپنے اور اس کے لیے بے حد میٹھی اور کڑک چائے منگوائی تو وہ بار بار میرا شکر گزار ہونے لگا۔ عصر کی اذان کے بہت دیر بعد جب میں جانے کے لیے اٹھا تو وہ مجھے کچھ آگے تک چھوڑنے بھی آیا۔ وہ ذات کا جوکھیو تھا اور بڑھئی کا کام کرتا تھا۔ کچھ دور جا کر مَیں نے اس سے اجازت لی اور اپنے گھر کی طرف چل پڑا۔

مجھے گھر سے نکلے کئی گھنٹے گزر چکے تھے لیکن مجھے اماں کی کوئی فکر نہیں تھی کیوں کہ وہ رات دن ابا کی خیریت کے لیے دعائیں مانگ رہی تھیں۔ انہوں نے اب تک میرے ارادے کو سنجیدگی سے نہیں لیا تھا۔ مجھے دل ہی دل میں یقین ہو چلا تھا کہ بابا کی آمد کے بعد وہ ہر طرح کی صورتِ حال سے سمجھوتا کرنے اور اس کے مطابق زندگی گزارنے پر آمادہ ہو جائیں گی۔ اس بات نے مجھے ان سے خاصا بدگمان کر دیا تھا۔

گھر کا دروازہ بند پا کر مَیں نے دستک دی تو کچھ دیر بعد مجھے اماں کے قدم گھسیٹ کر زینے سے اترنے کی آواز سنائی دی۔ مَیں نے صبح ناشتے کے بعد سے کچھ نہیں کھایا تھا لیکن اس کے باوجود مجھے بھوک محسوس نہیں ہو رہی تھی۔ اندر سے دروازے کی کنڈی اترتے ہی اماں نے تیوری چڑھا کر خفگی سے میری جانب دیکھا اور پھر اگلے لمحے بڑبڑاتے ہوئے وہ اپنی پیٹھ میری طرف کر کے دھیرے سے سیڑھیاں چڑھنے لگیں۔ میری دن بھر کی آوارہ گردی پر لعن طعن کرتے ہوئے انہوں نے مجھے رولاک قرار دیا تو مَیں نے بھی دبی دبی ہنسی ہنستے ہوئے لقمہ دیا کہ اصل رولاک پورے دو دن سے غائب تھا اور آپ مجھ پر الزام لگا رہی تھیں۔

اوپر کی منزل پر پہنچتے ہی انہوں نے مجھ سے پوچھا کہ مَیں اتنی دیر سے کہاں غائب تھا تو مَیں نے ایک بار پھر جھوٹ کا سہارا لیتے ہوئے بتایا کہ مَیں اپنے گیراج کے دوستوں کے ساتھ تھا، جس پر وہ کہنے لگیں کہ وہ دوپہر کے کھانے پر میرا انتظار کرتی رہیں لیکن جب میں بہت دیر تک واپس نہ آیا تو انہوں نے اکیلے ہی کھانا کھا لیا اور پھر قیلولہ کرنے کے لیے لیٹ گئیں۔ ان کا دل رکھنے کے لیے مَیں نے انہیں اپنے لیے وہی باسی کھانا لانے کے لیے کہا تو وہ بگڑتے ہوئے بولیں کہ وہ مجھے باسی کھانا ہرگز نہیں دیں گی بلکہ کچھ دیر بعد تازہ گرم روٹیاں بنا کر اور سالن گرم کر کے دیں گی۔ یہ سن کر مَیں نے ان کا شکریہ ادا کیا۔ پھر وہ میری جانب غور سے دیکھ کر مجھے بتانے لگیں کہ مَیں کمزور ہو گیا تھا۔ میری آنکھوں کے گرد حلقے پڑ گئے تھے اور گال پچک گئے تھے جب کہ ہونٹ سگریٹ نوشی کی کثرت سے سیاہی مائل ہو گئے تھے۔ وہ افسوس کا اظہار کرنے لگیں کہ جس لڑکی کے ساتھ مَیں نے شادی کرنے کا سوچا، میرے بابا نے اس کا خیال بھی نہ رکھا اور اسے میرے قابل نہیں چھوڑا۔ اس کے بعد وہ بابا کے حوالے سے اپنی فکرمندی کا اظہار کرنے لگیں کہ وہ کہاں جا کر چھپ گئے اور ابھی تک کیوں نہیں لوٹے۔ ان کا خیال تھا کہ وہ حیدر آباد چلے گئے تھے اور اتنی جلدی واپس آنے والے نہیں۔ ان کی یہ بات سن کر مَیں

نے انہیں تسلی دی کہ مَیں کل سے شہر میں ان کی تلاش شروع کردوں گا اور ان کا کوئی نہ کوئی سراغ لگا کر رہوں گا۔ اس پر وہ مجھے بتانے لگیں کہ سیمی اپنے بیٹے زلفی کے ساتھ آئی تھی اور ابا کے متعلق پوچھ گچھ کر رہی تھی۔ ان کے اب تک نہ آنے پر اسے تشویش لاحق ہو رہی تھی۔ وہ اور اس کا شوہر جلد از جلد اپنی بیٹی کے ساتھ ہونے والی زیادتی کا تصفیہ چاہتے تھے۔ اماں نے بتایا کہ انہوں نے سیمی کی سرزنش کی اور اس سے سختی سے پیش آئیں لیکن وہ نجانے کس مٹی کی بنی ہوئی ڈھیٹ عورت تھی جو روزانہ بابا کے متعلق اس طرح پوچھنے آ رہی تھی، جیسے اسے خود ان سے ملنے کی طلب ہو رہی تھی۔ اماں نے زور دے کر مجھ سے کہا کہ اس رنڈی کو یہ بے چینی تھی کہ بابا نے جو کچھ اس کی بیٹی کے ساتھ کیا تھا، اس کے ساتھ بھی کرے کیوں کہ زور زبردستی میں زیادہ مزا آتا تھا۔ یہ سن کر میں لجاتے ہوئے مسکرانے لگا۔ اماں سیمی کے خلاف اپنے عناد اور نفرت میں بہتیں زیادہ دور چلی گئی تھیں، وہ مجھے بتانے لگیں کہ انہوں نے اسے دوٹوک انداز میں یہ جتا دیا تھا کہ ہم سے ہمارا گھر چھیننے کا جو منصوبہ وہ بنا رہی تھی وہ کبھی کامیاب ہونے والا نہیں۔ وہ کبھی ایسا ہونے نہیں دیں گی۔

میں جانتا تھا کہ اماں سب باتیں ایک خاص جذباتی رو کے تحت کہہ رہی تھیں اور جب بابا واپس آئیں گے تو ان کے سامنے ان میں کچھ کہنے کی ہمت نہ ہو گی۔ اس ڈرامے سے میرا جی بھر چکا تھا، اس لیے میں اٹھ کر اپنے منہ ہاتھ دھونے غسل خانے چلا گیا۔

کھانے کے دوران، مَیں چپ چاپ روٹی کے نوالے منہ میں ڈال کر چباتا رہا جب کہ وہ میرے سامنے بیٹھیں، میرا گھر بسانے کی اپنی خواہش کے ملیامیٹ ہونے کا ماتم کرتیں رہیں۔ مَیں نے دلاسے کے لیے دو لفظ بھی نہ کہے۔ اب ان لفظوں کی وقعت ہی کیا رہ گئی تھی۔ مَیں کھانے کے بعد جلد از جلد اماں سے الگ ہو کر گھر کے کسی کونے میں بیٹھ کر چرس کا سگریٹ بنا کر پینا چاہتا تھا۔ ہوٹل پر کی گئی چرس نوشی کے سبب میرا ذہن یکسر ماؤف ہو چکا تھا اور میں کسی بھی چیز کے متعلق سوچنے یا غور کرنے کے قابل نہیں رہا تھا۔ دماغ کے نیم غنودہ ہو جانے کے باوجود میری تمام حِسیں پوری طرح بیدار ہو گئی تھیں۔ بادِ کوئٹہ کھڑکیوں کو باہر سے دھیرے سے تھپتھپا رہی تھی اور ان کی درزوں اور لکڑی کے جوڑوں سے اندر داخل ہو کر سارے میں کسی بچھو کی طرح سرسراتی پھر رہی تھی۔ مجھے اپنی ناک اور حلق میں بار بار خشکی محسوس ہو رہی تھی، جس کی وجہ سے مَیں بار بار گھڑونچی پر رکھے مٹکوں سے پانی نکال کر پی رہا تھا۔ اس کے برعکس اماں سردی سے ٹھٹھر رہی تھیں، اسی لیے وہ کچھ دیر بعد رضائی اوڑھ کر لیٹ گئیں۔ بالکونی کی طرف کھلنے والے دروازے کے اوپر اور زینے میں لگے سو واٹ کے دو بلبوں کی زرد روشنی میں میرا سایہ مجھ سے بڑا دکھائی دے رہا تھا۔ اس کے علاوہ کچھ اور چیزوں کے ساکت سائے بھی دکھائی دے رہے تھے۔

اماں بستر پر دراز ہونے بعد کچھ دیر تک بڑبڑاتی رہیں اور یوں لگا کہ جیسے وہ خدا سے ہم کلام ہو کر شکایت کر رہی تھیں۔ ہر کچھ دیر بعد ان کی انگلی اوپر کی طرف ایسے اٹھتی جیسے وہ اسے کوئی تنبیہ کر رہی تھیں۔ ان کی بڑبڑاہٹ ہولے سے مدھم پڑتی چلی گئی اور کچھ ثانیے گزرنے کے بعد وہ خاموش ہو گئیں اور ان کے خراٹے سنائی دینے لگے۔

مَیں نے اٹھ کر کالا بٹن دبا کر ایک بلب بند کر دیا اور دوسرا زینے والا جلتا چھوڑ کر دھیرے دھیرے چھت پر جانے والی سیڑھیاں چڑھنے لگا۔ نیم چھتی پر مجھے نسبتاً زیادہ ٹھنڈ محسوس ہوئی۔ مَیں وہاں پڑی جھلنگا چارپائی پر بیٹھ گیا۔ مَیں نے جیب سے سگریٹ، ماچس اور چرس نکال کر بستر پر رکھ دیئے۔ مَیں زینے والے بلب سے وہاں تک پہنچتی روشنی میں اپنی ہتھیلی پر سگریٹ خالی کرنے لگا۔

نیم تاریک نیم چھتی پر تنہائی میں بیٹھے بیٹھے مجھے پچھلے چند روز میں پیش واقعات یاد آتے رہے۔ وہ کسی کولاج کے مختلف ٹکڑوں کی طرح میرے ذہن کے پردے پر تھرتھراتے رہے کسی ترتیب کے بغیر، گڈمڈ۔ لاہوتی ہوٹل میں گزری رات، گلن شیدی اور اس کی گیراج پر کام کرتے ہوئے۔ حیدرآباد سے ٹھٹھہ آنے سرخ اور سفید رنگ کی سرکاری بس۔ اس بس میں بابا کے برابر بیٹھا ہوا میں۔ پھر اسی بس میں مَیں اکیلا بار بار سیمی اور سُومل کی طرف دیکھتا ہوا سُومل سے ملاقاتیں اور گھاتیں، کبھی اپنے گھر میں کبھی گلی میں، کبھی شاہ جہانی مسجد کے سبزہ زار میں۔ کچھ واقعات خوش گوار تھے اور کچھ بہت تلخ، کڑوے کسیلے۔ میرے بابا کا بار بار سیمی سے ملنا، ان کے گھر آنا جانا، سُومل کو بری نظروں سے گھورنا، اسے دیکھ کر اپنی ناف کے نیچے کھجانا، مکلی پر وہاب شاہ بخاری کا عرس جو اب ختم ہونے والا تھا۔ رات کے اندھیرے میں جام نظام کے مزار پر سُومل کا میرے بابا کے ہاتھوں گھائل ہو کر مجھ سے ملنا۔ اسے اس حال میں دیکھ کر تب میرے رونگٹے کھڑے ہو گئے تھے اور اس وقت میرے جسم کے بال کھڑے ہونے لگے۔ مجھے حیرت ہے کہ اتنا عرصہ گزرنے کے باوجود آج بھی اس واقعے کی معمولی سی یاد میرا دہلا کر رکھ دیتی ہے، جس کے بعد ایک گہری یاسیت اور مایوسی گھیر لیتی ہے اور کچھ لمحے گزرنے کے بعد جس کے بطن سے شدید غصے اور نفرت کا ایک بگولا سر اٹھانے لگتا ہے۔

اس سانحے کے بعد سُومل کے والد اور امی کا کیا ہوا فیصلہ، اس کی امی سے ہونے والی ملاقات اور اس کے بعد آج دن میں سُومل سے کچھ دیر کا ملنا۔ اس ملن کی یاد میرے دل اور روح کو کچلے دے رہی تھی۔ مجھے جھٹکے لگ رہے تھے، میرے اندر کئی آتش فشاں پھٹ رہے تھے جو میری ذات اور وجود کو چیتھڑوں میں اڑا رہے تھے۔ مجھے لگ رہا تھا کہ میرے زندہ رہنے کا جواز اب ختم ہو گیا تھا۔ مَیں خود کو ایسی سرنگ میں قید محسوس کر رہا تھا جس کے دوسرے سِرے پر روشنی کی معمولی سی لکیر بھی نہیں تھی۔

مجھے اپنی ہستی اسی وقت ختم کر دینی چاہیے تھی۔ کسی کی جان لینے کا سوچ کر تیز دھار ہتھیاروں سے مجھے اپنی ہی شہ رگ کاٹ دینی چاہیے تھی۔ اگر میں ایسا کر لیتا تو مجھے اپنے وجود کے پنجرے سے رہائی مل جاتی اور میں اپنی پچھلی زندگی کی ان مکروہات کو اس طرح یاد کرنے کا روادار ہوتا اور نہ ان سے دوبارہ گزرنے کا یہ جتن کرتا۔

ایک مچھر میرے کان کے آس پاس بھنبھنا رہا تھا لیکن مجھے اس کی پروا نہ تھی اور میں ایک سگریٹ بنانے کے اسے سلگا کر دھیرے دھیرے پی کر ختم کرتا اور چند لمحے گزرنے سے دوسرا سگریٹ پیکٹ سے نکال کر خالی کرنے لگتا۔ رات ابھی زیادہ نہیں ڈھلی تھی اور محلے کے گھروں سے ٹی وی کی آوازیں کچھ دیر پہلے خاموش ہو گئی تھیں۔ گلی سے گزرتے کسی آدمی کے

پاؤں گھسیٹنے کی آواز ابھرتی اور دھیرے دھیرے ڈوب جاتی۔

میں سر جھکائے بیٹھا بالکل سن ہو چکا تھا اور مجھے سردی کے باوجود چرس کی زیادتی سے جسم میں پیدا ہونے گرمی کی وجہ سے ماتھے پر پسینے کے ننھے قطرے محسوس ہونے لگے اور سر سے پاؤں تک پورا وجود آگ میں پھنکنے لگا اور میرا دم اندر کے حبس سے گھٹنے لگا۔ مَیں جھلنگا چار پائی سے اٹھ کھڑا ہوا اور دھیرے سے آگے بڑھ کر چھت کا دروازہ کھول کر باہر نکل گیا۔

دھیمی خنک ہوا میرے ماتھے اور چہرے سے ٹکرائی تو مَیں نے ایک جھرجھری لی اور دھیرے دھیرے مٹی کے فرش پر چلتا منڈیر کے قریب جا کھڑا ہوا۔ مَیں نے اوپر دیکھا تو آسمان بالکل صاف تھا اور ستارے واضح دکھائی دے رہے تھے۔ ان میں جاذبیت اور کشش نظر آ رہی تھی جب کہ اس کے برعکس زمین کا منظر سراسر غیر رومانی تھا۔ یہاں وہاں چند برقی بلب روشن تھے جن کے بیچ کا اندھیرا گہرا اور واضح تھا۔ آسمان پر اندھیرا نہیں تھا۔ وہ ستاروں کی روشنی سے جھلملا رہا تھا۔ وہ ٹھنڈی ہوا جو پہلے پہل مجھے اچھی لگ رہی تھی اب چبھنے لگی۔

مَیں نے آہ بھرتے ہوئے سُومل کے مکان کی طرف دیکھا جہاں اوپر کے برآمدے اور ایک کمرے میں بلب روشن تھے۔ مَیں کچھ دیر تک حسرت سے ادھر دیکھتا رہا۔ اس وقت تاریکی میں ڈوبے ہوئے یہی در و دیوار تھے جو میری تشنہ آرزوؤں، امنگوں اور خواہشوں کا محور تھے اور میں دیوانے کی طرح والہانہ پن سے جس کے گرد گھوما کرتا تھا سُومل کا مسکن یہ گھر اس وقت تاریکی میں ڈوبا ہوا تھا اور وہاں سے کوئی آواز سنائی نہیں دے رہی تھی۔

معاً نیچے گلی میں کسی کے قدموں کی آہٹ سن کر میں چونکا اور مَیں نے منڈیر سے جھانک کر نیچے دیکھا تو ایک شخص اپنا سر جھکائے، اپنی چپل گھسیٹ کر بازار کے رخ جاتا دکھائی دیا۔ مَیں نے جیب سے سگریٹ نکال کر اسے دیا سلائی سے سلگایا اور کش لے کر اس کا دھواں فضا میں اڑانے لگا۔ سگریٹ نوشی کی کثرت سے میرا منہ کڑوا کسیلا ہو رہا تھا اور تیز خنکی کی وجہ سے میرا حلق سوکھ کر کانٹا ہو گیا تھا جس کی وجہ سے مجھے پیاس لگ رہی تھی۔ سُومل کے مکان پر آخری نگاہ ڈال کر میں مڑا اور نیم چھتی کی طرف چل دیا۔ چھت کا دروازہ بند کرتے ہوئے مجھے وہاں چرس کی تیز بو محسوس ہوئی، پہلے سگریٹ پیتے ہوئے جس کا احساس تک نہ ہوا تھا۔ گھر کے تمام دروازے اور کھڑکیاں بند ہونے کی وجہ سے سارے میں اس کی گاڑھی بو پھیلی ہوئی تھی۔

گھڑونچی پر رکھے مٹکے سے ٹھنڈے پانی کے دو کٹورے بھر کے مَیں غٹا غٹ چڑھا گیا، تب جا کر میری پیاس بجھی۔ اس کے بعد میں بابا کے تخت پر جا کر بیٹھ گیا۔ چرس نوشی کی کثرت نے میری نیند اڑا دی تھی جس کی وجہ سے بستر پر جانے کا دل نہیں کر رہا تھا۔

اچانک گلی میں کسی کے ڈگمگاتے ہوئے قدموں کی آواز ابھری تو میرے کان اس طرف لگ گئے جیسے اسے پہچاننے کی کوشش کر رہے ہوں۔ وہ آواز دھیرے دھیرے قریب آتی گئی اور زمین پر ایک کے بعد پڑتے دوسرے قدم سے پیدا ہونے والی مخصوص آواز پہچانتے ہی میں چوکنا ہو گیا۔ میری رگوں میں دوڑتا خون جو کچھ دیر پہلے خاموشی سے رواں تھا، اب کسی تلاطم کے زیرِ اثر شور مچانے لگا، دل کی دھڑکن تیز ہونے لگی اور سانسیں بپھرنے لگیں۔ مَیں تخت سے اٹھ کر کھڑا

ہو گیا اور دبے پاؤں ایک سرعت کے ساتھ زینے کی جانب لپکا۔ قدموں کی آواز نزدیک سے نزدیک تر آتی جا رہی تھی۔ مَیں اپنے پنجوں پر چلتا ہوا سیڑھیاں اتر کر نیچے پہنچ گیا۔ زینے میں جلتے بلب کی روشنی میں نچلے کمرے میں پڑے ہوئے چاروں موڑھے باری باری اٹھا کر ان کے نیچے اپنے ہتھیار ڈھونڈنے لگا۔ وہ ایک ساتھ رکھے ہوئے تین موڑھوں میں سے درمیان والے کے نیچے موجود تھے۔ مَیں نے جلدی سے تیز کروائی ہوئی چھری اٹھالی اور اپنی قمیص اٹھا کر ایک احتیاط کے ساتھ اسے شلوار میں اڑس لیا جب کہ کلہاڑی کو وہیں رہنے دیا۔

مانوس آہٹ دروازے کے پاس آ کر رک گئی اور اگلے لمحے ایک نسبتاً دھیمی دستک سنائی دی۔ اب تک مَیں نے اپنے آپ کو کنڈی کھولنے سے روکا ہوا تھا۔ مَیں دم سادھے ہوئے دھیرے سے چلتا دروازے کے پاس جا کھڑا ہوا۔ مجھے ڈر تھا کہ اماں اٹھ کر نیچے نہ آ جائیں اور ان کی وجہ سے میرا انتقام ادھورا رہ جائے۔ خلافِ معمول میرے اندر ایک نئی حس بیدار ہو گئی تھی جو بار بار تنبیہ کر رہی تھی کہ فیصلہ کن گھڑی آن پہنچی تھی، اس لیے کوئی غلطی نہیں ہونی چاہیے اور اگلے چند ثانیوں میں شروع ہو کر پایہ تکمیل تک پہنچنے والی کارروائی میں کسی قسم کی کھنڈت نہیں پڑنی چاہیے۔

رات کی خاموشی کی وجہ سے مجھے باہر کھڑے بابا کی ہموار سانسیں واضح طور پر سنائی دے رہی تھیں۔ اِدھر میری سانسیں ناہموار تھیں۔ مَیں انہیں سنبھالنے کی جتنی کوشش کرتا وہ اتنی بے ترتیب ہوتی جا رہی تھیں۔ دوسری دستک کے بعد مَیں نے کنڈی اتارنے کے لیے اپنا ہاتھ بڑھایا اور اسے اتارنے کے بعد آہستگی سے نیچے لا کر چھوڑا تا کہ کوئی چھناکا نہ ہو۔ پھر جلدی سے ایک پٹ کھول کر مَیں نے پیچھے کی طرف کھسکایا، تو باہر کھڑے بابا نے سر اٹھا کر مجھے دیکھا اور ان کے چہرے پر حیرانی پھیلتی چلی گئی۔ شاید وہ یہ سوچتے ہوئے آ رہے تھے کہ ان کا سامنا مجھ سے نہیں ہو گا کیوں کہ وہ اپنے تئیں مجھے گھر سے بے دخل کر چکے تھے اور اب میری موجودگی پر حیران ہو رہے تھے۔

انہوں نے سفید شلوار قمیص پر کالا اور موٹا سویٹر پہنا ہوا تھا اور ٹھنڈی ہوا سے بچنے کے لیے ایک مفلر اپنے سر کے گرد باندھا ہوا تھا۔ وہ اندر آنے لگے تو زینے کے بلب کی روشنی میں ان کے چہرے کا رنگ گہرا سیاہی مائل اور ان کی آنکھیں پوری طرح سرخ دکھائی دیں۔ دہلیز عبور کرتے ہی انہوں نے مجھ سے اماں کے متعلق پوچھا تو مَیں نے بتایا کہ وہ سو رہی تھیں۔ ان کے منہ سے نکلنے والا شراب کا تیز بھبھکا میری سانسوں سے ٹکرایا تو میں تلخی سے جی میں مسکرایا۔

مَیں نے پیچھے ہٹ کر انہیں راستہ دیا تو وہ میری جانب دیکھنے سے کتراتے ہوئے زینے کی طرف بڑھنے لگے۔ مجھے سمجھ نہ آئی کہ انہیں کیسے روکوں۔ میرے منہ سے بے ساختہ 'بابا' نکلا۔ دوسری سیڑھی پر انہوں نے پیچھے پلٹ کر دیکھا۔ انہیں لگا کہ مَیں کچھ کہنا چاہتا تھا۔ مَیں نے اپنے تنے ہوئے اعصاب پر قابو رکھتے ہوئے ان سے درخواست کی کہ مَیں انہیں ان کی غیر موجودگی میں ہونے والی کچھ ضروری چیزیں بتانا چاہتا تھا، وہ دو منٹ کے لیے رک جائیں تو بہتر ہو گا۔ ان کے اوپر اٹھتے قدم رک گئے اور وہ پلٹ کر سیڑھیاں اتر کر موڑھوں کی جانب بڑھتے میرے نزدیک سے گزرے اور ان میں سے ایک پر بیٹھ کر میری طرف دیکھنے لگے۔ وہ جس موڑھے پر بیٹھے اس کے برابر والے کے نیچے کلہاڑی پڑی تھی۔

میری جانب دیکھتے ہوئے ان کی نشیلی آنکھوں میں کسی ندامت یا افسوس کا شائبہ تک نہ تھا اور اس کے برعکس وہ نخوت اور ناراضی سے مجھے گھور رہے تھے۔ ادھر میں تذبذب میں تھا کہ ان پر کب وار کروں اور کیسے کروں اور سب سے پہلے کہاں پر؟ جسم کے کون سے حصے پر؟ مَیں مسلسل ان کے جسم کی حرکات اور چہرے کے تاثرات دیکھ رہا تھا۔ پورے دو دن بے ٹھکانہ رہنے، خوار پھرنے اور معمول سے ہٹ کر وقت گزارنے کی وجہ سے وہ کچھ نڈھال لگ رہے تھے۔ ان کی شیو بنی ہوئی نہ تھی اور سیاہ ٹھوڑی پر کچھ سفید بال اُگے نظر آ رہے تھے۔

میں بیٹھنے کے بجائے ان کے سامنے کھڑا ہو گیا اور ان کی آنکھوں میں جھانک کر دیکھنے کی کوشش کرنے لگا۔ اس گستاخی پر شاید انہیں تاؤ آ گیا اور وہ خفگی سے مجھے کہنے لگے کہ جب انہوں نے مجھے گھر سے نکال دیا تھا تو میں اس وقت یہاں کیا کر رہا تھا۔ انہوں نے رعونت سے کہا کہ انہیں اور ان کے گھر کو میری کوئی ضرورت نہیں۔ یہ سن کر مجھ سے رہا نہ گیا اور میں وضاحت دینے لگا کہ مَیں خود نہیں آیا بلکہ مجھے میری اماں اور سُومل کی والدہ قبرستان سے زبردستی ساتھ لائی تھیں کیوں کہ وہ خود انہیں وہاب شاہ بخاری کے مزار پر چھوڑ کر سُومل سے زیادتی کرنے کے لیے غائب ہو گئے تھے۔ اس کے بعد جب میں جام نظام کے مزار پر پہنچا تو وہ اندھیرے میں وہاں سے فرار ہو گئے، اس لیے مجھے ان سب کو گھر لانا پڑا۔

یہ باتیں سن کر ان کے سیاہ لبوں پر ایک بدطینت مسکراہٹ پھیلتی چلی گئی۔ وہ کھنکار کر گلا صاف کرتے ہوئے ایک ڈھٹائی اور بے شرمی سے میرے زخموں پر نمک پاشی کرنے لگے کہ سُومل انہیں پہلی نظر میں ہی پسند آ گئی تھی لیکن اسے ان میں کوئی دلچسپی نہ تھی اور وہ تمہیں پسند کرتی تھی۔ یہ بات ان سے برداشت نہ ہوئی اور انہوں نے زبردستی اس کا جسم حاصل کرنے کے لیے یہ منصوبہ بنایا۔ اس کے بعد مجھے دوٹوک قسم کے لہجے میں تنبیہ کرنے لگے کہ اب تم سُومل کے بارے میں سوچنا چھوڑ دو۔ وہ تمہارے قابل نہیں رہی۔

یہ باتیں سن کر میرے اندر گھومتی ہوئی وحشت کا بگولا باہر نکل آیا اور مَیں نے آگے بڑھ کر ان کا گریبان پکڑ لیا اور بلند لہجے میں ان سے سوال کرنے لگا کہ سُومل کو بری نظر سے دیکھنے اور اس کی آبرو ریزی کرنے کی ان کی ہمت کیسے ہوئی؟ وہ ان کے بیٹے کی محبت تھی۔

میرا غصہ دیکھ کر بابا پھٹی آنکھوں سے مجھے دیکھنے لگے اور وہ مجھ سے گریبان چھڑوانے کی کوشش کرنے لگے، انہیں مجھ سے ایسے عمل کی توقع نہ تھی۔ بلند لہجوں میں ہونے والی ہم دونوں کی تکرار کی وجہ سے شاید اماں جاگ گئیں اور وہ اوپر سے ہی میرا نام لے کر مجھے پکارنے لگیں۔ ان کی آواز سنتے ہی مَیں نے شلوار کے نیفے میں اڑسی ہوئی تیز دھار چھری چپکے سے نکالی اور اسے فضا میں لہراتے ہوئے اگلے ہی لمحے میں اسے اپنے بدن کی پوری وقت کے ساتھ بابا کے پیٹ میں بھونک دیا۔ اس کے بعد ان کے منہ سے اچانک ایک غیر انسانی چیخ بلند ہوئی۔ مَیں نے چھری کو ان کے پیٹ میں اس طرح اتارا تھا کہ وہ دور تک ان کی آنتیں چیرتی چلی گئی تھی۔ اس کے نتیجے میں ان کا جسم پیچھے موڑھے کی طرف لڑھکنے لگا تھا اور اس میں سے گاڑھے خون کا فوارہ نکل کر موڑھے پر اور نیچے فرش پر پھیلنے لگ گیا۔ اماں اوپر سے ہی واویلا کرنے لگیں۔ مَیں

نے بابا کے نیم مردہ بدن کو موڑھے پر پھینک کر اپنے سے الگ کیا۔

کچھ دیر پہلے بابا کی جن آنکھوں میں غصہ اور رعونت تھے، اب ان میں تکلیف اور اذیت کے آثار واضح دکھائی دے رہے تھے۔ مَیں نے پوری طاقت لگا کر چھری کو نہایت مشکل سے ان کے پیٹ سے باہر نکالا تو ان کے منہ سے مزید چیخیں برآمد ہوئیں، جواب میرے لیے پوری طرح بے اثر تھیں۔ چھری پیٹ سے نکالنے کے بعد میں ایک جنون کے زیرِ اثر جھکا اور ان کا گریبان پکڑ کر اگلا وار ان کی گردن پر کیا تو وہاں سے بھی گاڑھا خون نکلنے لگا۔ گردن کاٹنا ایک بہت دشوار عمل تھا۔ آدھی چھری ان کی گردن میں جا کر پھنس گئی اور بہت زور لگانے کے بعد باہر نکل سکی۔ آدھی گردن کٹنے کی وجہ سے ان کے حلق سے آوازیں آنی بند ہوگئیں۔ اماں میرے قریب ہی کہیں بلند لہجے میں بین کر رہی تھیں، مجھے بد دعائیں اور کوسنے دے رہی تھیں اور مجھ سے ڈر بھی رہی تھیں کیوں کہ مجھ پر جنون سوار تھا۔ مَیں نے جھک کر بابا کے جسم کے نچلے حصے پر بندھی ہوئی شلوار اتاری اور چھری کی مدد سے ایک ہی جھٹکے سے ان کا عضو تناسل کاٹ کر دور پھینک دیا۔ اس کے بعد اماں نے آگے بڑھ کر میرے ہاتھ سے چھری چھین لی اور مجھے زور سے ایک طرف دھکا دیا تو میں سیڑھیوں کے پاس جا گرا۔ اس کے بعد وہ مجھے گالیاں دیتی ہوئی بابا کے کٹے پھٹے جسم کے پاس بیٹھ کر سینہ کوبی کرنے لگیں۔ مَیں اپنے آپ کو سمیٹ کر سب سے نچلی سیڑھی پر بیٹھ گیا اور حیرت سے فرش سے دروازے کی جانب بہتی ہوئی خون کی لکیر دیکھنے لگا۔ مجھے یقین نہیں آ رہا تھا کہ یہ خون میرا بہایا ہوا تھا۔

آج بھی سوچتا ہوں کہ بابا کے پیٹ میں چھری اتارنے والا، ان کی گردن اور ان کا عضوِ تناسل کاٹنے والا میں تھا تو میرا دل یہ تسلیم نہیں کرتا، وہ کوئی اور تھا۔

اندرون سندھ میں ایک چھوٹا مگر تاریخی شہر اس ناول میں پس منظر کے طور پر موجود ہے۔ چھوٹے شہروں میں وقت یہ ہے کہ کسی کی کوئی بات یا حرکت، اچھی یا بری، چھپی نہیں رہ سکتی۔ اس لحاظ سے زندگی میں ہر قدم اٹھانے سے پہلے تشویش کا سامنا کرنا پڑتا ہے۔ ناول میں قادر بخش نامی نوجوان کی کہانی ہے جسے "زولاک" (آوارہ گرد) بھی کہا گیا ہے۔ اسے قدم قدم پر ایسی ۔۔۔ الجھنوں سے نمٹنا پڑتا ہے جو پہلے پہل اس کے خیال میں بھی نہیں ہوتیں لیکن رفتہ رفتہ دیواروں اور رکاوٹوں کی شکل اختیار کر کے زندگی کو جنجال میں تبدیل کر دی جاتی ہیں۔

زولاک کی نیت میں کوئی کھوٹ نہیں۔ اس کی معصوم سی محبتوں میں خلل ڈالنے والا کوئی اور نہیں، خود اس کا اپنا ناک باپ ہے۔ رشتے کی یہ قربت، جو رقابت میں ڈھلتی جاتی ہے، زولاک کے لیے کڑی آزمائش ثابت ہوتی ہے اور باپ کے لیے بھی۔ اس کھیل میں زد پر چٹے بھینسے باپ کے ہاتھ میں ہوتی ہیں۔ یہ رقابت، جس کی شدت میں روز بروز اضافہ ہوتا جاتا ہے، بالآخر یہ ہے کہ ایک المناک مگر ناگزیر انجام کی طرف لے جاتی ہے۔

رفاقت حیات اپنے دوست انسانوں کے لیے معروف ہیں۔ وہ ایک مختصر ناول بھی لکھ چکی ہیں۔ لیکن اس ضخیم ناول میں واقعات کا تنوع، کردار سازی اور چھوٹے شہر کی فضا بندی قابل داد ہے۔ حقیقت پسندی میں، جوت کے نام پر تمام تلخ رازوں کے باوجود، آج بھی بڑا دم خم ہے اور اس روش کو اپنا کر رفاقت حیات نے ایسا ناول لکھ بھیجے، یقین ہے، سراپا اور یاد رکھا جائے گا۔

محمد سلیم الرحمٰن

غزل سرا ڈاٹ آرگ (امریکہ) کی کتب

غزل سرا ڈاٹ آرگ اردو کتب کا واحد پبلشنگ ہاؤس ہے جس کی کتب تمام بین الاقوامی سٹورز پر موجود ہیں، اپنی کتاب چھپوانے کے لیے ہم سے نیچے دیے گئے ای میل پر رابطہ فرمائیں

ghazalsara.org@outlook.com

آئی ایس بی این	فارمیٹ	مصنف		ٹائٹل
9781957756066	ہارڈ کور	علامہ محمد اقبال	علامہ اقبال کا اردو کلام	کلیاتِ علامہ اقبال
9781957756080	پیپر بیک			
9781957756196	ای بک	مرزا اسد اللہ خان غالب	مرزا غالب کی تمام غزلیں	کلیاتِ غزل ۔ مرزا غالب
9781957756813	ہارڈ کور	میر تقی میر	کلیاتِ میر بار دیف ۔ الف تا نون	کلیاتِ میر تقی میر ۔ 1/2
9781957756820	پیپر بیک			
9781957756837	ہارڈ کور	میر تقی میر	کلیاتِ میر بار دیف ۔ ن تا یے	کلیاتِ میر تقی میر ۔ 2/2
9781957756844	پیپر بیک			
9781957756172	ای بک	میر تقی میر	میر کے تمام چھ دیوان	کلیاتِ میر تقی میر
9781957756479	ہارڈ کور	یاور ماجد	بچوں کی نظم ۔ ہندی ایڈیشن	آفت کی ضیافت
9781957756998	پیپر بیک			
9781957756073	ای بک			
9781957756097	ہارڈ کور	یاور ماجد	بچوں کی نظم ۔ اردو ایڈیشن	آفت کی ضیافت
9781957756103	پیپر بیک			
9781957756271	ای بک			
9781957756110	ہارڈ کور	یاور ماجد	شعری مجموعہ	آنکھ بھر آسمان
9781957756059	پیپر بیک			
9781957756035	ای بک			

ٹائٹل		مصنف	فارمیٹ	آئی ایس بی این
ایک زاہدہ ایک فاحشہ	کلیاتِ منٹو 1/9	سعادت حسن منٹو	پیپر بیک	9781957756486
			ای بُک	9781957756578
			ہارڈ کور	9781957756714
بلاؤز	کلیاتِ منٹو 2/9	سعادت حسن منٹو	پیپر بیک	9781957756493
			ای بُک	9781957756585
			ہارڈ کور	9781957756721
ٹھنڈا گوشت	کلیاتِ منٹو 3/9	سعادت حسن منٹو	پیپر بیک	9781957756509
			ای بُک	9781957756592
			ہارڈ کور	9781957756738
دھُواں	کلیاتِ منٹو 4/9	سعادت حسن منٹو	پیپر بیک	9781957756516
			ای بُک	9781957756608
			ہارڈ کور	9781957756790
سودا بیچنے والی	کلیاتِ منٹو 5/9	سعادت حسن منٹو	پیپر بیک	9781957756523
			ای بُک	9781957756615
			ہارڈ کور	9781957756745
شہید ساز	کلیاتِ منٹو 6/9	سعادت حسن منٹو	پیپر بیک	9781957756530
			ای بُک	9781957756622
			ہارڈ کور	9781957756660
کھول دو	کلیاتِ منٹو 7/9	سعادت حسن منٹو	ہارڈ کور	9781957756462
			پیپر بیک	9781957756547
			ای بُک	9781957756639
موذیل	کلیاتِ منٹو 8/9	سعادت حسن منٹو	پیپر بیک	9781957756554
			ای بُک	9781957756646
			ہارڈ کور	9781957756776

ٹائٹل		مصنف	فارمیٹ	آئی ایس بی این
ہتک	کلیاتِ منٹو 9/9	سعادت حسن منٹو	پیپر بیک	9781957756561
			ای بک	9781957756653
			ہارڈ کور	9781957756783
منٹو کے حاشیے	منٹو کے منتخب افسانے	سعادت حسن منٹو	ہارڈ کور	9781957756004
			ای بک	9781957756011
			پیپر بیک	9781957756042
پہلا پتھر	اردو افسانے	بلونت سنگھ	پیپر بیک	9781957756295
تارو پود	اردو افسانے	بلونت سنگھ	پیپر بیک	9781957756318
ایران میں اجنبی	اردو نظمیں	ن م راشد	ای بک	9781957756400
لا=انسان	اردو نظمیں	ن م راشد	ای بک	9781957756417
ماورا	اردو نظمیں	ن م راشد	ای بک	9781957756387
بانگِ درا	علامہ اقبال کی شاعری	ڈاکٹر علامہ محمد اقبال	ای بک	9781957756325
بالِ جبریل	علامہ اقبال کی شاعری	ڈاکٹر علامہ محمد اقبال	ای بک	9781957756332
ارمغانِ حجاز	علامہ اقبال کی شاعری	ڈاکٹر علامہ محمد اقبال	ای بک	9781957756356
ضربِ کلیم	علامہ اقبال کی شاعری	ڈاکٹر علامہ محمد اقبال	ای بک	9781957756349
شبِ رفتہ	مجید امجد کا پہلا شعری مجموعہ	مجید امجد	پیپر بیک	9781957756851
			ہارڈ کور	9781957756875
رولاک	ایک ناول	رفاقت حیات	ہارڈ کور	9781957756127
			پیپر بیک	9781957756882
			ای بک	9781957756134

https://ghazalsara.org/PrintBooks

غزل سرا ڈاٹ آرگ کی تمام کتب ایمازون، بارنز اینڈ نوبل اور دوسری تمام مشہور آن لائن شاپس کے علاوہ، ایپل بکس، گوگل پلے بکس، ایمازون کنڈل اور ڈرافٹ ٹو ڈیجیٹل کے پلیٹ فارمز پر ہر اُس ملک میں موجود ہیں جہاں ان کمپنیوں کے سٹورز ہیں۔ ہماری کتب خریدنے کے لیے نیچے دیے گئے کیو آر کوڈ کو فون کیمرے سے سکین کریں یا نیچے دیے گئے لنک کو اپنے کمپیوٹر یا فون کے براؤزر (کروم یا ایج) میں ٹائپ کریں۔ ایمازون یا کسی بھی سٹور کی سائٹ پر کتاب خریدنے کے لیے اس کتاب کا آئی ایس بی این ٹائپ کریں اور سرچ کا بٹن دبائیں۔

https://ghazalsara.org/shop